大境行

第一部

陈步松◎著

作家出版社

图书在版编目（CIP）数据

天境行 / 陈步松著．-- 北京：作家出版社，2025.5

-- ISBN 978-7-5212-3256-1

Ⅰ．I247.5

中国国家版本馆 CIP 数据核字第 20259TA920 号

天境行

作　　者：陈步松
责任编辑：李亚梓
装帧设计：琥珀视觉
出版发行：作家出版社有限公司
社　　址：北京农展馆南里 10 号　　邮　　编：100125
电话传真：86-10-65067186（发行中心）
　　　　　86-10-65004079（总编室）
E-mail: zuojia@zuojia.net.cn
http://www.zuojiachubanshe.com
印　　刷：唐山玺诚印务有限公司
成品尺寸：152×230
字　　数：1005 千
印　　张：72.25
版　　次：2025 年 5 月第 1 版
印　　次：2025 年 5 月第 1 次印刷
ISBN 978-7-5212-3256-1
定　　价：180.00 元（全 3 册）

一　清纯之晨

他记得那个早晨像个女孩子一样清纯亮丽。太阳还没有出来。多年后许多追寻的日子，他向前走着，总还想起那天的情景。他觉得就在眼前。这时他还只有十五岁，也是个孩子。

他站在院坝边看着河对面的人家，他想看见一个人影出现。他已经看很久了，但这人影就是不出现。那是肖裁缝家。他知道肖裁缝在别处给人缝衣服。他紧紧地盯着对面肖家屋场。这时出来了人影，是肖裁缝妻子带着云儿和叶儿出来了，接着从屋旁田边的路向南边走去，一会儿就进入了树林。看样子可能是走亲戚去，留下了月儿在家，但他还是不敢贸然前往她家。虽然她爹一般都在外面给别人缝衣服，但有时也回来干农活，因为买了一些田需要耕种。

他仍然盯住对面看着。这时终于出来了一个人影，望去就像一根菜薹儿，这是肖裁缝的大女儿，刚刚十四岁，但个子已经很高了。他忙着向她招了一下手，她也向他招了一下手。他接着用手划向河边，因为距离很近，他清晰地看到她点了两下头，接着她就向河边跑下来，他也向河边跑去。

这河叫茅草河。很快他们顺着河边向上游奔跑去。他穿着蓝布短褂，她穿着白布便衣，看去有如蓝天白云。他们手拉着手，就像两只小鸟儿扑棱扑棱地飞着。他笑着。她笑着。

他姓陈，名叫杰汉，长得高挑英俊，聪明灵气，像一棵清纯的树。她叫肖月，苗条纯正，端庄秀丽，如一棵清秀的竹子。他叫她月儿，她叫他汉哥哥。在他心目中，她就是美神，没有她，六神无主。对她来说，他是她心中的主，就像她的魂一样。

这完全是一对青梅竹马的恋人。但他们还没有定亲。这时的乡风一般十岁左右就定亲了，不少几岁就定亲了，还有指腹为亲的。但他们为什么还没定亲呢？

原来发生了一件事情。有一年他家的牛把肖家田里苞谷苗吃了一块。这苞谷苗都已两尺高，长得很好，牛吃了便没有收成了，月儿的妈看了心疼，跑到他家来，气愤地问："你们是怎么放牛的？"他爹急忙去看现场，确实吃了一块。他爹说对不起，接着按根数计算给肖家送去了苞谷作为赔偿，她妈说不要赔。他爹说怎么不要嘛，这块苞谷已经没有收成了，就坚决地放在了她家。从此两家大人心里就有了隔阂。因此他几次提出要请媒人说月儿姑娘时，他父母都一口拒绝。他母亲要给他请媒人说附近的林姑娘。林姑娘是会编斗笠的林师傅的姑娘，林师傅喜欢他，还给他送过小斗笠。他也熟悉这林姑娘，比月儿要小好几岁，比月儿要瘦一些，像根篾条，也长得十分清秀可爱，由于她还太小，两人没有交往，没有感情基础，他心里只有月儿，怎么也不同意。就这样说亲的事也就搁下了。

这时东边天空红红的。他们的脸蛋红红的，像两个鲜活的太阳在河边奔跑。

他们不敢走路上。她不敢，他也就不敢。河边长着一溜儿青青的草，像一条长长的碧玉带子调皮地绕着小河，把一条河给绕得弯弯拐拐的，一边是草儿绿油油的，一边河水清清亮亮。

他们是去看一个热闹场面——立屋。

他从小就喜欢看立屋。只要听说哪里立屋，不管有多远，他都是要去看的。他总是被那个热闹的场面陶醉着。他从小跟父亲去四川老家，看见本家大爷爷——木工大师把树木变成一座座高楼大屋、庄园、庙堂，就觉得木匠非常神奇伟大，就崇拜木匠，就想长大了一定要跟大爷爷学木匠，修建很多房屋，修建世界上最高最高的大厦。他年年要求要去学艺，可是父亲说他年纪还小，先读书。

他们不一会儿就来到一个叫河湾坪的地方——靠山脚的武家正在立屋。他俩不敢去立屋的场子里，她怕别人看见，让父母知道了打她。她父母说过不要和他一起玩。两人就只能在门口的苞谷林里偷偷地看立屋了。

这立屋就是将木匠做好的木柱架一排一排地立起来，用楼索、檩子连接，就成了一栋楼房。由于他等她，来晚了，柱架都已经立起来了，没能看到立屋时的隆重场面。这时正在檩子上钉椽桷。一时间前后左右，敲的敲，锤的锤，砰砰啪啪一片的响，有如鞭炮声声飞向云天。

不久，屋顶的椽桷就钉好了，一条条椽桷从屋脊铺到屋檐，从北边铺到南边，白花花的，真是漂亮极了！

他看着，抑制不住激动，兴奋地说："真像晾晒的面条啊！要是我家能有这么多面条就好了！那要吃好久呢。"

她眨着眼睛，像是也在想着那像什么呢？听他这么一说，就用指头戳一下他的嘴唇，笑着说："你就只想着吃！好吃佬。"说着不禁又笑了一下。

他像是还在想着到底像什么，就说："那不像面条，你说说像什么？"

她就望着他笑一下，有些兴奋地说："像一把大梳子！"

他睁大了眼睛，非常感兴趣地望她笑着，又带有揶揄的口气说："世界上有这么大的梳子呀？"

她反驳地笑着说："我是说——像一把大梳子。"

他眨下眼睛说："那你拿去梳头吧。"

她就说："你帮我拿来，我就梳头。"

他有些正经地说："我要给你买一把梳子，又秀气，又漂亮的梳子——"伸手轻轻摸一下她的头发，"梳你这美丽的头发！"

她望他温柔地笑着："那我天天等着……"

他忽然郑重地望着她："给你说，我要去四川老家跟我大爷爷学木匠了。我大爷爷可是木工大师，我要学得最硬的技术，要为人们修建很多很多高楼大厦，要修建世界上最高最高的房屋！"

她点下头："我也马上跟爹学裁缝。爹已经说了。"

他用两只手抚着她的肩膀，用闪亮的眼睛望着她，很坚定地说："月儿，我给你说个大事——"

她吃惊地看着他："什么大事？"

他一本正经地说："镇上来了不少武汉宜昌逃难的，他们说日本人用飞机大炮打来了，湖北完了，日本人马上也要打到我们这里来……"

她有些紧张地说："真的呀？"

他急促地说："真的。昨晚上爹说，兵荒马乱的，让我马上去四川老家学艺。"

她关切地问："要学好久？"

"那年听大爷爷说：没有十年学不好。那肯定要学十年。"

她眼里闪现出泪花，伸手拍一下他胸脯，又拍一下，有些急地说："你就只想到学艺！其他什么都忘了。你去这么久，那我……"

他安慰地说："我今天回去就给爹妈说，就请媒人来说亲，等我俩定亲了再走。"

她充满忧虑地说："你想过没有，等你学十年艺了再结婚，我就是二十四岁了，哪个姑娘等到二十四岁才往婆家去的？我等，父母能答应吗？"

他们也许都还不清楚，他们中间有个重要的鸿沟，可能比门前的茅草河要宽要深，难以逾越——两家大人心里有矛盾，亲事难定。

深深的苞谷林掩盖着他们，他俩一转身，擦着了几根高高的苞谷秆儿，顿时苞谷梢上的花粉在太阳光里飞舞，五彩缤纷的，有如一片彩霞网住了他俩，他俩就像变成了新郎官和新娘子……他俩都睁大了眼睛看着这美妙的一幕。

他俩像一对蝴蝶飞过苞谷林，又像一对小兔子蹦蹦跳跳地顺着河边草坪往家里跑去。

二　特别相遇

他回到家吃了饭，他母亲要他快去镇上买点盐，要腌菜到坛子里。他母亲是个厨师，做饭比较讲究，也喜欢做各种咸菜、泡菜。他又连忙走出门，没忘记望一眼河对面月儿家。只见那有些旧的木屋顶上正冒出弯弯曲曲的炊烟，像一缕素洁的丝纱飘飘绕绕，犹如美神月儿的身影翩翩起舞。

这里离镇上只有七里路。他很快就来到了镇上。

这里叫茅坪镇，由三座大山围成一个三角形坝子，直径一公里多。这里曾是一坪深深的大茅草，是那种结红色茅蜡烛的大茅草（和真正的红蜡烛一模一样），因此开发后就叫大茅坪，这是它的正名。后来这里有了一条小街，像一只瘦弱的小蚕虫躺在一片桑叶上，没什么动静，人们便叫茅坪街。后来这里的行政机构便叫茅坪区（县里派出机构），区下面设有十来个小乡（公社、镇），这里就叫茅坪镇。

坝子的西边是一条长长的，又是平平的山岭，它很长，像一条龙自巫山脚下一个叫火龙村的地方出发，头一扬慢悠悠向南游去，逶迤蜿蜒，直到长坝边戛然而停，居高临下观赏一马平川的长坝。它叫长龙山，那脊梁如锋，两边陡峭，制造了无数的坡：茅坡、阳坡、竹坡、滑坡、沙坡、岩坡、溜坡等。山坡多是茅草，老百姓叫狮毛草，仿佛长龙变成了狮子，长满了狮毛，因此山坡便叫茅坡。

茅坪的北边是一座高大的山岭，名曰仙人岭。因为它四季都是锁在云雾中，难见真面目——仙人是不会让你轻易看见的。如果有毅力爬上山顶，有一个穿洞子，洞里有像玉做的各种仙宝：仙柱、仙珠、仙花、仙盆、仙月、仙牛、仙龙等，天上人间在这里应有尽有。山顶有一座仙人桥。这仙人桥是天生的一座桥，像一座高大的石拱桥跨越两山之间，远看像一个皇冠放在这里。站在仙人桥上，可以看见神往的巫山云雾云雨，与这座仙人岭遥相呼应，还可隐隐听见长江上大船的汽笛声……

坝子的东南也有一座大岩山，岧峣巍然，叫作白岩鼎，它是一座不大的岩峰，屹立平平的山顶，像一座古鼎耸立云空，也是常有仙云萦绕，显得仙气盈盈。它全身主要是美丽的白岩，似雪，又似一幕瀑布从岩顶倾泻而下，壮观极了。这座大山岭就以此白岩鼎为名。它主要是白色，其间也有些金黄色的东西，大概是用金子给古鼎镶嵌的图案，由于山影高邈，看不甚明白。望去，感觉又像是天上的一座宫殿，显得是那么威严而尊贵，堂皇而神气，飘逸于浩渺云空，让人遐想无穷。

他没有观看这些景物，径直向卖盐的地方走去。就在还有五丈远的地方，忽地碰上几个军人。其中一个军官笑着向他走来，脸上充满对他的喜爱之情。他知道，在离街不远的一个地主的四合院，驻着一支退下来休整的部队。

这军官姓莫，名美鲅。他高高的个子，高高的鼻子，白白的脸，很帅，像个外国美郎。但他有时开玩笑说自己是一条美丽的鱼，大海的鱼。他父亲还真会取名字。

军官莫美鲅笑了笑，走到他面前，又笑了笑，对身边几个士兵说："这兄弟长得好俊呀，多像我那个弟弟！"

接着军官莫美鲅浮现一脸伤心的表情……

军官伸手拉着他的手，有些激动地说："小兄弟，走，一起去吃饭。你肯定饿了。"

他摇摇头说："不饿。我吃了就来。"

军官慷慨地说："吃了也要去一起坐坐。你多像我弟弟呀！"

他就被拉进一家馆子，和军官莫美鲅吃了一顿饭。那军官莫美鲅还和他碰杯喝酒，给他拈菜。他不知道这军官对他到底是什么意思，心里有点惶然。他从没和军人一起吃过饭。每次远远地看见穿黄衣服的人他就溜了。他怕被抓去当兵，他要学木匠。军官要他喝酒。他喝了一点酒，吃了些菜。不觉脸儿有些热，他想一定很红了。军官更是一个劲地看着他，看得他都有些不好意思，像是变成了一个大姑娘。

军官又喝了口酒，有些激动地说："就做我的弟弟吧！你读过书没有？”

他显得老实地说：“读过六年私塾。”

军官高兴地一拍他肩膀：“那可很有文化呀！跟我干，我包你有个好前途！”

另外两个士兵也很感动，笑着对他说：“小兄弟，这你可遇到恩人了，这是你的好机会来了！”

他还是有些拘谨，有些不好意思，笑着说：“我已经准备去学木匠了。”

军官有些不屑地一笑：“学木匠？唉，你怎么能学木匠呢？太可惜你一个人才了。跟我干，我负责你有个好前途。比干木匠强一百倍！”

接着军官就激动而强制性地拉着他的手，在两个士兵的推拉下，去了他们的营房。这是一个地主的四合院，楼房很旧了，门上有个士兵在站岗，远远看去，像根黄黄的木桩。

走进住处，军官莫美鲅就找了军服强制性给他换了装。这一下，他真是英俊极了。军官莫美鲅站在他面前，认真欣赏他。不少军人也来欣赏他，有的人还是伤兵，拄着拐杖。

大家都笑着赞赏他：“真是太帅了！”

那军官莫美鲅有些醉酒，可能真是感觉找回了他的弟弟，高兴得有些忘乎所以了，又是拍他的肩膀，又是捏他的臂膀，一下子紧紧地把他抱着。

军官有些悲壮地看着天，激动地说：“从今日起，我们就是亲兄弟，有吃的先让你吃！有喝的先让你喝！有钱，先让你用！就是我以后战死了，也要在阴间保佑你！弟弟，让我俩对天行礼吧！”

说着就对着天地把腰深深地弯下去。

他很感动，也顺从地一起向天地行礼。这还不够，接着军官又拉着他，兴奋地在院坝里走着……

他没法，只好让军官拉着走。不久军官就把他拉回了自己的住处。坐下后，莫美鲅就悲伤地对他说：

“你不知道，我那个跟你一模一样的弟弟，还有我爹妈，都在日本飞机的轰炸下死了……你就相信我，跟我干，我保证你有美好前途。你不要看现在日本人猖狂，我们有美国人帮助，很快就会打败日本人的。”

他也像看大哥哥似的看着军官莫美鲅。他虽然有些感动，但从心底里是不想跟这军官干的，他还是想要去四川跟大爷爷学木匠，修建高楼大厦，永远耸立着，多令人骄傲啊。可是他知道，进了这大院里，门上有站岗的，怎么出去呢？

他笑着给军官莫美鲅深深地鞠了一躬，诚恳地说：“谢谢军官大哥！”

莫美鲅一看一听也笑了，很是欣喜，有点乐滋滋地笑着。莫美鲅又问了他家住哪儿，姓什么，他很聪明，给莫美鲅说了一个假姓名，一个离这儿很远的假地址。但他心里马上袭上忧虑：那家餐馆的蒋老板认识他并知道他的家……

家里他的妈可急坏了！直到下午他还没有回去，他妈要盐做咸菜是小事，可这人哪儿去了呢？他是个很听话的孩子，从来是上街买了东西就直接回家的呀。等着要盐，谅他也不会又跑到哪个亲戚家去吧。他妈虽急，但是个有心计的人，干事也不盲从，也并没急着跑去街上找。凭她感觉，料想也不会出什么事的，可能是被哪个亲戚家的娃娃看见了，邀着一同玩去了。

可是到了晚上他还没回来，父母就非常焦虑了，他跑哪儿去了呀？这可怎么办呀！

其实他心里更急。他是个聪明的孩子，知道遇事想办法。他和那军官莫美鲅睡在一个房间，而且是睡在同一个床上。莫美鲅要和他一起睡，对他这个纯真的孩子，没有一点防范之意。他想哪个农村的孩子不愿获得这样的机会呢？但是莫美鲅今天遇到的是个不一般的农村孩子。他是个想修建高楼大厦的孩子，想做一个工匠大师的有志者。

这时的夜很黑，黑得像一个魔鬼的山洞。那些树像魔鬼，张牙舞爪的。猫头鹰不时地发出一声魔鬼一样的呼叫，令人心惊肉跳。他知道这正是逃跑的好机会。他白天已经进行了一番侦察，想好了突破口，想好了路径。军官莫美鲅夜晚又喝了酒，这时已经睡得很香很沉，发出一声声很有震撼力的鼾声。他轻轻地起床，他没穿衣服，心想有人碰见就说是上茅厕，别人相信一些。他摸索着来到茅厕里。他知道，这茅厕有个出粪口，是唯一通向外面的出口。这是在外面舀粪的一个口子，叫“燕子口”。他找到了白天放在角落里的一根短木棍，用力地慢慢撬开一块茅厕地板，然后轻轻地滑下粪坑里，伸手将地板复原，不留任何痕迹。接着从齐腰深的粪水里来到燕子口，然后爬了出来。

这时他仔细地向四周看了看，听了听。除了树像魔鬼站在那里，其他什么也没看见，一点动静也没有，就连猫头鹰这时大概也睡着了，没发出一点儿声音。但给他的感觉一切又是那样恐怖，使他惶恐。他知道大门口有人站岗，因此不敢大意，便扑到地上，慢慢地向一片竹林爬去。他终于爬进了那片竹林，然后他摸着一根根竹子缓缓地向前移动，不久就进入了一片树林。这时他向那个大院望去，才感觉到脸上已是汗如雨下，身上被粪水浸透，发出恶臭。

他带着惶急的心跳，赤身快步地走着，总怕有人追来。不久他来到了家门前的河里，在河水里认真地清洗了身子，然后就向家里跑去。

来到大门边，他喘着粗气拍着门喊道：“爹快开门！”

他爹出来开了门惊讶地问：“怎么在搞，这时候才回来？衣服都玩掉了？”

他喘着气已经说不出什么。这时他妈也起来了，点燃亮一看是一个赤着身子的人，惊得睁大了眼睛。他喘了几口气，才向爹妈说了所遇到的一切。

他妈很快拿来衣服让他穿上了。他爹稍微思忖一下说：“不好，他们一定会来抓人的。”就问他：“他们知道你是这里的人吗？”

他并不怎么害怕地说：“他们不知道，我说的假名字、假地址。”想了下又有点急了地说：“不过他们拉我到馆子里吃过饭，那蒋老板认识我……”

他爹脸上顿时紧张了，说：“不好，你得马上走！去四川老家，跟大爷爷学艺去。”

他妈也赞同地说：“那是。现在就准备吧。”

他感到很渴，咕咚几下喝了一大碗茶。

这时他想到月儿姑娘，他必须要给她说个信儿呀！

他妈就催促地说：“你快去睡一会儿，我来给你收拾东西。”

接着他母亲就为他收拾衣物、鞋子、路上打火的苞谷面，等等，装进一个褡裢里。

他还在想着月儿。他妈看他一眼，严厉地说：“快去睡呀！还愣什么？”

他连忙收拾一下思绪，心不在焉地走进房间里，心事重重地睡下。可是他怎么也睡不着，他想怎么让月儿知道他走的事呢？

天还黑黑的像黑锅扣着。大约四更多时候，爹就把他叫起来了，这时他妈已经为他做好了饭菜，催他快吃。他妈为儿子做了一顿好饭菜，有腊肉有鸡蛋，可是他怎么也吃不下。

他妈眼睛一下子湿润了，站在他身旁，亲切地说：“你一定要多吃点。以后再难吃到妈做的饭菜了。”

他妈这么一说，他的眼里就有什么要滚下来，他强忍住了，他不想让妈难过。他便鼓着劲狠狠地吃，可是又很难吞下。

这时他两个姐姐、两个弟弟也起床了，都看着他，一副难舍的样子。

大姐说：“你多吃点，不是路上饿。”

二姐说：“是啊，也不知到哪里才能打火吃饭。”

他鼓劲吃了一些饭菜，就站起身准备走。

他爹说：“我送你一程吧。”

他连忙拒绝说：“天都已经在亮了，不怕。这去四川是盐大路，我从小就走，熟悉得很，哪需要送嘛！”

他坚决地不要他爹送，挎上褡裢包急促地说：“爹妈保重身体。”

大弟杰雄拉着他的手问：“你去了好久回来呀？”

小弟杰田也拉着他的衣服说："你好久回来？"

他笑着哄他们："不久就回来。"

说着就朝门外走去，这时东边天空已经是一片粉粉的光亮。他爹妈、两个姐姐、两个弟弟都站在屋旁久久地向他走去的方向看着，很快他就走进了树林里，什么也看不见了，只有麻布一样的树林。

他当然不会就这样走。他一直躲藏在树林里，眼睛也不眨地看着对面的月儿家。他心中焦急万分，好像心子被一根绳子提起来了。

艰难地等到早饭以后，他看见月儿妈才扛着锄头到坡上田里去了，月儿也去了附近田里打猪草，云儿、叶儿在家里玩耍。他便从树林里蹿出来，见路上没人，便急忙过路下河，蹿入苞谷林，向月儿打猪草的地方跑去。好的是这季节遍山遍岭是绿绿的苞谷林，像茂盛的森林可以为他做掩护。

月儿见到他惊喜万分，脸上笑成一朵粉红的映山红。

他握住月儿的手，喘着气说："我马上就要走了。"

月儿吃惊地望着他眼睛说："怎么的？"

他将昨天在街上遇到的事情全部给她说了……

月儿一时惊愕："这么急呀……"接着就哭起来。

他将她的手抱在怀里，安抚地说："莫哭嘛，我去学艺是好事。将来成了天下第一的大师，为人们修建很多很多楼房，修建世界上最高最高的大厦，你看见了多开心啊。当然也要给你修建一栋最漂亮的新房。希望你也学成天下最好的裁缝大师，为人们缝制很多很多美丽的衣裳……"

她用小手儿捶着他的胸脯，哭着……

他又将她的手抱得紧紧的，温柔地说："你乖呀，莫哭嘛。我喜欢你的心一辈子也不会变的……"

她用手儿推一下他胸："谁知道呀？"

他笑一下："我是把你放到心里的，你看不见，当然不会知道……"

她眼睛一下湿润了，好久才说："到屋里去，我弄点东西你吃了再走。"

又说：“你在这待一下，我先回去把云儿、叶儿打发走，叫她们到坡上给妈送茶水去。”

过了好一会儿，她才在院坝边咳了两声。她好不容易才把两个妹妹哄到坡上去了。

他悄悄地走进月儿家。月儿正在灶上忙着。他帮着给灶洞里燃烧的火里又添着柴火。她在灶台边望他。他在灶洞前望她。她很快用瘦肉煮了面条，加了两个鸡蛋，舀起来是一大碗了。

他说：“太多了，吃不完。我俩吃。”

他一定要她也吃一些。她坚决不吃，一定要他吃完。他没法，用力吃着，用力咽着。要知道，这时他心里肚里装满了千丝万缕的情、恋恋不舍的愁，确实没有空隙吃下食物。

她用手碰着他的左手，严厉地说：“一定要吃完！这是我的一片心意。往后……”她没有继续说下去。

他鼓劲一边吃着，一边望着她，好像她的脸蛋是一盘菜，而真正摆桌上的小菜他却忘了去拈。

她有些伤心地说：“今天就是我俩最后一次在一起了……”

他安慰地说：“不能这样说。怎么是最后一次嘛，我要回来的。”他觉得这样说好像不是好兆头。

她就十分难过地哭起来，声音颤抖地说：“你今天这一走……谁知什么时候……才能够再见面……”

他说：“莫哭，我去一年就回来和你定亲，如果师父不允，最多三年一定回来和你成亲！”

她极力忍住哭，抽噎着说：“那你可要记住，今天是六月十四。三年……好难等啊……”

他赔着笑脸安慰：“我争取每年都回来看你。”

她忽然又哭起来：“你心里只有艺，没有我……”

他有些急了地说：“怎么没有你呢？”

“有我——怎么不早点请媒人来说亲，把我俩的事定下来？”她眼里的泪水顺着眼角流下，流成两条透明的绳子。

他有些委屈地说：“我给父母说过的，他们说我还小……”

她充满忧急地说：“你要早点回来一趟，请媒人说亲。我年纪大了，别人来说亲，我也拗不过父母。”

他只好点头说：“好。”

她满腹心事地望着他：“我送你一个东西，这东西是我绣了自己用的，现在送给你……”

他接过去看着。是一个蓝色土布手帕，上面绣着一个小姑娘，这小姑娘很像她，大大的眼睛正望着他。

他激动地说：“我一定时时将它放在身上。”

她眼里充满期待地看着他，伤感地说：“这是我的心，你要放在心里……”

他一时激动，将她紧紧地抱在胸前，认真而深情地说：“我要将你放到心里去！”

她也紧紧地抱着他，嘴唇颤动着，一时间也说不出什么话，只有眼里默默地流着泪水。

他有些难堪地说：“可是我没什么东西送给你……”

她抬头望着他眼睛，用手摸着他胸脯说：“我不要你的东西，只要你一颗心就够了……”

他有些坚定地说：“我去学好了手艺，挣了钱，买世界上最好的东西送给你！”

她仍然充满忧伤地望着他的眼睛：“好东西我也不要，我只要你的心，将来的心也要还是当初的那颗心……”

他眼里有些湿润了，轻声说：“请相信，我的心永远是当初的那颗。其实，我去学艺，最舍不得的就是你……”

她耷下眼帘，眼里滚出亮亮的泪珠，接着就流成两条小溪一样……

他双手抚着她肩，望着她说：“月儿，你的脸蛋像月亮，想你时，我就看月亮，凡是有月亮的夜晚，我一定要看着月亮，好好地想你，看见月亮也就看见了你……”

她抬起眼帘，泪光莹莹地望着他：“我也看月亮，因为你看月亮，你的身影你的心就映在月亮上了，我一看也就看见了你……”

他有些坚定地说：“那就这样说定了。”

她充满忧心地说：“你快走吧，不然妹妹们回来了。”

月儿送他来到苞谷林里。他深深留恋地望着她，缓缓地沉沉地说：“我走了，你要好好照顾自己……”

她眼里饱含着难舍的泪花，哽咽地说：“好。你也要好好照顾自己。我等你……”

他看着她那飘着霞彩和泪珠的脸蛋，最后用手轻柔地为她拂去泪水。看看四周无人，悄然跑下河，跑过公路蹿入山林里。接着就向西边的山坡上爬去，奔往四川老家学艺的漫漫长路。她站在苞谷林边，久久地望着对面山坡……

渐渐地，他被树林遮住了，看不见他了，但她仍然望着那山坡。他怕她看不见，就掐下一根树枝，边走边向她挥动着，她就抽出几根苞谷天花，拿在手中向他挥动……他爬上山顶向下看，她依然站在那田边，像一棵小竹，永远长在那儿……

三　傍晚霞光

他在亲戚家过了一夜，第二天傍晚就到了大爷爷家。多少年后的一个傍晚，他又想起这特别的一刻。那是农历六月十六的傍晚，太阳像一张跑累的脸，把红红的润光照在大门口，仿佛要将整个房屋粉刷一层灿烂。

他抑住一种兴奋走进屋去，喊道：“大爷爷！”

这是老师父——大爷爷的家。真有缘，恰好这天老师父有事回家了，而且第二天早上就走。老师父看见是他——杰汉，从椅子上很快地站起来，好像膝盖也不疼了，平时老师父可是要慢慢地站起来。从他小时大爷爷就喜欢他，就觉得他是学木匠的材料。他小时常在这里玩，整天不是看着老师父做木工活，就是拿着锯子锯木头，拿着刨子刨木头，手中没有锯子或是刨子就要哭闹，甚至大人要带他回家也跑去躲着，哭着要留下来跟大爷爷学木匠。

他虔诚地跪下，给大爷爷深深地一叩拜，真诚地说道："孙子杰汉给大爷爷问安！"

他并不将头抬起，而是将头久久地叩在地上，等候大爷爷赐教。

老师父感到他是个懂礼节的孩子，心下高兴，口气严肃中含着亲切地说："起来。"

老师父慈祥地说："我先要给你讲讲古：人一定要不忘自己祖宗。祖宗是根，没有根，哪来树？我们陈家的老家并不在四川，是'湖广填四川'时从江西来的。我们老家在江西的江州，一家有十五代人没分家，三千九百多口人在一起吃饭过日子，非常和睦。不仅人和睦相处，而且喂的一百只狗子也能同槽吃食，十分和谐。因此陈家被称为'百犬同槽''义门世家'，是全国的义德典范，受到唐宋几代皇帝的十多次旌表，并赐匾'至公无私''天下第一家'，赐联'九重天上锦书贵，千古人间义字香'……我们不应该忘记这些珍贵的传统。学艺，真正要学好，必是德义在先。"

他听得十分专注肃敬，眼神痴痴的。

老师父接着严肃地说："收你为徒，虽然是本家人，我还是有规矩的。达不到我的规矩不行。不依规矩，不成方圆。"

他就又是虔诚地一叩首："谢谢大爷爷！请大爷爷赐教。"

老师父看着眼前的他，心里非常欣慰，并有一些激动，好像看见一颗早晨的太阳正在面前升起，要去拥抱似的，脸色也像一下子年轻多了。老人没有拥抱，轻轻地伸出手亲切地抚摸一下他的头，用带有威严的笑容看着他，赞扬地说道："是个好孩子。读了几年私塾？"

他诚实地说："读了六年私塾，"四书"、"五经"、《道德经》能背，并且都能讲解其意思。"

老师父吃惊地笑着说："太好了！"伸手拉他在椅子上坐下来，亲切而认真地问道："你真的要跟大爷爷学艺？"

他口气坚定地说："一定要跟大爷爷学艺！"

老师父微微地抿一下嘴唇，又严肃地问："是一心一意要学艺？"

他又口气坚定地回答："是一心一意要学艺！"

"能忘记一切地跟大爷爷学艺？"

"能忘记一切地跟大爷爷学艺！"

"是把艺当神，还是把艺当人？"

"把艺当神，至高无上。"

"是德义在先，为人造福，还是为了谋私谋利？"

"是德义在先，为人造福，不思谋利。"

他回答得诚实坚定。老师父听了非常高兴，又轻轻地伸手抚摸一下他的头，心里有着一番感慨地说："好，是一块学艺的好料子。"声音深沉有力。

他有些急切地又是跪下三叩首："请大爷爷教我木匠手艺……"

老师父深沉地微笑一下，有些严肃地慢慢说道："你知道吗，要学艺，首先不是学艺？"

他心下一怔，有些紧张了。他又是一叩头，头紧贴地面，并不抬起："请大爷爷明示。"

老师父轻声说："起来。"

他把头抬起来，腿仍然跪在地上，全神贯注地聆听着。

老师父吸一口烟，严肃地说道："古人云，未曾学艺先习德。学艺，首先要学规矩，按规矩做。最大的规矩是：先学做人，再学手艺。做人，要做到的规矩是：五稳。一是口稳，不乱说；二是手稳，不乱拿；三是身稳，不乱来；四是心稳，不乱想；五是神稳，不恍惚。"

他连连点头说："记住了。"

老师父拿起长长的烟档，沉稳地吸上一口，不慌不忙地又问："你知道，学好木匠，至少要学多少年？"

他心里记得大爷爷曾说过，至少要学十年，但他不想装聪明，而是又一叩首说道："请大爷爷明示。"

老师父放下长烟档，有些严厉地说道："要学好木匠，最少要学十年：刨三年，锛三年，凿三年，还有一年学画墨。要把艺学好，学到老，学不了。要把艺学深，学一生，学不尽。艺海无边。要把艺学高，天有高，艺无高。山外有山，天外有天。就是我，也不能算天下最高师，更不是天下第一，比我功夫更强的人一定还多。天下多师，各有所短，各有所长。要虚心，要善于向他人学习。三人之行，必有我师。学人之长，补己之短。哪怕跟我学了，你还要跟别人学习，我是有限的，艺是无限的。学艺之道，永远在路上，无止无境。山有顶，艺无顶，唯有多学多练。学无尽，学不止……”

老师父停顿一下，又带警示地看着他说：“学艺，愚笨的人用手眼学艺，聪明的人用心神学艺。手眼到，心不到，样子像，不传神；手眼到，心也到，神也到，才出神。眼到，手到，心到，神到，必成，必神。”

他听得完全入神了。他觉得这些话太珍贵了。接着老师父让他背下来。他竟然一口气背了下来，老师父听得惊奇不已，连连拍他肩膀称赞：“奇才，奇才！但我要看你是否言行一致，心神专一。”

老师父磕一下长烟档，显得神圣地说：“杰汉，我还要特别嘱咐你：你既然从事这门艺了，就是以艺为大，以艺为亲，以艺为伴，以艺为神。只为艺，不为利！你的一切，就是艺——为艺，传艺，生为艺，死为艺；要有艺之诚，艺之精，方有艺之神。特别要有艺之德，最高境界是德，无德一切皆零，一切付诸东流！心要有追求的境界，就是要把心站在又高又远的地方，来指导你学艺，做事，为人，处世。也可以说：德是一个人的魂，人没了魂，你想会是怎样，能做好手艺吗？”

他知道这是字字真经，他一边认真地听着，一边坚信，一字一字记在了心底，听后就背诵如流地回述了一遍。

老师父虽然神情威严却禁不住笑了。

时间有如一片白云一晃，就飘过去了三年。眼下又进入六月，这是火烤般的季节。他心里焦急，心也像是在被火烤一样。他知道应该回去办理和月儿的事。他答应月儿姑娘的，去一年就回来和她定亲，如果大爷爷不允，三年一定回来成亲。可是大爷爷对他要求极为严格，要他先一心一意把艺学好，不能思念家乡，更不要想到成亲的事，否则就不会教他真艺真法。满一年时他说回去看下父母，大爷爷没有答应。第二年，也没有答应。现在是第三年了。

是时候兑现他对月儿的承诺了。他还是鼓起勇气向老师父走去。他想说什么。这是一个黄昏。他走了两步，又停住了脚步。

这是夜晚。他走到老师父身边，脚步一下子迟疑起来。他正在陪老师父散步。他看着老师父的样子，有些发怵。

老师父已经近八十岁，但身体依然很健康，满面红润，有如傍晚的太阳。满头白发绾着一个大大的发髻，圆圆的，像一颗灿烂的大宝珠，闪耀着银色的神秘光芒，简直就是顶着一个正午的太阳。连眉毛也全白了，如飘在天空的两片神秘仙云。长长的白胡须如一团仙雾腾空升起。两眼微肿，目光如炬，深邃浩远，仿佛早已洞穿人类宇宙。但画墨时，视线模糊，尺寸看得不是很清楚了。他看老师父，总觉得老师父仙风道骨，像是一尊神。

老师父几次说："不是你，我早去老君山修道了，那里有我的老朋友。不管能不能成仙，起码能自己感觉是仙，这也就得道了。就因为要教你，才没想那事了，就只能永远待在这人世间了。"

老师父还说："你努力学吧。我一定要坚持陪你学满十年再死，差一天都不行。我说过的要学十年，就要算数。"

他听了很感动，眼眶都湿润了。

他的手伸在衣袋里，握着一个东西。他一有时间手就这样伸进衣袋里握着这个东西。他不敢拿出来，怕老师父看见，只能这样用手握着。他一握着就好像有了无限勇气和力量。这是一块小手帕儿，四方形，只有六寸大小，蓝色的，上面绣着一个小姑娘，显得活生生的，像一个仙女从蓝蓝的天空飘飘而下。这是分别那天月儿姑娘送他的。他一有机会就这样握着。他想把它握到心里去。

他忽然想起什么。他抬头去看着月亮。他感到月亮里有个人影，是美神月儿姑娘！她正在望他。他忽然觉得那月亮变得苍白了，她怎么了？他望着，想着，不禁心头一哽咽，眼里就涌起湿湿的东西。

多少个夜晚，他都要望这月亮，就觉得心中有了美神，六神有主了。在没有月亮的时候，他也要望着天空，想他的美神月儿，这样心里马上就亮堂了，就美滋滋的了。他也望家乡的方向，他搞不准他家的方向到底在哪一方，只能凭着太阳出来的方向判断大概在东方。没有月亮的夜晚就越看越难受，四处黑昏昏的，他觉得像是没有了太阳没有了光明，变得恐怖一片，很是惶恐。他就又望天空，想象美神月儿……但这些情景他也不能让老师父看见。他只说在外面玩玩，因此有时他又故意跑一跑或是蹦一蹦，显得单纯而活泼，什么心事也没有，和小树儿一样。

他不敢再望月亮了，越看心里越思念他的美神。他怕老师父看出来他想家了，说他心神不定，不是一心一意。这样就不会教他真艺了。老师父多次说过，曾赶走过几个徒弟，其中就有孙子。他决心忘记其他一切，就去望老师父的背影，他感到那是一座高楼，一尊神圣的高楼！于是他又觉得有了无限的力量，无限的希望，无限的寄托……

他的一只手仍然伸在衣袋里握着那块小手帕儿，似乎这样他就有了一种力量。他轻轻地走上去，并把手从衣袋里拿出来，很乖又有些可怜地低头叫一声："大爷爷。"

老师父稍微转一下头，白眉微皱，温和地应一声："嗯。想家了吧。"

他有些吃惊，心下惶恐，老师父能感觉到啊？但马上镇定地说："《三字经》上说：父母在，不远游。我来了这么远，当然想父母了。没有父母就没有我呀。百善孝为先。您也说过，人不能忘记根本。"

老人一下子转过身，望着已是十八岁高大汉子的他，审视地说："杰汉，你是不是想回去说亲事了？"

他心里轰然一响！老师父真是神啊，一转眼就看到他心里去了！他尽力镇住心神，连忙回答说："不是。您收我为徒时要我立了誓，我就说了，不学好艺，决不成亲。”

老师父满意地摸一摸长长的白胡须，笑着点下头：“嗯。好。”

他的手又下意识地伸进了衣袋，但他马上拿了出来，浑身竟然打了个寒战。他鼓起勇气说：“大爷爷，我母亲的生日快到了，我母亲一定想我了，我想回去几天……”说着低下头去，生怕大爷爷看出他眼中的秘密。

老人审视地望着他：“不行，你才来三年，我给你说的是要坚持十年，你才真的进入了学艺的境界。学任何艺，不忘记一切，不可能进入境界，便一事无成。我当初拜师学艺，跟着师父走南闯北，十年没有回过家。我和师父去老君山、金华山、青城山等地修建过多座庙宇，在各地修建过多座大庄园……你现在，还刚刚起步啊，孩子。”

他无话可说。事实上他也听得入神了。

老师父还在说：“我人老话多。你从小来玩，一见我做木工活就睁大了眼睛，就看得入神，就想试一试。我一眼就看准你是个学木匠的材料。我从你眼神里也看出，你是个做事执着，很有恒心的人。学艺，最重要的就是这。那年我就想留下你……我多么想有陈家子孙能将我的手艺传下去啊……”

老人咳一下，望望天，悟彻天地宇宙似的轻叹一声：“唉。”又坦然地说，“其实，天下没有菩萨，没有仙人，但有神，这神就是人。不是别的什么。人是有一种精神的。人本来就有精、气、神。人是世界上最神奇的动物，通过艰苦的修炼，就能拥有神来之力量，能将树木变成高楼大厦。但这非一日之功啊。古人不是说过‘读书破万卷，下笔如有神’吗？就是说要多学多练就出神。为什么说‘神功’？千万不要理解错了，是什么神在指使，那就走邪路上去了！‘神功’就是刻苦学练出的、出神的‘硬功夫’，或者叫‘绝活’。”

他入神地听着，不自觉地有些激动了，不禁大声说：“大爷爷，我一定忘记一切地学，刻苦修炼真功夫！”

老人微笑地点头：“嗯，好啊！”说着兴奋地伸手拍一下他的肩膀：“我会将所有真艺都传教给你的。”

他痴痴地望着老师父，仿佛望着一尊神，忘记了一切。

老师父又平静地说："你心中有父母，这很好。但是你要对得起父母，就要专心把艺学好，为父母争光。你学成了一个高超的大师，你父母就高兴了，没白养你一场。尽孝不完全是要守在父母身边，是要有大志，干出大事业来，闻名天下，让父母心里高兴、踏实，死了也会含笑九泉。碌碌无为，就是整天陪在父母身边，父母到死也是忧心忡忡，更不能地下安息，何谓孝？"

他痴痴地望着老师父，完全忘记了一切的样子。

老师父接着说："告诉你个好消息。我们马上就要去很大的平坝，去为一个大户人家修建一座庄园，很大呢……"

他听了没有兴奋，只感到心里一片酸酸的东西涌起——不仅不能回故乡，好像变成了一只大雁，还要越飞越远……真是无端更渡桑干水，却望并州是故乡。

四　人在何处

时间走得很慢。时间是爬着走的。月儿姑娘望穿了双眼的春水又望穿了秋水，望掉了春花又望掉了秋月。

终于望到他去了三年。他是三年前的六月走的。三年后的这个六月他还没有回来。月儿姑娘心里充满思念，充满忧伤，更充满焦急。她的心已经变成了一条酸酸的河，一河酸酸的波浪，整天急急地奔腾个没完。她的眼睛也变成了两条咸咸的小溪，流个没完。她独自一天天望着月亮慢慢升起，又望着月亮慢慢落下，望着月圆，又望着月缺。这时间比心里的那条河还要流得慢！像是等了几辈子！

时间也终于走到腊月。他已经去了三年零六个月了。月儿姑娘天天盼，天天望对面山坡的"之"字拐路，望着他家的院坝，她多想他能出现，能向她招手啊！但天天都不见他的人影儿。她想他过年要回来的……

直到腊月二十九团年这天下午，还是不见他来看她，她实在忍不住了，就从家里走下河边那个路口。她痴痴地望了一会儿，就向他家走去。她想他去三年又半年多了，过年应该要回来兑现他的承诺。她想他是不是昨天夜里回来了，而她没有看见……

她来到他家里。他母亲热情地看着她："哎呀，月儿是稀客呀！怎么来了的？"

她假装说："过路。顺便看看您。"

她的心忽地一下碎了，她没有看见她想要看到的他。她也不便问，凭场景和感觉，她断定他确实没有回来。她坐也没坐，就怏怏地向自家走去，心像是裂开了……

走到路上，她气愤地说："真是学艺就把什么都忘记了，说话不算话了！"

就这样让她伤心又让她气愤。三年后的春节也慢慢地过去。慢慢地花儿又开了，慢慢地树叶儿又发芽了，青了，他还是没有回来。苞谷苗长到了两尺多高，已是四月下旬了，他已经去了快四年了，他还是没有回来。她太失望了，人也像患上了重病似的。

也就在这时，她家来了个铜匠。这个铜匠师傅姓钟，名叫钟潇，是个小伙子，十九岁，偏高个子，眉清目秀，长得像个女孩子似的，很是俊秀。

钟潇铜匠进屋时，她正在绣花。同样，是在一块蓝色土布上绣的。这次她绣的不是一个人，而是两个人：一个仙童，一个仙女，在仙云上面轻舞。但只要认真仔细去看，就会发现那仙女是她，那仙童是她的杰汉哥，是她的神，她的主。他走了，她也是六神无主，心里空空的，好像什么也没有了。他走时，她将自己那块手帕送给了他，随后她为自己绣了一块，那上面绣的人儿不是她，是他。但她不敢自己常用，因为一看，谁都会认出来，她就将它收藏起来了。后来她绣的都是双人。她也很少有时间绣这些，自他走后她就在跟父亲学裁缝，现在已是一个好裁缝师傅了。有时她也要在家帮助母亲种地。

她听见脚步声一抬头，顿时两人都怔住了。如不是挑着制作铜器的小风箱和工具箱，她还以为是她杰汉哥回来了。她非常吃惊，他们两人的样貌惊人地相似，只是他的五官更为男子汉一些。但她不知道，三年多来他已经长成一个高大的个子了，比眼下这个姓钟的小伙还要高一些，壮实一些。她这时也已经长成一个大姑娘，眉清目秀，只是水嫩的脸蛋稍微圆些，白白净净的，恰似一面差点就圆的明月，一双水汪晶亮的眼睛让人一接触就觉得要融化在里面似的。

这时钟小伙一看就怔住了，匆忙瞟了一眼就急忙退却，生怕化在了她眼睛里。其实她也认真地看了钟小伙一眼，因为看着顺眼。但她马上脸儿变得红润了，有如溪水中泛起一层淡淡红霞。她醒过神来，这是铜匠，不是她的主。

这铜匠师傅是她父亲请来的，请来给家里打制一个铜炊壶、铜罐，好烧水、煨茶，还打点小东西。

钟铜匠一进屋就被她给弄得有些走神。真是太美了！这是天上美神下凡的吧。一时间钟潇给弄得神魂颠倒，千方百计想多看她一眼，但又不敢多看，总感觉那眼睛里有一种反击的光芒，十分拉人。自此，她也就成了他心中的美人，美神，或者说美绳，紧紧地拴住了他的心！

钟潇已经是一个好铜匠师傅，做的铜器精致、秀气、漂亮，也就像他这个人一样。他首先打的是一个铜炊壶，颜色深黄，像金子一样。他特地在炊壶上雕刻了一位美丽的姑娘，正乘着仙云飘飘而下，不知是哪位仙女，但样貌神似她——肖月。

她父母看着这个金黄灿烂的铜炊壶，高兴极了，他们不仅仅是为雕刻的这个姑娘高兴，更赞赏这小伙的精湛手艺。

她也偷偷欣赏着这个铜炊壶，她惊奇地发现雕刻的这个姑娘就是她，不禁脸儿一热，仿佛铜炊壶是个发烫的太阳，把脸一下子照烫了。

月儿姑娘没有想到，钟潇已经深深地爱上了她！

钟潇离开她家不几天，就请了媒人来她家说亲事。其实，在这三年多时间里，已经有不少媒人来过她家，要为她做媒。但都被她一一拒绝了。她父母也都没有看热那些提亲的人家。可是此次钟潇请的这个媒人不一般，这个媒人恰恰是镇上发财有势的李保长。钟潇是这李保长的外甥，关系太不一般了。

这个李保长为人也还行。李保长儿子结婚，是她爹去缝的所有新衣，她爹没收工钱。不久李保长也给她家帮了忙。她家几辈人存下了一点钱，买田时，是请李保长做的中人，在李保长的劝说下，那家人户便没有怎么要价，她爹买得心里很舒服，为此心里很感激李保长。这李保长是个小保长，管两个村。还有一个大保长，姓王，离这儿较远。

这次情况的确有些不一样。通过钟潇在她家打造铜器，她父亲看上了他，而且钟潇家地方好，那里叫金沙坝，据传曾经有人在田里挖出金子，就得下这个美名。在整个长坝乡，金沙坝是最好的鱼米之乡。钟潇家里有田有屋，是个殷实户。

为了慎重，她爹还亲自前去考察了钟潇家的环境和家里情况，确实很好。钟家真是在金沙坝的最好位置，那里是低山，气候好，比他们那高山强多了。钟潇这小伙是个好人才，人人都说好，又是一个好手艺人，人才难得呀！因此她爹就十分同意这人户、这郎娃，回去就回李保长的话，这事就定下来了。就对肖月说要定下这门亲事，可她坚决反对。但她怎么反对也无效，这事就这么板上钉钉了！

她坚持说："我不同意。我要满二十岁了再说。"

她母亲生气地说："这样的人户不同意，还要哪样的人户？你要挨打吧！"

她父亲睁大眼睛瞪着她："不行，这事我和你妈说定了就定了！"

她态度坚决地说："我的事我自己做主。这个人户我不同意！"

她父亲气愤了，拿起一根竹条，大声吼道："给我跪下！"

她没跪，准备往房间里去，她父亲拉住她的一只手臂，按到地上，就用竹条狠狠地向她背上抽打……

于是就由她父母做主，经李保长和双方商议，确定了订婚的日子。

订婚的这天偏偏天上下着雨。天像是在悲伤地哭泣。由李保长带着钟潇父子，由钟潇挑着一担箩筐，有加工的上等面条、好米，有陈了几年的香醇米酒，有在城里买的糖食糕点，有红的绿的蓝的布料。因为肖家是裁缝世家，月儿已经是个好裁缝，怕别人缝的衣服她看不上，就只买了布料，让她自己做。还有一对银耳环、一对银镯子。知道她喜欢绣花，还买了许多七彩花线。

李保长率领的这支精干小队兴冲冲来到院坝坎下，月儿爹已经在那等候一会儿了，这时她爹连忙点燃了一封鞭炮。为了不让鞭炮被雨水淋湿而不响亮，给喜气带来停顿出现不好兆头，他是在厢房的屋檐下燃放的。因此就出现了一个红火的镜头——鞭炮的炸响把窗户上糊的皮纸引燃了，一下子窗户变成了一团火。这可吓坏了她爹，慌忙拿起旁边一把高粱穗子扎的扫帚，左拍右打地拍打火焰。终于扑灭了火苗，但窗户变成了穿透式栅栏了。

在鞭炮的冲天响声中，对面的几户人家包括她杰汉哥的爹妈弟弟，都走出家门观看这份热闹。他们眉眼上也都挂着笑容，仿佛这份喜气也与他们有关，也许他们是在笑她爹燃放鞭炮不仅响亮而且还如此红火……

唯一难受的就是月儿姑娘了。她正一个人待在自己的房间里哭泣，用那块蓝色手帕不停地擦着眼泪。这块手帕是她今天第一次找出来用的，是那块上面绣着她杰汉哥的四方形小手帕。她想他心狠，她就用“他”擦眼泪，让他尝尝她眼泪的滋味。她想他心狠，她就用眼泪淹死他。但她心里马上又涌起一种坚强：不能哭，哭是服输！

李保长一行个个面染喜色，来到被一对蜡烛照得朦朦胧胧的堂屋里，在板壁下的木椅上或充满优越感，或充满兴奋感地坐下来。

月儿爹亲自为他们上茶。也就在她爹去桌上拿茶壶倒茶时，可能由于激动，身子带来了激动的风，一支蜡烛突然就熄灭了。这时充满喜气的她爹还没注意这个细节，却被钟潇的父亲看到了，脸上表情也如一盏灯忽然熄灭了，顿时黯然失色，袭上一抹忧虑的阴霾。相隔桌子较近的李保长脸色微微一动，连忙起身拿起熄灭的蜡烛在另一支燃烧的蜡烛上点燃。沉浸于喜悦与幸福感之中的钟潇，丝毫没去注意这些细节。钟潇心里想的是月儿的姣美芳容，满脑袋除了她什么都没有。

她母亲又喜又急地来到她房门边，轻轻敲一下房门，又轻声地说：“月儿，快出来给我帮一下忙。”

她妈也不一般。她妈知道，只要她出来了，就有办法对她说话了。可是没有一丝声音回答她妈，她妈那喜气的脸色突然变成两片乌云停住。

她爹听到了她妈的说话声，不一会儿，也去了她房门边，敲一下房门，充满怨气地说：“月儿你帮一下你妈（做饭）呀。”

她没回答一丝声音给她爹。她已经死死地闩紧了房门，严阵以待，恐怕不拆板壁房门，是见不到她了！

晚饭还是热闹地吃了。她母亲还没有叫开她的房门。她妈心里已经憋足了怨气，变成了一股愤怒的火焰，在心里呼呼地燃烧着。她妈这时才认真回想她的性格，便担心这桩婚事可能有些不顺。

就这样，她一天未出房门，一天也没吃没喝。夜里都睡了，她才悄然起床，去上茅厕。然后喝了点水。然后她走出厢房门，来到院坝里。她感到有点飘飘然。这时天上已是月明星稀，以一片清新的面孔迎接她，再不是白天有如痛哭的雨。她痴痴地望着月亮，月亮还没圆，像姑娘的瓜子脸，白白净净，柔柔嫩嫩，好像是用豆腐做的。

她痴痴地望着，痴痴地想着——她说杰汉哥，这时你也在望这月亮吗？怎么没有看见月亮上有你的身影？你在哪儿啊？怎么不回来看我？是老师父对你很严格吗，告不了假吗？你没忘记我吧？你知道吗，我的心想你想碎了，想化了……你何时能回来呀……父母做主已经逼我和别人订婚了……你真是有了艺就忘记了我吗？

五　悲急时刻

人生中不顺的时候，往往是接二连三地不顺，就好比往往暴雨还伴有大风，非把庄稼房屋倾倒不可，要让洪水淹没一切……

就在月儿姑娘订婚的第三天，李保长又来到了月儿姑娘家。但这天不是关于钟潇的事，而是那个军官莫美鲅的事。

因这里是大后方，这时镇上设置了一个部队整训基地，一般都有部队在这里整训，名字叫整训所，莫美鲅是副所长，但目前还没有配正所长。他原来的夫人在日本人的轰炸下死了，由于身处这个穷乡僻壤，一直还没找好夫人。莫美鲅打听到这一带的美女就是月儿姑娘——肖月，读过私塾有文化，是个好裁缝，人才十分出众，看也没看就请李保长做媒。

李保长说："月儿姑娘已经与人订婚了，也是我做的媒，这我可不好说话啊。"

莫美鲅笑一下："只是个订婚，怕什么，我补偿男方的损失，你一心为我做媒就是！"

李保长当然在乎部队。莫美鲅手里有枪有炮，想打谁就可以打谁，打死了你再有道理也没有嘴说了。

李保长表面上笑着："这叫我很为难啊……"

莫美鲅便命令似的说："这事，为难你也得办，我是娶她做夫人，而且我这一生只要她一个夫人，终生相伴。跟我这样年轻有为的军官，她肯定不亏。我要娶她，她不同意也得同意。你必须今晚就去，我今晚就等你消息！"

李保长没去想为什么要今晚上，命令之下只好答应。又觉得哭笑不得。

这晚上的天像块阴森的屏幕，不知要播放什么鬼片。李保长急急忙忙又来到了月儿姑娘家。恰好肖裁缝也回家了。月儿还在赌气，当然没有随她爹出门做裁缝活，还闷在家里想着她的对策。她已经想好了对策，准备今晚就行动。

李保长有些惶恐地对她爹说：“肖师傅，莫美鲅所长要娶月儿姑娘，我也没法……”

月儿爹大吃一惊，当时身子就向后一愣，睁大了眼睛说不出话来。

李保长有些无奈地说：“莫美鲅要娶月儿的心切。我看，得想办法，躲一下，说不定他会采取什么行动。他手中有部队，有枪，拿他们这些人是没有办法的。”

她爹脸上浮现出惊恐之色，皱着眉头说：“那只有我带她去远处做裁缝活……”

李保长点头赞同地说：“唉，现在只有这样了，争取早点动身吧。”

李保长怎么也没有算计到，这个莫美鲅是个很有谋略的军人。莫美鲅请李保长帮忙做媒时，看见李保长不是很爽快，好像很有难处，就算计到他不会真心帮忙，这事没什么成功的把握。因此，莫美鲅一走出李保长家门，回营房就做出了安排，派出一个班的兵力，由一个侦察排长挂帅，隐蔽地尾随而行。在李保长走进肖家之后，要认真地听听他们说些什么，同时侦察屋内各房间情况。如讲好了，那就皆大欢喜，如没讲好，就当即采取军事行动！

李保长出门向家里走去。排长并没有理睬李保长，只派了一名军人悄然尾随而去。待他们走了一段路程之后，由一个身穿便服的军人去敲门，友好地说：“找肖师傅缝衣服。”

肖裁缝开门后，随之十几个军人一拥而入，外面还留有站岗的。屋内同时分组行动，由几个人控制她父母并做工作，劝导。由几个人径直去房间控制了月儿姑娘。

为头的排长严肃地劝导月儿：“这是你的好运降临，我们莫所长要娶你做夫人，并保证一辈子对你好！这对你来说，是很好的美事，你也就不要多想，识时务者为俊杰。”

月儿姑娘只在开始他们进门时多少有点紧张，而后听他们这么一说，心下倒有些平静了。

她对他们微微一笑，平静地说：“哦，是莫所长，他我知道，听人说过。也听说他父母兄弟一家被日本人的飞机炸死了，都有些同情他。既然是这样，你们也不要慌忙，我同意这件事情。请问，莫所长什么时候来我家接人，请说出日期，我们好做准备。”

为头的排长一笑，他早就听见了屋内的秘密说话，当然知道该怎么办。于是就带着笑意说：“这些，都不必考虑了，现在我要给你说清楚的是，我以一个中国人的良心给你保证，我们都有父母姐妹，保证不会对你动粗。婚姻也应该是自由的。你去后，先和莫所长谈好，约下日期，就在我们部队举行婚礼，负责办得你满意。一定请你相信。现在，就请你跟我们走。”

她并没有说出什么反对的意见，微微一笑说：“行。大姑娘终要嫁人，能嫁给一个军官，确是一件美事，我非常愿意。父母包办定了一门亲事，我正愁不能解脱呢，这下好了，可以自由了。我收拾两件衣服，就跟你们走。”说着就要去打开箱子。

为头的排长微笑地说：“不必收拾你的衣服，你穿一套就行，去后明天莫所长就在镇上买最好的布，仍然由你自己缝制就是。”

她思忖了下，微笑着说：“那也好。我们走吧。”

排长也止不住满面堆笑，没想到这女子这样爽快。

就这样，她显得自由自在地向外走去，路过堂屋，也并没有对父母说上一句什么话，就径直走出了大门。

她父母一时间不知所措，怔怔地坐在那里，脸上的惶惑忧急此时已完全凝固。

月儿姑娘随这班军人来到整训所营房。李保长还坐在厅堂，旁边是刚才尾随回来的军人。他已向莫所长报告了李保长怎么说的话。

莫所长见军人们和月儿姑娘走进来，连忙起立，向他们一行敬了一个庄重的军礼，热情地笑着说：“大家辛苦了，请坐。”

他伸手指了指茶几边的椅子，亲热地对她说：“月儿姑娘请坐。”

她在茶几一侧很是优雅地坐下。莫所长就在另一侧坐下，脸上满是欣喜的笑容。

她被他这庄重的军礼和充满感情的说话弄得有些放松。她觉得这是一个很有意思的军官，这肯定是莫所长。她稍微打量一番，觉得这还真是个英俊的军官，像一个做大官的样子。

这时便有一位军人用本地的红漆木茶盘端来茶水，首先给了她一杯。她客气地接了茶杯，随和地喝了一小口，然后将茶杯放在茶几上。

莫所长对李保长客气地说："李保长啊，你没有给我帮忙，你是去给他们出主意，教他们快躲到远处去……"

李保长一听这话，浑身一下子缩小了，满脸变成了灰色，眼睛里充满了恐惧，像是一只狗遇到了老虎。

莫所长看到月儿姑娘已经好好地来了，心里也暗暗高兴，也不想对李保长动气，便平静地说："自从我来到这里，不是吹，可以说没有扰民。咱们都是中国人，都有父母，都有兄弟姐妹，应该凭中国人的良心办事。眼下我们的共同敌人是日本鬼子。我一家全被日本人炸死了，就剩下我一个。我很伤心，忍受了几年孤独……"说到这里停下了。

一会儿他沉静地说："因此，我想找个伴侣，有点家的温暖味道。本来早就想找，但看到弟兄们都是光杆，我一直不忍心找，可弟兄们同情我，总是劝我，我想也就听弟兄们的吧。我是找相伴一生的伴侣，我要一辈子对她好，白头偕老。"

然后他转头对李保长说："你可以回去。以后说话、做事要诚实一点。你不能帮忙就说不能帮忙，不要当面答应，背后又去另搞一套。这样不好。你回去吧。"

他不想把李保长怎么样，有许多事情需要这些人，同时不能造成不良影响，因此他忍下了。

李保长有些不敢相信，只有满心惶恐，额头已经布满汗粒，像是一场雨全打在了他脸上。他仍然紧张地起身对莫所长恭敬地鞠一躬："多谢莫所长！以后有事，我一定尽力。"

莫所长点下头说："好。天黑，你慢走。"

月儿一直带着欣赏的眼光认真地打量着莫所长。她心里对他已经很有好感，甚至说，她真的可以嫁给他。

莫所长就面对她友好地微笑着，亲切地说：“月儿姑娘，对不起了，让你受惊了。”说着站起身，庄重地向她敬了一个军礼。

她也连忙站起来躬身回礼。莫所长伸手示意要她坐下，诚恳地说：“对不住了！这没有办法。世界上好多勇敢的事情，都是一种真诚的爱。”

她听得很认真，似乎什么也忘记了。

莫所长亲切地说：“爱情不能匆忙。你来了，先考察、考虑几天，等你心甘情愿了，我们再举行婚礼。给你说，我是找夫人，是找一个陪伴终生的妻子。如果我对你有一丝的不好，天打五雷轰。我已经在这里驻扎四年了，从我手里训练出的部队也不知有多少人了。对这一带，我也熟悉了。我知道，你不仅是个好姑娘，还是个好裁缝。给你说，我母亲就是个裁缝，但被日本飞机炸死了……”说到这里他顿住了。

瞬间他又正经地说：“因此一听说你也是裁缝，我就有点迫不及待了。我怀念母亲。对你，我最爱的是你的品行，我已经考察了。你不知道我，其实我了解你好久了。一辈子只找一个妻子，是要好好考察的。我不学有的军官，要找什么大学生、高中生。我喜欢乡下姑娘。我老家也在离武汉不远的乡下。乡下人朴实，诚恳，厚道。你千万不要怕，不要有顾虑。我已经给你单独安排了一间房子，有你的自由。你想好了，我们一起做婚礼的准备。”

这时炊事员进来说：“夜宵做好了。根据你的吩咐，用面粉鸡蛋做的片汤。”

莫所长热情地对她说：“现在抗战，物资缺乏，部队生活很一般。请原谅。赶走了日本鬼子，生活会幸福的。你将就一下，吃点片汤吧。”

他说着，充满愧意地看着她，等她回话。其实，虽然是面粉片汤，但主要是鸡蛋，还有本地野生香菇、木耳、鲜瘦肉，质量可谓上乘。

她也不是一个小气之人。她也真诚微笑地看着莫所长，点了一下头：“嗯。”她让莫所长感觉到，她已经对他有了深深的好感。

这晚，莫所长在大门口加了两个岗哨，因为怀疑上次那小伙子是趁岗哨打瞌睡逃跑的。

此时的天空月明星亮，像一块花布。她睡在一个单独的房间里，没有觉得害怕，但还是有一些紧张。

第二天的太阳是张娃娃脸，很单纯，很亮丽。她在这个院子里走动着。她的感觉也还好。吃过早餐，莫所长带着她走出这个院子，在田边散步，在山边的小路上散步。莫所长没带任何人，就他和她两人，想让她放松。他们一起欣赏人间五月的田园风光、山林景色，并为她照很多相。她还是第一次照相，也有几分兴奋。他向她讲着他的身世，经历。也给她讲了三年前的一个故事：碰上一个极像他弟弟的娃子，这娃儿却不信任他，不想有美好的前途，跑了，连衣服也没要，想去学木匠……她听着，暗暗笑了一下，这当然是她的杰汉哥了。他走那天，对她说了这个故事……

她很喜欢地听着莫所长讲话，讲故事。她说她是第一次听到这样有知识的话，这样善解人意的话。不像她那爹，强迫她和钟潇订婚，还痛打她……

为了取得莫所长的信任，她也对他讲了父母包办订婚的事，但绝对不提与杰汉哥的事。

莫所长听了很有感慨地说："这都是封建主义在作怪。应该彻底打倒。"

莫所长又说："你给我讲讲这里乡下的爱情故事吧。有不有梁山伯和祝英台？"

她听了不禁心里一惊。她想起了她和杰汉哥。她想她和杰汉哥会不会成为梁山伯和祝英台呢？这个莫军官会不会是那个马文才？

她急忙调整情绪，给莫所长讲了《三十六天干》《灯草开花儿黄》《郎在高山打伞来》等这一带的几个民间故事。莫所长听一个又要她还讲一个。她一连就讲了五六个。幸好在别处做裁缝听得多。他听了连连发出感叹，啊，真像梁山伯与祝英台……

这天，她都是和莫所长一起用餐的。她一副吃得很香甜、很舒服的样子。她也让莫所长感到很温馨、很高兴。

这天晚上天又像一块花布，快圆的月亮就像她那张脸，不仅是白白净净，还显得有些神秘。她和莫所长在厅堂里坐了很久，讲了许多话。然后，莫所长送她去睡。

莫所长只走到门口，说："把门闩好。"

她转身向他庄重地说："你早点休息吧。"

他点下头，向她挥一下手，就转身回他自己房间去了。

这夜她也睡得很好。

太阳又红着脸升起来了，显得十分地害羞。这是第三天早晨。早餐做好了，又冷了好久，还不见她开门出来吃早餐。

莫所长就去到她房门口，喊她："月儿姑娘，起来吃早餐啦。"

不见回音。莫所长又喊了一遍，还是不见回音。他就去推门，门很是温顺地开了。他一看房间，大惊，没有人！凭直觉，他知道人跑了！

可是莫所长很纳闷：门口增加了岗哨呢，这绝对不是从门跑的。再看所有门窗，也好好的。难道她是从空中飞走的，她是个仙女？

这个秘密莫所长当然不会知道。她坦然地来，本身就有着深深的算计，就是在以假象迷惑人，最后暗度陈仓。她当然不是从陈仓出走的。她和杰汉哥一样，是暗度茅厕出走的。这要感谢杰汉哥给她讲的那个故事，不然她还真不知该怎么逃出去。

莫所长想，她是个裁缝，也是个神秘的人？他小时候听母亲讲过：有个很有道法的裁缝，往哪里去，脚踏一块布，就飞走了，和《一千零一夜》的飞毯一样，只是裁缝是用布。

但莫所长确实不愿相信，她真的跑了。

很快，莫所长心里升起愤怒的火焰！在心里暗暗发誓：你敢欺骗老子！不抓到你，誓不为人！

她在门口河里认真洗了，但身上还是臭烘烘的，她想也好。她迅速跑到家里，撬开猪圈门，又拨开耳门进入室内。

这时的月亮忽地充满惊讶，吃惊地爬上她的小窗。窗户白蒙蒙的，如梦如幻。抽屉上的桐油灯燃成一片春天的小嫩叶，黄蒙蒙的。她收拾好了简单的行李，在抽屉边坐下来，如无风的一株春草。倏地，她拿起剪子和一块旧布，咔嚓几下就将长长的秀发剪了下来。她继续剪着，完全剪光。不一会儿就剪成了一个和尚头。

她将长长的秀发拿在手上。在月光和灯光的照耀下，秀发闪耀着黑亮亮的光泽，像一缕温柔而沉重的心事。她实在是舍不得扔掉。她用这块旧布包好，来到屋旁，找了一个大石头，搬开石头，在下面埋好了头发。

回到房间，她又用浓浓的锅灰水染着整个脸部和脖子，直到染得黑乎乎的，十分邋遢。然后用一块布将胸背包裹两圈，用针线把布头缝紧，穿上她爹的青布短褂，挎上褡裢，揣上她存的银钱、一把剪子，悄然溜出了门。

其实，在她爹强制性为她订婚的那天，她就想好了这样上路，就在做着准备。没想到黑松林里杀出一个李逵，耽误了两天时间。

这时快圆的月亮正照着山坡上那条“之”字拐山路，像一根弯弯的草绳。她忘记了树林里有野兽，还有鬼怪，快步向山坡上弯弯曲曲延伸的毛毛路走去。

她急切地向前走着，也有点惶然。她想象着她的杰汉哥就在山那边，不，就在前面，正在山顶等她。这么一想，她忽然就感到有一种巨大的力量在拉着她，一个劲向前走。她甚至忘了回头张望一下月光下的山坡，山坡上的家。就这样很快翻过了她家对面那座山。又向山下走去，她对面便是更加高大的川鄂界山，其中一个山峰叫天鹅岭，就像一只巨大的天鹅展翅在高空。她便向着那高高的天鹅岭望去。她想，翻过那界山就是四川了，就到他身边了。顿时她心里就热热的。

她不会知道，那个莫所长早上起来找不见她，气得一拳就打垮了那个房门，发泄说：“老子对你真心，你还耍老子。老子一定要找到你生吃！”

接着他就安排两个得力的人，去寻找她，并嘱咐：“找到了不要乱来，好好地给我带回来。我重赏你们！”

这两人很快就去了她家，里外上下搜遍了没有她的影子。又在周围访查了一番，没她的踪影。回去报告了，莫所长脸面顿时恶成钢铁。

莫所长气愤地命令：“继续给我找！湖北找不到去四川找。我就不相信她真能飞，上天了，入地了！”

接着安排快速冲洗了她的照片，让他们带上，比着照片明察暗访。

莫所长给这两人开了介绍信，写的内容是：追寻带有重要军事资料的逃兵，请各地协助！收拾了盘缠就出发了。莫所长还特地给他们两人各配备了一把盒子枪和短剑，可谓全副武装上路了。并承诺：找到了，提拔你们两个当连长。

中午还不到，她就来到了川鄂大界山脚下，向上望去，山峰高大雄伟，挡住了大半个天空，叫人望而生畏。那一道道像是碧玉做的山梁，像一条条飞龙直上云天，活灵活现；那一座座峰巅又似一只只展翅欲飞的凤凰，高兴地迎接一条条腾空的玉龙。真是龙飞凤舞，栩栩如生，生动极了，而又是那样祥和瑞气，既给人震撼，又给人一种遐想、一种鼓舞。

这时她实在饿了，她带有银圆铜钱，但不便买。她就去“化缘”要了饭菜吃了。又找师傅将头剃得光光的，就进入了川鄂大界山的盐大路。

那路正从天鹅岭脚下向天上伸去，就像是天上随意丢下的一根绳子，让人顺着绳子爬上天去。她知道盐大路有运盐的骡马队，有生意人。她等到了一队赶骡马的男人，不说什么，尾随而行，顺利翻过了大界山。站在山巅向前望去，更是壮阔，又有些空蒙。只见一条条山脉就如一层层城墙，堵在前面。料想此去的道路重重叠叠，布满起伏坎坷，顿觉自己是那样渺小，不禁生出一种惶惑与恐惧。

她不知道杰汉哥的老家在什么地方。她想一定是陈姓多的地方。边走边问。不久就来到一个有点开阔的村子里，一问，这里叫铜鼓包，小地名杨家坝，这里的人大多是姓陈。她就认真打听，问有不有一个姓陈的老木匠师傅。但回答她的恰恰是这村里没有木匠。她感到眼前一黑，头一晕，差点儿倒下。这时她就去想——她和他从小一起在田里打猪草，一起在河里玩耍，一起在路边修建“新房子”的事。还想和他一起上学读书的事。如果不是因为他读书，她也不可能读书。她看见他读书，就闹着也要读书。因为两家心里有矛盾，她父亲不愿看见别人家娃娃有文化，而自家的娃娃连字也不识，就决定让她也读书。他们是在南边不远的丁字坦任先生家一起读私塾。早上一路去，傍晚一起回。当然还有其他的同学，虽然只有五里多路程，但几年时间也走出了深深的感情。路上都是树林，少有人户，路边不时又是几座坟堆，他担心她害怕，总是让她走前面。过茅草河时，他总是拉着她……特别是想起一起去看立屋，最后的分别时刻，心一下子就热了，就又有了力量。于是她要坚持走下去，找下去，直到找到他。

人们看她一个和尚，就问她打听木匠师傅做什么。她是个聪明的姑娘，当然难不了她，随口便说：“要修建一座很大的庙，要找很多好木匠师傅。”

人们都没有丝毫怀疑她是个假和尚。

她边走边打听，哪里有正在修建木屋的，有正在做木工活的师傅。她确实见到了修建木屋的场面，也见到了打嫁妆的人户，也见到了不少木匠师傅，就是没有看见她要找的他。她想他到底在哪里呢？她简直是心都碎了。这时的她已经瘦了不少，而且脸也晒黑了，真成了个黑和尚。

月儿姑娘走后两天。钟潇又兴致勃勃地来到了肖家，手里提着一包饼子和一小壶米酒。他嘴里说是前来看看岳父岳母大人，其实他心里想的是看看月儿姑娘。

月儿爹出门做裁缝活去了，是一户马上要娶新媳妇的人家。她母亲在胸前围腰上把手擦两擦，拿起一个白瓷杯子，又拿起钟潇打制的铜罐，给钟潇倒茶。她又看了一眼铜罐上雕刻的仙女一样的姑娘。她妈觉得这姑娘像月儿，不禁心里涌起一股酸酸的东西，微低下头去。

月儿母亲好久才将微低着的头转向钟潇，有些难堪地说："月儿她出走了……"

钟潇听了有如五雷轰顶，脑袋里轰然一下炸得一塌糊涂。他喘过气来，清醒一些了，就对她母亲说："岳母大人不要着急，我边做手艺，边去找她。我一定要找到她，我一定会找到她的。"

她母亲听了马上把头抬起来了，一副很是感动的样子望着钟潇，没有想到他这样钟情，义气。

她母亲充满关爱地说："真是太感谢你了！你出门在外，处处多加注意啊。"

钟潇也是一脸感激，接着就说："那我现在就去了。岳父岳母大人多多保重身体。"

接着钟潇就从附近开始寻找，寻找他的美人、美神。找了几天，方圆几十里找遍了，丝毫不见月儿的踪影，就又向远处去寻找。邻近的几个乡又都找遍了，还是不见她的踪影。他急了，想啊想啊，月儿去哪儿了？

第二天，钟潇就回到了长坝区小镇上，他想去找那个有名的算命先生算一下，她到底去了哪一方。

这算命先生姓樊，一张黄黄的脸，双目失明，眨动着一双长长的红红的眼缝，眼缝里像是闪烁着从天外射来的幽光。花白的头发在顶端绾着一个结，下巴上留着长长的花白胡子，手中拄着一根龙头拐杖，看去又给人几许仙风道骨之感。他算命远近闻名，算准了不少人的事情和命运。

钟潇走上去恭敬地施礼，谦恭地说："请樊先生测算一个事情……"

这樊先生听了微笑地说："难道不是给人算命，而是给事情算命？"他知道，给事情算命比给人算命要难得多。古来说：世事难料啊！

钟潇微笑地缓解一下气氛，仍然谦恭地说："我请您算一下，一个姑娘跑哪儿去了。"

樊先生也微笑着，耷下眼皮说：“哦。那你说一下走的具体时间，还有她的生辰八字。”

钟潇说了。樊先生将那两条红眼缝闭紧了一会儿，然后又慢慢地睁开一双红眼缝，有些神秘地对他说：“你想想，天上的月儿是走向哪里呢？地上的月儿不也是一回事吗？”说完，摸一下白胡子。

钟潇一时间恍然大悟：“哦，月儿落去了西边？”

樊先生说：“是啊，这人是往西边走的，应该是去了四川。”

钟潇有些激动地说：“你看我去能够找到她吗？”

樊先生算了一会儿，显得深沉地说：“从你们两人的八字看来，应该是相合的，你去找她也像有相遇的机会。这就要看你自己的运气了。”

钟潇就被这句话给彻底说兴奋了，像喝了一碗热酒的。钟潇付了钱站起身，说声多谢就向西走去。他决定从茶园河上龙头山，再上天鹅岭，走那条通四川的盐大路。他想，她是从茅坪走的，肯定是走这条路。那也是这一带唯一的一条通道。

接着就是咚咚咚的脚步声。钟潇挑着制作铜器的工具担儿无比兴奋地上路了，仿佛她正站在前面路口等着他。现在他有了方向，有了巨大希望，就有了一股子使不完的劲，就有了一种找到她的决心，一定要找到她。

这晚钟潇来到半界山一个叫铁厂坪的地方。这像是悬在半天空的一块平地，像是飘着的一片云。这里住着十来户人家，有一个铁厂，有两座高炉正冒着浓浓的黑烟。

他来到一户人家寄宿。夜里他做了一个梦，梦见月儿姑娘去了四川，正在路上慢慢地走着，不时地回头张望，正在等着他。他有点相信这是真的，心情更加急切，天还没亮就起床赶路了……

六　深夜秘传

月儿姑娘怎么也没有想到，在她走后一个月的六月中旬，也就是他出门学艺四整年之时，他恰恰回家了。并且，他在路途中还给她买了一个东西——一把又秀气又漂亮的梳子。他没忘记那天早上说过的这事。他心里很愧疚，像是塞进了个酸酸的石头，又酸又沉，总不能消化。他说的，去一年就回来定亲，如果师父不允，最多三年一定回来成亲。可三年时也没能回来。

长长的四年满了。他已经学到了大部分手艺功夫，当然还远没学好。老师父有些高兴，主动要他回去看一下父母。

老师父又皱一下白白的眉头说："急去急来，不准回去说亲事。学艺就先要专心专意学好艺。不专心，怎么练得了真功夫？刨三年，锛三年，凿三年，还有一年学画墨——不完全是时间要学满，更重要的是心神要专，要诚，才能练得硬功夫。手到，心不到，不会传神。心专艺成……艺学好了，何愁没有姑娘做媳妇？给你说，你是学得最好的徒弟。你再来了，我就要让你掌墨了，我也年老了，画墨视线差了，很难画准确了。我就只在旁边看着，一切就由你来掌握……"

他听了很兴奋，欣喜的潮水在心里乱涌，像有千万条鱼在里面翻腾。他谢过老师父，就往家里奔跑，像一只归家的兔子。他多么想马上见到他的月儿姑娘！他在心里喊道："月儿，我回来了！"

他想，她一定长高了，长成大姑娘了，身子一定丰满了，更加漂亮了。头发也一定长得很长了，很亮丽了，她看见他给她买了这么好看的梳子，一定非常高兴……想着，他心里好激动，好兴奋，恨不得一下变成鸟儿飞向她的身边……

他日夜兼程赶路。翻过大界山，下到有人户的一面大山坡，听见打铁声，进去歇气，殊不知遇到了弟弟杰雄！在这深山兄弟相见，一时间热泪盈眶。杰雄为躲兵，躲这里来学铁匠了，这时还只有十六岁。

他只走了三天时间就回到了家。他进门还没坐下来，还没向母亲打听对门的月儿姑娘，他母亲就哭起来了。

母亲哭诉道："你也回来了。你两个姐姐都出嫁了……去年家里遭到了抢劫，抢犯们将家里洗劫一空……一个晚上抢劫了三户人家，你爹和其他人找到乡公所报案，他们却不予理睬。又到区公所，也不予理睬，找到县里，县长说，你交出证据姓甚名谁来。可抢犯都是黑夜进屋的，都蒙着面，根本看不清人，并且进屋就将你爹塞进了苕窖里，上面用大磨压着，我和你弟弟都被拉到猪圈里捆在柱头上，有人拿刀看着……"

他安慰了好久，母亲才平息下来。

接着他就忍不住还是问了："妈，对门肖家的月儿裁缝学好了吗？"

母亲有火地瞪他一眼："你打听她做什么？那个女娃不是个好东西。今年五月父母为她定下了一桩亲事，可是订婚三天她就跑了。也不知跑到哪里去了，一个多月了，一直无影无踪。"

他听了大为震惊，一下子张大了嘴，愣直了眼神。但他马上在心里想到，那一定是她父母包办定亲的，她是不满才离家出走，到四川找他去了！肯定是这样！但是四川那么大，他能到哪儿去找她呢？而且这次回去后老师父就要让他来掌墨，由他来主持工程，他怎么能抽开身去找她呢？这不可能啊。

他毫无办法。仅仅在家过了一夜，他就又匆匆忙忙向四川进发，日夜赶路。时间有限，他要抓紧，边走边打听肖月的下落。

他什么消息也没有获得。他不敢稍微耽搁，怕老师父觉得他不可信任。因此他提前赶到了和老师父修建房屋的工地。一见面，老师父大为感动，十分高兴，心想他真的只看了一眼父母，没有做别的。

他认为月儿肯定也来了四川，正在找他。可他却不能去找她，心里就十分别扭难受，像是横了根木头在心里，撑得都要裂口了。他心里无论如何也丢不下月儿姑娘！心又像被一根绳子死死地捆住了，一拉一拉的，像是已经拉裂了口子，汩汩地流着血，痛得难受……

老师父说话算数。这次他回去后，老师父就决定将掌墨大权交给他。这天，老师父将他带回自家老屋。他不知是何意。

半夜子时，老师父将他带到曾经修建木屋用过的木场里。在东北角烧了几沓纸，点燃几根香插在地上，面向东北方（因为老君、鲁班在这里的东北方向），慢慢跪到地上，认真地磕了三个头。

然后老师父虔诚地说道："我虔诚敬告天地神灵、太上老君、鲁班祖师：我已年老，决定将手艺传给本家侄孙杰汉，恳望天地神灵、太上老君、鲁班祖师护佑，手艺学好，从艺顺通，艺业发达……老朽拜托众位神灵了！"说完又在地上磕了三个头。

接着老师父就要他面向北方跪在地上，严厉地说道："现在，你将心神中的一切杂念清除，让心神完全进入匠人技艺的最高境界，感觉自己完全是一个建筑大师，正站在修建的高楼大厦面前，站在天地神灵、太上老君、鲁班祖师面前拜谒。这，主要是表明你不忘祖宗根本。这是尽一种心，不论做什么都要尽心，尽心才是最可贵的。心里连祖宗都没有，那又还有什么呢？"

一会儿后老师父问："进入状态了吗？"

他说："进入了。"

老师父说："虔诚叩拜，头着地叩头三下。"

他叩头了三下，还发出了响声。

老师父沉静地说："给你说，一个好的匠人，大师，心里一定要有大道致远，要有大格局，不然难有超凡的成果。做事、处世、为人，皆有道。不真正得道，修建不了真正的大厦。有道有为，无道无果。要得道，主要就是要修心立德。有德方有道。修艺容易，修心甚难……"

他坚定地大声说："大爷爷，我一定按您指引的去做，心立大德，勤学苦练，学得真功夫，为百姓建造高楼大厦！"

老师父高兴地说："说得好。我将所有技艺都教给你。"

然后由老师父说一句，他跟着说一句，向天地神灵、太上老君、鲁班祖师禀告、祈祷，望着北方祭拜了一番。

接着老师父郑重地强调："必须记住，所谓修炼，就是要在身心脑海经常保持这种状态——清除一切杂念，一心一意想着把手艺做高做强……"

老师父看看他，严肃地问道："这些记牢了吗？"

他干脆地回道："记牢了，大爷爷。"

老师父还说："这主要是表示你的诚心、信心。心诚则灵，志者事成。世界上任何事情都是需要付出的，有的是要付出体力，有的是要付出心力。学艺，是既要付出体力，也要付出心力……"

禀告祭拜后，老爷爷又让他烧纸、上香、叩谢，进一步祭拜。接着就将自己所学的木工技法、一些体验、感悟也具体传授给了他，要他记到心神里面去。

他口气很坚定地说："我明白了，也记住了。"

老师父强调说："今天晚上起，你就是掌墨师了，也就是陈氏木匠掌门人。不管做什么，都由你来主持，不懂的再问我就是。我只是给你做个伴儿了，还陪你走一程。我说过要让你跟我学十年。还要说一事，你老了，也一定要选一个最可靠的继承人，把我教你的全部传给他，要他们一代一代传下去。在谁的手里失传了，出问题了，谁就是罪人。"

这一刻，他真的忘记了一切，连月儿这美神也忘记了，感觉自己超凡脱俗，进入了一个至上的高远境界，成为一个出神入化的工匠，要为人间修建无数高楼大厦，顶天立地，让人们都有很好的房子居住！这时，他感到人们都对他抱以感激的笑容，他感到浑身热血腾腾，好像自己变成了一个大英雄，无比地骄傲、自豪！但他马上又感到一种神圣的职责，任重道远……他不禁又生出一股无穷力量，要驱使天下树木，一往无前，无可阻挡，变成一栋栋高楼！

接着，老师父带他来到堂屋。在老师父的引导下，他祭拜了陈氏祖宗灵位……

这晚他躺在床上怎么也睡不着。他感觉到自己已经变成了一个木工大师，总觉得自己有了一种非凡的技术和力量，无比地兴奋，无比地自豪，也就总是涌起一片感激热潮。他从内心里感激这位本家的大爷爷——老师父！在他的心里老师父似乎超过了一切……

渐渐地窗纸亮些了。月亮出来了，将窗纸照得白蒙蒙的，像一个梦。透过窗户他看见了对面高高的山，他听见了狗叫声，又听见了猫叫声。猛地他像是回到了现实，仿佛看到了人间烟火，又感受到另一种生活，就想起了月儿姑娘……瞬时他的心就像被绳子拴了一紧一拉地难受。那月光就是千万根绳索，正在捆缚他的身子、捆缚他的心，正在拼命地拉着他的心……

这时床那头睡着的老师父动了一下。他心里一阵惶恐。他马上去感觉那白蒙蒙的窗户像一个天窗，外面像是一个仙境，那些高高的山峰就是一栋一栋高楼，是一个一个亭子，那些小山就是一个个大师，静静地站在那里，是他们把世界变成了高楼林立，漂漂亮亮，像仙境一样，又是这般安安静静。于是他就努力去想自己也是一个大师，要去建造广厦千万间……努力去忘记那个月儿姑娘。

后来他又觉得月亮是一个漂亮的脸蛋，那是月儿，是肖月，不，那是美神，那是从小就待在他心中的一个神，好像主宰着他。不，她已经长在了他的身体里，长在了他的心里，他无法拔出。他想，这不怪他，她可是从小就长在了他的身子里，长在了他的心里，人不可能取掉一只手、一只脚，更不能取掉一颗心！他想，祖师们应该是可以原谅的，因为他从没想到要去侵犯别人什么，只是想去为人们做好事，修建高楼大厦，他想念月儿是人之常情……

这时他感到那月亮那脸蛋正在挨近他，伸出了无数手指在抚摸他。他心里就发出了嘣的一响，涌起热热的波浪，并向他全身涌去，他全身都热了。他明白心里装满思念、装满忧虑。他是人啊！他怎么会忘记心中的人，忘记那深深的青梅竹马情？

这些天他饭也吃得少了，总是吃不下。他生怕老师父看出他心中有事。他装作很能吃的样子，拼命地吃着。但再强迫吃下就要从喉咙里冒出来，呕出来，就会更难堪。他还从没经历过这样的时刻！有时他甚至想，什么也不学了，去找她。但他马上想到老师父的教导。要时刻想着学艺。人之义，艺之境，比情更重要啊，人生第一位的是事业啊，他怎么能忘恩负义呢？老师父把他当成唯一的寄托，未来的掌门人，将一切都传给了他，他怎么能背信弃义呢？自己学好了艺，更对得起她，她是支持他的，希望他学好啊。可是，由于他没有按时回家践行约定，她才离家出走去找他呀！她在哪里呢？

老师父感觉到他心里好像有什么心事，看在眼里，心里充满忧虑。老师父担心着他，也不是要他成为一个单纯的艺人，不食人间烟火，而是要他超脱所有匠人，进入一种超凡境界，成为一个巨匠。

老师父就耐心地劝导他："杰汉，男人要成就大事，就不能英雄气短，儿女情长。我是要你做一个巨匠。"

他连连点头说："师父说得极是。我一定记住。"

老师父带着红光的脸就升起了笑容。

他鼓着劲努力地干活，尽量不让老人操心。

他心里充满火烧火燎的惶惑和焦虑，心被烧烤得异常难受！他可是从没这样过啊，他真不敢相信怎么会经历如此的折磨、煎熬！这简直是度日如年啊……

他要求自己用尽所有的力量，去转移心中的难受与煎熬、痛苦，去想、去换成更大、更远、更高的事情——他修建的高楼大厦，并让它们成为一种美好的寄托。每到夜晚休息时，他就回顾白天所做的木工活，所做物件的过程，回思哪些地方自己做得好，哪些地方做得还不够好，应该怎样做好。还要进一步记住那些规格、尺寸，去思考有没有可以改进的地方。不管是刮风下雨，还是冰天雪地；不管是什么日子，不管在什么地方，深夜他都要认真地做这件事，让心不去想其他的。不是一天两天，不是一月两月，而是一直坚持着。他知道，这是一场修炼……

七　冤家路窄

时间是一只慢慢爬动的乌龟，总算爬到了晚秋九月。满山的野菊花都开了，黄黄的，密密麻麻，像一群太阳娃娃，金光闪闪，蹦蹦跳跳，奔跑着，傻笑着，尽情感受时光的美丽。

这时的太阳也像一朵野菊花，闪耀着黄润润的温柔光芒。

肖月突然睁大了眼睛，来了点儿精神。她向那一片野菊花走去。往日在家，她就喜欢山坡上开放的野菊花，打猪草时总要去看看，但她从不采摘它们。虽然听说野菊花晒干了泡水喝可以泻火，清心明目，但她觉得那是一个个可爱的小宝宝，摘一朵就等于杀死了一个小娃娃呀。她就只看。有一次他采了几枝给她和云儿、叶儿（他总是厚待她这两个小妹妹），她还埋怨了他的。他接着就挖了一些野菊花栽到他家的院坝边，后来，那院坝坎都变成了金色的墙壁，她在院坝边望去，顿时感到眼前一片灿烂，浑身都清香了。

她捧着几枝金黄的野菊花，轻轻地挨在脸上。她感觉回到了家乡，心里涌满了激动，眼里闪动着光亮，在金黄绚丽的野菊花映照下，她也变成了野菊花，闪闪烁烁，浑身飘香。然后她轻轻地松开野菊花，凝神看着它们。她就想起了她的杰汉哥，在河边陡坡给她采野菊花……

那天是什么日子，可惜记不清了。也是这个时候，他在茅草河边放牛，她在河边的玉米田里打猪草。他看见河边一个陡坡上开满了野菊花，叫她们三姊妹看，说像彩云在那里休息，太美了。她们就向那里看去，她也是觉得像一片彩云停在那里休息。他就上去采摘野菊花，可是他刚一上去就摔了下来，并滚进了河水里。她吓坏了，慌忙奔到河边，向河水里跑过去，她裤子被河水弄湿了，忽觉一阵凉意。她正准备去拉他，这时他一下爬了起来，浑身湿透了，真的像一只落水狗，而且手上擦了一块皮，流出了红红的血。

她心疼地说："你的手怎么了，在流血？"

云儿也心疼地说："哎呀，流血了，很疼吗？"连忙去拿着他的手看。她也看出来，云儿是非常喜欢他的，许多时候一高兴还紧紧地抱着他。叶儿一看这样，也学云儿一样去抱着他……

叶儿也心疼地说："流血了，疼啊。"她还皱着眉头，并且用嘴儿给他吹着……这是乡下一种亲切的止痛法。

他却一脸笑容地说："不要紧，擦了点皮。"

没想到他接着又向那陡坡上爬去。

她站在河水里说："你不要上去了！不要去！"

可他继续向上爬去，嘴里说："我就不相信这么点坡就爬不上去。"

他到底爬上去了，终于采了一大把野菊花，拿在手里认真地看了一眼，就向她挥舞着，满脸骄傲的神色。然后他从坡上滑下来。

她喊他："小心点！"

云儿也喊着："小心点！"

叶儿也喊着："小心点！"

他下来将这把野菊花分给她和云儿、叶儿。云儿和叶儿高兴得笑着跳着。

她轻轻地说："真谢谢你了。"

云儿也说："谢谢汉哥哥了！"

叶儿也说："谢谢汉哥哥了！"

她看着这些金黄的花朵，觉得这些花朵像一只只眼睛正望着她。像他的眼睛。接着她心里有些过不去，觉得不该采了它们，它们是一些美丽的生命啊，这下还能活吗？

他高兴地说："你拿回去把它们用花瓶喂着，让它们陪着你。"

这时她却说："这么漂亮的花，我们不该把它们采了，它们也是生命，你这么一采，它们就要死了。"

他一脸笑意地说："我觉得它们和你一样漂亮，太可爱了，想采了给你……你真是菩萨心肠。"

她拿了一半，将另一半还给他："我们一人喂一半吧。"

他将她递来的花推过去："不，我是专门为你和云儿、叶儿采的……"

他的手摸到了她的手，她的脸一下子热热的。他连忙将手拿回去，她就看见了他手上摔破的伤口，还在沁出鲜红的血液，就问："还疼吗？"

他说："没什么，你高兴就不疼了。你看这些花儿多像你……"

她害羞地低下头："你说它像我，你就也拿些回去，用碗子喂着吧……"

他认真地看着她眼神里的东西，心里涌起甜甜的浪花，没再说什么，接过了她递给他的这束野菊花。但他没要云儿和叶儿的，小孩儿都喜欢花。这时她母亲又在叫她。

她深情地望了他一眼，红着脸儿说："我要回去了。"就提起装着猪草的篮筐向家里走去。

她回家后就将包括妹妹们的野菊花喂养在花瓶里，后来它们枯了，她也还喂着，她相信它们还会发芽的。

第二天，她就看见他去山坡上挖了一些开得最好的野菊花，拿回家在院坝坎边栽了长长的一行，像是给院坝镶了一条金边。

她听见他妈问他："你这娃子，给院坝边栽这么些野菊花做什么嘛。"

他说："你不觉得它们漂亮吗，看了很使人清爽呢！"

他妈也笑了，说："是好看。你多栽些吧。多看菊花能让人清心明目。"

于是他就给长长的院坝边都栽满了野菊花。后来不仅院坝坎长成一条长长的金色院墙，就连院坝也长成了金色的城墙，远远看去那才真是烂漫壮观。虽然长在他家的院坝边，但她感到非常高兴，心里甜甜的。她知道，他是为她栽的，栽了让她看的，她将来是他的媳妇啊。一有时间，她就看那金黄的院坝坎，看着那金色城墙。谁人能知晓这金色院墙的真正美丽故事呢？

她还看见他母亲为它们浇水。遇到天上久不下雨时，她就真想跑过去为它们浇上一些水……

眼下，她便久久地站在路边一丛开得正灿烂的野菊花面前，痴痴地看着，想着……

忽然她惊心地记起来，她已经出门四个月了，不禁心里忽地袭进一股寒气。这几个月里，她整天就是走路，讨吃的，晚上小心寄宿村民家。虽是装扮的和尚，但还是担惊受怕，总是睡不着。她瘦了，黑了，憔悴了，往日的美丽不见了。她似乎毫不在意，只是冷冷地笑了一下。通过这段时间，她的意志也磨炼得更为坚强了。她想，杰汉哥呀，你到底在哪儿啊？你真的就只要艺，不理我了吗？我可是在一心一意地寻找你啊……难道你就只让我整天寻找吗，让我就这样寻找一生吗？寻找一生也要寻找，我就不信找不到你！

自此进入九月野菊花的世界，她的心情似乎好了一些。她时刻都在用笑容迎接那些自由自在开放于山坡或田边、沟边的野菊花。每遇野菊花她都要认真看一看。但她不敢多耽误，她得赶路，向前走，去寻找。只要这样寻找，她的脑袋里就不空了，就不是六神无主了，而是有主、有神了。她的一切好像都是走路，寻找，而不是别的。她总是认为，不管什么，只要一心寻找，就一定能够寻找到的。人只要不死心，就一定会有结果。她心里总是充满美好希望，充满绝对信心，充满无穷无尽的力量。

她无比激动地向前走着。这路像是永远没有尽头……

她急步来到山脚一个大屋场。她听到那屋里有砍木头的声音。她心头一下子掀起一股热浪，十分高兴，腿脚上也来劲了，急急地向那屋场里走去。

来到屋场院坝里，她问一个村民："大伯，你们这里是不是有木匠在做家具？"

那人回答说："是有两个木匠在打嫁妆。"审视地看他（她），"你一个和尚找木匠干什么？"

她毫不心慌地回答说："我们想找木匠修庙。"她说着向屋里走去。

这是一个有着天井的四合院。在其中一间堂屋里，是有两个木匠在做家具。但她很快就失望了，浑身忽地冷下来，仿佛掉进了冬天的河里——不是她要找的人。

她正转身，就听见外面有人在打听："请问你们，看见一个年轻的女裁缝没有？她名叫肖月，是湖北来的……"

她听了大惊，心头像是忽地裂开了一道口子，袭进一股凉气，顿时全身冷瑟，急忙来到一个厅堂里，就看见了外面问话的那个人。她做梦也没有想到，这个人竟然就是那个钟潇铜匠！他肩膀上挑着一个小担子，一头是个小风箱，一头是个工具箱。他还是那么眉清目秀，但明显地脸色变黑些了，而且也瘦削了一些，但仍不失俊秀之气。

她转身迈动一步，不让外面的人看见她。她的心咚咚咚地乱跳。她极力要求自己不要慌张。很快她就稳住了神情，但仍然气喘吁吁，难以平静。

她没有再向外面院坝走去。她从天井一角的巷道里走了出去，然后顺着一条山路奔向树林里。她没想到钟潇竟然也找到四川来了！她想，这人还真是钟情，认准了一个人就要追寻下去，还算是个信义之人。可是对不起了，她的心里早有主了，这个主已经是她的神了，并且她正在义无反顾地追寻这个主、这个神。

她决定从树林里翻过这座山。她大步大步地向山上走去。这座山并不高，像一只老熊睡在这里，头也懒得抬起，憨憨的，懒懒的。也不知它在此睡了多久，还不醒。路就在它的腰上，看去像是一根绳子捆着这熊，所以它一动不动，整天睡在这儿。

她翻过山，走下那面山坡。山脚下也是一绺儿小平坝，就像一片儿破布一样铺在山脚边。她从山坡向一个木屋走去。她实在是饿了。刚才这座山爬得她是连骨头都掉在路上了，腿软软的，整个身子像稀泥一样随时要流到地上似的。她看见了一缕细细的炊烟往天上飘悠，她像是看到希望似的向那儿走去。

也就在这时，一个挑着担子的人也向这屋场走来了！认真一看，这人还是那个钟潇！她大吃一惊。原来他是顺着山脚绕的，也来到了这里。她连忙将身子缩进一片小树丛。她透过缝隙再向下面观察。她看见钟潇走进了那个木屋里，说着什么，肯定又是在打听她。她继续看着。不一会儿，钟潇从屋里走了出来，向门口小溪边的路上走去。

她虽然像饿了三年的，但她没有到这户人家去讨吃的。她知道，钟潇刚才一定询问了，她这下走去，哪怕是一个小和尚形象，但她怕主人家心生怀疑，把她与小和尚联系起来，出现意外，就向另一户人家走去。

她不慌不忙走进屋去。她双手合掌微微弯腰，恭敬地对一位妇女说："施主，请给我一碗饭，我饿得不行了……"

这妇女一看是个小和尚，有些同情，非常热情地说："你进屋里来吧。"

她走进屋子。这妇女说："我们已经吃过了。有剩饭，你稍等一下，我给你热一热。"

她有气无力地说："施主不用热了，就吃冷的，我太饿了。"

这妇女脸上充满同情地说："饭也还不太冷，那你先吃吧，我给你再煮点菜汤。"说着就端来了一碗米饭和几个咸菜。

她大口大口地吃起来。妇女也很快为她煮好了一碗汤菜。

妇女望着他（她）充满疼爱地说："小兄弟，小小年纪怎么就出家了吗？"

她有些苦涩地一笑："我喜欢这事。"

妇女充满关切地问："你一人出来，做什么吗？"

她正经八百地说："出来化缘，找木匠师傅修庙。"

这时她就听见院坝里有人在喊："打铜器啰——"

妇女走出大门去看。那人说："恭贺老板，打不打铜器？"

这时她听清了，不禁大惊，停住了吃饭，这来者还是钟潇！

她连忙将背对着大门。好在她是一身和尚打扮，头上光光的。但她心里还是怦怦地乱跳，好像做了小偷似的。

妇女不冷不热地说："不打铜器。"

钟潇又说："那大婶有剩饭没有，给点吃一下。"

妇女说："剩饭有一点，刚才这个和尚走来，给了他，正在吃，再没有剩饭了。"

钟潇认真看了一眼背对着大门的和尚，他毫不会想到这是不是一位真和尚，有没有假。她心里又觉有些好笑。

钟潇挑着担子转身走了。她小心地转过头，向他的背影望了一眼。她觉得那背影直挺挺的，给人一种坚定的感觉。她心里重重地说：自讨苦吃！

这真是冤家路窄呀。她这么想。今天不走了，就在这户人家过夜吧。她心里盘算着。她不禁又望一眼渐渐走远的背影。她在心里有气地说，你快点走吧，走远些，再也不想见到你！

这个下午，肖月转过一个山塆，猛地惊住了——她看见两个穿军装挎着盒子的人正抓住一个姑娘，在用绳子捆手。姑娘哭喊着："你们为什么抓我啊？我是去外婆家有事的啊……"

一个军人说："你是肖月，是我们莫所长的太太，你带走了重要军事情报，还不该抓回去？"

姑娘说："你们这是天大的冤枉！我不是什么肖月！我不是肖月！我是……"一军人朝她脸上就是一耳光，吼道："你再狡辩！"

接着有几个村民上来解劝，一个军人伸腿就踢倒了两个村民。

一些村民愤怒地说："你们怎么这样无礼！"

一个军人说："我们奉莫长官的命令，你们要怎样？想吃枪子儿了？"

有人便大声呼喊："有人抢姑娘了——有人抢姑娘了——"

她马上明白这是怎么一回事了。天啦，他们真在抓我，害得其他姑娘代我受罪啊！这可怎么办？对这些拿枪的人能有什么办法呢？

就在这时，在附近田里干活的数十人拿着锄头赶来，把他们团团围住，有几个人还回家拿了火枪，对准了两个家伙，姑娘也强力辩解着……

两个家伙一看这阵势，只好说："那既然不是肖月，我们走了吧。"

八　山路黄昏

这世界神奇而又怪异，让人常常无所适从，而又无可奈何。好久以后肖月还在这样想。她看着太阳想。太阳神秘地跑过去了，躲进了山那边的神秘世界，月亮又姗姗来迟地走出来，急急地追赶而去。一直没完没了。是谁让它们这样没完没了地奔跑、追赶呢？它们何时相遇呢？

肖月也像是被一个神驱使着。没完没了地走着，没完没了地寻找，寻找她的主，寻找她的神，不管是白天还是黑夜。

时间又在漫步中来到人间四月。一切都变得绿绿的。花儿草儿又蹦蹦跳跳的，歌唱着，舞蹈着。肖月已经寻找他一年了。她也不知到底拄烂了好多根打狗棍，不知到底翻越了多少座山，跨过了多少道水，走过了多少路，到过多少地方。有时竟然走着走着又走回了原地，又转回身，向前走去。可她什么也没有寻找到，她要寻找的全不见踪影。她的心空空的、冷冷的。但她仍然这样走着，她坚信有一天一定会寻找到她要寻找的……

披星戴月，风餐露宿，营养不良。她瘦了，黑了，憔悴了，皮肤变粗糙了，不再靓丽漂亮了，显老了，差不多可以不再化装别人也不会认出她来了。但她仍然像月亮一样要永远追寻着那个太阳。这一定是来自一种神的驱使，神的呼唤，神的力量。这神就是他！

这天，她身体有些不适。她感到头发晕，眼发黑，脚步也不稳，身子摇摇晃晃，歪歪倒倒的，走一步要退半步。但她仍然拄着一根木棍坚持向前走去，偏偏歪歪地走着，退退进进地走着。许多时候，眼前一黑，她就急忙用双手撑住木棍，站一站，喘几口气，缓一口气，再走，向前走……

黄昏又将世界变成一片神话。这让人产生很多想象，让人想起很多，又让人叹惋，又让人茫然。这是一个山坡，而且较陡。她走着走着，眼前一黑，脚一软，像一摊稀泥似的滑到路上。还好，背是靠着里边山坡的，若是倒在外边，就要滚下山去，那将是粉身碎骨！

她躺在这个险要的山路上。她一动不动，唯一陪伴她的就是西天最后一抹玫瑰色云霞的光焰，亲切地照料着她，在她身上、脸上轻柔地抚摸着，像母亲的手，像情人的吻……但这霞光也很不情愿地渐渐黯淡下去，累了，要休息了。不过那抹云霞好像看到了这位倒在山路的可怜人，就如夜晚的灯笼一样，在夜色苍茫中坚持着，为人们保持那神一般的神圣光芒，让人知道黑夜中还有一片美丽的光芒。千万不要悲伤难过，它会陪伴着你，让你感觉面前还有一片朦胧的光明，像神灯一样，从遥远的地方照护着你，关怀着你。因此这个黄昏就努力延长着，延长着，用最后的神话般的光芒陪伴着这位倒在路上的月儿姑娘。

天地世界总是充满玄妙。人生也是这样，往往没路时出现一条路，往往绝处又逢生，往往一个偶然，又一百八十度大转弯，又改变一切，甚至改变你的一生，到永远……

这时山坡上就传来脚步声，让这山坡的夜晚有些凌乱脉动。随着轻柔的脚步声，一个年老的道士和一个年轻的道士走来了，正从这儿路过。忽地，都看见路上倒着一个人，再一看，是一个和尚！

顿时，老道一脸慈悲地弯下身子，慨叹道："无量天尊！是哪里的出家人嘛，怎么躺在这儿呀？"

老道心疼地伸手抚摸她的额头，很烫！吃惊地说："哎呀，高烧，病得不轻啊！无量天尊。"

老道要年轻道士抱起她，然后给她进行按摩，急救。年轻道士抱着她，老道先给她头上、面部按摩了几个穴位，接着就解开她衣服进行按摩。老道小心地解开她的衣服，接着就一下子惊呆了——胸部缠着布，这和尚竟然是个女娃！老道差点说不出话来，只习惯性地说出一句："啊，无量天尊！"

老道凭着经验，特别是自己年轻时的事情，马上想到，这其中一定有隐情："无量天尊，保佑可怜的人啊！"

在老道的按摩急救下，月儿姑娘终于醒了过来。当她见到老道正在给她按摩治疗时，一下子满脸发烫，充满无地自容的窘迫与羞怯。

老道连忙安慰她："不要过不去，我们都是女性。"

她打量着，很快她看清了是一个白发苍苍的女道士，一下子感到像是见到了亲人，内心充满感动，同时坚强与倔强又使她异常冷静。

原来，这老道的确是一位女性，她不仅是个出家人，是个修炼多年，很有境界的道长，更是一个好医师。这年轻道士也是一位女性，是老道的徒弟。她们都穿着道袍，戴着道帽，都是一身男道士的装扮，这也是为了安全。

老道疼爱地说：“好姑娘，你可病得不轻啊……”

老道轻轻地给她捂好胸前衣服，亲切地说：“怎么的吗？你孤孤单单一人扮成和尚出走，遇到什么事情了？给我说说，我帮你。你放心，相信我吧。我们是真正的出家人，常住于紫徽山清月观，几十年了。我的法名叫静善。”

又指着旁边年轻道士说：“她是我的徒弟，法名叫静兰。”

年轻道士静兰对她介绍老道：“她是我们静善道长，也称师太，医术非常高明。”

她一时间局促而惊惶，什么也不想说。

静善师太在身上摸出一个袖珍铜瓶，倒出一粒药丸，心疼地看着她说：“你出来很久了吧？你病得很重了啊，已经入了内。大概是在外面风餐露宿，寒入内体。你得跟我回观里去，慢慢治疗、调养。来，先吃一粒药丸。”

静善说着将药丸喂进月儿嘴里，让年轻女道取下竹筒，给她喂进一口水，慢慢咽下。

她服下这粒药丸，一会儿就觉得有了一点儿力气，也许是心理作用。她坐着，沉静地望着静善老道，还是什么也不说。

静善师太也不为难她，不问什么，安慰地说：“休息一下，我们慢慢回观里去。你必须要静下来认真治疗，再不能在风里雨里走了，否则有生命危险，不管有什么事，先把病治好再说。留得青山在，何愁没柴烧？我和你一样，也是打女孩时就出家了，只是，我是入的道教。”

又休息了一会儿，由于吃下了静善师太那粒救命药丸，月儿觉得浑身不是那么又酸又软又痛了，眼前也不发黑了，头也不怎么晕了。她心里感激万分。

她对静善师太说：“谢谢您救我，为我治病。”满脸浮现感激的神情，眼眶也湿润了。

年轻女道士扶着她，慢慢走着。行走了一会儿，她们找了一户百姓人家借宿。第二天一早又启程赶路。她们一行边走边歇，为她治疗、服药，走了两天，三人来到紫徽山上一座道观。这观就是有名的清月观。

原来这次静善道长是去为一位老人治病回来。那年她与静兰出来为人治病、采药，遇到一位孤苦的老太。在老太家借宿，发现老太病得厉害，又无儿无女，就给老人治疗。老人身体好了以后，去道观里感谢，并要将连同上辈人的积蓄一起捐赠给观里。

静善道长怎么也不要，可老人家说："我一个孤人，还要钱做什么？"

怎么说老人也要捐，静善道长只得收下。几年时间里，静善道长每年都要去看望老人两三次，心里更是常常想起这老人。这次又和静兰一起去了，去看看她老人家，身体还好不，生活怎么样。去后，静善道长要接老人去观里养老，但老人说不想离开自己的故土、自己的家。静善道长也没法，只好等以后再说，就和静兰辞别老人往回走。没想到回来的路上碰见了她这月儿姑娘。

九　进入异境

肖月跟她们来到清月观。静善师太亲自为她熬药，亲手端给她，像她奶奶一样望着她。她印象中最深的是她奶奶。她奶奶对她极温柔。她是她奶奶抱大的。这时她的神态显得平和镇静。

师太亲切地说："喝点药，啊。很快就好些的……"

这时她眼里涌满感激，又想起小时候经常生病，就是她奶奶给她喂药。她也认真地看着师太，哗的一下，她觉得师太就像她奶奶！她恍惚中忽地喊道："奶奶！奶奶！"

师太笑了，说："孩子，喝药吧。"

她醒过神来，说："我就叫您奶奶吧！"

师太又笑了一下，笑得是那么慈祥。

静兰说："我们这里不兴这样称呼。"

她握住师太的手，激动地说："谢谢师太……"

师太还为她按摩。师太为她进行多方治疗，调养，还开导她。她非常感激这位慈悲的静善道长，也非常感激那位叫静兰的年轻女道士。这里一共只有三位女道士。她们都对她很好，像亲人一样。很快，她的病好多了，精神好多了。她感到了一种温暖。她觉得这里真好。这里只有善良，只有真情，这里远离人间，没有恶，没有丑，只有善……

肖月又回想起那一幕幕可怕的情景。那个高鼻梁的伪善军官，那两个挎枪乱抓姑娘的军人。她也想到母亲瞪她的眼神和骂声，特别是父亲用竹条狠狠的抽打……倒是钟潇是个钟情而无辜的人。情缠意绵不是恶。

这里真如仙境。肖月心里说。她站在院坝里向前望去。她感觉四周空阔，高远，下有山峦如海，茫茫无际，上有悠悠蓝天，云蒸霞蔚，清静祥和。谁往这里一站，深深呼吸一口天地精华，静静地看着如此美景，谁不会感觉自己完全变成了神仙，远离了一切人间烦恼呢？她想着。她深深地呼吸了一口。又呼吸了一口。她感觉顿时清心明目，豁然开朗，心旷神怡，浑身如霞，轻盈飘然。她真想就这样永远望着，感受着……

肖月看到了她们的生活，完全没有任何忧虑，没有任何痛苦。她们除了跟静善道长学医，就是念经，进行修炼。生活非常安适，清静。她感到真是来到了一个仙境，来到了人间之外的一个美好世界，感到自己像是在变成仙女。这里只有美好。她心里说。渐渐地，她的心也开始发生一些变化。

这些女道士都一心学医，修研医术、妙方，一心要替天行道、行善，以医治苍生病痛为荣，让众生康乐、祥和……相信善有善报，最后灵魂能上天，进入仙界，能够成仙。她不相信人能成仙这一套，但她欣赏这里的美景，这里的安静恬适，这里人们的善愿……

这天，静善道长对她说：“你是个很坚强的姑娘，病成那样了还不休息，还在坚持走着自己的路，寻找你要寻找的东西，很使人钦佩。”

肖月像个孩子望着静善道长微笑着。

静善真诚地望着肖月，微笑着说：“我看得出来，你有很重的心事，你是化装出走，不是和尚。你肯定有一桩委屈难为之事，肯定与你的终身大事有关。能跟师太说说吗？或许师太能够帮你的。”

肖月微微低下头，将自己怎么从小和陈家杰汉哥青梅竹马，后来杰汉哥来四川学艺了，她又遇到了一个姓钟的铜匠小伙，还遇到了一个军官，怎么逃出来——等等一切事情都说了。顿时她觉得心里轻松多了，舒畅多了。

静善道长用手轻轻抚摸着肖月的背膀，亲切地说：“我年少时和你一样，小小的年纪，父母就做主为我放了一个婆家。而我死也不同意，又没有办法，就出走了，听说这里有一个女道长，是个好医师，人们称她为神医，我就来跟了她，忘记了人世间的一切，就没有了任何痛苦。我们常常出游四方，为苦难的人治病。生活得很快乐。那道长后来百年归去，我想她的灵魂一定是上天了，成了仙，常常给我托梦，她在天堂很快乐。”

静善道长微笑着向门外天空望去，一副超然世外的悠然高远境界。她轻轻咳一下，又说：“其实，世上的人都是在自己跟自己过不去，总在追名逐利，为一个‘私’字奋斗，以为自己的追寻是正确的，殊不知都是在自寻烦恼，自讨苦吃，自食其果，自作自受。都不明白不管什么人到头来，所做的一切都是一场空，什么也没有，连自己也化为了灰烬，永远消失，而自己所获得的只是苦难过程，直到死。可以说，都是吊死在名利这棵苦难树上的……”

肖月望着静善道长，脸上没有微笑，她觉得她既不是在追名，也不是在逐利，她追寻的是最美好的东西，与名无关，与钱无关，她只是想追寻本来就是她心里的东西。是心里的东西跑了，她要去追回来……

从肖月那眼神中可以看出，她有她自己的想法，自己的把握，自己的思索。

最后肖月从一个实处说话了："静善道长，您收我为徒弟吧。我要跟您学艺，学医术，为人做好事，解救世上苦难的人们……"

肖月没有想到修道，她想得实在。她想的是要学一门艺，也就是学一门本领，因为她汉哥哥一定学到了不一般的手艺本领。她不能比他弱。弱了就不相配了，弱了就是巴结，就如贴在墙壁上的小草。

静善道长听肖月说要学艺，心下甚为欣慰，理解地微笑着。静善已经看出，肖月不是一般的女子。她是个心性执着，有信念有抱负的人。一旦认准，便是初心不改，坚持到底。静善道长心想，只要她跟我学医就好，相信她一旦进入医道的境界，是绝对不会放弃的。到时她一定能出神入化，成为她的出色弟子，她的继承人。到那时，她恐怕也就忘记了人世的俗事，进入一种超越红尘的境界，进入无忧无虑，善行善往，医治苍生病痛的纯美生活。

但此时此刻，肖月还没有脱离她的初衷。她想，杰汉哥还在学艺，要学十年，应该还有五年多。我就是找到他，又怎么样？不如先让自己也学点硬的医术本领，到时候也不被他轻看。有了本领还可以和他较量较量，让他认真看看她是谁，这样才般配。

静善选择了一个好日子，让肖月拜了师。肖月称静善为静善道长、师太。静善道长也给肖月取了一个法名：静月。用了她本来名字的一个"月"字。自此，肖月便是一身男道士装扮，看去完全不是原来的她，只是从她那眼睛里有时又浮现出一种思念……

静月学医是心诚的，认真的，勤奋的。她知道：天道酬勤。这让静善道长吃惊，她还从没收到这么有毅力，能吃苦，执着忘我，潜心学艺的人。

静月总是早上第一个起床，认真地背人体经络图、穴位图，哪个穴位通什么地方，治什么病，哪种病怎么按摩、扎针，用哪几个穴位。要知道，这是一个复杂的系统工程，也是一个神秘的网络，真要记熟记牢，确实不容易，要能运用就更不容易。

再就是背药性，上千种药草，哪种药是什么性能，什么味感，治什么病，与哪些药配方好，起什么效力，忌与哪些药合用，等等，这不是一朝一夕所能完成的。每晚大家都睡了，静月还在默默背诵……此时她也常常想到杰汉哥，他在哪里呢？哦，等他学满十年，我们一同下山吧……

还有在野外认药，什么季节采什么药，什么时候采叶，什么时候采果，什么时候采根，怎样制药，等等，这更是一门复杂的学科。每次出门，静月都跟静善师太一起找药、采药，不怕跑路，不怕悬崖绝壁……她特别认真地看静善师太怎么给人治病，一一记下来，记入心神，全部掌握。她积极帮着静善师太给人治病，不管病人是什么人，不怕苦，不怕脏，不怕累，诚心而耐心……

除了这些，静月还认真地念诵经书，直到能背诵，领会其意义……

静善道长十分满意静月这个徒弟。静善年岁已高，就想将一切医术、道经全部传授给静月，要她做她的继承人。

静善道长的精心教导，静月自己的刻苦修炼，使她超然了许多。她的眼光看得更高、更远了。整个人世似乎离她远了，好像在她的脚下，在她的远方。她努力去感觉自己来到了一个美丽的地方，山峦像一个个仙童仙女，露着童真般的笑容，他们坐在如一缕彩云的溪水上，自由自在地飘向远方……

十　特别塑像

钟潇一直在寻找月儿，连铜器活儿也没干什么。零星小件活儿根本不干，因为这不是他主要追求的，只是在遇到大宗活儿才歇下他的担子，进行打制。

前不久钟潇在一个大户人家打制了一个一尺多高的观音菩萨。许多人都去参观，都赞不绝口，一时间他的声誉大振。

这天钟潇又遇到了一桩好事。一人找到钟潇要打铜器，钟潇非常高兴。这人是一个中年人，戴一副近视眼镜，而且是一所私塾学校的校长，也就是老板。这校长不是打小玩意儿，而是要打一个大东西，准确地说，是打一个大人物！钟潇当然心中大喜，但接着他心里还是有点诚惶诚恐，因为他确实还从来没有打制过这样的大人物！

校长撑撑眼镜说："我请你打制一尊孔子铜像，供在神龛上。"

钟潇就说："神龛上一般是供奉家族祖先灵位的呀，你又不姓孔，姓孔，孔子也不是始祖呀？"

校长倏地睁大一圈眼睛望着钟潇："孔子不是我的始祖，但他是教育界的始祖，是儒家文化始祖。我家是办的一座学堂，神龛上当然要供孔夫子的像。这就和你们匠人信奉老君，也就是老子一样。"

钟潇感兴趣地说："哦。到底是校长……"

校长严肃地说："我这个铜像要铸三尺高，小了没有气势，不显眼。因为没有那么多铜，里面只能是空的，厚度在三分（一厘米）之内。我们找了好几个师傅，他们都说从没制作过这样的人物，没有制作过这么大这么薄的东西，没有把握胜任。你能行吗？"

钟潇打制过不少观音菩萨。那是因为他在庙里看见过观音菩萨，他记忆深刻，打制成功了，都认为打制得惟妙惟肖。但孔子是个什么样子，他不清楚，不清楚怎么打制呢？但他又对这件事情十分好奇而向往。他本来就喜欢干从来没有干过的新鲜事情，这样才能体现他的创造性，才会出名，成为大师。

钟潇觉得打制孔子的像是一件值得骄傲的事情，谁不知道孔子是中国人向往的孔圣人呢？他是一位大教育家、大圣人啊！他把这圣人铜像打制出来了，那他的名声必然是扬名四方啊，肖月听说了，都要跑来找他呢！

虽然钟潇从没打制过，但他脑袋反应快，他马上就想好了回话。

钟潇显得很有把握的一副神态说："完全可以打制。只要你有图像，我就能够按图像打制出来，并且一定会让你满意。你不满意，我重新打制，直到你满意为止。"钟潇说得十分让人信服。

的确，手艺高强的匠人，应该是只要有图像，就能按图制作出器具物品来的。但要按照纸上的画像打制出来，轮廓分明，活灵活现，还是很不容易的，也是对匠人的考验。

校长有些高兴地说："我们有图像，而且还是比较古的画像。行吧？"

钟潇回答说："那就好。"

于是钟潇就和这位校长讲好了这一桩生意。接着校长就拿出了准备的材料，也就是一些旧铜器和废铜。

学校是办在校长自家的。这是一栋较大的房屋，有一正两厢房，中间是个大院坝。教室就设在堂屋隔壁的耳间，和堂屋一样大。这校长家是书香门第，他想让学校越办越兴旺，收入越来越丰，就决定要在神龛下面摆一张供桌，供上孔子的铜像。他认为供奉孔子铜像，不仅仅是崇拜，他要展示学校尊贵的品格与气氛——不是一般的学校，孔子铜像都有三尺高！

钟潇来到校长家，校长安排钟潇在厢房的堂屋里歇下担子，然后开始摆设他的摊子。校长拿来椅子让钟潇坐下。这时女主人就端来了一杯茶递给钟潇。钟潇喝着茶，也没忘记一边向女主人打听肖月姑娘……

钟潇让校长带路，去山坡上挖了黄泥，还有沙石。他要用这些制作铜像的模子。

钟潇将孔子那画像贴在板壁上。他将黄泥调成一堆糨糊状，他就坐在板壁面前开始制作模子。他先将泥团堆起来，堆成一个人的上半身，有三尺高，然后就按照画像来造型。他看一眼画像，又用手操作一下，东捏捏，西按按，左削削，右挑挑。这是一个基本的工程，它决定主体形象是否成立，是一个最为重要的关键环节。

钟潇做好这个基本模型后，就请校长来看。

校长来看了一会儿，笑着点头说："嗯，不错！是这个样子。"

钟潇也笑着，十分谦虚地说："还请校长仔细斟酌，提出宝贵意见，我进一步修改。"

校长又对着画像仔细看了看，说："是行了。这完全和画像一模一样了，很好了。你真是大师啊！"

钟潇等待模子稍干后，就进行第二层铸模。这是中间层，面上外壳做好后，便要刮掉，是倒入铜水的空间位置。这是最重要的一层模，它决定塑像的面目。他先将沙石捶细，捶成粉末，再掺进极少量黄泥起黏合作用，调和成糨糊状的沙泥，然后糊在模子上，按要求的三分（一厘米）厚。

钟潇一副全神贯注的样子，对照挂在墙壁上的画像，精心制作着。从头发到眉毛、胡须，每一丝都必须绝对一模一样。眼睛鼻子嘴巴包括神情，都必须与画上的绝对一样，丝毫无差。

这项工作钟潇做了很久，做好后，又去请校长来看。

校长又来了，蹲下身子，用手贴紧他那近视眼镜，仔细地看一眼画像，又看一眼模型。就这样左一眼，右一眼看着，不说什么。他知道这一层铸出来就是铜像了，决不能马虎。

钟潇站在旁边，看着校长专心致志的样子，心里十分忐忑不安，不知校长将要说什么。但这时的校长只是一心一意地看，什么也不说。

校长终于说话了。校长很是满意地笑着说："哎呀，我确实想挑一点缺陷，但是我又不能无中生有。确实找不出一丁点儿瑕疵。我也没办法，你的技术真是太精湛了！"

这个关键的一环过了，就好办了。再就是给模子糊外层，也就是模子外壳。这个稍微要厚一些，便于挪动。同时在顶部留下一个圆孔，便于倒入铜水。

做好了这项工作，钟潇就右手拿着薄刀片，左手用尺子靠住模壳，然后从上到下逢中划上一条口子，然后在背面也划一条，也就是将外壳变成两半，这样才能方便取下外壳。

钟潇就耐心地等待泥巴干硬，这样才能方便取掉外壳，不至于损坏。这时他便松了一口气，全身一下子放松了，像是卸下了一副千斤担子。

过了两天多时间，外壳干了。钟潇又小心翼翼地开始了操作。他将一把薄刀轻轻地插入划的那条缝隙中，慢慢地掰开。他做得非常细致，可以说非常温柔，像女人描眉一样轻柔而小心。他那脸上是一副异常紧张的神情，生怕外壳有一丝一毫的损坏，哪怕细微而不碍大局，那就不圆满了，不完美了，好像心里掉进了一丝儿渣子。

钟潇终于成功别开了外壳，小心地放到一边。然后他手拿一把小刀，将糊的中间层沙泥轻轻地剥掉，只留下底部寸高一截，便于外壳合得均匀。他仍然十分谨慎小心，一点一点地剥掉，就像剥下一层鸡蛋壳。剥完后，将外壳轻轻合上，然后用绳子系紧，防止倒入铜水时胀开。

接下来就是用炉子化铜了。不停地拉动着风箱把手，就如拉动一个手风琴，发出呼啦啦——嗒嗒——呼啦啦——嗒嗒的美妙音乐来。炉子里的火炭就开始呼呼地燃烧起来，接着喷喷地燃烧起熊熊的火焰，连墙壁也映红了！整个炉火变成一个大火球，像是一个红红的太阳从东边的山坳里喷薄而出，喷射着娇艳欲滴的无数光焰。

恰巧这时对面山垭上真有一轮红日像从铁水里爬起来，浑身沾满铁水，湿淋淋的，一时间天地映得红红的、润润的、艳艳的，像是蒙上了红头巾。一座座俊俏的山峰便都变成了新娘子，含羞带喜地站在早晨的天空下，迎接她们的新郎。于是新的一天蓬蓬勃勃地开始了。

这时火星儿飞溅，铜片儿渐渐地变红，像一片片云霞。不久，铜片们就变成了液体，只看见平平的一大片，像是晚霞映在了一池塘里，红红的、艳艳的！炉中的光芒也映到了他的脸上，也是一脸红亮的笑容……

钟潇顿时感到父亲好像就在面前，正严厉地看着他，于是他心中又有了神，热了，烫了！他感到心里也有一个红红的炉子，在熊熊燃烧。他想，他一定要成为一代有名的匠人，这样也才对得起父亲的教诲。同时也让月儿姑娘看看……

铜化好了，便是最后一步最为紧张的工作，往模子里注入铜水。钟潇让校长给他帮忙，两人抬了那熔化炉，将铜水轻轻地从模子顶端的孔里倒入。他们慢慢地倒着，这是最为紧张的时刻，心都提到了喉咙里，手里丝毫放松不得，更不能发抖，必须是均匀地倒入，粗了不行，细了不行，既快不得，也慢不得！慢了，铜水就提前凝固了！不一会儿，钟潇那脸上就冒汗了。这一步可是要特别小心谨慎。稍有不慎，就会前功尽弃！加之熔化炉的炙烤，因此他脸上的汗珠像下雨一样，像是他脸上紧张的肌肉也在融化……

倒完铜水，在铜水冷却凝固后，就要揭开外壳了，这便是最激动人心的时刻了，就如马上要见到一个宝贝似的！

钟潇慢慢地解开绳子，轻轻地掰开外壳，一个金黄璀璨的塑像便露了出来，有如朝阳从山垭升起一般，光芒四射！他怎么也抑制不住，爽朗地笑了，就如一个太阳突然从云雾里钻了出来，笑容也是那样鲜亮。

校长撑撑眼镜，蹲在铜像面前，仔细端详着，应该是认真地欣赏着，然后就向钟潇伸出了大拇指，由衷地赞叹道："成功了！很好啊！"

钟潇仍然谦虚地微笑着，轻声说："还请校长多多赐教！"又说，"再就是最后一步细化的工作了。"

这时钟潇又想起了师父（父亲）说的话："一定要做成精品，要靠你制作的精品来树起你的牌子……"

接着他在地上固定好砧子，在小桌上摆好各种大小锤子、钳子、钻子。便开始最后一步细致的打磨工作。

又是一天的时间，一个更加光彩照人的铜像就活生生地站在了人们面前。那庄重而肃穆的神情，让人肃然起敬，满心里充满无尽的崇敬！

一时间，男女老少都来参观，进进出出，好像过喜事一样。人们纷纷赞赏着，钟潇便也更加出名了。

吃晚饭的时候，钟潇听男主人说附近来了一位神医，钟潇就很想去拜访一下，为父亲买点关节痛的药。饭后他就真的去了。从这里去有十多里路。黑黑的夜里，钟潇急急地走着。

月儿姑娘这时叫静月，和静善道长正在一户人家治病。她们已经出门行医多天了。静善师太喜欢静月，出门就将她带着，一边教她怎么治病，一边教她怎么认识药草。

钟潇找到静善道长。一见这位道长真有些不凡，就十分尊敬地给静善道长弯腰行礼："后生给仙道请安了！"

随即诚恳地说："我父亲由于年轻时四处行艺，为人打铜，不辞风雨寒暑，整日奔波，落下了腿关节疼痛的痼疾，整日疼痛得难以开步。仙道一定有这方面的好药，我想买一点带回去为父亲治一下这痼疾……"

静月大吃一惊，急忙耷下眼皮，紧紧地抿紧嘴唇，微低下头。她看清了来者竟然是钟潇！她心里咚咚跳了两下！她想这个赖皮家伙怎么又找来了！她简直有些惶恐而厌恶了。虽然她是化装的男道士，但又怕他万一认出了她，那就麻烦了！她便连忙转身向里面房间走去。

静善道长认真地看看钟潇，满脸笑意地说："哎呀，多好的小伙子，而且这么有孝心！你这么年轻就是铜匠了？"

钟潇站起身恭敬地说："我父亲是个有名的铜匠，我从小就跟父亲学艺，都学了十多年了。"

静善慈祥地看着钟潇："你父亲叫什么名字？"

钟潇说："叫钟诚，家住川湖交界的长坝乡。"

静善一笑："啊，是钟老铜匠！我们多次见过面，他打铜器，我治病。我们是老熟人了。你还不知道你父亲的故事吧？"

钟潇有些矜持地望着静善："不知道。"

静善笑一下说："你父亲老家是秭归人。他做手艺来到长坝乡白云寺这个坝子里，在山边一户人家打铜器，看上这户人家的一个姑娘。这姑娘也喜欢你父亲，但她不愿去秭归，你父亲又舍不得这姑娘，就在他们家当了上门女婿。"

钟潇微微脸红地看着静善，一时间不知说什么好。

静善微笑地看着钟潇："你怎么没和你父亲一起，一个人跑这么远来了？该不是也在追一个姑娘吧？"

钟潇一时间脸有些红了，像个大姑娘似的，显得诚实的样子，吞吐一下，不好意思地说："我是在寻找一位姑娘……"

静善道长故意地问："姑娘叫什么名字呀？"

钟潇像个大姑娘似的含着羞怯地说："她，叫肖月，是个裁缝……"

静善道长心里一动，想起了静月向她说的故事，就轻轻地笑一下："谁知你也和你父亲一样……"

静善又笑了一下，严肃地说："你这么漫无边际地寻找一个人，能找到吗？"

钟潇一副坚定的神情说："我请人算了的，她就在四川一带。我心里怎么也丢不下她，没办法，我必须要找她，坚持寻找，就一定能够找到的。"

静善有些严肃地望着钟潇："你应该要好好做手艺。这才是根本。怎么能为着一个女孩子去四处游荡呢？"

钟潇谦恭地点着头："是。多谢仙道指点。请您多多赐教！"

静善充满怜爱地看着钟潇："你是个好小伙子，又有孝心，出门在外还能把父亲的病放在心里，这很不错。但应该男子汉一点，大气一点，克服儿女情长。天涯何处无芳草？怎么在一棵树上吊死呢？"

钟潇脸上比先前又红了一些，还是满面尊敬地说："谢谢仙道。可是，装进心里的东西，就是扔不掉，我的心被她拴住了，没有办法……我想，这也是命运吧。命中该这样……"

静善有些郑重地说："还是解脱的好。这样，会伤你身心健康的，甚至会患病的，那将毁了你的……"

钟潇点着头，诚恳地说："好的。谢谢仙道指点。"

静善说："我给你一点药吧。"说着想了一下，又说，"你快点把药带回家，让你父亲受用吧。"

钟潇恭敬地说："多少钱？"

静善道长说："这么点药，不收钱。"

钟潇感动地说："不收钱，我怎么好要药？我虽然不是医生，但我知道您这药可是要到大山里，到悬崖间采的，还要制作。该是多辛苦啊！您还是说个价，买东西就应该给钱。何况您这药来之不易，又十分珍贵！”说着就掏出一个大银圆，递给静善道长。

静善道长还是说：“拿去吧。你有你的艺道，我也有我的医道。我是一个道士，给一般的百姓治病给药，不收钱。这是我的医道，也是我作为一个道士的心境。你拿去吧。如你将来成了大富翁，就到我们清月观去捐钱，让我们用作修缮道观和购买一些名贵药物。”

静善又有些郑重地强调：“不过，这药，你的确要快点送回家，因为这样用纸包着，容易散发药性，影响治疗效果。行吗？”

静善道长知道静月的心，见到这钟潇肯定心里很焦急了，就想让钟潇快点离开，尽快回家，以免他发现了她……

钟潇又给静善道长行一个礼：“谢谢仙道！我明天就回家去。”说着又行一礼才转过身，向门外走去。

静月听了心里暗喜。钟潇走后，静月走出房间，悄悄拉住静善的衣服，将嘴贴到静善耳朵上小声说：“谢谢道长！您太精明了，看出这个铜匠就是我给您讲的那个赖皮。他一直在追寻我……”

静善道长说：“不过，我认真观察他的面容神情，他还是一个纯正的人，还没有被凡世俗尘所污染。”

静月对钟潇还是没有一点好感。

十一　最后时刻

时间像云飘着，一晃他学艺十年了。

他本乡的冯老爷派人来四川找到老师父，要修建一座庄园。老师父带着他去了。能够回到本乡修建庄园，这对他来说是一件非常高兴的事。他想，在本地修建房屋一定会见到月儿的。她知道他回来了肯定会来找他的。

这是一座大庄园，大小天井都有十二个，院子中间还有一座五层高的亭子。这是由他独立掌墨的第四个大工程。他学艺四年老师父就要他掌墨了。老师父只是做伴和看看，给他一种精神力量，让他感到身后有一尊神看着他、保护着他。

老师父便说："这是我陪你的最后一个工程了，也是我的最后一个工程，不知我能不能陪你立屋圆工啊。"

他心里陡然一股东西向上涌起，他说："大爷爷莫悲伤，怎么就这一个工程嘛。我看您起码还能活十年，活过一百岁。"

老师父说："其实我早就可以归去了，因为有了你这位继承人、掌门人，我可以放心了。同时我也希望，你修建的楼房比我修建的还要高大……"

他抱着老师父，很坚定地说："大爷爷，我一定继承您的手艺，修建世上最高最大的楼房，您放心吧！"

老师父认真而深沉地说："艺要学精，艺到精时出神入化；做艺要诚，心到至诚灵若神驰。"

他十分诚恳地说："谢谢大爷爷，我记住了！"

老师父欣慰地笑一下："好，我相信你的技艺比我更高超、更神奇。"

冯老爷要他和老师父住老屋里，但老师父坚持要住在工棚，时时能看到工地。接着他带着几十个工匠师傅，由他具体指挥砍树、裁料、加工柱头毛坯、刨光、画墨、凿眼，制作连接柱头的穿枋，制作楼索、檩子等一系列工序。

这天冯老爷将老师父和他、邹木匠、万木匠、乐木匠、祝木匠、杨木匠、章石匠、葛瓦工等几十个匠人请进门。木工邹师傅是负责雕刻的，是一代名师。祝木匠年纪四十多岁，万师傅和杨师傅还年轻，与他的年龄差不多，都有过硬的木工技术。万师傅父亲算是个木工大师，万师傅从十二岁就跟着父亲学艺，比他学艺的时间还要早，还要长。万师傅跟着父亲干了十多年，而且到远处修建过多年楼房。可惜前两年老万师傅因病去世了。冯老爷还把做瓦、烧瓦的瓦匠师傅都请来了，潘瓦匠、肖房瓦匠，他们的瓦是这一带烧得最好的。一般来说，烧瓦卖，用者买，买卖关系，只有讨价还价，没有谁招待他们，更没有谁把他们当主要师傅陪师的。冯老爷考虑细致，也是想他们将瓦烧得更好。大院需要的瓦多，为保证满足且按时，冯老爷还下了一半的订钱。这让两位瓦匠师傅感动得两眼发热。

冯家办好了酒宴，加上陪客，在老屋堂屋里摆了五大桌酒席，在后壁神龛（这一带称为香火）下再摆了镶桌（两张大桌子镶在一起），上面铺了红绸子，放上了敬奉祖先神灵的食品、物品，燃着蜡烛、香签，作为开工之前“陪师傅”的礼仪。他们四人被请到上席坐下，冯老爷亲自拿了红包，给他们一人一个“红包”，里面均是一块银圆。这个数字在当时已是非常的大气派了。接着就是冯老爷亲自陪酒。冯老爷能喝酒，也就一个劲地劝酒。一顿酒宴下来，冯老爷喝得红光满面，他和师傅们都喝得有些晕乎了。

第二天开工。天空像水洗了一般，蓝如莹肌，一丝不挂。石匠们开始开石山，需要打凿的石头有：柱脚下的磉礅石、连脚石（柱头锁脚枋下的条石）、天井石、台阶石、门墩石、门槛石、墙壁的转角石等。

他带着二十多个木匠上山砍树，称为“伐青山”。首先是砍做柱头的树、做横枋的树，其次是砍做楼索、檩子的树，最后是砍解椽桷的树。

梁树是其中的一件大事。梁树一般都选择杉树和椿树，杉树和椿树砍了后树蔸上都能发芽，就是说有子有孙，树蔸不发芽的树不能用作梁树。梁树要显得宽大，以显示主人的体面。一般修建房屋，梁树多为亲友赠送，人人马马敲锣打鼓抬去，称为“贺梁”。

冯老爷这房屋的梁树由他夫人娘家赠送。夫人娘家便请先生择了吉日，请他去砍梁树，这称为“伐梁”。这个活必须要由他这掌墨师亲自前往选定树木，亲自动斧砍伐。

他去了，在山上选好了一根大杉树，冯老爷和他岳父都很满意。他们便一起在树前跪下，给土帝山神烧纸、上香、磕头。然后他站起来，肃穆而神圣地面对山坡、大树，口中念道：“东方青云起，西方紫云开，东家请我伐梁来；一伐天长地久，二伐地久天长，三伐荣华富贵，四伐金银满堂。”

念颂之后，他习惯性地默思一下老师父，给手心吐一口，握紧斧把，将开山大斧向天上一挥，然后如一道闪电射向树蔸，便发出嘣的一声震响，不仅大树震得浑身一抖，整个山坡也是一跳！接着就是嘣嘣嘣轰轰烈烈的砍伐声，之后就是轰通一声，大树缓缓倒下。接着他用锯子裁了，用斧头片成梁树的雏形。

接着夫人娘家请了抬工，请了锣鼓班子、总管，组织了二十多人的队伍，将梁树中间攀着一朵大红牡丹，这是用红绸缀成的，可谓披红挂彩，一行人敲锣打鼓，放着鞭炮，人人马马抬着梁树，热热闹闹叫着号子，浩浩荡荡前往冯家。这当然是一份大礼了。冯家也组织了热烈的迎接仪式。一时间唢呐悠扬，锣鼓喧天，震撼着整个茅坪。冯老爷的庄园选址在茅坪北边的一个叫作卧龙山的山脚。

在柱头雏形做好后，整个柱头被抬下山，放于屋场边准备好的高架木马上，进入柱头的制作。

不久柱头全部刨好了，摆在木场里，像垒成一行一行的大平原。

他拿着一个墨斗。墨斗像一辆古典的战车，像一艘船，像一辆老式火车。他将墨钻子在一根白白胖胖的柱头的一头钉下，然后牵着墨线走向另一头，墨斗盘子飞快地转动，像是火车正在飞速行驶，发出叽叽嘎嘎的声音，像唱歌一样。他很快在柱头的另一头按下墨线，稍一审视，手一提，啪的一声脆响，就打下了一条中线，顿时就如一条大道破开一片蛮荒，与遥远的地方相连接。然后伸手摸下柱头头上的几点泥巴，左手拿着曲尺，右手拿着墨签，闪亮的目光此时完全捆在了一起，对准柱头，吊垂线画墨。

这时有一个人在叫他：“陈师傅！”但他完全没有听见，可见他的听力，不，是所有神力都被完全捆在了一起，投射到有如平原的柱头横切面上。这是他的天，这是他的地，这是他的一切。

他拿着墨签竖一画，横一画，左一画，右一画。这时惊人的画面出现了，看去就是一条“十字大街”，一座城市诞生了，一片繁华诞生了！那些最初的城市，就是这样一条一条墨线画出来的，就是这样一根一根柱头耸立起来的；那是一片纯正的图画，那是一片古色古香的生命……

几个月过去。工程进入立屋的最后阶段。这期间，却还是不见月儿的踪影，他暗中打听了不少人，也没有月儿的消息。他心中充满惆怅忧伤。

这天他正在制作梁树。冯老爷也一直在他面前不远的柱头上坐着，看着他操作。梁树中间的大部分是挖的一个拱形，现出一个宽大的梁面，象征天空，正中是他亲手画的一个圆形的图案。这是用红蓝两色画的一个太极图。太极图两边是红黄蓝的有如宝剑的光柱延伸，象征吉光普照。图案的一边写的是“紫薇”，另一边写的是“高照”，字的两边各画有一条金龙。再前面，写的立屋的日期。

现在到了一个重要时刻。冯老爷客气地递给他一个红包。他不要，但冯老爷强行地塞进了他的衣袋。原来他正在为梁树做两头的榫，也就是先锯，然后在两边凿开一个豁口，成为一个“工”字形，便于放入中柱的垭口里，这称为“开梁口”。他首先用锯子按墨线锯了口边，然后一手拿着斧头，一手拿着凿子，没有砍，而是庄重地站立。

接着大声颂道一段祝词：“斧子凿子拿在手，两眼盯住梁树头，东家请我开梁口；开梁口，开梁口，开一个金口对北斗；一开天长地久，二开地久天长，三开荣华富贵，四开金银满堂。”

念颂后将凿子对准梁口，用斧头轻轻敲打，凿开一个豁口，再凿另一边……看这梁树头上的榫头，便像一个“工”字。

这时，有几个帮忙工早已在旁边用锅烧沸了桐油，这是最后一道工序。他们用扫帚蘸了烧沸的桐油，在梁树上刷着，刷一遍又一遍，这是为了防潮防腐。刷完桐油，这时梁树就变成了金黄色，异常漂亮，像一条金色的长龙。

西天的太阳像一个熟透的仙桃悬在那儿，不肯落下，像是在风里一颤一颤的。这太阳正深情地望着卧龙山脚一个简单的工棚。工棚的门开着。工棚里躺着一位年近九十岁的老人，这就是那位陈老木工大师。老师父现在确实老了，终于躺下了。冯老爷要老师父住在老屋里，但老师父怎么也不答应，坚持要住在木场的工棚里。他不能亲手干活了，也要时时看到木场工地，也要听听那些木工的响声。木场就是摆放柱头等木件的场子，主要是摆放在称为“高架木马”的上面，简称“高马场”——下面垫着结实的木马或是石礅，上面横着长长的枕木，便于摆放长长短短的柱头，这种形式便叫作“架高马”，绝不是蒙古的那种高马。柱头摆到高架木马上以后就进行刨光、画墨、打眼等工序。

这晚上老师父有些郑重地看着他，然后有些忧虑地说：“你年纪尚轻，初出茅庐，人们不一定信服。许多人都是在试探。要一步一步做好。做好了，还要仔细检查……关键时刻心神要稳定，不要怕，不要慌……”

他恭敬地看着老师父，眼里闪现着一种忧患的神情，但同时又充满一种坚定的信念。

老师父最后说：“唯有虚心好学，精益求精，方为出路。敏而好学，不耻下问。要多跟别的大师学。”

他想起曾听说的，在茅坪街下边不远的山坡上，立起的一栋新屋，瓦片也盖好了，第二天早上去看，竟然不见了，倒塌在了地上……

老师父在简单的木床上躺着。已经不行了，弥留三天了，但总是咽不下最后一口气。还在坚持着。老师父想看到他立起这个大院，可是老师父除了眼睛还睁着，已经不能说话，不能动弹，不能吃东西了。老师父的眼神总是望着那门外的木场。门口有太阳传来的眼神一闪一闪的，和他打招呼，在挽留这位老师父。

这时的他披着一身灿烂的阳光，急切地走进工棚里。他在老师父的床边跪下来，喘着气说：“禀报大爷爷，我什么都准备好了，明天早上卯时三刻准时立屋。”

老师父脸上飘过一丝微弱的笑意，用有些滞涩的眼神望着他，嘴唇微微动了一下，但无任何声音。老人三天前就不能说话了，一直不咽下最后一口气，一定是还等着什么，或者想着什么。

老师父的嘴动着，到底说的什么呢？他想。他马上领悟了，是要他还认真检查一些关键地方，特别是立屋的准备工作和防护措施。

他回答说："大爷爷放心，一切都准备好了，我都仔细检查了。"

老师父的头微微地点了一下，用僵硬的眼神望着他。

他忽然记起了，大后天这日子正是他去拜见老师父学艺的日子。怎么这样巧！老师父是一定要等到这个时刻——满十年？践行曾经说过的，陪他学十年？他心里不禁一阵热潮轰然涌起，眼眶顿时涌满泪水……

他给老师父弄弄被子就退出去了，披一身阳光一晃就不见了。

工程进入充满惊险的一个时刻——立屋。

章石匠负责打制的相关石材已经安放到位，柱架已经摆好。他又进行了最后的检查和布置，现在可以说一切就绪，万事俱备，只等他一声令下，大厦就要站起来了。

许多人知道，这立屋如果师傅没有高超的过硬功夫，往往是会出问题的。或是哪里的榫眼错位了，或是榫眼大了小了，或是榫头大了小了……木头不是钢铁，弄得不好，会出现爆裂、脆断、倾斜，甚至倾倒……

满屋飘着酒肉香味。今晚主要是办宴席陪师傅。一般，立屋的头天晚上都要陪师傅。许多人也说的是陪鲁班，因为鲁班是木匠的祖师爷。陪师傅首先是祭奠鲁班祖师……

他又来到老师父睡的工棚里。他对老师父恭敬而亲切地说："大爷爷，我背您去参加陪师傅。"

老师父微微摇头。他又说了一遍。老师父有些严肃地摇着头。他想老师父这个样子了，也就不折腾他老人家了。

过了一会儿主事的总管大声喊道："酒席摆好了，陪鲁班祖师，陪师傅开始——"

他走了上去。一手拿着一根五尺（丈量工具）和一把八分凿，一手拿着一把小斧头。他后面是石匠师傅、瓦工师傅，各自拿着五尺和主要工具，在老板、总管的陪同下来到旧屋的堂屋。总管给他和石匠、瓦工掌墨师各五尺红布，缠在五尺上，然后都将五尺立于堂屋后壁的神龛下。

这时堂屋里已经飘满酒肉的香味和喜气。堂屋正中摆着一张大桌子，上面摆满各种菜肴，碗筷、酒杯，这是敬鲁班祖师的。他把几样工具放于神龛下面一个桌上，肃穆而虔诚地跪下，三叩首，拜谒鲁班祖师神灵，请求保佑立屋顺利，大吉大利。接着烧纸，上香。

他祭拜完毕起身，大声喊道："请鲁班祖师入席——"

院坝里随即响起一串爆竹声，这是迎接鲁班神灵的礼仪。他来到上首，给酒杯里斟酒，帮忙的给饭碗里添上一点儿饭，他拿起筷子庄重地给饭碗里夹一片肉。

他恭敬地说："请鲁班祖师饮酒、用餐。"

他说完就在后壁前跪下，烧纸。

一会儿后，他端起酒杯将酒倒于地上，接过帮忙人员递上来的茶杯，在上首给地上倒一点，表示鲁班祖师用餐结束。他大声喊道："送鲁班祖师——"

这时院坝里就响起热烈的鞭炮声，隆重送客。

接着帮忙的收拾碗盘，重新摆放好六张大桌子，摆好酒菜、酒杯、碗筷，准备陪师傅。

酒席摆好了，满屋飘香。总管喊道："请陈师傅入席——上首就座——"总管拖着长长的音调，像唱歌一样。

他走到挨后壁的首席缓缓坐下。这时他脸上并不高兴，而是一副沉重，因为他大爷爷老师父不能来参加陪师傅。

总管大声喊道："请邹师傅入座——请石匠掌墨师章师傅入座——请瓦工葛师傅就座——"

他们四人就在挨后壁的两张大桌子上首各自坐下。

总管又喊道："请各类师傅们就座——"

一时间有点轰轰烈烈的阵势，六张大桌子被师傅们坐得满满的。

他是一个人坐在上首的。他身边的空位是老师父的，也放有酒杯和碗筷。主事的总管和老板坐在两侧作陪。

他默想老师父样子，神情悲壮，虔诚地端起酒杯碰一下旁边酒杯，庄重地说："我敬老师父大爷爷！"随后将酒一口喝下。心中默念着：请各位先师保佑立屋顺利，大吉大利……"

接着，老板和总管给他敬酒，给所有师傅敬酒、慰劳。一时间场面热烈，充满喜气。冯老爷每根眉毛胡子上都是高兴的笑容。

酒宴陪师傅过后，他拿着一沓火纸，独自来到木场，就是制作柱架的场子。他在场子中间站住，虔诚地向北方望一下，又向天空望一下，然后跪下，心中默念："鲁班祖师在上，小徒拜上了，保佑立屋大吉大利！"

随即叩头三下。接着烧纸，一张一张地放入火中，然后点燃三炷香插在地上。

然后，他面向西边四川方向虔诚地望着。这是他跟随大爷爷学艺近十年的地方。此时只有星光，月亮还没出来。他感觉每颗星星都是一位神奇的大师。他想起跟随十年的老师父，眼眶就湿润了。他缓缓向地上跪去，对着天地深深地叩了三下头。

他抬起头来，恭敬地说："天地在上，鲁班祖师在上，保佑我大爷爷老师父醒复过来……"

说着又深深地一叩首，口中念念有词……接着他虔诚地跪在地上烧纸、上香、磕头……

然后他将所有准备用于立屋的绳子、梯子、杆子一一进行检查，是否有朽，是否牢固。然后才走出屋去，看天上的月亮出来没有。他想了下，哦，二十五六，月起放牛，离天亮还有一段时间。

明天的任务不同凡响。他这样想。他又望了一眼黑黑的天和眨眼的星星，觉得就像无数神灵的眼睛。

十二　临终遗嘱

他去祭拜了天地祖师后，又来到工棚里。点燃床头木板上挂的一盏桐油灯。他在老师父床边坐下来，一双手握着老师父的手，摸着脉搏，守候着。他不时地又用汤匙给老师父嘴里喂一点儿糖水，但也只是润一下口，老师父已经不能咽下东西了。

他就这样陪伴着老师父，眼睛里总有湿湿的东西要滚落出来，他在心里为老师父祈祷着……

这时已是深夜，没有月亮，只有满天的星星，像放上去的烟花。明天的任务很重，这时他才上床挨老师父躺下，开始休息。

他一时不能入睡。大后天就是他学艺满十年。这是个重要的日子，难忘的日子！老师父处于弥留之际。老师父是一定要坚持到陪他学艺满十年，差一天也不行。老师父对他说过的，要学十年——老师父就要坚守这个承诺，不能停下最后一口气，就一直顽强地坚持着……

他寅时四刻就起了床。他知道老师父的心愿，就将老师父扶到床头，让老师父靠着被子，看到立屋的场面，并安排一位木工在旁边侍候老师父。

天刚麻麻亮，木匠、石匠、瓦工等工匠师傅们和亲朋好友、帮忙工立于柱架之间，听候号令。作为掌墨师的他，一手持开山大斧，一手抓住公鸡。

他口中念道："天地开场，日吉时良，鲁班到此，大吉大昌；石木所做，听我所言，主东发富万万年。天屋场，地屋场，请起石匠，打起中柱连磉；请起木匠，建起万古不朽的华堂。石大好做中柱磉，屋大好出状元郎；文武出了七八个，秀才举子上头榜。王母娘娘赐只鸡，不等天亮就叫起，一直叫到日落西。这只鸡是非凡鸡，鲁班赐于扫山的。天煞归天，地煞归地，年煞月煞日煞小儿神煞，若有凶神恶煞，我有雄鸡来抵煞。"

念完之后，用斧头将鸡冠砍出血来，滴在中柱上，高喊一声："起！"

众人齐声吼道："起！"

在一片号子声中，整排扇形柱架便渐渐立起。

这立屋的场面十分紧张繁忙，更是十分隆重而壮观。冯老爷是有声望的人物，他家与周围老百姓的关系也很好，都知道他家在修建大庄园，今日立屋，一定盛况空前，再怎么也要来看看热闹，见识见识，饱一饱眼福。不仅本村的人合家蜂拥而来，连周围几个村只要能走动的人也都赶来了，不仅立屋的周围场子里、田野里站满了人，连山坡上也站满了人，真的人山人海。

他一看今天这样热闹，来了这么多人，就想到他的月儿——肖月，她也会来的。但此时她没有来找他。

不过使他没想到的是，肖月的妹妹——云儿、叶儿都来了，如今云儿和叶儿都已长成大姑娘了，并且都学成了裁缝手艺，两个长得和月儿几乎一个样子，一样美。云儿、叶儿自小和他在一起玩耍，实际上也是青梅竹马。小时的记忆深刻，但是她们已是多年没有看见他杰汉哥了。现在听说杰汉哥学成了大师，在为冯家修建庄园，一时间肃然起敬，心里热热的甜甜的，都觉得又亲切又神秘，甚至是一下子涌满了回味、思念，既想看立屋的场面，更想一睹他的风采。其实，不仅云儿、叶儿来了，连她们的爹肖裁缝也扔下裁缝活儿赶来了，她妈也来了。这样史无前例的热闹大事，能来的谁不来一睹为快呢？

云儿、叶儿也没有想到，不看不要紧，一看好像就入了心，激动不已，心里竟然堆起厚厚的崇拜，浓浓的向往……可是这场面人多马众，加之男女有别，又不便像两小无猜时那样和他亲热，于是各自心里又堆满了压抑！真想上去学小时候那样紧紧地拉着他的手亲热。她们就只能远远地看着，最后直看到心里热热的，跳跳的……

整整立了三天才立完。看去，一片银光光的木柱架，有如万木林立，有如满园春笋，高大壮实，也似群山耸立，巍峨雄壮！特别是院中那个伸入云端的五层亭子，仿佛连接了天宫，仙云萦绕。

现在进入最后一个隆重而热烈的时刻，就是正堂屋的上梁工作，这也是最体现喜气、隆重和令人向往的时刻，也就是华堂喜结金鼎。

梁树就像一条长长的金龙卧在堂屋地上。梁树中间系着红绸折叠成的大红牡丹花，并且红绸延伸绕梁至两头余下二尺长，就如金龙长的一对翅膀。堂屋两边的柱架顶端各有四位木工师傅和四位石匠、瓦工师傅准备着，将长长的粗绳放下地面，地面的师傅将绳子在梁树的两头拴好。升梁准备就绪，他庄重肃穆地站立于梁树一头，开始进入第一个议程：赞梁。

他深深地呼吸一口，大声颂道："黄梁居首四角方，生在何方？长在何方？生在青龙山上，长在八卦岩前。何人得知？鲁班得知；何人得见？鲁班得见。鲁班托斧来砍倒，随后托尺量。大尺量，三丈三；小尺量，丈八长。第一截建起金銮宝殿，第二截建起紫禁华堂，第三截不长不短，一字正正端端，来做万古不朽的栋梁。鞭炮锣鼓迎进场，墨斗曲尺似鸳鸯；锛斧一对片得平平坦坦，刨子一双刨得银光闪亮，墨线二根缠绕仙木屋梁。天上金鸡叫，紫薇星高照；地上紫鸡啼，正是弟子升梁时！"

这时他提高声音大声喊道："升——梁——"

接着瓦工葛师傅跟着喊："升——梁——"

帮忙工在"升梁"的喊声中一齐伸手将梁树搂起，就如搂一条大金鱼，同时柱架顶上的师傅们向上拉动绳子，梁树便如一条金龙腾空飞起，这时院坝里响起激烈的鞭炮声，震动屋宇天幕。梁树升到中柱顶端，轻轻放至横枋（又叫花穿）上。他这时和提着斗的总管从东头（右边）顺着木梯上到中柱上方，在横枋上站好；葛瓦工和另一个提斗的主人家亲戚则从西头（左边）的木梯上到中柱上方，在横枋上站好。然后双方抱拳拱手，互相致意，各自亲手将一条长两尺宽一尺的红布拿着，将一个薄木墩包裹一下，同时放入两根中柱顶端的梁口，并让红布条垂直吊下有如飘带。

这时他站起身子拍拍屋梁，大声喊道："紫薇高照！"

葛师傅便在那一头拍拍屋梁，大声喊道："金龙卧槽！"

两边的木工、瓦工师傅便将梁树搂起，正正端端放入中柱顶端的梁口里，压在红绸墩上。接着他和葛师傅各自拿起用木头做成的"发锤”将梁树的榫头象征性敲打，使之在梁口落实。

他边敲边颂道：“发锤拿在手，东家请我发梁口。一发东，代代儿孙坐朝中！”

其余众人齐声颂道：“坐朝中！”

他又颂道：“二发西，代代儿孙穿朝衣！”

其余众人齐声颂道：“穿朝衣！”

他接着颂道：“三发中梁，代代儿孙坐朝堂！”

其余众人齐声颂道：“坐朝堂！”

这时被称为“梁胡子”的那梁口垂下的红绸条在人们的欢呼声中已是高高飘扬，如两片红霞缠绕着中柱金鼎，梁树便如一条彩虹盖在屋顶，顿时天地一亮。外面鞭炮又噼里啪啦响起。

接着就进入“抛梁”程序。他和葛师傅各自拿起总管递给的斗，斗里装着许多糍粑、米粑粑、铜钱。这是一个又隆重又热烈的时刻，他和葛师傅开始一边唱颂祝词，一边向地下抛撒粑粑和铜钱。

他们唱颂着：“一把斗儿四四方，金银财宝斗里装，两手打开斗，金银财宝样样有。冬九腊月麦下土，正二三月麦出山，四月耕田五月秧，十八龙虎进南阳，十八童生进磨房。头道面儿白如雪，二道面儿白如霜。太上老君派来做馍的孙二娘。孙二娘，只准做来不准尝，只准东家用来抛起万古不朽的栋梁……”

他们边唱颂边撒下金色的铜钱和白色的粑粑，就如满天飞金飘玉，有如鹅毛大雪一般，下面大人小孩都欢呼着，纷纷捡钱抢粑粑，一时间将立屋的结束曲演奏到高潮。

这场抛金撒玉的表演结束后，紧接着是给梁树敬酒敬茶。两边有人递给他和葛师傅各一把酒壶。他们将酒壶中的酒向梁树上浇洒，一边浇洒一边唱颂道：“手提一把宝壶，壶儿金光闪亮，满装世上美酒，赐予弟子来敬梁。一杯酒敬梁东，子子孙孙坐朝中！”

众人齐声颂：“坐朝中！”

“二杯酒敬梁西，子子孙孙穿朝衣！”

众人齐声颂：“穿朝衣！”

“三杯酒敬梁中，子子孙孙享俸禄！”

众人齐声颂：“享俸禄！”

“四面八方都敬到，子子孙孙都入朝……”

接着，他抬起一只脚踩在梁树上，又提起一只脚，踏上梁树，然后缓缓向梁树中间走去，一时间都寂静无声，都为他捏着一把汗！

他走到梁树中间，弯下腰，将梁树中间的那朵大红牡丹和红绸解开，称为“卸红”。

他一边卸红一边颂道：“一条黄龙长又长，缠在东家紫禁梁，自从今日卸红后，东家永远发吉祥！”

众人齐声颂道：“发吉祥！”

他回到正堂中柱边，满面喜气地大声喊道：“立屋圆圆满满！”

葛师傅便接着喊道：“金银浩浩荡荡！”

章石匠接着大喊：“子孙千千万万！”

他大声喊道：“就此宣告：立屋圆满成功！”

人们齐声颂道：“圆满成功！”

太阳啪的一下就醉了。它露着一张红红的醉汉脸，想要休息去了，但一直坚持着，恋恋不舍地看着这座金光闪闪的木柱大院，像宫殿一样巍然屹立，显得雄峻壮丽。

西边山梁像一张巨大的床。太阳慢慢地躺下去，开始休息了，只在床上还闪射着一丝丝的灯光，群山如一部美轮美奂的神话。

他站在山坡边，仔细地看着自己修建的这座崭新庄园。虽然这时天色已暗，但那金黄灿烂的柱架还是那么明亮。他感觉是站在一座宝光四射的宫殿面前。他是它的设计师、建造者，他感到这时他是世界上最伟大的人，最幸福的人，什么都忘了！那张脸像一个春天的太阳，闪耀着明媚的光晕，笑容灿灿烂烂。

他不禁想到月儿。要是月儿姑娘能来看到他主持修建的这么高大的楼房，那该有多好啊！他想，月儿姑娘此时会在哪里呢？又想，不管你在哪里，我都会找到你的！这庄园现在完工了，我就可以来找你了！

这时傍晚的太阳红红的。他来到老师父躺着的床前，跪于地面，虔诚地对老师父禀报：“承蒙老师父神威，华堂顺利立起，圆圆满满！”

接着他抬头看老师父。只见老师父面部在夕阳的辉映下闪烁着灿然的笑意，眼睛里充满神采，正兴奋地望着这片有如森林有如崇山的金柱大院，在阳光下闪射着神秘的光芒。他看老师父这样子，心里高兴，他感觉老师父又活过来了。

他大声呼喊道：“大爷爷！”

老师父的嘴微弱地动了下，说着什么。他忙将耳朵凑近老师父嘴边，细细地听着。老师父声音含混不清断断续续地说：“去找道远……学得高艺……”

他有些疑惑地问：“是去找道远大师，学得更高技艺？”

老师父微笑地点了下头，用期盼的眼神紧紧地盯着他，嘴还动着，但已经没有声音了。

他坚定地说：“我一定去找到道远大师，学得高艺！”

老师父看他听懂了意思，欣慰地又点了下头。

当他还想问在什么地方时，老师父的嘴再也没有动了，只是一副殷切期盼的神情看着他。

他坚定地说：“老师父，您放心，再艰难，我也一定去寻找到道远大师……”

老人的眼睛倏地闭上了。他去摸老师父的脉搏，已经停止了跳动！他只觉得轰隆一声天地全黑了，心像是碎了一地，只知道悲痛地喊着：“大爷爷——老师父——您不能走啊……恩师……”

他痛哭着说：“恩师啊，你苦苦地撑着，几天没吃没喝，坚持着，硬是要陪我……满十年这一天，看到大厦立起，看到我的成功啊……”

他记得，此时正是他十年前来到老师父家，正式拜师学艺的时刻。那时的夕阳也是这个样子，很红。

这时全体工匠都来看望老师父，他说老师父已经仙逝，工匠们啪的一声跪下，有的在工棚里，有的在工棚外面，面对着老师父，都默默地低着头……一时间风儿停止了吹送，树枝儿停止了摇晃，草儿肃穆，山岭肃穆，云肃穆，天肃穆！一切肃穆、悲痛哀悼……

他久久地跪在地面，流着泪叩拜："大爷爷！我永远不忘您的大恩大德！我永远继承您的艺业，诚诚恳恳为百姓修建高楼大厦……"

他说着深深地磕下三个响头，那头在地面碰出嘣嘣嘣的响声，连地都震动了。这时全体工匠也一齐虔诚地磕头，一下，二下，三下，那地真的震动了，摇动了，久久地晃动着……

祭奠刚刚结束，一个找他的人来了。这人高高挑挑，是长坝乡龙洞坪的施老板。他专门来参观了冯家大院立屋盛况，随即就急忙找到他。

施老板热情地说："祝贺陈师傅华堂圆满竣工。我想请你去修建一栋木屋……"

他当然非常高兴有人找他修建楼房。他诚恳地说："我老师父仙逝，我把老人家送四川安葬后就来。怎么样？"

施老板说："要多长时间来我家？"

到老师父家本只要两天多时间，他想起老师父遗嘱，要去找道远大师，就说："二十天左右赶到你家。"

施老板高兴地说："好。"

他因想着要去寻找道远大师学得高艺，就将装修的事交给了同样是木工大师的邹师傅等人。

他和师傅们用木板赶做了一个密封的内椁，将老师父收敛入内，放上防腐药草，密封好。请了八个人，分四班轮换，抬回老家，放入棺材内。举办了隆重的悼念仪式，第二天清早数百人送葬，在一个向阳山脚、前面一湾河流环绕的风水宝地，进行安葬，并给老师父立了一座碑。

离开老师父的墓碑，他感到身上重了许多，同时也感到自己很是孤单。他决心将老师父传给他的真艺继承下去，传承下去。他回望老师父的墓碑，眼眶又一下湿润了。他又想起老师父的教导，顿时又有了力量。他向远处望去，向天上望去，他极力要求自己的心升于大地之上，人世之上。他相信老师父的灵魂已经升入九天之上，进入天堂之中。他接着感到自己正在腾空升起。他感到群山是那么朦胧，似在掩面伤怀。天上的太阳明亮无比，似一盏巨大的神灯，那些云朵白亮耀眼，都在为老师父表示一种感叹和祭奠……

他向前走去。他感到有些飘悠。路边是一片茂盛的苞谷林，就像是一片绿色森林。忽然他的肩膀撞动了一棵苞谷的叶片，哗的一下那些花粉四散飞扬。在阳光下，把他置于一个七彩的霞粉世界，如一个彩色的星空，如一张万紫千红的网，将他网住。他身上也满是跳跃的花粉。他觉得走进了一个梦里。

忽然，他脑袋里响起咣的一声，他就回到了十五岁时的那个早晨，他与月儿去看立屋后往回走，那苞谷林里五彩缤纷的花粉飞扬的世界，他的心被重重地揪了一下，又揪了一下！他的手下意识地伸进衣袋里握住了那个手帕，他接着就往外掏，可他马上想到埋在后面的老师父的灵魂会看见的，就没有掏出。仍然像以往那样用手握着、摸着，心里感觉着。这时他的心就被一拉一拉的，仿佛远处有一根线牵着他的心……

他想起了月儿。他想她在哪里呢，他学艺四年那次回家找她，她离家出走了。也不知她到底去了哪里，现在什么地方。他回到本乡修建冯家大院，几个月也没见她的踪影。她是否还在找他？他的心被什么重重地敲打着，心就被敲打得一片儿一片儿地往下掉落……

他快步回到老师父家里，收拾了一下工具用背篓背着，辞别老家人就又上路了。这时的太阳像一只神眼正正地看着他，顿时他感到老师父正在天上看着他……他记得老师父的话："一个艺人，要以艺为大。艺到精时出神入化，心到至诚灵若神驰……"

他接着去践行老师父的遗嘱，也是自己的承诺……

十三　初心不改

时间如风，慢慢吹过春夏秋冬，慢慢吹去五年岁月。

静月，也就是肖月，她尽量少想别的，坚持潜心学医。五年多过去，她在医术方面比观里其他道士学得好，后来居上。她已成为静善道长最骄傲的弟子。静善道长认为她是个奇才，把她当成心肝宝贝，将许多真艺都教给了她，并要她行善做好事，今后再传给善良的、可靠的、愿意为人做好事的弟子。她觉得静善道长已经不是一个女人，而是一个大慈大悲的活菩萨。她对静善道长崇拜至极，视她为心中的神，一生信奉的神。她也想成为静善道长那样的人，成为那样的神，最终得道。

但她没有忘记他——杰汉哥。这天她一起床就想起，今天是十年前她与杰汉哥分别的日子——六月十四日，也是他去学艺的日子。心里不禁被什么猛地拉了一下，接着又拉了一下，像是掉下了一块儿……她想，杰汉哥学艺十年了，一定学成了，就要往家里赶路了……

她来到院坝里。她看见那棵圆圆的桂花树，马上感到一股桂花的香气呼的一下飘过来，她深深地吸了一口，接着全身都香透了，有种飘飘如仙的感觉。东边的太阳又红又嫩，像是从澡盆里忽地爬起来的胖娃娃，红润而水嫩。水淋淋的光焰向群山倾洒过来，桂花树上霎时跳跃着五彩缤纷的光点。密密的金色桂花朵儿在艳丽的光焰里翩翩起舞。一阵阵香气像要将人抬起来，香到天上去。这时她想起和杰汉哥看立屋回来穿过苞谷林时五彩缤纷的花粉满世界飞扬，把她和他包围的情景……

静善道长正在那边几棵松柏树下练功。静善道长已经八十多岁了，但仍然在坚持练功。

她见静善道长练完功就走过去，一边扶着静善道长散步，一边谨慎地说："师太，我想回去一段时间。"

静善道长并没怎么吃惊，平静地看着她，说："静月，怎么要回去呀？是不是要去寻找那个木匠哥哥？”

她诚恳地说：“我想回去为乡亲治病，尽尽乡情善心。我们那一带缺少您这样的好医术，没有好药好方，很多人都在病痛中煎熬呢。”

静善道长理解地看着她。

静月崇敬地望着静善道长：“我要代表您去为乡民们治病，减少他们的痛苦。我去一段时间就回。”

静善道长看着她，看出她内心的善意，片刻，点头说：“你去为乡亲们治病，好啊。要记住三个字：善、义、诚。要真正得道，是一生的修炼，最重要的不是修炼手艺，而是修心炼心，修德炼德。有了好的心德，才能真正得道。”

她连忙跪下，给静善道长磕头，坚定地回答说：“师太，我记住了。”神态展现出一种坚定与稳重。

接着静善为她拿出写有“郎中”二字的道士衣帽让她换了，这仍然是道士服装，只是多了一个“郎中”的标志，而且满是药臭味。又拿出一个褡裢，上面写有黄色的“郎中”二字，这是装医疗用具和药物，以及衣物的。

静善看了看重新装备的她，连着点了两下头，表示赞赏。接着又伸手抚摸一下她的肩膀，不无忧虑地说：“你此去单身一人，虽为郎中装扮，但也要防歹人，更不能让人看出你是女儿身。你要坚持一身男道士郎中的打扮，把脸和脖子还要抹得更黑一点……”

她又去屋里用锅灰水将脸蛋脖子弄得更黑了，给脸上画了些皱纹。然后她走出来，昂首挺胸，神情充满激动，显示出一种无坚不摧的意志。但她脸上马上又浮现出恋恋不舍的难过。

静善道长说：“你是有抱负的人。你行医尽善，会给众多生灵带来福气，也是我的心愿。你去吧。”

她上去抱住静善道长，她没有流泪，如今的她已经有着男子汉一样的气质，像是早已没有了泪水。

静善道长抚摸着她的背膀，悄悄在她耳边神秘地嘱咐了几句，平静地说：“去吧，只要心怀善愿，替天行道，天地神灵会保佑你的。”

说着双手合掌向天地一揖："无量天尊。"

她没有吃早饭，就辞别静善道长和静兰等道士，准备上路。

静善道长拿来一柄短剑，递给她，诚挚地说："这是一把小小的宝剑，是我师太送我的。你也练过功，关键时刻，能够保护你的。"

她谢过静善道长，依依不舍地叩头辞别，挎着褡裢包转身，独自从桂花树边的台阶缓缓向山下走去。此时她满脸坚毅如铁，虽有留恋不舍，但没有悲伤，有的是一往无前的气概。

静善道长和静兰等站在院坝边望着她渐渐变小的身影。她不时地回望师太，回望山巅，久久地望着朝阳下熠熠生辉的道观，望着那院坝边站着的人影。

静善道长一直没表现出离别的悲伤，只是在她走远了，脸上才浮现出难过和忧伤，心想：我还能再见到她吗？无量天尊，太上老君、天地神灵保佑静月吧……

她不时地回头张望，只见师太孤独地站在院坝边望着她。后来她回望山上，已经看不见那观了，被一个山梁挡住了。但她看见观旁的山巅上站着一个人，她感觉那是静善道长，顿时她心里一股潮水一荡，连忙对着那个山巅上的人影跪下去，深深地磕一个头，又磕一个头，心里默念道，师太保重！您去休息吧，我一定会回来的。她看见那人影向她轻轻挥手，不禁喉咙里一哽，眼眶一热。她也挥挥手，很快毅然转身，急急地向山下走去。

三天后的一个傍晚。她突然遇到了那两个穿黄军装挎着盒子枪的人。他们虽没有怎么打量她，因她完全打扮成了一个满脸黑黑的老郎中，还弯着腰，但是，她又想到，此去可能不顺，或者还会遇到不幸。

这时天色已经变暗。天空有几只大大的老鸦，黑黑的，在天空傲视一切地飞来飞去，一副天马行空的气势，并且大声呵斥着什么……

她感到有些孤零零，前景莫测。是继续前行还是回观呢？

她想起她的杰汉哥。但她又想，他为什么满三年都不回去兑现承诺？他的心是不是完全被艺吃了？心里还有不有她？

十四　那份激动

静月怀抱矢志不渝的初心边走边打听。急急地走过数日，丝毫没有获得关于她杰汉哥的消息。她失望得心里空落落的，像是没有心了，或是心掉哪儿了。她疲惫地走着，异常苦闷困惑。

这时有两个穿黄衣服挎着枪的人，从对面向她走来，向她张望。她认识，这是莫所长手下的。他们还在追寻她？！她心里咚咚跳了两下，又咚咚了两下。

她弯着腰像个老道士继续走着。她的头毫不扭动一下，眼睛一直看着面前路上。近了。她心咚咚地跳。她担心他们听见她咚咚的心跳。她听见了他们咚咚的脚步声，比她的心跳还响，她的担心轻了些。他们走来了。他们没让衣服擦到她的衣服，还用手捂了下鼻子。她身上有药臭味等难闻的味。这是她故意弄的，她笑了下。走过去了，她又听见胸脯咚咚的声音，还感到浑身吹进了一股凉气。

急切奔波，途中遇见几个危急病人，她好像又忘记了一切，停下为他们精心治疗，便耽误了一些时间赶路。因此二十多天后她才进入了茅坪区。这日她打听到一个重要信息——茅坪的冯家庄园是叫陈师傅的木匠修建的，已经完工。她太高兴了！她想终于找到踪迹了。

她匆匆赶往这个地方，只听耳边呼呼风生。不久她赶到了这里。山脚，确有好大一片新木房，已经盖上了瓦，只是没有装修。用桐油油过的柱头，金黄金黄的，在阳光下闪耀着金子般的璀璨。忽地，她忘记了一切，只感觉来到了一座仙山琼廓，每一根柱头都仙气盈盈，像一群会聚于此的仙子、仙女、神童，在伫立远望……

房前，有许多解匠师傅，有的在解木枋，有的在解木板。他们上身光着，露着黑红黑红的肌肉。她数了下，有十把锯子、二十个师傅。每两人解一根弹了墨线的木头，这木头被固定在两个半人高的马叉上，呈水平形。两人共一把解锯，锯子同样呈水平形，每人握着解锯的一头把手，锯片顺着木头头上的墨线穿梭前进。两人用力地一拉一送，解锯便如梭子一样在木头间飞快地来去，并发出呼呼的响声。看去，那马叉和木头就是一架平放的大型古琴，那长长的解锯便是一把遒劲的长弓穿梭于天地之间，隆重地奏出雄浑的乐章……

这十把解锯如此组合成的盛大方阵，就是十个大型古琴组合成的大型乐队。二十个赤膊上阵的古琴手，同时拉动长长的弓弦穿行于天地间，此去彼来、此来彼去地激越合奏，发出一派轰轰烈烈而又和谐的乐声——呼呼啦——呼呼啦——势如海浪喧嚣，有如万马奔腾，有如黄河涛声天上来，有如春雷滚滚铺天盖地，震撼着起伏的群山，震荡着崛起的新房，也震撼着她的心灵！她第一次看到这种阵势，第一次感受这种震撼。她的心也变成了涛声，奔腾着，也变成了乐队，演奏着……

她不忍走上去打扰这美好的演奏、壮魄的乐潮。她久久地伫立在那儿，不，她倾听着，感受着，已经忘记了一切，不知道走上去说话。

好久好久，一个年纪大些的师傅喊一声："师傅们，歇稍（稍微休息一下）！"

一时间，洪大的演奏戛然而止，只有那长长的弓弦还在那巨大的"琴键"上有节奏地颤颤悠悠……人们走到一边去，各自在地上摆放的木头上坐下来，用汗手帕擦着脸上身上的汗水。有的去衣服里拿出一片一片皱巴巴的土烟，裹成像柴捆一样的烟卷，一头放嘴里，另一头点火燃烧，吧嗒、吧嗒吸着，就像一卷大大的火把，就像在吹唢呐，吹出的吧嗒吧嗒声音喷着火焰……

她走近那位年纪大些的解匠师傅，友好地打听："请问老师傅，您知道这楼房是哪个木匠师傅修建的吗？"

这位解匠师傅打量一下她，有些诧异地问："郎中先生你打听这做什么？"

她不禁心跳一下加快，连忙编了事情说："这楼房修建得好壮观啊，我想请那师傅去修建道观。我本是观里道士。"

这解匠师傅看她一眼说："哦。这楼房当然修建得好。这是四川最有名的陈老木匠大师和他带的徒弟一起修建的。"

“这两个师傅叫什么名字？”

“你问名字呀，那老师父叫陈道兴。这老师父已经年纪大了，根本没管事，只是坐在一边看着。实际是那少师傅主持一切。刚刚把屋立好，那老师父就归天了。然后那徒弟就送老师父遗体回四川安葬去了。”

“那徒弟叫什么名字？”

“那个少师傅叫陈杰汉，他就是这茅坪镇边茅坡的人。”

她脑袋里轰然一声震响！心底顿时一股热浪涌起，冲腾得她两眼蒙眬，浑身热腾腾的，仿佛置身于汹涌热烈的波涛中！她努力控制住自己，抿紧嘴，微闭上眼睛，不让这群师傅看出她内心的震撼与激动。

她努力平静地说：“真是两位木工大师啊！”

她又恳切地问：“您知道那位陈师傅又回来了没有？”

那师傅吸一口烟，呷一下嘴巴说：“这个呀，那不晓得。”

她听得心都要从喉咙里蹦出来了。也不知怎么回事，她跑去抱住一根高高的中柱，将脸蛋紧贴在柱头上，不声不响，不知是在做什么或是在想什么，就那样紧紧地抱着，浑身热腾腾的，心也飞了起来……

她心里无比地兴奋。她想，她的杰汉哥一定又回到家乡来了。她决定马上回老家去找他。这儿离他们的家已经很近了。

这是傍晚。四周的山水有些梦幻。她又回到了她的故乡茅坡。这时西边靠山的太阳红红的，她感觉到东边的山也红红的，像是新娘子蒙上漂亮的红头巾。仔细看去，那缓缓的山坡上像燃烧着一团一团的火焰，她认识，那是枫香树和落叶红。再认真看去，还有许多橙色的树，像一枚一枚成熟的橙子。还有一些她叫不出名的棕色的树，像一头头大熊，大多数树木仍然保持着绿色。这山，看去真是太漂亮了，像一个穿金戴银的贵夫人，像一幅油画挂在那里展示。

她怀着一种急切而激动的心情向杰汉哥家走去。她总是想象着能够见到一直寻找和思念的他。一想着能见到他，就觉得心里有主了，有神了，心头就涌起一股热烘烘的潮水，很快就涌遍全身。她想，当他看到她变成了这么一副形象，他一定会大笑的。这么一想，她不禁轻轻地笑了下。她想也许他怎么也不认识她了，或者不承认她是那个月儿了。她不禁又笑了起来。

她想，当她摘下帽子，解去头巾，抖开她那黑亮亮的秀发，他还不承认怎么办？她还能拿出什么来证明呢？拿什么——想到这她不觉脸上一热，悄然低下了头。她又想，要是他看见她皮肤变黑了，变粗糙了，显老了，不漂亮了，他故意不承认她了，那该怎么办呢？她知道，经过别后十余年的风霜雨雪，奔波辛劳，本来还只有二十四岁，但她确实已不是他心目中的那个月儿了。好的是她在清月观里这么多年的安静修炼，又让她恢复了一些滋润……

她又想回来，她相信他还是个好人，仍然是个诚实可靠、初衷不渝的人。是的，怎么能把他往坏处去想呢？这冤枉他了，委屈他了。他一定没有变心！

她想着，不禁又有些兴奋。

十五　茫茫追寻

路线明确的路好走，路线不明确的路该怎么走呢？他只有目标，却没有通向目标的路线图，也不知道目的地到底在哪儿。这目标能到达，能实现吗？

他兴致勃勃地走着，像是要这样永不停息地走着。他没有寻找到道远大师，没有找到他心中的月儿姑娘。他的心里空空的。但他感觉只要在走，在寻找，心里又总是热热的，就觉得充满希望。

他想起老师父的教导。人生最重要的是做出大事来，并且让大事高高壮壮地站在那里，看得见，摸得着。他想，将来要在月儿家对面建一栋楼房。要建得高高大大的，起码在村里是最高的。以此表示他对月儿的深爱和留恋，让他的美神月儿回来看看，感觉他的一颗心。

他相信她还在，既然是跑了，就不是死了，跑就是去找他，找他就一定还活着。但他马上想到这是私事。不行。他的大事是学艺，这也是老师父的遗嘱，而且他承诺了的……

他还是走着，寻着。当然也包括寻找月儿的事，她也是他心中的神，美神。他心中有两个神：艺神，美神。他仍然背着工具背篓。工具背篓在他背上左一下右一下地摇晃着，像背着个调皮娃娃，故意歪过来偏过去要看前面的风景，也像背着一件乐器，总是发出叮叮当当敲击的音乐声，给他的奔波伴奏。他走得信心勃勃，他满怀着美好的憧憬，好像道远大师就在前面等他，仿佛美丽的月儿姑娘正在前面等着他。

他走着。左边是山，右边是河。山高得钻入云天，巍峨雄壮，比象大多了。河更是长得没影，不知有多长，像蛇满山里钻来钻去，就像人的思绪没有尽头。

天阴阴的像个麻袋把太阳装了，哪怕是白天，也给人一种昏沉沉的感觉，让人觉得头脑里像装满了铁。又不像是铁。这些东西它们总是涌来涌去，跑来跑去，有的一下子来了，有的又一下子不见了，有的又若隐若现……

他问了很多人。人们回答他的都是摇头。

这天，他正在田边问两个村民。前面走来两个穿军装挎盒子的人，他透过苞谷叶片看了大吃一惊。这两个军人是莫美鲅手下的！他急忙向田边的另一条路走去。不一会儿，他看见那两个军人向村民问着什么。他们是问什么呢？他们怎么找到这里来了呢？与自己有没有关？是在追捕他吗？他想着。为以防不测，他还是向另一条路走去了。

他边走边询问，但没有人知道这个道远大师。他觉得有些奇怪，既然是大师，怎么没人知道？

这一天的傍晚。这时太阳像是在流血，流满了西边天幕，流满了西边的山岭。血染红了天，血染红了地，血染红了傍晚的整个世界。他感到他的心里也染得红红的了。

他问到一个留着山羊胡的老头。老人皱眉想了下，像是想起什么，又说："既然是你爷爷的朋友，又是大师，可能年纪也大了，不能做木匠活了，一定是上什么仙山修炼去了。你可以到一些名山去找。我的两个木匠朋友，他们老了，身体差了，没眼神做木工活了，都上山修道去了。凡是木匠、土匠、铁匠、石匠等工匠艺人都是崇拜道的，崇拜太上老君的。不能干活了，他们大多崇尚修道，在观里陪伴老君……"

这是一条重要线索！他怎么没有想到呢？那些名山胜景一定有宏伟的建筑，有高大奇特的楼房！他一方面可以去参观楼房，同时可以打听道远大师。他这么坚定地感觉，一时间兴奋至极。

他恭敬地谢过老人，继续往前走。他边走边想象着一栋栋奇特的楼房，想着这位道远大师的样子。他想那人一定和老师父大爷爷，和仙人差不多——长长的白发在头顶绾着髻，扎一根黑布带子，看上去发髻像一颗大大的宝珠顶在头上，闪耀着神秘的光芒，像是顶着一个正午的太阳。眉毛也白白的，如两片仙云飘在空中。脸上红晕如傍晚的太阳。下巴上银须飘飘，有如仙雾向高空升起。目光深邃睿智，能够穿透人间，一直看到遥远的仙界……

他很快地迈动着脚步，向前急急地走着。

这日他来到云台山。云台山是一个著名的道家圣地，许多人知道。在一座观庙门口，他放下背篓，用稳重的步子走进去。

他对着一座太上老君（老子）塑像虔诚地跪下，叩拜，说："我是陈道兴老师父的侄孙、徒弟，名叫陈杰汉。老师父最后时刻嘱咐我：去找道远大师学得高艺……请老祖关照，保佑我找到道远大师，学到高超技术。我拜上了！"

他说完又磕了三个头，同时心中默念：保佑我寻找到我的美神月儿……

接着他走到旁边一位老道面前，恭敬施礼。老道戴着一顶高高的黑布道士帽，被他的礼节搞得有些局促，慌忙扶他起来，并连连说："你多礼了！快起，快起！无量天尊。"

老道热情地说："快坐！"说着将一把木椅挪了挪，吹一吹，怕有灰尘，客气地说，“快坐！”

他缓缓地坐下，像是怕把椅子坐疼了。老道去倒来一杯茶，亲热地递到他手上：“喝茶。”

他双手捧住茶杯，感激地说：“多谢大师！”

黑帽老道也在椅子上坐下来，充满慈爱地望着他说：“你刚才说你爷爷是陈道兴，他可是一位木工大师，也修道，是我的老朋友。你的精神很可贵。为着纪念，我曾也是木匠，后来入道修炼。现在我老了，身子也不行了，快归天了，我将所学的一点木工技艺教给你，也作为我对老朋友的一份情义之念。”

接着老道就将楼房工程的一点独门绝技传授给了他，便说：“你大爷爷的朋友多，不修建楼房时，他都在四处寻师学艺，访友求教，曾经多次来过这里，我出游时也常常碰见他。”

他又问这老道：“请问大师，这山上有没有高大而特别的楼房建筑？我想看一看它的高矮、结构、做工艺术……”

老道很快就说：“有一栋较高大的楼房，还有些特别，我带你去看吧。”

接着老道带他来到一座高楼前。这是一栋高大的木质建筑，也是柱架型，都是深红色，门窗上有雕刻。他觉得这是一座较为特别的建筑，给人感觉很有气势。楼房当面一方很长，是连五大间，两头是“八”字形瓦面，前后也有较窄的瓦檐。每面望去，都是对称的翘角檐，像是牛的两只角。四周有走廊围着。第二层也是四周有走廊，有窄窄的瓦面，有翘角檐。第三层还是一样结构、样式。远远看去，像一个数字“三”。他如痴如醉地看着，脑袋里却在不停地转动着，思考着，研究着，从样式上，还有没有改进的地方。因此也忘掉了身边的那位老道。

好久他才想起来，对身边的老道说：“您老去休息吧。我还要进楼房里面去看看。”

老道显得厚道地说：“在观里休息几天吧。你大爷爷与我可是朋友呢。”

他说："谢谢大师，待找到了道远大师，我再来看您老人家。您老去休息吧……"

老道说："那你看完了楼房，等下来我那里，我们一起吃中饭。我们这里只吃两顿饭，中饭是在申时吃。"

他见老人如此厚重，就说："谢谢你，我看完了房屋就来。"

接着他向这楼房里面走去。他要认真看看里面的格局、结构、做工、设施……

这一天他看完了这里的主要建筑，并且还量了有关尺寸，用墨签记在了一个黄色纸张的本子上。他感到很高兴。虽然没有打听到道远大师的踪迹，但他看到了从没看到过的一些房屋。这些房屋把他的脑袋已经装得满满的了，差不多都把月儿挤到一边去了。

吃过中饭就已进入酉时。他谢绝老道的挽留，又充满信心地上路了。向山下望去，云海苍茫。这时太阳已经到了西边天空，仿佛就在他的身边，与太阳平起平坐了。他快步向山下走去……

他奔波多日，也没有追寻到道远大师的踪影。但他还是坚持追寻，不泄气，不退缩，一心要找到道远大师，寻找到他的月儿。他坚信只要追寻，就一定有结果。

这日他看见了有名的金华山。

他向前望去。他觉得那是一匹托着金鞍的神马，它正在腾空飞奔，正在穿云破雾。那云那雾被那神马气势吓得或东躲西藏，或狼狈逃窜。他看着，觉得有些神秘。不，太神奇了。真是仙境。他想这山上一定有很多奇妙的建筑。他仔细看着。那马身上托着一栋一栋的红柱木屋，金碧辉煌，那一定是仙人们住的房子。他想，那道远大师一定住在那里。他脸上露出了笑容。

他来到山脚。看见一座桥。路上听人讲过，这是虹飞桥，也叫百尺桥。因唐人陈子昂写有"鹤舞千年树，虹飞百尺桥"的诗句而得名。他听说这里有陈子昂读书的地方。他也姓陈，是本家。他顿感亲切和崇敬。他在私塾读过背过陈子昂的很多诗，并记得一个学生把

“涕”写成了“弟”，挨了先生的竹片子。

他不禁又默念起陈子昂的诗：“前不见古人，后不见来者。念天地之悠悠，独怆然而涕下。”

他走上虹飞桥。哇，四处都是雕梁画栋！他觉得他一下子变成古人了。他认真地看着，像是看痴了，忘记了他的主要任务。他伸手轻轻地抚摸着柱头，又抚摸那门、那窗。真是做得好啊！他感叹着。他感觉自己正走在一个仙宫里，正在变成一位仙人。

他走过三十余级石阶，来到金华山的山门，在山门边他站住了。他向上望去，那层层石阶直上九天，就像一架通向天宫的天梯。两旁站着一棵棵古柏，它们像仙宫的仪仗队，肃穆而森严。这时那些云雾像是对他十分好奇，一丝丝一缕缕，抚摸着他，绕着他舞蹈。他一下子蒙了。哦，我来到了仙境。快快把我变成大师吧。他心里说。把我变成艺神！他口里也说。我还是要修建我的楼房……

哦，我怎么忘了呢！他忽然想起他的大事，就向身边的人打听。他一路打听，问了好多人，都说不知道这个道远大师……

这时天黑下来。他才走到一个山腰。可是一直走了半夜，还在山上。

这时他忽然感到此处山林阴森，迷幻可怖，像是四处都站着魔鬼，正张牙舞爪要扑向他。往后看什么也没有，是宽宽的道路，一往前看就感觉阴森可怖。

他还是向前走着，极力鼓劲，提神聚威。他相信世上没有鬼神，什么也没有，只有他自己，自己才是主宰自己的神。可是这时的风越来越大，而且吹得越来越响，树影摇晃着，树枝像魔鬼伸出的手。这环境还是让他越来越惶恐，全身的骨头就像全部化了，浑身软软得像糊糊要流到地下去了。

他担心会自己栽到地上去！他右手紧握五尺杆，在地上捣得咚咚直响。这五尺是修建房屋丈量材料必用的尺子，它有五尺长，其中一头是尖形的铁钻，便于保护尺子，在地上拄着也不坏。这是老师父的五尺，是祭过鲁班祖师的，可以压煞镇邪。这当然只是一种精神安慰。

可他还是有些晕晃，于是他连忙扶住一棵小树，顿时弄得这树也像醉了酒，直摇晃。他握紧五尺杆尽力镇住身子，不去想别的，努力在心中树起一股雄壮之气，心想自己是个艺神，无坚不摧，向前勇猛地走着！

就在天要亮时分，只见前面有一位像仙人一样的老人，头上绾着一团头发，身上衣着非常普通，穿一件补着补丁的蓝色土布长衫，腰里系着一根布带子。

他拄着五尺快步走上去。这老人身材高大，像一座山，下巴上却是银须飘飘，有如仙雾腾起。

他见此人极为不凡，便急忙向地上跪去，双手扶地，磕着头说："杰汉拜上大师！"

老人伸手扶他："快起。素不相识，萍水相逢，怎能受之大礼，折我阳寿啊。"

他依然双手扶地头叩于地面，嘴里恳切地说："我是陈道兴的侄孙，也是徒弟。老师父归天时说，要我去寻找道远大师，学得高艺……"

老人一听，忙说："你是陈道兴大师的侄孙？"

他恭敬地回答："是的。"

老人有些激动地说："哎呀，给你说，你爷爷道兴大师也是我的朋友，他是木工之圣，很有修炼，算是得道之人。他有你这样的好侄孙，我也替他骄傲啊。前不久我去拜访他，哪知他已仙逝。我很想念他啊。我也是一个木匠师傅，只是人老了，眼神不行了，看不清尺寸，无法继续做手艺。但我不想心里空空的，就出门来这山上修道了。也不是想成仙，人嘛，心里总要有点寄托。做不了体力活，念念经书，修身养性嘛。"

他谦恭地说："那您定是木工大师，请收我为徒。"接着就是叩拜。

老道忙伸手扶他："我不收徒弟，我只是一个普通木匠师傅，加之人也老了。你起来。你这么远一路追寻大师学艺，我很感动啊。我也没什么技术绝活，既然你是陈道兴的孙子，那就将我的一点雕虫小技传给你，做个纪念吧。”

接着就将几点木工绝活传教给了他，其中就有一个重要技术：如何修建六角亭子、六方形亭楼。他觉得太好了，他还没有修建过六角形的亭子呢，更不用说高高的亭楼了。冯家大院的亭子是四方形的，因为四方形才好与四周房屋连接。他听了这六方形亭子的楼索、穿枋怎么连接，眼界大开，真算是独门绝活！他想，如果给什么景区单独修建亭子，或是高大的亭楼，就是一大特色。一个单单的四方形亭子，确实太单调了，不艺术。他急忙给老人叩头致谢。

他拜谢老者，又向老人打听道远大师。

老人想了好久，说：“不清楚这个人，从没听说过这个人。”

他想起答应为施老板修建房子的事，约定的时间是二十天，现在快到了，必须加速赶路！

十六　近乡情切

这时已是傍晚，太阳像一张红润润的脸蛋。

月儿姑娘也就是静月，以一个道士郎中的身份来到他家。寒暄之后得知他母亲患病，就急着要给他母亲看病。

她像亲人一样在他母亲的床头坐下来，一看老人这样子了，很伤心。她知道他母亲曾经是个能人，并且是个好厨师，会办酒席，哪家有事，都要请去帮人家下厨。她让他父亲点了桐油灯来照着，开始“望、闻、问、切”四步法诊断病情。她先看病人面色，让病人张开嘴巴，看舌苔，感受气息，询问发病过程、感觉，然后进行切脉。她轻柔地拿过病人的右手，伸出她那似男似女的左手，将食指、中指、无名指分别放于病人右手腕的“寸、关、尺”部位，进行诊脉。那姿态、动作，真像一位老到的大医师。她脸上的神情肃静而专注，渐渐地她的神态就变得有些沉重。她已经感知他母亲的病情较为严重。

她缓缓地对他父亲说："看来，伯母身热缠绵，胸闷肚胀，不思饮食，舌苔黄腻……所得之病为伤寒。这伤寒又叫'肠伤寒'，俗称'大热症'，老百姓又谓之'寒气'。现在已经湿热上火……"她的神情这时有些严峻了。

他父亲听了脸色一下子变得惶恐了，深深知道这"寒气"一般都是不治之症啊！前年，这村里姓苏的一家患寒气，全家六弟兄和老大的媳妇都死了，只剩下老大的一个小女孩……

他父亲扑通一下跪在了她面前，嘴唇颤抖地说："请仙师救命啊，她可不能走啊……"

她见此慌了，急忙扶起他父亲，严肃地说："大伯您怎么这样呢！治病是我的天职，我会尽一切努力给伯母治疗的。我也知道，大伯有些焦急，这种病死了很多人，一般认为是绝症。但我一定尽力把伯母的病治好，请您放心。不过我也要给您说明白：可也不是一两天就能完全治愈的。但您只管相信，我能治好伯母的病。"

她帮着烧了一碗开水，将白白的葱茎撕了放于开水中泡着。接着她让他母亲脱了衣服，然后心中默想静善师太的样子和怎么治病的。这也是她不忘师太教育之恩，每当行艺时总要默念师太。随后进行穴位按摩。她从他母亲头向下到身子，到手，到脚，时而用指头推拉，时而用指头点按穴位。然后将他母亲身子轻轻扶起，双手从后部抱了柔柔地活动一会儿，便让他母亲穿上衣服，静静地躺着，教老人练吸气呼气之功。即心中意念吸入天地山川的新鲜空气，进入全身各部位，更新一切，再默起意念呼出全身的病变秽气。就这样吐故纳新一下一下地练，并教老人随时都可这样练。

接下来，她从包袱中摸出一个密封的皮囊，从中取出一个药包儿，掏出三粒药丸，对他父亲说："现在服一粒，明天早上服一粒，明天下午应该就能够起床了。后天早上再服一粒，注意要服后一个时辰才能吃东西，后天下午身子就应该大大好转了。"

他父亲像望着菩萨一样望着他（她）这位神医，对他（她）寄予莫大的信任和希望。

这时他母亲就说话了："哎呀，按摩了，我觉得身子轻松些了。我要坐一下。"

老人说着就侧翻身子，用手按着铺要爬起来。她伸手去扶老人坐起。他父亲便去帮老人穿上衣服，又抱一床被子来放她身后，让她靠着。静月将一粒药丸喂进他母亲嘴里，又端来水让老人吞服药丸。

他母亲一副十分感动的样子，艰难地说："请问先生，你叫什么名字？"

她微笑地说："我叫静月。是四川紫徽山清月观的道士。"

他父亲对他（她）真是佩服得五体投地，又不知该怎么表示此时的心情，一时间脸上有些窘迫。

她看看他父亲的神情，心里也非常感动，像亲人一样亲切地说："陈大伯放心，我保证把伯娘治好。不治好不走。"

接着她就问起关心的事。她说："陈大伯，您多大年纪了？"

他父亲说："已经快七十岁了。"

"您有几个儿女吗？"

他父亲诚恳地说："我从小做长工，直到四十岁才买了这点田和山，还有这么一个歪歪倒倒的旧木屋，才勉强安个家。有三个儿子，两个女儿。女儿都出嫁了，大儿子一直在四川学木匠，由于躲避抓兵拉夫，二儿子杰雄悄悄去了铁厂坪学铁匠，三儿子躲在别处做长工。抓兵拉夫搞得鸡飞狗上屋，不敢在家里待啊……"

她眼睛里倏然一亮，忙耷下眼皮，微低着头掩饰，然后轻声问："大儿子一直没回来吗？"

他父亲有些欣慰地说："为冯老爷修建大院时回来了的……"

这时她就觉得像是有一种什么东西忽地进入她的心里，她的心像是在哗哗地融化，化成甜甜的水，但忽的一下又变成了酸酸的水……

她尽量心情平静地说："他现在在哪里修建楼房吗？"

他父亲面带困惑地说："这就不清楚他的了。"

她有些急切地问："您知道他去了哪里吗？"

他父亲审视一下面前的这位郎中，说："冯家大院完工后又去了四川，也不知到底去了哪里。"又望着她，想了解什么，"你是想见他吗？"

她不禁心下一紧，觉得自己问得有些唐突，微笑一下说："我给您老说老实话，我是紫徽山的道士，我们那里要修建观庙，要是能找到他这样的师傅就好了。"

又问："他什么时候回家吗？"

他父亲说："这就不清楚了。他好像是个没有家的人，出门了就不回来……"

十七　情窦如初

太阳月亮相互追赶着，忙忙碌碌去了又来，来了又去，也不见谁追上谁。

静月考虑到杰汉哥母亲的病很沉重，没有去更多地方找他，就住在他家，每天给他母亲按摩几遍，并服侍吃药。此外，就在这一带走一走，给人治病，同时也打听他的消息。

实在闷了，她就来到门口的公路边走走看看。这公路是抗日战争时期修建的。这路向南走四十公里就是茅州县城。虽是大路，也是弯弯拐拐，窄窄仄仄。特别是三道岩，还十分险要。

她常常站在一棵漆树下，默默地望着一些地方，特别是望那清清的茅草河。这漆树下是她与妹妹云儿、叶儿和杰汉哥小时候经常一起玩耍的地方之一。她看着对面山坡上的一栋木屋。那木屋很矮，不是盖的瓦，是盖的树皮。多年了，那树皮已经成了黑色。那是她的家……

她叹了口气，将目光转向西边的山坡，这时她就看见了杰汉哥的家。也是一栋很老了的低矮木屋，四周围的板壁已经变得麻黑麻黑的了，不过房顶上是盖的瓦片。

她又想起杰汉哥对她说的话："我长大以后要学木匠，我要给你修建一栋又高大又漂亮的木屋。"

她感到心里热热的，正准备说话，云儿却在旁边大声说："给我也修建一栋漂亮木屋！"云儿比她小两岁，没想到她也这样说。

他就笑得有些兴奋地看着云儿，大声说："好，我一定给你修建一栋漂亮的新木屋！"

云儿就高兴地拉起他的手，跳着，笑着，一副特别欣喜的样子。

没想到旁边的小妹妹叶儿也上去拉着他的手，显得不高兴地大声说："给我也修建一栋漂亮的木屋！"

他笑得十分喜气，像遇到了大喜事的，连忙说："要得，一定给你也修建一栋漂亮的新木屋！"

云儿和叶儿一人拉着他一只手，笑着跳着，简直是喧宾夺主了，没有了她的位置，搞得她心里都满满的醋意了。她想这两个小东西长大了该不会把他抢了去吧！叶儿只比她小四岁，当然这时还什么也不懂。但她是懂得许多了的。

这时一股冷风吹散了她的温馨回忆，她转头又看到了他家那栋陈旧的木屋，她就更加思念杰汉哥，心就像被一根绳子在往什么地方使劲地拉……

她转头去看清清的河水。水边亮亮的圆圆的卵石，像一个个十五的月亮，正在河滩聚会。小时候她们三姊妹和杰汉哥常常在河边玩耍，经常做的活动就是找圆圆的卵石，说的是"捡月亮"，看谁捡的月亮最圆、最多。其实，每回他总是将捡到的最圆的月亮石送给她和两个妹妹。他似乎是一样平等地对待她们三姊妹，不厚一个薄一个，像是都一样喜欢。两个妹妹每次得到了他的东西，都要拉着他的手笑着跳着，表现得十分亲热和激动。她们都将这些圆圆的月亮带回家。她们三姊妹睡的铺上都摆满了月亮石，枕边常常一排排摆着，像是正躺在那里睡觉的一群小月亮，看上去很温馨。她常常目不转睛地看着它们，心想要是人能这样长相聚就好了……

她又将眼睛抬一下，就看见了那些坡田，就想起她们三姊妹和杰汉哥在田里打猪草，他找一些红的黄的花朵插在她头上，说她成了新娘子，两个妹妹也要他给她们插花在头上，说也要当新娘子。他还拉她和云儿、叶儿到河边去“照镜子”，看是不是很漂亮。平平静静的河水是他们的大镜子。她和两个妹妹在河边对着“大镜子”看自己的头像，她就笑成了一朵花，两个妹妹也是笑成了两朵花，还一人拉着他一只手，笑着跳着……

他就拉着她说：“我们也学那些新郎新娘拜堂呀，来，一拜天地……”

云儿和叶儿也要给他当新娘了，也跟着她和他一起，对着青青的山磕头，对着清清的水磕头……不巧，叶儿踩着石头一滑摔到了水里，由新娘变成了落汤鸡。叶儿趁她笑着，一伸手把她也拉下了水，身子一歪摔进了水里，趁着大家都笑，叶儿把云儿也拉进了水里。三姊妹都变成了落汤鸡，都哈哈哈哈地大笑了一阵。他们就把衣服脱了，晒在河水边的月亮石上，然后干脆在水里玩耍。这时他们又变成了美人鱼。这河水很浅很清，因此这几条美人鱼特别显眼，在水里爬来爬去。其实，热天他和她都常常脱光了衣服，在河水里学游泳，也就是手按在水底爬着走走，故意将脚在水面弹得水花四溅，让一朵朵小浪花飞到别人脸上……

在水里玩完他们就来到河坎上的路边，用一些树棍儿玩建楼房的游戏。他用镰刀砍来一些树棍，又掐来一些棕叶片，用棕叶片将树棍儿连成一排一排的柱架，然后也学着大人们立屋，叫着号子将一排一排的柱架立起。再用棕叶片捆上楼索、檩子、椽桷，再用一些月亮石当作瓦片盖上，不够又去河里捡月亮石来盖，最后就是一屋顶的大月亮小月亮……

他们就高兴地说：“我们的新房修建好了！”

然后她和云儿、叶儿都争着要和他在“新房”面前拜堂，几个人都跪在“新房”前磕头，磕一个头又磕一个头，最后弄得满身泥巴，连头上也是泥巴，叶儿小精灵似的磕着磕着头故意滚到了地上，一时间都大声笑着，互相拂头发上的泥巴，叶儿还要他给她拍身上的灰尘……小而无猜，云儿和叶儿总是抢去她的位置，时刻要和他挨在一起亲热，她们不懂得应该是她月儿和他亲热才合适。

她就这么沉醉在回想中，心里荡起温温的甜甜的涟漪……

这时有两个穿黄衣服挎着枪的人，从对面向她走来，向她张望。她一惊，一下醒过神来。

她心里咚咚跳了两下。她将身子稍微弯下一些，反正她打扮的是一个老郎中，身上都是药臭味，与他们的事没关。她保持镇定，弯腰继续向前走着。她的头微低着，毫不扭动一下，眼睛一直看着路面。

两个军人走近了。她不望他们。他们挎着的盒子枪在腰下一晃一晃，像是随时要跑去打人。他们好像故意离她远远的，还用手捂了下鼻子。她身上有难闻的多种臭味。她暗自笑了下。她是笑自己的聪明，这是她故意弄的臭味。走过去了，她瞟一眼背影，那盒子枪还是一晃一晃，她感到浑身吹进一丝凉气，接着她又笑了一下。

她在他家待了三天。到附近人家去看病人也是急去急来。她坚持按时给他母亲按摩、扎针，服侍吃药。

他的父母感激不尽，总是念叨着："怎么也没想到，遇到了恩人！这该怎么感谢啊！"

她多少有些羞怯，恭敬地对两位老人笑着说："伯伯、伯娘，不要客气，客气我就不好意思了。为人治病是我的天职。伯娘的病能好些了，就是我最大的安慰。"

第四天早上，她一起床就去看他母亲。殊不知他母亲已经起床了，正在收拾灶屋的卫生，脸上气色也趋于正常了。

她关心地问："伯娘，您好些了？"

他母亲感激地说："哎呀，感激你啊，岂止好些了，硬是好了！"说着扭动腰肢，"你看嘛，我又能干活了。多亏了你这位恩人啊！哎呀，我这辈子有福啊，碰到了你这么个好先生，治好了我的病。我真不知该怎么感谢你啊……"

她连忙走上去，微笑着说："我就担心呢，好了就好。可不能过度劳累呀，上年纪了，要做一做，又歇一歇。"

他母亲感激地说：“哎呀，你比我儿子还好啊！”

她感受到一种好久没有过的温暖。一种亲情的温暖。心中无比激动，翻腾着热烈的潮水，浑身早已是热腾腾的了，眼睛里也总有热热的东西要涌出来，但她控制住了。

她在他家吃了下午饭。太阳像一个小孩子蹦到了西边山尖儿上站着，偏着一张红柿子脸，诡谲地悄悄窥视着。

她的心里像有一股酸酸的水涌来涌去。她很惆怅，很伤怀，不想走。

她还是决定离开他家，这里毕竟没有他。可是一想到离开，就觉得心好像被一根绳子拴在了这里，紧紧地拉扯着，像要被拉掉似的难受。

她像亲人远离一样。她沉重地说：“大伯、伯娘，我先走了。我还要去给别人治病。”

这时，他父亲就拿出一个红纸包，里面包着一块大银圆，递给她，感激地说：“你治好了伯母的病，我们还是要给点药费。”

她忙伸手握住老人的手，脸上忽地变得严肃地说：“给您老说，我们治病是不收钱的，不然就不是做好事了。这是我们观里的规矩。”

他父亲也严肃地说：“治了病，哪有不收药费的？不行，你一定要收下！”

她诚恳地解释说：“药是我们自己采的，自己制的，没花钱。”

老人还是严肃地说：“那是辛苦劳动出来的呀！怎么不应该得报酬？不行，要收下！”

她耐心地解释说：“我们是入道了的。我们的目的就是要普度众生，解救人们的苦难。收了钱，还有道吗？您老要理解。”

他父亲好像懂了，但又一脸难为情。

她这么一说，他母亲脸上又感激又难堪，很难为情地说：“你这样平白无故地为我治好了病，而且连肉也不吃，就吃了点素饭素菜，我们欠了你的大人情，欠了你一笔大债，你叫我们心里怎么好受啊！”

她诚恳地解释说：“我们是道士，是在行道……”

他父亲说："可我们不好意思啊！"

她笑着说："您儿子回来了，您老说一下，叫他去帮我们修建道观，就行了。就说一个叫静月的道士来找过他。"

他父亲高兴地说："好，我一定说。"

他母亲握住她的手，恳切地说："你今晚一定要在我家过夜，明天再走。"

他父亲一脸的难为情，恳求地说："你就在这过一夜，晚上我们还说说话。"

她原打算下午离开他家去寻找他的。但他父母亲极力挽留，她想这是杰汉哥的家，比别处亲切，有一种归宿感，就又留下了。

这晚的月亮像一片淡黄淡黄的落叶，悠悠然飘在半空，似乎还不愿意落下。它生病了吗？看去，也像一个孤独的灵魂，也在寻找一个人似的。她想着，不禁心中更添惆怅。

天黑了一会儿。她想去看看她的家，就对他父亲说："我出去转一转。"

她有夜晚对着夜空吸取星空精华、练功的习惯。这是师太教给她的。常常坐在一个地方，望着夜空的星星们，深深地吸气，心中的意念是将星星上闪烁的光华灵气吸入体内，然后呼出全身的烦闷病态之气，就这样一吸一呼，一吸一呼，后来就全身焕然一新，感到有点飘飘如仙了。

她很快走到河边路口。她又站住了，她犹豫了。她站了好一会儿。她又顺着大路向南走着。走着走着，她眼里总是浮现出她和杰汉哥的影子，还有云儿、叶儿，一起和他正在路边玩修建房屋的游戏，他们建起了一大栋崭新的楼房，她和他在房前拜堂……而此时仅她孤独一人在这黑夜愁肠百转，思绪万千，郁闷徘徊。她不禁一丝悲伤袭上心头，但马上又抬起头，坚定地向远空望去。远处星光闪烁。

她缓缓向前走去，步履坚韧有力。她望着天上。她想忘记一切，一心去吸取天上星星的光华灵气到自己身上，然后呼出人世间的烦琐杂念……吸着，呼着。她走了一段路。又往回走，她不住地张望茅草河。河里的水银亮银亮，像一条银带忸忸怩怩地在月光下飘绕，像要飘到天上去。不，这是天上神仙投来的眼神吧。不，那是闪耀的一缕仙气……

她走了一段路又站住了。她心里很矛盾。她好想回家看看父母，可是她心里矛盾着，有如两头牛在冲撞。她知道，按照这一带的传统习俗，她的父母不可能原谅她，不可能再接受她这女儿。

她看了会儿银光闪闪的河水。她还是向她的家走去。

她轻悄悄地来到她家的灶屋窗外。这窗户是一个较小的木格子窗，像一张网。她听见有锅铲在锅里弄出响声。她知道这是她母亲在做什么。同时，还听到有男人说话声。她小心翼翼地将眼睛贴近窗户的一点小眼儿，向里面看去——她首先看到的是她母亲，正在锅里炒菜。她听见还有一个人在灶门前说话，从这窗户眼儿里怎么也看不见，不知是不是她父亲。

她母亲把菜都炒好了，端着菜走出了灶屋门。她知道这是端到堂屋里的桌上去。接着母亲又进来舀了饭，并亲切地对那人说："走，去吃饭。"

那人就站起来走向灶屋门，这时她就看见了一个熟悉的身影，不是她父亲，而竟然是钟潇！他怎么在这里？

她快步地向陈家走去。她感到世界昏昏的，像是被塞进一个袋子里，她怎么也跑不出这个口袋。

上公路走了几步。四处黑黑的。她觉得到处都是魔鬼。她感到有一种被魔鬼盯上的惶恐。接着就想起在路途碰见的穿黄军装挎着枪的人。想起他们抓别的姑娘的场景。好人像是被恶魔包围了，不是病魔，就是人魔，还有灾魔……就像置身于老虎狮子群里，尽管你不伤害它们，但它们总要吃你。她感到有些恐怖，快步向他家走去。

这晚她做了个梦。她梦见来到一个摆着许多柱头的木场，接着就找到了杰汉哥。他正在紧张地施工，可是一见到她，他根本不承认她是肖月，他说肖月哪是你这个样子！

她哭着说："我真是那个肖月。"

可他不相信，说：“不要来骗我。”

她哭起来。但紧接着钟潇从树林里走出来，却认出了她，说她是肖月，终于找到了她！而她怎么也不承认自己是肖月。她说钟潇是神经有问题，再不就是个疯子。而钟潇坚决地相信她就是他找了多年的肖月，只是化装了！她就跑。钻进苞谷林。钻进树林。这时一只黄色的老虎向她扑来——她惊醒了。

醒来她反复思索，这梦到底是个什么意思呢？怎么会又出来一只黄色老虎？

第二天，东边天空刚刚露出一线朦胧光晕，她就起床又踏上了长路。她听老人说，他又去了四川，她也就向四川奔去，一边行医，一边寻找他……

十八　暴雨之夜

施老板就是三大间木屋工程，有不少师傅帮忙，很快完工。

接着他赶回家时天就很黑了，不是正常的黑，黑得有些吓人，像是天要垮下来。接着就轰隆隆响起几个惊雷，更加吓人，使人感到惶恐不安。

他这次回来是因为一个梦，不然又去四川了。他做了一个梦，梦见月儿回来了。他是不太相信梦的，但既然做了这样的梦，他觉得可能也是一个机缘，他还是决定要回来一趟，万一她真的回来了呢？

父母亲看到他回来了，自然非常高兴。

坐了一会儿，他就问母亲：“妈，这段时间家里来了什么人没有？”

他母亲觉得他问得好笑，来人没有？哪个家里不来人？就笑一下说：“你也问得稀奇，哪个家里不来人？你问的是什么人？”

他这才感觉到自己的问话确实有些唐突，也笑一下说：“我是问——来了一个女子没有？”

他母亲说："当然来了女子的，哪个家里只来男子，不来女子？你问哪个女子？"

他被问得有些尴尬，也就实话实说："我是做了个梦，梦见一个女子来找我了。"

他母亲说："她来找你做什么？"

他想了下编着说："我是个木匠，她自然是来找我做木工活，她是来找我做陪嫁的家具吧。"

他母亲就说："好像没有哪个女子来找你做家具的。"

他说："本来就是做的一个梦嘛……"

他母亲就有些生气地说："一个梦就把你请回来了，那我们天天在盼你回来看看，你就不晓得？"

母亲的话里明显有一种埋怨的情绪。他也理解，不说什么。

这时他父亲就说："前不久来了一位道士，叫静月，他（她）治好了你妈的病，他说想请你去修建道观，在紫徽山……"

他正在想着月儿，父亲讲的这事毫没引起他的重视，他绝不可能想到这事与月儿有关。

接着母亲又说："好多人笑话我，说我家出了个木匠大师，修建了冯家大院，你还住这么个乱屋，太把大师丑了！"

他有愧地说："我也是在考虑修建一栋新房屋，你们也年纪大了，让你们住住新房子。"

他母亲就有些严肃地说："什么考虑呀，还只考虑呀？这次你回来了，就给我修建新房子。不然你又跑了，又不知几年才能回来。我们住是小事，这乱屋也住习惯了，你自己要找个媳妇成个家，这是大事。你都二十五岁了！"

他父亲也接着说："我们不想住新房子。你这么大年纪了，就想你成个家，想早点看到孙子。这么个乱屋，哪个来跟你？"

他母亲又说："木匠，首先要给自家修建一栋好房子让别人看看，不然，谁相信你这木匠，自己都住个乱屋，谁相信你是个好木匠？"

他父亲也说："我看你这次回来了，就动工修建。不然你一走又是几年，说不定我们就不在了，也不需要房子了。”

他就说：“这次我一定修建了新房子再走，为你们尽一点孝心。”

他父亲又强调说：“不是孝心，是你要了却我们的忧心，要建个新房子成家！”

他站起来说：“那我现在就去找师傅帮忙……”

他是想多找几个师傅帮忙，好快点完工了又去寻找……通过修建冯家大院，他结识了几十个本地的木匠师傅、石匠师傅、瓦工师傅，都成了好朋友呢。

他母亲有些柔和地说：“天已经黑了你去找什么人？要找也明天去。饭都快熟了。”

他说：“晚上都回家了，才容易找到人。”

他吃了一点饭就要出门，他母亲又说：“明天去吧。”

他说：“白天都出门做事了，找不到人。”

他说着就出门了。他首先来到较近的万师傅家，可万师傅不在家，就给万师傅父母亲说了事情，请转告。

接着就去了邹师傅家，这里去邹木匠家有十多里路。邹木匠晚上回家了，他轻松地找到了。

他说：“请邹师傅去我家帮忙，修建一栋木房子。”

邹师傅说：“正在冯家搞装修……”

他说：“我明天准备，后天就动工。冯家装修的木匠多，抽几个影响不大。装修也不能急，木料都还没干好呢。你给冯家说一下，帮我修建了房子再去。”

虽然他还年轻，但邹师傅通过和他一起修建冯家大院，对他佩服得可以说五体投地。于是就答应明天去说一下，后天就来。

他接着就去了乐师傅、杨师傅等人家。

他回来时就遇上了大雨。他出门时本来戴的一个斗笠，但一股大风猛地卷来，呼隆一下，他的斗笠就不知被卷到什么地方去了。他只能冒着雨往家里赶路，身上的衣服早被雨水不知洗过多少遍了。

他是沿着公路往家里跑的。公路宽敞些走起来比山路要快许多。

在离他家不远的地方，也就是隔一道山梁的那边，他忽然听见山坡上有哭声，不禁大惊。虽然雨声风声很大，但他还是听到了这哭声。这是一个妇人的哭声，声音是异常悲痛的哀号，在这个下着大雨的黑夜里，使人听了感到无边的惶恐、刺心。

他知道，这个山坡上只有一户姓林的人家，会编斗笠的林师傅就住在这里。他给林师傅叫的林叔。他从小就戴林叔编的斗笠，一次母亲带他去林叔家买斗笠，林叔还给他送过一个小斗笠，他特别喜欢这个小斗笠。不几天，林叔又亲自来到他家，给他两个弟弟一人送来一个小斗笠。林叔知道他家有三弟兄，一个斗笠肯定都争。他母亲要给林叔钱，林叔怎么也不要，他母亲留林叔吃饭，林叔也没吃，说有事忙着，坚决地走了。他决定去看看，到底出了什么事情。

他好不容易爬上那个山坡。这是一个比较陡的坡，他爬了好一会儿，才爬到屋门口。他记得林叔家有两间茅屋，林婶种地，林叔腿有点毛病，学了编斗笠的手艺，斗笠编得很好，基本上就靠林叔编斗笠维持生计。

他来到这茅屋的檐下。由于坡陡，一个小坪只够修建两间茅屋，再没有院坝，只有二指宽一条过道。他听到了，这不只是林师傅老婆一个人哭的，还有好些声音，哭声不是从屋里传出的，是从屋旁一棵大柿树下传来的。他也记得，曾经林婶还给他家送过柿子，红红的，像娃娃的脸蛋。他走到柿树下，就朦朦胧胧看见了——是林婶站在树下，她身旁还有几个小娃，其中有一个姑娘有她妈高了。他记得她叫林晓兰，但很少有人叫名字，都是叫的林姑娘，甚至还有不少人叫林妹妹。

他来到他们面前，林婶就说："怎么这时候才回来？"

他知道，显然妇人是把他当成出门未归的林师傅了。

他就说："林婶，我是杰汉娃子。你们怎么站在这树下呀，淋湿了怕病啊。这秋天的雨已经很冷了。"

妇人听清了，有些惊喜地说："哦，是修建冯家大院的陈师傅呀！"接着就哭着说，"怎么办呀！陈师傅，雨太大，屋子快要塌下来了，活不出来了……”

他忙说：“林婶也不要这样说，怎么活不出来嘛，有我呢。”

林婶说：“这么大的雨，还有风，屋已经偏了，怎么还敢住啊，我不怕死，可几个娃娃还小，不能死啊。所以我就把他们带出来了，躲在这柿子树下。”

他就问：“林叔呢？”

林婶悲哀地说：“他上午出门卖斗笠去了，这时也还没有回来，不知怎么回事。这大的风雨，该没遇上什么事吧……”

他安慰地说：“那可能是雨大了，在哪里过夜去了。你们站在这树下怎么行呀，小儿湿病了怎么办？这样吧，你们都到我家去，本来就是挨着的，谁没有困难的呢？都快去！”

林婶说：“这不行，我们就在这树下等雨停了，看能不能进屋里去。”

他就向茅屋那边走去，他从屋前面到两边认真地看着。虽然光线暗淡，他还是看清楚了，茅屋确实已经向旁边歪了许多，很吓人的。他想，就是雨停了，肯定也不能到这屋里待了，如果屋子垮塌，那一家人就要全塌死在里面！

他快步走到树下，诚恳地说：“林婶，屋子里不能进去了，听我的，我是木匠，起码今天晚上不能进去。明天我来帮忙想点办法，用树木撑一下后，再进去。”

林婶感动地说：“哎呀，那太麻烦你了。我知道，你是个好木匠师傅……”

他说：“都是一块的人，能帮得到忙，是应该的。哪个人会没有困难的时候呢。就这样说，现在，你们谁也不能进屋里去，都到我家去住一晚，明天再说。走吧。早点去，好让小娃们休息，站在这个雨里，可不是个事啊……”

林婶还是说：“不，我们就守在这里。”

他有些严肃地说：“林婶您不要固执了，这样不行啊，几个小娃病了更是麻烦。走！”

他说着就背上一个小娃，伸手去拉林婶，严肃地大声说："快走！你不怕病，总要为小娃想一下吧。快走！"

他背着小娃，强行拉着林婶，林婶也感动了，也就背上一个小娃，去锁了大门，大女儿也牵着一个小娃，一起跟他向黑亮黑亮的雨帘里走去。

他带着林婶几个回到他家，已经是下半夜了。这时雨还在下，没有停下休息的意思。他的父母亲已经睡了。他父亲起来给他开了门，点上桐油灯，一看，是几个大大小小的水人似的东西，一下子就吃惊了。

他对父亲说："这是林婶他们一家，他们的茅屋歪了，不能住了。这么大的雨，他们大人小娃都站在树下，太可怜了，我就把他们带来了。"

他父亲忙说："你们快在火坑屋里坐，我来先烧一堆火，都把身子烤热和一下，再睡。"

说着就给他们照亮，往火坑屋里走。他们坐下后，他就去找来一些旧衣服，要他们快去房间里换下湿衣服。

这时他母亲也起床了，来到火坑屋里，对林婶说："快去房间里换衣服。"

这时他父亲已经抱了柴来放到火坑边，拿一把树叶在灯上点燃，然后放到火坑里的柴下面，就看见一点火焰慢慢燃起来，越燃越大，不一会儿，整个火坑屋里都亮了，都暖和了。

林婶他们换好了干衣服来到火坑边。他温柔地说："来，大人坐大板凳上烤，小娃坐小板凳上烤。"

他又对林婶说："来，把湿衣服全晾在这上面的竹竿上，等下睡，也让火坑里有点小火，明早上衣服就干了。"

林婶流着泪说："太麻烦你们了，怎么感谢啊……"

他安慰地说："林婶不要这样说，这没什么事的。林叔对我们多好啊。我还记得，小时候，我们到处跑，来到你们家，你们也是要我们吃这吃那的。林叔还专门送我们三弟兄一人一个小斗笠。我戴在头上，高兴极了，像是戴上了一个皇冠似的。两个弟弟都高兴坏了……”

几个小娃烤了一会儿火，一个个脸上有了红色，显得有些生气了。

这时他母亲接着话头说：“你不晓得，林叔送了他小斗笠，他回来吃饭都要戴着呀，恨不得连睡觉都要戴着呢……他林婶，唉——你们那茅屋，那山坡上当风，一下雨，我都替你们担心啊。”

他就说：“茅屋已经歪了，雨又大，不能在屋里住了……”

这时火燃得很旺了，林婶和几个小娃都感到了一股温暖，脸上也有了红色。

他母亲就说：“我这就来给你们做饭吃。”说着就往灶屋里走。

林婶连忙站起来去拦住他妈，说：“我们也是天黑吃了饭的，一点也还不饿，您千万不要做饭。”

他母亲说：“那也有大半夜了，小娃们一定饿了。”

林婶说：“不会饿的，坐一会儿了让他们睡。”

于是两人推拉了一会儿，他母亲也就坐下了，伸手抚摸着林婶大女儿的头，慈祥地说：“头发还是湿的嘛。”又去拿来了干手帕，说，“快擦一下，每人都擦一下。”

姑娘和林婶及几个小娃儿都擦干了头发，他母亲就抚摸着大女儿的手说：“林姑娘长得好啊。多大了？”

林姑娘说：“快十七岁了。”

他母亲又说：“放婆家了吧。”

林婶接话说：“还没有。还不懂事啊，还是个小娃子。她会针线活，会编斗笠，编的斗笠非常漂亮，姑娘们都喜欢用她编的斗笠。”

他母亲赞赏地说：“是个好姑娘啊，很不错！我也听人说过的，并且说姑娘的针线活做得好啊，还很会绣花，扎的花袜底很好看，像画一样。”

在火光的辉映下，林姑娘的脸儿红扑扑的，像早上的太阳，一双水汪汪的大眼睛时而扑闪一下，生动极了。她不时地也望一眼他，那目光充满着美好的向往。

坐了一会儿，他母亲就安排大家去睡觉，说：“哎呀，条件也差，将就困一晚上吧。”

这时外面的雨好像更大了，整个屋上一片的响，是暴雨，根本就不像是雨，像是从天上倒下来的水，也不全像，完全是整个装水的天翻过来了，水就轰然一下全部倒下来了。真是翻天倒水啊。他家的房子早就漏水了，瓦沟里一时间流不了，就回到了屋里，每条瓦沟都变成了笕，不停地往屋里流水，流得哗哗地响。

他母亲就说：“你学了木匠，我们还住这么个乱屋，屋里都漏湿完了。”

他安慰地说：“妈，这漏水是雨太大，从瓦沟里回流的。您不要急，我已经找了几个师傅帮忙，后天就动工，开始修建新房子。”

他母亲说：“那就好。趁我还能帮着做饭……”

这时雨可能下累了，停下了，想休息一会儿。

他不想休息，很早就起床了。他担心着林婶家的茅屋，那么大的雨下了一晚上，谁知那茅屋怎么样了，还在不在啊。他必须要去看看，想法用树木撑一下。

他起床以后也没洗脸，就去收拾工具。他拿了把大斧头，砍树做撑杆好用，还拿了锯子，撑杆也是要锯的，还拿了凿子，以防要钉栓子固定，就要凿子凿眼。还拿了五尺，要量长短。这些工具都是给房屋施撑杆要用的。

这时林婶也起床了，她当然早就睡不着了，心里十分焦急，要去看看她的茅屋怎么样了。

他母亲也起床了，热情地说：“林婶就不要走了，我知道你着急，让杰汉去就行了。你昨晚肯定没睡好，你就好好休息一下。你有几年没有到我家来过了。”

这时他爹也起来了，他就对他爹说：“爹去帮我一下忙，我去给林婶家的茅屋撑个撑杆，已经歪了，很危险……”

他爹说：“你昨晚说了，我就记着，这事必须要两个男劳力，所以我就起来了，我看还要叫两个男劳动力帮忙。”

他背上工具背篓，对林婶说：“您就在这里，我去做撑杆，您也帮不了什么，吃了饭再回去。”

林婶却说：“我陪你们一起去，我不去，你们也进不了门，门是锁着的。”

他说：“您把钥匙给我就行了，孩子们需要您在这里照料。”

她显得焦虑地说：“不，我要回去看看。”

说着就去房间对大女儿林姑娘说：“你等下带几个小娃回去。我先去了。”

林姑娘像没睡醒的样子，只是喉咙里轻轻哼了一声。

这时又下大雨了，一片哗哗啦啦的响。他们三人走得很快，都有些着急。他们急急地走了一段路，转过一个山梁，应该就可以看见林家的茅屋了。

他们看到了那个小小茅屋，明显地歪了，它在大雨中不停地颤抖着，坚持着，那棵柿树也还在大雨中坚持站着，剩下不多的树叶在不停地抖动，柿子也寥寥无几，在树上摇晃着。

也就在这时，轰隆一声自山坡上面传来，接着就是哗啦啦一派恐怖的震响，那上面的山坡飞一样滑下来！

当他们透过雨幕仔细一看，顿时都愣住了，山坡上出现大大的一片石板，就像一块悬在半空中的大平原，但它又是光光的，还放着光亮。

他们接着寻找那个小小的茅屋。可哪里还有小茅屋？小茅屋已经被滑下的山坡不知推到什么地方去了，连那棵大柿子树也不见了影子！

他的眼睛一时间也直了，不知道眨动了，他想，真是天救好人啊！如果他们早一刻去到茅屋那儿，就要被埋在山坡里了！

林婶忽地就啊的一声大放悲声地号哭起来……

他心里抖抖的，天呢，如果不是昨晚他强迫他们离开，他们五母子就也不在了……好险啊！

林婶一屁股坐在地上哭着。他也被眼前这一幕惊呆了，一时间也没有什么办法来劝导。

这时他父亲心疼地大声说："不哭了，别伤了身子。茅屋没有了，搬我家去住！我们马上要修建新房子的。千万不要太伤心，伤了身子那么多小娃怎么办？走，去我家！待在这里也没什么看的，房子都没了。"

于是他和爹一人握林婶一只手，强行把林婶往他家拉去。一边走，她仍然是一边号哭着。

可是刚走到山梁，就又听到了哭声，他们急忙转过身子，看去，是有一个人在滑坡的那边下面站着，身子一弯一弯地号哭着。

这个哭的人就是林叔，也就是编斗笠的林师傅。

他对他爹说："爹您扶着林婶慢慢走，我去那边照护林叔去。"

他爹说："你从这里过去很危险啊！"

他说："我从公路上去，不要紧的。"

他踏着泥泞的小路来到公路，走了一段公路再往山坡上爬去，冒险地来到林叔身边，把林叔强行往公路上拉，可是林叔还是不愿离开。他只能强行拉着林叔向他家走去。这林叔人们都叫他林斗笠或者林师傅，好像忘记了他的真名或者说本来就没有名字。林师傅是个残废人，一只腿小时候摔坏了，治疗不好，就成了个瘸子，所以他很小就跟人学艺，学成了最会编斗笠的师傅。这次，林师傅出门去卖斗笠，由于腿残行走不便，又下雨，路上摔了一跤，把脚崴了，当时非常疼痛，就在一户人家歇下来，请了一个土医生用酒按摩治疗了一下。

那医生说："按摩了就不要走动，要好好休息一晚上。"

于是林师傅就在这户人家寄宿了。但林师傅一夜也没有睡着，担心这么大的雨，他的茅屋怎么样了，他们几母子怎么样了。因此天还没有亮，林师傅就起床上路了。这时林师傅的脚还是非常疼痛，但疼痛他也要往家里赶路，他担心着家里……

小半个时辰，他扶着林叔来到他家。

这时雨才慢慢停息下来，雨好像也下累了，要休息了。

回到他家不久，他母亲就把饭菜做好了。可是这时林姑娘还没起床。她母亲进房间里去看她，问她："怎么还不起来，饭都熟了。"

林姑娘声音很小地说："我不舒服……"

林婶走到床边，伸手摸林姑娘的额头，这时不禁一惊，林姑娘的额头烫烫的！

这时他的母亲也来到房间，伸手摸林姑娘的额头，也是大惊，说："哎呀，发高烧嘛，姑娘病了！"

她马上走出房间就对他说："杰汉你快去找个医生来，林姑娘发高烧了。病人要紧，你去了回来再吃饭吧。"

他脑海里浮现昨晚林姑娘的样子，马上站起了身，显得忧急地说："我这就去。你们快吃饭吧，不用等我。"

他说着就一脸焦急地走出了火坑屋。

他母亲已经知道了林家所遭受的灾难，房子没有了，财产物资什么也没有了，心里十分难受，默默地流着泪，好像也要大哭一场似的。

吃饭时，他母亲就安慰林家夫妇。她说："你们不要着急，房子没有了只要人还在就好。你们也还是命大，如果都在屋子里就麻烦了，想开些。我们马上就建新房子的，杰汉已经去找好了帮忙的师傅。你们就住这个老屋就是，不管你们住好久。我们有了新屋，这老屋也是空着，屋要有人住才好。"

林斗笠充满感激地说："唉，你们太好了！这回不是你们家杰汉，他们几母子就被埋在山里面了……他可是我们的恩人啊……怎么感得到你们的情哟……"说着，已是满面泪水滚流。

他母亲说："都是挨着的几个人，哪个没有困难的时候吗？不要想多了……"

林斗笠说："本来，我一直想修建两间房子……存的一点钱，这下也不知埋在了什么地方，还有粮食、肉、用具、衣物……这下什么都没有了……"说着就哭起来。

林婶也根本就吃不下饭，一个劲地流着眼泪，又说："还有一头肥猪、一头胚猪，也不知埋在了哪里……"说着又哭出了声音。

他母亲说了很多话劝导他们夫妇，可是这哪是几句话就能安慰好的呢？

还没有吃完饭，他就把医生找来了，这医生姓杨。他把杨医生带进房间里，站在床边，有些焦急地看着林姑娘的面容。她那脸色有些黄，眼睛是闭着的，不知是睡着了，还是因为病情的沉重。她听到讲话声脚步声，知道是他带医生来了，就睁开了眼睛看着他，目光里流露着浓浓的感激之情。他看着她，觉得她仍是那么眉秀目亮，十分地美丽。眉毛长长的细细的弯弯的，像一绺儿黑丝；白净净的瓜子脸，像两片莲花瓣竖在那儿；嘴儿不大，也很秀气，像刚刚绽开的两片小花瓣；鼻子便像一根花蕊竖在那儿，也是秀秀长长的。看去，这便是一个十足古典美的女子。他觉得她真像是《红楼梦》里的林妹妹。他是读过《红楼梦》的。这个林妹妹家什么都没有了，他不禁心里又一次升起深深的同情，眼眶有些湿润了。

杨医生在床边坐下来，先是观察病人的脸色。杨医生是一个老医生，他能拿脉断定生死。林婶也来到了房间，简单地说了点情况。杨医生也给林姑娘实施了“望、闻、问、切”四步诊断法。

杨医生切了一会儿脉说：“不要紧的，就是伤了风寒，熬点药喝了就会好的。”

杨医生说着拿出一沓白纸条，写了一些药名，递给林婶。

他从林婶手中拿过纸条写的药方，说：“林婶，我去拿药，我年轻跑得快些，好早点拿回来熬了给林妹妹喝。”

林婶就对林姑娘爹说：“你给点钱。”

这时林斗笠已经掏出钱来，喊道：“把钱拿着。”

可他早已出了门，不知去了好远。

杨医生走出房门来就被他父亲拉住，热情地说：“几个老朋友一定要吃了饭再走。”

他父亲扶着杨医生身子坐下来，挽着杨医生的手，说起话来：“我们应该还是亲戚啊。我奶奶可也是你的奶奶呢。”

杨医生说：“是啊，她老人家先在我们杨家生了两个小孩，后来丈夫去世了，又和你的爷爷成亲……”

这时他母亲正在灶屋里煮面条和鸡蛋，也大声说："你们不要让杨医生走了！"他父亲听了就将杨医生按在板凳上。

一会儿，他母亲便在灶屋里喊道："他爹，快请杨医生来吃饭！不然面条泡烂了不好吃。"

他父亲就拉着杨医生去了堂屋，请杨医生坐下了，自己也坐下，陪着杨医生说话。

杨医生刚刚吃完饭，他就提着草黄色的药包回来了，这可是来回十几里路啊。

这时林姑娘还躺在床上，她已经高烧得昏昏沉沉了。那本来十分好看的小嘴唇也枯了，像起了泡一样。

他一进屋就去找了一个瓦罐，把其中一包药倒进了罐里。一共是两包药。他给罐里掺进了一些水，然后就放到火坑里开始熬药。他接着又去抱了一些柴来，把火加大了一些。

他还对林婶说："罐里的水一开，您就把罐子退一下，不让药水漫了。药熬好了您就给林姑娘喂一下药。您也不要急，医生说喝了这两服药就好了的。"

然后他才走进灶屋里去吃饭。这时他肚里早已是饥肠辘辘，在闹着要吃饭。

他匆匆忙忙狼吞虎咽吃了饭，就将父亲和母亲叫到灶屋里小声说了一件很急的事，然后就又出门了，并且显得有些慌忙，好像要去办一件什么紧急的事。

他先去了饶卢竹篾匠家。饶篾匠正在这院坝里划一根竹子准备编织什么东西。饶篾匠一见他十分惊喜，他们已是十年没有见面了。多年以后，他们走在城里的大街上，饶卢竹还想起那天的相会。

饶卢竹是他的亲老表，而且年纪差不多，从小就是很好的玩伴儿。饶卢竹的母亲和他的母亲是亲姐妹，他母亲是姐姐。他找饶卢竹，就是想先和饶卢竹说好，然后再一起去找其他几个师傅，有饶卢竹帮忙说话，其他几位可能不会拒绝。

他找到饶卢竹，对饶卢竹说了事情，饶卢竹也很支持。于是两人就花了半天时间找到打墙的马师傅、茹师傅，砌墙的张瓦工（人称张黑牯）、木匠邹师傅、万师傅、乐师傅，并将他们带到林斗笠门口坡下的公路上。

他十分沉重地指着山坡上说："你们看，编斗笠的林师傅的屋不在了。这次大雨中，上面山坡下滑，掩埋了他家的茅屋和所有财物、粮食，什么也没有了。唉，太惨了……"

大家看了这个现场，听了他的介绍，都十分同情。

他心情很是沉重地说："我们都是手艺人，不是普通人。手艺人是有不一般的心境的。我想与你们几个商量，一起帮一下林师傅，不然这家人就活不出来了。我想现在就叫他们暂时住在我家，挤一下，粮食我们也有，这还是秋天刚收获了粮食，先吃了再想办法。"

他顿了一下，看一看几位的脸色，又说："我主要想与你们商量，我们都是匠人，会干建房的活，一起出点力，帮林师傅家修建一个简单的房子。就修建一栋土墙房子，这样快一些，墙一筑好房子就成了，不需要装修就可住了。马师傅和茹师傅就负责打墙，也只要十几天时间，没有工钱，完全是帮助他家，如果要工钱，那就我来给。我和邹师傅几个就负责门窗、楼索檩子、椽子，屋完工后还给他们做点家具。饶师傅就负责给他家做需要的篾器用具。"

他顿了一下又说："因为师傅们大多不在这附近，就清早在自家吃了饭再来，晚上又回自家吃饭。林家就先借点粮食，为师傅们供应一顿中饭。再就是在附近找点小工帮忙。这是做一件善事，也就辛苦大家了。看你们有什么意见。"

一时间大家都没有表态，都好像在思考什么。

他就说："如果你们不愿意，那就算我请你们干活，以后我给你们修建房子，或者做木工活来还你们的工。"

马师傅有些不高兴地说："不能这样说！谁出不起几个工哇？"

饶篾匠忙缓和地说："陈师傅你想错了，我们没有这个意思。"

邹师傅一副认真思索的神情，好一会儿才不慌不忙地说："我看，光我们几个力量还是小了。把这一带的工匠艺人都找来，来看看这个惨景，相信都还是同情的。要大家都来出点力，一起做这个事，力量大一些，能很快把这个事做好，让林师傅一家早点有个住处。”

他听了就点着头，豁达地说：“嗯，邹师傅这个意见好！”

邹师傅还是一副思索的神情，又说：“这样，也让老百姓看到我们工匠艺人的善心和力量，以后请我们的人也会更多，更加相信我们，我们的生意也会更好。”

马师傅也忙着接话，有几分感慨地说：“说得好！这个意见，我赞成。”

张黑牯说：“我好说，跟俗话说的‘聋子往哪走——随大势’，你们都决定要这样，我一定不拖腿，跟着你们干，你们搞好久，我搞好久。”张瓦工因为个子不高，较胖，脸上身上都很黑，人们便叫他张黑牯。

饶卢竹还笑着说：“我一不会打墙，二不会木工，修建房子好像沾不了边，但你们都做好事，为林师傅帮忙修建房子，我肯定也要出力。你们当师傅，我就来下力，打墙期间，我负责帮忙挑土，挖土也行，反正跟着你们搞，直到房屋完工。”

这饶篾匠说话，也像他划出的篾条一样，长长的软软的。大家听了十分感动。

最后大家都表示赞成帮扶林师傅家建房。

他又想好了一些问题，诚恳地说：“听了邹师傅的意见，我就想到一个事情。因此，我还建议：将匠人的范围还扩大一点，动员这一带的匠人们，都为林师傅家捐点钱财、粮食，木材……”

马师傅连忙赞成地说：“这个意见很好！这也算个大事，不能让你陈师傅一家扛着。”

张黑牯笑着说：“是的，搞得越是热闹越好，也越有意思。”

饶篾匠也笑意绵绵地说：“这样让我们匠人们来一次大聚会，热热闹闹聚一回，把惨事变成喜事，确实很好。同时匠人们都见见面，互相认识一下，交个朋友，有个什么事，都互相帮忙一下。我看这样很好。”

都同意这个办法。接着他们就分了工，划了片，分头去找这个乡内的匠人，同时约定了时间，都统一将钱财和粮食送到他陈师傅家。因为林师傅现在没有家了。

大家统一了意见，他就把大家带到他家，一起吃下午饭。一到他家，师傅们就看见林师傅一家，确实可怜，好的是有他家帮助，不然住的地方都没有，吃的一点没有。

这时林师傅的大女儿晓兰起床去上茅厕，他们也看到了这个林姑娘，都觉得这是一个漂亮姑娘，于是都又产生了疑惑，怀疑他陈师傅一定是看好了这位林妹妹，想她跟他做媳妇，就如此下大力气要为林师傅家帮忙。但他们嘴里也没有说出这个疑惑。

这晚天空放晴了，天蓝莹莹的，有着满天的星星，就像满天的花朵刚刚绽开。他有些不安地来到她的房间里，这是他和两个弟弟的房间，开有两张床铺，自从前晚上林婶带着小娃们来了，他就让给林婶他们一家住了这个房间，他自己就到楼上去另外开了个地铺。这楼上矮矮的，挨檐边只能弯着腰走，否则就要撞脑袋瓜。两个弟弟都因躲避“捉兵拉夫”的事，在外面做事去了。

他想看看林姑娘的病情怎样了，他虽然白天在为她家的事奔忙，但心里却没忘记她。他同情这家人，恰恰她又病了，他十分怜惜她。

他来到她的床面前，关切地问她母亲：“林姑娘的病好些了没有？”

照料林姑娘的母亲林婶感激不尽地说：“哎呀，感谢杰汉师傅帮林姑娘找医生、买药，她已经喝了两顿药，现在已经不怎么烧了，而且下午还吃了一小碗你妈用罐煨的稀饭。”

他微微弯下腰认真观察着林姑娘的脸色，这时他感到她的眼睛突然睁大了，看着他，眼睛湿润润的，他不知道是本来就这样水汪汪的，还是见了他，因为感动而嵌满了泪水。她的脸色还有些黄，似乎也瘦了许多，但仍然是秀丽可人，真让人想到林妹妹。

他一副十分关心怜惜的神情，看着她，亲切地说：“你好好养病吧，也不要把病放在心上，喝了这两服药就会好的。杨医生的药灵得很。”

这时她的眼泪就哗的一下流出来了，但她什么也没有说，只是静静地望着他，连眼皮也没有眨动。

林婶就对林姑娘说：“你杰汉哥就在为我们一家操心，他已经找了匠人们，帮助我们家重新修建一栋新房屋……这次，要不是你杰汉哥，我们一家就活埋在山里了，他是我们的大恩人啊……也不知该怎么报恩啊……”说着又流起眼泪来了。

这时外面秋雨如丝如织，秋叶如蝶如画，那是缕缕心语，那是绵绵情思，当空尽舞……

十九　情义乡土

第四天早上红红的太阳从山尖冒出来。它伸出无数肉嫩嫩的像婴儿的纤纤手指，抚摸着山山岭岭，顿时山山岭岭就变成了一群婴儿，鲜活亮丽极了。

就在这时，乐木匠的父亲——有名的跳丧大师乐大师竟然背着背篓来到了他家的院坝里。他本是要和儿子一路来的，但儿子还要给家里挑水，水井又隔得远，老人脚步慢一些，不想等儿子，就先出发来了。他背着二十斤苞谷，还有半卷猪油。

见到他，老人就说：“陈师傅，你辛苦了。”

他连忙接下老人的背篓，心疼地说：“乐大师您老人家辛苦了！”

他认识乐大师，他爷爷过世，老人还帮忙跳了丧的。修建冯家大院时，乐木匠也一直在那里跟着他做木工，老人也去看过工程。

乐大师望着他说：“还好，我昨晚跳丧回来了。听说了这事，太惨了，我都想哭一场啊。我也只是表示一下心意。儿子也马上要来的。”

他脸色严峻地看着乐大师背篓里的东西，难为情地说：“老人家，您的儿子来捐东西是应该的，你们两位老人年纪大了就不应该来捐了。”

乐大师十分正经地说：“儿子是儿子一家，我们两个老人又是一家。儿子代表不了我们。再说，我也算这一带的名师了，不来表示一下心意，那还像话？”

乐大师说着又掏出两个银圆，用颤抖的手递给他：“这是我们的一点心意。”

他知道老人存下两个银圆很不容易，有些坚决地说：“虽然是捐钱捐物做善事，但老人的东西我们不能收。请您老人家理解。”

可是乐大师不依，坚决地说：“竟然不要老人尽善心了？哪来的这个规矩？”

他握住老人的手，耐心地解释说：“老人们自己生活都不容易……”

他派人去各地联络时，的确也强调了，上了年纪的老人不参加捐款捐物活动。

乐大师生气地说：“你给我全部快收下。你不要嫌弃。”

他还是不想收下。这时乐木匠背着背篓赶到了，也劝他说：“陈师傅你收下算了，老人这么远背来了，是真心要表示心意……”

他一时间为难了。一是收老人的东西他下不了这个心；二是收了老人的东西，怕其他老人也跟着来，不好办；三是收了老人的东西，也怕搞出不好的影响来……

这时，请的记账的人也赶到了。这是有名的贺总管，这个村里不管哪家有红白喜事，都是请贺总管去管事。这次经收捐来的钱财物资，他就请了贺总管帮忙过秤、记账、入库。

贺总管就劝解说：“来了的，都收了算了，都是要尽一份善心，也就不管老人还是年轻人了。”

他有些无奈地说：“感谢老人家的支持帮助，真不好意思啊。”

乐大师就说：“这是尽善心，什么不好意思呀？你如果真不收下，我还要骂你不近人情呢。”

贺总管又问他：“东西都放到哪间屋子里？”

他家的房子太挤了，他已经给隔壁说好了，借了一大间屋子，专门堆放捐来的东西。他就将他们带到隔壁家，并将一把锁和钥匙交给了贺总管。

乐木匠背着的是三十斤苞谷，还有半块腊肉。

乐木匠对他说："陈师傅，很对不起了，就剩下半块腊肉……"

他看了下半块肉，可能有十斤样子，就有些严厉地说："只剩下半块肉，你拿来做什么？你家的生活怎么办，今年还有五个月，没有油水怎么行？"

乐木匠说："有饭吃就行了。要修建房子，匠人们都辛苦，总还是要有点油水嘛。"

他严肃地说："苞谷收下，这半块肉你拿回去！"

乐木匠好像一下子火了，说："拿来了你又要我拿回去？那就是嫌少了！"

他解释说："你乐师傅想哪里去了！你在别处干木工活，每天都有肉吃，但你家还有小儿们要生活啊，怎么能吃没有油水的菜，几个月不吃点肉？你心里就过得去吗？"

乐木匠说："我还好好的，干木工活挣了钱，买点肉吃不行吗？你太小看我了。"

乐木匠也掏出两个银圆递给贺总管："这是我捐的钱。不好意思，只有两个银圆。"

他感动地说："两个银圆已经很厚重了！"

很快院坝里拥满了人。一时间来了许多捐钱捐物的人，有的背着背篓，有的挑着袋子，有的用肩扛着袋子……这些人大部分是工匠艺人，也有附近的老百姓。

他的心细，昨晚就用纸订好了一个账本，他将账本交给贺总管，说："请你将人们送的东西记个账，哪家送的什么，是多少……"

可是来的人都反对记账！这是他怎么也没想到的。

不少人说："你用账本来记载大家的捐献，本来也很应该，但是你给了林家一个大包袱！他们觉得这就是欠下的账，欠下的情，有名有姓。所以，绝对不能记账，他们也就不知道哪些人送了什么，心里就没有负担……”

他一下子像是惊醒过来，赞赏地说：“你们想得多么周到啊，真是一些好艺人、好乡亲啊！只捐献，却不投名。”

有人就说：“这是为林家着想，不让他们在心里背上一坨负担，他们已经够可怜的了……”

忽然间，林师傅两口子带着四个小儿来到屋檐下的台阶上，小的小儿还只五岁，一齐向人们跪下，痛哭着，语词不清地说着感谢大家的话语。瞬时整个场面都凝固了！大家都怔怔地看着跪在台阶上的这家可怜的人，都流起眼泪来，好久才恍过神来，纷纷上去扶起他们并劝说安慰：

“这是应该的，千万不要难过。我们都是乡里乡亲的，这样的惨事，是完全应该帮的……”

“千万莫想多了，伤了身子，还要过日子啊……”

但那哭声却是怎么也安慰不住。

他见此，请了几个人忙了好一阵，才将林师傅全家大小扶进了他家去。

匠人们都按时赶来了，将捐献的粮食和钱送到了这里。连冯老爷也亲自来捐送了十个大洋。贺总管最后总账：合计粮食竟然有六百多斤，腊肉九十几斤，还有二十几块银圆，二百多个铜钱……这是全乡工匠艺人和部分村民实实在在的心意！一时间不少人都知道了这事，都感动了，纷纷前来捐钱捐物。

接下来是屋场问题。因为林师傅家的屋场和几亩坡田全被滑山毁灭了，只剩下一个大概位置，而且全是停留的稀泥和石头，以后可在上面开成田，但在上面建房子肯定不行，根基不稳。那太危险。因此只能在其他地方去选择屋场。准确地说，是要别人送他们一个屋场。

他正在焦急，去找哪家讨个屋场呢？他很想在自家的田里给林家送个屋场，但离林家的位置远了，不便于开田和耕种。

他想在与林家交界的地方为林家找个屋场。因此他首先找到与林家北边连界的武老二。武老二家的田多，有二百多亩，都是租给村民在耕种。

他请求地说："武叔，和您商量个事情：能不能把您家与林家交界的荒坡给林家捐献一个屋场，林家这次也是太惨了……"

武老二用疑惑的眼神看着他，有些不高兴地说："我看，你这样为林家卖力，是看热林姑娘了吧？林姑娘确实不错……"

他心里像忽地哽了个什么东西，一时间说不出什么，但为了让人信服，他理直气壮地编了个理由解释说："给武叔说，我已经在四川和一个大师的女儿正式订婚了。您不信等着看吧，姑娘马上要来的。对于林家的事，我觉得太惨了，纯粹是尽一点善心，没想别的……"

武老二没有再说什么，也就一直闷着，用疑惑的眼神窥视着他，好像他心里有不可告人的目的。他知道久坐也无益，就站起身准备离开，依然客气地说："多谢武叔了。"

他没想到，武老二那么多田地，而且与林家交界的并不是好田，只是一个瘦瘦的黄泥巴荒坡，竟然舍不得送一个屋场。

他不灰心，他找到与林家南边交界的武老幺，与武老二是族房兄弟，家里田不多，只有十几亩田。他觉得希望不大，但他决心试一下。他对武老幺说了一番话。

没想到武老幺这样说："林师傅是个好人，好师傅，他编的斗笠是天下第一的，就凭我们都是戴的他编的斗笠，我们也要伸出援手。我送他一个屋场，一分钱也不要。具体地点由他自己选，看热哪里就是哪里。"

武老幺的这个行动，一时间又感动了许多人，带动了许多人。加之他的联系，于是又有人户纷纷捐献木料、粮食、蔬菜、小菜、肉油，支持林家重建家园……

他很是感动，同时高兴得心里乐开了花，好像是他自己做成了一桩美事。当然许多人都有怀疑：一定是想林师傅的女儿做他的媳妇，所以他才这么贴心帮助林师傅家。

林姑娘喝了两服中药，在她母亲的照料下，两天也就好些了，看去脸儿白白净净的，给人感觉身体还是有些虚弱。

他亲自为林家选定了屋场，他是这方面的内行，林师傅相信他。为了心里踏实和安慰，他又去请了一个算命先生看了一个日子，正式动工。这一天几个主要匠人邹师傅、乐师傅、万师傅、马师傅、茹师傅、张黑牯等人都赶到建房的地点，附近帮忙的人也都赶到现场，场面十分热闹。这一天主要是开挖屋场，挖基脚，砌基脚石。

他就对张黑牯说："马师傅是玩泥巴的，我是玩木头的，不太懂这石头。今天主要是用石头砌基脚，你是会摆弄石头的，今天这活就由你主师，由你来指挥了。万丈高楼从基石起，基脚牢，房屋就牢，所以今天你就不要唱山歌了，一心一意摆弄石头，砌好基脚。"

张黑牯嘿嘿嘿地笑着说："我唱歌一样能把活儿做好。我砌的基脚，只要这茅坡在，我的基脚就不会坏。"

马师傅又随和地笑一下说："张师傅的歌唱得好，石头砌得好。我虽然会打墙，还就全靠张师傅的基脚石撑着。"

他说："辛苦你们！我们砍树去了。"他说完就带师傅们向山上走去。

在另一个地方，也就是他的家里，也十分热闹。他的母亲和林婶都在灶屋里忙活，林姑娘也在帮着忙，为师傅们做饭。但是她们忽视了，师傅们开始就强调了：都在自己家吃了早饭去建房，只中午吃林家一顿饭，晚上又回自家去吃。这是大家都体贴林家受了灾，一大家人今后还要有饭吃。

但林师傅也强调了："已经捐了那么多物资，再说就是自己饿肚子也要让师傅们不在自家吃饭，每天在工地上吃上三顿饭。"

可是她们把早饭弄好了，喊了几遍，却没有人去吃！

接着林师傅亲自来到屋场里，恳切地说："大家辛苦了，快去吃早饭。"

师傅们就说："谁让你们弄早饭的？早就说了，我们只吃一顿中饭。我们说了的，就要作数。早饭我们都在家里吃了，还饱饱的。"

林师傅像是求情地说："那我们弄好了，你们还是要吃。"

师傅们就说："中午来吃。但你们不要弄晚饭。"

工匠们自己吃了饭来给林师傅家修建房子，一时间也感动了这一带的乡亲们。林家出了这么大的灾难，人们本来就十分同情。哪家哪户戴的斗笠不是林师傅编的呀？况且本乡本土的林师傅也从没有卖过高价，比卖远处的要便宜很多，人们也都清楚，都早已心存感念。因此一动工修建房子，这一带的人们都纷纷助力，有的捐粮，有的捐肉，有的捐蔬菜，有的送树木、送做家具的木板，不少人都是一家捐几宗物资，还有大量的人们都自己吃了饭去帮着挖土、上土、挑土，帮助建房……

这时马师傅大喊一声："歇稍了——"

饶卢竹说："这下歇稍，张师傅你唱个山歌听听吧。这段时间都陷在灾情里，郁闷闷的。"

张黑牯扫一眼场上，说："唱歌要有对头，有人唱还要有人接，男人唱歌没有女人接，哪唱得起劲呀？今天这场上一个女人也没得，我怎么唱呀？"

饶卢竹就说："你唱，我可以用女声接。"

张黑牯笑一下说："你饶师傅还有这一手呀。那我们试一下吧，看看你的声音到底是男是女？"说着就唱：

郎做活路好苦闷，唱个歌儿把姐引，我与姐儿合一曲，
心里爽快腰不疼，日头一晃不见影。

饶卢竹就喝口热茶，轻咳一声，用一种尖尖的脆脆的声音唱起来：

姐做活儿好孤单，盼个郎儿来做伴，你若来了先唱歌，
耽搁活路不要紧，太阳去了有月亮。

一下子全场喝彩，手板拍得山响。

不少人说："饶师傅还真是个女声！"

"饶师傅这声音，完全可以骗到男人的！"

"饶篾匠肯定是女人变的。"

"是的，说话都像女人，软软绵绵的。"

谁也没有想到，饶卢竹还有这么一套本领。其实农村里许多唱山歌的男人，声音也是相当尖细清脆的，只是那时不时髦反串唱手。

第三天就正式开始夯土墙了，这乡下说的是"打墙"。像是天老爷也乐意帮忙，天晴得很，整个天空就像绷了一块蓝色的丝绸，蓝莹莹的，又像一大块蓝宝石，给人十分清爽的感觉，看一眼好像浑身也成蓝宝石了。

林师傅虽然腿有残疾，早早地来到了土场，已经挖了很多的土。这时林姑娘也来到了屋场，要帮着干活。林姑娘虽然身子还有些虚弱，但他领头帮她家修建房子，她也坐不住，就一定要来忙活。其实她心里还有一个暗暗的想法，在这里能够多看他几眼，因为他整天都在这工地……不知怎么的，他好像已经牢牢地装在她心里了。

他正要开始做楼索。昨天帮忙工已经将砍的树全部抬来了。

他见林姑娘来了，有点放心不下，就劝她说："你身子还没有复原，吃不消的，去屋里休息吧。"

她望他轻轻地笑一下，眼里流露着羞怯掩盖不住的浓浓深情，说："已经好了，我帮忙往撮箕里上土。"

他知道上土这活也不轻松。他又劝说了一句，她没有再回话，只是深情地望他笑着，然后就向土场里走去了。她是个不爱多话的姑娘，同时比较内向。有人就说她真是个林妹妹。

很快就从这里向远处飞出悠扬的号子声：

哟——哟——嘿！嘿！哟——哟——嘿！嘿！这是土匠师傅筑墙叫的号子。

他这时正在做楼索。听到这筑墙的号子声，他感到浑身热热的，他组织为林家修建房子的事终于有了热闹的开头，他相信这房子一定能够顺利建成。他觉得这是做了一件大好事，哪怕辛苦了一点，他也感到很高兴，仿佛是他自己的一栋新房屋就要站立起来。

用黄土筑墙，就是先将长盒子式的墙板架好，给里面装上一层挖来的黏性很强的原始黄土，然后用专门的杵头夯紧，一层一层垒高，就是崭新的墙壁。给墙里放进楼索，在墙顶放上檩子，上面钉上椽桷，盖上瓦片或树皮，就成了一栋楼房，称为土墙屋。这种墙壁干好了又结实，又光滑，黄黄的，也美观，远看，阳光下也可谓金碧辉煌，有如宫殿，很壮观。而且冬暖夏凉，属于世界上最环保的房子。没有什么钱修建木柱架房子的人家都是住这种土墙屋，造价低，墙壁筑好房子就成，无须装修，节约木料、木工。木柱架楼房要花费很多木料、木工，成本大。装修一般也要等木料干好才能进行，起码需要两年时间才能真正完工。

今天夯土墙的是有名的土匠马师傅和他的伙计茹师傅，这也是一对老搭档了。他们俩十几岁就跟一个师父干这一行。这实际上是一项苦力活，而且还是一项危险活。在那高高的墙壁上筑墙，墙壁是湿土筑的，筑高了，墙壁像是软软的面片，站不稳似的，一晃一晃的，一般的人不说干活，就是坐在上面也不敢。

后来太阳升起了一竹竿高，谢铁匠就走来了，肩膀上用一根树棍挑着一块新鲜肉，一晃一晃的，像一个肉贩子。

谢铁匠看了看墙壁，脸上就露出了笑容，墙已经筑到一丈多高了，他没想到有这么快，他一直想来看看，可就是抽不开身。谢铁匠和师傅们打了招呼。师傅们也热情地向谢铁匠问好。谢铁匠是这一带最出名的铁匠师傅，不管哪家哪户，用的农具和生活用具都是他谢铁匠打制的。

谢铁匠不是来推销新鲜猪肉的。他脸上有些愧意。他实在没法抽身，每天都有不少人去守着打铁，或打农具或打用具。有的还是好远的地方来的，都相信他。他每天晚上半夜时候，都还在忙着给人们打铁。他不能让别人跑空路，别人来了要有打好的东西给别人拿走。所以，他就没来工地帮忙。他就将这些打铁收的工钱，去街上买了一块鲜肉送来，让师傅们和帮忙工打个牙祭，表示一下他的心意……

谢铁匠将鲜肉放到他旁边的楼索上，有些急地对他说：“陈师傅，我就这点心意，不好意思，我还要赶回去打铁……”

他很感动地说：“谢师傅，你的心意太大呀，太谢谢你了！你就快回去给别人打铁吧。”

也就在这时，在土坑里参加挖土的林斗笠大概听到了什么，就急忙一颠一颠地走了来，见到谢铁匠，就握着他的手感动得流着泪说：“哎呀，恩人啊！你叫我们怎么感得了你的情啊……”

谢铁匠很是正经地说：“是应该的，不要多话。我要回去打铁了。”说着就快步咚咚咚去了。

他对林师傅说：“林叔，这是应该的。再说，人做善事也是为自己积德，对子孙都有好处啊。你千万不要再增加一些心里的负担。”

这时马师傅在墙上大声喊道：“歇稍了——”

马师傅走下地面，认真地查看墙面、墙角，看墙壁正不正，角是不是上线了。

一时间土场里挖土的、上土的、挑土的人们都来到他的木场里，因为这里尽是摆着的楼索、檩子，像一条条长长的板凳，刨得光光亮亮的，比板凳还要亮色，而且宽宽敞敞的。

最后一个走来在楼索上轻轻坐下的是林姑娘。她认真地看了不远的他一眼。她坐下后就从小包袱里拿出一只布鞋底，抽出针在头发上擦两下（沾点头油滑些），将针扎进鞋底里，用顶针顶一下，针就像春天出土的什么芽子冒出来了，捏住针一抽，哗——的一声，白白的麻线从鞋底里抽出来，像一线亮亮的瀑布从高高的悬崖上流下谷底。哗——麻线很长，这哗——的声音就响了很长，像唱歌一样，是那么悠扬而悠长。这鞋底很大，一看就是准备给一个男人做的鞋。也不知她是给哪个男人做的，她可还没有放婆家。她也利用抽线的时候抬起眼睛，简短地瞄一眼他，或是瞄一眼说着笑话的师傅们，但没笑。因为她是闺阁姑娘，有她在场，人们也不随便乱说什么粗话的。

当然，在人们的心里却有着许多想象。大多数人认为，他陈师傅这次如此为林家出大力，帮大忙，可能就是因为这个林姑娘——林妹妹。一定是想说这个林妹妹做媳妇。这个林妹妹可是这一带最秀丽的姑娘，而且有一手绝活，会编斗笠，会做鞋子。好多人家请媒人来说亲，可林姑娘睬也不睬，她的心高得很，还有几分冷傲之气，不爱搭理人，不爱与人讲话。也因此，差不多十七岁了，还没有放婆家。其实来说亲的人家都是有田有产，生活很富裕的，起码也是殷实户。

因此人们背地里都议论说：这次，这个林妹妹肯定是他陈师傅的了。他已经是这川鄂一带出名的木匠大师，要貌有貌，要才有才，要艺有艺，要绝活有绝活，加上他这次已经把林家的事完全当成自己的事做了，那她还不嫁，怎么也说不过去了。可能他们的心早想到一起去了。

二十　严峻考验

工程到了最后时刻，马土匠也就越发担心，甚至还有点惶恐。不是为自己，他担心他的墙，担心那些挑土上墙的人！他自己长年累月在墙上忙活，早就习惯高空作业，像是长了翅膀的鸟儿，既不怕墙高，也不怕墙晃动。但那些挑土上墙的人是临时参加的，好多人都是第一回，他担心他们在又高又悬的指头宽的墙上走，肩膀上还压着沉重的一担土，脚里稍微一滑、一歪、一踩偏，或是身子随着担子一晃，就有可能栽下去，出现伤亡事故。这样的事他可是见过的，那十分地恐怖！

所以马师傅总在强调：“慢一点，走稳一点！”

特别是这次雨下得大、下得久，再深的土里都是湿湿的，所以筑的墙壁也还是湿湿的，软软的，晃动的幅度就大，风险也就越大，马师傅的担心也就越大，也像有一面高高的墙壁悬在他的心中晃来晃去。

今天是筑墙的最后一个工序，即三间房屋、四个山墙的墙垛要筑。这一带称为“山尖”，因为形状和山尖儿相似，许多人也叫“垛子”。最后筑完墙垛叫“圆垛”，然后墙板下地，皆大欢喜，主人家要封红包。

现在马土匠正筑着最后一个墙垛。墙壁晃动得厉害，这是正常现象，就和树木被风一吹也弯腰一样。马、茹两位土匠仍然鼓劲叫着响亮的号子：“哟——哟——嘿！嘿！哟——哟——嘿！嘿！”

大杵在半空中挥动着，一起一落，发出山一般的震响。整个墙壁便被风吹一般，一晃一晃，如一把扇子扇过来、扇过去！一般的人看也不敢看，但土匠师傅们却仿佛这是他们展示本领的最佳时刻，手臂一起一落有如雄鹰展翅，潇洒地尽情飞舞着。

两位土匠的神色坚定而豪迈。今天圆垛是师傅们高兴而自豪的时刻，因而那号子更是吼得震天响，飞过一架山又一架山：“哟——哟——嘿、嘿……”

终于杵下最后一杵。茹师傅提了笨重的墙板从垛子上向后壁走去，马土匠提着两把大杵跟在后边，很是洒脱地向下走着。墙壁像一面扇子给天空扇风，扇过来扇过去，令人发怵，浑身酥软。但师傅们却是自由自在如履平地，感觉好像是从天上下到人间，那神情里还有一种自豪感。

马土匠大声喊道：“墙板落地！”

茹师傅大声回道：“荣华富贵！”

这时男主人林师傅走过来，递给两位土匠师傅每人一个红包，笑嘻嘻地说：“辛苦马师傅、茹师傅了！”

马土匠伸出了手，但不是像往日那样去接红包，而是摆手拒绝的意思。因为这次来打墙不是为了挣工钱，是在他陈师傅的倡导下做一桩善事，哪个做善事还收红包钱？

林斗笠一定要给出红包，但两个土匠师傅坚决不要。林斗笠强行塞进了马土匠的衣袋里，马土匠就发火了，从衣袋里掏出来，扔到了大门外……

林斗笠去大门外捡回红包，也就没有再给。

大家休息了一会儿，负责木工的他就问马土匠：“墙怎么样？什么时候可以上檩子椽桷？”

马土匠看看墙壁四周，说：“墙还有点湿，没干好，没硬度，现在决不能上檩子，起码让墙好好晒五天以后，上檩子椽桷才能承受住。第六天早上，请大家吃了早饭再来吧。”

马土匠没有急于回家。他心里仍然充满担忧，围着墙走去走来，认真观察着筑起的土墙，看有什么变化。现在，只差盖屋了，这是最后关头，他要守在这多观察一下，怕出现意外。在他手里也出过事的，所以他变得非常谨慎。

马师傅闷坐在树筒上，像要打瞌睡的样子。

他看一眼马土匠，想活跃一下气氛，就对马土匠笑一下，打趣地说：“怎么的呀，昨晚没睡瞌睡呀？”

马土匠神情怏怏地说了三个字：“有点困。”

马师傅确实累了，筑墙确实是一项苦活。俗话说：“世间三大苦，栽秧割谷打大杵（筑墙）。”

其实他也清楚，往往一个工程完工，人一下子就精疲力竭了。屋立起来了，相反人好像站不稳了。

马土匠虽然说了有点困，但并没有休息，他稍坐了一会儿，就又去四处观察他的墙，看有什么变化没有。越是这时，他越是手里捏着一把汗，因为这时墙壁上还没有安放檩子，没有形成整体合力，每一方墙壁都是孤单单地站着，像单独竖在风中的一块木板……

他也没有休息，就是人坐下了，心可没有坐下，不时地也要去观察墙壁。整个工程，都是系在他心上的。

按照约好的第六天早上，马师傅早早地就来到了新屋场，接着就是他来到了这里。马师傅来后就围着墙壁转，认真而仔细地查看墙壁，还用手到处拍，听声音，看变化。林斗笠家太不幸了，太困难了，他要做到万无一失。

他就问马师傅：“墙怎么样，能够上檩子椽桷了吧？”

马师傅有些胸有成竹地说："可以上檩子椽桷，盖屋。"

接着就是在木工师傅的带领下，整个帮忙工一起投入，从地上搬起长长的檩子，通过楼索，往高高的墙上传送，这也是十分惊险的工作，因为都是悬空作业。木工师傅们站在墙顶上接檩子、安放檩子，更是惊险，仿佛在半天云里作业。但师傅们都是一副无所畏惧的豪迈气概，好像这样才能显示他们的特别本领，他们带着自豪劲敲打出一片砰砰砰的热烈响声，震撼着周围的山山岭岭，在四处久久回荡。

大概是响声惊醒了天空，这时天上忽然下起雨来！也不知怎么回事，农村里立屋或圆垛盖屋时往往下雨，有人甚至说，立屋圆垛要下雨才好。

但马师傅着急了，一下雨他就特别担心他的墙！

很快墙顶就湿了，加之人们来去走动，墙顶一下子就稀了，一踩一滑，十分危险！

他来到堂屋顶上的墙垛尖上。他大声喊道："都注意安全！慢一点，踩稳！"

他知道这时是最危险的时刻。一是他如站在悬崖上，略有不慎就会摔下去跌个粉身碎骨，这样的事不是没有过。二是要照护帮忙工，他们不是经常上屋，不内行，不习惯，怕出事故。

这时人们身上已经被雨水淋湿了，头发上、脸上滴答着密集的雨珠，视线模糊，人们不时地要用手擦一下眼睛。

他神情肃静而谨慎，丝毫看不出有什么紧张。他庄重地对地面喊道："上梁树——"

这梁树就是放在堂屋顶上的脊梁，乡下人称这为梁树。他指挥着，四个帮忙工早已把梁树抬至堂屋地面放着。墙垛上的人就放下绳子。地面的人就用绳子分别在梁树两头拴好。

雨水像细密的线条，从天上连到地上，像是要缠住梁树，更像是喷洒的水，要认真清洗一下梁树、墙壁……

他站在墙垛上神色严厉，大声喊道："注意安全！开始升梁树，

一、二，起——”

站在墙垛上的人们高高地悬在空中，身子弯着，像云朵一样，都伸手慢慢拉着绳子，这完全是高空作业。这时在他们的号子声中，梁树缓缓上升。人们的心也都提起来了，都捏着一把汗！

马师傅站在另一个墙垛上，与人一起拉着绳子，神情紧张而严肃，脸挣得黑红黑红。

梁树被慢慢拉到高高的墙垛上，放于中心位置挖好的凹口里。他拿起斧头将梁树向下敲打几下，使之落实。然后又用墨线吊一下，看梁树切面的中线是否垂直，也就是梁树是否放正。他吊了一下墨线，调整了几下，用斧头敲实，最后确认很正了，才放手。

他大声喊道：“好！梁树上房，金银满堂，子孙兴旺……”

这时雨下得更大了，像是在表示喝彩！但也更危险，更考验人们！

林斗笠托一个亲戚递给他红包。他瞪那亲戚一眼，生气地大声说：“早就说了，不要搞这些名堂！快下去，墙垛上危险！”

他这样说了，林斗笠那亲戚也就不好再继续了。

也就在这时，对面墙垛上一个帮忙工突然脚下一滑，身子一偏就要倒下去，有的人被吓得惊叫起来，只见马师傅一伸手就抓住了这个帮忙工，自己迅速骑在墙垛上，同时将这个帮忙工按在了墙垛上，没有摔到地上去。一时间连空气、雨滴都凝固了！人们更是吓得张大了嘴巴不知道动了。

他在对面那个墙垛看见这一幕，也是被吓得睁大了眼睛！接着是对马师傅十分地敬佩！

他喘口气，神色严厉地大声喊道：“千万注意安全！下面抓紧上檩子、钉椽桷盖屋，不然墙就要被淋坏了！”

他指挥所有木工和帮忙工开始钉椽桷，屋顶便啪啪啪的一片响声，像放鞭炮一样。

但是雨越下越大，像是要考验人们！

马师傅焦急万分地大声喊道：“快用树皮盖墙！先盖墙，不然墙淋坏了！”

他也严厉地大声喊道："赶快突击盖墙！千万注意安全！"

雨越下越大，人们冒雨抢险，紧张地用树皮盖墙……

按照他和马师傅的指挥，大家紧急地抢盖着墙顶，保护墙顶不被淋坏，否则墙就会塌下来！

林斗笠看着被雨水喷击的墙壁，脸色突然变白了，眼睛里噙满了泪水。

他看着墙壁，神情镇定，内心里默默地祈祷着，千万不能再出事了啊……

雨水打在树皮上发出啪啪的响声，像是人们紧张的心跳，越跳越响。

墙顶终于抢盖完成，人们从跳板上慢慢下去。不是走下去，跳板很滑，谁也不敢走，都是坐在跳板上，一步寸远地慢慢向下滑去。跳板是长长的两根杉木并排放着，像是伸着的两根长长的手指，上面用篾条绑着一步一步的树棍，便于踩脚。

跳板不停地晃悠着，就像当年红军跨越铁索桥……

他指挥着："都慢慢下跳板，千万注意安全！"

雨水正从树皮上哗哗流下，真像要洗刷一番似的。虽然墙顶有树皮盖着，但树皮很窄，墙又那样高，很容易被雨水浇着，甚至浸透，那墙壁将是岌岌可危！

马土匠最后从墙上下到地面，在地上顺着墙壁走着，脸色黄黑，板板的，也像竖着的墙壁。他边走边查看着墙壁。

虽然盖了墙顶，但四处墙壁上正被雨水凶猛地喷击着，像是要彻底洗刷墙壁似的！

人们都纷纷躲进一个临时避雨的小棚子里，一时间小棚子里像是储藏的满满的红薯……

马师傅没有进避雨的小棚子。马师傅冒着雨围着墙壁走着。他的脸上流着雨水，墙壁上流着雨水。他没有去擦脸上飞流的雨水，他在心里祈祷着：菩萨保佑我的墙啊……

直到第三天晴得很好了，人们才来将这土墙屋盖好，但没有瓦，都是盖的树皮。这墙经过了一场雨水的考验，到底挺过来了。

师傅们和帮忙工都高兴地来到院坝里坐下来，享受着房屋工程圆满完成的快乐。但马师傅还是在注意他的墙，看有什么变化没有，他担心墙的承受力。林家能修建这么一栋房子太不容易了，千万不能出什么问题。

这时太阳还高高地悬在西边的天空，好像比先前大了许多，而且变得红红的，就像升起的一个大灯笼，把山山岭岭都照得红红的，像在办什么大喜事的。

在山坡上站着一栋崭新的土墙房子。这房子虽是简单的土墙，不是木柱架屋，但也十分显眼。那黄黄的土墙在灿烂无比的夕阳辉映下，便像一座金碧辉煌的宫殿耸立在那儿，十分地壮美。

这时又有两个人背着东西向这新屋子走来。近了，人们才看清，这是章石匠和另外一个人。他们各背着较薄的石板，一块大一块小。在人们的帮助下，他们慢慢地在新墙边卸下背篓。

章石匠抹一把脸上的汗水，大声说：“对不起大家，林师傅家受灾了，我没来现场帮成忙，因为家里婆娘在患病，走不了，又要喂猪，又要给小儿们弄吃的。但我的心意要表示！我就打了一口石水缸，今天赶来凑个热闹，等房子里面布局好了，我再来帮忙把水缸立好。”

人们一时间都非常感动地望着章石匠。

这时在屋后清理檐沟的林斗笠听见了说话声，走过来，弯腰向章石匠行礼，表示感谢，当林师傅抬起头来时，已是满眼泪水……

他（陈师傅）感动地说：“你章石匠也辛苦了！这么远背石水缸来，很不容易啊……”

章石匠像是如释重负地说：“陈师傅，你们都辛苦了！我也只算帮着做了点小事。”

他郑重地说：“你这事不小啊，够厚重的了！”

之后他就大声说：“现在都去我家，今天林师傅为大家准备了丰盛的酒席，庆贺新房子落成，请大家都去喝一杯！章石匠也来得是时候，我们一起去喝一杯，庆贺一下！”

马师傅就说：“能不能派人去把谢铁匠喊来，一起喝一杯。他可是送来了一块肉的呢。”

他说：“我早上已经安排我爹去了，要爹一定把谢铁匠请来。”

师傅和帮忙工都高兴地来到他家院坝里。这里已经摆好了六张大桌子。其实师傅们和帮忙工不到二十人，摆六桌是考虑到有附近的人来看热闹、道喜的。

林师傅没有请临时总管，委托他来代替总管。他站在院坝里热情地迎接所有师傅们、帮忙工的到来。

他大声喊道：“请大家入席！”

厨师们做了拿手好菜，有粉蒸肉、盐菜扣肉、面辣椒炒鲜肉、酸菜炒鲜肉、洋芋粉粑粑和腊肉、酸辣洋芋片儿、油炸干洋芋片儿，还有白白的豆腐、金黄的油炸豆腐果子、灰白的魔芋豆腐条儿，等等，把桌子摆得满满的，五颜六色的，像一个大花坛，四处飘香。每桌摆了八个酒碗，掌酒的抱着一坛苞谷酒，哗哗啦啦地往酒碗里倒，一时间院坝里飘散着浓浓的酒香。

大功告成。师傅们和帮忙工也就当仁不让地入席就座。木工师傅和土匠师傅坐了满满一桌，帮忙工坐了两桌，还有自家人和来贺喜的亲戚也一一入席坐下了，六桌刚刚坐满，当然有的是小娃儿。

有人就说：“这是六六大顺，圆圆满满。”

谢铁匠也终于来了。他这个临时总管便充满感激地大声说道：“大家为建房子都辛苦了，林师傅为了感谢大家，特办了丰盛的酒席。现在请大家端起酒碗！”

于是大家都端起酒碗，看着他，一个个非常高兴的样子，像是在参加一场喜事宴席，还有些等不及地看着香喷喷的菜肴，只想他快点说个“喝”字或是“干”字、“吃”字，以便快快解馋。

他端起酒碗大声说：“大家辛苦了，我代表林师傅全家感谢大家！”

他双手捧着酒碗，微微欠身，向大家一揖，表示敬意。

接着大声说：“为庆贺林师傅家新房落成，来，我们一起干了！”

他说着一仰脖子喝干了酒，又说：“大家都使劲吃菜、吃肉、喝酒！”

于是就是一片热气腾腾而酣畅淋漓的热烈场面。

接着林师傅端着一杯酒，走到桌边，站住，充满感激之情地对大家说：“各位师傅、帮忙工，你们辛苦了！我代表全家感谢你们的大恩大德……”林师傅有点说不下去了，顿了一下才用颤抖的声音说出，“让我重新有了房子……”

这时林师傅已经是满眼泪水，感激地颤声说：“我敬大家一杯，我先干为敬！”

说着一抬手就喝干了杯里的酒，向大家亮出杯子时，两眼的泪水已经流成了两条粗粗的线绳……

二十一　非凡炉火

也就是从第二天开始，他就带着几个木匠，将周围一带家家户户送的木料，为林师傅家做了一些必需的家具。几天时间，他们做了两张床，大盆小盆，锅盖，桌子板凳，一口衣柜，抽屉，椅子，等等。

由于林师傅的腿子有问题，他就和邹师傅、乐师傅、万师傅一起去了街上，用捐献的钱为他们买来了一口锅，以及一些用具。

刚刚进门，饶卢竹也来了，他背着一些篾器用具，满脸都是汗水，进门笑着说：“我也来凑个热闹。不过说个老实话，要弄到饭吃，光你们木匠还是不行的，还少不了我这个篾匠。我就给林师傅编了这么些篾用具，解决一点小问题。”

他笑着说：“你饶篾匠一来，可不是解决小问题，而是能够弄熟饭吃了！”

他们看了一个好日子，又和邹师傅、万师傅、乐师傅、饶篾匠等人，来他家吃了饭，一起背着建房后剩余的捐献物资，和林师傅一家人热热闹闹搬进新居。

临走时，林婶将他母亲叫到房间里，拿出一双新布鞋，递给他母亲，满眼复杂感情地说："陈师傅太辛苦了，他的恩德这辈子都没法报答，这是林姑娘赶忙给他做的一双布鞋，一点心意，说不上感谢，请你转交给陈师傅……"

他母亲高兴地接过布鞋，看一眼布鞋，里面鞋底上还绣着一朵花，便感激地看着林婶说："哎呀，这怎么好意思呀！"

林婶有些难为情地说："是我们不好意思啊！他陈师傅救了我们全家，这辈子也报答不了他的恩德……我家林姑娘做了这么一双布鞋，是一点太小的心意。我都不好意思说……"说着又抑制不住泪水涌流而出。

他母亲十分珍重地拿着布鞋，她听出林婶说话时好像强调了是林姑娘做的布鞋，话里有话，心里就有些特别的高兴，双手抱着布鞋去放到她房间的衣柜里。她想，林姑娘确实是个好姑娘，这样的姑娘给她做儿媳妇，那真是太好了！她放好了布鞋，就送林婶和林姑娘一起去她们的新屋，她也要去看看新屋。

林师傅为感谢大家，要留师傅们在新屋里玩半天，一起在新屋里吃顿下午饭再走，但他和师傅们坚决地要走，怕他们破费。可是，林家一家人站在大门口，把他们堵在屋里，而且都流着眼泪地恳求。

他考虑了一下，就同意大家留下来一起吃了一顿饭。

饭后，饶卢竹看看他和马师傅、张黑牯，郑重其事地说："我也想修建一栋房子。但我没有想好，到底是打土墙，还是砌石墙，还是建木房子。"

顿一下又说："父母大人急着催促我结婚，他们想早点看到孙子。唉，老人们都是这样的。"

这时马师傅就第一个说："给你饶师傅说，我劝你修建土墙屋。一是工程完工快，墙一筑起，屋就成了，不需要装板壁，要少很多木材，也少很多花费；二是土墙平平展展的，光光溜溜的，金黄金黄的，又漂亮又实用，而且冬暖夏凉，住着舒服。”

张黑牯笑一下说：“给你饶师傅说，房屋最好还是石墙的，坚固，能经住风雨，土又哪有石头坚固呢？石墙也是一做起，屋就成了。有钱，搞点石灰把它粉刷一下，白白的，多漂亮。没钱，我们做的石墙，不粉刷也非常漂亮，看去一个个不同形状的石头，像雕刻的，古色古香，多好。真正上格调的，还是石墙房子。有哪个地主家里的屋是打土墙的吗？也可以在里面做木柱架，外面砌石墙。”

他听了他们两个人的建议，就笑了几下，他们是在卖瓜的说瓜甜，各自吹嘘。

他不紧不慢地说：“给你饶师傅说，这个事我也不好说，因为我是修建木屋的，我也不好要你修建木屋。本来要说，能修建一栋木屋，确实很好，现在也都时兴木屋。木屋给人感觉格调高雅。”

他这么一说，饶卢竹就会心地笑了，大概就想起了竹儿。

他感觉到饶卢竹可能想修建木屋。姑娘女子谁不想住木屋呢？特别是刷了红漆的木屋，那真的高雅，古色古香，像仙子的房屋。

这时他就问饶卢竹：“你估计你那未婚妻竹儿，会喜欢什么样的房屋？”

饶卢竹就说：“我估计她是喜欢木屋的。但我在她家讲起修建房子的事时，她也没有明确表示态度。”

他就说：“那既然这样，你最好还是去和她商量一下，看她到底喜欢什么房屋，是喜欢土墙屋，是喜欢石墙屋，还是喜欢木屋。”

饶卢竹脸上一下子笑得很甜蜜似的，接着就说：“这样，我明天早上就去竹儿家问问她。就请表哥明天下午去我家一趟，具体帮我策划一下。”

他说：“这行。但你可不要一去她那里就忘了回来，让我老等。”

饶卢竹笑着说：“不会。有事我不会忘的。”

他们玩了很久，天也晚了，好像又要下雨了，他们几位师傅就向外走去。一时间，林家大人小娃一起将他们送到路口，还要送。他坚决地不让他们送了，他们才站住，一家人流着泪，看着他们远去……

恰这时天上又下起了雨，像千丝万缕的思绪，像无边无际的诉说……

这晚上他回到家里，他母亲就对他说："我看，那个林姑娘可是个很不一般的女子呢。人长得秀丽，从不轻易露笑，不轻易说话，很有成色。你去请个媒人……"

他有些郑重地说："妈您也不考虑一下问题，我帮了他们家，又说他们家的姑娘做媳妇，这怎么行？像什么话？"

他母亲有些生气地说："怎么不行？各是一回事。"

他严肃地说："这肯定不行，您就不要说这事了。"

他母亲又略带笑意地说："可是林姑娘心里已经有你这个人了，她虽然表面不说什么，但我看得出来。"

母亲说着就进房间去了，很快就拿出一双布鞋，递给他，说："你看嘛，这是林婶今天走时特别给我的，要我转交给你。并且说，'陈师傅太辛苦了，这辈子都没法报答。这是林姑娘专门为他做的一双布鞋……'"

他显得正经八百地说："鞋子可以收下，但不提什么亲事。"他知道，不收鞋子不好，那就伤害了林姑娘。

他母亲说："可是姑娘有这个心，你拒绝她，就伤了姑娘的心，这就不是个小事啊。"

他坚决地说："这不叫伤害她，这叫保护。"

他母亲说："多好的姑娘。我看，不想多了，就请个媒人去正式说亲。怕什么，正大光明的。"

他有些严正地说："不，绝对不能请媒人去说亲。我决不会干这种事。那我发起的这件善事就白做了！"

他在心里编了个故事，平缓一下语气对母亲说："妈，我还没给您说的，我在四川已经找了个姑娘，而且是个大师的女儿，她爹教了我木工绝活呢，并且已经通过媒人正式订婚了……"

他母亲不高兴地说：“不，你这是骗我的，既然成了这么大的事，那你回来这么久了，为什么都不对我说个明白？你把母亲放哪里去了？我决不会相信你说的。我看还是请媒人去说林姑娘。我就看好这姑娘！”

饶卢竹一早就向竹儿家走去。

走到一园竹林边饶卢竹就站住了。他下意识向院坝里望去，看竹儿在做什么。竹儿是与他已经订婚几年的姑娘。这是早晨。红红的太阳搁在对面半圆形的山坳里，就像一口锅里正煎着一个苞谷饼子，已经煎得又红又熟又香，让人一看就流清口水，恨不得伸手去拿了喂进嘴里，但似乎又怕烫，总没有人这样去伸手。

饶卢竹已经是这一带的好篾匠，父亲是个篾匠大师，他是跟父亲学的。他们家是篾匠世家，祖祖辈辈都是篾匠。他祖辈都姓卢，父亲是在饶家上门的，他就姓饶了，就给他取了这个名字。饶卢竹长得也像竹子一样，高高挑挑，清清爽爽。

饶卢竹来了后，还没有和竹儿说到话，竹儿父亲就说：“卢竹，你来得正好，你帮我打床晒席，好晒苞谷，苞谷已经收割了。”

饶卢竹是个很好说话的人，马上就说：“好的，我这就回去拿工具，一会儿就来。”说着就走了。

卢竹很快就拿来了篾匠工具。接着去竹林里砍了一捆竹子，扛回院坝里往下一放，啪啪啦啦一阵响。接着卢竹就用锯子锯下竹子两头的刀口。很快，院坝里就被青青的竹子摆满，像是铺上的绿色竹楼，好看极了。接着就用刀划篾。

竹儿在灶屋里做饭，总是不时地往院坝里瞄一眼坐那儿划篾的饶卢竹，脸上有一种忍不住的笑容像春天的小草要冒出来。

饶卢竹却是规规矩矩坐在院坝中间一条板凳上，就如一根老实的竹子，眼睛盯着手里的竹篾，神情专注地划着篾，丝毫没有左顾右盼。他先是划成篾条，然后起黄，去掉那层没用的黄篾，接着就是匀篾。钉两片小刀在树筒上，小刀间确定好宽窄，再将篾条放进去，从头拖到尾，每根篾条都这样拖一遍，整个篾条的宽窄就均匀了。匀后又划成几层薄薄的软篾片。那篾片儿便从他的胸前舒缓地流出去，像是他胸中的丝丝缕缕不断的情丝没完没了地延伸出去。

不久，院坝里被卢竹摆满了金黄灿烂的篾条儿，像是千丝万缕的心事摆在这里，就要进行编织。这是编织那晒席的软篾条儿，像纸一样薄，软软的，金煌煌的，活似长长的金片儿。竹儿姑娘来到院坝里，伸出那细长而柔软的手指，把篾条儿拿在手里，轻轻地抚摸着，像抚摸心事一样，爱不释手，要永远这样看着，抚摸着。

竹儿父亲也来看卢竹划的篾片儿。他将篾片儿拿在手中，蹭着看，如数家珍，像抚摸一个初生婴儿的手指，满脸冒出笑容地赞赏着："哎呀，这真像金色的丝条儿啊！你划篾的技术真是太高超了！"

卢竹有点不好意思地看了竹儿父亲一眼，随即收回，嘴眼含笑地说："您过奖了，我划得来就是。"

竹儿父亲十分满意地摆弄着篾片儿，又问："你一片篾条可以划出几条篾片儿吗？"

卢竹小心地说："真要划，一片篾条可以划出十片篾片儿。"

竹儿父亲一惊，望卢竹一眼："天呢，可以划那么多呀！一片篾条本来就薄，你真有本事啊。"

饶卢竹拘谨地说："划出来的篾片确实很薄，软软的，那真是像软绵绵的丝布条儿。做什么小东西，女儿们用的，或是装饰品，就必须要用这样的薄篾片才行。但做晒席不行。"

这个下午很美。西边天空飘来一大片彩霞，就像一片美好的心情挂在那里，让人看一眼心情也变得美丽。后来彩霞渐渐浓烈，像一片热烈的情绪了。接着彩霞把一座座山峰变成一个个金元宝，用一个金纱包袱包起来，慢慢收藏起来，世界就朦胧了，感觉像个害羞的贵夫人。

接着卢竹就开始编起晒席来。卢竹像一位织女，金黄的篾片儿就如一条条丝片在他手里舞动着，又如一只只黄蝴蝶翩翩起舞。卢竹完全忘记了修建木屋的事。

太阳像一个好奇的小孩子，好像要睡觉了，要往山垭那个摇床上躺下来，露着红红的脸蛋憨笑着。

这时院坝里更是一片灿烂的景象。卢竹已经编织出一张晒席，在艳丽阳光的照射下，简直是一片金色的锦缎躺在夕照里，柔和的光芒耀人眼目。

这时竹儿笑着来到晒席边，缓缓地蹲下身子，去看这一床有如美丽锦缎的晒席。她的眼睛有些恍惚了。她感到这是一块金子铺成的地毯，并嵌满了规则的图案花纹，又像是天上落下了一片金色的云彩。她伸手抚摸了一下，觉得不像云彩，像一床被面。她想云彩肯定是泡泡的，像棉花一样，而眼下这是薄薄的软软的，一定是金丝织成的被面。

她用手轻轻拿起晒席，用手去柔柔地抚摸。软软的，滑滑的，她恨不得要躺上去睡一下，或者在上面打几个滚儿。她又揭开一角对着天空看去，一丝缝儿也没有，哦，是天上仙女用彩云织成的如此美丽的锦缎！她不禁感叹，真是好手艺啊！她充满爱意地将脸蛋贴上去，紧紧地挨着，挨着。倏地，她用小小的红嘴儿使劲亲了一口，又亲了一口，久久地没有松开……

这天下午他来到饶卢竹家。他们相隔只有几里路程。可他并没看见饶卢竹！

他姨妈见到他非常高兴，一见面就激动地说："哎呀，杰汉你走了十多年了呢。长成这么高大的汉子了！姨妈还不认识了呢。"

接着她就说了大事："想尽快修建房屋，因为卢竹年纪也不小了，女方也同意了，要准备结婚。但现在这么个乱屋，怎么结婚嘛？我们大人心里都急冒了烟，但你表弟说要等你回来修建房子。唉——还好，你也到底回来了。"

他就想，卢竹老表要结婚了，他自己的婚事还没有个谱呢。还不知那个月儿飘哪去了，会不会飘回来。

他就说："卢竹呢？"

姨妈接着就说：“卢竹去竹儿姑娘家了，帮着做晒席……”

他就说：“这个卢竹！真把商量的事忘得一干二净。”

他想去看看卢竹的手艺活儿，便对姨妈说：“那我过去一下。”

不久他就来到了竹儿姑娘家的院坝边。接着他就看见院坝里一片金煌煌的，像铺了一张金纸。他就睁大了眼睛，佩服卢竹的技术。

卢竹将晒席在地面上放平。这时晒席就像忽然出现的一片儿阳光。这阳光又像温水一样在晒席上流淌。

他就大声喊道：“老表，你是大师了！”

接着他们坐到院坝里，竹儿也倒来了一杯茶递给他，热情地说：“陈师傅喝茶。”他喝了一口茶就问卢竹：“你们修建房子的事商量确定了吗？”

卢竹就一惊说：“哎呀我把这事忘记了。”不好意思地笑着，就问竹儿：“你到底喜欢什么屋？”

竹儿看一眼他，又看着卢竹，笑得有些甜地说：“当然喜欢木屋……”

他就笑一下说：“你不要看到我这木匠坐在这里，你就说喜欢木屋。你要根据你自己心里所想，到底想住什么样的屋。”

竹儿还是笑着说：“我想住木屋。都说木屋好，没有湿气，腿子不得风湿病……”

他赞赏地说：“看来，你还是真心喜欢木屋。”

卢竹就说：“表哥那你这就不要出远门了，今晚去我家策划，从明天起，就帮我修建木屋。早点完工，我和竹儿好早点结婚……”

竹儿就伸出纤柔的手，打一下卢竹：“谁要和你结婚呀？”

他笑一下说：“你再找几个木匠，把邹师傅、万师傅、乐师傅都找来，找几个帮忙工，这样快一些，你们也好安置生活，人少了搞个长流水，你妈难得做饭。”

卢竹说：“好的，我就是这样想的。那今晚我俩去找那几个师傅，明天能不能就动工……”

也就在这时，有一个人急火火地来到了院坝里，大声说：“陈师傅，我可找到你了！你叫我好找，我找了一个大圈圈呀！先是到你家，你妈说你去饶篾匠家了，我到饶篾匠家，又说你到这里来了。唉，我的风箱不行了！把我急死了。”来者是谢铁匠。

卢竹说：“谢师傅你先坐，喝茶。”

谢铁匠说：“我哪还有心思坐？我也知道，陈师傅马上要给你们修建新房子。我想和你打个商量，请陈师傅去帮我做个风箱，我再亲自把陈师傅送来。你放心，做个小风箱比修建一栋房子简单多了。两天时间就行。”

卢竹看谢铁匠这副焦急的样子，也只好说：“唉，怎么说嘛，你谢师傅的事急，要帮忙，就让我表哥先去帮你做风箱，再来给我修建房子吧。”

谢铁匠就伸出双手给卢竹作揖，高兴地说：“哎呀，谢谢你了。你再到我那去打篾刀，我不收工钱。”

卢竹就说：“你不收工钱，你吃什么？”

谢铁匠说：“一把篾刀不收工钱就没饭吃了？你也太小看我谢铁匠了。谢谢你！那陈师傅现在就跟我走吧。我这可是米下锅了，而没得柴火煮，人又饿了！”

他只好和饶卢竹、竹儿说再见，就跟谢铁匠急急向路上走去。

他和谢铁匠回到他家背了工具，一起赶往谢铁匠家，衣服都已经汗湿了。

他首先看了旧风箱。谢铁匠说：“这个风箱十多年了，还是我父亲手里制作的。”

他看着，这个旧风箱不是圆形的那种，是个四方的，是由四块木板子组合拢来的，有一方已经穿了一个孔，另一方也要穿眼了。这确实只能报废了。

他说：“我给你做个圆形的，把木瓦子搞厚点，多用一些年。再就是把风门比例进行一下调整，我负责风力能吹起碗大的石头，你这个旧风箱几道风门还有点问题。”

谢铁匠说："那就谢谢你了！我就是听说你会做风箱。"

他就要谢铁匠找了木料，忙着开始制作新风箱。时间紧，他晚上也干一个时辰，因为卢竹家等着新房屋结婚。

他只用两天就做好了这口风箱。安装好后，他说："开始发炉火吧，试一下风力。"

谢铁匠这时就去火坑里提起一个铜罐，这铜罐里是煨的一罐茶。是他女人煨的，她知道男人打铁之前要喝一碗茶提精神。谢铁匠用一个大青花杯子倒了半杯茶水喝了，去火坑里铲了一铲燃木炭，来堂屋一角倒进打铁炉的炉窝里，再铲了些木炭放在上面。

谢铁匠妻子就配合地轻轻拉动风箱连杆。她知道这时不能重拉，还没倒入打铁的煤炭，就拉得很温柔很轻巧，好比是在拉动一把大琴的弓弦。她很有节奏地一下一下地拉，风箱的连杆就在两头的挡风板之间发出美妙的音乐声，扑——嗒，扑——嗒……好听极了。风箱气管就如一个大嘴呼呼呼地吹送着炉窝，像一个打着响呼噜的人，均匀而有节奏地呼噜着。

这女子也姓陈，是他族房妹妹，身材较高，人也年轻漂亮，光彩照人，也像一块打铁的料。

这时就见炉火喷喷燃烧。谢铁匠又铲了些专门的打铁煤块儿倒在燃烧的炉窝儿里，女人就加大油门地拉动风箱连杆，将这曲音乐推向高潮，用力地拉出急骤的声响：扑嗒呜——扑嗒呜——大声奏乐着。渐渐地炉窝里的煤炭燃烧起来了，渐渐地就火星四射，呼啦啦，犹如又放了一串礼花炮。火星儿更有劲头地向四周飞窜，飞满黯然的天空，像节日的礼花，漫天飞舞，奋力地喷射着，飞腾着，闪耀着，如灿烂的银河星汉。

他就将准备的几个小碗大的石头放入炉火上，大声说："使劲拉风箱杆！"

谢铁匠女人就使出大力气拉动着风箱连杆，顿时，只见火光冲起，那几个小碗大的石头被熊熊火焰冲起，像炮弹一样射向屋顶，打得屋顶的檩子椽桷咚咚地响。

谢铁匠一下子兴奋得愣了一般站在那里，忙对女人说：“快轻点拉，不是给我把屋顶打垮了！”

随即对他说：“陈师傅你做的这个风箱，怎么这样大的风力，真是神功啊，差点给我把屋顶掀翻了！”

他谦虚地说：“哪有神功，风门的比例搞合适，就行。”

谢铁匠又去喝了几口茶，就准备开始打铁了。谢铁匠将准备好的旧挖锄和钢片、铁块合在一起用钳子夹紧，塞进炉火中央，然后盖上那个耐火泥小盖板。这时女人早已乘隙脱了上衣，露出一身黑红的肉。她身子壮实，一用力就出汗，为了不汗了衣服而经常洗坏得快，又怕火星儿烧衣服，同时便于身膀活溜，因此她喜欢脱掉衣服打铁。当然她总会给胸前挂一张长长宽宽的羊皮，做围腰又做乳罩，挡住飞溅的火星儿，以避免火星儿烧到嫩嫩的胸脯，同时也避免来人偷看她的胸脯。

这时一身轻装的女人便使劲地拉动着连杆。风箱发出强大的风力，有如暴风骤雨，有如秋风扫落叶，炉火喷喷地燃烧，火星儿猛烈地四处飞射，有如火山喷发，天地熔化！

谢铁匠慌忙招呼她：“轻点轻点！不是火力大了，把铁板冲到屋上去了！”

这时她就轻柔一些拉动着连杆，说：“我还是按原来那么拉的，没想到这风箱风力这么大。”

他也站在一旁观看着，看看这口新风箱的功能效力。手艺人也要善于总结、比较、改良、提高。

谢铁匠用钳子将炉盖儿轻轻掀开一点缝隙看火势，只见那旧挖锄和那块铁板烧得连在了一起。谢铁匠急忙用钳子夹了放在那有如磐石的铁砧子上。刚一放，嗵的一声，女人手中的大锤就锤打在了红红的铁板上，接着就是嗵嗵嗵的大锤敲打声，震得满屋子满山坡都抖动起来，爆发出世界上超级打击乐的声响，惊天动地，将气氛将音乐会推向高潮。在登峰造极之时，到达忘我境界，便渐趋舒缓。谢铁匠的小锤在哪里锤一下（这是引锤），女人的大锤就在哪里响起。于是就叮当叮当轻重缓急地有序融合，浑然一体。有时如鼓槌重敲，有时又似琵琶轻点，有时如热烈呼喊，有时又如深情慨叹……直到师傅的小锤在砧子边上轻敲一下，女人才停下大锤，将大锤放于砧子下面，又去呼呼地拉起风箱连杆。一时间又是炉火熊熊燃烧，火星儿四处飞溅，有如道道闪电连环，有如无数流星飞射。女人和谢铁匠打铁多年了，配合得很好，她知道什么时候要拉风箱，什么时候要打大锤，什么时候要加炭。师傅要时刻观察火候，没烧透，打不拢，烧过了成稀糖了，又不能打了。

几次回炉燃烧，几番砧上敲打，这把挖锄就打成型了。谢铁匠夹了放入炉火中最后一次烧炼，这是淬火，一会儿揭开炉盖儿看看挖锄上的火色。直到火色上好，闪射出耀眼的光芒，就用钳子夹了拿出来放入一桶水中淬火嗞的一声，一股青烟一冒，少顷夹出，这便可以拿去斗上锄把挖田了。可见，一把挖锄也要经过一场惊心动魄、暴风骤雨式的燃烧和锤炼。

接着谢铁匠拿了新挖锄向急需挖锄的人家走去。做手艺讲的就是信用。谢铁匠知道他们急需。沿途田里都是挖田的山民，都和谢铁匠亲热地打着招呼。

看见谢师傅给人家送了新打的锄头去，知道制作了新风箱，有几家也要打铁，一时间就收了好几家的旧锄头，有的有铁，没铁的用他的铁，价钱照算。谢铁匠也从不亏人。谢铁匠在这一带是人们最相信的铁匠，打的快口（刀类）有火色，口不卷也不缺。谢铁匠家已是祖传好几辈人的铁匠世家，也是名不虚传。

二十二　盛情酒宴

他给谢铁匠做好风箱刚刚回到家，天空早就关门了，黑了。他就开始收拾修建木屋的工具，准备第二天就去饶卢竹家。

这时就有人敲门，一边敲一边喊："陈师傅。"

他连忙去打开门，就走进来一个人，问他："你是不是那个陈师傅？"

他说："是的。"

这人说："你名字是叫陈杰汉？"

他说："是的。"

这人一喜："终于找到你陈师傅了！你可是个技术高超的木匠师傅，谁不晓得你修建的清河风雨桥、冯家大院呀？好功夫！"

他笑着说："找我修建楼房？"

这人说："不是我修建楼房。是我们王保长找你修建楼房。"

他当然知道，王保长是个大保长，管七个保。也是个大富啊，一定是要修建一栋大楼房。

来人说："王保长知道冯家大院是你修建的，去看了好多回，说修建得好，要找你修建一栋木屋，就派我到四川寻找你。我都找了一个月，腿脚都走直了，一直没找到你陈师傅。回来才听说，你回来了，在给林斗笠家修建房屋。那现在你就跟我一起去王保长家吧。王保长可是等急了呢。"

他知道王保长请了是一定要去的。听说王保长抓兵拉夫搞得厉害，和王保长搞好了关系，是不会抓他去当兵的。

于是他爽快地答应说："王保长请了，我一定去。"

来人说："那我们走吧。"

他十分诚恳地说："我还有点急事，我老表饶篾匠要结婚，要我帮他修建几间木屋，我已经答应了，约定的明天动工，人要讲信用，我必须去。找了几个木匠师傅帮忙，工程也快，最多半个月左右就可以立屋。立屋了我就到王保长家来，我肯定说话算话，不需要再来找。”

来人就说：“那说话算数。我走了。”这人说着站起身向外走去。

他客气地站起身送客，说：“我从来说话算数。”说着将来人送到院坝外的路口，说，“你慢慢走。”

第二天清早他就去了饶卢竹家。他去了就开始磨一把开山大斧，准备先砍树。

他磨了一会儿邹师傅就来了，接着万师傅、乐师傅都来了，都开始磨斧子。

这时他姨妈就说：“师傅们来过早（吃早餐）。”是煮的面条鸡蛋，还炒的有腊肉和青椒，腌的有黄瓜。

过早后他们四人就上山了，开始砍树。一个上午他们就把所需要的柱头、楼索、檩子的树木砍齐了。

中饭时的菜有点丰富，还有酒。正吃着，就走来四个不一般的人。走在前面的就是王保长！王保长后面是带的几个专门抓兵的乡丁，每人肩上挎着枪，腰里围着捆人的绳子。

万师傅有点急地说：“糟了，王保长带乡丁抓兵来了！”

一时间都停止了吃饭，看着走来的王保长一行。

王保长今天上午到区里去开了个紧急会。会议内容是前方战事非常吃紧了，共产党队伍越打越大，国民党部队越来越少，需要大量兵源，马上要抓一批新兵送到部队去，哪怕四五十岁的也行，并且要求保长亲自上阵抓兵。王保长开会后就直接来了。王保长昨晚听那派出人员回去报告了情况，知道他陈师傅今天在这饶篾匠家修建房子，就直接找来了。

卢竹的母亲亲热地说：“王保长是稀客，快坐！”

王保长等人在板凳上或椅子上坐下。

接着饶篾匠母亲就倒了茶端来，一人一杯。

饶篾匠母亲笑着说：“你们先喝茶。师傅们已经吃一阵了，我这就专门再给你们弄。”

王保长红着一张脸，这不是喝了酒的缘故，他经常都这样一张红脸膛，像烧红的铁，显得很有威慑力。

王保长并没说话，而是跟着的一个大个子有些威严地制止她说："你不要弄了，我们才在街上吃了的。王保长是来和你们商量个事的。王保长早就想请陈师傅修建一栋木房子，请人去四川找了陈师傅一个多月没找到，前几天才听说陈师傅回来了，并且在做善事，为受灾的林斗笠家尽义务修建房子。现在林斗笠家的房子也修建完工了，王保长就想请陈师傅快去他家，其他的师傅还是继续在你们这里修建房子。"这人说得有些霸道。

王保长还是不说话，只是观察饶家人和师傅们的脸色，看是什么反应。

大个子接着说："王保长修建的房子有点大，不是短时间能够完工的。本是准备热天就动工修建的，但派去的人一直没有找到陈师傅，耽误了。现在已经是八月了，必须要动工了，冬天干活冷，而且冬天做的木东西一到热天榫眼就漏缝，就松了。所以王保长想和饶师傅商量一下，让陈师傅马上去帮动工修建，你这也还有几个师傅，修建几间木屋也够了，我们只要陈师傅一个人去。请饶师傅一定支持一下。"

大个子满脸威严地看饶卢竹，声音冷沉地说："饶师傅，支持王保长一下，怎么样啊？"

事情很明白。饶卢竹母亲是个明白人，知道这事不一般，就赔着笑脸说："王保长说了，当然要支持。"

饶卢竹也是明白人，就跟着说："王保长说了，当然支持。"

大个子接着就转头看着他说："陈师傅，怎么样，饶师傅答应了，这就辛苦陈师傅了。"

他当然明白是怎么一回事，王保长的人这样说了，是没有办法的，软的不吃，就要吃硬的，但他还是要解释。

他于是笑着说："首先感谢王保长的信任。昨晚王保长派人找到我，我就答应了王保长，约好饶家一立屋，我就马上来给王保长修建房屋。饶家的装修由其他师傅进行。人讲的就是信义，我是个师傅，更要说话算数。饶家的事我已经负责动工了，我不可能又甩下，这样不是一个手艺人的德行。我建议饶师傅马上去把祝师傅、杨师傅等人找来帮忙，十天就立屋，然后我就来王保长家。”

大家都愣眼地看着他，没想到连饶家人都答应了，而他陈师傅敢在王保长面前这样直接地说话，要把饶家的屋立了再去，不怕得罪王保长。连饶家人都怔住了。几个师傅都为他陈师傅捏着一把汗。

他接着像是命令地说：“现在，卢竹你就快去找祝师傅和杨师傅吧。”

王保长坐在那里，还是没有说话，但那张红脸似乎加深了颜色，像是烧红的铁，但好像又不便发作，因为他还要请陈师傅去办大事。

那个大个子这时也不再说话，不好下结论，请示地看着王保长。

他却是大胆地望着王保长，显得诚恳地说：“那就请王保长等十天，我说话算数。”

邹师傅、万师傅、乐师傅都为他捏着一把汗。

王保长镇定着那张红脸，有些威严而又无奈地说：“十天，我相信陈师傅。”

王保长暗暗地咬动一下牙，站起身，不声不响向外面走去，其他几人也跟在后面走去。

由于找了好几个木匠帮忙，饶家的三间木屋在第九天上午就把屋立起来了。装修的事他交给了邹师傅等人。

中饭后他背着工具回到家，对父母亲说：“王保长要我去修建一栋楼房，我得去。这样热天就过去了，我们的房子还是明年热天修建吧……”

父母也同意了，但要他去请媒人说林姑娘，把亲事定下来再走。他向父母做了解释，说明了别人的议论，不能这样。父母不说什么，一副不高兴的样子闷着。

接着，他就背着工具背篓向王保长家走去。一个多时辰，他就来到了王保长家。这里和他家是一个区，相隔二十几里路。

他背着工具来到王家院坝里，就说："给王保长送恭贺啊！"

王保长见他竟然提前一天来了，心里非常高兴，但脸上没有笑，只是向屋里喊："陈师傅来了，快倒茶。"

他走进堂屋里，一个十七八岁的大姑娘走出来，端着一杯茶，睁大了眼睛地看着他，且有一道特别的光亮，心里涌起一股热流。她被他那高大适体的身材、好看的五官和庄重而正派大气的神情所震撼！她已听父亲讲了，修建冯家大院的陈师傅要来修建新房子。她想这么年轻就是位大师了，太不错了。她就看得有点痴了，好久才说出话来："陈师傅喝茶！"

他接过姑娘递给的茶杯，也望了姑娘一眼。这是王保长的大姑娘，叫王霞，身材中上，有点胖，但五官端正，模样好看，特别是那两腮有着圆圆的一片红润，就像朝霞映在池水里，艳丽而又水嫩，实在好看。他就又看了一眼，接着喝茶。

这时王保长妻子也走出灶屋来打量这位陈师傅。

王保长没有笑，那张红脸像是凝固着红红的火焰似的，根本就是烧红的铁，有些居高临下地说："我夫人也姓陈，年纪比你大得多，你应该叫她姑妈，叫我姑爷。"这一带是给姑父叫的姑爷。

他随即接话说："哦，那是。"

王保长接着安排夫人："赶快去把范厨师请来。我要招待几个名师，也要请名厨师来办酒席。"

夫人说："猪腿肉我都炖起了，各种菜我也准备好了，范师傅一来就可以做了。"

王保长安排一个长工："去把曹师傅和裘师傅叫来。我原来给他们说的是明天，没想到陈师傅今天就来了。今晚我要陪几位师傅。"

又安排另一个长工："去把张黑牯叫来。"

王霞一直站在灶屋门边，不时地看看他陈师傅，不时地又望望大门外。

王保长又对姑娘安排："王霞你负责给陈师傅杯里添茶。"

王霞应了一声："要得。"接着就去提来一个铜罐，给他杯子里添了点茶水。

王保长看着他平和地说："我看好陈师傅的技术和人品。你主持修建冯家大院时，我其实多次去看过。我也没有钱修建那么大的庄园。我想修建一栋一正两厢的房子。"

他显得高兴地说："王保长也是有钱的人，房屋应该修建得高大些，气派些，前面还加一排，修建一个四合院吧。前面中间也建个亭子。"

王保长还是凝固着脸说："我就修建一正两厢就够了。房子多了实际也是空着。这就全靠你陈师傅了。我夫人也姓陈，我们也算亲戚，就请陈师傅帮大忙了，修建一栋在这一带最好的房子。"

他显得诚实地说："我一定尽全力，一定让王保长满意。"

王保长审视地看着他："给你说，我打算正屋修建二丈五尺八高。我问了，冯家的正堂屋是二丈五尺八高。"

王霞姑娘就一直站在灶屋门边看着他，越来越充满浓浓的爱慕，都有些想入非非了。

他明白王保长的意思，是要比着冯老爷的高度修建。

据他所知，这一带木屋还没有这么高的，一般只有二丈零八高，最多二丈二尺八高。他便赞赏地说："很好啊！五八，就是'我发'。这样正屋就是三层。农村里收粮食需要很多地方堆放的。"

王保长有些欣慰地说："是啊。"

王保长转了几下眼珠说："这样吧，你今天先休息，帮我看看屋场。好事不在忙上，明天开工吧。我请人看了，明天是个好日子。"说着仍然没有笑一丝。

倒是王姑娘站在灶屋门边看着他，脸上正充满美好爱慕的微笑。

接着他们去看屋场。王霞也总是跟在后面，像好奇的小娃想跟大人看稀奇一样，而王保长并无一丝反感。

看了屋场后，他就在屋檐下磨斧头。他知道建房首先就要砍树，斧头不快不行。没想到王霞姑娘一直站在大门边看着他磨斧子。但他认真地磨着斧头，不张望她。他记得老师父的教导：眼莫乱看，心不乱想，手莫乱动。他直到把斧头磨得有如宝剑之锋芒才停下，用抹布擦干。

傍晚浓霞映红满山满岭的时候，请的师傅都来了。有两个木匠师傅，年纪都在五十岁以上，算是年富力强的老师傅了，那样子都有些傲慢。还有一个是张瓦工，人们叫他张黑牯，因为他身子较矮较胖，脸上身上都很黑。

张瓦工见了他连忙亲热地说："陈师傅好，我们又见面了！"

酒席准备好了。王保长请他和几位师傅入席。

王保长仍然凝固着一张红脸，有些威严地说："几位师傅，我们一起喝顿酒。"脸上很是傲然，没笑。

王保长说着当仁不让地在上首正中坐下来，没留别人去坐的位置，好像一位霸主，有点稳坐钓鱼台的气势，很有些居高临下的神色。别人自然也不会去他身旁坐下。

王保长用威严的眼神扫视一周，然后用左手指一下旁边，对两位老师傅说："你们两位老师傅年纪大些，同坐一方。"

王保长说着又用右手指一下旁边另一方，对他和张瓦工说："陈师傅和张师傅两人年轻些，同坐一方。"

两位老师傅见王保长没要他们坐上首，而坐了旁边一方，而且是与两个年轻人相对而坐，都有些不爽。

王保长看一眼两位老师傅，有些霸气地说："反正酒席上各人平等，一样喝酒。"

两位老师傅脸上有些阴沉地慢慢入座。

他谦虚地在旁边一方坐下来，仍然一副和气友善的面容。他不东张西望，镇定自若地望着桌面，和气地笑着说："我们一起五个人，也可谓'五味俱全'；五个人也就是五湖四海，有着大力量！"

王保长赞赏地说："陈师傅说得好哇！真有才。"

那两位师傅有些傲慢而悠然地坐下来。他们一副老资格的神情看着桌面，心里好像有些委屈，觉得自己没有受到王保长的器重和高抬，没坐到上首。又用几丝老气横秋的斜光瞟了瞟坐在对面的他，根本不正眼相看，也不和他讲话，也不多看王保长，好像他们是这桌上的长老，只能别人找他们说话，他们是不能主动与别人表示什么的。他们觉得自己年富艺高，根本看不起眼前两个年轻人。

王保长的红脸上仍无笑意，似乎还多了一些坚硬，向两位老师傅介绍他："这是四川来的陈师傅。"没说是谁的徒弟，也可能不清楚。

又指一下张瓦工介绍道："这是瓦工张师傅，都叫他张黑牯，莫看张师傅这个样子，张师傅砌的石墙可是天下第一。所以我请人跑了好远才把张师傅找来。"

又向他和张瓦工介绍两位年纪大的师傅："这是曹师傅，这是裘师傅，都是隔壁三山区的名师，都和我是老亲戚了。"

然后王保长严肃地说："今天主要是陪几位师傅喝点酒……"

接着王保长倒了五杯酒，向两旁各推去两杯，自己端起一杯，显得很有气势地说："给你们几位说，我也活了半辈子，还住着一个老辈子手里传下的旧屋，想住一下新屋，因此，要辛苦几位师傅，帮我好好修建一栋新楼房，里面做柱架，外面砌石墙。这样，里外都很坚固。来，首先我一起敬四位师傅一杯。"

他平和而友善地看着王保长，也看看对面两位师傅，并且很快地举起杯子，对面两位师傅有些缓慢地举起杯子，好像这杯子很重一时难以举起来。

王保长满脸傲然地说："我先干为敬！"说着端起杯子一口喝下了酒，并将杯子亮一下。

他几乎是与王保长同时喝下了杯里的酒，亮一下杯子。

对面两位师傅显得有些傲慢而悠然，这时才不慌不忙将酒杯拿到嘴边，慢慢喝下，没有看他人，也没有亮一下杯子，就将杯子轻轻放下了。

王保长望着他说："现在，我先敬远客一杯。"说着将两个杯子里斟满酒，王保长端起一杯之后，他也紧接着端起一杯。

王保长端着酒杯，不失霸气地说："陈师傅，你远道而来，我和你喝一杯！”

王保长先敬了他。他窥视一下，感觉那两位师傅脸上有些不太服气，更不把他放在眼里的一副神情。

王保长傲然地举起酒杯：“薄酒一杯，我先干了。”说着向他举杯示意一下，有些豁达地一饮而尽。

他神态自若，将酒杯举高一点，恭敬地向王保长致意，微笑着说：“多谢王保长！”随即喝干了酒。

接着王保长倒好三杯酒，望望旁边两位老师傅，依然是有些霸气地说：“我敬两位老师傅一杯。我先干为敬！”说着一口喝干了杯里的酒，亮一下杯子。

两位师傅没有说什么，只是将杯子略微举起一点作为示意，然后慢悠悠地将杯子送到嘴边，慢慢喝下，轻轻地放下杯子。他们的动作显得老气而傲慢。

接下来王保长倒了酒，对张瓦工说：“张师傅，我敬你一杯。我这石墙就全靠你了！我先干为敬。”说着就一口喝下了酒。

张瓦工说：“王保长放心，我砌的石墙，和长城一样，永远坚固！”

王保长依然一脸威严地说：“那就太感谢你了！让我的子子孙孙都永远住着你砌的石墙楼房。”

他提起酒壶先给王保长面前的杯子里倒满了酒，然后给对面两位师傅的酒杯里倒了酒，再给张瓦工的杯子里倒了酒，最后自己倒了一杯酒。

他端起酒杯，恭敬地笑着说：“酒是喝的个热闹，王保长马上修建华堂，要有一个红火的开张，所以我一起敬王保长、两位老师傅、张师傅一杯，我们一起同饮，喝个热闹红火！”

王保长听了点下头，算是一种赞赏，大声说：“好！就是要热闹红火。一起喝！”

两位老师傅不赞一词，慢吞吞地端起酒杯，不看王保长，更不看他和张黑牯，只看着酒杯。

他有些激情地说：“来，一起碰个杯，热热闹闹地干！”说着主动与王保长、对面两位师傅、张瓦工把杯子碰得当当当当的几声响，接着将杯子送到嘴边哗的一下就喝光了酒，并亮一下杯子。

王保长高兴地呼啦一下喝干了酒，亮一下杯子。

那两位师傅却是不慌不忙的慢吞吞的，显得一点也不爽快。王保长当然注意到这些表现，微皱一下眉头。

接下来两位师傅并不说和哪个喝一杯，场面就有些冷，一定要等到别人敬他们才喝。

王保长便很有气势地抬抬头，大声地说："来，每人吃两坨猪腿肉。"说着就自己夹了比拳头还大的一坨肉，吃起来。

大家都想用肉压一压酒，都拈了拳头大的肉坨吃得吧嗞吧嗞的一片响，他尽量不吃出响声。很快都吃完了，舔着嘴唇。

王保长命令似的大声说："来，继续喝酒，一起热闹地喝！"说着给每个杯里倒了酒，大声说："喝！"

两位师傅像是统一了的，还是不赞一词，好久才慢吞吞地端起酒杯，仿佛他们的手已经很难端起一个杯子了。

他很是爽快地一口喝干了杯里的酒，将空杯亮一下。

两位师傅显得慢吞吞的，好久才将杯子送到嘴边，慢慢喝干了酒，没有亮杯子，很随便地把杯子往桌上一放。

王保长觉得他陈师傅谦虚礼让，很有风格与胸怀，暗暗佩服他。

这时，张瓦工客气地说："酒就是喝的个热闹气氛。来，我一起敬你们几位，我们五人热闹地干一杯！"

说着提起酒壶给五人面前的酒杯里倒酒，发出哗哗的响声，只见那酒壶一晃，五个杯子就倒满了。

张瓦工憨厚地望一眼王保长和两位老师傅，显得厚重地说："我是个粗人，只会唱山歌，不会说话，真诚地给王保长和几位师傅一起敬一杯！"

他和王保长有些高兴地端起酒杯。两位师傅将手伸向酒杯，慢慢端起酒杯，不望任何人，也不说什么。

他代替张瓦工诚恳地说："来，一起来个热闹的，干杯！"接着五个杯子碰到一起，当当当当地连响几声。

张瓦工和他、王保长都是一口喝干了杯子里的酒，两位老师傅的动作仍是那样慢慢吞吞，就像年纪很老的人走路实在走不快一样。

这时王保长似乎怕冷场，提高一些气势大声地说：“来，都吃肉！”

都又拈了大坨猪腿肉，吃得一片吧嗞吧嗞的响，也算是热热闹闹了。

王保长大声说道：“还是一起喝酒，喝个热热闹闹！”

他随和地说：“王保长盛情，我们继续喝吧。我年轻些，来帮你们斟酒。”

都歇着酒。王保长看着两位师傅喝酒的态度很是不爽且傲慢，心下有些不舒服，觉得是对他王保长的不尊重。今天可是我陪师傅，是第一天，应该有个红红火火的样子，需要一个好兆头、好开头，怎么能慢慢吞吞、冷冷清清呢？

于是王保长很有气势地望着两位师傅说：“怎么啊，这酒不好喝吗？”

两位师傅忙说：“好喝。好喝。”终于开口说话了。

王保长命令似的说：“那就快喝完！”

两位师傅没看王保长，不慌不忙地拿起杯子，将剩下的酒倒入口中。

王保长给每个杯里倒满了酒，满面红光地大声说：“来，一起喝！干！”

他和王保长很快喝干了杯里的酒，两位师傅还是用慢吞吞的姿态喝着杯里的酒。

王保长又叫大家吃肉。都有点争先恐后地拈了肉吧嗞吧嗞地吃起来。

接着王保长又提起酒壶，很快又倒满了五杯酒，大声说：“来个热闹，一起干！”

……

待吃饭时，那两个老师傅就伏在了桌上，人事不省的样子，不知是真醉还是假醉。

今天，王保长特意请了两位木工高手，想来个开门红，谁知两位高手就像两片树上黄叶，还没来得及展示一下风采，就被秋风吹落了地面，再也爬不起来。王保长看着，想起他们的道貌岸然和老气横秋、慢慢吞吞，不禁鼻孔里哼了一声。同时也认识了他陈师傅的气魄与胸怀，也算是酒中豪杰，很是佩服。

王保长叫厨房做了醒酒汤，给两位师傅喝了。待他们两位醒来，窗外已经挂上了黑窗帘，天认认真真地黑了。

王保长对他们两个说："你们今天回去好好休息，明天清早都把修建房屋的工具带好，来我这里吃早饭！"

二十三　山中比艺

不少时间里他都想起这有趣的一幕。

他清早就起床了，又认真地把几把凿子磨了一遍。他知道做手艺首先要有好工具。没有好工具绝对做不出好手艺活。王霞姑娘仍然是站在大门边看着他。但她只看，不轻易开口说什么。

吃过早饭之后，张瓦工和一班劳动力就开始了出基槽、砌基脚石。张瓦工主要是指挥怎么放石头。砌基脚都是用的大石头。

王保长对几位木工师傅说："走，上山砍树！"

王保长带着他和裘师傅、曹师傅一起向山上走去。

他怎么也没想到，王霞姑娘也跟着来了，并且她还是跟在他陈师傅后面的，有时看着他的背影，有时拐到旁边看他的侧面，看他的脸。但她不轻易说什么，给人很稳重很有城府的感觉。到底是王保长的姑娘。她是老大，王保长也宠着她，视为掌上明珠。

王保长有些威严地看看他们，说："你们每人先给我砍一根中柱。"

他显得诚实地说："好。"

裘师傅和曹师傅听了这话，都将嘴巴一撇，扭头轻轻一笑，并不当回事。

他知道，看树也是一个狠招，一棵大树长着，你怎么看好像都是直的，但砍倒之后再看，就不一定是直的了，这就考眼力了。

他便向树林深处走去，开始看树，中柱是顶梁柱，这是决不能马虎的，必须要直溜，要粗壮。

王霞也跟在他身后走去，只是相隔不太近，认真地打量着他，有时也看看树木。

他好像还没有找到能做中柱的树木，因此还在继续往树林深处走去。王霞也跟着走去，不时地还扯一根什么草儿拿在手里玩着。

裘师傅来到一棵树下，一副大师架势，缓缓地抬一下头，将眼睛闭上一半，似乎只要一半目光就可以看清这世界了，若无其事地左右瞄了瞄，一副胸有成竹的神情表示：就砍这根杉树。便握紧斧把，动手砍起来，发出梆、梆、梆的响声。

曹师傅也是很快就挥动起斧头砍出梆、梆、梆的响声。

王霞这时与他走得很近了，好像这树林深处很自由了。两位老师傅和她父亲都隔得有点远了。但她还是不说话，好像是和他游山玩水的。

这时他还在仔细看树，较为粗壮的树总要从东南西北各个位置认真地看，直不直。

两位老师傅都在飞动斧头用力砍着，他们想最先砍倒树，争个第一，因此他们也没有向深处去仔细目测树木，看了个大概差不多，就动手砍树了。他们砍了好久，他还在里面寻找，仔细目测，他们就对着树林里面冷笑了一下，笑他迂。

这时传来哔、嚓、嚓几声像是撕心裂肺的脆响，这是大树倒下之前根部慢慢断裂的响声，接着就是噼里啪啦一阵猛响，这是大树倒下打断其他树木树枝的声音，接着就是轰然一声撞击地面的响声，犹如一个巨浪猛烈撞击崖壁的巨响，这是大树完全倒在地上有如地震的震撼之声。

接着又哗啦啦倒地了一棵大树。这时两个师傅都砍倒了一棵，脸上露出骄傲的笑容，在树上坐下休息。

听到那两位师傅砍倒树木的响声，王霞脸上都升起了为他着急的神情。又不说什么，只是干着急地看着他。

这时，他也终于挥起斧头砍出了嘣、嘣、嘣的响声，连山坡都震动得一颠一颠的。王霞这时脸上露出了微微笑意。

王保长去看了两位师傅砍倒的树，没说什么。这又让两位老师傅很不高兴，竟然没有得到赞赏。

这时发出哗嚓几声震响，他砍倒了一棵大树。王霞脸就笑得有些浓烈了。

紧接着又是急促的嘣、嘣、嘣之声，他砍第二棵树了，原来他已经看好了几棵树才动手砍的。

只听哗嚓嚓的震撼之声，他砍倒了第二棵大树！这时王霞就笑出白亮亮的牙齿，有点为他而欢呼的味道。

他接着就开始砍第三棵树。这时王保长向他那里走来了。

两位老师傅还坐在树上生闷气。

王保长来到他砍倒的两棵树边，对每棵树都上下左右瞄了一阵，脸上并没露出笑容，但微微地使劲点了两下头，这可是郑重的一种赞赏，从内心里佩服他这位虽年轻却技术高超的师傅。

不久，又传来轰然的倒塌之声，像是一座山倒塌了一样。他砍倒了第三棵树。

两位老师傅吃惊了，脸也拉得长长的了，不过心里还是在想，肯定是砍的一般的树，所以容易砍断。

这时王保长对他说："走，陈师傅，去那边看看。"

很快王保长就带着他来到两位师傅砍树的地方，王霞也来了。

王保长看一看裘师傅砍倒的这棵树，伸手拍一拍，严肃地望着他问道："陈师傅，你看裘师傅砍的这棵树怎样啊？"

他对这棵树从上下左右四方看了看，望着裘师傅友好地微笑一下，转头对王保长说：

“这棵树，很粗，很壮，也很长，下段部分裁成短些的树筒，解成木板装修房子还是可以。对于修建一座气派的房屋来说，做中柱显然不行，因为它不直溜，有些弯。”说着顿住了。王霞眼睛一眨不眨地看着他，认真地听着。

他进一步解释说：“如果要削直，就要将弓部多去掉一些，但树的弓部去掉得多，表层的坚硬部分就没有了，就改变了它的内在结构，会继续变弯。而且，树的弓部去掉得多，柱头的纹路就不好看了，作为中柱站在那里，不美，不雅，也不好看。再就是，下段很粗，上段较细，粗细不均匀，像一个唢呐，下粗上细，条子不行，而且枝干很粗，树的结巴就很大，不便于打凿榫眼，这样地方很脆烈，贯榫容易碎裂，甚至脆断。”这时的王霞仿佛在听课一样认真，简直听得入了神，连脸上的笑容也没有了，有的只是庄重。

他一番行家里手深入浅出、全面细致的评论，说得有根有据，丝丝入扣，说得王保长连着点了三下头，表示出一种深深的佩服，虽然表面不再说什么，但内心是有数的。

裘师傅鼻孔里轻轻地哼了一声，满脸的不屑一顾，甚至将头扭到一边望着天上，当没听到王保长说什么，便又转过头来，不看他一眼，看着树，冷笑一下傲慢地沉声说道：

“你说的都是一些鸡毛蒜皮的表面东西！做中柱，是有讲究的，不是什么树都可以用的。首先要选择树龄高的树，也就是要讲个资格，要资格老，一老可压众，没有资格，名不望，众不服，怎么能用作中柱？中柱是顶梁柱。这棵树的年龄高，也就是生长的时间长，它的树质就结实，结构就紧密，这样的树做中柱牢固，千年不坏。有的树，望着一样粗大，但年龄不高，经风雨的时间不长，虽然人高马大，但是暴长的一棵泡树，轻泡泡的，内在不扎实，是个二百五，这样的材料莫说做中柱，做一般的柱头也不行。”

王保长皱紧眉头，一副思索的样子，好像很认真地听着，但不赞一词，也不否认，只是在眼神里透视出内在的评价：倚老卖老，混淆视听。

曹师傅见王保长没说什么，以为是默认，错误地估判王保长的内在立场，对裘师傅的说法大加赞赏地说："给王保长说，裘师傅说的才是正经，才叫老到。难怪古人总结出这样的定论：凡事要好，先问三老。相信王保长也听说过这话。"

王霞这下脸上却是一副焦虑担忧的神情。她拿不准哪个说的是对的，但她明显地对两位老师傅很反感，实质是不该攻击她喜欢的他。

王保长那张红脸一时间像是增加了不少硬度，又像烧红的铁了，紧皱着眉头，有些霸气地看着两位师傅，显得不冷不热地说："这话谁都知道，不过，与柱头关系不大。两位师傅砍的这两根做中柱的树也确实很好，为了表示我对两位师傅的钦佩，特将这两根树赏赐给两位师傅，弄回你们家去做中柱。这也是我的真心实意，请两位师傅一定抬回家去。我就用陈师傅砍的几根树做中柱。"

这下王霞差点高兴得跳了起来，脸上云开雾散，笑得又露出了白亮亮的牙齿，但她没有笑出一丝儿声音，仍然保持着沉稳与庄重。

他当然听懂了王保长这话的意思，不过他表面没有一丝儿笑意，是一副严谨的样子。

两位老师傅都说："我们不建房子，不要树。"

王保长心里很有火气而表面忍住地说："下面，按照正屋还差一根中柱，两个厢房还差八根中柱，请师傅们再砍，先把这中柱配齐。"

王保长忽然脸上像火焰冲腾地逼视着两位老师傅："都要陈师傅把树看好了，认可了，叫砍就砍！"

王保长霸气地逼视两位师傅，厉声问："听到没有？"王霞听了十分解气地笑着。

两位老师傅一惊，只好无奈地回答说："听到了。"

他带着两位师傅各自拿着斧头，向树林深处走去。

他很快就看好了几棵做中柱的树，指给两位老师傅砍，自己也飞舞斧头砍起来。接着传来震动山坡的嘣、嘣、嘣的响声。几把开山大斧在树下狂飞劲舞，猛烈地砍向树蔸，响声势如破竹，整座山都在震响中惊悚地发抖。

嘣嘣嘣的声音响了一会儿。他伸出右手轻轻一推大树，只听大树根部哗嚓嚓一阵撕裂，接着轰然倒下去，噼里啪啦疯狂地砸向其他树木的枝干，瞬间断裂垂下……接着他上去斧头几挥，大树身上的枝丫便飞开了，又两挥，树梢就如一根尾巴脱离了，大树便如一条脱光了衣服的壮汉躺在地上睡觉。

王保长冷峻地看着那两位师傅。他们还在呼哧呼哧地慢慢飞舞斧头梆、梆地砍着，明显地有些怨气，故意拖沓、慢吞，再看下面树蔸，砍进的口子还一点也不深，只是有一溜参差不齐的浅浅白口。王保长就皱了一下眉头，心想那斧头也肯定有三年没有磨了……

他又挥舞起斧头，勇猛地砍了起来。

王保长坐在一棵树下休息，看着几位师傅砍树。

在他斧头的飞舞中，在嘣嘣嘣震天动地的响声中，很快这棵大树就倒下了，他又是斧头几挥，枝丫和树梢就不见了，又变成了一根笔杆似的。他看一眼，笑了，不由得赞赏道：“一根好中柱啊！”

王霞也在旁边高兴地笑着，但她什么也不说。

他没有多喘气，又在旁边目测了一棵又高又粗又直的大树，斧头就又砍进了这根大杉树的树蔸，山坡又激动地蹦跳起来。

他一气呵成，接连砍倒了五根大树。他溜了一眼躺在地上的大树，笑了一下，此时他也有些累了，便靠着一根大树坐下来。王霞在他旁边不远一棵树坐下来，但她不和他说话。她像是也轻松了，宛如一个胜利者。

这时那两位师傅还没将树砍倒。他们还在呼哧呼哧地慢慢砍着，砍出一片噼噼嗒嗒的声响，像是赤脚跑步发出的声音，那树蔸上还只砍进了浅浅的白口子。是不是这树太结实了，像铁一样，而他们的斧子又像老牛的牙齿，甚至已经完全老掉牙了？

他已经靠在大树身上打起了鼾。王霞此时没有打瞌睡，显得有些兴奋，好像沉醉在一种幸福感之中。

王保长看了一眼，问两位师傅：“怎么还没有砍断呀？要回去吃中饭了。”

王霞时而看看手里的花草，时而看看他，笑着，欣赏着他的鼻鼾声。

王保长走到那两位师傅面前。只见两位师傅不慌不忙地砍着，而嘴里却呼呼地喘着气，实际上是虚张声势，并没真正卖力，而树蔸上还只砍进了一半白口子。

太阳像个小娃娃一下子蹦到了人们头顶，不像是用阳光在照，而像是在往下面倒火，要将一炉子火全部倒下来。这秋老虎还在顽固地肆虐。

王保长用一块蓝色手巾擦着脸上的汗，有些生硬地说："两位师傅什么时候能砍断树啊？"

两位师傅砍着树，不回话，顿了下，他们同时放下斧头，坐在满是树叶的地上，靠着一根树闭上了眼睛，懒洋洋的一副傲慢样子。

这时他靠着大树睡得正香，大树正亲切地为他遮挡天空倒下的火焰，让他在绿荫下好好做个梦。他做梦了。他梦见月儿从天上轻轻地飘下来，一看见月儿，一激动，他就醒了。他向天上望去，只有密密的树枝树叶和星星点点太阳光斑。

王保长有些生气地对他说："陈师傅你来帮这两位师傅砍砍吧。不然今天怕是砍不断了。"

他站起身子，伸下腰，提起他那开山大斧就去了。他来到裘师傅砍的那棵树下，扬起斧头就砍。只砍了七八下，他用手一推，树就哗嚓一声巨响倒下了。接着又去曹师傅那儿，又是几斧头砍下去，用手一推，树又倒了，发出一阵轰响。

王霞脸上就又露出兴奋的笑容，仿佛感受着一种胜利的喜悦。

王保长走上去看裴师傅的斧头，又看曹师傅的斧头，就皱一下眉头说："两位师傅的斧头也老了，看样子可能有十年没有磨了吧？"

两位师傅都是一副十分尴尬的神情。

二十四　月影之夜

中饭后太阳已经溜到西边去了。王保长叫三位木工师傅来到院坝里。这时院坝里摆着六根七弯八拐的长木头，大约六尺长，另外还摆着六截短木头，大约各四尺长，也是又弯又拐。

王保长用手指着地上的木头，对几位师傅威严地说："给你们每人两根长木头，两截短木头，你们按照木屋柱架榫头形式，将它们连接成个'井'字架。"

实际上，王保长是要考核一下几位师傅，然后确定谁掌墨，谁听谁的。

王霞也来到了院坝里，给每个师傅身旁放了一杯茶，就走到院坝边一棵核桃树下站着，实际上是看着他。通过上午砍树，她更是欣赏他喜欢他了，总想时时都能看到他……

王保长对王霞说："不要光玩，要记得给师傅们杯子里添茶水。"她当然听到了，但她并没回答。

他拿了四件木料，放在一边。又拿来墨斗和曲尺、凿子、小斧头，还有锛斧，放在一边。按照柱头画墨的方法，双手将一根长木头抱起，放在准备好的两个木马上，翻动好合适的方向，然后将墨线绷在木头上，用手拈起墨线，垂直地提起，再手一松，墨线向下一弹，啪的一声，一条黑黑的中线就弹在木头上。确定中线极为重要。建房造屋都是以木头四方的中线（又叫中墨）为准线画榫眼、榫头的。因为木头有弯曲，必须要兼顾中线两边的料要均匀，这非常考验木匠的眼力。然后他拿过墨斗、曲尺，按照中线在两头确定的点上，用墨线钻子吊出垂线，并在剖面画出垂线，接着在垂线上用曲尺再画一条与之垂直的水平线，这就形成一个相互垂直的"十"字。这"十"字就决定了木头四方的中线，用墨线弹在木头上就成。

然后依着中线，他就像一个漫画大师，横一画，竖一画，翻着木头画，就画好了两根木头上各两个榫眼墨记，又用相同的方法，在另外两根短木头上画好了两端的榫头墨记。

这时王霞就离开了核桃树，给每个师傅杯子里添了茶水，然后站到了与他很近的地方，看着他画墨。

看他就如同在把玩几根玩具积木，又像在玩魔术。接下来就开始凿眼。很快一个漂漂亮亮的榫眼就展现在阳光下，看去，像一个精致的盒子。

王保长一直看着他们，那脸有点老谋深算。看着他们操作，看谁严格按照规矩步骤，有章有法，步步到位，不打俭省，一丝不苟，精确无误，丝丝入扣。

那裘木匠和曹木匠首先看看短短的树筒，就老气横秋地轻笑一下。这么短的木头，根本不需吊垂线，不弹中线，他们拿起木头放木马上就画榫眼，尺子几摆，很快就画好了两根木头的四个榫眼。同样，又很快画好了两根短木的四个榫头。他们不时地瞄一眼他，那两张老气横秋的脸上都露出鄙夷的笑意，表现出不屑一顾的傲慢。

他不望他们怎么做，他照着老师父传教的规矩做……

那裘师傅和曹师傅几乎是同时完成了榫眼和榫头的制作，当他们的锯子锯下最后一锯，露出一个白白的榫头时，他们几乎同时看了远远的他一眼，他还没凿完眼子，不禁脸上露出胜利者的笑容。笑自己走在了前头，笑他这后生落后了，太笨了。

王霞看见那两位师傅做在了前面，脸上又升起焦急，微微蹙了眉头，额头上还有细细的汗粒，她好像正为他捏着一把汗。

王保长去看了一会儿砌基脚的事，这时来到裘师傅和曹师傅面前。王保长先是在他们之间来回走动着，左瞄瞄，右瞄瞄，像一只老狐狸眼睛滴溜溜地转来转去。

只见裘师傅神态自信地拿起那锯好的白白的榫头，对准那个盒子一样的榫眼，再用斧头敲一下，使榫头贯进去。他敲打了几下，发现榫头偏大，又拿起斧头对榫头进行砍削。是的，大一点不要紧，削去一些就是，直到削得能够贯进去。要是小了，那就要露缝、现丑，就要加进一个楔子遮丑。但时间一久这些楔子往往就耐不住挤压而退了出来，做的东西就松动了，摇摇晃晃。要是板凳，一坐上去，就会唱起歌来，叽叽嘎嘎地唱个不停。要是桌子，便会摇来晃去，只能当摇篮使用，而放菜碗酒杯就有危险。一钵很烫的汤放上去，桌子一晃，汤荡出来溅到人身上，不是烫伤，就是把衣服弄脏不说，搞得人惊恐不已，还怎么吃饭？要是楼房，风一吹，摇摇晃晃，叽叽嘎嘎，人还怎么睡得着觉？那不成天生活在一种惶恐之中吗？

再看那个曹师傅，那木头上的榫眼打出来就出现了问题——由于他没有吊墨确定好垂直中线，直接在树筒上凭感觉顺着树面画榫眼墨，等两边打穿之后一看，正反两面的线不平行，榫眼扭动了，虽然还不至于扭成麻花形，但只要多少有点儿扭，就无法将榫头贯进去。不过这点子事对于曹师傅来说，是个毫不在乎的小事。因此曹师傅拿来洗铲将榫眼进行修理。榫眼修理后就比原来大了许多，曹师傅就将榫头扩大一些。

这时传来嗵嗵嗵的响声，这是裘师傅在斗榫头。由于榫头做得与榫眼不是十分吻合，贯起来它们就闹别扭，很是生硬，使你不顺，这就需要用力打进去。这本是一个两横没出头的“井”字，现在出问题了，终于还是打进去了。当裘师傅把这“井”字架放于地上时，其中一只脚就跷进来了，虽没跷到天上去，但毕竟像是跷起了二郎腿，很不成型，成了麻花架子，而且缝隙可以塞进铜钱了……

这时王霞聚精会神地看着，当看到这里，她就笑了一下。然后转头认真地看着他。

王保长去看了一会儿砌基脚的场面，然后又走了过来，就看见了那个跷着的“二郎腿”，就皱着眉头撇了两下嘴。又弯下身子去看裘师傅做的榫缝，一眼就看见了缝隙，根本不是丝丝入扣。虽然这点儿小缝隙对一栋楼房并不一定有好大的影响，但这可以说明一个匠人做工的精确性，责任心，可以证明他的技术等级。做艺，首先是做德，做德，首先就是要用心。

曹师傅看见裘师傅快完成任务了，有些急了，心想拿头功有问题了，就急忙使劲斗榫，敲打。由于他那榫眼清洗过，榫头也放大了不少，失去了精确性，结果榫头有些生硬，同时他也不愿还来细致修理，就用力敲打，响声嗵嗵嗵地飞过近处的稻田，在对面的山塆里久久回荡。

这个曹师傅几乎和裘师傅同时贯好了四个榫头，成型了一个“井”字架。曹师傅转头去瞟一眼身边不远的裘师傅，见裘师傅还在敲打，脸上就露出高高在上的笑容。曹师傅又瞟一眼隔得较远的年轻的陈师傅，他还在锯榫头。曹师傅顿时脸上挤满高度鄙视的冷笑。斗好榫头后，曹师傅甚至没去认真看看榫头合缝不合缝，因为他感觉没什么大问题。但事实上出了不小的意外，几个榫眼都裂开了筷子宽的口子，显然是现了丑。但曹师傅一贯不在乎小丑，曹师傅是以快著名。当曹师傅将这“井”字形的架子往地上一放，就愣眼皱眉了——原来和裘师傅一样，一条“二郎腿”高高地跷起来了，比裘师傅做的“二郎腿”还要跷得高，而且还咧开了嘴！麻花眼贯麻花榫当然就是这样的结果了。

王保长走到曹师傅面前，对曹师傅傲视着，慢声慢气地说：“曹师傅手脚真快呀。”说着就弯下身子去看实际的榫缝。依然傲视着，但并没说什么。很显然他看见了裂开的口子和不吻合的榫缝，便又皱了一下眉头。

这时裘师傅也结束了最后一下的敲打，但怎么敲打那个二郎腿还是倔强地跷着，要和他唱对台戏。

王保长慢慢地走过去，严肃带揶揄地对裘师傅说：“裘师傅好手脚……”

这时，王保长较快地走到他那边去。他这时正拿着锯好的榫头准备往榫眼里贯。王霞充满忧心地看着他操作。他做的这榫头，是一锯成功，平平展展，像模子里铸造出来的，既没有用斧子去砍削，也没有用洗铲去清理，完全是原装货，不过还要看它往榫眼里贯时，是不是大小完全合适，需不需要修理。这榫头看去，白花花的，肉嫩嫩的，有如春天从土里钻出的一个土豆嫩芽，胖胖的，清纯亮丽，叫人爱不释手。因此他久久地看着，真有点儿舍不得贯进那盒子般的榫眼里。王霞也在旁边欣赏着，并想他快点组合拢来。

王保长站在旁边欣赏着，只将头轻轻地点了一下，什么也不说，生怕影响了他每一根神经的细微运动，从而影响他的每一丝精确的操作。

只见他将那白白胖胖的漂亮榫头对准了榫眼，他看一下榫眼四周的显示，不大不小，然后用斧头稳重地敲打出嗵嗵嗵的响声，这声音一点也不显得生硬，是一种周身吻合、丝丝入扣，整体合力的进入之声，是那么浑厚、谐和、美妙。

很快，他就贯好了一个榫头，又贯第二个。这时，王霞就急着走近一点，入神地欣赏着他的每一个动作，欣赏着他手中漂亮的活儿。

他并没有敲打多久，那第二根木头的两个榫十分吻合、丝丝入扣地贯进去了。他伸手抚摸一下，爱不释手，就像一个母亲抚摸刚刚生下的孩子。然后他轻轻地将它放于地面，这个“井”字架四平八稳，严丝合缝，谐和可爱，完全是在同一条水平线上，没有哪只腿稍微跷一下，叫人看了十分地舒服。王霞就高兴地笑了，久久地望着他的脸，那眼神都全部爬到他身上去了。

王保长就到底没有忍住，像是终于看见妻子生下了白白胖胖的娃儿，走拢去一下子抱住那用榫头连接成的“井”字架，睁大了眼睛去看冒出榫眼的如土豆芽的榫头。只见那榫眼和榫头浑然一体，天衣无缝，根本就是天生成的，不是人做的，因为怎么看也没有一丝儿缝隙，怎么看都不是人做的，而是自然长成的，就和人的骨头和肉一样！他又用嘴去吹，左吹一口，右吹一口，直吹得腮帮子鼓鼓的，吹了好几个地方，竟然吹不进一丝儿气息。然后将木架在地上蹾着，就发出完全是一个整体的嘣嘣嘣的浑然响声，不像组合的。他又分别将四角使劲往下按，没有发出一丝叽嘎的声音。不禁感叹，这不是做的，是自己长的啊！就重重地点了两下头。

接着王霞走上来抚摸着这个“井”字架，看着那个榫头、榫缝，眼睛里闪出激动的光芒，如痴如醉地欣赏着，像是永远不想离开。

这时他又想起老师父的话：“是快三分假，是快三分省，是快三分害。”真是这样。做手艺，质量第一，不是做活，是做心，做德，不是完成任务，是做出艺的境界，出神入化。这应该是艺人的最高追求。

王保长明白，那两位倚老卖老的师傅，凭感觉，小看小事，不依规矩，依估计，一味求快，打俭省，不精益求精，结果当然只能是——这里“跷起二郎腿”，那里“张开了嘴”。

王保长看了好久，似乎醒过神来，叫来那边的裘师傅、曹师傅，说：“你们来看看这位年轻的陈师傅做的手艺活儿怎么样？”

两位师傅根本不想来看一个年轻后生的活儿，连人也不想正眼看，何况他做的活儿。但王保长叫了，他们也只得慢慢地走过来，仍然是居高临下，目不正视。

王保长指着放在地上的那个“井”字形柱架，对两位老师傅说：“你们看看他做得怎么样？”

在王保长的指令下，他们也只得走拢去。当他们的眼睛一看那冒出的如土豆芽的榫头，丝丝入扣的榫缝，都暗暗地吃惊了，睁大了眼，张大了嘴。

王保长带有严厉的口气说：“怎么样？是不是像天生成的，而不像做的？这就叫作手艺，这就叫硬功。”

两位师傅都哑口无言，一下子面红耳赤。

这时，王保长有些威严地说：“现在，我正式宣布，我这楼房由这位陈师傅掌墨（主持）修建。”

又看看两位老师傅：“你们两位，我也要请来，是老亲戚嘛。你们就一切听从陈师傅的！”

王霞听了也替他高兴着，脸上露着胜利者的笑容，那脸蛋就更加艳丽好看了。

他太高兴了。他又可以修建一栋像样的高大楼房了！但他只在心里高兴，表面仍然是一副沉静、专注、严谨的样子。

他想快点把楼房修建起来。他对王保长说：“你多找几个木匠，找到十个以上，这样，半个月就可立屋……”

王保长说：“你好像很着急呀？”

他笑着解释说：“我是考虑趁天热，做的榫缝好一些……”他当然不能说出心里想的事情。

王保长想趁热天早点把屋立起来，在附近找了十多个木匠帮忙，对他们说：“一切听陈师傅的，由陈师傅负责掌墨。”

不久，所有的柱头就摆在了木场的高架木马上，白白亮亮的一片，像放下的一桩桩思绪，像躺着的一个个小伙，十分可爱。

这是夜晚，月亮像一片花瓣，像是要飘到人的头上来。他此时此刻正站在这个木场里。

他望着仿佛在他身边而且伸过脸去就能吻着的月亮。那半边月亮像个瓜子脸，也如一片饱满的叶子要飘向他，如一只睁得大大的眼睛正深情地望着他……

他独自一人在这木场里站着。每晚他都要来站一会儿，有时还站很久。看着摆得整整齐齐的柱头，再看天上。每当这时，他总是想着一个人——月儿姑娘。可以说，白天，他想着他的工程，想着道远大师。夜晚，他就想着她——月儿。夜里做梦，总是他和月儿站在他修建的高大的木房面前。常常是他胸前襻着像彩虹的红布片儿，她头上蒙着像太阳的红盖头，两人在新木屋里磕头……

他多想去找她，直到找到她。可是他又总舍不下他痴心的木屋工程。他想，他一定把这栋高大的木楼房修建好，然后就去找道远，找她。一定要找到她，要她来看看他修建的高大木屋！然后，就要她跟着他一起回家，为她修建一栋高大的木屋，就修建在那小时候和她“建新房”的路边……

月儿，你此时在哪儿啊？他心里说。

他向月亮望去。他觉得月亮多像她白白的脸蛋，多像她的笑容！他想。这时你也在看月亮吗？

他对着月亮说：“月亮啊，你看见月儿了吗？她若是也在看月亮，你就抖动一下好吗？”

啊，他感觉月亮真的抖动了一下！又抖动了一下！

他跳起来了。他大声地喊道："月亮，你也对她抖动一下，我正在想她呢！"

月亮，你把她的像照给我吧——让我看看她……

月亮，你把我的像照给她吧——让她看看我……

他感觉月光一闪。他眨一下眼睛，认真看去——他看见——月亮上果然是她的影子！他跳了起来。

他对着月亮招手，大声喊着："月儿——月儿——你笑一个吧。"

他真的看见月亮笑了！他跳了起来。

他又对着月亮大声喊道："月儿，你在哪儿啊？我把这楼房建造完工了，就来找你！"

他看着月亮。他忽然感到月亮在对他说什么！他想站高些。他爬上一个大大的石头，站在上面，认真听着——但他什么也没有听见。

他紧紧地盯着白蒙蒙的月亮。他的眼睛早已湿润润的了……

他又来到柱头面前，看他的柱头。面前是一片有如一垄一垄新翻的大平原。那是整整齐齐铺排在高架木马上的一根根成型的柱头，又粗又长，光滑滚圆，白白胖胖，像一群躺在摇床上的胖娃娃。柱头们在月光下闪着白嫩嫩的光芒，每一丝光芒都是带着童贞的笑容，纯真而亲切，稚气得动人，让人恨不得将它们抱入怀里亲个够！

他看着看着就真的伸出了温暖的大手，在柱头滑滑的皮肤上轻轻地抚摸着，摸得又慢又轻又柔，就像抚摸婴儿脸蛋一样，生怕他那已不光滑的手指摸疼了他们的脸蛋。这时他就忘记了月亮。

王保长知道他还在木场里。只要不下雨，他吃夜饭后就去木场。在那里站着看天，然后又摸摸柱头……可今天晚上王保长觉得他去得太久，已经很晚了怎么还不回呢？王保长也就向木场走去，看他在做什么。王保长脚步走得很轻。王保长走近木场，向他望去，只见他正抚摸着柱头，抚摸了这根又抚摸那根……

二十五　特别功夫

瓦工张黑牯的石墙砌得很高了。王保长看了非常满意，但没有笑，依然板着一张红脸，如烧红的铁。

张黑牯由于高兴又开始唱起了山歌，实际上是姐呀妹的情歌。张黑牯的声音很好听，能唱出一般人唱不出的高音，并且要浑厚可以浑厚，要清脆可以清脆。

他对张黑牯这个人又喜欢又有点讨厌。他觉得这个张瓦工有点油里油气，或者说流里流气。

张黑牯其实叫张一柱，张黑牯是人们给的诨名。因为他人长得黑，身子粗壮有力，人们便给了他这个美称。张黑牯的脸也有些特别——圆圆的，胖胖的，黑黑的，眼睛显得不怎么大，加上又总是剃着一个光头，看去，活似一颗胖胖的大土豆搁在两肩之间，更像一个黑黑的油光石。不管什么时候，你看上去，都觉得张黑牯是在笑，而且眼睛笑得有些眯。张黑牯完全是一副随和、有趣、好玩儿的样子，没有什么师傅的装模作样。就是小儿也可以和张黑牯玩耍。特别是遇到妇女，那就是张黑牯的拿手好戏了。离得远就唱歌挑逗，说要借几样东西。隔得近，那就非要上去摸一把。但又没有什么女人会看上张黑牯，会借给他想要的那几样东西。总的来说，都还是喜欢他，老少皆宜，但都只来虚的，不会和他来实的。

这天上午天空白绒绒的，像是铺了一床大棉絮，太阳隐隐约约，像在被窝里睡大觉。

瓦工张黑牯站在一丈多高的石墙上，望着对面山坡唱一首令人肉麻的情歌。张黑牯虽然人长得丑，但却是一个唱情歌的好手。张黑牯也弄了一些女人，除了他的手艺，都与这唱情歌很有关，还有他砌墙的工钱相当一部分都给了女人。不少人就说这张黑牯没个正经。他为在墙上唱情歌还差点出事。一次他在墙上走着，望别处干活的几个女人唱情歌，殊不知脚里踩着了刚刚抹上的稀泥，刚刚砌上的石头往旁边一滑，他差点摔下了墙，但他有墙上功夫，急忙弯身双手抱住了墙，坐在了墙上，虚惊一场。

此时一个中年女子正在屋后田里打猪草。

张黑牯亲热地喊道："大姐你在干啥子呀？"喊"大姐"一般是对女子的尊称。

中年女子笑一下回答说："我在打猪草哇。"

张黑牯便笑着说："我想找大姐借点东西。"

女子正经地说："你说嘛，只要有，我借。"

张黑牯笑一下说："这东西你有，就怕你不会借。"

女子望张黑牯一眼："你说嘛。"

张黑牯就唱起来：

太阳落土四山黄，要找姐家借三样，一要借你鸳鸯枕，二要借你象牙床，三要借你救命丸。

于是女子一下子明白了，马上回唱道：

小情哥来莫苛刻，你这三样我没得，一不会做鸳鸯枕，二不会雕象牙床，三也没得救命丸。

张黑牯便继续唱：

太阳落土四山黑，世上出你蠢大姐，手杆弯弯鸳鸯枕，白白肚皮象牙床，罗裙下面救命丸。

女子回唱道：

小情哥来莫撒野，三样我都不得借，无情莫想鸳鸯枕，无情莫想象牙床，无情莫想救命丸。

……

此时的石墙已经砌了一丈多高，就要大功告成。因此张黑牯有些高兴，就在墙上唱起情歌来，想招引一些妇女的注意。张黑牯一般都是站在砌墙的跳板上唱歌，有时为了要显示一下他的胆量、技术，特别是在石墙砌得很高的时候，张黑牯就站在高高的墙垛上唱歌，那真是在险峰上展现艺术啊，十分难得。除了唱歌，张黑牯还善于讲黄色笑话，那不是一般地黄，而是黄到肉里面去了，黄到不该黄的地方去了。

这时张黑牯又在唱：

大姐走路好潇洒，胸前大奶两边搭，就像兔子蹦上又蹦下，一个总有箩筐大，不知装的一些啥。

忽然就有人喊张黑牯："张师傅，你的墙上给你长出大奶子了！你看嘛。"

张黑牯听说墙上长出了奶子，知道是出问题了，急忙向前面走去。哪知道，就在这时，有人给他的脸砸了一坨砌墙的稀泥，啪的一下，黑牯的脸上就长出了一个大奶子。

有人就说："别人的奶都是长在胸脯上的，你的奶怎么长在脸上了？"

有人又笑着说："它是想到张师傅喜欢摸女人奶子，就长在他脸上了，摸起来方便一些。"

张黑牯伸手抹掉脸上刚刚长出的那个"奶子"，继续唱歌。

有人就戏弄张黑牯："张师傅你也太喜欢女人的奶子了，砌墙都要砌些奶子伸着。你几时能有个正经啊？"

张黑牯仍然唱着歌，对说话的人根本不理不睬，仍然唱：

这山望到那山高，望到那山好葡萄，望到的葡萄吃不上嘴，望到的姐儿抱不到，你看心焦不心焦……

地面有好几个人在惊奇地大声说：“张师傅，你砌的墙真漂亮呀，上面还长着两个奶子呢！”

张黑牯相信自己的手艺，他的师父是这个区出名的砌石墙的高师，虽已去世，但威名都还响当当的。师父是张黑牯的姑父，将全部手艺绝活技术教给了张黑牯，没留丁点儿。因此张黑牯在这一带的名望也是很大的，给别人修建过好多楼房，砌过无法计算的石墙，从没出过半点差错和事故。虽然张黑牯喜欢找妇女的麻烦，但还没有人对张黑牯的手艺功夫怀疑过，想不到今天这墙壁竟然来了一回浪漫。

好多人都在说，张黑牯就转向后看墙，他就有些吃惊了。那墙上真的长出了两个“奶子”——墙里砌的两个石头冒出来了！他暗暗一惊，这是怎么一回事？别人施了魔法？他当然不知道，刚才他专心唱歌去了，挑石头、挑稀泥的人故意挑得重重的，用力踩那刚刚砌的墙壁中间，故意担子几闪，因为是用稀泥和石头砌的，刚砌的还没干，下面承受不住，就冒出了两个石头，真像一对奶子横空出世，茁壮地向前伸着。

这时张黑牯心里像是忽然被绳子捆住了，变得紧紧的，像有什么捅他的心脏而发出不一般的响声。张黑牯嘴里并没说什么，不过平时那张发笑的脸像是真的变成了油光石，又黑又冷又硬了，是僵硬。他知道，就和女人一样，露出了奶子当然是出丑了，何况这是给王保长家建房子。

张黑牯下到跳板上，一气之下，拿起铁锤对着冒出来的石头猛敲，铁锤狠狠地砸在伸出来的这个石头上，顿时火光四射。张黑牯也有点眼花了，禁不住将眼睛闭了下，但脸上还是被火星儿溅了几点。他想把它敲进去，但没想到，不仅没有进去多少，反而将这石头敲破了，像开放的一朵花，少说也有五六片花瓣儿，来了个美丽的造型。但掉下了一块，一只小猫正从那过路，啪的一声响，虽然逃过一劫，命保住了，但它的尾巴被砸成了两截，砸掉的一截躺在地上一动不动了，小猫便要命地哀号着向远处跑去。后来它就一直哀号着，声音里好像还充满了对张黑牯的抗议和诅咒。

有人说："你个黑牯，不给猫赔尾巴！"

有人说："这都是你一边干活一边唱歌，把事不当事，马虎造成的。"

有人说："一天就想着奶子、奶子，砌墙也砌出奶子！这砌墙的活是开玩笑的吗？"

有人说："想奶子，晚上回去吃媳妇的就是嘛。"

这一句，就令张黑牯有些伤心了。因为张黑牯还没有媳妇。

张黑牯曾请媒人介绍过一个姑娘，姑娘大人心想，张瓦工是个师傅，应该挣到了很多钱，家里应该有栋好房子。姑娘母亲就带着姑娘去他家"看人户"。媒人说好了，姑娘就要在大人的带领下去看男家情况，包括地方、房屋、家里情况、田地，等等。那姑娘到他家去看了看，就两间乱石墙屋，也没有粉刷，麻糊糊的，看去就是石头泥巴，像岩洞，屋顶上还是盖的树皮，黑黑的。再看他那人，也黑胖黑胖的，像个茅厕里的油光石，姑娘就没有看来，一个笑脸也没有就走了。

因此，直到现在张瓦工还没有媳妇。

有人说："张师傅你不要不高兴，自然有姑娘会跟你的。"

有人说："谁叫你一天没个正经，挣的钱也不用到正路上……"

面对人们的这些话，张黑牯一句也不反驳，不气馁，而是一副憨憨的样子，认真地做着事。

有人又说："张师傅你在给墙上嵌花朵呀？"石头碎了像花瓣。

有人说："张师傅砌的墙就是好看，除了有奶子，还有花朵。"

张黑牯知道这个石头碎了，不牢固了，就干脆拿了钢錾子，把那朵"花"给撬掉了。这下就变成了一个洞，像是一个深深的肚脐眼儿。张黑牯觉得就像一个调皮的女子在和他开玩笑，一会儿向他伸出奶子，一会儿又向他伸出肚脐眼儿。可见他这人是个死不正经的人，这时候还在浮想联翩。

马上就有人喊："张师傅不仅会砌奶子，还会砌肚脐眼儿！你们都来看啊，好漂亮的肚脐眼儿啊！"

接着就有不少人跑来墙壁下，看着，大声笑着、喊着："哎呀，个奶奶的，真的是好漂亮的肚脐眼儿！"

有人就说："死不正经！一天脑壳里就想着奶子、肚脐眼儿。砌墙也要砌些奶子、肚脐眼儿。"

"搞什么名堂！"

张黑牯还是一副憨憨的样子，无怨无悔，看了看这个肚脐眼儿的大小，然后在一堆石头里看了看，一眼认准一个石头。左手拿起这个石头，右手拿瓦刀铲起一铲稀泥，啪啪几下，就给这石头的上下左右后面五个方位抹上了稀泥，举起石头往那肚脐眼儿里使劲砸去。顿时发出嗵的一声闷响。他拿起铁锤敲打了几下。再看时，已是丝丝入扣，平平展展。这也可见他张黑牯的功力。

他这时也来看热闹，就说："张师傅神功！"

张黑牯谦虚地说："哪有你陈师傅功夫神哟。"

有人说："张师傅是泥巴功……"

有人就说："也是呢，张师傅反正有稀泥担保，小了多糊点稀泥，大了少糊点稀泥。可人家陈师傅那木头榫缝就不比这稀泥了，没有硬功不行，多一丝就进不去，少一丝就漏缝了，现丑了，要丝丝入扣那还真叫神功呢。"

张黑牯笑着说："我是说陈师傅是神功。我这嘛，是泥巴功。"

张黑牯这么一说，许多人又都笑了。

有人也说："张师傅还是石头功，是硬功。"

有人忙接话说："你们都没说准确，张师傅是'锤子功'！多了锤几下，小了再换一块石头就是，不合适，再又锤几下。"

有人就说："张师傅真是个活宝啊。他在哪里干活，哪里都是快乐，没有忧愁。"

张黑牯就说："是啊。人嘛，几十年一晃就不见了。活一天就要快活一天。本来干活就苦，心就不要苦，能开心就开心，就不要自己跟自己过不去，一天愁眉苦脸的。”

这番话又说得大家都一张张笑脸了。

接着张黑牯就治理另一个“奶子”，便想又使出一个硬招让大家看看。张黑牯拿来瓦刀，这瓦刀就像一把砍刀。张黑牯将瓦刀对准那伸出的“奶子”就是一刀！咔嚓一声脆响，那露出的石头竟然像削瓜儿一样削下，掉到地上，再看那墙壁，便平平展展的。

有人就说：“张师傅真是神功！”

有人不屑一顾，撇撇嘴说：“砍掉这么一点石头，也是神功？”

他就说：“这可是练就的过硬功夫，叫我去砍肯定就不行。每一行都有每一行的绝活，工多艺熟，熟能生巧。”

有人说：“那也不能说是什么神功。说得玄乎了。”

他就解释说：“所谓‘神功’，‘神’，就是聚精会神，‘功’，就是特别用功。”

有人就问：“那刚才这一招应该叫什么‘功’呀？”

他就说：“这，应该叫‘刀功’。多了，一刀准确砍去多余的部分。不多不少，这功就有点神。”

“看来，张师傅硬功还真不少。”

“是啊，有泥巴功、锤子功、刀功。”

他说：“这些功，都是苦练出来的。在干活的辛苦中练出来的。”

他这么一说，都点头称是。

二十六　飞来横祸

立屋的头天晚上都要置办宴席陪师傅，不少人说的陪鲁班。这也是一个非常隆重而神圣的场面。

准备摆酒菜了，王保长忽然找到他，有些担忧地对他说：“陈师傅，我当的保长，得罪了许多人，因此怨恨我的人不少。明天立屋，还请陈师傅帮我注意一点，以防有人搞鬼破坏立屋，坏我的事，看我的笑话。听说有人就会魔法……”

他感觉心头被什么东西敲了一下。他心里明白，这王保长这样说，是要他把屋好好地立起，不能出一丝一毫的差错，不能出现一点一滴的事故。他的脸色绷紧了一些，像是忽然吹来了一股寒气在脸上。他深知这立屋是最后一道惊险的工序。古往今来不少人家在立屋之时出过问题。

王保长忧心地望着他，似乎在审视他的本事。

他还是坚定地这么说：“王保长放心吧。”

第二天凌晨的天空显得阴森可怖。天上虽然悬着一弯白白的月牙，但像一把寒光闪闪的飞刀，随时要射向什么目标似的。

离天亮还有一会儿，他已经起床了。他没有洗脸就来到院坝里大声喊道：“师傅们起床了——准备立屋了！”

很快，木匠师傅们、本家亲戚们都起床了。接着请的附近的帮忙工也陆续赶到了。老板请他们时就嘱咐了：“要早，天不亮就要到场。”

准备就绪，他大喊一声：“都各就各位！”

十几个木匠、几十个帮忙工迅速各就各位，有的拿着洪绳（较粗的绳子，也称为红绳，上面拴的有红布条），大多数人站在大小柱头边，有的拿着长梯子，有的拿着短梯子，这些梯子都是帮忙工带来的。

有一个帮忙工扛着一张大梯子走进来，梯子高高地翘着，但走过他身子后梯子忽然从帮忙工肩上滑下来，梯子正正地打在他的脑袋上，顿时他哎哟一声就倒了下去。热闹的场面忽地死了一般，连空气也瞬间凝固了！

他倒在地上一动不动，完全像一个死人！

马上就要立屋，而负责立屋的师傅——却像个死人一样了，这可怎么办啊？

王保长本来就站在不远处，慌忙走过来，王霞本是在看热闹，也急切地跑过来帮着抱起他。王保长喊着：“陈师傅！陈师傅！”他没有答应。

王霞没说什么，咬紧嘴唇，已是满眼泪水，一副难过而焦急的神情，滞神地看着他。

王保长探他鼻孔，还有呼吸。王保长叫一个人把他背到老屋房间里去。

接着就大声喝问：“刚才扛梯子的是哪个？”其实王保长知道，是故意问的，看这家伙老实不老实。

好一会儿没人回答。这时有人就说：“是猪老泡。”

这名字当然是个诨名。其人本是姓朱，个子中等，很胖，满脸长着泡泡的肉，一双鼓眼泡，人们认为他说话做事不太踏实，泡里泡气，就给他取了这个诨名——朱老泡。他父母就朱老泡一个儿子，从小娇生惯养，现在快四十岁了，好吃懒做，家里穷得叮当响，还是光棍一条。

乡亲们说，这是他家的祖传。他的爷爷辈父母辈都是阴心重，满肚子都是望人穷的思想，喜欢暗里诋毁人，破坏别人好事，能使坏尽量使坏。

朱老泡从小也干阴心事，哪怕遇见别人田里的南瓜，也要用刀划个洞，把里面抠空，然后给里面拉泡屎，再将划下的盖好复原。南瓜继续生长，后来这家妇人摘了，拿回家在砧板上用刀切开，哇，砧板上一塌糊涂，不堪忍睹，满屋恶臭……人们也知道肯定是朱老泡干的，但无可奈何。

特别是这朱老泡还有一个坏习惯，从小喜欢小偷小摸。曾经偷过王保长田里的苞谷，收在岩洞里。王保长首先派人去找朱老泡，来到苞谷田里，一合脚印，丝丝入扣。王保长当时就是两耳光，打得朱老泡一头蹿进了土里，搞了个狗啃泥。接着就是两脚踢过去，踢得朱老泡哇哇大叫。随即王保长要朱老泡带他去取赃物。朱老泡只得带去岩洞里，乖乖地交出了偷盗的苞谷——有两筐，还没退籽，是玉米棒子。

从此朱老泡也就把王保长记恨在心，总想报复，但又无能为力。

那么今天这个梯子滑下打师傅的事，是不是朱老泡有意所为？让王保长本来马上就要立起的新房子，突然成为半拉子工程躺在地上了呢？如是这样，可是加害了他陈师傅。朱老泡与陈师傅可是无冤无仇呀。

朱老泡站在那里没动，一副准备挨训的样子，但口里说："我不是故意的……"

王保长一副凶狠的样子走到朱老泡面前，很快就是一巴掌打过去啪的一声脆响，朱老泡就蹿到了地下啪啦一响。接着一脚踢过去，正踢在朱老泡的腰上，朱老泡就哎哟一声。

王保长大声吼道："起来！"

朱老泡战战兢兢地站起来。

王保长伸手抓住朱老泡胸部衣服，咬牙切齿地说："你怎么要害人？"

朱老泡战战兢兢地说："我不是故意的……"

王保长愤怒地吼道："不是故意的？你这大一条汉子，一张梯子扛不起吗？你骗哪个？"

说着又给了朱老泡啪的一巴掌，这下朱老泡没摔倒，因为王保长紧紧地抓住朱老泡的衣服，但朱老泡口里流血了。

王保长愤怒地说："你马上去给我把医生找来，由你负担全部医药费，把陈师傅治好。如有懈怠，我要你的命！你如果跑了，我赶了你爹妈，房屋土地由我卖了给陈师傅治疗！"朱家也有几亩坡地。

这时的他躺在一个老房间的床上，一动不动，不知是昏过去了，还是把脑子打坏了。王霞坐在床边，满眼泪花闪亮，焦急地时刻观察着他，心里祈祷他快快醒过来……

不久，朱老泡找来了一个土医生，姓姜，主要就会按摩推拿，治疗跌打损伤，也会用一些草药。

王保长对朱老泡说："回家去准备钱，先送五块大洋来！就是卖猪卖粮，也要给我凑齐！"

姜医生看了看他的面色，把了一会儿脉，给他人中和一些位置点了穴位。但他却没有一点反应，好像死人一样。

王保长有些焦急地问姜医生："你看，他的伤怎么样？"

姜医生摇摇头说："很严重。我怀疑是不是把脑袋里面打坏了。如是这样，那就难说了。"

听了这话，王霞急忙捂住了嘴，一股悲痛从她心中冲起，她差点哭出来了，因而捂紧了嘴，但没有挡住泪水的涌流……

王保长一副焦急而严肃的神态说："请姜医生一定要想办法把他治好，治疗的钱由我负责。"

姜医生说："你搞小半碗白酒来，我给他按摩。"

很快王保长亲自端来了半碗白酒，递给姜医生。

姜医生脱了他的上衣，便于按摩。姜医生用纸火点燃白酒，呼的一下白酒就燃成红红的火焰。接着用手抓了燃烧的酒火，那酒火将姜医生的手变成了一团火焰。接着将酒火在他额头上抚摸，顿时火焰没有了。姜医生在他额头至两边耳朵，认真地按摩着，如是穴位就用指头重重地揉一揉。然后就在整个头部、颈部按摩，点按穴位……

可是姜医生将头部、颈部按摩完了，他还是一动不动，没有丝毫的反应。

姜医生接着又对他胸脯等地方进行按摩……

可是按摩完了，他还是一动不动。姜医生脸上不禁浮现严重的忧虑。

王保长也是一脸的焦虑，让姜医生不回家，就住在这里，守着进行治疗。

这晚，王霞一直守在他的身边，一动没动。王保长安排一个长工专门守护，这长工就对王霞说："你去休息吧，有我在这儿，不要紧的。"

可是王霞也不说什么，也不离开，仍然坐在那里一动不动，默默地看着他……在长工去吃饭时，她用一双手握住了他的手，她感到浑身一下子热热的，心中有一种舒服。一直握着，直到长工来到门外，她才松开。

第二天，他还是一动不动，但仍然有呼吸。

……

后来他做梦了。他梦见有人在给他进行按摩。

他感到这是静月。他听母亲说过，母亲的病就是通过静月的按摩，加上吃了静月的好药，几天就好了。

他觉得给他按摩的是静月，是给母亲治病的那个静月！

于是他就问："请问先生，你是哪一位？"

按摩的人说："我是静月道士，也是郎中。"

他激动地说："我就感觉是静月大师，还真是的！谢谢你治好了我母亲的病！你是我们家的恩人啊！谢谢你了！听我母亲说，你是个行善的道士，医术很神啊……"

静月十分谦虚地说："不用谢，这是应该的！我们道家的宗旨就是慈悲为怀，救助苍生，我只是做了一点我们应该做的事。"

他感动地说："静月先生你太谦虚了，对比你，我这个手艺人相差十万八千里啊！我要好好向你学习……"

静月佩服地说："你为民修建了那么多高楼大厦，让人钦佩啊。"

他显得有些惭愧地说："太微不足道了。"

静月佩服地说："不是。你修建的冯家大院，了不起啊！"

他忽地想起什么，就问："静月先生，你走的地方宽广，我想打听一下，你知道一个叫道远的木工大师不？"

静月仔细回想了一会儿，有些抱歉地说："哎呀，对不起，我还真不知道这位大师呢。"

他觉得心里很是困惑。他寄予希望地看着静月，说："我这伤，你看，能治好吗？"

静月坚定地望着他说："你放心，你的伤虽然很严重，但我一定能够为你治好的。"

静月说着继续给他按摩。接着又给他嘴里喂进药水……他觉得喝下去后心里凉爽爽的。

此时，他细致地观察静月的样子。头戴黑色帽子，身穿黑色长袍，脸上脖子上又黑又粗糙。他想这是多年来风里雨里、烈日寒暑奔波，皮肤早已变得这样黑苍了。他不禁在心里升起浓浓的敬意。

这时静月也认真打量他，并且忽然睁大眼睛看他。

也就在这时，他醒来了。他想刚才是不是在做梦？他努力地睁大眼睛，认真地看着面前的医生。

这时他就看见了规规矩矩坐在床边的王霞，顿时他心里涌起一股温温的东西。

他问医生："你是静月吗？"

医生觉得有些莫名其妙，回答说："我不是静月，我姓姜。"

这时他想，为什么是一个梦呢？

他在心里追问着："这是个什么梦啊？"

他在心里又想，这个静月，你在哪里呢？

他还是去想脑袋里的两个人：道远大师，月儿姑娘……

这时王霞给他端来了一碗鸡蛋花子，脸上还有些肃静，她不说什么，就直接给他喂起来。

姜医生说："你吃点东西，很快就会好些的……"

她没有说什么，仿佛不会说话。此时她脸上没有笑意，那眼睛深处充满忧虑。

二十七　鬼在哪里

这是第五天早上，天空像是糊了厚厚一层皮纸，还是昏昏的。他就起床了。他稍微好些了。他昨天就安排了今天一定要立屋。今天是个好日子。王保长也通知了附近的帮忙工，做出了认真安排。

天还是昏昏欲睡的样子，但场面已经异常热闹。许多人搂抱着柱头，只等令下就搂起，同时他安排专人抱着撑杆、抱着梯子，待柱头一搂起后，梯子就跟进撑起，再升高一些后撑杆又跟进撑起，还有人拿着杠杆逼住柱头锁脚枋不让移动位置，等等，反正一切都已准备妥当，只等他这掌墨师一声令下。虽然是大场面，但此时静得令人胆寒，连人们的呼吸也听得清清楚楚。天还没有大亮，像是故意慢吞吞的，天上那把月牙飞刀此时似乎正瞄准了这里。

在他不远处，王霞站在那里，并观察着周围，她显得很机灵。她一定是要暗中看护他了，不让他再遇到危险。

他左手拿着一个墨斗，右手拿着一把小斧头，神情严肃地扫视一眼场面，用小斧头在中柱上敲一下，嘴里大声说："鲁班到此，华堂起立，大吉大利，起！"

全体木工师傅和帮忙工齐声应和："起——！"

顿时，连成一体的第一排柱架忽地就如一排小伙子同时从地上起立，一晃就达到了六十度的角度，就要站起来了。

他大声喊道："梯子、撑杆用力！"

瞬时只听啪啪的两声脆响，有两根拴着撑杆的绳子断了，整个柱架一震，吓死人的！王霞惊得睁大了眼睛，脸上两朵红霞不翼而飞，变白了，她紧紧地盯住他，怕他有什么事。

他明白，这是帮忙工刚才从家里带来的绳子，也不知是谁带的，可能是恨王保长，故意带的朽了的绳子，想制造一场灾难。他想自己太大意了。但他做任何事都想得较为周到，对立屋这样的大事更是早有防备。考虑到了绳子断的事，便给每根柱头安排有长短梯子随时跟进，擎天柱一般撑着柱头，就是绳子断了也不会塌下地面，有惊无险，没出什么问题。

在这千钧一发之际，他仍然镇定沉着，还带有几分威严，大喊一声："梯子撑紧！拉紧洪绳！"

只听呼的一声，人们还没有看清，几人手中紧紧拉着的那根洪绳绷得直直的，像一条大铁索！

他这时笑一下，鼓劲地大声说："大家尽管放心，没事的。你们看看这根粗粗的洪绳嘛，这是一根拉山链，具有无穷无尽的力量，莫说是一排木头柱架，就是一座山也能拉住，而且还有梯子撑着呢。刚才断的两根短绳子根本就无碍大局。就如一个人掉下两根头发，不足为惊。”

他这么夸张而幽默地一说，大家都平静一些了，相信他这师傅是有着高超技术的，有着绝活神功，什么事也不会出的。

他接着又喊道：“快找绳子来，人从梯子上爬上去拴好撑杆！”

王霞还是一副十分紧张而忧虑的神情，她毕竟是个女孩子，还从没有经历过这样场合。应该说她已经很不错了。

很快又找来了绳子，有人上去拴好了撑杆。

随即他拿着斧头敲一下中柱，大喊一声：“起！”

“起！”众人一声吼，山一般的柱架呼的一声就站立起来了，所有的梯子和撑杆稳稳地跟进撑着，柱架纹丝不动。这时人们才看清，那根大麻绳上的红布条在风中像一面旗帜飘扬，都一时间满脸笑容。人们看着那高高竖起的柱架，想起先前绳子脆断的惊险，又有些不寒而栗。

王保长却是认真的，也是心虚的。王保长知道自己整了不少人，肯定有人暗里施法害他，就走到他面前，有些威赫气势地说：“陈师傅，你看这是怎么回事，怎么一下断了两根绳子？”

他自然不想挑起矛盾，惹起是非，让王保长胡乱猜测，报复整人，因此就不想说出绳子断的原因——是有人带的受潮朽了的绳子而断的，何况也未必是故意带这样的绳子。

王保长有些不服气地再次追问他：“陈师傅你说说，到底是不是有人施法了？”

他正经八百地说：“没有什么魔法的事。”

王保长一副紧张的神情说：“不，我听人说过，有人就会施魔法害人。陈师傅用道法好好地把施魔法的人治一下！”

他很是诚恳地说：“没有的事。不要听信邪说！”

王保长紧张而气愤地说：“肯定是有人在暗地里施法破坏！”

王保长咬一下牙，心想：这施法的人肯定就在附近哪个地方，因为必须要看到房屋才能施法的，我带人去寻找！说不定就在山坡上的树林里。

王保长在心里恨恨地说：“找到这个恶魔，把他生吃了！”

王保长又严肃地对他说：“请陈师傅给我好好把握立屋。我去有点事。”

王保长说着去了老屋里，随后悄悄带着几个人，拿着刀和枪出动了。

他继续主持立第二排柱架。人们各就各位，伸出双手搂住柱头，他大喊一声：“起——”

人们大吼一声：“起！”一个个脸挣得红红的，像是变成了一个个朝阳。王霞脸上也是红红的了。

就在这吼声中，柱头被人们的手搂起来了！接着拉洪绳，梯子、撑杆用力，在一声声“起”的吼声中，柱架如一排小伙子腰一伸就立起来了，按高矮次序站得整整齐齐，笔直挺拔。

接着立第三排柱架，很快又立起来了，像一群整装待发的队伍，昂首挺胸。

很快，三大间正屋的四排柱架都顺利地立起，如山一般站在了早晨红红的霞光里，没遇到任何不顺、不测。王霞睁大着眼睛痴痴地看着他，像看一个大英雄，充满了崇拜和爱慕的笑意，但又是那样肃静。

这时太阳也升起了一竹竿高。他叫大家休息，接着就坐席吃早饭。他交代过，正屋立起以后就吃早饭，不过这时吃早饭也是晚点了。

继续立屋是吃了早饭之后。傍晚前两边厢房的柱架全部立起，都非常顺利，整栋高大的木屋成形，如一座大型雕塑耸立在灿烂的斜晖之中，闪耀着璀璨夺目的光芒，有如一个童话世界，有如一个梦幻城堡。王霞有些放松地看着新木屋，也是满脸霞光。

这时王保长带去寻找施法者的人也回来了，当然只是一场闹剧，不可能真正找到什么踪影。他们把附近的每片树林、竹林，每块田野，每条河流小溪都找了个遍。根本没什么可怀疑的人。

他心里明白，是王保长整了人，心虚，心里有鬼，害怕，加上他报复心强，发狠要抓什么施法者。他想，你有力气要寻找，你就去用力寻找吧。这本来就是没有的事，那就证实一下，看是不是有施法这么回事。

这时已经傍晚。太阳像一个巨大的红番茄悬在西边山顶。整个山顶上是一抹平平的晚霞，就像绷着的红绸子屏障，保护着下面的仙境。

他站在院坝里，仔细地看着自己修建的这栋崭新木房。虽然天空红霞没有靠近这里，无心欣赏他的成果，但那金黄灿烂的柱架还是那么明亮。他感觉是站在一座宝光四射的宫殿面前。他是它的设计师、建造者，他感到非常自豪，并有一种陶醉感和幸福感，什么都忘了！那张脸像春天的太阳，闪耀着明媚的光晕，笑容也是灿灿烂烂。

王霞好像也在欣赏这栋新楼房，其实她是在欣赏他。她真想跑过去抱住他的手……

他忽然想到月儿。要是月儿姑娘能来看到他主持修建这么高大的楼房，那该有多好啊！他想，月儿姑娘此时会在哪里呢？又想，不管你在哪里，我都会找到你的！这新屋现在完工了，我又可以来找你了。他又想到那件大事——那个道远大师在哪里啊？这可是我一定要寻到的大师！

这天傍晚更热闹了。王家的所有亲戚朋友都来祝贺，另外添了六张大桌子，一共摆了十二桌，而且一连坐了七排，客人才坐完。

李保长自然也来了。吃了酒席之后，李保长就对他小声说："陈师傅，我们到外面找个地方说说话。"

李保长就带着他来到屋旁一个小山塆里。坐下后李保长直接说："恭喜你陈师傅了。王保长姑娘王霞十分看好你，他们家里商量了，王保长请我做媒，要将王霞姑娘许配给你。王霞姑娘可是难找的上等女娃，不仅长相好，还读了五年私塾，很有才慧，王家也是难找的大户人家，有权有势有钱……"

他心里暗暗吃惊。他对王霞也确实有好感，她是个最上等的女娃，很少有女娃像她这样沉稳，有城府的。可以说，论人品才智，她在肖月和林姑娘之上。但他的心已经被月儿占领了，他无法改变。

他便编了对李保长说："这确实是大好事。但是我要对李叔说老实话：我早已在四川和一位师父的女儿订婚了，并确定明年结婚。请转告王保长和王霞姑娘，很对不起，请他们原谅……"

接着他就收拾东西，准备第二天一早出发。一定要去寻找那位道远大师，寻找他的美神月儿。

王保长有些诚恳地说："大功告成，把陈师傅操心劳累了这么久，怎么能就急着走呢？一定要在这里好好休息几天，不然我心里怎么过意得去啊！"

他说："不能玩啊，我有重要事情要去四川。请王保长结点工钱给我做路费……"

王保长皱下眉头望着地面说："工钱，暂时还没有活钱，给粮食也不像话，你过段时间来拿吧。"

这时坐在旁边的王霞姑娘就用力地瞪了她父亲一眼，目光凝聚着不满。

他注意到王霞的神情，心想王保长是想他还来吧？

第二天他故意在天不亮就悄然出走了，他知道让王霞见到他走她会很伤心。

他走了一段路，快要看不到王家的屋了。他转过身向王家望去，这时天还昏乎乎的，他感觉那个远远的院坝里，好像站着一个人，他不知道是不是自己的感觉和幻觉，但他的心却一下沉沉的了。

他走在路上，才听人说：这个王保长是个又恶又赖的家伙。你要工钱他就赖，多要几次，他就恶，来硬的，不给。你还要，他就派人打……好些给他家做长工的人都没拿到工钱，去要工钱，就挨打，还打死过一个长工……

人们说："王大保长是个真正的恶魔，你这个师傅怎么上了他的当呀！"

二十八　斗笠姑娘

林家住进了新房子。所有用具也都是新的，开始了一种新的生活，一家人充满喜悦，同时从内心里感激他陈师傅。但又不知道该怎么感谢。

林师傅夫妇心里都想，要是能将林姑娘嫁给他就好了。林婶也向他母亲表示了心意，还将林姑娘做的布鞋专门交给了他母亲，可是还不见陈家来提亲。一时间两夫妇心里又产生了一种疑惑与忧急，不知他家是什么想法，不知他对他们家林姑娘是什么看法，这门亲事有不有希望。

这时李保长就上门来了。这李保长是个小保长，管两个村，王保长才是大保长。大保长起码管四个保。王保长管五个保，有八个村。

李保长进门就笑着说："给林师傅道喜来了！"

林师傅想，李保长可能是看见他们住进了新房子，给他们道喜的。林师傅见李保长来了，便放下正在编织的斗笠活，起身来迎接李保长，笑容满面地说："李保长稀客！请坐。"

李保长就高兴地说："真还是喜事呢。是这样的，王保长看热你们家林姑娘了，要我来做个媒，说林姑娘去给王保长做二房夫人。你们也知道，王保长家是大户，有几百亩良田。王保长本人也才四十多岁。能到王家去当媳妇，这应该是林姑娘的福分。想去的人好多呢。"

林师傅夫妇听了似乎都有些吃惊，一时间不知该怎样回话。

这李保长是王保长正经八百派来的，专门派来做这个媒的。林师傅家的林晓兰姑娘经常在街上卖斗笠，王保长经常去区里开会，当然看见得多，并且十分看好她，要李保长来做媒说亲，让林姑娘去给王保长当二房老婆。李保长心下有些为难，估计林姑娘不会愿意，这媒难做。但面对王保长又不好推辞，只好来了。

于沉寂中，李保长似乎有些尴尬，就找话说："林姑娘呢，怎么没编斗笠了？她编的斗笠很好啊。"

林婶尽力向李保长微笑一下说："她到街上卖斗笠去了。"

李保长说："哦。"吞吐一下又说，"林姑娘也还年轻，还不知道什么世务。这件事也主要还是你们两位大人做主。我也不是讨媒做，是王保长专门派我来说这件事的。你们听了，是怎样想法，也回我个话。我好去向王保长回话。"

林师傅认真想了好一会儿。他知道王保长家有钱有势，当着大保长，人才不差，算是这一带的人中之王，年纪也还不大，四十岁。能攀上这门亲事，对林家，对后代都是有好处的。她本人也会坐享清福，不需要像现在这样整天编斗笠，一双秀手都弄起茧子了。姑娘反正也都是要放婆家的，去一般人家也是劳动，受苦。比较来看，去王家还是强一些。他拿不准的是，林姑娘会不会同意，因此不敢轻易表态。可是李保长又问了，就不得不回话了。

林师傅便说："这事，我们大人还是高兴，王家也是难找的大门大户，能和我们这些穷艺人攀亲，是我们的福气。但姑娘也大了，还是要看姑娘本人意见，也不知道她同意不同意。现在我还不好回话。"

李保长又问林婶："你的意见呢？"

林婶微笑地说："我也是他这个意见，要姑娘本人表了态，才好回话。"

李保长就借话追问："那你们的意思是，你们大人还是同意，但要等林姑娘回来了，问了她的意见后再给我回话？"

林师傅客气地对李保长笑一下说："嗯，是这样的，等她回来后，我们商量了再回你的话吧。"

李保长就说："那我明天下午来怎样？"

林师傅说："要得。"

李保长说有事，要走。夫妇留他还玩一会儿，但他好像坐不住，确实有事要走，就走了。

下午未时许，林姑娘就回来了。她是带着笑容回来的，她没想到那么多斗笠半天就卖完了，就有些高兴。

林姑娘走进堂屋里坐下后，她妈就说："晓兰，给你说个事。王保长专门派李保长来，为王保长做媒，要说你去给王保长做二房夫人。我和你爹都没表态回话，说要问了你本人的意见后再回话。”

本来一脸笑容的林姑娘，听她妈这么一说，顿时满脸生气的神色，甚至还有些愤懑的眼神，当即果断地说：“要我去当小老婆，我决不答应!”

她爹还是严肃地说：“你也要多想一些事情。别人家是大门大户，有钱有势，人也能干有权，你去了也是坐享清福，不需要你像现在这样辛苦，同时对我们家，对后代都是有好处的。”

没想到林姑娘这样说：“我宁愿天天辛苦编斗笠，也不去他王家享福。”

她爹说：“你还是要全面想想，人一生几十年，能轻松一点，对自己对后代有好处，你可以仔细考虑一下。”

林姑娘有气地说：“你们难道就希望自己的女儿去给别人当小老婆？小老婆的日子就好过吗？”

她爹又说：“再说，他王大保长请媒人来说了，我们不同意，他就要整我们家，那样我们就更加难过日子了。你想过吗？”

“你们就只为自己着想，就不为我想想，一辈子就这样葬送了。先我去卖斗笠，还有人议论说，王保长是个心肠狠毒的家伙，吃肉不吐骨……”

她妈始终没说什么，从她妈内心来说，也是不同意这门亲事的。同时，她也知道女儿的心思，她向往着他陈师傅……

就在第二天的下午，王保长亲自来到了林师傅家，并且提了一些贵重的礼物：有酒，有糖，有糕点，还有八斤面条。面条在这高山来说，可是贵重食品，因为这里是高山，不产麦子。

李保长回去原话告诉了王保长。李保长说，林家大人还是高兴这件事情，但姑娘本人不在家，不知什么意见。王保长听了觉得只要大人同意就有办法，这时的婚事一般都是大人包办，一个女孩子是拗不过父母的。再说，一般女孩子又哪有不同意他王保长的呢？要钱有钱，要权有权，要势有势，家有良田几百亩，可以说，子子孙孙荣华富贵……于是为了有把握地做成这门亲事，他就决定亲自拜访一下，送点礼物，加深一下印象，培养一下感情。他亲自上门拜望了，谅他们也不好推辞。

林师傅同样坐在堂屋里编斗笠，恰恰今天林姑娘也坐在那编斗笠。她要几天才上街卖一次斗笠。

王保长进门时脸仍然红着，没有笑容，他一贯就这样子。他说："林叔你好！"他竟然叫的林叔。

随即又说："林姑娘好！"接着又有些俏皮地说，"我还是应该叫斗笠姑娘吧。都说林姑娘编的斗笠太好了。"

林姑娘没有勉强挤出一点笑容，出于无奈和礼节，她有些尊重地看了王保长一眼。她是个聪明人，知道这样的人不能得罪。她虽然只是这么平静地轻轻看了一眼，但对王保长来说，心里实在感到特别地舒服。

林姑娘仍然坐着埋头编织，一双水汪汪的大眼睛紧盯着手中的斗笠、篾条，好像在赶任务，没时间搭理其他事情。

林师傅很快地放下手中的活儿，去拿了一把白白的新木椅，亲热地说："王保长坐。"

王保长说："多谢！"同时将东西递给林师傅，很随和地坐下来。

林师傅有些不好意思地接下东西，说："王保长提些东西准备去走亲戚呀？"

王保长充满尊敬地说："专门到你们家来，看望你们。"

她妈正在灶屋里忙，看见是王保长来了，也放下手中活儿来到堂屋里。

王保长就说："林婶你好！"竟然是叫的林婶。

很显然，王保长对林师傅夫妇叫的是长辈称呼了，而且十分尊敬的样子。

林婶就去火坑边倒了杯茶来，亲热地递给王保长，说："王保长喝茶！"

王保长用双手亲切地接下杯子，并且还接着喝了一口，显得很亲切。

王保长坐下就问："听说你们家受灾了，我也是才知道。虽然林姑娘常在街上卖斗笠，我也经常看见，但林姑娘是个拘谨的人，我也从没和她说过话。你们家还有什么困难，尽管说，我来想办法帮助你们。"

林师傅赔着笑脸说："多谢王保长关心。感谢一些匠人的帮助，现在屋也有住的了，基本上能够生活了，没什么大的困难。以后日子还长，还全靠王保长关照。"

林婶也说："以后有什么事情，我们一定找王保长的。你是我们的父母官呢。"

王保长有些严肃地说："不说什么官，乡里乡亲的，不管什么人，都应该关心帮助的。"

王保长又说："眼下屋上还是盖的树皮，以后我帮助想法，搞点瓦片盖上。"

从表面上的谈话和态度，你根本看不出王保长有什么坏的意思。他除了板着一张红脸，像是烧红的铁，难见他的笑容，其他给人感觉也没什么特别的。

坐了一会儿，林师傅就对林姑娘她妈说："你去做饭给王保长吃吧。"

王保长并没说不要做饭，只是亲和地说："也不急，还早呢。"看样子王保长是有意要在林家吃饭，拉近关系，加深感情。他没有说有事要走。

后来林婶的饭菜做好了，请王保长吃饭，王保长真的很随和地在桌边坐下了，开始吃饭。他这些表现，看了没有丝毫给人有什么不好的印象。

林姑娘没有上桌子吃饭，她在自己房间吃的饭。

饭后又坐了一些时候，王保长才说："多谢了，我走了。"并再次说，"有什么困难，尽管给我说。"

林婶很想将东西给王保长提回去，但又下不了面情，心想李保长肯定还要来的，请李保长带去吧。

就在第二天上午，果然李保长就来了。李保长是专门来问情况的。

李保长随和地坐下，脸上和气地笑着说："王保长很高兴这门亲事，昨天回去专门又到了我家。他专门请我又来问问，是不是先订婚后结婚，还是就直接结婚。反正王保长说了，一定要搞隆重一些，在这一带办成最隆重最热闹的婚礼，让你们林家人高兴，让林姑娘高兴。"

林婶有些难为情地勉强笑一下说："哎哟，给李保长说，王家这门亲事确实很好，都知道，王家是什么人户。可是，我家姑娘福薄命浅哟，她的老毛病又发了。你也不知道，我们上次也没说，我家姑娘有个癫痫的毛病，四五天又发了，最多七八天又发了。李保长说了这事，也确实是个好事，我们就下决心给她治疗一下。今天早上，她爹就带她去四川老家了，听说那边有一个医生可以治疗这个病。所以，请你转达王保长，好姑娘多的是，还是到其他地方另外找一个吧。你也知道，这个病是很难治好的，我们也就不隐瞒了，免得害了他王保长，弄了一个麻烦的病媳妇……"

李保长听林婶说得真切，不禁大吃一惊，但好像也没有值得怀疑的地方。

林婶同样恳切地对李保长说："请李保长去给王保长说一下……"

李保长也表示理解，答应回去给王保长实话实说。

林婶就又说："还要请李保长帮忙，把王保长送来的礼物，带去交给王保长，俗话说，无功不受禄……"

这下李保长就将眼睛睁大一下，望着林婶说："这个呀，王保长送来的礼物，我不好去退的。他送来的，你们收了，要退，你们自己去退吧。"

林婶就说："还是请李保长帮个忙，我们实在不好意思去退呀。"

李保长就说："你们不好去退，我更不好去退。"

就这样，李保长没有多坐，也就走了。

四天后，林师傅回来了。因为女儿坚决不同意嫁给王保长做小老婆，但总得有个说辞，两夫妇也没有办法，就商量了这个未知可否的办法，说是女儿有癫痫病，送往四川老家治病去了。林师傅将林姑娘送往四川老家，带了工具，仍然在那里编织斗笠，恰那里周围一带也没有编织斗笠的师傅，她便躲藏在老家，编织斗笠，完全也可以挣钱养活自己。

林师傅和妻子商量，还是要给王保长将礼物送回去。于是林婶大着胆子，背了礼物来到王家。恰好王保长在家，见林婶前来，还是热情叫坐。李保长已经向王保长说明了情况。

林婶就流着眼泪说："王保长，实在对不起啊。我们也给李保长说了，也不想隐瞒这事：我家姑娘有个癫痫的老毛病，少则四五天又发病，多则六七天又发病，一发病人事不省，口吐白沫，像个死人一样，要搞好几天。我们将她送到四川老家去请人治疗，但不一定能治好这病，王保长可能也知道这病的，顽固得很。我们也就不想让王保长受害，弄个麻烦，所以这个亲事，我们就劝王保长还是不确定为好。"

她流着眼泪说着，就给王保长跪下磕头。

王保长听着觉得林婶说得真切，有些相信，便伸手拉林婶起来，说："磕个什么头嘛，快起来。"

接着林婶就将那些礼物拿出来放到桌上，然后叫谢，说对不起，就难堪地离开了。

这日阳光很好，天也蓝莹莹的，显得秋高气爽。

他背着工具急匆匆地走着，好像有什么急事的。中午过了，他有些口渴了，也有些饿了。就来到一个小镇上，想找地方打个火，就是用自己带的苞谷面，借别人的锅灶煮饭吃，付给别人打火费。

他一走进小镇的小街，就睁大了眼睛！在一个街边坐着一位姑娘，他再认真一看，这是斗笠姑娘林晓兰！因此他睁大了眼睛，很是惊喜。没想到在这百里之外遇到了一个乡亲，而且还是很喜欢的林妹妹。

林姑娘面前放着一摞斗笠，她正看着面前走过的行人，看样子心无旁骛。她本来在做事时就非常专注，对其他的东西不屑一顾。这时她声音不大地说："买斗笠呀——"

她没向旁边看。直到他在旁边站了一会儿，她感觉身边有个人影，这才转过头看。这一转头就也睁大了眼睛——是他，陈师傅！天呢，这是真的吗？她下意识揉了下眼睛，再看，确实是他！杰汉哥……

她显得有些慌忙地站起来，兴奋地说："是杰汉哥！你怎么来了？"

他也欣喜地走到她面前，两人面对，她就抓住了他的手，激动地说："杰汉哥……"这时她眼里已经满是泪水，亮亮的，不巧就滚出了两颗。

看见她满眼泪水，他有些吃惊。他本来就很吃惊，她为什么来到了这百里之外的地方卖斗笠？

他放下工具背篓，在她面前蹲下来，充满同情地问道："你怎么在这来卖斗笠？"

她擦一下眼睛上的泪水，非常信任并充满向往地看着他，告诉了他王保长要娶她做小老婆的事，没法，只好逃到这四川的老家来，仍然编织斗笠维持生活。

他关切地问："这街上离你住的老家，有多远？"

她说："还有十来里路。"

他看她面前的斗笠，大概还有十多个没有卖完。他关心地问："今天卖了多少个斗笠？"

她有些难堪地说："我也刚来不久，一起带的四十个，已经卖了二十多个。"

他鼓励地说："你编的斗笠是最好的斗笠。应该好卖。"

她说："每回都卖完了的。"

他充满关爱地说："走，我们去馆子里吃点饭。"

见到他，她心里特别高兴，心想这是她老家，她先来，今天在这里相会太有缘了，她应该请他吃饭。

她笑着说："好。我请你吃饭。你放心，吃饭的钱我有，光吃饭还是吃不完。"

他笑着说："哪个兴女娃请男娃吃饭嘛。肯定是男子汉请女娃了。何况你给我叫的汉哥哥，我给你叫的林妹妹。让哥哥尽点心意吧！"

她说："不。这是我老家。走。"她说着就背上背篓，抱起斗笠就走。他忙将斗笠放置她背篓上，随她向前走去，她熟悉餐馆地点。

他们来到一家小餐馆。这是一栋木屋，而且柱头板壁都有些暗红，可能是刷漆的时间较为久了。两人在板壁边蹾好背篓，没有在桌边坐下，而是去了炒菜的地方。她不让他去，将他推了回来，但他还是跟去了。

他说："今天肯定要由我来做东，不然，我就不吃这顿饭了。"

她没听他说话，对炒菜的师傅说："一个红烧肉，一个青椒肉丝，一碗鸡蛋汤，两碗米饭。"还叫了半斤白酒。

他忙着说："我是不喝酒的，把酒退了。"

但她不退，看来她做事也有几分执拗劲儿。

她说："我们两人只喝半斤白酒，这本来就不多。我也知道，酒要少喝才对身体有好处。"

他们俩在一张小桌边相对而坐，互相望着，感受着异地相逢的喜悦与香甜，但一时间像是又没有了什么话说。只是她的心跳得有些不自在，胸脯有些较快地起伏着。

他对她有一种深深的同情，十分心疼，当然也充满爱慕，这是人之常情。他找不到什么话安慰她，同时他也不想让她觉得自己可怜。她能一人到这个远处来，靠手艺为生，这本来就是不一般的女子，应该受到敬重。

他笑着说："你真不错，能够一个人离家，在这他乡异境独自生存，像一个男子汉，像一个女侠。好样的！"

她笑着看他："是你值得我学习。你是个神奇的大师。我只是个小女子，虽然会点小手艺，但太小气了，根本不值得一提。"

这时红烧肉端来了。她说："来，我们先吃点肉，打个底子，再喝酒，免得一口酒就喝晕了。”

他说：“好！我们吃肉。”

说着就拈起一坨肉喂进嘴里，两口就吃了。又说：“味道真不错。麻辣都适中。”

她说：“四川人会做吃的，搞得特别有味儿。”

两人吃了几坨肉，她主动倒了两杯酒，递给他一杯，深情地说：“今日能够在这里相会，是我一生的荣幸，肯定一辈子不会忘记了……来，你是哥，我敬你一杯。”

说着两个杯子碰出当的一声轻响。他们都有些激动地将杯子喂到嘴边，酒哗的一下涌进嘴里，咕咚一声就吞下了。

这时青椒肉丝来了。他倒了两杯酒，递给她一杯，亲切地带着心疼地说：“林妹妹，我敬你。”

她忙说：“你是大的，不能说敬。”

他就笑着说：“好，我们俩一起喝一杯。”

接着又是两杯酒哗的一下涌入喉咙，涌入他们翻动着浪花的心田……

可能是酒的刺激，这时她就哭起来了，声音虽然很轻，但她那内心好像在翻滚着巨浪一样，身子都一抖一抖的。其实，她这哭有一个重要因素，就是她心里喜欢他，又不便于表达，而且她知道，马上也就要分别，这一别，不知何年何月又才能相会……她越哭越伤心。

他一时间也似乎没有办法劝她。他只是亲切地说：“林妹妹，不要哭了，你在这个老家来了，也是安全的。好好做你的手艺活……”

她哽咽着：“可什么时候……又才能看到你啊……”

他这时只感到心里有碎裂的感觉。他鼓励地说：“人生何处不相逢？你好好保重自己，我路过一定要来看你的。”

她睁着泪眼直直地看着他：“真的？”

他有些坚定地说：“真的，我会专门来看你。你不要哭，要坚强一些。我觉得你是一个很坚强的姑娘。不要哭了。”

她就尽力忍住不哭了，她怕老是哭让他不高兴、不喜欢，但在她的心里仍然还在哭泣。

饭后，他坚决要结账，她也坚决要结账，但老板笑着肯定地说："应该男子汉给钱。我只收男子的钱。"

走出餐馆，他向西天看去，太阳还很高。他必须要赶路。

他对她很是良苦地说："坚强些。暂时也不要回家去，怕有麻烦。我去找了大师后，回来还是走这里，一定来看你。"

她说："我今天也不卖了，走，我们一路，你好知道我住的地方。"

不久来到她老家的住处，他没有去那屋里，两人就在路口分别。他以坚定的神情望着她，抬了下手，就向前走去。

他走好远一段路了，回望时，她还站在那个路口，像一根瘦竹。这时，他的眼眶就湿润了……

二十九　遇到难题

个多时辰，她就爬上了那座高高的大山，这是十五里山路。又是半个时辰，她翻过重重叠叠的小山，站在山巅俯视，就看见一个小坝，一条小河，那真是仙境啊。她顾不上多欣赏这美景，转身又向山下走去。

她很快来到这个坝子，这里叫龙洞坪。这时已是傍晚时候，西天有红红的霞，如梦如幻。这里虽然地势不高不低，算二高山，是一个山岭峻秀的地方，重峦叠嶂，横竖穿插交错，像一群小娃子在玩游戏。只见满山的漆树，叶子正黄得灿烂。

她看见了远处有一座新楼房。她已经打听到，他在这里修建木屋。她几步奔过去就站到了新楼房面前。她感到这是一座宫殿。太阳闪耀着金光正从西边山垭上照射过来，新楼房便像一座黄金做的宫殿，壮观极了。她也兴奋极了。她好久没有这样兴奋了。

她聚精会神地欣赏着……她忘记了一切……

她忍了忍心里的激情，稳重而礼节地走去新屋旁边，向一个人行了大礼，真诚地说："恭贺老板建成华堂！"

那人也还礼说："谢谢！快进屋里坐。"并随手向一栋旧屋指示一下。

她忙说："打扰了，我想问问，在这儿修建楼房的那个陈师傅，现在哪里？"

她问的这人恰恰就是主人施老板。施老板刚才正在欣赏他的这栋新楼房。见有人来道喜，也很高兴。

施老板笑笑说："你一个道士，找陈师傅做什么呀？"

她满怀深情地说："他是木工大师，我专门看了他修建的冯家大院，我想请他修建道观。"又编造了说，"同时他是我弟弟，好久没见面了，想看看他……"

她说得有些动心了，头也微微低了下去，那眼睛已经湿润。

施老板被她的话感动了，说："哦，你们是亲兄弟？"

她诚恳地说："不是亲兄弟，是结交的义兄弟，不过感情要胜过亲兄弟。"

施老板又说："哎呀，那真是难得呀！"

她有些难过地说："是，所以我很想见到他。"

施老板客气地说："进屋去坐吧。"

她随施老板走进那栋旧屋的堂屋。施老板就安排："来客人了，是陈师傅的兄长，快上茶！"

宾主一起入座，她就友好地问："请问老板贵姓？"

施老板笑着说："姓施，叫施林。"

她笑一下："哦，施老板是与树木为伍。"

施老板看她心急，想见到陈师傅，就故意拉长了话题说："说来话长啊。我家祖祖辈辈是干的漆匠手艺。你也看见了，我这些山坡上都是漆树。但原来我们自己的并不多，主要就是帮人割漆。一般是包了割，交多少钱，割的漆就由我们到远处去卖，赚点辛苦钱。我从小也是学割漆的。后来我就做起了生漆生意，还在城里开了个生漆铺子，专门收购生漆去远处卖。由于祖祖辈辈积了点钱，就在这里买下了周围百多亩荒山，发展了满山漆树……”

她听了十分惊奇地说：“那你是大老板了。”

施老板笑一下说：“什么老板，做点小生意混饭吃。”

她好奇地问：“你现在还割漆吗？”

施老板说：“我早就不割漆了，主要是做生漆生意。另外我还与人合作办了几个铁厂。但我父亲一直都割漆，也是有名的老漆匠。他习惯了，爱这一行，叫他休息也不听，偏还要去割漆。每年从夏天割到秋天，也就是从‘头刀漆’一直割到‘末刀漆’。割漆根据季节分为三个阶段：头刀漆、中刀漆、末刀漆……老人还有一个识漆的神功：他一眼就能看出漆里面是否掺了假。如果是装满的漆桶，根本不需打开看，他只要用手拍一拍，听一听声音，就能断定这桶漆里有无掺假。”

她说：“那真是神功啊。”

施老板说：“这都是长期摸索出来的。工多艺熟。”

施老板脸色忽然变得沉重了，一副很是难过的样子，叹了口气说：“可是我父亲由于年纪老了，今年开始割漆就从树上摔下来了，把腰摔伤了。当时就请医生治疗，可是伤好后却不能走路，搞成了下肢瘫痪。请了十几个医生，有的还是州府城里的名医，都没治好这瘫痪……他年纪也大了，都六十八岁了。唉，都是他太爱自己的职业了，老了还舍不得放下……”一副很难过的样子看着她。

她脸色凝重地问：“老人在哪里？让我看看。”

施老板转忧为喜地说：“一看先生就是个好医生。”

她亲切地说：“我实际上是在修道，是专门出来为百姓治病的。很多道士都是好医生，为人治病，救苦救难，以医行道。”

施老板钦佩地看着她：“真是慈悲为怀啊。请问先生法名？”

她庄重地说：“我叫静月，是四川紫徽山的道士……”

施老板忽然惊喜地笑了：“你是不是在茅坪区一带为人治病的那个静月？”

她诚实地点下头："是的。"

施老板赞赏地叹道："你都被传颂为神医了！"

她吃惊地问："隔这么远，施老板怎么知道的？"

施老板说："就是陈师傅说的。他说他家去了一个叫静月的道士，为他母亲把重病治好了，是个神医。他还说，回去了，一定把静月道士找来，为我父亲把病治好。没想到先生自己来了。这也真是神奇之缘了！"

她听了心里忽地翻腾起浪花，但面色仍然保持庄重平静。

她关心地说："你带我去看看病人吧。"一听说有病人，她又忘记了自己的事，想马上见到病人。

施老板说："不急，先吃了饭再看病人吧。"

她有些急地说："我才在一户人家吃了饭的，不饿。先看病人。看病人是我的天职。"

施老板就带她来到一个很旧的房间。房间里光线暗淡，因为窗户很小，而且又是木格子窗。床上躺着一个白发老头。老人神情慈祥，仍然一脸微笑，显得很是超然。

她让施老板舀来了半碗白酒，然后她帮老人脱了衣服，俯卧在床上。她用火把白酒点燃，心里默想师太的样子，这是她的习惯，时刻不忘恩师。她在老人背上检查那摔伤的地方。她知道，这些医生都只是治了表面的伤处，而没有在治疗伤处之前将里面摔伤的经络进行疏通，使之顺畅。她相信，通过她的特殊疗法，定能疏通血脉经络。她将手指头蘸了碗里的酒火，找准经络，用指头一条一条地缓缓推拿，按摩，使它们贯通。一次一次地进行，像将一条条干涸的河流重新引来奔腾的流水，像将一条条堵塞的道路慢慢疏通，恢复车水马龙。但是那样艰难，又是那样漫长……

后来她又为老人扎针，进行针灸疗法。好一会儿便放松地说："好了！当然，恢复还要时间，并且还要用药。"

她心里还是焦急，那种有针对性的药已经用完了，单纯按摩、扎针，会不会有效果？她心中有些惶惑。她想要是没有什么效果，那怎么办呢？就让老人这么躺着过完余生？这能对得起自己的职业，对得起师太吗？

她接着又用指头蘸了酒，开始给老人按摩。她按摩得非常小心而仔细，对每一个穴位都用指头认真比画，测定，做到准确无误。她那按摩的动作也极为柔缓、审慎，那动作姿势也是那样优美、艺术。接着又给老人扎银针……

做完这些治疗工作后，在施老板的要求下，她才坐下歇息。

她喝了一口茶便问：“你知道陈师傅可能去了哪个方向？”

施老板微笑地说：“别急。先吃了饭，我再给你说吧。”他又安排妻子，“快点炒几个好点的素菜，用漆油（漆树结的籽加工成的油）炒。”

施老板知道道士是不吃动物肉和油的，特地安排用漆油炒菜。这一带盛产漆油。

她心里已经被兴奋的热浪涌得满满的，哪还能吃进什么饭菜呢？

一会儿，桌子上就摆满了菜盘子，有黄黄的煎鸡蛋，红红的腌番茄，绿色的四季豆，黑色的木耳，白色的洋芋片儿，等等。

她说才吃了，可施老板说肯定没有吃，一定要吃。她勉强端了碗，可是很难吃下，那眼睛也总是往新楼房上瞅。她下了好大的决心和力气，吃了半碗饭和一些素菜，就放碗了。

施老板就安慰地对她说：“先生，实话对你说吧。我的新屋立起后，我要陈师傅继续帮我进行楼房的装修，他说还有重要的事去办。我问什么事，他也不说，有些神秘似的。我没留住他。也不知他去了哪里。”

她失望而焦急地叹口长气，自言自语道：“他去了哪里呢？”

施老板说：“你也不要急。好事不在忙上呢。”

她什么也说不出。她走出旧屋，来到新房前，久久地看着那高大壮观的新木房。这时西天的太阳像一个黄金球，放射着迷人的光焰，把新楼房照得金碧辉煌。她仿佛看见他正站在高高的柱架上，脸上满是骄傲的笑容，眼里闪耀着自豪的光芒……她看着他，愣愣的，忘记了一切。忽然，她差点喊出了声：杰汉哥……她没有喊出声来。她满脸堆着笑容，在阳光下是那样灿烂……

她久久地看着他修建的新楼房……

施老板站在一旁，一时间觉得既诧异，也深受感动，但又不知他们到底是怎样的关系和故事。

她似乎终于醒过神来，想起要去追他，但马上又想到病人——施老板的父亲，还需她精心治疗才行，这可是她的天职，救人是第一位的大事！这时她心里就憋得难受，像是心脏被绳子拴住了，在使劲地往外拉着……

到底留不留下呢？她一时间真是太为难了，做不出决定了！

施老板看出了她的矛盾和难过的心情，理解地说："先生进屋去坐吧。明日，我给你一匹马骑着，你一定会很快地找到陈师傅的。"

她忍住心里的浪涛冲击，坚持平静地说："多谢老板，我不会骑马。"其实她学过骑马，是不想麻烦别人。

施老板劝慰地说："骑马这个事，很快就能学会的。我那匹马很温驯，你一定很快就能骑会的。骑着它，快一些，人轻松一些。"

她感激地说："多谢施老板。我习惯走路。我走路比马也不会慢多少。现在，老人的病我必须还要守着按摩，扎针，看情况再说吧。"

施老板感激地说："那现在我带你走一走，看一看这有名的龙洞泉吧。这里非常好看。"

她跟着施老板走着，一会儿就来到门前的小河边，小河边有棵老柳树，还有一座石桥。她不禁想起那首令人伤怀的诗："枯藤老树昏鸦，小桥流水人家，古道西风瘦马。夕阳西下，断肠人在天涯。"又想起和他一起去读书的情景，也要走过一道小石拱桥……

黄昏将木格子窗打扮成一张浑黄的网，像是要网住她的心。她让主人去舀了半碗酒。又走进老人的房间里，让心里彻底宁静下来，什么也不去想，神情集中，将酒点燃，然后为老人按摩……

天拉下了黑幕布，四处也黑暗暗的了。山一下子变成了黑石头，人像是陡然进入了地窖一样。她提着桐油灯走进老人房间，又给老人进行扎针……同时教老人怎样从心里去感觉，从心里坚定地相信自己能走路的。

但她知道，光是按摩扎针，没有师太的那种神药，恐怕不会在短时间内产生特别效果。她有些焦急，她没有那种药了。怎么办呢？

这一夜她怎么也睡不着。她的心里非常矛盾——她到底是先去四川拿药来给老人治好病，还是先去寻找他？

三十　千里路途

第二天清晨。山上田野还披着一层薄纱，憨睡在一个朦胧的意境中。这时她就起了床。她来到院坝里，静静地看看东边的天空又看看北边。四处都是一片朦胧，一切都还没有醒过来。就她醒来了。她感觉自己就像一只处于蛋壳中的小鸡，还被一种不明不白的东西包裹着。她时而看看东边，又时而看看北边。就这样过了一会儿，当她将目光从北边挪到东边天空时，这时在山与天的交界处闪现出一线乳白色的光晕。她看着，这光晕越来越亮，渐渐地透出隐隐的红晕，她感觉自己这只小鸡终于从蛋壳中啄开了一片儿缝隙，见到了一缕晨曦。

这时施老板也起床了。施老板来到院坝里对她说："静月先生，你怎么起这么早哇？"

施老板说着向她看去，只见她脸上布满愁容。正在施老板有些不解之时，她忽然对他说："施老板，我必须回四川拿药。有药才能保证老人的身体很快、很好地治疗、康复。"

施老板很感动地说："真是多亏了静月先生一片良苦之心，真不知该怎样感谢你啊！"

她心事重重地说："这样吧，我马上出发。"

施老板关心地说："你不忙。我马上叫人做饭给你吃，然后你骑我的马去，这样既快一些，人也轻松一些。"

她很是焦急地说：“那就这样吧。我也不客气了，我就骑你的马，马上前往四川拿药。”

施老板十分感动，着急而心疼地说：“怎么急也要吃了饭再走啊，怎么能饿着肚子走出我的家门呢？”

她解释道：“谢谢施老板盛情。现在我还吃不下，等下在路上饿了找饭吃就是。”

施老板有些难为情地说：“那……”

她很急地说：“好，我马上出发，你快备马吧。”

施老板见她如此急切，也没再说什么，连忙进屋去了。不一会儿出来了，手里拿着一个小包，又去马圈里牵出一匹白马，来到她身边。

施老板用手轻轻地拍拍白马的头说：“听着，从现在起，你就跟着这位先生了。这也是你们的缘分。你一定要给我好好侍候先生，不准出任何问题。”

白马望一眼她，又望一眼施老板，好像听懂了他的话，点着头。

施老板将手中的包递给她，一副关心的神情说：“这是一点零钱，你在路上买点什么充饥，晚上歇宿时买点马料。”

她身上确实没什么钱。她给人治病从不收钱的，就是给富人治病也没收过钱，虽然观里接受富人捐赠，但不能私自接收，也是要富人亲自去观里表示善心，捐赠留名，这是观里多年的规矩。一般走路也不要什么钱，饿了找人家弄点简单的素饭吃吃，别人也不收她的钱。

她想早点赶回来。她想用马又确实快一些，走路来回怎么也要半个多月。她为了少用时间，就决定还是骑马。有了这么一匹马，是要一点马料钱的。但她一看钱袋，太多了，只伸手去抓了一把零钱塞进衣袋。施老板一定要全给她，但她怎么也不要，一手推过钱袋，接着就去拿过缰绳。

施老板无奈，就将马鞭递给她，用敬重的神情望着她说了骑马的几个要领，最后深情地说：“路途遥远，先生多保重！”

她拿过缰绳，施老板照料她上马，她有点大方地一步上了马鞍，轻轻拍一下马背，向施老板点下头，双手抱拳行礼。施老板也双手抱拳施礼。她马鞭一挥，顿时马蹄嘚、嘚、嘚地向前奔去。以前，她和师太一起也学过骑马。她转身向施老板看去，施老板正高高地抬着手向她挥动。她也抬一下手，举鞭打一下马，就飞奔而去了。清脆的马蹄声有如一颗颗闪亮的星星飞上天空，将还处于惺忪的清晨渐渐地敲醒了，敲亮了。

这天的早晨天红红的。天空像一面红色绸缎，美丽得让人的心都一下子上了天。后来太阳就冒出了山尖，把一个个山尖都染成高大壮观的金字塔，整个世界既像一个童话世界，又像一个魔幻世界。

这时天空飞来几只大大的老鸦，黑黑的，在天空傲视一切地飞来飞去，一副天马行空的气势，并且大声呵斥着什么……

太阳在山顶跳了一下，就升起了一竹竿高。她向西北打马前行。马蹄声急匆匆的，像是要奔向边关战场似的。

与此同时，他也正在这条路上走着，是向东南。他们正好相对行走在同一条路上，按情理，这次他们应该可以相遇了。

这时有两个穿黄军装挎着盒子枪的人，又从对面向她走来，向她张望。

她心里咚咚跳了两下，又咚咚了两下。她将自己的背弯一些坐在马上，像个老道，继续走。她的头毫不扭动一下，眼睛一直看着前面，好像远处有个很好看的地方，她正在看着。近了。她望着远处，好像根本不担心会认出她来。就像一个大侠一样向前行进着，异常沉稳，无所顾忌，毫不在乎，只有一副向前的气势。他们走来了。他们没让衣服擦到她的马，还用手捂了下鼻子。走过去了。她注目远方，只在心里咯咯地笑了两下。

这天她来到一面向阳山坡。这里是低山。村民们种的白菜已经长出几寸高了，绿绿的，在风中轻轻摇晃，像一只只小手儿，向你招手，不仅十分好看，而且一看就使你的心也变成这只绿绿的小手儿。

太阳暖暖的，像一个热热的脸蛋。又走去一段路，路里边的山坡上开着野菊花，大多数还是小花苞儿，开了的是白色的小花朵，一朵，两朵，白白的，像小儿的脸蛋，更像是谁人丢失在这里的纯洁心事。她看一下四周，见没有人，就跳下马来，去伸手准备掐下两朵，一朵给他，一朵给自己。但手刚刚一伸去，就忘记了去掐。

她想起了童年。她和他在山边田边玩耍，田边路边的野花是多的，红的白的黄的蓝的紫的。每当看见什么花儿了，他总要去掐几朵来，给她插在头上，然后就看着她嘻嘻地笑。然后就说："你的脸也像花朵一样，真好看！"她知道这时她的脸红了，因为她感到很热很烫了。其实她的脸是很白的。他说过她的脸像个要圆的月亮，白白净净的。他说着还伸过手来，轻轻地说："让我摸一下吧。"她让他用手摸了下她的脸蛋。这时她就感到脸上更烫了。这时她看他的脸，也很红了。她就说："你的脸也变成映山红了！"他嘻嘻地笑着。她双手捧着脸笑着。然后一起奔往河里，去照照那面天然的大镜子……

她欣赏了一会儿可怜的小花。她终于没有掐下，她想就让它们代表她、代表他继续好好生长吧。她上马继续向前奔去。

不一会儿就看见路边有一个屋场。一个男人正在院坝里钉一个木板匣子。她知道这叫"火匣子"，是埋葬小儿的简单棺材。她心下一紧，连忙跳下马来，走上去询问。原来是这户人家死了一个小男孩儿，只有十二岁，已经将尸体放入了这木板匣子里。这时正钉下盖板的最后一颗竹钉子，拿来绳子拴系"火匣子"，准备抬到山林里去埋葬。

她诚恳地说："我是个医生，你们把匣子盖板撬开，让我看看，是不是真的死了。"

孩子他娘一见是个郎中模样的道士，像见到救星似的，马上睁大了眼睛，望着她打量一下说："谢谢先生！"对男人说，"快把盖板撬开！请先生帮忙看看。"

男人几下就撬开了盖板，里面露出一个小男孩。脸上黄灰黄灰的，没有任何动静，确实是一副死相。

她拿过小男孩的手，去诊他的脉搏，看还有没有脉搏。她摸了下心中一喜，就对他们说："还有一丝儿脉跳呢，只是很沉，很弱，一般人可能还感觉不到。你们快把他抱到床上去。我来试试。"

这父亲很快就把孩子抱到了床上放好。她又要孩子母亲去舀来半碗热水，并拿了五根葱来泡着，放到一个黑黑的抽屉上。她看着碗里的水，在心里静下一切，默想师太的样子，用拇指甲蘸了水在孩子的人中位置使劲按了一下，又按了一下。这时奇迹就出现了——那孩子微微动了一下。众人大惊。接着她又那样在孩子人中位置按了一下。这时孩子就又动了一下，而且明显比第一次的动静要大。但眼睛还是没有睁开。

然后她给孩子脱下衣服，将两手的手指在碗里蘸了点水，在孩子身上按摩、推拉起来。按摩和推拉是治疗小儿病的基本方法，也是这时的最好方法。她从孩子头顶一直按摩、推拉到脚板。她时而在不同穴位上轻轻按摩，时而将指头在经络上缓缓地来回滑动，将一个远去的灵魂慢慢地从死亡线上拉回来。刚刚按摩、推拉了一遍，奇迹再次出现——孩子睁开了眼睛！接着就张口说话了："我要喝水。"

一时间孩子的父母和爷爷奶奶脸上都露着惊喜万分的笑容。但笑容中又包含了一种简直不相信这是真事的惊异神情。

她要孩子母亲重新倒了一小杯热水，转脸对孩子父母说："让他用热水喝点药吧。"

她说着从皮囊里摸出一个黄色的小布包，缓缓打开，里面的药丸早用完了，只剩下最后一点救急的药粉。她小心地将药粉倒一些到水中，用筷子搅拌溶化。自己先尝一下药水，看烫不烫。她用嘴吹了几下，让孩子喝下了一口药水，接着几口，让孩子喝完了药水。

这时她将碗放在抽屉上，笑着对孩子说："你好了，但今天就在铺上休息，明天你就可以到外面去玩耍了。"

孩子很懂事，虽然他还不是很有精神，但他能用感激的眼神望着她，尽力露出一点笑意说："谢谢先生。"

她见孩子说话了，心里一下子翻起一股热浪，接着全身都热了，一时间她什么都忘了。她像一位母亲那样笑着，用脸去挨挨孩子的脸，亲切地说："好好睡。啊，吃了这药，你的病很快就好了的。"

这时孩子的父母已经是感动得泪流满面。

孩子露着微微笑意说："你们莫哭。我很快就好了。"孩子不知道，父母是在为惊喜和感动流泪。

孩子的母亲连忙去做饭了。可这时她心里很矛盾。她想马上走，早点回观里拿药去救治那老人。可是眼下她又担心这孩子。她知道，这样重的病人，特别是小孩，要注意观察，不能大意。一般还要按摩几次，并随时根据情况调整按摩、推拉的穴位和经络，才能尽快地恢复。如果她走了，万一孩子的病情反复怎么办？这是一个美好的生命啊，像一个春天的嫩芽一样，刚刚从种子里伸出头来啊。如果她待在这里，她可以通过按摩穴位、推拉经络，控制病情，而且一定会让孩子的病情稳步走向好转，两天时间就能痊愈，真的就可以到外面去玩耍了。

事情就是这样巧。就在她矛盾犹豫的这时候，她要寻找的人——她心里的主，心里的神——她的杰汉哥——他也正来到门口的路上。如果她不救这孩子，那也相遇了，如果这时不犹豫，走出门，那准准地要和他相遇。

他有些口渴。他放慢了一下脚步，向这屋场望了望，他想进屋讨口茶水喝，但他不想耽误，想还是一股劲走到中午时再坐坐。如果他此时走进屋去讨茶喝，那会是怎样一种情景呢？其实他也有一瞬间的犹豫，是进去讨茶水喝了再走呢，还是继续走？

原来，许多美好的事情往往就是在一瞬间的犹豫之下，就悄悄地滑过去了。就如小溪中的水，一晃就流走了，永远再不会流回来。

他仅仅只稍微放慢了一下脚步，犹豫了一眨眼时间，就快步向前走去了。

对这个孩子，对这个小生命，她放心不下，还是决定留下来。此时他刚刚走过这个门口。她去上茅厕，从屋檐下路过，望了一眼大路前面那个远去的模糊背影。但她没有感觉到这是十年前的那个背影。这时的背影已不是十年前那个背影了，他长高大了，肩胸宽阔了，浑厚了，这也让她感到陌生了。很快这个背影就消失了。

过了半个时辰，孩子就说饿了，要吃鸡蛋。他母亲很快就煮了两个鸡蛋和几小片儿腊瘦肉。他竟然吃完了。这时脸上有了一些淡淡红润，像早晨东边天上最初的那抹红晕。孩子又像走过冬天的花草在春天里醒过来，有些欣欣然，又有些脆弱。这时一家人已是高兴得满脸都是春天的阳光，千恩万谢地感激她。

过了一个时辰，她又给孩子换了穴位和经络进行了按摩推拉。到了晚上，她又给孩子换了穴位和经络按摩推拉了一遍，并喂了药，孩子就能下床走动了。全家人更像是遇到喜事一样高兴得合不拢嘴。

但她却做了个噩梦。她梦见那两个挎枪的人，从路上走来就将她抓住了，正在用绳子捆她……她不禁惊醒，心里有些怦怦的战栗。

第二天早上。她早早地去看孩子。孩子还熟熟地睡着。她看孩子那脸蛋确实可怜，她仔细观察思索小儿的病情，应该说还在战胜病魔的最后阶段，这时往往会发生急转。她还是不放心，心里又矛盾又犹豫。她想马上就去赶路，但一看到孩子还很虚弱，又不忍心离开，还想多陪孩子一会儿。

她直到吃中饭后才走。这时已是未时快完了。她实在不忍离开这孩子，就待到这时才依依不舍地离开。分别时她用脸蛋紧紧地贴着孩子的脸蛋，久久地不忍离开。

三十一　桥廊楼亭

他像是永不停息的水奔流着，追寻着。他没有寻找到道远大师，没有找到他心中的月儿姑娘。他的心里空空的。但他感觉只要在寻找，心里又总是热热的，就觉得美好的希望就在前面。

他想建一栋楼房。建在月儿家的对面。要建得高高大大的。以此表示他对月儿的深爱和留恋，让他的美神月儿回来看看，感觉他的一颗痴心。他相信她还在，既然是跑了，就不是死了，跑就是去找他，找他就一定还活着。但他马上想到这是私事。不行。

他想起老师父的教导。是个匠人，最重要的是做出大业绩来，修建无数的高楼大厦，高高壮壮地站在那里，看得见，摸得着。

他太想修建楼房了，修建最高的房屋。但没人找他修建高大的楼房。这川鄂交界一带老百姓都很穷，无钱建造高大楼房，好多人户只能用黄土夯墙，墙上放楼索，墙筑起来放上檩子就是一栋房屋，不需要装修。

此时国共内战正打得火热，时局不稳，兵荒马乱，想修建楼房的也都搁着了。同时国民党四处抓兵拉夫，搞得鸡飞狗上屋，很不安宁。连邹师傅一个儿子小小年纪都被抓走了。

他要寻找道远大师。他最需要学到高艺绝活。因此他还是整日奔波着，寻找着。同时他要寻找奇特的建筑，实地看看那些结构、做工、艺术。当然也不可能搁下寻找月儿的事，她也是他心中的神，美神。他心中有两个神：艺神、美神——道远大师、月儿。

他仍然背着工具背篓。工具背篓在他背上左一下右一下地摇晃着，像背的个调皮娃娃。他走得信心勃勃，满怀着美好的憧憬，好像道远大师就在前面等着他，仿佛美丽的月儿姑娘正在前面等着他。

时间是由他的脚步走过去的。一步一步地走，一天一天就走过去了。

他向人们打听道远大师，也没有谁知道一个叫道远的大师……每天就这样过去。

第二天一样。他还是向前走着。他记着那位老者的话，因此他这是向青城山走去。他知道，青城山是道家圣地，说不定道远大师就在那里。再者，青城山有很多建筑。

这天上午，他遇到一位老者，听说他要去青城山，感叹地说："那可很远啊。"

他诚恳地告诉老者："再远我也要去。莫说是青城山，就是山东泰山也要去。我是学艺的，是为人们做手艺活的，为艺尽力尽心，理所当然。”

老者听了很感动地说：“你真有志向和意志啊。但确实路途遥远啊。”

他关心地问老者一些家庭情况，与老者同行走了一段路，两人十分融洽，无话不说。老人已是十分喜欢他了。

他仔细观察这位老者。老者看上去十分朴实，穿着一身黑色粗布长衫，而且上面也是大洞小眼的，特别有意思的是腰间竟然系着一根稻草绳子。他满头银丝高高地绾着一个发髻，像一个蘑菇，系着一绺儿黑布条，一飘一飘的。苍黄的脸上布满皱纹，唯有眼睛显得很有神采。下巴上留着长长的白胡须，把他的脸衬托得更为瘦削了。老者背上背着一个黑布褡裢包，手中拄着一根粗糙的树棍，上面长满结巴，像一根干柴。这完全是一个农夫的打扮，而且家里一定很穷。看着，他对老者很是同情。但老者自己并不感到有什么窘迫，总是一脸通达的笑容，望着远处，显得超脱一切。

他有些好奇地问：“您老去哪儿呀？”

老者微笑着说：“去走一个亲戚。人老思亲啊，想去看看。”

“离这儿很远吗？”

“有点远，也不太远。”

他们同行走了大半天，老人就分路去了。他给老人五个大铜钱，老人怎么也不要。但他硬是塞进了老人的衣袋，还捏住衣袋送了老人一段路。这让老人很是感动，久久地看着他，觉得此人也是一个充满大悲悯的人。

分别不久，他遇到了一件事：一户人家的当家人，也就是顶梁柱忽然患急症死了，没有棺材，全家人哭天哭地的。他路过看到这情景，就主动帮他们，用两天时间包括加夜班，为死者做了一副像样的棺材，而且连工钱也不要。他知道，一家的顶梁柱死了，以后怎么生活还是个大问题啊。这家老少跪在地上给他磕头。他严肃地把他们一一扶起，说怎么要这样啊，谁没有一个急事？帮人之急是应该的，每个人都应该这样的。

他又向人们打听道远大师，但没有任何踪影。可是他却遇到了一处奇特的风景！

这是在一条河边，他看见了河面上一座风雨桥！他一下子睁大了欣喜的眼睛，仿佛找到了大师。他远远地看去，河床很宽，桥很长，有九个石桥墩，简直像一条长龙卧在河面上。风雨桥修建得很精巧别致，它采用的是亭楼格式，共有两层，第二层明显矮于第一层，远看像一个“二”字。亭楼两头都是白白亮亮的飞檐翘角，像弯弯的牛角造型。四周的瓦檐也是白白亮亮的。他知道，这是用桐油石灰凝紧了的，是防止大风把檐上的瓦片吹掉。他感觉真是太壮观了，一下子忘记了一切，痴痴地又是醉醉地欣赏着。

过了好一会儿，他才拄着五尺向桥上走去，桥面两边还有板凳，供人们走累了坐下休息，或是乘凉，更可以观景。那河水不深，是一河白灿灿的浪花，就像开放的一河白菊花。

他仔细看了一会儿，便用五尺开始丈量桥的宽窄，第一层的高矮。然后他就走上第二层，更上一层楼。第二层两边也有板凳。他没有坐，倚着栏杆向河面张望着，这时感觉又不一样。他感觉是坐在一艘大船上，正在向上悠然行驶，清新的河风轻轻拂面，顿感无限壮阔，一身轻松。然后，他又用五尺量了第二层的一些结构尺寸，包括栏杆的高矮、间距，没有马虎。

最后他在桥的另一头，看见了竖着的一块石碑。他崇敬地看着，这碑上记载着修建风雨桥的时间，筹款人员，最后他看见了修建风雨桥的技师名字：陈道兴！他顿时浑身热潮涌起，怔了一瞬，啪的一下面对石碑跪下去，两眼热泪滚滚，呼喊着：“大爷爷——老师父……”

他激动地说：“老师父！您怎么没给我说，您修建了这样壮观的大桥？”

一时间他像有多少话要说！他又想到老师父遗嘱，要他去找道远大师的事……猛地，他转身面对大桥，重重地将头叩下去，头在地面发出咚的一声闷响，接着又是咚的一声响，他一共磕了三个响头，那热热的泪水也不知洒落地面多少……

他依依不舍地离开风雨桥，走了好远不禁又站住，回头张望那桥，心中呼唤着老师父……他感觉真像一条长龙正在飞越宽宽的大河。他想，这趟路真是没有白走，收获太大了！他一定也要修建这样一座风雨桥，为世界增添一个美景，同时表示他对老师父的纪念。

走了十天，进入了青城山。人走瘦了，皮肤走黑了，最后脚上走出了几个血泡。血泡穿了，流着血，疼痛难忍。这一带没有人烟，无法找地方休息，更不用说治疗了。他想已经上山了，离青城山顶部也不远了，坚持走到山顶再休息治疗。他坚持走着，那血水透过草鞋，一路上都是他脚上的血迹。他拄着一根五尺，脚一颠一簸地走着，身子便一偏一歪的。他坚持走着。他想早点赶到，通过看风雨桥，他忽然明白了一些东西。他想，青城山是道教圣地，一定有很多特别的建筑！说不定能找到道远大师，学到高艺，然后去修建最高的房屋，修建最长的风雨桥……

但他有些走不动了，脚掌实在疼痛。他现在走得很慢了，哪怕上山了，三十多里路程，他走了一天多，而且路上都留着他脚里的血迹……

终于看到了青城山上庙宇的翘角檐，像是翘首以盼的月牙。他不禁想起月儿。又走几步，就看见青灰的瓦面、红红的柱架。一看到房屋建筑，他又忘掉了一切，连脚的疼痛也忘了。他一边观赏楼房，一边打听道远大师。

他看了许多楼房，觉得都差不多。他想看到特别的建筑。他问了一些人，终于来到一座特别的亭楼前。他忘记了脚的疼痛，认真欣赏着。

这是一座八方形的亭楼。八方形，他想，这是八卦的意思。只有三层，他知道这是代表天、地、人三层。他很好奇，他还是第一次看到这样的亭楼，都是柱架结构，刷着深红色的漆，显得异常深沉老到。他主要看八方形亭楼是怎么结构的，那些楼索、穿枋是怎么安置连接的。这里面有着很大的技巧。因为它们不是四方形、长方形，横竖都可以连接，这是多角度的。并且这个八方形亭楼每层都铺有楼板，人可以上去，在上面观赏。

他认真地看着每层楼索的连接方式。他发自内心里非常佩服修建这座亭楼的工匠大师。下面往上看，既有拉枋，又有楼索，还有走廊，不仅很巧妙地连接起来，而且很有花样，看上去是一个精美的图案。在楼上看，柱头内是平平的楼板，柱头外面是走廊。这八方形亭楼，在外面安置走廊，四周贯通，很有难度的。他认真观察着，并一一记在心里。

他看了这个八方形亭楼，然后来到一个集中点，来到最大的一个主殿。他认真地看着楼房。好久才想起进殿里面去。

他走进殿里，几个道士都看见了他脚印有血迹，非常吃惊。

一位道士连忙走过去帮他接下背篓，关心地说："师傅的脚怎么了？快让我看看。"

他慢慢在一条板凳上坐下来，请这位道士帮他看脚。

这位道士看了一下，吃惊地说："你这脚掌上的血泡穿了，每走一步都是嫩肉摩擦在草鞋上，该是好痛啊，怎么没有找人弄药治疗？"

他说："已经上山，因为上坡很陡，脚的滑动大，血泡就磨穿了，四周没有人家，就只好走到这里再说。"

道士心疼地说："你这师傅也真辛苦了，是来这里修建楼房吗？"

他忽然觉得心里明亮多了，显得谦虚地说："不是来修建楼房，是专门来参观楼房。久闻你们这里大名，建筑名胜很多，就想来认真看看，学习学习。"

道士感动地说："师傅好谦虚啊！请问师傅贵姓？"

他恭敬地说："我姓陈，名杰汉，是四川有名的木匠大师陈道兴的徒弟，也是他的侄孙。"

这位忽地睁大了眼睛看着他，有些惊喜地说："哎呀，你就是陈道兴的孙子！听说他曾经来这里修建过房子，但我们后辈不知道哪些楼房是他修建的。他与这里一个老师父还是朋友，经常讲起他老人家。"

他就急于要打听他的大事，急忙说："请问仙道，你知道一个叫道远的大师吗？”

这位道士转动一下眼珠，在努力回想着：“道远？”

他说：“是的，叫道远，是个木工大师，老了后修道了。我师父临终嘱咐我，要我去找道远大师，学得高艺……”

这位道士有些干脆地说：“青城山肯定没有这个人。既然是大师，都应该知道的，但从没听说过。只看其他地方有没有。”

他非常失望。他也不想在这里打听月儿的事了，她一个裁缝，绝不可能上这些地方来的。

其实，他完全有可能和月儿相会的。他来时路过清月观，并进去打听过道远大师，但那时静月还没有回来。

现在静月回来了，而且马上又会出门，就不知他还会不会再去清月观。

这时已是傍晚时分，西天红红的霞像是上帝铺满了红地毯，准备庆贺什么大喜事的。他觉得真是来到了一个美丽的梦中。

此时他正坐在门口，西天的红霞将他的脸映照得红红的，像一个喝醉酒的汉子。他没有张望西天美丽的红霞，他望着周围的楼房，这时的楼房被涂上了一层霞光，白色墙壁变成了橙红色，连青灰瓦面也染成了橙红色，加上红漆柱架和雕花门窗，如梦如幻，真如仙境一般。

他脸上是一副既充满沉醉又充满虔诚的神往表情，仿佛他正进入一个意境，也在修建这类似的美丽楼房……

这时观外走来一个人。走近了，是一位老者。

这时他大吃一惊。那上来的老者有点像几天前在路上相遇的那位老者！老者腰间还是系着那根草绳，像个老农一样。

老者走到大门口，他立即起身迎上去行礼，然后双手捧住老者的一只手，像见到了亲人：“您老也来了！”

老者看到了他脚下踩出的血印，看着他用布包了的脚，正要说什么。

他激动地说：“老人家！您快坐下休息！”他眼眶里湿润润的了。

老者慈祥地微笑着，很心疼地说：“脚出血了，怎么不休息治伤啊？我在山路上看见血迹，想一定是你留下的……”

他诚实地说：“上山后路陡才出血，周围没有人户……”

老者又问：“你找到道远大师了？”

他有些消沉地说：“可惜的就是，没有打听到道远大师的踪迹……但我有很大收获。我看到了许多特别的建筑，特别是看到了一座很长的风雨桥，又看到了这里的建筑……”

老者说：“那你就不必认那个真了，我觉得好像没有道远这个人……”

他仍然坚定地说：“老师父既然说了，就肯定存在，我就肯定要找，直到找到道远大师。”

“假如一辈子找不到，你也还找？”

“学到真艺绝活，大于一切，我愿意寻找一生。”他坚定地说。

老者点着头，叹道：“你真是个不一般的匠人，你是匠迷了！我钦佩！”

走进殿里，两个道士都向老者恭敬地行礼，并亲热地说：“大师回来了！”

这时，他一惊，大师！马上想到这位是不是道远大师，大师是不是在有意考验他。他啪的一声跪在老者面前，双手扶地叩头道：“拜上道远大师！请大师原谅，小徒有眼不识泰山……”

老者忙弯腰扶起他：“快起来！我真不是道远大师。但你是我见到的天下第一个好学者、匠迷！我曾也是木匠，在这一带修建过不少庙，后来年纪大了，没力气了，视力也不好了，也就在这里入道了，在这里进行修炼……”

他急着问：“那个八角亭楼是您修建的吗？”

老者平静地说：“是的。多年了，那时我还只有三十几岁，还有好几栋房屋都是我修建的……”

他急忙叩头三下，诚恳地大声说：“大师，请收我为徒，教我木工绝活技术……”

老者忙着伸手扶他，很感动地说：“你真是个有追求的后生啊！

就在这里休息几天吧，把脚好好治一下。以后，可不要把身体不当一回事啊。没有了好的身体，什么也就没有了的。”

他点着头说：“谢谢大师！我一定听您的。”

接着老者问道士们：“给这位师傅的脚上了药没有？”

那位道士回答：“给他上了药。”

老者点着头：“他脚走起血泡了，泡穿了，一路流着血，但他一刻也没有停止寻找大师的脚步。如此追寻大师求艺，天下哪还有第二个吗？而且我还听人讲了，他在路途帮助了一户穷人。那家人的当家人患急症死了，没有棺材，是他帮死者做了棺材，而且没要一分钱的工钱。这是天下义师啊！”

他的所为令老者十分感动，又十分心疼。老者觉得终于遇到了一个真正可以传艺的徒弟。

老者真诚地说：“你就在这里好好休息几天，脚好了再走。人生，也不要过于匆忙。百年随时过，万事转头空。”

可是他着急地说：“枯木逢春犹再发，人无两度再少年。我要趁年轻，好好地学艺，决不虚度时光。”

老者感动地说：“你真是个好匠材啊！”点着头又诚恳地说，“你这脚不好，我不会让你走，也不会教你技术绝活。”

他只得留下来。几天时间的治疗休息，加上药好，脚很快就好了。

一晃他已经在青城山一带走了五天。虽然没有找到道远大师，但他看到了大师们修建的各种楼房，觉得很有收获，没有白跑！心憋的是没有打听到道远大师的任何踪迹。他想，这里是大师修炼的地方，为什么没有道远大师呢？道远大师到底在哪儿呢？

这晚，老者又真诚地说：“我没什么对你表示，将所学的一点绝活技术传授给你……”

老者主动将所学的木工绝活技术，其中包括制作风箱的技术绝活，都传教给了他。

他异常感动，在地上咚咚地磕着头：“谢谢大师！谢谢恩师！我一定将所学之艺完全用于为百姓服务，做好手艺！以艺为大，终生不弃，并传下去。”

老者扶起他，感慨道：“天下第一好学之人，你已经是真正的大师了。”

他诚实地说：“不，我还是一个浅薄的年轻人……”

老者有些舍不得他走，又诚挚地说：“还玩两天吧。”

他说：“谢谢师父，我还是要去寻找道远大师……”

老者十分感动，为留念，这晚与他同床而眠。

第二天一早天还很黑，他就起来出发了。老者将他送到路口，他跪在地上深深地给老者叩头：“拜谢恩师！”

老者忙将他扶起，亲切地说：“去吧，你会成功的，会得道的。”

他感激万分，又不知怎样感谢，一时显得很难为情。

老者向他挥挥手，他坚定地转过身，向前走去。老者久久地站在那里，目送他远去，老者那饱经沧桑的脸上满是深深的难舍。

三十二　圣境在前

静月心急情切，一路飞奔。第五天的傍晚，她来到了紫徽山。这时已是人困马乏。如果还继续这样急行，这马恐怕坚持不下去了。这时她忘记了疲劳，忘记了一切。打马又行一阵，就看到了清月观。虽有苍松翠柏掩映，但她还是看到了清月观。此时心里一股暖流涌起，浑身顿时热腾腾的。她连忙下马，面对清月观深深地跪下去，虔诚地叩拜，并久久不起。马不禁愣愣地看着她，喘着气。

她起身上马向山上走去。此时的路段是一段缓坡路。就在这时，她看见了那桂花树旁边站着一个人。虽然还远，但她感觉那是师太，不禁心中猛然一震。她急忙下马，对着清月观，对着院坝边的人，深情地凝视着。她想，师太是在望我吗？她难道知道我今天回来？她真的很神？于是她起身上马，一拍马背，加快了脚步向前走去。

她怎么也没想到，在离观还有长长一段路的山坡上，师太向她走来了。她的心瞬间化成了沸水，向全身涌流。她跳下马，快步走上去。

直到她感到前面山路上走来的脚步声，她猛醒似的站起身，这时师太正向她走来。她只觉眼前一亮，接着视线模糊了，忍不住泪流如泉。她急步向师太走上去，在师太面前啪的一下跪去，虔诚而深情地一叩拜、二叩拜、三叩拜。

这时静善师太也激动不已。快步来到她面前，伸出双手去扶起她，一脸激动的笑容，那眼眶已经湿润，即使是师太这样半人半仙的老道，此时那情义的潮水依然在心底激荡不已……

“师太！”她激动地呼喊着。

“静月！”师太也激动地呼喊着。

猛的一下她扑入师太怀里，紧紧地抱着慈悲的师太，一时间仿佛变成了一个小孩，一个久别母亲的小孩，满脸惊喜的笑容，什么也不知道说了。那马也似乎感动了，伸过头来，轻轻地吻着她这可怜孩子的衣服，又去亲吻着师太的衣服。

静善师太紧紧地抱着她。过了好一会儿，师太伸出双手捧着她的脸，静静地看着，认真地看着，似乎不相信她是真的，就久久地端详着。

静善好久才说出话：“不知怎么的，从你走后，我就天天望着这条路……昨晚我做梦你回来了……先前不久我算了一下，你应该是这时到达……”

这也大概是缘分。师太那么多徒弟，不知怎的，就深深地喜欢她静月。她离去之后，师太就天天想着她，望着她远去的这条路。现在师太年岁已高，总觉得自己随时要去天堂了，也就更想念她。

这时她也认真看着师太。她觉得师太明显地瘦了。她想，这是因为思念她吗？

师太关心地问：“你回去后，找到了那个木匠哥吗？”

她摇摇头说：“没有找到。他可能去了远处。我没去远处，就在家乡一带帮人治病。这次回来，是遇到一位摔伤并瘫痪的老人。我没有药了。一是想回来看看您，二是想拿点药去救助那位老人。”

师太摸摸她的头发说：“我感觉到你在一心一意尽善行道，为遭受病魔的人做好事。这很好啊！”

她扶着师太回到观里。一时间几个师姐师妹都拥上来亲热，抱成一团，什么也说不出，只有一腔腔激动，一个个脸上笑开了花。

一个师妹对她说：“从你走后，师太就吃不了多少饭，总是一有时间就在院坝边望你走去的那条路。我们想，师太一定是在想你。因为每天师太都要念叨你。有好多次，师太就叫你名字，然后才想到，你已经远去了。”

又一个师妹拉着她的手说：“师姐，这次回来就不走了吧。”见她没有表态，又摇着她的手说，“真的，这次回来就不走了吧。”

她满脸欣喜的笑容，什么也说不出。

这时，静怡师妹撑着夹撑从房里走出来，远远地就叫：“静月，你回来了！”

她连忙跑过去，扶住静怡，把她抱在怀里，激动地说：“静怡，你怎么受伤了？”

静怡说：“上山采药摔折了腿。不要紧，师太的药好，不要好久就又可以上山采药的。”

她一副很难为情的样子。她走了，没参加采药、制药，这下又来白白地拿药，一时间心里异常愧疚。

师太亲切地抚摸一下她的头，像妈妈一样说：“你先和姐妹们在这坐着说说话吧。”

师太说着就向厨房走去。厨房里正有一个女子在收拾，她们已经吃了晚饭。这女子说：“师太，静月回来了，我来重新做饭吧。”

师太说：“你今天的任务已经完成了。休息一下，我来做吧。”

那女子说：“不，怎么能要您来做嘛，我来做。”

师太坚定地说：“不，这顿饭我来做。”

这女子还想说什么，师太摆手说：“你不要多说了，快去休息吧。”

这女子还是没有马上出去，在一旁愣愣地望着师太。师太先舀了米放进钵子里淘洗，然后倒进锅里。这女子连忙去灶门口烧火，灶洞里很快就燃起了红红的火焰。师太就望这女子说：“好嘛，你就帮我加火吧。”

接着，师太就将准备明天吃的白菜和洋芋切了。这女子又赶忙把另一个灶洞里的火烧燃。师太将菜油倒一些在锅里，煎着。接着就炒洋芋片儿。炒得大半熟后，就倒进一些酸水，又放进一些辣椒、韭菜，顿时一股诱人的香味飘满屋子。接下来又热了白菜做的咸菜，还有萝卜干。这时，那锅里焖的米饭已经冒出浓浓的香味。师太揭开锅盖看了下又扣上锅盖，开始煮白菜汤。

师太对这女子说：“去叫静月来吃饭。”这女子来到大厅里，对她说：“静月，快去吃饭吧。静月你真幸运啊！师太怎么也要亲自为你做饭……”

她听了一怔，心里一下子涌起一股热潮，眼里也有热热的东西要钻出来，她尽力忍住。

她来到饭厅。师太已经将几盘菜端到桌上，满屋香香的。她向厨房走去，这时恰遇师太端了香香的焖米饭向饭厅里走来。

一见她，师太笑着说：“快坐下吃饭吧，一定饿了。这几天在路途奔波，哪里吃好饭嘛。”

她接过饭碗，心里热热的，感激地说：“谢谢师太！”

师太亲热地说：“快吃！多吃点。尝尝师太做的饭菜怎样。”

她这时只觉得喉咙里有些作哽，怎么也吞不下饭菜。师太就坐在桌子的另一边，看着她，陪着她吃饭，就像一位老母亲看着久别归来的孩子，那心中的情潮无法言说……

吃完晚饭师太就说：“出去转转吧。”

二人走出饭厅，来到院坝里。这时太阳早已去了另一个世界。西天的晚霞有如一个牡丹花园，正开放得灿灿烂烂，将山山水水辉映得红黄红黄，迷迷蒙蒙的，像是披上了一件金色的纱衣，将世界渲染成一个迷人的梦幻世界。这是一个仙境。

她望着望着就觉得自己变成了神仙，飞舞在美丽的仙境之中，凡尘俗世的什么也都忘记得一干二净。

师太和她来到观旁。这里地势较为平缓，长着好几棵松树和柏树。远看，身材窈窕动人，就像几个仙女在这里轻轻起舞。树下有一些石礅。但她们没有在这石礅上就座，她们向前走去。霞光辉映，如幻如梦。这时更感觉到是走在仙境，登上天堂……

师太久久地看着西天的晚霞，脸上微微浮现出恬静的微笑。那目光像是望去了很远很远，一时间难以收回，仿佛心也随之去了。她沉沉地观察着师太。她深知师太此时的灵魂已经远去，她不想打扰师太。她为师太的神情境界所感动。

一阵山风吹来。不远处一棵枫树忽地飞出几片红红的枫叶，随风飘去，如几片霞飞向它的归宿，渐渐地就什么也看不见。

忽地师太的道袍被风吹下。但师太毫没知觉，仍然望着远处。她为师太拾起道袍轻轻地披在身上。大概是她在师太身旁晃了一下，师太感觉到了，连忙去握住她的手，像是生怕她也像那片枫叶随风飘走了，紧紧地把她拉向怀里。这时师太神痴地看着她。她马上感到师太那眼睛里亮亮的。她微微低下头去，深深感到那温润润的依恋、牵挂、留恋……猛地，师太将她抱在怀里……

师太终于轻轻地张开嘴对她说："我可能不久就要远去了……"师太明显还有话没说完。

她吃惊地看着师太："去多久吗？"

师太心思沉沉地说："去很久，很久……"

这时她忽然明白师太的心境和话意，是归去的意思，顿时心里像被霜打的感觉，脑袋里还有嗡嗡的震响，眼里又有什么东西滚出来。她忍住不让眼里的东西滚出来。她知道，师太已经九十多岁了。师太苦苦修炼一生，已是功德圆满的时候，是应该进入美好的仙界去了。但她怎么舍得师太这样永远地离开呢？她想不下去了。

夜有些冷了。她伸手抚摸着师太的背说："师太，天凉了，回去休息吧。"

师太也连忙伸手抚摸她的背：“哎呀，你凉着了吧？”

她微笑地说：“我没事。我年轻，这点凉算不了什么。”

这时的世界静得像平静的水。特别是在这座山上更是显得寂静，仿佛一切都在平静的水面，仿佛世界上就剩下她们俩。她扶着师太向屋里缓缓走去。

这时几个姐妹还在院坝里练功。

她和师太回到灶屋里。师太正要去给她舀洗脸水，她连忙上去舀了洗脸水递给师太，要师太洗脸。师太却说：“你这么远回来是客人，应该我给你舀。”

她内疚地说：“要师太为我舀洗脸水，那还不折我的寿呀？”

她坚定地要师太快洗。师太也就洗了脸，然后洗了脚。她要去给师太倒洗脚水。师太不让，说：“我是从不让别人为我倒洗脚水的。”

她恳切地说：“那就让我为您倒一回吧。”

接着她自己也洗了。师太就将她带到房间，亲切地说：“我知道你明天要赶路回去救治病人，我也不留你。今晚就陪我睡一晚吧。说不定，这也是最后一晚和你在一起。”说着，那神情已经充满浓重的伤感。

她心里一酸，上去抱住师太说：“不，师太永远和我们在一起！”

师太也有些难过地说：“静月，说老实话，你是我最得意的徒弟，我很想让你做这里的道长，把这医道传下去。我们的医不是那种凡俗的医，它有着比医更高的理念。我们的医是行一种道，是以人为本的一种天道，是公道，不是私道。需要可靠的人坚守、传承。不然就会滑向唯利是图，成为野心者谋利的妙方……”

她抿抿嘴唇说：“师太，我希望您永远是这里的道长……我愿意永远陪伴着您！”

师太紧紧地将她揽在怀里，好久才说出话来：“生老病死，无法抗拒。我不久也要归去了，这是自然。”

她好久才说出话：“那我就在这儿陪伴着您的灵魂，守住这地方，传承您的医术之道。”

师太激动地说：“那好！我的心可以平静了。我所带的徒弟，你是最聪明的，学得最好的，最有境界的……我带了那么多徒弟，最舍不得的就是你……”

她十分感动，连忙跪下叩谢师太。她心底也明白师太的心情、心意。

师太拍拍她肩膀：“快起来，准备睡觉吧。就在这儿睡，和我睡。”

她受宠若惊。她知道，师太从没和任何徒弟同宿过。今晚带她同宿意味着什么，非常明显。

师太从一个小盒子里找出了药来，用布包好，递给她，殷切地说：“静月，这药给你。我知道你有病人急需治疗。这也是我的责任。你明天就去吧，快快给病人治疗。一旦答应，就要千方百计把病人治好。路上，不要走得太急，一定要注意安全……”

她眼睛湿润了，有些哽咽地说：“谢谢师太。师太您早点休息吧……”说着伸手扶师太去躺下。

师太要她同睡一头。她们双双睡下，师太紧紧地握着她的手，她也紧紧地握着师太的手……

第二天清早，她就起床收拾好了准备上路。可是师太拉住她的手说：“等一下，我去煮一碗面条，你吃了再走吧。吃了我煮的面条，路上你顺顺溜溜的。”

她看师太眼里充满着无限疼爱和难舍，就答应了。

她走出门外看天气。这时的天还有些昏暗。她感觉世界像是变成了一片暗暗的云飘在空中，还有些悠悠晃晃……

师太点亮了灯，坚持亲自给她煮面条。

她很快就吃完了面条，牵着马来到院坝里。她先跪下向师太叩谢、辞行。师太上来握住她的手，看着她，像有千言万语要说，但什么也没说，就那样安静地望着她，每一丝微笑都充满信任。

她深呼吸一口，正一正身子，什么也不说，毅然上马向前走去。当她回望时，师太仍然是那样微笑着，平静地抬着手，看着她……她也什么都没说，打一下马，就向山下奔去。

师太站在院坝边望着。这时东边天上慢悠悠睁开一线眼帘，像在窥视这世间的秘密。

她不时地回头张望。只见师太孤独地站在院坝边望着她。后来她回望山上，已经看不见那观了，被一个山梁挡住了。她忽然又看见观旁的山巅上站着一个人。她感觉那是师太，顿时她心里一股潮水一涌，连忙下马，对着那个山巅人影，跪下去，深深地磕一个头，又磕一个头，又磕一个头。

她在心里默念道："师太，您多保重，我一定要回来的。"

说着，她飞身上马，疾驰而去，只留下一串星星般闪亮的蹄声。

三十三　如树而立

五天奔波，风尘仆仆，静月又回到了施老板家。

静月走进院坝里。施老板迎了出来，感激不尽地行礼，亲自去扶她下马。他当然怎么也不知道她是个女儿身，是动不得的。接着又帮她牵过马。急忙安排妻子："赶快给静月先生做饭吃！"

待施老板来到旧屋的堂屋，不见了静月。他来到老人住的房间里，她已经从酒坛里倒了半碗酒放在抽屉上，这是专为她给老人治病而准备的酒。她点燃了白酒之后，就给老人进行按摩。她按摩得十分仔细。施老板看着不禁心里荡起一股热热的东西，心想这位先生真是心中只有病人啊……天下少有这样的先生！

这时施老板妻子端了茶来放在抽屉上，热情地说："先生快喝茶吧。"

但她像是没有听见一样，聚精会神地按摩着。按摩完后，又进行扎针。她要施老板去倒点热水来，给老人喝药丸。

不一会儿施老板就进来了，手里端着一杯热水，递给她。她让水冷了一会儿，从身上掏出一个小包，从里面取出一个油皮纸小包，用指头从里面夹出一粒药丸放手心里。她试着水不烫了，先让老人喝上一口水，再将药丸放入老人嘴里，再给老人喂水将药丸吞下。

站在一旁的施老板见静月这般殷勤侍候，心里热颤颤的，十分感动。他觉得就凭这细致的侍候，也不是一般医生能够做到的。这已经超越了医生，根本就是亲人。

她微笑地对老人安慰道："您老不要把这病往心里去。从现在起，您就想着我这病好了，我能走路了。运用意识的作用，是很有效的。明天您就可以下床拄着拐杖，一只手扶住板壁，练习走动了。"

她心里知道，老人这病不是一般的病，是把经络摔坏了。她相信，吃了观里的灵丹妙药，加之按摩、扎针，经络是能畅通的。但她必须要在这里多待两天才行，还要按摩扎针、观察，照顾老人服药，练习走动。

可是她心里又总是急急的，像有重大事情系在心头——她想去找她的杰汉哥。

第二天早上。太阳的神奇目光从东边山尖上看过来。山峰田野就又从梦境中回到现实，睁开了眼睛或是眨着眼睛，对世界又开始新的一天的感觉。她走进老人房间里。这时窗户的皮纸上正透进一种橙红的蒙蒙光晕。

她轻步来到老人床边，对老人充满信心地大声说："老人家，您的腿脚一定能动了！"

说着心里默想着什么，神思集中一点，拿起老人的双腿一屈、一伸地活动着。

她又对老人说："您看着我的眼睛，心里想着腿能动了！来，动一下腿我看看，动！动！"

老人暗暗地用劲，果然腿脚动了。

她兴奋地说："您屈一下腿，屈腿！"

老人的腿就屈拢来了。

她马上说："伸腿！伸！"

老人的腿奇迹般地伸动了。

就这样，她教老人动腿，屈腿，伸腿。一下一下地进行。不知什么时候来到旁边的施老板，看到后心中为之震撼。

她心里泛起一阵欣喜，果然初见神效了！她差点跳起来。

接着，她又给老人按摩、扎针，给老人喂药丸服下。

她心里太高兴了，似乎忘记了急于去找他的事。她想看到老人自己站起来、走起来的那个时刻。那就像旁边这座高大的新木房站立在阳光下一样！

这天下午。当太阳红红的光芒照着新木房的时候，她对老人进行了按摩，然后扶起老人，对老人说：“您就在心里感觉，我能走路了！能走了！就肯定能走了的。”

她扶着老人，从房间里向外面走去。奇迹再一次出现，老人的腿能在她的扶持下缓缓迈动了，虽然力量还很弱，但毕竟迈动了脚步。她扶着老人走着。边走边教老人心里怎么想，身子怎么用劲。

一时间全家人来到院坝里，都感动得露出了惊喜的笑容。

她看到老人恢复得如此之快，她的治疗又一次攻下难关，心里异常激动，又忘记了其他。心想若还在这里待上两天，继续为老人治疗，老人就能全面恢复，自然行走了。那就大功告成了。

就这样，为了老人恢复行走能力，她又忘记了自己的事，留下来了。她时刻陪着老人，按摩、扎针、练习。和老人说话，鼓励老人，树立信心，相信自己。

老人感叹地说：“你真行啊！”

她对老人说：“其实，人就是自己的主宰。每个人的脑袋里都有一个神，关键是，人要相信自己，就灵了，就神了！”

第三天，她起床后就去了老人的房间。她服侍老人服了药，对老人进行了按摩扎针……

她扶起老人，带着坚定的口气说：“我相信您老人家能走路了。起来，我们一起去散步吧。”

老人真的一骨碌就爬起来了。穿好衣服，滑下床，然后站住了。

她伸手在他背上轻拍一下，大声地鼓励道：“能走了！走！”

她这么一激励，奇迹还真的出现了，老人迈动了一小步。

她紧紧搀扶着老人一只手，又大声激励地说：“能走了！走！走！”

她扶着老人，让老人自己挪动脚步，慢慢前行。

不一会儿，她就和老人走到了院坝里。

她高兴地对老人说：“您成功了！”

老人脸上也有了几丝笑容，说：“谢谢你！”

她又说：“您看，这新房也就像您一样，稳稳地站着呢！”

老人笑着说：“是的。太谢谢你了，让我站起来了！谢谢那位陈师傅，让这新木屋站起来了。”

她就和老人在这新房面前练习着走动。

她心里确实太激动了。她欣慰地想，杰汉哥你让新屋在这里站起来了，我让瘫痪的老人也在这里站起来了！她心里一时间狂潮涌动，一浪高过一浪。她想，她和他见面后，第一件事，就要他来这里看看老人，老人站起来了，虽然还拄着拐杖，但能走路了！

就在这天的中午，附近的人们都来了，要看看这位神医。一时间，院坝里热闹非凡。

也就在这人多的时刻，她一下子吃惊了！

有两个穿黄军装、挎着枪的人也走来了！

这两个挎枪人脸上一副凶狠样子，像对所有人充满了仇恨，甚至想消灭所有人。他们一个一个地看着，打量着。特别是对女性，检查得极为认真仔细。

她镇定自若地站着，想着自己是一名老道郎中，没有什么，暗暗地笑了一下。她不慌不忙，根本就是悠然自得，慢慢走进老人住的房间里。这房间里也有不少人。她连忙将老人的衣服脱掉，让老人俯卧在床上。她用手在碗里蘸了水，面部朝着老人的背，给老人按摩。她尽量不让他们看见她的脸，虽然脸是化装了的，但她那水汪汪的眼睛怕他们看见了生疑，就尽量将面部对着老人，用手在老人背上按摩着。她尽力镇静着，不慌不忙，柔和地给老人一下一下地按摩着一个一个穴位，推拉一条一条经络。

两个挎枪的人进屋来了。对几个根本不年轻的女子认真细致地打量，但他们看见是一个老郎中在给一个老人按摩，根本不去看她。肖月怎么能和老郎中连接起来呢，漂亮姑娘怎么能和邋遢郎中联系起来呢？她在心里暗暗地发笑，暗暗地发狠，恶有恶报，不是不报，是时间没到。人把你们没法，天是把你们有法的。

就这样，他们简单地看了下就走出了房门。

她觉得不可大意。同时又痛心不已，她怀疑有好多女子被抓去了，受罪了……她深感自己有罪，低下头，合掌，默念道："无量天尊……"

这天，她仍然没有走。她决定还待一天再走，让老人好好地巩固。又为老人按摩，照顾老人吃药，练习走动……

第五天，老人就能不要拐杖行走了。她兴奋得像是长了翅膀要飞起来一样，浑身奔腾着热潮，忘记了一切！

这天夜里。她对施老板说："我明天肯定走了。"

施老板说："你休息两天吧。这几天你为老人治病，陪老人走路，累了。你不好好休息两天，走了我们心里不好受啊。"

她有些心急地说："我确实要走了。"

施老板难为情地说："你就休息一天再走吧。我和陈师傅已经是最好的朋友了，关系像一家人一样，既然你是他的兄长，我们也是一样啊。明天我带你去周围好好地看看景色。"

她显得不安地说："我必须马上去找到他。"

施老板有些诧异地说："是什么大事，有这么急？"

她只好编了说："我们要修建庙屋，因此我必须连夜去找到他。"

施老板眼眶湿润地说："那这样行不？我派人骑马去找陈师傅，把他接到这里来你们相会，商量事情。"

她脸上忽地掠过一丝惶然，说："这不行。我们以后一起再来吧。"

施老板蹙着眉说："你一定要走，我也很理解你，但你一定要接受我们一点心意。给一点医药钱，再就是送你一匹马，好让你行走省点力，更方便地为更多的人治病。"

施老板又对妻子说："把我准备的东西拿出来。"

妻子很快就从房间里端出一个红红亮亮的茶盘来。茶盘是圆的，像一个红太阳，里面放着两根金条，两块大大的银元宝。

施老板接过茶盘，恭敬地来到她面前，欠身递给她，诚恳地说："请静月先生一定收下。"

她早已站起来，恳切地说："施老板，这金银、元宝，我决不能收下。"

施老板激动地说："这是你应该得到的报酬啊！还有药钱。怎么不收啊。"

她庄重地说："我从医的天职就是尽善行道，减少人们痛苦，不是为了图什么报酬。我决不能收这些的。我收了，就不是什么尽善行道了，也就不道了。因为在尽善行道，做好事，不是谋私利，我们的道祖才保佑我们和病人。我们清月观的祖传就是这样的，怎么能用它来赚钱归自己呢？那样的话我马上就还俗了，也就只有俗人的力量了，就不存在道了……"

她一席话，说得施家人只有感动，什么也说不出……

施老板有所悟地说："那我也应该尽善行道，就捐赠给你们修庙。这你一定要收下……"

她有些严肃地说："我们观里从来有规矩：不能私自收取别人的捐赠。人们有心要为观里捐赠，就亲自去观里交钱，登记。如果没有这条规矩，那有人收了捐赠钱财而跑了呢？人心莫测啊。"

施老板明白了，信服地说："真是好规矩啊。我一定要去你们观里一趟！"

她说："我代表观里所有成员热诚欢迎、感谢！"

第六天的太阳又升起来了。这太阳就像一个肉红色的球，不，它就是一个新生的胎儿，正从母亲肚子里爬出来……

她神态沉静，恭敬地向施老板，向送出门外的全家人抱拳举至眉峰，又缓缓地随身子弯下，深情而留恋地说："多谢你们！我走了。"

施老板走上来，十分诚恳地说："以后，一定和陈师傅前来做客。"

她点下头说：“我们一定会来的。”

全家人包括那老人啪的一下，一齐向地下跪去，发出嘣嘣嘣的响声，头一齐向地下磕去，一下，二下，三下！都感激涕零地说：“感谢恩人啊！”

她被感动了，抿紧嘴唇。她急忙走回来，一个一个地扶他们起来：“不能这样啊，这样折我寿啊。”

施老板全家人满怀留恋地送着她。走一段路了，她要他们回去，可是他们还是要送。走一程了，她又要他们回去，他们还是要继续相送。

施老板深情地说：“你看见了陈师傅，代我向他问好！请他明年热天来帮我装修。”

她高兴地说：“好的。都请回吧！”

她走完了坝子，他们还跟在后面。她弯身行礼，求他们回去，如果他们不回去，她就不抬起头来。这下，他们才站住。

施老板全家人再次向她行礼，说：“路途平安！”

她说：“祝施老板生意兴隆！”

她走了好远，回头张望。他们还站在那里，就像一排树木永远地生长在那里，望着她远去……

但她不知道，她刚刚走出不到十里路，施老板也就骑着白马出发了，一路飞驰，前往紫徽山清月观……

三十四　发现之奇

他走着，寻找着。但总是失望，没有获得一点关于道远大师的信息，同时也没有获得一点关于月儿的信息。

不过眼下他终于听到一个好信息：老屋山是道家圣地，那里有木工大师正在修建楼房。他太高兴了，便兴致勃勃地向那里赶路。老屋山是一座长长的山，山顶又是平平的像个屋脊，形似一座老屋而出名。

他虽然是赶路，但他心里可并没忘记老师父的遗嘱，他想这下肯定能找到道远大师，学到更过硬的绝活本领……

他背着工具背篓，手拄五尺，仿佛一位大侠，一晃人就去得不见了影儿。他很快就进入崇山峻岭。山吓人地高耸，像是把天撑破了。看着叫人头晕。陡峭的山坡上不见什么人户，只有在山脚河谷两边有少量人家。

一遇上人户或是行人他就慢下来，打听去老屋山的道路……

这日早上的东边刚刚睁开一线白眼。他起床收拾了急速赶路。中午，他来到老屋山的山脚下。一路上他听人说过，这老屋山有些神秘、古怪，曾经有人进去，都没有走出来，消失了。这老屋山远看气势磅礴，峰巅像是伸到了天上，峰巅缠绕着神秘的仙雾，迷迷蒙蒙。这可是个出了名的地方，也一定是个归隐大师的地方。

他问一个山民去老屋山的道路。这山民听了一惊，忙说："师傅啊，这老屋山地方宽广，一般人可不能去呀！那一带山里可是个迷魂阵，而且天气古怪，好多人去了就没回来……"

他轻轻地笑了一下，说："我算了命的，要活九十八岁，不会死在里面的。"

他问了个大概方向路径，就向前奔去。工具背篓在他背上一摇一晃，像个不规矩的娃娃。

这个老屋山的确是个神秘的地方。他想，可能正因为神秘怪异，才修建了观庙，好镇住这地方的邪气。

他远远望去，只见山峰入云，摇摇晃晃，神神秘秘，好像鬼鬼祟祟。走了一会儿，他又向一个农户打听上山的道路。

农户说："你最好不要进去，非常危险，如果走错了路，迷失了方向，十有八九都出不来了。"

他还是上去了。他有一种自信，坚信自己也是个有胆量的人，什么也不要怕。他不相信进去会被迷住，他要去体验一下，破除它的神说鬼说，这首先就是一个匠人应该的选择。

大约走了个多时辰，进入深山密林，四处阴森森的，没有人户。这时天忽然下起大雨，而且吹着狂风。他也听人说过，这山林里的天气多变。他正在张望前面，没怎么注意，忽地一股大风啪的一下就把他吹倒了。风太大，他爬了好几次才爬起来，抱着一根小树。这风时而向前，时而向后，他只感觉头有些晕眩，眼睛有些昏花。他不想停止脚步。他镇定一下，拄着五尺向前慢慢移动，但大风就像一块门板向他劈来，他差点又倒下了，一时间迈不开脚步。他伸手握住路边的树木，只当这些树木都是走廊的栏杆，便手握栏杆一步一步继续向前。既然有路，就能往里面走，他想。风吹得他越来越晕眩了，越来越眼花了，接着又是风卷着一股雨水打在他脸上，就像是用脸盆将水砸到他脸上。他一下子全蒙了，如不是手握着树木，那一定又倒在地上了。

他本来有一把纸伞，插在背篓里，但他知道，此时用伞，会被大风卷得粉碎的。他是个节俭的人，他宁愿衣服湿透，也不想毁了他的伞，何况这天气用伞只能毁了伞。风夹着大雨，吹过来卷过去，搞得他晕头转向。忽然又是一股大风卷来，啪嗒一下，他就倒在了路上，而且差点跌到外边的岩坎下，背篓里工具发出哗哗啦啦一阵响声。还好他用手及时撑在了地上，头没有碰着地，否则非受伤不可。这一摔他似乎清醒了一些。他站起身子，一手拄着五尺，一手去拉住路边的树木，一步一步勇敢向前，一如既往地向前，很有一种无坚不摧的气势。

但是根本迈不开步，风卷着瓢泼大雨像大浪头一样，一下一下猛烈地劈向他。他知道斗不过风雨，干脆不走了，靠着一个崖壁坐下来，等风雨小些后再走，他不相信天就老是刮风下雨。他在心里坚信自己一定能走到老屋山。一个人只要心中有了力量，就什么都可以战胜。

这时他看那些山峰，那些云，都看不见了，只有晶亮的雨水。风猛烈地刮着。他感到整个山像在水里摇晃，就仿佛是一只只沉下水里的船儿，那些树也在摇晃，就仿佛是船上的白帆正被巨浪卷着。难道整个老屋山是一个摇篮？或者说，老屋山不是山，而是一团雨水？他觉得身子变得沉甸甸的。他觉得身子像是变成了一片树叶，被雨水压在了地上，再也飘不起来。他观察一下风雨，好像眼下没有停下来的意思。他努力镇定心神，制住身子。我是人，我是匠人，不能怕风雨！他重新站起来，手拄五尺，仿佛一个勇士，向前走去。路窄窄的，像是一线麻绳，不像是路，是一条拴人的绳索，而且每根树都是一个张牙舞爪的魔鬼。

这正是一个山坡，当风，忽地一股风卷着雨水，打在他的脸上，他又差点倒下。连忙将五尺在地上撑着，另一手牢牢地抓住路边的一根小树。小树重重地摇晃一下。他定一定神，继续向前。一手紧握五尺，一手去抓路边树木，亦步亦趋，一步寸远。

他在心里狠狠地说："我就不信，你这点风雨还真能把我怎么样！"

他说了两遍。风雨仿佛生气了，一定要与他作对，更大了，更肆虐了。他已经看不清前面的路，好像把他按到了水底，他仿佛不能呼吸了。他身子摇晃起来，又要摔倒。他想，既然进来了，就要走到底，就是死在这名山里，那也是一种骄傲！哗嚓一声，风雨像是一块板子向他劈来，啪的一下，他又倒在了地上，他感觉被卷到了水底。还好天不太冷，不然要冻死他了。他有些不信邪，坚持又慢慢爬起来，摇摇晃晃地继续向前走去。

走了一会儿，风雨小些了，真的它也就那么回事。他看见不远的一个山梁上有一栋房屋，房屋大门口有一个人影。这人好像正往这里张望他。他在风雨中挣扎，摔倒了几次，也没有停下，还是在摇晃着坚持向前。

可能是看见了房屋和人，他心中更有了力量，一下子清醒了。感觉风雨好像小了许多。是的，心中有了力量就能战胜一切，他勇敢地往前走去——

接着他就看见一个有些老的木屋，周围还有田地。屋顶上盖的是厚厚的茅草，上面还长了一些小树和茅草，屋子旁边还冒着麻线一样的炊烟。他想这一定是老农住的地方了。老农都是好心人，他有些兴奋了，心里荡起激动的热浪。

他走到院坝边，正了正身子，满心虔诚地向屋里走去。在大门边他将工具背篓放下，挨板壁蹴着。他怕别人讨嫌这工具背篓。堂屋后壁下一把黑黑的木椅上坐着一位老者。原来这人是个老者。只见老者的样貌和他想象的差不多一个样。一头长长的白发绾着一个圆圆的发髻，像一颗大大的白玉宝珠，闪耀着神秘的光芒。那浓浓的白眉像两片仙云凌空，下巴上长长的银须有如瀑布飞流直下……他觉得这老者真像一位大师。

他走进堂屋就恭敬地双手抱拳行礼，口里说："拜见大师！"说着双手又是一揖。

待他抬起头时，老者正对他慈爱地微笑着，亲切地说："师傅一路辛苦了。"

他没有莽撞地去板凳上坐下，恭敬地等待着主人吩咐。

老者很客气地说："快坐吧。"

老者又摸摸有如瀑布的银须，慈祥地微笑着说："你是个木匠吧？"

他慢慢坐下说："是的。"

老者认真打量着他。

他接着说："我师父临终时对我说了，去找道远大师，学得高艺。我必须要找到道远大师，学得木工绝活技术，为百姓建房造屋……"

他说得慷慨激昂，已是满眼湿润。

老者听得怔怔的，睁大了眼睛看着他，为他的话语所感动，嘴唇都有些颤动了，身子早已离开了靠背，向他前倾，注目审视着他，凝神静听他说的每一个字，眼睛慢慢地睁大了，神色变得有些兴奋，充满钦佩的微笑。

老者十分钦佩地说："为了学得真艺，敢于闯入此山，你已经是一位英雄，是一位义士了。一般人听到是老屋山，就不会往里面走。很难走，容易迷路，而且天气古怪。"

他诚恳地说："我沿路问的人，都叫我千万不要来。可我有我的想法……”

“你能上这里来，的确不容易。”

“我要学艺。我想越是难去的地方才有非凡的大师，有奇特的建筑。”

“你说得有道理。”老者点头说。

他诚恳地望着老人说：“我是陈道兴的侄孙、徒弟。跟老人学艺满十年这一天，老人归天，留下遗嘱，要我去找道远……”

老者认真看他，吃惊而严肃地问：“你真是陈道兴的侄孙？”

他诚实地说：“是的，陈道兴是我亲大爷爷，和我爷爷是一妈生的。”

老者接着又倒了一杯茶递给他，然后微笑地说：“你爷爷陈道兴，是我老朋友。你真不愧为陈道兴大师的孙子！我先就看到了你的行动。看见你在风雨中摔倒了几次，还不肯停下，还在往前走。我为你骄傲。”

他又崇敬地说：“您老是道远大师吧，我拜上了！”说着就跪下叩头……

老者伸手扶起他，真诚地说：“我不是道远。”

他诚恳地说：“您是大师，那您一定知道道远大师的。请您为我指引……”

老者微微笑一下说：“我的交往很少，不知道这个道远大师。”

顿一下又说：“你怎么一定要找到这个大师呢？”

他显得认真地说：“既然老师父说了，老师父是有数的，我就必须遵从师父的，一定按师父说的去找到这位大师，学得更多更高的木工技术绝活，更好地为百姓建造高楼大厦……”

“你一心想着为老百姓建造高楼大厦，你心地善良，是一个真正的匠人。我很感动。我原来也是干木匠的，后来年纪大了，就守在这屋子里，再也没有出门干过木工活。所以我对追寻大师学艺的人非常钦佩。”

他关心地问：“您后人呢？”

老者说：“我没有后人，老伴也过世了。”

他关切地问：“那您生活怎么办？”

老者说：“这上面有许多道观，他们给我送吃的，送穿的。”

“那您怎么不去入道？”

老者说：“他们就是要我住他们那里去。我在这待了几十年，习惯了这里，习惯了我这种生活。也活不了多久了，不想挪动了，就守在这里。”

他说：“其实您老可以去观里，和他们一起生活，也热闹些。”

老者说：“我习惯了这孤独的生活，我也还能种地，不想去。”

他忽地有所悟，哦，真正的大师都是孤独的……

他虔诚地说：“老师父，我拜您为师，请您收下我这个徒弟……”

老者说：“我没什么特别的技术，说不定你的技术比我的高。”

他啪地跪下，恳切地说：“请老师父收我为徒弟。”

老者感动而赞赏地点着头说：“你是个好学的匠材啊！”充满怜爱地看着他，又说，“既然是这样，我将我的一点关于修造房屋的技术和绝活教给你。你以后好好运用。我也仅仅这么一点建房造屋的东西。”

他叩头说：“谢谢您了！”

老者说：“学艺是要跟多方面的师。因为具体技术诀窍也是多种多样的。比如，什么树木适合做什么，什么季节砍伐，什么季节适合做什么，什么季节应该怎么做，等等，如不是终生学练，不是长期摸索，是不会获得多方面的诀窍和技艺的。技艺之多啊。每个人有每个人的诀窍、做法。不然为什么会说：三人行，必有我师。活到老，学不了？”

接着老人就将一些绝活教给了他，并说：“你还要在实践中去进一步证明，充实。我要嘱咐的是，这些绝活你不要轻易传人。不对一个人考察好，绝对不能传……”

他连忙跪下叩头拜谢。

老者又说：“你知道这一带为什么叫老屋山吗？”

他诚实地说："不知道。"

老者说："那我告诉你。这山上有一座千年木塔，有九层，二十多丈高，全部是木质结构，能修建这么高，有一千多年了，那可是奇迹，是最高技术啊。你去看一看，学习一下里面的结构、连接技术，学会了，你就是大师了，在木工建筑上没什么可以难住你的了。"

他叩谢老者："谢谢老师父，我马上就去！"

他又问："听说上面有大师正在修建新楼房，是真的吗？"

老者点着头说："是真的……"

他说："您怎么没有去参加修建？"

老者说："我没体力了，眼睛也昏糊了，看不清黑记……"

老者要留他过夜了再走。但他好像很着急，一定要走，老者就做了饭菜让他吃了再走。他也饿了，知道去木塔的地方还很远，就吃了老人专为他做的饭菜。然后他要给老人一些钱，要老人好好生活。但老人怎么也不要。他就想了一个办法，趁老人去了房间里，悄悄将两个银圆放在了老人的碗柜里，他相信老人很容易就发现了。

走时他反复要老人好好照顾自己，老人也握着他的手，一时间难舍难分。老人还告诉他去木塔的路。山峰林立，路径复杂，要小心，不要走错、迷路。

老人抱歉地说："我没有体力了，不能送你……"

他要老人坐下休息。老人就一直坐在院坝里，看着他向山上走去。他不时地又回头去张望老人，不禁心里就变得沉沉的。

这时天气竟然变晴了。又走了二十多里路程，他就看见了高高耸立的木塔。这里是一个道教圣地，有很多美丽的房屋。特别引人注目的是那座耸入云天的木塔。

他看到木塔的这一刻，心都飞起来了，飞上了耸入云天的塔顶。这是他见到的最高大最壮观的木塔了。他十分激动。

他突然有所悟：修建这木塔的师傅就是大师，看见大师的杰作，也等于看到了大师！认真欣赏大师杰作，就能学到最好的技术绝活！

他放下背篓，从一楼开始观察。他首先注意的是有多少柱头，楼索和枋是怎么与柱头连接的，他觉得最大的技巧就在这上面。这是一个八方形。外围的每一方有两根柱头，里面有八方形空间，对应外面一方有两根柱头，里外对应柱头用楼索连接。里面的八个角对应外面的八个角，每一方的柱头间是用枋连接的。每层都铺有楼板。

这塔第一层供奉的老君就是老子的塑像，有一丈多高。他虔诚地叩拜了一番，因为这是老祖啊。

塔的每一层都有楼梯，他往上走着。他仔细观察那些柱头、楼索、长枋，看它们是怎样连接的。他并且掏出一个本子来，用墨签画好图样，以免忘记了。

他一直走上第九层，也就是最顶层。他对它们的结构设计、连接技巧，都在本子上画了图。

站在上面往下看，有点吓人，往远处看，就是一览众山小了。只见四处一片云海茫茫，浩浩荡荡，好像这座木塔完全是飘浮在云海之上，还有点摇摇晃晃的感觉。给人的感觉像是来到了天宫，可以看尽天上人间……

他感叹，这样高的木塔，连接成一个整体，实属罕见，而且已经千年还没有倒塌，这就是过硬的技术。这就是值得他认真学习的。他一遍一遍在心里肯定：都记住了。

他当然没有忘记他还有一个大任务：打听道远大师的事。与木塔相连处，就是一个较大的正殿。房子长长的，有八间，高是三层，是城楼式的，两头有飞檐翘角，十分壮观，像一只大螃蟹。

他认真欣赏了一会儿，才走进一个大殿里，将工具背篓放到板壁边，首先叩拜了老君像，然后又恭敬地向几位老道施礼。

一位老道连忙起身，友好地说："师傅请坐！"又认真地打量他，觉得有些出奇，因为他不是一位道人，那他又怎么到这山上来了？老道对他很感兴趣。

老道微笑一下，说："你一个木匠，怎么要上这个山上来呢？这里是道家圣地。"

他虔诚地看着老道说："这我知道。我是专门前来道家圣地的。

道是心道，是境界。世事皆有道。心中有道，顺着道走，就能万事通达，纵横捭阖，不入歧途。”

老道微笑地说：“你的理解很不错啊。”

另一位老道严肃地看着他说：“不过，你作为一个手艺人，最大的道，应该是‘以艺行道’。”

微笑的那位老道接着说：“此地，一般人上不来。心不诚，性不善，志不坚，无道无德，根本上不来。能上来的，就是顶尖的好人了。请问师傅上来有何事？”

他诚实地说：“我听说这上面有大师正在修建楼房，想拜大师学艺。请问，在哪里修建？”

这老道依然一脸微笑地说：“是有远处两个师傅修建了几间阁楼，不过早已完工了，师傅也走了。”

他就问：“请问，两位师傅多大年纪了？”

老道说：“都有五六十岁了。”

他又问：“请问是不是有叫道远的大师？”

老道说：“没有叫道远的，两人都姓洪，是两兄弟。”

他一时间有些失落了。

他接着说了老师父的遗嘱之事，向老道打听道远大师……

老道有些神秘地说：“好像没听说道远这位大师，反正这山上是没有。”

他感到非常失望，微低着头。

老道依然微笑着说：“行道者不假语，不说违心之话。是没听说过这个人。”

那位神情严肃的老道望着远天，又说道：“艺境高远，大道千重。你还是尊崇老师父遗言，继续寻找就会有的……”

这晚他睡了好久还在回思，又爬起来看他记载的图样，进行研究。他不能不承认，这次来这老屋山，是最有收获的一趟！

三十五　大胆一刻

这天一个人找到他。这人二十多岁样子，个子有点高，有点瘦，但显得精干，满脸红润，长着一个十分挺拔的鼻子，像一座高炉。

这人径直走到他面前，恭敬地向他施礼，热情地说："陈师傅！"

这人说话的嗓门有点大，声音洪亮，而且充满激情，仿佛从一个炉膛里发出的。说着还去握着他的手。

他也热情地说："是马师傅嘛。好久没看见你了。看你这红光满面的样子，就知道你们的铁厂一定很红火呀！"

这人是一个年轻的炼铁技师，名叫马泽华，四川人，十四岁就跟一个叔叔在铁厂干。叔叔是个炼铁师，他便一心跟着学，如今已经掌握了炼铁技术，并且很有名气，负责一个铁厂的炼铁。他曾经和老师父去他们铁厂做过风箱。

老朋友相见，又是一番激动。

马师傅有些兴奋地说："你让我好找呀！"

马师傅说话时显得很友善而虚心，满脸笑着："你猜我找了你好久？哪晓得您来了这么远啊！"

他笑着："做工嘛，哪里有人找就要去哪里，身不由己呀。我们不像你，高炉常年都站在那里不动。"

马师傅收起一些笑容，正经八百地说："我走了四天！没法呀，制作风箱，你和老师父是最好的。可惜老师父过世了。"

他正经地说："也不能这样说。天下高师多啊。只是你没看见，不知道。"

马师傅说："不过，我是还没有发现第二个人。"

他说："应该还有第二个人。你还是在那个铁厂？"

马师傅笑着说："没有了。我到你家乡去了！"

他不相信地说："你怎么会到我家乡去呢？"

马师傅说："是施老板把我找去的，我现在是施老板铁厂的人了。"

他高兴地握着马师傅的手说："太好了，你到我的家乡去了！"

马师傅说："施老板知道我对四川熟悉，就要我来找你，铁厂等着你的风箱救急啊……"

事情紧急，他和马师傅很快就赶路了。

他没忘记斗笠姑娘林晓兰。他特地多走了几十里路，来到林姑娘的老家那里，他说了的回去一定从这里走，去看看她。他就叫马师傅在路口等他一下，他去见个亲戚。他去她老家那户人家问了，说林姑娘回家去了。

没有见到林姑娘，心里一时间有些惆怅，心想也好，回家后可以去见她。但马上又涌起担忧来。她回去后会不会遇到什么麻烦？那个王保长知道了怎么办，会不会又要找她？

他与林姑娘的故事，他没有告诉马师傅。

他和马师傅终于来到一个大山垭，这里离他家只有二十里路程。这里是茅草河的下游。西边那条长长的山梁像一条长龙从北边游来，到了这里忽然急转直下，大概是想从河里游走，就形成三道岩三道瀑布的美景。大概是河太小不便游走，然后又扬起头向南游去了。这里就形成一个大大的断崖式山垭，像这条龙忽然在这里断了头似的，因此人们叫这里为断头山。施老板的其中一个铁厂就建在这个山垭里，叫断头山铁厂。这名字听来好像有点不吉利，但这里其实是个美丽的地方，铁厂也很兴旺，并准备又建新高炉。

远远地就看见耸立的一座高炉。高炉顶上正冒着吞天一样的浓烟。高高的阳桥上人流穿梭，给高炉井口运送矿石和燃料。高炉下面，风箱手们正在拉着风箱，叫着号子："哎嗨嗨——嘀哎嘀——"真是一片繁忙景象。

马师傅向他指着一口风箱，着急地说："这换下来的旧风箱已经没用了，炉子上正用的风箱，也就像一个沉重病人的呼吸一样，根本没风力了，火力化不了矿石，只是勉强能保住炉火不熄。因此冒的烟都是黑色的，而不是红色的炉火。"

他反复认真地看着旧风箱，就皱上了眉头。他看着那大大的风箱，又看着那挡风板的风眼，根据青城山那老师父的指点，就一直在思考一个大胆的设想，他知道这也是一个冒险，因为要突破老师父教的规则。他总觉得那风门的比例还可调整一下，将两头的挡风板风门眼、将里面子箱的风门眼扩大一点，风一定会更大，炉火一定会更旺……

他开始制作一口新风箱。他最终还是坚定了他的想法，将新风箱上的挡风板风门眼，里面子箱的风门眼适当扩大了一点比例。但他心里还是忐忑不安，到底怎样呢？

他做好了一口风箱，急于想试试，同时也是他感到最为紧张的时刻。为了验证，他特地搬来了好几个脸盆大的石头，将风箱风管对准石头。然后他站直身子，对着风箱手凛然地一挥手，大声喊道："拉风箱！"

顿时风声如雷，风大如浪，飞沙走石，几块石头被吹得像足球一样射向远处不见踪影。围观的众人又是拍手，又是欢呼："好风力！好风力！"

马师傅让风箱手将风箱架到炉门上，他默思老师父的样子，这是他不忘师父教育之恩的习惯，每到绝活或者成功之时，总在心里想起师父，表达感恩和怀念。他伸手拍拍风箱，一挥手，风箱手一声号子喊起，拉动风箱连杆，呼的一下风声山吼，顿时炉火冲天而起，有如巨龙腾空，直上九天。巨龙在空中几个狂舞，忽的一下整个天空就红了，矿石就变成了红艳艳的铁水。只有半个时辰，红霞似的铁水哗哗地从高炉底里的出铁口奔涌而出，有如山洪喷发，不可一世！他看着，心中也奔涌着红红的铁水，全身沸腾了。他成功了！

马师傅惊奇地说："陈师傅，是怎么的，往日要两个时辰才能熔化矿石，这下怎么一个多时辰铁水就涌出来了？"

他止住心中的激动，只是微笑着，幽默地说："是今天拉风箱的师傅们劲大。"于是大家都笑了。

正是这两个年轻人，后来为他那个县的钢铁生产作出了重大贡献，而马师傅贡献最大……

赵老板高兴得合不拢嘴，紧紧握着他的手，感叹道："你真是神了！太谢谢你了！在厂里多休息几天。休息的时间工钱照付。"

他坚决地说："没时间了。"接着收拾工具准备又出发。但这时他看见了路上走来的两个军人！他又站住了。

这时，月儿姑娘正朝着这个方向走来。

她如果还向前走一段路，来到高炉边，就可以看见他了。但她走着走着站住了。

就在这时，有两个穿军装挎着盒子枪的人也走上来，向她瞄了一眼。她不禁浑身刺进一股寒气——她认出了，这正是莫所长手下的人！他们在追捕她！她的心像是跳出来了，她故意不慌不忙地向山林里一条小路走去。

于是她本可以在这里见到他的，但一个美丽的机遇便悄悄错过，就如一颗流星一闪便不见了。

三十六　紧急救助

这日天上的云厚厚的，像堆满了煤炭。

几只大大的老鸦，黑黑的，在天空傲视一切地飞来飞去，一副天马行空的气势，并且大声吵着，呵斥着……

静月来到奉节城下。她打算去白帝城看看。这时她看见城门下有许多人在看什么。她也走过去。霎时她惊住了——城墙上挂着几个血淋淋的人头……她还是鼓起劲看着告示。原来是国民党人杀害的共产党人……

她想不通，为什么要人杀人啊！日本人刚刚来杀了那么多中国人，为什么又自己人杀自己人？这世上的人是怎么了？她想，要是真有一种道法，能阻止人杀人、人害人的事，就好了。

她连白帝城也不想去看了。她想这白帝有个什么用？人们在你面前杀人，你都不管。不看了，走！她有她的事。

这天翻过了大界山，傍晚她来到了一道山梁下，这里离她的家乡已经很近了。

这时她遇到了几个可怜的病人，病情不一般，她便认真地帮他们治病。她是专做善事，一分钱也不要。病人也多，她也就太忙太辛苦。常常半夜三更还在路上奔波或是在村民家里给人治病。

她早就想找个助手，或者收个徒弟。多一个人为大家尽善做好事，可以更好地为乡民们服务。但是有个矛盾，虽然她是男性装扮，但她绝不想带个男性徒弟，她想要找的是姑娘，可是她又是一身男人的装扮，哪个姑娘又能跟一个男人学艺呢？而且她还有一个奇怪的想法，她想找的姑娘要和自己同相，想看到一个真实的她。这想法就真的有点特别了，甚至怪异了。

她看了好多姑娘，都不太满意。一直没找好。

由于她的医术，她已经被传得很神。当然人们不知道她是女性道士。人们都说有一位叫静月的道士郎中，是神仙下凡，慈悲为怀，为民治病手到病除，还不收钱。

这天中午。忽然有个姑娘跑得上气不接下气来找她。姑娘满脸汗如雨下，头发蓬乱，像是在深山老林里和老虎打架了跑来的。

一见静月就急促地喘息着说：“静月先生，请你快去救救我爹，他只有一丝儿气息了……我跑了很多地方，最后才听说你在这里一家人户，就急速赶了来。”

这姑娘已经累得双腿发软，站那儿不停地发抖。

静月伸手抚摸了一下姑娘的肩头，安慰道：“不急。什么病这么急？”

这姑娘焦急地说：“不是病，是遭凶……”

静月焦急地问：“怎么遭凶？”

这姑娘叫田月，她父亲是个棕匠，都叫他田师傅。事情全部内容，连这田月姑娘也是不一定完全清楚。

王保长请媒人来姑娘家好几次了，要说姑娘去给王保长做小老婆，她爹千万不同意，后来又请人来了，一定要她去王家，她爹火了，太气愤了，就骂了一顿人。都怀疑这人回去照实说了，王保长一定是气愤了，可能就想了办法报复。

今天上午，田师傅去树林里刮树叶垫圈，就遭到两个蒙面人突然袭击，用木棒残暴地毒打。打得很惨！田师傅大喊救命。待四周的人们都拿着锄头跑上山，行凶的人见事不对就溜走了，只剩下田师傅躺在地上。田师傅下半身被打得很重，血流不止……”

姑娘焦急地说：“请静月先生快去，慢了我爹就没命了……”

静月气愤地说：“这简直不是人！”她又急忙问，“你家在哪个方向？”

姑娘指一下来的方向说：“就是那个方向，离这儿有十多里路。”

静月心里又焦急又悲愤，说：“你快在前面带路，我们快去你家吧。”

说着她们一起加快了脚步赶路。边走静月还边问一些情况……姑娘跟着跑着，觉得这位静月先生真能走路，怎么脚步这么快，像飞一样，自己年纪轻轻的都跟不上了。

她又对姑娘说：“你放心吧。有我，你父亲的伤不会怎么样的。我有好药。”

她们一起向前飞奔而去。这时的太阳像一个血球飘在西天，不，硬是西天穿了一个洞，正在喷射着红红的血液！不久整个西天都被血喷满了，红红的一大片。

她来到姑娘家。只见田师傅正躺在院坝里的一块门板上，这是村民们帮忙抬回来的，还有几个村民站在旁边。他女人正在给田师傅擦洗着身上的血迹。那地上已是红红的一片血水。田师傅还在十分痛苦地哼叫着。

她走到田师傅身边安慰说：“不要紧，我来给你擦药。”说着掏出药来，是一种粉末。她给伤口上撒了一些，不久，血就止住了，不流血了。

姑娘有些安慰，惊奇地看着静月，感激地说：“谢谢先生了，你的药太好了！”

姑娘就对去屋里泡茶的她妈大声喊道：“妈，不流血了！这医生的药太神了，撒上去就止住血流了！”

姑娘用钦佩的眼神望着静月，好像觉得是一尊神。

田师傅还在轻声地哎哟哎哟地叫唤。姑娘走过去用手帕为父亲擦脸上密集的汗珠。

姑娘母亲端来一杯茶，亲热地递给静月，说：“先生喝茶。”又拿来一把椅子，“先生坐。”

她没有坐，眼睛看着田师傅的伤情，口里急切地说：“快舀半碗水来！”

姑娘母亲急忙去舀了半碗水来递给静月。静月接过碗放门板上，掏出药包，取出一种药粉，撒在碗里，用手指搅匀，药粉很快就溶化了。她就用手指蘸了药水，在田师傅的伤处抚摸着。这是一种麻醉药，一会儿，病人就不哼叫了。

她对田师傅说：“不痛了吧。”

田师傅说：“不痛了，一点也不痛了。”

姑娘啪的一下跪在了地上，给静月磕头，哭着说：“拜上神医啊！我爹真是命大，遇到了您这位神医，他有救了。”

她连忙弯腰伸手去扶起姑娘：“不能这样，快起来。治病是我的天职，是应该的。”

姑娘抬起头来，用衣袖擦了擦眼泪，睁大了眼睛望着静月，那是一副顶礼膜拜的眼神，那是一副拜谒菩萨的虔诚。

静月微笑地说：“这是止痛药水，它能局部麻醉。在古代，就有这种止痛法。给病人洒上或喷上这种麻醉止痛药水，就可以开刀了。《三国演义》中写的华佗给关羽在骨头上刮箭毒，而关羽还在下棋。那是华佗有麻醉止痛、止血的药……”

她给田师傅检查了。他的伤确实很重，他的腿骨被打折多处。这打的人真狠，是想他这一辈子再也不可能站起来，不可能再走路，只能瘫痪在椅子上度过残生。

她对姑娘说："就在旁边给我帮忙。"

她将双手在碗里蘸了药水，去给田师傅开裂的骨头重新合拢，贴紧。她轻轻地摸着，揉着，捏着，只听见肉里面的骨头嚓嚓地响。她轻柔地动作着，仔细感觉骨头的状态，一块一块地连接，全部丝丝入扣，接着上夹板，用布带缠好。就这样从大腿到小腿到脚，从左肢到右肢……累得她浑身汗如水洗。姑娘站在旁边不停地给她脸上擦汗。而伤者却一点事没有，根本没有丝毫的疼痛。看着她忙碌，姑娘眼里又是崇拜，又是感动，眼里早已不自觉地涌满泪水，不时地从眼角又滚下重重的一颗泪珠。姑娘想她爹有救了。

接着她又给他服了一颗药丸，并安慰说："你很快就会好的。"

直到她给田师傅上好最后一块夹板，系好最后一绺绷带，才喘着气接过女主人递给的一碗茶水。她这时才感到喉咙里已经渴得冒烟，一口气就把一碗茶水喝了个光，像个男子一样。

姑娘母亲感激不尽地说："把先生辛苦了！"

静月平静地说："快连着门板把他抬到房间里休息。"说着走向门板的一头去帮忙抬着。

姑娘和她母亲走上来，要静月坐下休息。静月早已伸手抬着了门板。她们三人把田师傅抬进房间，又慢慢地将他滑到床上，让他在床上躺好。静月这才走到院坝里在椅子上坐下，擦汗，歇气。

这时姑娘就端来一盆水对静月说："请先生洗一下手脸。"

她弯下身子伸出双手探进盆里，洗着手。只洗手，没有捧起洗脸帕洗脸。这让旁边的姑娘有点不理解。是的，她不会去洗出她的本色让人怀疑她是个女的。

不久姑娘母亲就把饭做好了。香味都飘到院坝里来了。而静月这时似乎已经没有了食欲。她确实太累了，坐着就不想动了。

姑娘母亲来到静月面前，亲热地说："请先生吃饭。"

静月微笑地说："好像还不想吃饭，只想喝水。"

姑娘就去倒了半碗茶水来递给静月。静月接过去一口气就喝干了，说还想喝。

姑娘正准备去舀茶水来，母亲在旁边说："这就不喝茶了，怎么能让先生光喝茶水嘛，快请先生来吃饭。"

静月从见到姑娘去报信就飞奔到这里，不知流了多少汗水，衣裳早已湿透了。来到这里就进入紧张的工作，又流了几身汗，浑身的水分差不多已经流干了，因此就只想喝水。她现在仍然是太渴了，太累了，当然也饿了，可是她不想吃饭，就想喝水。她要姑娘还给她舀一碗茶水来。但姑娘还是只给她舀了半碗，心想不能让先生光是喝茶水，应该吃饭了。

姑娘母亲已经把饭菜端上了桌子。那是煎鸡蛋炒腊肉，香味连天上都飘满了，引来了几只燕子，还有几只蝙蝠在屋檐下飞来飞去。

静月接过茶碗送到嘴边，一仰脖子就只剩下了一个空碗。她哈的一声轻轻从嘴里呼出一口爽心的气息，就像憋了半天没有呼吸似的。她喝了几碗茶水。这下像是浑身的血液开始了流淌。

她对姑娘说："等下热点水，我要洗个澡。"

她还不知道，这里是石灰岩，天坑多，非常缺水。老百姓吃的水不是泉水，都是挖的堰塘蓄的水，而且隔家很远。

姑娘端起盆去倒了水，又去灶屋舀了半盆水端出来自己洗脸。她双手捧起盆里的水在脸上擦洗。她一连捧了三捧水洗了脸，于是满脸汗渍泪渍的她又是雨后的花朵，鲜活粲然，靓丽动人。接着用帕子揩干了脸，站起身去倒了盆里的水。往回走时用一只手去摸着那头漂亮的秀发，这时便如仙女浴后亭亭玉立。

没想到本已很累的静月突然眼睛一亮——静月这才认真地看了看站立面前不远的姑娘——姑娘大概年纪十七八岁，脸蛋白白净净。静月猛地怔住了——这姑娘的样貌完全和她十七八岁一个样子！她又认真看了一眼，这时就不仅眼睛豁然一亮，而且全身一下子热了，忘记了一切，一点疲劳也没有了——真是踏破铁鞋无觅处，得来全不费功夫！

她就耐不住地问姑娘："你叫什么名字？"

姑娘见静月认真注视着自己，脸蛋仿佛飘来一片霞光，有些羞怯地不太自在，但她必须回答先生的问话，就说："我叫田月。"

这是令静月惊奇不已的一个名字，她当下一惊，叫"田月"？我叫静月，都有一个"月"字！真是无奇不有，也许是天意啊！

她忽地从椅子上站起来，走上去拉住了田月的手，弄得田月姑娘惊异而羞怯地怔住了，手中拿着的那个小木盆掉到了地上，碰出砰的一声震响！

这时田月母亲正从灶屋里走出来请先生吃饭，一见这情景，也怔住了。

她听见木盆掉到地上的响声才惊觉自己失态了。天呢！一时间心里咚咚地乱跳，脸蛋也像陡然泼上了热水似的发烫，呼吸更是急迫了。天呢，这该怎样向姑娘和她母亲解释呢？他们家可不知道她其实是一个女子，只是表面装扮的是一个男道士，眼下"男"先生去握住了一个黄花闺女的手，这可是有伤天尊道风的大事呀！这绝对不行！

倒是田月姑娘有点大胆，连忙打破尴尬局面地说："先生快去吃饭吧。"说着抽手拉起她的手向屋里走去。

她脸上蒙上了厚厚的羞愧和难堪，转而尽力随和地跟着田月姑娘向屋里走去。可是她心里像火烧一样焦虑——想着该怎么解释刚才的事，而且姑娘母亲也看见了，不解释肯定不行！这是伤风败俗的事，怎么能不解释呢？可是，该怎么解释呢？按实情解释，自己成功隐匿了这多年的真实身份就暴露了，一切付之东流了！那随之而来的将是什么呢？

她终于决定，宁愿损失自己，也不能稍微有损道家尊容！不管自己将迎来什么命运，也要做出真实可信的解释。

她和田月相偎走进堂屋，田月母亲亲热地对她说："静月先生请坐。"

她没有坐下。她对田月和她母亲神秘地招下手，意思是向里屋走去，并悄声而庄重地说："来，我给你们说个重要事情。"

一时间姑娘和母亲也被弄得云里雾里，疑虑重重。

她和她们母女俩来到一个房间里。她庄重地望着她们母女俩说："你们看看我，像不像女子？"

母女俩愣愣地望着她。这对她们来说也太突然了，都有些心慌，不知该说什么。这可面对的是救命的先生啊！

她平静地微笑着，看着她们母女俩，仍然用眼神在问着那个问题。

母女俩也微笑地看着她，但不敢说什么。因为她们知道眼前这个郎中不是一般的人，是个神医一般的人，也是她们的恩人。

她轻轻地揭下头上的帽子，露出一个头巾，又解下头巾，用手散开发髻，这时一头长长的秀发便如瀑布从天上垂下，瞬间惊得母女俩傻了眼，如堕五里雾中。她自从跟随了静善师太就没有再剃头，早已长出一头漂亮的长发，只是也学男道士用长发绾着粗壮的发髻，再戴上一个道士帽子。

这时田月母亲眨了眨眼睛，定下神来，走到她身边激动地说："天啦，您是一位女性！"

她怕她们还不完全信服，又解开长袍，露出胸前缠着的蓝色布条，并一层层地展开——但这时她已是一脸难过的神情，接着向她们说了隐情。但她说的是四川人，仍然没说真实住址和真姓……接着就打水洗了脸和脖子，一下子便有如天仙展示在她们面前。姑娘和母亲的眼睛都看得发直了。

田月母亲上去将她揽在怀里，轻轻地说："你也有难过的事。我知道，一个女子出家去当道士，这肯定有着不一般的经历。你放心，我们一定替您保守秘密，决不泄露出去。您是我们的大恩人……"

她又对这位母亲说："大婶你再看看，我和田月同不同相？"

田月母亲认真一看哗地睁大了眼睛："天呢，你们好同相啊！只是你年纪大些，加之常年风里雨里奔波，皮肤稍微黑些，但我敢肯定，你十七八岁时，一定和她是一个样子！"

三十七　非亲是亲

由于为伤者焦急和忙着治疗，静月也没来得及认真看看田月的母亲。这时她认真一看，心头一惊：“天哪，她和我母亲也好同相啊！这真是天赐美缘啊！”

她忍不住激动万分。田月母亲像看见久别的亲人，情急地上去抱住她，流着泪说：“天哪，怎么遇到你这么个恩人啊，我们真有缘啊……”

她忘记一切地抱住这位像她母亲的人。顿时感到是被拥入母亲的怀抱，心中一股热浪涌起，浑身暖乎乎的。想到自己风里雨里奔波，所追寻的那心中的东西却不知在哪儿，心头又是一片酸楚涌起……

田月看着她们，心里一时感到热热的，忙着上去拉她们坐下好好说话。

她真诚地说：“我既然已经出家了，现在也不可能再回去。我已经入道。这样吧，我就认您为母亲吧。”

她说着就向地上跪去：“您就收下我这个女儿吧。”

田月母亲慌忙伸手去扶她起来，一时有些紧张地点头说：“好，我真有福呀，能有你这么个好女儿！”说着又紧紧地抱着她。

她激动地叫一声：“妈，我永远做您的女儿。”

田月母亲微笑着说：“嗯，好，谢谢你了！”

这时好像听见田月父亲房间里有声音。田月端来半碗茶水，她连忙上去微笑地说：“不喝茶，茶解药，让他喝热水吧。”

为了保密，以防来其他的人，她很快又绾好发髻，恢复了一个男道士的装扮，并将脸擦得黑黑的。

田月很快去热了那碗水端进房间里。田月母亲去扶住男人，静月亲自给他喂水。

田月父亲喝下了几口水，喘口气激动地说：“娃她妈，你们要好好感谢这位神医啊，我好多了，这先生真是神仙啊！你想，我下肢的骨头都砸碎了，他给我揉捏复位时一点都不疼痛，这真是神医的功夫啊！”

她微笑地说：“这都是因为有我师父的好药。这样吧，您让田月也跟我学，我一定教她学到不一般的医术……”顿了一下，她干脆就对田月父亲说明了她的真实身份。

田月父亲一下子睁大了惊喜的眼睛望着她：“哎呀，那太好了！”

她庄重诚恳地说：“真的，我把她教得和我一样具有神医一般的功夫。我将医术全部教给她。好吗？”

田月父亲满脸感激地说：“哎呀，那就是天大的福气啊！那你真是我们的恩人了！那好，从现在起，田月就跟你学，也为人们做好事。那我们就说定了！”

她点下头肯定地说：“说定了。从现在起，她就跟我学吧。”又转身问田月，“你愿意吗？”

田月高兴地笑着说：“我愿意。你就收我为徒弟吧。”

她高兴地去握住田月的手说：“你也要考虑好。虽然是学医，但你加入的可是道教，不是一般艺人。一旦选定，就要坚持到底。”

田月有些兴奋地说：“不管怎么样我都跟着你干！”

田月父亲一脸感动地看着她：“入道是很好的事，我就把田月交给你了，你给我培养成你那样的人。我们全家终生感激你！”

她有些严肃地说：“不过，也要像我一样，化装成一个男娃……”

田月高兴地说：“这样最好！”

田月母亲接着说：“田月还有两个弟弟，将来可以在家照顾我们的。田月就一心跟你去学医吧。”

她高兴地说：“好，只要她学，我一定把她教成我这样的人。”

田月母亲看着丈夫说：“你只管说话，要好好休息。你想吃点什么吗？我去给你弄。”

田月父亲说：“唉，我感觉很好了。什么都想吃，你随便弄点吧。”

田月母亲有些自责地说：“哎呀，我们只顾说话，饭菜恐怕都凉了。”便叫田月快照顾先生吃饭。说着去给田月父亲也舀了一碗饭菜端去。

天渐渐地又闭上了眼睛。天每天都是这样按时作息。

静月在田家待了四天。因为田月父亲伤势很重，她必须守在那儿为他治伤，观察。这期间，她也向田月父亲说明了，并要做他的女儿。田月父亲惊奇得不敢相信，高兴地露出笑容，真不敢相信这一切都是真的。

这天她要走。田月就要跟着去。

她耐心地劝说："你父亲伤很重，而且是伤筋动骨，现在还不能动，要人随时服侍。你就在家照顾一段时间，你父亲好些后再随我学医吧。学医也不靠抢这一点时间，那是一辈子的事。我们主要是以医行道。以后，我还要带你去紫徽山清月观，让你拜见她老人家。"

田月高兴得跳了起来："那我到哪里去找你？"

她说："我过段时间要来接你的。"她想，她还是要先去寻找他……

三十八　有缘相遇

那个下午多云，日光昏昏的，仿佛是糊着皮纸的灯笼。

他正在铁厂紧张地赶做新高炉柱架。这时有一个人听说他是风箱大师，做的风箱很神奇，就来到了他面前，和他讲话。许多年后有时他还想起这个人。这是一个有些神秘的人。这人说自己是个算命先生，名叫杜信。

杜先生说："我是从汉阳来的，曾是汉阳铁厂的一名炼铁师。因为腰受损伤，不能继续炼铁，跟一个老算命先生学了算命。"

杜先生三十岁样子，瘦高身材，皮肤有点像铁，黑苍苍的，还有被铁花飞脸上烧出的乌青点儿。看他那样子还真是干过炼铁的，脸都像铁一样放光。

章石匠也在这铁厂打石头。石头是高炉内用的那种耐高温的砂石。

这个章石匠想试一下杜先生的深浅，就请他算一下命。杜先生给章石匠一算，真是算得神准，顿时让所有人惊叹。还真是神了，说得完全相符，一点不差。于是就有很多人也要算。

这天铁厂里人多。他正在这里主持立新高炉的柱架，十分热闹。

章石匠喊他："陈师傅你也算一个吧。"

他有几分严肃地说："等下再算，现在开始立高炉柱架！"

他这时显得很是谨慎。之前他对高炉柱架进行了一番仔细检查，保证没有一丝儿问题。他此时给人的感觉胸有成竹。

这时各项准备工作都已经就绪。接着就是号子喊得山响，在一个个山塆里回荡。

很快，高炉柱架顺利地立起来了，实际上只有四根柱头，但十分地高大粗壮。这是施老板新筑的一座高炉。时间大概是中午一点。人们都坐在一些木料上歇气。有的用土碗喝着绿黄色的茶水，有的吸着柴捆似的土烟，像烧火土一样。他只喝了一碗茶，他是个不吸烟、不好酒的人。如特殊情况，也能凑合着喝两三碗酒。

他将杜先生叫到不远处的一棵树下。这里可以看到河水绕着这个山垭缓缓地流淌，水绿绿的，像融化的碧玉。杜先生已对他十分钦佩，哪怕他年纪比他小。两人各在一块石头上不慌不忙地坐下来。

他脸色沉静，像有满腹心事。他抬起头友好地望一眼杜先生，说："请你给我算两个命。"

杜先生马上微笑地说："是算你和内人的命？"

他仍是心事沉重，微微叹口气说："给杜先生说老实话，还不是内人，只是两人曾经约定了，不知这个亲事到底怎么样？"他接着说两人的八字。

他想看看杜先生能否算得准确。

杜先生算了一下就望着他说："那我就直接地说了，你这位女友，照我算来，她早已出家了……"

他听杜先生这么一说，又回想几个算命先生所说的情况，心里便暗暗叹服这个杜先生，说的和其他先生说的一样。

他又问："请杜先生算算，我和她还能不能走到一起，能不能结婚？"

杜先生认真地算了一会儿，就面色有些遗憾地说："我还是给你直说吧，不能瞒哄你。你和她，一个东，一个西，一个在人间，一个在仙界（出家了），怎么可能结婚呢？"

他听了心里深深地震动一下，像被什么撞了一下，顿时脸色像是涂了厚厚一层铁，稍微思索一下还是说："那假若我去找到了她，一定要把她拉回来呢？"

杜先生微微地笑一下，摇摇头说："你不可能找到她。她已经是个很有修为的出家人，她的最终归宿不会在凡间。她这一生的命运就是这样确定的，谁也改变不了。"

杜先生顿一下又说："不过，事在人为。也确有最终走到一起的机遇，不是完全没有可能。事在人为。"

他一头闷着久久说不出话来。

杜先生便劝慰地说："天是空的，地是实的，天涯何处无芳草？天下多的是好女子，不必为一个出家的女子而伤怀。"

接着杜先生也向他讲了自己的身世："我家在汉阳，父亲也是个好木工，而且母亲也姓陈……"

他有点考他地问："你母亲姓陈，那你知道义门陈氏'百犬同槽'的老家故事吗？"

杜先生微微一笑说："这当然知道。陈氏家族当时在江州老家，有十五代人没有分家，三千九百余口人在一起过日子，十分和睦。不仅人和睦，而且养的一百只狗子都能同槽吃食，和睦相处。后来就有了'百犬同槽'的典故传说……"

他一下子有些激动地握住了杜先生的手："我们真有缘啊！"

杜先生也有些激动地说："是啊。我们是有缘千里来相会啊。"

杜先生接着说了遭遇，日本人轰炸武汉，重点是汉阳钢铁厂和兵工厂。杜先生一家当时都在汉阳钢铁厂做工，父母兄弟全被炸死了。

他出外办事去了，幸免于难。实际上是去进行一项秘密的活动……但杜先生没有告诉他是地下党的事。

他看杜先生说得真诚，相信是真实的。更紧地握着杜先生的手，两人像是一见如故。又像是好不容易见到了一个远房亲戚。他觉得杜先生是一个很神秘的人物，但也不知是个什么人物。

他怎么也不会想到，此人是中共地下党茅州县委书记，巧妙地以算命先生为掩护，四处考察联络，开展工作。特务怎么也不会把一个算命先生与共产党联系起来，因为共产党是不信这一套的。可见这人对职业的设计不一般。

这时他和杜信正说着关于算命的话题，没想到来了个特别的人，是个女娃，而且是专来找他陈师傅的。这人是王霞。

王霞远远地就亲热地称呼他："陈师傅！"

她只喊了这么三个字，就走到了他面前，用一种特别的眼神望着他。那眼神里充满着倾心的激动、浓浓的爱慕、极度的思念……

这时杜信就说："哎呀是王霞姑娘嘛。"杜信以算命方式四处奔走，到过王保长家几次，还吃过饭，也给王家人算过八字。王保长家离这铁厂也只有二十里路。

王霞只注意着他陈师傅，毫没去关注别人。这时杜信主动打招呼，她才歉意地叫了声："杜先生。"

王霞望着他满含深情地说："你的工钱，我给你送来了。"

他十分感激地看着她，并深深地领会到她对他的深深情意，他感到十分可贵。他当然还不知道，这工钱，是王霞主动要了送来的。已经腊月了，她知道父亲在区里领了不少工资，还有别人还的账。她就对父亲十分郑重地说，爹，陈师傅辛苦了，这工钱你给我，我给他送去。王保长看她一眼，知道她的心事。自陈师傅走后，她饭也吃得少些了，人也瘦了，作为父亲，他有些可怜她。他是看好陈师傅这个人的，并专门请了李保长做媒，哪知陈师傅已定亲呢。此时他明白女儿的意思，就说，那你怎么送？知道他在哪里吗？她说，我听在铁厂做工的人说，陈师傅在铁厂来了。王保长就算了下，将工钱给了她，说，那你给陈师傅送去吧。并嘱咐她快去快回。

这时杜信早就离开了，心想他们好说话。

她将工钱递给他，这是用一个白白的小手巾包着的，情切切地看着他说：“能抽空去我家玩吗？”

他感觉心好像都在融化，他觉得这是一个多么稳重而重情义的姑娘，多可贵啊！他感激地说：“谢谢王霞姑娘！你是个很好的姑娘！又有文化，你是能找到一个很好的郎娃的。我祝你好运！”

这时就看见她的胸脯激烈地起伏着，并伴随着急切的呼吸声，那眼睛里忽地涌满泪花，十分闪亮，仿佛两朵菊花骤然绽开，光彩袭人，他的心也一下子绽开了。

他十分友好地说：“莫难过，人生是充满曲折的。但只要心胸开阔，勇敢面对，想开些，向前看，是有好前程的。”

他对她感到十分地心疼，又爱莫能助，忍不住要抚慰一下她，就伸出右手轻轻抚摸一下她的肩头，想说句安慰的话。谁知这时她猛地就抱住了他的手，眼泪像开闸的水汹涌而下，尽管她极力咬着牙，还是哭出了难以忍受的声音，深深地震撼着他的心，他心中的闸门也瞬间被摧毁……

但他马上镇定下来，以一种庄重而坚毅的眼神看着她说：“不要难过，好好保重身体！留得青山在，不愁没柴烧。”

她只是哭着，虽咬紧牙关，但没控制住嘴唇的颤抖，一个劲流着泪。

他理解而坚定地说：“人的许多事都是命中注定的。想开些，你好好回去吧。”说着向后退出两步。

她不说什么，只是用深情的泪眼痴痴地盯着他。

他有些庄重地看着她：“我要去干活了。你快回家吧。”说着又退出两步，向她抬起手。

她没有抬手，那眼神中闪现一缕极度的失望，也毅然转身向路口走去。走了十来步又回头看他一眼，庄重地转身向大路上走去。

他先前没有打开包来看钱，他觉得那太小气了。现在他打开手巾看钱时，工钱算是给得很足的，他马上看到了一张白色的小纸条，他立即打开，急切地看起来。那纸条上没有抬头，没有落款，就写着一句话："我忘不了你，你考虑下吧。"

他顿时心中轰轰然地震响着，好像心在碎裂……他为她感到心疼，又没有办法。

他又去了四川，并忘记了回家过年。

但他还是记得过年的日子，他来到老家，也就是老师父大爷爷家。他知道过年时要给重要亲人坟上烧纸上香。

刚刚进屋，一个年轻人就走到他的面前，激动地大声喊道："师父！"

他还在吃惊，这年轻人就在他面前跪下了，大声说道："叔叔，你让我好找啊！我已经找了您一个多月了……"

他连忙扶年轻人起来。年轻人便介绍说：

"我是陈道兴的重孙。十四岁时不想离开父母没有跟祖祖去学艺，就跟附近一个木匠师傅学，学了三年，只学了个半罐子。我父亲要我一定来找您，跟您继续学艺。我在四川找了一个多月啊，路过这个老家，进屋看看爷爷奶奶，没想到您来了！这真是太巧了。我叫雷陈林，父亲是在雷家做的上门女婿，所以我姓雷。您就叫我陈林吧，我还是想姓陈。我的家也离这儿不远。"

他笑着说："那你现在能离得开父母吗？"

雷陈林显得坚定地说："我现在长大了，懂事了，一心要跟您学艺，不管是走南还是闯北，一辈子都跟着您！"

这时陈林的爷爷也给他说："收下陈林这个徒弟吧。都是本家人，拜托你了！"

他高兴地说："好。我收你这个徒弟。我们一起继承老师父的艺业吧。"

陈林奶奶忙着做了丰富的饭菜，要他吃，他不好推辞，就大大方方地吃了。饭后他和陈林一起来到老师父坟前，虔诚地烧了纸、上了香、磕了头。然后陈林紧紧地拉着他衣服，一定要去家里。他就去了陈林家。这时已经只差两天就过年了，陈林父母拼命要留他在这儿过年。并且陈林父亲还悄悄收起了他的工具背篓。这下他有点无奈，只好就在陈林家过年了。

年后的正月初四，都还沉浸在年的味道里，他就带着陈林出发了。他们一边寻找一边做木工活。一晃就来到了五月，可除了又修建了几栋房子、做了几套家具外，他什么也没打听到。

三十九　奇绝之险

他和雷陈林急急地走着。没有打听到道远大师的信息，也没有追寻到月儿的踪迹。他十分苦闷地坐在一个山坡上，望着远处空蒙山影。他想，这道远大师到底在什么地方呢？月儿到底在什么地方呢？

不久他和雷陈林来到一条河边，他就忽然站住了，看着这条河。这条河既宽也平。河边有一坝平地，都是水田，看来这里是鱼米之乡了。

他久久地看着河，像是忘记了走路的事。雷陈林就有些纳闷，他走路是很急很快的，怎么这下不走了，而是认真欣赏这河的景色呢？

雷陈林眨了眨眼睛，很是不解地问："师父您在想什么？"

他笑着说："我在想，这条河上要是能修建一座风雨桥，那该多好啊，那绝对是天下一大美景！"

雷陈林有些惊异地说："哦，师父在想大事呀。"

他陷入思索地说："这条河涨水一定很大，会给人们出行带来极大不便。"

他自个儿点了下头，像是想好了什么事情的，对雷陈林说："走，我们去找户人家歇歇。"

他们来到河边不远一户人家，坐下不久，他就向主人家了解这里的情况，好像他不是一个木匠，而是一个父母官。这河叫清河，因四季水清而出名。这坝子也叫清河坝，住着三百来户人家，好过的人户也多，发大财的也有，还有在远处做官的。并且有一位德高望重的老者，姓康，是个秀才。他家算是一个积善之家。

他和雷陈林来到康秀才家。他先做了自我介绍。

康秀才听说他就是修建冯家大院的陈师傅，是陈道兴的徒弟和侄孙，非常高兴，原来康秀才早年就与陈道兴大师相识，亲家的房子就是陈道兴修建的，几十年了还像新的一样。康秀才十分热情，连忙要家人做饭给他们吃。

他制止说："不要做饭，还不饿。我们谈件大事吧。"

接着他就像个风水先生一样地说："这里是个好地方。如果给河里修建一座风雨桥，是天下一大美景，是造福两岸百姓……"

康秀才对这话题也很感兴趣，笑着说："是啊，我们就是想修建这座桥，既然你陈师傅来了，又这么鼓励，那我们是可以商量这件事情，主要是筹款的事情。"

他鼓励地说："给康秀才讲，千工怕动工，动工不要一千工。万事只是开头难。这工程真正一开工，人们都会拥护，会积极捐款的。你康老就在人生的老年，还做一件大善事，流传千古吧!"

没想到，康秀才被他说起了激情，不仅动了善心，还动了决心，决定干一件人生中最辉煌的事情——修建这座风雨桥。

他和康秀才又来到河边，实地勘察。由于河床宽，他说要建八个桥墩，这具八卦的含义，同时"八"是"发"的寓意。八墩九孔，就有九道桥梁，这"九"是表示九五之尊的意思。他同时强调，桥面要宽一些，柱架、桥梁要粗壮一些，一定要修建得牢牢固固。

接着，匠人们一边动工，康秀才一边组织人员，四处游说动员，修建风雨桥，发动大家捐资捐款，不分远近，有钱的出钱，有力的出力，附近的人都要尽义务工。这不是哪一家的事，哪一代人的事，是千秋共享工程，是一件大善事，是大家共同的缘分，是成千上万人的大事。

河两边的山坡上已是一片叮叮嘣嘣的热闹响声。有十来个石匠已经在打凿桥墩石。

康秀才找来十个木匠帮忙，这些师傅也不差。只有十几天，他和师傅们就做好了十排柱架。

就在这时，凤凰坝的屈秀才也去找到他，像有急事的。

屈秀才焦急地说：“听说陈师傅在这里修建很大的风雨桥，我就想来看看盛况。同时要找你帮我们一个大忙，我们要修建一座文庙。这是我父亲一生的愿望，也是老百姓的愿望。现在父亲正在重病之中，不看到修建起的庙怕是死不瞑目了。款子已经筹得差不多了……”

他爽快地答应说：“好啊，这是大善事，我一定来帮忙！凤凰坝离我家很近，等于是我家乡，为家乡修建庙堂，我不要一分工钱。”

屈秀才感动地说：“陈师傅真是善义之士！但工钱还是要给，我们正在筹款。”

他很坚决地说：“其他匠人师傅的工钱要给，但我的工钱，我说不要就不会要。”

屈秀才感激地说：“你这风雨桥工程已经快了，一完工就去，再就不要答应别处了。”

他很熟悉凤凰坝。那里因凤凰山而得名，离他家不足二十里路。凤凰山又叫凤凰落巢，都叫它凤凰山，其实山体很矮，垂直高度不过五十丈，真像一只趴在坝子中间的凤凰。这里的人不是很富，但出过不少读书人，人们崇尚文化，一直想在凤凰山上修建一座文庙，供奉老子、孔子塑像。屈秀才父亲为此奔波过，但一直未能如愿。屈秀才为此奔走过多年，也算终有收效。现在屈秀才也老了，屈秀才父亲又老又病，心愿不死。屈秀才就想，一定要把文庙建起来。

他又关心地问：“修建一座什么类型的庙？”

屈秀才说：“我是个文化人，我想修建一座文庙，传承我们中华文化……”

他马上赞赏地说：“修建文庙很好啊。”

屈秀才说：“确实很好。”

谁知这晚出了个事。

他白天累了睡得早。他正在做梦，突然被哭声惊醒。他连忙起床去查看，只见两个老人正在大哭。原来老人的小姑娘突然病了！这时雷陈林也起来了。

他俩都已经和这小姑娘十分熟悉，而且友好。她名叫石琳，还只有十二岁，个子比较高了，虽然没读书，但聪明伶俐，十分可爱。他俩都喜欢她，她也喜欢他们两个。她父母要她给他们两个叫叔叔，但她偏要叫哥哥。她说他们和她哥哥一样大，怎么要叫叔叔呢？他和雷陈林本是叔侄辈分，她不清楚这些，也不管这些，她坚持给他叫大哥哥，给雷陈林叫小哥哥。他们两个知道她就是个小娃子，也不管这些，都顺着她去。而她一直很喜欢他们，经常在他们干木工活的地方看看、玩玩，和他们说着话。

此时已经很晚。他拿了桐油灯认真看这姑娘时，只见她满脸青乌，人已经跟死了一样，也不知什么急症。家中就两位五十多岁的老人，儿子在远处跟一个亲戚做木工手艺。

他果断地决定："我将姑娘背到医生那儿去抢救。"

姑娘爹说："去找医生来吧。"

他说："这样慢了，我背她去，需要什么药，医生家都有，就可以及时救治。如请医生来，又还要去医生家拿药。慢了，她这么严重，怕出现危险。"

他背起姑娘就急步奔走。雷陈林也紧跟着，便于路上换一换他。

大半个时辰，他们来到一个医生家。医生一看，说是食物中毒，很危险，如还慢一会儿，恐怕人就没了。经过用药吐出胃里的食物，进行清洗，又灌药温补，很快人就醒过来了。原来姑娘吃了一种有毒的马桑树泡儿，而且吃了很多。

医生望着他说："是你妹妹吧。"

他说："不是，是我临时寄宿人家的姑娘。"

医生面容一震，睁大了眼睛看着他说："厚德积福，你将有好报的。”

他微笑地说：“救人，和你们医生一样，是天下最大的事。古人说：‘救人一命，胜造七级浮屠。’”

医生又给开了一些药让带回家熬了喝。他又背着姑娘往回走，待回到姑娘家，这时已是深夜。两位老人看见已经清醒了的姑娘，跪在地上就要给他们磕头。

他慌忙伸手制止了，说：“救人是每个人都应有的德行，姑娘没事了就好。”

两位老人接着就做饭给他俩吃，都做的是好菜。

吃饭之后，姑娘母亲就感激地对他说：“你们救了我姑娘，她说长大了嫁给大哥哥。我想，你若不嫌弃，以后就一定来说亲吧。”

姑娘父亲也诚恳地说：“我姑娘已经说了，是真心的，我们也是这个想法，你就成全我们一个心愿吧……”

姑娘母亲又说：“你们住在这里，其实姑娘非常喜欢你们，这也是缘分，你就不嫌弃吧……”

他十分坦诚地说：“石琳的确是个好姑娘，但是我已经与人定亲了。”

姑娘母亲就说：“那就嫁给陈林吧，请不要……”说着就哭泣起来。

雷陈林也诚恳地说：“石琳是个好姑娘。但我家在四川，离这里还有几百里路，确实不便……”

他带领一班木匠，苦战了半个多月，做好架木。

立柱架这天，河边河滩都是人。都来观看立风雨桥柱架。这时的桥墩上都已经铺好桥梁、地板。十排柱架已经摆在桥头和桥墩上，各归各位只等起立。为了防止腐烂，柱头全都用桐油烧沸后油了个透，变得黄黄的，像一根根金柱，阳光下，闪耀着金灿灿的光芒。

有人就说：“这真是一座金桥啊。这一带的人今后都要发财了。”

为了显得隆重热烈喜气，立柱架之前还特地放了长长的几封鞭炮。冲天巨响的大爆竹，连两边的山岭都给震得直是摇晃，像是变成了一群好动的娃娃。河里的水也震起了高高的浪花，像要跳起来欣赏这座金色的桥架。每个人的脸上都堆满了笑容，说着，唱着。小娃们还跑来跑去喊着，叫着。真是山欢水笑，欢天喜地。

惊险而令人担忧的时刻也到了。由于是桥墩上悬着立起柱架，这比在平地显得更为惊险，更让人担忧。

规矩是从东头开始。建房架桥讲的东头西头，这不是东边西边的意思，即面向房屋大门右手为东头，左手为西头。右手为大，和贴对联一样，右边为上首。建桥是面对上游，右手一方为东头，左手一方为西头。东头为大，西头为次。画墨、做柱头，都是先东后西。立柱架也是这样，先立东头第一排，再顺次立之。

就要开始立柱架了。这是个好不容易盼来的喜庆时刻，康秀才却是满心惶恐，他担心出事。因为这完全是在河上悬空作业，下面是河，这太危险了，一不小心，就有可能掉入河中，不死也得摔残。死一个人，就不好收场，就要赔偿，就有很大的麻烦……

康秀才又来到他身边，轻声对他说："请师傅一定要多方考虑，多加防范，小心出现意外，损坏柱架事小，人身安全事大……"

他稳重而豁达地安慰康秀才说："请康秀才放心。"

其实他早有多方考虑和安排。他安排了一批木板，每立一排柱架时，就在那道桥梁上铺满木板，再立柱架，相对有一定安全保障。同时，他安排了两个木匠师傅各站在一边，专门负责随时监视安全……他对借来的绳子，一根一根进行了认真的检查，看是否有受到潮湿腐蚀而朽坏的。

一切各就各位，准备就绪。他心中默思老师父，手拿斧头向中柱猛敲一下，大声喊道："鲁班到此，大吉大利，起！"

"起！"接着就是拉绳子的、撑梯子的、抱撑杆的，一起用力！

"起！"东头河边的第一排柱架，在号子声中像是鲤鱼打挺，嘣的一下就立起来了。这柱架毕竟没有房屋柱架那样高大，相比之下要轻松一些。

撑好第一排柱架后，接着立第二排柱架。一声吼，柱架便像男子汉呼的一下就站起来了。很顺利。

就这样顺着立。八个桥墩九个孔，加两头，共十排柱架，半天也就全部立起来了，而且铺好桥梁，贯好横梁、楼索、檩子，最后贯好了最中间那道（第五孔上）上的梁树。

这时就响起了一封长长的鞭炮，还有百十颗爆竹。可以说大功告成，都笑着吃饭、喝酒去了，可以放心地庆祝一番了。

人们吃喝了一顿之后，都来钉椽桷、盖瓦。一时间热火朝天，嘣嘣啪啪的斧头声、钉锤声，有如隆重的爆竹声，响彻天地，河里流动的不再是水，而是一河的打击乐。由于人多心齐，工程很快结束。此时夕阳缓缓靠山，灿烂斜晖横扫而来，大桥变得金碧辉煌，就如一道长虹飞跨于两山间，美轮美奂，堪称一道人间仙桥。

早有人又拿来二十个红红的灯笼，点燃里面的蜡烛，在大桥两边各挂上十个，将新桥变成了一座彩桥，不，变成了一条彩虹，美艳照人。这时，一轮快圆的月亮赶热闹似的从山垭升起，有如姑娘的瓜子脸向人们笑着。灯笼红红的光芒映红了河水，像是一河的流霞，流霞共长虹一色，清河变成了一条彩河，大桥变成了真正的鹊桥，连通了千古心愿。人们都喜气洋洋，穿行于崭新的风雨桥上。人们走过来，又走过去，走过去，又走过来，小孩子则是跑来跑去，一片咚咚咚的响，像密集的鼓声。说着笑着，满桥的人声鼎沸，欢声笑语，一河的激越喜庆奔腾倾泻，飞光流彩，直到半夜，人们还不肯离去。

大概是天上嫉妒了，不久就下起了大暴雨，仿佛要摧毁这座风雨桥。

天还黑黑的而且下着大雨，他就和雷陈林背着工具上路了。他心里有事，要去修建文庙，就风雨无阻地和雷陈林一起赶路了。这天的大雨，一直下到晚上也没有停，河里就涨了满满一河洪水，看来，新桥要经受考验了！

万万没有想到，就在这天傍晚时分，人们都惊呆了，似乎不相信自己的眼睛——那座新桥奇迹般地发生了巨大变化，出现严重问题！

许多人议论着。这可能要是神仙才有本事把桥弄成这样，人间哪有这样有本事的人呢？

康秀才知道后，赶紧派了两个年轻人，要两人连夜去追赶他和雷陈林，要他们快速前来救助，大桥要坍塌了！

第二天中午时分，他和雷陈林赶回风雨桥，这时河里还是满河的浑水，黄黄的。再一看桥，他脸上惊成一块木头——大桥中间的一个桥墩被冲走了，挨着的一个桥墩基脚冲走一半，桥墩歪歪的就要拿下，大桥便悬在了河上，样子十分吓人！虽然一个桥墩没有了，一个桥墩歪了，大桥中间悬空了，但由于他的榫缝做得牢固，丝丝入扣，整体合力，仍然是一个整体，平平地横在空中，没有丝毫改变姿势，更不用说垮塌了，这真是奇迹！

也就在这时，那个剩下一半的桥墩轰然坍塌，石块垮入河水中被冲走，只见桥体柱架忽地一震，大桥中间长长一段悬空了，岌岌可危！他的心也悬起来了！人们马上为之惊叹，没有了两个桥墩的桥体柱架仍然是一个整体，平平地悬在河上，没有塌下去，这太绝了！

有人就说："陈师傅做的柱架多牢固啊！悬空了仍然没有脱节、断裂、坍塌……"

但是看着柱架晃悠着，悬乎乎的，又让人们的心也跟着悬起来了，惶恐了！这该怎么办啊？

他在桥头坐了一会儿，没说话。康秀才焦急地问了几次，也没答话，就一个劲地看着汹涌的河水和悬空晃悠的大桥，可能是在思索什么。

为了缓解大家心情，他对康秀才和大家说："这是神仙要让大家看看稀奇。你们也都不要惊慌，不要害怕，不要焦急。我做的榫缝牢固，桥能够坚持住的，不会脱裂，不会垮塌。这是神仙要考验我们木匠的技术……当然，也不是石匠的技术欠佳，是洪水太猛了，桥墩毕竟是一个个石头砌的（这时还没有水泥凝聚），不是铁打的，这样大的洪水避免不了要出问题。"

他就坐在这个河边，焦心地看着，一时间毫无办法。

天已经被什么完全抹黑了，人们早已回家了，他还坐在河边。

他的心里整天悬着一座桥。他担心桥会脱节、断裂，垮塌！它们毕竟是木头的，不是铁的。他不时地又去察看，看桥还在没有。夜里他睡不着觉，半夜时候也要起床去河边察看……

他坐在河边看着那晃悠的大桥。大桥还是牢牢地坚持着。他也为自己做的榫缝牢固而有些骄傲，大桥这个样子了竟然还没有倒下，没有脱裂垮塌。但谁知它还能坚持多久呢？他心中充满了极度的担忧、焦虑。他也担心桥墩会继续垮塌！如果再冲走一个桥墩，那就真难说了……

终于盼到洪水退去。这是多年来没有遇到的特大洪水。据年老的人说，几百年没有遇到过。

直等到七天过去。康秀才一副痛苦的神情望着他，像望着神仙地说："我相信你陈师傅是有办法的。你一定要帮我们想想办法，救救这桥啊。我们可再也没有力量重新架桥了……"

他安慰着康秀才说："您老不要着急。我尽量想法救桥。"

第二天就又开工了。他组织木匠师傅们砍了一批并不很粗的树木，抬到河边。他又去砍了两根长长的竹竿。他拿着长竹竿来到河水里，河水仍然还有三尺多深。他来到河中心原有桥墩的位置，用竹竿丈量桥身到水底的高度，然后拿到河边，要雷陈林比着尺寸做好撑桥的撑杆。他量一个又做一个，并标好位置序号，照此方式一共做了八根撑杆。因为这是两个桥墩、三道桥梁的空间。

除这些撑杆外，另外按照杠杆作用，准备了八根竖杆、八根横杆。同时，要康秀才打制了一批铁爪子，将竖杆与横杆的接合处用铁爪子爪住，使之固定，不会在施工时错动、滑落。

准备工作就绪，康秀才按照他的吩咐，组织了一百二十名青壮年劳动力。这些人都是在附近好不容易请来的义工，说明了是不给工钱的，没有钱给。修建这座风雨桥本来就是老百姓凑的钱，已经用光了。桥是大家的，大家一起凑力。这些劳动力都在自家吃了早饭，按时来到了河边。

一场惊险的战斗就要开始了！不少老人妇女小娃也都来到河边，等着看他陈师傅显神功，救助这座大桥！

他首先对这一百二十人讲解了如何拯救的办法，哪晓得他还只讲了一句话，几乎所有人都张大了嘴巴，瞪大了眼睛，一副惶恐的神情！

他的办法就是——也是没有办法的办法——将一百二十名劳动力分成八组，每组十五人，摆在原来桥墩位置的两边，当然都是站在桥下水里施工。

大多数人一听就惶恐了！明明大桥随时有整体塌下的危险，怎么能站在这样危险的大桥下面施工呢？万一大桥整体塌下，那不是桥毁人亡吗！

一时间人们议论纷纷，有说好的，也有说坏的，甚至许多人不敢冒险去桥下，打退堂鼓了。

他首先给大家做工作，说他计算好了的，他做的榫头只要木头不烂，绝不会脱节断裂。只要按他的办法施工，没事的。他又介绍了如何运用杠杆作用，先顶起桥梁，再安好撑杆固定，就可以砌桥墩了。

他将义工分成八组，每组十五人，其中有三个木匠师傅把关技术。安排三人负责掌握撑杆，其余人负责运用杠杆顶起桥梁。操作杠杆的先将连接位置钉好铁爪，以免滑动。

人们虽然都相信他陈师傅，但都还是一副提心吊胆的样子！八个组，都按照序号各扛着撑杆、杠杆，来到桥下。雷陈林专门监督操作。各组按序号站在固定位置，将撑杆竖好、杠杆支撑好，准备听他号令行事。

他在人们旁边站好，望着各组摆开的队伍，大声为人们鼓劲地说：“你们尽管放心，我计算好了的，不会出问题的！大家齐心合力，一定能成功！”

接着他大声喊道：“听我号令！现在各就各位！”

这时看去，桥下站满了人，简直像一座水中人桥，或抱着撑杆，或抱着竖杆、横杆，就像长长一队蚂蚁在搬家，正在强渡一条大河，十分壮观。

他大声喊道："准备好没有？"

一字儿摆开的人们齐声回答："准备好了！"

他大声喊道："听我号令，一齐小心用力——观照桥梁左右，平衡用力，保持两边桥梁成水平！否则就有危险！"

他喊道："慢慢顶起——"这时大桥缓缓地动了一下，他浑身一紧，仿佛是杆子撑住了他的心！

其实人们的心都忽的一下提起来了。

他大声喊道："慢慢向上用力！"

只见大桥缓缓摇动着，慢慢向上升了一点。

在这缓慢而惊险中，大桥像一个躺着的病人一样，身子慢慢地挺起来……

大桥终于被顶平，最后成为两边平行，成为水平！

他大声喊道："所有撑杆到位！撑起！"

这时十余个木工们便将所有准备好的撑杆按序号放于桥梁下，听他的指引，一下一下地在水中蹾落实，然后撑着桥梁。他仔细看着，看整个桥梁是否成水平……

然后搬来长竖杆，在大桥两边支好"八"字斜衬，与下面撑杆组成三角形，固定桥身，并且给撑杆连接处都钉上了铁爪固定，这时便是万无一失了！

人们都赞扬着，他陈师傅真有办法，真是大师！

又过了几天，水小了，石匠们又开始砌桥墩了……

几天时间，冲走的两个桥墩又砌好了。他和师傅们轻轻地松下各种撑杆，让大桥稳稳地站在桥墩上。这座大桥在经历了一场奇险后，又恢复了它的本来美姿。

离开这里时，小石琳把他和雷陈林一直送到桥上，紧紧抓住他俩的手，十分不舍，流着泪说：“你们一定还来……”

他俩都说：“好的，一定来看你！”

她流着泪小声地对他说：“大哥哥，我长大了要嫁给你……”

他很感动，他怕伤害她，没说有恋人了，只是说：“不要说长大的事，你好好成长。”

她说：“你要等我……”

四十　安在信念

凤凰坝有个屈秀才，自称是屈原的后代，并保存着家族的族谱。人们都非常相信这是真的，因为有族谱这个重要依据。同时，屈秀才人也确实非常地厚重礼善，而且特别喜欢中国的古典文化，尤其喜欢老子和孔子的学术，不时地总要吟诵几句老子的《道德经》、孔子的《论语》。

凤凰坝西面是一座高高的老祖山，与白岩鼎不远。山上有个老祖庙，后来被一个叫花子烧火取暖而失火烧毁了。可这太上老君塑像依然好好的，仿佛不是泥铸的，而是铁打的。一个瓦工知道后心生怜悯，太上老君是匠人们所崇拜的神像，就邀了两个同行、两个木匠前来做件善事。瓦工们砌了间小石墙屋，木匠砍树做屋檩，也没钱买瓦，就盖上了厚厚的树皮，保护了这尊老君塑像。

屈秀才也来看过这老祖庙，也是对这老祖塑像充满怜悯。于是屈秀才就发起倡议，在凤凰坝修建一座文庙，将老祖塑像抬入文庙供奉，这也是为了引人向善，乡邻和睦相处，保一方平安……

凤凰坝是一个人口集中而比较富裕的地方，人们对于修建庙堂比较感兴趣。于是首先进行筹款、募捐。屈秀才自己捐一大头：整个木材都用他山林里的，就是卖山卖田也要把这文庙修建起来。

他带着雷陈林急急地奔来，天黑一会儿了才赶到屈秀才家。屈秀才高兴得一下子抱住了他，激动地说："陈大师，可把你盼来了！"

听说陈师傅修建文庙来了，一下子传开了，都十分好奇而兴奋。因为人们都知道他修建的冯家大院，已是远近闻名，都想一睹他这大师风采。

屈秀才对他说了想抬老祖塑像下山的事，免得重新塑像。他听了不禁心里生出一种忧虑，他知道老祖山和老祖庙，那么陡峭的山路，怎么才能安全地把老祖抬下山来？

这天，全乡的好木匠都到了。

饭后，屈秀才严肃地说："现在请掌墨师陈师傅给大家作安排！"

他向众师傅抱拳一礼，大声说："辛苦大家了！我们做的一切，都是在尽一种善愿。人有善愿，天必佑之。请大家务必虔诚，守住善德，厚德载福！既是为百姓谋福祉，也是为我们自己积德。古话说得好：积善之家，必有余庆。我们一定要尽到一个匠人的良知和责任。"

接着他将人员搭配编组，便于互相协作。特别是为保证质量，他将所有柱头、楼索、檩子责任到人，谁人做的，一件件由专人写上谁的名字，不合格的一律返工。

领了任务，接着师傅们就高兴地去了山上。一时间，山上是一片斧头声嘣嘣、咚咚地响，就像整个山上在放爆竹，连天也震动了，也像是一个天地乐团正在演奏一曲隆重而雄浑的交响乐曲。

就在这个下午，陆陆续续来了百十人，有中年人，有年轻人，还有老人、妇女。他们都是来捐资的。他们有的卖了粮食，有的卖了胚猪，有的卖了棺材，有的卖了树木，等等，凑了点钱送来，显得十分踊跃，一定要为修建庙堂献点善心。有的还将准备自己修建楼房的钱捐了，说修建庙堂比自己建点小楼房更为重要。其间有大部分人是背着粮食、猪肉、蔬菜、咸菜来的，一时间这里汇聚成尽善尽德的热潮……

很快，师傅们就将用作柱头的树木砍倒一批，躺在地上等人去剥皮。刮去百十年的污垢，痛痛快快给它们洗一个澡，洗去千年风尘，使之成为一根光彩照人的柱头立起来，顶天立地。

他累得气喘吁吁，他要跑去跑来指导人们砍树，必须选准了再砍。虽然屈秀才大方，山上的树木任随砍伐，但是他还没有找到一根能够做亭子的将军柱！这将军柱可是要五丈多高，而且要直溜粗壮。这又该到哪里去找呢？

屈秀才说：“这大一个乡，应该是能够找到做将军柱的树木的。”

他愁着一张脸说：“可是，这将军柱又长又重，山路崎岖惊险，要抬到这里来，该是要让抬工们付出多少心血汗水，而且还怕出事故！”

四十岁左右的乐木匠和年轻的万木匠喘着粗气，两人都拿着杆子，一直在与倒在地上如死猪的家伙比武。斗来斗去，大概斗了三十余回合，还是不分上下。这家伙先是顺着山坡倒下的，它的大头脑袋就朝着上面，仿佛还想站起来似的，要与他们两个决一死战。他们两个一直用杆子拨着它，要把它拨到横在山坡上，这样才好吊墨，才好用斧头来片。可这家伙就是不服输，老子在这山上长了百十年，哪怕死了也还要和你们斗一回！

但乐师傅与万师傅也偏偏就是不信邪，将杆子一下一下地戳进这家伙身子下，猛力地拨动着。不知又大战了几十回合，终于将这个家伙拨得斜在山坡上，基本上可吊墨了。这时两人就合力搂着它粗壮的大头（根部）往木马上放，哪知太重，一时还没搂起来。

乐木匠就说：“再来，一、二、三！”

由于用力过猛，这时乐师傅脚下一滑，和这家伙一起倒下，这家伙的大头就对着乐师傅的胸部和头上砸下来，又滚下坡去。乐师傅当时就口吐鲜血，没有再动一下，只是眼睛睁得大大的，望着什么。

万师傅慌忙抱起乐师傅。乐师傅喘着急促而微弱的气息。万师傅将他放在一片铺满树叶的地上，向山坡上大声喊道：“陈师傅，快来，出事了！”

他这时正在聚精会神地检查，听到喊声大惊，赶快跑来出事的地点。

他抱起乐师傅，急切地呼喊着：“乐师傅——乐师傅——”

万师傅也大声喊着：“乐师傅！陈师傅来看你了！”

他又喊了三遍，乐师傅睁开眼睛望着他，断断续续地说：“把我埋在，庙旁……”说完就闭上了眼睛。

有人说：“快去找医生吧！”

有人说：“他胸部和脑袋都砸坏了，喊来也不行了。”

这时心细的邹师傅走过来，摸他的脉搏，摸后摇摇头：“已经没有脉象了。安排后事吧。”

于是屈秀才从捐资中拿钱为乐师傅买了一口棺材，做了认真收殓，进行隆重的祭奠活动。

乐木匠的家人们也来了。其中有他的父亲乐大师。老人按照安排正与人在附近一个村子里收铜，为庙里铸钟做准备。听找他的人说儿子出事了，就直接赶来了。乐大师是这一带的祭祀大师，也是一个土家族跳《撒尔嗬》的掌鼓师和歌舞大师。他本名乐明艺，人们都尊称他为“乐大师”。

祭奠在屈家院坝里进行。屈秀才请来了锣鼓班子和乐大师的一些弟子，为乐木匠办祭奠，跳《撒尔嗬》。乐大师第一个上场了，但年纪有点大了，痛失儿子，人们都为他担心，怕他受不了。

屋里屋外，人们进进出出，拥挤不堪，像是在过一场大喜事。土家族人是把丧事当成喜事办的，称为白喜，认为死是远行，去一个好地方，所以鼓乐歌舞，热烈欢送……

乐大师满脸皱纹、憔悴，悲壮地站立灵前，神情坚毅、庄重。大家知道，这死者乐木匠可是他的儿子啊，都用同情、担忧的眼神望着乐大师。

乐木匠儿子还只有十二岁。小孩拉着一个头发花白的妇人走进来，这是乐木匠的老母亲，已经六十多岁了。乐大师见了稍一怔，马上恢复镇定，老伴来了。

他陈师傅是本工程掌墨师，是统率各类匠人的，是大家都尊重的师傅，他也一直挨着棺材站着。

他见老妇人走来连忙上去扶住，痛心地说：“老人家，我真抱愧，没照护好乐师傅，给你们全家带来了悲痛……”

老妇人握着他的手，满眼坚强的目光望着他说：“这哪怪你呀。他是要去陪老祖呢，是好事啊。我们都不难过吧。”

他一双眼睛变成锃亮铁珠似的，尊敬地看着白发老妇：“您老真是不简单啊！想得通达。”

老妇人沉静地说：“人，生死都有一定的。死，是重新去好地方，重新托生呢。”

乐大师上去扶着老伴的手，有些豁达地说：“老妹，你真是说得好啊，到底是跟了我一辈子的人。人都有一定安排的，顺其自然就好。”

孙子也坚强地望着乐大师：“爷爷，我们不哭……”

乐大师弯下身子亲热地挨着孩子的脸：“孙子真乖，啊。”

孙子说：“我爹是为修庙而死的，他会成仙的。”

乐大师严肃地拍一下孙子肩头：“你到底是爷爷的孙儿，真是土家族人的好后代啊，土家族人死了不兴哭的，是用歌舞悼念的。你等下看吧，我们要跳《撒尔嗬》呢。”

孙子眨着湿润的大眼睛：“我也跳。我跟你看得多，我能跳呢。”

乐大师微笑地看着孙子，亲切地说：“我孙儿真乖！”

乐大师和伙计谭师傅站于灵位前，一起面对灵位。人们都看着乐大师。乐大师神态平静而豁达，像是什么事也没发生，是在为一个普通的远行者用欢乐送行。

老人穿着黑色长衫，头包黑色帕子，脖子上挎着牛皮鼓，静静地向上方看着，仿佛正望着西边的红霞。老人伸手端起桌边准备的一杯苞谷酒，默默地往地下倒一口，算是和儿子干杯。然后端起杯子向嘴里倒去，一饮而尽，随之两手各拿起一根鼓槌，神情庄重，和音乐指挥家一样潇洒地一挥手，咚咚、咚咚、咚咚，鼓响六声，手又一挥，丝弦锣鼓班子鼓乐琴弦一齐奏鸣，震撼屋宇天地。唢呐声声，像一道道软剑划破长夜，悠扬回荡于星空，动人心魄。

乐木匠儿子这时也望着爷爷，受到一种鼓舞。

老人那双模糊的眼睛、那满脸的皱纹、那花白的头发，那饱经风霜仍然刚毅、坚定的神情，不少人看着，都感受到一种从没有过的震撼。

与此同时有五个人跟着一起大声唱道：

撒尔嗬哎——

乐大师豁达而又豪迈地跳起土家族《撒尔嗬》，谭师傅在他身后保护着他，一起跳着——

不少人跟着飞步跳起舞来，舞姿欢快而粗犷、豁达，有一种勇往直前的慷慨气势。乐大师大声唱着，众人跟着和着：

天地开场，日吉时良。鲁班到此，建下华堂。秀才到此，做篇文章。歌郎到此，开下歌场。一开一字王，二开乐天王。三开去海大路，四开孝子回乡。五开五方土地，六开三关六郎。七开七个仙姐，八开八大金刚。九开扬州歌鼓，十开唱歌的儿郎……

歌舞师们跟他和着、唱着、跳着。上场参加跳舞的人越来越多，有男的，也有女的，有老人，也有小孩。一时间满地的人，男男女女翩翩起舞，姿势豁达而优美。他们没有悲伤，只有狂欢。他们的目光都望着远处，好像都看见了远处的仙境。他们时而像龙凤相偎，时而像犀牛望月，时而像燕儿含泥，时而像观音坐莲，时而像滚龙翻身，时而像凤凰展翅比翼双飞——一起向前——穿云破霞，一路劲舞。

这时鼓声更加雄壮，人们越舞越狂，进入一种忘我境界——一起唱道：

人生一世，草木一春。春去花谢，秋来落叶归根。今日远行西归去，灵魂天国得安宁，来日他处又托生，有情有义相伴行。撒尔嗬——撒尔嗬——

乐大师豪迈地跳起土家族《撒尔嗬》，舞姿翩翩，洒脱而豪迈。谭师傅在他身后保护着他，一起跳着——

小孙子也跟在乐老身旁跳着……人们鼓着掌，都异常感动。

但不一会儿，乐大师头一昏，就倒在了地上……

第二日清晨天蓝蓝的。总管宣布出丧。

抬工师傅们捆绑好杆子，一个个手握杆子，肃立待命。

领头的庞大个喊一声："各就各位！"自己在前面"尖子"（最前面）上将抬杆放上肩膀，左手握紧抬杆头，右手紧握杆子，声音洪亮地喊一声："起！"

"起！"抬工师傅们轰然一下站起，就如平地上忽地崛起一座大山，巍然矗立。

庞大个接着像唱歌一样洪亮地发出一声："耶——嗬！"

抬工师傅们都一起跟着唱道：

耶——嗬！

庞大个洪亮地唱道：

耶——嗬——

抬工师傅们都一起合唱道：

耶——嗬——
耶——嗬——
耶——嗬——

这时东边一个红红的东西跳出来，像水洗过，带着笑容，像一张刚刚出生的娃娃脸，满面浮现着一种喜庆，看着这支雄赳赳出发的队伍。

抬工师傅们欢快地唱诵着悠扬的号子：

哟——嗬啊！

哟——嗬啊！

哟哦嗬儿点点儿红啊——

哟哦嗬儿点点儿红啊——

哟嗬哟嗬哟嗬哟！

哟嗬哟嗬哟嗬哟！

哟，哟！

前后——照住！

抬头打一望——有架坡儿上！

哟，嗬啊！哟，嗬啊……

锣鼓激烈地响着，唢呐激越而又婉转悠扬。爆竹不时地发出一声惊天动地的轰响。抬丧的队伍，像一座山岭雄壮地向前移动。周围是送行的人群，铺天盖地，组合成一支浩浩荡荡的队伍，像一派洪流汹涌向前，如一片海浪向凤凰山卷去！

他满脸悲壮，一直跟在棺材边，护卫着。

庞大个喊道："哟——歇！"

大家一齐说："哟——歇！"

抬工们全部立定，慢慢歇下。

刚刚歇下棺材，就有三个村民赶来。他们找到他和屈秀才。

其中一人就说："听说你们修庙，还要修建一个高高的亭子，差将军柱，我们就是为这事来的。我们那有几根大树，一定行，请你们去看，只要行，不要钱，捐献给修庙。修庙可是给一方百姓祈福，是引导人们崇善弃恶，是善事啊。"

一时间人们都异常感动，有的还赞扬着。

他笑着说：“我们正在为将军柱的事着急。谢谢你们！真是踏破铁鞋无觅处，得来全不费功夫。”

乐大师听了走过来说道：“感谢你们！”

乐大师虽然身体欠佳，昨晚还昏倒了，但他坚持要来送儿子一程，这也让许多人感动不已。

四十一　心灵初衷

钟潇一直在追寻着肖月——月儿。钟潇有时也为人打制一点铜器，那铜器上也总是雕刻着一个仙女似的月儿姑娘。别人不知道，还赞扬他的手艺高强，不仅制作的东西精致，而且还有艺术色彩。

但是由于多年的思念与忧郁的积淀，钟潇的身体包括精神已经出现严重问题……俗话说：解铃还须系铃人，可这系铃人在哪里呢？对他来说，何时是个尽头呢？

这时太阳像一张醉汉的脸卧在西边山顶。这时已经傍晚，西边山顶上是一抹平平的晚霞，就像绷着的红绸子盖着下面有如美人的山峰。其实那就是有名的美女峰，那美妙的曲线轮廓就像一尊玉女静憩在此。

钟潇正躺在面对这美景的一张床上，用无神的眼睛望着面前的格子窗。窗外的远景就是美女峰，但他已经没有气力没有神力看清她的美丽。他心里总装着他的美人肖月——月儿。七年来，他总是做梦和月儿在一起，醒来什么也没有，只有黑黑的夜。他有些受不住，好像脑袋里都被搅乱了，搅蒙了……

对钟潇来说，好像月儿姑娘就是他的灵魂，就是他的神，无她就六神无主。总之，好像肖月就是他的一切，就是他的天，他的地，他的天地就是靠她撑着，没有她，他的天就会塌下来，他的地就会陷下去！他必须要寻找到她。

现在他已经病倒家中一个多月了。父母亲为他找了好几个医生治疗，病情都没有什么变化。这日母亲听说有个静月是个神医、好道士，正在附近帮人治病，就去找了来。

静月这时已是一路两个人，田月早跟着她当徒弟了。她怎么也没想到，她和田月来后一看病者，正是她多次避开的钟潇！她竟然来到了钟潇家，她不禁暗暗一惊。

但她没有让自己失态。她跟随静善师太入道从艺多年，已不是一般的女子，早已成为一位修炼多年的大师，何况也经过一番走南闯北，风吹雨打的磨炼，仿佛成了一个铁女子，更历经了惆怅悲伤，她已经有了相当的承受能力，有点超凡脱俗。

这时的钟潇视线模糊，加之她是化装的老郎中，不可能认出她。她下意识地将帽子向下拉了拉。见钟潇病成这样，出于以医行道的信念，以及本能的善心，她的心中只有怜悯和救助。

她认真为钟潇把了脉，发现他的病主要是长期思虑过度，造成内力疲乏、虚弱，这应该是相思病了，加之受了风寒……她又平静地一想，这也都是因为她啊，心底不禁动了动。

接着钟潇就坦诚地诉说："我这病不是病，是因为思念一个人……"他只说了一些梗概，就没有力气继续说下去了。

她为钟潇进行按摩，扎针，疏通经络，又给他服了一颗驱寒消郁的药丸。

钟潇声音弱弱地说："辛苦先生了！"

可是过了个多时辰，钟潇的精神还是不见有什么好转。

她有些困惑，平静而严肃地对钟潇劝说道："你的病是思虑过度，再不能想多了！否则危及生命，就什么也没有了！"

钟潇诉说了七年奔波、寻找月儿，不见踪影……但没有精力细说下去，只轻轻地长叹了一声。

她仿佛听到了他的心跳，心底涌起一片涟漪，荡漾至全身，她简直是太感动了！世界上竟然还有这样死心眼钟情的小痴汉！也真难为他了。唉，世上之人都是在自讨苦吃……

她充满忏悔地看着钟潇，像看一个婴儿。

她心里对他生出深深的同情。这时田月也深受感动，默然地微微低下了头。

她想用一个办法来解脱钟潇的痛苦，便正经八百地说："把你和姑娘的生辰八字说一下，我给你们算算。"

钟潇像是看到了希望地一笑，认真看着她，说："看你戴的这帽子，先生是道士吧？"

她不想哄他，矜持地说："是的。"

钟潇又笑了，说："那你一定神通广大，好好帮我算算。"

钟潇说了两人的八字。她顿时心里涌起感动的浪花。她想，真还是一个钟情之人，一直还记着她的生辰八字。

她一副诚恳的口气说："你和她相克，根本不能走到一起。你也找不到她。这姑娘，好像已经不在这个世界上了。"

"啊？不可能吧！"钟潇说着竟然哭起来。声音不大，却越哭越伤心。

哭了会儿，断断续续地说："我还是要找。一直找到生命的最后！就是她不在世上了，我一定要找到她到底死在哪里，找到她的坟堆了，我也满足了。我绝不会改变初心……"

她心中情不自禁地涌起一股热流，好久才说出话来："小兄弟，你真是个重情之人！不过，你要听我劝一句。依我算，她真的不在这个世界上了，你命中不可能再见到她，哪怕是她的坟堆。你既然请了我算，就听我一句：不想她了。更不要寻找了，好好做手艺活，多挣点钱。天涯何处无芳草，再找个漂亮的姑娘，把家治好，好好地过日子。"

哪知道这时钟潇一激灵忘记了一切，像是见到了救星和上帝，猛地抱住她的手，哭着说："大师，你既然知道她不在这个世上了，就一定知道她大概死在哪儿。快告诉我，我要去找到她的坟堆！啊……先生，您一定是神算，一定知道她的踪迹，快告诉我……先生……"

钟潇挣扎着，要爬起来给她磕头的意思。

她有些惊慌失色，尽管她极力克制、镇定，浑身还是发出颤抖。于是心中念道：无量天尊，送我超脱……

面对这样一个如此痴情、如此悲伤的男人，怎么能不为之感动呢？

钟潇还在伤心地请求：“静月先生告诉我，她到底死在哪里？”

她解释说：“你想，我又怎么能知道她死的地方呢，我不是神仙啊。”

钟潇一时悲痛心急，就昏过去了。

钟潇母亲便要给静月跪下叩头，但静月很快扶住了老人：“不能这样，折我仙寿的呀。”

老人便抱着静月的手臂，像是站立不稳的，哭着恳求地说：“静月先生，一定要救救我儿子啊……”

她安慰老人：“您不急，有我，他不会有事的。”

她其实在看见钟潇昏倒之时，脑袋里就像有什么炸了似的，忽觉浑身呼地袭进一股寒气，心灵中发出裂开似的震颤，不禁万分羞愧。是她有意愚弄了他，伤害了他，自己怎么变成这样一个人了呢！她怎么能这样对待他呢？他是一个纯正无邪的人，他是一个忠实于初衷的人，忠实于心中美好的人，这不和她自己一样吗？他并不是花花公子，更非情魔。他有什么不对？他是无辜的呀！自己以医行道的信念哪儿去了？要善意地对待一切生灵啊……师太不是说了三个字的吗——善、义、诚，违背了善，还有什么可以为道的呢？违背了义，还有什么可以为人的呢？违背了诚，还有什么可以立信的呢？她脸上浮现出一种坚定的神情。

她充满忏悔地从床边扶起钟潇，把他抱到床的正中，轻轻地放好，像放一个婴儿，生怕把他弄醒了似的。然后，她伸出手柔缓地给他按摩。

她慢慢地给他盖好被子，还轻轻地抚摸了一下他的脸。

不久，钟潇醒过来，见自己好好地躺着，他在朦胧的光线里搜索着。很快他就看见静月先生正站在自己身边，一时间感动不已，又用微弱的声音，又是那样痛彻心扉地说：“静月先生，请告诉我……”

第二天，她又给钟潇进行了几遍按摩、扎针，并给药丸吃了，同时对他进行了认真的劝导。

这时田月走到床边，仔细地看静月是怎么操作的。虽然她是戴着帽子的男娃打扮，但没有另外化装，钟潇眼睛突然睁得大大的，露出惊喜，望着田月：“你是肖月！原来你跟大师入道了……”

静月也一惊。她当初选上田月做徒弟就是因为她极像自己，很可爱，收她为徒，仿佛这样青春就常在她身边。田月跟她后，并没怎么去给面容化装掩饰，只是扮了个小男道士的装，而她是完全化装成了一个老道士郎中的样子，并且将脸上弄得很黑，因此钟潇怎么也不会认出她是肖月。没想到他把田月认作了肖月，而她却永远也不会再被他认出……

其实，田月听到了一切，也看到了一切，心里很为这人感动，没想到世界上还有这样的钟情之人……

她看着田月的表情，先是一惊，后是微微一笑。

她为减轻自己心里的愧意，给钟潇的治疗格外小心，病情便慢慢有了大的好转。老人们喜出望外，感激不尽，给药钱被婉拒，就说一定要去观里捐赠……

后来静月将主要医术都教给了田月，要她多做善事，并积极为她和钟潇做媒成婚了。

由于田月样子恰似肖月，加之静月的劝导，钟潇的心也很快平静下来。因为田月是茅坪乡的人，后来钟潇在茅坪街修建了两间小木屋，开起了铜匠铺，和田月一起在街上做手艺，生活有些安定了。

于是静月的心也就渐渐有些安稳。

这天上午。田月正在茅坪街上铜器店门口送一个顾客，讲着话，也没注意街上有些什么人。

这时有两个穿黄衣服挎着枪的人，正从店门前走过。两双眼睛睃来睃去，闪射出一道道愤愤然的凶光，这时就看见了田月。他们陡地眼睛一亮，就向田月走来。

他们连照片也没拿出来对照，就上去抓住田月的手，厉声说：“你是肖月，跟我们走！”

田月分辩：“我叫田月，你们凭什么抓我？”

这时一个军人拿出几张照片，对田月大声说：“就凭这个！你是我们莫所长的太太，你带着重要军事资料跑了，还不该抓！老实点，跟我们走，去说清楚！”

这时钟潇早已走出门来，对两个军人严肃地解释说：“这是我媳妇，名叫田月，和我结婚好久了，这周围的人都晓得，你们抓人应该了解清楚呀！”

一军人又把照片拿到钟潇面前：“你看，这是她和莫所长在一起的照片！她是改名字了，本身就是肖月，骗不了我们！走！”

钟潇坚定地抱住田月：“她是我媳妇！你们怎么能抢劫老百姓的媳妇啊……”

这时上百的附近居民、赶场的人都紧紧地围上来，都来证明：“田月是田棕匠的女儿……”

一个赶场的村民走过来，严肃地对军人说：“你们弄错了！这是田月，是我外侄姑娘，也就是我妹妹的姑娘。不信，我带你们去她父母家里。”

这时李保长也来了。两个军人当然认识他。李保长又实实在在说了事实。加之已有二百余人紧紧地围住了，两个军人也就只好作罢。田月差点吃亏。

四十二　悲壮成河

木匠师傅们起早睡晚在山上忙碌着。经过一段时间的艰辛制作，已经在山上做好了百多根柱头的雏形。它们白白胖胖地躺在山坡上，在太阳下闪射着柔和的光芒，像一只只就要吐丝的蚕子，白得泛亮，肚子满满的，已经胀得它们动弹不得，就懒洋洋地躺着。

这天早上太阳很红，照着凤凰坝，照着凤凰山，给人感觉像在编织一个梦境。屈秀才家屋后的山坡上，人比树木还多，二百多人在搬运柱头，在庞大个的率领下，从山坡上抬到凤凰山选好的庙址。那场面就像天下的蚂蚁全来了，在忙碌地赶急搬家，搬运着巨大的蚕宝宝。

庞大个四十多岁，是抬工王，名叫庞大山。人们有的叫他“庞大个”，有的叫他“庞然大物”。他个子高大，身子骨强壮，一张黑红脸，剃着光头，不过这时头发已经长出半寸多长，像短毛刷，根根粗壮，像牙刷的毛。开始，庞大个侃侃而谈，脸上露着骄傲的笑容。

庞大个说：“我一生抬得多，什么样的大石头，都抬过；什么样的大棺材，都抬过；什么样的大花轿，都抬过；什么样的楼房大梁，都抬过；没出过一次事故。”

他也成了抬工们的主心骨、顶梁柱，伙计们都叫他抬柱子。

接着这群蚂蚁就扛着巨大的蚕宝宝，缓缓移动到坝子里。宽宽的道路包括一些田野，都被他们占领，称得上铺天盖地，全是白白亮亮的一条条蚕虫，被一群小黑点儿扛着艰难地向前移动。一般的两个人抬一根，那些长的四个人抬，两人抬一头。

仔细看他们并不像蚂蚁，因为他们精神抖擞，仿佛扛着道具在舞蹈！庞大个在前面大声叫着号子，快乐地歌唱着——

哟——嗬啊！
哟——嗬啊……
哟哦嗬儿点点儿红啊——
哟哦嗬儿点点儿红啊——
哟嗬哟嗬哟嗬哟——
哟嗬哟嗬哟嗬哟……

这是一场世界上最特别的歌舞表演，这也是一场最特别的杂技展示，世界上没有这样大型的表演。是的，这是一条大河在放排，这是一群健儿在长河波浪中弄潮。

瞬间，这片波浪就淹没了矮矮的凤凰山。

顿时，凤凰山变成了人山人海，把凤凰山压得更矮了。

一根根擎天柱似的柱头被抬上高架木马，一排排整齐地摆放着，就如同在山顶上架起了一座长长宽宽的天桥。

接着是另一个奇观——搬运亭子的四根将军柱的场面。一根将军柱，前面驾八人抬，后面驾八人抬，就像一群小蚂蚁搬运一条巨大的蚯蚓，行动艰难，只能缓缓地拖在地上移动。

庞大个抬着尖子走在前面，引导人们前行。他愉快地叫着号子：

> 哟——嗬啊！哟——嗬啊……

好像这不是在艰难地搬运，而是在欢快地表演。

他们慢慢移到一个山坡上。突然有几个抬工脚下一滑，大柱趁着惯性呼地如箭一样向前冲去，就如一座山滑下去，由于惯性，霎时全体人员猛地向前扑下去。这时就是十个庞大个也是无法阻止的！庞大个被猛地撞倒下去，但他的手还死死地握住抬杆，他正用尽最后力气定要制住抬杆！但瞬间他的头已经沉沉地撞在了一个石头上，接着那将军柱有如蛟龙向他背部头部冲来，顿时一股鲜红的血流向天空洒去，飞跃成一条绚丽的彩虹，久久不愿落下……

山坡上突然一下静静的，像是死了一样。人们挣扎着爬起，但有两个人一时间没有爬起，其中之一就是庞大个。好一会儿，人们清醒过来，才去将这两人慢慢抱起，一人还有呼吸，一人已经没有了气儿。

庞大个的老伙计镇大杆也受了伤，但他在倒下时看见了前面那一幕，他连滚带爬来到庞大个面前，只见鲜红的血还在从庞大个的脖子里涌出，他双手抱着庞大个，喊着："庞大哥！庞大哥……"

这时庞大个的眼睛还睁着，已经不能眨动了，但又好像还望着他。

镇大杆悲痛地说："庞大哥，我没尽到责任，我没拔住啊……"他虽是这么说，但在这种陡峭的山坡上，他一人能拔住那冲下去的千斤巨柱吗？

镇大杆哭着说："庞大哥，我俩一起抬了二十年啊，你怎么就不管我了，就先走了啊，庞大哥……"

虽然死了人，但家属们都没有扯皮的。他们说："这是行善愿，为子孙积德造福，要付出也是应该的。他们是被老祖看起了，要去陪老祖呢，是好事。"

接着在凤凰山上办起一场隆重的丧事。乐大师主持祭奠活动。人们没有哭泣，都觉得是在送一个亲人去远方，去一个仙境……

在一片空旷的田地里，停放着一口黑黑的棺材，棺材旁边不远，坐着八个打锣鼓的师傅。

整个场面十分肃穆而又热闹，可谓锣鼓喧天，像是在过一场大喜事。但知情者所感到的是极度的悲壮……

乐大师不顾别人劝阻，坚决而固执地上来了。他一定要来为庞大个跳一场《撒尔嗬》。只见他满脸皱纹、憔悴，悲壮地站立灵前，神情坚毅、肃穆。大家都用敬佩而担忧的眼神望着他。他孙子也紧紧地站立身旁，怕他再次昏倒，跌倒中风，那就麻烦了。

庞大个六岁的女儿跪在灵前烧纸。满头白发的庞大个老父亲，紧挨棺材默默地站着，一手撑着棺材，像是要最后陪陪儿子……

乐大师上去握住庞大个父亲的手，深沉而有力地说："老兄，你要给我挺住。"

小女孩也坚强地望着老人："爷爷，我们不哭……"

老人弯下身子亲切地抚摸着小孙女的头："孙女乖，真乖，啊。"

小女孩懂事地说："我爹是为修庙而死的，他会成仙的。"

乐大师严肃地拍一下小女孩肩头："你到底是庞大个的女儿！我要认真为你爹跳一场《撒尔嗬》！"

小女孩眨着湿润的大眼睛望着乐大师，紧抿着嘴唇。

乐大师喝下一口苞谷酒，随之两手各拿起一根鼓槌，神情刚毅而庄重，和音乐指挥家一样忽地一挥手，鼓声咚咚咚，震彻山野。他大声唱道：

撒尔嗬——

与此同时有五个人跟着一起大声唱道：

撒尔嗬——

接下来乐大师慨然唱颂道：

一朵祥云绕丧堂，又降吉来又降祥，打扫堂前絮雪地，焚起炉内紫檀香。内外人声莫吵嚷，孝男孝女莫悲伤，来往人客请肃静，细听愚下把歌唱。

撒尔嗬哎——撒尔嗬哎——撒尔嗬哎……

又有两个人加入歌舞的行列，唱着，跳着。

乐大师在前，谭师傅在后，一起唱着跳着。谭师傅时刻注意照护着乐大师。他们完全进入了一种境界。忽然乐大师身子一歪，向一旁摔下去，谭师傅忙去搀扶，由于都老了，一起倒在了地上。乐大师孙子急忙去扶他，但他不要扶，自己挣扎着向上爬起，和谭师傅一咬牙，继续舞蹈、歌唱……人们都为之一震，愣愣地看着、听着：

庞大个正当中年，谁知老天无眼。抛下老爹守灵堂，丧歌送儿去九天。可怜老人肝肠寸断——撒尔嗬哎——撒尔嗬哎……

乐大师神情肃然，气宇豪迈，舞姿潇洒，歌声悲壮。人们表情肃穆，全场气氛凝重。乐大师突然身子一歪，要倒下，谭师傅急忙伸手扶住，又差点倒下，他孙子也忙伸手扶住：“爷爷，您休息吧，我替您跳。”

乐大师双手握着孙子的手，怔怔地，久久地说不出什么。

孙子有点急地说：“爷爷，你和谭师傅就只唱吧，我和他们跳。我不会摔倒。”

乐大师嘴唇颤抖地说：“我们一起跳吧！”说着和谭师傅手拉手跳起来：

不必悲来不必伤，我们一起来歌唱。人来世上是吃苦，归去便是进天堂。早去早托生，来世又相伴。撒尔嗬哎——撒尔嗬哎……

乐大师和谭师傅、他孙子悲壮地跳着。全场十分感动地望着他们，使劲鼓着掌。

庞大个父亲不时地看看天空。这时他终于看见了一片祥云彩霞，意境美妙，他想那就是儿子的灵魂上天了。那灵魂笑得美丽，乘一片彩霞向天上缓缓飘去，不停地向人间挥手……

小女孩说：“爷爷，天上有彩霞呢！爷爷，天上有彩霞呢，肯定是我爹的灵魂变的！”

这时人们都看着天空。

乐大师和谭师傅来到小女孩身边，面对着天空说：“你爹到底变成了美丽的彩霞！”

小女孩对爷爷说：“爷爷，你坐着休息吧。”

老人平静地说：“不，我站在这里与他道个别。我虽然眼睛不好，看不清楚他，但相信他能看见我。你们都看见他变成彩霞了吧？”

大家都说：“看见彩霞了，庞大个变成了彩霞！在那儿——正在往天上飘飞——”

蓝幽幽的夜空，一片彩霞悠然飘去。

小女孩高兴地说：“我爹变成了彩霞！”

都看天空。天空一片儿彩霞悠悠飘去。

小女孩向彩霞招着手：“爹，你慢慢走……”

老父亲也看着天上，挥着手：“儿你慢慢走……”

人们继续跳着《撒尔嗬》，送庞大个远行。越跳越欢，越跳越狂。

人们都说：“乐大师，您休息吧。”

乐大师说：“庞大个好样的，我还要送他一程……”

乐大师跳着。不久，他倒下了，这次倒下后再也没有起来。

人们为乐大师举办了隆重的丧事，将他葬在了凤凰山的庙旁。

接着就是木匠师傅们和刨子创造的一个奇妙世界。几十双手推动着数十把长长的刨子在柱头上来来去去地飞驰着，有如数十个鲜活的音符在粗粗的琴弦上飞舞、奔驰、歌唱：“呼尔——啦——呼尔——啦——”构成一派雄浑的交响乐，宏大而壮观极了。

音符在飞腾，妙手在飞舞。一双双手和刨子又如一把把弓弦穿梭于隆重的音乐世界，呼啦啦——呼啦啦——合奏出世界上最壮美最悠扬的乐曲——木工曲！不——神曲！

太阳闪了几闪就过去了，像是拍完了美妙的照片就冲洗去了。接着月亮便将羞怯的脸蛋悄悄贴上来，仔细欣赏，似乎每一根柱头她都要认真用脸蛋挨一挨，用嘴唇吻一吻……

在一片早晨的霞光下，他带着雷陈林反复清理柱头，并将它们一排排摆好。也就是一排柱架一排柱架地摆规矩。另外还有亭子的四根将军柱，每根长四丈五尺八，就如四条长长的腿伸在那儿躺着。

他准备这天画墨了。他画了墨，木匠们就可以开始凿眼了。

他吃了早饭从凤凰山下走上来。现在他将心彻底静下来，开始画墨。

这也是一种很艺术的表演或劳动。他先给柱头的两头切面通过垂直吊墨，确定好中墨，并用墨线弹出整个柱头四方的中线，再依照中线画墨。他依然先用半边竹块做了一根柱头尺，再靠着柱头点下各个榫眼位置的墨记，然后和雷陈林两人依记号画出一个个眼墨。看去，这些眼墨就像一座高楼的窗户一样。

休息时，他和雷陈林就和老铜匠钟师傅及其儿子钟潇说话。这时的钟潇真是对他佩服得五体投地，他看见那些柱头做得太漂亮了，像躺在那里的一根根银柱一样，闪闪发光。能将山上的树木变成这样漂亮的银柱，这就是神功了。钟潇看看他，心想，这个陈师傅真是大师。我钟潇只能是小打小敲，我服了！

钟老铜匠正和钟潇在忙碌着。他们正在制作铜钟模子，用石头和泥铸造一个和钟一样的东西。铜匠木匠很快就熟悉了，成了知心朋友似的。

吃中饭后，他去了木场。木匠们开始凿眼了。他和雷陈林去画亭子、厢房、下厅屋柱头的墨。这是一个四合院，下厅房正中是一座五层高的亭子。

这时师傅们手拿斧头、凿子、锛斧，开始凿眼。紧接着就是一片咚咚咚的响声，有如激烈的鼓声，又如隆重的爆竹声，震撼着天地。

也就在这时来了一位道士。他是一位名道士，六十多岁了，是游历了全国著名道家圣地的一位老道士，名叫清远，他是听说这里要修建一座大庙才赶来的。

屈秀才感到十分高兴，热情地欢迎清远道士。屈秀才觉得这是一位虔诚的老道，就要他留在这里，将来做庙里的住持、道长，再不离开这里。

清远也欣然同意，说："我也上年纪了，今后就留在这里，与这方土地做伴……"

四十三　那双眼睛

他看着一根柱头。头顶的太阳也正看着他。

修建木柱架屋，柱头凿眼是一个大工程，也是一个笨重的活儿，还是一桩寂寞的事情。整天就是呆呆地坐在那儿做着同一件事，单调、枯燥、漫长而乏味。他们有的一手拿着凿子，一手拿锤，啪啪地凿眼；有的双手拿着锛斧，有如挖田一般挖着。一般是先用凿子凿个浅层的引眼，然后用锛斧照着引眼使劲地往下挖，挖矿一般。挖下一半后，将柱头翻个身再挖另一面。一阵嘣嘣嘣的挖凿，不久一个毛乎乎的榫眼就挖穿了，和岩洞一般。然后就用凿子清理，使眼儿规则、准确。这锛不是一般人会用的，不是一学就会的，因此就有“学木匠要学十年：刨三年，锛三年，凿三年，还有一年学画墨”的说法。

开始用锛要特别小心，注意不要伤了眼沿。有的人不会锛，往往将榫眼挖成一个冲米的碓窝臼，或者天坑，这样榫头斗进后四边就是豁口，就像豁嘴的人，就现丑了。同样，凿眼、洗眼也是过硬的活儿，必须要将眼凿得规则。眼壁要平平整整的，像盒子一样，既不能把眼壁凿得像洼地，这样榫头斗进去里面就是一个饿肚子，不扎实，就不能形成整体合力，但也不能将眼壁凿得像凸出的肚子，这样，榫头根本斗不进去，里面挺肚了，如使劲敲打，榫眼就会胀破。榫眼凿好后用尺子一靠，四方要是水平线，镜面一样，这样榫头斗进去就是严丝合缝。

他检查汪师傅凿的眼，发现不规格，就严厉地说：“虽然这个眼是二穿（枋）眼，但请汪师傅重新做一根柱头！”

汪师傅无奈地说：“那还要到山上去砍树哇，费时间了吧。”

他没好气地说：“不砍树怎么做柱头！我们是在制造古迹，不是要节约时间。”

另一个姓温的师傅看了一下这个榫眼，转头对他说：“我看算了吧，这柱头是挨墙的，榫眼也在二楼，豁点口子也不要紧，根本看不到的。”

他严肃地说：“不是别人会不会看见的问题！任何人看不见这个豁口，但我们自己心里看得见，一辈子心里都有个豁口。做手艺，就是要做到自己的心里满意，不是蒙别人的眼，更不能蒙自己的心！做手艺，是做心，做德。做心，就是做良心，做良心活儿。做德，就是要有高境界，精益求精，做出高质量。”

他的一席话，让师傅们听得既吃惊，又神痴痴的。他们还从没有听到过这样的话。连很有技术的邹师傅、万师傅都说：“这话用钱都买不到啊，是真经呢。”

温师傅感动地微笑着，点着头说：“确是。真是难得的教益。我还只学了皮毛啊。”

汪师傅也点头说：“陈师傅真是大师啊。能和陈师傅在一起做手艺，太幸运了。”

他坚定地说：“做手艺活，既为主人家负责，更为我们的艺负责，为自己的良心负责。就是主人家满意，但我们是内行，心中不满意，就得重做。”

他想，这世界，要是都凭良心做事，那哪还会出问题呢？

师傅们都点头：“真是大师啊！”

汪师傅放下锛斧，去拿起一把大斧头，急急地去山上砍树。他又忙着安排同一组里的负责师傅去帮忙，一定要注意安全。

这时在一旁看了半天的屈秀才，微笑地深深点头叹服：“陈师傅真不愧为一代大师，一代德师啊！修建房屋能找到陈师傅这样的大师，真是三生有幸啊！”

他一个一个地检查。他的眼睛又在一根柱头上停住了，脸上一下爬满严厉与气恼，在这柱头上凿眼的师傅一下子停住了手中的捶打，身子似乎一下缩小了，低着头，不敢看他。其他的师傅也都停止了手中的捶打，往这里看着。这位师傅本来不姓毛，但人们叫他毛木匠或毛师傅，是指他做事特别毛糙，不细致，不是个好木匠的意思。他是屈秀才的一个亲戚。

他望着毛木匠，沉声说：“你这眼挖得还好，但眼沿伤了两丝，像脸上被挂了两丝皮，一看就现丑了，就是一张破脸，很是影响美观啊。”

那毛师傅低垂着头，不敢吱声。

他严肃地说："去砍树重新做这根柱头吧。"

屈秀才在旁边说："跟着陈师傅学几年，人们就不会叫你毛木匠了。"

毛木匠老实地说："是。我要拜陈师傅为师，好好学艺。"

他又安排同一组的负责师傅陪同去砍树，以防不安全。

他怎么也没注意到，不远的人群里一直有人痴痴地望着他，这人就是王霞姑娘。她没有走过去打扰，只是远远地这样看着……

四十四　惊险时分

静月又治好了一个病人。她匆匆走出门，又走在一条山路上。

她边走边向人打听：陈师傅在哪里修建房屋？

这时红红的太阳已经落下。山山岭岭像用红绸子包起来了，就要提到天上去。

她几乎见人就问。有人就看看她，说你找陈师傅有什么事？她说修建庙屋。

这天她又看见两个穿黄衣服挎着盒子的人！她知道这两人是莫军官派了追寻她的……

她呼出一口粗气，心里用力镇定自己。她似乎已经习惯了这些生活。最近公路上经常过队伍。她想，这人的善、恶相斗，何时能了？这人，何时能消除恶性，世界何时能消除恶人？她心里充满愤怒。她感觉到心里有些作痛。她咳嗽了一下。她迈着坚定的步子向前走去。她的头毫不扭动一下，眼睛一直看着前方远处，好像远处有十分灿烂的风景。

这是个有点黑的夜。他悄悄带着雷陈林来到凤凰山上。场上的柱头已经组合成一排一排的柱架，仿佛一张张手掌，就等第二天竖起来。

这些柱架都努力透出一些蒙蒙的白光，像脱光了衣服躺着睡觉的男子，伸着直直的粗粗的腿。它们睡得不声不响，完全睡进了一种意境里。

此时工棚里正在进行一件极为重要的事情——他正在对买来的、借来的绳子一根一根进行检查，直到检查完最后一根，又给守场人交代了一些话，才离开。

后来夜就很深了，很静了，有如河水没有了一丝流动，沉甸甸地睡着了。

这时一个黑影来到守场人睡的床铺前，将嘴对准了一个木板缝隙，然后向守场人睡的床铺吹去一种烟雾，这些烟雾像一条条飘飞的大虫，飞进守场人的鼻孔。这是一种催眠药烟，很快守场人就睡得像死人一样了。

一会儿，黑影撬开了那个简单的门，抱着绳子走进了屋里。很快，黑影将地上的主要绳子进行了调换，然后就消失在夜色里。这是一个仇视屈家的强盗，一次偷盗屈家被屈秀才的儿子打了，一直想报复……对于屈秀才筹建这座庙宇，声誉大振，更添嫉恨，决心要干点大事出来。

第二天早上天还是黑昏昏的。他和雷陈林快步来到立屋现场。场上摆满了一排排白嫩嫩的柱架，像一排整装休息的士兵。

不久东边天色就变成了白粉粉的。前来帮忙的和看热闹的人们赶集似的奔来，看去像潮水一样往凤凰山涌来。很快整个凤凰山就成了一座人山，像密密麻麻的竹笋。

天空阴云密布，像铺了一层麻纱。他安排雷陈林和另一个师傅去拿来了绳子，让师傅们开始拴撑杆。他自己则拿了洪绳在中柱梢上拴起来。这时帮忙工已经到齐了，都纷纷伸出手去帮忙。他拿出墨斗，将墨线钻子往中柱上端使劲一插，然后拿着墨斗放着墨线，来到中柱下端，将墨斗放于地上，观察着周围情况。

师傅们拴好柱架上的撑杆。负责掌握撑杆的帮忙工也到位了。他安排十人拿梯子的做好准备，他们中九人负责九根柱头，一人拿着梯子看事而行，即哪里出现险情就上。其余的人全部搂住柱头，听他号令，一起用力搂起。

首先立的是东头第一排柱架。这时，他感觉到是要立起来一座山。

他左手拉着墨线，右手握紧斧头在中柱上敲出一声震响，口中念念有词："天地开场，日吉时良，鲁班到此，大吉大昌……"

念毕手中斧头敲一下中柱，随之大声喊道："起——"

众人跟着一声山吼："起——"顿时第一排柱架上部便在人们手中骤然离开地面。

这时他大声喊道："注意左右，平衡用力！"

是的，柱架升起时如不平衡用力，柱架的穿枋就会折断！

他接着用斧头敲一下中柱，大喊一声："起！"

众人跟着一齐吼道："起——"柱头就如一排移动的光柱向上升起，举过头顶……

他大喊："短梯子撑起！"

接着用斧头敲一下中柱："起！"

众人一声山吼："起——"

他大喊："长梯子撑起，起——"

众人大吼一声："起——"这排柱架慢慢向天空升去。

这时长长的洪绳被一班人拉着，绳子绷得紧紧的，仿佛随时都会断似的。

又喊道："梯子、撑杆同时一起用力，起——"

"起——"在吼声中，柱架缓缓升起，高高地悬在了空中。

他喊道："撑杆用力，长短梯子用力，撑牢！起——"

大家跟着一齐吼道："起——"渐渐升起成五十度了。

他喊道："撑杆、梯子用力！起！"

众人一声吼："起——"柱架如一个鲤鱼打挺，挺立起来，有如光柱扫向天空！

就在这时，发出一阵啪啪啦啦的脆响，从粗粗的洪绳到拴撑杆的绳子——大部分都断了，柱架猛然震动一下，绳子像一条条蛇落到人们头上，立时全场震惊，不少帮忙工吓得呆了一般……

他早有防备，每根柱头上都安排了梯子撑着，像擎天柱一样，牢牢地撑着柱架。如没有梯子这个硬功夫，柱架就摔下了，那将是横祸飞临，惨不忍睹！

人们不禁从心里佩服他的安排。

他为稳定大家心情，大声喊道："梯子撑稳，没事的！不要紧张！"

他大声喊道："把绳子拿来让我看看！"

很快，人们就把全部断了的绳子拿到他面前。他脸色愤懑眼里射着火焰，他首先拿起那根又粗又长的洪绳，顺着一段一段查看。

他气愤地大声说："这不是昨天那根洪绳，有人调换了！"

大家一时惊疑，整个场面寂然无声。雷陈林也紧挨着他看着，也说不是昨天的绳子。

他大声说："昨天那根洪绳上，我用墨签画了的，有墨迹，这绳子上面什么也没有！"

接着又看了其他绳子，上面也是一点墨迹没有。

他肯定地道："这是昨晚有人搞鬼调换了所有绳子，想制造一场灾难！这都怪我大意了，今天早上没有亲自检查绳子，心想晚上有人守护，是不会出问题的，没想到有人偷梁换柱了……"

接下来，人们又四处去搜索绳子，拿来经过他验证，先让人们拉着试，再去拴到撑杆上。

差不多过去了一个时辰，人们又拴好了中柱上的洪绳，又拴好了每根撑杆。他严肃而自信地拿起斧头，口中念念有词，将斧头在将军柱上嘣嘣嘣敲出三声响，大吼一声："梯子、撑杆一起用力，起——"

众人一齐大吼一声："起！"柱架就向天空升去。

他大声喊道："起——"

"起——"

随即柱架呼的一下就像长了翅膀似的飞向天空，凌空挺直了凛然的身姿。

柱架笔直地站起来了，就像仪仗队一样，他满面自信，坚信再不会出问题。

四十五　迎难而上

一天半时间，四合院式的庙屋就立好了，像一坝冲天而起的竹笋，那五层高的亭子更如耸立的擎天柱。这时四周村民们能走的几乎都来了，来观赏这立起的庙堂。一时间人山人海，铺天盖地。其中就有王霞姑娘，她不是看屋，她是在看他……

他和雷陈林、师傅们、帮工们都好像一下子浑身软了，没有了力气。是的，一件大事完工，人往往就蔫了。人们有的倒在地上，有的倒在树筒上，有的倒在草丛上，像要好好睡一觉的。

不久，真的就有人打起了鼾。接着鼾声越来越响亮，此起彼伏，相互响应，也展现出一派特别的风景线。

他没有睡，他在想，到底是什么人要搞我们的破坏呢？是对我有意见，还是对修庙不满，还是对屈秀才嫉恨之心，还是……他不禁又默默地笑一下，难道就不怕得罪老祖？看来是一些亡命之徒，连老祖这位太上老君都不怕！

他在想，那搞破坏的人，准备看我们的笑话，却没有看到，这时说不定还坐在周围的什么地方。

于是他悄悄邀了雷陈林，小声说了想法，一起假装没事的，随便走走，去周围瞄瞄，看能不能发现可疑的人。

他和雷陈林在四处若无其事地走着，实际上是寻找着，侦察着。包括山林里、草丛里找了个遍，可是什么人也没有发现！

他叹道：“这恶人明明就在你身边，可你就是看不见啊！”

他想，不管怎么着，我们大功告成，我们胜利了。马上就要进行抬老祖塑像的艰巨任务了！他马上又想道：要从悬崖绝壁上抬下来丈多高的老祖神像，这可是个更为艰巨的任务！

屈秀才走上来，上去握住他的手，激动地说：“陈师傅辛苦了！感谢你！感谢你……”这个有文化的秀才此时好像什么也说不好了，只会这三个字了。

就在这天，屈秀才亲自找了一些民间抬工师傅，准备上老祖山抬那尊老祖塑像。

当抬工师傅镇大杆听说要从老祖山上抬老祖塑像下山，脸一下子黑沉沉的了。他当然走过那条路，知道那是一条险要的路，就觉得太难了，什么也说不出。

屈秀才又说："你镇大杆也是个庞然大物，怎么不说话了？抬老祖是大好事啊，怎么不说话？"

镇大杆脸色严峻地说："正因为是抬老祖，而且是高大的老祖，有丈多高，而那又是一条陡坡小路，我有点不能胜任。我一条命是小事，可老祖万一受到一点损伤，谁负得了责？那我可就得罪了老祖，那我这一生，这一家子，还有个好吗？"

镇大杆和庞大个两个都是抬工王，如今庞大个不在了，就镇大杆一个王。屈秀才听了镇大杆抬工王这样一说，像是浑身一下子都冷了。既然这镇大杆都不敢答应，那还去找谁人？的确，老祖塑像很大，路儿又小，山坡陡峭，而且七弯八拐，大多是岩壳，不可能用锄头去挖宽。强行组织抬，万一把老祖摔坏了，那会一生不安，摔死几个人，那可就真的闯大祸了，他的家产怎么也赔不起……

屈秀才就苦笑着对他说："陈师傅你是很神的大师，帮我们做个定夺。我有个想法，想和你商量，那我们为了保护这个老祖，最好就不动为好，怕有损坏，对不起老祖。我们就重新塑一个……"

他眼前马上就出现那个孤独地待在荒野小屋的老祖塑像，遭受风雨冰雪的吹打侵蚀，像个无人管的老人一样，心里感到十分难受，也十分不忍继续下去。但他也不敢硬行坚持要抬这老祖塑像下山，一旦出现意外，他怎么也负不起责任。可是怎么也消除不了他对这个老祖的崇敬和同情，也抑制不住一种决心：要将老祖抬到一个安好的地方，永远安适地供奉，拜谒。

他思考了一下，平静地望着屈秀才说："先不这样说。因为你早已说了要抬老祖下山，老祖肯定也晓得了，改变初衷不好。待我先去踏勘一下整个山坡周围的情况，再做决定吧。"

屈秀才心里确实有些发怵，见他这样说，又微笑了，好像看到了一线希望似的。

屈秀才就干脆说：“我想，你陈师傅是大师，这事就由你做决定，怎么保护好老祖，怎么往下抬，就交给你陈师傅先设计一下。”

请来的清远道士马上拥护地说：“对，交陈师傅设计。陈师傅是架桥大师，能让桥过河，也一定能让老祖下山，一定能想出好办法的。”

他也没有马上回话，但心情很恳切，只想帮一下这位老祖……但这办法到底怎么想？稍一不慎，就会让老祖塑像和抬工们一起摔下悬崖，那后果不堪设想！即或是碰坏一点老祖的身子，那我们的心会永远不安啊。民间工匠心中的神都是太上老君。这是久远的一个传统。一个匠人，丧失了根本，心中没有了老祖这个精神支柱，那还有什么？那还能做什么大工程？

他心里激烈地斗争着。他最后还是坚定地想到，他一定要尽一切努力，尽全心善愿，将老祖接到一个好地方来，让心怀善愿信念的人们朝拜……

四十六　心怀善愿

他深知，这是一场危险的工程！

他给镇大杆做了工作，让镇大杆和他一起去踏勘道路，再带上雷陈林。屈秀才也跟着去了。

镇大杆还只有四十岁，和庞大个一样，也是大块头，像一座山。庞大个抬工死了，抬工就是镇大杆为头了，人们也称他为抬工王、镇山王。

他一边向山上走一边观察地形、路径，心想有不有可能迂回、绕过悬崖陡坡的路子。从山顶往下走，他没有走原路。他顺着没有悬崖的山林走着，手中拿着一把砍柴的弯刀，边走边砍下记号。

他花费了一天时间，走出了一条路，虽然有的地方有些陡，但比老路要好。这样绕，需要多走十里路程，同时还是有两道悬崖怎么也绕不掉。最后，这两道悬崖的难题就摆在了他的面前，像两块巨大的石头悬在了他的心里。他思考着这个破险的办法。

直到下午太阳偏西好远了，他还徘徊在一处悬崖下，左看右看。这里叫板壁岩，实际上就是一面绝壁，像光滑的板壁一样笔陡地竖在那儿。他时而走过去，时而走过来，时而又走下去，时而又走上来。屈秀才多次催他回去吃饭。

他说："屈秀才先回去，我还要探一下。既然来了，就看清楚，找到一条路，想出一个好办法。"

他想，有山就有路。

屈秀才实在为他的精神所感动，就赶回家，立即做了好饭菜，派人以最快的速度给他和雷陈林、镇大杆送去。

他吃完屈秀才派人送来的饭菜，继续探路，继续思考那通过悬崖的办法。如果完全绕过这悬崖，那就是另一方向了，是反其道而行之了，那要多走少说三十多里路。他很想建议走这条路，但他考虑到太劳民，抬的人太辛苦了，时间可能要好几天。

最后他还是在多走十多里路，只有两个悬崖的选择上做文章。

经过苦思冥想，他想出了一个大胆的方案。

接着就是紧张的准备工作。他带上十个木匠首先用木料做个包装箱，将老祖安安稳稳地放在里面，周围用苞谷叶片和茅草塞紧，做好保护层，防震，在外表装上厚木板作保护，这样就是稍微碰一下擦一下包装箱，里面的老祖也安然无恙。这可是有房屋大的包装箱，看去真是一栋小木屋了。对他来说，他立起过不知好多楼房，但还没有干过搬迁木屋的手艺活，今天算是一次特别的尝试了。

屈秀才找了二十余个精干的汉子，由镇大杆带班，强调说："要按照陈师傅探出的那条路径进行砍路、修路。"

几天辛苦下来，他们在山林里修通了一条简易道路。现在关键就剩下两座悬崖挡在他们面前。

他按照设计，和师傅们砍了五丈多高的树木，艰难地滑到悬崖下，让它靠着悬崖竖起，架设滑道，并做了一些精巧的设置。在悬崖上架设滑道，也是他平生第一回建造的工程。传说鲁班架云梯，那自己这就是架悬梯了。虽然是这样策划、操作，但他心里还是有一些惶恐。一千多斤的庞然大物要从悬崖上滑下去，这可是奇迹。他想到时这个指挥者很重要，如不能统一号令行动，不能统一配合，是绝对不行的。他又思考了一些具体的操作措施。但不管怎样，他的心里还是不能平静不能安稳。他总担心着安全。这太险了！已经死了两个好师傅：乐木匠、庞大个，都是因搬动树木、柱头遇险而亡的。

这时，屈秀才又宣布，将这天的指挥权交给他。一切由他指挥，发号令。他就更是心里惶恐不安。但他尽量让自己镇定。

这个日子终于蹦蹦跳跳来到了大家面前。

殊不知这日天上下起了小雨，像是要考验人们的诚心与毅力。这样的天气，为搬运工作更添上了一道艰难，一道险情，给人们心头更是压上了一块石板，压上了一种惶恐，让人喘不过气来。也不可能再约一个时间搬运——这可是请先生经过仔细斟酌的吉日。他的神情除了镇定，更是布上了几分肃穆与悲壮，就像要上战场做一场殊死搏斗。

大家听说抬老祖，都异常积极，仿佛是抬自己的祖先。在屈秀才和乡里吴干事的组织下，来了二百多名青壮年，都戴着斗笠，拿着抬杆、杵子、绳子，像是一群全副武装的勇士，整装待发，开赴前线。紧接着又来了五十多人。接着又来了一群妇女，她们戴着斗笠，大部分人带了炊壶、铜罐、瓦罐、茶杯、土碗，还有几人挑水桶的，说要帮助烧茶递水，或是做饭。还来了几十个老人，他们中有一半人还在胳肢窝下夹着一把土烟，说自己没力气抬老祖了，但要给那些下力辛苦的人献上一片好烟叶。一时间气氛隆重热烈，感人肺腑。抬工们更是精神振奋，信心百倍。这么多人心聚善愿，他感到是这片土地的幸运。他想，只有世上的人都向善，不作恶，才有美好希望，人们才能过上好日子。

屈秀才见此情景，十分高兴。他认真清点了一下包括老人妇女的总人数。他要为来的所有人准备一顿饭。他向厨屋做了安排，按三百人下粮食，未时准时送到板壁岩上。

他手拿神杖一样的五尺，大声喊道："都把绳子拿来检查！"

大家马上明白，他要检查绳子了。这种情况，如果绳子断了，那后果不堪设想，老祖将和人员一起毁灭！很快，人们都将带的各种绳子放到一堆。他又瞄了四处一眼，看还有无没拿来的绳子。

他顿一下五尺杆，大声说："大家督察一下，有没有不把绳子拿这儿来的？如有私藏绳子的，就不怪我用五尺惩罚了！"

大家都回答说："没有了。"

接着他就一根一根地检查，看是不是朽了的，又和师傅们一根一根用力地拉着试，看有没有承受能力……他并且安排几个师傅将三根洪绳每隔五寸远画上一墨记。这是让人们便于把握尺寸，控制速度，他真是想得太周到了。

雨越下越大，但人们还是信心满满地准时出发了。为了防滑，每个人的脚上捆着草绳。像一支大部队，浩浩荡荡的，像一群奔忙的蚂蚁，又像一群扑棱的鸟儿。

他和屈秀才、乡政府吴干事、清远道士带着大部队爬上山垭。他跪于包装好的老祖面前，虔诚地说："无量天尊！弟子拜上太上老祖，请老祖下山去好地方，为民驱灾避邪，造福平安。敬望老祖保佑今日路途平安！"

他说着一连磕了三个头。屈秀才、吴干事、清远道士等人也都纷纷上前跪拜……

他们抱起两根二丈长的粗壮抬杆，这实际像是抬梁了，牢牢地捆绑在包装箱的两边。然后在大抬杆的两头分别绑上两根"四牛"杆（四人抬的杆称"四牛"），也就是两头各八人，一共十六名抬工。然后又将带来的三根洪绳，就是又长又粗的绳子，分别将一头捆在包装箱上，这是缒绳，让人往后拉住这绳子，以防下坡时前倾下滑。

他指挥镇大杆从大部队中挑选出善于抬的六十四人，组成四个班，轮换地抬。

他严厉地对他们吩咐："第一班抬，第二班的人就原位扶持，第三班抬，第四班原位扶持。要一对一照护，以防意外，有时哪个抬工出现情况或是不行了，就立刻上去替换。"

接着把剩下的百余人分成两个班子，每班六十人，轮流换班。六十人中每二十人负责一根缒绳，由三个木匠师傅负责各指挥一根绳子，一律在后面拉住绳子，负责稳住包装箱，防止前倾。

他强调说："到时一切听我的号令行事。"

这时屈秀才、吴干事和清远道士也加入了拉绳子的队伍。他们并没去握绳子，满脸忧急地观察着整个场面，洞察危险细节。那神情，像是心脏都提到了喉咙里悬着了。

这时他大声地宣布："抬工班子，由镇师傅负责。你有经验，就不要抬了，具体指挥，照应保护，随时观察。不说出了问题要你负责的话，但绝对不准出丝毫问题！"

镇大杆有些不满足地说："我抬惯了，我还是抬尖子，在前面引步。我负责抬尖子不会偏一下、歪一步，一定能步步稳稳当当，带着大家往前走。我也敢保证，只要我人在，不会出问题！"

他担忧地说："抬班没有一个管总的人随时观察整体情况，这不行！"

镇大杆充满信心地说："这你陈师傅放心，我把尖子稳好，把步引好，另外每个抬的人身边还有一个人扶持，绝对不会出问题的。我敢保证。哪里该怎么走，我会发话，该歇的地方，我就发话。"

现在当然只有镇大杆抬尖子了，不过他也给后卫安排了得力人员老宋。此种岩坡路况，抬尖子可是最为危险的岗位！

镇大杆对粗壮的老宋说："你不仅要在后面稳住，还要随时观察，发话，摆正方向，控制不让晃动，不让抬杆碰撞崖壁树木。今天多是下坡路，你要用力向后挺着，向后拔着抬杆，不让杆子往前滑动，不让整体前倾！"

老宋不太在乎地说："有你镇大杆在前面，又怎么会前倾呢？你是一座山！”

因为总指挥是他，镇大杆向他喊一声：“陈师傅，我们已经拴好绳子，可以起步了吗？”

他手里拿着神杖似的五尺，显得严谨地说：“慢！”他说着到各抬杆前检查了一遍拴好的绳子，然后捣一下五尺杆砰的一声，威严地说：

“给大家说，我们是抬老祖，要心怀善愿。这是天大的事。心要诚，不能有丝毫的懈怠、轻慢！不然，老祖是不会答应的！”

“上面拉的，下面抬的，一切听我指挥！违令者，我这五尺是打人的！”

他面对着抬工们大声说道：“抬工师傅注意了——我说起就起，我说停就停！怎么走，打杵歇气，由镇师傅喊话。”

他又转向上面拉绳子的人群喊道：“拉绳子的注意了——我说拉就拉，我说制住就制住！我说缠树就缠树！我说放多少就放多少！不听者，莫怪我五尺打人了！”

他大声喊道：“第一班抬工师傅，各就各位！第二班抬工师傅扶持到位！上面拉绳子的手握紧。这是陡坡路，在镇大杆号令下，一步放五寸！放多了，抬工师傅就会前栽。绳子上每五寸远有个墨记，看准确！”

镇大杆也大喊一声：“各位伙计都准备好没有？”

大家齐声吼道：“准备好了！”

他又厉声追问：“都准备好了没有？”

满山震天的声音回答：“准备好了！”

他大声喊道：“拉绳子的制住，不让绳子前滑！”

“听我指挥：抬工师傅们，一二——起！”

顿时，抬工师傅们轰然站起，就如一座山峰猛然崛起。绳子和抬杆发出叽叽嘎嘎的声音，像是在叫着号子。

紧接着，镇大杆在前面叫着号子开步：“耶——”

大家一齐喊道：“耶——”

他大声喊道："后面的绳子，按墨记放五寸！听镇大杆号令，一步放五寸！"

有如航船起步，杆子、绳子摩擦出吱嘎、吱嘎的响声，像一种奇特的音乐。

"耶——吱嘎，耶——吱嘎……"如一群蚂蚁搬运一个庞然大物，一步寸远，慢慢移动着，如一座山慢慢移动，一步寸远……

镇大杆喊："下坡路——"

大家一齐喊："制住！"

镇大杆喊："又溜又滑！"

大家一齐喊："（脚）稳踩稳拿！"

"耶——吱嘎，耶——吱嘎……"这完全是一曲世间最壮美的进行曲。

坡越来越陡，他的心忽地悬起来了。

他大喊："绳子制住——"

于是酒杯粗的洪绳就绷得直直的，仿佛是拉着前行的一辆大汽车。

雨还在下着，脚下的路已经湿湿的，一步一滑。雨珠打在人们头上，打在人们身上，脸上满是晶莹的珠子，不知是汗珠还是水珠，一颗一颗地落在莽荒的山坡。

有几个抬工的脚后跟的皴口裂开了，流出红红的血，一直流在草鞋上，渐渐地草鞋后跟就变红了，又印红了脚印……

四十七　惊险悬崖

艰巨与惊险还在后面。一个多时辰后，这群搬运巨物的蚂蚁来到了有名的板壁岩上。黑黑的岩壁上，湿湿的，流着雨水，好似抹了一层油，如果不是草鞋，脚一上去就会滑走。抬工们的腿都在发抖，好像不敢往前伸脚。

他大喊：“注意脚滑！扶持的人蹬住抬的人的脚！决不能滑！把绳子在树上绾紧！一根绳子绾两根树！一步放五寸！”

一阵艰难的移动，大包装箱终于平放于悬崖顶端，就如一个房间悬在险峰崖巅，令人胆寒！

他大声喊道：“制住！绳子拉紧，绾在树蔸上！”

抬工师傅们慢慢歇下，扶持的人双手接杆！抬工们喘着粗气，用杵子撑着抬杆，小心翼翼地歇下，两人紧握抬杆一头，牢牢制住！

他说着就去查看绾绳子的事。一起是三根縋绳，他一根一根绳子地查看，看是不是连着绾了两棵树，是不是绾在树的根部，如不是绾在根部，树就会被拉翻，包装箱就会滑下悬崖！他还用手拉拉绳子，看是不是紧紧的，又看看在树上是不是绾的一圈，看系紧了没有。接着又伸出手一棵一棵树地拍一下，轻摇一下，看树长得稳不稳，有没有松动的迹象。

休息一会儿后，镇大杆看一下这悬崖下面，不禁浑身打起寒战。他虽然抬了大半辈子，还从没有经历过这样的险路。

接着最为惊险的动作开始了。

他拄着坚硬的五尺，指挥首先松开两根主抬梁，然后抽出来。再安排拉绳子的一次放五寸，下面用人将包装箱一点点地拨向滑道口的枕木。靠着岩壁斜立着四根大树，这是竖轨。其两边各一根为护栏，保证包装箱不会滑向两旁去，中间两根，并有横枋连接固定，作为滑道。这些，都是他精心构思和指导制作出来的，也可算一大发明。关键还要靠这次实际检验。

准备就绪，他命令：“听我指挥，慢慢下滑。”

他大声而严厉地喊道：“注意，绳子以树为基点，各放五寸一个墨记，试一试！”

三根绳子分别慢慢松开五寸，包装箱便平稳地向下滑出五寸。握绳子的人们都紧紧盯着绳子上的墨记，谨慎地松动着绳子。

这时人们不禁叹道：“真想得妙啊！”

“又放下五寸！”他严厉地喊道。

神圣的包装箱又在枕木上平稳地滑下五寸。

“又放下五寸！

“又放下五寸……”

就这样，一会儿就到了悬崖边，就要翻过悬崖棱坎！这时人们的心一下子就提了起来，悬着了！这是最险的一步，弄得不好，大重量的包装箱就可能栽下悬崖去，后果不堪设想！

他站在悬崖上，拄着五尺，像一棵大树迎风屹立。

他神情镇定，重重地用手轻拍一下包装箱，然后向上面大声喊道：“慢慢下滑五寸！一定要慢！如快了、猛了，在这陡坡上就会制不住，猛烈而下，后果不堪设想！”说着，眼睛紧盯庞然大物的动静。

“再慢慢下滑五寸！”包装箱便在枕木上前进五寸。

“再慢慢下滑五寸！”包装箱便在枕木上前进五寸。

这时包装箱便悬出悬崖一半了，也就是一半完全悬空了，像一个大下巴伸着，太悬了！人们脸上都变得通红，心跳快到最高挡了！

这时包装箱忽地一翘，晃动得叽叽嘎嘎的闷响！顿时人们的身子一震，张大了嘴巴。他脸上已是密密麻麻的汗珠。

但他依旧神色镇定，只见他早已伸出五尺顶住，完全忘记了自己身子悬空，大声喊道：

“绳子慢慢放下五寸！”

他脸上的汗珠如水珠子滚落着！他知道，这是最险的一步，不稳住轻放，突然倒过去，将是毁灭！只要包装箱落入轨道，就可缓缓下滑。

他呼喊着：“绳子放五寸！”

他紧紧地盯着包装箱和轨道。包装箱正稳稳地进入轨道，并且丝丝入扣！

他伸手抓住轨道旁边紧绷的护绳，大声道：“洪绳下滑五寸！

“下滑五寸！

“下滑五寸！”

包装箱在轨道上发出叽叽嘎嘎的声响，像是唱着一首滑稽的歌谣。

“下滑五寸！”

包装箱像是一列火车从天上开往地面。它乖乖地在轨道上缓缓下行。

“下滑五寸！”

……

终于，包装箱如一座山沉沉地滑下去，慢慢地落入地面。为了防止撞击，地面是垫的厚厚的茅草捆。

下面的人向上喊道：“着地了！”

顿时，包装箱落在茅草捆上，发出啪一声沉闷的震响。

“好——”

人们的心也如一座山慢慢放下。

他对着下面大声喊道：“在轨道没有？”

下面的人回答：“在轨道里——”

这时他顺着绳子滑向包装箱边，认真观察着，看歪动了没有，还好，很正！

他心下松了一口气，脸色严厉地对着下面喊道：“我喊上面松绳子，你们就向前拨动！要轻！”

他对着上面握洪绳的人喊道：“绳子下滑五寸——”

包装箱便在茅草捆上向前滑动，仿佛茅草捆是一个个滚动的车轮，一起缓缓向前，终于落入地面。

一时间人们发出山吼一般的欢呼：“成功了！胜利了！”

他冷峻地大声说：“还有一道悬崖呢！”

他对上面喊道：“中间的绳子在树上捆紧！”

他抹了一把脸上汗水，心里缓缓地松了一口气，但还不可以说心中的这个大石安全落地了，还有一道悬崖滑道要过！

他依然严肃，检查完之后，大声喊道：“休息，吃饭——”

他继续说道：“所有人员，包括妇女、老人，都吃饭。老板准备得充足，大家尽管吃饱吃好。但也不能胀得像南瓜，等下还要渡难关——过第二道板壁岩，陪老祖坐滑滑梯！”

这时，送饭菜的人们已提前赶到。饭是用袋子装的苞谷饭，菜是用包包菜炒的腊肉，用面辣椒炒的鲜猪肉，还有酸辣洋芋片儿、炒青菜梗儿，稀菜是黄豆磨的合渣汤，都是用水桶装着的。

三百多人摆在山坡上，吃着香喷喷的饭菜，每个人的脸上都洋溢着喜悦与兴奋，而且是从没有过的兴奋，丝毫没有一点什么疲惫和难堪。雨也小些了。人们没有觉得是在下苦力，而是像在进行一场有趣的游戏活动，而且是一生没有经过的活动，因此都感到能参加这样的活动是一种幸运，是一种骄傲，很值得！

这也像是一支野战部队，正在风餐露宿，但人们表现出的却是一种无限的乐观。如不是抬老祖，许多人早就唱出了姐呀妹的情歌了。但人们都明白，这是在做一件神圣的工作，决不能唱这些平时在田里山上唱的浑歌子，亵渎神灵，怕老祖不高兴，要责怪。

人们吃饱了吃好了，一个个吃得笑容满面，仿佛是在过一场大喜事。

吃完饭后，他和镇大杆又仔细查各种绳子，然后又出发了。

这时天空的小雨也无可奈何地停住了，甘拜下风。之前的雨大概是老祖在考验大家吧。

不久，他们又成功滑下了第二道悬崖滑道！

后来他们进入了缓坡地。镇大杆在前面叫着号子：“耶——”

抬工们全都跟着喊道：“耶——”一起迈步稳稳地前行。

“耶、嗬，耶、嗬——”仿佛是唱着有力的军歌。人们一齐很有节奏地叫着号子，迈步走着。人们丝毫没有累意，没有苦闷，只有一副副挺起的身膀，只有一张张红红的脸庞，像太阳般灿烂，只有雄赳赳、气昂昂，迈着整齐的步伐，唱着响亮的歌，向前！向前！只有所向无敌，只有无坚不摧！像山岭一样挺着，像山洪一样向前！

不一会儿他们汇入了大路。路上是长长的人流，如滚滚洪流，山坡上是遍地的人群，像密密麻麻的树木，欢迎着他们！

终于下到了凤凰坝！包装箱像是一座山峰于平地崛起，也像一艘大船，航行在波涛起伏的海面上。

人们脸上都是红红的笑容，他脸上也隐隐浮现出自豪的笑意。这时天已傍晚，西边天空的云变红了，像一张大笑脸，像是庆贺的笑容。

抬工师傅们豪迈地唱颂着：

哟，嗬啊！哟，嗬啊……哟哦嗬儿点点儿红啊——哟嗬哟嗬哟嗬哟……

路上是人，田里是人，山坡上是人，到处人山人海。抬工们更是雄赳赳气昂昂，迈着整齐而骄傲的脚步，浩浩荡荡，奋勇向前，势不可当。抬工们大声唱颂着：

哟——哟！
前后——照住！
平阳大坝——两手放下！
平坦大路——甩脚大步！
稀糊泥——稳踩起！
……

这时他大声喊道："各位抬工师傅，歇气了——"

顿时，大家一声"哟嗬"，缓缓歇下抬杆。

一片的人流，一片的说笑，一片的欢乐。

这时妇女们纷纷给抬工师傅们，给拉绳的人们倒茶。一个个茶杯，一个个土碗，一张张笑脸，飞花般飘至人们面前：

"喝茶！辛苦了！"

人们大声道："不苦不苦，很舒服、很快乐！"

由于到了平坝，他安排将缒绳解了。

人们歇了一会儿，他又喊道："各就各位——起！"

一时间，又如山峰一般崛起，又如无数树木冲天而起。

镇大杆喊着号子开步："耶——"

大家一齐唱颂："耶——"整齐向前。

镇大杆引着，大家一起唱着：

哟嗬，哟嗬，哟嗬，哟嗬，哟哦嗬儿点点儿红啊——哟嗬哟嗬哟嗬哟……

人们奔走着，很快来到凤凰山下。

镇大杆唱："抬头打一望——"

大家应和："有架坡儿上！"

"前头蹬蹬步—— 一步跟一步！"

"前面路边一个缺——你去得我来得！"

"又溜又滑——稳踩稳拿！"

不一会儿就来到凤凰山脚下一个路口。

镇大杆引唱："礓礤子啊！"

大家合唱："慢点子啊！"

抬杆拖地——
两手搂起！
搂起就搂起！腰杆挺起！

人们不是在下力，是在玩一场游戏，是在尽情欢乐。

很快，人们就唱着乐着来到了凤凰山上平地里，高大崭新的庙房展现在人们面前。

接着他们将老祖塑像抬进庙屋的正堂，镇大杆大声喊道：

"老祖进屋——"

其他抬工应和着："四乡有福——"

"老祖入堂——"

“四方兴旺——”

镇大杆又喊道：“脚步立地——”

众人热烈应和：“开天辟地——”

他大声喊道：“大功告成！休息——”

大家一起呼喊：“啊——胜利了——”

大家休息着。他也往一根木头上一靠就睡着了。人们都欣赏着崭新庙堂，特别是那座高高的亭子。它像是升到天上去了。

屈秀才对他说：“辛苦陈师傅了！没想到这样顺利……”

他笑着说：“这就是大家的力量。”

屈秀才又说：“老祖像有了，还要铸一个孔子的塑像，这样才能真正称得上文庙。”

四十八　汹涌之河

就在这时，一个黑衣人——又像道士的人向他奔来，很快就跑到他面前，恨不得上去抱住他，双手拉住他的手，激动地喊道：

“杰汉哥！我终于找到你了！杰汉哥！”

他一下子愣了，这是哪来的这么一个疯子啊？

他看了一眼，这是个郎中，马上又想起父母对他说的一个恩人——给他母亲治病的那个郎中，也是道士，并说要找他去修建庙屋。会不会是这个道士呢？

他又认真看了眼，马上又觉得此人有些道行高深的样子，就仔细打量这个道士。许多大师都是很平凡，会不会这就是道远大师？听说我在到处找他，被我感动，就来了？他顿时心中又肃然起敬，浑身一阵热腾！

他恭敬地问好：“大师辛苦了！”

道士点下头，很激动：“我终于打听到，你在这里修建一座大庙！”

他愣愣地看着，审视着。

她见他怪模怪样地看着她，她想笑，但没笑。她的心咚咚咚跳得很激烈，更有热热的东西在一涌一涌，像有一河波涛。她担心他听到她这样响的心跳。很快她的心就变成了一条汹涌的河，涛声隆隆，震荡着她的整个身子。她多么激动，多想扑进他怀里紧紧抱着他！但他偏偏又一动不动……

现在她激动地说道："杰汉哥，我是月儿！"

说着揭下帽子，解开发髻，一头乌黑亮丽的长发瀑布般飞泻而下。他一下子怔住了，睁大了惊异的双眼！

她又说："杰汉哥你不认识我了？"她的神情显得有些急切又有些悲伤。

他看了看这人的脸，显得很年老了，很黑苍，像个挖煤的，而且身上还有药臭味。他确实不相信。

她有些失望。她跑到旁边水沟里，掏出一枚皂角洗脸，洗去她的化装。她洗了好一阵，她已经多年没洗脸了，脸上不仅是化装的黑墨，还糊了厚厚的尘垢……

她终于洗好了，慢慢站起来，走到他面前："杰汉哥，这你认识我不？"

他看着。只见她眉清目秀，脸蛋仍然白润，有如玉盘，恰似一面差点就圆的明月，一双明亮的眼睛像个熔炉，让人一接触就觉得要化在里面似的……他忽地心里一震！这人的样子好像是月儿姑娘，是肖月。真像月儿姑娘！他睁大了惊喜的眼睛。

他激动地喊道："天呢，你是月儿！"

她点点头，眼里哗的一下，涌满泪花。

他猛地抱住她："你是月儿！天呢！你真是天上的月儿，叫我好找呀！"

她神情激动，好久才说出话："我等你、寻你，已是十一个春夏秋冬……我吃尽了苦。我在家等了你三年……后来我……"她诉说着经历，神情变得沉甸甸的。她极力忍住不让泪水流下来，可是泪水却哗哗地奔流着……

他感动地说：“你吃苦了……谢谢你，我的月儿，我的美神！我对不起你啊……”

她紧紧握住他的手，脸上露出欣慰的笑容感动地说：“谢谢你，我心中的主，我心中的神……”

他关切地问：“你是在哪个道观？凡出名的山上的寺庙、道观我都去找过啊。”

她完全真诚地告诉他：“是紫徽山的清月观。我的道名叫静月，仍保留了一个‘月’字。”

他认真地看着她，不禁感激地大声说：“你就是静月！你可是个神医啊，我母亲的病就是你治好的呀……”

他紧紧地抱住她，心都要化了，什么也说不出，只是亲切地抚摸着她单薄的背……

这时工地上有人喊：“陈师傅，还有什么事啊？”

他对大家说：“准备吃晚饭！”

静月看一看庙屋，又看看高高的亭子，感慨道：“好壮观啊！你太不简单了！”

他又惊又喜，忘记了一切，连忙抱拳向她行礼，并感叹地说：“你也是大师，是神医，治好了我母亲的病，治好了很多人的病，而且你不收钱，以医行道。你是在道的最高处啊！我应该向你学习，学习你的精神你的德！”

她连忙扶住他的双手：“怎么这样说嘛！我俩是什么人？”

他说：“你真像道远大师……”

她有些不解地说：“道远大师？我不是。”

他急切地问：“那你知道道远大师不？”

她仔细想了想说：“我们的交往很窄，没听说过这么个大师。”

她审视地瞪着他：“你脑壳里只有艺吧！艺迷心窍，什么都忘了！早把我也忘了……”她一副生气的样子，把头撇到一边。

他急忙说：“没有，我没忘记你！小时候，我俩一起用树棍和棕片修建楼房，我都还记得。我可是在到处寻找你啊……并多次梦见你……没想到你成大师了，你肯定有高深的修为，我要拜你为师……”

她显得不高兴地轻轻一笑：“我看得出来，你是个好学的人，可能遇见放牛娃都要拜他为师。也好。为艺忘记一切，真是艺迷心窍，我走！”说着转身向前走去。也不知她是不是真的想走。

他连忙上去拉住她的手，认真地说：“没忘记，你有比我强的东西，你就是我师！我就要把你当师父看待。”

她生气地说：“我到底是你的师父还是什么？”

他忙亲切地说：“是小伙伴，不，是青梅竹马的恋人……”

她微笑地说：“算你还是个凡人……”

他有些意味地笑着说：“可你已经不像一个凡人……”

她生气地说：“胡说。”

然后他关心地说：“你肯定饿了，去吃饭吧。”

她想了下摇摇头说：“我不想这样子去人多的地方。你的庙屋也立好了，还有什么尾巴活，你去安排一下，之后，我们回你家去吧。”

他走出树林，去到工地。这时屈秀才正将父亲抬来这里看立起的庙屋。

这时只见屈老笑着对他说：“陈师傅，辛苦了！谢谢你……”可能是由于折腾，接着头一歪就咽气了。

他非常感动，但他心中有事，就忙着向老人深深地叩拜一下，给屈秀才说了家里有事，由邹师傅、雷陈林负责后面的事。他又给雷陈林嘱咐了一番，接着收拾后向树林里走去。

她想到，她是和钟潇由父母做主订了婚的，父母不会饶过她。钟潇虽已结婚，但一旦认出她，也恐有麻烦，不会放过她。特别是，她又想起那两个挎枪的追寻她的军人。她知道这世界谁也把枪炮没有办法。她就又拿出一些化装用的东西，将脸和脖子又染黑了，依然一身老道郎中打扮，满身药臭味，向树林外走去。

不一会儿，他就来了。他想她在这里，没有吃饭，只是去安排了一下就来了。

他手里拿着一个小小的木盒，是用布紧紧包着的，是他刚才去背篓里找出来的。这东西跟他好多年了，他一直好好地保护着，生怕弄坏了，生怕弄掉了，一直收藏在他的背篓里，随身背着，他相信会有那一天找到她……

他在树林里找了好一会儿才发现她，她坐在树林边一块石头上。

他找到她，笑着说："你叫我好找，我以为你又跑了……"

她有些不高兴地说："是准备跑。你心里只有艺，没有人……"

他伸手握住她的手，笑着说："我可是从第四年回家听说你已出走，就开始寻找你，也寻找了你七年……"

她感动地点着头，深情地看着他。

他拉着她的手，高兴地说："走，我们回家去！"

这时他就将那个布包在手里一晃，笑着说："月儿，你猜，这是什么？猜对了我送给你。"

她就认真地看着他手中的布包，是个长方形盒子似的，她眨着眼睛想：这是个什么呢？她想了好久也没有想好，很是困惑。

她笑着说："你说，是个什么？"

他也笑着："你还想一想。"

她又微蹙秀眉，俏皮地眨动一双秀眼，努力地想着。但到底没有想出是个什么。

他见她实在猜不出，也不为难她，就将这布包递给她，为着郑重、虔诚，他是用双手捧着递给她的。

她也伸出双手，庄重地去捧接这个布包，仿佛是接受一个上天的赐品。

她将布包拿在手中，极为小心地慢慢打开，这布是蓝色的，然后就看见里面又是红色的布。她又慢慢打开这红色的布，手指极为仔细小心，仿佛这是宝盒。她轻轻地打开红布，这时里面就现出一个红色盒子，闪着红润润的光芒。这真是一个极为精致的木盒！她想这木盒一定是他亲手做的，只有他才能做出这样精美的小木盒。她知道，大木器好做，而这种袖珍型小木盒，是极难做的，也是最考验木匠技术的。

她久久地看着这个小木盒，眼眶早已湿润。她好像舍不得打开，仿佛这里面装着一个极为珍贵的秘密，不打开就永远是个谜，就永远神秘，永远美丽。她真想就这样永远地看着，不打开，让人永远对它着迷，永远去想象一个美好的未知，永远怀揣一个无穷的魅力，那该多好啊。

他看着她的神情，很感动，他轻轻地说："你打开吧。肯定是个好东西。好东西不能永远封锁，一定要让它见到阳光，见到它的主人……"

她笑一下说："不，好东西应该永远收藏在心灵里，收藏在心灵里才是最好的守护，收藏在心灵里才永恒……"

她还是没有打开，她似乎明白了。她依然将红布包好，然后又将蓝色的布包好，小心谨慎地放入她的褡裢包里。

他和她回到家。东边山坡被西天晚霞映得红红的，显得十分喜气。这时她又还原成姑娘。

他编了话对父母介绍说："这是一个大师的姑娘，我们早就订婚了，去年我给你们说过的，你们当时还不相信……"

父母看见儿子带了一个漂亮姑娘回家，脸上笑开了花，每条皱纹都甜蜜蜜的。急忙去为他们俩做好吃的。

他为了防止夜长梦多，生出事端，还怕月儿又飘走了，就和父母商定迅速结婚。可是父母并不赞同，觉得这样匆忙成亲，姑娘娘家什么亲人也没有，有失体面，好像是捡来的一个媳妇……

他就说："在四川那边已经说定了，专门回来结婚的，结婚了我还要去四川继续寻找道远大师学艺。由于路程太远，她娘家不可能来人。"

父母本来是要他请媒人去说斗笠姑娘的，但眼下事已至此，他心意坚定，加之他也是年纪不小了，也就同意了。

这时马师傅走进屋来，喘着气说："施老板又在观音庙（地名）筑了两座新高炉，请你马上去做几口风箱。等着你的风箱开火……"

他和施老板已是朋友了，就说：“我明天就来。”

四十九　黑夜行动

天啪啦一下变得阴沉沉的。天也像有满腹重重的心事，撑不住了就提前闭上了眼睛。

他和她正坐在火坑屋里，说着别后的一些经历。这时的夜很黑。他们不知道恶劣的情况正在来临。

国民党部队吃紧，需要大量兵源。层层压下任务，县里催得紧，各乡公所出动所有乡丁突击抓人，不管年龄大小，五十多岁也抓，抓了送部队去当兵。这个乡的乡丁队长也姓王，正带人从后槽向肖家屋旁走下来。

这时肖裁缝正在与邻近的地主武老二签合约。武老二几个儿子和女儿在省城读书、工作，联合写信要父母赶快把田和山全部便宜卖了，时局有变，越快越好，然后去省城他们那里。武老二真的便宜卖田卖山。其中一部分田和山本来就连着肖裁缝的田地，肖裁缝很快就与武家讲好了，买三十亩地、五十亩山，便约了几个中人今晚在肖家办手续，签约。

王队长带着乡丁很快就下了河。河这边陈家，他还在和月儿讲着话。十一年不见，当然有讲不完的话。

两位老人忙完了活儿正走进火坑屋里，准备歇息。他的两个弟弟都不在家。为了躲避抓兵拉夫，大弟杰雄出门躲在界山隐姓埋名帮人打铁，小弟躲在远处做长工去了，好久没有信息，也不知情况怎么样。

王队长带着三个人走进了他家，都拿着枪。

王队长凶狠地对着老人说：“你们有三个儿子，大儿子在当师傅修庙我们没有理，可还有两个儿子应该去一个当兵，总是躲着。”

王队长生气地指一下他，对几个人说：“就是他，现在庙也修建完工了，给我捆起来带走！”

他冷峻地看着王队长，平静地说：“王队长，我马上要结婚……”

王队长露出凶相瞪着他，厉声说：“公事公办！”

这时静月冲上去大声说：“不能抓他，我和他马上就要结婚，你们这样做道德吗？”

王队长吼道：“道德，见鬼去吧！捆起来带走！”

两个人将她推到一边，上去将他双手反到背后去，用一根棕绳子将双手连着肩膀、胳膊绑了。并且还脱掉了他的鞋子，让他一双赤脚走路，这样即使逃跑也跑不快，容易抓住。两人牵着绳子，把他拉到外面去，出门他就在一块瓦砾上把脚划出血来了。

他对她说：“不要急，等我回来。”又对母亲说：“不要着急。”

他母亲答应着，一副坚强的样子，怕儿子见了伤心。

他对父亲眨眨眼说：“爹去铁厂给施老板说一下，风箱我做不成了……”他这是在给他爹传送暗示，要他爹快去找施老板想法。

静月和两位老人送到院坝里。这时外面还有十多个人，他们都是捆绑着的，并且用绳子将他们一个一个串联了起来，这样就跑不了，同时他们脚上的鞋子都被脱掉了。接着两个乡丁用绳子将他和被抓的人连在一起，像牵羊一样带走了。

他母亲回到火坑屋里哭着。老伴劝她不要哭，哭不起作用。可他母亲怎么也忍不住。月儿忍住悲伤劝他妈不哭，可老人还是忍不住地哭泣着。

他父亲说：“我去铁厂找一下施老板。铁厂也是离不开杰汉的，请施老板帮忙想法救一下杰汉。”说着就出门了。

他母亲抱着月儿就又哭诉起来：“怎么得了啊……晓得要抓到什么地方去啊……”

月儿忍住没哭，她镇定了一会儿，对他母亲安慰说：“伯娘，您不要伤心，不要着急，我马上去找冯老爷帮忙，冯老爷可是省里的参议员，是有身份的，在县里是可以说到话的。再者，冯老爷的大院是杰汉哥给他修建的，还是有一份人情的，冯老爷应该是愿意帮忙的。”

他母亲充满忧虑地说："兵荒马乱的，这么黑的夜，你一个人千万不要出门啊。"

她沉稳而镇定地说："我知道，我一人在外面跑惯了，我还是穿上我的郎中服装，化下装，不要紧的。"

哪知她一穿上郎中衣服，化了下装，就被他母亲认出了。

他母亲惊喜而感激地说："哎呀，你是静月先生——我们的恩人啊。是你治好了我的病！"

一时间便更加亲近了。并且他母亲要为她做伴前去找冯老爷。

她与他母亲来到冯老爷家，冯老爷正在家里。她说自己是陈师傅的媳妇，为了安全化了装，九月十五结婚，但王队长把陈师傅抓走了……

冯老爷大吃一惊，气愤地说："你们还不知道，国民党节节败退，正在拼命地抓兵拉夫，送到前方去打内战。没想到他们连手艺人都抓呀！这国民党怎么变成了这个样子！"

接着冯老爷就安慰她："他是个好木匠啊，我这大院就是他主持修建的。你先不急，我这就去。"

冯老爷当即换了鞋前往乡公所。她也要跟着去，冯老爷不让她去，要她在家里等候。

冯老爷来到区公所，找到了新上任的吴区长。这吴区长解释说："现在国家有难，大家都应该有人的出人，有力的出力，有钱的出钱。再说，今天包括晚上抓的人已经用汽车运到县里去了，不在我的管辖范围内了，我确实没有办法呀。"

冯老爷着急地说："他是个有名的手艺人，正在负责老祖庙的工程。这是为老百姓祈福的大事啊。你看这该怎么办啊！而且他九月十五结婚。你一定要帮忙想想办法。"

吴区长还是显得为难地说："你想，我是这里的区长，我指示各乡抓了，又怎么好给县里说要把哪个放回来呢？那不明明是打嘴的话吗？况且分给我们区的征兵任务还差一大半呀！"

冯老爷思索了一下又说："请吴区长给县里打个电话吧，就说陈师傅是个手艺人，正负责大庙的工程……”

吴区长显得很为难地说：“这事只能你亲自去说，你是省里议员，你说了，县长他还不听吗？你去县里想法把他弄出来，我可以向你保证，再就不抓他了，让他搞工程。这行了吧？”

这实际也是推辞话，把难题交给别人去办。

冯老爷一副为难的样子说：“可我不好去县里说这么点事……还是请吴区长帮忙，我确实不好说。”

吴区长笑一下说：“你是怕县长说你一个省议员，公私不分，在国家危难时刻，还为私情说话是吧？”

冯老爷脸上变得严肃了，有些生气地说：“你不愿帮忙就算了，不要多话。”说着就走了。

冯老爷直接去了邮电所，要话务员拨一下县政府的电话，说有事找县长。冯老爷想亲自给县长说这事。话务员握着电话机摇柄呼噜呼噜地摇着，像扇风车一样，很快就传来县邮电局总机的声音，话务员说接一下县政府。电话里就听见县总机呼噜呼噜摇电话的声音，不久电话通了。可是没人接电话。县总机又摇了几遍，回话说，没人接电话。

冯老爷等了一会儿，又叫话务员摇电话。话务员又呼噜呼噜像扇风车一样摇着，县总机接通了县政府，但还是没人接电话。

冯老爷只好回到家，对她说了情况，叫她们先不要急，待他来想办法。

她们就急急忙忙回家去，再想别的办法。

她俩回到家不一会儿，他父亲也回来了。他父亲焦虑地说：“碰巧啊，施老板不在铁厂里，下午回城里去了，说店子里有事。”

她对他父亲说：“陈大伯，您给我做伴，今夜就去城里找施老板想办法，不然明天一早交部队了就无法了。现在我看只有这个办法了。我给施老板父亲治好过瘫痪病，特别是铁厂急需杰汉哥制作风箱，据说这铁厂还有县长的股份呢，想必他们会帮这个忙的。”

老人听了她的话，也坚定地说：“好，我们马上走。”

他母亲愁着脸说：“你们等一下，我给你们焖点饭带上，路上饿了吃点。”

一会儿，苞谷面饭焖熟了，他母亲装好，他父亲把褡裢往肩上一挎，就和静月向夜色里匆匆走去。

他们走了整整一夜，在第二天早上到达了县城，找到施老板的店子。施老板正在店里，一看见他父亲，特别还有静月郎中，施老板有些激动地说：“快进屋里坐，搞饭吃！感激静月先生啊，我爹已经能够走路了。你真是神医啊！”

她微笑地说：“我去你厨房里洗个脸。”

施老板不知何意，带她去了。一会儿，她就变成一个如花似玉的姑娘走出来，把施老板搞得莫名其妙，好久才说出话：“天呢，你还会变啊！你是仙女吧。”

她忙解释：“我本来就是女儿身，是为了保护自己，才不得已化装的。我们现在有急事求施老板帮忙。”

施老板对他父亲说：“是你的女儿吧？难怪她在寻找陈师傅。”

老人有些急地说：“不是，是杰汉的对象，这个九月十五结婚。”

静月有些急地向施老板诉说：“施老板，陈师傅昨晚被乡丁们抓了，已经交到了县里，就要押去部队当兵。他爹到铁厂找你不在，我们就走了一晚上赶过来，请你想办法救他……”

施老板听了大惊，怔了一会儿才说出话：“你们别急，我直接去找县长，我铁厂的风箱还等着他做呢。”

她也恳切地说：“施老板，我也跟你一起去，代表他的家里人，也为你助点力。”

县长姓苟，施老板和他很是友好，他每年都给苟县长拜年，送上比较厚重的礼物。同时，铁厂确有苟县长的股份。虽是这样，施老板还是心中焦急不安。

苟县长四十岁左右，中等个子，较胖身材，穿着一件深灰色中山装，脸色较白，鼻子和额头有些泛红，头发向后梳着。这时他正用一双三角眼看着一个花名册，这是各乡送来的壮丁名单，当然都是农民。

施老板走进去就觉得苟县长脸色严峻，但他也是一副严峻面孔。静月也是一副焦急而忧虑的神情。

施老板走到苟县长面前，仿佛是从战场上来搬救兵的。他双手抱拳微躬身向苟县长行礼，不亢不卑地说："县长好！"

苟县长将眼睛从名册上慢慢抬起来，慢慢转向施老板，接着就看见了她，眼睛一亮。这时她便上前一步，双手抱拳说："苟县长好！"

苟县长望着她略带笑意地说："你们好！"说着望一眼施老板。

她就一副沉重的样子说："苟县长，您是父母官，可要为一方百姓做主解难啊。我的未婚夫陈师傅，是川湖两省闻名的木工大师，名叫陈杰汉，正负责着我们乡一座大庙工程的修建。他是这庙的掌墨师，这是老百姓捐款修建的一个大工程，可是为百姓祈福的大事啊。施老板铁厂几座新高炉筑好了，就等着他做风箱开火炼铁……怎么能抓这样的匠人当兵呢。并且我和他已经看好日子，这个九月十五举行结婚典礼……"

她又给苟县长行个半跪礼："苟县长，您是我们的父母官，你可要为百姓的建设工程着想啊……"

施老板在一旁听得异常惊奇，没想到她这女子既是神医，还能如此天仙聪明，能说会道。

苟县长听了脸色变得有些严肃了，眉头微皱起来，像是在进行紧张思考。

她就进一步恳求地说："求你放了他，大庙工程需要他，特别是施老板的铁厂，急等着他做风箱炼铁，这关系到军工制造，也关系到县里的财税收入啊。"

苟县长听了心里就重重地震动了一下，铁厂有他的股份啊……镇定一下，看着她问道："你说的都是真的吗？"

她坚定地说："我只会说真话。你派人去调查，有半句假话，你抓我坐牢、充军。施老板也全知晓。"

施老板一副严峻神情地看着苟县长，焦急地说："县长你也知道，几座新高炉已经筑好了，就等陈师傅做风箱，才能开火呀！"

苟县长显得很为难地说：“据我所知，多年来，抓来的人还没有被放回去的，这个口一开，以后都来找我放人，我怎么办？”

五十　喜事惊变

他还是被放回来了。这是由于铁厂的紧急需要，施老板的努力。军工生产正需要钢铁呢。

现在他白天到铁厂去赶做风箱，晚上回来准备婚礼大事。父母亲也是忙进忙出。一家人都十分高兴，就像早晨看到了一个红红的初升太阳。

这晚，他俩坐在月下，心里都充满喜悦和温馨。但他还是想的关于学艺的事，就问她：“你四处行医，走的地方宽广，你真的没听说道远大师？”

她摇一下头说：“真的没听说。”

她有点生气地说：“我不会对你瞒着什么的。”

他长叹一口气，很是纳闷地说：“我师父明明要我去找这个道远大师，学得高艺。我找了很多地方，也遇到了一些好师傅，可就是没有找到这位大师……”

她说：“你也不要性急，以后慢慢来找。我陪你找，我行医，你就找大师……”

他说：“你说得太好了，那真是很美的事啊。不过，如果遇到要修建楼房的工程，我必须要修建。”

她说：“当然行啊！反正我们一起行艺，直走到天涯海角……”

他就笑了：“也不要去天涯海角，那太遥远了……”

她也笑着：“我是说永远不分开！”

他坚定地说：“对，永远不分开！”

他又郑重地说：“你是学医的，以医行道，有一种崇高精神，值得我学习。今后你还要给我传授一些道。”

她佩服地看着他：“我感觉，其实你已经入道了。入道并不一定就是道士。各行有各行的道。人有人道，医有医道，艺有艺道。干什么事都有道……”

他也佩服地看着她：“是啊，你说得太好了。各行都有道。做人有人道，处世有世道。人世间万事万物，应有一个道管着。人，就要走正道，行大道。”

她佩服地看着他：“我就说嘛，你已经入道了。当然，得道可能是一生的事情。完全洞彻天地之道，需要长久的修炼，道是没有止境的……”

过了一会儿他笑着说：“我给你的那个盒子，你看了吗？”

她也许是假装说的：“哎呀，我忘了。”又兴奋地说，“我马上看。”

她说着小心地从褡裢包里拿出那个小木盒。她一下脸色变得十分庄重，她轻轻打开蓝色的布，又打开红色的布，一个袖珍木盒就如从尘封中露出，闪着红润润的光芒，她的手忽然停住了，好像真舍不得打开这个永远的未知美好，好像一打开里面的东西就飞走了。

她说：“这是你自己做的、刷的吗？”

他说：“这是我专门为你做的，也是自己亲手刷的。”

她感慨地说：“你的手艺真高强啊！”

他郑重地说：“打开吧。这是我的心意。也可以说，就是我的心。”

她微笑一下说：“你的心我怎么能打开呢？”

他微笑地说：“应该把心打开……”

她轻轻打开浅浅的盖子，里面也是红色的，也闪着红润润的光芒，里面放着一个红布包，可见他的珍重。她拿出红布包，放下盒子，慢慢打开红布，就露出一个同样是红色的东西——一把精制的木头梳子！她恍然大悟！她记起了十一年前，他俩去看立起的新木屋，他说那屋顶的椽桷像面条，她说像梳子……他就说给她买一把梳子……

呼的一下，她的眼泪飞奔而出……

她说："多好的一把梳子啊！你这是买的？"

他说："学艺满四年回家时，是买过一把梳子，回来没遇到你……"

她问："就是这把？"

他说："不是。我觉得送给你，应该是我亲手做的才能表达我的一颗心，我就亲自做了这把梳子……还做了这个小木盒，并将梳子、盒子都刷了红红的漆……"

她猛地转身，紧紧地抱住他，激动得哭起来，还捶打着他的背……

距离九月十五的婚期只有一天了，但他还在铁厂忙碌着。新高炉早已筑好，矿石燃料都备好了，就等着他的风箱开火。早开火一天，就能多生产不少钢铁……

今天早上她一起床就有一种特别的心情。明天就是婚礼了。经过无数次磨难，不懈地追寻，终于追寻到了这个日子，要做新娘了，而且要嫁的正是她心里朝思暮想的初恋郎娃杰汉哥，心中美好的愿望就要实现了，这怎么不叫她激动呢？

吃过早饭。其实她没吃下什么饭菜，心里被激动和幸福感装满了，没有了空隙装别的。

他父母亲也满心里都是激动和喜悦。

他母亲对她说："月儿，你试试那些衣服，看合身不吗？明天九月十五就是婚礼了。今天，你就好好收拾一下，让我看看。"

这时，他的父亲拿回了请人写的新婚对联，忙着先在大门上贴好，接着在神龛里和其他门上包括火坑屋、灶屋门一一贴好。不一会儿整个屋子便是红光满堂，喜气盈门了，像是满屋子都装满了初升的阳光。

这是个让全家激动的时刻。她从新房里走出来。那真是美若天仙，顿时给整个屋里映满明媚春色和美妙喜气。虽是几间破旧的老屋，此时也充满了浓浓的甜蜜和温馨。一切都变得美丽红火。

这时院坝边开得灿灿烂烂的野菊花，也高兴地摇着脑袋，晃动着金色的光艳，像一群舞女在表演。

她在院坝边看着野菊花，就想起了他那次给她掐野菊花受伤的事。她清楚，他知道她喜欢野菊花，就给这院坝边栽满了野菊花，让这高高的院坝坎变成了金黄的菊花墙，让她在对门的家里能够看到这片耀眼的美丽……

这时她就抬起头，就忽然看见了她的娘家，不禁心里忽地涌起一片热热的酸酸的东西。她就一直看着她家那已经很旧的房子。那院坝里空空的。她想她的爹还在哪儿为人缝衣服呢？不禁又想起她爹强迫她订婚，打她的事。母亲在做什么呢？为什么不从院坝里走过？还有云儿、叶儿呢？她们肯定都长成大姑娘了，在做什么呢？接着她凝目在山坡上寻找，也不见人影。她又看门口的小河。小河清清亮亮的，她想起与云儿、叶儿和他在小河里玩耍的那些时光。这时他母亲来院坝里边抱柴，她忽然警觉地去看野菊花，怕老人发现她望着对面人家。接着她就向房间里走去。

也就在这时，一股国民党溃退的部队来到了他家。先是说打火做饭吃，接着一个当官的看见了美若天仙的新娘子静月，就睁大了眼睛！这人就是那个曾要娶她的莫所长。真是冤家路窄！

她当然没有想到莫所长后来变成了怎样一个人物，一直在借她的照片、借寻找她之由，四处寻抓人……

现在，莫所长对着她冷笑一下，沉声说：“当年我对你好，你却悄悄溜了，不辞而别。今天又遇上了，这就是天意了！”说着认真地看一下她的脸、她的新娘衣服，又笑一下：“原来你早已准备好了，在等我。今日，就作我专门来娶你。跟我走吧！”

说着就伸手拉她。她一甩手就打算冲向房间里去，房间里有师太给她的短剑，只要他进去，就一剑刺死他。

莫所长一挥手，几个大个子士兵就将她围起来了，紧接着抓住她的手，她飞舞拳头乱打，难以抓到，这时有人就悄悄一个扫腿，她不幸倒在地上，几双手去捕捉她一只手，她寡不敌众，就被他们用绳子将双手反在背上捆绑了，将脚也捆绑了，然后抬下公路，塞进了一辆吉普车里，呜的一声开走了。

这太突然了，他父母好久才反应过来，跑到院坝边一看，车已经过了前面山梁，一拐弯什么也看不见了。他们愣望了一会儿，就看见大量部队像潮水一样涌来，又顺着茅草河边公路向下涌去，仿佛山洪暴发，黄浪滚滚。

这时飞来几只大大的老鸦，黑黑的，在天空傲视一切地飞来飞去，一副天马行空的气势，大声叫唤着，像是吵闹，像呵斥着什么……

此时他还在铁厂里紧张地工作，正在将一口风箱头上的挡风板做最后的修整。挡风板像个圆圆的脸蛋，上有两个特殊的眼睛，像两个窗户，实际上这是两个鼻孔，整个风箱就靠这两个鼻孔呼吸，风箱连杆一拉，这两个鼻孔便呼呼呼山响般地呼吸，真的像鼾声如雷。

忽然一股部队拥向铁厂。很快，三座高炉下都拥满部队，几个声音高喊着："都给我站好不动，违者枪毙！"

他知道这是国民党部队来了。他不禁又想到家里，担心起来……

"都快来站好！违者枪毙！"

听到喊声，就有一人从南边高炉后面，慌忙跑向树林里，但接着便是一梭子弹射去，那人一个仰八叉从坎上倒在了高炉后边的檐沟里，如倒栽葱一般。

顿时，高炉下的人们都愣住了，只有拉风箱的人还在一去一来地拉着风箱杆，发出山吼一般的呼呼声。有两座高炉已经开火了，风箱不拉，高炉不燃烧，就要凝固，那高炉就要报废，因此他们继续拉着风箱。

有几个声音高喊着："都去搬运军用物资，违者枪毙！"

人们还是没有动。这时几个手持冲锋枪的士兵对着风箱就是一阵疯狂扫射，眨眼间风箱变成了密集的蜂窝眼儿。三座高炉的风箱都瞬间变成了蜂窝，废了。他的心像是在哗哗地流着血……虽然铁厂不是他的，但这风箱是他制作的，他心疼。

一个军官说："不把铁厂留给穷鬼们，把高炉炸了！"

几个当兵的搬来好些包炸药，向几座高炉下的炉门口放去。

他走到炉门口，平静地说：“你们要我们搬运物资，行，怎么要炸高炉呢？我们工人靠它吃饭。”

工人们都走到炉门口，以无声的行动捍卫高炉，有人求情地说：“真的，我们工人就靠高炉吃饭啊，你们行行好吧。”

一个军官吼道：“要命的赶快离开！”说着对周围端枪的士兵们一挥手，并命令道：“给我把人拉走！”

部队人多，很快就两三人拉一个工人，将在场的三十多个工人拉向了公路，接着只听三声巨响，三座高炉就全部坍塌了。一时间烟雾腾空，天昏地暗。

他和工人们扛着弹药箱、米袋，被军人用枪押着向前走去，也不知何处是尽头。只走了二十多里天就黑了，部队在老百姓家夜宿，他们被关在两间屋子里，由士兵拿枪轮流看守。

也就在这夜，几个军人将月儿两只手反到背后绑了，抬进一个房间，然后军官莫美鲅走进去，关上了门……

第二日国民党部队从九大拐山上来到长坝河边，吃惊了，大桥被炸了。这是地下党杜信夜里带人前来采取的措施，要减慢国民党军队向南逃窜的速度，便于解放军追来消灭他们。于是一些车辆、炮车都阻塞在了河边山坡的“之”字拐公路上。这里叫九大拐。

面对滔滔涌流的河水，国民党军的宋司令满脸焦急，看看山坡上茂盛的树林，立即命令架桥，并将这个任务交给一个姓焦的营长。焦营长知道运送物资的几十人是工匠师傅和工人，就命令他们架桥！

焦营长也了解到，这些人里面有个陈木匠，是有名的木工师傅，于是就要他负责具体架桥，搞不好就枪毙他！

可是怎么架桥？什么工具也没有。于是部队派士兵去搜索农户家，寻找工具。这些人家看见国民党军队来了，走得动的人都跑了，躲了，剩下的都是一些老人和小孩。但是人跑了工具没跑。很快部队的士兵们就找到了一些斧头、锯子，长官就要士兵们快快砍树。

部队没让师傅和工人去山上砍树，怕他们逃跑，把他们押到河边，专门在河里由焦营长指挥架桥。

他认真思考着，他还从没有架设过这样的水中桥。同时他也估计到，后面的解放军肯定也不远了，说不定快赶到了。于是他在心中考虑，这架桥该怎么架，怎么才能让这些国民党的部队滞留在这河边？他就是被枪毙，也不能让这批国民党部队跑掉！

由于部队人多，帮忙砍树、抬树，往河边运送，不一会儿，河边就摆满了树木。他想了一些办法，包括怎么拖延时间，使工程进度缓慢，再就是要巧妙施工，骗过他们。

他对焦营长说：“先在水里打桩，再将树木横一层、竖一层地铺砌，一层一层垒高成桥，这样就极为牢实，像铁桥一般，汽车就像在公路上跑一样……”

焦荣升听了很高兴。

他想到了用宽篾条捆绑连接，这样牢固一些，但他不会用这一招。不捆绑，整个木头就是一盘散沙……

三个小时一座简易桥就要架好了，部队正在拆老百姓的楼板，准备去铺设桥面。

他明白高高的桥就像一座大坝了，而且不宽，只限一辆汽车通过。水关满了力量巨大，必然要破堤把桥冲走。他在这里面也施了一些小动作、小技巧。

就在车辆准备通过时，木桥在河水的推动下，哗啦一下，那些本来就夯得不紧的木桩一齐歪倒，轰然一下，架起的桥如一个大木排向前冲去，接着树木散成一河，被激流吞没卷走，有如千只小船，浩浩荡荡而去。他坐在河边心里暗暗地发笑。

焦营长逼视着他：“怎么回事？”

他愁苦着一张脸说：“我确实尽力了，水太大。再架，多加些木桩，我保证没问题。”

部队必须要过河，一些拖着长官的吉普车，拖着大炮、拖着物资的汽车要过河。他们还是又砍树，又接着架桥。可是近处的树木都已经砍完了，再要去远处砍树、运树，工程所需时间就更长了。

又用了半天时间才将桥架好，这时天色已近黄昏了。忽然四面的山头响起了嘹亮的军号声，瞬间吓得好多国民党当兵的栽进河水里，解放军的大部队悄无声息从四面包围了这支部队，并传来喊杀声：

“缴枪不杀！缴枪不杀！”喊声如雷，河谷震荡发抖，山野都在摇晃。

但解放军可能不会想到，是他在为国民党部队架桥时采取的巧妙办法，使得架起的木桥被冲垮，换来了半天时间，成功地阻止了国民党军队的逃跑，迎来了解放军的包围，为解放军帮了大忙，应该说立了大功。

国民党部队怎么也没有想到，解放军怎么从对面山头下来了，真像是长了翅膀，飞越了山，飞过了河，就如风浪一般，四面山头的部队伴着喊杀声冲下来，围了下来。

这些吉普车里的军官连忙走下车子，举起了白旗。很快，全部被缴械。他和工人师傅们也获得了自由。就在这时，他看见一个穿着红衣服的女子坐在吉普车中，他马上认出了这是她——月儿！

他急切地奔过去，大声喊道：“月儿！月儿——”

他快步走上去，一看，她的双脚、双手都被捆绑着，手和腿子都已经肿了。他慌忙为她解了绳子，扶着她走下车。

这吉普车里应该还有一个人，就是那个派人追寻她，乱抓美女，欺侮民女，凌辱她的军官莫美鲅。可是不知这个恶人溜到哪里去了。她恨透了这个拿枪的恶人，向解放军说了情况，并协助解放军找遍整个俘虏人员，都没有发现莫美鲅。这真是巧了，每条大路小路都是封锁的，山头上山坡上到处都是岗哨，这家伙是从哪里逃脱的呢？难道这家伙真是个魔，能够上天入地？

她无比悲愤、遗憾，心中像是装满了火焰和刀剑，一时间又毫无办法。但她想，一定要寻到这个恶魔！

他向解放军一位领导充满感激地说：“谢谢你们救了我们！真不知道怎么感谢啊。”

这位解放军很平易地微笑着说：“不用谢，解放了，搞建设还得依靠你们。”

他真诚而热情地说："现在，我和师傅们帮你们把桥加固，好让车辆部队迅速通过，去解放更多的人。"

雷陈林对那军人说："他是我们这川鄂两省边界一带著名的木工大师陈师傅。"

这位解放军十分高兴地说："那太好了！太谢谢你们了！"

其实，对他来说，架这点桥也只是小菜一碟，毕竟没有高楼大厦复杂。不过也是要经受考验的，那可是山一般沉重的卡车、炮车要从桥上通过！他还是信心十足！他带领师傅们在桥的下边密密加了一排木桩，而且都是夯得紧紧的。而且砍来竹子，用篾条将桥四周围的每根木头、将上面一层的每根木头，都紧紧地捆绑了，桥完全连成了一个整体。这下可以说万无一失。

这时汽车便轰隆隆浩浩荡荡从桥上顺利通过，而木桥安然无恙，坚如磐石。

解放军首长高度赞赏地说："陈师傅真是了不起！是个桥梁大师啊！你的这种架桥技术值得我们推广啊。我代表本部全体解放军指战员，向你表示最诚挚的感谢和深深的敬意！同时也向所有参加架桥的师傅们表示诚挚的感谢和深深的敬意！"

说着向大家举手敬了一个庄严的军礼。

首长接着说："你们为我们的顺利前进、挥军南下赢得了宝贵时间，又架起了坚固的木桥，立下了大功。我们应该永远铭记！这虽是一座朴素的简单木桥，但它连通了我们前进的道路，也连通了我们解放军与人民的心，更是连通了我们的胜利！再次感谢！"说着又敬了一个庄严的军礼。

他也激动地大声说："我们要感谢解放军，解救了我们，解放军是我们最亲的人。我们工匠艺人要永远记住这份天大的恩情！"

他说着向解放军首长、向满坡的指战员们深深地一鞠躬。接着全体师傅们也都一齐跟着他深深地一鞠躬。一时间河水激动了，尽情涌起万重浪花。

这位首长笑着说："你们愿意帮解放军送物资的，可以跟着去，回来发路费。想现在就回去的，现在就可以回家。”

他对雷陈林说：“陈林你就带领师傅们帮解放军运送物资吧。”

雷陈林慷慨地说：“我是这样想的。”

他又对解放军说：“很对不起，我这下要送未婚妻回去，她受了罪……”他接着诉说了她的遭遇。

解放军首长望他亲切地说：“你已经立大功了，快送她回去吧。你们区乡都已被我们的队伍接管了，穷人们马上翻身了。祝你们幸福！”

雷陈林和所有师傅、工人们都愿意为解放军送物资。他看着解放军队伍，很是不舍，他觉得解放军怎么对人这样亲切，真像亲人一样啊！他真想和解放军一起去，但他必须要把她送回家去。

五十一　急急追杀

他带着月儿慢慢向老家方向走去。他们走了两里多路，觉得实在是饿了，就找了一家人户买点饭吃。这户人家听说他是陈师傅，急忙做了好饭菜，要他们两人快吃。这时，乡亲们脸上都挂起了笑容，解放了。

她没吃多少饭菜，就说去下茅厕。他因为太饿了，加上解放了心情很好，就吃了很多。等他吃完后才感到有点疑惑，怎么她去茅厕这么久还没出来？

他便急忙去茅厕查看，就看见了一块手绢搭在茅厕里的栅栏上，他清楚这是她的那块蓝色手帕，连忙拿起来，一看，上面写着红红的字，他马上明白这是用血写的，内容是：

杰汉哥，对不起，你不必再找我……

永远的月儿

他只觉得天地向他晃了一下，就黑了，他彻底蒙了。又接连晃了几下，他差点站立不稳。他没有想到会是这样！他明白，此时没有笔墨，也没有纸，她就只好用手帕、用血写了这诀别的话。啪的一下，他的心碎了，一片片落下，沉甸甸地滴着血，眼睛定神在手绢的血字上，完全不知道转动。

他接着请这户人家的几个人帮忙，一起在周围寻找，可是他们找了半天也不见一点踪影。

其实她已经写得很清楚，这是诀别。一是可能去死，二是重回她的道观。同时告诫他不必再找她。但他没有去多想。她是他的美神，没有她，仿佛天空黑黑的，心里空空的。他别无选择，只能勇往直前，去寻找她……

他想她一定是又去了她修道的地方，也就是她告诉他的紫徽山清月观。他知道她对道的境界的追求很深。加之他还有个一直拴着他心的大事——寻找道远大师，因此他连家也没有回就又踏上了追寻之路。

他连夜追寻。他边走边打听。在第二天上午，有人说看到一个穿红衣服的女子向西边走去了。他听了太高兴了，心都像要跳出来了。他也许想错了，穿红衣服的女子就一定是他要寻找的美神月儿吗？她就不会换装吗？

他加快步伐急急地追赶。一天，他在东边一座山上走着，就看见西边山坡上有一个穿红衣服的人影，像一朵小花被风吹得向天上飘去，他想这一定是她了。他快步走下河，爬上坡，不要命地拼命追寻。可是他爬到山坡上，什么也没看到，像是她忽然上天了。翻过这座山，也没看见那红色的人影。

他几乎是日夜不停地向前奔走着。经过十多天的日夜追寻，他没有追寻到他的月儿，仿佛她真变成了天上的月儿，同时也没有打听到关于道远大师的任何信息，无人知道这个大师……

莫美鲅没去关注架桥的事，这不是他的事。他在路边闲走，看看弯弯拐拐的河水，又看看五彩斑斓的山峰。莫美鲅有些沮丧，他知道国民党可以说已经完了，农历八月初十中华人民共和国就已经在北京宣告成立了，现在已经是九月十四了，一个多月了。莫美鲅望着一个山头，也就在这个时候，他就看见了山头上有许多穿黄色衣服的人，这些人正在走下山坡。他想这肯定是解放的部队来了！

莫美鲅觉得不妙，他就去了一户人家的茅厕。他还只解了个手，就听见四面山上爆发出山吼般的声音："缴枪不杀！缴枪不杀……"他便慌忙地爬到牛圈的楼上，楼上放满了喂牛的苞谷秆儿，他就躲进了这里面，舒舒服服地躺着，一动不动。他深深地知道，被俘他肯定会马上枪毙！车上还坐着那个肖月，他下属也知道他的恶事，他们必然会检举，争取立功宽大。因此他想只能躲藏、潜逃，否则别无生的希望。

直到夜晚降临一会儿了，四处都已静谧如初。解放军的队伍早已押着国民党部队去了县城。这时莫美鲅才从牛圈楼上下到地上。他很快去田里放好枪支、帽子，随即来到这户人家。

莫美鲅对男主人恳切地说："老乡，行个方便，做个好事。"说着掏出两个大洋友好地递给主人，说："把你的旧衣服给我换一套，还给个布袋子，买几斤红薯。"

这户人家的主人看见两个大洋只买一套旧衣服和几斤红薯，这当然是最高的天价了，再看眼前这人显得很无奈、很可怜的样子，就接下了洋钱。接着进屋去找了一套旧衣服，递给了莫美鲅。

莫美鲅脱下军装衬衫，只留一件无袖内衣，这虽是内衣，却显得有些厚实，这里面有很多金条和银圆。他换上了这套旧便装，将军装递给主人，主人摇头，说不要，你带着吧。莫美鲅也就拿着了。

主人又去拿了个布袋子，给袋子里装了半袋红薯，递给莫美鲅。

莫美鲅放下袋子，对主人求救地说："你家有剃刀没有，我想把头发剃光一下路上才好走，我回家的路还很远。"他说得很是可怜。

主人就去找了一把剃刀，帮莫美鲅剃光了头发。

莫美鲅又掏出一张钞票给了主人，说：“还给点饭吃一下。”

主人为他热了苞谷饭，煮了白菜汤，莫美鲅像是三天没吃饭了的，吃得很快，吃了很多，大概吃了三天所需要的食物。

然后莫美鲅说：“还请给一双草鞋。”

主人也给了他一双新草鞋。他穿好后，感激不尽地对主人说：“多谢老乡相助，一定记住你们的恩德，来日一定想法报答！你家做了好事，也一定会大福大贵，子孙发达兴旺……”说完向主人弯腰，深深地一鞠躬，也算是敬了一个大礼。

莫美鲅出门后就去了田里，看看周围没人，弯腰只拿了枪，暂时装进红薯袋子里。接着他看了一下星空，就决定向西走去。他知道向西是四川，而且不远，四川是国民党的大后方，那里还是国民党控制着。走不远，他就将那套军装扔进了一个脏乱的水沟里，还看了一眼。

莫美鲅一路向西走着。他饿了就啃一个红薯，不敢与乡民接触。这里已经解放，怕村人听他口音是外地人，把他抓了送军管会。他准备前往成都，成都守军中有他的同学、亲戚。

但还没走到成都就听说那里已经解放。他一了解，四川已经全部解放，他同学和亲戚也不知在何方，是死是活。他彻底心灰意冷，沮丧极了。他不敢多与人接触，他是江汉口音，很容易引起人的怀疑。他想现在剩下的唯一一条路，就是想法逃命。但往哪儿逃呢？

月儿在手帕上写了诀别留言后，放于栅栏上留给他，她知道他是一定会看到的。然后她就快步向西走去。走了几个村子，她找到一户人家，一看这户人家只有一个老年妇女在家。

她给这老妇人编了故事说：“有恶人在追我，请求相救。”

老妇人极为同情，答应了。她就用准备结婚的崭新红衣蓝裤换了一套旧男装——黑色的，有许多补丁。她请老妇人用剪子剪光了头发，她用旧布做了一个道士帽戴上，又用黑锅灰调水将脸和脖子染得黑乎乎的，用一片儿旧布缠了胸脯，完全变成一个道士形象，然后就要走。

老妇人可怜她，一定要给她弄点好饭菜吃了再走，她怕他追来了，坚决地要走，便辞别老妇人继续向西而去。

其实，这时在她的后面，莫美鲏也正向西而来，而且走得很快，他要尽快去四川找到国民党部队。她是下午申时向西出发的，他是刚入晚的戌时出发的，他们仅仅相隔一个多时辰。他们两个完全在一条路上奔走，并且都是一个目标——成都方向。如果他比她快的话，是完全能够遇上她的。这时她的杰汉哥，也在后面的路上追来了……

她走得又急又快。她多年来经常在行走，早已有了走路的硬功。不久，她就回到了那熟悉的清月观。她见到师太顿时眼泪不自主地涌出来，像是小孩见到娘，无事也要哭一场，何况她经历了极大的屈辱、磨难！她一头扑在静善师太的怀里，眼泪像是开闸的水，止不住地奔泻而出……

静善师太知道她肯定遭受了什么重大的打击，亲切地抚摸着她的背、她的头。人有伤痛的事，见了亲人愈是悲痛，愈是要诉说。她对静善师太说了她的遭遇，她尽力忍住哭泣，强力咽下那涌出的眼泪，她脸上满是悲愤，渐渐地眼睛里又升起了一团燃烧的火焰。静善师太安慰了她一阵，她的心情稍微好了一点。

她声音有力地对静善师太说："师太，我要去寻找这个恶魔报仇。现在就四川还没解放，我分析莫美鲏肯定逃到四川来了。"

师太抚摸着她的手，显得平静地说："静月，再大的事，还是要先放下为好。善有善报，恶有恶报，人不报，天报。你先把心情放平静点，好好休养自己的身体，调节自己的心态，修炼自己的心境，继续你的追求。"

她也显得平静地说："我可以暂时放下，但不能忘记。我不完全是为了给自己报仇，我不想让他再祸害世上可怜的人们。"

静善师太又说了一些话，但她还是坚持先去寻找这个恶魔。师太答应了她，并说："寻找一段时间，要回来一下，免得我担心挂念。"

接着师太安排静兰与她一同前往。但她没有答应，说师太年岁高了，静兰要在观里照顾师太。

她说走就要走，师太也没法，就去找出那把镇观之剑，要她带着。她收下了。师太教她练过剑术，乘其不备刺杀莫美鲅完全能行。

也许他们有可能相遇的，莫美鲅也进入了四川。莫美鲅入川不久就遇到一支解放军。几个解放军的侦察员发现前面的莫美鲅走路的姿势不一般，是个不一般的军人，就呼喊：“老乡等一下！”

可是莫美鲅不仅没有停下来，而且加快脚步向前走去。侦察员又大喊：“站住！”

莫美鲅更加快步走去，侦察员们更是产生怀疑，就快步追上去，最后抓住了他。一审问，莫美鲅是江汉口音，更加怀疑了。

但莫美鲅编了一个无懈可击的故事，憨厚而可怜地对解放军说，他是荆州人，是个农民，哥哥出家去了四川峨眉山，他家乡早已解放了，他去找哥哥回家。他去峨眉山那里找遍了，都不见他哥哥，又找了很多寺庙，都没有找到……

解放军更加怀疑，通过搜查他身子，发现他内衣里缝有一百多个大洋钱和二十几根金条、钞票。再看他的手是细皮白嫩的，毫不像他说的是个农人，认为他肯定是从湖北战场逃脱的一个大军官。但怎么审讯莫美鲅拒不承认。于是将他双手反到背后捆了，像他捆绑肖月一样，但没有那样紧，由两个战士押着。但不巧在后来的转战过程中，这个莫美鲅还是逃脱了。

莫美鲅逃脱后又喜又急，一边走一边观察了解情况。现在到处都解放了，都在清匪反霸。清匪就包括清查国民党军队残余人员、潜逃人员。

莫美鲅明白自己是外地口音，在乡村是很容易被抓获的！回老家，道路漫长，身上的银钱也被解放军搜了去，没有了路费。而且老家谁都知道他是国民党军官，就是回到家乡，那很快就会被人举报抓获。到底去哪儿？莫美鲅很是焦急。

莫美鲅在一片树林里坐下来。他有些懊恼，沮丧，他没想到落到这步田地。那些升官发财，荣华富贵，他感觉都如烟云散去。现在，他想的是能否把命保下来。只要能保住一条命，什么也无所谓了。

于是莫美鲅就想怎样保命的事。他想，一是去投解放军，说自己是被抓当兵的普通士兵，是专门投奔解放军的。解放军部队除了抓过他的那几个人，没有哪个认识他，是会被收留的。二是到哪个庙里去当和尚或是道士。三是去哪个城里混入工厂或是学校……他反复想了好久，只有这三条路中可以选一条，其他皆无路可走。

他急切地奔紫徽山清月观而去。月儿向他说了在这观当道士的。

那日他爬到紫徽山上，在离山顶不远的地方有一片松柏树林，旁边确有一个观，不大，可以说很不显眼，门前有一棵桂花树。大门顶上写着“清月观”三个字。他想月儿一定是在这里。

他恭敬地走进去。正壁前是一座太上老君的神像，一位白发苍苍的老道正坐在旁边一把圈椅上，闭目念经。这正是静善道长。他走上前跪在太上老君神像前，虔诚地跪拜，三叩首。

然后他向老道躬身行礼，很有礼节地问：“请问道长，这里一个叫静月的道士在吗？”

老道平静地打量了一眼这位也不俗的男子，弯腰抱拳回礼说：“这里原来有过一位叫静月的道士，但她出走好久了。”

老道当然说了假话，月儿明明径直回来了的。

他想，她若回这里，应该已经到达了，她到哪儿去了呢？他一脸困惑、忧急。

他又忽地想道：她如真的没有回来，她是不是想不开寻短见了呢……

他又恭敬地说：“请问仙道，您知道一个叫道远的大师吗？”

老道皱眉想了下说：“不知道这个大师。”

他说了声“哦”，一副非常失望的样子。他想，那道远大师当然不是道士，而是个木工大师，道人们可能不会知道这个大师。

他还是又想起他心中的美神月儿。他寻思，她还会不会回到这里呢？

老道看出他的心事，劝慰道："天有天意，人有人愿，各有所求，各有所归。你还是去做自己的事吧。无量天尊。"

他感觉心里空空的，觉得心一下子像是不在了。他站了会儿，谢过老道，就迈着铁一样沉重的脚步，缓缓地向外走去，继续去寻找道远大师，寻找他的美神月儿。他充满信心，他觉得只要寻找，是一定能够寻找到的。

月儿化装成一个老道士奔走着。但她寻找了两个月，什么线索也没有寻找到。这时她想起师太的嘱咐，同时也思念静善师太，于是就向清月观走去。

她回到清月观，见到静善师太和师姐师妹，又仿佛回到了家。

静善道长告诉她："那个陈师傅来寻找过你。"

她一时间很是吃惊、惶惑。她想，该怎么办？

她接着与师太和道友们商量，做了一个特别的决定，做了一件特别的事情。然后她就又出发了。她坚持一个信念，一定要寻找到这个恶魔，消灭掉这个恶魔，给可怜的人们带来一份安慰。

五十二　军用工程

那天解放军进军真是神速，就像卷一床席子。一天时间就解放了全县，包括接管各个区、乡、镇。好久以后他还记得，这天是农历一九四九年九月十四日。解放军解放了他的家乡，顺利地接管了茅坪区公所，成立了军管会。

这时整个大西南地区还没有解放，这里就成了后方。根据上级要求，军管会决定第一个任务是在这茅坪镇上修建一座大仓库，屯集军粮，支援前方，解放大西南。

仓库选址在仙人岭的脚下，坐北朝南。仓库被命名为粮库管理站。上级已经正式任命了粮库管理站的站长。这个人名叫骆河南。骆河南老家在河南。父亲是个铁匠，抗日战争爆发后父亲去了兵工厂，成了高级技师。后来，日本鬼子轰炸兵工厂，父亲不幸牺牲。这时骆河南才十岁。骆河南十五岁就跟父亲的一个徒弟学铁匠，在本乡为村民服务，解决吃饭问题。后来他成了一个好铁匠师傅。接着他和几个青年参加了解放军。人们都仍然叫他“骆铁匠”。不完全是因为打铁，而是打仗。他很快成为攻坚连的一个班长，窦连长很赏识他，不久就把他提成了排长。他仍像打铁一样做硬事，打硬仗，多次立功。后来参加南下作战，就留在了江南的这个茅坪小镇。

骆河南没有文化，只会打铁，只会学打铁一样打仗攻坚。军管会及区公所将粮库管理站、修建军用仓库的任务交给了骆铁匠。

骆铁匠身材高大魁梧，看上去很是威武雄壮，由于从年少就打铁，脸上被铁炉熏烤得黑红黑红的，像钢铁铸的。虽然不在部队上了，他依然一身穿戴整齐的军装，正正地戴着军帽。什么人见了他这形象都有几分畏惧，敬重。

决定新建的军粮仓库不是一般的规模，上面要求是建一个库容三百万斤的大仓。具体设计者就是骆铁匠，不要看他是个没有文化的干部，但他敢想敢干，且对造房并不外行。仓储量是上面确定的。骆铁匠根据仓储量，设计的是修建一个长方形四合院式的大型仓库，其中前面十间，后面十间，两厢各五间，共三十间。不要看着骆铁匠是个打铁出身的粗人，也是喜欢中国传统建筑艺术的。哪怕是个仓库，骆铁匠对此项设计也很讲究，特别设计了一个设施——在院子中间设计了一座四层高的四方形亭子。

中国人一般喜欢亭子，它外观好看，那翅角像身材高挑秀美的女子，伸着弯弯的胳膊肘儿，做着一个优美的舞蹈姿势，很美很雅。它像玉树独立，四周穿透，便于站在上面极目远眺。有亭子的地方都是一大风景。人们喜欢在这样的亭子上登高望远，文人墨客更是喜欢这样的地方。登上亭顶，仿佛登上仙人楼，感觉离天很近了甚至来到了天上，可以伸手摘星抱月。骆铁匠这样设计还有一个想法，便于派人在亭子上面站岗和瞭望，观察周围情况，进行设防。

这个仓库的规模在当地来说是有些宏伟的。一时间成为街谈巷议的话题，成为新闻热点。当然它并不是仅仅因为有一个亭子，亭子的建造其实也较为简单，主要就是四根柱子，只是在四角的装饰造型上要复杂一些。

因此骆铁匠决定，必须要找一个在川鄂一带最闻名的大师来修建。并不完全因为这座仓库不是一般的规模，骆铁匠主要想的是，由著名大师来建造，这座仓库就更有质量，也更有名了。他骆铁匠干的事就有名了，他骆铁匠也就有名了。人都是讲究名的。许多人一生实际上都在为一“名”字而奋斗。我们的主人公——杰汉师傅，他为什么要一心追寻大师学到高艺？可以说，一半是为了把手艺活做好，一半是为了名誉，为了把手艺活做好，除了良知道义，实质也是追求的名。在世上留个好名声，留个大名，留个美名。这样当然也很好，如果都想在世上留个好名声，那这世界也就太平了。俗话说，人的名，树的影。人活着是短暂的，名声是长久的。许多人就在追求名的不死，名的伟大。这也是人的正常的特性。

骆铁匠首先在这一带进行了解，谁是修建木房子的大师。大家自然都一致推荐他——陈杰汉师傅，并且人们把他吹得很神奇，说这茅坪的冯家大院、凤凰坝的老祖庙，就是他修建的，如何如何。

骆铁匠当然知道冯家大院，离镇上小街只有四五百米远，中间仅仅隔着一个四五丈高的小山梁，像一只黄狗盘睡在那里。这也就是人们所说的龙尾。国民党的区公所后来也设在了冯家大院里，冯家人少，包括长工不到十人，根本住不了那么多房子。现在共产党的组织机构接管了国民党的机构场所，区公所和军管会也就设在这里，骆铁匠本人也住在里面。

骆铁匠了解到他陈师傅后，十分感兴趣，就急忙到他家里去找他，想请他来承建这个十分重大的工程。骆铁匠一连几天往他家跑，一天起码要去三次，上午去一次，下午去一次，晚上还要去一次，因为一般人白天出门晚上回家。

这时刚刚解放，隐藏的坏人多，造谣的多，出的事也多。反动势力暗中勾结，对一般群众暗中施压，相当一部分人还处于犹疑和惶惑之中，把握不住，立场还不鲜明，不知道是该往东还是往西。许多人还有些害怕，有的人甚至暗地里站到反动势力一边，甚至还通风报信。同时反动势力也在千方百计地争取民众，拉拢和收买那些不一般的人。

骆铁匠抓得很紧，好像生怕敌人把他陈师傅给抢去了似的。但是，尽管骆铁匠一天去他家几趟，还是没有找到他。骆铁匠就反复询问他父母亲，了解他的动向。他父母亲说，他一般在四川做手艺修建房屋，很少回来，除非派人去找。可是四川那么大，谁知道他在哪里修建房屋呢？

上面对这任务催得十万火急，怎么办？骆铁匠一时间十分焦急！

于是当即安排人员去寻找。

仿佛她是真正的月儿，飘天上去了，仿佛她只是一个心中的美好想望，并不实际存在。他寻找了很多地方，都没有找到她。同时，他也没有寻找到那位道远大师。他心里充满了困惑、忧虑、伤感。这晚他在一个农户借宿。他好久没有睡着，后来睡着了却做了一个特别的梦，他梦见月儿回去了！他心下疑惑，想这是真的吗？是真的吗？他又想，梦是思想所至，不必信。

他脑袋里总在想，他的月儿到底去了哪里呢？会不会在他走后又回到了清月观呢？因此他又去了清月观，但还是不见月儿。他心情沉重，十分悲伤。他想就在这观里住上一天，再看看。

他在观里待了一天，什么也没有等到。这晚他又做了和昨晚同一个梦，他梦见月儿回去了。

第三天早上起来，他想了想那个梦，就准备辞别师太向山下走去。但他还是犹豫了，又待下了。这晚他又做了同样一个梦，梦见月儿回家去了。他想，连续三晚都做这同一个梦，她回家去了，这应该是真的了。于是他向山下走去。

他日夜兼程向家乡赶路。心想还是先回去看看家乡情况，看看月儿是不是真回去了，然后再来寻找道远大师……

这天傍晚昏昏的，天空像是飘来了满天的柴烟。远远的他就看见一个人正坐在路边一棵树下，闷闷地抽着土烟，抽得烟雾也像天上的云雾。他快步走到这人身边，不禁大吃一惊，这人是万师傅！

紧接着万师傅也认出了他，忽地站起来，抓住他的手，惊喜地说："你陈师傅让我们好找啊！"接着说了军管会安排人员前往四川找他的事情。

数百里之外老伙计相会，一时间都异常兴奋，那股亲热劲与那份心情难以言表。但他们只一起坐了一会儿就又分手了，一切匆匆，又是难舍难分。他们没有去找地方投宿。万师傅高兴地去赶往会合点，报告喜讯。他独自向家乡走去。

几天风雨穿行日夜奔波。这日下午他来到了他家门口公路上。这时就碰上一个姑娘，结果令他一震！这人身材苗条，面目清秀，脸蛋白净，貌若天仙，这不是他心中一直想着的月儿姑娘吗！原来如今解放了她真的又回来了！他心里翻滚着热浪，几步走上去，显得激动地说道："你回来啦！"

这姑娘笑了一笑："收工了是要回来嘛。"

她的回答很冷淡，令他很是惊疑，他仔细一看，从那发型就根本不是月儿，这姑娘是扎的两根辫子，而两根辫子又在背后连在一起，这是避免干活时辫子甩前面来打扰。

他一时间有些尴尬，便又笑着问："你是哪位？"

姑娘毫不顾忌地说："我是对门肖裁缝家的二姑娘肖云，都叫的我云儿。"

他很是暗暗吃惊，难怪和月儿长得一模一样啊！他马上想起小时候和她们玩耍的情景，不禁心里一股甜甜的热浪轻轻荡起。

他当然不知道，肖云姑娘也是解放了才回来的，之前和父亲肖裁缝躲在远处做手艺活，不敢在这一带待，害怕莫美鲅把她抓了去。

姑娘忍住内心的激动，尽量平静地笑着，不慌不忙地说："你是陈师傅吧，什么时间回来的？你是个神通广大的高人，见你比见神仙还难！”

他正在感觉是月儿回来了，和她在这公路边讲着话，听到问话，极力让自己醒过来，俏皮地回答说：“那你是在这儿等着见我的吗？”

云儿还在打量着他，带着俏皮的笑容说：“笑话。我在别处缝衣服，收工回来才走到这里，就碰上了你。”

他不知，她每次走到这里都要站在路边，四处张望，实际上就是为着看看他。刚才她已经在这儿徘徊好一会儿了。她早已知道他是个很神的大师。冯家大院立屋时，她正在做裁缝活，远近好多人去看热闹，她也跟着她爹和叶儿一起跑了二十多里山路，去看过热闹非凡的立屋场面。他给她的印象十分深刻，可以说今生难忘，根本就是又崇拜又神往，已经牢牢地装进了心里。何况他们也是青梅竹马！他不仅长得帅气，满身灵气，而且还很神气。后来听人们越讲越神，人们说他还修建了凤凰坝的老祖庙，亭子就是五层高，她爹不让她去看，因为此时兵荒马乱的。但她心里早已充满一种激动和热烈的向往，甚至立志要嫁就嫁给他这样的大师。云儿当然毫不知晓姐姐月儿与他的故事，那是他们两个的秘密，更不知他们后来的相互追寻。

他似乎没听清她的话。他在认真打量她，但又不敢十分专注地看她，感觉真像天上降下的仙女。他感觉她真像是那个月儿！

他还不知道，这云儿已跟她爹学成了一个好裁缝。她快二十一岁了，但心高气傲，好些地方请媒人来说亲，她根本不屑一顾，甚至嗤之以鼻。这也与他早已进入她心里有关。儿时的事总是难忘，总是要去回味，一辈子都有味。

云儿显得很友好地看着他，但她内心里要求自己保持一个女孩子的自尊和矜持，便一本正经地说：“我回去了。”

他注意到，在她那眼睛深处充满了浓浓的爱慕和不舍。他也友好地看着她，微笑地说：“好好走，莫掉河里了。”

她嗔怪地笑着瞄他一眼：“除非你施法推下河，否则不会的。”

他觉得她还真有意思，望她轻轻地笑一下。云儿也望他笑一下。

她走过了河，还时不时地转身张望他，那胸脯充满了一种特别的起伏，像是她的心长了翅膀在里面扑腾着……这晚她便好久没有睡着。

他回到家里就是一怔，有两个穿军装并挎着盒子枪的人正坐在他家堂屋里。又是两个穿军装的人！他不禁心里涌起惶惑犹疑。其中一人个子高大，正在焦急地等着他回来。但他看清楚了，这两个穿军装的与他多次在路途碰见的那两个军人不一样。他知道这是解放军。两个军人正对他亲热地微笑着打招呼，当然也不敢肯定这就是他陈师傅。

他有些心不在焉地向他们打了个招呼，接着就看见大弟杰雄也在家，眼睛就亮了一下。杰雄早已从大界山下山回来了，现在在街头上给许铁匠帮工打铁。许铁匠一直在街上打铁，几十年了，他的徒弟前不久被国民党部队抓走了未回，差人，解放了，杰雄回来后就去了。

他也只与杰雄打了个简单的招呼，就去问他的母亲："妈，月儿是不是回来了？"

他母亲正在灶屋里忙，看到他这儿子回来了，十分惊喜，听他问话不由得一怔："什么月儿呀？"

他显得焦急地说："就是上次准备和我结婚的那个静月。"接着就小声向母亲讲了那天被解放军救下的事情……

母亲告诉他："她没有回来，连影子也没有见到。"

他感到无比的失落，难受，心想，到底是在做梦，是自己整天都在做梦。

母亲接着就告诉他："这两人是解放军，来好多次了，找你有急事。"

他就连忙去和他们说话。这两个军人是军管会的，其中一个军人就是骆铁匠。

骆铁匠试着问他："你是陈师傅吧？"

他还是有些心不在焉，说："是的。"

骆铁匠一下子兴奋了，高兴地说："哎呀，你叫我们好找啊！"

骆铁匠激动地睁大着眼睛，惊喜地看着他，像看一个神仙一样，猛地伸手紧紧握住他的手，兴奋地说：“陈师傅回来了就好办了！我们等得好着急！”

接着骆铁匠就告诉他要在茅坪镇上修建一座军粮仓库，工程紧急……

骆铁匠急切地说：“军情紧急，就请陈师傅快跟我们去看看吧。”

他有些困惑地说：“就是今晚就去？”

骆铁匠收了许多笑容说：“是的。”

他笑一下说：“晚上怎么修建仓库啊？”

骆铁匠说：“你是大师，我想先请你去看看地方，也就是场子……”其实骆铁匠想的不完全是这个事情。

骆铁匠说着就拉起他的手，要去仓库场地。他只得跟着去了，反正这里去也不远。这时外面已是暮色苍茫，天地像是坠入一张纱网，朦朦胧胧。

他和骆铁匠来到选定的仓库位置。这时已是夜色迷茫，夜风带着寒意不明不白地吹拂，四处树影婆娑，好像到处都是鬼影憧憧，叫人不寒而栗，满心惶恍不安的感觉。

夜色中他看了一会儿选的场地，觉得不错，觉得这个骆站长还真会选址。然后骆铁匠又带他去看一部分散堆在家家户户的米袋。

骆铁匠说：“这都是从江汉平原运来的大米，要运到西边的前线……”

接着骆铁匠就拉着他的手，激动地说：“走，我们去找个地方坐坐，好好聊一聊。我要和你这个大师好好喝一杯！”

二人来到街上一个红漆板壁的小餐馆，两盏桐油灯像两只眼睛照着，他和骆铁匠坐下只喝了半杯茶，张主任也就到了。

厨师很快炒了青椒肉丝、回锅肉，烧了豆腐。他们边喝酒边说着话。

骆铁匠脸上是一副对他佩服得五体投地的神情。接着就说正题了：“部队要在这里建立一个大粮站，修建一个容纳三百万斤粮食的大仓库。这是个大工程。我们要请你当掌墨师，全权负责整个工程。

一定要抓紧，不能贻误军情……”

他听了心里不禁涌起一阵兴奋的热浪，又有大工程了！但想到这是军粮仓库，事关军情大事，又觉得责任重大，但他相信自己是完全能够承担的，是能完成这个特殊任务的。他决心用十分的努力，认真地建造好这座大型仓库。

骆铁匠强调说：“工程紧急。我们要求每晚要加两小时的夜班，因为上面催得很急，这可是屯集军粮支援西边的前线……”

但他想了下说出不同意见：“除非有煤气灯，不然打夜工有问题，光线差了的话，木工活是做不好的。”

骆铁匠一脸焦急地说：“我们来想法搞煤气灯，任务特急呀……”

五十三　杀机暗动

有了他陈师傅，骆铁匠心里还只踏实了一半。

由于任务重，时间紧迫，他计划两个师傅负责一排柱架，包括亭子。三十间仓库，有三十二排柱架，加上亭子，就要六十八个木匠师傅。他与骆铁匠商量后，召集保长来开会领了任务，保长们回去按照要求通知后，很快就来了八十多个木匠师傅。但这里面大部分他也不熟悉，更不知道技术程度。为了保证工程质量，骆铁匠与他商量后，用了一个绝招。

除他认可的邹师傅、万师傅、杨师傅、祝师傅等十几位以外，其余都要认真地进行考核、选拔。他知道，只有每个师傅都有过硬的技术，整体质量才会做得好。如果有一个师傅技术不到家，那这个师傅做的地方，就不会有质量，就会出现问题……

他当然是有些办法的。要骆铁匠在场地不远借了一个小房间，作为临时考场。他就和骆铁匠坐在一张桌边，开始考试了。这之前骆铁匠向他陈师傅仔细请教了一些关键技术问题，在心里打下了基础。

接下来骆铁匠就将招来的木工师傅一个一个请到这个考场里，面对他们，开始答辩。他和骆铁匠商量的步骤是，首先进行目测，看师傅的样子、形象、气质、成色，然后进行谈话，看他们怎么说，实实在在进行考核。询问内容包括：多大年纪了，做木工活多少年了，修建了些什么房子，房子有多高、多少间，在什么地方……以防说假，必须还要说出地点……

有的师傅说修建过不少木柱架房子，如何如何……

有的说做过不少家具，如何如何……

有的说做了几十年的木工活，如何如何……

有的说是老师傅了，如何如何……

骆铁匠虽然只是陪考，但那一副威武劲儿，很是严厉的神情。师傅们一看都很是敬畏，不敢随便乱说。

他接着考问关于修建房子的一些高矮尺寸、开间、进深、房顶水面角度、各种榫眼大小等等一些关键技术内容，还有基本功，看能否答得上来，答得相符。

他和骆铁匠很快就选中了六十八个师傅，参加承建这个工程，由两人负责一排柱架，包括穿枋、楼索、檩子，按照他画的墨记制作，写上姓名，不合格返工重做，返工不给工钱。随后军管会与他签订了合同，他与每个人签订了合同。

就在这晚上出现了意外情况。

他刚回家在火坑屋里坐下，准备喝茶，窗户上就响起了咚咚的声音。

他问："是哪个呀？我来开门。"

接着就是一个有点沙哑的声音说："你不开门，我就在这窗户里给你说句话……"

他听了下，感觉声音不太正常，像是装了腔调说的，这可能是怕他听出真实人来。但他是个善良厚道的人，以为是什么亲戚朋友给他说事的，想知道到底是哪个人，就还是说："进来坐着说吧。"

这时窗户外边就说："你不要给他们修建军用仓库，否则你全家会有大麻烦的!”

他就问:“你是哪个?”

那人没回话，接着就是咚咚咚咚的脚步声向外响去。他打开门向路上看去，就看见两个人影急急地远去了。

他有些惶恐了，这是怎么回事呀?

第二天一清早，他就去找到骆铁匠，充满忧虑地说了昨天晚上的特别情况。

骆铁匠就笑一下说:“你不敢修建这个工程了?”

他也笑一下说:“怎么不敢修建呢?现在是人民的天下了，到处都是解放军，我还怕什么?”

紧接着就有十多个木匠师傅向骆铁匠反映，他们昨晚遇到了威胁，与他所反映的情况一样。他一查名字，果然就有五个师傅没有来，直等到吃早饭时候也没有来。他和骆铁匠明白，是受了威胁不敢来了。于是又重新找了五个木匠师傅。

骆铁匠很有气势地笑一下，对师傅们壮胆地说:“大家不要怕，我给你们安排警卫保护!你们尽管大胆地修建!”

他一听还安排警卫保护，就好像自己是个大人物了，心中又有些欣慰甚至骄傲。不等他回话，骆铁匠就与军管会联系，马上就派来了全副武装的两个战士向骆铁匠报到。

骆铁匠严肃地对两个战士说:“你们的职责就是时刻保护这位陈大师，保护师傅们的安全，保卫工程。不准出一点差错!”

两个战士都声音洪亮地回答说:“是!”

他就感到浑身都热热的了，他还从没有享受过这种待遇。

骆铁匠又严肃地说:“但是，工程你必须扎扎实实地负责，既要加快进度，又要保证质量。耽误军情，你可知道这责任。我可是派军人保护你的，把你当成大官来重视的，你要把我的工程办好。不然我交不了账啊，你也要理解我。”

他这下才开始认识这个骆铁匠的厉害。

接着，骆铁匠要他把师傅集中起来，骆铁匠又进行了一番训示。

并交代都要服从陈师傅的指挥、安排。

兵马未动粮草先行。他和骆铁匠借了一间民房，办一个工地食堂。他知道，参加修建仓库的祝木匠妻子是个厨师，女儿祝梅经常和母亲去给别人帮厨，早已是相当级别的厨师了。祝木匠也参加了修建冯家大院、老祖庙的工程。祝木匠对他是十分崇拜的。他有一个暗暗的想法，就要祝梅当师傅帮着做饭。

祝梅姑娘不仅外表长得像菜薹儿一样漂亮，心也和菜薹儿一样淳朴、美丽。姑娘家离街镇四里路远，地方好，不愿嫁去其他地方，因此十九岁了还没有放婆家……

安排就绪后，大家吃了早饭就出发了。他带领木匠们到附近山上砍树，然后在山上用斧头将树木片成柱头雏形，再抬到修建仓库的场地上，再进行刨光、画墨、凿眼……

于是满山都是一片嘣嘣、咚咚、砰砰的震响，响彻云霄，四处大山都在颤抖，像是在打一场恶仗。师傅们积极地砍着树，不时地又发出轰隆一声巨响，那是一棵大树倒下的声音，仿佛一颗炮弹落地爆炸。

骆铁匠就想，这又是一场激烈的战斗啊。骆铁匠一直跟着木匠们在山上走去走来，像在侦察地形。看木匠们怎么砍树，仿佛也想学一样。警卫战士也在田边、山坡四处走动，时刻严密注视周围动静。

见此他心里也有些宽慰，也决心要把这座仓库修建好。

骆铁匠看了半天，就要他给了一把斧头，也要参加砍树。虽然先前看了师傅们是怎样砍树的，但还是又向他请教了，接着就嘣嘣嘣跟着砍了起来。

经过一段时间震动山坡响彻四方的战斗，三百余根柱头的雏形完成了，漂漂亮亮躺在山林里。然后就找了些民工帮忙，如蚂蚁搬家一样，唱着号子，浩浩荡荡地把柱头抬到了仓库场地，一排一排摆在高架木马上。虽然没有刨光，但也是显得黄白黄白、光光亮亮的，像一个个堂堂正正的汉子躺在那里睡大觉。

时间紧迫，晚上必须加夜班。骆站长搞了十多盏煤气灯，晚上这里一片亮堂，就似天上银河落到了这里。

现在是突击刨柱头了。六十多把刨子像一辆辆大车，飞快地向前奔跑，刨仓里冲起一串串刨花，像一朵朵浪花飞扬，木场看去变成了一片翻腾的海洋。有的师傅还边刨边叫着号子，甚至唱着山歌、情歌，真是一派热闹而有趣的景象。

这时就有一个穿着军装的高大汉子站在这木场上。这汉子就是骆铁匠，正痴痴地看着这片景象，看得十分认真，已经看得呆呆的。他的心也像化成了一朵浪花，在随着浪花们一起飞扬。

骆铁匠来到他的面前，对他说："陈师傅给我一把刨子吧。"

他看着骆铁匠："你要刨子做什么？"

骆铁匠说："我也来学着刨。"

他没想到骆铁匠也喜欢这个活儿。他望着骆铁匠笑着说："你当站长的也想学木匠？"

骆铁匠感兴趣地笑一下说："是想学，那就拜陈师傅为师了。"

他仍然望着骆铁匠好奇地笑着："骆站长怎么需要学这个艺嘛。这是个苦活。"

骆铁匠真诚地看着他说："我本来就是个匠人啊。我那个部队的人都知道我是铁匠，都叫的我骆铁匠。你先让我试试，看我刨得行不行，是不是这块料。"

他就在背篓里拿出一把备用的刨子，这是一把二长刨，是刨毛坯的。他用斧头磕磕刨刀，敲敲楔子使之稳固刨刀。反复调整，最后递给骆铁匠，指一下旁边一根较短的柱头说："就刨这根吧。"

骆铁匠充满自信地说："我就刨那根长些的柱头。你随时指导，及时指出问题。万一刨坏了，我负责赔柱头，自己去山上砍树重做！"骆铁匠说得很有些气魄。

他觉得很有意思，笑着说："行。你刨吧。这个事其实也简单，按照两头的墨记刨，把柱头刨得又直又圆又光滑，不改变柱头的形状。不要把一根很直的柱头刨成一根弯弯柱头，不要在柱头上刨出大坑小窝，像挖瓢，像挖堰塘。"

他严肃地强调："标准就是，依墨，刨直，刨匀，刨圆，成型。"

骆铁匠点头说："好。"说着就拿起刨子走到那根长长的中柱的根部。首先瞄一眼整个柱头，看直不直，接着就从柱脚（根部）开始。将刨子往柱头上一放，弯下腰，双手一伸，呼啦一声，刨子如一卡车飞快地向前驶去，一串漂亮的浪花自刨仓里向天空飞去，又一圈一圈向前涌去。

他自己也在刨。他边刨边往骆铁匠那边瞄，看刨得怎样。骆铁匠飞快地刨着，不一会儿就刨了柱头一面的一半。他看着，有点不相信自己的眼睛，他怎么瞄怎么看，骆铁匠都像一个老把式在刨！他有些吃惊了。他想，这个骆铁匠学过木匠？是个木匠出身？但听说又是铁匠出身。

这时骆铁匠停下刨子，走到他面前，看着他恭敬地说："陈师傅，你看，我刨得行不行？"

他高兴地赞赏道："行，很行。我就想问骆站长，你原来干过木匠？"

骆铁匠听了非常高兴，笑着说："没有干过木匠。我是个铁匠，也是铁匠世家。我父亲是个铁匠，后来去了八路军兵工厂……"

他又去认真看了看骆铁匠刨的柱头，笑着说："真还刨得不错。"

骆铁匠说："那你给我一把长刨，这根柱头的活儿就让我负责了，既负责粗活，也负责细活。我一定刨到你陈师傅满意为止。"

他笑着说："不是我满意，是你骆站长满意才行。我是给你修建的仓库。"

骆铁匠就哈哈哈地笑起来，说："也不是为我，是为国家修建的军库，是为了解放军有饭吃，为人民打胜仗。"

他只好把自己的长刨递给骆铁匠。他主要是负责检查各个师傅做的情况。这长刨是用于刨直，刨得进一步光滑的工具。长刨是刨最后一道细活的。

骆铁匠诚恳地对他说："陈师傅，给你说真的，我拜你为师学木匠好吗？"

他不以为意地笑一下说："你当站长的学个什么木匠嘛！"

骆铁匠诚恳地说：“我想学一下。粮库是木头的，用不上我的铁匠活，木匠活以后一定有用处。我学了一定用得着，方便些。”

他诚恳地说：“这是个辛苦活。”

骆铁匠说：“我不怕辛苦。何况这比打铁、打仗轻松多了。”

他没表态，只是说：“你先刨吧。”

后来骆铁匠刨好了这根柱头。他去检查了一下，确实不错，就称赞骆铁匠。接着师傅们都来参观。左瞄瞄右看看，一个个都说刨得好，既直溜光滑，又均匀圆滚。

经过两天的紧张工作，三百余根柱头都被刨得白白的、亮亮的了。这时夕阳西下，黄红黄红的太阳有如一盏大彩灯，从山垭上照过来，黄红的光芒有如一支支画笔，顿时整个柱头被染成金色，像一根根金柱，璀璨绚丽，美妙极了。这一番情景也让师傅们兴奋不已。师傅们都手拿着刨子站在柱头边，睁大了眼睛看着身边的柱头，为自己的劳动露出了欣慰的笑容。

面对这一坝漂亮的柱头，骆铁匠脸上更是充满了兴奋。骆铁匠大概又想起学木匠的事，走到他面前。

骆铁匠对他说：“陈师傅，你们木匠太不简单了，做的都是宏大的事情。比较起来，我们铁匠都是在小打小敲，我羡慕你们木匠！给你说一下，我真的想学木匠。”

他笑着说：“你把站长当好就行。”

骆铁匠赞赏地点头说：“这是当然。但吃饭也要吃点菜嘛。每个人也应该有点业余爱好的。”

他也赞赏地看着骆铁匠说：“骆站长是一块学木匠的料……”

不久，骆铁匠就说到一些当下要紧的事，又想起有人警告他的事情，关切地小声说：“师傅们一定要注意安全，晚上最好集中在住的地方，我们有战士守护，不要单独出去或是回家。以防万一。”

接着骆铁匠又小声告诉他：“我刚刚去区里开会得到的信息：县城不远的茅草坝，暗中集结了一百多人，都准备了步枪、火枪、大刀、长矛，准备夜里袭击县政府、县大队，并将所有房屋烧毁。还好，里面有一个人的父亲是个老木匠，修建这些房屋是他掌的墨。老人从儿子口中听说要烧毁那些房屋，觉得很痛心，就悄悄跑去县政府报告了。县里及时出动县大队，包围了那伙暴动的人，都投降了，为了杀一儆百，为首的枪毙了两人。好险啊！”

他关切地说：“你们那些放粮食的地方，也要注意啊，要防止坏人放火烧毁，也要防止土匪来抢劫。”

骆铁匠严肃地说：“是啊，就是要仓库早点完工，把粮食集中在一起，就好管理了。不过眼下我也有准备，我都暗里安排了便衣，日夜带枪窥探，不会出事的。我就是担心他们暗害你这个掌墨大师。”

他脸上依旧显得坦然，正经地说：“我也有所防备，夜里和徒弟睡在一起，身边也是放的斧头。”

骆铁匠说：“你放心，你和师傅们住的地方，晚上都有战士守护。”

谁知就在这天深夜里，有两处存放军粮的地方，就遭到了火灾，不仅烧毁了几十袋大米，还把私人房屋也烧毁了两间，还差点出人命……

第二天就要进入紧张的画墨工作。这天下午他安排提前收工，要师傅们回去将锛斧、各种凿子都磨好，准备好，明天开始锛眼，凿眼。

也就在这晚，他和雷陈林去睡觉时，就看见窗台上有一张纸条，上面还压着一颗子弹头。这是与仓库工地相隔不远的一家农户，他和雷陈林等师傅们临时住在这里。他惊异地拿过一看，上面写着：

“郑重告诉你，劝你放弃修建仓库的工程，否则后果自负！”

他看过纸条，递给雷陈林，略微思索一下，两人就去将纸条交给了守护的战士。

第二天早上，骆铁匠看了战士给他的纸条和那粒子弹头，暗暗吃惊，但也在他的意料之中。

骆铁匠当即与军管会联系，又增加了荷枪实弹的战士参加守护，带上被子，去师傅们住的那栋民房里，和师傅们一起住宿……

这阵子出的事情确实多。有个村的一名工作队员夜里被人杀害了。这工作队员身上还带着枪。但凶手在暗处，在你毫不知晓的情况下，实施突然袭击，一菜刀脑袋就搬了家。也不知到底是谁人干的。连军管会的人都难以破案，有些焦头烂额。

骆铁匠又充满忧心地说：“现在社情复杂，暗藏的坏人多，特别是还有暗中破坏的恶毒分子。又不知这些人在哪儿。叫你看不见，摸不着。还请陈师傅随时注意安全，加倍防范。”

他点头答应着，但他脸上也蒙上厚厚的阴云。他心中忧虑，好久也就没有回家，和师傅们一起过夜。当然他多少有些放心，骆铁匠安排了几个军人在住处守护。

工作仍然有条不紊又紧凑地进行。他开始画墨，其他师傅们开始凿眼。木场上就是一片砰砰啪啪的响声，像是一场大型演奏。附近的人们一有时间都来看热闹，有的老人更是时刻守在这里，还和师傅们聊天。眼子凿完，就开始做穿枋、楼索榫、檩子榫，然后就可组合柱架立屋了。

虽然有些紧张，但整个工地都是一片有说有笑的景象。

三天时间，在师傅们的奋战下，在一片热气腾腾的场景里，柱头上眼子全部凿好了。

这天下午，他母亲带信要他晚上回去一下。但他晚上没有回家去——骆铁匠专门交代了，叫他晚上不要回去，怕遇到危险，他可是重点保护对象。并且，骆铁匠要他去军管会住，更加安全，但他坚持和师傅们住在一起。

第二天东边刚刚露出熹微的光亮，他就匆匆忙忙地起床了，脸也没洗就向工地走去。住处离工地也很近。

可是当他走近木场工地时，他就一下子眼睛直了，愣了！

——整个摆着的三百多根柱头竟然变成了一片黑色！

——天呢，这到底是怎么一回事呢？谁人施了魔法？

——这简直叫人不敢相信！

他慌忙地跑过去，查看柱头时，他心下惶恐，瞪大眼睛愣愣的半天说不出话来。整个柱头全烧成了黑黑的木炭！

他心里明白，这是深夜有人泼了汽油后点火烧毁的。而且这种燃烧并不像楼房着火燃烧那么热烈震响，它是悄然地往木头里面燃烧的……

他表面镇定，但心里在呼喊：天呢，这是怎么一回事呀！天呢，这损失太大了！马上就要组合柱架立屋了呀……

他深知这是暗藏的敌人进行的破坏，想达到某种目的。

雷陈林也来了，充满惶恐地说："天呢，我们这么久白辛苦了……"

他说："我也有责任。我没有想到会有人对木头下毒手，只想到了人，想到了师傅们。没想坏人会这样实施破坏。都没有想到啊。我们一松懈，他们就乘机破坏了……这是一次大教训啊！"

雷陈林痛心地说："损失真是太大了！很快就可以立屋了……"

邹师傅也来了，走过来痛心地说："天呢！这可是烧了我们的心啊……这怎么办啊？"

万师傅也来了，紧绷着脸说："这都是我们这么久劳动的心血啊……"

他当即向区公所走去，去向骆铁匠汇报情况。

骆铁匠刚刚从军管会出门，准备来工地，连早餐也没吃，这时厨房还没有开伙。

他急忙向骆铁匠汇报了工地木场的情况，骆铁匠听了大惊失色，咬了咬牙，恨恨地说："兔崽子！"

骆铁匠很快跑来现场，一看这片黑乎乎的柱头，顿时呆了一般，说不出话来。

好久骆铁匠才说出一句："这一定是反动势力对新生政权不满，对共产党不满，有意进行破坏！要军管会马上组织人员破案……"骆铁匠干过铁匠，办事也是雷厉风行。

骆铁匠有些火气地说："这是军务大事，军情紧急，关系到解放军能否打胜仗。昨天运来的粮食又是寄到私人家里的，这怎么行？如果坏人放火，连私人的房子都要遭殃啊！"

骆铁匠沉静了一会儿，缓缓地说："也怪我大意了，只注意了师傅们的安全，人的安全，没有想到坏人会在木头上做文章……这教训太大了！”

他接话说：“看来坏人是声东击西了。他们表面上在威胁我们匠人，转移了我们的视线和注意力，连我，都毫没有想到他们会对木头下这样的手，敌人太狡猾、太狠毒了……”

骆铁匠呼出一口粗气，恨恨地说：“这些敌人，他们也很有谋略啊！这是给我们敲了警钟！”

这是一场重大挫折！再怎么进行？

他眉头锁成两颗黑石子，额头上都冒出密密的汗珠了。

骆铁匠在旁边踱着步。脚步咚咚地响。

木场工地上，这时师傅们都来了，即刻都愣了眼，张大了嘴——天呀！柱头全变成黑乎乎的了！

这时也来了不少人围观，过往的人都要驻足端详。一时间议论纷纷：“柱头怎么变成这么黑乎乎的了？这真出稀奇了！”

祝梅天天清早就来食堂了。这时她看着那些黑乎乎的柱头，也怔在了那里，这可是师傅们辛苦的成果啊……他认真观察她，就觉得这真是一个善良的姑娘。

不少人也在说另一些新闻，昨晚街上出现了一幅反动标语：“团结起来，搞垮共产党政权……”下面还有极为反动和非常恐怖的警告内容：说什么不听，跟共产党跑的，将连同人和房屋进行毁灭，各人后果自负！这是企图恐吓老百姓，扰乱人心，达到他们的政治目的。

有人充满恐惧地说：“听说铜鼓区刚刚任职的新区长前几天晚上被人杀了，还有一个村杀了两个工作队员。军管会一时间破不了案，无法抓到凶手……”

有人说：“这些作恶的人，完全是在进行恐怖活动，威吓民众！但他们的目的不会得逞，因为人们都早已恨透了国民党反动派以及特务活动。现在绝大多数人拥护共产党，拥护新生政权。”

这些暗中制造恐怖的人，确实让人可怖、可恨！像时刻面临魔鬼一般，你根本不知道他们是谁，在哪儿。在你身边也不认识，不会知道，表面上都是人模人样，而他们内心里藏着的魔鬼又看不见……

人心本来就很是不稳，这一下又刮起了一股新的风浪，小镇也经历着震荡不安……

此时清匪反霸斗争也异常激烈。为了打击反动势力的嚣张气焰，这天区里召开了全区公审大会。王保长由于害死逼死了几条人命，群众怨声大，军管会和工作队早已抓捕了王保长，落实了材料，报告县里批复了。这天召开公审大会，公布了王保长的罪行，然后执行了枪决。王霞姑娘也参加了大会，散会后，她去仓库工地远远地认真地看了他陈师傅一会儿，然后她流着泪走了。但她没有回家，直到第二天，有人在茅草河一个最深的潭里发现她的尸体。

五十四　心有念想

这期间的一个白天，他母亲下河洗衣服，云儿也从屋里走下河边，也不知是不是有意下河。云儿亲热地给他母亲叫伯娘，接着就要帮着老人洗衣服。这样的事已经有几次了。他母亲就喜欢上了这个云儿姑娘。她又美丽又心地善良，又贤惠又会手艺，真是十全十美的姑娘啊。

他母亲笑眯眯地说："云儿真好！"

云儿也笑眯眯地说："您也是个真好的人啊。"

老人抿一下嘴说："那我们两好就合一好嘛——你给我做儿媳妇吧。"

老人这是半笑半真地试探云儿的心。哪知云儿笑得更甜了，还伸手抱一下老人的头，用脸挨着头，显得十分亲切而兴奋。但她说出的话却十分意外，只一个字："不。"

老人似乎根本没去认真听这个不一般的"不"字，而只一味地感受着她这浓浓的亲热劲儿，真像是亲生女儿一样了。老人就伸手抚摸云儿的头发，一副庄重神情地说：“好姑娘，我请媒人来说——行吗？”

有些心高气傲的云儿不想就这么简单从事，那不是自己巴结他了吗？想着就有些诡秘地一笑，又说出了不一般的字：“不。”

这下老人听清了，又是一个“不”字，一惊，脸上收了一些笑容，含着诧异地问：“怎么不吗？”

老人心里想，云儿是不是正话反说呢？但老人也拿不准。

她不回话，只是亲切地笑着，看着老人。

老人有些刨根究底地问：“那要怎么吗？”

她一笑说：“我要他亲自对我说……”

老人也一笑，并用两根手指捏一下她的腮，笑着说：“我的娃儿，哪有这个规矩吗？只能媒人来跟你说才合适呢……”

“我就要这个规矩。他可是个很神的人。这事是我和他的终身大事，他不亲口对我说，我怎么好相信？谁知他会不会对我感兴趣呢？别人说的是不是包办呢？包办婚姻不好啊。现在解放了，讲的是婚姻自由、自主。包办的婚姻还可以离婚呢！”

老人笑眯眯地说：“他对你肯定很喜欢。我保证。”

云儿也甜甜地笑着：“那我要考验一下，他会不会真的喜欢我。”

老人也笑得甜甜地说：“你说吧。”

云儿收了脸上的笑容，正经八百地说：“他是个木工大师，他要为我修建一栋新木屋，我看了，我就相信……”

她这个检验爱的标准也真有点高大了。

他母亲听了就高兴地笑了，用肯定的口气说：“这行！我要他为你修建一栋和你一样漂亮的木屋……”

她又补充地说：“我还要他亲口对我说……”

军粮仓库工程又重新动工了，首先是上山砍树。

他整天守在军用仓库工地，忙他的工程，晚上也不回去。他母亲带了几次信，他也没回去。

这时解放了，就像忽然来到一个春暖花开的大花园里，人人都像是变成了高兴的小孩子似的。人们都开始想着一些美好的事情。当找媳妇的找媳妇，当订婚的订婚，当结婚的结婚，当整喜酒的整喜酒……

他父母亲就着急了，生怕云儿姑娘被别人抢了去，想他快点成亲，就主观主义请了媒人侯婆婆去肖裁缝家说亲。肖裁缝两夫妇都知道他是木工大师，又是一表人才，加之他与官方军方都打得很火热，把他当成一个活宝。那也是肖家的一个靠山呢！多年前的老矛盾疙瘩早就涣然冰释没有影儿了，不再有什么隔阂。肖家非常爽快地答应了这个亲事。

云儿很有心计，便借话说话："父母同意我也没意见。"她接着说，"不过，他家那房子太差了一点。他是个好木匠，结婚还是要有一栋新房屋才像样。他要先为我修建一栋新房屋，让我看看再说。"

肖裁缝显得不满地瞪了云儿一眼。

他母亲说："这个没问题，一定为你修建一栋新房屋，结婚绝对不是在旧屋。"

侯婆婆就点破了实质说："你的意思是这个亲事同意，只是要修建新房，在新房里结婚。是吗？"

云儿笑着说："他为我修建了新房，我才能同意这亲事。这表明他喜欢和看重我这个人……"

他母亲说："我保证，他把仓库完工后，就修建新房屋！"

媒人就说："肖师傅你看怎么样？你是一家之主，你最后说个话确定。"

肖师傅心里十分高兴这门亲事，并且对云儿的说法很不满，就一本正经地说："我完全同意，这亲事就定下来了。"

云儿母亲也是这么一句话："定下来了。"

这个亲事基本上顺利确定了。但主人公他全然不知道。他母亲搞了个包办，老人认为这是明明白白的美事，完全可以做主。如还不快点，还等待毫不知世事的他，说不定哪天云儿就飘走了！

几天后的晚上他到底也回来了。自修建仓库工程动工后，他就一直没有回家，每晚都和师傅们住在农户家。后来因为柱头遭到破坏，只得再次砍树做柱头，时间紧迫，每晚都在加夜班，发起了煤气灯，加夜班突击赶任务。

因为今天是他母亲的生日，他就回来了。骆站长听说他要回去一下，就派了一个军人护送他回家，并在他家过夜，注意保护他。

母亲就郑重地看着他说："来，坐下。我给你说一件事。"

老人接着就说了已经请媒人侯婆婆说成云儿姑娘的亲事……

他一听，心里又怨又急。看着老人的脸色又不敢表露生气，就叹了一口长长的气，其中包括怨气，然后还是平静但又是很郑重地说："妈，您也真是糊涂了……"

他还没说出下面的话，老人就气愤地大声反问道："我怎么糊涂了？"

他耐心地说："这样大的事，总要经过我本人同意吧……"

老人脸色一沉，严肃地说："等你同意，那我们早就不在世上了！我们多大年纪了？你爹从八岁给人放牛、做长工，四十岁才买下这两亩黄泥巴坡田、这两间破旧的老屋，又开了一些荒田，才和我成亲，不容易啊。你爹都马上七十岁了。老人现在最想看到的是什么？你怎么不想一想老人的心情？"

老人说着，流出了两颗混浊的大泪珠。

老人又说："这样有手艺的漂亮姑娘，你上哪去找？好多地方请媒人来说亲，她理都不理呢！她心高得很，能看热你，这就是你八辈子修来的福分了。说家，我们这算个什么家？两间又矮又破的老屋，几亩瘦瘦的黄泥巴田……肖家可是有几十亩田的大户了呢，他们的姑娘也是该嫁大户人家的啊。"

管她什么人，哪怕是仙人，他心里根本都不想。他还是要去寻找他心中的那个月儿。她在他心里生了根，无法移出。

他解释说："不是她不美，她很美，人也很好。你也知道的，我在四川已经和月儿姑娘定亲了，她人也来过了。你们也同意了的。虽然出了点曲折，但我还是要和她成亲，她在我心里生了根。人也要讲信义。”

“定亲了又怎么了？她被部队的人抢去糟蹋了，你还要这样的人？”

他耐心地说：“不。在长坝河边的九大拐就被解放军救下了，她就先回四川了。我当然还是要和她……”

他母亲生气地说：“你怎么硬要选那么远的人？你去也不方便，她回娘家也远。我看，那亲事就算了！这云儿姑娘比她年轻漂亮，又能干，又会手艺，是天下难找的好姑娘。这事我就做主了，板上钉钉了！并不是我要包办，是这事太美满了！你是我的儿子，我会害你吗？这事你一定要听我的。要犟，那就是不认我这个娘了！”

他坚持说：“我和那个月儿定了亲，就要算数，这是做人的信义问题。”

老人气愤地说：“这么远算个什么数！古话说：求近不求远。远走不如近求。”

他表面没有与母亲顶撞，但他心里有他的数，知道该怎样去做。

对他来说，虽然整天忙得连吃饭都没时间嚼细，但心里却总是常常想起他的月儿，他心里生了根的人，不，是他的美神。他总想工程快点完工，好又去四川寻找他的月儿，寻找道远大师。这可是他真正的终身大事！

他母亲记着云儿说的事，就又严厉地说：“再说一个事，你学好了木匠，我非常高兴。但是我们这么大年纪了，还住这么个破屋，不把你这个木匠丑了吗？你有孝心吗？去年你说修建新房，结果，你只帮别人（林家）修建了新房，自己的又摆着了。给你说，仓库工程一完工，你就什么事也不做，给我修建一栋新木屋。我要住几天你修建的新屋，享享儿子的福，死了也才会闭眼。儿子可是好木匠啊！”

他看着母亲的脸，心里确实心疼，就连忙诚恳地说：“您说的这事，我一定办。仓库工程结束了，我就修建新屋。一定让你们两位老人早日住上新屋。”

他母亲这下脸上浮起一些笑容，点着头说：“真还是我的好儿子。

好儿子。我没白养你。但你要说话算数！今天可是我的生日，不是一般的日子，你亲口当我说的。你爹、你弟弟都坐在这里，都听见了的。”

他亲切地对母亲说：“现在解放了，形势安定了，不像原来，天天抓兵拉夫，不敢在家里待。现在我一定说话算数。我说了做了，是不悔不变的。”

老人没去细想他的话里还有话，就说：“那好。”

老人依然是微笑着。老人心里也暖暖地笑着，云儿说的修建新房这个事，算是轻轻松松就给儿子说好了。这时老人脸上的笑容就很甜了。

哪怕只有短短的十多天时间，他和骆铁匠已成了好朋友。骆铁匠本来就很崇拜匠人。到了粮库管理站，不可能再干铁匠的技术活。当看到师傅们修建仓库，就十分崇拜木匠，觉得木匠很伟大，能建造高楼大厦，所看到的，哪里不是木匠修建的房屋？自己没文化，业余时间不可能看书，便想今后业余就干干木工活。

这天他开始在柱头上画墨。骆铁匠在旁边聚精会神地看着，看着看着就有些激动地叫他：“陈师傅！”

他正在一心一意给柱头上画墨，只嘴里“嗯”了一声，没转过头看骆铁匠，他眼睛仍然盯着柱头，画着墨。骆铁匠也就不说什么，怕影响他画墨，画墨太复杂了，错一点都不行。一般的柱头上有十来个大大小小的眼，复杂的转弯抹角地方，一根柱头上有三十来个眼，稍一不慎，错动一点就动全局。如果每根柱头上错动一点，就无法正常组合成柱架，那整个柱架就要重做。

骆铁匠看着他，对他的这种做事专一的敬业精神更加折服。

他把这根柱头上的最后几笔墨画完了，又从头到尾审视一遍，才转过头微笑地说：“是骆站长。有什么事？”

骆铁匠满脸敬意地说：“你们木匠太伟大了！”就又一次提出，“你收一个徒弟吧！”

他的心神还在柱头上，没有完全在意地问：“是哪个？”

骆铁匠微笑地说："就是我。"

他惊异地看着骆铁匠。觉得骆铁匠是正经八百说的，说几次了。他看一下骆铁匠，笑着说："骆站长你当干部、当站长的，学什么木匠吗？"他还是微笑着。

骆铁匠严肃地说："我家也是匠人世家……"接着说了自己的身世，经历。

他听了很感动，认真地望着骆铁匠，说："木匠、铁匠，都是一家人。但你现在主要是干好粮站工作这件大事，眼下社会复杂，管理好军粮，你的担子已经很重。"

骆铁匠谦虚地说："我没有文化，没什么别的爱好。我想业余时间有点事做，做点小东西。哪里坏了修一修，补一补……"

后来一个晚上，骆铁匠看见他回家了，也就去了他家。骆铁匠给他带去了一壶酒，还有十斤面条，两包点心，正儿八经地去拜师，要跟他学艺。他确实不想要别人的东西，可是推了半天推不了。骆铁匠做事态度坚决，像打铁一样叮嘣硬，决不肯再提回去。他也就只好收下了。

恰好他大弟杰雄也回来了。骆铁匠一时间又和杰雄讲起打铁的事，两人也很快成了知音。三人就讲得热火朝天，难舍难分。深夜，骆铁匠才回去。他要骆铁匠就在他家过夜，但骆铁匠说不放心工地，必须回去。现在，工地每晚都安排了几名战士守护。

后来，他给骆铁匠送了一杆尺子、一个墨斗、两把刨子，算是还了骆铁匠一个礼。骆铁匠一定要给钱，他坚决不收，诚恳地说："已经是朋友了，做个纪念吧。"

骆铁匠认真地说："不是朋友，是师徒！"

说着就深深地给他鞠了一躬，久久地握着他的手，感激地说："有什么困难，你就找我。"

接着骆铁匠就请铁匠打制了一些刨刀、凿子、斧头、锯子这类的工具。

使他不解的是，他近来每晚都做一个梦——梦见月儿姑娘了。并且月儿总对他说："你为我修建一栋新木屋，表示你的忠心了，我就会回到你身边……"

一个梦反复做，多晚连续做着同一个梦，就像真事一样了，便使得他信若神灵，深信不疑了。加之他家就两间又破又旧又矮的老木屋，的确该修建新屋了，只是没有时间。特别是他已经答应了母亲。为母亲修建新屋，这可是尽孝的大事。于是他就决心尽快动工。

他相信新屋修建好了，月儿可能就回来了。

五十五　艰难起立

惊险的时刻又到了。通过日夜不停的加班施工，工程马上就要立屋了。要将一排一排的扇形柱架像山一样立起来，这是他最高兴的时刻，也是最紧张并充满惊险的时刻。他的心早就悬起来了！要到立屋顺利圆满地结束，那颗心才能放下来，才能正常跳动。

这天下午，骆铁匠买了些肉、豆腐、好菜，让祝姑娘做七桌丰富的酒席，摆在院坝里，招待师傅们。有粉蒸肉、扣肉、红烧肉、回锅肉，当然还有各种蔬菜，这是丰富多彩的佳肴了。

来到堂屋一看，真是一桌五光十色的花坛了，骆铁匠看了十分吃惊：小小年纪的祝姑娘，竟然有着如此高超的厨艺！一时骆铁匠睁大了眼睛，满脸艳羡的笑容。

骆铁匠和师傅们围坐一桌，祝姑娘还在灶上忙碌，骆铁匠就说："祝姑娘，你也快来坐！今天是陪师傅的饭，你也是个好师傅，也应该陪一陪。"

他也说："祝姑娘，快来坐，菜也够了，不弄了。你也来参加，不然这里的师傅就不全。"

祝姑娘说："我还煮点白菜汤。"

师傅们就都不开始吃，一定要等祝姑娘参加了就吃。祝姑娘听了看了也很感动。白菜只要在烧沸的油汤里打个滚儿就行了，祝姑娘很快就把白菜汤端上了桌子。

骆铁匠就说："祝姑娘快入座。我们都等不及了。"

祝姑娘也入座了。一看大家都还没拿筷子，没动一点菜，还在等她，很感动。她热情地说："师傅们快喝酒吃菜吧，不是肉冷了不好吃。"她大概是经常在街上买菜，讨价还价，也算见多识广，因此一点也不显得拘谨。

骆铁匠就说："来，我们先吃肉，打下基础，等下再喝酒！"

说着带头拈了一大块粉蒸肉喂进了嘴里，吧嗞吧嗞地嚼着，大家也都拈了肉吧嗞吧嗞嚼着。

接着骆铁匠就兴奋地说："哎呀，我还是第一次吃到这样好吃的粉蒸肉！祝姑娘你也是高级厨师了！"

骆铁匠说着又拈了一块回锅肉放进嘴里，吧嗞吧嗞嚼着，品尝着，接着又赞赏道："这又是一种味道！这真是天下最好吃的回锅肉了！"

他就说："喝酒吧，肉加酒更美味。"

哪知骆铁匠却说："稍等一下，我要单独地、没有任何杂味地品尝一下祝姑娘做的菜，不然就不是真味了，味就不纯了。"

说着又拈起一块扣肉放进嘴里，吧滋吧嗞地嚼着，品尝着。这种扣肉基本上是入口就化了，没什么嚼头，但特别香。

骆铁匠很快就吞下了扣肉，赞赏地说："天呢，太好吃了！一块解不了馋啊。"接着又拈了一块放进嘴里，吧嗞吧嗞地嚼着。又赞赏道："我还是第一次吃到这么好吃的扣肉！哎呀，可惜没有那么多钱，要是天天能吃上这么有味的肉，那就真是共产主义生活了！"

他就笑着说："就是有钱了也不行。"

骆铁匠就问："有钱了还怎么不行？"

他别有意味地说："再有钱买肉，没有祝姑娘这样的好师傅，能吃到美味的肉吗？"

骆铁匠就有所悟地笑着说："那是、那是。"

他就说："快喝酒吧。"

骆铁匠兴奋地端起酒碗说："感谢各位师傅，大家辛苦了，我敬师傅们一碗酒！我先干为敬。"说着就是咕嘟咕嘟几下喝完了碗里的酒。

大家也都喝干了碗里的酒。

祝姑娘是能喝酒的，凡是厨师没有不能喝酒的。祝姑娘也像男人们一样，大大方方地喝完了碗里的酒。

骆铁匠敬佩地对祝姑娘说："来，我感谢祝姑娘做出了美味的菜，我敬你一碗酒！你随便喝。"说着端起酒碗就喝光了碗里的酒。

祝姑娘不说什么，有些气势地大大方方地端起酒碗，不慌不忙地喝完了碗里的酒。这时祝姑娘的脸蛋已是灿烂如霞，动人极了。

……

仓库立屋这个时刻十分热闹。这是解放后镇上的第一个大工程，而且是他陈师傅掌墨修建的。共有三十大间，中间还有一个高大的亭子，占地一大片，像一座小城了！仅立屋就要几天。

虽然整个柱架大多数是师傅们制作，但他是掌墨师，全部的墨记是他画的，师傅们都是依照他画的墨记和要求做的，加上他对制作又是一笔一墨地进行检查、把关，差一丝都要返工，直到按墨记做得丝毫无差。因此，在组合柱架时，非常顺利，三百多根柱头，没有一个榫眼错位的，没有眼大了或是眼小了的，没有一个榫头大了或是小了的。整个榫缝都是合合适适，丝丝入扣，浑然天成。

立屋第一天，东边天空刚刚呈现一条粉粉的亮色就开始了。这时师傅们都到齐了，找的临时民工也来了，等待他的号令。

整个场子里都是组合的一排排柱架，看去像一个垒种的大平原，它们静静地躺在地上，又像一排排好汉睡在地上休息。

他和雷陈林来到东头第一排柱架的中柱边。雷陈林手中提着一卷洪绳。他从雷陈林手中拿过洪绳，要亲自来拴洪绳。立屋，这洪绳就像人的主脉一样，它连接着心脏大脑，牵动着全身，关系着心脏的跳动，生命的运转。他认真地将洪绳的一头放在中柱顶端，在中柱上绾一转又系一下，绾一转又系一下，一定要多绾几下，最后紧紧地系定，绝对要系紧！系好后，他用手使劲拉一拉，试试怎样。直到他感觉牢固了才松手。他拿起一块红布，然后将红布一角系在靠近中柱的洪绳上。这时雷陈林就将洪绳向场外牵去，粗壮的洪绳渐渐地被牵得直直的，如一条长长的铁索正跨过宽阔的大河。

接下来，便是按照他昨天的分工安排，一项项各到其位，各司其职。他对着人们大声喊道：

“拉洪绳的师傅们就位！

“拴撑杆的师傅们，开始！”

一排柱架准备的是五根撑杆，有长有短，长的有三丈长，如果和柱头一样长就起不到撑杆的作用。师傅们来到撑杆的梢头，用绳子将撑杆一头与柱头连接、拴紧。立屋时首先是靠人搂起柱头，这算第一梯队，但人在柱头面前是矮小的，接着就是长长的木梯做第二梯队将柱头顶起、撑住。这时，就全靠撑杆这第三梯队用力撑起柱架，并撑住使之稳固。

他严肃地大声说道：“一定要拴牢！哪个拴的出了问题，由他承担全部责任！”

师傅们一个个认真地拴着，一丝不苟。他挨个儿进行检查。

然后他大声喊道：“掌握梯子的就位！”

“所有帮忙工，中柱十个人，其余每根五个人，立即到位，双手搂住柱头！”这是第一梯队。

他到各组进行最后一次的检查，骆铁匠也紧紧地跟着。然后回到中柱面前站定，他大声喊道：

“各组都准备好没有？”

“准备好了！”大家齐声高呼，声音震天动地。

这时，他拿着斧头，神色威严，双目如炬，扫视周围一圈，气定神凝，大声喊道：

“各组师傅们，吉时已到，听我号令！”

他将斧头在中柱上重重地敲出咚咚咚三声震响，这是“预备铃”，接着大声喊道：

“天地开场，日吉时良，鲁班到此，大吉大昌！起——”伴着“起”字，斧头同时又在中柱上敲出雷鸣一般的震响，就如战场上紧凑的隆隆战鼓！

“起——”人们有如雷声一般吼道。

这时周围山坡上、平坝里，已经拥满了人，可谓人山人海。都是来看热闹的。三十大间的库容三百万斤仓库立屋，何时有过，史无前例，一定要看看这立屋的场面！四周的几乎家家关门闭户，能够走动的都来了，包括老人小孩，真是扶老携幼了。远处的不少人也来了，他们有的从二三十里远的地方赶来。他们大多带着一个小袋子，里面装着煮熟的红苕或者洋芋，作为干粮饿了充饥。

在一声声“起”的吼声中，沉重的柱架在人们的手中像一个睡醒的汉子，一个鲤鱼打挺就坐起了身子，起立了一人高，有的用手搂着，有的用肩扛着，有的用手举着，就如一群蚂蚁搬运大型食物。那块红布像一面旗帜开始飘扬，在晨风中欢快地发出呼啦啦、呼啦啦声响，像是快乐地歌唱与舞蹈。

他大声喊道：“梯子叉紧柱头！每张梯子左右平衡用力，起——”

“起——”随着大家的一声吼，梯子仿佛是柱头长长的腿脚，顿时腿一伸，柱架就如一个汉子站起来了。那红布飘扬得更欢了，激动地发出呼隆隆呼隆隆的歌唱。

他大声喊道：“撑杆跟进，顶起！左右平衡用力！起——”

撑杆也像柱头长长的腿脚，一声号令下腿一伸，柱架就升到了天空，拴住柱头与撑杆的绳子发出叽叽叽的响声，好像发出的救命呼喊！这是最为危险的时刻！负责梯子的人也仍然悬空撑着，以防绳子断裂顶住柱架，不被摔下。所有人的手心里都出了汗。

“起——”

柱架便像一排光柱向天空扫去，接着站直了它的身子，如一排卫士站得整整齐齐，一动不动，接受着庄严的检阅。撑杆仍然撑着，稳固着柱架，但绳子这时停止了呼叫。只有那红布如旗帜一般高高地飘扬，呼隆隆呼隆隆地尽情歌舞着。

四周的人群欢呼着，一张张笑脸在清晨中是那么清晰、明亮。

他大声喊道：“撑杆撑牢！撑杆撑牢！”

这还是单单的一排柱架，虽然顺利立起来了，但它更像是独木单立，与周围没有任何连接，它也就更容易倒下去。只有在第二排柱架立起后，用楼索将它们连接在一起，并用栓子固定楼索榫，才可能安全。但是，如果榫缝做松了，它们仍然会在风中晃几晃，身子一歪而倒下。

这时太阳还没有出来，它大概害怕看到这个惊险的奇观。向天上看去，天是那么地蓝，像一块庞大而艳丽的蓝宝石，映得山山岭岭是那么清新、爽朗。

师傅们、帮忙工稍微休息了一会儿，又各就各位开始第二排柱架的起立了。

“起——”

就这样起立，起立——从早到晚，整整立了三天！

柱架与柱架的连接还非常顺利，同样没有一个榫眼错位的，没榫眼大了或是小了的，没有榫头大了或是小了的，都是浑然天成。由于他指挥得当，没有损坏一丝柱架或穿枋，没有什么地方出现一丝裂口，同时也没有出现一点安全事故，没有人受一丝儿的伤。

三十间军用大仓库在他和师傅们的山呼中，挥手之间，像一群威武的汉子，巍然站起，雄壮地挺立在天地间，白白的，亮亮的，像一根根华贵的擎天玉柱，像一坝冲天而起的雨后春笋，壮观极了！

他和骆站长心中的忧虑最后都欣然放下。

几天时间，人们钉好了椽桷，又几天时间，人们盖好了瓦。看去，那银亮的柱头，青灰的瓦片，相互衬托辉映，这根本就是一座宏伟而华丽的宫殿！那四层高的亭楼顶尖耸入云空，似有仙云萦绕，仙气盈盈……

看着，他禁不住笑了。那脸瘦了，黑了，不知不觉中两颗大大的泪珠悄然流出，滚下。

师傅们都笑了，都感叹道：“还从没有修建过这么高大、宽广的房屋！这辈子值了！”

骆铁匠笑了，笑容充满了骄傲。骆铁匠绕着房子走着，欣赏着，这也算是他骆铁匠的杰作。那脚步比任何时候都要响亮。

通过一段时间的紧张突击，浩大的装修工程也完成了。由于是装粮食，他更是严格地检查质量，严格把关，合格一块木板验收一块，直到最后一块。坚决不能有一丝儿缝隙！有缝隙就会进去虫子，下雨就会进去潮气，粮食就会变质。

远远地看去，它就像一座紫禁城，但它更像是一座坚固的堡垒。从这里流向前方的粮食，换来了大片河山的解放，换来了无数人们的笑脸。

他就对骆铁匠说：“我看，你的仓库大功告成，是一大喜。我想，你不如还办一大喜事，双喜临门！那你看，应该是什么喜事呀？”他故意不说出结果，让骆铁匠去想。

骆铁匠高兴地笑笑，然后有些正经地说：“你的意思我懂，这第二大喜就是——要我找个媳妇。对吧？”

他满意地点点头说：“你真是‘响鼓不用重槌敲’。成家这可是人生最大的喜事！”

没想到骆铁匠就主动说出：“你看，这个祝姑娘怎么样？”

他心里高兴，便说：“好啊！能讨到一个厨师做媳妇，那是一辈子的福气，能顿顿吃上美味，那太美了！还有，骆站长喜欢木匠活，祝姑娘的爹就是个好木匠，这真是天作之喜啊！”

他这么一说，骆铁匠就更是兴奋了，说：“好！就请你陈师傅做这个媒，怎样？”

他很有把握地说：“没问题，我保证完成任务。我今晚就去祝师傅家。”他请祝姑娘来做饭，就是想的要做这个媒，终于预想成功。

骆铁匠就正式拜他为师，要他做指导，骆铁匠自己掌墨，自己动手，另外请了八个师傅帮忙，很快，一栋小木屋便在街头亭亭玉立，真像一个雕塑品立在那儿，更是一个景点。路过的人们无不称赞秀气漂亮的小木屋。

装修一完工，骆铁匠就和祝姑娘在这个漂亮的木屋里举行了婚礼。接着祝梅在木屋里开起了餐馆。

其实，在这小木屋动工这天，木场里就走进一个穿着黄军装的同志。这人是新任命的铁厂厂长，他姓陶，此时更是一副焦急的样子。

陶厂长找到了他，很是兴奋地说："到底找到了你陈师傅！"说着掏出介绍信递给他。

他看了介绍信，原来这陶厂长是县委书记杜信亲自派来找他的，并要陶厂长代表他向陈师傅问好。杜书记要求，要迅速恢复铁厂生产，一是军工制造需要钢铁，二是老百姓的大量农具、生活用具需要钢铁。其实这铁厂哪是恢复的问题呢？高炉和风箱都被溃退的国民党军队给毁了，这完全就是重建！

大境行

第二部

陈步松◎著

作家出版社

一　山中遇险

不分日夜地苦干，很快高炉柱架都顺利立起来了。看去，就像一座座高高的亭楼，像一座座伸向云空的宝塔一样，耸立在天地间。但它又没有亭楼和宝塔那样秀丽美观，显得有些土气而粗鲁，表情也是憨憨的，还有些邋遢，就像矿井里走出来的壮实小伙。但这高炉架立起来还只是开了个头，也就是搭了个架子，还有夯筑高炉的大工程等任务在后面……

陶厂长稍微松了一口气，买了两斤酒，要炊事员炒了两碗肉，一是庆祝，二是要陪一下师傅们，加点油，提点劲，更重大的任务还在后面。

喝了一阵酒，陶厂长有些忧心地说：“我这酒也不好喝，工程还只开了个头，接下来还要辛苦陈师傅帮忙赶做风箱，要辛苦马师傅负责监督夯筑高炉。这将是日夜辛苦你们的时候。没法，县里杜书记催得紧，半个月要开火出铁！”

他也喝了几碗酒，脸红得像个早晨的太阳，还觉得有些晕乎，感觉像是坐在云朵上。

然后他就向家里走去。冷风吹在他发烫的脸上，他顿时感到有些凉爽。这里离他家只有四里多路，他很快就回到了家，上床就睡，接着就打起了鼾。这段时间，他的确太累了，不完全是体力的累，更有心神的累。特别是那个大仓库确实让他费神了，接着又来做高炉柱架……现在这人好像时刻要趴到地上去似的，好像再也没有力气站立了。

几个小时的觉又让他恢复了体力和心神，四更天悄然走来时他就醒了，因为有新的工程又立在了他的心里，他睡不着了。

这时天上升起了弯弯一绺洁白的月儿，像是谁抛给恋人的一个耳环坠儿，或是什么人失落的恋物。他起床后扛着一把开山大斧，有如李逵一般向山上走去，也像武松上景阳冈。他知道大树在山坡的中上部，走着走着，他只注意了树木，并没注意脚下，谁知这时他的脚已经临近一个野猪窝，一头野猪号叫一声凶猛地蹿出，它那张有如犁耖的足有三尺长的大嘴一翘，就如箭一般对准发出声音的地方——对准他射去。他飞快地向旁边一闪身，举起大斧有如武松打虎对准飞蹿而来的黑影猛烈地劈下，发出咔嚓一声。大斧不知砍入了什么地方，野猪仍如利箭一般向前飞蹿而去，那斧把从他手中呼的一下被抽走，他也被带得顺势一蹿，侧身撞在一棵小树上，顿时发出呼啦的声响，小树差点连根拔出。

他很快清醒了，发现什么声音也没有了。他一动不动，静静地听着，窥探着。过了好一会儿，也没有一点儿声音。他就在地上拿起一个石头，抛入野猪前去的地方，只听石头噗的一声落在地面。他有些紧张地听着反应，没有其他一点声音。他又从地上拿起一块石头，向野猪蹿去的地方扔下，这次发出砰的一声穿过夜色射向远方，原来石头落在了一个大石包上。

他如释重负地笑一下，心里估计这个家伙被他砍中致命位置而毙命了。但这又仅仅是他的估计，因为树林很密，加之天空都是麻麻色，根本看不清什么东西。

他可没有时间来等待天亮，对他来说，时间一分一秒都得用上，而且都很紧张。他是来砍树的，而眼下没有了斧子怎么砍树呢？真是干着急！

他决定快速行动。他从地上拿起一块石头，向着野猪蹿去的地方摸索着走去，像去摸敌人的岗哨。走了几步他就被刺丛挂住了衣服，好不容易解开了，又继续摸索着前进。树枝们在他身上刷子一样刷出呼呼呼的声响，像一种深刻的抚摸。

他警觉地走到一个大石包面前，发现了一个庞然大物，正躺在大石下。他细细一看，是野猪，并且看见了他那斧头的木把儿，露着黄亮的微光。他将手中的石头对准野猪的肚子狠狠地砸去，立刻发出噗的一声震响，就像砸在了一床棉絮上，而野猪没有叫一声，也没有动一下。这下他放心了，这时不是估计而是肯定，这个家伙真的死了。他大胆地走到野猪身边，首先去拿他的武器——斧头。原来他那一斧头猛地砍去，恰恰深深地砍进了野猪的脑袋里，将它的脑袋劈成了两半。他用了一把狠力才拔出斧头，那脑浆便像五彩糊糊一样涌流出来。他将斧头上的血浆在野猪身上擦了擦，再看一眼天空，天还蒙着旧棉絮在睡大觉呢。

他想这时不便于去喊人帮忙，就想到他的大事，便提起斧头去砍树。

他走到一根树前，伸出双手大拇指和食指，去围着丈量这树的圆周长，看它有好粗。然后顺着树干向树梢从几个方向瞄，看它直不直。结果通过了他的考核，这树行。他便双手握紧开山大斧，向布满夜色的天空挥去，就如一颗流星向上一飞，又向下一窜，猛地向树蔸射去，发出惊天动地的一声嘣！仿佛这颗流星一下子撞到了大地上，只见满天夜色颤抖一阵，有如粉尘纷纷落下。接着就是嘣嘣嘣的震动大山和天空的响声。不几下，树蔸朝坡下的一面就去了半边，变成了一个张大嘴巴的狮子口。砍树也是有技巧的，必须要先砍向下的一面，或者偏下方的一面，如先砍上边一面，树身的重压就会让树干自斧口裂为两半，还会将砍树人翘到天上去，非常危险！会砍树的，完全可以控制树身倒下的方向，要它往什么地方倒就往什么地方倒。

不一会儿，就传来撕裂天地的哗嚓一声巨响，夜就裂为两半。这是大树根部断裂的脆响，接着又是哗啦啦一串响声，这是大树倒入坡下打着树枝、小树发出的响声，然后就是啪的一声震响倒入地面，夜就被砸碎了。就这样，一根大树便无可奈何地倒在了他的面前，乖乖地睡下了，像先前那头大野猪一样，任他去裁剪。

他没有去裁剪，先砍了再说！他要让他这砍树声和大树倒下的巨响，去惊醒那梦中的月儿，让神灵感到他的诚心。他要为她修建一栋木房子。

嘣！嘣！嘣！

哗嚓——哗啦啦——啪！

他一口气一连砍倒了三根大树！

但他不知道，就在第一根大树倒下时，对面的云儿就起床了，她想这是什么声音？为什么要在这夜里响起？

云儿来到院坝边，在一绺耳环似的月光照映下，向对面山坡仔细看去，那里正是一片的嘣嘣嘣的砍树声。她明白了，是有人在砍树！

接着她想，是谁在这时候砍树呢？为什么不白天砍而要在这时候砍呢？是想故意吵醒她，打断她的梦，还是什么原因？是不是白天没有时间砍树呢？

进而云儿就想到这砍树的人肯定是他——杰汉哥，因为那里是他们家的山林，他白天很忙，只有这夜里才有时间来砍树。他砍树做什么呢？

哦，接着云儿就脸蛋一热，她想起了自己说的话：要他为她修建一栋新木屋看看了，她就相信……就这么一句话，他就行动了！想着不禁带有幸福感地笑了一下，心里涌起热热的东西，他是要为她而修建一栋新房子！哗的一下她全身都热腾了，像是身上所有的血肉都变成了烧开的热水在奔流。她想，他太真心诚意了，真是太让她感动了！

这时哗嚓一声第二根树倒下了。

云儿看一下天空，这时天还没亮，只有弯弯一绺洁白的月牙，四处还很黑。但云儿是个胆子很大的人，哪里死了人，她也敢在夜里一人从那里过路。她也是个敢作敢为的人，一旦她想做什么，什么也不怕。她就向对面山坡上走去。她走下河里时，由于心里激动，走得慌忙，一只脚踩在水里去了，顿时脚里便呱啦呱啦唱着歌。她顾不上脚湿了，咚咚咚径直向山坡走去，似乎怕他走了似的。她也清楚，天亮后他要到别处去上工。

不一会儿，云儿就来到他砍树的山坡上，这时哗嚓一声第三根树又倒下了。

他正准备砍第四根树，听见背后有响声，一惊，以为又是野猪，慌忙扬起斧头转过身去，准备发起攻击，就看见了云儿，他更是一惊！这时山上哪有女子来？这分明是山鬼了！他紧握斧头准备随时砍杀，仔细打量这个山鬼。这时天还蒙着旧棉絮在鼾睡，何况山林里，就更是黑昏昏的，看不清。

他厉声喝道："你是哪方山鬼，就不怕我的开山大斧粉碎你！"

的确，他的开山大斧一挥，那可是不亚于孙悟空的金箍棒，就是猛虎狮子那也是瞬间亡命，化为血糊，再高大的撑天大树，那也是瞬间哗啦啦倒下，规规矩矩睡在他面前等候他的裁决……

云儿早就听闻他有过硬的木工本领，练有出神入化的功夫，也看过他修建起的冯家大院，十分羡慕，这时便嘻嘻一笑，调皮地说："我是对面的云儿姑娘，不是山鬼，你怕什么嘛？"

他有些严肃地说："我不是自己怕，我是怕别人受伤，我这开山大斧能横扫一切！"

他接着不相信地说："云儿是一个姑娘，她不会这时候跑到这山上来的。你走不走？我的开山大斧是不怕鬼的，刚才一头大野猪就被我这开山大斧劈成了两半。"

这时云儿吓坏了，慌忙跪在地上："汉哥哥，我真是云儿姑娘，你辛苦了，我太感动了，我来看你的……"

他心里忽然想起小时在一起玩耍的情景，也是青梅竹马，实际上云儿也还在他的心中，只是他先选择了月儿。他沉静地说："如果你真是云儿姑娘那就不用怕了，我这开山大斧是保护好人的。快起来吧！"

可她还是跪在地上，不起来。

他轻声说："快起来吧。"

她有些撒娇地说："你把我吓坏了，我没力气站起来了，你要拉我起来……"

他想一个女孩子这时来到这山上，被他突然那么一吓，可能也是吓软了。一时生起怜香惜玉之情，放下斧头走过去，弯下身去拉住云儿双手，嘴里和气地说："不怕，啊，我是吓山鬼的，你是人，不怕的。"

她呼的一下就站起来了，并不是没有力气，而且就要扑入了他怀里的意思，他慌忙伸出一只手挡在胸前，他非常清醒，他要与她保持距离，不要让她以为他要娶她。他要娶的是月儿，不是她云儿！他只能要一个妻子。

他不理她的，嘣嘣嘣地砍着树。

这时云儿毫没去多想，缓过一口气说："汉哥哥……你为什么要这时到山上来砍树？"

他挥舞斧头猛烈地砍着，望着树说："我白天没有时间，忙得很啊，又是修建军用仓库，仓库工程还没装修，又要去铁厂……"

"那你自己砍树做什么吗？"

"修建房屋啊。"

"为哪个修建房屋？"

"我修建房屋还为哪个？你也问得稀奇，你吃饭为哪个吃？"

她以为是因为她那句话——为她修建的，又故意不说明，而要逗她，她心里感动至极，忽的一下双手握住他的手，像是怕他跑了似的，心突突突地乱跳，像是跑到他胸脯上来了，一时说不出什么。

好久才感动地说："对不起你，我有些任性……让你这样辛苦了……"

他望着树猛砍着："我自己为自己修建房屋，该辛苦的。"

她伸手摸摸他的脖子，感觉尽是汗水，又摸摸他背上的衣服，也湿透了。她显得很心疼地说："你就不砍树了吧。"

他冷静地看着树说："这你不管。"

她心里说："我不要新屋，我就要你这个人……"

他很想狠狠说一句什么，但又怕伤害她，她是无辜的，她很可爱，和他也是青梅竹马，不然她也不会这样的。

他就说："快站边上去，树要倒了！"

他说着猛砍两斧，用手一推，哗嚓一声大树就无可奈何地倒下了，发出几声沉重的叹息。他接着又准备砍下一根大树。

她脚在地上跺着："不，我不能让你这样辛苦！我们已经定亲了，你就是我的人了，我就要爱护你，保护你的身子……"

他不想啰唆，也不能伤害她，就冷冷地说："你别管我的。"说着就又挥起斧头向一根大树砍去。

她小声说："都怪我，真对不起你……"她有愧地想，真不该说要他为她修建新木屋……

他嘣嘣嘣地猛砍着，身上已被汗水湿透了。他心里又对母亲生出一些怨气，这都是她老人家做的糊涂事，包办定亲！

因此冷冷地大声说："你快站远点，大树要倒了！"

"你不砍了吧。"

"我要砍。"

"那你休息一下吧。"

嘣、嘣、嘣！"你不管我的。"他转身将树一推，又是哗嚓一声倒下了。

由于野猪和这个山鬼的耽误，他计划砍十根树看来不行了，但他决不改变计划，必须完成。他心里定下的事，是雷打不动的，天塌下来也要完成。

接着就是嘣嘣嘣的巨响，震撼着山野天幕，也震撼着云儿的心……

云儿就坐在满是树叶的地上，看着他砍树，听着嘣嘣嘣的声音。她就觉得，这是世界上最好听的声音，听得她的心也嘣嘣的，像是要蹦到他身上去。

不一会儿就有几根大树接连轰然倒下，就仿佛几座大山倒下。在巨响之中，天空就惊慌地睁开了眼睛，想看看人间到底是哪个吵醒他的瞌睡，但接着这睡眼惺忪的天空也震惊了，那山坡上已经老老实实睡下十根大树。

他望着大树说："你回去吧。"

她笑着说："我要陪你。"

"我要到铁厂去了。"

"我也去。"

"那是铁厂，去缝铁衣呀？"

她又兴奋地笑起来："是的。"

他这时才想起来他杀死的野猪，差点因这个山鬼而忘了野猪。

他对她说："我杀死了一头野猪，你相信不？"

她一惊："你说什么？"

他说："我杀死了一头大野猪。"

"我不信！"

"不信你去看吧，不是它跑了。"说着就自顾自地往下面走。

走不远，她就真的看到了一头大野猪睡在地上，她吓得直往他背后躲。

他笑一下说："不怕，它真的死了。是被我一斧头砍死的，你看嘛，那脑壳成了两块，我的开山大斧很神吧……"

她走过去一看，野猪脑壳果然成两块了，脑浆都流地下了。她便感叹道："天呢，你是英雄啊！是第二个武松！"

她说着就伸手去抱他，而他却弯腰去拉着野猪脚，向下拖去。

他拖到了田边较平的地方，拖不动了，实在是太大了。他估计这家伙足有四百斤，没有四个人抬不进院坝。她还紧紧地跟着。她觉得他真是个神人。

他有些严肃地说："你快回去，我还要去找人，来抬野猪、剥皮。"

她就向河里走去。他就向他家走去。她不时地回头望他，而他径直向别的人户走去。

他在周围喊了几个人，一起去到田边，艰难地把大野猪抬到了他家的院坝里。他们很快剥了皮，砍了肉，给抬猪的每人送一块，要他们尝尝野猪肉。

他对父亲说："请爹帮我把砍的十根杉树剥一下皮，不是干了剥不下来了。请妈也要帮个忙，把这些野猪肉给附近的每户人家送点，尝尝鲜，反正我也是捡来的。"

这时陶厂长就急火火地找来了，以为出了什么变故。

他安排完就跟随陶厂长匆匆忙忙赶往铁厂，同时提了一块野猪肉，让师傅们尝尝鲜。这时已经接近中午。

他母亲将一只后腿和一块尾部肉放进背篓里，给对门肖家送去。这时肖家只有云儿的妈在家，云儿和她爹到别人家缝衣服去了。这让云儿的妈感到格外亲切，好像真是亲人了，也就笑得十分亲热。

云儿母亲看看肉，有些不好意思地说："你送这么多肉，我们怎么好意思呀。"说着就只肯要一块。

他母亲亲热地笑着说："又不是什么山珍海味，等于捡的一头野猪嘛，让您家都尝个鲜，都收下吧。"

"这么多一时怎么吃得完啊！"

"你把它放上盐煮熟，然后放在腌菜坛子里，盖好盖子，掺好坛沿水，不让透气，可以放半年。"

就这么一下子，两家的关系又拉近了一些。云儿母亲一定要他母亲吃了饭再走，但他母亲说家里有事，肉还摆在堂屋里呢，怕别处来狗子拖走了，就挣开云儿母亲的手，回去了。云儿母亲就望着她往河边走去，脸上的笑容喜滋滋的。

高炉架的跳板上人来人往，人们挑着黄土来去匆匆，高炉里人们叫着号子，垒筑着高炉……

一大片碾平的场坝里，摆放着一码一码制作风箱的木料。都是解好了的厚木枋，是白果树（银杏），一大条一大条，黄黄的，像大大的金条，在阳光下闪耀着柔和的光芒。场坝里大片地上整整齐齐摆放着八对木马，摆好了木工操作平台。它像一台机床，不，像一架琴，如不是琴，为什么会演奏出那么美好的声音？

八个木匠有的坐在马凳平台上，有的坐在码着的木枋上，等着他来作安排、指导，怎样开始加工制作风箱。由于半路杀出了一头野猪耽误了他的时间。

他脸上略带笑意地走进场坝，这笑意是从严厉的底色中沁出来的，使人充满敬畏。木匠师傅们都忙着站起来，微笑地看着走来的他——他们心中神奇的大师，离得近的还忙着上前握手打招呼，说话。大家对他都十分尊敬，又充满惧意，都知道他是很神的大师，不敢轻慢。

他先去和马泽华炼铁师亲热地打了招呼，回过头严肃地问陶厂长："八个木匠都到齐了？"

陶厂长说："到齐了。"

他脸上也是急中带着严肃，说："好。四座高炉必须要配八口风箱，其中四口备用，都在这里我来统一安排做了，再抬到各个高炉去。"

陶厂长点头说："这样好。"

他接着对八个木匠安排道："一共是八口风箱，由八位师傅每人做一口，合格验收，就记工。现在，都把夹尺拿出来。我们做的这风箱，是高炉用的大风箱，直径二尺八寸，半径是一尺四寸，请大家把夹尺上的钉子定在一尺四寸上，把夹尺角度确定好，按角度画好墨，弹好墨线，片（削）成瓦子（瓦片形的长枋），学箍木缸一样的瓦子。我来检查，合格了，我就说下面的活……"

他拿着自己的夹尺，挨个检查木匠们画墨的角度准不准确。由于陶厂长都是找的好木匠师傅，经他检查，基本上都顺利过了这第一关。

接着场坝里就是梆、梆、梆的一片响声，像敲群鼓一样，这完全是在进行一场大型演奏——一把把斧头就如一只只灵活的鼓槌，明晃晃地飞起，明晃晃地落下，像光锤一样敲击出梆梆梆的美好音响，洪大而雄浑，震撼山野，让人鼓舞。在这种美妙的音响里，一块块原始的木料就悄然变成一块块金色瓦子，有如金条，让人看了十分地舒服。

在他们的演奏中，黄昏就给群山播洒着朦胧的金粉，将天地变成一个梦境。

二 曲高难和

那天云儿姑娘没吃晚饭就回家了。回到家她就拿把椅子在院坝边坐下来，看着对面的公路。她没看见想要看见的。她就不自觉地想起小时候的事情。这时的天地像是塞进了一个麻布包袱里，四处模模糊糊的，什么也看不清，只能隐隐看见一线白昏昏的麻绳一样的公路。她想他一定要从那路上回来的，再黑，他从路上走过她也能看得清。可是她望了好久也不见他路过。她又想，可能他早就回家休息了，好下半夜早点起床去砍树。她这么想了一下，就跑进屋里很快洗了脸和脚，去房里睡了。她是睡的月儿姐姐那个房间，还有妹妹叶儿。她没有动月儿放在抽屉里的那些漂亮石头、小刺绣。她自己保管的也有，也是他给的，她只喜欢他给的，不想要别人的。

他很快去找了侯婆婆，请她帮忙去给肖家说明情况，他母亲不知内情，他本是有对象的人……侯婆婆听了大吃一惊，皱紧眉头说："天呢，这可不好办呀，说好了的亲事难道又翻悔？"

他着急地说："是母亲不了解情况，糊涂……"

侯婆婆满脸愁容地说："你不要急，千万不要随便说什么，以免伤害人家。我慢慢来想办法……"

接着他去找了筑墙的马土匠。他虽是修建木屋，但外面装修费工费木料，特别他又没有时间，就打算外围夯土墙。他知道，实际上周围筑土墙是很好的，它金黄金黄的，色彩亮丽，不像木头过些年就变得麻黑了，同时墙壁平平展展，里外光滑，没有什么棱角，特别是厚厚实实，冬暖夏凉，且不容易着火，有防止火灾的功能。

第二天四更天时，一弯月牙下，嘣嘣嘣的震撼之声又在夜色弥漫的山坡上隆重地震响，像是天外飞来的鼓声。嘣嘣嘣。云儿姑娘就醒了，就想和他的事。

他怎么也没想到，当他砍第一根树时，云儿姑娘就来了。他问：“你怎么又来了？”

她满怀体贴地说：“你太辛苦了，我要来陪陪你，为你鼓劲……”

他有些烦地大声说：“你快回去，不要管我的事！”

但她心想这是他心疼她的表达，根本不可能想到其他什么。她就看着他砍树。

他就吼道：“快走，小心树倒下来了！”一副生气的样子。

她想这是心疼她，再者砍树是他们俩一起的新屋大事，就说：“你少砍几根吧，别太累。”

他不理她，接着天地间就响彻嘣嘣嘣的隆隆响声，像过喜事放的冲天炮，她也感到像她的心跳。

他急火火地砍着树，根本不理她。这天早上因为没有遇到野猪耽误，他砍了十根树。这时天已大亮了，他瞟她一眼，觉得也好笑，忍住没笑，也不理她。

她想，是自己不听话，不回去，他才不理她的。

他板着脸说：“你喜欢这就在这守树吧。”说着就往家里走。

她跟上去，用手指狠狠地戳一下他的背，就很快地向家里跑去。

这天的铁厂十分热闹。呼儿啦啦——呼儿啦啦——演奏出一派较为轻缓而温柔的曲子，八个木匠此时变成了音乐大师，用刨子演奏着一场大型的合奏曲，清爽极了。呼儿啦啦——这是春风抚摸树林的声音，这是鱼儿穿梭的声音，呼儿啦啦——这不是一场劳动，这是一场艺术表达，让人陶醉，流连忘返。

这是他们刨着风箱瓦子。特别是小孩子尤为喜欢观看这种情景，并喜欢拿着刨出的叫作刨花的，一卷一卷的像浪花、像蛋卷的东西，将它拉得长长的，手一松又缩回来，成为一卷，如一朵层层叠叠包裹的玫瑰花，如美女的卷发。它们能屈能伸，不仅是儿童的一个好玩具，更是一种精巧的艺术品。

这也不是专门刨得好玩的，更不是制造儿童玩意儿的，这是第一道过硬的技术细活。细到什么程度？要细到两块瓦子一合要丝丝入扣，严丝合缝，也就是一丝风儿不漏，要能关住风，不透气。并且，用他调好的夹尺一量，刨面必须要与夹尺严丝合缝，既要瓦子之间合缝，又要角度准确。这样，瓦子全部合起来，里面外面才都不会露缝，因为风箱是圆的。这是很难很难的。这项工作，叫“清缝”或“对缝”。

八个木匠一时间都干这个工作。有的师傅一刨好久也合不拢缝，两块合拢了缝，但用夹尺一量，角度又不准确。好不容易刨得角度准确了，可两块一合又露了缝隙。真是太难了！有的木匠刨着刨着还发起火来了，发脾气了，说这真不是人干的活，应该请天上的神仙来做！

他就专门检查这对缝工作。这一关他不把握好，根本无法进行下一步。

有一个师傅怎么也刨不合适，将刨子往瓦子上一扔，满腔怒火地说：“算了，我不干了！”

说着就收拾工具到篓子里，招呼也不打一个，提起篓子就气呼呼地扬长而去，头也不回。师傅们一时大为惊讶，都愣愣地看着那远去的背影。

陶厂长这时走过来，极为赞赏他对工作的严格态度，感到由衷的钦佩和感动，充满深深的敬意。

陶厂长对他安慰地说：“我再去找一个师傅来就是。”

呼儿啦啦——呼儿啦啦……师傅们又开始高难度地演奏起来。地上堆满密集的刨花，像一个个清爽的蛋卷，像一个个累了而躺下休息的音符。师傅们的衣服早已湿透了，脸上洒下的颗颗汗珠在阳光里变成金色音符，潇洒地飞舞。此时已是黄昏，还没有一个师傅将一口风箱的缝完全合好。

这对他们来说还是个新技术活，还有一个学习和掌握的过程。

师傅们也有些烦躁了，他也有些着急了，陶厂长心里更急，照这个进度，咋办啊！四个高炉什么时候能开火啊！

这晚上他又去了侯婆婆家，问询请她帮忙的事。

侯婆婆显得亲切地笑着说："陈师傅，你不要急嘛。你这样退亲的事，不容易。一个螺丝还要转三个弯弯呢。我得想好办法，抓好机会再说。"

第二天早上，他还是四更天就上了山。雷陈林也去了，雷陈林知道了这事也要来给他帮忙。他估计云儿姑娘还会去。没想到，他砍的第一根树刚刚倒下，云儿姑娘真的来到了他的身旁。她被他感动，要给他做伴砍树，修建他们共同的新房。

这时他心里窝满了火。他就吼她，哄她回去。但偏偏她感到的是对她的心疼。这一带有种说法："骂是心疼打是爱，越打越骂越拢来。"她出门缝衣服见得也多，好多相爱的人说话，是用骂表示的，对爱的表示就是动手……杰汉哥还只是吼了她，怎么不骂呀？骂才舒服。他为什么不动手啊？动手该有多舒服啊！想着，不禁心里美滋滋的。

到天亮时他又砍了十根树，三天来，三大间木屋的柱头已经配齐，当然还有穿枋、楼索、檩子、椽子等大头在后面，需要砍树配料。

雷陈林本是在军用仓库处理尾巴工作，他把雷陈林叫去了铁厂帮忙，仓库的尾巴工作由邹师傅负责。

他仍然是继续检查木匠们的对缝工作。他有些着急和烦躁，这里面包括他母亲做的糊涂事，加之这些师傅做的总是难以达到要求。有的本是六七寸宽的木枋，结果刨得只剩下五寸宽了，还没合到缝，像窗户。一些师傅也急了，满脸是汗水，像水洗了的。

雷陈林是跟他学过做风箱的。不久雷陈林刨好了两块风箱瓦子的缝，喊师父来用夹尺一检查，严丝合缝，像是天生成的一块，这令其他一些师傅大为震惊和汗颜。

这天到黄昏时分，雷陈林从用斧头片，到用刨子刨，一天时间不仅把一口风箱的缝合好了，还打眼钉好栓子、箍成了一个圆形的风箱，众人更是大为震惊，赞赏道："真不愧为陈师傅的高徒，也是风箱大师了。"

一时间不少师傅都自愧不如。师傅们满头大汗地干着，直到天上变成麻布时，除一人外其他师傅总算合好了风箱瓦子的缝，这时师傅们已是累得汗如水洗，腰躬背驼，往凳上一坐，就站不起来了。有的还长声短气地哼着，有的无可奈何地摇着手膀子，甩着手腕，拉扯着手指，将拳头伸到背后揉着腰。

他着急家里的事，没吃夜饭就和雷陈林急急地回家了。

云儿姑娘这晚也回来得早，坐在院坝边看着对面，不知是看什么还是听着什么。这时她就听到一种特别的声音：呼——呼——呼——

她听着，这声音并不像音乐那么清爽，像是无比沉重的喘息，显得十分艰难而沉郁，简直是像一头累了的牛在发出最后的喘息，呼——呼——

她想去看一看，但毕竟是晚上，还是不想出门。

后来这声音响到了田边，又没有了。她也走进屋里去，想早点睡了，明天早点起来。明早上他要砍树的，她要去看看他。

她怎么也想不到，在这个黑夜里，她心中想着的那个人——他正在和雷陈林忙碌着。他们用刀砍了一根较绵的细长树条，将树的一头拴住，然后手握树条，用力向坡下拉去。他拉了一下，没动，就用力再猛地一拉，稍动了一点。他再使出吃奶的劲拼命地一拉，树木就发出呼的一声，向前去了尺多远。这树木是湿的，很重，像铁一样，好的是这些杉树剥皮了还有些光滑，但要穿过这深深的丛林，拖到坡下的田边，还是像移动一座山一样艰难。他用尽全身力气一下一下地向下拉着，于是就发出沉重的呼——呼——的声音，这是一座山移动的声音，用尽千斤巨力也只能移动一点点。这是一只雄狮累了的喘息，它仿佛再也站立不起来！他已经累得浑身汗珠子下雨一般滴落。

这山上仍然传出呼——呼——的声响，像大山的深沉呼吸。

离天亮还有很长一段距离，云儿就起床了。她来到院坝里后，就觉得奇怪了，怎么对面山坡上这样静呢？他怎么今早上不砍树了？她坐在屋檐下的一把旧椅子上，望着对面山坡，认真听着山坡上的动静，但什么也没有，只有麻布包裹的天和地。

她就一直坐到天空慢慢睁开眼睛。她的眼睛也就忽然一亮——她看见了对面田边有许多白白的树木，她想那是做柱头的树木！她就想起昨晚那呼——呼——的声音，原来是他从山上往下拖树的声音！天呢，他怎么要晚上那样辛苦呢？这都是因为她那一句话啊，他就毫无阻挡地要修建一栋新屋。她的眼眶湿润了。她这时多想去看看他！多想去抚摸一下他疲劳的身子……

天刚亮，他就和雷陈林向铁厂里走去，当他走到河边路上的几棵树下，这时猛地冲出一个人上去抱住了他！他吓了一跳，但他早就看清了这不是鬼，是云儿！雷陈林见状便连忙向前走了。

云儿抱住他就哭起来了："你怎么要……这样累自己……要这样辛苦自己……我们还要在一起过日子啊……你不这样了，我不要新屋……真的，我不要新屋了……"她的眼泪顺着脸蛋一颗颗滚下去，叫人心动、心疼。

他心里有些感动，觉得她是真诚的。这也不能怪她，是他妈的错，糊涂。就没有吼她，而是柔和地说："我们家房子又低矮又破旧，早就该修建新屋了，你就不管这些了，做你自己的事去吧。"

她哭着说："那你不要再这样打夜工辛苦了。定亲了，我要对你负责……"

他仍然柔和地说："力气用了才有来的。你做你的事去吧。铁厂等着我去。"说着就向前走去。

她还久久地愣在那里。她想，他为什么不吼我了呀？吼我心才跳呢！他为什么不对我动手呢？动手才舒服啊……

他走了一段路回头看时，她还站在那里，像一根菜薹儿站在晨风里……

三　心音神曲

这天清早，他刚起床就来了六个木匠师傅，为首的是邹师傅、万师傅、祝师傅。邹师傅是老把式了。万师傅虽然还年轻，也是这一带最好的木工师傅之一。万师傅父亲可是木工大师，不幸的是，在修建冯家大院之前就患病去世了。家里几个姐姐都出嫁了，就剩下万师傅和母亲相依为命。据说，现在万师傅也找了个漂亮媳妇，还没结婚。

邹师傅看着他，满脸同情和关心地说："听说你一人打夜工砍树修建房屋。这太辛苦了。我们听了都非常难受，也担心你的身子受不了，仓库工作结束了，我们几个邀了一起来，一定要来给你帮下忙。"

他非常感动地说："这太谢谢你们了，你们有这一番心意，我真是不知道说什么好啊。我也并不是修建怎么大的屋，是个小工程。你们还是去忙你们自己的事吧。"

师傅们像是商量好的，坚定地说："我们来了就不会回去，不管你接受不接受，我们反正就是要帮点忙，尽点心，不管你要不要。给你说，我们都已经在家里吃了饭，不需要吃你的饭，我们晚上回去又吃。"

他十分感动地说："太不好意思了！"他说着一一向大家抱拳行礼。

几个师傅都说："都是伙计，不能见外！"

他就叫母亲快给师傅们做饭吃。师傅们都说在家吃了，赶快安排活儿吧。他说那就烧点茶水喝了再上坡。可师傅们一定要马上去坡上干活。

他很感动，给母亲说了做饭的事，又觉得给母亲增添了负担。

母亲说："他们来得正是时候，腌菜坛子里还有很多野猪肉，还鲜鲜的。"

他又说："请爹去街上打点酒来，一定要把饭菜搞好点。"

他就带师傅们去了坡上的木场。

边走他又问邹师傅："现在解放一个多月了，你那被抓去当兵的儿子有消息没有？"

邹师傅悲伤地摇着头说："一直没有音信……"

他给师傅们安排了加工柱头毛坯的活儿，包括长短、粗细、扁圆的比例尺寸明细。

邹师傅看了看说："少了，你还要给我们安排点活儿。"

他正经八百地说："每人有五根柱头了，够了。"

邹师傅认真地说："还不够。你还安排点活儿。"

他默思了下，只好说："有多的时间，就把做穿枋的树砍了，片成毛坯。"

邹师傅还是说："还要安排点活儿。"

他严肃地说："不能再安排了。"

邹师傅诚恳地说："我有数，还要安排点活儿。"

他感动地说："够了够了！"接着说，"辛苦师傅们了！我去铁厂了。"

他转身就和雷陈林向铁厂走去。

他们急步快走来到铁厂。有的人正忙着在高炉四周搭棚子，有的人在高炉脚下风门和火门那儿忙碌着，这其中就有炼铁师马泽华。看来，就等着他的风箱了。

今天做风箱的事又进入第二道难关。

这第二道难关就是把一块一块的风箱瓦子镶拢来，连接起来成为一个桶式的风箱毛坯。为着连接，并且不透气，不仅要用栓子连接，还要在缝上抽槽卡进木条，使之又牢固又闭气。栓子、槽子、条子，几方面又要垂直，又要丝丝入扣，这就确实很难了。

他给师傅们说了各种规格、尺寸。画了墨记就开始操作了。接着就是砰砰砰的一片响，像是这里在过喜事放鞭炮，热闹极了。这时师傅都在忙着打眼子。

可是在他检查打的眼子时，一位师傅打的眼子与缝面不垂直，他便要这位师傅重新移动一个地方，再画墨打眼。

这位师傅嫌麻烦，不高兴地说："我把斜面洗一点，就垂直了。"

他严肃地望着这位师傅说："你洗了，眼子就大了，这不符合规则。"

这师傅说："我洗垂直，怎么不符合规则？"

他耐心地说："这样眼子就大了，瓦子内面就薄了，连杆容易磨穿……"

除了眼子栓子就是缝上抽槽。这场面也很壮观。师傅们的槽刨就如众多的拖拉机一样，在广阔的田野上驰骋，犁出一条条深深的沟渠，犁出一条条直直的人造运河，刨花便如飞机从起跑线上飞向天空，飞出一条看得见摸得着的美丽的彩虹；刨子也如无数快艇在海面上自由飞驰，犁出一条条深刻的航迹，飞起一条条漂亮的水花。

然后就是加工长长的木条卡进槽子，钉上栓子，再合拢，标准就是卡紧，不透一丝儿气息。这十分不容易。

第二天早上的天空还不太明朗，有些睡眼惺忪，晨风也似乎刚刚走出瞌睡情境，带着睡意没甚力气地要吹不吹的，时而吹上一股，时而又躺下休息了，显得懒洋洋的。

他和雷陈林正走出大门，准备去铁厂，云儿姑娘提着一筐菜就来到了院坝里。她今天穿着朴素，上身穿一件很旧的蓝不蓝灰不灰的短襟衣，肩上和胳膊上都打了大大的补巴，裤子是一条黑不溜秋打了好几块补巴的。头发上用一根红头绳儿将两根辫子捆到了后面，一看就是免得它们甩来甩去，影响做事。

她兴奋地笑着对他说："你去这么早哇？"

他严肃地看着她："你这么早来干吗？"

她就有点动情地笑着：“你们建房有这么多的师傅要吃饭，我来帮你妈做饭。你妈身体本来就差了，修建房子人多，做饭很吃力的。给你说，我已经给家里说好了，从现在起，我就帮你们家做事，给你帮工干点活，为修建新房出点力，直到新房完工。”说着看他，“你不嫌弃吧。”

他有些生硬地说：“这太耽误你了，你还是做你自己的事去吧。”

这时邹师傅和几个木匠走来。这些木匠师傅给他家干活，都是当成自己的事干的，来得很早。

他就对邹师傅说：“今天，师傅们先把穿枋料片好，便于找人解成穿枋。再就把楼索、檩子片成毛坯。”

这时邹师傅就笑着对他说：“听说你找了个好媳妇，是不是啊？”

他有些不高兴地说：“没有的事。”

这时云儿姑娘仍然俊挺地站在那儿，并不是像有的姑娘见了人就红着脸退避三舍。她脸上没什么不自然的表现，脸儿依然是白净里透着微微的桃红，并没变成血红。她用一种大方的目光扫视着师傅们，很有些气势，好像对任何事情也毫不在乎，更无惧怕之意。

邹师傅就笑着望他说：“你瞒什么嘛，应该接我们喝口喜酒啊。”

他正经地说：“真到了喝喜酒的时候，你们这些师傅都是跑不掉的。”

现在云儿脸上露出朝霞般的笑容，那胸脯比先前明显地有些急促地起伏，用激动的目光看着他，好像正感受着一种幸福与激动。

邹师傅看一眼云儿姑娘，就问他：“你的媳妇是不是这个姑娘啊？”

他仍然一脸正经地说：“不是的。”

谁也没去认真研究他的话。因为人们往往不愿公开承认定亲的事，喜欢把定亲的真事说成没有的事，总喜欢将亲事遮遮掩掩的。

他有些走神地来到铁厂，这时师傅们已经上工了。他们还进行着本是昨天就该结束的工作，还在拿着一根长长的木条儿，时而刨一刨，时而又拿到槽子里试一试，他说了，要用力卡进去，才行。

中午时分，师傅们便将瓦子合拢成型。一个圆形的庞然大物就展现在人们面前，它两头稍细、中间粗，像一个大冬瓜。然后打上四道铁箍。看去，它确实很大很长，可以供好几个小孩子爬进去玩耍，像个涵洞。然后按照一定弧度把里面刨好、刨圆，做好挡风板、风门、连杆等，这是更具有诀窍的活，差一点就会风力不足，炼不出铁来。

四　立体墨画

这晚他回来天刚黑，想陪师傅们吃晚饭。他知道师傅们也辛苦了。

这晚的饭，云儿做的菜较为清淡。她做的有白菜叶子拌黄豆磨的合渣，稀糊柔软，鲜香可口；有用酱水腌的鱼腥草根儿，奇香扑鼻，香辣刺激，让人胃口大开；有白菜梗切的片儿加韭菜爆炒，清香腾腾，满屋飘香；有酸辣洋芋片儿，更是酸辣刺激，令人食欲大增；有一盘清炒萝卜丝，洁白而千丝万缕，异香四溢，看了都浑身舒服；再加咸菜面辣椒、豆食各一盘，真是五彩纷呈，五味俱全，满屋飘香，叫人应接不暇，就嫌肚子太小。

他吃着，心里觉得确实不错，连整个人都香透了。

饭后师傅们都带着笑容回家去了，有几个师傅还坐在他家摆古。

他拿着刨子和树皮火把去了高马木场。有三个附近的师傅见他去打夜工，也跟着去了，他要他们回去休息，但他们坚持一定要参加夜工，也拿了刨子和火把去了。

他们将火把绑在树棍上再插入地下，正准备开始刨柱头，云儿姑娘也跟来了。

云儿不说什么，她只是站在旁边一个劲地看着他们刨。他们是一方一方地刨的，先用二长刨刨，再用长刨刨。她知道，二长刨是刨头道，长刨长些，主要是为了把面子刨直、刨平，不像波浪一样起起伏伏，画墨需要木料直溜光滑，就和做衣服要把布料铺平画墨一样。

后来云儿就抓住了机会，趁他去用长刨刨的时候，拿走了他的二长刨，在另一根柱头上刨起来。只见她像是老手一样长长地一刨子推向前去，呼儿啦啦——像一种琴弦上拉出的滑音，声音清脆而悠长，从刨子背上飞出一片长长的刨花，像一个音符，在火把照亮的夜空中旋转飞舞，卷成一个螺丝形，美妙极了。他不说什么，任她去刨，其他师傅们都默默地笑着，觉得这个姑娘真是有些意思。

万师傅就瞄她一眼说："我说这位姑娘，这修建房屋的活是男人干的，你何必来搞这些粗活嘛。"

云儿使劲一刨子推向前面，呼儿啦啦——飞出一朵大大的刨花，由于用力大，刨花都飞到天空中去了。她正经地说："这屋是我们一起住，我不帮点忙，出点力，让他一个人辛苦，心里过不去。再说，有种才有收，自己劳动的，吃了才香，我不出力，住着也不香，也不踏实。"

她说着又是长长地一刨子推向前去——呼儿啦啦——一个清亮的琴弦滑音，一朵长长的刨花如彩虹在夜空中飞舞……

他心里总还想着月儿，哪怕云儿与月儿极像一个人，又年轻又美丽，他总还是有点烦，像嘴里塞进了一片黄树叶。但他也有点同情她这种执着、大胆，敢说敢做。他瞟了她一眼，不说什么。

万师傅就带着笑意地看她怎么刨，有些褒奖地说："还不错嘛，还很开这一窍呢。我看你就不要跟你爹去做裁缝了，就跟他陈师傅学木匠吧。"

她倒有些谦虚了，心里有点虚地说："哎，说正经的，你们看我到底刨得怎么样，刨丑了，可是丑了你们大师傅，别人怎么也说不到我头上。"

他觉得她确实是那样刨的。她本来就聪明能干，一看就会。她是站那看了他怎样刨的，吃透了方法，然后才拿了刨子刨的。她也是一下一下地尽量刨得长一些，不在一个地方磨蹭，像打堰塘，避免整体高高低低像山山沟沟；挨着挨着有顺序地刨，但也要注意高的地方多刨一点，低的地方少刨一点，看去四周围均匀平整光滑。

他看着，本想说说这些的，但他看不需要说了，就没说什么，这样也让她心里放松，也让别人觉得她还真行，不丢她面子。

没多久，她就把一根柱头刨了丈多长。他便拿着长刨在她后面去刨。她在前，他在后，刨子飞快地时前时后，像梭子在穿梭，像汽车在奔驰，远看，两人又像在进行龙舟比赛，柱头像舟，两把刨子像桨。

她向前推了长长一刨子，伸起腰，用手指去抠刨仓里卡住的刨花，正经八百地说："哎，说真的，陈师傅看我刨得怎么样？"她调皮地叫陈师傅。

他不冷不热地说："你刨得还行，我的长刨在后面都没有什么事做了。"

她脸上满是高兴的笑容，又说："真的，刨得不好的地方，要说呢，你是师傅，应该要多多教导徒弟才是。"

万师傅就说："你还不知道呢，陈师傅很严厉的。我们在凤凰山修庙，有个师傅挖眼伤了点沿儿，他硬是要他去重新做了一根柱头呢。你可也要小心赔柱头哟，那可要重新砍树做，很辛苦的。那用斧子的活，你就不一定吃得消。它比你们裁缝的剪子重多了。"

没想到她会这样说："给你们说，我也不怕，我有他帮我赔。"

她说着长长地一刨子推向前去，呼儿啦啦——像一曲美妙的音乐，像一曲悠扬的歌唱，一朵朵音符在夜空中飞舞，把这夜描绘得美轮美奂了。

只见他们俩一个在前面刨，一个在后面跟去，一把刨子在前面唱歌，一把刨子在后面奏乐，像是双双在操作一架琴台，唱着，奏着，呼儿啦啦——呼儿啦啦——美妙动人极了，让人羡慕，叫人陶醉！人们便忘记了疲劳，忘记了茫茫夜色，只有轻松活泼，只有快乐舒畅。

这天收工时他给陶厂长打了招呼，叫雷陈林在那指导检查，他要抽一个白天的时间，把柱头的墨画了，因为晚上画墨看不清晰。陶厂长心里有些担忧，但也只好同意。

这时的天地还像一团梦，朦朦胧胧地躺着。

他也进入了梦乡。很是奇巧，他竟然做了这么一个梦——

他梦见一个姑娘走来了。他仔细一看，是月儿！他心里一直想的就是月儿。多次梦里她要他为她修建个新木屋，然后她就回来。她显得清纯而充满活力，她笑得满脸粲然，美妙而强烈的目光看着他，都看得他有些不好意思了。

她没有进屋去，就跟着他向木场走去。他们穿过一片缓坡田，是不成型的梯田，每块田高低不一，田也不平，有的是里高外低，有的是左高右低，形状就更是五花八门，有三角形的、梯形的、葫芦形的、弯刀形的，等等，像是小孩子堆的一堆玩具在这里。每块田里都开着红红的花，他觉得有些稀奇。这个季节哪有这么多红花呢?

他们的脚步轻快，发出咚咚咚的声音，让早晨的山坡和大路从昏睡中哗的一下醒过来。

来到高马场。他放下手中的大锯子、五尺，又放下背着墨斗尺子、斧子、刨子的背篓，拿起一把柴刀，走进树林。她也跟着走进树林，这时他们俩被绿色包围了，她拿过一枝树枝，掐下一片大大的椭圆的树叶，这树叶碧绿得发亮，像一面镜子。她仔细地看着，仿佛在照镜子。

他啪啪几声，砍下一根高高的竹子，有二丈多长。这种竹叫水竹，一般长在水分充足的山林里，由于树木多，逼在深深的林子里，就长得很高，而且上下一般粗，皮肤不是金竹的那种金黄，而是纯粹的绿色，真正的碧绿，可谓碧玉抽成一竹高。

她停下来看那面树叶镜子，诧异地望着他，好像在问：今天不是来画墨吗?砍竹子干什么呢?

他拿着竹子走回高马场，竹子的一头都伸到天上去了，像是拿的一根碧玉做的长撑竿，就似要和她去戳天上的星星玩儿。他用刀对准竹节一旋转，刺的一声，竹节就平了，刀就这样在竹子上旋转着，旋出一连串刺刺刺的音乐声，所有竹节都平平的了。然后他将竹子划成了两块。

他将一块竹子的根部用刀砍齐，放于柱头上，好像是要让它在这白白光光的新床上好好睡一觉。他去拿了五尺来，挨着竹块放下，去拿了曲尺和墨签，比量着，点画着……

她站在他旁边，一个劲地看着，就说：“你是将柱头上的所有眼子全画在了这竹片上，然后用它放去每根柱头上靠着画柱头的墨。这样又方便又快当，全部一个准，不会错。倘若不这样，用曲尺在每根柱头上去比呀画呀，那将多费好多时间啊。”她脸上露出了会心的笑容，闪射出充满羡慕与敬意的光芒。

她看着竹块，忍不住又说道：“你这是做的一根柱头尺。”

他没有回答她的话。当然是默认了。她太不简单了！

这时她就不望那根柱头尺了，她望着他的脸。她知道他做事时特别是画墨时，脸可能就是一块铁板，森严壁垒，目不斜视，专注入神，眼睛紧盯着手中的竹块、尺子，毫不向她瞟一眼或是斜视一下，就当她根本没有站在他面前，就当她完全不存在一样。他感觉她脸上有些不舒服的表情，好像有些生气。

她轻轻地咳了一声，想提示他，他仍然没将脑袋转动一下，更没抬起头来。她弯一下腰窥探了一下，也不见他看她一眼，斜视她一眼也没有。

“哎！”她又对他哎了一声。他还是没理她。

他聚精会神地比着、量着、点着、画着，一会儿就画到了竹梢。他又仔细从头检查了一遍，确定无误。这就成为一杆标准的柱头尺了。他终于伸直了腰，抬起了头，如释重负地呼出了一口气。她便以为这下该理望她一眼了，但他仍然没望她一眼，只有一副像铁板一样的面孔，望着那篾块。

她又说了一些话，但他还是没有理她。他什么也没听见，他想起老师父大爷爷，也是在这种情境，老师父严肃地对他说：

“给你说，在做手艺活的时候，最首要的一条，特别是画墨的关键时刻，不能走神，一走神就会出差错。必须‘要入神’，入了神更要‘不走神’。怎么叫入神，就是你所做的事要进入心里，进入魂里，也就是神里。你在做手艺时，不管是画墨还是做，就要专注这事，什么也不能想，什么也不能说，什么也不能做。别人找你说话，你就是一个聋子，什么也听不见。别人走到你面前，再是漂亮的姑娘，你这时要是一个瞎子，你不能斜一眼，只当什么也没有。这时就是打雷，你要纹丝不动。你的心你的神，只有艺，心神归一，你的整个身子，都置身艺中！其他什么也没有。”

这时他眼睛里一热，涌起泪花，接着滚下两颗重重的泪珠，滴打在柱头上，感觉发出了轰然一声，又是一声。他想起了老师父……

她就被弄得怔怔地站在那儿，过了一会儿后她问道：“师傅你说点画墨的方法吧。”

他有点惊异，竟然这样问。但他没有回答。他此时的心充满忧伤，老师父天去，他承诺了老师父，寻道远大师无果，他感到孤独，浑身也涌起一种寒意。这时他转头望了她一眼，接着眼睛一亮，这不是月儿吗？哦，月儿！

她又很虚心地说：“请师傅赐教。”

这时已告一段落。他不禁侃侃而道：

“记住这十个字吧：要入神，不走神，心神合一。虽然是手拿尺子用手画墨，但是这不是用手画，要用心画，一切尺寸、比例、样子，什么地方该怎么转弯，转大弯还是小弯，弯是浅，还是深，这些都在心里。如果你爹正裁到关键处，一人来打扰他，他就分心了，心里想好的东西就被打乱了。和别人讲些话了再来画或者裁剪，就可能出错。一出错，这块布料就作废了，买一块布料不容易啊。如是给新郎新娘裁的衣服，那就更麻烦了，老板就会觉得这是个不好的兆头，就给老板心里铸上了几十年消化不掉的阴影。就像一个铁疙瘩长在了心里，一辈子不得消化，沉甸甸的。”

她听得痴痴的，眼睛丝毫没有眨动一下，仿佛是一双雕塑的眼睛，直直地看着他，但又不是雕塑的，这眼睛里已经很湿润，闪耀着一种充满感动、充满敬意的润光，就如春雨过后的阳光一样，也带着五彩的湿润……

这时的早晨像一个清秀女子，一副恬静的面孔，悠悠然地走来。他再看身边，什么人也没有！他的眼泪就像许多虫子一样呼呼地往外钻出来。这时他醒过来，原来是一场梦！

他心里不禁十分难受，思绪万千，神驰天涯……

五　观旁坟墓

几座高炉又站起来了，像几个巨人。风箱也全部做好。他亲自做检验，将每口风箱摆好，并连接好气管，让风箱手拉动连杆，只听呼呼风起，有如山呼海啸，地上放的脸盆大的石头被吹得像一群足球射门一样，向前飞射而去，眨眼间就飞下了河，不见了踪影。一时间精彩而壮观极了！陶厂长笑得合不拢嘴，好久才说出很有气魄的话：

“今晚我私人请你们喝酒！喝个够！”

接着他对风箱手们喊道：“把风箱抬到高炉下安装好！”

陶厂长也大声说道：“准备高炉点火！”

炉底引火柴早已待得不耐烦了，嫌侍候得怠慢了。这时风箱已经安装好了。

炼铁师马泽华大声喊道：“拿火把来！”

有人递给马师傅一个燃烧正旺的火把。马师傅拿在手中两眼看着火把，脑中想着师父样子，心中想着一定成功，然后往炉门里等急了的引火柴里一放，只听呼啦一声，仿佛爽朗的笑声，炉火就在炉门里燃烧起来了。

马师傅又对着风箱手一挥手，大声喊道：“拉！”

在他的喊声中，两个风箱手紧握把手使足了千斤之力，伴着激越的号子声“吔——哎嗨——嗬哎——”，风箱连杆向后一拉又向前一推，炉膛里便发出轰隆隆的震响。

所有人都立刻兴奋了，企盼着炉火快快从炉顶冒出来。

马师傅大声喊道："风箱手们使劲拉！"

风箱手便很快用力向后拉着，又用力向前推送，只听轰隆隆几声强劲的风啸，炉火便猛烈地向上冲起，顿时高炉顶上红红的烈焰腾空喷起，直冲云霄。一会儿，半个天空就红了。

工人们都睁大了眼睛，满眼都是对他陈师傅充满的敬意，慨叹道："陈师傅做的风箱神奇，把天都烧红了！"

陶厂长感激地笑着说："这风箱的风力太大了，我就担心该不会把高炉吹倒吧。陈师傅真是神功啊！"

他笑着说："除非你那高炉是纸糊的，否则是吹不倒的。"

接着给高炉里添加木柴、木炭、矿石……

炉火燃烧了两个半时辰，高炉下面左侧门里，就涌流出红艳艳的铁水。人们吃惊地欢呼着。原来最快也要四个时辰（八个小时）才能出铁水，现在竟然只要两个多时辰（五个小时），真是神功了！

那铁水是那样亮丽，顿时照亮了整个炉棚，照亮了人们的脸膛。看着滚滚铁水，人们脸上都笑开了花。很快，那铁水就在地模里变成一块蓝黑蓝黑的大饼干，人们仿佛也尝到那香香的味道，一个个赞叹着。这当然还是一种称为"生板"的东西，连铁也还不是。接下来要将这种生板砸成小块，放入另一种小型炉子里煅烧、锤炼，用大铁钳夹出敲打，变成一坨一坨的毛铁。这样多炼几道就变成好铁了。炼九道就可以成钢了，因此有"九炼成钢"的说法。炼的道数越多，钢的质量就越好，这叫"百炼成钢"。

从铁厂回来，他找了一些师傅和村民帮忙立屋。这是一个多彩吉日的早晨。红红的太阳正从高高的白岩鼎身旁冒出来，仿佛它爬了很久才爬上这座高大得如一头雄狮的背上，将红红的充满庆贺色彩的光芒洒过来，就如同将一匹红艳艳的锦绣扔过来，于是西边的茅坡变红了。

立起的新屋红了。那柱头像是一根根红红的蜡烛插在喜气的天空下，光艳粲然，美极了。接着人们给屋顶盖上了青灰色的瓦片。看去，像是铺砌的一层玉片，阳光下熠熠生辉，既是那样崭新，又显出一种古朴古悠的韵味。那黄土筑成的墙壁黄黄的，平整而光滑，在早晨的阳光下，金煌煌的，真是金碧辉煌了。

面对这样一栋美妙的新屋，他只站在面前认真欣赏了两眼。他想起经常做的那个梦——月儿要他修建一栋新木屋，然后她就回来……他笑了。

他转身对雷陈林交代："铁厂的尾巴工作，你要守在那里负责搞好，这是国家的厂，是人民的厂，不能出一点儿问题。新政府对我们工匠很好，我们要对得起他们。我要走一段时间。你现在就去铁厂吧。"

雷陈林没有多问，坚决地说："保证完成任务！"

他安排后就进屋收拾了东西，准备又去四川。母亲扶着门枋，有些可怜地对他说："你早去早回啊，我身体有点不舒服……"

他知道母亲身体本来就差了，常常发晕，这段时间修建房子做这做那太累了，就说："好的。"

他很快就走出大门，匆匆地上路了。他背着简单的木匠工具走着。其实可以不背工具的。但他觉得不背点木匠工具就好像他的身子缺了一块似的，就好像没有了主心骨一样。还有更重要的，不背上工具，就等于没有身份证一样，如果找到道远大师，怎么能让大师相信他是个木匠呢？

不久的一天，太阳像块烧红的铁照着。他走累了，口也渴了。他来到路边一个小水沟，伸出双手，在流泉下洗了手，用双手捧着接了水，送到嘴里喝。这水很凉，很甜。他就这样一捧一捧地喝着，他也记不清到底喝了多少捧水。然后他就在水沟边的树丛里坐下来，想休息一下。

不久，他看见两个人走过来了，近了，再一看，是两个道士。他仔细一看，吃惊了，其中一个是两鬓苍苍的静善道长！

他庄重地站起身子，双手抱拳向静善道长行礼，恭敬而热诚地说："向静善道长问安！"

静善道长也睁大了眼睛看着他，有些惊异地说：“哦，是杰汉师傅！你又过四川来了。”

他尊敬地说：“是。您还是这样健康！”

静善道长说：“年纪大了，腿脚也不灵便了。”

“我看您老走路还是不慢呢。”

“习惯了。”

“是在仙游吗？”

“是在为人治病。”

他崇拜地说：“您老真是大慈大悲，做尽善事啊，这大年纪了，还心系百姓病痛。”

静善满脸慈悲地说：“尽点天职。”

他忍不住就问：“我想问一下，您老走的地方宽广，后来听说了道远大师没有？”

静善寻思着说：“没有听说道远大师。”

他显得十分崇敬地说：“道远是一个木工大师……”

静善说：“没听说过。你一直还在寻找这位道远大师呀？”

他诚实地说：“是的。”

静善道长点着头称道地说：“你是个有恒心的人，已经是个大师了，必将得道。”

他诚恳地说：“谢谢道长。还请道长赐教！”

“你真不错啊！锲而不舍，终有大成。”

他感激地说：“谢谢！”接着恭敬地向静善打听，“请问，静月道士回来了吗？”

静善瞬时眼神震动了一下，然后沉静地看他一眼，表情有些复杂，慢慢地说道：“哦，回来过，但已经归天成仙了。”

他听后觉得浑身一震，仿佛一下被炸得粉碎了，变成了一团雾，永远不是他自己了。但他禁不住紧接着又问：“是怎么回事吗？你们都是好医生呀！怎么……”

静善望望天空说：“她是自尽的，可能是看穿了人世……”

顿时，他感到心像是碎了，化成了水，一股眼泪像泉水一样冲出他的眼睛，他嘴唇抖动着，极力咬紧牙齿，坚决不让自己哭出声音来。他将眼神向天空望着，她去天堂了，在人间已经寻找不到她了，现在只能在天上寻找……

他知道她受屈辱了，可是怎么就要自尽呢？是真的吗？他决心还是要去看看！他本来就是要去那里的。于是他便跟着两位道士一起前行。

后来他跟着来到了那座高高的紫徽山上。在离那座清月观不远处，看见院坝边的桂花树旁边站着一个道人，但接着这道人就进屋里去了。

他悲伤地走进观门，进入大厅。这里有一个道士，是静兰。

他上前在太上老君塑像前跪下，虔诚地叩拜。

静善道长亲切地说："你跟我来。"

他仍像是一团雾。老道示意他跟着走。老道带他来到旁边一些松柏树下，走到里边用手一指——他顺着老道手指的方向望去——是一座坟墓，不大，有一块简单的小石碑，上面写着几个字：静月道士之墓。除此没有其他文字。

嘣的一声，他瘫坐到墓前，身子挨着墓碑，用手抚摸着坟头的石头，悲痛地大声哭起来。你怎么就去了？是要急于成仙还是……？

他感觉忽的一下自己真的好孤零了，好像这世界上只剩下他一个人了。天呢，他追求的美人没有了！他脑袋里一片混沌，眼前一片茫然。他哭着……

老道没有劝，像是有意让他哭好哭够。后来才一合双手，欠身沉静地说道："天有天意，人有人愿，各有所求，各有所归。你还是去做该做的事吧。去吧。无量天尊！"

他觉得心一下子不在了。他默默地站了好一会儿，向门口大路走去。走了一会儿，他看见了路边有很多野菊花，他心里一动，想起来月儿喜欢野菊花。他很快就掐了一根树棍当锄头，挖起野菊花来，挖了一棵又一棵。最后他挖了一小捆。然后又回到静月坟边，在坟上栽着野菊花。他栽得十分认真，也很轻很柔，像是在给她梳理秀发。他栽了很久。

最后他仿佛看见：坟背上瞬间长满了野菊花，完全变成了金色，仿佛盖上了一床金色的被子。他欣赏了一番自己的杰作，又去观里端了半盆水来，给刚栽上的野菊花洒上了一些水。很快，这片野菊花就显得精神抖擞，是那样生动鲜活，晃动着一个个小脑袋向他笑着。

他又坐了一会儿，便迈着像铁一样的脚步，缓缓地走下山去。这时他还是觉得自己像一团雾。但悲痛没有让他忘记那如一个太阳的目标——寻找道远大师。接着他又向前走去……

他不知道，他走后的第二天，有人也去了门口路边，用锄头挖了一筐野菊花回去，在院坝边栽上了长长的一行，好像要给院坝镶上一条金边，将来像他家的院坝坎一样，也长成金色城墙。

他脚步有些快地走着，工具背篓始终坚持在他背上一晃一晃的，就像一个小孩子在大人背上故意歪过来偏过去，要看前面什么风景似的，就这么晃，就这么走，过一个山梁，又走过一个山梁。他总是边走边想着那道远大师的样子，想着月儿的样子。虽然他看见了月儿的坟墓，但他总还是照样常常想起她，毫没感觉她不在这个世界上了。一想这两个人的样子，他就又有主了，有神了，有力气了，腿也不酸了。这两个人的样子始终站在他脑袋里，显得挨挨挤挤的，有点像在抢位子。但道远大师高大强势多了，就像太阳一样，而月儿显得苍白柔弱，但她很美，就像一个月亮。他们都高高地升在他脑袋的天空里，谁也不愿落下，让他的脑袋里没有黑夜……

他又寻找了数日。仍然没有任何结果。这晚他做了一个奇怪的梦。他梦见月儿回去了，回到了他修建起的新屋。他醒过来一阵伤心。他当然知道这只是梦，梦是因为思想，不是真的了，月儿真的已经上天了，成了天上的月亮，远离他而去了。他的眼眶又一次潮湿了。

路里边有个漂亮的坐墩石，像是专门为他的屁股和背篓生长的。他坐下休息了一会儿，继续向前走去。他抬起头向前看着，感觉脑袋里的两个人就在前面不远处。

他知道母亲身体不好，决定先回家一趟。他没有直接向家乡走去。他是走的一条新路，边走边打听道远大师。现在少了一事，不需要打听他的月儿了，但却增加了他的伤痛……

六　特别音乐

这日他回到家里天已黑下来。月亮犹如一张白净的脸蛋，已经搁在高高的白岩鼎旁，仿佛正在亲吻。这时云儿兴奋地从屋里几乎是蹦出来迎接他。他想月儿真的回来了！他差点大声叫出月儿，但他忍住了，他明白这虽然像月儿，但她绝不是月儿。她是云儿。

他亲切地叫了一声妈，问道："妈身体好些了吗？"

母亲说："还是浑身都没有一点儿力气，发晕。多亏云儿姑娘一直在照顾我，把她太耽误了……"

月光很好，他没有进屋去，在院坝里一把木椅子上坐下来。云儿去给他倒了一碗热茶来。他喝着茶，望着对面山顶的明月。云儿挨着他坐着，差不多挨紧了他的身子。

云儿欣喜地说："怎么去了这么久啊！"她语气里似乎充满一种责怪，还认真地看着他。

他看她一眼说："地方远啊……"

几个人坐院坝里，赏着明月，喝着茶。他出神地望着天上的月儿，脑袋里仍是想着那个月儿……

云儿亲切地说："你饿了吧。我去做饭给你吃。"

他晃过神来，看云儿一眼，觉得她根本就是月儿。

他说："你是喜欢月亮还是喜欢云彩？"

云儿也向对面天空望去，似乎没怎么想就说："喜欢月亮。她像一片儿玉，给人实实在在的美丽，像一片美好的心愿。但我也喜欢云彩，它更是多姿多彩，自由自在，想去哪儿就去哪儿。"

他有些欣喜地说：“你真不简单，说得多好啊！”

他望着云儿想象她是月儿，又说：“那你就将名字改成肖月吧，叫月儿。月亮多美。”

她同样没加什么思索就说：“这可不行，肖月是大姐的名字。我怎么能又叫肖月呢？”

“你大姐早就不在了……”说到这儿他的心里重重地抖动了一下，很是伤心。但他努力镇定，不能让云儿看出什么来。

云儿有些坚定地说：“不管她在不在，我不能用她的名字。”

他一副伤心的样子，好像在入神地想着什么。

云儿又反问道：“你不喜欢云彩，只喜欢月亮吗？”

他有些附和地说：“嗯，喜欢。世界上最美丽的色彩就是天上的云霞，五彩缤纷，艳丽烂漫，给世界制造了多少美景和遐想啊。而且它们站得高远，鸟瞰着世界，又是那样悠游自在。而月亮有些不同，它很美，但总是走着一条固定的路，好像被什么拴着、拉着，永远无法改变、超越。而云彩，想到什么地方去，就到什么地方去，自由而洒脱超然。要是人能真正像云彩，那多好啊。”

云儿高兴地笑着说：“谢谢你。”

不一会儿，肖裁缝来了。肖师傅高兴地说：“终于找到陈师傅了！”

他连忙恭敬地站起身，热情地说：“肖伯伯快坐。您就叫我汉娃吧。您可是长辈，不能这样叫我陈师傅。”

肖师傅笑着说：“叫师傅也是应该的，你是个好师傅啊。我想请你做几天木工活……”

他显得亲热地说：“好的。”

接着肖裁缝也坐下来，一起喝着茶，讲着话，像是和谐的一家人。

连续日夜的工作，特别是修建军用仓库，好多工具都是帮工在用，工具有的用钝了，有的变形了，有的甚至坏了，必须要磨、要锉、要修理。工具不好，做起事来吃力，而且做的东西也达不到质量要求。

他首先拿出一把大锯子和钢锉，来到院坝里，将一个木马提到院坝边顺着亮光放好，在木马伸着的两只“手臂”上锯出两条小口子，再将锯片儿卡进这口子里使之固定，像是在安放一架大琴，又去提来一把椅子放在木马前，在椅子上坐下来，像要开始操琴了。

他将钢锉在锯齿间来回地滑动着，像是在滑动着一个个高阶琴键，发出或尖厉或浑厚或清脆或急促或轻巧的音乐声，时而如急风呼啸，时而如泉水轻弹，时而如波涛翻滚，时而如蜻蜓点水——这完全是在进行一场音乐演奏，完全是在进行一种艺术展演。

这时云儿拿着椅子走到了木马面前，轻轻坐下，看他的这种美妙演奏。

他对云儿笑一下，说：“我锉的这声音好听吗？”

云儿粲然一笑，说：“好听。不好听我怎么要坐这来？我还是第一次听到这么好听的声音。”

这时他便有意进行一种音乐编曲——他拿着锉就似音乐指挥拿着指挥棒一样，时而有如小船悠悠向前，使声音轻柔悠扬；接着又来一个回旋，使声音婉转一下，不时如清泉滴滴，让声音如琵琶点点，如粒粒珍珠落玉盘；不时短促而强劲，使声音有如敲锣一般；时而又舒缓一些，让声音清脆而悠长，如喇叭声咽……

他这分明不是在锉锯子，就像是在操作一架琴，在进行一场音乐表演，在用锉和锯子玩一种美声艺术。

只见云儿便痴了般坐在木马面前，像进入了一个个音乐意境，脸上时而神采怡然，时而激动不已，时而笑容飞扬，时而凝神静听，时而心思缠绵，时而悠然致远……

他望了云儿一眼。他从四川悲伤地回来，他也就要求自己，努力去想身边的云儿就是月儿，房子修建好了，月儿回来了，月儿就在身边。但是总是进入不了角色和情境，结果都只是以悲伤收场。

这时他母亲听了锉锯子的声音也觉出奇，也耐不住从灶屋里走出来，一手撑着门枋，向他们俩看去——这时就看见了云儿的神情，这便叫老人心里甜甜的，真是浑身都甜了，恨不得伸出手把云儿抱在怀里亲个够，恨不得马上让她变成自己的儿媳妇！

他锉好了锯子，就去从刨子上退下刨刀。这是铁匠打的长方形铁片，是刨子上装的刨木头木板的像铲子似的钢铁片儿，拿到磨石边放着。他在一把椅子上坐下来，给磨石上浇一点水，便开始磨起刨刀来，磨几下又浇点水在磨石上。

这刨刀便像一架推土机一样，在磨石上时进时退，时前时后，同时他也能将它在磨石上摩擦出一种美妙的音乐之声：呼呼，嚓嚓，哗哗，时而急促，时而舒缓，时而粗犷，时而轻柔……

这时的云儿一副好奇的神态，又把椅子拿到磨石边坐下，伸手去给磨石上浇水。但她只正经地浇了一小会儿水，接着就搞起怪来了——她给刨刀和磨石上浇一点水后，又给他手上浇一些水，当然，浇到手上的水最终也流到了磨石上……

他也不说什么，脸上微笑着，一个劲地磨着他的刨刀，磨出音乐之声，磨出欣喜之声，心里想她就是月儿，不时地瞄上她一眼。

后来，她就干脆不直接浇到磨石上了，而是只浇到他手上，让水从他手上再流到磨石上，就像泉水从山梁上流到河里一样，她大概觉得这样很有意思。她自己也忍不住地在脸上时时露出俏皮的笑容，有时还发出清脆的笑声。

他母亲也总要不时地从灶屋门里探出个头来，瞄他们两个一眼，瞄一下，脸上就又笑一下，像是抹上了一层蜜，心里就甜甜的。

云儿就这样陪着他，越挨越近，看他修理工具，像是也想学木匠似的。

他就问她："是不是想跟我学木匠呀？"

云儿笑着说："是想学呀，你带不带我这徒弟呀？"

这下倒把他给问住了，不好回答她的话。他并没怎么想就回答说："带啊。"

云儿盯着他说："那我就跟着你学了。"

他显得正经地说："学艺要先拜师。你知道吗？"

她歪着头看他："怎么个拜法？你说吧。"

他脸上有些严肃地说："第一步，首先要给师父磕头，嘴里说：拜上师父，请师父收下我这个小徒弟。"

她皱一下眉头，然后说："还要磕头吗？拜堂才磕头呢。"

他正经八百地说："是呀，这是简单的。我省去了重要的一步。"

她有几分正经地说："什么重要的一步呀？"

他笑一下说："重要的一步，也就是首先起码要从家里带上一个火腿、一壶酒、十斤大米、八斤面条、两斤糖、两盒上等点心、两斤上等茶叶……"

她故作惊异地笑起来，大声说："哇！你这是在搜刮民财吧？"

他一本正经地说："不是搜刮民财，是规矩，你不信回去问你爹。你是想到跟你爹学裁缝什么没有给，就没有这个规矩了？"

她有点打破砂锅问到底地问："两条了，还有呢？"

他还是一本正经地说："第三，就是跟师父学三年的学徒期，没有工钱。"

她盯着他问："那学徒做的工钱呢，主人家不给？"

他正儿八经地说："主人家给了的。学徒的工钱归师父了，这称为徒弟给的师父钱。"

她又一副吃惊的样子，眼睛睁得大大地说："哇！这叫剥削。"现在解放了，开会多，她当然学了这个词。

他盯着她说："师父付出心血辛苦教你学艺，要是没有报酬，那这叫什么？那叫剥削师父心血。"

她嘴巴张大成一个"O"形，有些明白地说："哦……"

她想了一下又说："那你先看我行不行，行，礼物先欠着，等几天给你拿来。怎样？"

他摆出一副师父样子："那我先得考考你的基本功。"

云儿望着他："考什么呀？"

他故作高深地说："你把那把大斧子拿着，在院坝里把那根木料片（削）好，一要考你能不能拿稳这把大斧，二要考你能不能用斧子顺着墨线片木料，片得平不平，是不是在挖瓢，三要看你能不能片一个时辰不歇手。”

云儿抿一下嘴儿说：“行，你把墨线打好，我来片，保准能达到你的要求。我在家种田时拿那么重的大挖锄挖地，比你这把斧子重多了，一挖一天呢。”

云儿就要他帮忙，两人一起把那根树筒抬到木马上，然后吊好墨，画好一层层木板的墨记，再将墨锥插在树的一头，就像把树筒当成风筝一样，将墨斗里的线放出来，从这头牵到那头，固定后用手拈起墨线啪的一声弹了下去，在树筒上印下长长的黑色墨记，一块木板一条墨记，再就顺着墨记片去边上多余的不中用的部分，叫作“片料”，又称为“夹料”。

云儿真的拿了斧头，在树筒上片起来。一下，两下，有时是发出的嚓嚓的声音，证明斧口片着了木料，但有时是发出梆梆的响声，斧子没有片着木头，而是挨着木头就贯过去了，因此发出梆梆的声音，像是在敲一个大鼓，敲一个特别的乐器。

他站在旁边看着云儿，他觉得好笑，脸上就忍不住露出充满天真味儿的笑容。

哪知她只片了一会儿，手酸了，想休息一下，将斧子往地上一放，便碰在地面一个小石头上当一声响。他急忙伸手去拿起一看，锋刃上就碰掉了一块，形成一个缺口。他心疼地将斧头拿了给她看，有些怪罪的口吻说：“你看，碰了这么大一个缺口，你要给我磨起来。”

云儿笑笑说：“是本来就有个缺口吧？”

他眼尖，弯下腰一伸手，就从地面上拾起锋刃上碰掉的那一点儿，伸给她看，有点严肃地说：“这是什么呀？”

云儿轻描淡写地一笑：“那你这是什么大斧子呀？是豆腐（斧）吧。”

他听了简直哭笑不得，但还是笑着，将计就计地说：“是豆腐，我送你，你吃吧。”说着将斧头递给她，“你给我吃掉。”

云儿却像煞有介事地说：“那你去煮熟了我吃吧。你能煮烂我就吃了。”

这又叫他忍俊不禁，不知该怎样答复。

他只好来磨着那把大斧子，这可是他的开山大斧，他必须要把云儿给他碰出的缺口磨完。

在磨石上磨这些东西必须要有水才行。云儿便坐在旁边，时而又给他那磨石上浇一点水，时而又调皮地把水浇到他手上，还一边咯儿咯儿地笑着。

这时他母亲就来门口说："你们去吃个喜酒，万师傅为我们修建房屋出了大力呢！"

他一惊："是万师傅娶新媳妇？"

他母亲嗔怪道："你一天就只想着你的事，不关心别人的事！"

他不禁自言道："哎呀我去四川了，还不知道这件事呢。唉，太对不起人了，万师傅娶新媳妇，我应该去帮忙才是啊……"

七　乡风喜趣

万师傅家就在他家的对门山那边的横坪里。

这天的太阳红得格外鲜艳，像是蒙着红头巾的新娘，还露着充满青春的红润润的笑容，把这里高高长长的山岭都给映红了，像蒙上了一层薄薄的红绸。

东边山上那有名的狮子峰也被太阳打扮得红光满面，喜气洋洋，笑哈哈的，像是准备去玩花灯的。

在狮子峰后是一个叫横坪的地方，如果在西边梁子上往这里看，完全就是这狮子玩耍的一个大场子，只不过狮子此时是卧在横坪边上，并没玩耍，像是在安静地休息。但它那圆圆的头总是抬着，也并无什么警觉的意思，倒是露着一脸安闲的笑意。

在横坪里有一个大屋场，连着的有三栋高大的木屋，两头都是高高的厢房，一色的木柱架房子，摆成长长的一排，像一条小街。这都是老万木匠修建的，可能有些年月了，那些柱头板壁的颜色都变成了麻灰麻灰的。因此那大门上贴的红纸对联就显得格外鲜艳醒目。

从今天早晨开始，这屋场里就是锣鼓喧天，唢呐悠扬，客人进进出出，热闹非凡。他们正在准备迎接新娘子，进行一场婚礼大典。新郎官就是木匠万师傅！万师傅家算不上富裕人家，但万师傅有个好手艺，据说那新媳妇十分漂亮，是个很出众的姑娘。

厨房里是一片的响，几个厨师、十来个小工正在紧张地忙碌着，在案板上切肉坨、肉片、肉丝，宰骨头、剁肉丸子，切洋芋片、洋芋丝、白菜片、白菜丝，切白萝卜片、白萝卜丝、胡萝卜片、胡萝卜丝，切豆腐皮丝、葱花蒜苗，等等，切得一片叮叮嘣嘣的响，几口锅里锅铲炒这炒那碰撞得一片噼里哐啷、嚓嚓啦啦的响。这完全是一个大型交响乐团正在进行着一场惊天动地的演奏，天上地下都是美好动人的音乐，而且这些音乐里还飘满浓浓的肉菜香味儿。那蒸着扣肉、粉蒸肉、排骨的气格子有一人多高差不多从灶上触到了上面的楼板，有如一座热气腾腾的高炉！那些炒菜、蒸菜、油炸菜、炖菜、凉拌菜，等等，混合的香味形成巨大的气流，气势磅礴地在屋里涌来涌去，横贯东西直通南北，随时掀动着穿梭忙活的人们。而每个人的脸上都笑容满面，喜气飞扬。

堂屋里坐着十余人组成的吹拉弹敲的丝弦锣鼓班子。丝弦锣鼓是茅州县最有名的，它不光是有锣鼓，还有二胡、京胡、板胡、琵琶、笙、快板等，可以说是一个规模宏大的像模像样的交响乐团。若干年后被人们称为土家族交响乐“丝弦锣鼓”，成为国家非物质文化遗产保护名目。这里也被命名为“丝弦锣鼓之乡”，加之具有独特民间艺术的喜花鼓、撒尔嗬、车车灯、花鼓灯等，以及漫山遍野的山民歌、民间故事、笑话、谚语等，茅州县被命名为“民族文化大县”。

此时这个土家族交响乐团演奏着各种曲牌的乐曲，时如春雷穿空，时如阳光普照，时如高山流水，时如江河波翻浪涌，时如春日鸟语花香，时如大海汹涌澎湃，时如小溪悠然回绕——荡人心魄，扣人心弦，揪人心思，此曲只应天上有，人间难得几回闻。它让每个人的血液都犹如春江涌流，秋水浅吟……

人们等待着，煎熬着。等待着那一个激动人心的灿烂时刻——想象着新娘子如天仙飘至。

穿着蓝色长衫的贺总管更是跑进跳出，指挥这，吩咐那。由于他头上包着很大一盘红帕子，他的头就显得特别大，简直像一团云霞在蓝色的空中飘去飘来。因此脸上就年轻而喜气。同时那长袍的腰里还系着一根红带子，这是他贺总管管理红事的特别标志。如是丧事便是包着黑帕子、系着黑带子。贺总管也是这一带出名的大师，既懂得各种风俗礼节，又熟悉各种喜事的操作规程，几十里外的都要请他。贺总管像春天一样，他一来，便是满园花开五光十色，灿烂热烈喜气盎然。贺总管几十年如一日，勤勤恳恳为乡亲们服务。当然也没少收红包。

他母亲催促道："你快去吃喜酒啊！新娘子恐怕早就进屋了，看不到热闹了。"

他也充满兴趣地说："我马上就去。"

云儿听了很感兴趣地说："我也要去！"又有些俏皮地说，"你既然说带我学艺，那我也就随时跟着你走，三年不要工钱。"

他母亲连忙在旁边说："云儿也跟着去。跟着去看看热闹，学一下，看别人是怎么当新娘子的。"

但他还没有表态。云儿就望着他说："你不答应我也要去，我已经是你的徒弟了。徒弟是随时要跟着师父的。"

他无可奈何地望她笑笑："去是可以，但到了别人屋里，可要讲规矩……"

她有些不服地说："我什么地方不讲规矩了？也就是给师父送礼的规矩还没讲嘛。你那点礼算个什么，我二天给你送个无价之宝的大礼。"

他一边收拾工具一边望着她："什么无价之宝呀？"

她就有些调皮地说："这就要你猜了。你是个聪明人，猜猜看吧，看你有不有本领猜到。当个大师，这个礼都猜不到，我还不给呢。”

他有所明白，便有些含意地说：“你这个大礼也太大，那我要拿轿子来抬了。”

他说得她一下子就笑了起来。她知道他猜着了。她兴奋地说：“到底是个大师！”

说实在的，他也喜欢她，但他是把她当成月儿去喜欢的，并不是当的云儿。她和他思念的那个月儿姑娘完全像一个样子，怎么看都舒服，怎么看都觉得是月儿姑娘。

他对云儿抬个眼神，就让云儿走前面，云儿笑一下毫不客气地在他前面走去，不时地回头看他一眼。

通过这段时间分别后的浓浓思念，昨天和今天的热烈相处，她似乎觉得和他已经是密友了，一刻也不能分开了。走下河边公路以后，这里的路宽一点，云儿就和他并排走着，总是转头去看那小河。这小河装满他们青梅竹马的故事，好像都已经流不动了。

她赞赏地说：“这河水清清亮亮的，好漂亮，看到好舒服哟。”

他就又陷入深深的回忆，有些黯然神伤，便说：“还记得小时候和我在河里玩耍的事吗？”

云儿说：“记得，我们在河里捡漂亮石头，圆的就说是太阳，半边就说是月亮。你总把漂亮的石头给姐姐，给我，给叶儿（肖叶），你什么也不要……”

他不禁又想起那时的月儿，心里又涌起悲伤，他就看面前的她，总觉得她是月儿……

说着，走着，不一会儿就要过河。云儿更是喜欢这水，还弯下身子用双手捧了水在手里认真地看，仿佛它是一块镜子，能照见她美丽的脸蛋和水汪汪的眼睛。

顺着河中的跳石走，过了清清的河，又上缓缓的坡，他觉得这里的山水是那样漂亮，一草一木也都打动着他的心。

包着大大一盘红帕子的贺总管，早就急切地来到一个大大的晒场边，向山坡下张望，看娶新娘子的队伍来了没有，没想到他陈师傅带着漂亮姑娘来了。

这时贺总管就转头大声喊道：“来客了，倒茶——”

他来到万师傅家院坝里，万师傅在堂屋里一听是他，几步就跑到了院坝里，激动得仿佛是自己的新娘子来了，猛地握住他的手，兴奋地大声说：“哎呀陈师傅、云儿师傅！你们一来，我这个乱屋一下子都亮堂了啊。”

他也急忙热情地说：“祝贺万师傅！祝贺啊！”

云儿也跟着高兴地说：“祝贺万师傅！祝贺啊！”

万师傅满面笑容地向亲友介绍说：“这就是陈师傅，他是闻名川鄂的木工大师呢！”

万师傅的亲戚们不了解他，一看他还是个很年轻的小伙子，但又听说他是一个好木工大师，好像有些不太相信。

紧接着万师傅就严肃地说：“你们不知道吧，冯老爷家的大院、凤凰坝的老祖庙就是他掌墨修建的！”

这一下人们都睁大了眼睛敬佩地看着他。

万师傅又笑着介绍云儿：“这个美女是裁缝大师肖裁缝的二千金，也是个最好的裁缝师傅了。我这新郎衣、新娘子的嫁衣，就是她缝的。大家缝衣服可不要找别人，穿着云儿师傅缝的衣服，丑人都要变成美人！美人要变成仙女！”

一时间大家都开心地笑着……

这又让人们感到吃惊，这么年轻的女娃，就已经是个好裁缝了，太不简单了！

不少人确实不认识云儿，因为她在躲避那个莫所长，一直不敢在这一带做裁缝活，但自解放之日起她就回来了，也有一部分人认识了她。一时间人们看着他们两个，纷纷议论：难怪哪里媒人去说亲云儿都不答应，原来早就有人了！但是，他从没在家，刚刚回来，怎么就搞到一起去了呢？这女娃也是个沙田的萝卜，稍微一带就跟人走了……

贺总管对他说：“你是大师，今天一来，天都格外亮些了！”又大声喊道，“快给陈师傅和云儿姑娘倒热茶！”

茶倌早就端着茶盘来了，热情地给他递上一杯茶，又给云儿递上一杯茶。

这时万师傅和主要亲戚都站在旁边，满脸好奇又羡慕地看着他和云儿。万师傅是最崇拜他的，也崇拜这云儿，像仙女。

他脸上红光满面，焕发着青春的灿烂，神态平静自然，露着友善的微笑。

贺总管看见他和云儿还站在台阶上，就用手拉一下他，热情地说：“陈师傅，请你们两位去楼上小房间里休息，喝茶！”

忽然门口路上传来热烈的锣鼓声！

贺总管在院坝里大声喊着：“新娘子来了！娶亲的队伍来了，各司各职，做好迎亲准备——圆亲娘子、新郎官做好准备——”

这声音瞬间传遍整个屋场，让人们一下子欢腾了，客人们都往院坝里拥。他和云儿就没进屋里去，站在台阶上准备看喜庆的这一刻。堂屋里的锣鼓器乐也啪地升高八度，气壮山河地演奏起来。厨房里也将砧板剁得嘣嘣嘣的山响，加入和乐——

贺总管喊道：“放鞭炮的，快准备好！”

抬新娘的轿子这时千呼万唤始出来，渐渐来到院坝坎下的路上，轿子后面跟着的也是锣鼓班子，再后面是新娘子娘家送亲的亲友们，都是穿得红红绿绿的，就如一条彩色的长龙慢悠悠地游来，好像还有几分高傲劲儿。

那抬轿子的人轻快地迈动着脚步，最前面抬尖子的是镇大杆。镇大杆今天打扮也十分喜气，除了一身新衣服外，头上包着一盘红布帕子，腰里还特别系着一根红带子。他们将轿子抬到了院坝中间停下来。一时间全场欢呼！接着鼓乐齐奏，鞭炮齐鸣，爆竹震天。

贺总管大声喊道：“快准备热茶——”

茶倌马上回话：“热茶马上到——”

贺总管接着就转身大声喊道：“圆亲娘子快迎新人进屋拜堂——”又喊道，“新郎官准备就位——”

万师傅就笑着来到院坝中间，准备迎接新娘。看去，万师傅身材细高细高的，像棵直溜的树，很是挺拔，显得十分地帅。此时有人议论：可惜的是穿着一套蓝色衣服，而不是红衣服。其实万师傅母亲要给他缝一件红色的新衣，但万师傅说，仅仅就结婚时穿那么一下，平时怎么好穿着红衣服去做木匠活呢，那别人不说你脑壳有问题吗？就没有缝红衣服。

这时负责厨屋里的人走出来，兴奋地向贺总管报告说："菜都准备好了，随时可以开席！"

又有人从堂屋里出来报告贺总管说："煤炭火都燃起来了！"

二楼的窗户里有人也推开格子窗页，伸出个脑袋来激动地报告说："火盆里的木炭火全部燃好了。高亲（新娘家送亲的亲友）们都快来就座呀！"

这时两个圆亲娘子就来到花轿旁，伸手轻轻掀开轿帘，迎接新娘子下轿。万师傅也歪着脑袋瞄着新娘子。

很快，一个身穿红绸衣的姑娘走出花轿，万师傅连忙迎上去，走在新娘子左边。新娘子顶着红头巾，有若早晨的太阳缓缓前移，但那如花似玉的面容却看不见，只能让人们去遐想，都感到不满足。

就在这时，一个大小孩忽地跑去手一伸就扯下了新娘子的红头巾，新娘子姣好的脸蛋便如一面新月哗地从山顶上飘过来，让人们为之一振，眼前一亮。两个圆亲娘子慌了，急忙去大小孩手中抢了头巾，重新盖在新娘子头上，恢复一个只能让人们去进行美好想象的形象。两个圆亲娘子一人扶着新郎官，一人扶着新娘子，小步轻盈地向堂屋里移动，每走一步都如一片彩霞在慢慢飘移，此时所有人的心都在悄悄融化，如梦如幻的灵魂轻轻飘起……

这时云儿就陷入了遐思，她想到自己也变成了这样一个红红的人儿，像一片儿彩霞迈向一个美妙的情境……想着，脸蛋真成霞片了。

人们都拥向堂屋里，看新人拜堂……

贺总管喜气地大声喊道："一拜天地——"新郎新娘面对大门外跪下，深深地叩头三下。

"二拜祖先——"新郎新娘面对神龛跪下，深深地叩头三下。

"三拜高堂——

"夫妻对拜——"

拜堂结束后，新郎新娘在圆亲娘子的陪扶下向洞房走去，走着，谁知新娘子忽然快步向前，几步就跨进了新房里。这，一般人有所不知，这叫"抢房"——就是两位新人谁先进入新房，谁就占上风，谁就是家庭统治者，慢了的便只能接受被统治。

这时新房门口挤得水泄不通，都一定要看看新郎新娘是怎么在床边坐着的，是怎么喝交杯茶的，他们的表情是什么样的，新娘子长得什么样儿。

贺总管热情地带他和云儿来到楼上一个小房间里，也像是送一对新人。这时火盆里的木炭火已经燃烧得很旺。其实这是秋天，白天不冷，只是早晨夜晚有点凉，但主人家为了红火喜气，还是给一楼的几个房间发了一堆煤炭火，给二楼的几个房间发了火盆火。

贺总管充满喜气地望着他说："请陈师傅和云儿姑娘就在这房间坐下休息。"

接着向外大声喊道："快端茶来——"

很快茶倌端来一个圆圆的茶盘，客气地递到他和云儿面前，像唱歌一样唱道："请二位喝茶——"

其实他和云儿已经在院坝里喝过茶了，但他俩还是各自端上了一杯香香的茶。总管又小声吩咐："快端点吃货来。"

很快，万师傅就一手端着装满果品和葵花子、花生的红漆茶盘，一手端着一盘米花糖、桃片糕、糖果走进来，放在红红的茶几上，笑容满面地向他和云儿弯腰行礼致谢，热情地说："感谢陈师傅和云儿姑娘光临！请两位品尝果品点心！"

万师傅说着也就挨着他坐下来。

他就望着万师傅说："你万师傅坐这里做什么嘛，快去陪新娘子，不然新娘子不高兴的呢，今晚上要把你推到床底下睡。"

万师傅一脸的喜气，笑着说："她能把我推到床底下睡，那我就让她给我做床单……”

说着都笑了起来，连云儿也忍不住地笑了，不过她的脸也红了，时而又瞄一眼他。

万师傅对他说：“给你陈师傅说，我想明年修建一栋新木房子，现在就请你，一定来帮我掌墨修建。”

他微笑地说：“你万师傅也是个好木匠师傅，应该你自己掌墨，我只来帮你做具体事。”

万师傅还是正儿八经地说：“我在你的面前，还只能算个徒弟，怎么说我也要你给掌墨，为我的房屋增点光彩。”

他诚挚地说：“你谦虚了。我肯定来出力。”

这时的云儿脸上又一次升起满足的骄傲与自豪。她觉得他太尊贵了！受到的都是热情和尊重，她真感受到一种幸福！她的心里热热的，全身都热热的，此时她的心正在为他而激烈地跳动着，都跳到他身上去了！她眼珠也总是忍不住地向他滚动着，目光痴痴地看着他，一心想要钻进他的眼睛里去，钻进他的心里去！

贺总管又来了，见万师傅坐在这里，伸手一拉，大声说：“你今天就不陪陈师傅了，二天陪，快去陪新娘子！走，快去！新娘子在哭呢。”这当然是说着搞笑的，就把万师傅推出了房间。

然后贺总管就对他说：“现在解放了，形势、生活都安稳了，我明年再怎么也要请陈师傅帮我修建一栋新木房子。我也五十岁了，得早点住上几天新房，不然走了太不划算。”

他诚恳地说：“贺总管修建房屋，我一定尽力！”

贺总管笑着说：“就这样说定。”又望望云儿说，“好，你们吃点心吧，我下楼去照料客人了。”说着就抬抬手，下楼去了。

这时云儿心里乐滋滋的，甜蜜蜜的，她当师傅不是没有享受过这种待遇，而是今天旁边有个他，有一种特殊的气氛，太温馨了，因而她的心已经完全融化，像暖流一样涌向他——

这时他对云儿说：“我去一下礼房，你坐吧。”

云儿望他一眼：“你去礼房，我还不是也要去。”

他望她笑着说：“我帮你写点礼金就是。”

云儿却正经地说：“我还没往你家来呢。现在我还是要代表肖家。”

他俩就一起去了礼房，各自送了一份贺礼，又来到烤火的房间里。他对云儿说：“我们好久回去吗？”

贺总管又上楼来了，惊讶地说：“怎么说走的话呢！万师傅结婚，你们都是木工师傅，要很好地在一起玩一下。”

他说：“万师傅今天要陪新娘子，我们二天再来玩。”又说，“我回去还有事。”

恰这时万师傅又来了。他和云儿怎么说也不行，连站起身来也不可能，贺总管和万师傅，包括客人们都拉的拉着，拦的拦着，都说：“再怎么忙，也一定要坐了席再走！”

万师傅就在他和云儿面前坐下来，给他们俩递点心吃，并和他们说着话。他和云儿要万师傅下楼去陪新娘子，万师傅也不下去。

他说：“我们以后日子长，你快去陪新娘子。”

万师傅笑一下说：“新娘子我不陪她也不会跑的，可你们是难留住的客呀。”

这下他没有办法了，只好坐了席再回去。

很快，堂屋里就摆好四张大桌子，从厨屋端来热气腾腾的梳子背形的一盘盐菜扣肉，一盘面辣椒扣肉，一盘粉蒸排骨，一碗金黄色豆腐果子，一盘大合菜，各种蒸的炒的煮的炖的炸的肉类或素菜……

接着贺总管就大声喊道：“请新郎新娘坐席！请女方送亲的‘高亲客’坐席！请陈师傅两位坐席！”

两位圆亲娘子带着新郎新娘来到堂屋后壁一张大桌前，一人拉着新娘，一人拉着新郎，在上席就座。

有趣的是贺总管这时将他和云儿也拉到后壁另一张桌边，大声说：“请陈师傅和云儿姑娘上席就座！”

他知道这一排席是坐新娘娘家贵客的，他也不和新娘沾亲带故，因此他实在有些不好意思，就说：“我们等下坐吧。”

贺总管慷慨地说：“今天你们两位可是贵客呀！谁不知道你陈师

傅啊，快点入席就座，是不是还要我们拉拉扯扯呀，啊？”

说着就真的动手了，一手拉着他，一手拉着云儿，另外还有客人一起动手，很快就把他和云儿按到上席坐下了。

这时的云儿，那脸蛋也如新娘子的红头巾一样红了，一半是害羞，一半是激动——他俩享受的也完全是新人待遇了，浑身都热腾腾的了，这该怎么感受啊！这是一种最为美好的情境啊，她感觉全身都融化成蜜水了，汩汩汩地流向他。她想，何时真的和他这样幸福地坐在新房里，坐在床上喝交杯茶，坐在专为他们俩准备的席上喝交杯酒呢？

她就越想越是心里乱跳，越想越是脸上发烫，越想越是脑袋里天花乱坠，越想越是眼前出现一片美妙的幻境……

贺总管和一位客人分别在桌子两旁坐下，是要陪他和云儿了。贺总管热情地说：“今天，万师傅对我说了，要我把你们二位陪好。我也只得为主人家效力了。”

说着亲自提起一个仙鹤似的小酒壶，首先给他和云儿面前的酒杯里酌酒，再给其他客人酌酒。然后给自己倒了酒，放下酒壶，端起酒杯走到堂屋中间，高举酒杯对每张桌子伸一下，大声说道：

“今天，是万师傅的新婚大喜，首先，我祝福新郎新娘恩恩爱爱，百年好合！祝各位贵宾人人幸福，心想事成！我还要特别祝福我们陈师傅、肖云师傅二位，早结良缘，请我们去喝喜酒！来，一起干杯！”

贺总管说着将一杯倒进了嘴里。随即所有客人也都端起杯子喝了酒，有的喝完了，有的喝了半杯，有的女客抿了一点。

贺总管接着回到他旁边坐下，热情地说：“陈师傅、云姑娘，请吃菜！”

吃了几口菜，贺总管又对他说：“来，我单独敬陈师傅和云儿一杯。来，我先干为敬！”

说着将酒杯端起，呼啦一下就倒进了嘴里，咕嘟一声就下了肚里，向他们二人一亮酒杯，豪爽地说：“陈师傅，云儿，请！”

他也爽快地端起杯子一饮而尽，向总管亮一下杯子。他有点担心云儿，谁知她就在他喝下的同时也一饮而尽。她要和他比翼双飞并驾齐驱，毫不比他迟到地亮出了杯底。

顿时，这举动令满桌客人睁大了眼睛，啧啧惊叹不已。总管感动地说：“钦佩！钦佩！真是巾帼不让须眉！好！巾帼酒侠啊！”

接着他也给贺总管斟了一杯酒，给自己倒一杯，对贺总管热情地说：“我敬贺总管一杯！”说着就一饮而尽。

接着云儿也给贺总管倒了一杯酒，自己倒上了一杯，说：“我敬贺总管一杯，我先干为敬！”

云儿说着端起杯子一口就下了喉咙，漂亮地将空杯亮出来。

贺总管也一口喝下了杯里的酒，向云儿亮出杯子，大声感叹道：“云儿姑娘也是英雄好汉，我服了。”

这时万师傅站起身，高高举起酒杯，对所有客人热情地说道：“感谢大家赏光，感谢大家厚爱，我祝福大家，家家喜气盈门，人人幸福美满！让我们一起共饮一杯，干！”说着一仰脖子喝光了杯里的酒。

一时间喜酒和着喜气涌入人们心怀，化作热浪奔腾，人们的脸上开始泛起红光。

接着万师傅来到他和云儿的身旁，给他和云儿倒了酒，给自己倒了酒，举起酒杯说：“我敬陈师傅和云儿一杯。也望你俩早结连理！”

他和云儿很快地站起来。他感激地说：“不说敬。我和你万师傅是好伙计，从修建冯家大院就在一起，今日有缘，我们一起干个杯！”

他说着和万师傅的杯子、云儿的杯子碰出当当的两声脆响，一齐说道：“干！”

随即三杯酒都涌入激动的胸怀，各人脸上飞出带着酒香的动情笑容。

万师傅放下酒杯，对他和云儿，对其他人亲热地说：“来，都快吃点下酒菜！”万师傅说着去了自己的座位。

贺总管将筷子向一盘热热的扣肉一点，说：“这东西要吃得热，快吃，请！”说着自己带头夹了一块梳子背似的扣肉送进了嘴里，脸上露着很有味的笑容。

各自吃了一块肉。贺总管笑着对他和云儿说："来，我提议，你们二位互相敬一杯，碰个杯。来吧。我看云儿还是个很爽快的人。请！"

他就端起了酒杯，云儿也同时端起了酒杯，脸上闪烁着如霞的笑容，看着他。倒是这时他有点不太自然了。

总管忙说："来，碰杯！"

这时只听当的一声，两只杯子就如两只鸳鸯嘴对嘴地亲了一下，随之两人同时将酒倒入了嘴里。

贺总管感动得有些震惊，赞叹道："你们真是天生的一对、地配的一双啊！太好了。我祝福你们！"

贺总管想他们两人肯定已经确定了婚姻关系，不然她怎么会这样跟他来这种场合呢？因此就如此大胆这般地祝福了，并在心里说："只怕早就生米煮成熟饭了！"

旁边桌上有人要新郎和新娘喝个交杯酒，手挽手地喝……

于是贺总管来了兴趣，也别有意思地看着他和云儿，爽朗地说："我大胆地道个福，你们两位也来个交杯酒，怎么样？敢不敢？"

这时云儿就看着他。他脸上微笑着，但没什么动作。他那眼中泛起一层迷茫的光芒，他似乎有些犹豫，有些什么想法。

这时贺总管却不等了，站起来，来到他俩身后，伸出两手，一手拉着他的手，一手拉着云儿的手，俏皮地说："来，两位美人，爽快点！"

这时另有两人也极力撮合，他们两个的手就真的互相穿插，挽到了一起，慢慢地将酒杯送到嘴边，像是送了好久好久，仿佛是在跨过一条大河，仿佛这杯酒是一条大河，怎么也流不尽……

云儿由于喝了不少酒，在回家的路上她便摔倒了，她真的醉了，他不敢再让她走路，只好背着她向家里走去……

八　豁达女娃

这日一早他就去了肖家。雷陈林没能去，一户人家的土墙猪圈垮塌了，主人找来了，要去赶急修建两间柱架的猪牛圈。他就安排雷陈林去了。

他进门后亲热地叫着肖伯伯、肖伯娘。肖裁缝亲自帮他接下工具背篓，弄得他怪不好意思。两位老人都叫他快坐下歇息、喝茶。

他放下工具背篓就说："不喝茶。肖伯伯要做些什么东西？您说了，我这就做准备。"

肖裁缝略有所思地说："我还没有一架风车。收粮季节要扇一下粮食，还要去借别人的，太不方便了，也不好意思，你先帮我做一架风车吧。"

肖裁缝是要考验一下他的技术。肖师傅知道他建房子是大师，但做其他的东西呢？

他走到工具背篓面前，准备拿出工具。云儿竟然像男子汉一样端着一个木马，从院坝里走进堂屋。他正在往桌上摆放工具，见了很感兴趣，也有些激动，他到过好多人户，还从没有哪个女子为他端过木马的，他觉得这云儿姑娘既有着水一样的柔绵情怀，也有着山一样的气概，既像女孩子，又像男子汉，既敢说，也敢作敢当。

他笑着说："你真是灵性大方，想得周到……"

云儿朝他一笑说："哎，木马支在这儿怎么样？"

他一看她放的正是位置，又觉很有意思，感觉她就是那个肖月姑娘，兴奋地笑着说："很好，你还真内行的，没白和我混这些天的。"

云儿的脸上又升起两片红云，眼珠子向他一转说："你什么时候教了我放木马？我知道怎么放。"

云儿很快又去外面把另一个木马端进堂屋里，挨大门边放好，与后边那木马形成一条线，而且距离适当。他一直望着她。她很快又向外面走去，他知道她是去扛马凳，这马凳就是放在木马上作为操作平台的厚木枋。他知道马凳不是个小物件，便连忙向外面走去，准备自己去扛。

云儿在前面走，他在后面跟着，云儿顺着板壁就绕到了房屋的后檐下。他就看见那里竖着一块又长又厚的木枋，这是一根树解开的两块，很笨重的。云儿走过去就将肩膀贴在了木枋上，准备扛起。这时他一步跨上去用手撑住了木枋。

他心疼地轻声说："这是块重木，还是我来吧。"

云儿转头羞红地一笑："你心疼我扛不起呀？我在山上背的柴比这重多了。你去整理工具吧，做小工的事还是让我来，我是徒弟嘛。这也本是主人家应尽的责任。"

他还是用手撑着木枋，充满怜惜地看着云儿，微笑地说："还是让我来，这枋很重的，还是应该男人来扛的。"

云儿还是不让，便说："那我俩抬嘛。"她好像必须要出一点力似的。

他也笑着说："那好。"说着就用手将木枋横下来，将轻些的那一头放她肩上。

殊不知云儿故作嗔怪地说："你总是小看我，把我当成一个弱女子看待。"

他认真地看着云儿，笑着说："那难道你还是一个大男子汉？男子汉可不是好当的，是要承担大责任的！"

云儿笑一下说："那将来我给你当媳妇就只管享福了。"

他坦荡地一笑说："我的愿望是这样，但也不知道能不能实现。"说着自己去抱住宽大的那一头放到肩上，嘴里说，"走吧。"

没想到在转过屋角时就出意外了——云儿眼睛仍然望着他的脑袋，没有看木枋与屋角的位置，没有向外绕一下，角度走小了点，木枋嘣地一声就碰在了墙角上，同时她心里也想着别的什么了，没有提防，身子忽的一个踉跄差点摔倒。云儿着实吓了一跳，心头一阵惶恐，浑身也像是酥了。

他也是踉跄一下，慌忙镇住，转头向后望去，见云儿仍然站着，稳住了身子，才松了一口气，就关心地问：“不要紧吧？”

云儿脸红红地说：“不要紧，没事。”

他这才放下心来，又亲切地说：“慢点，看着前面走。”

没想到两人抬这么一块木枋还出现一个惊险情节。这下，云儿也似乎老实些了，不再轻视这事儿，眼睛认真地望着该望的地方，不分心，不走神。

他走到堂屋后壁前，轻轻地将木枋一头放到木马上，然后赶忙去接云儿肩上的另一头，谁知他还没来得及伸过手去，云儿早已双手抱住木枋放到了木马上，动作非常利落，这让他感到有点吃惊和从心里佩服。

他说：“来，我俩抬着木枋掉个头，大头应该放在前面。”

云儿机灵地连忙抬起，两人很快就将木枋放好了，一个木工的操作平台就安置好了。

这时他就走进云儿父亲的房间，恭敬地问云儿父亲：“肖伯伯，准备的腿脚木料和木板放在什么地方？我去拿。”

云儿父亲说：“我叫云儿去拿就是。”便喊，“云儿，你帮着找一下木料，在火坑屋的楼上。”

云儿有些高兴，觉得又有用武之地了，大声地回答说：“好的，我知道。”说着就往木梯上爬去。

他想制止地说：“让我来吧。”

云儿却说：“你是师傅，找料是主人家的事。”

他还是拿着尺子爬上了楼，他要看看木料情况。

殊不知云儿就说：“又小看我呀。”说着嗔怪地看他一眼。

他笑着说：“不是小看，我是师傅，我要负责，看看哪些适合做风车脚，哪些适合做横枋，哪些适合做装板……当师傅的，第一要为主人家计划好材料，要因材制用，特别是裁料，一块木料适合用在什么地方，适合做几用，要计算好，寸木都中用，千万不能浪费一寸木料。”

云儿俏皮地笑着说：“到底是大师傅，还真说得头头是道。谢谢师傅传艺。”

他一笑：“哪里哪里。我是尽一个木工师傅的责任。”

云儿钦佩地说：“你真是一位好师傅，总是为别人着想！”

他有些不以为然地说：“好不好，还要等我把东西做出来之后，才能看出来。”

她说：“那是，听说风车是最难做的，好多木匠做不好风车。”

他说：“是的呢。这样吧，你下楼去帮着接木料吧，我在上面拿了往下递。”

云儿很快下楼了，望着楼上说：“好，我在下面帮你接木料。”

他就拿着尺子将一些木枋、木板进行了一番丈量，看哪些木料合适做什么。虽然光线很暗，但他也能准确把握一些尺寸。量了一会儿，就拿起一块厚实的木枋，这是做风车腿的，是杉木的，并不太重。

他望着下面喊道：“准备接木枋了！”

云儿望着楼门说：“我等着呢！”

他双手将木枋从梯子上滑下去。云儿伸手轻松一接，就拿住了，然后顺势拿到大门外的台阶上去蹾下了。

他在楼门露出称道的笑容。他知道，她是先拿到外面去，扫一扫上面的灰尘，再拿进屋来，以免把灰尘弄在了屋里，可见她不仅大胆泼辣，也有细心的一面，真不错，想得周到细致。

木料放完之后，云儿就拿一把扫帚一块一块地认真清扫木料上积淀的灰尘，仿佛是清扫一件一件的古董，并且还在台阶上磕一磕，使之贴得很紧的那些灰尘也不得不甘拜下风地脱落。然后又一块一块地依次拿回到堂屋里，挨着板壁顺着一排蹾好，像站好的一排整齐的队伍，任他检阅。

蹾好木料后她对着他粲然一笑：“师傅，还需要我做什么，尽管吩咐。”

他这时也忍不住咧嘴一笑，赞赏地说：“你真不错。暂时没事了，你休息吧。”

她说：“那下面就看你的戏了。”

恰这时云儿母亲正从堂屋里经过，他就对她母亲称赞地说：“伯娘这云儿姑娘真不错哇，做事好在行呀。”

云儿母亲忍住一种喜悦，可脸上还是冒出一些兴奋的微笑，带着谦虚的口吻说：“就是差劲哟，千万不要恭维她，不然她头发都扬到天上去了。”

他点头笑着说：“是个好姑娘。”

云儿转头斜视她母亲一眼，不高兴地说：“妈你做你的事去吧，你又不学木匠。”

云儿母亲看一眼满意的女婿，忍住一些兴奋不让从脸上冒出来，望着云儿说：“我知道做我的事哟。你喜欢做饭的，去帮忙弄呀。”

云儿这时不屑一顾地说：“今天的饭妈弄，我要在这给陈师傅帮帮忙。”

母亲欣慰地笑着说：“你也想学木匠呀？”

云儿却说：“嗯，学木匠。你像没请过匠人做事的。家里有木匠师傅做活，主人家是要帮这帮那忙一些的嘛。”她倒批评起她的母亲了。

她母亲笑一下说：“那你跟着学木匠吧。”

现在他开始裁料。云儿就站在他面前，眼珠子不停地转动着，时而看看他的脸，时而看着他的手，脸上甜甜地笑着，就像美丽的霞在微风中轻轻飘移。

他首先拿一块厚木枋放在马凳上，量好尺寸，画好墨记。然后右手拿过锯子，将左脚提到木枋上踩住，右手将锯齿放到墨线上锯起来。

这时云儿连忙伸出双手去捉住木枋伸着的那一头，使木枋老老实实地定住不摇不晃，好让他顺畅地锯着。这时锯子伴着他和她的呼吸在木枋上发出美妙的声音：呼——嚓——呼——嚓——还有他们春心荡漾的脉动与呼吸糅合在一起，高低强弱浑然天成，构成一曲奔放的青春进行曲：呼——嚓——呼——嚓——有如春风在树梢上弹奏，有如泉水从山涧中飞泻，尽情地歌唱……

云儿就听着这音乐，完全进入了一个音乐王国，渐渐陶醉了。她看着锯子一上一下地运动，她感觉那是在天与地之间穿梭，她的心也在一上一下激切地起伏。一时天上，一时地下。她感觉他不是在锯木枋，而是在操作一架古老的琴，那锯子是一把神奇的弓，正拉出世界上最动听的美妙乐曲。

第一条腿料就在这种音乐中裁下来了。然后是用它比着锯第二只腿。于是整个屋子里又响起美妙的音乐，他们的心也如一个乐器快乐地弹奏着，伴和着，汇成热烈奔放的青春进行曲……

九　灯花闪烁

天地又进入了夜晚。夜晚总是情意绵绵，是专门为情侣安排的。云儿准备亲自为他做夜宵吃，她想，晚上吃点软一些的食物好些。

这时他正在与肖伯说话。云儿有些兴奋地快步走进来，笑着对他说："请你去吃点夜宵。"

他有些不好意思地说："还不饿呢，太麻烦了。"

云儿母亲笑着说："吃点饭叫什么麻烦嘛，你为我们的事很辛苦的。"

他很有礼节地说："肖伯和伯娘也吃呀。"

肖师傅说："我们上年纪了从不吃夜宵。你快去吃吧。"

他来饭厅一看，桌子上摆着一盘面辣椒炒肉片，一盘酸辣洋芋片儿，几个咸菜，还有一小壶苞谷酒和一个酒杯。

他刚坐下，云儿就端来一碗热气腾腾的面条，轻轻地放在他面前，甜甜地说："快趁热吃吧。你是吃过几个省的师傅，也不知道我煮的合你口味不。"

他望着云儿："你煮得真香啊，一闻，不饿的也想吃了，肯定好吃。你不吃呀？"

云儿脸上有些激动，俏皮地笑着说："你是要我陪你吃吧？"

他一笑说："是啊，你陪着吃就更香……"

她笑着说："我有一碗面条。"

云儿端着碗来到桌边，他看见云儿只有半碗面条，就端起自己的碗要用筷子分一些给她，说："来，帮我吃一点，我吃不完这大一碗，你把我当成了大肚汉吧？"

云儿把碗拿向一边去，笑着说："男子汉一碗面条就怕了？"

他笑一下说："不是怕，有谁怕面条呢？你见过怕面条的人吗？我是喜欢，喜欢就要爱惜，就要分享……"

云儿笑着说："喜欢就吃呀，讲什么价钱？"

他微笑着："也不必要多吃。多吃是浪费，而且对身体没有好处，本来就不饿。"

他说着就拿过她的碗，用筷子往她碗里分面条："来，就作如给我帮个忙吧。"

他就分出了一些面条，接着又将面条下卧底的三个鸡蛋给她碗里分去一个。

这时云儿制止分去那个鸡蛋，有些急地说："鸡蛋你必须吃了！"

他还是笑着说："你怎么要给我煮三个，而你才一个。我们一人吃两个，成双成对，多好。"

云儿就被说得笑了，但还是不让："不行，你必须给我吃了。"

他深情地望着她："我吃你吃，不都一样吗？一人吃两个，好事成双，多美呀！"

他说着就用大手挡住了她的小手，一定要她吃。两只手紧紧地碰在一起，她笑着看他，他正看着她，她脸上就涌起红红的云霞。

云儿含羞地找话说："你喝酒吧。"

他一笑说："主不请，客不饮。你应该以酒请酒。就是说你不带头，客人怎么好自斟自酌呢？"

云儿有些调皮地说："你就是要我陪你喝。上次喝醉了你忘了？"

他有些正经地说："这是规矩。今天可以少喝一点，我不会让你喝醉的。"

云儿有些兴奋地说：“你可不能怪我把你喝醉了哟！”

他笑着说：“醉在你手里很美的。”

云儿说：“那就让你（醉得）在地上爬着美。”她很快就倒了两杯酒。这杯子是那种两寸高的白瓷杯子，一杯装二两酒。

云儿随便端起一杯，带着甜蜜的笑容说：“我敬你。”

他也温柔地说：“我们互敬互爱……”

云儿呼吸有些急促地看着他，眼里闪射着爱恋的润光，有如雨后天空，星光灿烂。她将杯子碰出清脆的一响，然后抿了一口，好像舍不得一下喝完。

她说：“我们慢慢喝吧。酒是喝味的……”

他吃惊她能说出这样的话，也只喝了一小口，用充满浓情蜜意的目光望着她，亲切地说：“那我们这杯酒喝一辈子吧……”

她有些激动地望他一笑：“我要和你喝两辈子……”

他高兴地说：“行，下辈子接着喝。”

灯花兴奋地跳跃着，辉映着他们纯净靓丽的脸蛋，那温馨的笑容也似灯花闪烁。

十　绝活神车

做风车这活儿，可不能小看，好多有名的木匠师傅就是做不好。它非常复杂，有着许多诀窍。因此对于云儿姑娘来说，又好像是一部神话故事那样有兴趣。因为她知道，这附近一户人家有一架风车，一直没什么用，它不能分出苞谷籽儿的大小好坏、饱满瘪劣，这里人叫作不分阴阳。

两天时间，一架风车做好了，像一头金黄的大象，像一头神牛，强健而灵性地站在堂屋里，闪着金黄色的光芒。这使人想起传说中的鲁班和三国时代诸葛亮制作的木牛。云儿高兴极了，伸出柔柔的手去抚摸，像是抚摸一头大象。

他正在进行最后一个工序，检验。他右手紧握风叶轴的把手，眼睛望着风车，心中默想老师父的样子，感恩老师父教授他绝活，同时坚定地相信一定成功。随即右手轻轻地转动起把手，这时风叶在风鼓里旋转着，发出悠然而爽心的歌唱："呜——"这时他的手渐渐地加快旋转速度，渐渐地越转越快，风叶就飞速地旋转，发出更加激越的歌唱："呜——"

然后他有力地说："好了！"

说着他又伸出手轻轻地柔柔地抚摸着，像母亲抚摸孩子一样，看他那神态，完全是在抚摸一个新生婴儿！

这时云儿像是吃了蜜一样笑着，全神贯注地看着他的神态、动作，连他鼻翼的轻轻翕动也看得入神，如痴如醉，还看他手的抚摸，感觉那是抚摸在她的脸蛋上，并认真去感受那抚摸中的细微的声音……也下意识地伸手去抚摸着风车，这时她感觉到自己仿佛变成了一个仙女，正站在天宫里欣赏一个神秘的宝物……

接着他对云儿笑着说："好了，现在就由你来检验一下。"

他又强调地说："要注意的是，倒进粮食之前，必须关好斗底的流量开关，并且锁紧，不然一倒粮食就哗地漏下去了。"

云儿端来半筐苞谷籽，他也忙着伸手，和她一起将半筐苞谷籽端起来，放到风车顶上，然后倒进风车斗里。

他对云儿说："先将一个筐子放在下面的大口下，准备接着流下的上等好苞谷籽，将另一个筐子放在另一边的二口下，这是准备接差一点的苞谷籽，这个也可以人吃，如不差粮食，就可以做饲料喂猪吃。"

他又将一个筐子放在第三个出口下，说："这个，称作小口，是准备接那些很小的、瘪的、劣质的籽儿。这个当然就是做饲料的。"

他边说边操作："然后右手转动风叶轴把手，左手掌握流量开关。你看着我操作吧。"

只见他右手握住把手一圈圈地摇动起来，里面的风叶开始转动起来。他越摇越快，只听呜的一声音乐般响起，风叶快速转动起来，在美妙的音乐声中他渐渐松开左手中的流量开关，只见金黄的苞谷籽儿从大口里小娃娃一般蹦跳出来，叮叮咚咚地打在竹筐里，弹奏出世上最激动又是最舒心的音乐，就如乐团那些轻灵的打击乐，更像细碎的小小鼓点声，真是“大珠小珠落玉盘”。

他说：“你看着我的手。”

他接着将流量开关开大一些，这时大口里便如金黄的瀑布飞流而下，哗——将演奏推向高潮，进入激动人心的时刻。苞谷中那些小些的籽儿便从二口里缓缓流出，那些瘪的、秕壳便从小口里流出来，那些毫无营养的糠皮、灰尘就都从风车尾部风口里如风卷残云一般，粗粗的一股浓重的烟雾横扫而去……

云儿认真地看着——一架风车将苞谷籽儿分为一二三等的级别——人吃的、猪吃的，分得如此清晰明白，真是神奇了！一时间风叶的旋转声，风吹声，苞谷籽儿的弹奏声，汇成一曲喜悦的大合唱，汇成一首饱含爱恋的热烈进行曲……

云儿高兴得像个小孩子一样，拍着手儿喝彩着：太神奇了！太神了！

他稳重地摇着把手，有些欣慰地说：“当然，使风车的人也要掌握好手里转动的快慢、力度，流量开关的大小，好好配合。不然，风大了会把好籽儿吹到了二口里，甚至吹到小口里，差些的甚至被吹走了。风轻了，分不出等级，差些的籽儿也落到了好籽儿里面……”

云儿就拍一下手儿说：“让我来试试吧。”

他大哥哥一样看着她：“当然行。”说着关好流量开关，锁住，站到一边去，看着她操作。

云儿站到风车的风鼓前握住把手，脸就笑得像是一朵开放的月季花了，仿佛面对的不是风车，而是就要驾驶一架飞机向天空飞去。

他像对待一个学徒一样地说：“右手要掌握好快慢、风力的大小，左手要掌握好流量开关的大小……”

于是一曲热烈奔放的音乐又开始了。

……

周围的人听说他做了一架神奇的风车，都来探视、欣赏，像看稀奇，一时间云儿家里也变得门庭若市，顾客盈门。同时他被吹成了神师，说他做的风车能将苞谷籽儿分成好、中、差三个等级，确实太神了！这不是风车，这是神车。

于是附近的几家农户都要请他去制作风车。他不好推辞，只得答应去做，不过要等一段时间才行，他还要帮肖师傅家做家具，也就是给肖云制作嫁妆，这些嫁妆将要抬到他家里去……

接下来肖裁缝就要他给云儿做嫁妆。嫁妆也是最考验木匠技术的，一是样式要美观好看，二是榫缝要丝丝入扣，三是要牢固耐用。

肖裁缝有些意思，他说："杰汉，你先给我做一个小板凳吧。云儿母亲要个小板凳坐着洗衣服、剁猪草。"

实际上肖裁缝是想测试一下他做家具的榫缝技术和质量的牢固性。因为只知道他修建高楼大厦的本领，还不知道他做家具的功夫。这小板凳小，但要经常承受着屁股的重负，特别是还有小娃们喜欢在地上拖来拖去，四只小脚四个眼，如不是过硬的木工技术，几天脚榫就松了，脱了。这个小东西很考验木匠，你把榫头做得过分硬了，由于面积小，眼子会被榫头胀破；你把榫头做弱了，又容易松动，变形，不用多久榫头就脱了，身子和腿脚就分家了。

云儿站在他面前，集中心思地看看他脸上的神情，又看看他手里的动作，心里想着他这人。他没去看她，没去想别的，他认认真真地做着小板凳，就像是做一个精致的玩具，做一个精美的艺术品，或是什么展品。

肖裁缝在旁边看着，他看这个女婿怎么做，每个环节是精细还是马虎，看着看着也就笑了。

他不管是凿眼子，还是做榫头，都是用尺子仔细地量，仔细地比，把墨记画准确，不差分毫。主要是脚榫的硬度要把握好。这个活儿过硬，没有几个木匠做的桌子板凳能用多年而脚榫不松动，不变形的。

他进行到最后一道工序——将脚的榫头往面子的眼里贯进去，这里的木匠师傅称为“斗榫”。的确那也真是一场紧张的斗争。这是很难的一道工序，一般木匠往往要出问题的。他用了一个巧办法，用一截树筒做了一个卡子，卡着了再斗榫，起了保护作用，脚榫稍微硬点打进去，面子也不会被胀破。

就在这时，牯牛坪铁厂的罗厂长找来了，要请他马上去做风箱，原来的风箱已经不行了……

小板凳做好了。肖裁缝笑容满面地拿在手里欣赏着，把玩着，就好像是欣赏一个精美的艺术品，或者玩具，脸上挂满爱不释手的笑容。接着他给小板凳的脚上拴了一根绳子，来到院坝里，对云儿说：“来，你坐在小板凳上。”

云儿很聪明，有些明白父亲意思，连忙坐上小板凳。

肖裁缝又说：“你坐稳啊，小心摔倒！”

说着就拉起绳子往前走，就仿佛这是世界上最小的一个平板车，却要拉一车重载货物，使劲地向前奔跑，而又没有车轮，只有四只小小的脚，就如过去的小脚女人，还要跑很快，这真是太为难它了。

云儿在小板凳上坐好了。肖裁缝拉着小板凳开始是在院坝里走，但接着就奔跑起来，小板凳的小脚儿在地上发出呼呼呼、嚓嚓嚓、嘣嘣嘣的声音，像一种特别乐器演奏出的音乐。

肖裁缝拉着，跑着，开始觉得很好玩儿，可跑了两圈，就累得直喘粗气，而这“平板车”上的云儿却是一个劲地笑着，仿佛走进了一个童话王国里，自己变成了仙女，正骑着一部神车在奔跑。

这时，他走出来，笑着说：“肖伯，我可是做的板凳，不是做的板车呀。就当车吧，肖伯年纪大了，还是让我来拉。我负责再跑好快、好久，板凳的榫缝没一丝变化。”

他说着就去拿过绳子，拉着小板凳就奔跑起来，而且跑得很快，但由于快，转弯就翻车了，云儿便侧睡在了地上，连声叫着“哎哟”，然后起身用手儿去拍打他：“你坏……”

他笑着说："谁叫你坐个板凳都坐不稳呢？"

云儿一脸生气地说："谁叫你跑那么快的呢？"

他正经地说："不跑快，怎么能检验到我这小板凳的牢固性呢？"

肖裁缝在旁边也被弄得满脸儿童般的笑容，随后去将小板凳拿到手上，细细查看。只见，那四只脚的榫头一点儿也没有松动，并且与面子依然平整光滑，像是天生成的。

肖裁缝就兴奋地竖起大拇指，连连赞叹："天下第一！天下第一！这么小的榫，能承载一个人奔跑，真是神车了，奇迹！奇迹！神了啊！"

肖裁缝面带钦佩地微笑了好一会儿，然后声音极为亲和地对他说："我要做一套大桌子配高板凳（坐着吃饭的板凳）、一套小桌子配矮板凳、一口衣柜、一张五屉抽、一张两屉抽、一口箱子、一口柜子（装粮食的）、一个梳妆台、一个火盆架、一个火斗、男女洗澡盆各一套、小板凳一对……"

他对肖裁缝说："肖伯，您去找邹师傅、万师傅来帮忙，加快进度。铁厂里的风箱是大事，我得早点去，不然风箱坏了高炉凝固了，那就损失大了。"

按照规矩，他们首先做好了衣柜，闪闪发亮蹾在了堂屋里。

云儿跑去欣喜地看着衣柜,，用手抚摸着，脸上甜甜地笑着，恨不得用嘴儿去亲一口啃一口才解此时喜爱之情。

不久，整个家具就漂漂亮亮地摆满了堂屋、厢房，有的呈白色（杉木的），有的为黄色（松木的），有的呈肉红色（苦桃树的），虽然还没有刷漆，但都是珠光宝气，亮亮爽爽的。

肖裁缝看着家具感叹地说："这些家具做得真是太漂亮了！"

他接着和万师傅去了牯牛坪铁厂，因为万师傅一定要跟他学风箱技术。

完成铁厂的风箱任务回到家，章石匠就找来了。

一见他，章石匠就有些低沉地说："陈师傅，有个急事要请你帮个忙。我爹已经八十多岁了，病了两天了，用药也没有效果，人已经不行了。我专门来请你，帮忙给老人赶做一副棺材。这是老人最后的愿望，老人说到另一个世界去，一定要睡你做的棺材……”

他只能答应，说：“我明天就来。”

十一　梦里呼唤

高高胖胖的白岩鼎像一位老朋友永远站在面前。它根本就是用黄金与白玉制作的一个古鼎永远供在那儿，它黄白相间，灿烂的金光和银光相互闪耀，辉映，美轮美奂，它下半身又是绿绿的如碧玉，看去又是那样清爽。

他家这边是向阳山坡，田里种的洋芋已经长起来五寸多高了，露着一张张圆圆的小叶片，真如小姑娘的脸蛋，在晨风中展示着绿绿的笑容，叫人看一眼浑身都绿了，什么都忘记了，唯有眼前春意盎然的笑脸……

但他也没有时间来观看这样的美景。他要和雷陈林一起帮章石匠家赶做棺材。

当他和雷陈林一起来到章石匠家门口，就听见屋里有哭声。他明白是怎么一回事了。

他走进屋里，章石匠擦着眼泪对他说：“我父亲已经过世了。那就麻烦陈师傅和雷师傅帮忙赶做一副棺材。”

他有些急地说：“你快去把万师傅找来，就说是我说的，要万师傅把其他的事放一下，快来这里突击两天。三个木匠做快一些，不能让老人久久不能入殓，还老是躺在床上。”

他在章石匠家忙了两天一夜，给老人做好了棺材，让老人入殓了。章石匠一家人感激不尽。而且他怎么也不收工钱。

章师傅坚决地要给他钱，他解释说：“都是几个手艺人，你我也像兄弟一样，这是给你父亲做寿材，我也应该尽点孝心，应该帮忙的。”

双方推拉了好久，他到底没有收下工钱。

章师傅流着泪感叹地说：“哎呀，欠了你的大人情啊……”

父母催促他准备结婚。现在他没去多想了，就把云儿当成月儿结婚吧。这就需要装修他的新房子。可是好几处都急需要他，有的是要装修房子结婚，有的是要制作嫁妆往婆家去，还有的要修建房子……

他和雷陈林去了马上要结婚的一家，也是突击装修房子。由于事情紧急，他安排雷陈林晚上在那里打夜工忙活，他晚上就回来加夜班装修房子。新屋里要铺楼板，装板壁，做门窗，做楼梯等事情。这也是个大工程。

他开始忙忙碌碌地干起来，敲打出一片叮叮咚咚的响。一晃就干到接近半夜子时。这时大门上忽然响起咚咚咚咚的敲门声，而且很急。他想这是不是母亲过来了，就急忙去开门。

他一开门便大惊，是云儿！她端着一个钵子。

云儿大声说：“快吃！要不结团儿了。”她说着递给他一双筷子。

云儿将钵子放在马凳上，揭开盖子就冒出一股香香的热气，里面是一个白瓷碗，碗里是煮好的面条，钵底是热水，这是为了保温。他一时间十分感动，不知该说什么好。

他感激地说：“太辛苦你了！真不好意思……”

她说：“应该的。我听到这新屋里响得热闹，知道是你在打夜工搞装修。这新屋，我也是要来住的，你这样辛苦，我也应该做点小事。”

他一边吃着云儿煮的面条，一边想这个云儿真有些意思。她是那样任性，敢说敢做敢担，甚至有些桀骜不驯，又是那样通情达理，让人感动……

他吃了面条又开始忙起来。云儿便给他照亮。

从这晚起，云儿便天天晚上来给他帮忙，或照亮，或做其他的事情。由于是用的桐油灯，虽是室内，有时也会被风吹熄，好的是这时已经有了火柴，叫什么洋火，她便总是放有一盒在衣袋里，亮被风一吹熄，她就连忙掏出火柴，哗的一声擦燃，很快就又把亮点燃了。

他就说：“你就做我的一盏灯吧，永远照着我，让我的夜晚也像白天一样。”

她嗔怪地一嘟嘴，说：“你以为我就是一盏省油的灯呀？”

他连忙解释说：“不，我是把你当成一盏灯供在那儿，什么也不让你做……”

她说：“那你要小心风把我吹熄了。”

他说：“我给你做一个灯笼，把你放在里面，你就不会被风吹熄了。”

她说：“那你要做一个红色的灯笼，让我像太阳一样照着你……”

他们就这样讲着话，干着活。活儿重，像推楼板上的槽子，一人很费力，她就在前面帮着拉。为了控制槽边的宽窄，有一个垂直穿过刨身的卡子，就像飞机的翅膀，也像一个把手。她就帮着拉，一块木板的槽子很快就推出来了。

辛苦了一个多月的夜工，加上雷陈林的帮忙，他们就将一间新房的地板、两间房的二楼楼板铺好钉好了，将堂屋两边的板壁、堂屋两边房间的板壁装好了，将前后四个窗户、几扇耳门做好了，还做了一些家具。走进去一看，白白的板壁，白白的门窗，如玉镶嵌，银光闪闪，往堂屋里一坐，感到十分舒爽。

他感觉这时有一朵彩云降临面前。经过一段时间的紧张操办，他与云儿的新婚大喜如一朵灿烂的花朵就要圆满地开放。

但他马上想起对父母亲说的话。他很快跑去了老屋。

他高兴地去对父母亲笑着说：“房子装修好了，请两位老人去住新房。今天晚上就搬过去。”

他父亲却说：“我还是住这老屋。这可是我做长工后自己买的，虽然旧了，但来之不易，是我的血汗，也住习惯了，我怎么能舍得丢下呢……”

他母亲也说：“还是旧的东西有感情。我就住这老屋。你们好好住新屋吧。”

他又要杰雄搬过去住，杰雄也不愿搬过去。

杰雄说："这新屋就你们单独住吧。"又笑着说，"我以后结婚，你就帮我修建一栋木屋吧。"

他爽快地笑着说："这当然行。我一定给你修建一栋漂亮的木屋。"

杰雄开心地笑着，像一个小孩子想着一个美梦。

这天是四月初八。此时对面的白岩鼎像是害羞似的，蒙着面纱，宛如一个穿着婚纱的新娘子，悠悠然地飘在面前，在展示她的美丽身姿，在表达她的激动心情。她左走走，右走走，向上踮踮脚，向下屈屈腿，轻柔地舞动着美妙的姿仪，释放着心中的喜悦……这位新娘子展示了一会儿，就趁人们不注意忽然无影无踪了！不少客人也在惊异，怎么还没认真看一看就不见了呢？是藏在山林里去了，还是潜入了河水中，还是升上了天空成仙了？原来这美丽的东西是不会让你久久欣赏的，往往只会昙花一现。

但接着又有更加红火的美景出现了——红红的太阳正从白岩鼎身旁照射下来，又把山山岭岭打扮得万紫千红，壮观极了。而且在离太阳不远的地方，有一片烂漫的彩云，艳丽耀眼，真像一片美丽的快乐飘在那里，也像一个梦境浮在那里，让人望一眼也马上变成了彩霞。但是不一会儿，那片彩云也不声不响地飘走了，不知去向。于是就剩下孤独的白岩鼎。

新楼房的大门两边贴上了红红的对联，两个灯笼高高地挂着。堂屋里面神龛两边、两道耳门和新房门两边都是红光闪闪的对联，特别是两边中柱上贴着长长的红对联，像是从天上垂下来，都快挨着地面了，辉映得满堂喜气，红火如潮！这新屋便迎来了一个重大的庆典——他和肖云的婚礼。

神龛下面是两张大桌子并在一起，称为"镶桌"，上面放着两个白色的大瓷碗，碗里面满满地盛着金黄色的苞谷籽，中间是一截白白的萝卜，象征着金玉满堂。两个萝卜上各插着又粗又红的蜡烛，燃烧着两片玉叶似的光焰，将整个堂屋辉映得喜气盈盈。

这时负责观察的人进来对贺总管说：新娘的轿子已经出门了，这么近，马上就要到了！贺总管头上今天仍然是包着一盘红色的帕子，好像更为夸张，就像一个大灯笼，那长袍的腰里仍然系着一根红带子，以示喜庆。

贺总管大声喊道："圆亲娘子就位，做好准备！新郎准备——放爆竹的做好准备，倒茶的做好准备——"

不一会儿，轿子就来到了院坝里，贺总管和新郎前去迎接，这时爆竹噼里啪啦地响起来。

一位圆亲娘子用手拉开轿帘，伸手扶出新娘子，一位圆亲娘子去拉着新郎的衣袖，一起向堂屋里走去，一个是龙行虎步，一个是凤翅轻盈。看热闹的年轻人、小娃子笑着簇拥着新郎新娘，像是要玩一场游戏。

这时不幸的事发生了——大概由于人多涌动引起风动还是什么的，忽然一根蜡烛一晃就熄灭了！这种时刻蜡烛忽然熄灭都认为是一种不祥的兆头，认为其中一人可能在中年半载要出现问题。一时间人们都惊愣了，不知所措。倒是贺总管有准备，连忙从衣袋里掏出火柴，上去嚓的一声就将蜡烛点燃了。全过程就是一个瞬间，几乎没有耽误什么进程，许多人还根本没有感觉到蜡烛熄灭了的事，都在看着新娘子。但这事对站在堂屋里的他父母亲却是一个沉重的打击，心头一下子被阴云笼罩，生出浓厚的忧虑，仿佛有一团黑云压在头上，久久不散。

拜堂后，就是抢房的时刻了。按照这一带抢房的风俗，总管喊了入洞房之后，他却没有动，转头望云儿，云儿也没动也正转头望他，两人便相视一笑。

他就用手推她，笑着说："快走哇，不知道洞房的地方吗？"

她也推他："你是男人，应该走前面开道呀，我是跟你做伴的。"

他笑着说："你是女子，应该走前面，我在后面保护你。"

说着就伸手抚着她的臂，将她推向前面，她忙伸出一只手紧紧拉住他的手，一起往洞房走去。众人看了，都为他们的互相谦让而感动得不住地点头、赞叹。

两位圆亲娘子紧跟左右，牵引两个新人来到新人床边，按照男左女右的顺序坐在床边。

茶倌倒来两杯茶，两位圆亲娘子伸手去端了茶杯，分别递给新郎新娘各一杯，并说：“你们喝两口后再交换杯子喝。”

两位新人喝了两口就交给对方，两人一个劲喝着，直到把杯底高高地抬起来喝完最后一滴，还不愿意松开，像是稀世琼液，生怕浪费了一滴。

这时他就认真欣赏着云儿的脸蛋神情，他心里忽地涌起一片热热的潮水，他感觉到这真是他梦寐以求的月儿姑娘，连忙伸手握住了她的手，有些吃惊地说：“月儿，你怎么眼睛红了？”

云儿一听他怎么叫她“月儿”，当即一惊，十分诧异地瞪着他：“你给我叫什么，你怎么叫我月儿？”

他马上感到说错了名字，有些急了，但好的是他还聪明，连忙赔着笑脸关切地说：“我看你白白的瓜子脸蛋，真像一片月儿，就没忍住说出月儿。哎，你眼睛怎么红了，是昨晚没睡好，还是哭了？”

她微低下头说：“当姑娘的，虽然必须到婆家去，但一旦离开生她养她的爹娘，离开熟悉的家，要割舍开，心里还是很痛苦的……”

他温存地微笑着对她说：“不要难过，这里和你娘家门对门，你随时都可以看见你的娘家，也随时都可以回去看望爹娘。”

她就深情地望了他一眼，有些妩媚地笑着，笑容里还有着一种幸福感。

这时就听见外面在喊：“来客了！”

他抚摸一下她的肩头说：“你休息，我去接待一下客人。”

他走出房门来到堂屋里，恰恰是陶厂长和马师傅正走进大门，看见他就热情地说：“恭贺陈师傅！”并双手抱拳行礼。

他连忙抱拳还礼，又上去并握着陶厂长和马师傅的手说：“太感谢你们了！真不好意思啊！”

陶厂长笑着说：“应该的。你是对我有贡献的大师啊，不是你的风箱神功，我们铁厂怎么能炼出铁来啊！”

马师傅说："完全应该来祝贺你的新婚大喜。"

这时茶倌倒来了一杯茶，热情地说："请喝茶！"

总管伸手指一下后面房门，说："请陶厂长、马师傅去房间里坐。"

他就带着陶厂长、马师傅去了房间，这时总管又喊道："来客人了！装烟，倒茶——"

他转头一看，是冯老爷，快步迎上去："冯老爷辛苦了！"

冯老爷满面笑容地抱拳说："恭贺陈师傅！"

他感激地回礼说："谢谢冯老爷！"

他还在和冯老爷讲话，总管又大声喊道："来客人了！装烟，倒茶——"

他转过身来一看，使他吃惊了，是军粮库的骆站长！

骆站长笑着用河南话热情地说："恭贺陈师傅！"

接着是林斗笠师傅、邹师傅、万师傅等二十余位木匠师傅，像是商量好了的一起来祝贺。接着是钟潇铜匠、瓦匠师傅、土匠师傅、石匠师傅、铁匠师傅、篾匠师傅、棕匠师傅、劁猪的、骗牛的、钻磨佬、补锅佬，等等，九佬十八匠都来了，好像是来搞什么大工程的，像是来开什么匠人大会似的……

总管又在喊："许师傅来了！装烟，倒茶——"

这许师傅是个好铁匠师傅，一直在茅坪街上打铁。他的大弟杰雄就在跟许师傅打铁，而且许师傅的女儿已经和杰雄订了婚。这可是贵客了。

接着又是较远地方的一些匠人来了。

人们都议论着："陈师傅家来的客人可很不一般啊！"

附近的村民也一下子拥来了。一时间客人越来越多，真是应接不暇，屋内楼上楼下坐满了客人，连院坝里也挤满了人，真是贵客盈门，热闹非凡！

……

新婚之夜也不平静。他睡着后，梦中竟然又唤着月儿、月儿，你叫我好找啊，说着就抱紧她："你再可不要跑了……"

这时云儿还没有睡着，一听他这样说，回想起喝交杯茶时他也是突然喊月儿，不禁心里就起了疑团，这对任性要强的云儿来说，可不是一般的问题。于是就十分生气地推醒他。

她充满怀疑地责问道："结婚时你叫我月儿，刚才你睡着了又在梦里叫我月儿，还抱住我叫我再不要跑了，你这到底是什么意思，你要给我说清楚！"

他不禁心下一惊，有些惶惑了，知道刚才自己在梦里又叫了月儿，还抱着她说了再不要跑了。一时间他很是难堪。

她又用手推他，生气地说："你要给我说清楚！你为什么给我叫月儿，你到底是把我当成的谁？"说着又生气地推了他一下。

他一时间又有些伤心，声音低沉地说："好，我干脆给你讲个故事吧——我和你姐姐月儿、你，从小在一起长大，常在一起玩耍，只是你那时还很小。我十五岁时去四川拜老家木工大师学艺，与你姐姐难舍难分，相约一年后回来请媒人去你家说亲，和她订婚，三年后成亲。但三年后我那老师父不准假。第四年我请到假回来，就听说她离家出走了，不知去向。我们就相互寻找着……后来我们相会了，她是一名道士医生，正准备结婚，却遭遇不幸，后来她变成了一个坟堆……自从那次在路上见了你后，我就觉得你好像是她，我和你结婚，也就等于和她在一起了……所以，请你要原谅。"

她一下子抱紧他，激动地说："我很感动，想不到你是个讲信义，讲情义，坚守初衷的男人，你就把我当成月儿吧……"

他说："我把你既当月儿又当云儿。也就是说，你既是云儿，又是月儿，是一个人，反正我都只喜欢你这一个人，并且好好地喜欢一辈子！"

说着紧紧地抱住她，像是怕她跑了似的。

她紧紧地抱着他："我希望我是月儿，那故事真美好……"

她当然是真心喜欢他。她还喜欢这新房子，里面是木柱架，外面是金黄的土墙围着，阳光下金碧辉煌。这种房子冬暖夏凉，住着身体舒适。当然心里更舒服。因为她知道这是他专为她修建的——她说了那么一句玩笑话，他却是一场惊天动地的认真，她也因此将永远地感动。

他虽然个人婚姻圆满了，但还是总想着他的大事。他就和云儿商量，他想去四川一趟，去寻找道远大师。

云儿很理解他，虽然心里不舍，但还是爽快地说："我知道你的追求，想学到高艺。你去吧。但你也不要去久了，我一个人在家会苦苦地思念……"

他说："我知道你的心情。我心里也很急的，不会去很久，我要早点回来陪你。走久了，我也想念你呀……"

这天他就准备出门。他没有收拾工具背篓，这次去不是找活干，只直接去寻找道远大师，因此只收拾了一套换洗的衣服，准备了几双草鞋，收拾了一个简单的褡裢包。

但这时一个村民找到了他，抓住他就不放手，要背工具走，要他赶做几件家具，儿子马上结婚，他只得去了。他的计划就暂时落空了。

十二　洪流通道

这天晚上月辉如纱，山水如织。他大弟杰雄来到他新屋里。进门后杰雄叫了一声"哥"，又对云儿叫了一声"嫂子"。

杰雄在堂屋里坐下，十分郑重地说："我要和你们商量个大事。"

云儿带有审视性地看了杰雄一眼，就去火坑屋里做衣服了。这是一个老人请她做的便衣。她一边做着衣服，一边听着他们说话。

杰雄说："哥你知道吗？美国把朝鲜占领了，已经打到我们中国的鸭绿江边了，并且炸毁了大桥，切断了通道。政府正在进行征兵动员，要去阻止美国军队，保家卫国。但参军是自愿的，不像国民党强抓强捆。没想到这样自愿，却有很多人积极报名，十分踊跃，都要求去参军，保家卫国，保卫胜利果实，坚决不让美国人打进中国来。气氛真还有点轰轰烈烈。我想和哥商量，我也要去报名参军，去打侵略者。”

这杰雄小他两岁。解放前因抓兵拉夫，一直躲在川鄂大界山里，在一家小铁炉里学铁匠，八年下来，已经学成一个好铁匠师傅了。解放后才下山，在茅坪镇上跟许铁匠师傅帮工打铁。杰雄也和许铁匠的姑娘订婚了。此时杰雄显得非常兴奋，仿佛就要出国深造一样。

但杰雄脸上马上蒙上了一层阴云，说：“我知道母亲不会同意我去当兵，所以我先和你商量，你帮忙做做母亲的工作。”说着就看他的脸色。

他说：“虽然解放了，但世道并不太平。最近出现了许多乱子，还有多处暗杀，有人在暗地里捣鬼，搞破坏，不可小视。中国多难。日本人被赶走还只有五六年，没想到美国人又打来了。国家危难，匹夫有责。我支持你。”

杰雄高兴地笑着说：“给哥说，我今天已经报名了……”

“你已经报名了？”他有些吃惊地看着杰雄。

杰雄说：“是的。”

他就给云儿说：“我到老屋去一下。”

云儿说：“你去吧。这事，只怕你妈不会同意。”

他和杰雄回到老屋里。老母亲见两个儿子都回来了，非常高兴。

母亲问他们：“吃了晚饭没有？”

两人都说：“吃了。”

母亲接着就给他们各倒了一杯茶来。

杰雄端了茶杯就说：“妈坐着歇下吧，我们要和妈说个事。”

老母亲就坐下了。杰雄就说了一些情况，然后说：“已经报名了，要去参军，保家卫国……”

母亲流着眼泪说：“你就听娘一句话吧，不要去参军。娘年纪大了，不想你们出远门……”

杰雄却说：“男儿，就是要出远门锻炼。参军是最光荣的。有国才有家，都不去保卫国家，那我们的家还有保证吗？现在国家危难，我们能出人的就要出人，能出力的就要出力。要是外国佬打进来了，亡国了，当亡国奴那可不是好受的。”

母亲一脸难舍的神情，沉声说：“我年纪大了，舍不得你们离开呀……”一边说一边流着泪。

杰雄坚定地说：“如果都只关心自己，不关心国家，外国人打进来了，谁也没有好日子过！日本人打来了，中国该是死了多少人！经受了多大的苦难！”

他就给母亲做工作，亲切地说：“杰雄想去参军保家卫国，也是一场锻炼，这是好事，应该支持。我们本来就有三弟兄，确实应该去一人参军。”

母亲泪眼汪汪地说：“我虽有三个儿子，并不多啊。”

他劝母亲：“这不是多不多的问题，有国才有家，都不去保卫国家，敌人打进来了，都没好日子过……”

母亲还是流着泪，悲伤地说：“你们都从十几岁就出了门。躲抓兵，过年都不敢回家，几年看不到一回，这多年眼泪都流干了……现在好了，刚刚一起在家待了几天，杰雄又要去那么远的地方，你叫我怎么不伤心啊。亲事都说了，就想早点抱孙子，怎么舍得他走啊……”

他父亲也说：“既然都积极去参军，那也不差我家一个。杰雄你就留在家里吧。亲事也说好了，你这一走，也不知是几年的事，别把人家姑娘也耽误了。再说，这事还不好去姑娘家商量呢。”

杰雄说：“许姑娘家，我已经去说了，她同意了我才报名的。”

杰雄订婚的那姑娘是许铁匠的姑娘，名叫许梅，许铁匠就这么一个姑娘。许铁匠家就在街头不远，已经开了二十年的铁炉店。杰雄只是帮工，生活由许师傅负责，另外有工钱。杰雄就天天与姑娘见面，两人很快就有好感了。许多时候，杰雄不回家，就在许师傅家过夜，这样，和许家人更是亲密了。许师傅也看好杰雄这娃，就想招杰雄为婿。许师傅就有些直接地对杰雄实话实说：你若对许梅有意，就请个媒人说亲吧。因为别处有几个媒人在说。于是杰雄就请了一个媒人，去说好了这个亲事，接着就把婚订了。

杰雄说了，他爹妈都有些吃惊，心想这姑娘还真是通情达理。

尽管父母不太同意，杰雄还是没有动摇，坚定地要去参军，保家卫国。杰雄很快就去参加了体检，合格，被正式录取为新兵了。杰雄首先去告诉了许梅姑娘。许梅姑娘也为他感到高兴。这晚杰雄就回家给他说了录取的事，又和他一起去给父母做了一些工作，请求支持。父母也就同意了。

第三天新兵就要到县里集中。第二天杰雄就没有去打铁，他去许家玩了半天，就回到自家。这时家里已经来了许多客人，有他的两个姐姐、姐夫，有邹师傅、万师傅、饶篾匠等十来个师傅，都是来为杰雄送别的，来陪陪他，一起玩一玩，热闹一下，像过喜事一样。

他母亲还是显得难舍，不时地流着泪。

邹师傅就对他母亲劝说道："杰雄去参军光荣。你把我想一下吧，我一个儿子，被国民党抓去当兵，去了就没有音信，我天天去哭吗？杰雄不是去打内战，是去保家卫国，是很光荣的事。"

人们不知何时才能相见，很是难舍难分，直到深夜才各自恋恋不舍地回家。

这是第四天早上。他们一家都早早地起了床。有他父母、云儿、小弟、两个姐姐，站在家门前公路边。不久，他大弟杰雄乘坐的敞篷汽车来了。杰雄穿着军装，这时的样子英俊极了。杰雄向他们一家招手致意，脸上满是兴奋自豪的笑容，并没有什么难舍和忧伤。他向弟弟挥手。车很快就开过去了。一共有十多辆车，都是整整齐齐站着的新兵，迎着早晨的太阳，满面霞光，笑容十分灿烂。

他只说了一句话："好好干，去了写信回来。"

车队一晃就看不见了。这时他母亲就伤心地哭起来。不知怎的，他的眼泪也就流出来了。

偏偏这时天空飞来几只大大的老鸦，黑黑的，在天空急急地飞来飞去，大声叫唤着，然后又飞向他家不远的山坡上，急急地叫唤着……

杰雄去了二十天了，还不见来信。他母亲每天都在流泪，一坐下就流泪。

在二十一天，杰雄来信了。一家人一下子都兴奋起来，像是见到天上掉下一个宝贝似的。

杰雄在信中说：“我们还在隔鸭绿江不远的一个地方训练。生活很好，吃的大米饭，三天还能吃一顿肉。大家都热情高涨，训练非常积极认真，只想快点开赴战场，打击侵略者，报效祖国。”

又是二十天，杰雄又来了一封信。信上内容和上次一样。

后来很久就没有收到杰雄的信，这当然是上战场了。他母亲更是担忧，不时地又流着泪水。他在家每晚都要去陪陪母亲，一起坐坐，说说话，安慰老人。

杰雄上战场了。但他没有拿枪去和敌人拼杀，他被分配到抢修一座大桥的部队，拿着锤子、钳子，在敌人的轰炸下抢修大桥。他的面前，是一座长长的大桥，横跨滔滔江水，连接着两边长长的道路。它不是桥，它是一条大道。这大道通向祖国各地，通向五亿同胞的心，上下正在倾尽全力，支持抗击打到江边、打到中国大门口的侵略者。这大道的另一头，通向战场，通向正义与邪恶的拼杀，延伸正义之道，胜利之道。

这条道太重要了。因此敌人恨透了这条大道，倾其残酷之恶，时时派飞机轰炸这条大道，轰炸这座大桥。恐怖时时从天而降，大桥瞬间被摧毁，大通道猝而断裂，军火物资运输中断，前线告急……

前线战士正在饥饿中，正在零下几十度的冰雪中，正没有了弹药，正在等待从这大桥，从这通道上运去粮食、棉衣、弹药物资。

杰雄他们的任务就是捍卫这条大道，保证这条大道通畅无阻。他们就时时在敌人的轰炸下，冒着浓烟，冒着枪弹、炮火，冒着生命危险，紧张地抢修大桥，打通这条通道，守护这条大道。

此时杰雄正拧紧最后一颗螺丝。他抬起头看着自己参与修好的大桥。大桥又变成了宽敞的大通道，横贯南北，有如长虹飞跨两个世界。他兴奋地拿起一面红旗向北边使劲挥动着。不久，一声汽笛划破长空，一辆满载着各种物资的列车，巨龙一般自大桥北边轰隆隆地奔来，势不可当。他看着列车呼啸而去，禁不住激动地笑了。

忽然发出呜——呜——的声音——防空警报响起来了！

瞬息，嗡嗡嗡！震耳欲聋的恐怖之声自远天袭来，几架魔鬼一般的敌机从南面空中飞来了！魔鬼般的飞机发出刺耳的嗡嗡嗡！很快就到了大桥上空。这时只见一颗颗炸弹魔鬼般摇晃着恶毒的身子，自空中扑向大桥，发出轰隆轰隆的爆炸声！像是一个巨大的魔爪撕裂着大桥，刚刚修好的大桥通道就被撕开了，断裂了。这时列车的尾部受到重重的一震，颠了颠，越过了桥头。但接着列车周围又响起了爆炸声……

杰雄看着这一切，心中燃烧起熊熊怒火，口中骂着：魔鬼！恶魔！遭天杀的恶魔！这时他想，用什么才能制止这些恶魔呢？

他们接着抢修。战士们从掩蔽体冲出来，扑向大桥！这时大雪也凑热闹，不是雪花而是雪团、雪弹，自空中也如炸弹一般纷纷砸下来，砸在战士们头上、脸上、身上、手上……

敲打声又轰轰烈烈地响起来，叮当之声砰砰之声轰隆之声，有如天地合乐，震撼得大江翻起浪涛，震得天空颤抖。

忽然敌机又飞来了！又是狂轰滥炸，又是机枪扫射！顿时战士们倒在大桥上，和着枕木钢轨抛入汹涌的江水里……

十三　热烈乡情

这天，他又收拾了一个简单的褡裢包，准备出门。

这时又走来两个人，这是驻这个组的土改工作队员。工作队要他不要外出，就在近处干活，每天晚上都要开会，下雨白天也开会。他只能服从。

这一留下就是很长一段时间。后来土改工作结束。他家较穷，虽然修建了一栋新屋，但只有三亩田，而有六口人，因此划的是下中农成分。

雷陈林本是家在四川，但雷陈林一定要跟着他这位师父，不愿离开他，说要终生和他在一起。雷陈林就在这里参加分了土地，也分了一间半房子，也就是堂屋一半，堂屋相连一大间，另有一间牛圈，还分了两亩田。这两间半房子和土地恰恰是肖裁缝家的。雷陈林不想要，可是不要也不行，雷陈林就暂时搬去了。

肖裁缝家因为买了武老二的土地，自己要干手艺，就出租了大部分土地，自家每逢抢季节还请了工干活，这是雇工，就被划成了地主。肖裁缝家的房子就安排了两户人家去居住，包括雷陈林。另一户人口多，就得了正屋的一间半和两间厢房，另加一间猪圈。

肖裁缝被安排到他家屋后茅草坡上的一个茅屋里居住，种周围几亩瘦瘦的黄泥巴地。

茅屋人家的东西不多，肖裁缝一家去了不够用，他和雷陈林就请万师傅帮忙，为肖家赶做了两张床、一口衣柜，还有板凳、盆、缸、桶等用具。

搬家这天太阳很好，像是一张微笑的脸。肖裁缝的三女儿肖叶也回来了。她穿着红红的上衣，梳着一头短发，额上搭着一绺儿刘海，漂亮极了。这时的人时兴剪短发。肖叶身旁有一位男士，这是她丈夫黄秀贵，也是本村人。他父亲是教私塾的，是书香门第，这次划的是中农成分，因为土地很少，收的粮食仅够自家吃饱。

黄秀贵曾与肖叶同读过几年私塾，对肖叶很有好感，一直忘不了她，她也很喜欢他，就定下了亲事。一九四九年，在地区高中读书的黄秀贵直接参加了革命工作，后来被分配到茅州县里工作，考虑他对茅坪区熟悉，又将他调到了茅坪区公所工作，接着他们就结婚了。

三女儿肖叶与女婿的回来，给肖裁缝增加了一些激动和安慰。这三女婿可是区里的干部。这很让肖裁缝脸上有些光彩。因此肖裁缝脸上一直都露着一种笑容，没有多想搬到茅屋的事。

肖裁缝一家就搬到茅草坡茅屋里安置下来了。大家一起坐在小小的院坝里，看看茅屋四周青青的山林，看看对面一个个像狮子、像熊、像和尚、像罗汉的小山峰，觉得这像一个观景台。太阳暖暖地照着，四面青翠依偎，给人感到几分清新。

肖裁缝说："这地方向东，太阳一出来就晒到了，比我那地方好。茅屋冬暖夏凉，也好。"

他关心地看着肖裁缝说："肖伯有什么困难，就找我。"

雷陈林也接着说："有困难也要找我！"

肖裁缝说："没什么困难啊，我还是给别人缝衣服，吃别人的，生活不会差。回到这里，也有铺睡。用具你们也给我添置齐全了，感谢你们啊！"

他们一时间像一家人，充满了温馨依存，其情融融。

他怎么也没想到，这天清远老道士忽然找到了他。老道士一见他就抱拳行礼，很是深情而激动地说："陈师傅，可找到你了！"清远确实找了几处才找到他。

他连忙上去扶住清远老道士，热情地说："老师傅您好啊！"

清远老道士双手紧握他的手，眼眶湿润，嘴唇颤抖着，像是有很多话要说，但一时间却又不知从何说起，或是什么也不想说，或者是说了也没有任何意义。

他扶着清远在木椅上坐下，又去给清远倒了一杯茶来，接着问清远："现在生活怎么样？"

清远微笑着说："还是老样子。吃的还有……"

他又问："香火还旺吧？"

清远说："现在来的人很少了。"

他知道，前一阵先是清匪反霸，后来又土地改革，都很忙的，特别是人们都分得了土地，十分高兴。终于有了自己的土地，有好日子过了，似乎再不需要求神拜佛了。人们都急急忙忙地开始耕种自己的田地。现在也正是春播时节。

清远慢慢地说：“我还是想回到我的故乡去。我们朋友一场，今天是特地来给你辞行的。我见过许多匠人，但我最崇拜你……”

他感到有些吃惊地说：“谢谢老师傅抬爱！您怎么忽然要离开老祖庙，回老家去吗？”

清远还是微笑地说：“我老了，管不了多久了，我想，死后还是要埋在自己的故土，温暖些吧。”

他说：“我还是送您回老祖庙吧。今后，我随时来看您。您的生活我完全给您负责。有什么困难，就给我带信，我一定帮助解决……”

清远坚定地摇摇头，似乎不想说多余的话。

他还是尽力劝说清远老道士留下来，但清远连连摆手，意思是心意已决，不必劝说了。

清远慈祥地看着他：“谢谢陈师傅这一番心意，你好好做手艺！”

清远说完就要离去。他握着清远的手，难舍地说：“老师傅，你一定留下玩两天，我们好好叙叙，给我赐教赐教。”

清远微笑地说：“我知道你一直在追寻那位道远大师，想学到高艺……其实，道就在身边。大师未必就在远处。亦可近思，近做。用心钻练，必出高艺。”这好像是给他最后的赠言了。说完拂拂袖就要上路。

他仍然感激地紧紧握住清远的手，眼眶湿润地说：“大师，您就还休息一天吧！然后我送您一路走，我也才放心啊。”

但清远执意要走，说：“能够见到你陈师傅，我已经满足了。我路途还远，你就让我上路吧。”

他看到清远老道一定要走，也没法，便放下手中的活儿，要送清远一程。但清远极力制止。他也无奈，然后就看着这位老人背着一个背包，迈着蹒跚的脚步，颤巍巍地向前走去。他一直站在路口望着清远老人。老人走了十几步又转过头，认真地看他一眼，向他慢慢地挥动一下抖动的手。在转过前面山梁时又回过头来，见他还站在路口，就站住了，然后挥一下手，向前走去，就什么也看不见了。他不禁用衣袖擦着眼睛。

他看着空空的路，忽然想到一个问题——清远老道士回乡还俗了，这庙屋没人管理了，这对房子极为不利呀！这可怎么办呢？

他马上很着急了！自己修建的才知道心疼。

老祖庙可是老百姓捐钱，他主持工匠们精心修建的。是一座雄伟而古雅瑰丽的建筑。柱头板壁门窗都是用红漆刷了的，红润锃亮，闪闪发光。特别还有一个高高的亭子，显得大气华贵而凛然，是这一方的标志性建筑，名气很大，更是这一带人们的骄傲。而且自修建之后，一直是香客如云，游客络绎不绝，香火旺盛，非常红火。周围几个省的不少人们都慕名前来朝拜。

他急急地向凤凰山老祖庙走去。很快就来到山脚边，一户人家的老伯就看见了他。他说："老伯你好！"

这位老伯热情地说："哎呀是陈师傅啊，快进屋里去坐！"

他在院坝里一条发黑的板凳上坐下来。这时老婶就倒来一杯茶递给他："陈师傅，稀客呀！"

老伯望着他说："陈师傅，庙里清远道士走了。走之前，他来我这坐了一会儿，向我辞行。随后我和他来到庙里，我想他年纪大了，一定要送送他。他经常帮我家的人治病，又不收钱，也不吃我的饭。他给这一带医治了很多病人，都是这样。我们欠他的情。他只对我悄悄说了要回老家去。我和他去了庙里，就看见清远老道已经收拾好了一个简单的背包，是一床破旧的被子和几件破旧衣服。

"然后他来到老祖塑像面前，跪在地上，向老祖塑像虔诚地说：'老祖，我走了，只能用心来陪你了。'说着跪到地上，给老祖磕了三个头。起身时已是满脸泪水。

"然后他转身缓缓离开。我要送他，他怎么也不答应……"

他心情有些沉重地来到庙里，规规矩矩向老祖磕了三个头。然后前后左右检查了一番庙屋。一边查看一边思考着。今后怎么办呢，房屋没人看管，是很容易毁掉的。

于是他找到这个村的工作队干部。这时正在进行土改尾声工作。

他对工作组提出一个建议："我在这里修建老祖庙时就清楚，当地有好几家基本上没有房子。一户是住的岩洞，里面异常潮湿，实难度日；另外两户是十几人挤在一间茅屋里，也是太艰苦；特别还有一户房子是土墙的，由于屋顶是盖的树皮已经烂了，十分危险，如果下大雨，随时可能塌死人的……我想，就让他们这几户搬去庙屋居住吧，既保护了庙屋，又解决了他们的住房问题。”

工作队笑着说：“你这个建议很好。我们马上照办。你也参加我们的会议吧，你可是乡亲们赞扬的大师呢。”

工作队接着就召开这个村的村组干部、农会（群众）代表的会议，商量让这四户人家搬去庙里居住，免得出现安全事故。会上干部做工作，人的安全是大事，老祖也是关心众生的，是讲道的，道就包括人道。现在道士还乡了，房屋没有人看护，相信老祖也不会有意见的。于是一致通过这四户人家暂时搬进老祖庙去居住。

可是出现一个矛盾，会后通知这四户人家搬去庙里居住，他们都说不去。他们认为庙房是住菩萨的，是道士住的，人住着肯定不好，不发旺，说不定菩萨还会找你的麻烦，等等。

他也参加了会议，就给这几户做工作：“你们是最穷苦的人，是最值得同情的，老天也会照应的，老祖更是要关爱你们的。这老祖庙里，除了堂屋外，大部分都一直空着。现在道士走了，房屋没人看管了，也是大家的财产，决不能让房子受到损害。你们去住是完全应该的，也可以保护好房子。以后经济好了，有能力了，你们也可以另行修建住房。”

他帮助做了很多工作，又说：“能住上这么红红亮亮的房子，是件好事，是你们的福气。你们不要想多了。你们住进去，是保护老祖和房屋，老祖会高兴的，会保佑你们的……”

最后这四户人家都同意搬到庙屋里居住。他脸上也有了笑容，一直焦急的心，这时也松了一口气。

这消息很快就传到了邻近的几个村里，却是一石激起千层浪。

一时间人们议论纷纷，发泄不满，不少人还十分愤怒，甚至骂骂咧咧——这老祖庙是四处老百姓凑钱修建的，是大家的财产，是为大家祈福的，怎么能分给几个私人居住呢？不少人气愤愤的。于是人们四处串通，要前去制止，决不允许变成私人财产！

这个晚上，几个村的人们已是群情激愤！

而在凤凰坝村却是另一种情景。第二天上午，根据工作队干部的安排，附近的人都帮助这四户搬家。一时间，人们或是背的，或是抬的，或是端的，汇成一支热热闹闹的队伍，拥向老祖庙。很快就搬完了。穷人家没有多少东西搬的。这四户的男女老少都高高兴兴住进了红红亮亮的房子，脸上都露出了欣喜的笑容。他们怎么也没想到，还能住上这样漂亮的房子。

工作队负责人也对他们说："往后，这房子就是你们的了，要好好爱惜！这可是老百姓凑钱、陈师傅他们匠人辛辛苦苦修建的，不容易。同时老祖也是我们中国人的老祖，这老祖塑像也就由你们几家好好看护。"

四户人家的老老少少都来到老祖塑像面前，都规规矩矩给老祖磕了三个头，祈祷老祖保佑。并说，以后一定好好保护老祖和房屋。

一时间也是皆大欢喜。

谁知这时忽然拥来了一百多人，而且一个个都是十分愤怒的样子。一时间工作队的干部和村里人都怔住了。

原来这是邻近村的人。

其中一位六十多岁的老者走到堂屋大门前，气愤愤地大声说道："这个老祖庙是我们无数老百姓凑钱修建的，是我们这一带老百姓的共有财产，是我们老百姓用来敬奉我们老祖神灵，烧香求福的地方，你们怎么让少数几家人搬来居住呢？这是大家的，不是哪个私人的！我们这么远来，不是来打架的，我们也没有带任何工具，都是空着两手来的，也不是来闹事的，我们是来讨个公道，要求工作队解决问题的。"

一时间场面闹闹嚷嚷的，许多人大声喊着、责问着，大声吼着：

"这是侵占公众的财产！"

"这房屋是我们大家的血汗钱修建的，不许私人侵占！"

“怎么能将公众的财产变成私人的财产呢？”

“这绝对不行！”

“不解决好，我们就待在这里不走了！”

“……”

一时间那搬进来的四户人家，老老少少都畏畏缩缩，十分难堪，小孩们甚至躲到了大人的身后，一副被吓得要哭的样子。

工作队的负责人笑着向来的人们解释道：“大家先平和一下心情。你们的心情我们完全理解，而且也是值得赞赏的。你们是在爱护大家的财产，这种精神很可贵。但大家还不知道，现在的情况有变——那位清远道士不愿在这里守庙了，还乡了。陈师傅看着这么大、这么好的房屋如果没人住，没人看管，房屋就很容易损坏。他出于一番好心，为了给大家保护好这个标志性建筑……我们工作队同意了他的建议。”

那位老者又说道：“我们都知道，现在是土改，分给谁的地就是谁的了，分给谁的房屋就是谁的了，分给我们的都给我们发证了。干部说，是长期不变的！既然这样，那这庙屋还是大家的吗？当然就变成他们几家私人的财产了。”

这时那四户人家的人也显得很生气。本来就不想搬来的，硬要他们搬来，现在搞得太没面子了。

其中一户的主人气愤地说：“既然是这样，那我们还是搬回去！又不是我们要搬来的，来受这样的窝囊气！”

说着就要进屋去搬东西。村干部急忙制止。

他这时站出来大声说：“大家要骂也就骂我。这房屋是我亲自主持修建的，我是最心疼的。是我看到房屋空着了，没人管理，向工作队建议的……”

人们一看是有名的陈师傅，而且他是为了保护房屋建议的，大家一时间也似乎说不出什么。

工作队的负责人仍然笑着说：“进来的这四户人家，都是最困难的人，有的住在岩洞里暗无天日，有的土墙房子一下雨就有塌死人的危险，天下穷人一家人嘛，你们想想，该不该救一下急，解决一下他们的实际困难？再说，多余的房子空着不是空着吗，没人住就朽坏了，为何不能让他们这些困难的人来住着呢，房子有人住才不会朽坏，也就保护了房子。而且，供奉老祖塑像的大殿仍然是公众的，也是交给他们负责管理、保护的，不让房子和老祖塑像损坏了。你们要烧香求福，随时都可以来的，没任何影响。而且有人住在这里，你们走口渴了，起码还有水喝嘛，有板凳让你们坐嘛。”

那位老者还是不服地说：“那也不能光照顾这一个村的困难户呀？我们村也有十分困难的。那我们明天也搬一户来住！”

另一个村的一位中年人也说：“我们村也有没房子住的。明天也搬一户来住！”

又一个村的人大声说：“我们村也有住着危房的！我们也搬一户来！”

有人就说：“那就每个村找一户最困难的人家，搬到这里来住！”

凤凰村的农会主席也十分生气，大声说：“你们想清楚，不管怎么说，这个庙地是我们村的地皮，如果是在你们几个村，我们根本不会来扯这个皮。”

这个村的群众也纷纷辩解说：

“这庙是占的我们村的土地！”

“在我们的土地上，我们就可以优先！”

“……”

他这时就说一句：“那这事，我看就由这个乡的工作队来做结论。其他人都应该服从乡农会和工作队的决定。”

这个村的工作组负责人也是乡工作队的负责人之一，就说：“那你们都回去，明天我们乡农会和工作队开会，各村农会主席、工作队都来，一起研究，做出决定后再通知大家。”

第二天，乡工作队做出了决定：确定还是由该村那四户特困人家去庙里居住，并且同时发放房屋土改证，房屋归他们所有，为他们固定的私人财产。因为这样他们才有责任心，才能很好地保护这份财产。接着各村农会、工作队开会做工作，也就迅速安静了。

这下，他的心也就安定了一些。他想，他修建的这栋好房子到底有人看管了，可以长期保护下来了。

他接着和村干部一起来到老祖庙里。工作组干部向这四户人家宣布了乡农会和工作队的决定，并说随后办理房屋所有证手续。一时间都有些欣慰，都感谢工作队，也感谢他陈师傅。

都说："是你陈师傅为我们修建了这么一栋好房屋，我们也应该感谢你，我们也知道，你修建这座老祖庙是没有收工钱的……"

于是这四户人家一起凑着做了饭菜，一定要留下他和干部们吃饭。他和干部们也只好吃了。于是这里第一次摆下饭桌，大家一起热热闹闹吃着饭。

他就对他们说："你们来了，一定要好好保护这栋房子，保护好老祖塑像，他可是我们老祖宗，人不能忘了根本。"

他们都说："我们一定将老祖塑像保护得好好的。逢年过节，我们都要给他烧纸烧香。人不能忘记根本。"

十四　冰雪蛩声

这时天空刚刚黑下一会儿。青石坡的章石匠来到他家，还在院坝里就大声喊陈师傅。章石匠还提了礼物，是两斤苞谷酒，同时给老人还带了一包点心，是芝麻饼，这是作为看望他父母的。章石匠是崇拜他陈师傅的，通过和他一起修建冯家大院，他俩成了好朋友，好伙计。这时他还在一户人家做木工活。天黑了好一会儿他才回来。

母亲对他说："章石匠到家里找你来了。"

他和章石匠从修建冯家大院就成了好朋友。他快步走进火坑屋里，一时间两人都十分亲热，好像分别了几十年。章石匠是这一带出名的石匠师傅。章石匠父亲是个石匠大师，远近闻名，章石匠从小就跟父亲打石碑，打这打那。这一带的石碑都是他们打的，还打石磨子、石狮子，修建石拱桥，等等。章石匠父亲将所有真艺都传给了儿子。

章石匠说：“我家几辈人都住个蓼竹棚，我爹手里就想修建几间木屋，一直没实现。现在形势安稳了，我就想把这事做了，请陈师傅早点去我家……”

他也诚恳地说：“现在动工的这桩嫁妆活儿最多六天，结束后我就来。”

章石匠高兴地说：“那好。我就等着你。”

章石匠出门时就去猪圈里看了看，是个木猪槽。章石匠就在心里想，一定给他家打个石猪槽送来。上次给父亲做棺材工钱都没要，这又要请他建房……

回到家第二天，章石匠就在自家屋旁的山坡上开采了一块石材，开始打凿猪槽。青石坡上就响起一种叮叮当当的声音。

气候突然降温。青石坡是高山，可谓是天寒地冻，连水沟里的水都结成实实在在的冰了，鼻孔里呼出的热气马上就在胡须上结冰了。并且还有寒风呼呼地刮着，像要把人也吹得结成冰棍。他想，今天为什么这样冷啊！这时他家女人就喊他：“这么冷，回家烤火吧，不要把人冻病了！”

章石匠想，这是给陈师傅家打猪槽，不能耽误，陈师傅五天就要来帮我建房呢，我必须尽快给他打好，再找人帮忙抬去……

这章石匠头上白灰灰的。但这不是头发白了，他才三十岁，那是钻的石头灰尘给他把头发染成了这颜色。章石匠的左手拿着一根尺多长的钢錾子，那手已经冻得又红又肿了，像胡萝卜一样了。那右手也是冻得又红又肿的，拿着一个铁锤。后来两只手都冻僵了，都不听他的指挥了，好像都不是他的手了，因此那钢錾怎么也握不紧，那铁锤把也握不紧。

这时他用力将铁锤向钢錾子打去。一般来说，铁锤打到钢錾子上会发出当的一声沉重而清脆的响声，钢錾子会在石头上发出噗噗的声音。那白灰灰的石头灰尘就在噗噗的声音中飞起来，像雾一样散发，章石匠就不仅头发变成白灰灰的了，那鼻孔里也是一腔白灰灰的。这充分证明，干石匠这行是个苦活。

这下章石匠由于手冻僵了失去知觉，根本握不紧锤子，手中的铁锤没有锤在錾子上，锤把就从他手中滑落，险些砸到脚上！

章石匠抹一把眼睛里被寒风吹出来的眼泪，以为是自己眼睛没有看准，锤偏了。同时章石匠精神也是十分集中的，这是给陈师傅家打猪槽，陈师傅是什么人？他可是大师！特别是帮忙打夜工赶做棺材，还没要工钱，这又要请他建房。因此精神确实非常集中，并没有去想女人的事。他有一个相好的女人。

这女人很漂亮，脸色有些白，特别是那双大大的眼睛就像装的两杯蜜水，望一眼你就浑身甜蜜蜜的，然后心里就被这蜜慢慢融化。所以许多时候他也在脑袋里想起她……本来是应该和她结婚的，但她父母亲不同意，她还是坚持要跟他，父母就打她，嫌他家的房子乱垮垮的，人就是个干苦活的石匠，整天浑身灰扑扑的，衣服都难得洗，而且也挣不到什么钱，发不了家。最后逼迫她跟了别人，有了一个儿子，哪知道那男人生病死了，留下她和一个小娃儿，显得非常可怜。他非常同情她，同时也不可能忘记两人的初恋，两人就又走到了一起。但这次是暗地里走到一起，却不能像原来的初恋。所以许多时候他就在心里暗暗地想起她，同情她。想他们那时初恋的事，想现在有时在一起的事，想她对他的好，想那种甜蜜的味道，想每次离别时她那眼里的泪水，这时他的心就抖抖的，像有一根绳子在拉，在扯……

接着章师傅把手放在嘴巴上，使劲地向手上呼出热气，想温暖一下木木的手。他一连呼出了好几口热气，但手似乎没有感觉到温暖。这时他又抹了一把被寒风吹出的眼泪，向手中吐泡口水，捡起地上的锤子，有点自信，又握紧锤把向钢錾上用力地锤去。但冻僵了的手还是没个准，这次铁锤不仅没有锤到錾子上，反而准确地锤到了拿錾子的左手上！顿时他“哎哟”一声，急忙丢了铁锤用右手去捂住左手。此时疼痛钻心，令章石匠难受极了。

此时又飘起大雪来了，漫天白白的像是在撒纸钱。

手伤了，这下章石匠只有回家了，可是这陈师傅家的猪槽怎么办呢？

他将装工具的篾篓子提起，往肩上一挎，就向家里走去。不久他来到火炕屋里，一屁股坐下板凳，疼痛难受，像一根冻着的木头。

章师傅妻子从灶屋走进来，看见他回来了，就说："先我就叫你回来，这下挺不住了吧？今天太冷了，水缸都结冰了，水也舀不了，饭都弄不到吃了。"

接着她就看见他捂着左手，就问："怎么，把手锤了？"

章石匠满肚子的气，发泄地说："今天见鬼了。你快去把方伯（草医）找来。"

疼痛地等了好久，妻子带着方伯终于来了。

方伯通过按摩、擦药、包扎进行治疗，两天手就好些了。第三天，章石匠就坚持又去了石场。这时天气还是很冷，但章石匠怎么也不想停工，又坚持打凿那个石猪槽。很快他的手又冻僵了。他就回家去烤了一阵火，然后又来到石场里，继续打凿起来。

在这寒冷的天气里，章石匠终于抢在他陈师傅去之前打好了猪槽，这时舒了一口气，虽然手还有些疼痛。接着章石匠找了一个帮忙工，两人一起将猪槽抬到他家去。

两人抬到他家院坝里，章石匠就大声喊道："陈伯娘，我给你们送大猪来了！"章石匠不是说的猪槽。

他母亲听了一阵惊喜，走出门来一看，是章石匠送猪槽来了，还说着吉祥话，非常高兴，笑得有些合不拢嘴。

他母亲也说着吉祥话："哎呀感谢章师傅，真的给我送来了一个大猪啊！还是两个人抬的呀，真大！这么冷，还要你亲自送，太辛苦你们了！"

章石匠也乐呵呵地说："我看到您家没有石猪槽，就给您打凿了一个，肯定年年都长大猪！"

他母亲笑着说："那我年年都接你来吃年猪饭！"

章石匠也笑着说："那我肯定要来。几百斤的大猪，我不来帮着吃，怎么吃得完啊！”

接着章石匠两人就将石猪槽抬进了猪圈。章石匠亲自将石猪槽挪到一面墙脚边，认真地摆好。

然后一本正经地说：“石槽来自石板坡，喂的猪子多又多，每头都是大个个，大的八百八，小的八百多！”

又对他母亲说：“陈伯娘，您舀点猪食来倒槽里。”

他母亲很快就提来了半桶猪食，哗啦一下倒进了石猪槽里。

章石匠就大声对一头猪说：“快来吃！”

这猪早已嗵嗵嗵地大吃起来。

他母亲就说：“章师傅打的猪槽，猪子好肯吃呀！”

章石匠高兴地说：“是啊，你听它吃的响声啊，硬是像打锣！”

他母亲笑得合不拢嘴，大声说：“感谢章师傅！”

然后章石匠就拍着一头猪的耳朵说：“你就在这槽边规规矩矩地吃食，不要把脚站槽里了，吃饱了就在那个角落里好好睡着，使劲长肉，最少也要长到八百多。”

这猪吃得嗵嗵地响，头一点一点的，像是激动地回答着章石匠。

他母亲给章石匠和那帮忙工炒了肉和鸡蛋，倒了两碗酒，笑着说：“辛苦你们了！快来吃点饭。”

章石匠笑着说：“送这么大的猪来，这顿饭必须要吃，我快快地吃，猪子也就快快地吃。”

又说：“陈伯娘准备的饭多吧？”

他母亲笑着回答：“准备得多，够你吃成大肚汉的。”

章石匠笑着说：“那好，这顿饭我多多地吃，把肚子胀大，猪子也就长得大大的……”

章石匠走时，他母亲找出工钱递给章石匠，说：“冰天雪地的，辛苦你了，怎么也要收点工钱！”

可章石匠推开这钱就和那人跑了。

十五　面临选择

他终于收到一封信。这是他大弟杰雄寄来的。杰雄在信中说："我立功了……"

一家人听了高兴极了。

杰雄在信中说："我没有上战场，我没有拿枪和敌人战斗，我还是拿的铁锤。我们成天没有看见一个敌人，也不知那些外国人长的什么样。我们成天见到的都是恶魔，从空中飞来的恶魔，这应该是飞魔！它比人的力量大多了。从新兵训练后我就被分配到大桥工程团，因为我是铁匠。我们的主要任务就是抢修铁桥。那是一座又长又高的大桥，像一条水上长城，像一条空中大道。我敢说大哥没有看见过这么壮观的大桥，更没修建过这么大的桥。可是，就是这样宏伟的大桥，美国的恐怖大王，恶魔轰炸机，呼的一下在大桥上空一晃，几颗魔弹一晃，大桥就被炸断了，塌下了！顿时大桥就被毁灭了。太恐怖了！我不知道世界上有没有制止这恐怖恶魔的办法。

"我们的任务就是，在大桥被炸毁后，立即去抢修，保证这条大道通畅，把粮食弹药物资运到前线去。敌人的恶魔飞机一走，我们数百人就扑向大桥，不分白天黑夜地抢修大桥。告诉你们，我们可不是在与人作战，我们是在与飞魔搏斗。我们的这种战斗是惊天动地的，轰轰烈烈的。恶魔飞机来炸毁了，我们一个通宵就又将大桥重新立起，横贯南北，变成大通道，让列车轰隆隆从桥上飞奔而过。你们不知道，看着修好的大桥，看着列车飞奔而过，那种感觉，无法形容！真的觉得自己也变成了英雄。我也就立功了……"

他给一家人念着信。一家人包括老人，都听得满脸泛起兴奋的笑容，脸蛋变得红红的，都感到热血沸腾，久久不能平静。总是流泪的母亲，也是满脸兴奋，忘记了悲伤，忘记了一切。

也就在这时，肖云生下一个儿子。两家人都非常高兴。这是个令人欢天喜地的时代，他给儿子取名为陈喜，小名就叫喜喜。这时一切都是喜事。

人们解放了，又都分了土地，一片欢欣鼓舞。接着就有许多人找他建房或是做家具，他便一直忙碌着。刚刚告一段落，他就准备前往四川去寻找那位道远大师。这天下午穿着蓝色中山服的陶厂长来到他家，要招他进铁厂当国家正式工人。这时铁厂包括施老板的都已经转为了国营。

老人不愿去住新屋，这天他正在家整修旧房子，因为好些地方一碰板壁就垮下了。云儿也在家。陶厂长说了事情，他们两夫妇都欣然同意，云儿还非常高兴地说："当国家工人，吃国家饭当然很好！"

但没想到，接着就开始了一场争夺战！

也就在第二天，区公所请人送来了通知，请他去区里开会。他急急忙忙去了，一看，有各方面的师傅：邹师傅、万师傅、谢铁匠、许铁匠、饶篾匠、林师傅、章石匠、褚棕匠、泥瓦匠葛师傅、张黑牯等。这是个重点匠人的座谈会议，实际上是武装骨干。这会议的主要议题是：把手工匠人组织起来，成立手工业生产合作社，走社会主义集体道路。

随后通知，所有工匠艺人，也就是九佬十八匠，明天都到区公所——冯家大院坝，开大会。主持会议的主要领导有区长耿威、副区长杜弘。

这时谢铁匠就对他说："感谢陈师傅给我做的风箱，哎呀太好了，我要节约好多煤炭哟，还要节约很多力气。"

许铁匠听了也羡慕地说："我也请陈师傅帮我做口风箱。我那风箱老旧了，不行了。"

接着是乔漆匠等人也都高兴地说："现在解放了，翻身了，我们都来请陈师傅帮我们修建一栋新木屋住下……"

耿威区长就看着他说："可惜我老家远，不能请陈师傅去修建木屋。在这工作的地方，作为干部也不能在这里建私房，那就难得住上陈师傅修建的木屋了。"

旁边的章石匠就笑着说：“耿区长还不知道，你住的冯家大院，就是他陈师傅掌墨修建的。”

耿区长肃然起敬地望着他，笑着说：“我太不了解了，有眼不识泰山。今天知道了冯家大院是你陈师傅修建的，那今天晚上一定睡得很好！”

大家都笑着、议论着……

杜弘副区长就说：“我爷爷是个木匠，我跟爷爷学过几天木匠。我就崇拜木匠。今后陈师傅还要为我们老百姓修建很多房屋，在镇上修建新的街道。”

他高兴地说：“现在解放了，形势好了，在新政府的领导下，今后一定人人都能住上新房子。”

耿威说：“我们的目的，就是让老百姓有房住，有饭吃，有衣穿，有地方看病，有地方读书……”他说了很多内容，包括未来理想。

他们都已经知道，他陈师傅是这个区工匠艺人中最有技术的，有硬功夫的，是建房大师，是成果最大的，最有威信的人物，是一面旗帜。他们已经知道国营铁厂要招他为国家正式工人，他们都急了，想把他稳在区里。这对于全区建设，组织手工业合作社能够起到重要作用，他能一呼百应，同时是技术能手，能为一方造福。

他们商量决定：一定要做工作把陈师傅留在区里。因此散会后，他被单独留下来，由耿威和杜弘一起给他做工作。这杜弘是县委杜信书记的侄子，而杜信与他是老朋友了。

耿威有些严肃地说：“你去厂里只是对你一人有利，留下来是对全区人民有利。你在铁厂里，也仅仅是帮着做做风箱，而留下来，是为全区人民服务。我们想和你一起来组织成立全区手工业生产合作社的大事。这是中央现在的大事。请你一定支持一下政府的工作，以大局为重，以乡民为重，为政府出力。”

杜弘也接着话题说：“其实，你去铁厂也仅仅是帮着做做风箱，太埋没你的创造能力了！你留下来，山山水水是广大的天地，才是你施展才能的地方，才是你这英雄的用武之地。你可以为广大群众修建更多的高楼大厦，每座高楼就是给你树立的一座碑。老百姓都高兴。到你年老了，到处都是你修建的房子，每个家庭都是你做的家具，那是一种什么感受啊。那是一种很辉煌的成就。你也就有着巨大的成就感，你会感到骄傲，此生足矣。”

杜弘这么一说，他的心就飞到了高楼大厦上，心里就涌起热烘烘的波浪。是的，他从小就崇拜木匠修建高楼大厦啊。他怎么能离开他的高楼大厦呢！当初就是为了修建高楼大厦才去四川学艺的呀。这是他的初衷啊，是他和月儿信誓旦旦地宣布了的呀！苦苦地学了十年啊。他不去学艺，月儿又怎么会走呢，又怎么会酿成他们的悲剧呢？

这个杜弘也到底是学了几天木匠的人，了解匠人的心，会做工作。

两位区长根本没费力做什么工作，他就表态同意留下，不去铁厂。两位区长也兴奋不已。接着两位区长让厨房炒了几个菜，请他一起共进晚餐。杜弘还特地去搞了一瓶酒，三人共饮，边喝边谈未来，谈社会主义大道，谈共产主义理想，一时间喝得谈得热血沸腾，心潮澎湃，什么都不在话下。

两位区长很快就让办公室起草了一个文件，任命他为茅坪区手工业生产合作社筹备领导小组副主任。这当然还不是正式干部，只是集体企业式职工，一时间不可能转为正式干部。同时，当干部也不是他的理想。可主任是杜弘副区长，还有一个副主任是国家正式干部黄秀贵。

他一回到家，妻子云儿就有几分严肃地问：“开的什么会呀？还喝得醉醺醺的。”

他高兴地说：“是全区成立手工业生产合作社的事，就是要把全区的手工匠人组织起来，走集体化道路，消灭剥削，共同富裕……”

云儿听了不高兴地说：“自古以来工匠艺人都是独自在一家一户做手艺活。谁的手艺高，活儿做得好，老百姓就请谁。师傅做了活，说要多少工钱，主人家就给多少工钱，有什么剥削呀？伙到一起去做手艺活，那还有个质量吗？能促进把技术提高吗？”

他没与云儿论争，他想她毕竟是个女子，从来就只在一家一户做裁缝活，当然也就只有这种见地。

云儿有些不高兴地又问：“还有些什么内容？”

他就说：“区里领导信任我，要我不去铁厂了，留下来和他们一起组织手工业合作社，为老百姓修建很多房屋，修建新的街道……”

云儿脸色就变了，呼出一口急促的气息，生硬地说：“你同意了？”

他平静地说：“政府要我，区领导瞧得起我，我怎么能不同意？现在新社会了，还能不跟着政府走？厂里需要时，我去帮着忙一下就行。再说，去铁厂也就做做风箱，我追寻大师学了这多年艺，难道就只仅仅做个风箱吗？我的爱好与绝活、追求，是修建高楼大厦……”

云儿一下子火气来了：“我说你也真是个苕（傻的意思）！去国家的工厂当正式国家工人，吃国家的，为国家做贡献，多好。你怎么就要留在这个乡下呢？你真是被他们的酒灌糊涂了！你明天去给区领导说，你还是去铁厂！”

他脸上也变得有些严肃：“男子汉表态了的事，怎么能反悔呢？我从小就是说出口了的，就要算数，吃亏也算数。这事决不能反悔。区里可是一级政府，领导都是县里派来的，我要尊重他们。”

云儿就发火了：“你就是舍不得你的几根木头，你人也是根木头！我不懂，明明是一条平平展展的大道你不走，偏要去走这个弯弯拐拐的小路！我真不懂，你怎么就是这样一个人！我给你说，不管什么人说的，你一定要听我的，要去当国家的正式工人！待在农村里没前途！”

他没表态。他想这云儿——真像天上的云儿一样，有时变得白白的讨人喜爱，有时变得黑黑的怪吓人，有时还变成了红红的像燃烧的火焰……

他有些严肃地对云儿说：“你明天到冯家大院参加全区手工匠人大会。这是区里通知的。”

他没想到云儿竟然这样说：“我不去。我们手艺人自古以来都是自己做自己的，我想在哪里做就在哪里做，谁也别管我。”

“现在的新政府都是为大家着想，为什么不听？都听，你一人怎么不听？”

“我又不反对政府。政府为群众办事，我也是为群众做事，目的是一样的，这有什么不行？”

“不管怎么说，明天开会你还是要去参加。”

“你不管我的，你明天去给区里说清楚，你要去铁厂。你从艺就从艺，就专门干你的手艺，你管其他的事做什么？”

十六　经受考验

第二天他很快吃完早饭，就准备去区里开会。

云儿说：“你不去开会，你去铁厂！我要你去当国家工人。你应该认识到，这是很好的事情。俗话说：吊颈也要找大树，国家就是大树。”

他解释说：“我已经答应了区领导，区公所是县里的派出机构，是一级政府，我应该服从啊。”

云儿气得脸像两片燃烧的红霞，而且此时这片云变成了“火烧云”，像烧的一团火。他都感到非常烤人了！

他还是平静地说：“你还是去一下，看个热闹也好嘛。人总不能天天都待在家里吧，只当是去赶了趟场的嘛。”

云儿没有回他的话，不知是默认了还是一种抵触。

他来到区公所的会场一看，黑压压的一大片，少说也有一百多人。都是各方面的匠人师傅。这是区公所通过乡农会、村农会通知来的，师傅们都积极响应，热情高涨。区里通知要开会，这么好的新形势，一定是有好事情，当然一定要参加。看看热闹，听听政策，一定是对大家有好处的。

这天的大会令区领导大为欣喜。没想到人们非常踊跃地来参加这个大会，绝大部分工匠艺人都来了，连边远的肖房瓦匠师傅都来了。

这太不容易了。领导们也知道手工匠人个体劳动方式的特点和习惯。乡村手艺人历来就是一盘散沙，不像煮熟的糯米，不容易成团。几千年来他们就是东一个西一个，各做各的，没什么组织，处于无政府主义状态。没想到这下人们都能一呼百应，欢聚一起。这怎么不叫人高兴呢？

但也有极少数师傅没有参加会议。比如街上的钟潇和理发师、糕点师、花儿匠、厨师等人都没有去参加大会。钟潇家在长坝区，划的是中农成分，他本人早已在这茅坪镇上开店立户，他的成分划的是手工业者。钟潇说他什么事也不管，只管打铜器。也的确有少数人还在观望，看看时局到底怎样变化。

凑巧在上会前等人的时候，杜弘随便与手艺人拉家常，就遇见了肖叶。肖叶虽然已和黄秀贵结婚，黄秀贵是区里的干部，但她没有去过区公所，她仍然跟父亲在乡下为人缝衣服。黄秀贵的家离镇上不远，许多时晚上他们都是回的家里，没回区公所。因此杜弘看见肖叶就十分吃惊。他远远地看见她就眼睛一亮，就觉得有如鹤立鸡群，又像一枝百合花亭亭玉立，心想还有这样漂亮的手艺人！杜弘想着就有些翩翩风度地走了过去。

近距离一看肖叶像天仙一样，杜弘都有些不好意思和她说话了，但某种心理又驱使他产生一种好奇心，不想离开。

他就微笑着问肖叶：“学的什么手艺呀？”

肖叶也清爽地笑着回答：“学的裁缝。”

肖叶此时并不腼腆，倒是显得很大方，很随和，这是她在家家户户干手艺活，与众多人物打交道锻炼的结果。但她的性格比起好胜偏执、以自我为中心的云儿来说，要柔软得多。

杜弘多少有些疑惑地说：“你这么年轻就会裁缝呀？学了好久吗？”

她看出杜弘的意思，就说：“你只要随便问一个这里的师傅，没有不知道我的。我叫肖叶。”

杜弘心里思索这名字：肖叶，消失的叶，这名字好吗？

旁边马上就有人说：“不要看她年轻，可是我们这一带最好的裁缝之一。”

杜弘脸上也笑得有些热烈了，显得惊喜地说：“你这样年轻就是好裁缝，真不简单呀！”

又有人接着说：“她是门第师。他们家是裁缝世家，我们记得她爷爷就是好裁缝，她爹是这川湖一带闻名的肖裁缝，她姐姐也是好裁缝。”

这时肖叶爹也站在旁边。有人就介绍说：“肖师傅也来了呢，就站在杜（副）区长旁边。”

有人就说：“还有二姑娘肖云也是好裁缝，她是陈师傅媳妇，肯定也来了的。”

面对今天全区手艺人大会如此隆重的盛况，本来就十分高兴的杜弘一听，就又有些激动，觉得这是个好典型，一家来了三个师傅。他一打量肖师傅觉得都是很好的人，对他们这样诚恳响应政府的号召，他真有些感激了。

杜弘连忙和他们一一握手，说：“谢谢你们了。”

杜弘是最后和肖叶握手的，两双眼睛都很真诚很激动，因而握手的时间也比其他人要长。

杜弘又对肖师傅尊敬地说：“感谢您老人家来参加我们的大会！”

肖师傅则说：“感谢政府看得起我们手艺人！”

杜弘听了心里十分舒服，觉得这家人真不错。他怎么也没有想到，他们家是地主成分……杜弘根本没问他们的家庭成分，他知道干手艺的都是贫苦人。在他老家就是那样，他自己家祖辈就是那样，哪会有地主人家干手艺活的呢？因此杜弘丝毫没有问及家庭成分，只觉得他们是大好人，是自己人。杜弘显得特别高兴，他知道，合作社就是要闻名的师傅参加，才撑得住台子，群众才相信，才有发展前途。

因此杜弘接着就说：“我们马上要组织成立区缝纫社，你们愿意来参加不？”

肖裁缝连忙笑着说：“愿意愿意！我们相信共产党，相信政府……”

肖叶甜甜地笑着说：“我们家有三个人要参加呢，有我爹、我，还有陈师傅家的云儿姐姐。多了吧。”

杜弘热情地笑着说：“欢迎欢迎！人多力量大，好啊！”

这天的大会，主要是宣传形势政策，动员，造声势，要在区里成立各种手艺人的生产合作社，把手工匠人组织起来，一起劳动，走社会主义集体化道路，共同富裕。

较瘦的耿威区长给大家讲话。耿威神情充满一种坚毅，少笑，他讲话不长，干脆，直率，有硬度。

耿区长说：“几千年来，我们工匠艺人也是受压迫、受剥削的，为什么受压迫受剥削呢？这就是社会制度的问题。共产党领导我们翻身了，不受压迫了，但要不受剥削，我们必须要组织起来，走集体化道路，共同劳动，共同富裕，才能消灭剥削。这样，我们才解决了受压迫受剥削的根本问题。”

接着就是主管手工业的副区长杜弘给大家讲话。杜弘微胖，相比之下，他的脸色要柔和一些，神情显得很放松。

杜弘首先说：“我和大家是一样的人！”

这一句就吸引了所有人！下面的人都惊异地看着杜弘。

杜弘继续说：“我姓杜，大家看看我这姓，是‘木’和‘土’组合的，这就是说，我老祖宗就是搞土木工程的。远的不说，反正我爷爷是个木匠，我少年时就跟爷爷学过木匠。我也和大家一样，都是手艺人，不是什么干部……”

杜弘这么一说，大家都笑了，真的轻松了，觉得亲切，认真地看着他，听他讲话。

杜弘又说：“组织起来成立合作社，就好比组织一个家庭，你一个人生活一辈子行不行？一个人多孤独啊！你起码要找个媳妇嘛，总要组织一个家庭嘛。有媳妇，有老人，有孩子，这才像一个家，才有温暖，才有快乐。有温暖有快乐才叫幸福。一个人单打独干，是不可能有幸福的，那只有孤独。一个人也不可能造一栋房子，合作才能干大事。人多才力量大……”

杜弘主要是在给大家做思想工作，跟上形势，响应号召，积极地组织起来，建设工匠艺人自己的家园，过上幸福的日子。

接着杜副区长亲自宣布了茅坪区手工业合作社筹备领导人员，主任：杜弘（兼任），副主任：陈杰汉、黄秀贵（兼任办公室主任）。

接着就是黄秀贵讲了一些具体政策，机构范围，工作步骤。比如：条件是要有优秀的手艺技术，群众信任，自愿报名，区里批准……批准入社的手艺人，以后都由国家供应平价粮油，享受公益福利等。并说了要成立木业社、铁业社、篾业社、缝纫社、泥瓦社等所有手工业生产合作社的名称……

杜副区长也点名说："陈师傅，讲讲话。"

他笑着说："我没什么讲。"

杜副区长说："少讲几句吧。"

他还是说："领导们都讲了，我没什么讲了。"他觉得他们领导都讲了，他不必再啰唆。

这天到了会的人，都听得入神，都觉得领导讲得有道理，都是为大家着想，为了大家好，并好像看到了那种红火的前景。

他四处查看了几遍，也不见云儿的影子。他估计，她不会来参加大会的，她这人的性格就这样。他来参加了大会，但并没按云儿说的去找区领导，说明要去铁厂当工人的事。他心里又涌起一些忧虑，很不平静，总觉得在一种风浪中。他好像已经感觉到，他可能要与云儿产生矛盾。

他还感觉到有一个重要问题将会出现：可能真正有技术的好师傅不愿入社，因为这些师傅有人请，生意好。而想入社的不是技术很好的，不是群众信任的，这样，好师傅在乡下仍然占据市场，而合作社虽然成立了，但好师傅少，群众有工程不请，做的东西群众不买，怎么办？

他感到一种深深的惶惑和忧虑……

还没到散会杜弘就对他说："陈师傅，散会你就不走了，我们和你还有事。"

散会后他就被留下了。耿区长已经了解到，他在全区是最有威望的木工大师，不管是百姓还是各种工匠艺人，都敬重他，都服他。耿区长、杜弘请他在食堂一起吃了下午饭，商量了一些工作，太阳离山尖就只有一小步的路程了，他才向家里走去。杜弘就和他一起来到小河边的大路上，一半是转一下散散闷，一半是送他，一路聊聊，了解一些情况。

最后两人来到街上，就看见了铜匠钟潇。他就向杜弘介绍，这是铜匠钟潇，是最有技术的铜匠。杜弘就看见了店里的一些成品铜器，就进去拿了一把茶壶看，上面还有栩栩如生的雕花，觉得工艺确实上乘。就坐下来，给钟潇讲组织起来成立合作社的事情。

钟潇听了笑一下，说："好是好，只是自古以来我们这些手艺人都是单独劳动，哪家请就去哪家做。往往是个把人做合适，去多了，老百姓家里摆不开，再者一个铜罐也不好几个人来做。"

钟潇的说话里有一些揶揄的意思。

钟潇接着又说："再者，全区就我一个铜匠，怎么成立合作社呀？"

杜弘笑着说："可以和其他行业集中起来，组合一个大家庭，大家在一起仍然各做各的，加工制作产品，统一销售，按劳分配，多劳多得。老百姓也是想买什么就买什么。"

钟潇笑一下说："那有利于提高技术质量吗？"

杜弘还是笑着说："谁做的在产品上打谁的印章，这必然有利于促进技术质量。多劳，多销，多得。谁做得好，卖得多，谁的报酬也就得的多，怎么对技术没促进呢？"

钟潇若有所思地说："我说个老实话，真正技术高的手艺人，是很受尊重的。他们到老百姓家里去干手艺活，起码生活上是很好的，可以说天天有肉有酒。而组织到合作社一起去了，吃自己的，天天生活肯定差，只怕这些有名的好师傅不愿组织起来……"

他心里想：原来钟潇这家伙想到吃上面去了……

杜弘当即脸上就没有了笑容，眉头忽地皱起来，好像遇到了一个很难的问题，陷入苦苦的思索。他认为，钟潇也说出了一些实质性问题，代表许多人的思想，值得重视。

杜弘和他走了，钟潇觉得心里憋闷，就去街上转转。边转碰上熟人也说些话。这时街上已传开了，手工匠人们要搞到一起干活……

杜弘与他商量说："陈师傅，你明天有什么事需要忙的，就忙一下，在家准备一下。后天我要和你一起去走访全区一些重要的工匠艺人。陈师傅你看怎么样？"

他笑着答应说："好的。"

回家的路上，他顺便去了饶篾匠家，他和饶篾匠是老表，心想工作可能容易做好一些，想动员以饶篾匠为主，成立篾业生产合作社，并让饶篾匠担任社长。

饶篾匠见了他非常高兴，说："表哥稀客！"连忙给他倒了一杯茶递给他，又对妻子竹儿说，"竹儿，你快做饭给表哥吃。"

他喝下一口茶水，制止地说："不要做饭，我刚刚在区里吃了。还吃了肉的，都还在喉咙里呢，再吃不下去了。"

饶篾匠热情地说："那就先坐一下，竹儿先准备，等下我们消个夜，喝一口酒，吃点菜。"

他显得有些着急地说："你们不要准备，我和你说说话了就要回去。家里还有事情。明天要出门。"

饶篾匠说："出好远的门呀，又去四川找道远大师？"

他显得沉静地说："不是，和杜（副）区长一起去走访匠人们。"

饶篾匠点下头说："哦。你的工作真忙啊。"

他诚恳地说："身不由己。现在解放了，我们匠人们也翻了身，政府对我们也好，一切也是为着老百姓着想，为着老百姓过上好日子，我们还是要跟着政府走。"

饶篾匠也非常赞同地说："那是，那是。"

他望着饶篾匠，诚恳地笑着说："给老表也说一下。我想，请老表带个头，以你为中心，我们先把篾业生产合作社成立起来。你们人少一些，没有木匠人多，不复杂。"

饶篾匠友好地笑着说："我也参加了今天的匠人大会的。给表哥说个老实话，成立合作社的事，我不说宽了，就我自己来说，我还是想单独一家一户地去做篾活的好。自由。不说别的，身去口（生活）去，主人家请你去做篾活，起码有个好生活，肚子的日子过走了。都到一起去做，自己吃自己，生活当然要差很多。说个心里话，我不想去合作社吃食堂，一起干活……”

他心里有些吃惊，他没想到这个老表竟然是这个思想。

他还是笑着说：“我给表弟说，合在一起，集体力量大，也热闹，日子过得爽快。同时做事还是各做各的，多劳多得。你的东西质量做得好，都喜欢买，销售得多，你的报酬也就得的多，这很合理。至于生活，其实都包含在产品里面去了。你做得多，得得多，完全可以把生活开好一点。我还是想，你帮忙带个头，我们先来成立一个篾业合作社，也等于是帮我一个忙。你看怎样？”

饶篾匠平静地笑着，慢慢地说：“这，叫我还真不好说啊，你表哥说了，我不照办，又对不起你表哥。按着你说的办，我心里又实在不愿意。我还真有点为难了……”

他觉得好像也不能再强迫这个表弟，一时间就不好怎么说下去了。

他仍然微笑地看着饶篾匠，随和地说：“你考虑一下吧。不管怎么说，现在办合作社是大趋势。人嘛，还是要随大势，不自己孤立自己。你考虑下吧。”

饶篾匠不情愿地笑着说：“好，你说了，我还是要考虑一下的。”

他站起来说：“好，那我先走了，你考虑一下了回我话吧。”

这时天早已黑下来了。没有月亮，但也能勉强看见路。他没有直接向家里走去，他去了林师傅家。

他进门时堂屋里有一盏桐油灯，燃烧着一片黄叶似的灯花，它的光线确实有限，四周的墙壁都是黄昏昏的，像在一个山洞里。林师傅和林姑娘对坐在桐油灯前，编着斗笠。白白细细的篾条儿像丝线一般牵着他们的手，他们手就一动一动的。他们也像是在玩一种魔术，让篾条儿跳着舞……就显得很有趣。林婶在剁猪草，发出砰、砰、砰的响声。

他尊敬地说：“林叔您好！”接着说，“林姑娘好！”

林师傅连忙起身为他提椅子，这椅子也是他和几位师傅做的，还白白的。没有刷漆。林师傅欣喜地笑着说："是杰汉呀，快坐！"林师傅不是给他叫的陈师傅，而是叫的杰汉，显得很亲切。

他接着去灶屋门口亲热地说："林婶好！"

林婶脸上一下子涌满喜气的笑容说："杰汉是稀客！"

林姑娘有些惊喜地望他轻轻笑着，很快地起身去给他倒了一杯茶端来，忍住内心的兴奋递给他："汉哥哥喝茶。"

可以看出，她的心跳加快了，胸脯加快地起伏着，那里面一定有着兴奋的波浪要撞出来。

林师傅一副非常尊重他的神情，挨着他坐在一把椅子上，望着他说："这在怎么忙啊？"

他也是一副可亲的样子，说："在做成立手工业合作社的事情。"

林婶也停止了剁猪草，来到堂屋里，一边在围腰上擦手，一边说："杰汉你坐，我这就来给你做饭吃。"说着就要往灶屋里走。

他随即站起来，去制止地说："林婶，饭就不要弄了，我刚刚在区里食堂吃了就来。"

林婶有些歉意地说："我们都是享的你的福啊，可你连我家的好饭都没单独吃上一顿，我们心里真过意不去啊。"

他宽慰地说："林婶不要这样说。这样说我就不好意思了。您快剁猪草吧。"

林婶笑着说："我也坐下听听你们说话。我虽然待在家里，但我也晓得现在的形势，现在安安稳稳的，多好啊。"

林师傅用非常看好他的神情望着他说："你很不错啊。现在解放了，我们都翻身了。没想到还盼来了这么个好时代。人要知道好歹，上面相信你，你就积极地工作吧。"

他听了很感动，笑着说："是啊。谢谢林叔鼓励。我也是专门来跟林叔和林姑娘商量的（特别提到林姑娘），想林叔和林姑娘帮忙出点力。我想先由林叔和饶篾匠一起牵头，先把篾业社成立起来。"

林师傅显得高兴地说："我和姑娘今天都去参加了会议的，我们很高兴。我们都支持你的工作。这件事，我非常拥护，共产党和现在的政府，都是在为人民考虑事情，怎么对老百姓有益，怎么共同富裕，共同上升。过去的国民党哪里考虑老百姓的死活，成天抓兵拉夫，派粮派款，地方上都是恶霸地主，成天只是收租纳课，欺压穷人。我一定参加合作社，你通知我什么时候去，我就什么时候去。反正是做手艺活嘛。不过再是在大街上去做，还好些啊！”

他感激地说：“谢谢林叔支持！区里准备先成立的，就在街上选最好的房子（地主家的）。”

他转头望一眼坐另一旁的林姑娘，恰好林姑娘正望着他，脸儿有些润润的红晕。

他说：“希望林姑娘也积极参加，支持我们的工作。”

林姑娘有些羞涩地说：“你说了，我肯定参加合作社。”

他高兴地说：“感谢你们！有你们两父女支持，成立篾业社就有希望了。”

林姑娘就问：“什么时候成立篾业社吗？”

他笑着说：“很快。我这几天和杜（副）区长下乡去走访一下手艺高的匠人们，回来就可以首先成立篾业社。”

林姑娘有些兴奋地说：“那太好了！”

林师傅就问：“成立篾业合作社，饶篾匠同意了？”

他心里怔一下，一时间就不好回答，只好说：“还没和他商量。”

他回到家天确实黑了一会儿。云儿见他这时候才回来，知道他在区里有事，很是不高兴。

云儿脸上似有黑云地说：“你从艺就从艺。你还是去铁厂搞你的技术，不要惹些其他的事情！要去投靠国家这棵大树，不要待在这个乡下。再者，你帮着把那些匠人拉进了合作社，如果将来情况有变，搞不出个好结果，都要恨你、骂你，你的名声也就砸了！”

十七　悲痛时分

好久没有收到杰雄的信了。也不知杰雄怎么样了。他母亲时常都流着泪。

这晚他回来后，又去了父母家。他劝慰了母亲一会儿。

母亲说："很晚了，你一天也很忙，快回去睡吧。顺便给你说一下，云儿好像很不高兴，你要注意一些，多多关心她……"

他充满忧心和感激地看着母亲说："好的。谢谢母亲。您早点休息，我回去了。"

这晚他做了一个梦。他梦见去到大弟杰雄那儿了……

他看到了一座大桥，他知道这是一个水上大通道。与他修建的风雨桥那真是不能相比啊！这是钢筋混凝土桥墩，不是光石头砌的容易被水冲坏，桥梁是钢梁连着钢架支撑，不是木头的。它长长的高高的，像是连着天和地。一列火车轰隆隆从桥上呼啸而过，流星一般飞驰而去。

嗡嗡嗡……忽然传来撕心裂肺的响声！

这时他看见远空飞来的恶魔，它像绞杀小生命的老鹰，不，应该是魔鹰！顿时他心头怒火一涌，但是丝毫没有制止那恶魔的办法。恶魔很快就来到了大桥的上空，一颗颗魔弹从天而降，在大桥上爆炸！

轰隆隆。一时间像是天地被炸碎了，燃烧起来，火光冲天，浓烟滚滚……他好久才看清楚，大桥的一段塌下了。

接着他看见两只机动船驶来，它们各拖着一只装满石块的木船，来到炸毁的桥下，然后停住。这时有满船的钢梁、枕木运来，战士们搬了钢梁放在两只木船上，使之连接。然后在钢梁上铺垫枕木，并用铁爪子连接固定，横铺一层，直铺一层，架设枕木垛。那两只木船早已沉入水底……他想这就是桥墩了。真会想办法！

就在这时，他看见了大弟杰雄！

杰雄正拿着铁锤，敲打着铁爪子，连接一根根枕木并固定。他想这是木桥墩了。他心里忽地热潮一涌，奔过去。

他大声喊道："杰雄，我可找到你了！"

杰雄也激动地喊道："大哥！"接着扑进他怀里，两弟兄抱得紧紧的。

他明白这是在抢险，都很忙，就说："我来帮你们架桥墩。"战士们一看他，穿着一件蓝色便服，便用怀疑的眼光看着他："你是哪里的老乡呀？这是军事要地。"

他说："我是中国的老乡。我姓陈，我修建过风雨桥，架过石拱桥的架木垛，我会架枕木桥墩。"

一个军人说："这里危险，老乡你回去吧。"

他说："我想帮你们架桥。我也是个匠人，我能行！"

杰雄就对一个军人说："连长，这是我的大哥，让他帮我们架桥吧，他是个很有技术神功的木工大师。"

那连长笑着说："哦，原来是你大哥。我们在忙，没注意，你们两个真是一个样子啊。那好，我们这正需要技术人员。"

连长就对他说："那你帮着架桥墩吧。"

于是他就很快地帮着忙起来。将一根根枕木按一定距离放好，摆正，与下面的枕木用铁爪子连接，钉紧、固定。那些枕木在他手里横来竖去，就像小孩子摆弄一根根积木玩具一样，是那样轻松，是那样熟练，架得又快又好。

一时间这些军人都吃惊地看着他，赞赏道："这个师傅真是不错啊！"

他和战士们一起，将枕木一层一层往上垒高。

那连长对杰雄说："你这位大哥真还是个木工大师，好熟练，好快，值得我们学习啊！"

他说："这个桥墩，我们做得十分地牢固了，我负责再不会被恶魔炸毁了，再厉害的魔弹也炸毁不了的。"

很快，两个巨大的枕木桥墩越垒越高，就像一座大宝塔立在河水中，就像一座高楼立起，就像大雾散去一座山在江面显现出来，巍然屹立，十分壮观。他和大弟杰雄站在高高的枕木桥墩上。他很激动，他觉得他又修建起了一座高大的木房子，不，是一座高大的水中亭楼，是一座水中塔楼！

就在这时，天空中又飞来恶魔，投下魔弹，响起轰隆轰隆的爆炸声！爆炸声中好多战士被炸到了江水中，但高大的桥墩仍然稳稳地站在江水中，一根枕木也没有被炸坏……但魔弹还在爆炸，轰隆隆的惊天动地！他一下子醒了，就再也睡不着了！

不久的一个天色黯然的上午。天空有一群老鸦飞来飞去，大大的黑黑的，它们大声吼叫着，像是在为什么争吵，像是呵斥着什么。它们吵了一会儿就向一片田野飞去。

这是个沉重的上午，天空布满厚厚的黑云，像铁山要坠下来。云儿出门缝衣服去了。他将儿子喜喜送到老屋父母家，回去挎上褡裢走出大门，正准备关门，就有两位同志来到了大门口。他认真一看，其中一个是杜副区长。

他亲热地说："杜（副）区长好！"他以为是来一起去走访的，这是约定好了的。

杜副区长神色沉静地说："陈师傅好，今天不出门了。"

他心里感到有些诧异，但仍然微笑着说："到屋里坐吧。"

他又回到屋里，放下褡裢包。他忙着给两位同志泡茶。

这时杜副区长就露着深沉的神情对他说："是这样的，有一件重要的事情，我们必须先给你把情况说明，再去和你父母说。"

杜副区长悲沉地说："你弟弟杰雄是一位英勇的军人。他是在鸭绿江参加抢修大桥的。这桥是连接中国和朝鲜战场的唯一一条大通道。可美国鬼子天天对大桥轰炸。晚上抢修好了，刚刚通车，第二天又被炸毁了。又抢修……他们时刻都冒着生命危险在炮火纷飞中抢修大桥，而且主要是晚上。他表现非常出色，还立了二等功。这天，他正在抢修大桥，被美军从天而降的恐怖炸弹炸中，壮烈牺牲，是光荣的烈士……”

他听了只觉得心一下被炸开了，炸碎了，脑袋里也嗡嗡地响……

另一位同志从一个袋子里拿出一块红牌，上面写着：光荣烈属。

这同志充满忧伤地说：“和你陈师傅商量好了，请你帮忙，我们一起去给你父母亲做工作。当父母亲的，孩子都连着他们的心，可以理解，但这又没有办法……”

他忍住心中的震荡和碎裂，忍住就要破堤的泪水，沉重地说：“我母亲年纪大了，不一定受得住这个打击，是不是就不让我母亲知道，只说他在部队里立功了，送来奖励，或者什么也不说……”

杜副区长思考着说：“这样欺骗你母亲一位老人，好像不合适，我们心里过不去。”

他便和两位同志向父母家走去。父母的老屋顶上正冒着一线弯弯扭扭的炊烟。他知道母亲正在做饭。

他看见父亲正在田里劳作，就说：“爹回去一下，有点事。”

他先去隔壁请了个人，帮忙去叫他两个姐姐回来一下，帮忙干两天活，另外去一下雷陈林和云儿干活的地方，叫他们回来一下。他知道母亲听了这悲痛的消息，肯定这几天无法做饭、喂猪了。同时他十分担心母亲能不能挺得住……

他走进屋去亲切地叫了声妈。这时他母亲蒸的苞谷饭香满了整个屋子。他父亲将锄头放到门外台阶上，走进火坑屋里坐下。

他心里很不安，他担心母亲受不了，但又没有办法。他亲切地叫母亲到火坑屋里来坐下，有个事。

都坐下后，他向父母介绍了杜副区长等两位同志。

杜副区长稳重而恭敬地看着两位老人，声音庄重地说：“给两位老人说，你们的好儿子杰雄，在抗美援朝的战场上，为祖国为人民立下了大功劳。这是你们全家的光荣。但是，他不幸牺牲了，请两位老人都不要过度悲伤，保重自己身子……”

这时他母亲惊怔一下，伸出粗糙的右手，去捂住嘴巴，身子一弯，极度悲痛地哭起来。父亲像一根木桩愣在椅子上，像是呆了一般。

他连忙扶住母亲身子，尽力劝导："母亲您放平静点，人死不能还原，这是没有办法的事情。人生谁不死呢？他是为国家死的。死得光荣，死得伟大。我们全家都光荣……"

母亲好像根本没有听见这些话，依然痛哭着。

接着母亲就昏过去了。他将母亲抱到房间里，放到床上躺着。他看母亲，一副极为痛苦的脸，眼睛里还在不停地涌流着泪水。他父亲在床边守着母亲。父亲也默默地流着泪，一下一下用衣袖揩着眼泪。

他说："我去请人找医生来。"

杜副区长担忧地说："我们马上回镇上去叫医生来。"

说着叫另一位同志拿出一个红牌牌，上面写着四个金黄色大字：光荣烈属。对他说："把这牌子钉在门上吧。"

他想了下说："不忙钉这牌子，怕母亲一看见这牌子就想起儿子，又要哭一场。干脆放柜子里收藏着，不让老人经常看见，以免刺激老人。"

杜副区长和另一位同志也同意。他就去将牌子收进了柜子里。

杜副区长向他交代了善后工作，并说："你可以在家多待几天，好好安慰一下老人。走访匠人的事往后推一下。我还有事，就先走了。我会叫医生很快就来的。"杜副区长说完紧紧地握一下他的手，另一个同志也紧紧地握一下他的手，然后两人向公路上走去。

半个多时辰，他的两个姐姐就赶到了。进门后，他向她们说了杰雄的事。两位姐姐听到杰雄牺牲的消息，都失声痛哭起来，身子一弯一弯地哭着，嘴里诉说着，像唱歌一样数落着。

他极力给她们做工作。他说："母亲昏过去了，你们就一定忍住点。你们俩帮忙照护一下母亲，弄点饭大家吃，还有喂猪的活帮忙做一下。"

不久医生急急地走进门来，问病人在哪里。他带医生来到房间里。医生给他母亲按摩了一些穴位，母亲醒复过来。但老人马上就又哭起来。哭泣的声音有些微弱。他为母亲充满担忧……

这时他小弟杰田和雷陈林也回来了。杰田在跟雷陈林一起学做木工活。接着云儿也回来了。

他和父亲、姐姐、弟弟、云儿、雷陈林商量，虽然杰雄死在了远方异国，哪怕死不见尸，还是要按照这一带土家族的传统规矩，进行安葬，跳一场《撒尔嗬》。这也是对父母的一个安慰。

他因许多事情要忙，就请人去找来了万师傅、邹师傅帮忙，然后亲自动手，还有雷陈林、杰田，几个人一起用杉木赶做一口棺材。

云儿就赶着给杰雄缝一套新衣服。

棺材很快就做好了，停放在堂屋中间。他亲自给棺材里放进杰雄生前穿过的衣服，母亲在过年时为杰雄做的一双新布鞋，还有杰雄包过头的帕子，都规规矩矩在棺材里放好。

云儿将一套新衣服盖在旧东西上面。

他亲自写了杰雄的生辰八字，放入杰雄穿过的衣服里。他希望杰雄的灵魂能够回到故土安息……

他请了锣鼓班子、道士，写了个灵位牌子供放在停放棺材的桌上。这晚为杰雄举行了隆重的悼念仪式。按照土家族人的习俗，跳了一场热烈的《撒尔嗬》，并给他烧了一些纸……

这晚来了很多人。有许铁匠，有杰雄的未婚妻许梅，有很多匠人，有周围一带的乡亲。他们都热热闹闹坐在堂屋里，要最后陪杰雄一晚，实际上是陪了棺材一晚上，但这是尽的可贵的心愿。他向来客一个个地鞠躬致谢。

第二天早上，四人抬着杰雄的棺材，几十人簇拥着，锣鼓班子热烈地敲打着，一起红红火火地将“杰雄”抬到不远的田边，也就是杰雄爷爷奶奶的坟边。然后道士做了道场，将这没人的棺材埋下了。人们为杰雄做了一座大大的坟。

他母亲要去看杰雄的坟。他的两个姐姐扶着老人来到杰雄的坟前。母亲紧挨坟头站着，伸出一双发黑的手抱住坟头，亲切地抚摸着坟头，感觉那是在抚摸儿子的头……老人一边抚摸一边痛哭着，嘴里用微弱的声音诉说着：“没想到你死在了那么远的地方，连个死尸也没能看到一眼……”

然后老人给儿子烧着纸钱，一缕青烟缓缓升起，升入天空，像是他的灵魂向天堂飘去……

老人说："你死在远远的外国，哪来的钱用哟，我给你烧点钱来，你好好用吧，用完了给我托个梦，我又给你烧来……"

十八　街道风景

匠人们仍然忙着各自的手艺活。他们脸上的表情却与以往不同，都是一副非常开心的样子。如今既不担心抓兵，也不担心拉夫、派粮派款，可以说过着无忧无虑的日子。虽然生活还并不是很好，但人们心中高兴。到处都是一幕幕欢天喜地的景象。

他虽然整日忙碌，连家里也无法关照，但他心里是非常高兴的。只是有时候，他想到去找那位道远大师的事，因为他答应了老师父的，就应该兑现承诺。同时他更主要的还是渴望找到那位大师，能够学到高艺绝活。但近段工作很忙，实在抽不出时间外出，只能在心里去想。

第二天，他对两个姐姐交代一些事情后，就准备出门。杜副区长安排了的，这几天他要和杜副区长一起对全区重点匠人进行走访，深入地了解思想情况，做好成立手工业合作社的宣传发动、组织工作。

他又对云儿说："你如有紧急的缝纫活就去忙，我已叫姐姐在这帮老人做下家务事。"

云儿有些郑重地说："杰雄走了，出了这大的事，我还能只管自己的事吗？我肯定要在家帮着做些事情，安慰一下老人。两位老人太可怜了。"其实云儿也是知理知情的。

云儿接着就不高兴地看着他："你往哪儿去？"

他显得为难地说："我去一下区公所。杜（副）区长安排的有重要事情……"

云儿生气地说："我说你这人！家中出了这大的事，你妈身体都那个样子了，好可怜，你都还要跑！我还是那样说，你去给领导说清楚，你还是去铁厂！你不听，我可没好态度对待你……"她说着就进屋去了。

他在想，尽量冷静，不和她发生大的矛盾，等以后慢慢来沟通。

这时钟潇急急地找来了。钟潇还不知道杰雄的事。他也不想说这事，越说心里越难受。

钟潇见面就握住他的手说："陈师傅，这回要请你帮忙了。"

他说："是什么事啊？"

钟潇着急地说："你也知道，我那木屋太小了。现在形势好，生意也好，两间小屋，又要制作，又要摆货柜，又是做厅屋，太挤了。我想在屋旁连着还接一间屋，这工程不大，但也有些复杂，特别是与旧屋的连接。这是个技术难关，如何连接牢固，我对一般师傅不放心，我想一定请你去帮我修建这间房子。"

钟潇拉着他的手："你先去给我看一下，安排一下。我知道你也忙，我可以请雷陈林和其他师傅帮忙，这样快一些。走吧。"

他也没有想到这个钟潇这么急，像是要等着房子结婚似的。

接着他就带着雷陈林，跟着钟潇去了茅坪小街，来到了钟潇的铜器店门口。这时还是清晨，仙人岭上还是那么云雾蒙蒙，显得十分神秘，可能是神仙们在做什么秘密活动。白岩鼎这时也像是挂起了窗帘，再也看不清那座美丽的鼎了。

不巧他看见了坐在街边卖斗笠的林姑娘。她穿着一件有些旧了的红花衣服，像一朵牡丹开放在街道边，他一看见她就总是涌起一种怜悯和喜爱之情，又有一种很难受的憋屈。他觉得她好像长在了他心里。他想等会儿一定去见见她。

走进钟潇的铜器店子，田月正抱着儿子铜儿吃奶。这儿子叫钟铜，小名铜儿。

田月见到他就想起静月师父，充满思念地对他说："好久没有看见静月大师的踪影。你经常去四川，你看到过静月大师吗？"

听见田月说静月，他一时悲从心起，坚持忍住难过，沉静地对田月说：“你还不知道，我去过清月观，她已经仙逝，变成了一个坟堆……”他当然绝对不会说出静月是肖月的事。

田月大惊失色，急忙问：“是真的吗？”

他说：“我看到她的坟墓了的，还有碑，写得清清楚楚：静月道士之墓。这还有假吗？”

田月一听就哭起来，哭得非常伤心。他和钟潇怎么也劝不平静。

他安慰地说：“你师父仙逝是好事，她成仙了，她也会在天上关照你的。”

过了一会儿，她慢慢平静下来，又显得伤心地说：“没想到，再也见不到静月师父了……”

他想钟潇的事，就去问雷陈林：“你那桩活还有好久完工呀？”

雷陈林说：“还要几天。”

他对雷陈林说：“你去和主人说一下，过几天再去，先来这里突击一下，你们先把柱头做好，然后我来画墨，帮着做榫眼。”

同时安排钟潇：“你快去找邹师傅、万师傅、祝师傅、杨师傅几个来帮忙，好快点完工。我过几天来……”

钟潇好像有些不大满意：“我想你也亲自参加……”

他郑重地说：“这几天区里有事，我没法推辞。他们几个师傅和我做的一样，你放心。到时我来画墨，帮着做榫，把握关键地方，处理好连接的事。”

又安慰钟潇说：“你这点事，你就放心好了。我负责给你做好，台风也吹不动！”

钟潇还是有些不满足地说：“你哪个时间能够来？你给我说个一定，我好有数。”

他算了下时间账，把全区重点匠人走访完，最少也得三天。

他说：“三天后，也就是第四天早上一定赶到你这里。你快去把几个师傅找来帮忙，三天时间把柱头、楼索、檩子全部做好……”

钟潇点头说：“好。那请你第三天晚上赶到我这里，晚上我要一起陪你们几位师傅。”

他笑着说：“这么点小工程，你陪个什么师傅嘛，太小题大做了。”

钟潇一本正经地说：“事情虽小，过程一样。工程虽小，师傅仍然为大，必须要陪！这个程序不能少。”

他说：“我一定争取赶到。”

他说着就向中街走去。很快他就来到卖斗笠的林姑娘面前。

一见是他，林姑娘激动地站起来说：“杰汉哥！”那眼里充满浓浓的深情，还有深深的苦涩，捏着自己的手，一时间不知道该说些什么。

他打开局面地笑着，热情地说：“这么早就来卖斗笠了？”

林姑娘有些局促地说：“今天是热场，早上赶场的人多。”

他关心地问：“卖多少个斗笠了？”

她紧紧地看着他：“才来不久，只卖出了三个。”

他放松地说：“不着急，慢慢卖吧。”

她关切地问：“你往哪里去？”

他笑着说：“我和杜（副）区长下乡去。”

她充满美好期盼地问：“什么时候成立篾业社？”

他坚定地笑着说：“有你们支持，很快的。”

她感到一种热热的欣喜，也坚定地表态说：“我们一定参加。你到时通知我们。”

他高兴地说：“一定通知你们。”

他走了两百多米远，往区公所转弯了，回头看时，发现她还站在那里向他望着。他心里不禁涌起一股热热的、酸酸的东西，冲击着他沉沉的心……

他和杜副区长去走访了三天。第三天晚上回到镇上已经是八点多钟了。

他记得钟潇说的事，明天要帮着画墨，突击小屋的事。他来到钟潇店里，雷陈林、邹师傅、万师傅、祝师傅、杨师傅正坐在小厅里。

小厅确实也小，仅够放下一张小桌子，一家人吃饭。小厅隔壁是店，又是加工的地方，又放着两口摆放铜器的柜子。小厅后面是灶屋，很小，东东西西摆放得很挤。

见他走进小厅，钟潇兴奋地站起来，迎接他进厅，有些喜出望外地说：“我就知道你陈师傅今晚会赶回来的！你陈师傅是个天下最讲信用的人。哎，就等你了。刚才邹师傅还在说，你今晚可能不会来了。我就说，你肯定要来的。你看这不真的来了嘛。真是太感谢你了！”

后面灶屋里，田月已经准备好了陪师傅的晚餐。听见他进门了，田月就喊：“陈师傅来了，钟潇你把桌子摆好，我端菜来了。”

钟潇就将板壁边的小桌子挪了挪，让它放到正中位置，就对他和几位师傅说：“几位师傅都围着桌子来坐。”

钟潇说着拿来两瓶酒，往桌上放得咚的一声响。

这时田月就端菜来了，见了他就说：“把陈师傅跑路了，辛苦了！”

他笑着说：“把你忙着了，辛苦了。”

很快，桌上就被田月摆满了菜，其实主要是肉。有红烧肉、炒肉丝、粉蒸肉、骨头汤、蒸鸡蛋、烧豆腐、酸辣洋芋片等。

他问：“铜儿呢？”

钟潇说：“吃奶后睡了。”

钟潇倒好几杯酒，给每个师傅面前放好一杯，自己也坐下来，端起杯子，热情地大声说道：“几位师傅，辛苦了！我敬你们一杯，我先干为敬！”

说着将杯子送到嘴边，一抬杯子，酒就下了肚，说：“师傅们，请！”

他和师傅们都同时喝干了杯中的酒。

钟潇用筷子点着一个盘子说：“来，先吃红烧肉。红烧肉下酒，很能压酒的。”

于是小屋子又变得热热闹闹的……

吃完饭他就向家里走去。他担心着母亲的身体。他进门就问姐姐，母亲吃了饭没有。姐姐低沉地说，她什么也不吃，强行给她喂了一点鸡蛋汤……

他向母亲房里走去，母亲躺在床上，脸上黄瘦，目光无神。他亲切地叫了一声妈，在床边坐下来，伸手握住母亲的手，亲切地劝慰着母亲……他陪着母亲坐了很久，说着话，后来母亲一定要他快去休息，他才缓缓离开。

第二天清早，他就来到了钟潇的店里。屋旁的场子上，已经摆放着白白的柱头、穿枋、楼索、檩子，都是刨好了的，只等他来画墨。由于只有一间屋一排柱架，七根柱头、七根楼索、九根檩子，他只用一个上午就把墨画好了。下午就和师傅们一起凿好了眼、做好了榫，接着组合成了柱架。又是第二天早上，就把柱架立起来了。这确实只是一碟小菜。

新屋楼索与老屋柱头连接的榫，他是做的一种“卡榫”，榫眼下部和楼索榫下部，是一头宽一头窄，呈三角形，从上部贯进去向下敲打，使三角榫头与三角榫眼卡紧，这样就是火车也拉不出了，再在上面露出的一寸高的榫眼里，打进一块木楔，贯紧，便是严丝合缝，紧紧扎扎，可以牢固一万年。檩子是在旧屋檩口各二分之一卡下去，也是牢牢实实。

钟潇看了，十分信服而踏实地笑着：“真是一代大师！让这间新屋与旧屋牢牢地连接一起，形成一个整体。”说着抑止不住笑呵呵的，显得十分满意。

立屋的这日下午，他给几个师傅交代了装修的事情，就去紧张地筹备第二天的大事。他心里不是很踏实，担心这第一炮能不能成功打响，因为连他的表弟饶篾匠都不支持，不想加入合作社。

第二日清晨小街还冷冷的，他就匆匆来到了一栋红漆柱架屋里，进行一些准备工作。这是上街的一栋房屋，原是一户地主的，现在归公了。这是整个街上最好的一栋房子，格子窗上还雕着花，二楼阳台栏杆是车（原始车工技术）的花瓶连珠式的花柱，门窗也是雕花的。都是一件件艺术珍品展现给人们。

上午的太阳喷洒着银色光芒，天上地下银亮银亮的。这栋屋子里马上就要进行一个重要活动。他既激动又担忧。

这时林师傅和林姑娘走来了。紧接着又是几个篾匠师傅走来了。这是他和杜副区长走访时约定的，他们都背着被子、工具准时赶到了。他们有的离这里有三十多里路，都是步行，还背着东西，一个个额头上都湿湿的了。

这时他表弟饶篾匠也来了，不过他是抱着空手来的，什么也没有带。或者说，饶篾匠是来看看的，表哥大师说了，当然必须得来一下，看看形势。至于参加篾业社的事，目前还没有这个想法。

他忙碌地负责接待师傅们。他将他们带到楼上，每人在楼上安排了一个房间，按洋式的说法应该叫卧室。他亲手接下他们背上的工具背篓和被子衣物。

他热情地笑着说："师傅们辛苦了！先放好东西，把被子铺好。"

师傅们一个个高兴地笑着，笑容里映满了红漆光亮，他们做梦也没想到能够住进这样的房子，这是地主的待遇了。都是红漆板壁，雕花窗户，还有红漆床铺、红漆椅子、红漆凳子，等等。简直像是在做梦，一时间让他们不知所以。

他对饶篾匠笑着说："虽然你没有带被子，但我也给你安排了一个房间，而且还是对着街道的，随时可以看看街上的热闹风景。你看怎样啊？"

面对此情此景，饶篾匠一时也不知如何是好，满脸无言以对的尴尬。顿了一会儿才有些不好意思地笑着："感谢表哥的关心，我这么近，可以在家里住的。"

他看穿饶篾匠的心理，也笑一下说："房间我还是给安排一间。多好的房间啊。不然二天没有房间了，你想来也没有住处了。过了这个村没有那个店了。"

饶篾匠赔着笑脸说："你安排吧。"

他说着又审视地看着饶篾匠："我看，你是有点离不开媳妇吧？"

饶篾匠有些不好意思地说："哪里，媳妇在家里又跑不了，像长了根似的。”

他笑一下，小声地说：“你回去商量一下，竹儿如果愿意来，也让她来，一边做篾活，一边给大家做饭，不种田了。祖祖辈辈种田没有发财了的，只苦了身体。”

饶篾匠多少有些不自然地笑着：“我也知道，表哥你是大人物，也是聪明人，决不会办糊涂事的，你说怎样，我就怎样。反正跟你走没错的。”

他就伸手拍一下饶篾匠的肩膀：“你是我的好兄弟！放心，不会让你吃苦的。国家重视我们手工匠人，还每人发个粮油供应折子呢，吃平价粮油，给自己挣钱，多劳多得，这可是天上掉下的好事啊。不要误了这个机会。”

饶篾匠就笑得很是欣喜：“还发粮油折子呀！我一定回去给她说，要她也来参加，她现在也会做篾活了，什么东西都能织，只是划篾的功夫还差点。”

他又拍一下饶篾匠的肩膀：“好。她来的话，你尽快给我说一声，我好去要区里给她办个粮油供应本本。不然这一轮过了，以后可能难办的。”

饶篾匠有些兴奋地说：“谢谢表哥！我就说，跟你干，不会亏的。”

师傅们已经放好工具和生活用品，在床上铺好被子，满脸笑容很想躺一下。他将他们带到后面厨房里。他亲自给他们舀起锅里的热水，倒进木质的红漆洗脸盆里，亲切地说：“都走累了，流汗了，你们洗一下脸，这样舒服一些。”

师傅们感叹地说：“哎呀这真是走进了亲戚家呀！”

有人又说：“像是走进了爹娘家里……”

“你让我们自己舀水吧，要你这样的大师来给我们舀洗脸水，我们怎么好意思洗这张脸啊……”

他热情地说：“都是做手艺的匠人，互相关照是应该的。我走到你们家了，那不光是洗个脸就了事的，还要吃你们的饭呢！”

师傅们都说：“晓得陈师傅哪年才能走得去哟！”

一时间说得大家都笑起来了。

不久杜副区长来了，连耿区长也来了。

大家笑着坐到一楼大厅里，像是要庆祝喜事的。

杜副区长笑着说：“来，我先给大家一人发一个红包吧。”

杜副区长说着，就给每个师傅发了一个红本本。这不是红包，但价值超过红包。红包只用一次，这个红本本可以年年月月用，一直用到老。这是供应平价粮油的本本，叫作粮油折子。这是他和杜副区长确定好人员后，交由办公室去粮站，也就是找骆铁匠办理的。这时国家刚刚实行统购统销，国家特别优待这些匠人，当然还有机关干部职工。

篾匠师傅们拿着这个粮油供应本本，仿佛拿到一个无价宝贝，都用双手紧紧地抱在胸前，都感动得流下了热泪。

都感动地说：“没想到新政府把我们匠人这样当人啊……”说着说着，有的就流下了眼泪。

林姑娘看着手中的粮油供应本本，这本本是红色的，映照得她的脸蛋更加红润而姣美，也更加动人。

他正看着她，她就说了一句：“感谢陈师傅……”

他说：“不要感谢我。应该感谢新政府。”

其实能进来也不容易，因为编制有限。区领导考虑到人多了可能是良莠不齐，差些的师傅做的东西可能少有人买，人多了做的东西多，可能会滞销，因此篾业合作社现在只确定了八个人，包括编织斗笠的林师傅父女。确定开基创业的这八个师傅，都是在全区挑选出的技术拔尖的师傅，群众最信任的师傅，也包括饶篾匠。虽然饶篾匠还不想参加篾业社，但技术过硬，他包办地把他和妻子竹儿也定上了，也给办理了粮油供应本本，他知道这表弟会听他的。

这时就走进一个人，背着一个背篓。背篓上面是被子，里面装的是篾匠工具，但并不是做细活的工具，而是一些做粗活的工具。他姓朱，家离这镇上只有几里路远。这朱篾匠在乡下也能做一些篾活，但不是那种精致的细活。人们也叫他篾匠师傅，但实际上这样的篾匠师傅乡村里多的是。这朱师傅参加过区里召开的匠人大会，知道现在的形势和政策，他一心想参加合作社。

朱师傅走进会场后，就急切地说：“杜（副）区长、陈师傅，不管怎么说，反正我要参加篾业社。我家是贫农，我是最拥护合作社的。”

他不好说什么，也不好解释什么。他清楚，这个朱师傅的篾匠技术是一般化，是不够进合作社的。朱师傅这样的师傅能进，那好多人都可以进，如果都来要求入社，怎么办？成立合作社是为了更好地为人民群众服务，必须选技术最高的。人员经过区里确定了，怎么能又随便增加呢？都来做篾器，只有那么个需求量，哪个买？没人买，怎么生存发展？

杜副区长也不好表态同意，只好诚恳地说：“朱师傅你要加入篾业合作社，是很好的表现，但是，要请你理解，根据我们全区人口，篾货需要量，以及其他情况，我们区里对篾业社只确定了八个名额。已经有八个师傅早就报名了，先来后到，这叫我们也没有办法。请朱师傅体谅。”

朱师傅把工具背篓放下来，靠着板壁蹾着，很是生气地说：“八个再加一个，有好大个影响，坏了什么大事？十个人都不到，多什么？你们是故意限定名额，让我们进不来！合作社是大家的，我怎么不能参加，我又不是坏人！不管你们同意不同意，我反正要参加合作社！来了我也就不走了！”

他看着有些僵局，就劝说道：“朱师傅，你也先不要生气，你先坐下，心平气和一点。现在我们要开会，你不能影响开会。会开完了，我们再坐下来说。”

朱师傅一看他说话了，知道他陈师傅是人们崇拜的大师，就平静地说：“好吧，等你们把会开完了我们再说吧。”

接着就是成立大会开始。首先是耿区长讲话，然后是杜副区长讲话。随后耿区长一定要他也讲话。

他站起来诚恳地说：“篾业生产合作社是全区第一个成立的合作社，是合作社的第一个开门红。祝贺大家以后的事业红红火火！生活快快乐乐！”

于是掌声雷动，大家出自内心地热烈鼓掌。

然后就要师傅们发言。没想到这些乡下走来的师傅发言都十分踊跃。师傅们一个个都是热泪盈眶地讲了话。

林师傅说：“做梦也没有想到，能够搬到街上来住这么好的房子，自由自在地做手艺活，感谢共产党……”

在区领导和他的协助下，师傅们选出了篾业社的社长、副社长。社长姓黎，四十多岁。副社长都说选个女的，就选了斗笠姑娘林晓兰。

杜副区长宣布：“今天，茅坪区篾业生产合作社正式成立了！”

这时大门外就响起了热烈的鞭炮声，一时间满街的行人、小商都跑到这门口看热闹。

在一片热闹的气氛中，耿区长亲自拿起“茅坪区篾业生产合作社”的黄底红字大木牌。这是他安排人做的，而且做得特别大，在三个人的努力下，才稳稳地挂在了大门边。一时间分外显眼夺目，给这古老的小街添上了一道亮色。不管什么人，凡从这街道上走过，都要认真地看看这块大木牌。都感觉这不是一块木牌，而是一块金牌。

接着杜副区长说：“下一个要成立的是缝纫合作社，地点离这不远，也是一栋漂亮房子。先成立的，就住街上现成的好房子。”

篾业社成立大会结束，时间还早，太阳还高高地挂在西边天空，像是在看这街上的稀奇事，怎么也不愿离开。

篾业社的师傅们为了表达高兴和喜气，商量大家凑钱，在蒋家餐馆置办了一桌酒席。不是为了吃，是要一起好好庆祝庆祝，喝一顿酒，尽情地高兴一回。这可是千百年没有的事。他们特别邀请他和耿区长、杜副区长一定要参加。

耿区长考虑自己作为领导干部，不能吃吃喝喝，更不能吃下面群众的，就说：“上面有规定，不能吃请，这是纪律，否则就犯错误了，就要受到处分。一定请师傅们理解。”

可师傅们不依，几乎异口同声地说：“一定要参加，这是合作社的开门红，是庆祝酒，不是人情酒，不是什么人家整酒请客，怎么不参加呢？”

新选的黎社长也显得不高兴，他一般都显得老练老到，很少看见他笑。这时黎社长有些严肃地说：“这么大的好事，领导不参加，我们还有个什么主心骨？”

都说：“那是。领导都不参加，我们吃得还有个什么意思？”

耿区长一副非常为难的样子，勉强笑着说：“干部有纪律……”

杜副区长也是想走，不愿参加吃饭。

但师傅们还是坚决不依，并且动手抓住了两位领导的衣服。

黎社长还是满脸不高兴地说：“领导不支持，我也不想当这个社长了。”

有师傅说：“今天领导不去参加不行，这是庆祝第一个合作社成立的大事，领导不参加还有什么味？”

一时间有些僵局，两位领导也就显得有些难堪。他们也知道师傅们是真诚的。

恰在这时又有人来添柴加火！一个人背着一个工具背篓，上面还有一个捆着被子、衣物的大包，走得汗流满面，人还在门外就大声说道：“杜（副）区长，我要参加篾业社！”

顿时大家都怔住了。

他认识这位篾匠师傅，姓崔，四十几岁，家离这茅坪小街有三十多里路程。区里上次召开匠人大会时，这个崔师傅就去参加了会议的，他对成立合作社非常高兴，他感觉是国家机构，是很风光的单位。

这次他和杜副区长去乡下走访匠人，在泥瓦匠葛师傅家也见面了。这崔师傅的家相隔很近，知道他和杜副区长去了，也就主动找去了，态度坚决地要求加入篾业合作社。但是他知道这位崔师傅的篾匠技术很一般，只能做一些撮箕、篮筐之类的粗货，而这些粗货农村许多人都会。因此尽管崔师傅强烈要求，他和杜副区长也没有表态同意。通过一番走访考察后，最后确定人员时当然没有定到崔师傅。没想到崔师傅这时找来了。

这时杜副区长小声在耿区长耳边说了点什么，就看一下天，笑着说："是吃下午饭的时候了。这样，师傅们一腔真诚，盛情难却，今天情况特殊，是庆祝第一个合作社成立，我和耿区长也就违犯一次纪律，和大家一起庆祝庆祝，乐一乐。这两位——朱师傅、崔师傅也就不多说了，先一起吃饭。"说着，就有点自告奋勇地向蒋家餐馆走去，后面耿区长和他以及师傅们，都高高兴兴地跟着走去。

由于黎社长早去打了招呼，做一桌什么规格的酒席，蒋师傅早就将各种菜肴准备好了，只等师傅们一来就开席。所以很快，丰盛的酒菜就开始摆上一张大圆桌，蒸的、煮的、炖的、炸的、腌的，五花八门，五彩斑斓，鲜香四溢，满屋飘荡着浓浓的香味，刺激得人直流清口水。同时丰富的炒菜也正在锅里炒得叮叮砰砰的一片响。圆桌一般是坐十个人，但中途又杀出了两个"程咬金"，就是十二人，他一去就亲自添加了两个凳子。

黎社长有些气魄地说："请大家入席！"

他也没有看身旁就随便地坐下。坐下一看身旁，不禁一惊，是林姑娘！他一时间有些不自然，又不便换座位，那会更难堪，此地无银三百两，不打自招，于是只好赶忙去看桌上的菜，并赞扬道："蒋师傅做的菜也真是天下第一香。"

在他坐下看林姑娘那一刻，林姑娘白净的脸蛋不禁微微一红，像有一道霞光忽然照到了她脸上。

一个身穿红花衣服的女子抱出一小坛苞谷酒，轻盈地来到桌边，往桌上放出嘣的一声响，接着又端来一摞土黄色的小酒碗，绕着桌子熟练地挨个儿给每人面前放上一个，一时间发出连续的啪啪啪啪的响声，像是在演奏"手拿碟儿敲起来"。

黎社长亲自抱起酒坛，给每个碗里倒酒，一时间哗哗啦啦，就如"高山流水"。

黎社长倒完酒后，端起一碗酒，很气魄地大声说道："今天，我们篾业社在区里领导的关怀下成立了。这是一个大喜日子，为了表示感谢，我先敬耿区长、杜（副）区长一碗！"

耿区长早已端着碗站立起来，连忙热情地笑着说："慢。先听我说一句：我首先代表区委会、区公所，感谢在座的师傅们！你们积极响应政府的号召，率先成立了全区第一个合作社，这是一件大喜事，是全区的开门红！所以，为了感谢大家，我和杜（副）区长一起敬大家一碗，请大家一齐端起酒碗——”

杜副区长端起酒碗站立起来，脸上布满喜悦的笑容，等待着。

接着便是所有人员一齐起立的呼啦声，都端着酒碗看着耿区长和杜副区长。

耿区长兴致浓浓地说：“为着庆祝，为着合作社的兴旺，为着大家都能挣到钱，为着师傅们的健康，我们一起干一碗！”

说着，耿区长和杜副区长一抬手，一碗酒就倒入了口中，泉水一般哗啦啦涌入喉咙，然后向大家亮着空碗。

这时大家早已感动地一起高举着酒碗，洋溢着欣喜的笑容，像面临一个激动人心的大喜时刻。黎社长终于笑一下，大声说：“我们一起敬耿区长、杜区长、陈师傅，你们辛苦了！祝你们工作顺利，身体健康！干！”

一时间便是哗哗啦啦的奔流之声，就如悬崖上数道瀑布飞流直下，泻入一个个激动的心海。

他大声说：“大家快吃菜压酒。”

这时红衣女子又两手各托一盘炒菜，笑盈盈地走进来，表演似的将盘子往桌上放下，脆生生唱歌一般唱道：“猪肚脆炒——鲜辣肉丝——趁热快吃！”

吃了一阵，林师傅站起身来，五味杂陈地说：“我八岁跟着父亲编斗笠，现在干手艺活快四十年了，还从没有经历过今天这样真正的开心。感谢共产党，感谢区里领导，我要敬大家一碗酒……”

说着已是满眼泪水，在座的人都为之动容，情不自禁地端起了酒碗……

吃了一阵菜，杜副区长扫视了一圈桌子，看着林姑娘，笑着说：“今天女师傅就林姑娘一个，你能不能也男子汉一回，和大家干一碗酒呀？”

这时林姑娘轻轻地笑一下，站起来，脸上已是满面霞光，抿一抿小小的嘴儿像是在下定决心，伸手抱过酒坛，绕着桌子哗啦啦给每个碗里都倒满了酒，然后自己端起了酒碗。

林姑娘有些羞涩地说："今天我感到十分幸运……"她有些激动了，"我敬耿区长、杜（副）区长，敬陈师傅，敬所有师傅一碗酒，感谢你们！"

她说着一抬秀手，一碗酒也如男子汉一样，哗啦啦就喝下了。满嘴和下巴上流着酒。

"哇！女中豪杰。"有人大声说道。

"酒中巾帼！"杜副区长带头鼓起了掌，又大声说，"今天林姑娘是唯一的女师傅，来，我们大家一齐和女师傅喝一碗！"

顿时便是热烈的响应："好！好……"

一时间把喜庆推向了高潮。

这顿饭吃了很久，从傍晚满天红霞吃到满天星斗，月光融融。

庆祝酒宴结束后，黎社长走到柜台边，对红衣女子说："来，好多钱，我来结账。"

红衣服女子笑着说："杜（副）区长早就结账了。"

黎社长一惊，自语道："你看我这人，怎么就没想到呢！"

十九　悄然出走

他和耿、杜二人走到区公所，心里都感到非常欣喜，就如这时满天空的星星。

第二天早上，他吃过早餐就来到篾业社，他还想着那两个要加入篾业社的篾匠，也不知怎么样了。

两个篾匠昨晚在社里住下了，还是一心要加入篾业社，他们说来了就不走了。整个一楼要做加工场所，而且都是潮湿的地面，不便开铺睡觉。二楼上没有房间了，原本二楼只有八个房间，也就暂时只给篾业社确定了八个人员，免得不好安排房间，发生矛盾。朱篾匠和崔篾匠就在三楼的楼板上勉强开了铺睡，是那种地铺的形式。这三楼是顶层，空间虽有一人多高，但没有装修房间，是一片宽大通敞的楼板，满是灰尘、蛛丝，而且与屋顶盖的瓦片很近，冬天很冷，热天烤人。

早上的太阳已经照到街道上。在县里学习的黄秀贵乘车回来了，一下车就来到篾业社，他已经知道篾业社成立了，这是全县成立最早的、第一个手工业合作社，昨天县里的会议上杜书记专门讲了这个大好消息，而且讲了是他老朋友陈师傅的主要功劳。

黄秀贵直接走进篾业社。这时他也正在篾业社。对于这两个师傅要入社的事，他正在感到不好办，确实也没有办法，要他们走他们不会走，不要他们走，又是个棘手的难题。他向黄秀贵讲了这事。

黄秀贵说："这种加入合作社的积极性非常可贵，千万不要挫伤匠人们的积极性，在社会上产生不好影响，那将对工作非常不利的。"

他说："那是留，是要他们走？"

黄秀贵说："先不表态，看看事情发展的情况再说。以后还是可以扩大编制人员的，产品可以运到城里和远处去卖。"

他就说："这是肯定的。但如果产品没有质量，运远处去更没人买的。"

黄秀贵也默默点头说："也是。必须要注意质量，靠质量求生存。"

他考虑了一下，就对两位师傅说："你们可以先在这里住，自己吃，自己做篾货，自己在街上卖。进社的事，要等以后社里扩大规模再说。"

篾匠师傅们吃了早饭后，就去附近购买了竹子，算是正式开工了。朱篾匠和崔篾匠也跟着去买了竹子，现在都是自己掏钱，银行的贷款还没有批复下来。

也就在这时，有两个木匠师傅找来了。他们上来就一人拉住了他一只手，喘着气说："可找到陈师傅了！"

昨天篾业社在街上最好房子里成立，而且篾匠师傅们都领了一个由国家供应平价粮油的本本，这太有诱惑力了，共产党和新政府把手工匠人们这样当人，这是做梦也想不到的。由于昨天赶场的人，把这消息及内幕传遍了各个地方，一时间差不多震动了全区！

这来的一个师傅姓姜，一个师傅姓姚。他们拉着他的手，友好地笑着。

姜师傅用请求的口气笑着说："陈师傅，我们是专门来找你的，我们要加入木业合作社。不管怎样，反正我们要加入。我们今天来，也算是最先报名吧。"

他对这两人根本一点也不熟悉，也就是说，手艺肯定一般。手艺高强的，群众中有威望的，这次都是走访了的，都做了记录的。一般化的当然就没走访，没那么多时间，因为这样的师傅太多了，全区少说也有二百多人。而成立木业生产合作社也最多只需要二十人左右，他和杜副区长只走访了重点人员，也就是准备确定参加合作社的。

他望了望他们两人，稍微思考了下，有些严肃地反问道："最先报名？那我问你，全区手工匠人大会开好久了？"

他们一时间说不出什么话来。

他接着追问："你们怎么突然想到今天来报名？手工匠人大会后的这些天做什么去了？"

这两人在心里突然想到：传闻他陈师傅技术超人，不光是做的榫缝过硬，做事也过硬，一是一，二是二，今日得见，果然厉害。

但那姓姚的师傅马上说："给你陈师傅说，中央政策我们也知道，上次开会也讲了的，每个手工匠人都有参加合作社的权利，我们也完全有权利参加。给你陈师傅说，不管怎样，反正我们要参加合作社，不管你要不要，到时成立了我们反正要来！"

他就这样说："先来后到是规矩。上面只确定了二十个名额，报名的人已经满了，你叫我们怎么收？收了住哪里？再说，合作社也是做工，你在乡下做是一样的，别人请你做了就是钱，而且是有肉有酒，何必硬要到合作社来做？"他想，他们可能是把合作社当成摇钱树吧，随便什么人都可以摇。

姓姜的就说：“合作社还怕人多吗？参加合作社，是我们的权利。我肯定要加入。你不让我们加入，我们就找县里去讲道理。”

他有些严厉地说：“凡事有个道理，你们没有先报名，跟坐席一样，桌子上坐满了，没有了座位，我们没有办法。好，你们回去吧。我还有事。”

两人都说：“好，你有事。反正我们今天来报到了，二天来上班！”

他没有想到，好师傅不愿入社，一般师傅又想入社！这还真有点意思。这个工作还真有点难度。

太阳光晃了几下就过河上坡了。东边坡上的山便半截橙色、半截黛青，像晾晒的两块布。

他走进家里，这时云儿正在给喜喜洗澡。

一个楠竹做的桐油灯挂在板壁上。楠竹筒上面放着一个小小的铁锅儿，里面装着清亮亮的桐油和几根白白的灯草，要亮大就多用几根灯草，要亮小节约灯油，就只用一两根灯草。此时灯草在锅沿上燃烧着一点儿灯花，灯花像春天开始出土的一片玉米叶，怕冷似的颤抖不停。满屋昏昏的，就如同在月光下。

他知道云儿对入社反感，他决定还是从下面解说：“走合作化道路，是广大群众的一条光明大道，是一条没有剥削的幸福大道……”

云儿用一块抹布给小儿擦着脚上的水：“叫你去当国家工人，你偏要搞这么些事情！”

他就接着做工作：“还是要听政府的，组织手工业合作社，匠人们由国家供应平价粮油，只要市场价格的三分之一不到，好多人要加入，可是没有那么多人员编制。”

云儿充满火气地说：“我去别人家里做手艺活，要什么国家供应粮油？供应粮油，总要自己掏钱买呀？我吃主人家的，分钱不要，而且生活很好。”

他也有气地说：“原来你都是在算些小账。要看远点，要跟着发展趋势走。改天都成立合作社了，人们在街买布了就直接拿到缝纫社去做衣服，仅仅给点工钱，又不需要安置师傅吃喝，简简单单就把衣服做了，只看谁人还请你去家里缝衣服。你不信你等着看吧。”

云儿忽地站起来大声说：“都在一起干活，能干好活？俗话说：人多随靠，人多无好汤……”

他耐心地说：“解放了，都翻身了，都感谢共产党，感谢新政府，怎么又会不卖力干活呢？干活是给自己干的，多劳多得……”

云儿冒着火气地说：“几弟兄不分家，在一起都搞不好，还讲外人合在一起，能搞好吗？”

他有些吃惊地沉默着。

云儿又问他：“你给区里领导讲了吗——你去铁厂的事？我问你。”

他顿了一会儿，平静地说：“领导们要我留下来，我怎么好说个‘不’字？领导瞧得起你，又怎么好唱拗角？”

云儿有火地看着他：“那就是说，你不想去当国家正式工人了！”

他有些委屈地看着那一片小叶似的灯花，平静地说：“这个事，我们就服从区领导的吧。反正到哪里也都是做手艺活。”

云儿叹口长气，喷着火地说：“没想到，你这个人就这么一坨稀泥巴，任随别人去捏！”

他尽量平静地说：“你这些话都说走了，走了题……”

她在鼻子里哼了一声说：“你会做人。你知道吗——真正的好匠人，是不愿入合作社的。你硬要弄他们进合作社，你这就是会做人吗？”

他还是坚持平静地说：“入社本来就是要自愿，同时也是自由的，他愿加入就加入，加入了还可以自由退出。这是政策。你可以去问问成立的篾业社，有哪个师傅是强迫来的？有哪个不是自愿加入的？有几个都还是走二三十里路，来加入合作社呢。不要听少数几个人一说，就当成是大多数人意见了。就是成立合作社，也不是要大多数人都加入的，是有条件的……昨天成立篾业社，那些师傅都高兴得热泪盈眶呢。”

她有火地说："我知道，还放了鞭炮呢。有人说了，你喜欢篾匠，首先成立篾业社，不成立自己的木业社，就是要把林姑娘弄进社里，还当了副社长！这你可以天天和她在一起了。给你说，我昨天专门上街了的……"

他怔了一下说："你不要又说走了题。我怎么只喜欢篾匠呢，篾匠人少些，容易成立些。我们木匠人多，复杂一些，而且人员一时间还不好确定……"

她笑一下说："就是啰，好师傅不想入社。自己想在哪做，就在哪做，整天有肉有酒，别人多尊敬，多上色……"

他还是给她做工作，这时她什么也不说了。

后来她不声不响地就去睡了，而且关紧了房门，他只好在楼上客房里憋闷地睡下。

第二天清早。云儿起床背上喜喜，带上缝衣服的工具就出门了。他起床后去房间里看时，不见了她和儿子喜喜。他想，她去做裁缝活，都是将小儿交给奶奶看管的，今天怎么带走了？

这晚上他回来，不见云儿回来。第二天晚上也不见云儿回来。

他就安排杰田和姐姐，还有两个老表，还有他自己，分几个方向出发去寻找云儿。

他说："一定要找到她！"

一连几天，也不见云儿的踪影。去找的人回来了，都说没有找到云儿的踪影。从此，尽管他请人多方打听，都不见云儿的踪影。他估计她肯定去了远处，也不知什么时候能回来。他想该不会真的变成一片云儿，飘到天上去了，甚至飘到天涯去了吧？

他痛苦地思索着，从街上向区公所走去，张黑牯来找到他。

见面张黑牯就很急地说："陈师傅，哎呀你叫我好找哇！救个急啊。我给丈人（岳父）家修建一栋石墙屋。他请我一定要找你帮着做门窗，做屋梁，我答应了。可找了你几天都没看见你的影子，不晓得你跑哪去了。"

他没说去找媳妇的事，只说和杜副区长走访匠人去了。

张黑牯说：“现在我的石墙都砌几尺高了，急需要放窗户，放大门、耳门，不然就无法砌墙了，这工程就摆起了！你就做个好事，跟我去，帮忙突击一下。”

他急忙地问：“地点在哪里？”

张黑牯说：“离这有三十里路，是我丈人家。所以一切就由我做主。你在那里修建过房子，他们就相信你，一定要我找你去。”

他就笑着说：“恭喜你，终于找好了媳妇！几时请我们喝喜酒呀？”

张黑牯好像充满忧心，底气不足地说：“哎呀，还只订婚了，谁知人家会不会又把我给吹了？”

他正经地说：“你丈人家这次修建房子，你就多出点力，给他们把房屋修建好一点，你丈人满意了，媳妇就巩固了。”

张黑牯说：“就是嘛，所以我就来求你帮忙了。如果我连你都找不去，那他们就把我看白了。媳妇也就可能泡汤了。”

他笑一下：“有这么严重啊？”

张黑牯说：“是有这么严重。”

他就说：“那我一定去帮你，房屋一完工，你就早点把婚结了。”

张黑牯看着他：“是这么想的嘛。”

他感觉也是一份难得的信任和真情，同时也很同情这个张黑牯。但眼下成立几个匠人合作社的事缠得紧紧的，实在难以抽开身。

于是他对张黑牯说：“你稍微等一下，我给杜（副）区长请个假再给你说。”

他就去找到杜副区长，说明情况，是他一个亲戚，家里建房有点急事，要去突击一下。

杜副区长说：“你也知道眼下事情。只能给一天时间。”

他恳切地说：“我打算带两个木匠去，再怎么也要两天，请你准两天假。”

杜副区长也知道他这人，说话做事实在，不格外多话的。就准了两天假。

二十　耐心等待

黄秀贵主任看见他负责成立了篾业社，心中觉得自己落后了，自己还没有一点成果，很没面子，于是决心迅速成立缝纫社。黄秀贵信心满怀。

黄秀贵首先做好了肖裁缝的工作，也没考虑肖家的家庭成分是地主。心想参加手工业合作社是做工，是劳动，是为群众服务，又不是当干部……

黄秀贵迅速离开肖家，就去了街边不远的冯裁缝家。黄秀贵知道冯裁缝可能工作有点难做。这个冯裁缝是个有名的裁缝师傅，性格有些古怪而固执，一般人说话他是不买账的。黄秀贵是心里充满一种畏惧感去的。但黄秀贵不知道，冯裁缝加入合作社的工作他陈师傅早就说好了，所以捡了个便宜。

冯裁缝可是与肖裁缝齐名的名师，也是有几分傲慢劲的。还有一位名师就是陈裁缝，家在弯弯河，离这有二十里路。如果他们三位都入社了，有了这三根柱子撑台，缝纫合作社就完全能够稳稳地立起来，技术资质也过硬了，群众完全能信得过，不愁没有生意可做，一定会争着来缝纫合作社缝衣服。

他这次却遇到了很大阻力。

他对邹师傅讲了加入手工业合作社的事，没想到邹师傅反感这种合作社。邹师傅习惯于传统式自由自在地去各户做手艺。

他又来到一个有名的魏木匠家，魏木匠特别擅长做家具。魏师傅也是崇拜他的。他给魏木匠说了关于加入合作社的事。魏木匠打着他的小算盘，也不愿加入合作社。

他走出魏家，有些低沉，感到这工作真还不是那么容易。倒是有几个一般化的木匠，却主动要求加入木业社。他当然没有答应，他知道，都是这么一般化的师傅聚到一起，群众信任吗，有人请吗，能接到工程吗？能做出好家具吗？做不出好手艺活，就没有地位，没有市场，就不能维持下去。特别是会不会搞出质量纠纷，把合作社搞砸？

许多人还反映一个问题，也是镇上人们议论的一个中心：“成立合作社，首先要把镇上的工匠艺人弄进合作社，这样才有说服力。在区公所大门口的匠人都让他们搞单干，却要乡下匠人来入合作社，这有点搞笑，没有说服力。”

街镇上的主要匠人就有铜匠钟潇、铁匠许师傅、理发匠项师傅、糕点师万师傅、修笔师计师傅、裁缝名师冯师傅、好木匠杨师傅、祝师傅，还有花儿匠、补锅佬等。他也想，这事也不可能强迫，不可能生拉硬扯，那就不叫合作……

他下乡去联络木匠、铁匠去了。杜弘副区长就安排黄秀贵去做街上几个匠人的工作，黄秀贵是正式国家干部，是筹办副主任，应该担大任，一定要解决这个问题。

黄秀贵还是信心百倍地答应了。黄秀贵首先去攻一下这个钟潇铜匠，做做入社的工作。黄秀贵还不知道这个钟潇有些傲劲，连杜副区长都碰了一鼻子灰的。当黄秀贵走到钟潇店门口时，首先就是一个硬碰硬，额头差点碰到店门上的大铜锁！黄秀贵看着金光闪闪的大铜锁，顿时呼吸也就变得硬硬的了，怔在大铜锁面前半天没说话。

黄秀贵不灰心，接着中午又去，钟潇的店门还是紧关着，门上锁着大铜锁。黄秀贵下午又去，钟潇的店门上还是一把大铜锁。黄秀贵想，白天可能出外跑乡了，晚上去。黄秀贵晚上又去了，门还是紧紧关着，上面一把大铜锁，暗暗地露着一种坚硬的光芒，像是一种充满嘲讽的微笑。

这一天黄秀贵还找了理发的项师傅、糕点名师老万、区公所门口敲打的补锅佬等人，都碰了一鼻子灰。这晚上黄秀贵整夜没有睡着觉，第二天一天吃饭没有胃口。

黄秀贵就深感这个工作的艰难。可是群众议论得确实有道理，你区公所大门口的匠人都不入社，怎么要下面的匠人入社呢？因此杜副区长对这事催促得很紧。但是给这些人做工作又实在是太难！

杜弘安排了黄秀贵又不得不服从。这次他杜弘显然都退到第二线了，而要他黄秀贵上第一线，并且是去单独作战，而且他去面对的这几个师傅都是很难对付的铁核桃！

黄秀贵不知道，钟潇估计有人要去找他，便有意挑着铜匠担子下乡转悠去了。钟潇从这村转悠到那个村，从这个乡转悠到那个乡，优哉游哉，有活干活，没活看风景，有些其乐无穷。钟潇从来对社会上的事情不理不睬，只专注于他的铜匠手艺如何做好，做成天下第一。对于成立手工业合作社，更是不屑一顾。这算是一个铜铸的顽固堡垒了。一时间好像没有办法攻破。于是人们就给钟潇取了一个诨名：铁核桃。很快就在社会上传开了。但由于他是打铜器的，社会上的人们都给他叫的是“铜核桃”。干部们在开会时就纠正说法：不是铜核桃，是一个铁核桃！比铜硬多了，是铁，是钢铁！是钢铁脑袋！是名副其实的铁核桃！

这话很快就传进钟潇的耳朵。钟潇就笑着，然后说：“当然铁核桃比铜核桃好。你们都叫我铁核桃的好。”

但人们说：“你是搞铜匠的，怎么要变成铁了呢？还是铜核桃有味。”

钟潇又笑一笑：“要说也是呢，铁核桃哪有铜核桃漂亮呢？哈哈哈……”

黄秀贵主任又一次去找到计师傅。这是一个清高傲慢而执拗的师傅，不好对付。其实只能算个小手艺人，或者叫小修理匠。他只能做些小事，主要是修笔、配笔、修理电筒等。他姓计，许多人都不叫他计师傅，而叫他笔师傅。他的上衣袋里总是挂着一支笔。还有一个奇特的称呼，有人也叫计科长。这人中等个子，有些瘦弱，但显得笔挺，脸蛋白净，头发总是梳得顺顺的，油光发亮，胡子剃得光光溜溜的，像一个很有知识的书生。但仔细看，又像是历经沧桑，通达人情世故，有几分虚怀若谷。笔师傅一般都是沉默，脸上很少有笑，很少看见他与人讲话，几乎不与任何人聊天。笔师傅经常身穿一件蓝色中山服，上衣袋里总是挂着一支自来水笔，褂子白光闪闪的，看去，很像一个坐办公室的机关干部或是文职人员，看那派头应该是个科长。因此有些人就给了笔师傅一个雅号：计科长。这么叫他，他也应声，仍然是一副专注的面孔，没什么反对或者不满的表示，好像真是那么一回事。

笔师傅在上街头有着一间世界上最小的木屋，真可谓小巧玲珑，也像他那人一样秀气。屋内前面是门面，只有三米长两米宽，放一张抽屉，既是工作室，还是厨房。做饭时，将一个世界上最小的炉子往抽屉下一放，就煮起饭来。饭菜都十分简单，也就他一人吃。中间隔有一层薄薄的板壁，有一个门，用的门帘，省些空间进出方便，如果安装一个门是无法打开的。掀开门帘，后面是一张小小的床，床面前仅有放一双鞋子那么宽的地方，一双腿要顺着才能放进去，进行睡觉的工作。若干年后街上要搞建设，只有四个人就将他这小木屋抬到了河那边的一个角落。他只有一个人过日子。曾有一个女人，在抗日战争修建公路时，跟一个工程师去了大城市，一去就无音信。

黄主任与笔师傅有个相似之处，黄主任也是上衣袋里挂着一支笔，这是当时的时髦表现，也是身份特征。他们是一个村的人，并且相隔不远。

黄主任来到笔师傅店门口，笔师傅正在修理一个电筒。他一手将电筒举到眼睛前面，一只眼闭着一只眼对着电筒尾口往里面看，像是在用天文望远镜观察宇宙一样，十分专注，再看那清瘦样子，真像一个很有修为的科学家。

黄主任没有进笔师傅屋里面去，而是挨铺门站着，将双手往窄窄的铺门框上一放，然后将胳膊落下来搁着，看着像正在用天文望远镜观察宇宙的笔师傅。笔师傅转过头平静地看一眼黄主任，又望着电筒里面说："黄主任。"

黄主任拉近乎地说："计师傅一天还很忙啊。"

笔师傅用一只眼睛望了会儿电筒里面，就用右手拿起一个长长的钳子，伸进电筒里面，捣弄着，哔嚓哔嚓地响着，依然用一只眼睛看着里面。

黄主任说了这句话后，过了一瞬间，笔师傅还是那样看着，捣弄着，嘴里平淡地说了一个字：“嗯。”

计师傅没有叫黄主任进屋里去坐，其实他那屋里还勉强可以坐下一个人，挨着板壁那里就放有一个凳子，亲朋好友来了是坐的那里。

黄主任不计较形式上的细节，将一双胳膊俯卧在窄窄的铺门框上，将头长长地伸向笔师傅，就如同河西边伸到河东边的一棵柳树。黄主任从当下形势到成立合作社的事，认真地较为详细地说了一遍。

最后说：“计师傅，我们区里想你带头加入合作社，为社会主义建设做贡献，这也是很光荣的。”

笔师傅又将电筒举在空中，将一只眼睛对着电筒里面，望天文望远镜似的看着，没有回话。

黄主任又微笑地说：“不说别的，和大家在一起劳动，比你这样一个人待在这么点小屋里，孤孤独独的，要有趣得多，好得多。”

笔师傅将两节电池贯进电筒里，轻轻地盖上尾盖，不慌不忙地扭着，发出嗞嚓嗞嚓的响声，像细声细气的音乐。笔师傅仍然望着电筒，终于说了两个字：“那是。”

说着将电筒向抽屉下面照去，忽地一道白光闪耀，暗暗的抽屉一下就给照亮了。他又用手指按住开关向后退一下，白光即刻没有了，手指又向前推一下，又亮了，他就这样反复地做实验似的。

黄主任有点高兴了，微笑地说：“计师傅同意加入合作社了？”

计师傅用手扭着像个大脑袋的电筒脑壳说：“没有哇。”这次说了三个字。他扭着电筒脑壳，发出嗞啦嗞啦的响声，时而地上的白光如一个光环，时而白光聚成碗大个圆盘，继续变小，像一个小月亮。

黄主任坚持微笑地说：“还是考虑早点加入吧。社会主义阳光道，单干是座独木桥……”

笔师傅专注地看着电筒捣弄着，不说话。

黄主任说：“可以加入到供销合作社，正在准备成立供销社。供销合作社卖的有笔、电筒，也配套，多好。供销社是摊子大，躲阴要找大树啊。只是加入供销社要入股，但年底也按股分红。”

黄主任想了下又正经八百地说：“我们也打算将钟潇铜匠、你计师傅，还有补锅佬、花儿匠、雕章子的、磨剪子的，专门成立一个综合社，安排几间地主的好房子，作为工作室……

“计师傅考虑加入吧，随你自由选择。这是杜（副）区长专门要我来给你说的……”

笔师傅说：“嗯。”只说了这么一个字。

黄主任也是见好就收。收起他那已经在铺门框上放得很是酸痛麻木了的两只胳膊，笑着说：“那我先走了。”

“慢走。”计师傅还是望着黄主任背影说了这么两个字。

走在路上，黄主任还在想：这是个傲慢而刻板的家伙，难怪连女人都找不到一个的！我堂堂一个区里办公室主任，还是老乡，竟然既不叫我坐，也不倒茶，连个亲热神情都没有。想着，心里便又增加了一团火辣辣的闷气。

他很快知道了黄秀贵遇到的挫折。他便有意帮黄秀贵做点成绩给区领导看看，他们是老姨嘛，亲戚只愿亲戚好。他给陈裁缝做好了入社工作，他俩是本家，也特别崇拜他。但他让黄秀贵来张罗，很快茅坪街就响起了热烈的鞭炮声——区缝纫合作社就成立了，有八个裁缝师傅加入。这时仙人岭上的云雾也随响声一挥一挥，像挥舞着轻纱。

这缝纫合作社的负责人，大家选举陈裁缝为社长，选举副社长时，大家要求选个女师傅，并一致推选肖叶，大家表决一致通过，肖叶就担任了副社长。

黄秀贵帮忙制作了一块大大的木牌子。牌子也是黄底红字，红红亮亮地挂在当街的大门上，很醒目，谁个路过都要看一眼。接着区里想法贷款购买了十台缝纫机，一时间缝纫合作社成为最引人注目的，也是最红火的集体单位。这也是肖云怎么也没想到的。

老百姓都高兴，不需要在家里款待师傅，又是酒肉又是烟，还要耽误时间认真做饭，服侍茶水。这下在街上扯了布就拿到缝纫社，很方便，只需给点工钱，省事。而且不需跑路，好师傅都在一起，愿请哪个请哪个。因此一时间需要做衣服的便都去缝纫合作社，缝纫合作社的生意也就非常兴旺。群众对合作社的反映都很好。

不久街上又响起了热烈的鞭炮声，响彻街头，响彻街尾！这是供销合作社成立了。这是一个最大的、涉及面最广的合作社，它直接关系到群众的日常生活，这是由区里几个主要领导亲自筹措成立的，而且有百分之五十的村民都入了股。因为经销需要本钱。街上许多较为固执的饭馆、旅店，以及食品加工、肉业等各业师傅、老板都看清了方向，放弃了私营，加入了这个供销合作社。可算个龙头老大了，而且日渐红火，几十年不衰，为社会主义建设、为百姓生活做出了巨大贡献。

那位有些清高执拗的计师傅竟然到底没有加入供销合作社，没听黄秀贵主任的意见——躲阴都要找大树，供销社是棵大树，抱住这棵大树没事的。对计师傅来说，绝对是错失一大良机。后来待他想进入供销社时，这时供销社已是高高在上的国家单位了，只接收国家分配的财经学校毕业生，令他望尘莫及望洋兴叹。由于他的性格或者其他原因，他到老也再没有结婚成家，自然就无儿无女。直到老了时，看见供销社退休的人员拿着退休工资享着清福，而这时的计师傅，手艺早过时了，毫无收入来源，孤苦伶仃，贫病交加，靠社会救济度日。计师傅最后说了一句话："我那时太没眼光了，眼光只能看到电筒里面……"

这时他当然很着急了，自己的木业社还没成立。他又不想降低条件，他要把最好的师傅弄进社里，保证手艺活的质量，为单位和老百姓的事情负责。于是他又去给邹师傅做工作。

这天下着不一般的雨。他戴着一个破斗笠来到邹师傅家，衣服差不多湿透了，恰遇邹师傅不在家。他又去邹师傅干木工活的地方，天黑一会儿才走到邹师傅干活的人户。邹师傅见了他很感动。

邹师傅心疼地说："快坐下烤衣服。"说着在火坑里烧了一个大火，要他快脱了湿衣服烘烤，并借了老板家一件干衣服让他穿上。

邹师傅也知道这是看重他邹师傅，是一份厚重的伙计情谊，不是木业合作社差他邹师傅就不行，离了胡萝卜就整不了喜酒。加之邹师傅也听说区里成立了好几个合作社，都是安排的好房子，每个师傅还发了一个粮油供应证本本，吃的是国家供应的平价粮油，这样即使灾荒年月也有保障了。国家把工匠艺人当上大人看，怎么要唱反调呢?因此邹师傅的思想已经有了一些变化。

不待他说什么，邹师傅便爽快地说："感谢你陈师傅看重我，我加入木业社，还是和你一起干！"

接着他和邹师傅一起去做好了魏木匠等人的工作。仅仅几天时间，木业生产合作社也终于成立了，一共有十八个木匠，都是上等师傅，其中也有他的徒弟雷陈林。雷陈林这时已是好师傅了。大家一致推举他为社长，邹师傅和雷陈林为副社长。几个技术差的虽然积极要求入社，但他坚持技术标准，没有纳入。他说人员早已满了，耐心做了工作，要他们回去了。

骆铁匠的岳父祝木匠当然也加入了木业社。祝木匠本是不太愿意入社的。但祝木匠在乎女婿骆站长，骆站长是有威望的人，骆站长给他做工作，他什么也没说，就加入了木业社。

但是又出现了一个问题。十八个木工师傅的工作车间较大，目前剩下的空房子都小了，不适合木业社。于是杜副区长商量他，区里想法扶持一点资金，师傅们自己修建一栋较大的房屋。并在钟潇铜器店的斜对面街边指了一个地址。

接着他带领师傅们上山砍树。师傅们都带着斧头锯子，每人还带着一包洋芋。中饭也在山上吃，师傅们找个适当地方，刨松一些细土，在上面烧了大火，泥土烧烫后，将洋芋倒入火土中，用火土埋着，上面架大火，一会儿洋芋就烧得香香的。师傅们就吃着这样的火烧土豆，没有菜，一个个吃得满嘴满脸黑黑的，像一个个原始人。

树砍了接着在山上加工成柱头雏形，然后师傅们抬到指定的场子里，开始刨、凿等系列工序。接着就是一派叮咚哐啷的响声，像是来了一个大型乐队在演奏，整个街道便沉浸在一种鼓乐声中，增加了很多喜气、红火。因而满街增加了许多开心的笑容。师傅们先简单地搭建了一间工棚做厨房，他特地找来那个范厨师加入木业合作社，做炊事员。饭是苞谷饭，菜是土豆汤，没有鱼肉，简简单单，但师傅们吃得很香。干活更是热情高涨，因为他们马上要在街边立起自己的大厦，立起自己的产业。

这是全街最长最高的一栋木屋，十余丈长，两丈九八高，七大间三层楼，像一条街了。就是在本地区也没有这么大的木屋。立屋这天够隆重了，就像一个大型的喜庆活动。区里领导杜副区长亲自来参加，附近的村民、街上能走动的都来观赏，也和当年修建冯家大院、粮站大仓库一样，可以说人山人海。在一阵阵号子声中，一排排柱架就如睡醒的壮汉，一个鲤鱼打挺就猛地站了起来，像一排排顶天立地的巨人耸立于天地间。他画的墨分毫无错，榫缝丝丝入扣，一切顺利。

房屋立起来，盖好瓦，区里杜副区长亲自抱着一块大牌子递给他，他双手接过牌子在一根柱头上挂好，有如一道彩虹冉冉升起，黄底红字十分醒目：茅坪区木业生产合作社。立时鞭炮声响彻云霄，全场欢腾，仙人岭、白岩鼎也一颠一颠的。人们感叹，茅坪镇上还从没有过这样隆重的喜事！

但在他心里也充满了忧郁。他一直不知云儿去向，不知他们的关系将会是怎样。看情形她是不想和他在一起生活了。因为他也熟悉她任性而偏执倔强的性格，爱也像火烧云，恨也像火烧云。

二十一　别有心酸

这时他也想到林姑娘。其实很多时候林姑娘都站在他心里，他心里一直有那么一个编斗笠的、在街边卖斗笠的姑娘。这就是林姑娘，也算是他心中的林妹妹。他对她充满了怜惜、难舍、心疼……他知道她心里也有他。他想起来，不少人曾说过，他帮林师傅家修建房屋，就是为获得林姑娘……

他有时想去几个手工业合作社看一看，主要是想看看师傅们，和师傅们说说话，排解心中的苦闷和困惑。

每次去篾业社，他都要来到林师傅和林姑娘面前，和他们说说话。但他主要是在其他师傅们那里，他怕别人产生怀疑，产生不好的议论。但在和别的师傅说话的时候，他的心却好像总是停在林姑娘面前，并在脑海里涌起她美丽的样子，可爱的样子，叫人心疼的样子……

其实林师傅许多晚上都回家去，并且走过木业社的工地时，都要转身来到他面前，认真看看他，和他说上几句话。有时候林姑娘在一路，有时候林姑娘没在一路，在篾业社自己的住处。他明知道林姑娘晚上一人在住处，却从不去她那儿。而只在他独自一人时，心里想起她……想起她心里总有一种绵绵甜甜的东西涌动着，又有一种疼痛……

接着铁业生产合作社成立了。社长和副社长分别是谢铁匠和许铁匠。房子安排在街上的好房子，都是红漆柱头板壁门窗。因为正屋是木屋，筑铁炉打铁不安全，怕引起火灾，师傅们就在木屋后墙外连着搭了三大间的车间，专门打铁。

谢铁匠在家打铁都是妻子帮锤，妻子也是个好铁匠了。谢铁匠不想找个生人帮锤，就商量妻子，要妻子也去了铁业社，包括小儿都吃国家供应粮油。

师傅们见去了一个女铁匠，一时间都乐呵呵的，开心得眉飞色舞，开着玩笑。一时间，叮咚叮咚的打铁声和着说笑声，汇成一曲生动的乐章，传向街道。加上缝纫社咯咯咯有如笑声的机器声，木业社呼儿啦啦的刨子声，啪啪啦啦的捶打声，整个街道变成了一条生动活泼的音乐之河。加上来缝衣服的、打农具的、打家具的、赶场的、看热闹的人流往来，整条小街便十分热闹有趣，有如春潮滚滚。

这天上午的茅坪街又是一片热闹气氛，鞭炮又响了很久。这是他做通了葛师傅和肖房瓦匠的工作，并通过他们联络，泥瓦社成立了。泥瓦社共有二十人，分成几个班子，与木业社结合，去包了各个机关单位的、私人的房屋修建工程，实行按劳取酬，多劳多得。匠人们从没有这样高的热情和干劲，一时间到处是工程，如火如荼。

现在合作社的匠人们都感到一种自豪，以入合作社为荣，热情高涨。都认识到这是国家重视匠人，为匠人们考虑长远利益，其实国家还要拿出很多钱补贴。老有所养，六十岁退休，不上班拿工资养老，多好。由国家供应平价粮油吃，肚子受国家的保护，多优越。后来即使在三年严重旱灾时期，种田的农民都极缺粮食吃，而工匠艺人们仍是国家供应，仍然是每月三十五斤有饭吃，这时他们才真正感到入社的优越感，许多没入社的匠人都十分羡慕。

这时川鄂交界的县里国营狮子岩铁厂出现紧急情况。韦厂长打电话找到茅坪区耿威区长，请求支援，派陈师傅前往抢修风箱。

耿区长说："现在正忙着合作社的工作，他实在抽不开。"

韦厂长就打电话找县里管工业的彭副县长，彭副县长直接打电话给耿威区长："迅速通知陈师傅赶到狮子岩铁厂，若是怠慢，让这样大的国营铁厂出了问题，高炉凝固报废，你耿威负完全责任！"

耿威听了背脊发凉，快速派通信员通知了他，又通知车站："迅速给陈师傅找个便车，带他到县城，有紧急任务。"

他安排邹师傅负责木业社全面工作，雷陈林协助，就背起工具背篓向车站走去。看上去很有些滑稽——他的工具背篓上有一根高高竖起的木杆儿，就像若干年后的什么"天线杆"。那是修理风箱用的刨子的把儿，有两米长，便于刨子清理风箱里面。给刨子上面绑上两坨毛铁压着，就可以刨那像涵洞一样的风箱里面了。除了这个背篓上的"天线杆"外，他手里总是拿着一根长长的像根魔棍的靠尺，这是确定风箱里面弧度，即两头到中间这段弧线标准的尺。尺的一头有一个铁钻，便于拄着走路，不坏尺子。他去了车站，车站人员立即找了一个货车，让他乘车去了县城。

然后他背着那竖有“天线杆”的工具背篓，手里拄着长长的靠尺，就向川鄂界山爬去，这是大山小路，许多地方还是原始莽荒。他一口气步行六十多里山路，连夜赶到了狮子岩铁厂。他吃了点饭，就要韦厂长安排人，把旧风箱抬来开始修理，人们说的是“清箱”这个民间专用名词，就是清理风箱。这风箱也是他制作的，用久了，里面已经磨出深槽了，空间大了，连杆盘就小了，就没有风力了，风力小了炉火就不能很好燃烧，就烧不化矿石，甚至炉火熄灭，造成高炉里面凝固，那麻烦就大了，甚至高炉报废！

韦厂长见到他像是见到了神仙，兴奋得都跳起来了，上去握着他的手：“天呢，你这么快就赶来了！”

他说：“赶快发煤气灯！”

韦厂长心疼地说：“陈师傅你休息一下，天亮了再干啊。”

他说：“能争取一个小时也好，如果高炉一旦熄火，可不是一般的事啊……”

煤气灯很快发燃了，他安排工人们将坏了的备用风箱抬来，首先修理好，再换下现在高炉上的风箱进行修理。他连夜紧张地工作起来。

他虽然人在铁厂制作风箱，但他心里有时在想着云儿，不知她去了何方。

这天他和工人们在一起说话，得知四川一个叫柏树坡的那里有一个女裁缝……

他完成了风箱修理任务，吃了中午饭就启程前往那个地方。

他走了半天加一夜，第二天早上来到了柏树坡。他很快问了几户人家，是有一个女裁缝在一家缝衣服。他急切地向那走去。这一刻他忘记了一切疲劳，眼睛里闪射出希望的光芒。

一个小孩正坐在院坝里玩泥巴。他正在塑一个人像。他拿起一根篾签在头上画出两个圆圆的眼睛，一个圆圆的嘴巴，然后又用一点小泥巴按在嘴巴上面，这就是鼻子了。他就禁不住笑了，为这小儿的创造而感到惊奇和得意。

这时他快步走过来，弯下腰一看，就惊喜地笑了。这是他的儿子！他蹲下身子抱他，亲切地说："喜喜。"

喜喜也惊喜地叫："爹！"

他连忙拿出买的糖果给儿子，说快吃糖。说着就剥了一颗放进了儿子的嘴里。

他欣喜地说："喜喜，你做的什么呀？"

喜喜嘴里吞下一口糖水，说："我在塑人。我塑的你。"

他说："你怎么要把我塑成个泥巴人呀。"

喜喜说："你老不来看我，我想你，就把你塑出来。"又指着泥人说，"这是你的眼睛，这是你的鼻子……"

他心里忽地一哽，眼眶就湿润了。他对不起他。原来都在外面做手艺活，没多少时间在家，后来又忙着成立合作社，几乎没在家里待过，没有认真陪过他一时半刻。他的眼睛里就有东西要流出来。他不禁又看那泥人，他觉得这孩子多聪明啊，说不定长大后还会成为一个艺术家，而不是匠人。

他抱着喜喜向大门里走去。一进大门就看见了有人正在缝衣服。这师傅正是女裁缝云儿，她正手拿一根发亮的细针，只见那细针像一根白亮亮的光线，在布上起伏穿梭，又像在游泳，时而沉入水中，时而又游出水面，还有轻柔的呼呼声响。她像是被这情景深深吸引了，埋头认真地盯着，手便跟着那丝光线追赶。

他带着惊喜的口气说："也到底找到你云儿了！叫我好找哇。"

她没有抬头看他，冷冷地像甩石头甩出这么一句："你找我做什么？"话语生硬，每个字都像一个有棱有角的小石头。

他抱着孩子在挨大门的一把椅子上坐下。孩子手里拿着泥塑。

他就向云儿挪挪椅子，亲切地说："给你说，人啊，在这个世界上，许多时候是身不由己的。一个人不可能成为一个世界，你在这个世界就不可能完全摆脱这个世界。鱼又怎么能离开水呢？倒是水并不在乎鱼。每个人都是一条鱼，社会就是水，你想摆脱水是不行的。一个人再狠再能，也是力量有限，合作才有力量。一个国家四分五裂必然亡国，就是一个家庭，不合作也必然衰败……”

她有火地甩出一句：“你不要给我说这些！我不要哪个来指教我！”这话又像石头一样甩过来，而且比先前的石头要重很多。

他耐心地说：“好，我不说这些。就说我们的家务事……”

“你也不要给我说家务事，我不会回去了。你不管我的事，我也不管你的事。人一生就投个自由。”

他还是耐着性子说：“人再走好远，还是要个家。有家才有主，才有靠，才有温暖。”

“你真的不要说这些了，我习惯了一个人这样，在哪里做手艺，家就在哪里。”

“别处再好，还是赶不上自己的家。美不美，乡中水。亲不亲，故乡人。我们都是一个地方的，我这么远来了，就算个家乡人，你就不倒杯茶喝？”

“茶在茶罐里，自己去倒。”

他就自己去倒了一杯茶，端着咕噜喝了半碗。

他又说：“你就还是跟我回去吧，不说别的，好些人都在问你，要请你缝衣服，说你缝的衣服和你爹缝的一样好，不仅摆格好，合身，还针口密，扎实。”

“在哪里做手艺，都一样。你走吧，不要管我。”

后来他又说了许多话，但她一个字也没有回答。他就将买的一包糖果和一包饼干放在桌上，然后走出去。

喜喜急忙拉住他的手说：“你不走。”

他说：“让我走，我去给你买东西来。”说着就含着泪水向前走去，走到路口回望，喜喜还站在院坝里望着他，也像一个小泥人。

他又走了一天零一晚上，回到了他的家。屋子里空空的，就去了父母家。

他给父母亲一人一个饼子，要两位老人快吃。

说了几句话，他就向街上走去。进街口就看见了钟潇的店子，两间旧屋，一间边新屋，说不出的一种味道。只见门窗关得紧紧的。

他心里说："这个铁核桃！"

走进木业社大门，一位师傅告诉他："杜（副）区长来找过几次了，要你一回来就马上去区公所。"

他沿着小街向区公所走去。他想起往日总有个卖斗笠的林姑娘。这时他看见门边多了一张白纸，上面写着：买斗笠请到屋里！他很想进屋去看看她，但不能去，他只从窗户向里面看了几眼。林姑娘正坐在那埋头编斗笠，没有向窗外看。她始终看着手里的活儿，看着篾条儿的跳动，看着像一张网的斗笠……他不禁有些怅然若失地离开。

去了区公所，杜弘见他面色不对，就问："没遇到什么事吧？"

他平静中多少有些难堪，说："没遇到什么事。"

杜弘就又关心地问："你妻子是不是还没有回来？"

他脸上的难堪多了些，接着说了云儿的情况。

杜弘看着他的脸色，有些心疼地说："你瘦了，多注意自己身体吧。这样吧，我派区妇联主任和一个干部去找一下云儿，做一下工作，相信她还是能回来的。"

他感激地说："太谢谢杜（副）区长了！"

第二天，杜弘给耿区长讲了，就给妇联喻主任做工作，要她辛苦一趟，和联社筹办副主任黄秀贵去把肖云找回来。两人收拾了一下，就带着耿威区长的亲笔信、盖有公章的介绍信启程了。

喻主任是杜弘的妻子，名字叫喻欣，虽然个子不高，人挺能干，还有文化，但不算漂亮。她和杜弘是同学，都是革大毕业的，随解放军南下，一同分到茅坪区搞土改，两人同住一个村。在艰苦危险的环境中，两人互相激励，共同进步。她是女同志，他时刻也关心她，爱护她，她也关心他，两人也产生了感情，但都是革命工作第一，个人事情第二甚至不考虑。土改结束，两人都到区里工作，一个任副区长，一个任区妇联主任，这真是革命的一对，耿区长主动撮合，两人很快就结婚了，成为一对革命僧侣。

前往四川柏树坡的事，杜弘这样安排是很妥当的：黄秀贵是云儿妹夫，亲切，云儿不会生硬对待；妇联主任算是女人的头领，也是领导干部，而且都是女人，有许多共通的思想感情，也好说话。

杜弘又对他说："你陈师傅的工作太使人感动了。"

他却说："我早也说了，我只想做实际的工作，比如把木业社的事抓好，发展壮大起来，不想管其他的。你们就让我把一切精力都用到我们木业社里的事业上吧。"

杜弘知道他是不想管整个手工业合作社的一些工作，就笑着说："没办法，你是匠人们的主心骨。整个匠人们心里都有你，信服你，你心里其实也有他们，你怎么能离开他们呢，不管他们呢？"

二十二　区长出马

他和杜弘一路走着。他们想去攻下这个剃头匠，看能不能加入哪个合作社。因为太醒目了，单干影响不好。这可是个人们称为"拗角"的人。

这剃头匠小时是个孤儿，少时跟一个亲戚师傅在宜昌、武汉等城里都闯荡过，也就是理发。在城里看过戏，听过说书人的故事。这人有技术，也有傲气。动不动还摆他曾经在大城市如何如何，给什么大人物理过发。其实他和亲戚师傅是在大城市混不下去了，才回到这个地方。单身一人，在亲戚的帮助下，在街头上用木头简单修建了一间小小的木屋，开起了理发店。

这师傅姓项，叫项铁。项铁常说："我和项羽是一家的。项羽没搞出个日月，就是名字没取好，轻了，是羽毛，风一吹就飘散了。我这名字好，项铁，是铁，什么风也吹不动，要搞大事，说不定比项羽要强。"

项师傅这说法有时也有变化。别人问他："师傅贵姓？"

项铁大言不惭地说："师傅姓项，项羽的大哥。"既要借项羽的牌子，还要说成是项羽的大哥，可见这人有些不一般的意思。也有点冷冷的幽默。

他和杜弘走进项铁的理发店。两人脸上都是微笑的，都说："项师傅好哇！"

项师傅正在给一位老师理发，左手拿一把木梳，右手拿一把剪子，刺嚓刺嚓地剪着，一副高度严肃认真加执傲的综合神情，仿佛不是在理发，而是一位大师在给人做手术。听见两位进门热情地说项师傅好，项师傅仍然一丝不苟地理发，只是将眼睛向上略抬一下，并没抬头，没笑，傲然而严肃地说了一个字："坐。"

项师傅说着眼睛一直盯着顾客的头，认真地刺嚓刺嚓地剪着头发，剪下的头发梢儿像夏天飘散的蒲公英，不情愿地落下地面。

杜弘副区长微笑地说："项师傅的生意好哇。"

"马虎。"这下他在刺嚓刺嚓的响声中说了两个字，仍然刺嚓刺嚓。脸上丝毫没改变一丝专注而执傲的神情。

他打破尴尬地找话说："杜（副）区长也理个发吧。"

杜弘微笑地说："是想理一下。在城里开会我都没舍得理，专门留到项师傅这来理。项师傅比城里的师傅还理得好。"

这时项师傅转头很快地看了杜弘一眼，那严肃认真加执傲的眼神里就多了一点友好的意思，但仍然没有一丝笑容。笑容对他来说，非常稀有而金贵。他看着那位老师的脑袋，手里剪出刺嚓刺嚓的响声，像一种单调的轻音乐。

其实项师傅是个不苟言笑的人，从项师傅嘴里说出一个字哪怕是嗯或哦，也是不容易的。项师傅对亲戚和朋友都没有笑过，而且说话许多时候态度有些生硬。任何人去项师傅那儿理发，就是县长他也是那么个态度，一视同仁。但项师傅为人耿直，比如买乡下人挑的菜，要白菜就用手指着白菜问："怎卖？"只说两个字，简省得不能再简省了，能省就省。

卖菜人回答说："两分钱一斤。"这其实并不便宜，这时米粑粑是两分钱一个。

项师傅不作声，选一蔸菜递给卖菜人过秤，卖菜人称了说：“两斤四分钱。”

项师傅不说什么，连忙掏钱入数递给卖菜人，提着菜就走，并不左顾右盼。

项师傅家庭简单，现在还只有项师傅一个人，东西也简单，一张床一张小桌，床睡觉，桌子吃饭。生活也简单，一天就买一个菜，回去做成一个炒菜或一个汤菜，做汤菜就不做炒菜，做炒菜就不做汤菜，再加炖的一碗饭。一个人坐在小桌边，一碗饭一碗菜，呼噜呼噜几下，就只剩下两个空碗。

这时刺嚓刺嚓终于结束了。项师傅先去里间给一个木桶里倒入热水，木桶有管子伸到外间板壁上。他进来将那老师的肩头拍一下，老师连忙去一个凳子上坐下，将头伸到龙头下。项师傅就给他洗起来。洗后用干毛巾抱着脑袋几擦，又刺嚓刺嚓地修整一下，然后取下老师胸前披着的发布，取下后颈上的毛巾，用毛巾拍拍他的脖子，弹去落下的头发，用嘴吹几口以防有顽固的残发停留，干脆而又有些坚硬地说一个字：“好。”

这时项师傅抖一抖手里的毛巾，弄掉那些停留在上面的头发。然后提着那根毛巾，将头转向杜弘，没有笑，不说话，用手代替干脆而有点生硬的语言，向发椅上一指，相当于一个请字。

杜弘就坐上理发椅。这是一把木制的坐板下可以旋转的发椅。项师傅看一下头，那神情感觉到，头发确实还不长，但不说话。

杜弘为了工作，要和这位有些冷傲的项师傅套套近乎，头发不长也要理。

他这时就起身并向杜弘说：“杜（副）区长理发，我去街上转一下。”说着就出了门。

杜弘说：“陈师傅去转吧。”

刺嚓刺嚓，项师傅开始工作了。杜弘也开始工作了，与项师傅说手工业合作化的事。杜弘就从形势开始讲述，但也讲得较为通俗，尽量避免产生不必要的误解和异议。因此什么社会主义改造之类的“改造”两个字他丝毫不提，他担心项师傅一听到“改造”二字会觉得自己变成了地主阶级、剥削阶级，要改造一样，会产生不好情绪。杜弘只说是要让手工匠人们彻底解放，享受社会主义的优越，是对手工艺人们有很大好处的好事，而且还由国家供应平价粮油吃，天旱水淹，肚子受国家的保护，老有所养……但回答杜弘的就是一片冷沉的刺嚓刺嚓的响声。项师傅那双严肃认真而充满冷傲的眼睛始终盯着杜弘的脑袋，一丝不苟，心无旁骛，毫无杂念。

项师傅一直没有回答一个字。这让杜弘多少有些吃惊和不爽。但杜弘知道项师傅不回话并不等于耳朵听不见声音，既然能听见声音，也就不可能听不见他杜弘说的话，既然能听见那就不可能不有所触及。因此杜弘就还是耐心地说着。

杜弘真诚地说：“请项师傅一定带头加入合作社。一个人的力量毕竟有限，人多才力量大，合作社是一个大家庭，不怕任何困难。某个人一点困难，对大家庭来说，就是小菜一碟。也好比一个种田的人走进了一块广大的土地，英雄更有了用武之地了。”

没想到项师傅还是没回话，认认真真理着发，刺嚓刺嚓，一丝不苟。

杜弘又说：“项师傅可能想到，街上就你一个理发的，怎么成立社呀？是的，可以参加其他手工匠人的合作社……”

没想到项师傅终于说话了：“小菜怎么和大菜混啊？”项师傅这说话也有些特别，而且是巧用比喻。

项师傅说着，正在进行最后一个工序，伸手拿开毛巾，又拿开发布。杜弘的发也理完了，他要说的话也说完了。

杜弘听到项师傅终于回话了，心中高兴，热情地说：“一盘菜就是由各种味道组合拢来的嘛。就是煮一碗面条，也要酱油、醋、辣椒，还要盐油葱花蒜苗嘛。合作社可是一桌丰盛的饭菜，有各种颜色的菜，有各种味道的菜，有荤菜，有素菜，有大菜，有小菜，有蒸的，有煮的，有炸的，有炒的，有腌的，缺一不可啊。这就是各种手艺人的拿手好菜，都来展示，组合成的五光十色、丰富多彩的佳肴……”

杜弘用比喻说到这里，项师傅就在脸上露出了百年一遇的微弱笑意。其实这笑意有点冷冷的味儿。

杜弘接着说：“一个合作社可有多种行业，各做各的，各算各的账，多劳多得。比如供销合作社这个大家庭，有多种加工，多种销售，多种服务，包括理发、餐饮，还有多种收购……我建议项师傅加入这供销合作社。我相信你一定是跟党和政府走的好匠人。”

怎么也没想到，项师傅竟然下了结论：“我参加供销社。”

杜弘完全不敢相信自己的耳朵！因此他一下子怔住了，不知说什么好。原来项师傅嘴里一直不说话，但脑袋里却已经考虑好了，是个心中有数的人。

好久杜弘才说出话：“感谢项师傅支持我们工作！你确定个时间，我亲自带你去供销社，介绍你入社。”

项师傅没望杜弘，也没回话，用手抖动着发布和毛巾，发出有些干脆的啪啪声算是回应了。

但没想到，这响声过后，项师傅竟然干脆地说：“现在去。”

他想坐在项师傅理发店也是多余，因为有杜弘做工作就够了。他出去后径直来了人们称为糕点师傅的家里。这师傅姓万，四十岁样子，身子高矮一般，偏瘦，脸蛋白白净净。由于常年弯腰做糕点，那背已经明显地有些佝偻了，但一双手细长白嫩，油光滑润。万师傅比较随和，对顾客热情耐心。

他与万师傅有些交往。他曾为万师傅做过大桌子板凳。大桌子板凳是木匠最过硬的技术活儿，一般的木匠做的搁一副棺材就叽叽嘎嘎唱歌，摇摇晃晃像跳摇摆舞。而他做的榫缝扎实，再好重的东西放上去，纹丝不动，没有一丝儿哼叫。万师傅是个非常讲究的人。本身的手艺也过硬，对于请匠人做东西，也很是挑剔。经过仔细了解后，都反映说他做得好，万师傅就请了他。做好后，万师傅用双手将桌子在地上拖着走，都是嘣嘣的声音，丝毫没有叽叽嘎嘎的歌唱。然后一屁股坐到桌子上去，左右摇动着，而桌子纹丝不动，更不哼叫一声。接着又一屁股坐在板凳上，叫一个有力的男人握住板凳在地上拖动，也是嘣嘣嘣的声音，榫缝没有丝毫的松动和响声。万师傅便如获至宝，笑得合不拢嘴，用手抚摸着，简直是爱不释手，便是对他佩服得五体投地。

万师傅赞赏道："陈师傅真是大师！有着过硬的本领。那冯家大院、军粮仓库可不是一般木工师傅能够胜任的，那么多柱头，不说画墨，看一眼就给搞糊涂了。"

他怀着忐忑和希望来到万师傅家大门口，热情地望着堂屋里说："给万师傅送恭贺哇！"

万师傅正在加工房里忙活，听到声音双手拍两拍，用抹布擦两擦，大步走到堂屋里，热情地伸出双手迎接他的到来。

万师傅激动地说："陈师傅稀客啊！你怎么来了的！"好像他是万师傅的特别亲戚一样。

他也笑着说："哎呀好跑嘛，来看看万师傅！"

万师傅指一下红漆木椅说："请坐。"随即招呼他妻子，"快泡杯茶来，陈师傅来了。"

说着就去了加工房。很快万师傅妻子就端来一杯茶，热情地笑着说："陈师傅喝茶。"

万师傅很快走出了加工房，手中端着一个红漆的圆形木质小茶盘，里面放着一杯酒，还有一些糕点，有饼子、油炸糯米面裹芝麻和白糖的果子糖、花生糖，还有白酥、黄酥。

万师傅客气地对他笑着说："一点土货，你尽管选了吃，喝口酒。给陈师傅说，我这酒可是陈了三年的高粱酒。"

他出门比较俭节、小意，生怕多谢别人，生怕给别人添麻烦，有时本来没吃饭也说吃了。

他微笑地说："我吃了饭就来，哪有肚子装啊。"说着人又显得很随和，端起茶杯开始喝茶。

万师傅连忙拿下他的茶杯，将酒杯递给他，热情地说："先不喝茶，你先尝尝我这酒，你是有些神的师傅，你尝下看是不是陈了三年的。"

他一时间为难了，正经八百而神秘地说："给万师傅讲，今天怎么也不能喝酒，万一要喝，我晚上来。"

万师傅有些惊疑地说："有什么重要事情呀？"

他小声地说："我正陪杜（副）区长出来办点事，杜（副）区长刚才在理发，我就到你这来了。我马上要去和杜（副）区长办事，他看见我出来喝了酒，这怎么行嘛。所以，今天这酒不能喝，改天一定喝。"

万师傅说："哦，那你吃点这些土货嘛。"

他微笑地说："我不大喜欢吃甜食。加上今天有要事……"

万师傅有些难为情地说："是不是我做得不好吃哟。"

他笑着说："万师傅说哪里去了，哪个不知道你是糕点大师呀！我是不喜欢吃甜食。"

万师傅热情地说："那尝一点，好久不见，可不能把我当外人了。"

他笑着说："哪里。"也就拿了一颗果子糖，放进嘴里吃着，以示对万师傅的尊重。

接着又赞赏地说："万师傅做的糕点是远近闻名的。"说着又随和地拿了一片花生糖放进嘴里，咯嘣咯嘣嚼着，接着说，"又甜又香啊！"

说着又拿其他的吃。他想把气氛搞和谐些，好说话。

他真诚地望着万师傅，随和地说："我们手艺人都是一家人，我就给万师傅说个事。上次开工匠艺人大会好像你也去了。现在解放了，我们手艺人也翻了身，政府要我们组织起来，成立自己的合作社，这可是好事啊。我想请万师傅也早点加入合作社。"说着喝了一口茶。

万师傅微笑着说："我是做饼子的，加入哪里都不合适嘛。"

"我看你就加入供销合作社吧。你做饼子，也是保障供给嘛，这和供销配套，你也就不愁产品卖不出去了。"

"说个老实话，我单搞，没人管，自由些。想休息就休息，想做就做，想做多少就做多少。”

他真诚地望着万师傅：“给你说，这是党和政府关心我们手工匠人的长远利益，为更大的发展考虑，为我们手艺人谋幸福，我们还是要表示，还是要跟党和政府走。供销社是口大锅，你正好做糕点，供销社是个大柜台，要销好多糕点，就怕你做不赢！”

万师傅点一下头：“你陈师傅说了，我相信，不听也对不起人，这样，我就入供销社吧。”

他站起身向万师傅抱拳一礼：“谢谢你支持我们的工作！”

万师傅连忙回礼：“应该的。”

他也不啰唆，就说：“那就说定了。杜（副）区长在街上等我，我先走了。多谢万师傅了，感谢你！”

他来到项师傅理发店，只见店门紧紧地关着，既不见杜弘，也不见项师傅。他想了下，难道他们去了供销社？他也想去一下供销社，说一下万师傅的事。

他来到供销社，真的看到项师傅和杜弘都在那儿，办公室主任正在一个簿子上写着什么。他明白了，他想：这杜弘真会做工作，连这个倔傲的项师傅都说好了。

他小声对杜弘说：“我刚才去了做糕点的万师傅那里，动员了下，万师傅同意加入供销合作社。”

又对主任说：“请主任还去一下，意思就是供销社请万师傅出山，加入供销社。万师傅肯定乐意。”

杜弘有些欣慰，就说：“你陈师傅还真能做工作，别人就还听你的。”

他也坦诚地说：“有些匠人的手艺活太零散，不便管理，比如补锅、打铜主要是下乡，还有刻章的、花儿匠，这些人可以不加入合作社……”

杜弘说：“也是的。”顿了下说，“区公所门口那个补锅匠巴师傅，可以动员他去街上做生意，免得整天在区公所门口敲得叮叮当当响，像是给区里的办公室奏乐。”

他说：“可以到铁业社堂屋里去。照顾一下，一点可怜的小生意，也不收房租费……”

杜弘爽快地说：“行。”

他就想：这个巴师傅性格古怪，也不知愿不愿意搬呢……

二十三　遇到难题

他和杜弘向花儿匠江师傅的店里走去。

江师傅住在下街的一栋小木屋里，这也是他们开的店。江师傅据说是四川人，父辈手里过来的。他们有两弟兄，江老大开的花儿店。他们一路过来的还有他们老表蒋老二，是开餐馆的。这花儿店并不是卖花朵，是做各种各样纸糊篾扎的工艺品。比如死人了用的花圈，为死者扎的大灵牌、灵屋子、花篮，清明节时上坟挂的清明吊儿等。同时还兼营鞭炮、火纸，生意也还行。

蒋老二的餐馆很红火，在茅坪一带很出名，但也有竞争，街上有好几家餐馆。

他和杜弘走进江家花匠店。江老大的女人正在扎一个灵屋子。江老大正在用钱凿凿火纸，这是为死人烧的。江老大坐在一把小板凳上，面前是一截粗粗的方形树筒，树筒上面放满了火纸，有的是凿了的，有的还没有凿。他左手拿一把五寸多长的铁凿，这个称为“钱凿”。钱凿的一头是圆形的，底边是相对的两条弧，中间是一个方形的锥子，凿到纸上就是一个眼眼钱（小铜钱）的样子，就成了纸钱。他右手握一把小铁锤，一下一下地敲打着左手握着的钱凿，发出啪啪啪的响声，很清脆。他敲打得很快，就像机枪似的发出连续的啪啪啪，像是在奏乐。再看那纸上，已是一排排“眼眼钱”镶嵌得整整齐齐，像开出的一朵朵花朵，也像若干年后的墙纸。

这个江老大，中等个子，较瘦，脸色发黄，也像火纸，包一盘黑色帕子，嘴里含根五六寸长的铜烟档，烟锅里装着一个土烟卷，一头燃着红红的火焰，嘴里冒着黑黑的烟雾。

江老大女人坐在一把旧木椅上扎灵屋子。灵屋子已经扎好了，样子像一个古色古香的楼房，有三层高，里面当然是篾条捆扎，外面是糊的白纸，“屋顶”是糊的黄色的纸。她手拿一支毛笔蘸了红墨水，在白纸上一笔一笔地画着，几笔下来，一个逼真的格子窗就出来了，就如同白色墙壁上镶嵌的一扇红漆窗户，十分漂亮，真是栩栩如生。

江老大夫妇认识杜弘副区长，更认识他陈师傅。见他们两人走进屋里，夫妇俩都连忙站起身。

江老大客气地说：“杜（副）区长和陈师傅稀客！快坐。”

江老大望着女人说：“快泡两杯茶！”

他和杜弘在一条长板凳上坐下来。江老大就在那个长长的树筒上坐下来，微笑地望着两位来客说：“哎呀我这么摆着摊子，实在对不住两位贵客。”

杜弘和气地微笑着说：“你们做手艺不摆摊子怎么行吗，又不是旅店专门搞接待。我和你们一样，也是个匠人出身，少时就跟爷爷学木匠，只是后来参加了革命工作，没做手艺了。但现在又要和你们这些手艺人打交道，这让我很高兴。”

女人端来两杯热茶，笑盈盈地说：“请喝茶。”

这女人瓜子脸，像绽开的花瓣，白净，眉毛像飘来的柳叶，嘴儿不小不大，像刚刚绽开的一朵红玫瑰，鼻子俏皮挺拔。看去，也算一个美女子。还真与花儿匠相称，或者说相得益彰。她还有一个独特的地方，扎着一根长长的独辫子，但没有将辫子放在背后，而是将辫子一圈一圈地盘在头上，看去就如同一条丝帕子包在头上御寒，是那样俏皮。辫子上用几口夹子别着，与里面的头发连成一体，以防辫子溜下来影响干活。其间一个夹子上还有一朵红红的小牡丹花，这当然不是真的，是她自己做的，也是对她花儿匠身份的显示。这花她也时常换着颜色，有时是粉红色的，有时是金黄色的。在这花朵的映衬下，她显得更加俏丽而生动。她姓柳，名叫柳枝，有的人开玩笑，也给她叫柳条，还叫“扭筋”的。她年纪三十岁不到。

为这她男人曾说她：“又不是小姑娘，给脑壳上还插朵花做什么？”

她嗔怪地说：“你晓得什么？我是花儿匠，这就是标志。”

其实，这个花匠店，她是真正的师傅。她的爷爷父亲都是有名的花儿匠，她从小就跟父亲做花匠活儿，比她爹更是心灵手巧，扎的花东西也和她这人一样美丽而生动。在饥荒年她的父母亲都饿死了，只留下她，她后来嫁给了江老大。他就跟她干花儿匠的手艺，她变成了他的师父。

由于灾荒，他们从四川巫山的铜鼓包迁到了这里，两表兄弟合作修建了这两间木屋，楼上住人，一楼一间开花匠店，一间开餐馆。没几年，他们就赚了不少钱，但他们仍然用着这个木屋。

杜弘对他们说话了。他是一副微笑的样子说的，显得很放松，很随和，像一个老熟人一样。他说了关于组织成立合作社的事，并说了许多好处。

江老大就皱一下眉头，顿一下说：“陈师傅是晓得的。我这是个零散活儿，卖点香签火纸，做点小花样，全街就我一家，与哪个门类都不搭界，怎么入社啊？”说着又微笑起来，看着杜弘。

他不说什么，这时看看那个灵屋子，看看江老大坐的树筒，像是在思考着什么，有些沉默。

杜弘就笑一下说：“是的，有好几个门类的手艺活都只一个人……”

柳枝眉眼盈盈含笑地说：“说个老实话，我觉得加入哪个合作社都不搭界。你看，一时有人来做个灵牌，一时有人来买个清明吊儿，一时有人来买几沓纸钱，这连账都不好做。”

杜弘说：“你们只做，写出价钱，由社里专门人员代收钱。你们做得多，卖得多，报酬就得的多。也好做账。至于卖这些小东西，可以纳入供销社里专门给你们安排一个门市，由供销社统一进货，你们就卖……”

柳枝又微笑地说：“还有，我们许多时候都要下乡，哪里死了人就要去哪里，去扎一些东西，帮别人布置灵堂丧事。”

杜弘说："那你可以一场丧事收多少钱，回来交账嘛。总之你做得多，得得多，什么都是你们的。像你们这些门类，也不纳税……总之政府一点也不要你们的，而且政府还有扶持。"

柳枝就显得爽朗地笑一下，轻柔柔地说："那既然政府什么也不要，都是我们自己的，自己做，自己吃，那又何必给政府找麻烦——要成立什么合作社呢？"

杜弘也笑着说："这主要就是考虑手艺人的长远利益，体现集体的力量和发展方向。因为我们搞的是社会主义共同富裕……"

杜弘仍然笑着说："我们的政策是按劳分配，多劳多得。和单干一样，你不做好没人请，做的东西没人要，变不成钱。成立了合作社，只是大家在一起，是一个大家庭，集体的力量更大，能干更多更大的事，创造更多的财富，也就有力量能战胜困难灾情……"

他在旁边打比方说："杜（副）区长说得对。一个人的家庭与人多的家庭相比，肯定人多的家庭有力量，既不怕别人欺负，也有力量做大事……"

最后走时，杜弘显得诚恳地说："你们还是考虑加入一个合作社，带个头吧。"

江老大赔着笑脸说："好，我们考虑。"

柳枝也笑着说："你们两位好些走。"

二十四　动听歌声

正在这时，那个磨刀的霍师傅扛着一个板凳，扬着头从前面走来，一脸笑容，嘴里高声唱道："磨剪子呢——抢菜刀——"

这完全是在唱歌，一遍一遍重复地唱着，完全是在卖唱："磨剪子——抢菜刀——"

霍师傅大概还不认识杜弘副区长。对着杜弘走来就那样仰着脖子放开嗓子地唱，声音又尖又脆，个别字眼还刺耳，就如空中劈来一个长长的细细的、没怎么弯的闪电。霍磨刀正走到杜弘身旁，就是那么高高的一声："磨剪子呢——"杜弘当时感到一惊。

当霍磨刀看到杜弘身后的他时，却停住歌唱，望他笑着打招呼，乐呵呵地大声地仍然像唱似的说："哎呀是陈师傅嘛——"

霍磨刀说话像是唱歌，或者说是半说半唱的，声音和语气都很好听，而且有些婉转悠扬抑扬顿挫，听了很舒服。

他也笑着望霍磨刀说："霍师傅嘛，好久没听到你唱歌了。"

霍磨刀在肩上掂一掂小板凳，乐呵呵地笑着："我一天到处转悠，你又怎么看得到哟。"

他笑着说："你去忙吧。"

霍磨刀乐呵呵地笑着点一下头，又一抬头、一仰脖子就又唱起来："磨剪子呢——抢菜刀——"

一时间，本来闹嗓的街上，就有了一种清新而鲜活愉悦的歌声，像热天洒下一片凉水，嗓声全被掩盖下去了，只有这种鲜活动听的歌唱。

杜弘转过身子，与他面对面了，说："我们给这个磨刀师傅谈谈。"

他说："好。"

于是二人向磨刀师傅走去。

杜弘又问："他姓什么？"

他说："姓霍，因为是个磨刀人，有人叫的他'霍磨刀'，一般都叫他霍师傅。"

霍磨刀已经走到前面去了，那歌声还在悠扬地飘荡。不知怎么的，隔远了，杜弘觉得这歌声很好听。

杜弘加快了脚步，向着那歌声走去，眼睛里也只有那高高地扛着板凳的磨刀人。

霍磨刀停下来了，放下板凳。一个妇人正走向霍磨刀面前。霍磨刀将板凳放在街道边人行道上，乐呵呵地接过妇人递来的菜刀，看看刀口，笑着说："哎呀你这刀口都成麻绳了，还是去年我给你磨了的吧。”

妇人有些不好意思地笑说：“我自己磨了几次的。”

霍磨刀就笑呵呵地说：“难怪磨成圆口了啰。”

又微笑地对妇人说：“把你的水弄一点。”

霍磨刀说着便像骑马一样在板凳上骑下来，就仿佛一个马上就要上战场的骑兵。妇人很快进屋去舀来一瓢水，霍磨刀笑着接过水瓢，将水倒进板凳上固定的一个小木盆里，准备磨菜刀了。

杜弘就走到了霍磨刀的旁边，他跟在后面。杜弘认真打量着面前的霍磨刀。霍磨刀身材瘦高，身穿一件满是补丁的便服，被洗得呈蓝灰色。一头花白的头发，颧骨高高的，长长的瘦削脸，黑黑的，像一片枯树叶。这是太阳晒得多的缘故，脸上布满皱纹，就像枯叶的脉络，这是风吹雨打留下的痕迹。一双像竹节似的手，关节突起，也是黑黑的，很粗糙。霍磨刀坐在板凳的一头，面前的板凳头上，有用木条固定的一块粗磨石，麻黄色，在它前面是一个固定的细磨石，呈灰白色，再向前就是一个小木盆，里面装着磨刀水。

霍磨刀双手握住菜刀，在粗磨石上一去一来地磨着，发出嚓——嚓——嚓——的声音，像是打着节拍，像是奏乐，像是一位沙音歌唱家在歌唱。磨几下，他又伸手从小木盆里舀点水洒于磨石上，继续地磨。磨几下了，又将菜刀翻过面来磨。磨一会儿了，就左手拿着菜刀，用眼睛凝神地顺着刀刃看，再用右手的大拇指在刀刃上轻轻地刮两刮，看磨起了锋刃没有，接着将大拇指向后移动一下刮两刮，移动一下刮两刮——直到将整个刀刃检验完，看是否磨上起锋刃了。在进行这些动作时，霍磨刀的脸上始终是微笑的，像是在与他的一个朋友打招呼，在面谈，在表达一些心情。

霍磨刀用大拇指检验了，已经磨起锋了，就伸手给细磨石上浇点水，双手握住菜刀，轻轻地缓缓地在细磨石上一前一后地磨着。这时的声音轻柔，像说悄悄话。磨一会儿了，又用大拇指在前端锋刃上刮几刮，检验锋刃，行了，浇点盆里的水将刀面洗一洗，用手将刀面的水抹干净，将菜刀递给妇人，乐呵呵有点像唱歌地说：“好了，回去还用水清洗一下。”

又满脸慈祥地看着妇人说：“你再要是自己磨，把刀放平一点磨，就不会磨成圆口了。”

妇人递给钱，接过刀，笑着说：“我再就等你来磨。”

霍磨刀说：“好。我不要几天又会来一趟的。”

她说：“你前段时间到哪去了？”

霍磨刀说：“我到城里去了。到城里一去，就走不脱了，他们都相信我磨的剪子、菜刀。”

妇人说：“劳慰你了！”这一带的人都习惯说“劳慰”，也就是谢谢的意思。

正在这时，肖裁缝就走来了。

他连忙亲热地称呼：“肖伯。”他一贯是叫的肖伯，不是叫的岳父，听起来更加亲切。

肖裁缝脸上永远给人的是忠厚与实在，肖裁缝微笑地答应着说：“哦，杰汉。”

接着肖裁缝笑着称呼了杜（副）区长，打了招呼。

然后肖裁缝对霍磨刀说：“霍师傅，到我们那去一下，几个师傅的剪子都剪不动布了。”

霍磨刀乐呵呵地说：“那你就是剪子不行了，只有吃（尺）了。”

霍磨刀这是在和肖师傅说玩笑话，乡下有这么一句俗语：“裁缝掉了剪子只有吃（尺）了”，意思是只能吃饭不能做事的人，也是一般手艺人谦虚的说辞。

肖裁缝就笑一下说：“我们裁缝是自带尺（吃）的，学你整天驮着个懒板凳，六只脚走路，还弄不到一碗饭吃。”这是讥讽磨刀生意小挣不了什么钱，糊不了口。

杜弘听到这也笑了，还想继续看他们表演的一副神情，等待着两位师傅表演节目。

霍磨刀当然是个开玩笑的好手，听了肖师傅的讥讽，乐呵呵地笑着说：“我还能走哟。有的人有脚不能走，整天像根木头蹾在案板边。”

杜弘听霍磨刀像说单口相声的，就又笑了，觉得这磨刀师傅真还能说，真有意思。

霍磨刀说着就将小板凳往肩上一扛，头一仰向前走去。

肖裁缝看一眼霍磨刀背影，忽然有了灵感，便回击道：“别人都是骑在马上走，你却是让马骑着你走。搞出怪来了。”

霍磨刀在唱，没注意，或是耳朵没听清，回答肖裁缝的竟是高亢的歌声：“磨剪子呢——抢菜刀——”

杜弘听着又笑了，也像是还想听他们相声表演，跟着走去。他就慢慢地跟在后面。

霍磨刀来到缝纫社门口。在缝纫机一片哼哼嗒嗒的歌唱声中，霍磨刀将小板凳往屋檐下一放，腿一跷像骑马一样骑上去，乐呵呵地说：“拿剪子来哟——”

声音和语气也像是唱歌一样，而且把个尾音拖得长长的，很悠扬，像风吹起杨柳在空中荡悠一样。

肖师傅连忙拿条板凳放在台阶上，热情地说：“杜（副）区长请坐，陈师傅坐。”

他哪怕是肖师傅女婿，但肖师傅经常都给他叫的陈师傅，很尊重他。肖师傅说着就走进屋里去了。

不久肖叶一手端来一杯茶，一手递给杜弘一杯，热情地说：“杜（副）区长喝茶。”

杜弘有些深情地看着她，不是去接茶杯，而是热情地伸出双手去捧茶杯，她也望杜弘笑了一下。

她接着去递给他一杯，笑着说：“汉哥哥喝茶。”她经常是叫的汉哥哥，不是叫的姐夫。

肖裁缝早已端来一杯茶递给霍磨刀，热情地说：“霍师傅喝口茶再磨吧。”

霍磨刀就接过杯子，喝起茶来。

这时肖裁缝对杜弘说：“杜（副）区长和陈师傅就在这坐着休息。”

又对肖叶说：“你莫忘形，记得给他们茶杯里加水呀。”

肖叶笑着说：“记得。我看着呢。”肖叶这时站在大门边，看着他，她觉得他头上的帕子包得挺规矩，挺好看。肖叶对他是崇拜的，她知道他是这一带的真正大师。她可能没注意，杜弘正看着她。

杜弘对肖叶笑着说：“小肖你快去干活吧，我们都不是水牯，有这么一杯就够了，不需要掺水了。”

肖叶听了不禁一笑，但不说什么。他也笑了一下。

这时为他们伴奏的是嚓嚓嚓的声音，像沙音歌唱家在表演。霍磨刀认真地磨着剪子，嚓嚓声不断。

肖叶这时已在里面踏着缝纫机咯咯咯地歌唱。

杜弘一直看着霍磨刀磨剪子，但又总是忍不住时而看一眼肖叶，总是觉得肖叶太好看了。

霍磨刀在这里磨了八把剪子。他磨完后喝完杯子里的茶，就准备走。

杜弘对霍磨刀亲热地说：“来，霍师傅把板凳拿过来，我们一起坐坐。”

霍磨刀很随和，是个很乐观的人。他不仅会唱“磨剪子抢菜刀”，还很会唱山歌，歌声非常好听，并且可以唱高腔。霍磨刀将磨刀板凳端到杜弘面前放下，坐下来。

他向霍磨刀介绍说：“这位是区里的杜（副）区长，专门管我们手工匠人工作的。”

霍磨刀连忙笑着向杜弘打招呼：“哦杜（副）区长啊！杜（副）区长还真随和哇，与我们这些人都能搞到一起。”

杜弘望着霍磨刀，禁不住脸上露出感兴趣的微笑，亲切地说：“霍师傅是个很有趣的人啊。这样的人不老啊。”

霍磨刀仍然乐呵呵地说：“是嘛。笑一笑，十年少，愁一愁，白了头。我是个想笑就笑，想唱就唱的人。”

杜弘就说：“那霍师傅唱个山歌听听看。”

霍磨刀也随和，就说：“那我献个丑吧。”说着就唱起来：

高高山上一树槐，手攀槐枝望郎来，娘问女儿望什么，
我看槐花几时开，几乎说出望郎来。

杜弘笑着连忙鼓掌，大声说："唱得好！"接着又说，"今年县里准备在年底搞文艺会演，到时我们就请你去唱山歌。行吧。"

霍磨刀笑着说："行。"

杜弘微笑着说："你多大年纪了？"

霍磨刀一副笑脸地说："五十五岁了。"

接着杜弘就问："你知道现在成立手工匠人合作社的事吗？"

霍磨刀依然乐呵呵地说："知道一些。"

"你知道为什么要成立手工匠人合作社吗？"

霍磨刀仰头看一眼远处的天，笑着说："都是为了我们匠人好。现在的共产党比国民党好多了，都是为人民群众着想的，谋利益的，不是只为那些地主资本家。唉，没想到我们穷人还能翻身，还能遇到这样好的新政府……"霍磨刀好像一说就没个完。

杜弘很高兴地看着霍磨刀："那你知道，是为了手工匠人们的什么好吗？"

"为我们不再受剥削，受压迫，共同富裕，共同上升……"其实这都是他参加土改开会听到的，记住的一些主要说法。

杜弘就有些兴奋了，他怎么也没有想到这位磨刀人还能知道这些，能懂得这样的道理。太难能可贵了！

杜弘兴奋地赞赏道："哎呀，你的思想都和我们一样的了！真高兴今天遇到你这么一位知音师傅。"

"是共产党解放了我们。党和政府的哪一件事都是为老百姓之好。像镇压反革命，那些人原来都是欺负压迫我们的，横行霸道，动不动抓人，关人，杀人，杀人像杀个鸡子，而有钱有势的没事。我的弟弟就是被王保长打死了的。我弟弟在王保长家做长工，做了两年不给工钱，后来就不做了，找王保长要工钱，王保长倒说我弟弟偷了他

们家的东西，活生生地打死了，说是打强盗。我妈眼睛都哭瞎了。像土改，就是为广大穷人之好啊。土地被少数人掌握了，种田人没有土地，祖祖辈辈受苦，怎么行？我家没土地，爹给地主做了半辈子长工，累了一身病，四十岁才安家，五十三岁就死了。”霍磨刀说着声音低沉了，伸出一只像树根般的手去抹眼泪。

杜弘同情地说：“现在，恶霸、剥削阶级都被打倒了，我们的日子会一天天变好的。”

霍磨刀抹一下眼泪，又笑着说：“就是，所以我天天都高兴。”

杜弘又说：“那霍师傅愿意加入我们的合作社吗？”

霍磨刀爽朗地回答：“愿意啊！加入了合作社，才人多力量大，更好地搞建设，搞发展……”

“你的思想真先进，觉悟真高啊。那你也加入一个合作社吧。”

霍磨刀笑着说：“好哇。我就不知道该加入哪个合作社。”

“我们现在有木业社、篾业社、铁业社、棕业社、缝纫社等，你考虑看愿意加入哪个嘛。”

霍磨刀很爽快地说：“我和这缝纫社的事情多些，我就加入缝纫社吧。”

杜弘高兴地说：“好啊！我们欢迎你。”说着又指一下旁边的他，介绍说，“这位你也认识的。”

霍磨刀会心地一笑：“陈师傅我怎么不认识呢？他是这一带最神奇的大师。”

他连忙挡住话头说：“霍师傅不要这样说啊。世上没有神的。”

霍磨刀有些正经地说：“不是说你这个人是神，是说你的技术很神奇，别人不能，你能。”

杜弘接话说：“我爷爷也是木匠，也有些神奇。其实，每行手艺人，都有各自神奇的绝活。”

又说：“陈师傅现在还是我们区手工联社的领导呢，不然我和他也走不到一起。他是技术把关的人，许多事他说了算。”

霍磨刀爽快地说：“那好啊！有陈师傅在里面搞，我更愿意加入合作社。他做的东西牢固，做事也一样，牢靠，不虚飘，让人相信。”

他像是一直在思考什么，这时说话了。他脸上充满思考地说：“像霍师傅这种手艺，许多时候是下乡，还要进城，社里管不了，不好做账。有时候，还要在家里种田。完全是在这缝纫社做手艺好办，别人来磨了，缝纫社收钱。可是全待在缝纫社，靠这街上一带的活，那又养不活人，而且他还有个家。”

杜弘有个想法。他想搞几个类似的典型加入合作社，起到带头作用。特别是像霍磨刀这样的匠人，他们本身就苦大仇深，而且有着先进的思想和很高的觉悟，他们加入了合作社，对于合作社的巩固和发展有着不可估量的作用。至于收益分配问题，应该是有办法管理的。

于是杜弘想了想说：“这也不成问题，他下乡、进城的，我们按一般情况，给每天定个基本数，他按这个数交，另外有多的是他自己的。这样也能促进他更加积极地多做手艺，多得收入。每月还给他几天休息日，他回家种种田。把这些讨论好后，定成一个制度就行。”

霍师傅听了就乐呵呵地表态说：“行，反正我服从领导，怎么说怎么好。我相信政府。”

杜弘将头转向他，征求意见地说：“陈师傅你看，这样，行不？”

他听了觉得也很好，就说：“这样行。”

杜弘就说：“那就这样说好了，就加入缝纫社。我们今天就定下来。”

接着对他说：“陈师傅、霍师傅进屋里去吧。”

杜弘又叫了社长陈裁缝和副社长兼会计肖叶，一起去楼上社长的寝室里商量。

只有个多小时，他们就把霍磨刀加入缝纫社的事和有关收益分配的事宜定下来了，并做好了详细记录。

杜弘和他、霍磨刀走出缝纫社大门。这时太阳离西边山尖只有一竹竿高了。

杜弘高兴地说：“霍师傅，今天，我请你吃饭，和你喝一杯，你不仅是个乐观有趣的人，而且思想觉悟很高，令我敬佩啊。你们这些人可是我们党和政府的真正依靠！”

霍磨刀有些难为情地说：“这怎么好意思啊！不行。”

说着就扛起磨刀板凳要走。但杜弘伸手就拉住了板凳的一只脚，就像拉一个刹车，霍磨刀便像一驾马车被刹住了一样，身子突然立定向后一挺，站住了。

杜弘正经八百地说：“不行。今天怎么说我也要和你在一起喝一杯！陈师傅作陪。”

他这时感到惊异，他想这杜弘真是个有意思的人，请一个磨刀人喝酒。他也上去拉住霍磨刀的一只手，脸上神情有些严肃了，认真地说：“霍师傅你先就说了服从领导，这下怎么又不算数了？不要讲礼了，去吧。”

他就在前面拉着霍磨刀一只手走着，像是一个牵马人。杜弘这时松开拉着板凳腿的手，紧挨霍师傅走着，像是个赶马车的把式，就这样一起向餐馆走去。

路过篾业社时，他又透过门窗向里面窥视，他想看见一下林姑娘。他看见了，她还是那样坐在那个位置，埋头编着她的斗笠，细丝如线的篾条在她手里跳动着……他只能看见她的侧身，只能看见她的半边脸蛋，像一片花瓣静静开放在那儿……

二十五　区长请客

很快他们就来到蒋家餐馆。霍师傅不慌不忙将那个磨刀板凳在门边放好。蒋老二看见他们三人进来，在红脸上堆起了笑容。这餐馆是蒋老二夫妇开的，两口子都还年轻，女人经常穿一件红衣服。红衣女子见杜弘和他来了，连忙恭敬地迎出来，热情地笑着。

杜弘随即对蒋老二吩咐：“来一盘红烧肉、一盘炒肚片，一盘烧豆腐，还来一斤苞谷酒。”

红衣女子将杜弘几人请进里边一个安静的地方，亲热地叫坐。这里放有一张红红的小桌子，一般是贵客才叫到这里的。

刚刚坐下不久，红衣女子就端着茶盘走进来，给他们每人递上一杯茶。

她笑着对他和杜弘说："陈师傅那天晚上结账了，后来杜（副）区长硬要结账，我没收，今天到底还是要把钱送来呀？"

杜弘也带着埋怨的口气说："你们害得我违犯了一次纪律，心里不安啊。"

随后杜弘便豁达地说："今天就归我结账了！谁也别管了，说定了，不能更改。"

很快一盘红烧肉就端上桌子来了。杜弘亲自倒了三杯酒，分别将酒杯推到他和霍磨刀面前。这是那种白瓷小酒杯，此间是贵客室，比较讲究。

杜弘自己举起酒杯大声说："今天很高兴和两位师傅坐在一起，我先敬两位师傅一杯！"

他和霍磨刀都连忙端起酒杯。霍磨刀说："感谢杜（副）区长！我和陈师傅还是先敬杜（副）区长。"

杜弘忙说："不，我先敬你们两位师傅，你们虽然是农民身份，但你们应该是工人阶级，工人阶级可是我们国家的领导阶级，工人农民都是国家的主人，这是写进了我们党的章程的。我们虽是政府人员，是为你们服务的，所以我要先敬你们两位。来！"

杜副区长这么一说，两位师傅确实非常感动，也没有什么话可说了，只好服从。

杜弘便将酒杯与他和霍磨刀的酒杯一碰，当当的两声脆响，接着就将酒倒进了嘴里，喝得十分豪爽。

他和霍磨刀也一仰脖子喝下了杯里的酒。

杜弘就用筷子点一下红烧肉，很有气魄地说："来，吃肉！"说着很随便地夹起一坨红烧肉喂进嘴里。

他和霍磨刀也不甘落后，各拈起一坨肉塞进了嘴里。

杜弘嚼两下就吞进了肚里，大加赞赏道："嗯，这味道真不错哇！来，男人，就要吃大坨肉，什么细肉丝那是给女人做的。"

霍磨刀乐呵呵地说："我们土家人从来就是大碗喝酒，大坨吃肉。"

霍磨刀说着拈了一坨喂进了嘴里，也的确觉得这红烧肉好吃，他还是第一次进馆子吃红烧肉，心里不禁涌起对杜弘浓烈的感激之情。

这时蒋老二又端进来一盘炒肚片放到桌上，并说："味道怎么样，请提意见。"

都差不多是异口同声地说："味道好！"

他就赞赏地说："杜（副）区长可能还不知道，蒋师傅可是川菜大师。"

杜弘赞同地说："真是大师的味道！你们都是大师啊！"

蒋老二恭敬地倒了四杯酒，自己端起一杯，热情地说："来，很有缘分，我敬杜（副）区长、陈师傅、霍师傅！我先干为敬！"

说着就把酒杯往嘴里一倒，好像要连杯进了嘴里去的，满面笑容地说："你们好好喝好好吃，我去给你们烧豆腐来。"说着就出去了。

杜弘听霍磨刀说土家人大碗喝酒，大坨吃肉，就说："来，那我们就用碗喝酒吧。"

霍磨刀乐呵呵地说："行，我还就习惯用碗喝酒。"

于是杜弘就向外面大声喊道："老板，拿酒碗来！"

红衣女子迅速拿来三个白瓷大碗。杜弘拿过酒瓶就往碗里倒酒，咕嘟几下一瓶苞谷酒就空了，还只倒了三个半碗。杜弘就对红衣女子说："还来一斤苞谷酒！"

红衣女子就又去给瓶里灌了一斤苞谷酒，拿来递给杜弘。杜弘接过瓶子说："好，三碗不过岗，今天我们一人喝三碗！"

霍磨刀乐呵呵地说："我和陈师傅今天也就一定把杜（副）区长陪好！"

他笑着说："那可不能把杜（副）区长喝醉了。他还有大事呢。"

霍磨刀就说："太阳都要落了，还办公呀？"

杜弘笑着说："今天不办公了，今天就和你们两位喝酒。两斤酒，一个人才六两多，没问题。我负责晚上照常开会。”

霍磨刀也乐呵呵地说：“那我负责晚上照样帮人磨剪子。给杜（副）区长说，这磨剪子的事可是个细活儿，会磨剪子的师傅磨的剪子，把头发往上面一吹，顿时就变成两截。”

他就向杜弘介绍说：“霍师傅磨剪子的技术，在川湖两省是第一的。不要小看这个磨剪子的事，这可也是一项绝活。”

霍磨刀乐呵呵地：“不要听他陈师傅的，他才是大师。我磨一下刀子剪子，只不过是一点雕虫小技。”

杜弘感兴趣地望着霍磨刀说：“不，霍师傅真还是一绝啊。不仅会磨刀磨剪子，唱山歌也是一绝。”

这时红衣女子又端进来一盘烧豆腐，笑着说：“还给你们炒一盘白菜，人也不能光吃荤的。”

杜弘乐意地说：“好，把你们的拿手好菜都拿出来。”

杜弘接着说：“霍师傅年纪大些，我单独敬霍师傅一碗。随便喝。”说着端起大碗，喝下了一大口。

霍师傅乐呵呵地说：“我也敬杜（副）区长一碗！随便喝。”说着端起碗，喝下一大口。

杜弘接着端起大碗碰一下他的大碗，爽朗地说：“来，我敬陈师傅一碗！”

说着端起大碗就喝下一大口，放下说：“来，各位师傅，我们吃肚片！快，不是冷了。”

他们痛快地吃着，喝着。蒋老二和红衣女子都异常吃惊，杜（副）区长怎么请一个磨刀人喝酒？怎么会有这样的事？这真是新社会，什么都新啊，新得你不可相信，不敢相信是真的。

他们喝了一会儿，就像老朋友似的，就像桃园结义的刘关张三位好汉。这霍磨刀本就乐观悠哉，是个“仰天大笑出门去”的人，不拘小节，就乐呵呵地和杜弘喝酒，就喝得十分畅快，融洽。加之霍磨刀也能喝酒，更让杜弘觉得这是条好汉，哪怕上了年纪。杜弘喝得也不像是个领导干部了，而像是一位普通的朋友，非常平易近人，爽朗而随和。后来，杜弘和一个穷匠人霍磨刀喝酒的事也就传为了佳话。没想到，这也为组织成立手工业合作社加了一把火。

最后杜弘想起一事，就说："还有一事，我先忘记了给霍师傅安排住的地方了。明天，陈师傅你首先就给霍师傅把住房落实，免得他这大年纪了，天天往屋里跑。给霍师傅说，没收的地主的房子，好房子还多，都是红光闪闪的红漆柱头板壁，大多还是雕花门窗，霍师傅随便去选择一间。"

霍磨刀感激得眼眶湿润，闪着亮光，没有笑，一本正经地说："感谢杜（副）区长！我活了五十多岁，才见到清官啊！我没有什么感谢党和政府、感谢杜（副）区长的，我一定为群众把刀磨好，把剪子磨好！再就是我也有几个匠人朋友，我一定给他们宣传，做工作，要他们都积极加入政府组织成立的手工匠人合作社！"

杜弘就问："是哪几个匠人朋友？"

霍磨刀一本正经地说了几个。

杜弘高兴地说："目前这几个人都不愿参加合作社呢。"

霍磨刀正经八百地说："我一定做他们的工作，他们与我是老朋友，都还有亲戚关系。"

杜弘又小声说："你和区公所旁边的补锅佬是不是好朋友？"

霍磨刀说："这个家伙，古怪固执，哪个可能也不愿和他交朋友，我和他没有交往。"

杜弘说："这个家伙可是个铁核桃啊。"

霍磨刀说："是的。铁只是硬，可这家伙硬是古怪，不近人情。"

杜弘又说："霍师傅和这街的钟潇铜匠关系好不好？"

霍磨刀说："这个钟潇本是个热心人，也爱显示自己，有些清高，我没和他来往，他好像瞧不起我这个邋遢的磨刀人。"

这晚，霍磨刀一直感到惊奇。霍磨刀想这杜副区长真是个有意思的人。对一个磨刀人来说，真的是震撼了。霍磨刀回到家里已经天黑了，他酒意未醒地坐在椅子上，想这是不是做梦？仔细一想，好像是在做梦，杜副区长请我喝了酒……

霍磨刀的妻子就问他："你怎么了？"

霍磨刀笑一下说："没怎么了，杜（副）区长请我喝酒，喝多了一点。"

霍磨刀第二天很早就起了床，扛着磨刀板凳就出了门，但他不是去磨刀，他是去找那几个匠人，要他们加入合作社。

二十六　非同凡响

第二天清早天还是蓝蓝的，像一块大帘子，把太阳给遮住了。这时他就去了区公所。就听见对面传过来叮叮当当的敲打声。

吃过早餐，他就来到补锅佬巴师傅家里。巴师傅的家与区公所是门对门，中间隔个大院坝。巴师傅正在敲打，女人正在灶屋里忙碌。

巴师傅这人的性格有些古怪。他经常板着个黑黑的锅铁脸，和铁锅一样黑，一样坚硬。那脸色给人的感觉，好像什么都隐藏得很深，看不透。也就不知道巴师傅到底有多大本事，有多神秘，也就对他更加好奇，也就很在乎他，还敬畏他。

他进门热情地说："你们两个好哇！"他说得很放松，微笑着在巴师傅对面的板凳上坐下来。

巴师傅疑惑地对他说："你让我们搬到街上铁业社去做生意，真的不收房租费吗？"

他笑着说："真的不收。"

巴师傅的锅铁脸就松软了很多，感激地说："太感谢陈师傅，感谢政府了！"

他一看屋里，就是一屋的破锅，总有十几口，心想他们搬起来很难的。

他就说："这样吧，我现在去安排人来给你们帮忙，你们看怎么样？"

女人感激地笑着说："哎呀那怎么好意思呀！"

他说："那我就去了。一会儿就来。"

不久，他就亲自带来了十多人。这是各个合作社的师傅们，主要是铁业社和木业社的。

好几个师傅一进门就说：

"恭贺巴师傅搬进新居！"

"恭贺巴师傅在街上去发大财！"

"恭贺巴师傅生意兴隆！"

"巴师傅好福气，去住街上地主的红漆木屋……"

巴师傅女人说："唉，感谢政府，感谢陈师傅！"

他稳重而显得谦虚地说："不能说感谢我。要感谢政府。"

杜弘也来了，对着师傅们说："给大家说，我们要在街上办成手工业合作一条街……"

杜弘又对巴师傅女人说："你也可以在街上做点小生意。就摆在铁业社门口……"

女人有些高兴地说："感谢政府领导。"顿一下又说，"可我做不了什么生意，再者地不能荒着。"

他看着那些破锅，里面都写着字，不仅有姓氏，还有数字，就问巴师傅："你这写的些什么嘛？"

巴师傅这下说话了："是约定的取货时间。"

他又看了下，明白了，巴师傅是按先来后到、约定的时间进行补锅的，保证按时交货，不让别人跑空路。他想这个巴师傅还真有意思。

他又问："你这些锅全部搬过去？"

巴师傅对他点下头说出一个字："嗯。"

他就对师傅们说："搬东西的，现在开始。注意不要把东西损坏了，并且保持原样地去放到铁业社进门的堂屋里。请大家一定注意！"

师傅们每人都搬着一口破锅，热热闹闹向街上走去。巴师傅也提了工具箱和椅子跟着走去。

人们扛着、背着、提着这些破锅，像一支收破烂的队伍，而又有些浩浩荡荡，说着笑着，显得十分高兴，仿佛这些破烂能够卖上很多钱。

他带着巴师傅走进了铁业社的堂屋。这堂屋里其实空空的，而且很大，打铁的炉子都在正屋后边另外搭起的车间里。巴师傅一贯绷得像锅铁的脸就露出了几十年难得一见的笑容。

他带着人们来到铁业社后，将一楼堂屋隔壁的一间房屋也交给巴师傅，里面还有一张抽屉。一时间放满了那些永远没用的破锅。为了让群众知道这里补锅，就决定在宽宽的堂屋里让巴师傅摆摊子，对着大街人们容易看见，并要搬家的人们给他摆好了摊子，让巴师傅继续敲敲打打。

杜弘也笑着对巴师傅说："你现在开始工作吧。你看下，这环境，面对大街，是做生意的黄金地方呢。"说着又笑一下。

巴师傅努力地挤出一点笑容，说："太感谢你们了！我巴师傅没想到还能住到街上来……"眼眶就湿润了。

接着杜弘又要他去找纸写了个大大的标识："巴师傅补锅店"，贴在了大门边的板壁上，让老百姓知道这补锅的新地方。

巴师傅看一眼标识，就又暗暗欣慰地笑了一下。

接着就有过路的人赞赏地说："嗯，巴师傅这个补锅的地方还要得。真是方便群众啊。"

接着，巴师傅就开始敲打起来。于是这街上就增添了一种新的叮叮当当的敲打声，与铁业社的打铁声汇成一曲有轻有重、抑扬顿挫的洪大音乐。

第二天早上晴得很好，太阳也笑嘻嘻的。杜弘早上吃了一大碗面条，便高高兴兴地向街上走去。他要去检查各个合作社的上班情况、生产情况。

杜弘先来到缝纫社，却不见霍磨刀的摊子，就进去问社长。

陈裁缝微笑地看着杜弘，说："哦，霍师傅他天刚亮就来了，我还没起床，他给我说了，说今天去找几个还没入社的师傅，要他们来加入合作社。"

杜弘一听，非常感动，心里一下子热热的。他想，这真是个热心人啊！哪天一定要去他家里看看，如有困难，一定要给予帮助。

杜弘还没有走到铁业社，远远地就听到一片叮叮当当的敲打声。走到门口，加上叮嘣叮嘣的打铁声，让人感觉到一种轰轰烈烈的劳动景象。杜弘脸上露出了兴奋的笑容。

二十七　艰辛跋涉

区妇联喻主任和联社筹办黄副主任走了两天后，到达柏树坡。喻主任是拄着一根树棍走进屋的，她的脚已经走出了好几个血泡，黄主任也是拄着一根树棍，他的腿也走得又痛又酸。他们的腿功当然不及他陈师傅了。

黄副主任是云儿的妹夫，关系不一般，见面后还是比较融洽。黄主任首先介绍了区里的喻主任，又将耿区长的信念她听了，并交给了她。恳切地说是区领导派他们专门来接她回去的。

云儿还是非常感动。云儿其实也早就有一种孤独感和漂泊感。这家人户的衣服在两天前就已经做完了，但没有第二家找她做衣服，因为这里也成立了手工业合作社，一般人都是在街上扯了布就直接拿到旁边的缝纫合作社去做衣服了，很省事，不需要请师傅，还节约了生活招待费。她就只好滞留在这家人户。虽是师傅，此时也有一种寄人篱下的感觉。她也准备明天出去走走，看有什么缝纫的活儿没有。

云儿立即拿来木脸盆和洗脚盆，从火坑上取下吊锅往盆里倒出热水，要他们洗脸洗脚。这里的乡下人一般都在火坑上面吊个吊锅，随时烤火水也热了，用水方便，不需要另外用柴来烧水。当喻主任脱下鞋子，整个袜子就是一双血袜了，那鞋底也是红红的。

云儿看着就眼眶湿润了，心里受到一种震动，心里自责地说："这都是为了我……"

喻主任亲切地对她说："现在合作社红红火火。你不必把自己这么孤独地摆在一边，特别是不该和陈师傅分开。陈师傅无论从哪方面说，都是不错的人，他是个真正的好人，对任何人都是赤诚相待。我们专门来接你，还是回去吧。人，不能没有家，不能没有父母，也不能没有乡亲乡邻……”

云儿当即表态说：“我跟你们回去。这里的事已经做完了，可是你的脚怎么走？我给你找医生，把脚伤治疗两天，好些了再走吧。”

喻主任说：“我这点伤不要紧，就是打了一个泡，比起红军长征那些女红军来说，我这根本不算个什么。回去在医院里上点药就是。你不用担心我，我一样能很快地走路，收拾一下我们上路吧。”

区领导的信，喻主任的伤、坚强和执着，感动了云儿。他们就又上路了，向家乡赶路。喻主任要云儿走前面，表示尊重她，但云儿一定要喻主任走前面，说你的脚有伤，在前面慢点走，不要走快了。黄秀贵主任也就主要帮助云儿背小儿。

喻主任拄根树棍在前面走，她坚强地忍着脚痛，咬着牙仍然是很快地向前走着。这更让云儿感动。她看喻主任背影，个子不高，身材较瘦，拄根树棍，身子一偏一歪地走着……看着，她的眼泪就忍不住流下来了。

他们走了三天半才到达茅坪街。喻主任和黄秀贵主任把云儿径直带到区公所，见到耿威区长和杜弘副区长。这时他也在这里，久别重逢，一时间都异常激动。杜弘亲自安排厨房弄了一些好菜，陪他们一起吃饭，气氛浓烈，云儿感受到一种极为温馨的团圆味道，感受到政府和集体的温暖，一时间心情特别好，感动得流下了热热的泪水。

喻主任连脚的刺痛此时也忘记了，还笑着给云儿敬酒、拈菜。云儿这顿饭喝下了三小杯苞谷酒，这可是五十度的白酒，但她仍是处之自然。

饭后，云儿就主动说：“我加入缝纫合作社吧。我今天就去报到上班。”

一时间皆大欢喜。杜弘亲自带喻主任、黄主任，还有他，一起送云儿去了缝纫合作社。

然后，杜弘和黄秀贵送喻主任去医院给脚进行检查，治疗。云儿也去了，她心里总想到喻主任那双脚，一想起就觉得心里疼，好像是她自己的脚。她心里也就充满自责。

几天来，喻主任没有脱袜子，不敢脱，心想走到目的地了再脱，脱了就接着治疗。现在一脱下，杜弘和医生都惊吓住了，她双脚打的血泡都破了，红红的……当听说她来回走了四百里路时，杜弘和医生们都被她的坚韧顽强而震撼得流泪了，云儿更是哭出了声……

杜弘给喻主任下了命令，要她在医院躺在病床上治疗，好了才准回去。

杜弘回单位后要黄副主任写一个典型材料，上报到了县委和县妇联。

工作是紧张的。第二天一早他就去了区公所。

杜弘对他说："陈师傅，我们走吧。"接着他就和杜弘一起去了乡下。

在他和杜弘的感召及细致工作下，包括霍磨刀的劝说，几个原来顽固坚持不入合作社的优秀师傅，还是想搞单干的，又是这一带出名的匠人，比如张瓦工等人，都分别加入了合作社。糕点师傅老万，和另外几个糕点师都早已加入了供销合作社，供销社专门成立了食品加工厂、酒厂。至此全区主要的正宗工匠艺人加入合作社的比例达到百分之九十，只有极少数上等匠人没有参加合作社，仍然留恋那种上门做手艺，有肉有酒，很受尊重的自由手艺活动。所有加入合作社的师傅，都热情空前高涨。

接着，他被任职为区联社副社长，社长由杜弘兼任。他仍然继续担任木业社社长。这时有规定，手工业合作社，包括联社都属于集体性质，任职人员不转为国家正式干部或工人。合作社人员都是集体单位职工，都转为非农业户口，由国家供应粮油，比农民要高很大一个等级了，实际政治上和国家工人一样。

不久，喻主任就调到县妇联任了副主任。虽然还是副区级，级别上并没有提升，但地位却是变了，是县委机关，直接与县领导打交道，升迁的机会就很大，当上县妇联主任说不定就是个早迟的事情。

钟潇看到政府对匠人们很好，合作社很红火，也不再说什么。钟潇又在街上店子里生起了炉火，打制一些铜器。他来劝说了几次，钟潇还是哪个合作社也没有答应加入，杜弘也来到钟潇的店里坐了几次，做了些工作，认为钟潇可以加入供销社，但钟潇要坚定地坚持单干道路，一个人自由自在地干，成了个体手工业者。钟潇也做了个牌子：钟潇铜器加工店。

后来也就没有干部找钟潇了，任他去了，也就习惯了。但政府对钟潇是温厚的，由于钟潇在街镇上做手工，一家人没有参加分配土地，在他陈师傅的帮助下，给区里做工作，也给钟潇解决了粮油供应问题，一家人吃国家供应平价粮油，并发了一个供应折子。钟潇便对他、对政府感激涕零，从此尽说政府的好话，也说合作社好……

现在上街有巴师傅的叮叮当当，下街有钟潇那叮叮当当，人们也听惯了这像音乐一样的敲敲打打，有时候他们串乡去了，门锁了，没有了叮叮当当的敲打声，人们还觉得不习惯，差了点什么。

街道上不时地也传来一阵歌声："磨剪子——抢菜刀——"与铁业社的叮嘣叮嘣声、巴师傅和钟潇的叮当叮当声汇成一支热烈而浑然的进行曲。

由于补锅业务的零散性，巴师傅没能加入哪个合作社。花儿匠江老大和柳枝两口子都要求加入了供销合作社，并入了股份。他们另外加了些为百姓的服务内容，专门设置了一个门面。蒋老二也加入了供销合作社，在另一个红漆木屋里办起了一个更大的餐馆，叫作公私合营食堂，生意红火。

祝梅本来生意好，但骆铁匠看得远，要她加入合作社。她相信骆铁匠是个顶天立地的人，任何事都有主见、有担当、心中有数，听他的没错，就抓住了一个好机会，成为了供销社的正式职工，在公私合营食堂里当师傅。虽然收入不及自己开餐馆多，但身份不一样了，也高兴。特别是几年后不准再有个体工商户，所有工商活动，包括手工匠人的产品，都由供销合作社经营，国家已经全面完成了工商业和手工业的社会主义改造，实行了定编定员。这时的供销社等合作社，你想进也不可能进入了。这时祝梅就庆幸自己抓住了机会。

那个理发的项师傅，人们没有想到，在杜弘和他交谈了后，就加入了供销合作社，人们理发在供销社一个门市先买牌子，然后再去理发。项师傅也找到了媳妇，两夫妇都成了供销合作社职工，按月拿工资，都吃上了国家供应粮油。

他所忧心的斗笠姑娘林晓兰，也在这种红火的日子里有了新的消息。这时，篾业社编织的产品，都是交给供销社销售。林姑娘编织的斗笠当然一样，由供销社的生产门市销售。每次篾业社开了手续三连单，林姑娘就拿着这个单据，用一个背篓背着斗笠，送到供销社生产门市。这生产门市的售货员是一个青年男子，都叫他小陶，每次都是他收货，并开具收据。这青年人也是端庄清秀。

两人一来二去，就产生了印象。这个小陶就非常看好林姑娘，林姑娘也对小陶感觉不错。于是后来小陶就来到林姑娘编织斗笠的车间。小陶很想参观她编织斗笠的情景。小陶首先在远远的门外向她窥望，只见她一双秀手拿着白白细细的篾条儿，像舞动着一根根琴弦，像是绣一朵世界上最大的花朵……但他没有急忙走进去，不知是不是怕打扰她，或是怕显得太过于主动……

过了一段时间，小陶请篾业社副社长饶篾匠做媒，他们的亲事终于定下来了。后来结婚非常热闹，他组织匠人们都去祝贺了。此时，他心中的一个大石头也终于放下了。

几年时间，各个合作社都走向了正轨，就如六月的太阳，走进红火的季节，各项建设如火如荼。

这时他和云儿又有了一个儿子，取的小名为满满。但他没有忘记自己的手艺，给满满取的学名叫陈艺，是想儿子长大后也要从艺，继承他的手艺。

二十八 意外事故

这天下了一天的大雨。借读在一户人家的教室本来就一间旧土墙房子，猫子又把屋上瓦片扒了些洞，下午就出了一件大事：墙壁因被雨水浸湿，坍塌下来，挨着墙边的几个学生被塌在了墙里面！

顿时全教室都愣了！一个个学生木呆呆的，惊恐不已，不知所措。

老师急忙呼喊其他老师和校长、居民，找来锄头，紧急抢险救人！一时间校长也急坏了。大家都争分夺秒地突击刨挖墙土。一个个都是脱了衣服，光着身子拼命地干，使出吃奶的劲挖、刨，快速转移墙土。瞬间人们累得满身汗水，像下雨一样。人们也都急坏了，因为里面塌着孩子。也不知里面到底塌了几个小儿。

经过一个多小时的战斗，刨出了里面的书桌。还好，由于书桌的抵挡，当时墙土塌下来时，边上的几个学生听到动静，已经来不及离开座位跑向别处，他们本能地缩到了书桌下。由于书桌的抵挡，几个孩子只是受了伤，但有一个小些的孩子已经失去生命。人们抱着这孩子痛哭着。他家长还不知道呀，知道了还不知怎么样！受伤的学生立即送往医院救治。

当死的学生送回家里时，他的爹妈哭得死去活来。干部们都极力进行安抚，可是怎么安抚也不管用，孩子不在了。这是父母亲身上落下的肉，是连着他们的心的，是撕心的痛！

好不容易才了结这件事情。自此孩子们也不去上学了，都害怕走进那个教室。

于是区里专门召开了一个会议，全民动员，修建一所自己的新学校。可是没有一分钱，这时国家还是一穷二白，只能解决极少的费用，主要就靠自力更生，艰苦奋斗。区里发出动员：人人尽义务，有钱出钱，有力出力。这时的老百姓也很穷，虽然都分得了土地，但土地里一时间也长不出什么钱，只是有了吃饭的基本保证。

于是区里首先召开了各种手工业合作社负责人的会议，先武装骨干。又一天，区里召开了所有手工业社全体匠人、师傅的大会。动员大家进行一场义务劳动，为孩子们修建一所学校。这些匠人、师傅都在会上表态，积极参加修建学校的义务劳动，自己吃饭了去干，不要一分钱的报酬，直到完工为止。一时间领导们也感动了。

区里指定杜弘副区长为学校工程的负责人；第二个负责人就是他陈师傅，负责全部木工；第三个负责人是葛师傅，负责砌石墙、粉刷；第四个负责人是潘瓦匠，负责盖屋的全部瓦片，由区里调集全区瓦匠来突击做瓦，附近村民砍柴；第五个负责人是这茅坪乡农会的田主席，负责动员广大群众投入义务劳动，包括瓦厂烧瓦需要的柴火。

很快选址了，进行开挖基脚。这一天，谁也没有想到，到场了三百多人，可谓浩浩荡荡！一下子不仅铺满了工地，连工地以外的大片田野也铺满了人群，可谓铺天盖地，人山人海。完全是要进行一场大战役！

各个手工业合作社的全部师傅都上阵了。整个机关干部上阵了。再就是周围的老百姓，他们自带干粮，或是煮熟的红苕、洋芋，或是冷饭冷菜，或是炒的苞谷泡儿、蒸的苞谷粑粑。他们每人带着两件工具，一是背篓或者撮箕扁担，二是挖锄或上锄。这是专门通知了的，因为出基脚需要挖的和挑的，除此大量的工作就是背石头或是挑石头。

这阵势，一时间震动了区领导，也震动了整个到场的人们。但这学校地基的场面上无论如何也摆不下三百多人！

还有四十多人没在这片人海里呢。他带领着木业合作社师傅和四周赶来的木匠，一共四十多人，正在附近的山上开战。可以说漫山遍野都是嘣嘣嘣的伐木声，像一颗颗重型的礼炮爆响，紧凑而激烈，惊天动地，震荡着这片古老的土地！这片土地上何时有过如此惊心动魄的战斗与震撼呢？因这是义务劳动！

除了开挖基槽转移土石的，具体施工的工匠师傅外，其他人的主要任务就是背石头。因为砌墙需要大量的石头。这是要修建六间教室连成一体的教学楼，并且楼上还要做老师办公室、老师和高年级学生的宿舍。

区里领导杜副区长亲自挑着扁担上阵，黄秀贵也是一样，背着背篓上阵。区里几个办公室人员也上阵了。缝纫社的师傅们主要就是找石头、背石头。黄秀贵考虑缝纫社老同志和女同志多，要注意安全，他就亲自带领缝纫社的队。

但是也有杂音。天空这时偏偏飞来好几只大大的老鸦，黑黑的像幽灵。这是山上砍树的震响把它们惊动了，异常惶恐，急急地飞来飞去，像是什么东西丢了在寻找。它们还一边大声地吼叫着，像是在互相争吵，像是呵斥着什么……人们不认为这是什么不好的兆头，因为它们是受惊了，不是别的。

选择的一些主要男劳动力正抬着大大的基脚石。这里面就有镇大杆，正叫着热烈而奔放的劳动号子，从四周拥向工地基槽。他们一班一班都比着喊唱，看谁的声音最洪大，最响亮，最好听。一时间，伐木声、号子声、吆喝声，可谓轰轰烈烈，一浪高过一浪，涌向山野，涌向工地，真有点天翻地覆、摧枯拉朽之势。

人们再也不觉得是在劳动，而是在翻腾的海洋里畅游，感到的不是累，而是从没有过的兴奋与快乐！这是修建自己的学校。

那些找寻、背挑石头的人们也是四山五岭都是，像密密麻麻的蚂蚁在搬家，急急忙忙，又热热闹闹地奔跑着，你追我赶，争先恐后。一张张脸上虽然流着汗水，但那笑容更加润泽灿烂。

石头需求量很大。领导宣布了，各单位寻找和背挑的石头码在一堆，看哪个单位的多。每个人背挑来的也可码一堆，看谁是劳动能手，贡献最大！这一下人人都被调动起来了。不几天，四处田野便堆满了石头，大包小包，有如一片蒙古包，把田野变成了一片丘陵。好的是刚刚收割了苞谷，田野是空着的，还没有进行冬耕冬播。

不几天在葛师傅的主持下，石墙就有了一丈多高，一座学校的雏形展现在人们面前。人们便像看见了新大陆，为之欢欣鼓舞。

缝纫社的师傅们背来的石头，都是放在一大堆的。肖云是一个好胜心强的人，同时也比较固执，她坚持背的石头要单独放在一堆。她想看看最后到底有多大一堆，证明一下自己的力量。但她并不是想获奖，也没有资金可发，区里没有钱。肖云每天清早就吃了饭上山。中午她怕耽误时间，便急火火地回社里煮一碗面条吃了，然后又急火火地上坡。石头越来越难找了，近处现成的都早已被找光了，现在要到较远的山上去寻找。

头天晚上下了雨，早上路面还是稀的，有的地方是稀泥路，很难走，有的地方是岩壳路，湿湿的，也很滑。肖云和黄秀贵等人都给鞋子上捆了稻草绳子，这样抗滑一些。

他们一起来到一面陡坡上，这里还有石头。

肖云想背一个大石头，但她自己还没那大力气端上背篓。她就叫黄秀贵帮她端上了背篓。

黄秀贵担心地说：“这石头太大，你就不要背了，我来背还差不多。”

肖云固执地说：“不，你能帮我端上背篓，我就能背去。也不过一百多斤，我背得起一百多斤。”

黄秀贵也不好再说什么，就与另外一人把这石头抬上了肖云的背篓。他看着她慢慢向前走去。这岩坡上没有路，要边走边寻找可以踩脚的地方。除了岩坡，就是黄泥巴，都是稀泥烂滑的，十分不好走。黄秀贵十分担心肖云。他也背了个大石头，就急步走去跟着肖云，随时注意着她。

这时肖云正在一个陡坡上慢慢地横着走上前去。黄秀贵眼睛都在紧紧地注意着她，他怕她出安全事故，在这个陡坡上如果摔一下，那是有生命危险的。

忽然，黄秀贵看见肖云的脚向下一滑，异常危险，他顿时心里一紧忘记了一切，急忙扔掉背篓上的石头，冲上去抱住她！哪知道，她背篓上的石头太重，加上惯性，他刚刚抱住她，两人忽地向下一滑，接着她的身子和背篓石头压过来，两人一起摔下了陡陡的岩坡，跌在二丈多高的岩坎下。他摔在底下，顿时头骨撞破，流着花花绿绿的脑浆。她则躺在他身上，但贯下去头部撞到了石壁上。由于是近距离的，并没撞破头骨，但对脑袋的震荡是不小的，而且肿起出了一个血包。

这一下，都知道出大事了。人们纷纷放下石头，小心翼翼地，或从岩坡慢慢滑下，或从其他地方绕了下来。

也不知肖云头部里面伤得怎样。她看了一下地上睡着的黄秀贵和流出的脑浆、鲜血，睁着大大的惊恐的眼睛，没有哭，像是不知道哭了，神情愣愣的，像是惊呆了，痴了，不省人事了。

当人们看到这一幕，顿时一个个都痛哭起来。

人们七手八脚抬着黄秀贵的遗体，又抬着肖云，一起向区里走去。人们将黄秀贵的遗体抬到区公所，并派人通知杜副区长和办公室人员，赶快回来处理后事。对于肖云，人们将她抬到医院里，进行检查治疗。

不一会儿，整个工地都知道出了伤亡事故，都纷纷奔到区公所院坝里，一个个流着泪最后看看黄秀贵。他可是一位年轻有为的好干部，又有文才，又有人才，很能工作，太可惜了，太惨了！人们都为之伤心，为之痛惜，许多人还哭出了声音。

肖叶和她爹、同事们都来了。肖叶一下子扑到黄秀贵身上，痛哭着。不一会儿，她就哭昏过去了。

区里急忙派人去通知黄秀贵的父母亲，也不知他父母见儿子这样了，将会怎么活。

这时他也赶来了，紧紧地抱着黄秀贵，怎么也忍不住，失声痛哭。然后才听说，他的妻子受了重伤，被抬到了医院。他又奔向医院。

不久，黄秀贵的父母亲来了，一见儿子这样惨景，母亲当场就哭昏过去了。办公室人员只好找来一把圈椅，把她放进圈椅里，再由人扶着，看情势如何变化。父亲也是紧紧地抱住儿子不松，痛哭着……后来，区公所通知医院来了医生，给这母女俩打针，继续观察。

区里为黄秀贵买了一副棺材。请几个会收敛的老人，给他穿戴规矩，进行整容，然后放入棺材，并将身子四周塞紧，细致收敛，将遗体固定，防止抬去安葬时动荡，改变身姿。传说死者在棺材里，动荡了，不规矩了，对后代不利。

区里也按照当地习惯，请锣鼓班子和跳丧班子，为黄秀贵敲锣打鼓，跳了一晚《撒尔嗬》，热闹了一晚。

第二天清早，有三百多人为他送葬，锣鼓喧天，放着鞭炮，前呼后拥，一起送他上山安葬。他母亲一直昏迷着，后被送进医院。

他当时听说了肖云的事，一时间脑袋里像是爆响了一个重型炸弹，也差不多蒙了，急忙跑往医院。这时医生正在给肖云打针。但肖云可能是被恐怖的一幕惊愣了，加之大脑震荡了，受了不一般的伤。她一直不说话，也不知道喝水。

这时肖老师傅也赶来了，还在为女婿痛心，又看见女儿这样了，悲恸欲绝，在医院里痛哭着。

医生就向他建议，迅速转到县医院去检查，弄清病因，进行治疗，以免耽误治疗时间。这时还是一九五七年秋，国家还一穷二白，县医院也是十分简陋，没有什么仪器设备，也没有什么好药。

由于肖云母亲年纪也大了，身体并不是很好，就暂时将黄秀贵和肖云的事封锁消息，不让这母亲知道。

他请车站的工作人员帮忙找了个便车，将云儿背上车，不久就来到了县医院。这时的县医院是一条小巷道里的三间旧木屋，而且房子很矮，仅仅就是一层，还有些破烂。里面有一个小天井，四处都显得很潮湿。

经过县医院医生诊断，确定她一是受了深度惊恐，吓蒙了，二是受了较重的脑震荡……到县医院后，他给她喂水，她喝了。这使他多少有一丝儿安慰。打了针后，他又去餐馆里给她煮了两个鸡蛋和面条，用碗端去病房里，给她喂，她竟然全部吃了，大概也是饿了。只要是饿了，什么动物也是知道吃东西的。但就怕她仅仅只是这么一种生理的自然反应，而没有神志的反应。

在县医院治疗了一天，她不仅喝了水，也吃了饭。

但谁知道，就在第三天早上他起来，就不见了肖云！他以为她是去了厕所，他去厕所没有她，在附近的几个房间都找遍，都不见她。

他有些惶恐了。他想，这是怎么一回事呢？她怎么走了呢？是不是回家了？可是这城里去茅坪有七十多里路呀，难道是这样吗？一般来说，她应该是会去熟悉的地方。

于是他连早餐都忘了吃，就沿着从县城去家乡茅坪的公路往前走。他一边走一边打听着。但都说没有看见这么个人。他想，又有谁会去注意公路上过往的行人呢？何况她走时是晚上。那她就是径直往家乡走去了。于是他加快了步伐，向着家乡走着。他仍然没有忘记与人打听。快到中午时，来到长坝乡小镇上，他才买了一点饭吃，然后又继续顺着公路向家乡方向赶路……

但一路都不见她的影子。

在下午四点钟，他终于来到家乡茅坡。这时老鸦正在山坡上吵闹着，而且吵闹得很激烈，像有什么惊天动地的大事。这让他心里更加忧急，心就像顷刻捆了根绳子……

他首先去家里，家里空空的，什么人影也没有。他又去她母亲家。他不想让她母亲知道她和黄秀贵的事，只是装着去看望老人的，顺便观察了下，也不见云儿。

这时山坡上的老鸦还在使劲地吵闹着。这让他的心好像要炸开似的。

接着他来到镇上。他首先去了缝纫社，不见她的人影，又去木业社，也不见她的人影。又找了一些地方，都不见她的人影，他就感到非常着急了，很是惶恐了。他想她走到哪里去了呢？她脑子肯定出了问题！

他安排了社里的工作，给师傅们交代了一下，说要去寻找云儿。他心急如焚地去了县城。医院里没有云儿。他想在县城一带仔细找一找。这时的县城其实很小，只有两百米长的几条小街。很快找完了，没有云儿的任何踪影。忽然他看到了河，不禁心里一紧！此时河里还有较大的水，因为前两天下了大雨的。他心里惶然地想到，她会不会去了河里，在过河时被水冲走呢？这是很可能的！于是他又沿着河流一直向前寻找。他焦急地找寻了四十多里，打听了不少人，也没她的踪影。

接着，他又在县城周围一带乡村寻找。他花了三天时间，找了很多地方，也不见云儿的踪影。

二十九　寻找恩人

寻找的人不见踪影，没想到不找的人又来了。

这天傍晚他家来了两个人。其中一个是背着工具的木匠，另一个是一位青春年少的姑娘。她个子一般，不胖不瘦，比较秀气，一双丹凤眼，皮肤不是很白，但样貌十分秀丽可爱。

他母亲一时间有些诧异，因为两人都很陌生。

这位木匠连忙友好地说：“伯娘好！这是陈师傅的家吧。”

他母亲热情地说：“是的，你们找陈师傅啊？”

这人就说：“伯娘好！我们是陈师傅修建风雨桥时的住户，我们找他有点重要的事……”

母亲热情地说：“你们快进屋里坐吧！”

这人放下工具背篓蹲好，从背篓拿出几包礼物，放到一个小桌上，然后在木椅上坐下。他母亲很快倒来两杯茶，递给这两人。姑娘没有坐，接了茶杯放到桌上，没有喝上一口。

他母亲热情地说：“稀客呀！你们怎么还拿些东西嘛，这叫我太不好意思了！当年我儿子住你们家麻烦你们了！你们肯定饿了，我这就来给你们做饭吃。”他母亲说着就往灶屋里走。

姑娘就上去握住他母亲的手说：“先说说话吧。我是专门来找陈大哥哥的，也就是陈师傅……”

姑娘说着已是两眼噙满泪水。这让他母亲有些吃惊。

这位木匠就站起来介绍说：“我叫石宽。”说着用手指一下姑娘，对他母亲说，“这是我妹妹，她叫石琳……”接着就说了当年他救她的事情。

石宽停顿一会儿又说："她当年就记住了陈师傅的家在茅坡，也记住了陈师傅的名字，说长大后一定要来找救命恩人。她已经十九岁了，哪里去人做媒她也不理，她要嫁给救她的大哥哥。父母也觉得是应该来寻找恩人。因为是个姑娘，父母就不让她一个人出门走，就安排我送她来……"

这时姑娘又说："当年我就对他说过，长大了要嫁给他……"

这时他母亲也在打量这位姑娘。母亲觉得云儿走了这么久不知踪影，真是天赐姻缘，竟然送来了这么好一个姑娘。母亲就对这位姑娘动心了。

他母亲说："我儿子早已结婚成家，有了两个小娃儿。不久前，他妻子参加义务劳动，是修建学校，背石头摔下了岩坡，脑袋摔出了问题，也不知走去了哪里，他们找了好些天、好些地方，都没有找到……"

石琳就坚决地说："那我就嫁给他！"

他母亲诚实地说："可是他有了两个小孩子，你不嫌弃吗？"

石琳坚定地说："不嫌弃，只要能和他在一起，什么都行！"

他母亲亲切地说："你们先喝茶，我去给你们做饭吃。"

石宽说："哎呀给伯娘添麻烦了。"

他母亲高兴地说："添什么麻烦嘛，你们是贵客啊。当年我儿子都是给你们添了麻烦。"

石琳也跟着去了灶屋里，在灶门口坐下来，帮着他母亲烧火添柴。老人便是一副欣喜的神情，一定是在感觉又有了儿媳妇帮她做事了。

吃了晚饭天就正式黑下来了，而且有些冷了。这季节已经进入初冬了。他父亲在火坑里烧了柴火，几个人坐在火边，讲着话，喝着茶。两个小孩在火边玩着玩具。

这时他回来了。他是专门回来看看小儿的。小儿的妈妈走了，小儿们都心里难受，他就一般晚上都回来看看两个小儿，给他们一点安慰。

他还没有坐下，一见几位生人，就笑着说："来客人了嘛。"

他母亲就连忙站起身，拉他到灶屋里，高兴地小声对他说："来贵客了，这是你修建风雨桥时的住户，是两兄妹，他们今天专门找你来了。"

他也高兴地说："哦，当年麻烦了他们家一个多月……那快做饭给他们吃。"

他母亲说："已经吃饭了。"

他母亲就向他说了姑娘专门来找他的事，是要嫁给他。接着郑重其事地说："我看啊，这个姑娘好啊，心肠好，你救了她，她就一直记着，今天找来就是要嫁给你。我看，云儿这么久不见踪影，恐怕早就不在人世了，这姑娘这么衷情，你就答应她吧。"

他顿时脸色变得严肃，认真地说："妈您又糊涂了。这怎么行吗？云儿走了是会回来的。我是结了婚的人，有了两个小儿，她还是个闺姑娘，我怎么能又娶她呢？"

他母亲说："云儿是脑袋摔出了问题走的，不知死在了哪里。石琳这是送上门的姻缘，我说了你的情况，她毫不嫌弃，说只要能和你在一起，什么都行！"

他坚决地说："她说行，我说不行！"

他母亲也认真地说："你不同意，你就伤害了她。多好的姑娘啊！你在哪里去找这么好的姑娘？"

他有些严肃地说："绝对不行。这事妈您就不管了。当时救她的是我和雷陈林两个，她还小，我出名些，她只记住了我的名字。这事我来料理，我来做工作让她和雷陈林成婚，这不是个美事吗？"

他说完就向火坑屋里走去。

他在板凳刚一坐下，石宽就说："陈师傅好！当时你们在那修建风雨桥时，我在远处跟一个亲戚学木匠，没能与你见到面。"

说着用手指着石琳介绍说："她就是你救命的那个小姑娘。她叫石琳，已经十九岁了……"石宽说了事由。

石琳姑娘就看着他，急切而诚恳地对他说："大哥哥！我是专门来找你的，当年我就说了，长大了要嫁给你。人要知道好歹。我当初说的话，是我的真心，是认真的，你可不要嫌弃。”

石琳那神情，连丹凤眼上也挂满一种难以诉说的忧伤。

他就对石宽说：“十分感谢你们这份珍贵的情义！但是我要请你们理解，我已经结婚了，并且有了两个孩子。”

他说着用手指一下在火边玩耍的喜喜和满满。

石琳听了怔一下就哭起来，越哭越伤心，怎么也劝不好。

他就在心里编了一情节，恳切对石琳说：“你的情义非常珍贵！我非常感谢你！但我有媳妇，她是脑袋受伤了出走的，是找人治伤去了，不是对我有意见走的。我已经听人说了，她正待在一个亲戚家，那亲戚等她治疗后就送她回来的。所以我你就不要考虑了，这不是我不喜欢你，这是没有办法的事情。请相信我，我一定帮你结个良缘。当时救你的是我和另一个人，他年纪小些，你是叫的小哥哥。他叫雷陈林，你肯定也还记得。他对你印象很好，心里一直还记着你，所以至今还没有成家，多次想来找你，都是因为工程忙，没有来成。他现在也是个好师傅，还是木业社的副社长……”

他就又对石宽说：“你也给你妹妹做下工作，这是个很好的良缘，千万不要错过！”

他随即来到了木业社。他找到了雷陈林，对雷陈林说了石琳姑娘找来了的事。雷陈林非常吃惊和感动，雷陈林怎么也没想到，当年那么一点点小姑娘说的话，表达的初心，长大了竟然真的来兑现承诺！就是许多大人哪怕当初写上文字的承诺，经过一段时间后，也是扔在了脑后……

他说：“这样有情义的姑娘难找啊。我看，你就和她成个亲吧。”

雷陈林当即就说：“好的。只要她愿意，我肯定同意。这样的人跟你稳定牢固，永远不会变心的。就请师父帮忙做媒吧。”

他干脆地说：“好。那现在你就去和她见面吧。”

他和雷陈林很快回到家里，是老人住的屋里。都还没睡，在等着他。

他指着雷陈林向石琳姑娘介绍说：“这就是雷陈林师傅，同样是当年背你去找医生的哥哥，只是当初你给他叫的小哥哥。还有印象吧……”

石琳感激地站起身，规规矩矩向雷陈林鞠了一躬，接着说：“感谢你！不过现在我应该叫你大哥哥……”

雷陈林很是庄重地说：“不必念叨，任何人需要帮助都应该帮的。快坐下吧。”

石宽也站起身去握住雷陈林的手，感激地说：“谢谢你当年救了我妹妹。她一直在念叨两位大哥哥……”

雷陈林也真诚地说：“是应该的，你们真是忠良人家……”

在他的撮合下，雷陈林和石琳双方都高兴地确定了亲事，并确定了结婚的日子：十月二十八日。

第二天吃过早饭，石宽兄妹就要回家去，他和父母都留他们怎么也要休息一天，上街去玩玩，但石宽说婚期只有几天时间了，要回家去准备准备，就坚持回家了。从这里去他们家有一百二十多里路程，他们回到家已是这天的下半夜，离天亮很近了。

他就着手帮雷陈林准备婚事。但马上有一个问题，雷陈林不想在肖裁缝那个老屋里举行婚礼。

在他和师傅们的帮助下，雷陈林用存的钱在上街买了别人两间旧木屋。很便宜，因为主人两口子在远处工作，父母过世，房屋没人管理，不卖也是烂掉，不如捡几个钱，甩掉一个包袱。这地方好，正在街的上半部，和供销社是门对门。这时看似没有什么特别价值，但没想到几十年后的改革开放年代却变成了黄金宝地。

雷陈林稍微修缮了一下，应该是相当好的木房子。

十月二十八很快就要到了。他在家乡找了贺总管，还找了三个姑娘，于二十六的夜晚就出发，向清河坝——他修建的风雨桥那里赶路，去接石琳姑娘。这一带人们称为去“娶亲”，于二十七日傍晚到达了石琳家。这晚石家也在整喜酒，称为陪嫁姑娘，有许多客人，还举办了“陪十姊妹”。

接着新娘子和送亲的队伍就连夜出发了，因为路途遥远。

二十八日的傍晚，漫天的红霞映红了山山岭岭，整个茅坪街都充满了喜庆。木业社的雷陈林新婚大典就要开始了。在热烈的锣鼓声中，贺总管带队，石琳与三个姑娘加她一共四个姑娘，成双成对走进茅坪街。人们忽的一下睁大了眼睛。后面跟着的是他派去迎亲的锣鼓班子，再后面是石家送亲的二十余位贵客。加上陈家亲戚朋友跟去迎亲的，便汇成了长长一队人马，很是浩浩荡荡地挺进茅坪街。这时爆竹声声震天，鞭炮噼里啪啦，一时间满街沸腾，满街笑脸，可谓欢天喜地……

接着是雷陈林那两间木屋被客人挤得满满的，走动都要侧着身子。红烛辉映，喜气盈盈，通夜未眠……

石琳就这样来到了这个茅坪小街上。哪怕是旧木屋，石琳也很高兴，毕竟是这一带最热闹的地方，时不时还能看上电影，而且有一条重要公路贯通，可算交通方便。

这一带的各行师傅们都参加了他们的婚礼，表示了热忱的祝贺，这是解放以来茅坪街上最为隆重的一场喜事，十分热闹喜庆，当然也很是温馨。

石琳来到茅坪街上之后，到底做什么事呢？这也是雷陈林和石琳一时间感到棘手的问题。

雷陈林知道石琳原来也是在家种田当农民，但现在该去哪里种田？雷陈林转为国家供应粮油后，土改分的土地早就充公了。

况且石琳也不想去种田。石琳对雷陈林说：“我想在街上做小生意。”

雷陈林说：“做什么小生意呀？你就在家待着，为我做饭，我能养活你的。”

石琳一本正经地说：“不。我想卖些小玩意。比如，买些葵花子、落花生、核桃，还有水果来卖。可以用个炉子烤洋芋、红薯卖，还可以做米粑粑、苞谷粑粑卖……”

雷陈林说：“如今实行统购统销了，你到哪去买了来卖？”

石琳："买私人的呀，也可以通过你和大叔（他）的关系，找熟人去买。"

雷陈林就笑了："想不到你还真有生意脑袋。"

石琳也笑了一下。

雷陈林又说："你读了书没有，能不能算账呀？"

石琳就多少有些不好意思地说："没读书，几角钱的小账还是能够算的。大账有你算嘛。"

这时还可以买到粮食和土特产，于是石琳就开了个粑粑店，另外兼卖一些土特产。这都是一些几分钱、几角钱的小生意，她还是能够计算这样小账的。生意还算好，收入也比雷陈林的工资少不了多少，养活自己没问题。

但仅仅搞了几个月，普遍都转入人民公社，农民都归于生产队参加集体生产劳动。街上全是各种专业合作社，不再有个体小商户，更不能出现黑户（无户口的）。因此通过他出面，给街上那个生产队讲好了，将石琳的户口转到了街上这个生产队。石琳又还原为农民，在田里生产劳动。

后来又出现一个问题，他们结婚四年了，一直没有小孩。两人都有些忧虑。真是人生多忧。

三十　团年之际

他除了在木业社以外，有一半的时间要来往于县里各个铁厂之间——背着那总是高高竖着一根"天线杆"的工具背篓，有的人当然知道那是修理风箱用的长把刨子。他手里拄着一根拐杖不像拐杖、棍子不像棍子、长长的像根魔棍的靠尺，行走在山山岭岭、上上下下弯弯拐拐的山路上。全县的八座铁厂似乎就靠他这样用脚步连接，才使风箱呼呼山响，高炉烈火熊熊，铁水奔涌不息。

时间也似乎走得有点慢，像是慢慢爬着向前的。一个灾难性的日子也慢慢地来了。这时十八格铁厂周围已是冰天雪地，遍山遍岭银光耀眼，像是一个白玉雕琢的晶莹世界。这十八格铁厂要扩大铁厂规模，陶厂长也调到了这里。陶厂长特地请来了他陈师傅，建造一座新高炉。

他正悬身在新高炉柱架的三丈多高处施工。这时天空忽地阴暗了，像是天空一下子难过地闭上了眼睛。由于高坪乡一个叫龙小元的工人做事草率，横梁一头的绳子没有拴牢，拉起去后，呼的一下滑落，有如一根千钧棒从半空中劈下，正正地打在他的身上头上，将他打飞二丈多远，然后摔到地上，一动不动……

许多人见状惊呆了，有的不禁大声惊呼："天啦，陈师傅糟了！"

陶厂长亲自把他抱起来，探他呼吸，还有一丝气息，脉搏还在微弱地跳动，但他的眼睛已经紧紧地闭上。陶厂长当即派人抬着他送至楂树坪，并打电话叫了救护车火速前来。就在这晚的下半夜，他被送进了茅州县医院……

直到过年只有三天了，他还没有回家。喜喜拉着奶奶的手问："就要过年了，爹怎么还不回来呀？"

三岁的满满抓着奶奶衣服下摆，一拉一拉地问："爹什么时候回来呀？"

喜喜除了询问奶奶，就不时地又去公路上看一看，观望观望。

这天的太阳很好，白亮亮的一闪一闪，像一块闪光的小镜子在天上晃。积满冰雪的山峰也是银光闪闪。

这时喜喜又往公路上走去。满满也在后面慢慢跟了上去，边走边哭着说："我也要去接爹。"

喜喜便回头去拉着满满，安慰地说："莫哭，我们一起去接爹回来过年，啊。"

他们在公路上向前望着，等着。可是直到天黑下来，也没有看见他们爹的人影儿。但他们还是在公路上等着，公路上也白白的，像是云铺玉砌一般，四周的山峰白白亮亮的，一座山就是一个奶油蛋糕，似乎还望着孩子们笑。

奶奶喊了好多遍，两兄弟也不回去，一定要把爹接到才回去的。

第二天黄昏后，暗白暗白的雪路上走来一个黑影，喜喜和满满都高兴地喊着："爹回来了！爹回来了！"

当这个人影走到他们身边时，是肖叶。肖叶是回茅坡看望母亲的，母亲就一人在家。喜喜和满满又像见到了亲娘似的叫着："姨妈，姨妈……"都流着泪水。

肖叶心疼地说："天都黑了，这么冷，你们待在雪路上做什么呀？要过年了，冻感冒了怎么办？"

他们几乎是异口同声地说："我们在等爹回来。要过年了，爹还没有回来……"

肖叶一脸深深的同情，走上来抚摸着喜喜和满满，她也流泪了。她抱起小小的满满，用脸挨着他冰冷的脸蛋，亲切地说："回家去吧，不要在这待了，天太冷。爹是要回来的。"

喜喜坚持说："不，我们等爹回来，一起吃团年饭……"

满满也说："我要等爹回来……"

奶奶只好来到公路上，拉着两个孩子说："回家去。"

肖叶见奶奶来了，就匆匆地向茅坡上面走去。

满满哭着说："我要等爹回来……"

奶奶只好强行将满满抱回家，但他一边挣扎一边哭喊着："我要等爹……我要等爹……"

喜喜不说什么，默默地流着泪，还站在公路边。奶奶吼他一句："天都黑了，你还不回去，毛狗子（狐狸）要来吃你的！"

喜喜就说："路没黑，是亮的。我等。"

他似乎没听见奶奶那吓人的话，仍然站在公路边不走，向暗白暗白的公路前面望着。

这时奶奶只好上去强行将他拉着，吼道："快走！"奶奶使劲拉着喜喜，强行向屋里拉去。喜喜沮丧地哭着，走几步又向公路上望一望。

就这样两个孩子天天待在公路上，一心要接他们的爹，但没有一点消息。

他在医院里有两天半没有苏醒，和死人一样。最后终于睁开了眼睛。他一共只在医院住了一个星期就要出院，怎么也不住了，他要回到他的岗位上。他知道，他一走木工没有掌墨师，就要停下来，高炉架的活就摆起了……医生只好给他开了些药带上，他便急忙去找车坐到楂树坪，然后步行回到了十八格铁厂。这次他也留下痼疾，此后几十年的日子一遇变天头就疼痛，多年跑路腿脚关节极度劳损风寒侵入，腿脚疼痛也注定他这一生要忍受很多痛苦……

这是过年的头一天。这时天黑黑的，但四周的山却是雪光莹莹，像一个个奶油蛋糕，像一个童话世界。

两个孩子还守候在公路上。奶奶来拉他们几次了，今天他们怎么也不走，拉他们走，他们就横下一条心，睡在雪地上痛哭，哭得老人也伤心地流着泪，也就任由他们了，也就陪他们站在冰天雪地的寒冷路上，经受着寒风的吹打。大约是十一点钟时，暗白的公路上走来一个黑影……

孩子们都兴奋地叫起来：爹回来了！爹回来了！

黑影听到声音，快步走过来。

喜喜和满满大声叫道："爹！爹！"

他走上来答应着，对老人亲切地叫一声"妈"。接着说："满满、喜喜，你们怎么待在这个雪路上呀！"

他抱起满满，喜喜紧紧地抱着他。奶奶也流泪了。

他摸着满满的手，冰冰的，摸他的脸蛋，冰冰的。他将脸紧紧地贴在满满的脸上，接着又贴着喜喜的脸，流着泪说："娃娃们，回家吧。爹给你们带好吃的东西了。"

"哇——哇——吃好东西啦——"两个孩子像唱歌一样喊着，跑着。

他们回到屋里，小儿的爷爷在火坑里烧了很大一堆柴火。

老人就问他："杰汉，怎么这时间才回来呀？几个娃娃在公路上守了好多天……"

他说："为了抢时间，把那座新高炉搞完工了过年。直到今天中午才完工，厂长要求一起团个年了再回家……就搞到这时候了。”

他没有对家里人说起受伤的事。

第二天是大年三十。这是每个中国人最高兴最温馨的时刻。他母亲脸上并无多少兴奋，脸上的皱纹倒像是更多了。她认真地做着各种年菜。

这时四面八方山山岭岭都响起了噼里啪啦的鞭炮声，飞上天空的大爆竹发出嘣嘣嘣的爆炸声，把天炸得晃动起来，把地炸得像是在蹦跳。

然后他就去山上挖了几个干树蔸背回来。老辈子说的：“除夕的火，十五的灯。”除夕夜要把火烧得大大的，显得红红火火。

他母亲仍叫他汉娃，说：“准备端菜，先把酒找出来。”他母亲是个乡下厨师，会做很多菜。

他便微笑地去端团年的年菜，在堂屋中间的一张大桌上摆好。他首先端出的是一大盘圆子。这圆子是用豆腐和腊肉、洋芋淀粉、生姜、大蒜、辣椒等混合揉成的，有小酒杯大，外面是沾的一层糯米，然后放甑子里蒸熟。它们圆圆的、白白的、亮晶晶的，就像一家人团聚在一起，喷射着诱人的浓浓香气，一时间满屋飘香。

他知道，这圆子是过年的主菜，是体现团圆的意思。想到这里，他心里就有什么东西涌起，喉咙里就一哽一哽的。他想起去年团年时是云儿帮着做团年饭，是她往桌上端的菜，脸上洋溢着喜悦的笑容。他记得她也是先端的圆子，她说团年饭第一个菜就是圆子。她也喜欢吃圆子。她说圆子是团圆的意思，她就总是幸福地笑着。但她这时到底在哪儿呢？是不是还在这个世界上呢？他又想起杰雄，也不知杰雄是否魂归故里……

第二个菜他端的是满满一碗棕红色的年肉，也叫扣肉，它们像是一把一把红色的木梳子聚集在碗里，因此有人也说是“梳子背扣肉”。他不禁又想起他给月儿做的那把梳子，梳头的人不知去向，只剩下梳子。又想起杰雄，他知道杰雄爱吃这扣肉……

第三个菜是一钵黄色的豆腐果子炖鸡肉。第四个菜是蒸的一碗鸡蛋花，像个圆圆的大月亮躺在碗里休息，闪着金煌煌的光亮。云儿喜欢吃这种蒸鸡蛋。

第五个菜是一个火锅，是炖的一锅拳头大小的猪腿（火腿）肉，里面和的海带、干洋芋片儿，香喷喷的。这也是过年的一道主菜。他想起云儿特别喜欢吃干洋芋片儿，杰雄喜欢吃猪腿肉……

第六个菜是红红的面辣椒炒肉，给人感觉红红火火。还有像黑珍珠的豆食炒肉、腌猪耳朵、腌猪肝、腌猪肚、像一块块白玉的豆腐汤、像一个个金黄色月亮团聚在盘子里的酸辣洋芋片儿。云儿特别喜欢吃这酸辣洋芋片儿。这菜开胃，又解肉油。还有一碗冒着特别香味的魔芋豆腐、一盘白白亮亮的洋芋淀粉粑粑，仿佛绵绵软软的玻璃。还有一碗豆芽汤、一碗青青的白菜。他将这些菜端到桌上摆好，真是五颜六色，琳琅满目，把桌子变成了一个五光十色的大花坛，也像一张五彩缤纷的大笑脸。

然后他走进房里，将一封长长的鞭炮挂在院坝边的桃树枝丫上，点燃，将一颗颗“冲天炮”在地上摆好，挨个儿点燃。瞬间嘣、嘣、嘣地炸得有如山崩地裂，天翻地覆。然后他烧燃两沓纸钱，嘴里念着一些长辈亲人的称呼，也念杰雄的名字，想了想，又念了月儿，请他们来团年。他没有念云儿名字，他相信她还活着，只是不知道她去了哪里。

在鞭炮声中，他微笑地走进堂屋里。这时他母亲已经拿来高高一摞白瓷碗、一把筷子，在桌上围着摆放。很快，桌上就被一圈洁白如玉的瓷碗围绕，像是给桌子这个大花坛镶砌了一个个月亮，在烛光下十分璀璨耀目。他摆好碗筷、酒杯，给碗里添上白白的米饭，给酒杯里倒上苞谷酒。这时院坝里鞭炮还在热火朝天地响着，冲天炮不时地在房子上空震响，将激动和笑声撒满天空。

这时他按照土家族人的规矩开始请“老客”吃饭。他虔诚地开始从上到下亲切地说：“祖祖、祖婆，爷爷、奶奶，杰雄……（还是没说云儿）来团年吧。你们在生时，都没过到好日子，现在日子好过了，我们有饭吃，有肉吃，有酒喝，你们就多吃点多喝点吧，啊。没想到我们还能过上这么好的日子，一定要多吃点，多喝点……”

叫了老客，重新摆好了碗筷。他特地给父母亲各倒了一杯酒，带着甜蜜笑容地端起酒杯对父母亲说：“过年了，我给爹和妈敬一杯酒，祝爹和妈身体健康，百年长寿！都随意喝。”

这时喜喜和满满端起酒杯，他们的酒杯里是白糖水，学着他们爹的样子，一起给爷爷奶奶敬酒，说：“祝爷爷奶奶身体健康，百年长寿！”然后给他敬酒，说，“祝爹身体健康，工作顺利！”

这时他母亲悲伤地说：“唉，云儿也不知走哪里去了……也不知还在世上没有。”

这时喜喜忽然说：“我去给妈拿一个碗，也和我们一起团年。”

喜喜说着就去拿来一个白瓷碗，对他说：“爹，我把这碗和你的碗挨着放一起，等于是妈坐在这里，正和我们一起团年。”

他母亲一下睁大了昏糊的眼睛说：“哎呀喜喜想得真周到！好哇，那我们团年就等于人都到齐了，团圆了！”

他去为云儿拿来一个酒杯，放在那个碗旁边。他看着那个碗、那个酒杯，就也感觉到云儿真的坐在他的身旁，正笑着和他们一起团年。

他接着将酒杯与那个酒杯碰一下，亲切地说：“云儿，来，我们喝一口团圆酒吧。我相信你还健康，祝你百年长寿！”

喜喜、满满拿杯子去碰了下那个酒杯，努力露出几丝笑容说：“祝妈妈身体健康，百年长寿！”他们只记得这么一句。

他心里震动一下，心下说：“谁知她去了哪里，也不知还在世上没有……”

喜喜和满满又一起举杯碰一下那个酒杯，说：“祝妈妈百年长寿！”

他接着用酒杯碰一下那个酒杯，深情地说：“来，我俩一起还喝一杯团年酒。”

他说着拈起一个大大的圆子放进那个碗里，亲切地说：“云儿，过年就是团圆，就是要吃圆子。今天你就使劲吃吧，妈做了很多呢。”

喜喜这时也给那个碗里拈一个圆子，说：“妈妈，今天是团年，我给你拈个大圆子，你快吃吧。”

满满也给那个碗里拈一个圆子，也学着喜喜说：“妈妈，今天是团年，我给你拈个大圆子，你快吃吧。”

他又拈起一块年肉放到那个碗里，亲切地说：“我知道你也喜欢吃母亲蒸的年肉，你就使劲吃吧，蒸了好几碗呢。”

他说着又给拈一块放进那个碗里：“云儿快吃。唉，让你吃苦了。现在日子还好，你就多吃点，多喝点吧，啊。”

说着又将酒杯与那个酒杯一碰，当的一声响，说：“你也不要担心，我会把两个孩子抚养好的，还会送他们读书，将来成为国家有用的人才。你放心吧……”

不一会儿，小儿爷爷已经在火坑里烧燃了一堆大大的柴火，是用的他早晨挖来的干树蔸烧的，整个屋子被火光照得亮亮的，红红的，也暖烘烘的。他们默默地围着树蔸火坐着，都没说什么。柴火呼呼呼地燃烧着，发出声声的欢笑，一时间满屋里红红火火的，满屋欢声笑语，热热闹闹，像是聚集了许多人在这里团圆……

他又去给每间屋里都插上蜡烛，连两间猪圈里也去插上了，一时间整个屋子都被一种金黄而朦胧的光雾弥漫，像古远的家园，像美丽的梦境。

后来他做了一个梦，梦见和云儿、孩子们热闹而甜蜜地坐在一起吃着团年饭……

三十一　那份情谊

过年后的第二天他就准备出发。他想这新年期间时间松动一些，他想去寻找那个道远大师，同时找找云儿，也不知她到底去了哪里，是死是活。

他母亲不高兴地说：“你也太心急了，哪个兴新年初二就出门，是什么了不起的大事？”

他还是坚持他的想法。他给木业社的师傅们打了招呼就决定出发。可就在这时，牯牛坪铁厂的风箱坏了，派人找到了家里，他又急忙背上那个竖着“天线杆”的特别工具背篓，跟着来人一起前往铁厂。

喜喜和满满舍不得他走，把他送到公路上，又跟着后面走，也要跟着去。

他亲切地对喜喜和满满说：“爹去有大人的事，你们怎么能去嘛？长大了就带你们去。”

满满说：“那什么时候才算长大呀？”

他笑着说：“多吃点饭，很快就长大了。”

两个小儿就站在那公路边，望着他远去。

他向小儿们挥挥手，严厉地说：“外面冷，快回去烤火吧。听话，我回来给你们带糖。”

两个小儿没有马上回屋里去，他们久久地站在路边望着他远去的背影，完全忘记了寒冷，忘记了他们的手和脸已经冻得通红。

他第三天回到家就去了木业社，他担心社里的工作。这时师傅们都上工了，他必须要坚守岗位，就不得不把出门寻找道远大师和云儿的事放一边去，便又只有在梦里去寻找了。

工作没几天的一个下午，来了一位远方的客人。这人姓郎，高高的个子，年纪三十岁样子，比他要小几岁。这人从黄岗地区罗田县而来，来茅州找到县委办公室，交上介绍信。

然后对一位县领导说：“我是受罗田县委、县政府的派遣，来跟著名风箱大师陈杰汉师傅学艺的。我们书记是在省里开会时知道了茅州县有个陈师傅，有着过硬的风箱制作技术，就派我不远千里专门前来拜师，向陈师傅学习风箱制作技术。我们罗田县的几个铁厂等着我的技术呢。”

县领导看了介绍信，听了述说也很感动，表示支持，让办公室给这位师傅写了公函，盖了公章，凭公函去找他陈师傅。

他看了公函心里热热的，这么远来，太不容易了，很是愿意带郎师傅这个远方徒弟。这晚，郎师傅从内衣袋里取出两百元钱，双手递给他，诚恳地说："不成敬意，这是我们县里的一点心意，请师父收下。"

要知道，这时他每月工资只有三十元，要半年才有两百块。他怎么也不肯收这钱。郎师傅就跪下恳求："这钱是罗田县政府拨的一笔专款——拜师钱，也可以说是罗田县人民的一点心意，您一定要收下。"

他坚决地推过去："县里的我也不会收。"

伸手扶郎师傅起来，郎师傅不起来，说："您收了钱我就起来。"

但他仍然坚决地说："要收钱，我就不收你这徒弟了。因为那是一种买卖了。我师父传教的是：为艺，不为利；传艺是为义，不是买卖生意。也希望你今后这样做……"

郎师傅感动地哭了："世界上没有您这样的师父啊……"

郎师傅深深地弯下身子磕头，但只磕了一个头就被他扶起来了。

从此郎师傅也就日夜陪着他，跟着他奔波于这个铁厂、那个铁厂，学习制作、修理风箱的技术。

几个月后的这日中午，他接到紧急电话："要他在三小时内火速赶到牯牛坪铁厂。"

此时他和郎师傅正在十八格铁厂。他们小跑到楂树坪搭上了一辆过路车，直奔牯牛坪，路过茅坡家门，他让司机停下，他叫了声："喜喜，快拿鞋子！"

他扔下小儿的两双球鞋，车就开走了。这时两个小孩就往公路上跑去，但看见汽车一溜烟跑了。

两个小孩就大声地哭起来，嘴里喊着："爹——爹——"但只见一个汽车屁股飞快地转过了山梁，什么也看不见了。

他随着汽车一晃而去了，但在他的眼前，总是两个小儿在汽车后面奔跑的身影，久久挥之不去。

他们一行走进牯牛坪那座亭子的屋檐下，再顺着一条较宽的土路向前面走去，很快就来到一个平坝，有几排工棚，就看见一块大木牌，上面用鲜红的油漆写着：茅州县钢铁建设指挥部。

这个县是炼铁的重点县之一，有着几千年的炼铁史。明朝时期的茅坡一个小山村就有四十八个铁厂，可谓一幕壮丽的天工开物图景。那炼过铁的铁渣现在还像一座座小山站在那里，闪耀着历史的厚重光芒，向世人显示它铁一般的辉煌证据。

这是一片较为平坦的土地，所以叫坪。但也不知道为什么叫了“牯牛坪”。在坪的北边有一栋原来地主的房子，前面还有一个三层亭子，古雅而壮美。在坪的东边山脚有两座炼铁高炉，正冒着红红炉火，映红了半边天，显得绚丽多彩。这厂是抗日战争初期施林老板在这里与人合办的，钢铁运往重庆制造军火。在这两座高炉的南边，又有两座新高炉正在垒筑，工地场面热火朝天。挨高炉不远靠平坝的中间，两排长长的工棚，盖着稻草，阳光下闪耀着金黄灿烂的光焰，像长长的两排仙宫长廊，美丽极了。

将目光跨越坦荡的长坝向西望去，是横亘长空的巫山南脉挺立云霄，它又叫川鄂大界山。无数高高的山峰挤在一起，连绵逶迤，有如浪涛向南汹涌而去，也似巍巍长城横卧云端。此时红红的万道霞光泼漆般挥洒，千里山脉有如幻景，更似长长的金色马队向南疾驰。看去，不禁让人壮怀激烈，恨不能一跃飞上那金色的马背一同狂奔……

他边走边看着这美景，又想起自己多次从那高高的界山翻越，前往四川学艺，寻找道远大师，寻找月儿，心中不禁涌起一种不堪回首之感，混合着思念、渴念、向往、困惑，久久不能平息。他毅然转身向大门里走去。

这时一位瘦高个子、脸色发黑的汉子几步就奔了过来，兴奋地大声说：“哎呀我的陈师傅来了！”

说着就上去握住他的手，仿佛是迎接天上来的一位大神仙、大救兵。这人正是十年前在施老板铁厂相识的神秘算命人、地下党——如今的县委书记杜信！

杜书记激动地拉着他的手：“辛苦了！快坐下歇歇。”

接着杜书记就严肃地向他交代任务，说：“这次请你陈师傅来，就是要你给我当全县木工的总工程师。办钢铁，搞铁厂，在我们县，我知道就离不了你，没有你的风箱，不可能炼出更多的钢铁来，那只能是低产。但是，这么大个县，光你一个人，累死也是不行的。我们已经安排每个区派十个木工技术最好的骨干来，全县一百人，由你负责，培训风箱制作、修理技术，给我把他们教成你一样的大师，快速回到各区，把各区的钢铁生产搞上来。培训时间，最多半个月。这个任务，艰巨而又伟大，就交给你这位老朋友了！我充分相信你，一定能够胜利完成这个光荣的任务！”

这时外面传来急骤的脚步声，各区派来的木匠都陆续赶到。

指挥部一位姓郝的副指挥长安排：“每位木工首先给自己做一对木马，一个马凳（木工平台），完成操作平台……”

正在这时，走进一位不高不矮，满脸泛着黑红光芒的人。他连忙站起，两人像是久别重逢，两双手一下子紧紧地握在了一起，久久不松。这人就是炼铁大师马泽华。他现在已是全县最有名的炼铁师，县里也是刚刚把他从十八格铁厂抽调到这里，培训炼铁师。

马师傅也向杜书记介绍说：“我与陈师傅解放前就在四川认识了，陈师傅做的风箱很神呢。陈师傅是在四川跟一个老师傅学的风箱绝活。”

杜书记也高兴地笑着说：“我和陈师傅也是早在解放前就认识了，是在施老板的铁厂，那时我在搞地下工作。当然都不知道我是谁。”

马师傅感兴趣地说：“哎呀原来你们都是老革命啊！”

他忙说：“我可没有做过地下工作。那时也不知道杜书记是地下党，只知道他是一个算命的，谁会想到一个算命的人是地下党呢？杜书记真会伪装。我请杜书记算命，也算得神准啊，当时减轻了我心中的多少苦闷啊。可见杜书记也很神！”

杜书记沉静地说：“那时白色恐怖啊！我们这里前任县委书记、地区的特委书记等很多好干部都被国民党杀害了……”顿一下又热情地说，“都去吃饭吧！”

吃完晚饭，天就休息了，夜幕呼呼地降落下来。但西边的天空还泛着红红的火焰，像是西边的每座山峰都是一座高炉，正燃烧着熊熊的炉火，把天空都烧红了，也映红了奔涌向南的川鄂大界山、长坝……

但巍巍牯牛坪这边更红火亮堂。垒筑高炉的工地上灯火辉煌，像是美丽的星座降临人间。工棚面前像一个长长的大广场，灯火通明，大多是火把，是给竹筒里灌进柴油，塞上布片，点着燃烧的。在远处观看活像天上的银河落入此间。

他和郎师傅、雷陈林跟马师傅去了高炉下，他想去检查一下这里的风箱。

来到高炉下，马师傅带他在炉壁下的一把稻草上坐下来，然后找出土烟开始裹烟。马师傅没给他递烟，马师傅知道他不吸烟。

他不禁想笑，十多年过去了，马师傅还是这样的习惯：高炉脚边宽广的地面就是他的床铺，挨高炉脚边铺上一把稻草，十分困了眼睛睁不开了，就坐在稻草上，背靠着高炉壁，打个盹，也能算得上一个温暖的觉。但也仅仅只能稍微打个盹。如是热天温度很高，就靠着棚边柱子打盹。新中国从万恶的旧社会走来，一穷二白，什么也没有，靠的就是这代人的艰苦奋斗。这时是日夜创业搞建设的年代。炼铁有着特殊性，高炉时刻在燃烧，不时地要在炉顶添加矿石和燃料，时刻要查看炉顶火焰情况，时刻要打开炉底炉门查看内在火候，到时候又要在炉底放铁水，是没有时间让炼铁师认真困觉的。

马师傅很快裹好一支长长的土烟，没有烟档杆，就学吸纸烟的人一样含在嘴里，像含的一个黑黑的大喇叭。然后将火柴擦燃，点着这像一捆稿件的烟卷，从嘴里冒着浓浓的烟雾，就和加进矿石燃料后高炉顶口冒出的浓烟一样。

他笑着望马师傅说："你怎么要把叶子烟卷那么长、那么粗，真像一捆柴啊！"

马师傅也笑笑说："我不卷这么大不行呀。"

他故意问："怎么不行？"

"因为这烟才是我真正的床铺啊，小了不行。困了我吸上这么一捆烟，瞌睡就没有了。”

他也只好笑着，看马师傅吸着烟，冒着浓浓黑烟，感觉马师傅也变成了一座高炉……

晚上八点钟，在工棚前的田边，一位指挥部办公室人员站在那里，用一个纸喇叭大声喊道：“所有木工师傅集中了——”

接着是百多名木工很快来到工棚前的大片田地里，都站着，像一片竹笋。

办公室人员接着说：“下面，请县委杜书记给大家讲话！”

杜书记首先说：“大家一路跋山涉水走来，辛苦了！我不多说，只强调几句：大家听陈师傅的指教。陈师傅是很神的木工大师，风箱大师，是全县钢铁工业的木工总工程师，要听他的，认真学，虚心学，要把制作风箱的技术尽快学会，回去大干一场！下面还是请陈师傅给大家讲。”

一时间全场寂静无声，连汽灯、火把光焰的呼呼声也是轻轻的了。

他正一正他那顶蓝色单帽。解放后时兴戴帽，许多人都戴上了帽子，他也戴帽子了，这样简单一些，往头上一戴就行了，包帕子复杂一些，还要两只手操作，有时散开了，又要重新包，费时刻。这时搞建设是一分一秒都要用到工作上。

他很有气势地走到前面去，站直身子，神情严肃，锐利的目光扫视全场，本有的小声议论倏地像被盖子猛地盖住了，只剩下轻轻的呼吸声。

他大声地讲了风箱的长短、粗细，内空——两头小，中间大，两头的直径，中间的直径，所形成的长弧线要均匀，不能搞成波浪形，不能是爬坡上岭。这最为关键的，要用靠尺挨着滑动地靠，以靠尺为准，不能有丝毫的出入，再就是两头挡风板的风门大小，子箱大小、风门大小，这都是关键，要按一定的尺寸……

指挥部安排每个木匠师傅按照陈师傅的尺寸要求，做一口风箱，由他一个一个进行具体指导，检查合格了就走，风箱运回自己区里。这时各区在艰苦奋战中已经通了公路。

一时间一百个木匠摆在一个大如广场的天地里，同时挥舞着斧头，敲打出叮叮咚咚、砰砰乓乓惊天动地的震响，这绝对是世界上绝无仅有的热闹而壮观的场面，难得一见的独特景象。

他认真地看着这场面，满脸豪迈气魄，不禁浑身热血沸腾。他感觉到一种从没有过的兴奋和自豪感。这情景，多少年后还在他脑海里、心灵间回荡不息。

他正一处处地查看。他手里拿着那根像是魔棍的靠尺。本来现在还不是真正用靠尺的时候，但这靠尺是可以两用的。那上面的一方是弧线形，与之相对的一方是直线的，上面刻有尺寸印痕，完全可以用它来丈量物体的长短，检查大家操作的尺寸。他还拿着一杆夹尺，它是用来量风箱瓦子角度的，因为风箱是圆的，每块木瓦都有个角度问题，就用它来检查师傅们画墨的角度是否符合要求。

他一脸严肃，目光锐利，来到一个马凳平台边，也不声不张，直接拿出他那魔棍般的大尺，往师傅们所裁的木料上一放，看是否符合尺寸，然后用夹尺量木瓦的角度。检查符合要求，不作声，迅速到下一个师傅的马凳边去。所到之处师傅们都如临钦差或者巡抚大人，诚惶诚恐，远远地就停住手中的斧头或是刨子，静默伫立，恭候训示。他偏偏不说一句废话。

他在一个马凳边说话了，他用夹尺量了下木瓦的角度，脸色一沉，重重地说了两个字：重画！就说了两个字，不再作声，站在旁边看着。这位师傅是把夹尺的尺寸看错了，错动了一个格，相差五分。这师傅用刨子刨去原来墨迹，拿起夹尺，靠在木料截面上，仔细定位木瓦边到夹尺圆心上的距离，对准后，小心翼翼地开始重新画墨。不知怎么的，这师傅的两只手总是有些抖动。他站立旁边静观，待这位师傅画好以后，他又拿他的夹尺去检查，一靠，合适了，不再说什么，迅速去下一个师傅那里。

时间确实有些紧张。这是要检查一百个木匠做的活，就他一人检查，他没多余的时间去说话，去多看一眼，去啰唆。他目不斜视，只测量木瓦上的墨记尺寸、角度。这有一百个师傅的操作要看呢。

杜书记也在不远处，认真地看着这场面，看着他检查。杜书记在心里说：“这陈师傅真是个人物，但又像个神！”

杜书记心里深深地震撼着，又不由得涌起一股对他的深深敬意。

这时的夜来到了十二点。杜书记拿着一个纸包，端着一个杯子走来了，稳健地走到他面前，将纸包递给他：“陈师傅吃点夜宵，你辛苦了！”

他将纸包推过去说：“杜书记吃，我还不饿。”

杜书记是个爽快干脆的人，一只手握住他的手，一手强硬地塞进了他手里，大声说：“吃！这是组织的命令。”

说着又将杯子递给他：“喝口酒，壮点精神。”

他还是看着前面没有检查的木瓦坯。

杜书记又命令地说：“快吃，你不吃，我不走。我还要开会研究事情呢。”

他看一眼杜书记，打开手中的纸包，是两个月饼，心中一震，感动着，说不出什么，只能服从命令，大口大口地吃起来。吃着，心里感到甜蜜蜜的，接着浑身都甜了，好像自己也变成了一个点心。

杜书记见他吃着，有些高兴地笑着，又亲切地说：“喝一口苞谷酒，壮点精神。”

他微笑地看着杜书记，有些为难地说：“这时间了，头已经昏了，再喝酒，那就是一塌糊涂了，制作的风箱恐怕就吹不出铁来了。”

杜书记笑一下说：“少喝点嘛。记得在施老板的铁厂里，你是能喝酒的。大师喝点酒，是不影响绝活的。”

“不，我要对杜书记负责，对这一百个木工，对全县的风箱负责。全县钢铁生产产量上来了，我主动找杜书记喝一顿酒，看谁喝得多。”说着将酒杯递给了杜书记。然后就去对一个师傅的木瓦坯进行检查。

杜书记站在那久久地看着他的侧影，不禁眼眶热热的，湿润了。

多年后他为着追寻，从这里过路，他久久地站在这个位置，默想着当年那些加班的夜晚，每晚十二点钟，杜书记准时给他送上两个月饼，或是一碗面条，命令他吃，而且站在那看着他吃完了，才离开的情景……于是他的眼眶也就湿润了，流下两颗昏昏的老泪。

就在第三天。郎师傅的那个县政府把电话打到这指挥部，找到杜书记，首先表示感谢，同时要郎师傅迅速赶回去，铁厂正等着他学的技术回去制作新的风箱。

杜书记找到他，认真地问："罗田派来的那个郎师傅，你教得怎么样了？"

他肯定地说："没问题，我已经将全部诀窍，都教给了他。我叫他回去，他舍不得走，还想和我待一阵。他每天都在这里练习做风箱，他做的风箱和我做的一样的了。"

杜书记像是放下了一桩要事的，说："你真是做得好啊！因为他是罗田县委直接给我们写信派来的，是同志，同时省厅也给我打了电话，都是为了党和人民的事业，我们也有责任相助啊。"

接着，他把郎师傅叫到他住的一间工棚里，又认真地重复了一些关键诀窍，问他都记住没有。

郎师傅说："谢谢师父，我都记住了。"

他说："你们县里打电话来了，你明天就要走了，下午你就去休息吧。"

郎师傅难舍地说："不，我还陪陪您……这一走，天远地远，还不知什么时候能够见到师父的面，说不定……"他眼里的泪珠就滚下来了。

他忍住泪水，亲切地说："你去休息吧。"

郎师傅哽咽地说："我还陪陪您……"郎师傅便一直陪在他身边。

夜黑黑的深深的了。已经下一点钟了，他又对郎师傅说："你快去休息吧。"

但郎师傅还是一直陪在他身边。

后来下两点了，场上都还在加班。他又要郎师傅去休息，但郎师傅还是坚持要陪着他。直到三点钟他去休息，郎师傅才离开他，怕影响他休息。

他没想到一上床就做起梦来了——他梦见来到了四川，走在一座大山上，去寻找那个道远大师。就那样在山上走着，也不知走了好久，才遇到两个山民。他正去向两个山民打听，这时当当当刺耳的钟声忽然响起来了！

其实不是钟，是将一个汽车轮子上的钢圈挂在一棵树上当钟，用铁锤敲打，就发出当当当刺天刺地的声响，像一道道利剑穿过大地，穿过云空——他忽觉脑袋被刺穿了，被惊痛得哗的一下醒了，慌忙穿衣下床，走出工棚，进入他的工作岗位……

清早，郎师傅去牯牛坪对面的阳坡梁子上等车到巴东，再从巴东坐船去武汉，再乘车回罗田。他没时间送郎师傅，只送到牯牛坪的路口。

这时郎师傅啪的一下跪在地上："谢谢恩师！这一去，不知什么时间才能相见，师父您多保重啊……"说着已经哭出了声。

他扶着郎师傅起来，显得自信而坦然地说："相信我们还会见面的！"

郎师傅哭着说："可是路途太远了啊……建设又是这么忙……"

"去吧，我们都在心里记住就行。"

"师父……保重……"

"路途保重！"

这时早晨的第一缕阳光照到他们的脸上，每颗泪珠都像一个大大的太阳，都闪耀着浓重而灿烂的光芒……

三十二　夜过家门

这天上午天空阴沉沉的。

他正在紧张忙碌地检查每个木工师傅的操作。

经过一段时间的紧张突击，一百多口风箱都成形了，摆放在那一片田野上，那真像一个个威风凛凛的导弹！不，应该是导弹阵地。他相信这些家伙一定能够炼出大量钢铁，变成真正的导弹。真是一派独特的景观，令人热血沸腾。多年后他还怎么也忘不了这壮观的一幕。

杜书记亲自来检验风箱了。杜书记带着两个老风箱手，还有总工程师他。他们来到一口崭新的风箱边，对风箱手说：“拉动风箱连杆！”

两个风箱手拉起连杆，叫起号子：“哟——嗬——”

这时风箱呼呼生风，吼声如雷！

他大喊：“使劲拉！”

只听一声呼啸，有如海啸一般，狂风大作，那脸盆般大的几个石头呼的一下有如射门的球，飞射远去，嘣的一声射入山脚的黄土里！

顿时人们惊呆了，好久才说出话：“真是神功了！神功！陈师傅这是神功啊！”

杜书记钦佩地望着他，目光就像望一尊神，恳切地说：“那还要请陈师傅将风箱的保护与维修方法也教给他们，不然他们即使做好风箱，但没有全面掌握技术，也发挥不了很好的作用。”

他望一眼杜书记，诚恳地说：“我要教的。”说着就来到那师傅身边，认真地对那师傅说了具体的操作，并要他记住。这下杜书记有些放心地微笑了。

就这样他来到每个师傅做的风箱面前，完成了最后一步的传授。直到深夜两点才结束。

杜书记要厨房炒了菜，和他饮酒话别。并传达了县里决定，要进一步扩大十八格铁厂，因为那里各种条件都好。县里抽调了几名干部前去十八格铁厂加强领导，又要他马上回到那里去。

他很快收拾好工具，将那个竖有“天线杆”的工具背篓背到背上，手里拄着那魔杖一般长长的靠尺，向门外走去。

杜书记来了，从黄布挎包里拿出一个纸包，上去塞进他的手里，亲切地说：“带在路上饿了吃吧。这是几个月饼。”

他推过去，难为情地说：“这不行！不，不要。”

杜书记有些严肃地说：“拿着，我已经买来了。我又不吃甜食，你让我扔了？这段时间把你太辛苦了，实在是对不住老朋友啊，就让我表示这点心意吧。”

说着强行塞在他手里，带有命令地口气说：“你必须要给我收下！”

这时马师傅也来了，马师傅没什么东西带，炼铁都是大工具，比如两丈长的带钩的、带铲的铁棍，不可能随身扛着跋山涉水，每座高炉都配备的有这些工具。他只用手提了一个黑不溜秋的布袋子，里面装了几件黑不溜秋的衣服和一捆黄黑黄黑的土烟叶。

杜书记又从黄布挎包里掏出一个纸包，去塞给马师傅手里：“天黑了还赶你们赶路，实在对不住啊。路程还远，路上饿了吃吧。”

马师傅感动地说：“这怎么行！我不要。”

杜书记一定要塞进马师傅手里，并命令地说：“不拿不行！”

说着一手握住他的手，一手握住马师傅的手，语气充满期待和凝重感地说：“扩大十八格铁厂的事，是我县工业的一件大事，说到底，就靠你们两个了。”

杜书记忽地用力紧紧握着他们两个的手，深切期待的目光望着他们：“我等着你们的好消息……”

他和马师傅几乎同时说出：“请领导放心，一定完成任务！”

杜书记说：“辛苦你们了！那里是高山，条件差，很艰苦，你们多保重身体……”

马师傅慷慨地说：“领导放心，我们从小吃苦惯了，没什么的。”

杜书记感激地用力握紧两人的手，望着他们俩，眼眶湿润地说：“我代表县委县政府感谢你们！”

三人来到指挥部，两名干部已经准备好了，正在等着他和马师傅。

接着四人就出发了。他们向山坡下走去，连夜赶往九十多里远的十八格铁厂，那时干什么都是雷厉风行，没有白天和黑夜的区别。祖国和人民都需要钢铁啊！

杜书记将他们送出牯牛坪坝子。他们要杜书记回去，杜书记就站在坝子边望着他们。这时西天的晚霞正浓，像一片美丽的梦想，将牯牛坪和山坡映得红红的。直到他们走下河了，那山坡上还有一个身影站在那里，像一根牢牢钉在地上的树桩。

疲惫的脚步匆匆地向前急走。天上黑昏昏的，四处黑乎乎的。两边高高的山坡像两头黑水牛站在身旁，稀疏的农家窗户里透出点滴昏黄的灯光，比萤火虫的光昏多了。

他们说着话，一晃就走过了阳坡，来到三岔谷。马师傅伸手去抱住他那长着“天线杆”的工具背篓，心疼地说：“让我帮你背一段路。”

他双手抱紧背篓系不松：“不重，我背得起。”

马师傅也在后面抱紧背篓不松：“让我背！我又不要你的东西，口气中像有炉火似的。”

他只好将手从背篓系里脱出来，伸手从旁边抱住背篓，让马师傅的手和肩钻进背篓系里。

走上三道岩，只见银亮的瀑布挂在黑暗中，就像是黑暗中忽然打开了一扇高高的大门，露出一条长长的缝，透着白蒙蒙的亮光，传出轰隆隆的巨响，给人一种震撼。翻过最后一道岩，来到岩坎上一个叫观音庙的旁边，这时已是晚上十点多钟。只见河两边的山坡上还有星星点点的火把，一直向北延伸，真像一条星光闪烁的银河。

走了一会儿，来到茅草坡下，他向上面望去，这上面右边是父母住的老屋，左边那栋柱头加土墙的新屋是他的家。他和云儿是在那新屋里结的婚。那天好热闹，满屋喜气，许多同行的师傅、不同行的师傅都来了，张张脸蛋都像个红灯笼，感觉是一个盛大的庆典，感觉人像是来到彩云间。可是如今空空的了。向右转过一片竹林，那是一栋老木屋，其中朝南的一间正屋和一间偏屋是他父亲买下的，已经是又旧又破了。这屋有一百多年了，两位老人还住在里面。

他曾多次要老人搬到他那新屋里去，可父亲却说：“这屋虽然又旧又破又小，可是我半生的血汗换来的，我在一天就要守一天，决不抛弃它。”

如今两个小儿也跟老人住在这老屋里。

他很想回去看一下。可是，他有紧急任务在身，马上要赶往十八格。他想这时老人和小儿们都一定睡着了，他回去最多也只能看一眼就要走。把他们弄醒，仅仅只是看一眼，让他们这一夜都睡不好了。还是走吧。以后还有时间的。想着一转身就向前走去。走几步，他又转身回望老屋。老屋朦朦胧胧的，像是淹没在了黯然的水底……

在老屋的上面坡上是肖裁缝家的屋。他想，肖叶还是经常来这陪她的母亲吗？不禁又想起许多个早晨，在老屋旁的路口碰上她，两人一起向镇上走去……她像肖月，像肖云，小时经常在一起玩耍，一高兴她就拉着他的手笑着，跳着，月儿都不拉他的手，倒是她叶儿无所顾忌，这时在她的心里还没有男女的性别……

他向前走着，可眼前总是他那两个小儿，眼巴巴地望着他。他的眼眶就湿润了，他忙着快步赶上马师傅他们一行。

赶到十八格铁厂天已大亮。他们接着就投入紧张的工作。

他只工作了三天。这个晚上十点钟，县工业局就打来电话，找到陶厂长，下命令地说："要陈师傅连夜火速赶到中坦坪铁厂，那里的风箱坏了。如有延误，首先处分你陶厂长！"

陶厂长震动一下，不敢怠慢，立即找到他，急切地说："陈师傅，县里要你火速赶到中坦坪铁厂，那里风箱坏了。如有延误首先处分我陶厂长！"

他听了这道命令，去食堂里吃了一碗剩的冷饭，就背起那个竖有"天线杆"的工具背篓，手里拄着那魔杖一般长长的靠尺，向中坦坪铁厂进发。

中坦坪铁厂在三山区的中坦公社，此去如走公路到茅坪区的凤凰坝，有七十多里，然后还要走三十多里小路，共有一百多里路程。如直接从十八格走山路一起只有七十多里，但要穿过荒无人烟的二十里莽荒山岭，穿越一条三十多里少有人烟的峡谷——东龙河。然后再爬上一座大山坡，横穿十里平坝，才能到达铁厂。

马师傅看见他背着那长着"天线杆"的工具背篓，拄着靠尺要连夜赶往中坦坪铁厂，便关心地问："你走哪条路？"

他说：“走老林荒下东龙河。”

马师傅担心地说：“从这里到老林荒到东龙河几十里没有人烟，只有老虎、豹子、野猪，这时你一个人怎么能走？明天早上走不行吗？”

他着急地说：“等我明天早上去，高炉熄火了就要凝固，高炉就报废了！这你也清楚，我能等明天早晨吗？”

他说着就急匆匆地向高炉后面黑蒙蒙的山岭上走去，进入没有人烟的莽荒地带，起码有三十多里。

他走不远就发现后面有响动。回头来看，因为天黑得死死的，什么也看不见，仅仅只能凭着电筒看见面前一线毛毛路，像草绳一样扔在阴森森的山林里。

这时呼哧呼哧跑上来一个什么东西。他一惊，慌忙转身紧握靠尺准备战斗！

“你走得真快！我只回去拿了个东西，你就走这么远了。”这是马师傅的声音。

他有些诧异地说：“你来搞什么？”

马师傅手拿一根粗粗的铁棍，往地上一捣，嘴里像喷着炉火似的说：“我不来，就让你被老虎吃了？全县这么多铁厂的风箱就靠你呢！”

他看马师傅拄一根铁棍，就像武松要过景阳冈的，就说：“马师傅你回去吧，不用担心，我手里有靠尺，这也是杆神尺，老虎不敢惹我的。”

马师傅轻笑一下说：“说得轻巧，老虎怕你这点木杆杆？”

他说：“背篓里还有开山大斧呢。”

马师傅说：“有开山大斧也奈何不了老虎。”

他笑一下说：“你不知道吧，我这把开山大斧曾经杀死过一头大野猪，有三四百斤。”

马师傅笑一下说：“我看你是俗话说的‘三百斤的野猪，就只一张嘴’。”这意思是野猪的嘴大，也嘲讽他就会说大话。

他有些不服地说：“是斧子，不是嘴。你快回去吧！”

马师傅说：“送你一程。”

他着急地说："你不快回去，炉子上怎么办？炉子上出了事，该有多大损失？也要追查你的责任。快回去！"

"快走！我给杨师傅交代了的。"说着伸手去推他的背篓，"我只送你一段路。这段路老虎多。"

"那你回去还不是一个人？"

"我手里有铁棍，十只老虎也不怕。"

翻过了一座山岭，他要马师傅快回去。可是马师傅不回去，冒着炉火似的说："快走，莫耽误时间！"用手推着他背篓。

又翻过一座山岭，马师傅还是不回。

他有火地说："你不回去，我就不走了！"

马师傅说："厂里等着你，你还不快走！"说着又用手推着他的工具背篓，那"天线杆"便晃了两晃，像是表示不满。

就这样，马师傅一直将他送出二十多里荒岭，来到一个山垭上才拄着铁棍站住，然后看着他走下一个山坡。那山坡上有零星人家，但这时早就没有了灯火。

他回头向山垭上望去，只见那里有一个人影，像一棵树永远站在那里，那是马师傅，他眼眶湿润了。然后一转身，急急地向坡下走去。不久他又翻过了这座山，来到又一个山坡，就能看见东龙河峡谷了。这山坡上有几户蓼竹屋，矮矮地趴在山坡上，像正在酣睡的刺猬。这是用细蓼竹子（含枝叶）当瓦铺盖的屋子，屋顶盖的一般有一尺多厚，屋上长满茅草和小树木，像一片小森林，更像一座神秘的古屋。

从山垭下到河谷仿佛从天上下到地狱。峡谷黑黑的，仿佛一条通向地下的隧道。不，就像是地狱里的一条小巷子。

他刚刚走下河边，就掉进了水里，本来是有跳石过河的，但实在太黑了，就踩进水里去了。河窄，是"竹筒水"，有点深，一下子整个裤子都湿了，他不由得浑身打起寒战。他就穿着这湿裤子，沿着峡谷的毛毛小路，同时也是蹩脚的乱石路，向前摸索着行进。主要顺河边走，但常常蹚水过河，常常攀越悬崖，常常穿越荆棘。大概这样走了近三个小时，就又开始爬山，爬了十多里山路，又走了一个多小时的平路，才终于到达中坦坪铁厂。这时东边山顶的天空已经睁开一线白昏昏的眼帘。他来到高炉下查看，风箱实在是不行了，根本拉不出风来了，就像一个临死的人最后的喘息，快要停止呼吸了。

他要值班人马上发燃煤气灯，开始修理坏了摆在旁边的一口备用风箱，修了然后换上去。

很快厂长也闻声赶来了，双手去紧紧握住他的手，满眼泪水地说："陈师傅辛苦了！感谢你啊！"

这时厂长看见他的裤子是湿的，厂长便急忙跑去住房里拿了条裤子来，要他快快换上，不是怕感冒了。

他脱下湿裤子用铁杆晾在了炉门边，就如挂的一个布式的招牌。

厂长心疼地说："去食堂吃点东西，喝口酒暖和一下……"

他显得着急地说："先看看风箱吧。"

他说着向高炉边的风箱走去，先看看风箱外面，再用手拉了几下就说："这风箱也是用很久了，风箱里面下部成槽了，太旷了，毛耳头（周边钉满鸡毛的连杆盘）就小了，风就逼不进子箱和风管里，进炉门里的风小了，就烧不化矿石，就成半凝固了，就吹不燃炉火了……好险，如果照这样下去，高炉可能今天晚上就会完全凝固！"

说完一炼铁师傅点着头说："是这么个情况……"

他对厂长说："赶快把备用风箱抬上木马，我迅速修理，修好了换上去，再修理那一口。"

这时几个工人忙着将风箱抬到木马上。他已经从背篓里拿出工具，准备修理。

他敲开风箱两头的挡风板，这口备用风箱里面也有槽了，不圆了，换下来后没有及时修理。于是他首先将风箱两头用半径尺画好圆圈，再按墨线把里面刨圆，按照靠尺刨成一定的弧度。这样内空又变大了，原来的连杆盘就小了，不起作用了，就重新再做一个与内空相匹配的连杆盘，再给周边钉上一圈鸡毛，这是便于滑动、挡风……

到下午三点多钟，他就将风箱修理好了，让工人们抬到炉边去换上了。

他对风箱手喊道："拉！"

风箱手叫着号子用力拉着风箱连杆，一下子呼呼风响，一股强劲的风力贯进风门，瞬间炉火呼呼地燃起来了。

他又喊道："使劲拉！"

不久，炉火就冲出了高炉顶端，浓浓烈焰腾空而起……

两个时辰，高炉底部红红的铁水奔涌而出。人们都高兴地欢呼着。

厂长和师傅们都惊叹着：陈师傅做的风箱风力真大，高炉都吹得晃动了……

三十三　炉火铁魂

这是第三天晚上。这个夜很黑。十八格铁厂前后的山岭如一座黑熊卧在那里，像是随时准备扑向这座铁厂似的。铁厂旁边不远有几个竖在云空的俏丽仙峰，被高炉的熊熊火焰照得明明亮亮，像一只秀手从山林里伸向天空，竖着白白嫩嫩的几根手指，并且正在绕着一个什么东西，那是云雾，像一缕白丝带。望去真像仙山琼廊的一角，令人顿感仙气盈盈。

炉火熊熊，烈焰升腾，漫空看去，真如滚滚红尘。

整个铁厂正是一片繁忙景象，人们都在不分白天黑夜地干。好多人基本上没有睡什么觉，实在困了，就歪一下，打个盹。大多数人的脸上都是黑黑的，被煤炭、烟尘染得难以相认。领导和主要技师就更是没有时间休息，他们随时要注意关键位置关键工序，稍一疏忽大意，就会影响出铁的大事，更怕出现安全事故！

此时月亮被乌云彻底消化了，四处黑黑的。但这铁厂像一堆明亮的大火烧在这山沟里，将前后两座黑熊映成了虎斑色，显得更是威凛而狰狞。

炼铁师马泽华觉得实在有些困了。他最近从在县里点上突击以来，根本没睡什么觉，连在茅草上困一困的时间都很少。这里是老高山，没有稻草，他就割了一把茅草放于高炉脚边，这就是他的床铺。他没有带被子到这炉脚来。实在困了眼睛睁不开了，就在高炉脚边靠着炉壁，打个盹。高炉时刻在燃烧，时而要看火候，要加料，又要放铁水，还有安全，他心里时刻忧心着，没有时间让他认真困觉。他揉了几下眼窝，此时用力睁了睁眼睛，那眼皮上像是抹了胶，粘拢了，怎么也睁不开。他虽然还年轻，才三十多岁，但人的精力毕竟有限。他于是很快裹好一支又长又粗的土烟，像个小高炉一样，这就是他的床铺，困极了吸上一捆，瞌睡就没有了。

马师傅一大口一大口地吸着土烟卷，像风箱吹着高炉一样，一股一股青烟在他眼前腾腾升起，仿佛他点燃了一座高炉，正熊熊燃烧。一见火焰，就仿佛他看见炉火了，哗的一下又兴奋了，猛地站起来，腿脚一拐一扭地朝一号炉走去。他的两个助手正在指挥筑两座新高炉，这里正在出铁水的一号炉和二号炉就全靠他了。他必须随时轮番去四丈多高的高炉顶上平台，一待就是好久，掌握配料比例、工序，查看火候，根据情况调整配料、加柴或加木炭，让人们用小推车运送矿石、木柴、木炭等。什么样的炉火应该加什么料，加多少，什么情况下要怎样处置，都在他的心里。

马师傅腿脚一拐一扭地向高炉顶上走去。他并不是天生腿脚有问题，是长期腿子从没伸直睡过，都是蜷曲地靠着高炉坐着打盹，近二十年下来，腿脚变形了，因此走路总是有些拐来扭去，像扭秧歌一样。

马师傅来到高炉里边的天桥（又叫阳桥）头，挨着检查了堆放矿石、木炭、木柴的棚子。天桥上人来人往，有推着矿石车跑的，有跑着运木柴、运木炭的。因为刚才加了这些料，火焰不是很红，而是浓浓的黑烟。他一拐一扭地向高炉顶端平台走去，来到高炉顶口，他仔细地向炉膛里查看，看炉膛里各种材料的反应，燃烧的情况。

他认真查看了一会儿，猛地吸一口烟卷，大声对工人们说："等一会儿再上料，都坐下歇一会儿吧。"

他显得有些摇摇晃晃，那眼睛像是这烟卷也不解决问题了，眼皮好像变成了万能胶，随时要粘紧一样。他用手使劲揉一下眼睛，用尽所有力气睁开眼皮，向天桥下面走去。

他一拐一扭来到高炉脚边，这时就听见风箱手们“哟——哎——嗬——哎——”叫着号子，拉着风箱，风箱发出噗嗒噗嗒的响声。他有些放心，就顺着一条路向二号炉走去。

二号炉也正在加进矿石、木炭、木柴，炉顶冒的全是黑烟。他向炉口看着，心想，怎么不见一点儿火星？他匆匆地走上天桥头，在装矿石、木炭、木柴的棚里看了一下，问了些情况，然后就向天桥上走去，走向高炉顶端炉口。他身子有些摇晃，这时烟卷已经吸完。到了炉口，这时浓浓的黑烟忽地冲天而起，但不见一点火星儿。他将头伸向炉口，认真查看炉膛里加的矿石、木炭、木柴情况，查看着火候。这时一股大风卷着一股浓烟猛地袭上他面部，他一个踉跄顿时跌入深深的炉膛里！

矿石棚里的人远远看见马师傅在炉口一晃就不见了，都一下子慌了，急忙向下大喊：马师傅掉炉膛里了！拉风箱的快停！拉风箱的快停——喊声很快就传到风箱手的耳朵，立刻停止拉动风箱，但炉顶的浓烟也并没小多少。人们急忙用长把钉耙将马师傅拉起来，他下半身已经全部烧尽，只剩下短短一点黑乎乎的木炭一样的上半身，已经不是人的躯体，是木炭。如果不是刚刚加了矿石木柴，那马师傅会瞬间化为灰烬。

面对一个活生生的生命转眼变成了这么一丁点木炭，顿时人们失声痛哭，有如山呼海啸。他是厂里或者说全县最好的炼铁技师之一，也是个老实人，是个坚定的共产党员，在这厂里有很高的威望。陶厂长当时在地区开会，书记老罗是个部队转业的刚强汉子，也失声痛哭着！全厂人都在哭。一座大铁厂此时完全被哭声淹没……

两天后他从中坦坪铁厂回十八格铁厂，拄着靠尺一路跋山涉水。这次他是白天经过的莽荒地带，他不禁又想起去的那天晚上马师傅送他的情景……

他回到厂里，人们看着他，和他打招呼：“陈师傅回来了。”

他看见那些眼神有些不自然，但他并没发觉什么。他们都知道他和马师傅是一对老伙伴，十多年前在四川就是老朋友，情谊深厚，都不愿对他讲起马师傅的事，但眼睛里又总是收藏不了那种悲伤。

他放下那个“天线背篓”后，就叮叮咚咚快步来到一号高炉脚下。他走时，马师傅送了他二十多里路，令他终生难忘，回来后他就想先去见见马师傅。

他来到高炉顶端的天桥边，向炉顶看了看，不见马师傅，他就向高炉脚下走去。来到高炉脚边，在挨炉壁的一丁点地方，他只看见了那一把茅草，不见马师傅坐在那里。他又走向二号炉。他到炉顶没有看见马师傅，就又走下高炉，同样在炉脚边他只看见了一堆茅草。

他就去问一个工人：“喂，你看见马师傅在哪里？”

那工人依然低着头走着，几步就走开了，不理他的，像是没有听见他的问话。

他感到有些纳闷。他又问第二个工人：“喂，你知道马师傅去哪儿了？”

这人悲伤地说：“马师傅出事了……”这人流着泪说了真情。

当即他像是浑身变成了一袋悲痛的泪水，呼啦一下瘫软到地下，一屁股坐在地上就痛哭起来。

接着他来到马师傅坟前，站住，双手扶着坟头，像是在和马师傅拥抱，伤心地流着泪说：“天呢，兄弟你，怎么就走了啊……把我甩了呀……我的风箱再好，没有你马师傅怎么行……”

他就那样扶在马师傅的坟头上，像是在紧紧地拥抱，哭着说：“多好的兄弟啊……”不禁又想起死在朝鲜的大弟杰雄，便更加伤心……为什么要经历这么多悲惨啊……

他用手拍打着坟头，哭诉着：“兄弟呀，你成天什么也没有想，只想多炼出铁来，连个人问题都没有想，三十多岁了还是光光一个人……兄弟你到底为了什么啊……兄弟……”他用手拍打着坟头。

马师傅死后无法通知他的家里。只知道他老家是四川的，据说家里还有一个老母亲，四川很大，不知他家到底在四川的什么地方。厂里为他买了棺材，买了几丈白布，将一点木炭似的焦骸进行了认真的包裹，装殓，为他开了隆重的追悼大会。全厂人垂首挥泪簇拥着棺材，为他送葬，把他送到一个对着高炉的山坡，为他做了一座大坟，让他能够看见铁厂高炉……

这些老式铁厂一直坚持到二十世纪七十年代初，前后十多个地点十多年，牺牲了许多人，除马师傅外，都弄回老家安葬了，只有马师傅无家可归，不知他故乡何处……

人们含泪清理马师傅的遗物，有存款折子，但无法交给应该交给的人，应该给的抚恤金也无法寄出……最后都上交了县财政局。马泽华师傅就这样把一切奉献给了共和国的钢铁事业，让他手中流出的铁水，流向国防，流向工厂，流向田野，而让自己变成了一截焦炭，孤独地沉睡在那深山的荒草丛中……

接着，人们常常发现，那高炉顶上总是站着个人影。

人们说："那是马师傅。他还在高炉上，他面前是喷喷燃烧的万丈炉火……"

这些，恐怕只是一代人们的一种难舍，一种感觉……

那是古老的神州炉火，那是铁血燃烧的蓬勃，那是淳朴热情升腾的岁月。于是就有了"天工开物"，于是一个大国就在这种燃烧中挺起了钢铁的身躯！

三十四　无奈病魔

时间像浪潮一样轰轰烈烈地汹涌而去，像是金戈铁马组成的千军万马奔腾而去，是跑过去的，是冲过去，气势不可阻挡。山山岭岭也变成了一片澎湃的波涛，汹涌向前。

这天传来一件好事，但有不少人却不感兴趣。

原来是千古莽荒的大界山上，要办一座硫黄厂，这当然是国家办的。并且确定首先在离界山近的几个区招工，也算是照顾这一方了。但人们并不踊跃。

想去的人很少。因为那座界山是巫山山脉的南脉，绵延千里，跨越两省数县，基本上荒无人烟，而且地势高寒，没人看好这个地方。都认为待在那里像野人一样，好像在另一个星球，与世隔绝，连人都见不到一个，太寂寞了，人还不搞出病来？而硫黄厂主要是在井下挖矿，整天不见天日，在黑暗中苦拼，那是又苦又危险的活。在阳面上则到处是硫黄烟雾，是一股怪气味，闻了就要吐，而且硫黄烟雾有毒，硫黄烟雾熏过的地方草都不长。

杰田是个什么都不怕的人，他说艰苦才能体现精神，没有苦哪来甜？杰田向往国家的大事业，想当国家工人，不管是在莽荒野岭，还是在冰天雪地。他认为当国家工人是最光荣的，宪法中说了工人阶级是国家的领导阶级，工人是国家的顶梁柱，他要当这样的人。硫黄厂是直接为国防军工生产服务的。要造炸弹保卫祖国，离不开这个硫黄，这是国家最重要的事业，他要去。他不等大哥回家商量，想也没多想就报名了，偏偏家里的父母亲都支持杰田去硫黄厂当工人，为国家做贡献。杰田相信大哥不会埋怨的。这时的人们思想十分单纯，单纯得可爱，哪怕是个农民，心里都只有国家，收了粮食首先想到的是卖给国家一部分，让工人和解放军有饭吃。

这时是百废待举，自力更生，艰苦奋斗，大兴建设的时代。这时人们正传送着一个振奋人心的好消息：武汉长江大桥通车了，又是多高、多宽，还有几层，又通铁路，又跑汽车，还有人行道。谁也没有见过，但都讲得绘声绘色，激动无比。讲者听者都是笑容满面，像一朵朵开得正盛的花朵。

这天中午，他刚从断头山铁厂回来，区办公室人员就来找到他，喘着气说："县里耿书记打来电话，要你迅速赶到县委办公室向杜书记报到。"

他是区手工业联社的副社长、木业社社长。虽然他不是正式干部，按做工得报酬，但上面有事只找他，有什么工作都要他去完成。

他收拾好工具，仍是背着那个竖有“天线杆”的工具背篓，手里拄着那魔杖一般的长长靠尺。本来修建房屋可以不要这些工具，但他知道随时可能有哪个铁厂的风箱坏了，要他去修理或者重新制作，所以这些工具他是随时背在身上的，像是变成了他的服装一样，离不开身子。

这时客车已过。他想等个货车，可是等了两个多小时也没来一个车。这时油料紧张，车辆很少。他就决心用脚走，边走边找车。结果在路上也没有搭上车。有车也不认识他，是不会带他的。加之他又背着那么个奇怪的工具背篓，驾驶室无法放下，放货厢里也要耽误不少时间，司机一看更不会理睬。他就一直步行着。待他走到县城已是晚上十点多钟了。他去县委办公室，都关门了，他知道这时杜书记已经休息了，便去一家小旅店住宿了。

第二天清早，他背着工具背篓向县委会走去。那背篓上高高的“天线杆”一晃一晃的，像在天上写字或是画图，因此遇见的人们都看着他笑。几十年后人们回忆他这时的形象便忽然觉得多像一个机器人，背上还有一根高高的天线。

这时的县委会就一栋两层的小木房子，而且很旧了，人员也只有十几个。他脚步匆匆来到杜书记办公室，门还是关着的，这时还不到八点钟。他在门口轻轻放下工具背篓，站在门口等着。

巷道墙壁上的圆盘挂钟刚刚敲响八下，杜书记提着个篾壳热水瓶走来了。

他有些激动地走上去，亲热地说：“杜书记好！”

杜书记感动地伸出手和他握手，高兴地说：“哎呀陈师傅！你真是早哇。辛苦了！”说着打开了门锁。

他边往办公室里走边说：“对不起，昨天没有及时赶到……”他说明了没有及时赶到的情况。

杜书记转身笑着说：“没事。你真是个雷厉风行的人啊。”

他憨笑地看着杜书记，等待领导下达任务。

杜书记又指一下凳子说："你坐。"

杜书记亲自给他泡了一杯茶。杜书记在办公桌边坐下。

杜书记笑着说："这些年你的风箱绝活帮了我们的大忙啊，我们全县连续十年都超计划完成了钢铁生产任务，也连续十年受到了省里的表彰呢，特别是去年，钢铁产量是一九五〇年的十倍！你立了大功啊！"

说着低下头叹口气："唉，可是对不起老功臣啊，我又不能给你发奖金，没这个政策，实在抱歉！没办法，我就相信你。从我搞地下工作时在施老板的铁厂认识你，就崇拜你的木工绝活和人品。"

杜书记放松地说："你喝茶，先喝茶。"

他喝着茶，眼睛望着杜书记，想知道到底是什么任务。

杜书记微笑着说："谁怪我们是老朋友呢。又要辛苦你了。我要了个国家扶持的项目，但还很不够，我想先动工修建起来再想法还账。具体是在离这老城一里路的莲花坝修建县医院。这是一个涉及人民群众健康的重要工程。解放十年了，群众的医疗条件还很落后啊。"

他兴奋地说："这是个大好事啊！"

杜书记说："请你来，就是要你为我又当一回总工程师。怎么样，你看没问题吧？"

他肯定地说："杜书记安排了，我一定尽力。"

杜书记豁达地说："不是尽力，是要保质保量完成任务！"

他很感激杜书记看重自己，感动地说："感谢杜书记看得起我这个普通匠人，我就是豁出去了也要完成任务！"

这话说得杜书记也很感动，笑着说："辛苦你了！给你说，这是我亲自挂帅的工程。是人都要做点成果摆在那里，何况我是个县里的父母官呢？这个任务，就交给你老朋友了。"

他认真地点着头："谢谢杜书记的信任！"

接着杜书记伸手拍拍他的肩头，像松了一口气地说："现在我带你去食堂吃早餐吧，你肯定还没吃。"

他推辞地说："不，我自己去街上买了吃。"

杜书记抬一下手说：“不。去食堂吃。早餐后，你在另一间办公室去画个工程图纸。”

来到食堂，杜书记掏了餐票交给炊事员，说：“这是我们县里的木工大师陈师傅，你快给他煮一碗面条。”

这一天，他画好了图纸。这是一栋传统的石木结构的楼房，只有两层，有三丈多高。

第二天，他与人一起去到现场，用石灰画了基脚线。同时，工地上办起了食堂。第三天，正式开工。

根据县里安排，他通知木业社的雷陈林带十个木工师傅，泥瓦社葛师傅带所有瓦工师傅，迅速赶到县城莲花坝医院工地。

中午，师傅们来到工地一看，大受鼓舞。三十大间的地基线白花花的，分两排成“二”字形摆在一个大坪里，显得气势宏大，场面十分壮阔。这足见杜书记的气魄之大。

这时杜书记来了，召开了整个工程人员参加的简短的誓师动员大会。杜书记讲了话，接着杜书记宣布：县医院工程现在开工——

一时间整个基脚线上都是锄头飞舞，嘣嘣嘣的一片响。运送石头、石灰、泥沙、木材的人们穿梭来往。人们干得热火朝天。周围看热闹的人无数，如海如潮。

他向师傅们介绍说：“这是全地区目前最大的工程，我们能参加修建，是我们匠人的幸运和骄傲！”

一时间掌声雷动，师傅们都激动地笑着，不少人还热泪盈眶……

就在第五天傍晚，远在大界山的九虎山上传来急电：朱家坪铁厂的风箱坏了！他接到通知后三把两下吃了晚饭，在工地上给雷陈林进行了交代，就踏着茫茫夜色向高耸入云的九虎山走去。这时夜色笼罩，世界像蒙上了一块纱布。此去的山路是七十里。九虎山属于巫山延伸的南脉，横卧云空，气势磅礴，有如奔腾的老虎群，活灵活现，也似虎视眈眈，守护着川鄂关隘，看去阴森威猛，心中悚然。

他在黑夜里赶着路，向山上爬着。他脑袋里想着他的风箱，还有那高炉是不是没有燃烧了？这么一想，脚步就更快了……

本来是春天了，竟然又下了一场雪。很快路上的雪就化了，接着田里的雪也开始化了，但山上的雪还白白的，顽固地坚持着，炫耀着。人们都忙碌着，谁也没有去管这个倒春寒。

古往今来，自然灾害，生老病死，总是伴随着人们，不管你喜欢不喜欢，人们能生存下来已是不易。这个春天和许多春天一样，也是百花盛开，四处呈现一片美丽的景象，但谁也没有想到，这美丽的景色里还会飘来白白的雪花！

两位老人这天都感到发烧、乏力，接着两个小儿也传染了，发烧。心想这是感冒了。以往感冒了熬点紫苏水喝了，好好睡一睡，出点汗，就会好转。于是老人去一块田边挖紫苏，这时紫苏还没完全长起来，因此只得挖根。这是老人专门在田边一角栽种的。因为人往往喜欢着凉，也就是感冒，乡下人就用这个紫苏的茎和叶熬水喝，喝了就好了。还有什么刀把手划口子了、牙痛、眼痛、发风湿等，老人都栽有相应的草药来用于治疗。因此在这块小田里，就有十来种常用药草，什么刀口药、黄连、扶耳草，等等，像个小药园。

老人挖了紫苏回去洗干净了，放进一个瓦罐里，掺上水，在火边煨着、熬着。熬好了首先给两个孙子喝，再两位老人自己喝。

没想到，这次喝了紫苏水睡了，出了汗，仍然高烧，极度乏力。又接着喝，还是一样，最后就起不来了。他们不知道，这不是着凉感冒，这是要命的伤寒，但它的症状和感冒十分相似。这种伤寒不一定是天凉的缘故，可能是老鼠传染的，一旦患上了，很难治。如果不及时弄清病因，进行治疗，就有生命危险。而且传染力极强，过去农村里有的患这病一家家死光。这样的例子不少。有一本医书，就叫作《伤寒论》，专论这个病，可见这病的严重性和治疗的难度。

他不在家。他的小弟杰田早就去了界山硫黄厂，隔家有一百多里路程。家里老的老、小的小，没有主要人员在家照料。眼下老人小娃儿都病了，而且病得严重，情况十分紧急。但他们还不知道危险，还以为是个感冒，喝点紫苏水就会好的。

他在界山的朱家坪铁厂制作风箱后，顺着界山走了四十多里路去看望杰田。他上次回家听说了这事，也为杰田而高兴，终于当上正式国家工人了。反正走到界山来了，就想去看看。

在这个荒无人烟的地方，杰田见到大哥非常高兴，当即就跳起来抱住了他。杰田怎么也不会想到大哥会这么远来看他，一时间都流下了滚滚热泪。

他说："这里就是太荒野了，上面离天很近，下面离人间很远啊。你习惯吗？"

杰田高兴地说："习惯。这里地势高，能够看到很远很远，能够看到半个中国呢！人能看到远处就心里爽，就高兴。我喜欢这里。"

他关心地问："劳动很苦吗？"

杰田说："还可以，目前正在建厂房。普通人不管在哪里都是劳动，但在这里劳动，是国家职工的待遇，并且我们还是吃的大米，十天还能打一个牙祭。领导说，今后采矿都是机械化，既然是机械化就不苦。我们这批人已经都转成了国家职工，和国家的大厂一样，都是正式工人了。前不久，县电影队还来给我们放了一场电影呢。电影前面还加了新闻纪录片《长江大桥建成通车》，很鼓舞人啊！还听说，国家马上要在这界山办一个大林场呢。那时候这里就热闹了。听说还要修建一条公路，从茅州到这厂里，然后通往四川……"

杰田讲得津津有味，一副快乐无忧的样子，好像已经看到了美好的未来。又说："我们这个硫黄厂还养了二十多头种牛，你下次来，可能就满山都是牛了，这是专门为工人改善生活的。领导说，将来这里生产的硫黄都是直接运送国防兵工厂的，是很有前途的。还说，今后这里还要办学校、医院、商店，修建电影院……"说着一脸兴奋的笑容。

他也被感染得满脸堆笑。天空中红红的晚霞好像都贴着他们的头了，两人脸上的笑容就十分灿烂了。

这时天已黄昏，这高山下的那些河谷，包括坝子，都变成暗暗的黑色了，但这里还是一片金黄……

他笑着对杰田说：“你就在这里安心好好干吧。”

杰田说：“当然好好干啦，我已经是一个队长。除了厂长就是队长。我们有二十个队，一个队有三十人，相当于一个排，我这队长也就是排长了。”杰田说着沉醉于一种浓烈的骄傲与自豪之中。

他鼓励地说：“那你争取当上厂长吧。”

杰田摇一下头说：“这可能不行，这里的厂长可是南下干部，我算老几，算老农民，老大粗。”其实杰田也是有文化的，他读过几年私塾。

他笑一下说：“你队长当得好，过个十年八年那厂长退休了，你不是就可以争取这个位置吗？人必须要有理想目标。没有理想目标，糊里糊涂乱撞是不行的。”

杰田就若有所思地笑着，而且笑得很甜，好像已经当上厂长了。

他说：“好好干，我来这界山铁厂修理风箱，就一定来看你。这界山还有狮子岩铁厂、二仙岩铁厂、铁厂坪铁厂。好，我要回厂里去了。”

杰田一下子收了脸上的笑容，抓着他的手说：“天这么晚了，还有几十里路，怎么走啊？不走！大哥，你就在这里和我过一夜吧，我们都好久没有在一起了。这里夜晚像是生活在天宫呢，月亮星星就在眼面前，随时都可以和月亮星星说话呢……”

他说：“不行。我明天清早就要回县城的工地，紧张得很。从这里下城也只要五个多小时，晚上一点多钟就到县城了。”

此时他的父母亲已经睡了三天，但病情仍然没有好转。他父亲拼命地从床上爬起来，拄着拐杖，一步一摇晃地向另一间房间里走去，爷爷担心着孙子，因此首先去看看两个孙子。两个孙子也都躺在床上，发着高烧。

老人问两个孙子：“你们想吃点什么？”

两个孙子都有气无力地说：“不想吃。”

老人说："我给你们煮个鸡蛋吃吧，鸡蛋好吃。"

两个孙子都说："不吃。不吃。"

但老人还是去煮了，一共煮了三个鸡蛋，另加一些面条。老人分成三碗装着，首先给两个孙子送去两碗，强制性要他们吃，可他们都不吃，老人一定要他们吃一点，哪知他们都哭起来："不吃……不吃……"

老人也实在没法，就将碗放在了床头边一个黑黑的柜子上。然后老人将另一碗端去自己的床边，对老伴说："你吃一个鸡蛋吧。"

老伴半天才说出话来："不想吃。"

老人又说了一遍："你就拼命也吃一个嘛。"

老伴还是说："不想吃。"

其实老人自己也是不想吃，什么也不想吃。老人弄不懂，这次这个感冒怎么这样严重呢……

这时老人感到头很晕，连忙伸手去扶着板壁站稳身子。老人定了一会儿神，便扶着板壁慢慢去了火坑屋里，伸手拿了一把锄头，拄着，准备向门外走去，想去山坡上挖点紫苏根……

这天，肖叶提着一个包去看望母亲。

肖叶母亲也年纪大了，一人在家有些孤独，她就放心不下，不时地要回来看看她老人家。她母亲也不能到生产队里去上班劳动了，只能守在家里，自己料理自己。肖叶多次要她去街上，她给她租一间房子住，这样离她和爹近一些，有个照应，特别是怕老人生病。但老母亲怎么也不去街上住。老人说怕吵、怕闹，街上十分闹噪。老人喜欢这个山坡，又向阳，有田园，有山，空气好，安静。

这时天空有几只大大的老鸦，黑黑的。它们在天空急急地飞来飞去，大声地吼叫着，像是在互相争吵，像是呵斥着什么。它们吵了一会儿就去歇在山坡一棵漆树上，继续急急地吵着……

肖叶知道老鸦吵没好事，心里涌上一些不祥的东西。她又想，老鸦可能是没什么吃的而叫唤的。她走到他家院坝里，只见门开着，但屋里好像没有一点儿动静。以往路过总能听到小孩的声音。她就想顺便进屋去看看老人小孩怎么样了。

肖叶走进老屋门里，就吓了一大跳！她首先就看到大门边睡着一个人，这是他父亲——陈伯。老人大概想走出门去而倒在了这里，手里还拿着一把锄头。她伸手去拉老人的手，已经僵硬了。

肖叶一下子急了，这是怎么一回事呢？怎么会出现这种情况？

肖叶又喊了一声："伯娘！"

没有回音。肖叶又喊了一声："伯娘。"

还是没有回音，肖叶就向老人房间里走去。接着她就看见床上躺着一个人，是他母亲——陈伯娘。

她亲切地呼唤一声："伯娘！"

可是她连续呼喊了几声也没有回音。她就去揭开被子，拉老人的手，已经僵硬了！

肖叶心里忽地一阵震荡，她想到什么，但她的心已经很慌乱了。她马上去小儿们睡的房间里，见床的两头各睡有一个孩子，那个黑色的柜子上还放着两个碗，里面各装着一个鸡蛋和面条。她仔细观察床上一头的小儿，她估计这是喜喜，已经像一个死娃娃了，脸色都黄白黄白的，瘦得皮包骨了。她伸手摸一下额头，又摸一下胸口，还是热的。她想这一定是生病了，或者是重型感冒，传染了一家人。她顿时心头一哽，忍不住泪水猛地涌流出来，模糊了视线。

她用衣袖擦一把泪水，走过去弯腰细看睡在另一头的小娃儿。她想这肯定是满儿，但丝毫不是原来的样子了，也完全是一个死娃娃了。脸色也是黄白黄白，瘦得皮包骨了，眼睛紧紧地闭着，像画的一条细细的线，嘴唇干燥，张开着，像绽开的一朵惨白的小花……她伸手拿过小儿的手，小手儿还是软的。又探他鼻孔，还有一丝儿呼吸。她忍不住泪水珠子一般连着滚下。她又摸他的胸脯，隐隐感到还有一丝儿心跳。

她想，先给小儿喂点什么吃一下，增加抵抗力。她看一眼柜子上那碗里的鸡蛋，她想肯定几天了，不能吃了。她便来到灶屋里，给灶洞里放进柴火，烧燃了火，在锅里烧开小碗水，放进一点盐，去碗柜里拿出两个鸡蛋，打在碗里，用筷子搅拌、和匀，然后倒入锅里。又和匀后煮成稀稀的鸡蛋花。煮好了，她将鸡蛋花舀到两个小碗里，用水瓢舀了冷水，将碗放进去让鸡蛋花冷一下。然后她端起两个小碗，去到房间里。先抱起小满满，用小勺子将鸡蛋花一点一点地喂进他的嘴里。小满满竟然还把这半碗鸡蛋花吞下了。她感到心里有些安慰。接着她又给喜喜喂完了半碗鸡蛋花子。

大概半个小时，小满满的嘴巴和眼睛都动了动，但眼睛仍然没有睁开，好像是没有力气睁开了。肖叶眼睛滚落着一颗颗泪珠，滴到小儿脸上一滑而过，就如雨珠滴到花瓣上呼一声滑下。

她想，必须先抢救小娃儿。她没回母亲家里，她藏好了她的包。她找来一个大背篓，将喜喜和满满放进背篓里，周围用衣服塞好，再用一床单蒙住他们，免得吹着风了。然后向镇上急急地走去。

肖叶边走边想到给他打电话。她来到茅坪小街上，首先去了医院。她将两个小儿背到病房里躺下，请医生给小儿检查。

医生说："这两个小儿的病已经很沉重了，到底是什么病，还要进行检查才能确定，还不能保证没有生命危险……"

她伤心地想，他们都是些好人，怎么得了这样重的病啊？一下子两个老人都走了，大娃儿、小娃儿也如此严重，只剩下一线生命气息……

接着她就去了邮电所，给县卫生局打电话，要找陈师傅。她知道他在县城修建医院。电话通了，办公室人员说陈师傅在工地，无法接电话。

她就郑重地对办公室人员有些不客气地说："必须赶快派人通知陈师傅回家！他的父母亲都患重病死了，无人安葬，两个小儿也奄奄一息，我刚送到医院里，无人照料……"

打了电话肖叶走到医院大门前，恰恰碰上了钟潇。钟潇就问她："有什么事，这么愁眉苦脸，急急惶惶的？"

肖叶说："二哥的小娃儿病得严重……"

钟潇听了大惊，就跟着她往医院里走。来到病房里，钟潇就看见了医生正在给两个小儿打针。他感到心像一下子提起来了。

肖叶流着泪说：“二哥在县里修建医院，家里的父母亲死了，还没安葬……”

钟潇听了十分悲伤地说：“天啦……”

钟潇又对医生说：“这是陈师傅的两个小儿，请医生一定要帮忙抢救，治好。陈师傅可是个好人啊。他正在县里修建新医院。”

随即钟潇小声在肖叶耳边说：“我回去叫老婆来帮忙照料，两个小儿无论如何也要给陈师傅救活！”

钟潇说着就回了他的店子里，对妻子田月说了两个小儿的事。田月一听也急了，稍微收拾了下，就急忙往医院里跑去。

田月走进病房里看见两个像死娃娃的小儿，眼泪一下子涌出来了，随即去弯下腰细看小儿，伸手摸摸额头，又摸摸手儿。她懂一点看小儿的方法。她用指甲轻刮小儿的大拇指和食指，再看指头的颜色，仔细观察那根血脉颜色、长短，伸到了第几个关节。她知道，如果血脉伸过了第二个关节，那就生命危急了。她细细地看了下手指血脉，不禁心中一个寒战，这血脉已经穿透了第二个关节！她很是心惊心急，但她没声张，也没对医生说什么，她知道医院的检查治疗更为准确。

田月对肖叶说：“我回去给小儿煮点鸡蛋花来喂一下，让小儿吃点有营养的东西，增加一点抵抗力。”

肖叶抹着泪水说：“我先前在他们家里煮了鸡蛋花喂了的，还可等一会儿再喂。”

田月着急地说：“我听钟潇说了，两个老人都走了，怎么办啊，陈师傅又在县里忙大工程。”

田月看着钟潇说：“这样，我在这里照料小儿，你和肖师傅马上去陈师傅家，找几个村民，先把老人安葬了。人死了还摆在家里哪是个事啊！”

钟潇皱着眉头说：“只有这样了，那田月你就在医院里好好照护小儿，你也会点小儿科，有问题及时给医生讲，千万不能耽误治疗。再者你也跟静月学过的，你看看到底是什么病，能不能悄悄进行一些按摩……”

田月说：“我主要是没有静月那种药，仅仅按摩可能效果差些。要相信医院。”

钟潇转身对肖叶说：“快走，怎么说，死人不能摆着，入土为安啊……”

不一会儿，钟潇和肖叶来到茅坡。他们找了附近的几个乡亲去帮忙，首先通知了他家的一些亲戚。一听说是陈师傅家出了事，附近的人都积极地奔向他家。一到他家，钟潇就说马上把死者安葬了。

肖叶却说：“我们在这等一下，还是等二哥回来见上老人最后一面吧。不然，他会更加难受的，没有最后讲到一句话，连最后一面也没见到……”

都同意了肖叶的意见，就先给两位老人穿戴好。然后下了两块门板，用高板凳支在堂屋里，将两位老人规规矩矩放在门板上，并且进行一番整容，静候他回来见最后一面。

钟潇面对一动不动的老人，联想到自己早已去世的父母亲，不禁心头一酸，眼泪就钻了出来。

肖叶和另两个妇女也开始忙起来了。她们烧燃了灶洞里的火，找出了苞谷面，准备蒸饭，又找了一些菜，准备炒点菜、做点汤。请人安葬老人，也是下苦力的事，先得吃饱肚子，才有力气干活。

这时所有亲戚包括他的两个姐姐都赶来了，附近的人都来了，生产队的张队长也赶来了，像总管一样安排每个人做什么。

人们忙了一会儿，他终于赶回来了。雷陈林和万师傅也跟着来了。他们走进堂屋里，他的两个姐姐和亲戚都连忙站起来迎上去，但什么也说不出，只用脸色神情表示一种说不出的悲痛。用悲痛的眼神与无言互相打招呼。

雷陈林、万师傅在一旁看着，默默地流着泪……

他什么也没说，什么也说不出。他咚的一下跪在老人遗体面前，头低着，泪水像开闸的水呼呼地冲出眼眶，顺着脸颊滚滚而下，像溪流一样，地上很快就湿了两大片。顿时在场的所有人都虔诚地一同跪下，低下头，一时间只有眼泪的奔流，沉沉泪珠啪啪地滴落地面……

像是举行一个仪式，灶屋里的肖叶和几个妇女也来到堂屋里，一齐向老人遗体跪下，磕头，默哀，眼睛里怎么也止不住地流着泪水。

老人原来准备的棺材很重，都放在猪圈楼上。雷陈林和万师傅等十余人好不容易才搬下地面。

不久，堂屋里便摆好了两副棺材，最后将人抬起来放进棺材里，仔细地进行收殓。

他招呼说："大家辛苦了，快吃饭吧。"

于是大家就坐下来，几个妇女端来了香香的饭菜到桌上。这些香气一时间又冲淡了一些悲伤气息。

肖叶说："都快吃吧，辛苦大家了。"仿佛她也是这家的一个主人，招呼着客人。

大家呼噜呼噜地吃着，脸上都是一副沉重的样子。

他抱歉地说："很对不起大家，没有好饭菜，也没有酒，还要大家下力。"

张队长说："这事不同了，是个悲伤的事，也很急，就不要讲什么吃的事了。陈师傅该是给我们左邻右舍帮过好多忙，也不喝酒，也不吸烟。"

饭后，张队长就说："两位老人一生不容易，还是要热闹点……"

于是要按照这里的风俗习惯，找个锣鼓班子、跳丧班子。敲锣打鼓，跳了一晚《撒尔嗬》，给老人进行了悼念。第二天早上，热热闹闹把老人送上山进行了安葬。

大家都轻轻地掩土，像是生怕碰疼了他们，影响了他们休息。不久两座新坟就耸立在山坡上，加上他爷爷奶奶和杰雄的坟，五座坟堆规规矩矩地站立在那里，像是生长的五指山。

安葬老人后，他们来到医院。

这时他的两个小儿还是奄奄一息。但医生宽慰他们说：“也不要着急，小儿是能够治好的，你们放心，也相信我们。”

钟潇提出一件事情说：“两位老人都快八十岁了，走也是顺头路。陈师傅你们也不要过于悲伤。现在最重要的是要医院想尽一切办法，把两小儿治好。陈师傅又在忙县里的大工程，怎么也走不开。我看，这两个小儿，就由我和田月、肖叶来轮换照料吧。”

他有些无奈地说：“我那县里的工程，确实走不开。是我的总工程师，没法。但是我的小儿辛苦你们我确实不好意思啊，你们也有你们的事啊。我看是不是这样，由你们帮我找一个护理员，我来付给工资，这样最好。我心里也稍微过得去一些。不然，我心里可是比背了债还难受啊。”

钟潇说：“这个事你陈师傅就不要推了。我和田月离医院很近，肖叶也近。作为朋友就要在关键时刻，最需要的时候帮忙。”

他一时间也说不出什么。不过他心想，还是要去请一个护理员。

田月显得十分感激地说：“我们家还欠你陈师傅的人情债呀。我们全家之所以都能吃上国家供应粮油，即使在严重旱灾的困难时期，农民都差饭吃，我们还能基本吃饱，都是托的你的福啊。不是你，我们没进合作社能吃上国家供应粮油吗？为了孩子，你也不多说，也不多想了。这两个小儿我来负责照料，我们家事也不多，我完全能够照料好的。”

钟潇担忧地说：“现在这两个小儿生命处于危险时刻，急需人细心照料，我们是朋友，肯定还是负责些，照料得好一些。”

来到街上后，他说去一下木业社，于是很快就找了一位坐街的妇女。她姓杨，五十多岁，他叫的她杨婶。他们都非常熟悉，他也给她家做过家具，帮过忙。他说：“请你帮我护理下小儿，我按我们的工资标准，一天一元一角给你付。”

杨婶就说：“先不讲钱。我去护理了再说。”

他说：“那我先要说清楚，不能含糊。你答应我这么给你结账，我就请你。不然，我就请别人。我决不能欠别人人情债。”

杨婶也就答应了，说：“要得。你也就放心。”

于是他就带着杨婶很快来到了病房里。开始都还不明白，这杨婶一来到病房里，就像小儿奶奶一样，认真地查看小儿病情，还做这做那。钟潇、田月就明白了，这是他去请来的护理员。

钟潇就生气地看着他说：“你这陈师傅，怎么就不相信朋友，不理解朋友吗？”

他还是坚持说：“这是我的事。你们都有事，不能麻烦你们啊，当然应该我自己负责……”

田月有些心切地说：“不说了，这两个小儿我来照料，你就当让我来做一件善事！”

他还是说：“不。我已经找来了杨婶，你们就忙你们的事。”

田月就有些火气地说：“你不说了！我们都是做匠人的，现在两小儿不是你一个人的，是我们大家的。我们都有责任照料小儿，让他们好好活下去！”说着已是要哭的表情。

田月曾经给静月当过徒弟，修道学医。经过一段时间的修炼，心地受到很大影响，灵魂受到陶冶，有着慈悲心怀。她看见这么两个危弱的小生命，自然动了慈悲之心，不能割舍，加上又是他陈师傅的孩子，所以她一定要照料两个小儿。

田月就走到杨婶面前说：“这位杨婶，你也是个好人，我们都知道。但我们和陈师傅都是匠人，是好朋友，等于是一家人，他的事就是我们的事。所以，对不起，杨婶你就还是回去忙你的事。这护理的事我早就承担了。”

杨婶却笑一下说：“我是他陈师傅请来的，我就要为他负责。他不说叫我走，我当然不会走的。”

也就在这时，急匆匆地走进一个人。这个人是工业局办公室的黄秘书。黄秘书走进病房喘着气，半天说不出话。

他望着黄秘书说：“你有事说就是。”

黄秘书听他这么一说，像是松了一口气，这才终于说出话来：“我们找到工地，也知道了你陈师傅家的情况。来到茅坡，说你到医院来了，我们才又找到这医院里来。”

黄秘书说着就看病床上的小儿，问：“这两小儿是陈师傅的吗？”

田月就说：“这两个小儿都是陈师傅的，现在病情还很严重啊。”

黄秘书说：“哎呀病情确实很重啊，要用最好的药，一定要把小儿治好！”又有些无奈地说，“这个时候，的确叫人真不好意思开口啊。先前接到电话，二仙岩铁厂的风箱坏了，一口预备风箱拿上去，本来就用久了，也不行了，高炉马上就要停火，要凝固报废。没办法，要请陈师傅火速赶去，不然就要遭受巨大损失！因此局里专门想法找了一辆货车，前来接你，车已经停在这医院门口。”

钟潇有些生气地看一眼黄秘书，说：“我是个手工业者，我也和你们工业局应该是一家人。我要说一句不好听的话：你们县里只要陈师傅做事，可陈师傅家里一下子死了两位老人，两个孩子现在还是这个样子，算得上只有一丝儿气了，让人心寒。你们应该好好关心一下陈师傅，他太值得同情了。”

黄秘书有些理解地说：“你说得完全应该。我看，陈师傅一个男同志，也不一定会带小儿，你就找一个女护理员，工资我们局里负责。从今天起，按社会标准工资付，每天一元一角。这你们都放心。”

黄秘书就问他：“陈师傅你找好了护理员没有？没找好就现在去找，我们等。”

他也实实在在地说：“已经找好了。”

黄秘书有些急地说：“既然已经找好了护理员，现在铁厂的事情太紧急了，那就请陈师傅先去救个急吧。”

他毅然决然地站起身，对田月说：“没让你护理，你也要理解。”又对杨婶说，“我就请你带一下小儿，过几天我回来，就给你付工资。”

黄秘书接话说：“这工资，我们负责。那就先麻烦你们了。实在不好意思，请大家体谅，多多包涵！”

黄秘书说着双手抱拳向大家一一施礼，然后才走出屋子。

他上去认真看一眼喜喜和满满，一抿嘴紧跟黄秘书走去，出门时又回望了一眼。但小儿们好像什么也不知道，仿佛完全睡熟了。

黄秘书带他和雷陈林、万师傅来到医院门口公路上。路边真的停着一辆苏联造的嘎斯车，整体很短，车头像个吉普式小车头，看去就像推土机一样。

这种车的驾驶室只能乘坐二人。雷陈林和万师傅首先就爬上了后面货厢。黄秘书坚决地要他坐进了驾驶室，自己爬上了后面货厢，急切地要司机快开车。接着车子启动，车头向上蹦了几蹦，向前奔去。

这屋子里寂静了好一会儿，仿佛时间停止了脚步。忽然时间又跳动了，肖叶和田月都争着要照料小儿，都劝说杨婶还是回去。

肖叶说："我是小满满的姨妈，这是责无旁贷的事。"

杨婶就说："那也好吧，既然你们一定护理小儿，我赖在这里也没意思。"说着就走了。

最后钟潇望着肖叶说："都是手艺人，哪个有事，也是大家的事。这小儿现在需要一个专人照护。你家就你一个大人，也还有个小儿。我们有两个人，还是让田月带的好。我可以帮着多做些家务活，让她专门来护理这两个小儿，唉，看着实在太可怜了。"

争论了一番，肖叶只好难为情地说："就是太麻烦你们了，我这当姨妈的也太不好意思了。"

田月却话里有话地说："你想照料，时间和事情都还多着呢。陈师傅等于是一个没有了家的人，令人同情，你就多照料一下……"

肖叶的脸蛋倏地一下红了，像水面映上了淡淡的霞晕。

三十五　至亲至爱

喜喜和满满还在死亡线上挣扎。肖叶一天要去看望两个小儿几次。不知怎么的，她心中好沉重，总想着这两个孩子，因为他们本来就是没有娘的孩子，而她是姨妈，怎么不令她揪心呢。而且一想起他们两个那黄白得没有血色的脸蛋，就像死娃娃一样，她眼睛里的泪水就一下子涌满了，只想哭。然后她就又向医院那里走去，去看看喜喜和满满，看好些没有。

缝纫社的事还是很忙的，并且她还当着会计，时刻有人要缝衣服，也时时有人要取衣服。还要做账……特别是遇到逢双日赶场日，十分热闹，上街赶场的人多，去缝衣服、取衣服的人也多。

有时那个磨刀人也是要去街上，他的生意很好。尽管他的身体很老了，但他还是尽力高声唱着："磨剪子——抢菜刀——"虽然那声音比年轻时弱很多了，但他一唱，却使街上豁然一亮，使得热闹的场面更增添了一种生气、鲜活，还有一种美感。

也还有一种叮叮当当的敲打声，虽然是在室内的小打小敲，但也给整个街道风景带来一种韵律，增加一种特别的气氛。这就是钟潇的铜器店和巴师傅的补锅店，他们的生意都很好。他们便忙忙碌碌地敲打，好像是整个街道的心跳。他们一敲打，整条街道就都在蹦蹦跳跳一样。

这段时间，田月就一心一意地护理着两个小儿。就是钟潇，一天也起码要去医院看望小儿五次，关注小儿的病情。钟潇的两个小孩也是时时要去看看两个小儿，他们早就熟悉，算是童伴。

两个小儿的病情还十分沉重，医生说，这是伤寒病，不是一下能够好的。田月轻轻地抱起小满满，将脸蛋贴向孩子的脸蛋，像是想给他输进一点她的体温，输进她的血液。然后轻轻地呼唤："满满，满满。"

但一连呼唤了几遍也没有回音。田月的眼里就又涌出了泪水。接着她就对医生说，她有治疗伤寒的方法，可以起个辅助作用。医生同意了，她就按照静月教她的方法，用葱花水对小儿进行按摩，每日三次……

钟潇的女儿小钟月接着说："满儿一直没有说话。"

钟潇给女儿取名为钟月，一般叫她月儿，好像强调了一个"月"字，不知是因为肖月，还是因为田月，她们都有一个"月"字。此时当然谁也不会知道，这个满儿将会与这个月儿发生怎样的故事。

肖叶又来了。田月望一眼肖叶，叹口气说："你坐坐吧。医生说，不要着急，估计两个小儿都会好些的。你也就不要急吧。"

肖叶就在一个小板凳上坐下来，眼睛时而望望小满满，时而又看看喜喜。

田月又看一眼肖叶那满面的忧心、愁苦，也为她内心的一种母爱而深深感动，想转移一下话题，就说："也真是没有想到，陈师傅一个好人，家里怎么遭了这么大的灾难……"田月说着，自己眼眶里也涌满泪水，接着就滚出大大的泪珠。

肖叶说："唉，生老病死，谁又不会经历这些事呢？"

田月流着泪说："确实看着心疼啊。还好，那天遇到了你这样的好人，不然那就真惨了，两个小儿……"

钟潇还只走到门口就接话说："我们匠人的事，我们匠人不帮，哪个帮？"

田月想将话往另一个方向去引，就说："眼下陈师傅的确需要帮助啊。我看你也是个好心人，是真心在关心，也不知为陈师傅流了好多眼泪……你们都是不幸的人，都搞成了一个半边家，半边家等于没有家……唉，两个半边家，如果合到一起，也就是个圆满的家了……"

肖叶一惊，嗔怪地望着田月说："哎哟现在心都碎了，你怎么还说这些嘛……"

田月提高一些声音地说："那碎了就碎了吗？就永远地让心碎了吗？碎了就要合拢来，重新开始！"

肖叶面露忧伤地说："现在你不要说这些事情。"

田月有信心地说："我要说。你们当事者迷，我们旁观者清。"

肖叶说："眼下不要说这些吧……"

这时一客车停下。他从客车上走了下来，快步走到医院，急切地来到病房里。

他把二仙岩铁厂的风箱做好了，接着就回到了县医院工地。他对工程情况做了一番认真检查。参加施工了一天，准备安排雷陈林负责，他请假回去看看小儿好些没有，做些安排。

这时工业局夏局长和黄秘书来了。他们都向他问好，表示了歉意。接着黄秘书掏出四十块钱递给他，说：“我回来后将你的情况向局里做了汇报，我答应的小儿护理工资，局里想法解决了四十元。”

他将钱推过去：“这钱我不能要，我干活给了我工资的。这是我的小娃儿，应该由我负责。”

不管黄秘书怎么塞，他严肃地将钱推过去，坚决不要，还站起身要走。

夏局长上去拉住他，亲切地说：“你陈师傅是辛苦了的，为我县工业特别是钢铁生产做出了重大贡献，杜书记还在大会上表扬了你的，我们都有数，是我们欠你的。你是整个工匠学习的榜样。政府行文，手工业社归我们工业局管理，但我们工作没有做好啊，关心不够。现在你先把医院工地上好好安排一下，指定一个能负责的人。然后你回家去看看孩子。这笔钱，既然我已经想法弄到了，你还是要接受，这是组织上的一点心意。”

他推着钱说：“感谢领导，心意我领了，这钱我肯定不能要。我只能要我劳动应该得的报酬。”说着转身就走。黄秘书还要塞钱，他早已不知跑到了哪里。

他去工地把雷陈林带着认真看了一番，又对活儿做了认真安排，并要雷陈林负责一切，时时检查，主要是保证质量。然后他才去车站。还好，赶上了客车，顺利回到了茅坪街。

他走进茅坪医院，恰恰钟潇等几位都在这里。他就给他们几位叫谢，说：“实在把大家麻烦、辛苦了，真不知该怎么感谢啊！”

肖叶这时神情有些不太自然似的，脸上有些微微地泛红。他没有注意这些细节，径直去病床边看两个小儿。他把小满满抱起来，叫“满满，满满，爹回来了”。

也就在这时，小满满不知是由于好转，还是听到了爹的声音，竟然用微弱的声音叫出了一声：“爹。”

这时喜喜也叫了一声：“爹。”

他感到太惊喜了，迸出了热泪，又说：“喜喜、满满，我是你们爹，快大声叫爹！”

喜喜、满满又各自叫了一声“爹”。比先前声音稍微大了一点。

这时都听见了两个小儿的声音，早已惊喜地站起来，都来到床边看着两个孩子。脸上都露出了久违的笑容。

一时间大家高兴得涌出了热泪。

连钟潇的两个小儿也高兴地笑着：“喜喜和满满都说话了！都说话了！”

肖叶激动地凑过去，大声说：“叫姨妈。我是经常从你们屋旁过路的那个姨妈，叫姨妈。”

喜喜和满满真的叫了一声：“姨妈，姨妈。”

但两个小儿的脸都还是黄白黄白的，没有什么血色，显得极度虚弱。

他还不知道，肖叶小声告诉他：“这段时间，田月给两个小儿用传统方法进行按摩、推拿，起了很大的作用。”

他听了很感动，诚恳地向田月表示感谢，说：“太谢谢田月了！我知道，你是跟静月学了的，治疗伤寒很有奇效。那年我母亲患伤寒，已经十分严重了，就是静月治好的。”

田月沉静地说：“是应该的。”她又想起了静月师父，心里不禁又异常难过。

钟潇这时有些兴趣地说：“好哇，值得好好庆祝！田月快回去做饭吃！肖叶师傅莫走了，今天都在我家一起吃顿饭！小儿们醒过来了，这是大好事，值得庆祝！”

田月就对肖叶说：“肖师傅照料一下喜喜和满满，我回去做饭了。好久没有这样热闹了，难得啊！”

肖叶说：“陈师傅在这，我也去帮你做饭吧。”说着就跟着田月走去。其实，肖叶觉得待在这里好像有些不好意思。

但钟潇伸手横在了她面前，说：“你是女同志，你就照护小儿吧，这比做饭更重要。”

接着他去了粮管所。这时不叫粮站了，早改名叫粮管所。同时骆站长也调走了，调到其他粮管所去了。哪里的工作搞不走了，出现了问题，就调他去攻坚，已经调了两个粮管所了。他去门市买了米就走了。想起骆站长，他不禁又觉得这个人很有意思，就又自然想起在一起的那些日子。也不知什么时候又才能见到这骆铁匠。

这时忽然传来一个声音令他一振：“磨剪子呢——抢菜刀——”

他就站住了。他看见一个头发苍白的人，扛着一个磨刀板凳。这是霍磨刀，正从前面走来。

他几步走上去，抓住霍磨刀的手，兴奋地说：“霍师傅！”

霍磨刀也兴奋地说：“陈师傅！好久没看见你了！”

两人简单地讲了几句话，这时有人喊着：“霍师傅，磨菜刀！”两人这才松开手。霍师傅的生意一直都很好。

他提着一个装米的小袋子来到钟潇店里，将米袋交给田月。田月不肯要，他认真地说：“这可是我专门为小儿买的，你不要怎么行？小儿要吃呀！”他坚决地放在了那里。

这时田月早已用瓦罐给两个小儿煨好了大米稀饭，每天她都是让两个小儿吃的鸡蛋和面条，或者大米稀饭。

田月这时提了瓦罐，带了两个碗和筷子，就又来到医院里，将稀饭倒入碗里，又放上一点糖，拌匀后让肖叶给两个小儿喂了吃。她便回家做饭去了，这里相隔也只有一百多米。

这时他带着微笑走来了，就端起一个碗给喜喜喂稀饭吃。肖叶便给小满满喂了吃。

小钟月看见两个小儿能够吃饭了，高兴地喊道：“喜喜！满满！”

喜喜和满满竟然都应了声：“哎。哎。”

小钟月高兴地跳了起来，欢呼着：“他们答应了！”

这时钟潇的儿子铜儿放学回来了。钟潇给儿子取名为钟铜，小名铜儿，大概是想小儿将来继承他的铜匠事业吧。

铜儿已经很懂事了。他是专门来看望两个小儿的。一进门就关心地看肖叶抱着的小满满，并叫“满满”，满满也答应了。随后又去叫“喜喜”，喜喜也答应了，铜儿就跳起来了，非常高兴地笑着。

钟潇有些伤心地说："钟铜和钟月两个娃娃都十分关心，经常来看望他们，叫喜喜、叫满满。"

钟潇又对铜儿说："你快去叫黄霄妹妹来吃饭，饭已经快好了。"

"好！"铜儿应一声，脚步一跳一跳地去了。钟铜和黄霄是同学，都在一个班读一年级，并且还是同桌。

大米饭在一种香香的气味中宣布熟了。田月就去医院里叫他和肖叶来吃饭。田月多次留肖叶在店里吃饭，她都没有答应，但今天终于把她抓住了。这也要感谢两个小儿，实际上是两个小儿留下了她。她不忍心离开两个病情还沉重的小儿。这可是她二姐的小儿，二姐不在了，她这姨妈应该就是妈妈一样了。也许还有一层意思，看见他来了吧，想多坐一会儿，但也不知她心里到底是怎样在想。

铜儿带着肖叶的女儿黄霄走进病房里，两个娃儿脸上都是笑着的，灿灿烂烂，像是从霞光里走来的。

黄霄这名字是她爸特意给取的，很明显一半是黄姓，一半用了一个肖，只是在上面加了一个"雨"字头，这一加显得有些气势和境界了，大大地超越了女孩。她身子不胖，脸蛋很白，与胸前的红领巾映衬得鲜明亮丽，一对大大的眼睛滴溜溜转动着，很有神采。

肖叶看着女儿说："快叫人啊。"

黄霄就很乖地叫："姨爹、钟伯伯、田阿姨。"

钟潇笑着对孩子们说："准备去吃饭了。"

他就给一位护士说了下，请她帮忙看护一下孩子，他们去吃饭了再来。然后就和钟潇、肖叶向钟潇家走去。

今天田月特意满满地蒸了一甑米饭。其实大米只供应了百分之五十，并不宽裕。她将大米饭舀在白亮亮的瓷碗里，真是银白如玉，锃亮耀眼，像一个个十五的月亮降临到桌上，银光四射，顿时满屋一片生辉，香甜飘满木屋的每个角落、每丝缝隙，飘满每个人的心里。特别还有红红的胡萝卜和面辣椒，白白的白菜梗儿，还有一碗黄黄的蒸鸡蛋，像个圆圆的黄月亮，应该是像个金色的太阳，光芒四射。但没有肉，这时是困难时期，没有肉供应。他们是吃国家供应的，还能保证有饭吃，已经很幸运了。

钟潇显得大度地说：“今天请大家来吃饭，其实也没什么吃，主要几个师傅一起坐坐吧。”

钟潇又强调地说：“这几个老朋友了，千万别客气，尽管吃饱……”

钟潇又对几个小孩子说：“你们也随便吃，尽管吃饱。”

此前，他们没有光吃过米饭，因为只供应了一半大米，都是一半苞谷面一半大米混合蒸的饭。这种饭当地人叫作“蓑衣饭”，也不知为什么叫了这个怪名字，十分地香。直到若干年后，人们还不愿光吃米饭，要做这种蓑衣饭吃。

田月有意让肖叶和他坐在相挨的位置。但他毫没注意这些，他还在为小儿们的声音而高兴。肖叶明白田月的意图，脸上多少有些不太自在，就用吃饭去掩饰。

这时钟潇惭愧地说：“很抱歉，没有肉和酒，只能吃点素饭。但我代表我们全家，欢迎陈师傅、肖叶师傅，还有黄霄同学！我们各自都忙，也是难得一聚。我祝陈师傅建设工程顺利，两个小儿早日恢复健康！祝肖叶师傅工作顺利，心情快乐，祝黄霄学习进步，快乐成长！现在我们以饭代酒，干一碗！”

说着就是几个碗碰得当当当的几声脆响。黄霄也端着饭碗与大人们的碗相碰，又像一种美妙的音乐。人们都看着黄霄笑着。

肖叶说：“给你们说个老实话，我们当工人的真的还是享国家的福，保证了我们的饭碗。农民的生活其实是很苦的……”

他还是勉强笑着说：“感谢钟师傅、田月师傅，为我们做了这么丰富的饭菜！”

这时肖叶像是想起什么的，脸上呈现出一种暗暗的悲伤。

钟潇就说：“人生苦短，不想多了。”

他也说：“是啊。人，不要去想已经过去的事，要想前面的事，想自己的理想目标，这样前面就总有一种拉力，拉着你向前走，你也就有一种劲头……”

钟潇附和着说：“是啊，要想前面还有好事情等着，就会有兴趣的……”

田月就来了兴趣地大声说：“虽然今天没有酒，但我还是要祝陈师傅、肖叶师傅两人都健健康康，快快乐乐！”

肖叶的脸就忽地增加了一片红润。

钟潇就兴奋地说：“对，我祝你们两人白头偕老！”

肖叶就有些严肃地说：“钟师傅你可不能这样说。”

钟潇就说：“怎么不能这样说，我们每个人都要争取活到白头啊。”

田月就笑起来……

不久，他又挤时间回来了。这时两个小儿已经大为好转了，可以出院回家恢复了。都感到十分高兴和欣慰。他就在馆子里请大家吃了一顿饭，当然也没有酒。

一起吃着饭，钟潇和田月、肖叶都想到一个问题——他家里父母双双过世了，屋里空无一人，他要为县里的工程忙活，不可能将小儿带到工地上，小儿怎么办呢？

田月显得极真诚地说：“我知道，陈师傅说不定这顿饭一吃又要走。两个小儿还要好好恢复，还是就放在我家里，我负责照料他们，保证带好。”

肖叶就说：“你辛苦了这么久，再就归我来带他们吧……”

田月说：“你一个人，还要带小儿，又要上班，不行的。而我有钟潇这个好帮手，两人总有一人有空的。加上我已经带了这么多天了，和两个小儿都熟悉了。我要他们给我叫田妈，他们真的就叫我田妈了……”她说着好像心里涌起了甜甜的热浪，都荡到她眼睛里来了。

田月接着说：“所以，我真有点离不开他们了，你们就成全一下吧，让我继续带着他们。”

田月又说：“给陈师傅说，肖叶这些天，每天来看五六回，看小儿们好些没有，吃饭没有，也完全是当成了自己的孩子。”

他认真地看了一眼肖叶。这时肖叶的脸蛋就真的有点红了，像是一缕太阳忽然照到了她脸上。大概又想起了小时……

他脸上充满感激的笑容，激动地说：“太感谢了！我欠你们的人情太多了！你们比小儿们的亲爹亲妈还亲、还好啊！我很惭愧，没有尽到责任……”

钟潇就说：“你也不要自责，你身上的任务重，是国家大事，也是应该的。人还是应该做大事，不要像我一天小打小敲的。”

他望望钟潇和田月，郑重地说：“我没有别的什么说，我想，从现在起，就让两个小儿都叫你们干爹、干妈吧。等于也就是你们的儿子……”

钟潇当即高兴地表态说：“太好了，我乐意！从现在起，喜喜、满满也就是我的儿子！”

田月也高兴地说：“也就是我的儿子！我今天太高兴了！”

肖叶也笑着说：“二哥说的这事好啊。现在我们也都是亲戚了。太好了。”

他充满感慨地说：“是啊，没有你们就没有两个小儿的今天。从今天起，小儿们就是我们大家的儿子！”

肖叶听了他们的话眼睛里已经湿润润的，也有些激动地说：“好，也是我的儿子！我今天来得好哇，弄到了两个儿子。”

黄霄也在一旁高兴地说：“我有一个新哥哥、新弟弟了！”

肖叶嗔怪地看着黄霄说：“他们本来就是你的哥哥、弟弟呢。他们的妈妈是你的二姨妈，忘了？”

田月望着肖叶说：“你准备把两个小儿带你家里去呀？”

这时肖叶望一眼他，说：“只要二哥没意见，我当然可以带家里去呀。我是小儿的亲姨妈呀，责无旁贷。”

田月笑着说：“那干脆把陈师傅也带你家里去，你不能分开他们父子啊。”

肖叶就知道上当了，一时间说不出什么，脸儿真的羞红了，只好勉强应付地反击：“他一个大人，哪要我来带嘛。我看连小的也带不走的，他们都只喜欢你呢。”

田月就笑着说：“那我就将他们父子一起送到你家去吧。”

钟潇也笑一下说：“我也帮忙送。田月送小儿，我就送陈师傅。定个日子吧。”

肖叶更是有些难堪了，脸儿更红了，还是鼓着劲说：“怎么，你们要送亲呀。是代表钟家，还是代表田家呀？”

钟潇和田月当然清楚，送亲是指将自家的姑娘送到别人家做媳妇，那是亏本生意，于是有些难堪地笑了。

他没说什么，但他那眼睛里也悄悄闪烁着一种复杂的光芒。

饭后，田月又来了一招。她高兴地说：“今天，小儿好多了，并且还吃了很多饭菜，我们都高兴。下午我们一起到肖师傅家去玩玩吧。”

钟潇忙着接话说：“好啊，散散闷，这段时间太沉闷了。”

他从今天钟潇田月的说话，以及此时的安排，已经知道他们的良苦用心。但他此时的心情极为复杂，全没想到这些。

田月有意将满满递给了肖叶。他就准备去背喜喜，但田月很快将喜喜背到了背上，说：“小娃儿还是女人会带些。”

肖叶也笑着抱好满满。田月背着喜喜，钟潇牵着小钟月跟在肖叶身边。铜儿和黄霄却并不紧跟大人走，而是在一边走走说说，像是有说不完的话儿。

为了不引起人们的多余议论，他故意远离肖叶，有意去挨近钟潇，并和钟潇讲着话。但钟潇却故意走在田月的斜后面，而让他走在了肖叶的身后，看上去像是一家子回家去。

肖叶多少有些不适，就不时地去看小满儿的脸，以冲淡一些难堪。满儿脸上还是没有血色，看着，她的心情又难受起来。这时那些难堪的羞色也就真的冲淡了，变成一脸的沉重。

他们一行走在街道上，人们自然向他们张望，并且还迎来许多羡慕的目光。许多男人的目光总还要在肖叶和田月的脸上多多停留一会儿。因为这两个女子是街上公认的美人，难得一看，不看白不看。

从饭馆去缝纫社只有三百米。田月故意放慢速度，在街上慢悠悠地走，也就走了好一会儿才到达缝纫社。

今天是冷场，没什么人赶场，这时已是晚饭时间。缝纫社的师傅们大多回自己的房间或是家里了，只有两人坐在屋檐下的台阶上，看西天红红的太阳。他们一行人走近大门，都和他打招呼，都说好久没看到陈师傅了，真是稀客。

肖叶带他们走进自己房间。每人都只有一个房间，而且都并不太宽，又做卧室睡觉，又是火坑屋烤火取暖，又当厨房做饭吃，来客了又做客厅。在一边墙壁上，挂着一张肖叶和黄秀贵的结婚合影照片，是黑白的。看上去真是天仙配，真是金童玉女，太美了。他认真地看了一番这张照片，心想，此照只能天上有，人间难得一回睹。他又为他们感到深深的惋惜，可惜秀贵却早早离开了她。唉，人美命不美！

肖叶进门后请大家就座，已是满脸难为情的样子，其中还有深厚的羞涩。她接着提起一个篾壳的热水瓶，给每人泡了一杯茶。

这时一裁缝师傅领着一个人走上来，这人是工业局的货车司机尤师傅。他在上街通向区公所的路口停下车，就开始打听。还好，一问两位裁缝师傅就说："陈师傅到肖师傅家去了。"

司机有点急地说："肖师傅家在哪儿，我找陈师傅有急事。"

他已经听到了尤师傅的话，很快就下楼了。钟潇他们也跟着下楼了。

尤师傅着急地说："陈师傅，医院工地出了个事故。有一个师傅受了重伤，人快不行了，但一定还要见一见你陈师傅。局里安排我快速出发，由于运输任务也紧，就安排我去长岭岗拉一车煤炭，回来在这茅坪街必须找到陈师傅，和我一路下城……"

他惊慌地问："是哪个师傅？"

尤师傅说："不知姓什么。"

他又急切地问："是木工还是瓦工？"

尤师傅说："也不清楚。"

他的心像是陡然一下裂开了，满脸绷紧了。他想，是不是雷陈林出事了呢？走时要雷陈林负责，危险的地方他就要去，是不是在墙上遇到了险情呢？

他不敢多想，焦急地对钟潇几位说："有急事我走了，小儿还是继续在医院治疗和恢复一下，就麻烦你们了，太对不起了！”

钟潇和田月都同时说：“你快去，小儿有我们！”

他看了一眼两个小儿，就急忙向外走去。这时肖叶一直目送着他走向门外公路，那目光润润的……

三十六　最后一刻

尤司机把他送到县人民医院门前。这时九虎山上的天空已经布满红红的晚霞，像洒上去的鲜血，将神似的几座老虎山映得有些温柔绵绵。

医院在北街，实际就在与东街相交的街口不远，是一栋两层的旧木屋，显得低矮、破旧，中间有一个小天井。他怀着焦虑不安的心情向病房里走去，现在他还不知道是哪位师傅，他估计很可能是雷陈林。因为要他负责，有些危险的活他就要自己去做。

他首先去问医生：“我是专门来看医院工地受伤病人的。请问病人情况怎样？”

医生小声告诉他说：“很难结论，只能尽力。卫生局长和工业局长亲自到病房来看望过伤者。伤者知道自己可能不行了，就说，什么要求也没有，就是一定要见陈师傅一面……”

他推开一扇木门走进去，就见病床上睡着一个大个子，这人不是木工师傅，而是那上了年纪的泥瓦匠葛师傅。

葛师傅是修建冯家大院负责砌墙的瓦工掌墨师傅。这次是负责医院砌墙工程的掌墨师。由于跳板上下了小雨有点滑，葛师傅脚下一滑，加之上了年纪身子没有制住，就从跳板上摔下了地……

葛师傅仰躺在病床上，头上包着绷带，脸上黄灰黄灰的，眼睛紧闭着，完全像一张死人的脸，身子一动不动。

他急急地而又轻轻地走到病床边，弯下腰伸手去握住葛师傅的手，只感觉到葛师傅的手已经是冷冷的。

他亲切地叫一声："葛师傅，我是杰汉，我来看您来了……"

这时葛师傅像是用了很大力气才睁开一半眼睛，努力地看着他，嘴里含混不清地说："是，陈，师傅……我要，走了……"说着两只眼角滚下两颗混浊的泪珠。

葛师傅年纪比他大，已经五十多岁了。他对葛师傅很尊重，从办合作社两人就一起建房造屋，一个做墙，一个做木工，配合得很好，两人有着很深的友情。

他忽地泪水一涌，泪珠像长了腿似的要蹦出来。他忍住不让泪水流下来，但泪珠儿就是要往外蹦……他定一定神，充满信心地说："你要坚持住，会好的。"

他看着葛师傅。通过葛师傅的眼神，他感觉到葛师傅好像在对他说：我见了好多师傅，就觉得你是个正直善良、坚守艺道的好师傅，很可靠。我等你，就是想在最后离开这个世界时，还见你一面……

这时，他满眼的泪水已经流成两条小溪……

他流着泪说："葛师傅！你已经把我看成了最亲的人，我万分感谢你……"他尽力忍住不哭出声音。

他又悄声问尤司机："怎么没有通知他家里的人来？"

尤司机说："葛师傅当时不让通知家人，加之交通不便，一时间还无法联系。"

他知道，葛师傅家在一个边远的深山沟里。家里就一个老伴，他们有一个儿子、一个姑娘。儿子参军后在远处"三线建设"的一座兵工厂里……

他在床边坐下来，握着葛师傅的手，亲切地说："你好好养伤，会好的。好了我们一起还是去建房子，你砌石墙，我做楼索、檩子。这个医院，就是我们修建的较大的一栋楼房，是为全县人民办的一件大好事。今后我们还要修建更高更大的楼房。您一定要坚持住，我相信你能挺过来的。"

他想陪葛师傅说说话，缓解他的痛苦，可他说了半天，也不见葛师傅回话，或者应答一声。他就大声地喊："葛师傅，葛师傅！"

还是不见葛师傅回音。他就弯下腰去看葛师傅面容，又大声地喊："葛师傅……"

还是不见回音。他用手去挨葛师傅鼻孔时，已经没有了气息。葛师傅早已停止了呼吸。

他想到自己家的事，浑身一软滑下椅子，失声哭起来。

听到哭声医生慌忙走进来，来检查葛师傅，然后沉沉地说："心跳已经停止了。他早就不行了的，想看到你陈师傅，就坚持着。他能坚持到现在，已经就是奇迹了。"

工程进展很快。这些朴实的工匠都有一股子劲头，有一种精神，一心想的是把这全县人民的医院建设好，快点完工。在一双双巨手的挥舞下，长长的两栋石木结构的房子雏形已经耸立起来，就如一条长长的大街横卧于天空下，气势恢宏，十分壮观。

他正将最后一根檩子搁入墙垛，用斧头敲一敲，檩子一动不动像生了根似的。在下面望去，那密密麻麻的檩子一根根地横铺于空中，就像是宽宽的天梯，直上云霄。

附近的人们都跑来观看。他们好像还从没有看到过这样的风景线，一张张面孔都露着春日般的笑容。

他这时从屋顶上走到跳板，顺着跳板走下来，跳板轻轻地晃动着，人们都看着他，仿佛看一位神仙从天上走下来，又像是在检阅。他这时也感到无比地骄傲、崇高，也忽地升起几分豪迈劲。

这时杜书记也来了，看到这一幕景象，也笑了，上去对他心疼而体贴地说："陈师傅，你辛苦了。"

他笑着说："不辛苦。杜书记辛苦了。"

杜书记显得非常满意地说："大功告成。我知道，今天房屋顺利结顶，按规矩，我应该给你封一个大红包。可是我不能兴这个东西。"又难为情地笑着。

他也感到一种胜利后的喜悦，说："这房子又不是杜书记私人的，讲什么红包嘛。”

杜书记深沉地说：“可这也是我心上的工程。我是把它看成我自己的工程的，所以我时刻关注着，知道这时你喜结金顶，我就连忙来了。可惜我没有看到你们铺设檩子的壮观场面，来就只看见你一个人在屋顶上做，是一个损失。”

他笑着说：“以后县里还有大工程的。杜书记可以时时蹲在工程上看。”

杜书记叹口长长的气说：“唉，现在经济还比较困难，晓得哪时才能搞起工程哟。本来，我很想修建一座大礼堂，让人们有个看电影的地方，我们也有个开会的地方，但现在只能是计划和理想。”

他感慨地说：“就是要有理想目标呢，有了目标，一直往前走，只会越来越近。”

杜书记吃惊而赏识地看着他：“想不到，你是很有思想的人。我们共产党人，就是要实现共产主义这个理想目标，我们这代人是不行了，但只要一代一代朝着这个目标走，坚定信念，不偏向，是一定能够实现的。”

他认真地听着，诚恳地说：“杜书记说得很对。朝着目标走，终究要实现的。”

杜书记又感激地看着他说：“这样，你也辛苦了，下午，你到我那去吃饭，加一个餐，庆贺我们的大工程。”

他感激地说：“谢谢杜书记，不必了。”

杜书记显得很坚决地说：“不，坚决要去。你就不要让我又派人到处来找你啊。说定了！”

他知道杜书记的性格，便说：“谢谢杜书记。”

杜书记说：“那我走了，我还有很多工作。这都是忙里偷闲来的。六点钟，我在办公室等你。你不去，我不走。”

这时四周围挤满了人。因为今天是房子圆垛结顶，街上居民们还在往这里奔涌，都来看热闹。

他又望着长长的高高的楼房。那墙上便是密密麻麻的白色檩子，像一道直上云空的天梯。他不自觉地笑了，笑得有点像小孩子一样天真。

接着他又喊道：“师傅们，开始钉椽桷了！”

他喊着就又向高高的楼房顶上走去。他很快就走到了屋顶，站在险要的屋脊檩上，好像他正乘着这根飞木要向云空飞去。

人群里就有人议论说：“他一定是鲁班转世的吧……”

人群里就有着热热烈烈的声音，人们在议论着，赞叹着：“这陈师傅真是一代木工大师啊！”

多年后，县城里的人们还记得这一幕，把曾经的他传成非凡的匠人，甚至还有人说他是鲁班转世。

三十七　亲情融融

医院工程在困难中胜利完工。这是县里的一个大工程，又是县委杜书记亲自抓的工程，三个月就竣工了。最后表彰时，有他的名字。给他发了特别奖品：一个印有金色“奖”字的笔记本、一支此时较好的金星笔。这时不兴发奖金。

他又带着师傅们回到了木业社、泥瓦社。

一下车，他就去钟潇铜店看小儿。他知道小儿在这里。

他进店后感激地说：“你们好，辛苦了！”

钟潇和田月都有些兴奋地说：“陈师傅！”

随后他从背篓里拿出一个包，递给田月，笑着说：“这是几斤特制面条，你们尝尝。”这是县里特给他供应的，当然是自己拿钱买。

田月很不好意思地说：“哎呀这叫我们怎么好意思呀！你也真是，这几个朋友，还拿些东西送礼做什么吗，还需要拉关系呀？”

他也有些不好意思地说：“把你们太麻烦了，是我太不好意思哟。”

田月就笑一下说：“喜喜和满满跟肖叶去了。他们的妈妈不在了，她是小儿姨妈，看着小儿可怜，就觉得不照护一下心里难受。她也真是个慈心人。没想到，这个喜喜还说，你像我妈妈，就跟肖叶去了。你看，这是不是有点意思呀。”

田月说着就望他充满多层意思地笑着。

他的脸上没有笑，只有来自心灵的深沉，充满感激地说：“谢谢你们了！这大恩大德，也不知何时能够报答啊。”

田月还是笑着说：“都是手艺人，老朋友了，互相帮忙是应该的，你这样说就见外了。我们一家现在吃的国家供应粮油，这可都是享的你的福啊，你对我们可是有恩的恩人啊。”

他笑着说：“是我应该做的。”

他说着去看货架上摆的一些铜壶、铜罐的，一片金光闪烁，像是满柜子的宝贝，叫人看得心花怒放。他又想起来，他每次来，好像都是这样摆着，没有减少，也就像没人来买过。他感到钟潇一家的生活实际上还是非常紧张的，虽然有国家供应的粮食，但也要钱买回来呀。心里就涌起深深的愧意。这时，他的手就不自觉地伸向了衣袋，要掏出为感谢他们而准备好的钱，实际上就是应该给的保姆费。他想，不是他们两人细心照料两个小儿，小儿恐怕早就不在人世了！

这时就又想起肖叶。是肖叶首先发现了他家的事，把两个小儿背到医院里，救活了，若不是她肖叶，两个小儿也早死了。田月说小儿喜欢肖叶，当然也是真的，因为肖叶和满儿的妈是一个样子，声音都像，他们一定还记得他们妈妈的样子和声音吧，一定是觉得她亲切，像他们妈妈……

他掏出五十元钱递给田月，难为情地说：“感谢你们了！你们的这份情义，有天高有地厚，不是用钱能够补偿的。但我不表示一下心里很痛啊。特别是你们家也紧张，买铜货的人本来就少，都相信用木盆，买吊锅烧水，便宜些。也有不少人开始买瓷盆洗脸或装东西，铜器好像在开始淘汰了。”

田月脸色一时变得像阴天，不高兴地说：“我照料小儿是为了挣钱吗？是搞副业吗？你不要和我说这个了。”

但他也严肃地说：“这是完全应该的呀，你不要，我心里怎么好受？你怎么就不为我想想？”

田月也反问：“那你怎么就不为我们想想，你这么一搞，把我们的情义都搞掉了，搞成了买卖关系，把这个事也搞得没价值了。说那个点，我这是在做善事，别人的小儿我一样要这样帮助。我师傅静月对我说得最多的一句话就是：人要多做善事。人最大的欣慰就是做善事……”

他一听见田月说起静月，心中就是一震，接着心就像是在碎裂，掉下了一块。但他很快回到眼前，坚决地把钱递过去：“这钱，你肯定要收！你们很困难，我有钱，就当我也做一回善事。”

钟潇坚决地把钱挡过去，大声地说：“你这叫做善事吗？你还承认我们是不是朋友？你承认我们不是朋友了，那就给钱，一刀两断！”说着站起身来，显得气愤愤的。没想到一向缠绵的钟潇也说硬话了。

他有些难堪，心想难道我就不能表示吗？但他不好再说什么，只好暂时把钱放回衣袋里。

田月柔和地说：“钟潇说的是这样。我们是朋友，那就是在朋友有困难时要上，要帮。说不定以后我们也有需要你帮的时候。说那个点，人在世上，都需要互相帮助的。但我是当作善事做的，我本身学过道士，是信道、行道的，是要对天下尽点慈善的。”

她顿了一下说：“但肖叶好像有些不同，她好像是当一份责任做的，她是小儿姨妈。”

说着她又审视地望着他：“哎，我给你说个正经的事。你表个态，我来帮你做工作，你就和肖叶组合个家庭吧。你们本来就是亲戚，亲上加亲，多好。但你要表个态，不然我没底。我把她的工作做好了，而你又不积极，那就有损她的面子了，伤了她的自尊，那我就对不起她了，我心里就一辈子不安了。”

他实实在在地说：“现在不说这事吧。一说起这些事，我的心里就十分难受。你站在我的角度想想吧。肖云虽然不知道跑哪儿去了，但我总觉得她还会回来的，我经常做梦她回来了，我认为她肯定还在，只是不知走到什么地方去了。一直没有听说过，哪里有关于她死了的信息。说不定哪天我会找到她的。”

田月摇摇头说：“几年了，没有任何信息，加之又是病了，脑袋出问题了走的，一定是死在哪个路边，被人随便掩埋了，谁会知道她姓甚名谁，又怎么会传出信息呢？肯定是不在世上了。你就不要还抱幻想了。”

她又叹一口长长的气，说：“唉，一切都没有想到。难怪我师父说，人世红尘就是充满苦难的地方。要想没有苦难，只有走出人世，超脱红尘。陈哥，你还是好好保重。现在你去肖叶那里看看小儿吧。你也就只管大度点，不要不好意思。”

他感觉田月就像静月一样说话，不禁心中又是一阵起伏……

他定定心境，好像有些为难，就说：“你和我一起去吧。”

田月一笑：“怎么？就害怕了？”

他认真地说：“不是害怕，别人一个女同志在家，我一个男同志去，加之我也是一个单身汉，会带来一些不好的说法嘛，对她的名誉有损害。我要对她负责任。”

田月又是一笑：“嗯，你还真有责任心。不错。”接着脸上是一副很受感动的样子，认真地看着他。

钟潇也对田月说：“你还是陪陈师傅去的好，寡妇门前是非多，不要事没成，搞得满街风雨。肖叶心里本来就痛苦，要为她想想。”

田月说：“好，我去吧。谁怪我总是多事呢？”

她说着就和他向肖叶家走去。

来到肖叶家，两个小儿都跳起来亲热他，叫着爹、爹，扑到他的胸前，伸出小手儿去摸他下巴上的胡楂，觉得像摸玩具一样，很有意思。他也伸手抚摸他们的背，抚摸他们的脑袋，感觉像一个个可爱的瓜儿。

然后两个小家伙就一个抱住他一只手，将脑袋紧紧地贴在他的胸臂间，好像要变成他的一只大手臂。他一时间也笑得合不拢嘴。

他就说：“我还给你们带的有好东西呢。”他说着去背篓里一个小包里拿两个芝麻饼，给喜喜和满满一人一个。这下两个小东西就抱着饼子吃起来，边吃还要边看看他们爹。

他和肖叶、田月坐了一阵，说了些话，气氛还真有些融洽温馨。肖叶要留他们俩吃饭了走，但他说社里还有事，必须现在回去。

田月就说："还有大事要商量呢，你就只讲走。"

他知道田月肯定又要提起他和肖叶合家的事，就说："以后再说，我还有事。"说着就站了起来。

但他马上被田月拉到椅子上又坐下了。

田月十分严肃地说："你好走。你这两个小儿怎么办？不说个清楚，我们不会让你走。"

肖叶就说："二哥的事也忙，这样吧，我反正有个黄霄，就把喜喜和满满给我带吧。喜喜和黄霄也在一个班读书。"

他一时间也不好怎么说。他的确有难处。如果两个小儿由他带在身边也确实不行，主要是喜喜要读书。他有一半时候不会待在这里，要去各个铁厂，或是县里的工程。

田月像是早就想好了的，很快就说："你肖师傅一个人带三个小儿，这肯定不行，负担太重了。我想这样，喜喜要读书，和黄霄一起也有个伴，就跟姨妈。满满还小，就给我带着。我女儿钟月和他一样大的，都还没读书，两个小儿有个伴玩耍。不然小儿寂寞的，这对小儿发育不好。"

但他已经想好了，他说："这不行。我的孩子肯定我自己带。他们完全可以待在木业社，有房子住，有炊事员做饭吃。现在县里医院建起了，我主要就在社里。"他想即使要去哪个铁厂，也可以将小儿带着，还是一个伴呢。

田月和肖叶都分别又说了一些话，但他还是决不同意。她们两个看他态度坚决，也就不好怎么说了。

他有些坚决地站起来，在背篓里拿出一个包递给肖叶，说："这是一点特制面条，我给你们两家都买了点，尝一下。"

肖叶有些不好意思，脸上也比先前更红了，说："二哥你还买些东西做什么嘛。”

他说：“这有个什么嘛，让你尝个新鲜。给你说个老实话，我这还是杜书记帮我买的，我自己是买不到的。他说我辛苦了。”

田月就说：“那你给了我们和肖叶，你自己还有小儿，也应该要吃呀。”

他笑着说：“我也有这么一包。我分成的三包，一家尝一点。”

肖叶说：“那我们也应该给你粮票，你也只有那么点粮食指标。”

他说：“我折子上还有结余，你们不信可以看，两个小儿这段时间病了是吃的你们的，加上我有时帮人做东西有人请了吃。”接着说，“麻烦你们两家了，我这就走。”

他说着就要背起满儿。哪知道，这个满儿不肯跟他走，他把肖叶的衣服抓得紧紧的，嘴里说着：“我要跟姨妈在一起。”

他就哄他说：“回去我给你做个很好的玩具，明天又来。”

听说做玩具，两个小儿都一下子蹦起来，兴奋地说：“你给我们做个什么玩具？”

他故意笑着卖个关子：“我要给你们做从没见过的玩具。走吧。”

喜喜高兴地说：“姨妈再见！”说着在前面挪开了步。

满满也说：“姨妈再见，我明天来。”

他将满满背到背上，回头对她们说：“太麻烦你们两个了，感谢你们啊！”

他回到木业社里，很快给两个小儿各做了一个玩具。是一把小手枪，并且在上面做了个梭子，用橡胶皮连接，用铁丝做了个扣动的扳机。用手一拉梭子便挂在了机关上，用手指一扣扳机，梭子噗的一下弹上去，撞出啪的一声脆响，很有趣。这下两个小儿可是高兴极了，举着枪走进走出，打出啪啪啪的响声。一时间木业社就有了一些生气，打破了好久的沉寂。

他又去粮管所买了苞谷面（粉子）和大米。他和两个小儿都是吃的国家供应的粮油。他将大米分别给了肖叶和田月两家，因为小儿吃了他们的，应该补上。这次，他没让他们多说，很坚决地给了他们。

但没想到，田月和肖叶都又送到了木业社食堂里。他知道后，就觉得欠了他们的账，心里不安，但又没有办法。

晚上，满满说要去姨妈那里睡，但他给满满说，跟爹睡，爹明天又给你做新玩具，买饼子吃。满儿也同意了。但睡上一会儿了满儿又说："爹，我想姨妈了，我们到姨妈那儿去睡吧。"

他无法回答满儿。满儿就又推一下他的胸脯，大声地说："去嘛。我们去和姨妈睡……"

他就抱紧满儿，说："我给你讲个故事吧。"于是就给满儿讲起故事来。满儿听着故事，就忘记了要去姨妈那儿的事了，渐渐地睡着了。

不说晚上，就是白天，他也不会带满儿去肖叶那儿，他怕给她带来不好的议论，他要对她的名誉负责。白天，喜喜和铜儿都上学了，他就让满儿到钟潇家和月儿玩耍。

第二天，满儿又要去肖叶姨妈那儿，他没有答应满儿。他说："不去，姨妈出门了。"

满儿不信："那你带我去看看，是不是没在家。"

他说："是没在家，先前从这里过路了的。"

满儿就要哭了。他说："我又给你做一个好玩具。"

说着就拿工具做起来。满儿就看着他做。他在一根树筒上锯下四个圆圆的"轮子"，给中间凿了孔，用两根轴穿进去，再将轴钉在一块木板上，一部平板车就造好了。

满儿一坐上去，用脚一蹬，车就滑走了，满儿高兴得哇哇哇地大笑起来："哇，我有车了，嘚嘚——嗒嗒——我有车了——"

接着满儿就喊来月儿，要她和他一起坐车。两个娃儿好奇地坐上去，两双腿脚向后一蹬，车就向前滑走了。车就这样跑着，他们开心地笑着。

第三天，满儿又要到姨妈那儿去。他便又哄满儿，给他做了一个好东西：竹棍车，就是从木头上锯下一个横切面的圆盘，中间穿个孔，插个轴，算作一个车轮子，再将一根竹棍的一头划开，夹住轮子的轴头，就可以在公路上甚至小路上轱辘轱辘地推着走，很好玩。因此，满儿就和月儿交换着玩，她坐着平板车玩，他就推着独轮车儿玩，两人互相追逐，玩得十分开心，就又暂时忘记了要去姨妈那儿的事。

从县里工程回来的师傅们，又开始在社里忙碌了。各单位要定做办公桌、凳子、文柜，私人或来定做家具，或来请师傅们去建房子、装修房屋，还有单位来请师傅们修建房子，等等，随时都有人来洽谈，他也显得很忙。

同时，他有时还利用晚上回家里去，雷陈林也给他做伴。两人就在那块菜园地里种着各种蔬菜，将收获的各种蔬菜拿到木业社食堂里来，让大家多吃一些新鲜蔬菜，这些菜他是不收钱的，这样就要少买菜，就减少了师傅们的很多开支。

这天的太阳还是很特别，红红的，像是装满了炼出的红红的铁水，显得沉甸甸的，好久才升上东边的白岩鼎上。

这是一个特殊的日子，这是农历七月初七。在这乡下，是给死者烧纸钱的日子。

他放下了手头活儿，带着满儿一起来到家里，看了看，然后就去几座坟前烧纸钱。

满儿就说："爹，你看那太阳，怎么那样红？"

他说："它不听话，挨打了，哭鼻子了，所以脸是红的。"

他看着这排坟堆，它们像五指山，像五老峰。他首先给他的爷爷奶奶烧纸，然后给他父母亲烧纸，再给杰雄烧纸。他感觉到，每烧一张纸，就是寄去了一片心情。他知道他们不可能收到纸钱，但他心里踏实了，他的心情寄走了……

下午的太阳偏去了很远。他早已回到木业社。这时公路上急急地跑来一辆自行车，在木业社的大门口急忙停下，接着骑车的人跑到屋里，大声喊道："陈师傅！陈师傅！"

他伸起腰答应："哦，我在这里。"他正在给一个东西画墨。

这人就跑到他面前急促地说："刚才县工业局打电话，龙坪铁厂的风箱坏了，要你赶快去救急，不然炉子就凝固了……"

他听了顿时脸上浮上焦急，很干脆地说："你回去给局里回话，我马上去。"

他很快收拾好工具背篓，给炊事员范师傅交代一下，请范师傅帮忙关照一下喜喜在食堂里吃饭。这时客车已经早过了，货车这时也很少，很难找到车。他怕耽误时间，就用脚走，走一段就少了一段。

从这里去龙坪是九十多里路程。他背起那个竖有"天线杆"的工具背篓，将满儿往后颈上一骑，两只脚搭在他胸脯上。满儿的身子就靠着那"天线杆"，脑袋就不时地在天线杆上碰一下，咚地一响，又碰一下，咚地一响。看上去，真像若干年后的"天线宝宝"。

他手里拄着那魔杖一般长长的靠尺。这时傍晚的太阳红红地照着他的背篓，照着背篓上面的满儿，也红红的，像"天线宝宝"。他在斜光里一晃一晃地向前走着，直到他们的身子又变成黑色，混入那沉沉的夜晚，什么也看不见。这时他已经走了五十里路程……

对于他来说，当然还是很忙的。他还是要奔波于全县的各个铁厂之间，制作和修理风箱。人们经常会看见他背上的"天线杆"和儿子，一起摇晃在公路上，摇晃在山路上，摇晃在天地间……

这时不管在哪个厂里做风箱或是修理风箱，在他旁边便有一个小徒弟，这就是小小的满儿。在高炉的熊熊燃烧中，在风箱的呼呼声中，在风箱手高亢的号子声中，他将头伸进被修理的风箱里面，将手向前用力一推刨子，顿时发出呼儿啦啦——的一声歌唱，刨出一卷刨花。满儿就在风箱的另一头将脑袋瓜也伸进风箱里，也学着爹用双手在风箱里面一推一推的，只是满儿手中没有刨子。于是满儿就要他爹也给他一把刨子。他只好将一把刨子退下刨刀，给了满儿去刨，如有刨刀就会把风箱里面刨坏的，同时怕满儿的手受伤。满儿就拿着这把刨子刨着，感到非常开心，嘴里喊着："呼儿啦啦——"

但是满儿很快就发现了问题：自己的刨子没有刨出爹那样一卷一卷的刨花！满儿就又找他扯皮，闹着："我的刨子里刨不出刨花，我要用你这刨子！”

这怎么行呢？当然不行。

满儿就跑到他身边，双手去抢他手中的刨子：“给我，我要这把刨子，我要刨出刨花！”

满儿抢着。他一下子急了！

他只好哄满儿：“小儿不能刨的，把风箱刨坏了，厂长要把你抓起来的。”

旁边一个工人就帮着说话：“是的，小儿不准刨风箱！你再闹，我就去叫厂长来，把你关起来！”

风箱手也跟着大声说。

满儿本来也就有些老实，都这么一说，便不高兴地放弃了，但心里憋憋的，默默地流着眼泪。

他很快刨好了风箱里面，用靠尺靠了，合适了。接着开始重新制作风箱的挡风板和里面连杆盘。这是在马凳上操作的事。

满儿就总是站在他和马凳旁，看着他怎样画墨，怎样砍斧子，怎样打眼子，怎样刨刨子，怎样锯锯子，看得那眼睛一眨也不眨。他给满儿放了一条板凳在旁边，要满儿坐着看，老是站着身子吃亏。但满儿不坐板凳，大概是坐着就很矮了，就看不清楚了，或是别的原因，满儿就是要那样站在他的面前或旁边，与马凳、与他的操作成平等状态，这样就看得更清楚更明晰。

他刨刨子要从后面刨到前面，一边很快地走一边刨，刨子像卡车一样奔跑，发出“呼儿啦啦呼儿啦啦”的歌唱，像是吹着快乐的口哨。满儿便笑着紧跟他的刨子跑，看刨子背上翻卷的刨花，听它吹口哨般地歌唱“呼儿啦啦——”。每当他刨出一个最长的刨花，他就给满儿，满儿就一副快乐的样子，将刨花拿在手里看，然后就当丝帕子学大人在头上一圈一圈地包起来，接着就要他看：“爹你看我漂亮不？”

他就一边刨着“呼儿啦啦”一边笑着说：“漂亮！漂亮！”

满儿就兴奋地笑着。这时他又递给满儿一卷长长的刨花，满儿兴奋地叫起来：“哇呀——”

然后将这长长的刨花在腰上一圈一圈地围绕着，又给他看：“爹你看我系的皮带漂亮不？”

他又笑着说：“漂亮！漂亮！”

满儿感到最兴奋最有趣的事就是看他像推车一样刨刨子，刨子“呼儿啦啦呼儿啦啦”地唱着歌儿，从它口中吐着一圈一圈漂亮的刨花飞向空中。

当然满儿也有困的时候，毕竟还是个小儿。每当满儿困了，他就把满儿放在挨高炉的一把苞谷秆儿上，顺着苞谷秆儿躺着，给身上搭上一件他的衣服，渐渐地满儿就在“呼儿啦啦”的歌声中睡着了。炉子是热的，地也是热的，很暖和，像温室，而且环保，没有辐射，满儿也睡出了轻轻的细细的鼾声。

那拉着风箱的人们看满儿睡下了，就只轻轻地喊着号子，就只有风箱一拉一送的呼吸声：噗——嗒——噗——嗒——

这时满儿也发出均匀的呼吸声。这一大一小的呼吸声，相互呼应，相应相合，合成一部摇篮曲，让他伴着高炉那红霞一般的烈焰升上天幕……

这可能是世界上最独特、最少有，也是最有味的童年了。这是一部奇特的童话。

除了在各铁厂制作和修理风箱，他就在木业社给人做家具，或是给机关建房。但还有一件重要的事情他也要做，或是白天挤出一点时间，或是月亮好的夜晚，他都要回到家里的菜园里，主要是种蔬菜，也种上少量粮食作物。

许多时候，肖叶要去看望她的母亲，就要从他家院坝里过路。一般大门都锁着，她就想起曾经这里的热闹，想起二姐在时的情景。而现在总是冷冷清清的。她望着院坝出一会儿神，就去看田里、河里，就想起小时和他一起玩耍的美好事情。自六七岁就能记事了，而且那些记忆深刻。她就想起他给她月亮石，给她野菊花，他将野花插在她们头上，一起扮演新娘子，还磕头，自己还笑得滚到了地上，弄了满身的泥巴灰，要他为她拂去……多甜蜜啊！小时的事能甜一辈子！现在，也不知他还记得这些事情不？现在自己是一个人，他也是一个人，谁知他怎么在想呢？好久了，她才慢慢地向她妈的屋子走去，边走，脑海里还是小时的情景，还是他的影子……

有时他家的大门开着，她就走进去，满儿就老远跑上去拉住她的衣服或是手，兴奋地叫“姨妈、姨妈”。

在这里，能看到姨妈就是满儿最兴奋，也是最幸福的事了。她也很兴奋，就抱起满儿亲一亲，和满儿说说话。当然也和他说说话，还看他们吃的是些什么。有时他正在田里忙活，只要她一路过，稍有脚步声，他就立刻感觉到了，就立即伸起腰来，高兴地和她打招呼：“又来看妈了？”

她就有些兴奋地说：“你回来了！”

于是他们就在这田边地头站着，看看人，又看看山，看看田，说上一会儿话。只有两人时，好像总有说不完的话。那脸上的笑容便久久不落下……

这时章石匠跑来找到他，欣喜地说：“国道上的木桥都要换成永久性石拱桥，我承包了两座较大的，一座是三道岩大桥，一座是三岔谷大桥。这两座桥的河谷都很深，起码在一百五十丈以上，人一望就后背发凉。所以这个拱桥的架木我必须找你做才放心。”

他很高兴地答应了。他安排了一下，第三天就带着师傅们去了。他知道那沟谷太深太险，完全是一场惊心动魄的架木制作，更是他熟练技术的一个大好机会！

三十八　纯真时代

时间像一个少年，蹦蹦跳跳的，走得很快。春天时像一群穿得花花绿绿的少年，奔跑着从远处英姿飒爽跑来，山山岭岭就变成一个个花枝招展的美貌少年。但几个热烈的太阳一晃荡，这群呼风唤雨的少年又变成壮年，啪啪啦啦一阵狂奔，漫山遍野就改变了颜色，变成了金色的秋天，瑰丽而丰富多情……

这一年没有干旱，算是风调雨顺，秋天是个丰收年景。他收获了不少苞谷、豆类、红苕，还有蔬菜，仅南瓜就有几十个。

这天，他扛着一袋新苞谷给钟潇送去。他高兴地对钟潇说："我收了不少苞谷，你也尝尝新鲜吧。"都知道，新苞谷面蒸的饭可是香得令人流清口水的。

钟潇却不要，说："你辛辛苦苦种一点粮食，我怎么能白吃啊。不行。"

但这次他坚定地说："我的小儿吃你的怎么吃了的？我想到你没种田，我收获了粮食，也吃不完，我们几父子本来就有供应粮，放那儿做什么？"

钟潇笑一下，无奈也就接受了。

他总是觉得欠了他们很多，这下他那心中一直倾斜的压抑，一时间有了些平衡。

中秋的下午。田月准备了饭菜，将肖叶邀到家里，说中秋节到了，聚一聚。肖叶带着女儿黄霄来了，但不见钟潇。一会儿，钟潇便带着他和喜喜、满满来了。

钟潇的女儿（钟）月儿一见喜喜和满儿，脸上仿佛一个蓓蕾突然绽开，笑着上去拉住他们的手说："喜哥哥、满哥哥！我们玩去。"

这时钟潇的儿子铜儿进来了，黄霄一见眼睛一亮，兴奋地说："铜哥哥！"

他们从小在一起，又是同学，在一个班上读书，并且同桌，已经有了深厚的感情。两个小孩走到了一起，很高兴，就到街头玩去了。

这已经不是第一次了。街头有田野，有庄稼，有野花野草，十分清新，而且离小河很近，有清清的河水，有绿绿的草坪，还有核桃树、杨柳树，那真是一个美丽的风景线。

喜喜和满儿拉着月儿一下跑到了河边。他们在捡小卵石，黄色卵石就说是月亮石，白色的就说是太阳石……

在河边，铜儿就从衣袋里掏出一个东西，用手紧紧握着，放在胸前，对黄霄神秘地说："你猜我这是一个什么东西？"

黄霄睁大了眼睛望着他的眼睛，想从他眼睛里看出一些什么底细。她转动了几下眼珠子，望钟铜笑着说："是一角钱。"

铜儿一笑："不是。比一角钱贵多了。"

她睁着亮亮的眼睛看着铜儿眼睛，还是想从他眼睛里看出一点什么端倪，可是拿不准，就转动着眼珠思索地说："那，是什么呀？"

铜儿笑着说："是个小东西，是我爹做的，我要爹给我的。"

黄霄眼睛一亮，正经八百地说："那是戒指。"

铜儿笑一下说："不是。这东西应该你用，我送给你。"

说着放进黄霄的手里。黄霄一看，欣喜地说："是个小铜镜。太好了！"

她就拿在手中玩着，照自己，照太阳，让圆饼似的反光照在他脸上，还照他的眼睛，还在他眼睛上晃来晃去，搞得他用手不停地遮挡着，她就笑着……接下来她将圆饼似的反光照在河水里，就像一个月亮掉进了水里，他们就喜悦地望着河水里，接着他们就看见了河水里的两个人影，一个是他，一个是她，还有一个小月亮……

他们在草坪上奔跑，拉着柳枝荡秋千，直到黄霄妈妈找来。这时喜喜和满儿、月儿也采了很多五颜六色的野花，每人手里拿着一大把，一边跳着脚跑着，一边手里一晃一晃的，像彩色的火把在飞舞……

他们往回走着。黄霄拿着铜镜对肖叶说："妈妈，这是铜哥哥送我的一块小铜镜。你说我能不能要？"

肖叶看着小铜镜，又看看铜儿，好像想着什么，就问铜儿："这东西是哪儿的？"

铜儿说："是我爹做的。我找爹要的一个。"

肖叶微笑地看着铜儿说："那你怎么要送给别人呢？"

铜儿有些老实地看着肖叶："我觉得这小铜镜，应该是女孩子玩的，更适合黄霄用……"

肖叶有些谨慎地问：“真是你爹送你的吗?”

铜儿说：“是的。我看见爹做了很多，就说给我一个，爹说你要这个做什么?我说我送给黄霄。爹就给了我一个……”

肖叶听了，觉得可能是这样。小孩子说实话。就对黄霄说：“那你要好好拿着，不要玩掉了。”

进屋后，肖叶又问钟潇，钟潇说了，和铜儿说的一样。于是都笑了。

田月也在旁边亲切地说：“就当作是钟伯伯送你的。”

接着就高兴地吃饭。把桌子围得满满的，都眉开眼笑的，像是久别重逢，像是一家子团圆。田月还做了几个菜，而且有肉有酒，像过年。现在风调雨顺生活好转了。

原来钟潇和田月是专门请他们俩来玩，并且精选了中秋节这个特别的日子，可见是一番精心的设计。

饭后不久天就要黑了。田月说：“我们坐院坝里赏月吧，月亮要升起来了。”

向东边空旷的远方望去，在仙人岭与白岩鼎之间，像是挂的一幕蓝色的大幕布，这时一个大大的月亮正从这幕布底边缓缓地升起，就像一张白净的脸蛋躲到幕布的这边来了，在与什么人捉迷藏……

这时铜儿和黄霄都同时欣喜地喊道：“月亮圆了！月亮圆了！”

田月看看圆圆的月亮，又望望他和肖叶，就开门见山地说：“首先我要说，我们都是手艺人，都是患难兄弟姐妹，连续几年的旱灾我们还能活着，不容易！”

她说得有些动情了，好像喉咙里有什么东西哽住了，顿了一下，才又说出话来：“先喝酒！”

钟潇给四个杯里都倒了酒，高兴地说：“人生健康第一，我祝大家健健康康！干了！”说着一饮而尽。

田月说：“我也是不喝酒的，但今天这酒要喝。”说着一杯酒也是豪爽地倒入了嘴里。

他说：“是啊，酒逢知己饮。”

钟潇说："酒也是个好东西，它能让人快乐。"

他说："是啊，一醉解千愁。"

田月说："快吃菜！"

吃喝了一会儿，田月话题一转："今天请陈师傅、肖师傅你们两个来，不光是吃饭喝酒的，我想要给你们办一件大事。我这人很直率，是怎样想就怎样说。在这几个人面前，怎么也不想拐弯子。"

他和肖叶都一时怔住了，好像有种恍然大悟甚至是上当的感觉。肖叶的脸蛋就有些红了，与天空的白月亮构成大大的反差。

田月脸上没有一丝笑容，只有严肃，很是郑重地说："我要说的这个大事，就是你们两个的事。这几年都经历了一些事情，心里被压得沉甸甸的，我也就一直没说这事。几年时间你们挺过来了，思想也正常了，那么我们的生活也应该正常了，我就想到你们俩的事，应该解决了。我说了，就想听听你们是什么意见。"

一时间，他不说话，只悄悄溜了一眼肖叶。

肖叶也不说话，只悄悄溜了一眼他。但她心里很不平静。一时想起小时候一起玩耍的事情，青梅竹马那真是太美好了，永远难忘。特别是那次冯家立屋，她去看热闹，看他……后来他与她二姐结婚了，这也在她预料之中，从小她也看出他们的事，因为自己还小……这时同学黄秀贵一心向她提亲，她也就认命了。只是没想到后来又是这般命运……

他本想说出要等云儿，但怕说出来让肖叶产生想法，心里受到伤害，就什么也不说，装作有些腼腆的样子。他心里并没有忘记小时一起玩耍的事情，而且现在月儿不见了，云儿又不见了，她们都是天上的，自然是飘走了，不愿待在这个苦寒的人间。于是，他常常就想看到还活在人间的她这片叶儿……但是，他觉得不能去看她……

钟潇直接地说："我说得很直，你们俩也就不要装作没事的。田月和我也知道你们的心，也就不要不好意思了。这几年经历了一些重大事情，但不管怎么说我们都还活着，是天大的幸运，我看就什么也无所谓了，想说什么就说，想做什么就做。我们都是三十多岁的人了，进入了中年。”

田月望着他别有意味地轻轻笑一下，说：“不管怎么说，人都得有个家，有个属于人的生活的家。一家有男有女地一起过日子，也才算个家。不要这样的家，那就只有出家……”

她说着不禁笑了，说得大家都笑了。

他微笑着不说什么，但心里想着很多事情。

肖叶也笑一下，顺着田月的话说：“其实，人出家也很好的，好好修炼，还可以成仙，上天堂永远活着。做人，过人的生活，要多许多麻烦，多许多磨难、痛苦，死了还不一定能上天堂……”

他接话说：“做人多做好事善事，也是能上天堂的。”

肖叶显得很有感触地说：“可是很多好人都是早早地就死了……”说着心像是很沉重了。

他有些安慰意思地微笑着说：“好人命不长，那是上帝看到他们人太好，不忍心让他们在人间多吃苦，就早早地让他们上天堂过好日子了。”

肖叶听了觉得有道理，心想，她丈夫黄秀贵可能就属于这种人，对人很好，总想着别人，肯帮助人，因此早早地就去了天堂。

田月的脸色庄重起来，说：“唉，不说这些远离人间烟火的话题。本来我是很喜欢这个话题的，但我还是想，作为人，首先还是要过人的生活。你们也知道，我也跟人学过道士，出过家，但我还是选择回到了人的生活。”

钟潇笑一笑说：“我看，只有我什么都不去想，只想心爱的人。”说着又看一眼田月。他一直是把田月当成肖月的，并已经进入心底珍藏了。

田月便撇一下嘴，有含意地一笑：“你真正想的人也不是我。我只是个替代品。”

这话，说得肖叶和他又都笑了。

钟潇又笑一下说：“不是你，我还能和你在一起吗？和你在一起了，我就心满意足了，因为你就是我所想找的人。从此我没去想过任何人、找过任何人，成天就被你给迷住了，老老实实跟着你转。”

田月又叹口气：“唉，没法，师父的安排，不能抗拒。但事实证明，师父的安排是正确的，钟潇是个好人。”

田月笑一下又说正题了：“过人的生活是正确的。眼下，陈师傅和肖师傅，都一个人带孩子，都是一个半边家，也等于没有家。一个没有女人的家，不算是个家，同样，一个没有男人的家，也不算是个家。我想你们两个不如就把两个半边家合在一起，就圆满了，也就像眼前那个大大的圆圆的月亮一样……”

钟潇极力赞同地说：“也确实。人要听人劝。我当初也是……”他说到这连忙打住，差点说出自己当初的真实心情——也是不想成家，还想一心追寻下去，急忙改口说，“可我还是和田月成家了。”

田月故意地笑一下说：“就是上当了，不该和你成家。不和你成家，说不定早已成仙了。”

肖叶望着田月笑着说：“我看你是个真正的好人，将来一定会成仙的。”

田月故意地笑着说：“是啊，虽然我已经食了人间烟火，但在我心里，还是一半人，一半仙……我还是有我的追求和向往……”

肖叶望田月一下，想说一句什么，又忍下了，就只是笑了笑。

田月就看看他又看看肖叶，直率地说：“我先说的话，你们两个是不是都在考虑呀？也不必多虑了，也更不要扭捏了。”

他心中自然还是想着云儿，便只是笑着说：“你们俩真是好人，非常感谢你们。”

肖叶确实有些羞涩，白净的脸蛋都红红的了。她心里很感激田月能这样热诚地关心她，把她的事当成自己的事……其实，好几个给她做媒介绍，她都非常干脆地拒绝了。

田月有些用心良苦地笑着说：“我来给你们选择一个好日子，把月亮做圆……”

钟潇很有气魄地说：“就这样说定了吧。人生也就几十年光景，还是要宜早不宜迟！”

他和章石匠顺利完成三道岩、三岔谷两座艰险的石拱桥。还没来得及喝一杯庆祝一下，他就接到县里通知，要他带师傅们前往县里，参加修建大礼堂，还有县委大楼！他知道，这都是杜书记这老朋友相信他。

这时国家也是发展很快，上面一个号召，他们又集中到了一起，不仅仅是他们木工，泥瓦社的师傅们也去了。

他激动地走进杜书记的办公室。杜书记立即站起身，上去握紧他的手，热情而激动地说："哎呀老朋友，又见面了！又要辛苦你了。先坐下吧。"

杜书记亲自给他泡了一杯茶，接着说："这次，我们要搞一个大工程。我搞了个计划，要在这老城边上修建县委和政府的办公楼，特别是还要修建一栋像样的大礼堂。图纸都搞好了。"

杜书记说着将图纸递给他看。

杜书记有些大度地说："给你说，这个样式可不一般，是按照北京天安门广场上人民大会堂的样式设计的，很气派的。你看嘛，这前面有一排高高的圆柱子，进去是长长的大厅，两边各是三层楼房，十个区（镇）各有一间较大会议室，还有小会议室，一楼还有管理办公室。与这栋楼成'丁'字形相连的就是大礼堂，与礼堂另一头连接的是长长的一栋三层楼房，但占地面积小于前面的。如果在天上去看，大礼堂就是一个'工'字形，像一架飞机。平时就做电影院，让群众看电影，或者演一演戏，活跃一下文化生活。平时三层楼房，就做党校教室，以及学员住宿。我们开会，就用礼堂。这个工程都是石木结构，除了砌墙就是木工，而且木工的活较艰险。大礼堂很高，很长很宽，空间大，顶上的架木又长，要升上去，横跨远远的两边墙壁上，又悬又险，很不容易。这事我相信你能行，你有高超的技术战胜难关。所有木工的事我就交给你了，由你负总责，只能搞好，不能出一丁点问题。同时一定要注意安全！"

接着他去对师傅们讲了这个工程，都很兴奋、激动，都好像看到了一座宏伟的大楼已经站在面前，能够参加修建这座大礼堂，都感到无比地幸运，脸上都闪耀着十分骄傲的笑容。

三十九　紧要时刻

这时木业社的师傅们去了大礼堂工地。虽然少了木工们呼儿啦啦、叮叮咚咚有如大型交响乐团的演奏，但并没减少街道的热闹。缝纫社每天缝纫机嗒嗒嗒地歌唱不停，铁业社巴师傅那叮叮当当和铁匠们叮叮嘣嘣演奏，篾业社每日篾条飞舞，棕业社日日铁针穿梭，弹花社时时咚咚哐哐弹奏不停，分明是一部宏大的进行曲，把一条小小街道渲染得起伏跌宕红红火火，沉醉在一片美妙的音乐世界里。不管什么人从街道上走过，都会感到一种激越的兴奋与快乐，都是一种享受，一张张鲜活的面孔便是笑靥如花，灿灿烂烂。

这时压抑多年的杜弘也终于决定要办一件大事——与妻子离婚。然后，与肖叶结婚。这对他们三人来说，都是一场重要考验。

杜弘的妻子喻欣主任，因能干，能吃苦，后来调地区妇联任了副主任，副县级，而且还是地委委员。当年杜弘年轻单纯，主要在想革命工作，想共同理想，如何进步，基本上是革命工作第一，个人问题第二，根本就没去认真考虑个人事情。当时找的是革命伴侣，没去讲究样貌，凭一时热情就结婚了。

特别是那年召开匠人大会，看见了肖叶，像天仙一样美丽，心里就翻起了波浪。

暗暗相思苦思十多年的杜弘终于下定最大决心，孤注一掷，办一件大事，不要副县级老婆了，离婚，要心中的美人，实现十多年的心愿！提出的离婚理由是级别悬殊，心中压抑，对身体对工作都不利，等等。喻欣这时经常出入省城开会，还去过北京，最看重的是自己的职务、身份、待遇、升迁，有不有男人，根本没考虑，心里也根本没考虑他杜弘和小儿。因而杜弘提出离婚，喻欣二话没说，同意了，说不定心里还嫌他提出慢了。他们有一个小儿，杜弘提出要带，喻欣也欣然同意。毫无负担，没有牵挂，一身轻装，更可青云直上。对他们来说，不是悲伤的破裂，而是希望的新生与团圆，是幸福的开始，可谓皆大欢喜。后来她调去了省妇联。

杜弘终于有了机会，不管怎样，也要去找肖叶求婚。但缝纫社上班人多，上班不便去谈个人问题，下班去，别人也自然知道，都住在一栋屋里。一楼是加工房，二楼是宿舍。

于是，杜弘就勇敢地给她写出了一封求爱信，又没机会亲手交给她，就只好通过邮电所寄去，外面落款地址当然不是区公所，而是“内详”。

接着杜弘就焦心地等待着肖叶的回信。他知道她是有文化的，是能够写信的。他觉得凭自己的身份地位，对肖叶来说，应该是求之不得的事。因此他充满信心，可以说信心百倍。但等待回信的日子又是那样漫长、难熬，仿佛看到远远一树红红的苹果，却摘不到吃。

第一封信寄去半个月了，但他没有收到一个字的回复。这是他没有估计到的，这也使他有些痛苦。

杜弘也利用路过的机会，顺便去到缝纫社，但他又不能直接来到她的案板面前，而是只能来到陈社长的案板前。她正在裁衣服，他路过她面前时看她一眼，大声地说：“师傅们好哇。”他不能只说肖师傅好。

她抬头望他微笑着，客气地说：“杜（副）区长稀客。”

陈社长说：“杜（副）区长好，请坐！”杜弘在陈社长旁边一把空椅子上坐下。

杜弘有些热情地说：“我看，你们缝纫社天天都在忙啊！”

陈社长说：“一个区才一个缝纫社，当然忙啊。”

他的眼睛一直朝肖叶望着，不好和她讲话，只能用眼睛看看，用眼神表达问候和心情。但肖叶偏偏眼睛又是看着面前的布，正一丝不苟地裁剪着。她脸上有些淡淡的红润，不知是本色还是羞怯，同样露着温柔的笑意，只是眼神看着布，不知表达的什么。杜弘紧张地进行着分析，他觉得可以肯定，她对他没有一丝的反感。虽然没有回信，可能是在考虑，可能是害羞，可能是在等待他的单独表达……

杜弘回去后，这天晚上又给肖叶写了一封信，第二天还是从邮电所寄去，信封落款同样是“内详”。又开始焦心的等待，好像都是把时间一分一秒数着过的。可是又过了十天，也没有收到她的回信。

天气已经开始变凉，山峰和田野都变得苍黄。秋风刮着黄叶纷纷扬扬，犹如无数不知地址的信页，永远不知该寄向哪里，十分地无可奈何，然后于沉寂中孤零零地落下，轻轻地叹息一声。

就在这个星期六的晚上，杜弘感到孤独而郁闷、惆怅，心中似有五味瓶打翻，肚里更是愁肠百转，五味咆哮，难以忍耐。于是杜弘就拿着一瓶酒和一包瘦肉出门了。他那神情是决定勇敢大胆进取一回的样子，大有武松上景阳冈的气势，去单独面对面地对阵。

不久他就来到了肖叶家里，实际上只是一个房间。星期六恰好肖叶的女儿黄霄去了外婆家，就肖叶一人在家。杜弘觉得真是有缘分。

杜弘要肖叶炒了肉和菜，喝点酒。肖叶这人不像肖云，敢爱、敢做、敢恨，属于温柔型，有一些柔软，优柔寡断，这种人往往经不起别人的进攻。再加上，她也收到了他的两封信，是同意，是不同意，也是应该做出一个答复的，这也是一个机会。所以她没有拒绝他入门。从肖叶心中来说，她是不看好杜弘的。原因有：一是他抛弃了能干有为的妻子；二是她感觉他是一个喜新厌旧的人，并且一贯对她怀有野心……

菜炒好了，他喝着酒，就劝她也喝点酒，他很会劝酒，很会说话，毕竟说了多年话。结果两人就喝了很多，把一瓶苞谷酒喝完了，她就喝醉了。这时那些青梅竹马的初心美好被这酒挤压到角落里去了。加之就只一间房，床面前就是吃饭的小桌子，杜弘就挨过去，很容易地将她扶到了床上，然后两人睡下了，然后将生米煮成了熟饭……

后来肖叶哭了……

杜弘极力劝说，哄她……

第二天，杜弘就请了妇联主任为媒人，一起硬拉着她去区里办了结婚手续，搞了个简单的婚礼。接着要她和黄霄住进了区公所……

肖叶总觉得忽然走进了一个梦里，像是在放一场电影，但认真一看，又是真的，于是就在心里总觉对不起他——她那汉哥哥——二哥。每每想到这，就十分难受。她看好他，他是个很纯正的人，很真诚的人，有着绝活的大师，并且他们可算是青梅竹马，心里一直忘不了他……但还能回归吗？

工程进行到最后还是出了险情。

这是起吊架木的关键时刻。四面的墙壁都做好了。木工将庞大的三角形房顶架木也做好了，现在就是将这架木从地下拉上三丈多高的墙顶，然后放于墙壁顶端，形成房顶。这活是高空作业，此时这县城还没有起重机，只能用土办法，那就要用人站在墙壁顶端，将绳子拴着的三角形架木这庞然大物往上拉。这是身子悬空用力，很悬，很险。哪怕有脚手架，一般的人根本连上墙壁顶端站住都晕，何况还要用力拉起地下的架木，而且架木笨重。

他思考着用什么方法将架木升上去。他想起曾经看见的神奇木塔，他想那些古人是怎么将木头弄上二十余丈的高空的？

他让人们弄来了两根四丈多长、一根五丈多长的杉木，将顶部用铁丝捆绑连接，拴好一个大滑轮，组成一个三脚架立起来，并使得一方较为垂直。这是一个最为原始的塔式起重机。

虽然三脚架只是三根树木，但这是极为笨重的三根巨木，要将它们立起来，可算是立一架天梯一样困难。他指挥将三脚架顶端拴好三根洪绳，在高高的墙壁顶端和脚手架上用人拉起，这就像拔一个大萝卜；地面首先用人搂起，再用木梯和撑杆慢慢顶起……

他十分担心，他想了种种坏的打算，做着准备，包括万一有人不慎摔下去……

三根粗粗的洪绳斜横在高空，就像要牵到天上去，像是未来那高功率的万伏高压线。

他默默祈祷了一瞬，大声喊道："准备！我喊一二三，一起用力拉绳子。都要站稳，安全第一！"

他扫视一眼周围，脸色严峻，带几分威严地喊道："一、二——三起——"

地面搂着三脚架上部的人、墙壁上拉着绳子的人，在喊声中一起用力，只听见拴着三脚架的绳子发出嚓嚓的声响！三脚架在人们的手中沉沉地缓缓离开地面，缓缓向上升起。接着是梯子跟进，再是撑杆跟进，一起用力往上顶起！

"一、二——三起——"

三脚架缓缓升起，人们的心也像是提起来了，悬在了空中！

"一、二——三起——"伴着绳子的嚓嚓声，三脚架晃晃悠悠地站立起来。人们的心也像是在空中荡悠……

由三根巨木组成的三脚架终于在人们的吼声中站起来了，像一座高塔耸立在空中。那上面高高悬吊的滑轮和洪绳轻轻地摇晃着，像是在炫耀一种无限的骄傲。

接着是用长长的六根横木，每方两根分别固定三根巨木根部，两根夹一根，用铁爪子钉紧，将三脚架牢牢固定，用人站在上面压住，使得三脚架根部不得动荡、不得移动。

接着是第二个惊险操作！

除了滑轮上的洪绳拴住房屋架木的中心位置起吊，墙壁两边还要放下洪绳拴住架木的两头，帮着用力往上强拉硬扯，因为这个房顶架木实在是太庞大而笨重了。

这时站在墙壁顶端的他大声喊道："放下墙上的洪绳！"

一时间洪绳如铁链从高空徐徐滑下，就如从天上滑向人间。洪绳落到了地面的架木上，发出啪啦啦的响声。

他对安排在地面的人员喊道："把洪绳在架木两头拴好！把洪绳在架木中心拴好！"

各组紧张地拴着。

他又对分别负责的雷陈林、万师傅、邹师傅、祝师傅喊道："各组认真检查！”

他把师傅和民工六十多人分四个组。每组一个主要师傅负责。主力是中间一组拉动滑轮主绳起吊的，再就是两边墙顶的、撑撑杆的、固定三脚架的。

雷陈林和万师傅、邹师傅、祝师傅迅速地检查了，喊道：“准备好了！”

他严肃地喊道：“地面人员注意了，墙上的人注意了！马上起吊了！”

他默默祈祷了一瞬，大声喊道：“听我口令！全体人员准备！我喊一二三，一起用力拉绳子。

“雷陈林、万师傅注意观察三脚架，注意架木动静！

“墙上的人都要站稳！邹师傅注意观察墙上动静！

“祝师傅注意三脚架动静！”

他扫视一眼周围，脸色严峻，带几分威严地喊道：“一、二——三起——”

地面拉着滑轮主绳的、墙壁上拉着洪绳的，在喊声中一起用力，只见拴着的架木摇晃着，绳子勒出叽叽嘎嘎的响声，像一种无可奈何的拼命挣扎！架木沉沉地缓缓地向上升起。

“一、二——三起——”

仿佛是一座山在升起！

到底还是出事了。就在架木升到二丈高时，拉绳子的其中一人忽地晕眩，栽了下去，绳子一带动，另外几个人也差点栽了下去！架木也是重重地晃动着！顿时四周发出惊呼：“天啦！”

他猛地握紧绳子稳住！

好的是他做了充分准备，在墙边铺了一丈厚的，又是蓬松的稻草。这人摔到了松软的稻草上，没一点事，可以说安然无恙，只是吓坏了。

可是那升上高空的架木还在晃动着，一时不能制住，拴着的部位发出叽叽嘎嘎的挣扎声，让人毛骨悚然！

他双手紧握洪绳大声喊道："用力稳住！"

一时间架木停止了晃动。

人们去看那高高墙壁顶端的他，他稳稳地站在那半空中，手里握着洪绳，一动不动，都觉得那不是人，那是个神！

人们久久愣着，有的张着大嘴，有的睁大眼睛，说不出话。

他大声喊道："一、二——三起——"

惊心动魄的嚓嚓嚓声响着。现在人们似乎更紧张了，因为头顶是悬着的庞大的架木，狰狞地摇晃着，好像随时要砸向人们头上！

他大声喊道："稳住！就要成功了，一、二——三起——"

架木就如直升机一般腾空而起，终于成功地起吊到位！

满场的人们欢呼着："成功了——"

随即，起吊第二排……

接着起吊第三排……

最后一排排全部各就各位。

人们这时简直是狂呼、狂欢了："成功了——成功了——"

人们这时看他的脸，吃惊了，也像是没有了血色一样。但他仍然笑着说："大家辛苦了！大功告成了！"

他一直就为他建造的几大工程而骄傲，而满足。

谁知喜中含悲。不久，住在老祖庙的几个小娃儿玩火，不幸失火烧毁了老祖庙。他和几个师傅去看了废墟，十分痛心。他有三天吃不下饭。

四十　稚心恋情

他好不容易照料两个孩子，吃了很多苦。现在终于看到大儿子陈喜长大了，他脸上有了笑容，他的手艺有了传承人。

陈喜就是那个生病差点死去的喜喜。陈喜高中毕业回来的这天晚上，他笑着对陈喜说："你就在木业社跟我学木匠……"他的笑容里隐藏着一个很大的希望。

陈喜闷着没有回答他的话，可能是在考虑吧，但那脸色有些淡漠。这让他有些吃惊，脸上的笑容哗的一下掉落了。

他诚恳而严肃地又说："学个手艺很好，当师傅受人尊重，特别是木工，能修建起高楼大厦，让人们享受，是一生的骄傲呢……"

陈喜还是没有及时回话。他脸上就有些生气了，仍然尽量保持平静。

这时陈喜终于说话了，他从另一个角度说话："我高中毕业了，应该响应中央号召，上山下乡，去生产队劳动锻炼，接受贫下中农再教育……"陈喜没有说出那个最终目的。

陈喜这样说出一个大是大非的原则问题，就使得哪怕是父亲的他、工人的他也一时间怔住了，不好再说什么。但他那脸色明显地有些生气。

他马上找到了理由，有些坚定地说："我们这一带，哪里都是农村，这小街上也是农村，不是城市，你在哪里干活都是在农村锻炼。"他进一步说，"我们本身就出身贫下中农，又是工人，你在这里跟我们干，既接受了贫下中农的再教育，还接受工人阶级的再教育。"他为自己的说法感到坚定有力，不可推倒。

他竟然说出了新的高度、大的方向，一时间也让能言善辩的陈喜没了话说，但心里很不服，不认这个理。

陈喜的真实思想是，认为高中毕业后学木匠简直就是一个笑话，一种讽刺，那学的知识能够运用吗？学木匠没有前途，是继承的一种农耕文明，是终生手工劳动，这种古老的方式不可能发达，只能是走向被淘汰，在未来现代化中丝毫没有什么用处。但陈喜也不想把这些真实思想说出来，他知道一说出来，会伤父亲的心，那也非常不好。父亲的心不坏，而且可贵。就是古老的东西也有可贵之处，无古不成今。

因此陈喜就从另一面去说："我想老老实实在生产队劳动，先吃苦，然后通过推荐上大学或是招工，或者依靠自己的真本事，跳出去为国家做事，用知识和机械做事，做大事，为家人争光。这样，比一个木匠更让你们长辈脸上有光，有名望，是对父辈最好的报答和安慰。”

他说：“可是我们无权无势，不一定你就能够被推荐上去。”

陈喜说：“好好干，总是有前途的。现在有高中文化的人还很少。物以稀为贵……”

他说：“你们这届毕业的也是几十个呢，这没有把握。”又体贴地望着陈喜说，“你不知道，在生产队劳动，那很苦啊。古来就说，‘为人不学艺，挑断撮箕系’……”

陈喜说：“年轻人不吃点苦，有什么体验？只有‘吃得苦中苦，方为人上人’。毛主席和革命先辈们，哪个不是吃尽极苦，流血牺牲，才换来今天的江山？”

他劝说了多次，陈喜仍然不为所动，坚定自己所想，回到了老家茅坡。其实对陈喜来说，这下乡根本就是回家，他们家房子还摆在那儿。

陈喜老老实实当社员，向贫下中农学习，好好劳动锻炼。同时陈喜仍然坚持看书学习，但他不是看的那些消遣的小说故事之类的书籍，他追求的是对社会有用的真才实学。他首先是复习初中高中的全部课程，真正掌握，过关。他坚信学牢知识最终能拯救自己，也对国家有利。

而对陈喜父亲他来说，儿子长大了竟然不听他的了，心里很不舒服，而且自己的手艺可能没有了继承人，心中不是滋味。

黄霄和钟铜在初中就开始谈恋爱了，但仍是拘谨而含蓄的方式，实际上是一种心灵的依恋。对他们来说，在童年时代他们就各自把对方装进了心里，时刻闪现着那依恋的影子。

黄霄和钟铜高中毕业后，他们俩都是吃商品粮的，当然就要下乡，接受贫下中农再教育。农村里的学生叫回乡。这时间是上山下乡的高潮时期。

当时肖叶就对杜弘说：“黄霄是个女孩，能不能沾你的光，照顾一下，不下乡，农村里太苦了，像劳动改造，真是受罪……”

杜弘就有些生气地说：“那农村的农民就不是人吗，去农村就是改造受罪吗？农民祖祖辈辈能在那里生活，我们去认识一下，体验一下，就不行吗？城镇人就是高贵者，农村人就是低贱者吗？你这思想有问题！”

肖叶勉强笑着说：“我是和你私下这么说说……”

杜弘严肃地说：“城市的人不是高人一等，就是老师、科学家、领导干部，也不是高人一等。农村的人不是低人一等，都是一个国家的主人。中国主要就是农村，你不去农村了解、学习，不去体验，将来怎么接老一辈的班，建设国家？我们的目标就是要缩小城乡之间、工农之间、脑力劳动与体力劳动之间的三大差距。必须要城乡交流，融合，促进发展。不管女孩男孩，去农村锻炼一下，作为一个祖国的未来建设者是很有必要的，并且对人生也很有好处的。宝剑锋从磨砺出，梅花香自苦寒来。”

肖叶就不说什么了。实际上她有着试探的意思，看他对她到底怎么样。

黄霄就说：“我跟妈妈学裁缝吧。”

杜弘还是一本正经地说：“本来完全可以，也是当工人，接受工人再教育，但现在的政策是高中毕业必须下乡，锻炼两年，接受贫下中农再教育，再由贫下中农推荐上大学（包括中专）或是参加工作。去生产队表现好一点，两年后，我给你想办法，就有了条件。我说话算话。”

钟铜倒是不要求跟父亲学铜匠，他认识到像他父亲那样敲敲打打没前途。他积极响应上山下乡接受贫下中农再教育的号召，学校一毕业就要求下乡到街上那个生产队劳动，并且积极肯干，各方面带头，表现非常好。不久生产队群众大会一致要求，要钟铜担任记工员，他也接受了这份信任，积极工作，账目做到日清月结，一星期一公布，群众非常满意，赞不绝口。

由于钟铜捷足先登，抢先去了街上那个生产队，黄霄本想也下乡到街上这个生产队，离家近，可以回家吃饭，回家住宿，但生产队只接收一个下乡知青，黄霄就没有进到这个队。这时，一个区才接收十几个城镇户口的知青，但回乡的知青还是多，毕竟中国的农村太广大。

黄霄也不想去一个生疏的地方，就回到了街上附近的另一个生产队，这里也是地熟人熟，读高中时支援农业生产，就常常是去的这个队。她可以吃住都在自己家里，也算好条件，距离街上也不远，一公里路程来去也只是一会儿。

两年后，钟铜被推荐去了地区中等财金专业学校读书。这时是由贫下中农推荐，大队、公社、区里审核批准上大学、上中专。由于他表现好，群众本来舍不得他走，但又不忍心误他前途，就要求让他去读大学，但最后只去了个中专。

杜弘儿子杜文在铁厂大队一个边远地方插队，而且是一个条件较差的生产队。杜文在那个队表现很好，坚持住生产队保管室，不怕艰苦，和社员们算是同吃同住同劳动。他个子小但拼命干活，夜晚还教社员们唱歌，办文化室。哪家有困难，积极去帮助，既给钱也出力，因此群众反映特别好，生产队和大队的干部极力推荐，杜文就去上了大学，走时群众难舍难分，好多人哭着送别。这时，一个区每年上大学就一两个指标，上中专的指标也只两三个。

陈喜在生产队老老实实地劳动，而且各个方面都起带头作用，重活、脏活都是抢在前面干。因此他就被生产队和大队推荐上去了，但最后公社没有定到他头上，而是定了杜文去上大学。这对陈喜应该是一个打击。但陈喜表现得非常淡定，什么话也没说，什么情绪也没表现出来，他坚信以后有机会的。人，最根本的是一个信念问题。

黄霄在街附近那个生产队表现也好，晚上还和年轻人组织办文化室，不仅是唱歌，还教他们演戏，排节目，群众非常喜欢她，但名额有限，一个村最多推荐一个，就推荐了钟铜，黄霄就没被推荐上去。

她给杜弘说了这件事，杜弘也没有办法，下面不推荐，不好硬定，违背政策，那是要受处分的。他在大的原则问题上从不含糊。

钟铜去财校上学，黄霄把他送到车站，满含热泪，掏出一支钢笔，递给他，深情地说："你去了好好学习……"还有的心里话：用这笔给我写信，没有说出来。

钟铜接过笔，感激地说："谢谢你！"

她说："不用谢，你好好学习就行，将来好好为人民服务……"说着，眼泪就怎么也止不住地流下来。

钟铜忙说："不哭，我一定好好学习，为你争光。你也不要背包袱，继续努力好好表现，是有希望的，今年你后爸爸儿子去上了大学，明年肯定就是你。"

她摇摇头，不说什么，流着泪。

钟铜鼓励地说："坚强一些，看远一点。我会经常给你写信的。"

她脸上升起微弱的笑容说："我当然盼望收到你的信，可是不要影响学习……"

钟铜说："写信不会影响学习的，就用你这笔写，三天给你写一封……"

她微笑着说："也不要三天写一封，你主要好好学习，不要分散精力……"

钟铜说："好的。那最少也一个星期写一封。"

她说："好，也要注意身体，我怕你生病，一个人在那儿没人照顾……"

钟铜说："你放心。你也要好好注意身体，不要太累，太苦，就是不推荐你，也不怕，有我。我读书了有工作了，我们就什么也不怕了。"

她默默地流着眼泪。看着他上车，车开走了，她还挨着电线杆站着，望着客车渐渐远去，她也像是变成了一根秀气的电线杆……

接着黄霄就回到了生产队。但这一天，她的泪水总要钻出来，无法控制。

这是自力更生、艰苦奋斗、勤俭建国、大干快上的年代。因为解放的时间还短，国家还很穷，建设项目多。

这年秋，离这里很近的就有两大国家工程上马：一个是宜昌附近的鸦官铁路，另一个是修建三三〇工程，也就是葛洲坝电站。这些工程都要从生产队上调劳动力，安排这个大队就要去四个民工。一般人对于出这样远的公差，不感兴趣。

这时陈喜积极地报了名，最后与另一个生产队的年轻人去了三三〇工地，带队的是区里一家银行的雷主任。都知道这不是去参加什么工作，而是去下力，去吃苦，还是生产队记工分。但陈喜想到，去修建电站，自己有文化，或许也是一个机遇。因此他去到工程上，十分卖力，非常能吃苦。

他的小儿子陈艺，也就是肖叶和田月救活的那个满满，这时也高中毕业了。他又对陈艺做工作，要陈艺跟他学艺，就在木业社学木匠。

但陈艺想到上面的号召是下乡插队，劳动锻炼，接受贫下中农再教育，这样才能被推荐出去上学或是招工招干。

于是他来了个折中办法。他送陈艺去生产队正式落户当了社员。同时他又和生产队干部商量，并通过群众会讨论确定，让陈艺跟他学木匠，给生产队交副业钱，同时生产队承认陈艺在这里插队的劳动工龄，干部和群众都同意了。皆大欢喜。他主要是想把手艺传给陈艺，让陈艺把木匠学好，传承下去。老师父交代了的，他在心里深深地记着。

这时陈艺的同学——木业社邹师傅的小儿子邹义，已经开始跟着邹师傅学艺了。邹义就对陈艺说："就来社里学艺吧，我们又在一起同学，多好啊。"

陈艺本来就有些迷茫，听了邹义的话，父亲又这么几番做工作，也就确定了。于是陈艺就整天跟着他，或在社里给人做家具、给单位做办公用具，或在各个单位修建房子等。陈艺开始有些无可奈何，但渐渐地耳濡目染，在父亲的培养和熏陶下也爱上了这个手艺活。

特别还有一个重要因素。陈艺在木业社或街镇各单位干活，离钟月家很近，都在街上，随时可以相互看见，晚上还可以在一起坐坐，说说话，一起去看看电影。这样就有很多浪漫的时光，比去村里插队劳动，要好得多。他和钟月早就相爱了，现在就进入了热恋……

黄霄就一直在生产队劳动了四年，也一直没能推荐到她上学或是招工招干。其中有个重要原因，就是她母亲的家庭成分是地主。这还是个讲成分的年代。

杜弘很是同情地说："已经吃了很多苦了，也不要再到生产队去累了。"

杜弘就去给缝纫社陈社长说了，让黄霄跟她妈妈学裁缝。陈社长当然同意了。

杜书记又给黄霄说："先跟你妈学裁缝，再慢慢想办法。"

黄霄就跟母亲学裁缝了。肖叶心里很生杜弘的气：如是那年就跟她学裁缝，现在已经学好了。

这时钟铜已经财校毕业了。这天，黄霄对肖叶说："妈妈，我头有点晕，去街上转一下。"

肖叶心疼地望着女儿说："好，你去转吧。"

这时是中午。黄霄估计钟铜回来了。其实她不是头晕，是钟铜回来了令她脑子发热，钟铜给她写信说的今天回来。她就去了钟铜家。钟铜刚刚下车进屋放下一个大包。

钟铜财校毕业后分配到这个茅坪区供销社工作。黄霄好羡慕。这时的供销社是最好的单位，各种紧俏物资都由他们掌握着，社员们杀的猪要给国家卖小半边，也是卖给他们的，再供应到城镇人口。买糕点要粮票、糕点票，买肉油、买糖买酒买煤油买肥皂等，都要凭票供应，或者凭供应证，有特别关系的才可以开一点小后门，买一点紧俏物资。因此人们都非常羡慕供销社这单位。还有一句顺口溜："粮管所吃得饱，供销社吃得好，银行拿钱买不到。""供销社数最牛，吃喝穿戴样样有。""开后门"这个词语也就是这年代人们发明创造的。

这晚黄霄也说头晕出去转一下，就来到钟铜的小寝室。她的衣袋里还装着那个小铜镜，还是小时钟铜送给她的纪念物。这寝室是单位分给钟铜的一个小房间，还有两条板凳一副床板，有的叫铺板，就是木匠镶拢来的一大块木板，上面放被子睡觉。还有一个书桌一个凳子。这时的职工一般是这样配置的。虽然这房间小，也是个自由的天地。黄霄帮他收拾，其实他也没什么东西，就几件衣服和简单的被盖、脸盆毛巾。钟铜忙着打扫卫生，她忙着放好支铺的板凳，将床板放上去，将一床棉絮放上去，铺上床单，铺平，放上被子，叠得整整齐齐、方方正正，像一墩桃片糕。

钟铜就说："你帮忙开了铺，晚上也就在这睡。"

黄霄脸一红说："你还说得好，婚都没结……"

钟铜就说："《婚姻法》中规定的结婚年龄是十八周岁。我俩的年龄都超过了，去拿个结婚证书还不容易吗？"

简单的床铺开好了，黄霄就在床边坐下来，钟铜就用一个搪瓷缸子给她倒上半杯开水，说："你辛苦了，喝点开水。"

说着就将缸子递给她。也真是白开水，没有茶叶。她接了缸子，喝了一口，放在小小的书桌上。

钟铜笑着说："我明天去买一斤糖来，你再来就让你喝糖水。"

她笑着说："谢谢你。听你这话心里都甜了……"

钟铜也挨她在床边坐下来，伸手去握着她的手，她让他握了。他抚摸着她的手，他感到她的手变得粗糙了，他又摸到她手心里的茧子，他感到像石子一样，不禁一股心疼的潮水涌起！

钟铜心疼地说："你辛苦了……"

她就一下子抱住他的肩哭起来，像要倾泻苦水一样。他又伸出一只手抱着她的头，抚摸着她的头发，一时不知道说什么好。她忽然哭得更厉害，什么也不说，就一个劲伤心地哭着。

钟铜亲切地说："你不哭了，我有工作了，你就有幸福了……"

钟铜知道，她在生产队劳动了整整四年，是想能够通过这个跳板获得一个读书的机会，谁知白白地苦了四年，只获得了一手老茧和黑黑的皮肤。

他说："不哭，现在回来学裁缝就好了。"

她哭着说："学裁缝……有什么前途？还不是学妈……"

他说："莫悲观，你给书记爸爸说说，他是能够想到办法的——去上个中专也好，读书就有希望，或者招工招干。"

黄霄说："（后）爸爸说，推荐去学校，主要由下面推荐，下面不推荐，他不好硬行办事。下面大队又不推荐我……"

他说："那招工招干主要由区里……"

她说："也要大队同意盖章，区里才能定。"

他说："他是区里副书记，应该是有办法的。"

她说："他从不为个人谋私利。目前没有招工招干的。爸爸还是关心我的。每月都给了我零用钱，买衣服，都是给我和他儿子一样买，从没分过彼此，其他小东西也是一样地买。当然，妈买什么，也是给他儿子一样地买，没分过彼此……"

钟铜抚摸着她的头发，亲切地说："你也不去想要有个什么工作，你什么都没有也行，有我养活你。好多人，两个人都是农民，也还是要过了日子的。我们俩起码我现在有工作了，有工资拿了。你缝衣服同样可以挣钱。"

她说："你不嫌弃我吗？"

钟铜说："你怎么这样说嘛！这可是对我的不信任啊，是对我的品质有怀疑啊！"

她说："我不怀疑你，可是我总想到自己不行，配不上你……"

钟铜说："你什么不行？你很美丽，很纯洁，这是最重要的啊，人的品质才是第一位的。"

她说："我这几年晒黑了，不漂亮了，手上也有了老茧……"

钟铜说："不这样说，不这样自己贬低自己，你也不黑，你的心更是洁白的，冰清玉洁。"

她现在坐正了身子，不哭了。他掏出手绢，给她擦去脸上的泪痕。

他说："勇敢些，坚强些。我们俩，我有了工作，你能做裁缝，是个美好的家庭。做裁缝是个好职业，比起那些种田的，好百倍啊。不悲观，知足，我们应该是很美好的。这样吧，我明天就让单位上写个证明，你也去联社写个证明，我俩就去区里办理结婚手续吧。”

她还是说：“我现在这样，你还是要考虑好，你能找个有工作的，那更好啊。”

钟铜捏紧一下她的手：“你怎么这样说嘛。我们是从小就在一起啊！人，最重要的是感情，美好的是情义，不是工作，不是做什么职业。”

她感动地伸双手抱住他，将脑袋埋在他宽大的胸脯上，温柔地说：“你真好。我一定一生忠于你……”

钟铜也伸出双手紧紧地抱住她，诚挚地说：“我也一生都忠于你……”

钟铜将她抱在怀里，抚摸着她的背，抚摸她的头发。

钟铜说：“你不知道，我在学校里，脑袋里想得最多的人，就是你……”

她说：“我也是，你早就在我心里……”

她说着掏出那个小铜境，拿给钟铜看，说：“你看这个，还记得吗？”

钟铜拿过一看，激动地说：“你还保存着？你真是一个玉女啊！记得是在街后那个小河边，我送给你这个小铜镜……”

钟铜说：“明天你就去联社开个证明吧，我们去办结婚手续。”

黄霄说：“还等几天吧。”

钟铜说：“为什么？你有想法？”

她说：“我没想法。我是为你着想，你刚来单位，还没开始工作，就去开证明结婚，不好，先好好工作。”

钟铜忽然明白，说：“你真聪明。好，听你的。”

她站起身说：“我回去了，不是妈要说我，出来了这么久。”

说着轻轻地抱一下他，就转身向门口走去，然后走向黑黑的夜。钟铜随后将她送到离缝纫社不远的地方，站在那儿望着她，直到她走进缝纫社的大门，什么也看不见了，钟铜还站在那里，任夜风吹拂着他的头发，像牢牢站在夜色中的一棵树。

不几天，教育站通知黄霄去不远的一个小学任民办教师。她想，这，是不是杜书记给教育站长说了？他还是记着我的事。

第二天她就去到钟铜的办公室，见没人，就给钟铜告诉了这个消息。

钟铜笑着说："好啊。你先去好好教书。"

接着黄霄就去了一所小学当民办老师。这学校离茅坪街只有五里路，叫铁厂小学。并不是在铁厂办的小学，是古时候这里办过许多铁厂，后来这里就叫作了铁厂村，现在叫铁厂大队。杜弘不好把她安排在近处的中心小学，中心小学是公办教师，不差教师。这时的民办老师一月六块钱，这不叫工资，叫作补助，抵生产队上调劳动力，由生产队记工分，参加年终收益分配。杜弘给大队干部讲了，黄霄就挂靠铁厂大队第一生产队，抵一个上调劳动力，生产队也乐意。

杜弘在这个铁厂大队蹲点。杜弘去学校看黄霄，黄霄很高兴，知道教书这事可能与他有关。杜弘也就直接对她说了这事，是他要教育站安排的，说黄霄都下乡劳动四年多了，表现非常好。

黄霄很感动，说："谢谢爸爸！"

杜弘亲切地说："你的事，我一直放在心里的，一定要给你帮忙的。好好干，先干民办老师，以后有机会转正的。不忙结婚，因为上大学包括中专，招工招干，都要求是未婚。一旦结婚了，条件就限制了……"

黄霄说："要得。"

说过后就想到钟铜说的，早点去办结婚手续的事，心里不禁产生了为难。如何是好呢？

山水难易，世事多变。很多人，很多事，此一时，彼一时。

肖叶后来发觉，杜弘心里很背包袱，一直是个副书记兼区长，当年一起工作的耿区长早就是县委书记，当县里一把手了，他的叔叔杜信，因为钢铁生产有功，县医院、大礼堂等几大工程的业绩，早就是地区行署二把手了。和他一起干的区里副书记、副区长已经当上县里副书记、副县长了。而他，还是个区里二把手，还要服从头上的书记领导。其实他是个有能力的人。

一直提拔不上去，主要原因就是他的妻子肖叶是个地主成分。现在阶级斗争观念又加强了，社会关系有问题的人是肯定不能提拔的，特别是一把手，这样的例子不胜枚举。黄霄没被推荐也就因为这个——她妈妈是地主成分。

肖叶感觉到杜弘闷闷不乐，是她影响了他的升迁，就主动提出，下定决心和杜弘离婚了。离婚不到一年，杜弘就提拔成了区委书记，不久区改为公社，他就是公社书记，终于成了一把手，头上头下都是他一人说了算。

肖叶就又回到了缝纫社居住，仍然做缝纫。她心里十分不舒服，悔恨万分，整日抑郁不振，暗自伤心，郁闷度日。她女儿黄霄很懂事，劝导她想开些，事情已经过去了，就不要还老是想着它。老是想不开，对身心健康不利。

她有些愤愤不平地说："受了伤，伤疤能不疼痛吗，能抹去吗？"

黄霄说："你老是这么陷入抑郁痛苦中，会影响身心健康，怄气伤肝，会得病的！"

她有些生气地说："你没经历这些，你体会不到。"

黄霄说："去想以后的事情，想我将来成为社会有用的人才，给你带来无限风光美好……"

肖叶苦笑着说："那太遥远了。"

黄霄还是笑着说："那也应该想新的事情，不应该想旧的事情。"

肖叶仍然苦笑着说："有什么新的事情想呢，就想一天多做几件衣服。"

殊不知黄霄笑一下说："怎么没新的事情想呢？我和钟铜准备结婚了……"

肖叶一下子睁圆了眼睛，怔怔地望着黄霄，仿佛黄霄是突然从天而降的人物，一时间说不出话来。

黄霄就有些调皮地笑着说：“是真的。你还不快点表示祝贺！”

肖叶像是恍过神来，带着埋怨的口气说：“怎么一直没对我说过这事，直到要结婚了才说呢？你还有我这个妈吗？”

黄霄仍然有些调皮地笑着说：“事情不到最后确定，怎么要说？”可见这个黄霄不是一般的女子。

肖叶还是埋怨地说：“这大的事，怎么不与我商量？”

黄霄依然笑着：“现在是自由恋爱，自己做主，谈好了，定下来了，再向父母报喜。”

肖叶也平静些了，毕竟不是坏事而是个好事，说：“那你们也真保密，还要对妈妈封锁！”

“现在不就对你公开了吗？其实你早就应该明白的，钟铜送给我小铜镜时，我们就已经很好了。”

肖叶关切地问：“那你们什么时候正式开始谈的，谈好久了？”

黄霄又笑着说：“你在审查我呀？”

肖叶也微笑一下说：“妈妈是关心。我就你这么一个宝贝女儿。”

黄霄笑一下说：“你说我是宝贝，那我的秘密更是宝贝，只能珍藏在我心里，不能透露。”

肖叶有些不高兴地说：“你把妈当成什么人了呀？”

“反正没把你当敌人……”

四十一　我们结婚

地方上建设项目也多。第一位的是建设高产稳产基本农田，大兴水利，包括修建水库、塘堰。这是因为经历了五九、六〇、六一年连续三年旱灾，人们深刻认识到水的重要、抗旱的重要，正如毛主席所说的“水利是农业的命脉”。此外还要修建公路、办电站、办社队企业、厂矿，等等。各种建设都需要劳动力，生产队都上调了一小半的劳动力，去了各种建设上。有的到县，有的到区，有的到大队，有的到厂，有的还去了国家工程。

这时生产队的任务也就特别重。要实行科学种田，以粮为纲，全面发展，发展集体经济，让人们过上好日子。吃饭是第一件大事，就必须要有大量人员投入农业生产，多收粮食。但由于上调了很多劳动力，生产队劳动力十分紧张，根本不够用，不少地方生产被动。因此各级发出文件通知，凡是私自外出的劳动力、工匠、手艺人，都要立即回到生产队，保证粮食生产第一线……

陈艺现在还只学了两年木匠。他为儿子贴了好些钱，才交起生产的副业钱。鉴于现在生产队差劳动力，各级发了文件通知的形势，陈艺考虑到不能违背通知精神，以免影响以后的推荐，就向父亲提出，要主动回到生产队第一线去。

他是个很明白的人，知道形势，当然不会说什么反对的意见。他含着眼泪帮儿子陈艺收拾好了一套木匠工具。每宗工具将好些的给陈艺，心想陈艺回去后，说不定隔壁邻舍、附近人家需要做点什么木工活，必须要有工具，这样也可以继续学艺。手艺在于多做，多练，熟能生巧，生巧就神。

陈艺来到钟月家，尊敬地对钟潇夫妇说了情况，并说："有时间，我又来看望钟伯和伯娘……"

钟潇听了无奈地说："这几年你应该学到了不少东西，回去也一样，真正学艺是靠自己练，边练边悟。"

田月眼里一下子涌起泪花，走过来抚摸一下陈艺的肩头，仿佛是她的孩子，亲切地说："回去好好干，争取推荐出去读书……"

钟月和陈艺一直同学从小学到高中。高中毕业后，钟月也想走她哥的路，就要她爸爸给街上这个生产队说好了，就下乡到这个生产队劳动，心想以后通过推荐出去读书或是招工招干。她已经在生产队里劳动两年了。

此时钟月正回家吃饭，听说陈艺要回生产队去，不禁眼里泪花闪闪，她有些舍不得陈艺回去。陈艺在这木业社学艺，离她家近，每天晚上陈艺几乎都在她家玩，突然一下走了，她怎么会习惯呢？事实上，他们早已相爱了。大人们也明白，心里也同意，觉得他们是非常美好的一对。

陈艺回到木业社，他已经为陈艺收拾好了工具背篓。钟月这时跑过来了，她亲热地叫了一声“陈伯”。

他亲切地说：“钟月来了。”

钟月说：“我来送送陈艺。还有什么东西，我帮着拿吧。”

他说：“没什么了，东西都收拾到背篓里了。你不去生产队上班呀？”

她说：“我刚才给队长请假了，也给爸妈都说了，看着陈艺孤零零地一人回去，我想送送他。”

他说：“那好。你很懂事啊。谢谢你了。”

她笑着说：“这不用谢的。”

也确实是应该之事。钟月和陈艺从小就友好，是童伴，一直是同班同学，还做过同桌，早已是一对甜蜜的恋人了，还说什么谢不谢的呢？

陈艺背着一背篓工具和一些东西，钟月帮他挎着一个书包，二人走出大门。陈艺望着他说：“爹，我走了。”

他看着儿子单薄的身子背着工具走出木业社，心像是在慢慢融化进一种酸酸的冷水里。他鼓着劲微笑地看着儿子说：“回去后听干部的话，好好在队里干，下雨不能干农活时，就帮着附近人家做些木工活，进一步学好手艺。一定不要收工钱。”

陈艺有些难过地说：“爹好好注意自己身体吧。”

他看着儿子背着工具渐渐远去，心里顿时生出一缕忧虑。陈艺的木工手艺才刚刚开了个头，他的手艺连儿子都不能传，怎么办呢？

钟月送陈艺回到家里。家里的一切都冷清清的，就好像这屋里许久没有住人了，实际也是这样。

陈艺放好工具背篓，开始收拾他的工具和一些小东西。钟月便来到房间里，一股霉味。她连忙将被子抱到外面，在晾衣竿上晒着，又将垫的棉絮和床单抱到晾衣竿上晒着，又将枕头也拿出去放一条板凳上晒着。

钟月来到灶屋。她看锅，接着就大声喊道："陈艺你来看，你的锅已经生锈了！"

陈艺跑去灶台边一看，锅真的生锈了，就有些不好意思地笑着。

她对陈艺说："你快去挑担水来，我来清洗做饭的用具。"

陈艺说："好的，辛苦你了。"陈艺说着就去拿水桶。

她说："我也去看下你们水井，看在哪里。"

陈艺说："你看了是不是下次就帮着挑水呀？"

她说："要得，你要学艺，我就帮你做小事。"

陈艺说："你真好！那你就搬到这儿来住吧，给我做饭洗衣服，我就挣钱养活你。"

她笑一下说："不结婚我怎么来住嘛，那是违法的。"

陈艺说："那我就给爹说，让我俩结婚。"

她说："那要商量我家父母才行。"

陈艺说："你已经长大了。"说着走到她面前，"我要抱你一下，还从没抱过你呢，看你有多重了，够结婚的重量没有……"

她望陈艺甜甜地笑着说："你把我当成什么了呀？当成猪了？"

陈艺就忽的一下抱起了她，让她的脚完全悬空了，在空中轻轻地弹动着。陈艺笑着说："够重量了。"

他抱着她在屋里打转儿，她说："快放下我，我晕了。"

陈艺放下了她，说："我也晕了。"

陈艺在她耳边说："我想亲你一下，还一直没亲过你……"

她轻声说："你亲嘛。"微笑地看着陈艺。

陈艺仿佛送一个礼物将嘴唇送过去，殊不知她忽地伸出一个手掌，陈艺的嘴唇就亲在了她的手掌上。

陈艺笑着说："怎么半路上杀出一个第三者呀！这该不是什么兆头吧。"

她笑着说："瞎说，这是我的手，不是第三者。"

陈艺说："是第三者。"又准备去亲，她伸手推开陈艺说："结婚了就亲。走，我们快去挑水吧。"

陈艺说："好，挑水去吧。"说着就去挑起水桶，向外走去。她也跟着走去。

于是陈艺就唱："我挑水来你浇园……"

她就说："应该是这样——"就唱，"你挑水来我浇园……"

他们一路走着，唱着，连树儿也为他们高兴得摇头舞手，鸟儿更是欢快地唱着歌儿。

他们去挑了水来。钟月就帮着洗锅，可怎么洗也还是红红的锈水，就说："你这锅怎么洗得干净呀？"

陈艺去看了一下，说："你等着，我有办法。"

陈艺说着就提起钉锤去了屋后山坡上。陈艺拿着钉锤在沙石包上敲了几下，敲下了一坨沙石，又用钉锤将沙石的一面敲成弧形。然后拿回去，对钟月说："来，让我来。"

陈艺说着就用这个沙石在锅里和着水摩擦，于是就发出嚓嚓嚓的响声。响声有些刺耳，也有些浑然。她就站在旁边看着陈艺这样磨着，仿佛看一件稀奇事的。陈艺就这样磨了好一会儿，然后倒掉锅里的水，又舀进清水用刷帚洗刷，再倒掉水，一看锅，就把锈彻底磨掉了，竟然亮亮的了。

钟月一看就笑着说："你真聪明，会想办法，不愧陈伯伯的娃娃。"

钟月望着陈艺说："中饭吃什么呢？"

陈艺就去背篓里拿出一个小袋子，递给钟月，说："这里面是米。"

她说："有菜吗？"

陈艺说："当然有。每个季节，爹都回来种蔬菜，然后拿到木业社里去，让大家吃，并且没有算钱。师傅们都说要算钱，爹说：我这又不是买来的，算什么钱啊？师傅们就说：虽然不是买来的，可这是你打夜工回去种的呀，这辛苦就是钱啊，比钱还贵啊。但爹坚持没有算钱。所以，师傅们都非常感谢爹，都说爹是一个十分仁义的人，这样的人少有啊。所以，你来我这里，菜还是有吃的。也有饭吃，你不要着急吃饭的事。”

她说：“你吃什么，我就吃什么。”

陈艺说：“现在我回来可是吃苦，你也吃？”

她笑着说：“吃，和你一起吃苦心里也甜。”

陈艺说：“你街上长大的娃娃，我怕吃不了这农村的苦呀。”

她说：“你能吃，我也能吃的，你不要怀疑。我已经在生产队劳动锻炼两年了。”

陈艺说：“那好。不过，人也贵在坚持。”

她说：“我来清洗做饭的用具，你去菜园里找菜，然后去水沟里洗菜吧。”

陈艺大声说：“好的。”答应着就去了。

钟月忙着清洗了一些用具，淘好了米放进一个钵子里，掺上合适的水放在锅里。她想在锅里炖饭。

不一会儿陈艺就回来了，用一个篮筐提着青椒、黄瓜、南瓜，一个篮筐提着一些洗得白白净净的洋芋。

钟月看了一眼蔬菜就说：“多好的菜。”又说，“快烧燃灶洞里的火，炖饭。我来切洋芋片儿。”

灶门口还有些柴，陈艺很快烧燃了灶洞里的火。接着陈艺去背篓里拿出了一小瓶子，里面是他爹给他装的猪油。陈艺知道，这是爹去供销社找人开后门买的一斤猪油，如今这是紧张物资。陈艺拿着瓶子，心里涌起感动的潮水，眼眶也湿润了。陈艺觉得爹像一位母亲一样细致地关怀着儿子。

陈艺将瓶子拿去递给钟月，声音有些低沉地说：“你就用这瓶里的油炒菜吧。”

不久饭菜做好了。钟月炒了一盘青椒和洋芋片儿，腌了一盘黄瓜，煮了一钵南瓜汤。他俩坐在一张小桌边，笑着吃起来。这是他俩第一次单独做饭吃饭，他俩感到非常开心，心里热热的，甜甜的，每口饭都是用笑容加蜜吞下的。

饭后他们来到菜园里，一起挖了一筐洋芋，就已经傍晚了。

钟月留恋地对陈艺说："我要回去了。"

陈艺难舍地说："还玩一会儿吧。"

她说："回去晚了怕父母吵。"

陈艺说："我送你吧。"

她说："不要送，队里的人都还在田里辛苦地干活呢，看见你我在公路上闲逛，影响不好，以后不会推荐你上大学。"

陈艺说："从明天起，我天天就要到队里去上班劳动了，晚上就做家务……"

她说："那我们什么时间见面？"

陈艺有些低沉地说："以后，我们见面可能很少了。"

她说："那怎么办啊？"

陈艺说："我有时晚上来你家看你吧。"

她说："你白天在集体劳动，晚上又去这么远，太辛苦了。"

陈艺说："我给爹说，我们早点结婚，你同意吗？"

她有些害羞地说："可我还想明年能够推荐出去读书，哪怕学哥哥读个中专也好，可以弄到一个工作。在农村里，就要苦一辈子了。不是未婚，上学恐怕没资格了。"

陈艺说："那也是的。我们都要争取出去读书、工作。"

然后钟月就说："我走了。"

陈艺走拢去，两双手儿握得紧紧的，难舍难分。

好久，钟月说："我真的走了。"

钟月往镇上家里走，陈艺就站在院坝边看着她渐渐远去。陈艺觉得天地间像是一下子没有了阳光。直到天空麻麻的黄昏时分，陈艺还站在院坝边，仿佛还看着钟月，其实钟月这时早不见了影儿。

天渐渐地黑下来，陈艺一个人还站在这院坝边，像一棵树孤零零地迎着夜风……

这时陈艺就看见一个人影从门口坡下走上来。陈艺觉得是爹回来了，顿时心里一热，接着眼眶就涌满泪水。

他从院坝坎下面走来了。他回来看看陈艺怎样了。因为陈艺今天刚回来，看是怎样个情况，安慰一下。

陈艺连忙走上去叫“爹”。黑昏昏的天地里，父子俩在这又熟悉又陌生的院坝里相见，都有些凄凉悲伤的感觉。

他提着一小块腊肉，这是他在供销社找熟人开后门买的，只有五斤。供销社主任副主任都找他做过家具，只要有钱，紧俏物资他是能够买到的。

进门后，他就忙着烧燃火坑里的火，将这块肉的皮烧黄，在锅里洗好。接着就切了半碗肉片，去摘了一些青椒，炒了一碗。然后将洋芋炒了，煮熟后再和苞谷面煮成糊糊，特别地香，这是一道非常美味的食物。父子俩吃着香香的糊糊，他总是给陈艺拈肉，他自己却不吃。

他说：“我在别处吃了的，你多吃点，好久没吃肉了。”

他还说：“你现在回家了，能不能学着喂一个猪儿？”

陈艺说：“能。这事不巧的，比学艺容易多了。我天天都看范师傅喂猪呢。同时有个猪儿也很趣，还是个伴儿。”

他却严肃地说：“看着容易做着难。干任何事都不容易，都要像学艺一样认真对待，才做得好。”

陈艺说：“那是。”

接着陈艺就对他说：“爹，我和钟月从小同学，后来我和她就谈恋爱了，已经谈了好几年。我想跟爹说一下，请个媒人去正式说说这亲事，早点把婚结了。她也帮着我做点家务，喂个猪呀鸡的。你帮忙也和干部说一下，等于让她就下乡到我这生产队。”

他听了还是很高兴。他当然熟悉钟月姑娘，他觉得钟月这姑娘很不错，但马上又忧虑地说：“你们两个都下乡到这个队，那就不可能一次推荐两个去上学。你想过没有？”

陈艺便恍然大悟，就说：“那还是只能让她在街上那个队插队劳动，学她哥，在那里推荐。”

他又说：“不过，你们的婚事倒是可以定下来的。这事我同意。

但暂时不要结婚。”

陈艺有些忧虑地说：“那您就请个媒人，去说一下，先把我和月儿的亲事定下来吧。”

他听儿子说月儿二字，只感觉心里一哽，涌起一股酸酸的东西。他又想起了他的月儿——肖月。他想，陈艺怎么也是和一个月儿？月儿是天上的，将来该不会学他也四处去寻找吧……

陈艺见爹没表态，又说：“爹你在想什么？”

他说：“没想什么。我在想这个媒人，请哪个合适呢？”

陈艺就说：“就请姨妈（肖叶）吧。”

他听了笑着说：“嗯，你还会考虑人。那你和我一起去请你姨妈吧。”

陈艺说：“您一个人去不行吗？”

他说：“不行，要我俩一起去请她，这是你的终身大事，你要表示你的态度，要尊重你姨妈这个媒人。”

陈艺说：“那我明天晚些队里收工了，就来和您一起去吧。”

他看着陈艺，笑着说：“看来你还挺着急吧。好事不在忙上呢。”

第二天擦黑时分，队里收工了，陈艺就去了木业社。

陈艺说：“爹，我们去请姨妈吧。”

他说：“好。”

接着他就和陈艺一起去了肖叶家。肖叶这时的身子明显地瘦了，不是白里透红了，而是有些偏黄，像是患了一场病的。

他对肖叶说：“请你帮大忙了，为陈艺做个媒……”接着就说了陈艺和钟月的事。

肖叶听了非常高兴，笑着说：“我一定完成这个光荣任务。”

肖叶去和钟潇、田月说这件事，他们夫妇俩都非常高兴地同意了。他们也知道两个小娃子已经谈上了恋爱，人才也相配，两家也很友好，是一场美满的婚姻。

但钟潇说：“亲事可以定下来，但眼下不能结婚，因为钟月还在插队劳动，想以后能被推荐去上学或是招工招干……”

肖叶将意见转达给他和陈艺，其实这也是他们共同考虑的问题。肯定亲事，暂不结婚。这就让陈艺有些失望，因为他一个人待在那个屋子里，实在是很孤独，并且是孤苦。但又没有办法，很是无可奈何。

好事多磨。这事，也就只好等待。好事总是在等待之中。等待就有希望。

也就在这时，钟铜知道了钟月和陈艺定亲这件事，非常严厉地对钟月说："暂时不要结婚，一结婚就完了。你是高中毕业生，不结婚完全有上学读书、招工招干的机会。你听我的没错。"

并且钟铜还对钟月说："你也要对陈艺说，要他也要在生产队好好表现，不要想到个人的事情，他父亲是个县区两级都有名、都相信的大师，关系也多，他是完全能够走出农门去上学、招工招干的。"

这时的回乡知识青年，最大愿望和努力就是争取走出农门。因为天下农村最苦，农民最苦，苦了还没有什么好收获……

钟月就继续在街道那个生产队参加劳动，毫不考虑个人的事，各个方面都积极肯干，吃苦耐劳，努力表现好一些，像她哥哥一样，也好推荐去上学，或者招工招干。她天晴和社员们一起劳动，下雨组织办文化室，组织文艺宣传队，教大家排演节目。还为生产办墙报，办专栏，还带领团小组成员，种植高产试验田……

钟月按照她哥钟铜说的，也十分严肃地对陈艺说了，要陈艺看远点，一定要争取走出农门。学她的哥哥，你看他在供销社工作，多好，工作轻松，按月有工资拿，供销社物资丰富，要吃什么，有，要买什么，有，整个区直单位，就供销社是最好的单位。

陈艺也听钟月的话，也在心中注入了远大希望，注入了坚定意志和决心。他在生产队也表现很好。天晴在生产队努力干活，吃苦在前，下雨天，晚上，还尽义务为社员们干木工活，修建猪圈，做门窗，做桌子板凳，做盆盆、水缸等生活用品，等等。常常干到半夜才回家。陈艺没收过一分工钱，完全是尽义务，想让群众到时为他说句好话，推荐上学或是招工招干。干部家里就更是做得多，许多时候都在加夜班，忙到深夜……

陈艺虽然只学了两年，除开修建柱架木房子外，在做家具、用具方面，比他爹一点也不会差，所以群众都相信陈艺，请陈艺做这做那，修理这修理那。

他也总是鼓励陈艺说："坚持努力，必有希望，同时为乡亲们服务，也是应该的，也是我一贯的思想。"

但对邹师傅来说，等待的不是希望。邹师傅的小儿子邹义也是跟父亲学手艺，被收回生产队后，安排在大队的改田专班劳动。邹义利用业余时间，为专班发明、制作了木质手推车，轮子也是木头做的，轴是他花钱去买的铁轴，在工地上发挥了大作用。但有的坡有些陡，这种手推车不可用，于是他又发明了木质轨道车。即将两根长树用木枋连接，做成双轨，再制作与这轨道相扣的木箱车，陡坡上、斜坡上，安装好都能用。而且可以随时搬动地方，哪里需要搬哪里，运送土石，可是发挥了很大作用。邹义也受到了表彰，给他报销了所买的一些构件的钱，还给他奖励了二百个工分。后来他在全区闻名，好多大队和公社干部去参观他的发明，并在很多地方推广。

区里书记杜弘表态说："再招生时，一定要推荐邹义去理工大学读书！"

但十分惋惜，在一次排哑炮时，都不敢去，邹义挺身而上去排险，忽然炮响，不幸壮烈牺牲……

大队里为他开了隆重的追悼会，有一千多人参加，大多数人痛哭，很少有人没流下眼泪的，连杜书记都流泪了，亲自率领一批干部，悲痛地到场悼念。追悼会也一时间震动全区，不知感动了多少人……

四十二　特殊任务

不久，一件重要的事，一个重大考验来到他的面前。

这时区下面的（小）公社撤销，并成区一级的大公社。等于区改为了公社，这里当然就是茅坪公社。这天办公室通知他去一下公社，说杜弘书记找他要商量大事。他去了。

杜弘微笑地对他说："我们讨论多次了。首先将公社机关面貌改变一下，一直定不下来，主要是资金问题。最后我们决定就地取材，劳动力生产队有，可以上调，这就完全可以干。要改变面貌，不能等。我想首先还是将公社办公楼的面貌改变一下。这是全公社的头，是龙头，应该像个样子，有点新气象。你看，现在这冯家大院也陈旧了，有的地方还朽坏了，特别是光线太差。这本身就是封建社会的东西，我们现在是社会主义时代了，应该有个社会主义的样子，特别又是公社机关。因此我们想通过就地取材，民办公助形式，重新修建新的公社大楼，给全公社树个旗帜。也就是拆除旧大院，用原来大院的木材，在现场子里建设新大楼。"

他听了杜弘的工程计划大惊，脑袋里忽然轰隆一声响了一个闷雷！天啦，要拆冯家大院？这可是我的杰作啊！自己怎么能毁掉自己的成果呢？这绝不行啊！

但他知道面对的是公社杜书记，就假装惊喜地望着杜弘说："改变面貌是好事啊。我给杜书记说，要说修建公社大楼，有个好地方，就是冯家湾！三方有山，像一个圈椅形，规规矩矩的左青龙、右白虎，后面有高高山梁，来势如龙，而且这里向东，向阳，前面正对着仙人岭、白岩鼎之间长长空间，一望无际，早上太阳一出来就最先照到这里，这里最先感到温暖。这地方好，是个兴旺发达的地方。这里原是冯家三老爷的田产，解放前三年就准备在这里修建一座四合院，但听到时势有变，就没有动工。"

作为建房大师的他是懂得风水的，一般乡下老百姓修建房屋，都是请他帮忙看地点。

杜弘有些严肃地望着他，接着为他的不同意见而笑了下，说："给陈师傅说，我不想去占那一方好田，那要减少好多粮食产量啊。我们公社主要是高山地带，平田、好田少，粮食产量一直上不去，怎么能带着占那些好田修建楼堂馆所呢？这是上面政策绝对不允许的，知道了还要受处分的。我想就还是在目前这个现场子拆旧建新。”

杜弘这句话一出，他就浑身又是一个冷惊，仿佛是听到了冬天的一声惊雷，仿佛是一个惊雷劈在了大院的亭子上！但他极力控制住自己的心情，这是在杜书记面前。但他又怎么也无法控制住自己的特别心跳，连胸脯也急剧地起伏着。他已经明白：杜弘好像决心已定，一定要拆冯家大院，来修建新的公社大楼。这冯家大院可是他亲手负责修建的呀，老师父一直陪伴这个工程并在这里寿终。当然还有很多工匠艺人的心血劳动，大院现在还好好的。那些红漆柱头、红漆板壁、雕花门窗都好好的，一走进大院，给人的感觉仍然是红光满面，古色古香，让人精神一振啊。

杜弘又强调说：“冯家湾好是好，但那个生产队本来就土地太少，又去占他们一片好地，群众肯定要反对。现在绝不能占好田搞建设，特别是修建楼堂馆所。这是违反政策的。”

他还是建议说：“可以在冯家湾后面山坡上去建嘛，那里地形生作和下面田里一样，是缓坡，更是居高望远。”

杜弘说：“根据那一带地形，平整屋场工程量大，里面是那种坚硬的岩山，而且要毁山林，这也是违法行为。绝不能毁坏山林。同时，往这里修公路，又要占很多良田。”

他尽力忍住心中的惊恐，尽量让脸色平静。他想了下，还是想尽力说服杜弘不要拆这个大院。

他尽力平静地说：“其实，按风水说，这个大院不向阳，是向西，缺阳气，显得阴气重。给老朋友说，凡是不向阳的房子，住着都不太发旺，也对出人才有影响，这个冯老爷家就没有后代，这是都知道的事。我们茅坡东边的刘家大院，也是向西，表面看地形生作很不错，而且前面平坦开阔，但几辈人住着都不行，别人去住着也不行。刘家先是一个大家，后来衰败完了。而它前面河西的武家大院，是向东向阳，周围山水生作并没刘家屋场好，但不管是哪个住着都好，穷的去住富了，富的去住发达了。”

杜弘还是微微笑了一下，望着他说："陈师傅你说的我也懂，也很有道理。我主要是不想占好田和山林建房，这是违背法律政策的事，占耕地修建公社大楼，那上面不仅会批评、通报，还要处分我们。群众也心疼毁了一块良田，去了一大笔粮食产量，更会反对，没饭吃了就要找到公社来要吃的，闹事，那就很不好办了。硬要讲风水，我看这冯家大院也确实不错。记得我们组织手工业合作社时，就有一个老风水先生说过：区公所定在这里办公，很好，这是一个龙脉福地，可是个宝地。这屋场虽然向西，但整体生态是很不错的。后面山势如龙脉滚滚而来，前有平川任驰骋，稍前一点有一座玉玺山。再看远处是一座高大的山岭巍然屹立，那是横空出世的梦花岭，满岭梦花金黄灿烂，岂不像一个巨大的金元宝？你再看那顶端，又恰似一座俏丽的笔架！还有，这里表面看朝西，但据我看，实际是偏南，最多不过是西南，属于坐北朝南范围。过去的皇宫都是坐北朝南的。"

他很是紧张而失望，他明白了，杜弘决心已定。他的心里又是一紧，像是被什么突然勒了一下，在心里悲叹一口长气，大院恐怕无救了啊！这可怎么办啊？我必须要尽力保护它才是啊，这可是我亲自修建的大院啊，怎么能又自己来毁了呢！但又一想，我能和杜书记作对吗？

杜弘接着兴奋地望着他说："陈师傅，我们都是老朋友了。这个大工程，在茅坪公社来说，是史无前例的，我也就要请个最好的大师来掌墨——我就把它交给你了，包括设计，都由你来搞。但不搞木架结构，采用石木结构，形状摆成'口'字形大院，中间一个大院坝，四面的房子都能通风透光，多好。我最放心你，也最相信你。当年组织手工业合作社，你可是起了任何人都起不到的重大作用啊。过几天我从生产队抽调一些劳动力来，帮着拆屋，你们社里整个木匠师傅都参加，你就只负责安排指导就行。"

说着又审视地望望他："没什么问题吧？"

他努力镇住内心的地震，还是尽力推出平静的神情，说了三个字："我尽力。"

他这三个字，说得有些宽泛而又具回旋余地的。杜弘没有去深究尽什么力，怎么尽力的内涵，仍然有些满意地微笑说："那就辛苦你陈师傅了！今天就在这吃中饭，就算作我来陪师傅了。吃饭后，你就与办公室主任一起搞个具体方案。我也知道，建房造屋，你是会画小样（图纸）的。你就尽快把这个小样画出来。然后就好按图施工。"

他也微笑地说："改天吧。今天还有几个来订家具的人等着我呢，只怕他们都等急了。多谢杜书记了，我就先走了。"他说着就站起了身子，一副很急切的样子。

杜弘也就没有继续挽留，有些热情地笑着说："那就改天陪陈师傅了。你回去把工作安排一下，下午就过办公室来。这个工程一上马，全部木匠、瓦工都要上这工程，其他的任何事都要让路，先停一下。涉及群众生活方面的，要好好解释一下，小事让大事，私事让公事。"

他根本没有听进这些。他感到每句话都是一把刀，正在将他的心切碎，他还怎么听得见这些呢？他觉得身子都有些站立不稳了，心碎了还能站稳吗？

他勉强稳住身子说了句："那杜书记忙。我走了。"

他一出大院，就急步向木业社走去，这时全身好像又很有力气了。

他对杜弘说了一个谎，其实今天早晨没有定做家具的顾客。

他忧心忡忡地走着。这时天空飞来好几只大大的老鸦，黑黑的，它们在天空傲视一切地飞来飞去，一副天马行空的气势，大声地吼叫着，像是在互相争吵，像是呵斥着什么……

他的脚步一踏进木业社，就小声对师傅们说："都快去办公室商量一个紧急事。"

他脸上这时是一副严峻而痛苦的神情。师傅们都感受到了，他肯定有不一般的事要和大家商量，也不问什么，都快速地放下手上的刨子或是凿子斧头等工具，向办公室里走去。

他又来到大门口，望了望上街，又望了望下街，对行人仔细窥视了一番便向屋里走去。忽然想起什么，又走去了厨房。

他对炊事员说："范师傅，你也去参加一下会议。"这个炊事员是当年组织合作社时他亲自请来的那个范师傅。

范师傅转头望着他说："你们的会，我一个饭师傅参加做什么嘛。"

他有些严肃地说："今天这事不一般，不管是饭师傅还是菜师傅，都参加。"

办公室也是会议室。很快，在家的十多个师傅都早已坐好了，而且都有些正襟危坐，已经感知到今天的会议不一般，因为他的脸色很不好。

他来到后壁下边那个空着的凳子边，一般都不去坐这个位子，像是他的专座，这是大家对他的尊敬。这时他手撑着膝盖有些沉重地慢慢坐下来，好像今天的身子特别重，怕一下子坐穿了凳子的坐板，就撑着膝盖慢慢坐下。师傅们都向他望着，都有些吃惊，感觉他像是一下老了许多，都在心中无名地对他产生一种同情来。

他有些严峻地望大家一眼，神情十分沉重地说："我看，在座的各位师傅，都参加了修建冯家大院的，木业社只有两个师傅没有参加修建，但这两人今天不在这儿。大家说是吧？"

有的说："我们都整整参加了半年。"

有的说："我们整整参加了一年多。"

他接着说："我们的邹老师傅，还在那里待了整整三年。那些雕花门窗都是他亲手雕刻的。"

邹老师傅望一眼他："我确实在那待了三年多。"

他又看一眼范师傅，说："你是冯老爷请去专门为师傅们做饭的，冯老爷把师傅们十分当人，都是请的最有名的厨师为师傅们做饭。我因为立屋后就送老师父灵柩去四川了，你在那儿待的时间我就不清楚了。"

范师傅笑一下："我在那整整待了一年半，楼上楼下的装修结束了，只剩下邹师傅在那搞雕刻，人少了，我才走，也是因为几个地方整喜酒硬是要我去帮厨，我才不得已走的。"

他心情确实有些沉重了，缓缓地说："是啊，这个大院，虽然是地主修建的，但这个冯老爷可是个开明地主。特别是，这大院是我们工匠用心血汗水建起来的。”

他说到这儿顿住了，像是有什么把喉咙哽住了。他向肚里吞咽了好一会儿，才充满痛苦地说出话：“可是，我要告诉大家一个不幸的消息——”他稍微顿了下才说出来，“公社领导要拆冯家大院，重新修建公社大楼……”

大家同时猛地一震，都呼的一下挺起了身子，进一步用耳朵听个仔细，仿佛刚才他陈师傅说的没听清了，希望他还说一遍。

他看出大家的心情，接着认真地说：“这是真的。公社领导已经定下来了，并要我带大家后天就上阵拆屋。”

大家几乎异口同声地说：“这么好的房子，怎么要拆吗？又不是不能办公？”

“他们说房子旧了，特别是光线太差，还说这是封建社会的东西……”

大家有些起哄地说：“光线又是怎么差吗？绣花也行嘛……”

接着大家几乎一个声音地起哄道：“不能拆！不能拆啊，这可是古迹啊！这是我们匠人们的心血啊，我们自己修建的，怎么能自己又去拆毁呢？这是要命的事啊！虽说是地主修建的，可是我们的心血劳动成果啊！现在解放了，就是人民的财产，这么古色古香的大院，怎么能说拆就拆呢？必须要保护啊！”

他说：“是啊。不说别的，那些雕花门窗，邹师傅就雕刻了整整三年多啊！”

范师傅也愤愤然地说：“肯定不能拆，虽然我不是木匠石匠，是个饭师傅，可我当时帮着做饭，也付出了心血的，也算是我和大家一起修建的。房子还好好的，我坚决反对拆！大家可要想个好办法……”

邹师傅就望一眼他，充满寄托地说：“你陈师傅是有道法神功的，你就用一个道法神功把这大院封了，使他们谁也拆不动，想动一片瓦也不行。”

他摇摇头，苦笑道：“天下哪有这种道法神功哟，没有吃饭的神仙。”

有人说：“拆了确实太可惜了！”

他说：“公社要拆，是要拆了修建新房子，改变面貌，这又不是为私，又不是什么坏心，怎么能和公社作对呢？再说，一味守旧，那就永远见不到新面貌了。俗话说：旧的不去，新的不来。”

有师傅也说：“那是，我们不能和公社唱反调。”

大多数师傅还是坚定地说：“不能拆！”

有人叹着气：“那怎么办呢？”

“唉……”

都着急地说着，叹着气。

四十三　焦心时刻

大家闷了好一会儿，没有办法，都只是叹气。

忽然邹师傅说：“我有一个办法。”

一时间都像看见希望地望着邹师傅。

邹师傅接着说：“我们都不去拆，他们就没有办法。”

有几人拥护道：“对。我们所有木匠都不去拆，看他们有什么法……”

有人忍不住地大声说：“对！我看只有这样，只有这一条办法，我们所有木匠师傅都不去拆，都反对拆，他们就没有办法，也就完全能将这个大院保护下来。”

“对，总要听听群众呼声嘛。”

大家一时间有些激动了：“对啊！就这样！你陈师傅安排，我们都听你的。”

他有些谦虚地说：“这是我们大家的事，我们需要结成一条心、扭成一股绳才行。”

大家一致大声说道：“这没问题！”

他有些忧虑地说：“大家想一下，我们这社里可只有二十几个木匠，乡下老的少的还有百十个木匠，公社要调他们去拆，我们能不能阻止住呢？那不是相反搞大矛盾了吗？那可是反对公社领导……”

邹老师傅有些恍然大悟地点头说：“这也是啊。”

一时间室内没有了声音，只有桌上的钟独自嘀嗒嘀嗒地走着，这声音虽小，这时是那样清晰，那样震响，并且像是一根木棒一下一下地捣在大家的心坎上……

他镇静一下神情，毅然决然地说：“现在，我想只有这样了。我们都分头下到各个村里，去动员那些木匠师傅，不要参与拆冯家大院的事。只有这样，才能真正有效抵制拆毁冯家大院。”

大家都说好。接着他就说：“那大家讨论一下，所有师傅按照各自家乡的地点或与之相近的地点，进行分工，然后前往……”

炊事员范师傅就站起来，有些急地说：“那我现在就去做饭，大家吃了好走。陈师傅给我也分个地方，或者我就回我的范家沟去，动员所有木匠师傅不要去参与拆冯家大院的事。”

他看着范师傅说：“你就在这社里守着吧，关门闭户不好。公社来人催促，你就帮忙应付一下，说师傅们都到工程上干活去了。”

范师傅点着头说：“好的。”

这时，一直没说什么话的雷陈林却忽然说：“我不同意这个办法。谁人能奈何政府？何况我们现在的政府都是为人民谋利益的，又不是为资本家谋利益的。也并不是为他们私人修建房子。大家想想。”

大家一时间沉默了。

他沉稳地说：“只要能保护好这座庄园建筑，我什么都无所谓，关键是不一定要助效。这样，大家该干什么活还是干什么活。我打算先去一下地区革委会，找一下我那个老朋友，就是原来的县委书记杜信，他现在是地区革委会的主任。杜弘是他的侄儿。”

雷陈林马上笑着说：“嗯，这是个好办法，如果让老杜书记来劝说小杜书记不拆冯家大院，那就是上策。比我们这些匠人和公社硬碰硬发生矛盾要好。”

他仍然有些忧郁地说：“我走了，公社来问，就说我一个姨妈病重，一定要我去赶做棺材，要两天才回来。”

中饭后，他就找了一个便车，顺利地来到了蛮州城，接着去了地区革委会。

好事多磨，杜主任正下乡了。他心里不禁有些失望，他想，根据他多年的经验，这事可能不顺。他进一步打听杜主任去的什么地方，办公室人员就审视地看着他：“找杜主任有什么事？”

他就说：“我姓陈，和杜主任是老朋友，我想看看他。”

对方有些吃惊又有些不相信的神情看着他。

他很是真诚地说：“是解放前一起在铁厂做工时认识并相交的朋友，那时杜主任是地下党，后来他任县委书记时，多次合作过，什么修建县医院、县大礼堂、县委大院，他都是请我去当的掌墨师。”

对方又认真看一眼面前这个陈师傅，确实是一个正经八百的好人，不像什么招摇撞骗的人，就说了杜主任去的地方，是一个叫马峰公社的地方，杜主任在那里蹲点……

这时天早已傍晚，他只好买了第二天去马峰公社的车票，然后去一个旅店住下来。

他这一夜总是睡不着，后来睡着了，又做了一个怪梦，梦见好多人正在拆毁他修建的冯家大院……一下子又把他吓醒了。然后就再也睡不着了。

第二天清早他就去乘车，中午时分来到了马峰公社。一打听，杜主任蹲点的大队，还离公社有三十多里路程。公社办公室的听说他是杜主任的朋友，还是热情接待了，给了好饭好菜吃，并帮忙找了一个去马峰大队的拖拉机。

在下午接近傍晚时，他终于来到了马峰大队，找到了杜主任。杜主任正在他挂名的一块高产试验田里给苞谷追化肥。杜主任头戴一顶草帽，脸比以往稍微黑了一些，身子却胖了许多，完全是一副大领导的派头了。

他见到杜信很激动地说："杜书记好啊！多年不见，很想念杜书记。"

他依然叫的杜书记。说多次做梦一起在铁厂干活，说话。说着还从一个包里掏出一包洋芋淀粉，一包茶叶，恭敬地递给杜信。

他亲热地说："一直想来看看老领导，就是没时间。"

杜信见他这么远费尽周折来看他，还带了东西，心里很感动。当即去住户要主人给他做了饭吃。

在一种感情很是融洽的情况下，他就对杜信说了实话："公社要拆毁那座古色古香的冯家大院，重新修建公社大楼。我认为确实拆了可惜，应该保护这座大院。因此专门来请杜书记帮忙打个电话，给杜弘说一下，劝一下，不拆了……"

杜信一下子严肃些了，但还是非常平和地说："杜弘他们拆旧建新，改变面貌的想法是正确的，何况那是地主留下的封建的东西呢？你也就不要因为是自己修建的大院，感情上割舍不了，而去和他们闹别扭。你这可是从私心出发啊，想保存自己修建的东西……"

他顿时感到浑身都彻底软了，彻底冷了！经过两天的奔波，本来就疲劳了，加上听了这番话，就真的浑身像是彻底瘫软了，变成了一袋冰水。但他没怎么说出相反的意见，仍然坚持微笑地看着杜信。

杜信也微笑地望着他说："回去积极地干，带领师傅们积极投入到社会主义建设上来。你是匠人，不能因为是自己修建的就要守旧，匠人也要超越自我，推陈出新啊，时代是日新月异的嘛。行不行啊？"

他仍然坚持微笑地看着杜信，说了一个字："好。"

这晚有拖拉机回公社，他又跟着回到了公社集镇，在一个小旅社住下了。第二天又乘车去了蛮州城，又乘车到县城，晚上也终于回到了他的老地方——茅坪。

一进门，范师傅就对他说："公社办公室来人催了几次，要你一回来就立即去公社办公室报到……"

第二天一早，公社办公室又来人催促。他们找到他，他躺在床上，装作有气无力地说："我病了，起不来了。"

那来者说："病了那赶快去医院治疗。"

他说："我有头痛头昏的毛病，是从高炉上摔下来留下的后遗症。这个病没有特效药，发了要几天才能好转，每次都这样。"

来人说："头昏也不是什么大病，你安排一下，只去指挥一下，让别人干就是。"

他还是一副病态地说："我头痛得很啊，是从二丈多高的高炉上摔下来，受重伤留下的痼老疾，脑壳里一塌糊涂，疼得要命，什么事也想不好，怎么好去搞大工程嘛。"

来人说："你病了不能用力，就坐那里去指挥一下。你是大师，你不去指挥不行，这不是个小工程。你今天抓紧去治疗一下吧。明天必须动工拆屋。再拖延，你也知道后果怎样。你是木业社社长，也是领导干部，这些你是肯定懂得的。"

第二天上午十点钟了，还是不见他去公社，杜弘大声对办公室人员说："你们怎么联系的？几天了，一点动静也没有！"

办公室人员照实情汇报杜弘："陈师傅病了，我看那样子，确实是病了，他大办钢铁时受过重伤……"

杜弘就安排办公室人员："去把陈师傅送到医院检查治疗！他有病怎么指挥呀？"

他们去找到他说："杜书记要我们把你送到医院治疗，说把身子治好了再说工程的事。"

说着就不由分说，扶他去了医院。他不好怎么违抗。去后医生们进行了一番检查。

医生最后说："陈师傅不是个撒谎的人，是头部摔伤的后遗症，发病了，是有些严重。实际上那次就可能摔成了脑震荡，但稍微好一点还是在坚持工作，没有休息根治……"

公社办公室人员说："请医生给他好好治一下，抓紧点治疗，有重要工程要动工，等着他。"

他也就睡到病床上，看着窗外，感觉窗外的天也昏昏的，好像有太阳在晃。

很快，杜弘来看他了，还提了一大包东西，有罐头、点心。

杜弘在他床边坐下来，认真地看着他，关心地说："哎呀陈师傅，你怎么的嘛，几天不见，人也瘦多了，脸上血色也没有了。"说着伸手摸他的头，"烧还是不烧？"

杜弘就叫医生来。医生来了，杜弘说："一定要给陈师傅用点好药！有人参没有？"

医生说："没有人参，只有红参。"

杜弘说："红参也一样，多用点，木业社出不起药费，我们公社负责结账，你们就不要担心，我说了算数。抓紧治疗，护士可要好好护理。陈师傅可是一位好人，是我们县的一位出名的大师，是闻名川湖两省的木工大师，是对社会主义建设有着重大贡献的有功之臣。我们还有大建设等着他。"

医生和护士都一一答应："杜书记放心，我们一定尽全力。"

他一时间为杜弘所感动，什么也说不出，也就病快快地躺着，不说什么。他也确实太累了，浑身软软的，像是一袋子酸水。

这天下午，杜弘又派炊事员专门送来炖的雄鸡汤，要给他补补身子。

这天晚上，杜弘又来到病房看望他，关切地问："陈师傅，你感觉怎么样啊？好些没有？"

他说："主要是脑袋里面痛得厉害，一塌糊涂。是那年从高炉上摔下地，受伤太重，这么一两天治不好痼老疾的。"

杜弘又问："送来的鸡汤，喝了没有？"

他说："感谢杜书记！我喝了一些的。"

杜书记又问："鸡肉吃了没有？"

他说："感谢杜书记，吃了一些。"

杜弘就坐在病床边的凳子上，和他说着话。

杜弘说："我平生崇拜木匠，也与木匠有缘，我爷爷就是个好木匠。我十六岁就跟爷爷学木匠，只学了两年木匠，就去了革大学习，然后就随部队南下来到了这个地方，不然说不定这时正在做木工活呢。我现在是没时间，不然还要跟你陈师傅继续学一下木工活。"

第二天，他拄着一根木棍去了公社办公室。杜弘像见了救星地看着他，关心地说："陈师傅好些了吗？看你人瘦多了，脸上也没有血色，真像患了大病的。先好好治一下身体吧。工程稍微推迟几天动工也不要紧，你身体是大事。你是我们的宝啊，不能出问题。更不能让你在痛苦中工作，那我心里也不安。"

他眼眶湿润地说："不能影响工程啊，这可是公社改变面貌的大事。"

杜弘和蔼地说："你还好好治疗几天，把身体康复一下，再来我们一起动工吧。"

他知道都是自己思想的问题，心中有私心，加上长途奔波，影响了身体。有点对不住，杜书记可是为公众的事啊，就说："谢谢杜书记关心。"

杜弘看着他的脸说："看你那样子，我也不忍心要你上工啊。应该好好治疗休息。"

他说："不，今天就开始搞计划吧。"

杜弘说："那这样吧，办公室发通知：每个大队会砌墙的瓦工师傅、会木工活的师傅，由驻队的公社干部于后天早上带到公社来报到，每人带好铺盖，先带一个月的粮食。"

他这时脑袋里一阵晕眩，身子歪了一下。

四十四　战胜自我

他强迫自己吃着早饭。这菜里他用了比平时多很多的酸辣椒，这样可以刺激他的胃口大开，多吃点饭。他知道，去参加拆大院，他可能下午是很难吃下饭的。

他一边吃着饭一边想，这是怎么一回事呢？为什么自己修建，又自己拆毁呢？想着，他就再也吃不下饭了。但又想，这是私心啊，自己修建的东西不想拆，这是守旧啊。一个匠人只知道守旧，又有什么出息，又有什么新的创造？旧的树叶落下，长出新的树叶才美啊。

几十个瓦工、百多个木匠、一百多个劳动力，一起三百余人，聚集在场上，像要打一场大仗的。他将人员分成十个组，木工瓦工劳力均匀搭配，指定一个好师傅负责，给每个组指定一个具体位置，负责到底。具体怎么拆，他说首先从天上开始拆，先拆瓦，然后拆椽桷、檩子，木料都必须顺墙上放下地去，一根檩子必须两人往下放，下面不能站人。千万注意安全！安全第一！都放到田里，码成一堆。今天估计只能完成这个任务。绝对不能出现安全事故！

安排完毕后，人们就像一只只燕子，很快就上到了屋顶，接着就是稀里哗啦的拆瓦声。这里有一块瓦片掉到楼板上嘣的一声震响，那里又有一块瓦片掉到地上，发出啪嚓一声脆响，整个都是一片的响声！

屋檐墙缝的蝙蝠惊恐万状地扑腾着翅膀乱飞乱窜，房内的老鼠们惊慌失措地争相逃到四处田里去，蚂蚁们也慌慌忙忙地搬家，那些蜘蛛更是惶惶不可终日，不知藏在哪儿好。

响声一直响到下午。这时连椽桷也拆了。太阳从西边红红地照过来，照到红红的柱架板壁，照到雕花门窗上，一派红光锃亮，熠熠生辉，光彩夺目，灿烂多姿。人们都在院坝里休息，看着这派壮丽景色。

多少人慨叹："好漂亮的楼房啊！拆了真可惜……"

他站在前面大院坝挨大门的花台边，看着没有了瓦片和椽桷的房子，感觉像是没有了脑袋的人，一时间呆呆的了。他回想立起这座大院时，那时也正是傍晚，红红的太阳也是从西边照射过来，一派金碧辉煌，他是多么激动、自豪！还有老师父是多么激动……

嘣嘣嘣！一片的敲打声。人们在开始敲打檩子了。他看着，揉了下眼睛，看清楚了，这不是那种往柱头上贯进檩子，这是在取下檩子，是拆！

嘣嘣嘣！一派隆重而激烈的敲打声！就像当年房子立起之后，人们放着响亮的爆竹一样！

嘣嘣嘣！这每一下都敲打在他的心坎上，感觉心在爆炸，在流血。忽地他头一晕，一屁股坐到地上去，哇的一声，吐出一口红红的鲜血……

这时有一根檩子的一头落在楼板上，轰嗵一声！他被吓了一跳。他用泥巴掩住了鲜血，然后撑着膝盖站起身子，站了好久才站起来。

他鼓起所有力气向屋顶喊着："注意安全！注意安全！檩子从前面墙壁轻轻滑下，下面不能站人。不能摔坏檩子。注意安全……"

然后他走到左边田里，向屋顶喊着："注意安全！檩子顺墙上轻轻滑下……注意安全！"

然后他走到后边的斜坡上，向屋顶喊着："注意安全！檩子从后边墙壁轻轻滑下……注意安全！"

然后他走到右边田坎上，向屋顶喊着："注意安全！檩子顺墙上轻轻滑下……注意安全！"

这时他想起立屋时，也是经历了一场惊险，特别是亭子太高大，实在是惊险，但大院还是安然无恙地立了起来。没想到，今天被自己来拆毁了……

轰嗵！这里是轰嗵声，那里是轰嗵声！这是檩子下地扔在院坝里的震响，不，是他心里在爆炸！是他脑袋在爆炸！轰的一声震响，他头一晕，身子一晃，就倒在了田里。

但很快响声又让他清醒过来，他又喊着："注意不要把料木摔坏了！注意安全！"

除了撞击的响声，就是他的声音。但往往是响声淹没了他的喊声。

吃晚饭时，雷陈林和几个师傅没有看见他，就到处去找，到处喊，但都不见他的身影，也不见他的回答。

他们最后在田里找到了他，他昏过去了，躺在田里。

师傅们大声喊着："陈师傅！陈师傅！"

他醒过来，说："不知怎么的，我脑袋里一炸，就什么也不知道了。唉，痼老疾又犯了。"

雷陈林说："我背您去医院。"

他制止地说："不，我躺了这么一会儿，好些了，不用担心。"

他努力地站起来，但还没有直起腰就身子一晃，雷陈林及时伸出双手扶着他。

他说："我去喝点水。"

雷陈林扶着他走向厨房。

这时杜弘看见了，大惊，问："怎么了？我先一直还听见他不停地在喊，注意不要把料木摔坏了，注意安全……我很感动，他多负责任啊！"

杜弘好像眼眶都湿润了。

雷陈林说："师父不知什么时候就昏倒在田里了。肯定是那痼老疾又犯了。他本来就还病着，是带病坚持在指挥拆屋……"

杜弘掏出两张餐票递给身边的干部，命令似的说："快去厨房，叫炊事员给陈师傅煮几个鸡蛋。"

又对师傅们说："陈师傅吃点东西了，你们就送陈师傅去医院，去治疗，就是明天停工一天，也要先让陈师傅治一下病再说。"

他听了很感动，声音微弱而颤动地说："感谢杜书记，我没事，吃点东西了会好些的。你去忙吧。"

雷陈林扶他去了厨房。等了一会儿，鸡蛋面条煮好了，炊事员端到他面前，热情地说："您快趁热吃吧。多吃点，面条还有。"

他鼓了好大的劲，勉强吃下了三个鸡蛋。他想一定要吃下，这是杜书记的关怀，又吃了些面条。

饭后，雷陈林和师傅们坚持将他送到了医院。

晚上，杜弘又去医院看望他，还买了点心和罐头。

第二天一早，他又去了拆屋现场。他知道，今天是最复杂的，因为要拆楼索、柱架，还有墙壁，他必须要尽全力指挥，按照顺序一步一步地拆。

并且对雷陈林说："今天，你就跟着我，一起指挥拆屋。我只能小声说，你就大声喊。这也是学艺，立屋是一种技术，拆屋也是一种技术。这大的院子，连成的是一个整体，怎么拆，很有技巧和方法的。场面这么大，人员这么多，要随时观察，哪里有什么危险，哪里要怎么做，先拆哪里，后拆哪里。如果没有顺序，各搞各的，就要乱套，不是损坏木料，就是会伤人，一乱套甚至无法拆。寸木都有用，不能损坏，人更是不能受伤。"

他让雷陈林叫来十个组负责的木工师傅。

他接着强调说："首先要听从指挥。按照雷陈林的指挥行事，不然各叫各的，到处是喊声，不知该听谁的，就会搞乱，就会出事故！"

他给负责的师傅们说了具体方法和注意事项。

他说："今天首先是一个艰巨的任务，将四周的墙壁推倒，这样才好拆里面。这墙壁是石墙，很不容易推倒的，要运用杠杆技术，支好撑杆，用巧力……

"然后顺着一间一间地拆楼索、柱架。先给柱头上拴好撑杆稳住，再拆楼索，再用撑杆和梯子，慢慢地放下整体一排柱架，一定要注意左右平衡，不然既要坏穿枋也要坏柱头。一定要轻轻地放下，就像我们轻轻地睡下一样，千万不能把柱架搞坏了！"好像这些柱架是他的宝贝，不能丝毫损坏。

"椽桷、檩子、楼索，全部要用作新楼房的椽子、檩子、楼索。柱头要用作新楼特别是大礼堂的抬梁，再就是解成木枋、木板，用于新楼的装修。四大栋楼房需要很多木料。门窗千万不要拆坏了，都是雕花的，虽然显得古老了，但一定还有用处，认真保护好，在指定的位置放整齐。"

有人就问："那这些雕花门窗再做什么吗？恐怕只有做柴火煮饭了。"

他说："不！好好放着，一定还有用处的。"

……

不久人们就看着他，他站在院子后面斜坡上，对着院子喊道："准备好没有？"都说准备好了。

他说："好，听口令！"就要雷陈林喊口令：一，二，三！

接着就是震天的喊声，墙壁轰然倒塌的哗啦声，那画着各种花样图案的美丽墙壁，便在一阵阵訇然震响中乖乖地倒地粉碎了，结束了它站着的灿烂历史……

……

在大院左边田里，站着一个人，这是邹老师傅。邹师傅年纪大了，没要他上房拆屋。冯家大院的门窗雕刻都是他完成的，这是他最后的也是他最大的一桩手艺活，也是他最得意的作品，他也因此而出名，因此而骄傲。

邹师傅看见人们将门窗边拆边往田里扔，扔成一堆，发出轰嗵轰嗵的响声，邹师傅心想这些门窗都肯定损坏了。邹师傅也知道，这些门窗新楼用不上，都只能做柴烧了。

轰嗵轰嗵这些声音，每一下都完全是砸在邹师傅的心里，十分地痛，觉得心完全被砸碎了，和着血向地上哗哗地流去……

邹师傅流了一阵眼泪，就走来拆屋的院里，亲手去轻轻地拆下一块雕花门，然后扛着向院外走去。

这时一个监工的干部走过来，严肃地大声喝问："你把门板扛哪儿去呀？"

邹师傅毫不理睬，迈着脚步往前走着。

那干部就跑过去抓住门板，气愤地大声喝问："喊你怎么不理呀！"

门板被抓住像是一个急刹车，邹老师傅一个踉跄，差点倒下。

那干部严肃地大声吼道："喊你怎么不理呀？"

邹师傅也脸色严肃地大声说："这么好的雕花门，你们还不是只有做柴烧，我收藏一块就不行吗？”

那干部严肃地说：“这是公家财产，你怎么能随便扛到自己家里去呢。”

邹老师傅也十分严肃地说：“公家财产，这么好的屋，还能够住几代人，你们怎么要拆毁它？我自己做的就不能收藏一块吗？”

这时万师傅急忙走来解释说：“给干部说，你们可能不知道，这些门窗都是这位邹师傅亲手雕刻出来的。这冯家大院，光雕刻，他和徒弟在这儿待了三年多。这是他的心血，拆了烧了还不是烧了，他想保管一块，有什么不行嘛！”

接着杨师傅、祝师傅等人也来了，都这样解释。干部看一眼正流着泪的邹老师傅，那满脸皱纹已经像是纵横交错的雕刻，一头白发有如白云停在他头上，泛着坚毅的光芒。看着这样一位老匠人，在其他木工的劝说下，干部也明白了。

干部笑着说：“我是问问，怕周围的人都来随便拿木材。公社让我看管，我就要负责任。既然是这样，邹师傅愿扛几块就扛几块去吧。”

邹师傅无奈地说：“我也没能力了，家离这里还有十多里路，能扛去这一块就不错了。”

干部说：“你找个板板车（手拉车）多拉几块去吧。”

邹师傅痛苦地说：“不通公路，板板车怎么拉呀？我就扛一块回去。”

邹老师傅扛着雕花门板，颤颤巍巍地向前走去。邹师傅的脚步显得很吃力，每一步大概只能走五寸远。

这时他来了。他对邹师傅说：“邹师傅，你放着，让雷陈林帮你先扛到木业社去。”

邹师傅抬起头面对他，流着泪说：“你陈师傅搞得好啊！把这么好的大院给拆了……”

他只觉得头一晕，身子一晃，雷陈林慌忙扶住他，让他坐在一堆木头上。

雷陈林说："邹师傅，什么也不要说了。"

说着，就去帮邹师傅扛起门板，向木业社走去。

雷陈林将这块雕花门板扛回了木业社，放在了邹师傅的寝室门边。

邹师傅赶到看了，有点如释重负。然后邹师傅就在床上睡下了。中午，范师傅叫邹师傅吃饭，邹师傅没有起来，下午，范师傅又叫邹师傅吃晚饭，邹师傅没有起来。

第二天早上，范师傅叫邹师傅吃饭，邹师傅没有起来，中午叫邹师傅吃饭，还是没有起来……

由于有很好的内行师傅设计、安排布置、指挥，这大的院子，都是高高的三层楼，亭子还是五层，都顺利地拆到了地面，没伤一个人。立屋是一个工程，不容易，是一场考验；拆屋同样是一个工程，不容易，是一场考验。

一个大院就这样不见了。他也瘦多了，脸上好像就剩下一张黑黄的皮，包着一包骨头，并且他感到心也像是被拆空了，空落落的，十分难受。

他怎么也没有想到，当年修建起这座大院，他是那么骄傲、自豪，觉得工程很伟大，而现在却被他自己给拆毁了！他觉得有些神情恍惚，不觉昏倒了……

……

半年时间很快也就流水而过。他主持修建的公社新大楼竣工了。合成"口"字形的四栋新楼房白亮亮地站立在天地间，阳光下是那样高大、亮丽，院子是那样清新、宽敞而明亮。中间像是一个大操场，有篮球场、乒乓球场、羽毛球场。又像一个广场，人们在这里进行着各种各样的文娱、体育活动，显得欢乐而热闹。这的确比那种封闭的老式院子更为敞亮、壮观。

这世界并不仅仅只是一种美，他想。

房屋都是砖砌墙壁、楼索檩子木质结构的楼房，顶上盖的瓦，最高的是四层高，这是他在乡下修建的最高楼房了，像四块大玉石立在那儿，结构不复杂，大方、简洁。里外四壁平平展展，白白净净，宽敞明亮，不像柱头板壁那样凹凸不平，时间一久就变色，而且窗户太小，光线昏暗，整日阴沉沉的。新房屋每个房间都是大大的玻璃窗户，直接面对天空，坐在房间里向窗外一望，让人感觉豁然开朗，心胸无比舒坦，眼睛更亮堂了。

其中一栋是一个大礼堂，更是壮丽，除四周的墙壁外，顶上全部是悬空的架木，这是很考验木工技术的，这是和县里的大礼堂一样的结构。这里每天晚上放映电影，装满了笑声和笑容。

他看着这些工程，最后还是笑了。他觉得终于修建了一种新式结构样式的新楼房。不禁又想起老师父的教导：山外有山，天外有天。学到老，学不了……要是能找到道远大师，那一定还可以学到更多的高艺……

四十五　特别情境

黄霄碰见蹲点的杜书记，有些低沉地叫了一声“杜伯伯”。她现在是叫的杜伯伯。她显得悲伤地低着头。

杜弘还是鼓励她：“人要经受得住曲折，甚至打击，要看宽一点……”

黄霄低头默然不语。

杜弘安慰地说：“不灰心。虽然我与你妈妈离婚了，你的事，我还是放在心里的，我说过的话还是算数的，一定要给你帮忙的。不忙结婚，上大学和招工招干都是有希望的，再就是争取民办老师转正。坚持就是成功……”

黄霄说：“一个月几块钱，怎么坚持呀？”

杜弘耐心地对黄霄说：“不要看到眼前，要看远点……红军当时剩下那么点人，谁还有信心？只有毛主席，他带那么点人坚持继续革命，不是取得了胜利吗？建设了这么大一个新中国……”

她点着头说：“要得。我听杜伯伯的。”

不久钟铜就又一次对黄霄提出：“我们也结婚吧。上大学这条路肯定没希望了。”

黄霄说：“上大学不行，还有招工招干呀，结婚了招工招干就怕没资格了……”

钟铜又说：“我看你就不要等那些空头支票了。杜书记有他的难处，如果能给你帮忙，早就帮了。你有一个重要的社会关系问题就通不过——你母亲的成分是地主。”

黄霄沉默不语，思索着什么。

在钟铜多次的催促下，黄霄觉得不能与钟铜对抗，同时她考虑希望有些渺茫，她就与钟铜结婚了。结婚了还是继续担任民办老师，争取转正。她早去晚归，回供销社钟铜那里住，也就十平方米的一个房间，那时的干部都只有一个房间。后来她的民办老师补助工资加到十三块钱。坚持好像还是有一点微薄的意义。

虽然黄霄结婚了，杜弘还是对她说：“以后只要有民办老师转正的指标，我一定会给你帮忙的。这应该是不会限制已婚的……”

黄霄点头说：“谢谢您。”

钟铜与黄霄的爱情家庭还是算幸福的。两人从小同学，有着感情基础，恋爱结婚，基本上没有遇到什么曲折坎坷，起码是和心爱的人走到了一起，这就是最大的幸运。

不久黄霄生了个儿子，白白胖胖，十分漂亮，看样子也十分聪明，将来肯定有大出息。钟铜给小儿取名钟海。“海”当然比“铜”要大，而且壮阔浩瀚。钟铜觉得海是最为宽阔而壮丽的。

小钟海满周岁时，作为钟月公公的他，就围绕这个“海”字，为小钟海精心设计了一个礼物——用黄色的木头制作一个小木船，用白色的木头做了一帆，做了榫头牢牢地插在船上，帆上刻着“扬帆远航”几个字，并用红漆将字刷成了红色。整体看去，设计经典，色彩纯真，做工精制，非常漂亮，可谓别具匠心。都说谢谢陈师傅。

小钟海非常喜欢这个小船。殊不知这只小木船对小钟海的未来起到决定性作用，这是后话。

世事往往就因为某一点，这一点就是太阳。太阳可以照亮一切，滋生一切，温暖一切。这太阳有时是巧然升起，有时是必然升起。小钟海把木船玩厌了，看着爷爷钟潇打铜，就要爷爷打了一个铜船。小钟海玩着小铜船觉得小了，又要爷爷给他打个大些的铜船。爷爷又打制了一个大些的，小钟海还是不满足。小钟海玩着船，看着爷爷敲打，殊不知有一个太阳就悄然在他幼小的心灵里升起……

陈艺一直在生产队努力劳动锻炼，体验农民群众的沉重劳作和艰苦生活。白天和群众一起挥汗如雨，重活脏活抢着干，事事走在前头。下雨和夜晚为干部和社员们尽义务，干各种木工活，常常忙到深夜，不要丝毫报酬。因此受到群众和干部的赞扬。大队干部、驻队的公社干部都极为称赞，都十分喜欢陈艺。每年上面来了招生、招工、招干的名额，从生产队到大队，都推荐陈艺，从群众鉴定到生产队干部、大队干部的鉴定，都是特别优秀。但是公社最终确定的没有陈艺。

陈艺就对上学、招工招干完全失去了信心，他唯一想的就是能够跟父亲学好手艺，当个好匠人，为人民服务。这时从上到下讲的最时髦的一句话就是：为人民服务。他想，我也就坚持为人民服务，为乡亲们做好事。为了更好地为人民服务，他想要把手艺学得更好，能为乡亲们做出最好的各种家具、用具，让乡亲们满意、高兴。但这时偏偏他又不能去父亲的木业社去干木工活，继续学艺，提高技术。他只能在生产队田里干活。所以他心情很痛苦，不是为没能上大学、招工招干而痛苦，他为不能继续学艺而痛苦。

这晚陈艺没有帮人干木工活，而是去了木业社。

陈艺找到父亲，有些伤心地说：“爹，我推荐上学、招工招干没希望了，我想就学好手艺，学成大师，这也是我高兴的事，但是我又不能继续跟您学艺，这怎么办啊？您能不能想个办法，让我回来继续跟您学艺吗？您应该是很有关系的呀……”

他有些无奈而愧疚地说：“有什么关系哟，有关系，你早就去上大学了。生产队、大队多次推荐你，表格填得好好的，可是交到公社就没有音讯了，录取的都是别人……”

其实他们都不知道实情。这也不能责怪杜书记，他恰恰坚持了原则。各个大队报送的推荐材料在公社最终审查，一个一个比较时，黄霄和陈艺都有一个共同的弱点比不过别人：他们的母亲是地主成分，这是个重要的社会关系问题。即使公社送了，有人也要告状，让学校遣送回来。这样的事已经多次出现过。

他顿了一下又说：“我想，你还要明白：学艺，不是要跟一辈子师父，才叫学艺。这学艺，主要靠自己实践，磨炼，一次次地做，练，总结，改进，创新，提高。给你说，做风箱，我都是在老师父教的基础上进行了改进的，挡风板风门的尺寸、里面子箱风门的尺寸比例，我都进行了调整，而调整后确实风力更大了。所以也可以说，自己也是自己的师父，这就是边做边研究，怎么做得更好。但也不能盲目创新，瞎改乱调前人的东西，前人的东西都是经过历史检验过的，一般是推不倒的，所以只能逐步试验，慢慢摸索。上山下乡是条大政策。你就安安心心一边在生产队劳动，一边为乡亲们做好木工活吧。”

陈艺就不说什么了，面对这个固执的父亲，觉得多说也无益。

钟月在街道那个生产队也是积极劳动，努力吃苦表现。但没有轮到她去上学读书，也没招工招干到她。主要原因是她家已经送走了一个钟铜，再要考虑别人家了。

这天从天没亮就下雨，哗哗啦啦越下越大。生产队长通知都在家休息。下雨时田里是不能去踩的，踩成死板一块了，是不长粮食的，田要泡松才长粮食，正如人们说的“海绵田”。

钟月就想，今天下雨，陈艺也不会上工，去看看他。她已经好久没有看见他了，也不知他怎样在生活。她感觉像有一根绳子牵着她的心荡悠荡悠的。钟月就戴着斗笠去找陈艺。这斗笠是林姑娘编的，上面还有红色的五角星，像红色娘子军戴的那种，还有绿色的花朵。

钟月来到陈艺家，门却是锁着的。她大失所望。但她马上想到，可能是给哪家做什么木工活去了。于是就边走边问。问了几户人家也不知道陈艺在哪里干活。

钟月就挨着一家一家走去。来到一户人家门前，就听见“呼儿啦啦”像唱歌的刨子声，她高兴地几步就走进了门。陈艺正刨着一块大大的床面子，在为这户人家做床。

陈艺见了钟月非常高兴，就停下手中“呼儿啦啦”的歌唱，要她在旁边椅子上坐。自己也在马凳平台上坐下来，看着她。

钟月有些遗憾地对陈艺说：“我以为你下雨在家休息，来看看你……”

陈艺用深情的眼神望着她：“太谢谢你了！对不起你。村民们家家都有木工活要做，我只能按大家找我的先后，排成顺序，一户一户地来做。差不多每晚上都在加夜班，下雨就更不用说了，要做整天。”

钟月很是感动而心疼地说：“你真是和群众打成了一片。但你也不要把自己搞得太辛苦……”

陈艺叹了一口长长的气说：“也是应该的。都是一个生产队的人，社员们都对我好，不帮忙也不近人情啊。凡是在哪家附近干活，那家总是强制性拉我去吃饭，他们体贴我一个男娃在家，回去又远，还要自己做饭。我没有办法也就只有吃。吃了就要还情呀。然后晚上就帮他们干点什么木工活。”

钟月有些感动地说：“你对大家付出了，社员们都喜欢你，那以后推荐你去读大学、招工招干应该是没问题的。不过，你还是先把干部们家里的木工活干好，让干部们满意才行。推荐实际上就是干部一句话，与群众关系不大。”

陈艺明白地说：“这我当然知道，几个大队干部、生产队的队长和会计、贫协组长、保管员，我都已经为他们做了很多……”

钟月一脸怜惜地说："就是，你太辛苦了……"

他平静地说，"都相信你，这也不容易。给大家帮了忙，情义还是在。"

外面的雨还在下个不停，就如情人的话语倾诉个没完。

陈艺又开始工作起来，又是"呼儿啦啦"地刨起来。

这时女主人从灶屋里来到堂屋，看见钟月不禁眼睛一亮，兴奋地问陈艺："这是你女朋友吧？"

陈艺说："是的。就是街上钟师傅的女儿。"

女主人激动地说："天呢，好漂亮啊！真像天上掉下的仙女啊！莫走了，不嫌弃就在这里吃饭。陪下他嘛。"

后来钟月还是准备走，但被女主人强行拉住不放，钟月就只好在这儿吃饭了。

饭后女主人又对钟月说："就在这里陪他干木工活，要走也要吃晚饭了再走。"

钟月就在这里待了一天，看到陈艺将一张新床组合拢来，就觉得陈艺真不错，会做这样漂亮的床，也可以说是个好师傅了。

晚饭后天还没黑，西天红红的霞把山山岭岭辉映得像一个梦境。陈艺收了工具，给主人说，再有时间就来做床上面的架子（笼蚊帐的），就和钟月走出去了。

钟月没有向街上走去，而是跟着陈艺去了茅草河边，他们在河边走着，看着周围像梦的景色。好久没见面了，两颗缠绵的心像两颗汤圆一样粘连在一起，一时间难舍难分，也忘记了时间和许多。

很快来到陈艺家门，两人像一对夫妇归来一样，走进了他们的家。在这里就他们两个人，非常自由，想怎么说就怎么说，一时间就有说不完的话儿，表达不完的情谊。

这晚钟月就没有回家。早上分别时她哭了，真不想离开。她说："明晚你就不要去帮别人干木工活了，我们明晚不排练节目，我又来。"

钟月早上回到家，她妈田月问："去哪儿了？晚上都不回来？"

她说："白天在保管室排练节目，同伴邀我去吃的饭，晚上也排练了很久，同伴邀我去过夜了，因为回来你们早就睡了，怕影响你们睡觉。”

田月知道他们这阵子是在排练节目，还有学校老师指导，说还要去参加县里会演。

这天没下雨了，钟月在生产队地里干着活儿，脑袋里总是陈艺的影子，总想起和他在一起的时光。这晚确实在排练节目，学校的那位女老师也来了。她必须要参加，她是台柱子。但这晚的排练中，好多次她都走神了。

第二天晚上没有排练节目，老师说休息一晚上。钟月就又去了陈艺家。来到陈艺家门口，陈艺正一个人站在路上，在苦苦地等着她。

不久就出问题了，钟月怀孕了。她就对陈艺说：“怎么办呢，我有小儿了。”

陈艺说：“那就干脆马上结婚，我们也就不想多了，只要我俩能天天在一起，我就满足了。”

钟月说：“可是还是有点不甘心。我们是读了高中的，又参加生产劳动锻炼了这么久，我应该是有希望走出去的，或者上大学，或者招工招干。”

陈艺明白地说：“你们家两兄妹已经送出了一个，还能再送你吗？好多干部的子女还一个都没有出去。而他们是有关系的。你们家不占关系。钟铜能去读书都是侥幸，所以也只让他去读了个中专。”

陈艺又说：“我们结婚了，我负责把你照顾得好好的……”

钟月也说：“要得，结婚。什么也不要了，就要我们自己！”

他说：“我就要你！”

钟月说：“我也只要你！”

很快，陈艺和钟月结婚了。婚礼还算热闹。陈艺和生产队的人关系都处理得很好，肯给乡亲们尽义务帮忙，人们都喜欢他，男女老少能走动的都参加了他的婚礼。还去了很多匠人、师傅。凡是去的人都送了贺礼。他也专门给木业社请了假，回去为陈艺操办婚事，还准备了酒席，款待所去参加婚礼的客人。

后来陈艺和钟月也得了一个乖儿子。

当上爷爷的他太高兴了，脸上时刻都是这个孙子驱动的笑容，好像曾经的追求与苦难都忘记了，唯有这个孙子才是他的真正希望。

陈艺满面喜悦地说："爹读的古书多，'四书五经'能背，帮着给小儿取个名字吧。"

钟月也欣喜地说："这名字还是要爷爷取，爷爷的文化深厚。"

他有些兴奋地随即说道："就叫陈厦。你们看怎样？"他像是早就想好了的，脱口而出。

他随口说出这名字，令陈艺和钟月都异常吃惊，脸上都忽地升起敬佩的微笑。

陈艺会心地笑着说："这名字好。我就说嘛，爹读的古书多，所以随口就说出来了好名字。这个'厦'字确实很好啊，厦就是大厦呀，我们儿子能像大厦一样立在这个世界上，多好！"说着开心地笑了。

钟月思索着有些打趣地笑着说："又一个修建房子的匠人……"

陈艺马上回复说："建房子有什么不好？爷爷建古老的房子，陈厦长大了建现代的房子，建未来的房子。应该说，未来就是一栋大厦！"

他兴奋地笑着："对，陈艺说得好，未来就是一栋大厦，需要陈厦长大了去建设，陈厦也就成为一座大厦。"

这番话又说得钟月笑了，好像看到了儿子修建的大厦。

他十分喜欢这个小孙孙，并寄予莫大的希望。在小孙孙满岁时，给小孙孙制作了许多积木，并且把它们染成红色、绿色、白色、金黄色、蓝色、玫瑰色。他知道小儿喜欢各种艳丽的色彩。这些积木有个特点，都有榫缝，可以随意连接、组合，可以用来堆砌各种房屋、宝塔、桥梁，想制成什么就能制成什么。他同时用黄色的木头做了一个袖珍小房子玩具，给墙壁染成金色，给大门染成红色，给窗户染成绿色，给房顶染成蓝色……这实际上是一个房子模型，让孙子用积木照着这个样子来堆砌。这个房子玩具较高，中间竖着刻有两个字：“大厦”，字是用红漆刷了的。有五层，每层都有几个窗户，下面有一个大门，顶上是琉璃瓦……

果然，小陈厦整天就是玩这些积木，玩这个小房子，并用这些积木堆砌房子，有时还堆砌很高。

后来小陈厦能到处走动了，就改变了一些玩法。小陈厦喜欢捡一些小石头砌房子，还砌一个大门，砌几个窗户，还用树棍做楼索，然后用小木板给房顶盖上，说这是瓦盖的屋顶。但小陈厦盖成的不是那种斜坡式屋顶，他是盖的平顶，就像大城市高楼顶面一样，是平平的。

他就问小陈厦：“你为什么要盖成平顶，不像我们的住房一样，盖成两个斜面呢？”

小陈厦说：“我要盖成平的，像院坝一样，好在上面玩、打球……”

他听了非常高兴，觉得这个小孙子还真会想问题。

这却让钟月很不满。她有些恨铁不成钢地说：“这个小东西，难道长大后就是干一个泥瓦匠？太没出息了！他爷爷修建木房子，起码手还好看一些，像一双手艺人的手，不像那些泥瓦匠，像一双泥巴做的手……”

其实农村的大量孩子就喜欢这样玩。他们所看到的、能够利用的材料，只有石头、泥巴、树棍、草叶，他们没有城里那些孩子的坦克飞机、大炮枪支……

小陈厦总想把房子砌高一些，为了砌很高，他到处找小石头，每次也都砌得很高。

小陈厦笑着说：“我要把房子砌得有山高，好站在房子顶上看远处，要看到城里；我要砌很高，我好摘月亮、摘星星，用云朵、彩霞当被子睡觉……”

他听了脸上露出无比兴奋的笑容，这是从没有过的笑容，真正灿烂的笑容。

但由于石头不规则，小陈厦总是砌不了很高就垮了下来。垮了又砌，砌了又垮，垮了又砌，就像希腊的西西弗斯……小陈厦每天都重复着这个工作。

他看着小陈厦的这些搞法，心里感到十分高兴和欣慰。所以他总是鼓励小陈厦，并说将来可以当建筑大师，可以修建世界上最高的大厦，成为世界建筑名人。因此他还在四处为小陈厦找来一些好石块，堆在院坝里，作为建筑材料，好让小陈厦修建房子所用，他还教小陈厦怎么安装楼索，怎样就可以砌得更高……

小陈厦就说："我要砌世界上最高的房子，站在楼顶可以看到外国……"

他顿时哈哈哈地大笑起来，竟然笑出了爽朗的声音，笑容在脸上久久不落下。

但他们的这些作为，却令钟月很不高兴……

小陈厦玩了一阵，还是觉得这样的房子太不漂亮了，就对他说："爷爷，你给我做很多漂亮的积木，我要用积木建房子，漂亮些。"

他感到太高兴了，就急忙地给小陈厦做了很多各种颜色的积木，让小陈厦尽情地玩这建房子的游戏。

看着这陈艺的儿子能砌房子了，他不禁又想到大儿子陈喜。陈喜由于表现好，在工程结束时被推荐去上了水电学院。到底实现了他的目标愿望。毕业后成了工程师，转战一个个电站工地。他仍然坚持吃苦，跋山涉水搞勘测，险要的地方别人不敢去，他积极地上去。因此他多次被评为先进工作者。

他也有一个深深的忧虑。弟弟陈艺有了儿子，而哥哥陈喜还连女朋友都没有！每次他写信说这事，陈喜都在信中说，男人要先干事业。

四十六　翻天覆地

天气多变，世事难料。人也是变化的。后来改革开放了，都去自己当老板，自己办企业。满街上都是私人开办的餐馆、各种门面，这时个体户成了时髦。同时，许多事情，稍微一变，又会出现意想不到的结果。人的好事一来就是接二连三，时运来了，门板也挡不住。

这时骆铁匠又调回了茅坪粮管所，祝梅也跟着回到茅坪供销社，还是在餐馆里当师傅。祝梅就和骆铁匠商量，她要自己在街上开餐馆，肯定比在供销社餐馆里拿工资要强。

骆铁匠也能跟上形势，稍微思索了一下，竟然对她的意思同意了一回。

祝梅是个有名的乡间厨师，就在街上那木屋里开起了餐馆，并取名为“祝梅酒店”，由供销社国家职工一夜之间变成个体商业老板。

餐馆一开张，生意比当年还要红火几倍，因为现在街上的人多了好几倍。连许多机关单位的干部职工都不吃自家食堂，而要跑她这餐馆来享受美餐。还因为这是国道线，整天车水马龙，流动人口也多，不少车辆包括客车都停在她门口，在她这餐馆里吃饭。她是个厚道人，也总是让客人吃得舒舒服服，然后高高兴兴而去，改日又来。虽然骆铁匠是南下干部，工资高，但祝梅的收入有骆铁匠的三个多。这时就是给她安排一个镇长，恐怕她也不会去干的。

还有一家也是长期住在街上小木屋的，暂时还没有这种幸运。这就是雷陈林的妻子石琳。石琳是农村户口，这时生产队还只前进了一小步，实行了作业组，还没有分田到户，她还没有条件经商。

没想到时间一晃变成了一个壮汉，啪嗒一声就迈出了一大步，一步就跨进了二十世纪八十年代。整个社会进入全面改革开放。就像一下子站在了汹涌澎湃的大海上，令人有些不适，甚至惶恐。这时期带来的各方面的阵痛和变化是史无前例的。时代在变，社会在变，人在变，心在变，思想在变，面貌在变。你眼前的一切都在变，你也要变。

这个壮汉迈着大步走着，每一步都震动得大地发抖，带来大变化。不少人趋之若鹜。

多如繁星春草的个体经济的迅猛生长，一时间铺天盖地不可一世。你随时一抬眼，都是提着大小皮包的个体老板，你走到哪里都会碰上拿着广告单和商品的推销员。国营、私营，大中小企业有如男女老少进行一场马拉松赛跑，都极力寻找空隙拼命往前狂奔，势如破竹，这根本就不像马拉松，而是像万马奔腾，又恰似一江春水汹涌向前，大浪淘沙……

有人也不是靠后台、靠关系、靠骗术、官倒私倒暴富的，而是靠大气候、努力播种勤于耕作带来收获。

钟铜是学财贸的，有供销社工作的经验，特别是担任供销社采购员，跑遍了东南西北，而且都是发达地区，见识广，有眼光。

这天是个星期天，太阳十分地白亮，像是一个耀眼的银圆，光芒四射，像是在喷洒着银水……

钟铜从远处回来了。星期天黄霄也在家。钟铜把黄霄带到小河边去散步，他们喜欢来这河边游玩。这里是他们爱情的第二发源地，铜镜就是在这里给的，第一发源地是学校。

钟铜就对黄霄说："我这几年担任供销社的采购员，跑了很多地方，特别去了江浙一带，看了很多，学了很多。也看了一些报刊文章，我已经看出了中央的意图，要进行改革开放了……因此，你就不要干民办老师了……"

黄霄听了一惊："不，我觉得以后转正了，当个老师是个很好的职业。"

黄霄一直觉得，钟铜是个正式国家干部，自己也要混个国家职工才匹配，不然自己的形象就矮化了。

钟铜正经八百地说："我要你卖服装。"

黄霄惊疑地问："私人可以开服装店吗？"

钟铜胸有成竹地说："我当然有数。江浙一带已经有了……"

黄霄深深地皱着眉头，像在思考着什么。

钟铜胸有成竹地说："我在供销社当采购员，我给你进货，可以一同带回，你只在家卖。你干民办老师一月才十三块钱。我保证你做服装生意一天要赚十个十三元。一个月的工资有我几个高。到时你是富婆，养我这个小白脸……”

黄霄听着就笑了一下，她觉得钟铜说话有意思。

钟铜又坚决地说：“你应该相信我。赶快办，你就是茅坪区第一个服装老板，任何事要抢占先机……”

黄霄当然相信钟铜。她相信他的见识、眼光和能力。于是黄霄对钟铜的信任就超过了她对杜弘的信任。

黄霄就说：“我考虑一下。”

这晚钟铜特别买了一点瘦肉，叫母亲炒了，说晚上一家人会个餐。钟铜很少在家里吃饭，除非母亲弄好吃的要他回来吃。但一般他们没什么好的东西叫钟铜回来吃。

实际上两个老人的生活很是拮据，甚至说非常艰苦。一家之主的钟潇都差不多失业了，早就没有打什么铜器了，没人买这些。钟潇现在主要就钉一下鞋子，换个钢筋锅底，配点钥匙，挣点小小的钱，买回供应粮食，买点乡民们来卖的便宜蔬菜，两夫妻过日子。为此连钟潇也学会了和乡民们砍菜价，并不惜耽误时间，现在有的是时间。

黄昏时分，钟铜和黄霄双双回来了，脸上都挂满笑容。

一家人吃了一顿喷香的饭菜，吃得脸上都露出了生动的表情，主要是有肉。平时钟潇没有买过肉，无油无肉的菜是怎么也不香的。

饭后，钟铜就说：“都到这里来，商量个事。”

钟潇和田月今天改善了生活，心里比较舒坦，脸上都挂着微笑，听儿子钟铜说了，连忙就坐到了桌边。钟铜和黄霄也早就坐好了。

钟铜有些严肃地说：“给爸说一下，你把你这两间杂货店腾一下，我来整修一下，连成一大间，我准备开个服装店，让黄霄来经营。”

钟潇做手艺目前占的是两间房，靠上街一间摆的一些铜器和乱七八糟的东西，包括打铜的炉子、风箱等，严格地说不叫杂货店，钟铜说杂货店还是褒奖了，实际像是一个废品屋。少量铜器应该还值点钱，但又没有人买，也是等于零。中间这厅屋是一间过路屋，通后面厨房，也是钟潇的加工门面，配这配那，补这补那，还要放桌子吃饭。靠下街的一间，就是后来接的那间屋子，是装的一些生活用品，包括粮食、洋芋、煤块、柴火，还有旧家具、旧东西、杂物等，装得满满的一屋子。

钟潇听了钟铜的话，脸上的微笑忽的一下就没有了，满脸不高兴。他有些生硬地说："你还想搞我的清算，扫地出门呀，我又不是地主，穷得像几根茅草了。"

钟铜严肃地说："正因为你们穷，我想让你们过上好日子，天天有肉吃。我可以说，你现在一天，可能只挣到了几角钱，一月挣到了十五块钱，购买点粮食的钱，根本吃不起肉。这你自己也明白。就钉几双鞋子，配几把钥匙，屁股大个乡镇，哪有那么多生意？你把屋腾出来，我一天给你一块钱，你就只休息，过好生活。"

钟潇就闷着，听到一天给一块钱，可能在脑袋里算账，暂时没说出什么。但脸色还是有些愤怒的意思。

田月满脸疑惑地问："私人可以开服装店吗？"

钟铜一副心中有数的神情说："我当然有数。江浙一带乡镇企业办得好，商品发达，价廉物美，已经有不少个体经商户。我给供销社当采购这几年，跑了很多地方，我知道外面形势，也知道中央思路，现在中央开三中全会了，马上要进行改革……这个街上，恐怕就只有我未卜先知。任何事，总是走在前头的人讨好。你们什么都不要管，反正你们每月就按时拿钱，负责你们有饭吃，有肉吃，有衣穿就行。"

钟潇终于说话了："把下边一间给你们。中间这间要过路。"

钟铜说："把下边那间屋收拾一下，做过路屋，做厅屋。"

田月就说："下边这间都是摆得满满的，腾不了……"

钟铜说："有办法。我来帮着腾，负责摆好。楼上还可以放。有些从没用过的东西要扔掉，放一辈子有什么用。"

钟铜又说："我是想你们过上好日子，不然我去街上租两间屋完全租得到，也就这个价。爸你这杂货匠，也就干脆退休算了，我们养活你们。你们要相信我，我在外面跑的人，心中是有数的。"

第二天，钟铜找了个临工帮忙收拾，打扫。属于铜方面的东西都放到了楼上，使用的生活用具摆到下边一间。放了几十年没用的东西，根本就是一些垃圾，都扔到了路边的垃圾堆，堆了高高大大的一堆。钟潇绷着一张沮丧而生气的脸，用那充满留恋而放心不下的目光，在这堆垃圾里面仔细检查、寻找，看是否有什么好东西，又选了一些东西放进了屋里，但又被钟铜给拿出去扔了。

于是钟潇这个铜核桃，这个堡垒，曾经办合作时怎么也没有攻破，这下被他儿子攻破了。他也有些明智了，养老还是只有靠儿子。三间木屋，一楼腾出了两大间，当街一面全部拆通，对外开放。里面全部用白色硬纸一褙，白花花的，光鲜如新，再挂上五彩缤纷的现代衣服，一时间是万紫千红春色满园。但是外面的柱头和二楼的板壁还是旧的，钟铜又用白色的压塑纸进行了包装，这压塑的纸不怕雨水。顶上二楼板壁上也钉了一层压塑纸，变成白白的了。钟铜用保丽板做了一个又长又宽的招牌，高高地悬挂在铺面顶上，而且为服装店取了个漂亮名字，叫"钟情服装店"，白底红字，周围还有星星点点的彩灯整日闪闪烁烁，一时间在茅坪街真让人耳目一新，刮目相看。

茅坪区第一家个体服装店——"钟情服装店"顺利开业了。钟铜带着满脸笑容，一连放了好几封鞭炮，响声久久地在四周山上回荡，连仙人岭的云雾也抖动着。这一时间成为茅坪街最为红火的新闻。

服装店从一开业就生意火爆，全茅坪区的人几乎都在这里买服装。机关干部、教师，更是如此。连黄霄自己怎么也没有想到。任何事情，走在前面的总是得好，跟着跑的人只不过是捡点残羹剩粥。

这当然主要是钟铜这个采购员的功劳。钟铜是她天然的幕后指挥。他利用自己独特的工作条件，公私兼顾，甚至是私搭公车，可谓近水楼台先得月。

斗笠姑娘林妹妹也没落后。她很快在爱人小陶的张罗下干脆进城办起了鞋店，比茅坪小街的人们还先进了一大步。这主要因为小陶是供销社管业务的，有眼光，会看形势，也有胆量。

在祝梅、黄霄、林姑娘的带动下，茅坪镇上的服装店、鞋店、百货店、五金店、小食馆一夜之间如雨后春笋，拔地而起，蓬蓬勃勃！

这时的钟铜、黄霄已经赚得盆满钵满，而姗姗来迟者才开始东施效颦，也只能瞠乎其后了。

钟铜笑着说：“民办老师可能永远转不了正，只害得我们推迟了婚期，奉献了青春。”

四十七　阵痛之潮

好像有一股汹涌的潮流正在悄悄地推动着一切，要改变这个世界。

这天上午区里召开各手工业合作社社长的会议。

这是一个改制的会议。应该说也是决定这些集体企业命运的会议。改制实际就是改公有为私有。上面还规定了改制必须完成的时间。

会议是区党委杜书记亲自召开的。当然已经不是原来那个杜书记了，原来的杜书记早调到县里当上了二把手。这是一个年轻的杜书记，是原来杜书记的儿子，叫杜文。这杜文仪表堂堂，显得精明能干，真是人才辈出。

他看到年轻有为的书记杜文，忍不住心中涌起一股激动，像是忽然看到了靠山，有了力量，有了希望！

这位杜文书记还才来上任不久，还不认识他们这些单位的负责人，连他这有名的陈师傅也不认识，因此有点像看陌生人一样看着他，还带着审视的目光。

杜书记笑着说：“都先自我介绍一下吧。”

都望着他，他只好自己介绍说：“我是木业社的社长陈师傅，当年和你父亲一起辛辛苦苦，好不容易成立了各种手工业生产合作社……”

杜文书记脸上倏然间很有亲切感地笑了，站起来伸手去和他握手，他也连忙站起来，伸手握住杜书记的手。

杜书记热情地说：“哦，是我父亲的老朋友，真有缘！”

接着杜书记传达了上面改革开放的大政方针，重要精神，国有企业、集体企业改制的意见……接着邓区长也讲了一些话，要求大家讨论发言，提高认识。

顿时会场寂静无声。大家吃惊之后都明白，一时间都不说话。

杜书记和邓区长又催促了一遍，要求大家发言。

于是铁业生产合作社的社长说："我们相信上面。"

缝纫生产合作社的社长也跟着说："我也是，相信上面。"

他显得很是痛心的一副样子，像是望菩萨一样望着年轻的杜文书记和邓区长，等待领导的指示。

领导都认真地讲了话。大家都不说话。

第三天阴阴的像有沉重的心事。他去了几个手工业生产合作社。他想看看那几个社长准备怎么搞。

那几个社长都是一个意见："人，你不跟着形势走怎么行？这形势就好比涨起的一河洪水，势不可当，你一个人能站在水里不动？卖了算了。"

他说："我想还等一下……"

几个社长都是一个说法："上面说了，其他地方搞了，你还等什么？越等，下面就会对你不满，因为上面都说了，你还要卡住不放，那不是思想僵化的老顽固了？"

几个社长都是这么一个意见。他们说了些话，他就怏怏不乐地回去了。

这里，最先解体的是泥瓦社、棕业社、篾业社。他们占据着街道的好位置，先卖了房子，一人分几个，改行做其他的，或作本钱经商。一夜之间改弦易辙，这几个手工业生产合作社的场子就变成了私人的。还有区里的企业——煤厂也包给了私人经营……

有的人继续去做手艺活，有的人改行经商了，大多数人无力经商，又没有了住处，就解甲归田了，叶落归根也是一条去路。他们将成为社会底层弱者……

这时各种建设也多起来。公家单位建房造屋，私人修建住房、办厂，等等，也是一片别开生面的蓬勃景象。几乎到处都在盖房。因此有的行当走向兴旺，最忙的是泥瓦匠师傅们，还有木匠。也更有不是匠人的人，甚至不三不四的人成了包工头，哪怕没有文化，不会手艺，只要有关系，或者会投机，有的后来成了建筑老板，甚至房地产开发商，成了大老板。几个太阳一晃，有的当刮目相看，有的当高山仰止。

这镇上最后就剩下木业社、铁业社、缝纫社。

大量的木工活在农村。建房造屋，打家具，等等，这些活都不便拿到木业社去做，都是请匠人到自己家里去做，愿请哪个请哪个，不需要找什么合作社。而匠人们也相信去私人家里做手艺，生活好，自己做，自己收钱，自己用，不想通过合作社还提成一些什么公积金、公益金、生产基金、办公费、水电费、房屋折旧费、防汛费、民兵训练费，等等。单干又自由又划算，顿顿有酒有肉……谁也没有想到，几十年绕了一个风风雨雨的大圈，还是又回到了单干原点，像是旅游了一番又回到了家里。

他仍然是负责人——茅坪区木业生产合作社社长。可是情况渐渐严峻。现在人心一下子都变了，目光不再是向公，而是向私，都想散伙单干。连徒弟侄儿雷陈林都劝说他，大家的心都散了，还强行地捏到一起有什么好？就松口解散吧，让各人去搞各人的，想怎么搞就怎么搞去。

他就安排大家，各自去找事做，挣钱，养家糊口，也不给单位交什么费用了。当时师傅们对他这个安排是千恩万谢，认为他是恩人，给了大家自由，给了大家发财门路。于是就如一群笼中的鸟儿翅膀一扇就飞出去了。

时间一个大步又去了很远。不像是人的脚步，好像是坐着汽车奔跑的。日子像一河浑水很快地奔流着。每天的太阳都像是也自由了，爱照不照的，想睡云里休息就睡云里休息，想跑到山那边去玩就跑去玩。人们的脚步也像兔子一般飞快。

这天，缝纫社的师傅肖叶来找到他，他正在为别人做一个小柜子。

肖叶首先叫了一声："二哥。"她是他的亲姨妹，当然可以这样称呼。

她接着说："缝纫社要卖房子，连场子卖。你帮我参谋一下，我想买一间做门面。怎样？"

他清楚，这房子是二十世纪六十年代在上面的扶持下，加自己的积累，加卖旧房的钱，重新选址修建的一栋石木结构房子，在横路的挨河边。这里既隔主街很近，又是小桥流水人家，独有一番景致韵味。

他说："你商量了钟铜和黄霄没有？"

她说："他们支持我买，但要我买了开服装店。可我还是想做裁缝活，做了几十年，许多人都相信我，不忍心丢下他们……"

他说："买，买了继续做裁缝活，行。"

她说："我听你的。"

她相信他。他是很神的人，有什么事，她都找他参谋，她听他的。其实他也是她心中的神，只是有点阴差阳错。

搞了一阵子，人们都不满足于他的那种安排了。加之这时人们都知道上面的改革政策，思想也都大变了，不是一般的变。原来大家都听他的，都尊重他的人品手艺、技术绝活，把他看成一尊神，但现在他的手艺技术没用了，不如经商的，也不需要他继续领导。各搞各的单干，自己领导自己最好。

他一直思考着。他又来到木业社房子外面，围着转了一圈，又转了一圈。眼看着自己主手修建的房子好像在摇晃了，要改变颜色了，要姓私了。大家都说要卖，而他自己又无钱买下，只能眼睁睁看着别人买去，很快就不是自己的了，就要变成别人的私有财产了，他真的是痛心疾首，心也像是分家了，碎成一片一片的……

转着，走着，他眼里涌起泪水，他尽力忍住不让流出来，可就像流进了心里，凉凉的，酸酸的。

他决定去区里一趟。

出门不远他就看见了亲家钟潇铜匠的那栋小木屋。这木屋不再是铜匠铺，而是变成了一个服装店，气象一新！他知道这是钟铜的媳妇黄霄开的。黄霄是肖叶的女儿，是他的姨侄女儿。听说她赚了很多钱，他想应该是真的。

钟潇那剩下的一间木屋，改成了通向后面厨房的过路屋，也摆了许多东西，钟潇舍不得扔掉，勉强在边上放了一张小桌子，最多供四个人坐下吃饭，而钟潇的工作场所，则搬到了这间屋旁边的屋檐下……

这时的钟潇，看去那脸上十分别扭，常常是半阴半晴，极不协调，那是一半喜气加一半生气，或者一半欣慰一半沮丧。看到服装店赚大钱，钟铜每月给他三十块，像是按月拿工资，这时正科级一月工资只有四十元左右，他感到一阵安慰。但一想到自己几辈人传承的手艺竟然沦落到这个下场，心里又是十分地痛心和生气，似乎到死也不服气，就像一头被斗败的公牛，歪着个脑袋，憋着一肚子闷气，愣在那里。

这时间也是日变月异。各种手工业生产合作社等集体企业，正经历着秋风扫落叶，风雨飘摇。这和钟潇的命运大同小异。

而钟铜与黄霄的店却是蒸蒸日上，越来越红火。钟潇被挤到了一边的屋檐下敲敲打打，既无可奈何，也只得安贫乐道……

肖叶买了缝纫社一间房子，又去找他。

她说："二哥，请二哥帮我开一道门。"

他很快去了。他认真设计了一番，将原来临街的窗户改成一道大门，这间屋就成了个门面。

他说："我还给山墙上开一个窗户，你往窗前一站，就可以看到小桥流水，看到柳树跳舞，吸收一点新鲜空气，一天的心情都好了。"

她高兴地说："太好了。"

他把窗户做好了，她走到窗前一看，就笑得满面春色，惊喜道："啊，你真会想，真会设计，真是大师！"

他说："你也是，坚持就是大师。"

她望着他，征求意见地说："我还是想继续做裁缝活。"

他鼓励地说："对，人就是要干自己乐意的事。"

他帮她摆好案板、缝纫机，都笑了，这又是一个新天地，一踩缝纫机，缝纫机也咯咯咯地笑了。

她做了好几个菜，买了他喜欢喝的苞谷酒，要他吃，要他喝。

他望着她说："你也喝一杯。"

她一听"喝一杯"，突然心里涌起什么，脸上没了笑容，充满羞涩地耷下眼皮说："你喝，我胃不舒服……"好些年来，一听说要她喝一杯，她就想起一些事情，心里就疼痛……

他没去多想，他不知道她心中的痛。他独自喝着，不过她总是接二连三给他拈菜。

这时钟潇的妻子田月慢悠悠地来了，她可能是专门来看装修铺面的。一进门就笑着说："虽然是旧房子，经陈师傅这么一装修，也像新的了，好敞亮啊，一间好门面！"做了几天生意，说的都是行话。

肖叶热情地说："田月你快来吃点饭。"

田月笑着说："我刚吃。"

两亲家说了一会儿亲热话，田月就又看看他和肖叶，又正经八百地说："你们两个都是我的亲家，我也就亲不说假，实话实说了，你们两个就合成一个家，天天学这样在一个锅里吃饭，多好！"

一时间，他和肖叶都被说得有些不好意思，也不回话。田月也就不往下说了。

……

接着她的缝纫机又开始咯咯咯唱起歌来。

但这却让女儿黄霄很不满意。

黄霄说："不要再守这个裁缝手艺了，赚钱太少了！脑袋应该开窍了，做衣服不如卖衣服！"

但肖叶说："还有许多顾客相信我，我舍不下他们。都喜欢我做的裤子，说我做的裤子比买的好穿些。你们努力多挣钱吧。我也能养活我的。"

黄霄就说："你就是优柔寡断。真的不开窍，还守守守，守个什么呢？"

四十八　回天有心

他走过丁字路口，就站住了。他就想起了缝纫社。这缝纫社与他的关系、命运太重大了。他的妻子肖云，从成立合作社就在这里做裁缝，后来他妻子不见了。现在缝纫社又不见了，变成了私人的大楼……他忽地感到晕了一下。

他向前走了几步，就看见挨河边的一间旧房子，它就像一个旧纸箱挂在新楼房的墙边上。这是肖叶的缝纫店，是他帮她做的大门，刷的漆，也是崭新红亮。他的眼睛也亮了一下。他听见里面的缝纫机在咯咯咯、咯咯咯地唱着歌，他觉得是在向他咯咯咯地笑。他想进去看看她，接着就放慢了脚步，但他还是转过了头，向上街走去了。

他去几个手工业合作社看了看。都变了。

中饭他没有吃下什么。然后他就发开会通知。

这个会议人员来得十分踊跃，人们都从四面八方赶来了，知道要卖场子了，有钱分了。大家都热烈地议论着当下一些事情。这时他还没有走进会场。

他在人员全部到齐的时候才走进会场。这时已经没一个人缺席。这时人们哗的一下停住说话，向他的脸上看去。都用饱含希望的眼光看着他，仿佛他身上带了一大笔钱，现在就可以发给大家。从他走进会场到坐下，脸上一直没有一丝儿笑容，只有满脸的严峻与严厉。他那充满抗争力的很有穿透力的眼神，静静地又是轰隆隆地一溜儿扫射大家一眼，就仿佛探照灯一样，仿佛透视的 X 光一样。

哗的一下会场变得十分安静，大家噤若寒蝉。许多人都低下头，或是埋下眼神，不去望他的脸。人们感觉到，他的目光十分镇定，并很有震慑力，像X光已经透视出他们心里所想。都充满一种敬畏、惶恐，好像那目光是一个能够照出人们灵魂的镜子，好像他仍然是个神，神能看出任何妖怪。他是被这一带认为很神的大师，修建的冯家大院、老祖庙闻名遐迩，还有他做的风箱可以飞沙走石，炉火烧红天空，让高炉铁水滚滚……的确，他的多项绝活确实干得很出神，无人能与之相比。

他扫视一眼大家，缓缓地说道："给大家说，我们这些人，不是做生意的料。几十年来，我们的眼睛不是盯着钱的，而是盯着的木头，我们的心也和木头一样纯净，没有钱迷心窍；我们的脑筋也只会算尺寸，不会算钱账；我们的嘴巴都是闭着做手艺活，从没锻炼磨生意嘴皮；我们的手几十年拿惯了木头，有些粗糙，有不少老茧，还有些笨拙，好像也变成了木头。现在的衣服袜子多是尼龙丝织的，你要去拿，一下子挂断几根丝，恐怕就没人要了。所以我先还是劝大家都根据自己的情况，选择好今后做什么的路子，不一定都要去跟着风走，都去卖服装鞋子吃的什么的，搞不好一点本钱就丢了。我们这些人可只能吃补药，不能吃泻药，肚里本来就没有什么油水，亏不起……"

大家听得很认真。好像是听到了从没听过的得道真经，一下子受到启发、醒悟，好像是大家都在做梦，他的话一下子提醒了梦中人，瞬间都醒来了，都在脸上涌起一种肃然起敬的神情，认真地望着他。

他咳了一下，很是诚恳地说："当然，做木工活这条路已经不是很好的求生之路了，只能是混口饭了……"

他说着叹口长气，声音有些沉甸甸地缓缓说："这都怪我，没有能力，没给大家带来什么好处，让大家受苦了，对不起大家……"

他停住了说话，好像再也说不出什么了，眼里已经涌满泪水，他不敢眨眼，一眨眼泪珠就要滚落下来。

一时间，大家都深深地感动了。一时间会场上静得沉寂，像没有人了似的，像是一间紧闭的空屋，只有那个时钟还在亦步亦趋地敲打着，像是一个心脏不知疲倦地跳动着。

好久，他才将眼里的泪水吞下肚里，镇定一下，又慢慢地说道：

“现在，我只有一个想法：虽然我们都已经在各搞各的，集体是个空架子了，但我们的心还是要在一起，不能散，我们的情义还在，不能丢。我们都是鲁班的弟子，就是不做木匠活了，也不能说就不是他的弟子了。不要像现在年轻人早上结婚，下午离婚。其实我理解的，鲁班最重要的东西，就是两个字，第一个是‘忠’，就是忠师，忠艺，忠心，忠国；第二个是‘义’，就是仗义，正义，忠义，守义，就是怎么做人。这也就是道。学艺先学做人，做什么都有个义在里面。我们就是不干木匠了，我们做人的忠义不能丢，不能有负于师道，有负于鲁班先师，起码要对得起别人叫了我们几十年的‘师傅’这两个字……”

大家都静静地听着，有点像听一位老道说经的感觉。心中热热地涌动着感动，真有一种离不开他这位老师傅——老菩萨了的感觉，更涌起一种对他的深深崇拜，仿佛他确实是一尊神。

接着他就要大家讨论关于卖场子的事情。

师傅们讨论很热烈。最后定下了一个价：四万元。这个价，在二十世纪八十年代初，在一个乡镇街道，连屋带场子卖，这个价也不算低。

他胸有成竹地说：“不行，要五万元！”

师傅们都七嘴八舌地说：“高了，卖不出去的。”

他坚定地说：“五万这个价绝对要卖。”

魏师傅笑着打趣说：“那但愿你陈师傅能料事如神，也和你做手艺一样神。”

他显得诚恳地说：“不过，我还是希望哪几个师傅能想办法合作买下来，少一万,四万元。自己人嘛。”

但没有一个师傅表态，可能全部人也拿不出这个数。这时的一个正科级干部每月也只有四十块左右的工资。

内部没人买得起，就只好对外公开拍卖了。

从师傅们脸上的神态可以看出，心里还纠结着，憋着一股气：怎么硬是要定五万元的价格呢？这太高了，难卖！

会后，他叫雷陈林用纸写了一个告示，贴在木业社的大门外显眼的位置，告示上面写着：

> 本社定于四月十八日下午公开拍卖木业社房子、场子（厨房、猪圈、厕所、木料和成品仓库，主房两头剩余的宅基地），有意者请先报名登记，到时按时参加。

四十九　最后酒宴

确定的拍卖日子很快就要到了。各方都在紧张动作。有阳动，有暗动。

蒋老板把想来拍的六个人请到他的餐馆里，给每人倒上一杯酒，腌了两盘卤肉，叫大家喝酒，吃菜。

有点诡秘地对他们说："我们统一一下，价格我们只能最高喊到三万元，逼他们按这个价格卖。然后，我们几个人可以用拈阄的方式，再来确定我们谁买，或者联合买，那么大的场子，我们每家完全可以墩一栋房子，一楼做门面，上面住宿……"

大家都同意了这个意见，觉得这个办法高明，对付那些木头脑袋没问题。一个个脸上飞扬着满是酒香的笑容。

这日太阳惨白惨白的。会场上也十分紧张，仿佛要审理一个什么大案子。

走进木业社的老板有六个，个个好像都显得胸有成竹腰缠万贯。他们暗中商量了，定下了一个绝招。看来，这些和木头打交道的老师傅绝不是他们的对手，只能甘拜下风了。

拍卖会简单地开始了。他简单说了几句，说了个价——五万元。

顿时全场一怔，立刻冷到冰点，六个买者都没说话，有的拉长了脸，有的撇着嘴，有的嘟着嘴，有的横着眼，有的皱着眉，显得不满而阴阳怪气，又不置一词。

过了一小会儿，蒋老板满脸鄙夷地说：“四万元都贵了，还讲五万！何况这是一栋又老又破的木头房子。就房子而言，哪个买了也不起什么作用，哪个还住这样的房子？开商店，哪个顾客到这样邋遢的商店来买东西？开旅馆，更无人来住！”

蒋老板这么一说，其他人都一片的赞同声：

“那是！”

“那确实！”

“最多值个二万五。”

“是二万，我还是想买！”

“说个老实话，贵了，我不如就在街头买块地，修建一栋新房子就是，还不要拆屋的工钱。”

他有些不高兴，冷峻地大声说：“我是卖场子，就凭房子后面那一坝仓库，要值多少钱？这位置可是最好的。不说多了，愿买就买。下面开拍。”

拍了个多钟头，几个老板怎么也只肯给三万元。他们早就商量好了的。

这时蒋老板就站起来说：“不少，我们就走了。”

蒋老板说着就真的朝门外走去。其他人也就跟着他向外走去。脸上都挂着一些鄙视的冷笑。

一时间，师傅们变得木愣愣的了。

有几个师傅有些着急的，就小声对他说：“是不是就三万元搞定算了……”

他冷峻地伸手一摆，表示“不”。

接着他对雷陈林说：“你给我再写几张告示：卖五万元，一分不少，愿买则买！到处去贴上。我就料定能够卖这个价，不信你们看！”

一个师傅又打趣地笑着说：“但愿你陈师傅能料事如神，和你做手艺一样。”

一时间都又怔住了，不少人还在喉咙里说着：“真是死脑筋，老古董！”

有人说：“陈师傅做手艺活很神，但做生意未必也神。”

他也说：“那你们就看我又神一回。”

接着就斩钉截铁地对雷陈林说：“快写呀！五万元，一分不少！”

有人就带着笑意地说：“陈师傅你是不想卖吧，这个价哪有人买？”

有人生气地说：“我看是铁了心不卖！”

他也不回话。上前去看着雷陈林写，他怕他写少了。

很快告示就贴出来了：

本社卖房子、全部场子，合计价格五万元，一分不少。愿买者，两天以内前来说定。

于是许多人暗地里表示不满，议论着：很明显，他是不想卖！这个老古董！

有人甚至说：“由大家来民主决定！”

他在祝梅的酒店订了两桌饭菜。他对大家说：“走，都跟我走，去一个好地方！”

很快他把大家带到了祝梅餐馆。餐馆里已经坐满了客人。这时祝梅已经把整个一楼全部变成了餐馆所用，还是显得有些小。

师傅们一个个都坐下了。祝梅开始上菜了。

他正准备说话，骆铁匠就进门了，现在已经是下班的时间了。

骆铁匠高兴地说：“陈师傅好！师傅们好！”

他就望着骆铁匠笑一下说：“骆主任好！当年我叫你把房子建大一点，你要尽量小，追求秀气。现在我看你客人来多了往哪里摆？只有往你床上去摆。”

骆铁匠说：“确实。还是你这大师有眼光。我准备接着这木屋再建一栋新楼房。”

他说：“那好啊！还是建木屋？你是喜欢木屋的。”

骆铁匠笑一下说：“不，我砌石墙，倒钢筋水泥楼板……”

这时又上来了几盘菜，满屋飘香。

骆铁匠就说："你们快吃快喝。我照料客人去了。"

他就带着沉重的微笑对大家说："大家都把酒杯倒满，我们今天事没办好，但肉要吃好，酒要喝好！"

大家都把酒倒好了。有的是满杯，有的只有半杯，都不动杯，用激动的眼神望着他，等他发号令，仿佛这是立屋。同时也想窥视他葫芦里到底卖的是什么药。

这时有人就发话："我们还是一起先敬陈师傅一杯吧。"

大家都响应道："对，对……"

他呼地站起来。这时大家都站起来，有人一贯站不直了的职业性身子也都站得直些了。

他来到两桌之间，高高端起酒杯，大声说道："让我先敬大家！几十年了，大家跟我没过上好日子，我对不起大家，最后敬大家一杯酒。不管我们各自走到什么地方，但我们曾经共过事，是伙计，我们的友谊还在。也要请大家记住，我们仍然是鲁班的弟子，我们都曾风光过！现在，我，借这最后的机会，敬大家一杯，祝愿大家各自去创造更好的生活，身体健康，家庭和睦，重新大干一场，发点大财！来——干杯！"

一时间，这些拿惯斧头刨子而变形的手，有些僵硬地端起沉甸甸的酒杯，笨拙地举起来，抖动着，送到有些颤抖的嘴唇边，然后爽快地向嘴里倒进去——一时间发出咕嘟咕嘟的响声，有如山泉在坎坎坷坷的山岩间跌宕……

……

饭后，开始喝茶，闲谈。

接着就有人提出："是不是少点钱，卖了算了？"

有人就接着呼应："是的。俗话说：'多得不如现得。'"

他带着微笑地说："急什么？我负责你们拿钱回去。没钱，我和雷陈林绝对贷款买下，把钱分发给你们。真的，我和雷陈林合作贷款买，这么好的场子、位置，买了放这里，以后坐赚一笔钱！"

大家疑疑惑惑的，不知他葫芦里到底装的什么药，但更多的还是对他的依赖。

接着他就真的和雷陈林去了信用社，接着又去了农行营业所，联系好了贷款的事。还去粮管所找了骆铁匠，说联合买了开酒店。骆铁匠也欣然答应。他并且将骆铁匠公开带到信用社和农行营业所，去面对面讲好了，说两天后来办理手续。他确实打算这样办，他要赌一口气。

一下子风声传得满街都是：陈师傅和骆铁匠联合买木业社场子了……

深夜，蒋老板悄悄来到他的寝室，悄声客气地说："陈伯，您就三万五卖了吧，都等着用钱呢。我给您私人五千……"

他瞪蒋老板一眼，生气地说："你看清楚，我是陈师傅！你要买，就是五万元，一分不会少。超过两天没人买，我和雷陈林、粮管所骆主任合伙买了开大酒店，已经与信用社、农行营业所联系好了贷款，你要说什么回扣，你就快点回去，我是陈师傅，不是商人！"

蒋老板就笑着说："陈伯您不仅是个好木工大师，也是很好的为人大师啊。陈伯，都说瞎子见钱眼开，哪有人不爱财的？可见你不是人，是神啊！凭这，我给五万买了！我这就回去拿钱。"蒋老板说着就去了。

他叫醒睡觉的师傅们，来到一楼会议室等着。他知道蒋老板肯定会来的。万一不来他就和雷陈林、骆铁匠联合赌一回！三人联合怕什么？

原来蒋老板是很想买的，听到风声信息，就去银行和信用社联系贷款，就听说他和雷陈林、骆铁匠去了农行，又去了信用社，要贷款买木业社，合作开大酒店。蒋老板知道骆铁匠妻子祝梅的生意好，肯定要抢占商机，占据好位置，扩大规模……蒋老板自己的钱还不够，就急忙分别去农行和信用社贷了款。

这时蒋老板就提着包来了，包里是整整五万元。

接着，他和大家一起与蒋老板办好了手续。蒋老板也高兴而归。

一时间，师傅们都赞叹道：“陈师傅真神啊！做手艺神，谋事神，料事如神啊！做生意也神！”

他笑一下说：“我说了的嘛，还神一回。你们还不相信，这下相信了吧。”

有几个师傅就建议说：“陈师傅，你干脆改行做生意，凭你这神奇的脑袋，肯定能赚大钱，能当上大老板！”

但他说：“决不改行！”说得大家都一怔。

后来，那几个想买木业社场子的老板从木业社门前过路，就指着房子骂蒋老板：“你个毛狗子（狐狸）日的，把老子们都耍了！真是太狡诈了……”

师傅们都笑呵呵地领了钱，每人二千五，可不是二百五，他们还没有一次性领过这么多钱，皆大欢喜，笑容从来没有这么灿烂。

师傅们都千恩万谢地说：“感激陈师傅！你永远是我们的师父，永远是我们的神！”

他有些悲壮地站起来说：“还有一些基金等资金，明天也在银行取了一并发给大家……”

顿时响起春雷般的掌声。

他仍然有些悲壮地说：“当初办社，我们白手起家，这些年，我们修建了铺天盖地的房屋，做了千家万户的家具，这大街上哪栋房子不是我们修建的？哪个门店、铺门，不是我们制作的？我们这几十年，没有白混，是有成果的，我们的成果遍及山山岭岭、家家户户！我们应该感到骄傲，无怨无悔！”

他叹一口气，仍是一副悲壮的神情说：“我们应该记住这段历史，记住我们的奋斗，记住我们的情谊！”

第二天，经过算账，又将四十多年累计结存的公积金、公益金、生产基金、房屋折旧基金，还有几十年累计的利润，平均每人又发了两千六百元！加卖的房屋场子分的钱，每人合计就有五千一百元。这相当于一个普通乡干部十二年的工资。

大家拿着钱，没想到有这么多，一个个流下了最后的热泪……

大家都没有想到，这四十多年来，他们还创造了如此可观的财富！

邹师傅感慨地说："我们的合作社没有白办啊……"再也说不下去了。

万师傅感动地说："感谢合作社！感谢陈师傅……"再也说不下去了。

他又自己出钱，安排大家一起聚餐，喝了一顿离别酒，然后依依惜别。

万师傅哭着说："我真还想回到原来的时光啊，大家在一起，多热闹，有什么事互相帮助，有集体的力量，多温暖……"

邹师傅流着泪说："你们还能在一起共事的，我老了，是不行了……"

一时间，大家都互相握手，话别。都和他紧紧握手，说着分别的话，每双眼睛都湿润润的，每张脸上都挂着一滴滴混浊的老泪……

好几人还哭出了声："这一别……谁知我们……还能不能……再见面……"

都年纪老了，像一个个夕阳要掉下山去了，有些沉重，有些伤怀，握紧的手久久不愿松开，像是一场生离死别，一个个老泪纵横……

他站在大门边，将一个个师傅送走，直到最后一个雷陈林。

他说："你也回去吧。"

偏偏就在这时，来电话了：陈喜出事了，从悬崖上摔下了河谷……

他接了电话只觉脑袋里轰然炸响了一下，顿时眼前一片黑暗，雷陈林急忙扶住他。接着雷陈林照料他赶往两百多公里外的电站工地。

这时陈喜已经收殓了。他最终也没能与陈喜讲上一句话。同事们告诉他："陈喜最后说了三个字：'不遗憾'……"

他久久地抚摸棺材，就好像正抚摸着陈喜的身子……

单位给他落实了抚恤金，每月十八元。同时准备将陈喜送回他家乡安葬。

他悲壮地说："青山处处埋忠骨。他喜欢电站，就让他给电站做伴吧，这样我更放心，他的面前永远是光明……”

在场的所有干部职工，听了他的话无不悲痛、流泪……

五十　奔行不止

他虽是人，但他更是个终生为艺的师傅。在他心里总装着一个神，装着神圣的东西，一般人难以知晓。

他常说：“人是有一个神的，人就是靠这个神管着自己的。我就是我的神，有神在心，胸怀有道，四海通途，巍然不倒。”

他总是还牢记着他的那个心愿：“去找道远大师，学得高艺……”

当时他找过几年时间，找过许多地方，但都没有寻找到这位大师。本想一定要继续寻找，可是又投入到了各项社会主义建设。几十年，他既要负责木业生产合作社的繁重工作，还要常常奔波于全县八大铁厂，负责风箱制作与修理，还有县里几大工程也是他负责主持木工技术，实在是身不由己，许多时候打夜工都在奔波、劳作，一直没个消停。但他的心一直都在寻找，多少个梦里都在追寻。找到道远大师，也一直是他的一个终生愿望和最大目标。

他也知道，老道远大师可能是不在了，但应该还有道远大师的儿子、徒弟……找到他们也一样，可以学到高艺。

现在单位散伙了，有时间了，他要去寻找这位大师。

他找到儿子陈艺。陈艺正和雷陈林在一个工地干木工活。

他对陈艺嘱咐说：“现在改革开放了，可以由自己安排了，你就安安心心学手艺。我要去四川有点重要事情。你先跟陈林哥哥一起做，我回来再带你。你陈林哥的手艺不比我的差，你要好好听陈林哥哥的，好好跟他学。”

接着他去了亲家钟潇家。他远远地看见钟潇正坐在木屋旁边的屋檐下，给一个女子钉鞋后跟，这女子嫌原来的后跟矮了，想钉成一个高跟的。这时钟潇也钉好了，说了价钱，女子正在和钟潇讨价还价。

钟潇见到他，高兴地说："陈师傅快到店里坐，我马上就修理好了。"同时大声叫田月："田月，陈师傅来了，快泡茶！"说着继续咚咚地钉着。

田月现在也不是原来的田月了，正在忙着卖服装。她在服装店里大声说："陈师傅快来店里坐！"

黄霄现在转移了。黄霄卖服装赚了很多钱，钟铜决定转移。由于父亲的敲敲打打，提示钟铜想到了五金，进而就想到了家电，就和黄霄在县城里买了一栋旧房子，开起了家电门市。现实中存在历史的某一金点。这千真万确。灵感往往需要某一点燃烧、照亮。钟潇妻子田月接手卖起了服装。钟潇还是在旁边屋檐下做些小敲小打的邋遢小事，什么钉鞋子，换钢筋锅底、炊壶底……一家人各走各的道。

他走进店里，田月欣喜地说："陈师傅稀客！"

她收了一个顾客的钱，对顾客笑着说："慢走。"

田月连忙给他泡了茶，又说："我来做饭给你吃。"说着就向灶屋里走。

他连忙上去制止，诚恳地说："不要弄。我在家吃了就来。我要出远门，专门来看看你们的。"

钟潇这时修理好了鞋子，一脸笑容地走进店里。

他对钟潇说："我打算去四川，你也和我一起去吧，我们边走边找事做……"

钟潇说："我知道，你还是去寻找那个道远大师。我这铜匠早过时了，去也找不到事做，乡下没人钉皮鞋……"

这时田月就说："我看你陈师傅就不要奔波了，不找那些似有似无的东西了，务实点，赶快和肖叶合个家，亲上加亲，一起过点实实在在的日子。我知道，其实你们两人心里都有这个意思。我还是来给你们做媒……"

他连忙伸手一摆，小声说："暂时不要说这个事。给你说，我有天晚上做梦，梦见云儿又回来了……"

田月说："我知道，你还在生肖叶的气，其实，那事是杜弘的问题，不能怪她。女人有时是没有办法的。"

他说："我知道。不能怪她。我也从没有怪她的意思。"

田月说："那你现在就事不宜迟，不要再学上次拖拉了，许多好机会，稍一拖拉，就过去了。"

他还是说："我要出门一段时间，现在不要说这事。"

接着他背起工具背篓出发了。这次他特别带着一个写有"郎中"字样的褡裢包，这是静月当年用过的，在她被抓走时没来得及带上。里面还有一个小木盒，盒子里装的是他为她做的一把木梳子，还有她自己的一把匕首和一些东西……他一直为她完整地保存着。既然她早已变成了坟堆，不会再回来了，还是物归原主吧，送去那个清月观……

他还带上了两瓶苞谷酒。这不是喝的，也不是敬师的，是按摩膝盖和脚踝关节的。由于那些年代风雨无阻，跋山涉水，为国家集体奔波，日夜兼程做这干那，他的一双膝关节、脚踝关节劳累过度，冷热侵蚀入骨，造成严重损伤，关节肿大变形，整日疼痛难忍。走一阵子了，他又要在山路上坐下来，用白酒按摩腿脚的各个关节。晚上睡前更是要认真地按摩一阵……

儿子陈艺和雷陈林站在路口望着他远去，他心里有些酸沉的东西涌起。他毅然转身向前走去，去寻找心中的目标……

在翻过大界山时，他特地去了硫黄厂看望杰田。但没有看到杰田。

这时，厂已经拆了。据说是有人认为自己生产硫黄成本大，还要养活工人，不如直接进口外国的硫黄，省事。工人就下岗了，打工去了……

他奔波寻找道远大师数月，还没有什么线索。他想，老师父明明要他寻找，而他为什么又总是寻找不到呢？他有些困惑不解。但他坚定地相信，道远大师一定在什么地方，即使道远大师去世了，还有儿子、徒弟。他坚信老师父说的。他继续向前走着。

这日，他一路擦着汗水来到鹤鸣山。他知道鹤鸣山属于道教名山，是中国道教的发源地之一，是剑南四大名山之一，而且还被称为“道国仙都”“道教祖庭”。

鹤鸣山因山形似鹤、山藏石鹤、山栖仙鹤而得名。鹤鸣山主峰远观恰如仙鹤，生得端庄俏丽。但整体山群山势又显得那样雄伟，很有磅礴之气。山中树木茂盛，花草丛生，苍翠欲滴，且有涧泉飞瀑，溪流幽静环绕，景色优美动人，环境清雅如诗，更有神秘之气，令人游而忘返。

鹤鸣山景区有众多的名胜古迹。他先后来到迎仙阁、延祥观、紫阳殿、斗姥殿、三圣宫一一拜谒，问询。也去三宫庙、文昌宫、太清宫、解元亭、八卦亭认真观赏和打听。他听说二十四洞去游玩的人不多，也没有道人，但他还是不辞辛劳，每个洞都去了。虽没获得什么，但觉得心里踏实了，没留遗憾。

最后来到天师殿里，他向一位很老的老道打听，知道一位道远大师不？道远大师曾是一位木工大师，后来年老修道了……

这位老道惊异一下，就微微地笑了，上去拉住他的手，像久别重逢的朋友一样看着他，又是那样充满感动地说：“你姓陈吧。”

他恭敬地回答说：“我姓陈，叫陈杰汉。”

老者一笑：“记得你三十多年前就来过这里，向我打听过道远大师，你还没找到啊？”

他有些为难地说：“没有找到。前些时间一直在家乡忙于国家建设，身不由己……”

老者微笑地向他伸出大拇指，有些激动地说：“我看，你本身就是高人了，得道了。”

他连连摆手摇头谦虚地微笑着：“不。不能这样说。我还是个学徒。所以一直在寻找……”

老者抬抬眼认真地看他：“看人是否是高人，不是看外表，是看心……”

他急急忙忙向前走着。

后来他感到脚掌心像是断了似的疼，脚颈、膝盖像是碎了似的痛。他实在走不动了，整个腿脚都像碎了，根本挪不动了。

他走进一个农户借宿，自己用白酒按摩着腿脚关节。

这家男人就说：“我今天去赶场，看见牛头镇上有一个和尚，卖的膏药可以治疗腿脚风湿病痛，贴上就不痛了。”

第二天太阳爬了很久还只爬了竹竿高，他觉得像是爬了几天，就像他爬山一样。他想，要是我是个太阳，我夜里也不落下，为人们照亮道路……

太阳在头顶高高地看着他，用一丝丝光线亲切地抚摸着他的工具背篓，抚摸着他的身子。

他继续赶路。不久来到牛头镇，在街边看到一个和尚。他认真打量这人，年纪也大了，肥头大耳，脸色红润，光着一个又大又圆的脑袋，头上光光的，头顶还有两排黑点儿，这是和尚的印记。下巴上胡须却长长的，少说也有七寸长，而且白白的，真是有一种凌空飞瀑的气势。可能由于胖，眼睛显得窄窄的，是个眯眯眼，就像窗户没有完全敞开似的。但那眼缝中目光却异常锐利。和尚面前摆着一大块黄色的布，上面写着几个红色大字：峨眉山神药。布上放着一些膏药。

他将工具背篓歇下，靠着屋檐下的墙壁，然后走过去，恭敬地对和尚说：“师傅好！”

老和尚向他微笑着，热情地说：“师傅你好！我看师傅的腿脚有老毛病嘛，好像疼痛厉害啊。”

他心里一惊：这和尚怎么知道我腿脚疼痛？真厉害啊。

他微笑着说：“你怎么知道我腿脚有风湿疼痛？”

和尚笑一下，关心地说：“你那脚踝都肿大变形了，风湿关节病已经很严重了，怎么早没治吗？也不完全是风湿，看来你年轻时非常辛苦，跑路很多，风里雨里，不曾停息，劳损严重，这是主要的。”

他更是在心里一惊，这和尚很神啊。不仅能看到我的病，还能看到我年轻时辛苦赶路，真是神了，大师啊！

和尚一副慈悲样地看着他：“看你，也不像种田的农民，是做什么劳苦的事吗？腿脚都劳损成这样了。”

他有点好奇，也想试试这老和尚，就说：“我是个农民。”

这和尚便笑一下说：“我看你也是个手艺人。肯定是个木匠。”

他暗暗一惊，但他还是想试探这和尚：“那你怎么知道我是干木匠的？没听说过，干木匠能将腿脚劳损严重。”

和尚笑一下：“我看你手的颜色，就知道你不是干农活的，农民的手与泥巴粪草打交道，手色黑。而你手色黄，有点像木头颜色。你眼睛右眼大，左眼略小，木匠经常眯着左眼看木料直不直，平不平，时间一长，左眼就自然略小了。所以我说你是干木匠的，但我不懂的也正是这，干木匠腿脚不可能劳损得这样严重。”

他心里十分佩服这个老和尚，观察得多么内行，说得多么准确！

他就说：“我是干木匠活的。由于我会做风箱，全县八大铁厂的风箱就是我一个人制作、修理，多半时候都在东南西北奔波，不管是风里雨里还是冰天雪地，主要就是靠脚走，走路的时间比干活的时间还多，许多时候都是打夜工赶路，因为风箱坏了事关高炉凝固报废的大事。”

和尚严肃地说：“你对社会付出了很多啊，但你好像还过得异常艰苦，国有就没照顾一下你的生活？有多少退休工资呀？”

他实在地说：“没有退休工资，单位解体了……”

和尚感叹地说：“唉，也只怪你是个天生的忠厚好人，只一心想到公家，从没考虑自己……”又笑一下说，“殊不知，你所想的没有了……”

和尚叹一口气，去从包里取出一张膏药，有些郑重地递给他：“我给你一张膏药，你贴上，保你不一会儿就不疼了。这张不算钱，做试用。”

他如获至宝，仿佛接过一份天赐的灵丹妙药，感激地说：“谢谢大师。”

和尚凑近他，亲切地说：“我来帮你贴。”

他解开解放鞋带子，脱下袜子，就露出脚颈上肿得又大又高、确已变形的脚踝骨。

和尚就严肃地说："哎呀你看嘛，我说你脚踝疼痛变形了吧。已经很严重了啊！怎么早没有治疗嘛。遇上我了，也不要紧，我这膏药，多买一些，多贴一段时间，会彻底好的。"

和尚边说边将膏药贴到他脚踝朝外的一面，又将另一张膏药撕开，贴到脚踝朝内的一面。

随后和尚问他："感觉怎样啊？"

他心下很满意，笑着说："感觉凉凉的。"

和尚问："是不是很舒服？"

他有些高兴地说："嗯，是很舒服。"

接着和尚说："你站起来走一下，看怎么样？"

他就真的站起来。他马上就感到奇怪了，他贴了膏药的这只脚颈不疼了！他就迈动脚步走起来，一开步他就惊奇了，他这只脚颈一点也不疼痛了！他想这真是遇到神仙了，不，遇到神医了，这是神药啊！

和尚又笑着说："还过一会儿，你那脚踝的肿也会消一些的。但你必须要多贴一段时间，让风湿劳损慢慢治愈。因为你这劳损的程度实在是太惊人、太严重了，也太久了。"

他有些高兴地说："你这膏药好多钱一张？"

和尚一脸慈悲地说："我这是师父祖传秘方治疗跌打损伤风湿疼痛的膏药，有特效。我是个出家人，不是做推销的，更不是为着赚钱，只为天下苍生减少病痛着想，做点善事，想将来死后灵魂能够进入天堂。这也算是神药，不贵，三块钱一张，但看你也是个不一般的手艺人，两块一张卖你吧。"

他觉得这样的神药，为了治好腿脚关节病，应该买。但他也知道，他给别人做一天木工活的工资才一元五角钱。小工的工资才一块，这时的一般干部每月也就四十块左右的工资，刚参加工作的三十块。

为了治愈，他用四十元买了二十张。这是他辛苦一个月的收入了。

五十一　踏破铁鞋

多日的跋山涉水，他也没有找到想要找到的。这日他来到了一直怀念的本家大爷爷——跟师学艺的老师父家。他忙着掏出火纸和香签，去老师父坟上祭奠。

他记得老师父的坟地。当年送老师父灵柩回来，是他亲自勘定的一个地方，也算是一块风水宝地。

这次背篓里还特地带了一把弯刀。他急急地来到那个山脚，只看到一大片茂盛的树林，绿绿的，其他什么也看不见。他好不容易走进这片密集的树林里，他找了一会儿，找到了老师父坟墓。他看着坟墓，瞬间心里涌起一股崇敬的热潮，接着泪水滚滚而下。

他放下背篓，拿出弯刀，开始砍掉坟墓周围的树木、荆棘。有的树木都有了碗粗，他只好拿出一把斧子来砍。他砍了两个多小时，终于让老师父的坟墓又见到了天日，又变得敞亮显目。他脸上也充满了笑容。

他从背篓里掏出香签和火纸，虔诚地跪于坟前，他仿佛又看到了老师父，禁不住眼泪滴到纸上。他首先给老师父磕了三个头，难过地说："老师父，我来晚了……"说着两眼泪如泉涌。

他流着泪水说："大爷爷——老师父，孙儿对不起您！我还没有找到您说的那位道远大师……但我相信，您说要找的道远大师，那是一定有的，我不会忘记，我会继续寻找的！"

然后他开始烧纸、燃香。很快，坟墓前燃起了一堆红红的火，像一团沉重的云霞，好像怎么也飘不起来……

烧完香纸，他在坟前坐了一会儿，然后慢慢站起来，伸手抚摸了一会儿坟头，便背上背篓，一步三回头地缓缓向前走去，直到转过这道山梁，他又站住，回头认真看了看坟墓，很不舍地向前走去。

他又踏上了追寻之路。

走在熟悉的路上，他不禁又想到曾经同时追寻的还有一个神——

他心中的美神——青梅竹马的肖月——月儿，他也一直没有寻找到。还有一起玩耍的她妹妹云儿也一直没有找到。他和肖月、肖云、肖叶，都是青梅竹马，和她们的故事也是一直占据他的心……

此时他也感到有愧，他这次出门时，也没有去与肖叶打个招呼，道个别。而她总是信任他，有什么事，总是找他商量。他想，有缘一定能后会有期的。

这一天对他来说，是个怎么也没有想到的日子。

前面是一个大山坡下的小山塆。这是他十分熟悉的地方。他曾在这里修建过一栋木屋。他记得那当家的主妇姓陈，人很好，是他爷爷的叔伯侄女，与他实际上血脉很近的。他当然给她叫的姑妈。

他想去看看她老人家，觉得终于找到了亲人似的，心里还有一种激动。顺着小溪转过一个弯，他就看见了一户人家，坐落在小溪岸边的山坡上，离溪水也较近。这是他和老师父修建的木屋，他觉得亲切，看到屋就如看到老师父，也就像看到了那时的自己。他就决定去看看那老人——姑妈。同时歇息一下。

忽然他看见一个女子在溪边洗衣服。这女子望了他一眼就忙去揉搓手中的衣服，没有再管他的。

但他却是睁大了一双惊喜不已的眼睛——这女子像云儿！

他急忙放下工具背篓，去溪边蹲下来假装洗手，认真观察她。她不看他，但他看清她了，她肯定是云儿！但他还是忍住激动，不轻易问，再想法来打听。

她转头望了他一眼。他看清了她的五官，在右边太阳穴下有一颗黑痣，这算是她的特有标志了。还看清了她的神情，就断定：这真是云儿！可他想，明明是云儿，她为什么又不理他呢？

他想，还是不急。这多年了，我也老了，她要认识可能也有个过程。

她几把洗好了衣服，提着篮筐就向木屋走去。这时他看见不远的田里有一个老太婆在打猪草，就背上工具背篓走到老人身边，他看清了，是那个老太。

他恭敬地问候老人：“姑妈，您在打猪草啊。”

老人抬起头，有些激动地看着他：“哎呀是陈师傅嘛！你怎么来了的呀！从在这里修建新屋走了，就一直没有看见过你。”

他亲切地说：“您老身体还健旺嘛。”

老人仔细打量着他：“还算健旺。快到屋里去坐。”

他接着就问后人情况，生活情况怎样。

老人说了一个特别的故事：“你也知道我那石头儿子，你在这儿修建房子时他就喜欢和你玩。他要小你几岁，叫的你汉哥哥。由于地方偏远，山大人稀，我这石头儿子三十岁了还没找到媳妇。一天，来了一个女子，蓬着头，晓得好久没梳了，脸上黑不溜秋的，但模样还是不差，是好久没洗脸梳头的原因。

“她来到我家讨吃的。我一看，就晓得她是个疯子（神经病人）。但样貌端正，人的本质不坏，只是病了。都是女人，我很可怜她，估计她有什么伤心事。我就给她做好吃的，帮她洗脸，给她梳头，没想到一洗理，她竟然是个美女子！我给她唱民歌听，她越听越有兴趣，直是要我唱，我也热情地给她唱。她就和我搞好了，她就不走了。”

老人顿了一会儿说：“恰这时一个叫静远的道士正在这村子里给人治病，我请他（她）给她治病。静远道士说，她是把脑子摔坏了……静远给她按摩推拿、扎针，疏通经络，用好药物给她治疗，没想到她很快就正常了。但是，也出现一个问题，她对原来的事情完全记不起了，全忘记了。她失忆了。”

他听了是静远道士，心想可能是紫徽山清月观的，就忙着问老人：“是不是紫徽山的？”

老人说：“这就不清楚了。”

他顿时感到眼前一亮，他估计是紫徽山清月观的道士，他感到好亲切。同时也就禁不住想起静月——肖月——月儿！他马上又陷入悲伤，他知道，静月早已变成了一座坟堆。他心里又涌起一阵痛苦的波涛……

老人说："渐渐地，她确实像一个正常人生活了。我就问她：你到底是哪里人？她摇头，问她：有不有家？她摇头，问叫什么名字，她摇头。原来的事她什么都记不得了，完全失忆了。她只记得在这治疗好了以后的事情，只记得我对她好，陪她唱歌。我们坐在院坝边，看着天上白白的云彩，想到她也像一片云到处飘，我说：就叫你云儿，好吗？她高兴地说：好。我又说：我姓陈，就跟我姓吧。她笑着说：好，就叫陈云儿。"

他听了老人给她取的名字叫云儿，心里像突然裂了一条口……是的，她本来就叫肖云，一般叫的云儿。

老人微笑着说："接着我就让她做了我的儿媳妇，也就是给石头做了媳妇。你也知道，我就这么一个儿子，另外就是几个姑娘。结婚后，她什么都是正常的，就是不记得原来的事。还生了三个小娃儿，现在三个小娃儿也大了，最小的也大了，都在外面打工。"

他忍住剧痛般的心跳，尽量平静地微笑着和老人说话。

他亲切地问："她后来都正常？"

老人说："都正常。就是不记得原来的事。话也不多，好像不知道怎么说话的，像是写文章的人想不起字来了。后来说话也都正常了，什么也能说。"

老人带他回到家。云儿早已回来了，正在晾衣服。一见面，云儿好像有些不好意思，脸上也泛起了害羞的红云，可能是先前在溪边他认真看了她。

他也想，是不是她认出他来了，就有些不好意思？

老人指着他对云儿说："这是个好木匠师傅，我们这木屋就是他和老师父修建的。他和我是自家人，我是他爷爷的侄女。你手是干净的，快给陈师傅泡杯茶。"

云儿正在往晾衣竿上晾最后一件衣服，在围裙上擦擦手就进屋去了。很快她就微笑地给他端来一杯热茶，平静而有些腼腆地说："陈师傅喝茶。"

他庄重地接过茶杯，又仔细看了一眼她太阳穴下那颗痣，尽力忍住内心的地震，也热情地微笑着：“谢谢你！”

他很失望，很难受。她好像丝毫没有认出他，不过她给了他一个带着甜意的微笑。

他觉得这微笑太熟悉了！这是千真万确的云儿！

他真想大声喊出：“云儿，我是杰汉哥，你不认识了吗？你忘记了吗？我们一起修建新房……”

他感觉到，她好像与原来那个云儿有些不同，可能是年纪大了的关系，相信她的性格不会从根本上改变，还是那个敢说敢做敢爱又有些偏执的豪爽女子。

他强忍住了差点冒出喉咙的声音，努力平复心情，微笑地问：“大姐娘家在哪里呀？”

云儿微笑着摇头，脸上同样弥漫着不好意思的神情。

老人在旁边说：“治好病之前的一切她都忘记了。后来她的记性也不是太好。唉，可怜，连娘家都忘记了，连自己从哪里来都忘记了。其实，她人很能干的，不管做什么事，都做得又快又好。这一带都说我找了个好儿媳妇。”

老人这么一说，云儿显得更不好意思了，就说：“妈陪陈师傅坐吧，我去做饭，陈师傅也一定饿了。”

她说着轻轻笑一下就进厨房去了。

老人陪他在院坝里的木椅上坐着，说着话，老人好像见了他特别兴奋，真像是见了亲人一样。可他的心里却是翻滚着苦苦的波浪，心就像掉进了浪涛里，被波浪猛烈地撞击着，轰隆隆向前翻涌而去，怎么也不能平静，而且像撞裂似的疼痛。

他极力让心去想别的，可总是不行，偏偏就是要想到眼前的云儿，不，她总是站在他面前，他没有办法让她离开。

忽然他看见背篓，他就想起为老人买的东西，是十个芝麻饼。他小心地从背篓中一个小袋子里拿出来，是一个透明的塑料袋装着的。

他双手递给老人，亲切地说：“我给姑妈买了几个饼子。”

老人忙站起身双手接住，十分激动而又难为情地说：“哎呀，这怎么好意思啊。”

他恭敬地说：“应该的，您是我的姑妈呢。”

接着他就找别的话题说：“我那石头老弟呢，到哪儿去了？”

老人说：“哦，他到一个公路工程上搞副业去了。有个熟人包了个工程，喊他去了。离这有百多里路远，个多月没有回来了。”

他带着回忆和思念的神色说：“那这次看不见老弟了。还真想看见他呢。”

不久，云儿把饭做好了，热情地说：“妈叫陈师傅来吃饭。”

他和老人走进堂屋，对云儿客气地说：“把云儿辛苦了。”

云儿有些害羞地说：“陈师傅是贵客，没什么好菜，你将就吃点吧。”

吃饭时，他有意识地讲了他是四川陈老木匠的徒弟和侄孙，是湖北茅州县茅坡人。但没有勾起她一丝的回忆。

云儿主动为他添饭，显得很热情，很厚道，很细致。他却没有吃下多少饭。

饭后，他说：“你们家有什么木工活要做的，我帮你们做点吧。”

老人说：“做点小东西吧。陈师傅做的东西又好看又牢固。”

云儿说：“做个小桌子和几条矮板凳吧，冬天可以在火边吃饭……”

老人也说：“是要做张小桌子，人少坐小桌边吃饭就行了。”

他非常高兴能在这里做木工活，他想通过做木工活来唤醒云儿对他的记忆……

五十二　漫漫路途

他心里有一种激动，好像云儿的记忆马上可以恢复了，马上可以和他相认了。接着他心里就涌起一股甜甜的热潮。

他帮云儿家做着小桌子。他做得非常认真，他想通过他做木工活的样子姿势唤醒云儿的记忆。但她只是不时地看一眼他做木工活，不说什么。他觉得她也不是不能说话，她和老人在一起说话很正常。她是有意控制自己的妇道规矩吧。

云儿有时又倒杯热茶送到他面前，并亲热地说："陈师傅喝茶。"

做饭，菜也格外做得多，还不时地说："陈师傅拈肉吃啊，莫讲客气呀。"

云儿还给他端洗脸水，倒洗脚水，帮他洗衣服。

他叮叮咚咚地做着小桌子，像在进行一场演奏。

她也觉得有些好奇，时不时地观看着，可是做了一整天，她还是对他没有一点记忆。

第二天，他又做了四条矮板凳，也就是与小桌子配套的，坐着吃饭用的。

她也常好奇地看着他的动作，听他敲打着好听的音乐，但就是记不起他是谁……

这晚他认真地想了好久，觉得不便久待，他还有他的大事。

第二天吃早饭后，他就背起工具背篓，对老人说："多谢了，我走了。"

老人和云儿要塞给他工钱，双方推拉了好久，他到底也没有要。

老人和云儿都留他还玩两天，但他决意要走。接着他就背起工具背篓，说声"多谢"，缓缓走出门。

老人和云儿把他送到院坝外路口。

老人说："陈师傅慢慢走。"

云儿说："陈师傅慢慢走。"

他留恋地说："你们回去吧。"

云儿说："陈师傅下次一定到屋，我们还想做点家具。"

他说："好的，一定到屋，帮你们做家具。"说着向她们挥挥手，就转身向前走去。

回望她们，他眼眶里已经是满满的泪水就要决堤。

这时山坡上有几只大大的老鸦，黑黑的，好像有什么事在吵闹着，从这棵树上吵到那棵树上，像一群幽灵……

这晚，他做了一个梦，梦见自己变成了一个神，乘着一朵白云飞到了一个仙境，他找到了道远大师！这道远大师满头白发如雪，高绾着一个圆圆的发髻，犹如一个白月亮歇在老人头上。眉毛如两片仙云横空，下巴上银须长长，有如飞流直下的瀑布，在风中飘飘洒洒，似乎还有呼呼风声……

他高兴地说："我就怕您老人家不在世上了，找不到您了……"

道远大师望着远处说："我在，永远在……"

接着他还看到了鲁班祖师、太上老君，接着又看到了老师父大爷爷，仍是那个样子……

醒来他有些失望。但他似乎更有劲头了，更有信心了。第二天一早又出发了，急匆匆地向前走去。接着就是整日地奔走。

根据他姑妈说的，是静远治好了云儿的病，又使他想起了清月观，本来他这次也是计划一定要去的。

不久他就来到了那座叫紫徽山的上部，找到了清月观。

几十年不见，门前的桂花树长高了，圆圆的，像一个神秘的王国悬在空中。它还是那么年轻茂盛，此时正怒放出浓郁的香气，四处飘洒，让人都要立刻变成香人。那些松柏树好像还是几十年前那个样子，始终坚守着一种神圣的姿态。清月观仍是显得金碧辉煌，也许是重新粉刷了，看一眼就感到身子像在仙化……

他将工具背篓放下靠在墙根，恭敬地走进大殿。屹立后壁的太上老君塑像还是那副样子，和善而慈悲，睿智悠然。他什么也没说，走到近前面对老君缓慢地跪到地下，虔诚地三叩首，然后慢慢站起身子。

旁边那把太师椅上，依然坐着一位老道，肃穆静默，正专心致志地默念着经文。老道的样子已经很老，戴着道士帽，不胖不瘦，中等个子，脸上有些黑，满面皱纹，每条皱纹都很黑，似乎像用墨画的一样。旁边还有两个年轻道士，坐在那念诵着经文。

他走上去，向老道双手抱拳，深深一鞠躬，虔诚地说："给静善道长请安！”

他知道这老道叫静善，不过那是三十多年前的事。

老道依然坐着，深沉的脸色里忽然有什么闪动了一下，深邃的目里也划过一道闪电般的东西，连忙奄下眼皮，稳住身子，缓缓站起，微微欠身合掌还礼，平静地说：“施主辛苦！我是静远道长，那位静善道长早已仙逝。无量天尊。”

他心里一哽，眼眶就湿润了。他尽量平静地说：“哦，道长一定成仙了。能否让我瞻仰一下静善道长的仙墓？”

老道点一下头说：“好的。我带你去吧。”

说着缓缓地向殿外走去，两位道士也随之跟行。

他们来到观旁不远。一个坡度较缓的地方，有一座垒得牢固的圆形土堆，就如一口黄色的大锅扣在地上，前面竖有一块大石碑，上面刻着：静善道长之墓。

静远道长深沉地对他说：“这就是静善道长的坟墓。”

他慢慢地跪下去，双手合掌举于胸前，久久凝视坟墓，然后虔诚地说：“静善仙师，对不起啊！我来晚了。感谢您！感谢您当初开导我，很受益啊。愿您在仙境过得美好！”

说完连着磕了三个头。随即他伸手从小袋子里掏出火纸，用打火机点燃，放置碑前。又掏出三根香签，点燃，插于碑前。他仍跪于坟前，肃静地注目墓碑。火纸和香签燃烧着，缓缓升起的青烟如一缕仙雾，慢悠悠升上天空。

好久，他起身站立，问老道：“怎么静善道长的坟墓是圆形的？”

静远道长说：“道士归天都是这种圆形坟墓，遗体也是坐立坟井中的，与凡人的坟墓不同。”

他接着就问：“那为什么静月道士的坟墓是长形的，和普通人的坟一样？难道她死后还是想做个凡人？”

静远老道惊愕地震颤一下说：“无量天尊。这是她升天前自己的决定……”

他陷入了疑惑、茫然。

静远庄重地说：“人各有信仰，各有追求。施主还是去做你该做的事情吧。”

他感到有些疑惑。静月既然是道士，不管怎么死的，为什么要求这样安葬？难道死了就不是道士了？他疑惑地想象着：她是要证明，人间的那个月儿死了，而从道的那个静月还活着？那她又在哪里活着？这里没有，又去了哪里？

他还是露着满脸感激的笑意，望着静远老道说：“多谢仙师！有时间了我又来拜望。”

静远老道礼节地合掌说：“无量天尊。施主做好自己的事情就行，徒劳之事其实大可不必。”

顿一下又恭敬地问道：“打扰道长，请问您可知道有一个叫道远的大师？”

静远道长欠身回礼道：“贫道孤陋寡闻，不曾听说此人。听说，你几十年前就在到处寻找这位道远大师，也来过这里。没想到，你还在寻找这位大师。你真让人敬佩啊！”

他叹口气说：“这是我那老师父的遗嘱，我承诺了的，找到道远大师，是我这一生最大的愿望和目标……”

静远道长叹道：“你其实是在苦苦修炼，已经进入了一种境界啊。你已经不是一个凡人，应该快得道了。敬佩！”

他就想起那姑妈讲的静远给云儿治病的事，就问：“静远道长，你原来下山给人治过病吗？”

静远道长说：“我经常下山帮人治病。”

他说：“你记得给一个脑袋有问题的女子治过病吗？那是二十世纪五十年代后期……”

静远道长说：“是治过这么一个病人。”

他说：“你把她治好了，恢复正常了，但就是对原来的事情失忆了。请问，道长你有治疗这失忆的药没有？我想买一点。”

静远道长说：“治疗失忆的药，没有。”

他们来到观庙大门前，他没有进殿里去。他向观旁的松柏林园走去，脚步缓慢而沉重。这里的几棵青松翠柏，依然郁郁葱葱，永远年轻地站在这里，像一个个大神仙。神仙是不老的。

接着向里边看去，他吃惊了。静月的坟墓就如一座金山站在那里，金煌灿烂！这不是坟，这是一座开满野菊花的小山！看不见坟的土石，全部是野菊花，连石碑上也搭满了野菊花，只有下半截隐约可见一小片儿墓碑，就如头发遮住了脸蛋。

他心中感到有些欣慰，是他在四十多年前给她坟上栽了野菊花，是他让静月的坟墓变成了一座花山，一座金山，就像一个金色太阳躺在这里休息，太美了。他感到安慰地笑了一下。但愿她在仙界知道他这一片心意。

他来到静月的坟墓前。他肃穆伫立，忍不住又想起那些美好而悲伤的故事……然后他弯身抱拳行礼。然后上去轻轻地抚摸着坟头，坟头上不是石头，全是花，就如额头奓满了刘海。他用手抚摸着这些花朵，他觉得像是抚摸在她的头发上。他露出了高兴的笑意。他没有想到，她的头发变成了金黄色。他就蹲下来，用手轻轻地抚摸那石碑面儿，他感觉是抚摸在她的脸蛋上，是那样光滑、柔嫩，是那样饱满，没有皱纹。他轻轻地抚摸着，生怕把她摸疼了，生怕把她脸蛋摸起了皱纹……

他充满深情地说："相信你早已成仙，在仙境里生活得很好……你等我吧，我会来陪你的，只是暂时还有事情要去办……"

他又蹲下身子，从袋子里掏出一沓火纸，用打火机点燃，放在坟前燃烧。又拿出三根香签，在火焰上点燃，插在坟前。一缕青烟像一个窈窕女子，翩翩起舞，袅袅婷婷，渐渐升高，似一个袅娜仙女向天堂飘去，最后消失于茫茫天幕……

他叹口气，深沉地说："月儿，你仙国快乐……"

他站了许久。他看着坟墓。忽然他心里生出疑问：静善道长的坟墓怎么不葬在这里？他想起刚才静远说的话，道士死后的坟墓都是圆形的，不是这种长形坟墓的，这样坟墓是凡人葬的。那么静月道士怎么葬了一个凡人的长形坟墓在这儿？

他心里一激灵，在心里说道：“难道这坟墓是假的？”

静远道长正站在他身后一棵青松树下，望着他，听他说话。当听到他说“你等我吧，我会来陪你的……”，静远道长身子重重地震颤一下，像被什么深深震撼着，连忙伸手扶住树干……

他当然怎么也不会知道，这个静远道长就是静月！就是他一直寻找的他的美神——月儿！他虽然聪明，却没能想到——美神，是能寻找到的吗？那只是一种思想与境界……

当年静月知道他还在固执地寻找她，便做了这个假坟墓，让他死心，好好追求他的事业。而且她将静月这法名改为了静远，打扮成一个老道样子，谁也不可能知道是那个静月。许多时候，她都在四处一边给村人治病，一边寻找那个莫美鲅。观里由静兰负责日常事务。她曾决心一定要寻找到那个恶魔。但如今四十多年过去，她始终没有寻找到。她想，这恶魔一定是死了，再不，就是深藏了，不可能找到。但她相信这魔会遭报应而不得好死的，只是个迟早的事情。

她坚定有力地走在山路上。这时已是冬去春来，她忘记了去欣赏春天的景色。她只有一个目的，而不是景色。

但她怎么也不会知道莫美鲅在哪里。莫美鲅在哪里，只有莫美鲅自己知道。但可以肯定，莫美鲅没有死，他可能混入了解放军部队里，可能混入了哪个工厂里，可能混入了哪个寺庙里，或许他就在我们身边，他可能也化了装，谁也不认识他的真相……

她永远不会知道莫美鲅到底在哪儿，所以她仍然坚定不移地向前走着，寻找着这个恶魔，事实上，她永远也无法寻找到了，但她偏偏还坚持着，不死心。

当然，她更是时时在精诚修炼。困了又望望远方迷蒙的山岭，望一望碧空云霞，听一听天地的声音，又顿感满身仙气，进入仙境……

她没有想到，时隔多年，他又来到了她的这个假墓前！没想到，他还是那样虔诚笃信……她只感到脑袋里轰隆隆地震响着，只感到心变得热热的，灵魂正在轻轻浮起……

接着他从背篓里拿出写有“郎中”字样的褡裢包，递给静远，深沉地说："这是静月当年用的东西，当时被抓走时没能带上。这包里面还有一个小木盒，盒子里装的是我为她做的一把木梳子，还有她自己的一把匕首和一些东西……我一直为她完整地保存着。我想还是物归原主，这次就专门带来了。既然她已仙逝，她是这清月观的道士，还是作为她的遗物存放观里吧。"

这时他的眼眶已经不是湿润了，他极力镇定着自己。

静远接过当年用过的褡裢，看一眼里面的东西，心中忽地像有一团急浪冲起，浑身顿时都重重地震颤着。她努力克制不让眼睛里的东西奔出来。她没有想到，他竟然还为她好好地保管着，还如此虔诚地带来交给观里……她心里震荡着，眼睛里总有一股东西要冲出来！

静远努力镇住自己的心神，好久才缓缓地说出话："你如此珍重别人，你也是一个非常珍贵的人……我代她谢谢你！"她已是满眼泪湿。

此时她真想说出她就是静月——月儿……

他没有去注意静远的神情变化，他怎么也不会想到这个静远就是静月——肖月！他总是单方面陷于自己的，或是别人设置的情境之中……

接着他又背起墙边的工具背篓，恭敬地对静远道长说："多谢道长，道长保重身体！我走了。"

静远道长深沉地看着他，忍住内心激动地说："不，你吃了饭走！我马上安排人做饭。"

静远说着就拉着他往屋里走去。他也感到这里亲切而留恋，也想多待一会儿，就答应了。

他就在这清月观里吃了饭，这是下午饭。然后背上背篓，双手作揖，深沉地说："多谢你们了！"说着向路口走去。

静远轻轻地说："你好走。无量天尊。"

然后他缓缓向山下走去。

静远也来到院坝里的桂花树下，站在那长长一道围墙似的菊花墙边，看着他走下山去。此时她还是又想起了小时候，他在河边小坡上为她采摘野菊花的情景……接着她流下了两颗大大的泪珠。

他似乎有些无可奈何，似乎不知道该向哪里走。

这时红红的太阳沉沉地搁在后面山巅，像个红红的大脸蛋，不，像一个哭红的大眼珠，久久没有闭上。它那红红的光雾像粉末一样撒向这个苍茫世界，把山山岭岭涂抹成一片橙色海浪，壮丽极了。这让人不知哪是天上，哪是人间，感觉这就是仙境，让人忘记一切，感觉自己已经不是什么人，是一个仙，是一个神……

他望着这眼前的幻景，忽地想起还有很多事情没有做，还有漫长的路要走，便急步向前走去。

他回望清月观，只见院坝坎那已是一道金色城墙，辉映着绚烂的光彩，分外引人注目——那是可爱的野菊花，像云霞站在那里守护着仙境，即使太阳下山了，这里依然挥洒着耀眼的金色光芒……他没有想到，在这里也长出一道金色城墙。他哪里会想到其中的缘由和内在联系呢？

其实，这时有一个人正在树下望着他，也明白他正在看着什么。

她见他久久地站在那里，她的心怦怦地跳着，她都听见自己很响的跳动声了。她想起了久远的那个河边的下午……

之前在他看着她自造的假坟时，她就一直在树下看着他。她多想前去认真看看他，给他解释清楚。但她想永远不需要解释，最好的办法就是不见不说，让一切自行消失，执着地走她的路。但她又实在是痛心难忍。她也觉得对不起他。但她又想，这也可以说是他的主要问题。这不怪她。也不必怪他，要怪这个世界，怪那些人……

看着他，她又于心不忍。所以今天他来了，她还是要看看他，并留他吃了饭。但她终于没让眼泪涌出来，强迫眼泪沉入了心底。她也记得，他有四十多年没有来了，他也是个老年人了，为什么又来了？这大年纪了还来做什么？她也想，人间又发生了什么？他又遇到了什么？好像他那脸上和眼神里有一种隐隐的悲壮……

想着，她心里还是充满感动。但她马上严令自己：安静！宁静！致远！我已远离人间，还想什么？于是她将目光望向悠悠碧空……

五十三　夜已很深

他走着，打听着，但没有人告诉他要寻找的内容。他心里一直很是困惑。但他已经习惯了这种困惑。

他决定还是去云儿家，看看她现在记忆是否恢复了，是否对他有了一点印象。

他走着，不是上山就是下山，都是山，山的海洋，山的世界。有的山高大，雄伟，它们像壮汉肩并肩站成一排排，一定要保护这一方水土；有的山生得又是那么奇特，俏丽，像美女站成一排排，要进行一场演出……

他的脚步好像从没有这样匆匆，他想快点赶到云儿家。

这条小溪几弯几扭就向他游来了。他觉得就像云儿的身子一样。但是他马上觉得不对劲，小溪又像是在和他开玩笑一样，呼啦一下向他身后溜走了。他转过头向前望过去，只见小溪飞快地奔跑着，只留下一些大大小小的浪花哗啦哗啦的，不知是说的些什么话。他又转过身子，感觉小溪好像又正向他奔来。他就这样看着小溪向上游走着。

他在心里用力地祈祷，菩萨保佑，这次云儿能够恢复记忆，能够认出他是谁。

他顺着小溪拐了几个弯就看见了云儿的房屋。这房屋是一个木柱架屋，是他和老师父修建的。他觉得也巧，她还是走到了他修建的木屋里。又一想，有些悲哀，好像只与他修建的屋子有缘，而与他这人却无缘。

这时的太阳早已靠近西边山垭，如一枚熟透的苹果缓缓坠落，它虽然充满深切的留恋，但怎么也不能再爬到树上去，除非有新的轮回……

他带着满心激动和遐想来到院坝里。他马上看见大门挂着一把铁锁。他想那姑妈和云儿肯定还在坡里忙活。他来到屋檐下，将工具背篓放下挨木屋的板壁靠稳，然后在一把很旧的木椅上坐下来，等主人们回来。

他看着对面山上。那山岭像长长的象群从北边向南缓慢移动。山上这时下半截是暗色了，上半截是黄红色，就好像上半部分是秋天了，而下半部分还是夏天。他觉得这天地真是怪怪的，他想这太阳真是一个魔幻大师，它无所顾虑地任意变幻着世界。

他想着当年修建这栋木屋的情景……

他这样想着的时候，山顶上不知从哪里飘来一团黑云。这团云像一个软软的动物在慢慢游动，不断变换着形状，给人感觉又不像一个怪物，但它又确实在不停地游动。或许它像小孩子玩的一团橡皮泥。

后来天就变成了一口黑锅从他头顶上盖下来，似乎要强迫他进入一个漫漫长夜。

他仍然坐在那里看着一些地方，但什么也看不见了。他想她们干活怎么还不回家呀，真是起早贪黑，太辛苦了。他从旧木椅上用手撑住膝盖然后站起来，他感觉到腿脚又很疼痛了，他想可能是贴了两天的膏药没有药力了。他慢慢走到院坝边，他想她们应该从田里回来了。他向四周望去，什么也看不见，四周像装的黑黑的板壁。

看不见他就听了一会儿，也没有什么动静。他又回到那把椅子上坐下等待。他相信她们会回来的。

坐着，他就打起了瞌睡，干脆睡着了。好在这是阴历六月尾，夜晚也是热烘烘的，不怕着凉。后来他就做了一个梦。他梦见和云儿在一起，云儿认出他了，一时间都异常兴奋，但接着她又哭起来，并说，对不起你，是我这脑子出了问题，走到这里来了，我不是故意的……

后来感到天又凉了，浑身也凉了。这时他就醒了。他看了看天上，可天上黑黑的，没有星星月亮来确定这时的时间，他只能估计这时已经半夜十二点钟的样子。他能把时间估计得很准确，有这么神，这也是他多年的一种修炼。他想她们做什么去了呢？或是发生了什么事情？不像是种田，种田不会种到半夜。他从背篓里拿了一件衣服穿上，继续靠着椅子和板壁睡觉。很快又睡着了。

他又进入了一个梦乡，可这时他被人叫醒了。姑妈回来了。

姑妈惊喜地说："哎呀是陈师傅啊！你这样睡着，真把你委屈了。"

她很快打开大门，进屋去把灯点燃了。这时的这里还是用的煤油灯。这时他就看见还有一个人——云儿，她也回来了。

云儿亲热地笑着，竟然对他说："哎呀是陈师傅！稀客。"

他心里一下子高兴坏了：她认出我是陈师傅了！

老人望着她说："你还记得他是陈师傅，你不错啊。"

云儿还是笑着，笑容还有些甜，说："记得，是给我们做小桌子的陈师傅。"

这姑妈有些抱歉地说："后河里我一个姐姐过世了，我和云儿去帮着忙了下，忙得这时候才回来。明天早上还要去送她上山（送葬）。"

他就问："石头老弟啦？"

老人说："石头还在外面搞副业，在一个地方修路。"

云儿对老人说："妈，我来给陈师傅做饭吃。"

老人说："好，你快做饭吧。"

他有些不好意思地说："这时候了，不做饭了，明天早晨吃吧。"

老人说："那不行，你肯定还没吃晚饭呢。"

云儿亲切地说："我就给你煮一碗面条，软些，容易消化。"

他本想叫她面条也不要煮，但他又不想说出来，他想吃到她煮的面条。他想起加夜班装修自己的新房时，每天晚上她给他端一碗面条去吃……想到这里他心里就忽地有什么猛地敲了一下，咚的一声，接着就涌起一种酸酸的东西，沉甸甸的，好像是熔化的铁水……

他就从背篓里拿出一个布袋子，掏出一袋月饼，包好的十个，递给老人，亲切地说："姑妈，我知道您喜欢吃月饼，就给您买了几个，您尝尝吧。"

老人收下礼物，感激不尽地说："哎呀真不好意思啊！"

他认真地说："您是长辈，这是应该的。"

接着他又去递给云儿一袋饼干，说："我知道你喜欢吃饼干，给你买了一点，尝尝吧。"

云儿接过饼干，脸蛋有些微红了，感激地说："谢谢你了，真不好意思啊。”

他说：“没什么，我和老人可是老亲戚。”

不久飘来一股腊肉煎油的香味，好熟悉的香味，真是太好闻了。他从小就闻惯了这种腊肉煎油的香味。那是母亲为他做饭时飘出的，后来是云儿为他做饭时飘出的。现在母亲远去了，再也不会回来……云儿就在眼前，可她也像与他隔了几个世界……

老人问他：“你这次找到了那位道远大师吗？”

他回过神来，将眼神从另一个世界拉回来，望着老人说：“没找到。”他显得有些伤感。

老人有些心疼地望着他：“不找不行吗？”

他有些坚定地说：“不行。做事要做圆满，起码也要做到最后……”

“怎么不行嘛，在家好好过日子就行。人生几十年，能过安稳日子就行。”

“人不完全是过日子……”

“哦，你是大师，想的比我们多。”

“作为手艺人，就是要学到最高的技术，学到最妙的方法，学到最神的功夫。我一天不找到，我的手艺就还有没学到的地方，手艺就没有学好，就还没有学到高艺。”

老人有些感动，点着头：“你不是一般的手艺人。”

他叹口气：“还是个一般的手艺人，还没有找到那位大师……”

“陈师傅吃面条啦！”这是云儿在叫他。

他像是从一个高远的天空里惊醒，马上有些激动地转望云儿。

她正将一碗面条端到桌上放好，亲切地笑着看他：“不好意思，就一碗面条，什么菜也没有。你就勉强吃点吧。”

接着她又给端来一盘豆食，一盘霉豆腐，一盘酱拌黄瓜，一盘腌辣椒。

他微笑地看着她，感激地说：“太谢谢了，辛苦你了！”

她可能是看见他有些激动的笑容，就有些不好意思地转过头去，向灶屋里走去，将一个好看的背影留给他。他就认真地看着她的背影，好久才转头看桌上的面条。

他吃着面条，就发现底里有三个鸡蛋。他就想起，在她娘家为她做嫁妆，晚上她给他煮夜宵……眼下还是三个鸡蛋，身边也还是那个她，他却不便分给她一个，成双成对，现在他变成了局外人……

他也确实有些饿了，就想快把面条吃完，她好收拾碗筷。

他吃完面条，她已经为他热好洗澡水，将一个洗澡盆拿到火坑屋里，将热水舀到澡盆里，放进一条洗澡毛巾，又将装有洗脸水和毛巾的脸盆端到旁边，还找好了趿脚鞋，放到澡盆不远的地方，又拿去一个装有香皂的盒子，放一个板凳上。

一切都做到位了，她就走到他面前，亲热地说："陈师傅去火坑屋里洗澡吧。"

他感激地说："麻烦你了。"

她笑着说："麻烦什么嘛。你是妈的宝贝侄儿。"

他去火坑屋里一看，就确实太感动。他就想起原来她也是这样为他准备洗澡水、洗脸水的。可是眼下的准备与那时的却是截然不同的性质。他心里又涌起浓浓的酸楚……

这时她就在楼上客房里为他准备铺睡。她找出一床崭新的床单，轻轻地放床上，将它铺得平平整整的，然后再将被子摆好，牵开，并掀起一只角，表示睡的位置。

她回到堂屋里坐下，老人问她："铺睡都安置好了？"

她说："安置好了。"又说，"妈累了一天，很困了，去睡吧。"

老人说："客人都还没睡，主人怎么睡嘛。"

他洗完了澡，去倒了水，上了茅厕，又走进堂屋。她就站起身，从桌上拿过一个煤油灯，递给他："你上茅厕了睡吧。"

他说："上茅厕了。"

她说："你自己拿灯去睡吧，还是在楼上客房里。"

他说："多谢了。你们累了，也都早点休息吧。"

他又说："我上次看了，你们还没有像样的床，我这回来就帮你们做一张床吧。你们早上去帮忙的还是去，我来找木料做就是。"

她笑着说：“是的，我早就想做张新床睡睡，那就请陈师傅帮我做张床吧。我们早上去一会儿就回来给你做早饭吃。”

老人高兴地说：“真是都想到一块儿去了。是要做张床，她来几十年了，小儿都生了三个，一直还睡一张旧床。石头早就将木料准备好了的，说要做张新床。陈师傅你就先为她做张新床吧。”

他高兴地说：“好，我一定做一张最漂亮的床。”

他马上想到，这次再通过给她做床的牵引，也许能让她对往事的记忆恢复，想起来他是谁。他记得自己做结婚的床时，她也时不时站在旁边看着，有时还动手摸着刨好的木头，露出甜甜的笑容，晚上还给他送夜宵……想着，不禁心里就感到有一个希望在涌起……

老人说：“你走累了的，早点去睡吧。”

他点着头说：“好的。”说着就拿着灯向楼上走去。

他刚走到床边欣赏着清爽的铺睡，云儿又上楼来了。

她有些不好意思地说：“我先忘了，你也上年纪了，肯定要起夜，我给你拿一个尿罐来，免得你夜里下楼，怕摔倒……”

说着将尿罐放到床下。实际上不是床，是一块铺板、两个旧板凳开的铺。

她放好后望着他说：“早晨多睡一会儿。”然后才慢慢转身走去，走了几步又回头看了他一眼。

他认真地看了她的脸。他觉得那脸蛋还是那么漂亮，眼睛还是那么清亮亮、水汪汪的，嘴巴还是那么红润。脸上似乎也看不出什么明显的皱纹。那身材仍然是那么苗条，那背影仍然是笔挺的。看去，一切都还只能看出三四十岁样子，充满女人的美妙魅力。

他想，一定要给她做一张最漂亮的床……

大境行

第三部

陈步松◎著

作家出版社

一　千言难诉

他喘着精疲力竭的气息回到家，天已经关上了大门。山山岭岭都暗暗的，像是泡在了深深的水底。

他马上发现了问题。他儿媳钟月满脸气愤的样子，像满脸燃烧着火焰。他觉得不对劲，心想是他回来了不高兴？他想自己没有什么对不起她的地方。儿子陈艺也一副气闷闷的样子，坐在旧椅子上。

儿子陈艺终于说话了。看着他似有怨气地说："我劝爹再就待在家里，不要出外去跑了。现在改革开放了，建房造屋的多，马土匠、张瓦工、范厨师、谢铁匠都来找过你多次，有的要修建木屋，有的要做家具……"

他还没有回话，儿子又问："找到那位道远大师没有？"

他顿了下说："还没有找到。"

儿子有些怨气地说："你也老了，我看就不要寻找了……"

他有些生气地看着儿子："找到道远大师学到高艺是我这一生的心愿和信念。是我对老师父承诺了的，就要坚决算数。"

儿子说："好多大人物立了誓说了话都不算数，都背叛……"

他喘着粗气瞪着儿子说："立了誓，说了话不算数是什么人？"

儿子见父亲生气了就不吱声了。

过了一会儿，他生气地望着儿子："我这次还有很大的收获——

我找到了你妈！不是我寻找，这辈子也不可能发现她！”

儿子脸上忽地露出惊喜的笑容，忙着问：“我妈在哪里？”

他像是故意卖着关子：“现在不给你说……我腿脚关节痛得厉害，帮我用酒按摩一下。”他本来都是自己按摩的，但长途走来，好像一点力气也没有了，坐那就再也不想动了。

儿子去找来了白酒。他解开了小腿上的绑腿，脱掉鞋袜。儿子将酒倒在手心里，然后将手放在他膝盖上，开始揉起来。儿子揉了一会儿膝盖就揉小腿、脚踝。

这时儿子又说起了一件事：“在这里驻村的一个农技站干部姓郝，都叫郝技师。他想到这里洋芋产量大，都有加工成洋芋粉的习惯，如果再用粉条机加工成粉条，粉条是精加工，卖的钱多一些。开会给大家看了一个粉条机订货单，是浙江温州一家工厂寄来的。我们只有三十一户同意买，一户出一百元，在信用社一起办的贷款手续，汇去了，购了一台……”

他就问：“你干木工活的工钱呢？”

陈艺说：“都没结账，村民们现在都没有钱。”

这时钟月就生气地说：“这事我要给爹说一下。你看买粉条机这么大的事，他都不商量我一下，就一人做主办了。我也总是这个家庭的一个主要成员吧，他就把我当成皮外肉了！根本就是当成的一把锄头，只要我去干活，剥夺了我的一切权利！再说钱，你们也要三个月才能挣到一百块钱啊，怎么不认真想想！这事要是商量我，我肯定不会同意参加买什么粉条机。别人家是洋芋多，需要，我们家就我一个女人种田，又有几个洋芋？再说，现在这推销、那推销，真真假假，乱乱的，好多都是骗局、骗子。我估计三千多块钱汇去了，别人根本不会寄什么粉条机来！不信你们看着。”

他听了忽然感觉到，钟月这人真不简单，不是一般的农村女子，到底是从小住街上的，读过高中。原来注意她不够。她虽然成天闷在家里田里干活，可是心明眼亮，非常精灵，应该说是个人才，可惜生在了这个山沟里。因此他感到非常吃惊，同时对她心生怜惜。

陈艺不看她，看爹的腿脚，继续给爹按摩着腿脚。

他还是劝解地说："一家人，以后做什么事，要商量，要尊重家里人。我看，钟月确实是个不一般的女子，已经很受屈了。整天一人干活，又是田里的农活，又是家务，喂猪做饭、洗衣做鞋，又是两个娃娃，里里外外一个人忙进忙出，是很辛苦的。你应该多关心体贴她。她说的话都没错，她很清醒，她是正确的，你应该尊重她，有事要商量她。真要讲办事，她可能比你还行，还精明。"

钟月就哭着说："粗活重活，我一个人累死累活……"

他知道，陈艺也是在干木工活挣钱，没时间在家种田、做家务。

他又对钟月劝说："你也冷静些，莫想多了。你确实吃苦了。往后会好些的。"

这时，有谁又会想到她的未来呢？人和事有时一个转折，就又是一个天壤之别。

这时，陈艺又在进一步询问母亲的情况，但陈艺听后很失望。

第二天还没完全醒过来，这时他早已醒了。他昨晚没怎么睡着。他想起在云儿家的几天日子。又想起和云儿修建这栋木屋的情景。又想起静月的那个坟墓。他有点怀疑那是个假坟墓——是她怕他找她，就做了那么一个假坟让他死心，但到底是怎样呢？他还是感到疑惑、困惑。加上家里的事，他也充满忧虑。

天还是灰暗的朦胧亮，陈艺就起床出门了，不声不响去了一个农户家，在这里帮人修建新房子。不是修建那种木柱架房子，是修建石木结构的房子。张瓦工也在这里砌石墙。陈艺主要帮助做楼索檩子、门窗。修建木头柱架房子陈艺还不会，陈艺没有机会学这个高端木工活。当年仅仅跟父亲学了两年做家具……

早上起来他就看见儿媳钟月的眼睛红红的。这是昨晚哭了的，没睡好。他看她穿的衣服也是很破旧了，还有不少补丁，心里不禁又涌起深深的怜惜。

他清楚，这时虽然分田到户了，人们的生活还非常差，特别是没有收入来源。发财致富不是分点田就能挖出一个金娃娃的，还要风调雨顺粮食丰收，才能有饭吃。

吃过早饭，他正准备去街上看看肖叶和钟潇等师傅们。殊不知这时肖叶就走进屋来了，进门就叫“二哥”！

他感到十分惊喜。怎么这样巧呢？一想到她，她竟然就来了，难道真是有一种缘分？但面对她时，又有一些难堪。

肖叶喘着气说：“邹老师傅病得严重，住在医院里。我去看了，他还想见见你，我就连忙来找你了。”

他敬佩地看着她，着急地说：“你这人太善良了。那我们快去。”

她说：“你先去，我还要去给雷陈林说个信，估计人不行了，叫他去帮帮忙……”

他说：“你想得太周到了，这应该我来安排呀。邹老师傅是木业社的师傅，虽然木业社不在了，我还在。我要给他安排后事。”

她说：“你快去，好见一面……”

他说：“那你代我去找下雷陈林和陈艺，要他们赶快去医院！”

来到街上，他向木业社望去。那房子还高高地站在那里。但大门上挂了一个大牌子：蒋老三饭店。他心里就涌起一阵酸酸的东西。他想起他带领师傅们修建这座木楼房的情景。

这时一辆客车轰隆一声在木业社门口停下。接着车门里走出一群旅客，这是来饭店里吃饭的。旅客吃饭是要给钱的，但司机是不给钱的，而且吃得很好，因为给老板带来了生意，算是奖励了。

他焦急地来到医院。他先去问一个医生，邹老师傅病情怎样。那医生显得低沉地说：“几天没吃东西了，人已经不行了……”

他怀着沉重的心情走进病房。在一张病床上躺着一位老人，面容极度消瘦，脸色灰灰的，这是邹老师傅。床边坐着老伴。邹老师傅已经处于昏迷状态，那脸上的皱纹显示着一种最后的刚毅，像是坚硬的雕刻。

邹师傅的老伴站起身握着他的手，激动地说：“哎呀是陈师傅！他就在念你呢，还想见见你……”说着就流下了泪水。

这时，肖叶带着雷陈林、陈艺也赶来了。雷陈林连忙叫师父。他看看肖叶累的样子，觉得她这人真是热心、慈心，心里对她充满敬意。

他说：“是肖叶去叫的我和雷陈林他们。”

老伴说：“哎呀肖叶真是菩萨心肠啊。她每天都给我们送两顿好饭菜来吃，这叫我怎么还情啊……”说着就哭起来。

肖叶安慰地说：“都是一同走过来的手艺人，应该的，您莫想多了。”

接着又弯下身子对邹老师傅说：“邹师傅，陈师傅回来了，来看你来了，你醒醒吧。”

她说了几遍，邹老师傅慢慢睁开了眼睛，闪射出一种昏糊的目光，激动地说：“陈师傅来了！”虽然声音很弱，但充满一种激动，眼角还滚出了泪珠。

他握着邹老师傅的手，嘴唇颤抖地说：“邹师傅，我来迟了……”

他不禁又想起和邹老师傅一起修建冯家大院的情境，整个大院的雕刻都是邹师傅的杰作。还一起修建了老祖庙……

邹老师傅喘着气说：“我到底看到你了，可以走了……你是个好师傅、好人……下辈子我们还……”眼里忽地涌满泪水。

他忍住悲伤，微笑地看着邹老师傅，用坚定的语气说：“下辈子我们还一起建房子，建更高的房子。我做木柱架，你做雕花门窗……”

邹老师傅微微地笑了，接着又有些担忧地说：“我没有后人，一死什么都不存在了。我的工具都送给你，我那块雕花门板……”

他知道就是雷陈林帮忙扛回的那块雕花门板，卖了木业社后，邹师傅就请人搬回家了。

他深情地说：“你放心，我一定把它保管好。”

他对邹老师傅讲了一些话。都不见回话，只是仍然握着他的手，脸上一抹如黎明光亮的笑容。

雷陈林去摸邹老师傅的脉搏，难过地说：“邹师傅好像没有脉跳了。”

他用手指去探邹老师傅鼻孔，真的早停止了呼吸，只是眼睛还没有完全闭上。

他用手轻柔地给邹老师傅将眼皮合拢，可是合拢了手一松又张开了。他忍住难过的心情，含泪对邹师傅说："你就放心去吧，你那块雕花门板，我知道是你唯一剩下的杰作，我一定把它搬到我家里去，为你保管好，作为纪念，子子孙孙不得毁坏……"

这时他再伸手指去合下邹老师傅的眼皮，那眼睛一下子就闭拢了。

邹老师傅老伴抹着眼泪说："他时时都在念，还想见陈师傅一面……人早就不行了，但一直还坚持着，等你回来……"

这时他什么也说不出来，只有满眼的泪水默默地滚流……

在场的人都默默地为这位老师傅流着泪，看着一代大师远去……

大家伤心了一阵，他就开始安排，为邹老师傅办丧事。安排人去通知邹师傅的好友饶篾匠、万师傅、杨师傅、祝师傅等人来参加追悼会。

邹老师傅的家离这不远，家里就两个老人。邹师傅本来生有四个小儿，过去医疗条件差，两个小儿被疾病夺去了生命，剩下两个。解放前两年，这儿子还只有十六岁就被国民党抓去当兵了，一直没有音信，剩下的邹义为改田牺牲了……

他安排雷陈林和陈艺将邹师傅的遗体抬回家。这时许多匠人都赶来了。他指挥大家忙着布置灵堂。

他郑重地说："邹老师傅一辈子擅长雕刻，不知将多少木头变成了花花草草、飞禽走兽，活灵活现，将多少门窗雕得像画卷，像皇宫。他死了，我们也要给他把灵堂布置得漂亮一点……"

有的人就去山坡上挖野菊花、挖兰草，有的就去砍竹子、柏树枝，布置灵堂……

这时饶篾匠也来了，说要为邹老师傅扎个最漂亮的大灵牌、花篮，特别还要扎一个雕花灵屋……

听说邹老师傅去世了，不少手工匠人都自动来了，要最后送老师傅一程。殊不知他们来看到了他，一时间都激动万分地叫陈师傅。加上邹老师傅走了，都感到悲伤，一时间心有千言万语要诉说，一时间又说不出来。都老了，今天邹师傅走，明天就是自己走，一个个满眼泪花转动着，滚流着，飞洒着……

第二天送邹老师傅上山安葬后，他又查看了邹师傅老伴的生活情况。

最后对老人说："如果没有饭吃了，就给我带信。"

他又对陈艺和雷陈林说："随时关心一下老人的生活，有什么问题，就给我说一声。"

安排了一些善后事情，他就叫陈艺找了个板板车，将邹老师傅的一篓子工具、那块冯家大院的雕花门，拖到他家去好好保管起来。

但他不能随行了。钟潇早抓住了他，不久就来到了钟潇店里。田月正在厨房忙活。他们是早有准备，几亲家要聚一聚，因为他回来了。接着田月就又去抓来了一个人——肖叶。

都坐下后，钟潇就有些激动地说："你陈师傅没在这里了，我们整天都像掉了魂似的。"

又望肖叶说："你有没有这种感觉？"说得肖叶脸上忽地红了，不好说什么，只是笑。

钟潇又说："今天机会好，我们三亲家好好坐一坐，说说话……"

肖叶的脸上就飘着两片淡霞，她知道钟潇和田月又要说什么了。

二　初试运气

这晚晴得很好，天空蓝幽幽的，月亮圆圆的白白的，像一片美丽的心情悬挂在那里。

肖叶骑着自行车来到他家门口，在路边放好车，就向山坡上走去。百多米远，她很快就来到了他家，进门就有些激动地称呼："二哥。"

"哦，肖叶来了！"他听见肖叶的声音就应了一声，来到堂屋里，亲切地说，"坐吧。"

儿媳钟月也从灶屋出来，亲热地说：“姨妈。”

肖叶关心地问：“陈艺还没回来呀？”

“陈艺在别处做木工，一般要吃了夜饭才回来。”实际上是晚饭，因为这一带都是天黑后才吃晚饭，所以都称为夜饭。

肖叶在一把红漆木椅上坐下来，有些兴奋地望着他说：“二哥，有个好事，我专门来告诉你的。”

他在她身旁不远坐下来，探究地问：“什么好事呀？晚上还要辛苦你跑路。”

这时钟月泡了一杯茶端来，又拿来一个红漆凳子放肖叶面前，把茶杯放到凳子上，热情地说：“姨妈喝茶。”

肖叶望钟月笑着说：“谢谢你！钟月真贤惠。”

钟月笑着说：“一杯茶谢什么嘛。我来做饭姨妈吃。”

肖叶连忙抬手制止：“我吃了就来，你千万不要做饭。真的不要做。”

钟月显得难为情地说：“姨妈经常给我们家帮忙缝这缝那，钱也不收，还从来没在我们家吃过一顿饭，真是太不好意思了。”

肖叶正经地说：“没帮什么忙的，倒是你们经常给我送这菜那菜的，我欠你们的呢。二哥帮我整修门店，辛辛苦苦地整修一新，钱也不收一分，是我不好意思啊。”又望钟月笑着说，“你快去忙你的吧，你一个人在家，又是田里农活，又是屋里家务，很辛苦的。”

他显得实实在在地说：“是啊，这个家就全靠钟月了。”

肖叶望着他说：“给二哥说，我今天下午听到一个消息，是区妇联一个干部在我那缝裤子说的，弯河小镇要修建石拱桥了。区公所给县里写了多次报告，这次，交通局终于研究纳入计划项目，在弯河小镇修建一座石拱大桥。”

他笑一下说：“这真是个好事啊。”

这时在他脑海里又再现一个画面。多少次过路，他就站在那个山梁上看着那幕仙境。那是一条弯弯拐拐的河，有的叫它弯河，有的叫它弯弯河。弯弯河长长的，像一条蜿蜒盘曲的长龙，那汇入它的小溪小沟就是它的爪子。有点宽，绿绿的，像融化的碧玉。它俏皮地扭成连环“S”形美妙身段，神似一尊接一尊的睡美人畅游而去，十分迷人，堪称一绝。从色彩到造型，都使你觉得那根本不是河，不是水，而是一种艺术，让你深深陶醉。

弯弯河仿佛也在他心里悠悠南去。一弯接一弯，其中一段被誉为“九里十三弯，白马配金鞍”的奇景。河水如一条碧玉带子，左一弯右一绕，短短的一段就连绕了十三个很艺术的弯儿，像是串联的一个个丰满的乳峰，像连接的一个个宝葫芦，装满玉液，那真是美极了，妙不可言。河西山岭上的白岩神似一匹白马，腰部是一道黄色的山岩，就是为白马配的金鞍。站在河东的山岭上看过去，那的确是一匹搭着金鞍的白马，向南奔去，气势如虹。顺河而去，两岸与天相连的秀岭奇峰天马行空，婀娜多姿的山山梁梁龙飞凤舞，构成人间仙境。美得奇丽，美得亲切，美得神秘，四季如春，回味无穷，令人神往而陶醉。

但这条弯弯河也不是光美丽温柔，有时是一条充满野气的河，那柔软的身子有时会变成一匹野马，甚至是一条狂龙，狂嚎疯奔。这当然是涨水夏季。一直以来，这河上没有一座桥，每年的夏季这匹野马都要吞食一两个人的美好生命，制造一些悲剧。

他有些高兴地说：“这真是为老百姓做了一件大好事啊！”

肖叶正经八百地说：“我给你说这事不是只让你听得高兴的。这是一个好机会，也是你们的拿手好戏，你应该去承包这个工程。”

他有些坚定地说：“谢谢你。我是可以去承包这个工程。”

他心里非常明白：修建石拱桥首先就要用木头建造拱架，这是他的拿手好戏。要用木头架起高高的拱架，这没有神奇的木工技术根本不行，有的地方修建石拱桥架木都是出了问题的，以致桥体垮塌，造成重大损失。他又想起和章石匠修建三道岩、三岔谷两座险要的深谷石拱桥，那可是没出一点问题。

他顿了下说：“不过，我还要去找章石匠这老伙计，一起去承包。这确实是个好事，让你跑路了……”

肖叶诚恳地说：“应该的，你是二哥啊。这事你和章石匠去承包当之无愧!”说着起身就走。

他送她到公路边，深情地说：“天黑，骑车稳当些啊。”

肖叶深情地望他一眼，说：“你放心。回去吧。”说着脚一蹬，就如一只鸟儿向前飞去。

他仍然站在那个路边，望着那朦胧的身影渐去渐远，直到转过那个山梁，什么也看不见，只有空空的路，像一条昏黄的带子。他不禁又想起小时候一起在这路边、河边的故事……

就是这晚，他就去了章石匠家。他知道，想承包工程的人肯定多，事不宜迟。还好，章石匠也在家。两人商量后一拍即合，一定要去承包到这个工程。

第二天天还没亮，他就起床热了剩饭剩菜吃了。这时东边一线天空刚刚变得粉白，像是山那边有一条长长的日光灯管照射着。他泡了一杯茶，放入一个布包里，挎上肩就往公路上走去。

他与章师傅约定的要坐第一趟巴士，七点钟前赶到这个公路边。他稍站了一会儿，章师傅就来了。又等了一小会儿，第一趟巴士就来了，两人高兴地乘上了巴士去往县城。

两人的心情都很好，感觉车外的山水都分外清新，脸上浮现出欣喜的笑容。来到县城也就是刚刚上班的时候。但他们没有去交通局。他们首先去了黄霄的家电门面，他想了解一点交通局的情况，心里有底才好办事。

黄霄见到他就亲热地叫姨父，像见到亲人一样高兴，要带他们去吃早餐。他们说已经在家吃了才下城，但黄霄还是一定要他们去再吃一点，他说真的吃了，吃不下了。主要想找她了解一点交通局的情况：地址，局长姓什么，人怎么样，是哪个局长分管工程，到底找哪个好。

黄霄说：“不急，我去问一个人就来。”

她真的很快就来了，但手里提着四个肉包子，分别递给他俩各一袋两个，热情地说："姨父又不愿去餐馆，那就吃两个包子吧。不然我这侄女怎么好意思啊。"

黄霄接着说："我刚才找人问了，交通局在城北路靠西边那段。但我没问到局里的具体情况。"

她说着一副很难为情的样子。的确，她整天都在忙生意，只与顾客打交道，没管官方的什么事情。因此她不知道交通局的具体情况，连交通局在哪儿也不知道，好歹她去问到了交通局的大概地址，但不知具体门牌是几号。她很忙。她这商店的位置已经变成黄金地段，加上钟铜和她会经营，现在的家电生意非常红火。她从早忙到晚，晚上要十点钟才能关门，整天忙得没时间做饭，吃饭都是固定的小餐馆按时给她送饭吃。他们当然又赚了很多钱，钟铜打算推倒旧房，修建一栋商业大楼。

他和章师傅就急着去找交通局。黄霄却拉住他的包，恳切地说："姨父中午一定要来吃饭，我马上来订餐。您把包就放在我这里。"

他也实话实说："包我要拿着，口渴了好喝口茶水。我们去了交通局以后，肯定马上就回去做准备了，搞工程，是很忙的。以后再来吧。"

黄霄又恳切地说了两遍，他也没有答应。接着就向城北路走去。边走边吃着肉包子。他在这城里修建过几大工程，知道城北路的位置。

很凑巧，他们在人民大道上遇到了一个鞋店，这鞋店恰恰是林晓兰——曾经的林姑娘开的。林姑娘一下就认出了他们，从店里跑出来，很是兴奋地和他说话，要拉他们去吃早餐。

他做了解释，说要去交通局联系承包工程。林姑娘问了下事由，就说："那我去找人帮你们了解下情况。"

在离她不远的一个门面，是一个姑娘开的服装店。姑娘母亲就是交通局的一个干部。林姑娘很快就了解到交通局的情况。

林姑娘走来对他说："局长不具体管工程，而且在省委党校学习。局里现在是由鲁力副局长主持工作，并且是具体分管工程的。找鲁力就行了。而且这副局长鲁力是个石匠出身的工农干部，你们都是匠人出身，你去应该是很好说话的。”

他内心里很是又喜又感激，觉得获得了一个重要情况。他对林姑娘表示了真诚感谢，就准备前往交通局。林姑娘却拉住他的手不放，说中午一定要来她这里吃午饭。他做了解释，说黄霄也是一定要去吃午饭，他都谢绝了。但林姑娘不依不饶。他说去包工程的事很复杂，说不准的，等把工程包到了再说，再一起庆贺吧。

他坚持和章师傅往交通局走去。他走很远了，林姑娘还站在店门口，望着他们远去。往事如风，也许又吹进了她心里，正涌起如波如浪的难忘情境……

他们在城北路段终于找到了交通局。这是一栋很旧的石木结构的房子，满身五十年代的痕迹。但他们马上被挡在了大门口。这时从门卫室走出的门卫挡住了他们去路。门卫用审视坏人一样的目光看着他俩，冷森森地说：“站住！你们干什么呀？”

他没想到现在有了门卫，他原来去县委会见杜书记都是直进直出，没什么人阻挡过他。形势发展真快，变化真大，让人有点措手不及……

章师傅恭敬地笑着对门卫说：“麻烦你让我们进去一下。我们不是坏人。我是石匠师傅，他是修建县城大礼堂的大名鼎鼎的陈师傅，我和他一起合作修建过国道线上多座石拱桥。现在局里要修建弯河镇石拱大桥，我们是来找局长承包工程的。”

门卫认真打量他们，觉得他们不像是坏人，特别是听说大礼堂就是眼前这位陈师傅修建的，先是吃惊，疑惑，接着很是敬佩。

章师傅就直接地说：“我们是手艺人不会说谎的。原来县里的老杜书记都是他的朋友，解放前就相识了，非常相信他，还有县医院、县委大楼，都是他陈师傅主持修建的标志工程。”

门卫再认真看他，确实觉得不凡，虽然面容慈祥，但充满一种大气与坚定，特别是目光睿智明亮，确实像一位大师，就真诚地说：“我给你们说实话，局长在省里住党校去了。现在局里主持工作的是鲁局长，他上午到县里开会去了。你们下午来吧。”

他便问门卫：“那你给我们说一下鲁局长家里的地址吧，我们中午去他家里找他，然后下午赶回去，免得在城里住一晚。”

门卫脸上马上严肃了，轻轻摇一下头说：“这个，局里有规定，领导家里的地址不能告诉别人。对不起，我也确实不知道鲁局长到底住在哪。”

他也不想到其他的办公室去打听，这样别人也不会告诉你领导家的地址的，甚至会怀疑你到局长家里去做什么。送礼？那样会很尴尬。

他们向公路边走去。他皱着眉头思索了一下，对章师傅说：“我们等下班，他们的人走出来，我们再找机会上去打听。”

章师傅松动了一下皱着的眉头，说：“这办法好。”

他们是站在街边屋檐下等的。火辣辣的太阳高高在上地把他们照着，他们觉得这城里的太阳比乡下的太阳要毒辣得多，像是在对他们泼火。好像在说，你们为什么站在这呀？这是你们站的吗？这时虽已进入秋天，他们这才知道了城里秋老虎的厉害，根本就是想烧化他们的身子。

他们站了好一会儿，有点累，就在街边的台阶上坐下来。他们感觉自行车太多，有的飞快，有的故意绕着弯子穿。有几下，自行车轮子就差点轧着了他们的脚。他们就只好将脚收得贴近台阶，恨不得收到台阶里面去。这时一个年轻人的自行车啪的一下擦到了他的膝盖，他感到一阵疼痛。他拉起裤腿一看，破了一块皮，正流着血。他抬头看那骑自行车的人，早已跑到了远处，一晃就不见了踪影。

他们就只好移到屋檐下靠墙壁坐下来。虽然这样坐着没有坐台阶上舒服，但安全多了。由于人行道很窄，尽管他俩将腿脚都缩到身子下，怕影响人们过路，过路的人还是总要生气地瞪他们一眼。他们的脸上都出汗了。偏偏时间像是没动一样。太阳像是定在了东边天空不动，对着他俩发火：你们怎么要待在这？说着向他们喷射一股火焰。

他们痴痴地盯着交通局那个大门。大门空空的。

好不容易挨到下班的时候。这时大门里面一阵吵吵嚷嚷的声音，接着就走出一群男男女女，也有老的。

他俩就很快地站起了身子，这时他感到膝盖和脚颈好痛。他知道人多不便打听局长住处，那一双双眼睛会对你严厉审视。他们就又站住了，等待时机。

他俩着急了，这怎么办？眼看干部们都走了，大门口空空的。

也就在这时，大门口走出两个女干部。他俩像是看到了希望。一个很年轻，穿着一件红衬衫，一头披肩的卷发，嘴唇淡红，怎么说都打扮得十分漂亮，像一根红红的菜薹儿；另一个有些年纪了，有些胖，像是发福了，穿着蓝色春秋装，显得很沉稳。

他俩就尾随着她们而去。

最后她们两个终于分开了。他就快步跟上去。他走到她旁边亲切地说："同志你好！我想请问一下，你们鲁局长住在哪儿……"

这个女同志就用一种审视的眼神盯着他看，然后又盯着章师傅看。章师傅也亲切友好地笑着。但她仍是一副严肃而警惕的神情，继续审视地打量他们两个，好像他们是坏人。她严肃地问："你们找鲁局长做什么？"

他实实在在地说："关于工程的事，我们需要找鲁局长一下……"

她看看他们两个也确实像匠人，不是什么坏人，就显得诚实地说："鲁局长住在北环路桂花沟路口不远，那里有一栋两层楼房，是局里的宿舍楼……"

他们都恭敬地微微躬身，感激地笑着说："谢谢您了！谢谢您了！"

三　耐心等待

他俩匆匆忙忙地向那栋宿舍楼走去。

他们终于找到了鲁局长的住处。可是敲了半天门，没人开门。后来旁边的人说："鲁局长夫妇中午没有回来。肯定是去儿子家了，他妻子要在那里给儿子媳妇做饭。”

他对那人说：“谢谢你了！打扰你们了。”

接着两人向外走去。他考虑只好等下午上班了。

他们还是去那公路边坐着，等着。好不容易等到上班时间，干部职工们陆陆续续走进了很旧的办公楼。他想这其中一定有鲁局长。

这时他去友好地对门卫说：“请问，鲁局长在哪间办公室？我们去找他一下。”

门卫和气地解释说：“鲁局长还没有来呢。”

他想，这是怎么一回事呢，都来了，怎么就鲁局长还没来？领导怎么上班可以不准时呢？

他说：“鲁局长肯定很忙的。能不能麻烦你，帮忙去问问办公室……”

门卫理解地说：“好，我去帮你们问问。”

门卫去了办公室，很快就出来了。门卫说：“鲁局长下午还是在县里开会。近段时间整党，会议比较多。”

他客气地对门卫说：“谢谢你了，麻烦你了。我们先走了。”

两人商量只有等晚上去鲁局长家了。原来是指望下午就能回家去的，这样就可以节约住宿费和生活费。看来，真是好事多磨啊。

他们就去买了个住宿，先好好休息一下，晚上好去见鲁局长。

终于等到了晚上，他俩向那栋宿舍楼走去。这时没有了太阳。那路灯也像一个个小太阳，老是照着他们的脸晃荡，搞得他们眼花。他们终于来到了鲁局长住的宿舍楼前，这也是一栋很旧了的房子，满身都是五十年代的痕迹。

他们脸上都挂着兴奋的笑容。这是一个集体宿舍楼。鲁力有三个小儿，分有两个房间。现在两个小儿参加工作了，还有一个在读大学，他们就将小儿住的一间做客厅和饭厅，大学生回来了又张开小铺。

他心里有些颤抖地敲响了门。敲了一会儿，不见动静。他准备又敲门，这时门开了，是个中年妇女。她说：“你们找哪个？”

他说：“我们想找下鲁局长。”

进门了。房间里一小桌边坐着一个五十多岁的汉子，个子偏高，身材粗壮，脸色较黑，给人一种刚毅强硬的感觉，像块硬硬的石头。但仔细观察又给人一些憨憨的感觉，额顶已经没有了头发，像个光光的石头，在电灯下亮亮的，这大概与他年轻时的职业有关。他穿着一件蓝色中山服，肚子有点大，像一个石磙。

他们恭敬地说："鲁局长好！打扰鲁局长了。"

鲁力满脸刚硬神情，但口气和蔼地说："你们请坐。"

他俩感觉鲁力虽然脸上像石头，但是平易、随和，就笑着坐下。鲁力夫人给他俩各泡了一杯茶，放他们身旁的茶几上，不说什么，不时地打量着他和章师傅，脸上也没有一丝笑容，像一个老实的农村妇人。她虽然是副局长夫人了，其实她的身份还是农民。他们是土改时结的婚，她一直是农民，种了一辈子地。鲁力进城了，她也还在农村里种地。现在田都分到户了，他强行要她将田给了别人种，也不收租，要她也进城了。说她在农村苦了一辈子，应该休息一下了。但她还是过不惯这个城市的生活，连买菜也不会讲价。

章师傅友好地望鲁力微笑着，指一下他介绍说："这位是有名的陈杰汉师傅，是川湖交界一带闻名的木工大师。这县城的大礼堂和人民医院、县委大院，就是他主持修建的，县委老杜书记解放前做地下工作就与他在铁厂相识，是老朋友，非常相信他，县里的大工程都是请他来掌墨修建的。"

鲁力吃惊地松动了一下像石头的脸，说："哦，那真不错啊。"鲁力当然知道这大礼堂，他们常常在里面开会、看电影呢。

他友好地望鲁力微笑着，也介绍章师傅："这是我们区最著名的石匠师傅，姓章。茅坪著名的冯家大院，整个雕花的磉磤石、门槛石、石门枋、天井石，都是章师傅的杰作。六七十年代国道线我们区段的多座石拱桥就是他掌墨修建的。"

章师傅接着说："就是最险要的三道岩和三岔谷大桥，近百米高，也是陈师傅做的拱架，一般的师傅看一眼都吓坏了……"

鲁力听了赞赏地说："你们都是高师啊。我们辉煌的历史，都有你们工匠艺人的不朽创造啊。你们的精神值得发扬。”

他俩听了非常感动，几乎同时说：“谢谢鲁局长抬爱！”

于是他很是恭敬地说：“都知道，鲁局长为我们县修桥筑路，可是做出了重大贡献的功臣……”

鲁力得到了表扬很高兴，但没怎么笑，只是有了一些兴致，就说：“给你们说，我也是石匠出身，所以别人都说我是石匠局长，还有人说是大老粗局长……”

其实这个鲁力从小家穷，只读过几天私塾，从十五岁就一直干石匠，并且是个手艺相当不错的石匠，也算名师。解放后土改参加工作，选举乡农会主席时，他是个有名的匠人，人缘好，就把他选上了乡（区下面的小乡）农会主席。后来转人民公社又当了社长，一干就是好多年。由于他与石头是朋友，带领社员们砌石坎、建梯田，建设高产农田，修建乡村公路，很有成绩，也成为劳动模范。县领导就要提拔他，加上他当过石匠，修建公路有显著成果，就提拔他当上了县交通局副局长。可以说是石匠帮了鲁力的忙，但不少人说他是个打石头的大老粗。

鲁力听说这两位是大师级匠人，一时间和他们谈得十分火热，讲一些手艺上的事情，可谓津津乐道，乐此不疲，好像遇上了知音。鲁力还要夫人为他俩煮夜宵吃，几个人喝一杯，但他俩急忙上去制止了，说刚刚在街上吃过饭。

他喝了一口茶就说：“我们找鲁局长也与石头有关。我们那里的弯河大桥工程，我和章师傅想承包了修建。我们保证按照你们的图纸要求、工程师的指导，高质量地建好这座大桥。”

鲁力恢复一脸石块的神情说：“工程的事，是由工程股具体负责的。现在工程主要通过公开招标来进行。我一定推介你们，到时我要他们通知你们参加招标。你们也一定要参加。你们一个是木工大师，一个是石匠大师，理当修建这座石桥。但现在时代变化了，不同于我们那个时代，现在是讲文化、讲科学的时代，你们还不一定适应有些程序，还要多多学习现代的一些东西。因此你们要做好建造施工预算方案。预算要是实打实的，既不能过高，也不能过低，过低了怎么能做好工程呢？那就只能偷工减料，建造豆腐渣工程。但过高了绝对通不过。”

他们俩听了心里同时都像重重落下一个冰块。他们还从来没有经历过什么招标的事，更没有对一座大桥做过预算的工作，还十分地陌生，心底不禁冒出一些畏难情绪。

鲁力带鼓励性地说：“你们都是大师，有过硬的技术，你们完全能行。也不要怕，只是要尽快适应现在的形势。”说着从皮包里拿出一张设计图纸交给了他……

他和章师傅听了都很感动。他说：“谢谢鲁局长了。这地点我熟悉。我们一定努力。”

话不投机半句多。他和章师傅互相望一眼，点下头，意思是见好就收。

他就说：“打扰鲁局长了，我们先走了。”说着就站起了身。

鲁力就对他说：“茅坪街上有没有熟人的电话，好通知你们。”

他说：“熟人有，家里没有电话。”

鲁力就说：“那你给我留个通信地址吧。到时我让办公室给你们寄信函。”

接着他用笔写了他家的通信地址，递给了鲁力。鲁力认真看了一下，折叠一下，塞进了中山装的上衣袋里，扣好扣子。

出门了鲁力又强调一句：“你们是名师，是能够建造出好工程的，你们抓紧回去准备资料吧。”

他们俩都感激地说：“感谢鲁局长！我们一定不负你的希望。”

回家不久，他收到了交通局寄给他的招标函，他和章师傅带着资料去参加了交通局的公开招标会。

这是他俩第一次参加这样的招标会，显得非常紧张，仿佛他曾经面临的立屋的现场。这次有十几个建筑公司、建筑队都带着自己的建造核算方案前来参加竞标。

好久他还记得，这是一个并不大的会议室。会议室前面摆有一排旧书桌，也就是旧式抽屉，不像什么主席台，一切都很朴素。主席台背后墙壁上方，是一条红纸白字的横幅，内容是：弯河大桥工程招标会。

主席台一排桌边坐着交通局领导和有关部门的人员。每人面前放有一个小牌子，上面各写着：领导、主持，工程股，还有的上面分别写着：司法、公安、监察、纪检、公证、书记……

他只认得领导席位的鲁力，又想到鲁力是匠人出身，就觉得很亲切。具体负责工程招标的股长小潘十分陌生，这人不高，偏瘦，但显得精明能干。

他和章石匠虽然也搞了个预算方案，但他们十分没有底气，还不熟悉这些工作业务，他们从来就是给主人家干活，叫做什么就做什么，只是一门心思搞技术，很少算过账。他们对这些什么招标、预算工作确实还十分陌生。他们缺少现代科学文化知识，有很大的局限性。但他们也熟悉做工及工资标准，只是胃口不大，因此他们预算做得很保守，确实是实实在在的，比其他人的预算都要低得多，是最低的。

他数了下，台上一共是十三人，坐得整整齐齐，也规规矩矩，气氛相当严肃而庄重，又不失紧张，好像要审理什么大案似的。

台下坐的是竞标的人，有二十多人，其中大部分都是年轻人、中年人。他们穿着笔挺的西服，脚上是黑亮亮的皮鞋，头发梳得油光水滑，有的上面还抹了一层摩丝。每人手里拎个黑色皮包，手上都戴着亮晃晃的手表。

接着主持人——工程股潘股长宣布了议程、纪律。然后说："现在请鲁局长给大家讲话。"

鲁力礼节性地站起身，对大家十分正经地点下头，接着又摆摆手，很干脆地说："我没什么说的，按制定的规则进行！"说着就坐下了。

接着主要由工程股小潘说了一些招标的程序、要求、资质条件、步骤等，同时强调了工程质量，最终严格验收的事。

后来一个议程是叫他们交上竞标的预算资料。他也交上了一沓手写的资料。其实他用钢笔手写的比打印的不会差，他本是有着深厚文化的人。这时茅坪街上还没有打字店，县城街上才有少量的机械打字门店。至于电脑打字那是十多年后的事情。

工程股的潘股长最后对大家说："大家交的竞标资料，我们评审组将一个一个对技术资质、预算方案认真地审核、比较，最后经评审小组全体人员投票表决、确定。不是哪一个人说了算。然后公示！"

四　人是情非

等待与郁闷中，他要求自己不再想这事了。他就去想一些舒心的事，于是他就想起了在云儿家的事——

那个早晨好像来得很慢。他觉得确实等了好久天才亮。

这时四周还是一种昏糊的色彩，像是还蒙在被子里。他本来想起来去找木料，准备做床，但光线还太暗。渐渐地窗户的颜色由昏糊变得灰白了。

他忙着起床。可是在下床时他觉得不对劲，腿脚疼痛得厉害！他站起来走着试试，真的很疼。他想起那和尚说的是特效，如果是特效，一起贴过十多张了，应该是能够治疗好了呀，怎么一不贴膏药就又疼了呢?

他有些气愤地想，今天就不贴了，看到底怎么样！

他听见老人在堂屋里对云儿说："家里有师傅，还是你给师傅弄早饭吃。怎么说也不能懈怠陈师傅。再者，死的人是我的姐姐，是一个妈生的，我最后还得送送她……"

他来到堂屋里，云儿从大门外走进来，她手里抱着一抱柴。

看见他，她脸上带着歉意地说："铺睡不好，陈师傅没休息好吧。"

他笑着说："我睡好了。打床的木料放在哪些地方？我来找。"

云儿说："有的在猪圈楼上，有的在正屋这个右边三楼上搁着，等下我来帮你拿吧。"

她将柴放去了灶门口，走出来，他正去拿木梯，两人的身子就碰到了一起！他连忙站到一边去。她的脸像陡然照进一缕霞光，忽的一下红润润的了。她连忙遮掩地说："你不熟悉，我去给你找。"

她扛着木梯来到猪圈屋里面的巷道，将木梯在一个楼梯口下放好，就急忙向楼上爬去。

他忙说："我去，你不清楚什么木料做什么的。"

她不好意思看他，望着楼梯口说："我拿下来你自己选。"

他伸手握着梯子说："你让我自己上去找。做床要哪样木料，我熟悉些。"

她就站到了一边。他就很快上了楼。

她有些亲切地说："你找了从上面往下放，我在下面接吧。"

他真想这样永远和她在一起做事，和她说话。他就说："好的。"

他找到了一些做床枋的细杉木。老式床要七根连接床面床脚的长枋。这样的原始杉木，就比解好的木枋要多费力气，全靠木匠用斧子砍出一根根的木枋来，木匠就辛苦一多半。但他觉得为云儿做床越辛苦越好，心里越舒服，越甜蜜。

她在下面伸着双手，时刻准备接住木头。

他望着她说："你干脆去做别的吧，我来自己从木梯上往下放，不是怕灰尘弄你眼睛里去了。"

她还是坚持说："不要紧。你往下放，我接吧，一个人不好弄。"

他就只好将木头轻了又轻地往下滑。他又想起在她娘家给她做嫁妆时，她也是一定要帮忙接木料……

他在楼梯口轻轻地往下滑着木头，她在楼下轻轻地接着。他在楼上看着她；她在楼下看着他。每一根粗糙的杉木就从他手上传到她手上。他牢牢地握着，她紧紧地握着，木头连接着他和她，把他们俩连在一起……

他真想和她永远这样工作下去。

接完木头后，她就说："我来往院坝里扛，你不要把衣服搞脏了，我是穿的做粗活的衣服。"

他从楼梯上下到地面，打趣地笑着说："你怕我把衣服弄脏了难得帮我洗呀？"

她轻轻地咧嘴一笑："不。你给我家干活，我给你洗衣服是应该的。不知你觉得我洗得干不干净，满不满意。"

"我知道，你洗得很干净。"他没继续说，而是扛着一根杉木向院坝里走去。这时她扛着木料，也朝院坝里走去。

在院坝里把木料放好后，他说："你去做别的吧，我来扛。"

她却说："你是做手艺活的，这些粗活应该主人家的人来做。"说着就又去扛另一根杉木。

这时她就去拿了扫帚，来打扫杉木上的灰尘。他有意识地让她扫，让她在他身边工作。他就去院坝边一手提来一个木马，在院坝中间放好，又去堂屋里拿来尺子和锯子，开始裁料。

他一边锯着，一边悄悄打量她的身影。他看到的是侧面。但这样也更看得清她身体的曲线美。那胸脯还算丰满，而且像有什么在里面跳动着……虽是穿一件普通的蓝色对襟衣，但配上胸脯和腰部的曲线，给人的感觉并不土气老气。她那一头短发还是黑亮亮的，那脸还是瓜子形。虽然是农妇，但脸蛋并不显得黑，而是白白净净的，像一个就要圆的月亮。真是天生丽质。

他又想起为她做嫁妆时，她打扫木板上的灰尘的情景，好像就是眼前……

她打扫完杉木上的灰尘，看着他说："我们去把床面子放下来吧。"

接着他俩都去抢着拿木梯。他说："你是妇女，我是男人，让我来。"

说着就伸手去拿木梯，可她也伸手去拿木梯。两人就又碰到了一起。她脸上又是一红，不好意思地望他一眼："让我来吧。"

他说："让我来。"

他双手紧紧地拿着木梯就走。他们爬上板梯来到房屋二楼。他将木梯放在二楼上。

她就朝木梯走："我上去拿床面子吧。"

他望她一眼说："还是我去。床面子很重的。"说着就爬上楼梯。

她就在下面关心地说："你要小心，注意踩稳啊！"

他双手握住床面子让它慢慢从木梯上往下滑着，尽量放慢一点，这样让她轻松一些。

她在下面说："你放就是，我接得起。你只管放吧，我有力气。"她双手握住床面子轻轻地让它滑下楼板。

就这样他和她很轻松地将两块床面子滑下了二楼。

他对她说："你下去忙别的吧，我来扛床面子下去。"

她说："我俩一人一块，一回就扛下去了，何必要你扛两回嘛。梯子你也不管，放这里就是。"

他说："不，你不扛，我来扛。"

她却双手拿住床面子就往肩上扛，他伸手去拿她的手："你不扛，下楼梯很不好走的。"

她不听，扛起一块床面子就走向屋角的楼梯口。这个楼梯虽说是板梯，但很窄，也有点陡，扛着东西下楼不是很方便。

他只好扛着床面子在后面等着，让她下去后再走。他想，她虽然不记得以前的事了，但她的性格还是那样倔强。他就想起给自己修建新房子时，她偏偏要参加干一些本不适应她的活。想着，他的眼眶又湿润了。

她扛着床面子慢慢往下走着。他似乎看出她的腿有些摇晃，心里充满担心。

他说："竖在楼梯边，让我来吧！"

她不说什么，扛着床面子往下走着。他真的看到她的腿有些发抖，他的心好像都提到喉咙里来了，咚咚地跳，手心里也为她捏着一把汗，手掌都湿了。

她慢慢地从楼梯上往下走去。看着她要走到一楼了，他有些放心，自己准备扛着床面子往楼下走。但他还是认真地看着她。她已经只有三步板梯了。也就在这时，她扛的床面子前面一头撞在了板壁上，嘣的一响，她身子一歪，侧身摔在了地上，一边臀部重重地着地，还有臂膀也碰在了地上，床面子压在了她身上！

他的心像是炸开了，炸碎了！他急忙将床面子放下，跑下楼梯，从她身上拿开床面子。她一动不动。他从地上扶起她，她也没怎么动，他想她肯定是摔昏了。他将她抱起来，走到堂屋里，放到一把椅子上让她靠着。她的头歪歪地耷拉一边。他的心像有针一刺一刺地痛着，更有点急坏了，忙着掐她的人中和一些穴位……

五　希望来临

这时是以经济建设为中心任务。一时间工程也如天上的星星撒向了大地，星罗棋布。大量私人都要建房，各个部门要建房，同时国家高度重视教育，学校建设也被提到了重要位置。

雷陈林最先知道了一个信息。这时雷陈林正在给教育站的老勾做家具。老勾是站长，就告诉了雷陈林："白马中学教学楼工程县教委下文件了。那里教学条件太差了，据说是杜书记亲自出面去找了教委主任才下文。"

说着望了雷陈林一眼："我可以介绍你和师父去承包这个工程。这是石木结构，第一层做教室，第二层做学生寝室。一般的师傅我不放心。你们两师徒是最合适的……"

雷陈林听了非常兴奋，感激地看着老勾："那太谢谢勾站长了！这工程就包给我们搞吧。我们一定感谢你！"

老勾就拿起电话筒，拨通了基建科的电话。老勾对着话筒说："找小甫有重要事情。"

老勾对小甫说："我是茅坪区教育站的老勾，关于白马乡（这时公社改为乡，上面还是区）中学教学楼工程的事，我要给你说一下，我要求让全县最有名、技术最过硬的陈师傅和雷师傅承包这工程。县大礼堂、县医院等大工程就是他们建造的，现在还好好的。我们要对学生娃娃的生命安全负责。过两天我要他们直接来找你。”

雷陈林也不知道对方回答了什么，只听老勾说了两句“谢谢，谢谢”。

这晚上雷陈林就向茅坡他家走去，进门就说：“师父，有个好事，我们区的白马乡中学要修建教学楼……”

他脸上没怎么兴奋和露出笑容。他一听说工程就想起被假烟假酒坑害的事。雷陈林还不知道这件事。

他招呼雷陈林坐下，又泡了茶。雷陈林重复地说：“四大间教室，教室长，中间要用抬梁，实际上是八间，另加两间办公室、一间楼梯间，实际是十一间。”

他仍然没有兴奋的笑容，有些沉静地说：“我们这些人没有什么关系，又没有钱给别人送，恐怕包不到工程啊。”

雷陈林很有信心地说：“勾站长已经给教委基建科的甫科长说了。并且叫我商量您，这两天就去基建科报名，去时到他那里去写个介绍信。”

雷陈林说：“我这段时间在给勾站长做家具，我打算全给他帮忙，不要勾站长一分钱的工钱……”

他听了后觉得还真的有希望，就微微地笑了一下，望着雷陈林说：“到时工程上给出你这笔钱。”

雷陈林好像看到了明天早上的大太阳，满脸闪着希望之光地说：“师父不必这样说，那是我应该做的。我们包到了大工程，这点小钱，算个什么嘛。”

他说：“那不。你这是辛苦了三十多天呢！”

雷陈林不紧不慢地说：“要搞大事，当然要有小投入。种田不投入种子肥料劳力，哪有收成呢？”

老勾的家具完工后就要给雷陈林结工钱，三十五天，这是大工是一元五角一天，共计是五十二元五角。雷陈林怎么也不要，但老勾坚决地要给。

老勾说：“你一个做工的，辛辛苦苦做了这么多天，我怎么能不给工钱？那我心里一辈子都是黑的了！”

雷陈林的脸色就像早晨的天空陡然布满了乌云，顿时脸上没有了阳光。他是想给老勾帮个忙，便于他帮忙，好包到这个工程。但老勾坚决地要给他工钱，他就觉得这件事情可能没有了希望。

这时老勾就说：“你放心，工程的事，我肯定要帮忙让你们承包，我相信你们的技术，做事的质量。这和你给我做家具是两码事……”

雷陈林便想，搞了工程再给老勾感谢。

六　为难时刻

他此时正在院坝里看对面的山，山峰上有几条横路，有几条竖着的水沟和溜沟，溜沟就是人们专门溜树、溜柴、溜草皮（刮的山林间树叶的腐殖层）的道路。直沟，横路，看着看着，他就一喜，他觉得那个山峰就像他做的一排柱架！像极了，真像一排柱架！他脸上涌出几分喜悦，那皱纹像是变成了一丝丝飘逸的云翳。

偏偏这时天就訇然一声黑下来了，什么也模糊了。

钟月对着院坝大声说：“吃饭啦！”

他这才转过像有几百斤的头，向堂屋走去。

饭后天空就飘来半边月亮，像上帝丢给人间的一个纸片。

他正在收拾工具。这时传来咚咚、咚咚的敲门声。他连忙应一声：“来了。”

一个洪亮的声音说道：“陈师傅你可回来了！我等了你好久啊。”这人说着早已拉住他的手，这时他看清了，就激动地说：“哦，是马师傅啊！”

马师傅还是包的一根黑不溜秋的帕子，没有改革。马师傅一贯是剃的一个光头再配上一根帕子。那帕子包着包着就成了一根黑不溜秋的烟筋，更像一根烂草绳。在许多人看来，头剃得光光的，围上这么一根烂草绳实在没有必要，根本解决不了保暖的问题，要保暖还不如把头发蓄着，自然保暖。但马师傅偏偏就是要如此这般打扮，从年轻时就这样，再热的天是这样，再冷的天也是如此。好像一个光头就很有力度，像一颗闪光的大卵石，硬硬的，谁敢碰？这才是个过硬师傅的样子。那帕子其实也是两用，一方面包头，二方面揩汗。

在煤油灯的照亮下，马师傅此时那个光头长出的短头发已经白了一半，有些闪闪亮亮。

他给马师傅倒一杯茶递过去，热情地说："包了大工程找我合作啊？"

马师傅接过茶还没喝上一口，说："哪里呀！我自已想建个木屋。这事就只有找你。"

这一带称为"打墙"。马师傅打了一辈子的土墙，给别人建了好多新屋，而他个人呢，还住着那么个烂土墙屋，几十年了，墙上都被雨水冲成山沟沟了，遇上打雷下雨，瞌睡都睡不着，老怕房子垮塌了。现在就想建新房，而且是修建一栋木屋住住，实现几十年的愿望。

他就问："你有那么多树木啊？"

马师傅说："我自留山有树，早就砍了一些，已经都搬到屋场里来了，就只等你陈师傅了。"

他心里暗暗高兴。好多年没有修建过木屋了，听马师傅这么一说，手都痒痒了。特别是，好教一下陈艺，让陈艺学学怎么修建柱架屋，把这门技术传下去，不失传。

马师傅也很高兴："你既然回来了，我们老朋友了，那你就明天去。帮我完成这个大事。工钱我按目前最高工价给你结。"

他笑着说："老朋友了先不说什么工钱的事，就是一分钱没有，我也要为你实现这个愿望！"

马师傅听着，十分感动地伸双手去握住他的手，那眼睛里都泪花闪闪的了："这就好，我这愿望能实现了。"说着用衣袖揩了两下眼睛："我就想住几天木屋啊……"

马师傅接着说："你收拾一下工具，我帮你背过去。"

他很感动地说："怎么能要老朋友背工具嘛，不行。"

马师傅急切地说："我不把工具背过去，不放心啊。我怕别人来把你找去了。"

就在这时门就敲响了："陈师傅！陈师傅！"

他站起身打开门，进来的也是一个头发花白的人，兴奋地笑着说："哎呀终于找到你陈师傅了！"

这人高大的个子，有几分雄壮气势，头上还戴着一顶褪色的军帽。他当然熟悉这人，是粮管所主任，也就是有名的骆铁匠，他又调回到这茅坪粮管所工作。

他站起来去握住骆铁匠的手，像是久别重逢的老朋友一样。他心中一直装着骆铁匠这个人物，不，应该是这个朋友。可是有好些年没有见面了。

骆铁匠干过铁匠，后来参加解放军，是个"南下干部"，修建军粮大仓库有功劳，解放后担任粮站站长。后来又去其他的粮管所任主任。现已白发苍苍，他对工作还是非常负责任，一丝也不马虎，就像打铁一样，都是硬碰硬，叮当响，过得硬。他辛勤工作着，亲自参加往仓库楼上扛麻袋，打扫晒场；亲自验收农民交上来的粮食，把玉米一颗一颗地放嘴里咬、嚼，检验干湿；亲自手握风车手柄扇风车，除去粮食里那些瘪的、秕子以及灰尘。同事要他休息，他也不理，一个劲地干着他的活。他还亲自称秤，但只报数，让保管员记账，他写字很慢，写的字个儿特大，歪歪扭扭的，像要倒塌的木房子。粮站的仓库和什么木器哪里坏了，或者有点小型木工活，就是骆铁匠自己干。一切都是为单位，尽量减少开支。

骆铁匠进门后便去久久地握着他的手不愿放下，像是久别重逢的战友，还关心地问着他的情况，特别问他的妻子肖云有下落没有……

骆铁匠接过茶杯，喝上两口就望着他说："我打听好久了，说你出远门了。今天下午在街上碰见雷陈林师傅，他说你回来了。我怕你又跑了，所以就晚上赶了来，请你去帮我们修建仓库。我这是国家工程，不能马虎，不请到你陈师傅我不放心。当年你修建的仓库还正正端端的，好好的……

他也知道骆铁匠在粮食系统的威望，局长领导们全都在乎他。打铁先要本身硬，他过得硬，都对骆铁匠充满敬畏，实际上都怕他。骆铁匠是无私无畏，别人是有私有畏。

他还没有回骆铁匠话，就看见坐那的马师傅已经很不自在，像椅子上长了刺锥着了屁股，一双眼睛急躁地紧盯着他，想说什么又不便插上话，就一个劲紧盯着他，像在说：我的事你可不要忘了，虽然仓库是国家的事，但是我先来找的你啊。马师傅就后悔先没有把他的木匠工具背走，落得眼下这个二虎相争的局面。

他心里也觉得很为难了。他考虑了一下就对骆铁匠说："这样吧，我这位老朋友——"说着向旁边指一下马师傅，又说，"这是有名的土匠马师傅。马师傅一直想修建一栋木屋住住，人都等老了，决心要实现这个愿望。这样，我多带几个木匠，半个月就可以把柱架立起来。"

骆铁匠有些严肃地说："我马上就要收粮食……"

他就问："修建几间仓库吗？"

骆铁匠很干脆地说："十间。"

他心里就一惊："要修建这么多！"

他默算了下说："仅仅立屋，要三百多个木工。这样，你找十五个木匠师傅，二十天完成任务。"

骆铁匠转头对马师傅和气地笑着说："没法，收粮食的时候要到了，请马师傅帮忙支持一下，也就二十天。"

马师傅实有些不好回答，也只好笑着默认。

骆铁匠对他说："我们的事就这样说定了。"顿一下又说，"那后天我就带你进城，到粮食局去找领导说定这事。"

骆铁匠看看马师傅又看看他，说："我先告辞了。你们继续聊。"

接着又有人来敲门。他打开门，来的是张瓦工。

张瓦工说：“马师傅也来了，是不是想邀陈师傅包大工程呀？”

马师傅脸上并没笑容地说：“哎呀现在哪个还打土墙哟，都是你们瓦工的世界了，都兴砌石墙、砖墙，一砌就是好几层。”

张瓦工说：“农村里不少人还是打土墙的。虽然土地包干到户了，田里还是只长那些粮食，不长钱，农民还是农民，都还困难，好多人连一栋土墙屋都建不起呢。”

他说：“也是。”

张瓦工望着他说：“我专门来找陈师傅的。”

他望着张瓦工：“有什么工程和我合作呀？”

张瓦工叹口气说：“唉，给陈师傅说，要请你帮大忙啊！我儿子快三十了，好不容易找到一个媳妇。”

马师傅插话说：“你儿子主要是心高，要求高，选了好多姑娘都看不上。”

张瓦工摇摇头说：“唉，读了个大学，不得了了嘛，要花里选花。上年选好了一个，可是人家姑娘看了《红楼梦》电视剧，提出一个苛刻要求，她也要住红漆柱头板壁的木房子，好像成了个红楼迷。这是个古董女娃。你看，这样的事，我不找你陈师傅又找哪个？我找了你数十余回。正月初八结婚，现在房屋还没开始修建。你说我急不急。这回真要求陈师傅帮我个大忙，让我儿子把婚结了，不是怕又吹了。你二天有什么下力的事，我再来帮你下力。”

他有些欣慰地说：“现在农村都兴石木结构的房子，你那个儿媳妇却要木楼，也真是爱好特别啊。”

马师傅接话说：“也不，山区农村现在好多地方还兴建木屋呢。从宣恩到湖南湘西一带，好多修建木柱架房子的。木柱架房子好啊，人住着舒服、环保。”

张瓦工说：“我了解了，姑娘的爷爷时候，家里是地主，住的是红漆柱头板壁房子。姑娘是从那些历史照片上看到的，觉得很好，加之看了《红楼梦》电视剧，就想住这样的木房子。”

他说：“哦，原来姑娘家曾是地主。”

张瓦工说：“现在改革开放了，不讲成分了，但姑娘还为她家原来是地主而骄傲呢。”

他问张瓦工：“那你们木料都准备好了吗？”

张瓦工干脆地说：“早就准备好了！木材都干好了，就因为找不到你，无法动工。别的木匠我又不相信。”

他心里也觉得很为难了。他看看马师傅，对张瓦工说：“我这位老朋友——”说着向旁边指一下马师傅，“几十年来一直想修建一栋木屋住住，他也是等好久了，也是一切都准备好了，找了我多次，我不在家。”

他考虑了一下就看看马师傅又看看张瓦工，说：“这就叫我确实有些为难了。唉，我们都是匠人，要互相帮忙，你们两个也是老熟人，你们两个商量一下，看到底哪个先开工吧。”

张瓦工望一眼马师傅，又焦急又为难的一副神情，说：“老伙计，我儿子这事，你也明白了，你就等于给我帮个忙，让我先动工，反正你又不是等房子结婚。”

他说：“现在还是七月上旬。这个七月底争取仓库完成，已经和骆主任说定了，他们马上要收粮食。这是国家任务。”

马师傅说：“我多找几个木匠，也快，十天就立屋，张师傅也就只等十天……”

张瓦工说：“我也多找几个木匠，也只要十天，你挪动十天怕什么。你可以明年装修，你又不急着结婚。我可是要接着装修，八月之后装修的板壁不行，明年热天就要裂缝。老兄，你就给我帮个忙，儿子要结婚，这没办法啊。”

七　心系希望

这天早晨外面还是昏昏的，就像满天都是浓重的烟尘。这时他就起床了。他很快烧燃了灶洞里的火。先热了洗脸水洗了把脸，然后很快就煮好嫩白菜和玉米面，加上盐和油，煮了好吃的糊糊。

吃了几碗糊糊，气势就挺起来了，就向镇上走去。这时四周的山还是暗暗的，秋初的多色彩还看不清楚。头顶的天空是灰暗灰暗的，像穿上了暗色的衣服，老气横秋的，像是在与人们生闷气。本是苞谷需要阳光晒晒长成熟，偏偏太阳不给力，看来又要连续阴雨天了。

他来到茅坪小镇，这时仙人岭还是被深深地锁在云雾中，白岩鼎也被乌云包裹着。他找到雷陈林，一起来到教育站，人们正在吃早餐。他们就站在办公室的门外走道里，耐心等着。

老勾吃完早餐后来到办公室，就见到了正在门边等候的雷陈林和他。他们都亲热地叫了勾站长。

雷陈林说："我和师父准备今天下城去教委基建科报名，请你帮忙写个介绍信。"

勾站长爽快地说："好。"

说着就走到办公桌前坐下来，掏出一支烟点燃抽了一口，像是在拟思路，又抽了一口，顿时满屋都香了。接着就拉开抽屉拿出一沓材料纸，又吸了一口烟，开始写起来。

勾站长写得很认真。特别是介绍他陈师傅是全县闻名的木工大师，建了哪些大工程……

勾站长写好后拿去办公室，找一个工作人员盖了公章。然后回自己办公室递给雷陈林，并高兴地说："祝你们成功！"

他和雷陈林都感激地说："谢谢勾站长！"雷陈林还小声说："到时我们一定感谢你！"

老勾摆着手："不说这些。你们快去。先去他办公室找，如果他在工程上，就晚上去他家里……"又小声说了小甫住处的门牌号码。

他们去车站乘车去了县城。来到小甫办公室，果然小甫不在，向人打听，小甫去了一个乡下教学楼工程。

他们只好去买了住宿，等晚上小甫回来，再去小甫家里。

在天黑下来以后，他们俩就去小甫住处敲门。这是一栋两层楼的私房，位置在街后的山边，屋后是一个小山包，长着茂盛的松树，门前是一条弯弯的小溪。他感到这地方还选得真不错。在这时有一栋私房那是令人羡慕的。

给他们开门的是一个年轻女子，看样子三十多岁，中等身材，有些丰满圆润。这是小甫的妻子，是一名教师，和小甫都是师范同学，现在都在搞大专函授，挣文凭。

他和雷陈林有些谨慎地走进门，都说："甫科长好！打扰了。"

小甫三十几岁样子，个子不高，有点胖，理着一个平头，大大的脸庞，挺拔的鼻子，像一个当官的相貌。小甫转动着一双小眼睛，神情精明，显得有些傲慢地站起身子，同时也露出有些勉强的笑意说："你们坐吧。"

他和雷陈林都轻轻地坐下来。雷陈林从上衣袋里掏出折叠了两下的一张材料纸，就是老勾写的那张介绍信，起身递给小甫，友好而带有巴结地说："这是勾站长写的介绍信，请您帮忙了。"说着很缓慢地退回自己的座位。

小甫和气地说："勾站长还真负责的。"

小甫说着从衣袋里掏出一包香烟，摇出两支递给他们两个。

他们都说："不抽烟的。"

小甫自己抽着烟。这时女子就为他俩泡了茶，放到他俩身旁的茶几上，并亲热地说："喝茶。"看样子这个女子还是个贤惠人。

小甫脸上是一副平静中夹着傲慢的面容。那双精明的小眼睛正在认真地打量他们两个，好像在进行仔细的审察。小甫明白他们两个都是好人，但他要审视他们到底属于哪一类人。

小甫妻子坐在不远的一把红漆木椅上，在认真地看着函授考试的书。

雷陈林喝了两口茶，诚恳地说："这个工程，包给我们，我们可以保证，把工程质量做到最好。"说着指一下身旁的他，介绍说，"这是修建县城大礼堂和人民医院、县委大院的陈师傅……"

小甫有些肃然起敬地坐正一下身子，认真地打量他，说："这几大工程是我们县里的标志建筑。陈师傅真是大师啊。"

小甫妻子只往这边看了一眼，仍然认真地看着书。

他也接着说："这雷陈林师傅，也参加了这几大工程的修建，并且是主要的师傅……

小甫也打量一下雷陈林，赞扬地说："都是高师啊。"

他保持着冷静态度，只是坐在沙发上看着他们的动作，听他们说话，自己不说什么。他也在仔细观察小甫，说不上是审察，但也是在认真仔细地往心里看，分析小甫的想法。

雷陈林说："请甫科长帮忙啊，让我们承包这个工程……"

小甫这时正正经经地说："这个工程，局里还要研究，承包的方法，是采取公开招标。到时通知你们前来参加竞标。"

雷陈林就问："那大概是什么时间？"

小甫平淡地说："也就在近段时间。"

雷陈林望着小甫微笑地说："那还是要请甫科长关照啊。"

小甫也微笑地说："你们是大师，回去好好准备竞标方案，到时以资质和方案说话。"

雷陈林用充满感激的笑容望着小甫："那谢谢甫科长！打扰甫科长休息了，我们走了。"

小甫用一种严肃的笑容将他们送出客厅门。

在他们去旅社的路上，雷陈林就问他："师父您说，情况怎样啊？"

他笑一下说："我看，这个工程我们承包不到。"

雷陈林听了一惊："不可能吧。我们有教育站的介绍信，又有你这张王牌，还有勾站长这张王牌，教委领导都是很在乎他的，怎么会不行？"

"难说。"他还是这样说。

雷陈林虽有些不太明白他的话，但几十年来，雷陈林对师父是信若神灵的。不过这次，雷陈林还是抱着很大希望，甚至有充分的信心，因为他觉得确实有一些有利条件。

八　一腔热情

骆铁匠要他八点钟前赶到粮管所。骆铁匠亲自出马和他一起去县粮食局，把仓库工程的事说稳妥。骆铁匠认为这也是一项攻坚任务，必须拿下。

但他还是心里一点也不踏实。通过这段时间的一些事情经历，他也长了很多见识。你没有关系，没有钱，办不了事。你有钱，和领导没有相当的关系，别人也不会信任你，也轮不到你。领导要把工程给有关系的有钱人，也就是他们的关系户。

但他觉得也有一点希望，因为是骆铁匠亲自出马。骆铁匠可是个南下干部，县城是他参与解放的，在粮食系统，他的资格最老，功劳最大，威望最高，作风清廉，一身正气，工作过硬且先进，是有名的铁匠干部。原来还有一个老红军，但早已过世了，现在就剩下骆铁匠这张王牌。在县局，甚至在县委县政府，都非常在乎他骆铁匠。无私别人畏惧。正常的人谁不惧怕正理、公理、真理呢？谁不惧怕大道正气？魔高一尺，道高一丈。正道压天下，岂有不平之理？正气在上，谁敢歪来？

他听说过，骆铁匠是个敢骂局长的人。之所以敢骂，主要是骆铁匠本身过硬，有广泛的群众基础，包括各区镇粮管所的每个职工，包括县里领导、其他行业，没有不称赞拥护骆铁匠的。如果局长通过选举确定，那骆铁匠是万无一失的。骆铁匠从不多吃多占一分钱的东西，总是吃苦在前，从不追求享受，处处为单位精打细算，从不考虑个人得失。就是发现地上有一颗螺丝钉都要捡起来，放进他办公的一个小抽屉里，放那备用。哪个的自行车或什么机器缺螺丝，就要他们去他那找、配。哪怕一截铁丝，一截绳子，他看见了都要捡起来，放在他办公室，相信能够派上用场。因此不少人差什么就去他办公室找，像是他有一个聚宝箱。他也乐于为大家服务。不管在哪里看见一粒粮食总要拈起来，吹几下放进衣袋里，然后去放进他办公室备用的碗里，是大米就放进大米碗里，是玉米就放进玉米碗里，是麦子就放进麦子碗里。每种粮食都备有一个碗，聚集多了，就交给仓库。有人笑他，说他的办公室是个百宝库。当然也有人笑他办公室是个废品收购站，是个杂货店。

骆铁匠生活上总是艰苦朴素，衣服补了又补，热天基本上是穿的草鞋。骆铁匠就是这样一个人，因此所里没有哪个不怕他。骆铁匠从不阿谀奉承，讨好上面而违心地做一些表面工作，搞一些形式主义、面子工程。骆铁匠从不迎合，觉得不妥就当面开枪（腔），会上也敢顶，但每次说的都是对的，大家都拥护，只是没人敢像他骆铁匠这样站起来说。正如俗话说的：出头椽桷先烂，说直话逗人恨。也就因为他的秉性，所以他没有受到重用，没有被提拔。解放时就是个粮站站长，几十年后还是个粮管所主任。骆铁匠也说过，劳动是崇高的革命工作，哪里都是工作，我不想提拔，我也不想进城，我从解放就在这里生活，和这块土地有了深厚的感情，也离不开。我老婆也是这块土地上的，亲戚也在这里。但骆铁匠从没有照顾过亲戚。亲戚们也理解他，称赞他是个百分之百的革命者，百分之百的布尔什维克，百分之百的好干部……

他这么一想骆铁匠这个人，就觉得这个工程骆铁匠出手了，可能是没有什么问题的，不禁心里也有些安慰。因此他提前十五分钟就赶到了粮管所。

骆铁匠远远地看见了就喊他：“师父快来过早，吃了面条出发。”骆铁匠仍然是尊敬地称呼他师父。

他说：“多谢了，我已经在家吃了。”

骆铁匠让保管组长安排一辆车，给淀粉厂送玉米，这样就可以把他们两个带到局里，而回来的货又是装大米和面条，这样来回都有货，车没有放空，划算。他俩就跟着去，又跟着回，免得去坐客车，报销费用。骆铁匠总是精打细算，处处为单位考虑，哪怕坐个客车一点小费用，也要省掉。更不学有的单位，去城里开个会，不惜费用去借区里的吉普车。

骆铁匠首先带他去了局长办公室。局长姓谷，叫谷满。有人曾说，组织部门真会考察，谷满当粮食局长，有饱饭吃了。

骆铁匠对谷满认真地说："我来就是为仓库工程的事。文件上也规定了，我们所里是监督方。既然这样我们所里有权维护工程的质量，有权参加决定这事。这仓库可是装粮食的，质量必须保证。说老实话，现在一般的师傅我无法信任。我信任要有事实依据，我才服。今天我给你带来了一个名震川鄂边界一带的大师——"说着指一下他，又对他做的大工程进行了介绍。

然后加重语气地说："这些都不说，特别是我们现在使用的仓库，就是一九四九年秋解放时他掌墨修建的，可以说榫缝都是丝丝入扣，连小虫子躲藏的丝缝都没有。更神的是，他修建的仓库根本就不长虫子！这个真还值得研究，怎么放都不长虫子。还有，老鼠都不啃仓库。这太过硬了，简直还有点神奇。其他的木匠能做到这样过硬吗？如果有，当然可以挑出来试一试，比一比，能不能有他陈师傅的技术过硬，要凭事实证据说话。"

谷满有些吃惊地看着骆铁匠："是真的吗？我还没听说过哪个仓里不长虫子，老鼠不啃。"

骆铁匠坚定地说："当然是真的。我从来没有说假话的习惯。局长不信，跟我去仓库看，问问保管人员。不，也可以直接问问局里财务上，看我们仓库报销了这些费用没有。"

谷满听了十分吃惊地望着他，很是认真地问："陈师傅，真能不长虫、老鼠不啃呀？"

他一副坚定的神态说："榫缝做得紧，密不透风，跟真空包装一样，是不会长虫子的。榫缝紧密，老鼠闻不到粮食气味，怎么会啃呢？骆主任也不会说假话。也不是吹，我不仅修建的仓库不长虫，而且做的什么柜子，比如橱柜、衣柜，都不长虫子，老鼠不啃。不信，我给你做一口柜子，你放老鼠堆里，看老鼠啃不啃？看长不长虫子？”

骆铁匠又坚定不移地说：“确实是这样的。你去我们镇上了解一下就信服了。”

谷满惊奇地笑了，感叹道：“那你这陈师傅真是神了啊！”

他谦虚地说：“不是什么神，就是把榫缝做好，丝丝入扣，别人这样做也一样能行。虫子进去不了，就只能在外面做窝产卵，面上看得见，清扫时很容易就扫掉了。但许多人都认为仓库是个粗活，不需要这样严格要求地去做……”

骆铁匠肯定地说：“所以，我们现在要修建的仓库，必须还是要陈师傅掌墨修建。粮食仓储单位，仓库就是命脉，和人一样，命脉出问题，还有戏吗？”

谷满又严肃地说：“现在形势也在变，凡是工程，上面都要求通过公开招标、竞标的方法，公平、公正、公开透明地确定施工方，不由哪一个人说了算。”

谷满说着半睁着眼，凝聚了目光看着骆铁匠，在心里揣测着……

骆铁匠接着有些武断地说：“不管怎样，这个仓库工程，绝对要包给陈师傅做。有事实摆起的，他为人正派，做事踏实，技术过硬。我这是为事业负责，与我私人没一丝关系。谁都清楚，我不管是在哪个粮管所，都没占过一分钱的便宜，想都没有想过要捞点什么好处。”

谷满半睁着的眼睛看着骆铁匠，实际上在审视骆铁匠，微笑地说：“你是老革命，精神可嘉。你的意见也很好。”

骆铁匠说：“我是无私的，良心见得天。”

谷满睁大了眼睛说：“工程主要由基建股负责具体实施。你可以去给基建股的股长小乌说一下，报个名，好通知陈师傅参加竞标。工程最终都是通过公开招标，确定施工方。我不能干扰基建股的具体工作。”

接着骆铁匠就和他去了基建股。

小乌正规规矩矩坐在办公室。小乌是个三十多岁的年轻人，高高的个子，理着平头，脸上红光满面，眼睛像大大的灯泡，黑一半白一半，而且目光锐利。他是个很有能力的人，办事效率很高，可算是局里的后起新秀，局领导都很赏识。

骆铁匠挺着胸像一个军人走进小乌办公室，同样用军人说话的口气说：“乌股长好！”话语简短而干脆，但暗含一种力量，像他当攻坚班长传达指令一样。

小乌也及时回答说：“骆主任好！”

小乌说着用大大的像灯泡一样的眼睛望了他们一眼。一见是老革命骆铁匠，还是站起来亲自给骆铁匠和他泡了茶，还掏出香烟来，拈出一支烟，没给骆铁匠递烟，骆铁匠是不抽烟的，就只给他递了一支烟，有些客气地说：“师傅抽烟。”

他伸手摆动两下，说：“我不抽烟的。”

小乌就将烟放自己嘴巴上，用打火机啪的一声把烟点燃了。

骆铁匠喝了几口茶，就向小乌认认真真地说了——工程要由他陈师傅来承包修建的事。

小乌以一种刚毅而尖锐的目光带审视地看了骆铁匠一眼，又看了他陈师傅一眼。然后目光里就生出一些疑问，但没有问，只是望着桌面想着什么。那目光说的是：为什么一定要包给他陈师傅呢？现在不管白天黑夜，都在拼命捞钱，你这骆老革命也改革了，想从中捞一笔好处费？是啊，要致富，搞项目，要金银，找工程……

骆铁匠也明白小乌的疑问，进一步说明：“局里可以放心，我清贫一生，定要保持晚节，从不想找钱，我也不差钱，本身就是南下干部待遇，老婆的收入有我的几个高。我只想还为单位修建一栋像样的仓库蹲在那里，像我这个人一样，正正端端地站在那里，做个纪念。我手里肯定再没机会修建仓库了……”

小乌依然一脸强硬加疑惑的表情，狠狠抽了一口烟，口气严肃地说：“我也要直说。现在，上面有政策规定，凡是工程，必须通过严格的公开招标程序，否则是非法的，要追究责任……”

骆铁匠有些生气的意思，说：“我是为事业负责，没有比陈师傅技术更强的木匠师傅，所以我才找你们。不信你去所里查看解放时他修建的仓库……”

小乌用一种正经八百的口气说：“老革命亲自来说了，我们肯定会考虑的。通过公开招标确定，相同条件下，陈师傅肯定优先。到时我通知你们。”

骆铁匠也不啰唆，豁达地说：“打扰乌股长了。我们走了。”

然后，骆铁匠就和他又坐那辆车返回了茅坪。这时天已经蒙在被子里睡觉了，好像还有呼呼的鼾声。

九　为何泪涌

谷满与小乌的样子、话语总在他面前晃悠，在他耳边震响。他感到惶惑而憋闷，像是心中插进了几根茅草，十分不舒服。于是他想超脱一下，就让自己又去想舒服的事，换一下脑袋里的东西，一想就又想到在云儿家的事……

云儿摔得很重，昏过去了。他掐了云儿的一些穴位。她醒复过来了，睁开眼睛就看见他正在为她按摩穴位，忽地感到惊惶、难堪。但她马上看见他眼睛里满是泪水，她的眼睛就一下睁大了，满眼饱含着浓浓的惊异、感动、羞怯、困惑……

她接着产生了一个大大的疑问：她摔倒了，他为什么两眼涌满心疼的泪水？

这时她已感觉到有他的泪水滴到了她的手上。她在心里说：他怎么了？这可是摔的我呀，又没有摔到他，他怎么流泪了？哦他这人太心慈、太善良，看见我摔成这样了，就心疼了，难过了……

他这时亲切地说：“你身上一定摔痛了，我用白酒给你按摩下吧。

我还有几张膏药，按摩了贴上就不疼了的。”

她想试着站起来，这时她感觉到右边的臂膀确实很痛，还有右边屁股一动就痛，头昏昏的还一扯一扯地疼痛。

他拿来了自己常备的苞谷酒，在她身旁坐下，亲切地说：“我先用酒给你提下伤吧。”

她看他，觉得他像一位父亲，像一位值得尊敬的长者。她就不好说出推辞的话。但她仍然有一种女人的羞怯，不知怎么的心里热热的，脸上也热热的了。

他真的像父亲一样看着她，轻声地说：“先按摩臂膀吧。你脱掉一只衣袖就行了。”

她没有拒绝，爽快地解开胸脯上的扣子，就露出了一件绿色的汗衫，上面有两个绿色小岛。然后她脱下右边衣袖，这时她疼痛地哎哟了一声。

他便伸手轻柔地帮她脱下了这只衣袖。这时他眼前一亮，仿佛一道阳光突然穿过云层射到了他的面前——这道阳光是她那仍然白白净净的臂膀，像白玉做的，像白嫩的豆腐，只是中间有些红肿了。他看一眼，就有些不敢下手。

他用苞谷酒在她的臂膀挨肩的地方，按摩着。他按摩得很轻，很柔，十分担心将这白嫩的皮肤擦破了，擦出水来了，擦出血来了。她嘴里时而发出嗞嗞的轻微哼声，他知道一定是感到很痛了。

他说：“是不是很痛啊？”

她说：“不要紧，提伤哪能没有一点儿疼痛嘛。你尽管按摩吧。”

他就轻了还进一步轻，根本就是极其温柔的按摩了。

按摩了肩膀，就要按摩她右边的屁股侧肌了。

他说：“你把最痛的地方弄出来吧。”

她没说什么，就将裤带解开，将右边的裤腰褪下至大腿，露出雪一样白的右臀，又像一道阳光忽地射到了他的眼前，很觉有些晃眼。但他没去怎么想这是她的肌肤，他就当这是一片阳光，一片亮丽而温暖的阳光。

他给手心里倒了一点苞谷酒，然后轻柔地贴到她的肌肤上，又轻又柔地按摩着。他十分小心，生怕把白嫩的皮肤擦破了，或者让她感到了疼痛。

她咬着牙，尽力忍耐着不哼出声音，她怕他认为她娇气。她后悔在按摩臂膀时不该哼出声音，让他觉得她真是弱女子了，娇气了。她依然还是一种要强的性格。

渐渐地，她就感到非常地舒服。虽然有些痛，但那舒服感是主要的。她不仅感到臀部的舒服，而且连腹部、连腰部都感到非常舒服，心里更是非常舒服，并且热热的，像是涌动着温温的糖水，甜甜的，一下子就涌遍了全身。全身都甜了，都热了……

按摩终于结束。他身上都出汗了，并不是他用了很大的力气，而是他心里的紧张和担忧。这时，他去背篓里拿出一个小袋子，从里面掏出两张膏药。这是买的那个和尚的膏药。他没对她说这膏药是自己要用的。

他轻声安慰地说："不怕，我这是好膏药，贴上就不疼痛的。"

他说着就给她右边臂膀上轻轻地贴上一张，缓缓地揉紧，轻声说："马上就不疼痛了的。"

说着帮她穿上那只衣袖。接着又给她臀部侧肌贴上一张膏药为她提上裤腰，说："快穿好。"

这时她就站起来，试着走动。她就有些兴奋地说："哎呀，你这真是妙手神药啊，不痛了！"她脸上竟然露出了兴奋的笑容。

她感激地说："太感谢你了！"

他有些严肃地说："你暂时不要走动，坐下好好休息一下，让伤处恢复。"

她说："我还没为你烧洗脸水呢。"

说着望向他嫣然一笑。他感觉她的笑容就像阳光，让他浑身一下子温暖了，眼前亮堂了……

他也笑着说："你不要动。我去热水就是。"

她还是想往灶屋里走。他把她拉到椅子边，扶她坐下："快坐着休息，听话。你就是任性。先要是听我的，不去扛这块床面子，又怎么会摔伤呢？身子该是吃了好大的亏哟。”

她不当一回事地笑着说：“没什么事的。”

“以后就不要任性了。”他又想起给自己修建新房时，她偏偏要做一些本不适合她的事情。

他很快就去灶屋里，把灶洞里的火烧燃了，在锅里热了洗脸水。然后他将两块宽宽的床面子扛到了院坝里，用扫帚清扫干净了。

他首先舀了半脸盆水，放上洗脸毛巾，端到她面前，轻声说：“你快洗脸吧。”

她的脸一下子红得像映山红了。他正经八百地看着她说：“快洗吧。”

她洗了脸。她要站起来去倒洗脸水，他连忙去端起了脸盆：“叫你休息一下，对恢复才有好处。”

她的脸就又一下子红了，又望他粲然一笑，这次的笑就像早晨灿烂的太阳照过来，一下子照到他心里去了。

他很快自己洗了脸，拿起小斧头去到院坝里，去砍那些杉树原木，将它们砍成枋的形状。于是发出梆梆梆的响声，像敲击什么乐器。

他砍了一条木枋，去堂屋里，就发现她没坐在那了。他再一看，就发现灶洞里的火燃得较大了，她是要弄早饭了。

他急忙走进灶屋里，亲切地说：“叫你休息，你怎么又不听话吗？”

她说：“我给你煮面条，你劳作了半天，肯定饿了。”

他说：“我昨晚吃得晚，还不饿。要煮，我来煮。你也尝尝我煮的面条怎么样，是不是比你煮的好吃些。”

她被他说得笑了，笑得粲然。他说：“你就坐灶门前，不动。你看我来煮。”她听着，又轻轻地笑了。

他先将锅洗干净。在碗柜里拿出一截腊肉，用菜刀切下一些，然后切成肉丁，放锅里煎油。熬得差不多了，就放进切好的辣椒、大蒜。一时间满屋飘香，让人兴奋。他将油舀起来后，舀水到锅里，准备煮面条。

她正在给灶里添柴。他又连忙去到她身边，抢下她手中的柴，掐了放进灶洞里。顿时火焰燃烧得呼呼直响，像热烈的嬉笑声，听着让人高兴。有人说这种火笑是家里要来客人。

这时她就说："快去打鸡蛋到锅里，水开了打鸡蛋就煮散了。"

他说："早上就不吃鸡蛋吧，简单吃点面条就行了。一会儿又要吃中饭的。"

她就撑着膝盖要站起来，嘴里说："来，你不打鸡蛋，我来。你可能不会煮鸡蛋的。"

他就伸手拉她坐下，说："好嘛，我来煮鸡蛋吧。不然你还以为我煮不好鸡蛋。其实煮鸡蛋比起我们做手艺活，那真是最简单的事了。"她走后，这几十年他什么都学会了。

他很快就煮好了鸡蛋面条。他将面条端到桌上，就去扶她。

她就望他别有意思地笑一下："看来，你真还会弄饭，手艺还很不错。"

他脸上就忽的一下没有了笑容，脸色变得有些沉重。他看着锅里说："我妻子一九五七年就走失了，之后几十年，除了吃食堂，就是自己做饭，做几十年了……"

她睁大了眼睛看着他："这几十年你都是一个人生活？"

他说："是啊……"

他还是警觉自己不要说出她的事，怕她对他产生不好的看法。同时，也怕她受到刺激，身子又出现问题。再者，她已经有了好好的家庭，不能破坏。还有，他也不摸底细，老人到底给她怎么说的……

她看他脸色沉重，她也满脸同情，想他可能有伤心的事，也就不问什么了。

然后两人坐在他做的那个小桌边，吃起面条来。都怕吃出了响声。她硬要把那个鸡蛋拈给他。他怎么也不同意。他又想起为她做嫁妆时，两人为吃鸡蛋拉扯的事，不禁有些伤心。

他吃下鸡蛋后，还是没忍住，就问她："你到底是哪里人，真的不记得吗？"

她说：“妈说我就是这里不远的，是我父母亲扔了我，这个妈捡来的……”

这个妈的确是这样对她说的。当然是怕她病好了，又要离开她家去找自己的娘家、婆家。这样就让她铁了心待在这里。她因失去了记忆，只记得后来的事，原来的事，就以她这个妈说的为准了。

他这时努力地吞下一点面条。他总觉得喉咙里有些作哽，像是关门了，要挡住吞下的食物。

他真诚地望她一眼，诚恳地说：“其实我认识你。但说出来你不会相信。你的老家不在这里，而是在与四川交界的湖北茅坪区。并且你是茅坡的，我也是茅坡的，我俩的家是门对门……后来你摔伤了，脑袋出了问题，走到了这个地方……”

他留有很大余地，没说出想说的那些真实情况。他怕说出来后，一是怕她认为他在乱说，有什么企图，二是怕对她产生刺激，身子又出现问题……

她笑一下说：“我怎么会是湖北的呢？这么远，不可能，你搞错了，认错人了。我这个妈是清楚的。她说的才是真的。”

他有些痛苦地望她尽力笑着，很想说不，这也不怪你，是你忘记了原来的事……但他没有说。

面条吃完了她就连忙站起来收拾碗筷。他说你放灶上就是，等下我来洗。

她高兴地说：“我这下真的不痛了。你这药真神呢。真是太谢谢你了！”

听她说不痛了，他有些高兴。但没想到他自己的膝盖和脚颈今天总在疼痛，真的一不贴膏药就又疼起来了。他又试着走动几下，真的很疼痛了。他不想给自己再贴膏药，只剩下两张了。他要留给她用。虽然是假药，但可以让她减轻疼痛，肌肉摔伤了的，用酒按摩了，也不要几天就好了的。

她看着他说：“你腿子疼啊，走路腿子像是有些不正常。”

他装作没事地说：“没什么，腿脚不疼，我活动一下身子的。”

她有些不信，心想，他为什么有膏药？肯定是腿脚疼痛而买的。她就走到他身旁，趁他不注意，拉起他的裤腿，就看见他脚颈两边都有贴过膏药的痕迹。

他忙着弯腰用手去弄下裤腿，可她紧紧地拉着，说："让我看看怕什么嘛。你这明明贴过膏药的嘛，怎么腿脚不疼？肯定是老毛病了。"

说着又双手用力将裤腿提起来，就看见了膝盖上贴过膏药的痕迹。

她吃惊而心疼地说："你膝盖也疼啊。"

他说："没事，贴了膏药已经好了，没事了，让我去工作吧。"她就松手了。

她仍然站在他身旁，说："你这肯定是走路走多了，你再就不要远山远岭地到处走了，找这找那了，就干你的木工活。"

"你知道我找哪个了？"

"你不是说在找一个大师吗？"

"这你不清楚的，这是我最大的事，我还有高艺没学到……"

她有些心疼和不解地看着他，说："你腿脚疼，今天就不做床吧，好好休息一下。我又不是没有睡的床，也不等着急用。"

他装作轻松地笑一下："没事，真的没事。"

说着就走去院坝里。他尽量正正地走，不让她看出来腿脚有问题。但没想到在过门槛时身子还是歪了一下，他连忙伸手去撑住大门枋。

她在后面看着，心里涌起一种浓浓的东西。她走过去扯住他的衣服："我看你的腿脚还疼得不轻，今天休息吧。"

他显得轻松地说："没事。我自己的身体我还不清楚吗？你去休息吧。"

十　试试看看

他正在为马师傅修建木屋。由于张瓦工家的婚期在即，马师傅就另外找了几个木匠师傅帮忙，一同紧张地施工。木场也就是高马场，向四周传去一派砰砰梆梆的响声，像是在进行一场大型民乐演奏表演。这是一个有点缓的山坡，这演奏的美乐之声便挥洒得漫空及山山岭岭都是。

这天中午太阳像是在发谁的火，向这面山坡喷射着浓浓的火焰。他和木匠师傅们一起演奏着，身上都湿了。他用斧头片着做柱头的大树，心想这个木匠活还不会失业，竟然还有年轻女娃喜欢木屋。他就感到有些高兴，甚至有些骄傲的感觉。

这时候雷陈林就跑来了，跑得满脸都是汗珠，像是从雨中冲过来的。但又像是欣喜和汗珠裹在一起的。

雷陈林喘着粗粗的气兴奋地说："师父，教育站勾站长通知我，说县教委通知了，要我们前去参加教学楼工程招标。勾站长说，那天在城里开会，专门给小甫说了这工程的事，说这工程我们有把握承包到手。"

他脸上还是没有一丝笑意或者说欣喜，平静地说："试试吧。"

他想，不经一事不长一智。去看一看，学一学，看他们怎么个玩法，看看里面的奥妙，也好。人，活到老要学到老嘛。这也是学艺。

会议室前面有一个主席台。主席台要高出楼板一尺多。主席台背后墙壁上方，是一条红纸写的横幅，内容是：茅坪区白马乡中学教学楼工程招标会。

主席台上放有一排会议桌，桌边坐着教委领导和有关部门的人员。每人面前放有一个小牌子，上面各写着：领导、主持、基建股、教育站，还有的上面分别写着：司法、公安、监察、纪检、公证、书记……他认得主持人是小甫。他数了下，一共是十三个牌子。都坐得整整齐齐，也规规矩矩，气氛相当严肃而庄重，又不失紧张，好像要审理什么大案似的。

接着主持人小甫宣布议程、纪律，然后说："现在请教委尤（副）主任给大家讲话。大家欢迎！"

接着就是一阵雷鸣般的掌声，然后尤跃副主任热情地向大家问好，讲了半小时话。他讲话很活跃，大家都听得津津有味。

接着进行了一些相关议程。后来，大家都争先恐后地将工程竞标方案交到了小甫手中。最后小甫大声说："大家放心，我们审评小组一定根据大家上交的竞标资料，进行认真审评，最后以投票方式表决，不是哪一个人说了算。大家都等公示结果。散会！"

十一 几分悲壮

这是骆铁匠回去大概两天后的时候。这是一个刚刚中午过的时刻，是个阴天没有太阳的时刻，而且阴得有些沉重，就像是天完全变成了铁，压在四面山山岭岭上，山岭们都给压得矮矮的了，天也就低低的像要压到人们头上。

天空飞来好几只大大的老鸦，黑黑的，它们在天空傲视一切地飞来飞去，一副天马行空的气势，大声地叫唤着，像是在互相争吵，像是呵斥着什么……

这时刻骆铁匠收到了一个文件。这实际上是一份调令，里面有几个人工作调动的通知。骆铁匠打开一看就瞪大了眼睛，接着这眼睛里就喷出了火焰，眼睛就变成了两个火焰喷射器。

这调令上通知：骆河南同志调县粮食加工厂任党支部书记，免去茅坪区粮管所主任、党支部书记职务；佘林同志任茅坪区粮管所主任兼党支部书记，免去……

骆铁匠把文件往办公桌上狠狠地一拍，大骂道："妈个巴子！别人都进城时，不叫老子进城，这下我要搞工程，要老子进城！搞什么名堂！”

骆铁匠骂了后就给谷满打电话。谷满接了电话，骆铁匠充满火气地质问道：“你们怎么这下要把我调走？”

谷满一副平静的口气说：“我来局里后就在局长办公会上说过，多时就应该照顾你这位老革命。我一是想把你这老革命调进城，也该享受了，城里各方面条件都好些嘛。二是也想让你这老革命轻松一下，虽然加工厂是个大单位，但只让你担任支部书记，就只管管党务，你已经五十多岁了，为革命工作辛苦了大半辈子，该享受照顾了……”

骆铁匠忍住心中的怒火，尽量平静地说：“我不想什么照顾，我在这乡下待惯了，很好的。”

骆铁匠当然也知道，文件下达了，是不容抗拒的，就平静地说：“我服从组织决定。我工作了一辈子，没讲过价钱，没给组织上提过一次什么要求，现在快离休了，我提一回要求。行吗？”

谷满嗯了一声说：“那你说吧。”

骆铁匠就平静地说：“我服从调动，但有个请求，我想还为单位制造一个古迹——修建一栋仓库……”

骆铁匠说到“仓库”两个字时声音已经很低沉，好像还有些哽咽，因此过了一小会儿才说出下面的话：“我把这栋仓库工程修建完成以后再到新的岗位。”

谷满听了有些严肃地说：“你的心意可能是好的，但是我要告诉你，我们的决定是为了爱护你，保护你的晚节。这段时间有人向局里反映，说你伙同陈师傅他们要承包工程，勾结得很紧，是想通过工程乘机捞点好处……我们局里怕影响你这老革命的形象，哪怕是怀疑也有损你的形象，就做出了这个决定。这样，就可以保你一身清白到老了，就是一个百分之百的老革命形象了。”

骆铁匠很气愤地回答说：“我的心见得天！”

谷满说：“这我也知道，你的心见得阳光，可别人要怀疑，要乱说，而你到时也说不清楚，就会搞得你很委屈、很狼狈，我们也不好办。你这老革命想想吧。”

骆铁匠也说：“也是，现在好多人都想乘改革开放之机内外勾结，倒这倒那，千方百计捞钱……”

谷满郑重地说：“你也不要管别人的。把自己管好就行，革命一辈子了，保持好晚节为重。”

骆铁匠听了无话可说。略想了下，用坦荡而坚定的语气说：“历史、事实会做出结论。”就放下了电话筒。

就在第二天上午，局里的小车就开进了茅坪粮管所，将茅坪区粮管所新主任佘林同志送到了岗位，并接着将骆铁匠接走，送到县粮食加工厂上任。两个人都是先到新岗位上任，与职工们见面，安排工作，然后再回原单位办移交。

这样，骆铁匠就离开了工作两届、十多年的茅坪粮管所，也算是第二故乡的茅坪镇，被送到县粮食加工厂。接着与各车间、办公室负责人等见了面，讲了话，到了安排的办公室。原来的书记是厂长兼任的，现在上面要求政企分开，就安排了一个专职书记。另外还给骆铁匠安排了住的寝室，然后回茅坪区粮管所用半天时间办了移交。

新主任佘林安排一辆车专门送骆铁匠，以为骆铁匠有很多东西。骆铁匠拒绝了。骆铁匠说自己不是搬家，没有什么东西需要还安排一个专车的，安排一个车运粮食下城，搭这便车就行。如果没有，那自己就去坐客车。

新主任怎么也不会让骆铁匠去坐客车，就要保管上想法联系了一笔运输粮食的业务，安排了一个车。

但接着骆铁匠说：“今天不走，明天过早后走吧。”

保管上有些吃惊，因为骆铁匠一贯是雷厉风行的人，怎么还要待一天呢？新主任都上阵了。就想骆铁匠大概还想今晚好好陪陪老婆，吃吃老婆的美味佳肴，再去吃食堂，那味道肯定一般了。

谷满又专门给骆铁匠打电话说：“局里研究了，将你老婆安排到加工厂上班，并给她转为正式工人，再就是国家商品粮户口。这几天就来办理相关手续。”

骆铁匠便很干脆地回答说：“谢谢谷局长了，不给局里找麻烦，也不需要。我老婆有事做，有钱赚，我一月一百，她一月上千，还去当工人拿几十块钱？那除非脑子有问题。”

谷满马上说：“看来你的观念也变了……”

骆铁匠有些坚决地说：“谢谢了。”

骆铁匠回去对老婆说：“谷满要调我走，也要安排你到粮食加工厂去当工人。”

祝梅就说：“你同意了？”

骆铁匠说：“我拒绝了。”

祝梅说：“你这原则坚持得好。”

骆铁匠说：“应该的。”

祝梅说：“我在这街上待了几十年，亲戚朋友熟人铺天盖地，我才不想到那陌生的加工厂去受挤，一群人挤在一起，加上我对那里什么也不会，那不光是受挤，还要受夹，就好比一只青虫掉进了蚂蚁窝里。我干了大半辈子厨师，也不想改行去与机器打交道。照这个形势发展，说不定加工厂过几天也垮了，还要失业乞讨。”

吃了午饭后骆铁匠就出门了。骆铁匠先来到雷陈林家，想问雷陈林，他师父在哪里干活。雷陈林不在家。

雷陈林妻子石琳说：“雷陈林和师父在马师傅家修建房屋。”

骆铁匠就去了马师傅家。这里已是一个轰轰烈烈修建房屋的场面……

骆铁匠激动地来到他面前，大声说：“师父！”

他连忙放下斧头，向骆铁匠走去，激动地大声说：“骆主任！”

骆铁匠大步向他奔来，紧紧握住他的手，像是久别重逢的。其实他们才分别几天。

骆铁匠告诉他：“我已经调到了粮食加工厂，明天早上就走。今天下午，专门来看看师父！”

他望着骆铁匠难舍的面容，很感动地说：“我也真舍不得你啊。走，去屋里喝茶说话。”

骆铁匠笑着说："不耽误你们的活儿。有不有多的斧头，我也想和你们一起学着干，这样，比坐在那说话好多了。"其实骆铁匠一有时间就在岳父家练习各种木工活，只是没有修建柱架屋的机会，而他最神往的恰恰就是修建柱架屋。

他看着骆铁匠满脸的真诚和留恋，理解地点下头说："好。"

接着他就将自己的斧头递给骆铁匠，信任地说："你就片这根树吧，我刚刚把墨都弹好了，顺着墨线片就是。"

骆铁匠高兴地接过斧头，就梆梆梆地片起来。那声音更是雄壮豪迈，震荡在山坡上，又飞向远空。没有多久的时间，骆铁匠就片好了一根柱头。

师傅们都来看，都吃惊地说："片得又直又光溜，像刨了的一样啊！没想到骆铁匠有这么高的手艺！"

骆铁匠谦虚地说："你们都不知道，一九四九年初冬修建茅坪大仓库，我就成了陈师傅的徒弟……"

他谦虚地说："我也没教骆主任什么，主要是骆主任无师自通，特别是他有个好岳父，是个好木匠师傅，教了他许多木工活。你们都不知道，骆主任的木匠工具比好多木匠的工具还要制作得好，并且标准，亮闪闪的，哪像我们有的木匠的工具，拿出来一个锈砣。这些年粮管所的木工活就是骆主任包了的。我看过，做得很好。"

骆铁匠又说："师父，带刨子了吗？"

他说："带了。"

骆铁匠说："我想把这根柱头刨好。"

他理解地说："好。"就去背篓里拿出了两把刨子，走过去递给骆铁匠，说，"辛苦骆主任啊。你是调走了的人。"

骆铁匠说："我老想着和你们一起修建仓库，看来不行了。现在趁这机会过把木匠瘾吧。"

说着拿起刨子就是呼儿——啦啦——，在柱头上刨去了几尺远。接着就是呼儿啦啦——呼儿啦啦——，在这个下午唱起了响亮的歌儿。不久，骆铁匠就刨光了这根柱头。看去，像一根直直的铅笔，白白亮亮的，横在夕阳那红红的斜光里，是那样沉实而厚重。

骆铁匠就站在他身旁，和他讲着话。渐渐地太阳疲劳地躺下天鹅岭，像累了要休息了。四处山山岭岭像茫茫一片起伏的橙色海浪，雄浑而浩瀚，如一个梦境躺着。骆铁匠这才依依不舍地离开木场。

骆铁匠不让他送，紧紧地握着他的手，充满忧虑而无可奈何地说："工程的事，我还是要去向局长和基建科说的，这是百年大计，要保证质量啊。你们也要好好准备一下，去参加招标会。"

他紧紧地握住骆铁匠的手，有些沉甸甸地说："骆主任好好保重自己。工程，我们能包到也好，包不到，也无所谓，我也不差木工活干，这家那家找，就是忙不开呢。"

骆铁匠向屋后的山坡上走去。他静静地站在木场边，留恋地望着骆铁匠渐渐远去，消失在凝重的霞光里。

骆铁匠快要翻过山垭了，回头看时，他还站在那里，就豁达地向他挥手，挥手。他也挥手，挥手。

第二天，骆铁匠妻子提着包好的被子和一些衣服，另外还有装着小用品的一个小包。骆铁匠自己提着一个像床头柜似的小柜子，这是他的宝贝——木匠工具箱，这里面装着他置的木匠工具。这就是他的全部行李。人们争着帮他们将东西拿上一辆双排座的车厢里，全所职工围着他，一个个神情沉重，不少人眼含泪花，依依不舍，为骆铁匠送别。

骆铁匠和每个人亲切握手，什么也不说，只点点头，然后上车，车子慢慢向前驶去。所有职工站在晒场边，久久地看着远去的这辆货车，挥着手，骆铁匠也从驾驶室的窗口里向大家挥手，这时他的眼眶热热的……

骆铁匠就这样离开了工作多年的地方，离开了他的第二故乡，两夫妇就成了老牛郎织女。他们的两个孩子都在远处工作，他们也就成了两个各待一方的孤独老人，每晚孤灯残照，郁闷而眠。

骆铁匠来到新单位放下行李后，就去了局长办公室。

谷满见骆铁匠忽然走进办公室，暗暗一惊，认真看他一眼，担心这个骆铁匠是来骂人的。谷满知道，几届局长都被骆铁匠骂过，有的他都骂到了组织部……

谷满笑着说："骆主任来了，快坐。"

谷满没想到骆铁匠脸上微笑了一下，算是回答。

但骆铁匠没有按局长说的坐下，他站在谷满办公桌前，严肃而平静地说："来给局长报个到，我的东西都搬来了。"

谷满随和地说："老革命辛苦了。我给你泡杯茶。"说着就站起身。

骆铁匠忙伸出一只手按在谷满肩膀上，仍然平静而严肃地说："我说句话就走。"

这话虽然说得轻，但又像是命令似的。骆铁匠接着说："我虽然走了，但我仍然是粮食战线的一个干部，粮食的事仍然在我心里，放不下。修建粮食仓库的事是百年大计，为了保证粮食安全，我以一个老革命的心，本着对事业负责，郑重向局里建议，请你们让陈师傅来修建。为什么？你们派人去茅坪粮管所问一下全体职工，看一下老仓库就清楚了，上次我也给你们说了。这县城的大礼堂也摆在那里，都知道。陈师傅的确是闻名川鄂一带的大师……五十年代还有黄冈地区的木工来向他学习风箱技术，黄冈到这里该是有多远！他的确是个很神的大师，应该是我们县的骄傲。不找这样的修建仓库找谁？"

谷满非常认真地听着骆铁匠说话，不时地认真点一下头，头也点得很重，表示一副高度重视他的建议的神情，然后说："我一定重视你的建议，你也清楚，这基建的事是由基建股具体负责的，我不能干预，否则我就说不清楚了。但我还是一定给基建股认真强调一下，让他们在最后选择时优先考虑陈师傅，他建的仓库还好好地摆在那里嘛。"

骆铁匠说："陈师傅也对我说了，他们的造价肯定是最低的，他们也不打算通过这事赚多少，有点工资就行了。"

谷满带有警示地说："我给你说，不是造价最低就一定能中标。造价过于低了，那肯定是要偷工减料，工程毫无保证的。要有一个适中的造价。"

骆铁匠也不啰唆，直率地说："那我走了。"说着向门口走去。

谷满站起身不失亲切地说："老革命常来坐，多给我们提些建议、要求。同时多多保重身体。你是我们系统的财富呢。"说着也送骆铁匠到了门口。

骆铁匠走出门口转身，向谷满抬一下手，不说什么，向他的单位走去。

骆铁匠接着就去办公室，虽是书记，其实并没有多少事要干。骆铁匠就去了车间，检查了一番，发现一个木质拌盒基本上已经不能用，就去拿来了木匠工具，开始做这个拌盒。

工人们都知道骆铁匠这个人物，是个老革命，都对骆铁匠又是崇拜，又是敬畏。都觉得骆铁匠才是真正的革命者，真正的共产党人！

也就是骆铁匠去加工厂的三天后，局里召开了工程招标会。

局里也通知了他和雷陈林，要他们去参加招标会。他们带着整理好的资料去了。他们来到会议场面上一看，摆设和教委招标会那场面是一模一样的……

这个招标会没学教委那次领导还作报告，主要由基建股说了一些招标的程序、要求、资质条件、步骤等。

后来一个议程是叫他们交上自己的资料。雷陈林也代表他交上了一沓装订的资料。

小乌最后对大家说了非常干脆的三个字："等公示！"

十二　震惊瞬间

他正在马师傅家修建柱架木屋。

马师傅这个屋场生得很好。站在这个山坡上可以看见美丽的大界山和弯弯河风景，能看到弯河镇，并且能看到正在修建大桥的架木工地。那架木已经很高了，像一座黄黄的大坝。向前看是高高的长长的川鄂大界山，那些山岭一个个生得千姿百态，伟岸雄壮，像是一个马队向远方奔腾而去，也像是天生的长城。向下看，脚下就是有名的弯弯河，它七弯八拐地像一条玉带故意绕着玩耍。这条河也是他经常路过的地方。

他喜欢站在山梁上看弯河的风景，那里有他骄傲的东西。但他没想到那座大桥与他无缘……

在这河上有几个好风景。除了“九里十三弯，白马配金鞍”，还有两座山夹着一条河绕成一个太极头的奇观，还有嫦娥奔月、丹凤朝阳、艄公划船远行、金龙腾空、天生神桥、千里来相会、牛郎织女下凡……同时还有几处人造美景。这美景是由人驱动的，不，是水车驱动的——这是他的杰作。

第一个美景是茶厂，有点古老了，厂里曾有几个出名的茶艺师。说古老又有现代式的揉茶机。但它又是古的，因为它的动力是水车驱动的。那像一个摩天大轮的庞然大物，有如从天空连到水下的巨大魔轮，吭哧吭哧地慢慢旋转着，像一个老人慢悠悠地蹲下，慢悠悠地站起。也就是这一慢动作，却带来了十余台揉茶机也是慢悠悠地旋转，将绿绿的茶叶揉成一粒粒墨绿墨绿的精品……

再往上游去，还有一个风景，这是水车驱动的一个面坊。当那巨大的水车轮从天上旋转到地下，那一粒粒小麦便在一个巨大的石磨下变成白白的面粉，又在师傅们的侍弄下变成犹如情丝的面条。

再往上游还有一个纸厂，也是那古老的大水车驱动的，那嘣嘣嘣的冲砸竹子的撞击声，显得有些雷霆万钧，很具震撼力，连两边的山都震动得像在发抖。这纸厂有几百年历史了，水车都换了好些个。也有几个出名的纸师傅。这里生产的火纸远销几个省。

他看着那几个美景，这时他心里就有一个巨大的水车轮在慢悠悠地旋转……

这弯河上还有一个出名的小镇就叫弯河镇。其实与茅坪镇仅仅隔着一道薄薄的山梁，如果打通隧道连接也不到两公里。近来省里又立了项目，并拨款到了县里，区主要领导答应，县里挪用了，不了了之。

现在这弯河镇的河里正在隆起一道壮美的风景，修建一座石拱大桥。

招标会上他和章石匠参加了，呈报了预算及建筑方案等资料。并且交通局管工程的鲁力特地推荐了他们。最后由工程股的人员包括工程师投票表决，大多数把票投给了一个姓回的年轻包头。

鲁力就生气地说：“你们为什么不把票投给两位大师？”

小潘解释说：“他们的造价太低，谁敢投他们的票？到时如果偷工减料出问题了，谁负得了责？”

高高的河谷里，人们正在用木头架起一座大坝似的架木，连接东西的山梁，真像一个木质大坝，更像一道横断波涛的山梁，雄壮地横卧在河床上。架木黄黄的，也像一座彩虹，不，像一个大大的月亮落在水中沐浴……而它上面已经铺砌了一层拱石，像箍的一个玉环。

从四周围来了许多男女老少，来看这个工程，看热闹，两边山坡上是人，河坝里是人，一时间人山人海……

人们欢呼着。石拱大桥的拱形架木已经成形。那个负责的木匠柴师傅正坐拱石上，脸上充满一种胜利感，看着人们砌拱石。

这时砌拱石的负责师傅兴奋地喊道：“走，吃饭去啦——”

人们都笑着从拱石上走向岸边，去食堂里吃饭。柴师傅还在拱顶慢悠悠地走着、看着。

就在这时，只听轰隆一声巨响，啪啪啦啦，霎时间全部架木拱石向下游方向轰然倒下去，如山一般崩塌于河水中，那走在后面的木匠柴师傅也随着摔入河水，并且发出了一声惊骇山水的惨叫。

人们急忙奔下河水里，抢救这位柴师傅！

人们从河水里捞起柴师傅，还好，没有生命危险，水保护了他，只是一只腿骨折了，赶忙送到弯河卫生所救治。

很快，工程的小回包头就来了，一看这场面，先是一愣，接着就要哭了，这可是好大的损失啊。

包头去到医院，尽量压住满腔的气愤，问柴师傅：“怎么回事呀？”

柴师傅躺在病床上，满脸惊恐而痛苦的神情，眼睛虽然还是睁着，但已经不知道眨眼了，好像已经没有了魂似的。魂肯定是掉在河水里冲走了。

这师傅姓柴，是县城边上柴家坡的人，是个中年人。柴师傅是小回包头的亲舅舅，舅舅都不相信，相信谁呢？其实柴师傅只是个毛木匠，帮人建建猪牛圈，片一片楼索檩子等。虽然别人也叫他木匠师傅，但根本没有主手做过柱架和家具，对于架木和榫缝技术还等于是一张白纸。他知道小回包头要包大桥工程，就吹牛说在远处参加过修建拱桥的工程，主要负责做架木。还说在远处跟一位名师学了过硬木工技术，要小回包头把木工工程包给他。小回包头就相信了舅舅柴师傅。柴师傅心想，架个拱桥架木还不简单吗，又不做榫，主要靠铁爪连接木头，都是粗活，大概数而已，有什么问题呢？

小回包头又尽量压住火气地问："舅舅，怎么回事呀？"

小回包头虽然叫了一声舅舅，但没有一丝问候的意思，只有一种充满责问的口气。

柴师傅还是那副神态，眼也睁着，像是不理不睬。小回包头就去问医生："受伤的病人怎么样？"

医生说："还说不准。明显的是腿子骨折了，但他明明还是活的，却一直不说话，问他什么也不说。不知道是故意不说，还是脑子摔坏了。最好还是送到县医院去检查治疗……"

小回包头又生气又发愁的一副样子，没好气地说："哪来钱进县医院？工人们吃饭的钱都没有，粮食都是赊的，肉都是赊的。这一垮，就掉天坑里了，再也爬不起来了！"

医生说："再没钱，救人是大事啊，还是要想办法……"

小回包头愁着一张气愤的脸说："想什么办法？自己没有了，别人也没有了，谁给你借，除非爹妈有钱。我爹妈是种田的，你看有不有钱？"

小回包头又去柴师傅病床边，没好气地问："你到底感觉身体怎么样？"

小回包头问了半天，柴师傅也没说话，但眼睛又明明是睁着的，小回包头就用手指去探柴师傅鼻孔，呼吸还正常，人还是活的，可活的又不说话。小回包头满心里是火，很不耐烦，也就不理他了，转身去了。

小回包头找到另外一个木工师傅，这人也姓回，名叫回田，是小回包头的叔伯哥哥。他也只干过一些简单的木匠活，没建过房子，没做过拱架。

小回包头尽量压住心中的火气，问回田："你说说看，到底是怎么一回事？又没涨大水，怎么就倒塌了呢？这太奇怪了。"

回田没回话，眨着眼，不时地望望远方，好像知道原因，又不想说的样子。

小回包头又说："你说，什么都可以说。"

好一会儿，回田才说："我看，是柴师傅没这个技术。"

小回包头听了大吃一惊，睁大了眼睛。

回田接着又说："不少民工早就说了，柴师傅没有架那么高的架木的技术。"

小回包头皱下眉头说："你可是支模师傅呀，在城里搞过建筑，支模也是用树木做支架，和架拱桥架木差不多呀！"

回田显得受屈地说："我那是支模板，就一层楼，最多三四米高。这座大桥的架木有六十米高。这么高的架木我看都没有看到过。加之柴师傅也真是个柴货，我估计他根本没有架过拱桥的架木，他把这样的大事想得太简单了。"

小回包头说："他说在远处架过大拱桥，还跟过名师……"

回田撇一下嘴说："狗屁。在吹泡（吹牛）。"

小回包头焦虑地说："我是把木工工程交给你们两个的，我俩是兄弟，那你看怎么办？"

回田有些无奈地说："反正我是没有办法了，我也只是个毛木匠……"

小回包头叹口长气，焦急地说："兄弟，那怎么办啊？你想想看，有没有会搞架木的大师？”

回田满脸不高兴地说：“柴师傅就是好了，我看也不能让他搞了。我听民工们说，这川湖一带，建造柱架屋、拱桥架木，只有陈杰汉师傅是大师，是高手。只有去找他陈师傅……”

小回包头说：“我早就听说过这个陈师傅……”

回田说：“只有去请他来架这架木。”

小回包头有些疑惑地说：“可是请不请得动他呢？”

回田说：“他是个好人，乐于为人帮忙。有些穷的家庭做了木工活，他还不收工钱呢。应该请得来。”

小回包头说：“你不知道，这次承包大桥工程，那个陈师傅和一个有名的章石匠也参加了。而通过招标，陈师傅他们没有包到工程，潘股长说他们的造价太低，肯定是要偷工减料，就让我包到了工程。你想，他本是应该当大包头的大师，会来给我打工做拱架吗？”

回田说：“我听许多人说过，陈师傅不仅是个大师，的确还是个大好人，你高点给工钱，他应该是能帮你的。”

小回包头说：“你不知道哇，现在一改革开放，好多人都变坏了，好人可能也变了，不是原来的心了……”

回田说：“是啊，人都变了。不管白的黑的，抓到钱就行。你多给他钱，他还不来吗？”

十三　那份期待

他和雷陈林一直没有等到教委的通知。

雷陈林对他说：“师父，我想去教委问一下，看定标搞得怎样了。”雷陈林还是一副相信老勾和充满希望的样子。

他说：“我看，没什么必要去的。在他们眼里，我们是农民，也不年轻了，不会看重我们的。我们就安心做现在的事，给私人修建房屋也很好。”

第三天马师傅从茅坪街买肉回来。他看见了就有些生气地对马师傅说：“你又买肉做什么嘛！不要为我们几个费钱，有饭有蔬菜吃饱就行了。何况你也有腊肉。”

马师傅笑着说：“我想让你们吃点粉蒸肉。粉蒸肉新鲜肉蒸的好吃些。”

他说：“再不要去买鲜肉了。你再这样，我就把工具背走。你让我们心里过意不去嘛，都是几个老匠人，老朋友。”

接着马师傅说：“我告诉你们一个消息。”

他在乎地问：“什么消息呀？”

“白马乡中学教学楼动工了。”

雷陈林慌忙走过来问：“你说白马乡中学教学楼动工了？”

马师傅正经地说：“是啊，听白马乡几个去茅坪街赶场的熟人说的。”

雷陈林关切地问：“你听说是哪个承包的吗？”

马师傅说：“我问了，他们不清楚。”

他冷淡地笑一下说：“还不是与他们有关系的人。”

马师傅说：“当然是这样，不需要怀疑的。”

白马乡中学教学楼确实动工了。这个工程是一个叫卜三的人包下的。

卜三不是这个区的人，是长坝区的人，现在的家在长坝镇上。卜三基本上是个文盲，小时候要他去上学，卜三便躲在一些地方玩耍，后来就跟着他爹在工程上混，对工程有一些了解，并发展了一些关系。这些年包了不少工程干，什么修路、筑堤坝、建驳岸，等等，也发财了。

雷陈林想知道到底是什么原因，就在这天晚上去了老勾家。老勾一副沉郁的神情。

问起工程的事，老勾就说：“昨天我在教委开会，问尤跃，尤跃说要问小甫，基建工程是他具体负责的。我去问小甫，小甫很实在地解释说：‘他们的造价过低，是对工程不负责任，肯定是要偷工减料，一致决定不能给他们。再者，他们虽有技术，但无资质证件，没有依据，一旦出问题，把工程竟然包给了没有资质的人，谁也负不起这个责任。’”

老勾叹口气缓缓地说：“唉，对不起老朋友了……”

没有包到教学楼的工程，对他和雷陈林都是个很大的打击。因为他们是这茅坪一带有名的匠人，建筑大师，却没有包到这里的工程，而让别处的人包了。他俩心里都当然很不舒服，十分愤懑、郁闷不平。他就又强迫自己不想这些窝火的烂事情，而去想和云儿的事，在云儿家的事，让心里舒坦一些——

这天他是为云儿做床。

他感到腿脚很疼痛。他当然没有想到要休息，从没想过。他没去管腿脚的疼痛，他要为她做床。他先砍那些杉木，发出嘣嘣嘣的响声，像是在敲打一种乐器。半个多小时，他就将七根原始的木头砍成了一块一块的长枋，光光亮亮的，靠着堂屋板壁竖着。看去就像一条一条的白玉，肉嫩嫩的，漂亮极了，仿佛是能够拿到嘴里吃的糖棍儿，还香香的。只是太大了，每一匹枋都有四尺长，哪有四尺多长的糖棍儿呢？

他将两个木马拿到堂屋里放好，将一块长长的厚枋放于木马上，钉上铁马口（卡木料的钳式工具），就支好了操作的平台——这里人叫作“马凳”。这像一台车床，更像一架琴台。然后他将一块又长又宽的床面子放于马凳上，一刨子向前推去，呼儿啦啦——就唱出了好听的歌儿。接着就是呼儿啦啦——呼儿啦啦——开始一场演唱。

云儿也坐在旁边不远的木椅上，看着他像一个音乐大师操作着一架琴。她看得很认真，似乎在认真欣赏着这好听的音乐……

他心里很高兴，有时也瞄上云儿一眼。他想，她这样看他刨木料，不，欣赏他的艺术操作，说不定会唤醒她的历史记忆，进而想起她陪他做木工活，和他在一起的情景，想起她是他的妻子……想着，他心里就涌起一股温温的东西，向全身涌流，仿佛自己正泡在一个温水缸里，眼里也像是要钻出什么东西……

他那刨子就如一把弓，在一面巨大的琴弦上来回地滑动着，奏出天下独特而美妙的音乐“呼儿啦啦……”

她认真地看着，认真地听着。那眉头时而舒展，时而微皱，眼睛时而睁得大大的，时而微闭，时而闪射一道亮光，时而亮光闪闪，就如天上的星星。那嘴儿也是时而如花瓣轻轻地绽开，时而微微地闭上，仿佛吃进什么好东西，在细细地品尝。脸上不时地绽开动人的笑容，如晨光中的芙蓉。那神态只能说明她确实在入情入理地欣赏他的艺术操作，欣赏他的演唱，并反复地品味、回味。她像他的一个热心的观众，像他的一个真诚的知音。

他心里就充满莫大的希望，想她通过看他的操作，去唤醒她遥远的记忆，从而认出他是谁，想起他们的美好故事……

但是她就那样坐着欣赏着。像是在看从没看过的戏曲，在听从没听过的乐曲，是那样好奇；特别是，他那身子便像一只青蛙游泳一般，时而伸长双手向前游去，时而收回双手蓄势蓄力，然后又向前，动作是那样优雅，好看……好像她从没有看见过师傅做木工活，原来木工活是这样美妙！她就看得那样如痴如醉，乐此不疲。

他不时地又看她一眼。他想，她在回忆吗？她在想他是谁吗？他多么希望她能认出他来！他是她的丈夫啊……

但她仍是不声不响地欣赏，却不说什么，不表示什么。他忽而想到，他那时还多么年轻，而现在他已经差不多是个老人了，又哪里还能看出几十年前的样子呢？那时他还十分年轻啊。

这时他站起身子，一手拿着刨子，一手抠着刨仓里的刨花，同时看着她，问道：“你看过木匠师傅做木工活吗？”

她温柔地微微一笑：“没有。”

他问：“从小到现在，一直没有看见过吗？”

她好像努力地想了想，笑着说：“没有。”

他非常失望地低下头，又抬起头笑着说："我不信。你这么大年纪了，就一直没看见过木匠师傅做木工活？"

她很是坦荡地笑着说："是没有。"

他用手指指那个刷得红亮亮的小桌子，问她："那这个小桌子是谁人做的？"

她爽直地说："这个我记得，妈也经常在念叨，是你做的。"又有些不好意思地说，"我从得了病后，就没有了记性，多过几天了的事，也总是会忘记。"

她接着说："这个桌了是你上次来这里做的。石头就是说你这小桌子做得好。工钱也没要，太感谢你了。"

他感到还是有希望，她看见这桌子还能想起是他做的。说不定哪一天可能会想起原来的事情，会想起他是谁……唉，他又从喉咙里沉沉地叹了一口气。

这时她站起了身子，向灶屋里走去。她将一个茶杯里放了茶叶，从一个热水瓶里倒入开水，端着茶杯来到他身边，亲切地微笑着说："陈师傅喝点茶。你休息一下再做吧。"

他也亲切地微笑着，伸一只手接过茶杯，放于马凳上。然后在一把椅子上坐下来，看着她，想说点什么，但又想不好应该说点什么。

他就想起在她家为她做嫁妆时，她也是这样常常给他倒茶……

她看着他，问道："你的腿脚是不是还在疼痛？"

他转头望她，尽量微笑地说："不怎么疼。"

她有些心事重重地说："我就担心，你把膏药给我了，你的腿脚疼又没有膏药了。"

这时她伸出那仍然有些白净的手，像抚摸什么宝贝似的贴近床面子，缓缓地又是柔柔地抚摸着，就好像是在抚摸她小儿的脸蛋，生怕摸疼了。她抚摸了好几处，又像是在检验他做的质量过不过关。抚摸着，她脸上就露出很满意的笑容，有些灿烂的光彩了。

她禁不住赞叹地说："你刨得好光滑啊！那么粗糙的木枋，经过你这么一刨，就像变成了娃娃的脸蛋，叫人摸了好舒服，像摸丝绸一样。你真是个好木匠师傅啊！”

她说着就向院坝外走去。他连忙跟上去。她是向一棵桃树走去。他看见了，那桃树上满是红红的桃子。走近了再看，这桃子个头还很大，并不像普通的桃子，而且红红的。他都已经闻到浓浓的香味了，好像来到一个大果园。

她来到树下，就准备往树上爬。

他走过去制止地说：“云儿，你不要爬，你身子受伤了的，不能爬树。”

她回头向他微微一笑说：“不疼了。”又伸手去抱树干了。

他拉住她的手，恳切地说：“你身子受伤了不要爬树，你是想吃桃子吧，我去树上给你摘。”

她却有些严肃地说：“不是我想吃，我是想给你摘了尝个鲜。这桃子好吃，甜甜的，香香的，水汪汪的。我会爬树。我年轻些，让我上去吧。你年纪大些，上去我不放心。”

他心里涌起一股感激的潮水。他严肃地说：“不行，我上去。男同志天生就会爬树。你不要嫌我年纪大了。我还不老呢，我还行。”

他说着就双手抱着树，双脚用力地夹紧并蹬着树干。这时腿脚涌起一股钻心的疼痛，他怕她看见，一咬牙，继续用力爬着。腿脚关节实在是很痛，钻心地痛！他就咬紧牙齿，闭紧嘴巴，生怕喉咙里发出什么声音冲出来。他想自己还是小时候，还是个小娃子，经常爬树，一晃就上去了。但再怎么想，眼下也爬得十分吃力，也很慢。

她在树下看着他，关心地说：“你手里抱紧啊，小心点啊。”

这时他抓住了一个小枝丫，可没想到这枝丫是个枯枝，啪的一下断了，他的身子呼呼地下滑。与此同时她口里发出一声惊讶的“哎呀”！她慌忙伸出双手，去顶住了他的脚。他自己也怕她笑话不会爬树，也是两腿将树干紧紧夹住，两手将树干紧紧抱牢。他和她的合力，使得他没有从树上滑下地面来。

他想这是云儿在看着他，他的力气又来了，咬紧牙关，忍住钻心的疼痛，使出全身力气，奋力向上爬着。

终于，他抓住了一根大枝丫，握紧，继续用力，他上了树丫。

她在下面喊着："小心树枝断！桃树是脆的容易断！"

他早已伸手去抓住了另一根大树枝，继续上爬。他爬着，到底站在了一根大树枝上。现在就可以摘到桃子了。但他又想起一个问题：桃子是树顶上的最好，但不容易摘到。他决心要摘到最难摘的桃子。于是他伸手抓住上面一根树枝，就要往上爬。他也担心这树枝细了，可能承受不了他身子的重量。偏偏他也是个固执的人。他继续向上爬着。这时树梢也摇晃起来，好像这棵树没有长骨头似的，或者故意要和他荡秋千。

云儿就在下面喊道："陈师傅，不往上爬了！怕树梢断！桃树是脆的……"

树梢晃来晃去，时东时西，时南时北，仿佛要在天上画墨、写字。

她焦急地叫喊着："陈师傅……"

他装作轻松地说："没事，我从小就会爬树。"

"陈师傅，不爬了！你看树梢晃得好吓人！你没看到呀？树梢是脆的，很容易折断的！"

他看到了的。他看到了树梢和小枝上那红艳艳的大桃子，就像一个个耀眼的姑娘脸蛋悬在他眼前，像朝阳一般，甚至还望他笑盈盈的。他又想起，这多像月儿、云儿那害羞的脸儿啊。结婚的那晚，在红蜡烛的辉映下，她的脸儿红红的，就像这桃子这样红……

他双腿紧紧地夹着细细的软软的树梢，东晃西晃，像是在荡秋千，又用左手紧紧地握住树梢，然后慢慢地将右手小心翼翼地伸出去，去摘那些小枝儿上的桃子，去摘树梢儿上的桃子。哪怕他将自己的动作轻柔得又轻柔，但还是迎来了树梢的激烈扭动，顽强抵抗，成"S"形地扭动，真像在跳舞一样。他要求自己不要想到是在可怕的树梢上，就想是正来到自己修建的一座高楼顶上，在钉椽桷，在锯檐边。但摇晃到底使他感觉不是在修建的木屋顶上，而是感到风把他吹到了云朵上，在飘，在晃，在悠……他便不敢向下看！

她大声喊道："陈师傅！你不摘了！太吓人了！"

她在下面急得脚在地上一蹭一蹭，脸也变得白白的了，紧皱着眉头，凝神向树梢上看着，双手动着，向上伸着，像是要随时准备接住掉下来的他。

“不摘了！桃树是脆的，容易断！”

他尽量稳住自己。但他还是听到了自己心里在咚咚乱跳，像他立屋时那斧头在柱头上猛敲而发出的震响。他还是警觉自己，去想是在他修建的高楼上操作，柱头是很结实的，根本不会断的，就是再大的风也根本不可能吹断他做的柱头！他做的柱头能够顶天立地，不怕风吹雨打，不怕电闪雷劈。柱头在，他就在，他做的柱头永远都在！

他小心地摘着。这时他确实感觉到握住树梢的左手酸软了，腿脚疼痛得钻心，实在夹不紧树干了。他努力坚持着，但确实已经渐渐力不从心。

就在他危急之时，他感到双脚忽然被什么抱住了！难道是天上飞来了仙女？由于他在集中精力做高空作业的事，没想到云儿竟然悄悄地爬上了树，爬到他的下面，伸出双手，紧紧地抱住了他正在钻心疼痛的双脚！她担心他下滑，担心树干会断，就想爬上来抱住他的脚，在下面做他的梯子，让他松动一下，更让他安全无患。

他心里就一股热浪涌起，涌得高高的，拍打着他的喉咙，喉咙里一啪一啪的，像有大浪冲击，又冲到了他的脑袋里，轰轰地响。

不久他就摘了鼓鼓的两衣袋、两裤袋。他想这也够他和她今天明天吃的了。

他对脚下说：“哎，我开始下来了，你也慢慢下去，一定要注意啊！”

她将他的一只脚拿到她肩膀上，大声地说：“你要小心啊！不能踩枝丫，就踩我肩膀上，我手握得很紧的，很牢实，尽管踩！”

他怕她不高兴，就真的将左脚踩在她的左肩上，慢慢向下滑动身子，像是从天上慢慢降下来。她的右手仍然撑着他的右脚。他的腿蜷曲了，她才向下滑动一点身子……

他就这样腿一屈一伸地向下慢慢滑动。她也随着他下滑而下滑……

他感到是从一座高楼上走下来，是从天上降下来，好不容易才滑到地面。

但就在这时他身上发出哗啦一声脆响，他裤裆在先前那断了的枝杈上被撕开了。

她听见了响声就说："哎呀你的裤子撕破了吧。"

他嗯了一声。他有些紧张了，他可是只穿了这一条裤子。他不喜欢穿短裤。在他看来，穿短裤是一种多余，是一种啰唆，特别是穿着不空旷，不舒服。

下树了，他就只是侧身面对她。

她以为他穿的有短裤，就说："我看看撕成怎样了？肉挂伤没有？"

他往旁边一扭身子："不能看，都成了没有装板壁的柱架屋……"

她关切地问："短裤也挂破了？"

他难堪地说："我没有穿短裤……"

她极心疼地说："你也真是，那肉一定挂伤了啊……"

她显得很心疼的。他却高兴地说："不要紧。回去吃桃子。你树梢上的几个好桃子今天都被我摘下来了！"

她笑着说："我看你像是到天上去了一趟。"

他笑着说："哪里，我到一座高楼顶上去看了看。"

他说着，往屋里走着，忽地腿脚关节疼痛令他身子一歪，又一歪，像在扭秧歌。

他回到堂屋从背篓里拿出一条裤子，去到老人房间里，忙着换了裤子。走出来将衣袋里的桃子拿出来放入一个小竹筐里，又将裤袋里的桃子拿出来放入小竹筐里。

他对走进堂屋的她说："要给你找个麻烦，帮我把裤子缝一下。"

他不禁又想起她曾经是个好裁缝的事，一时间心里又哽住了……

她竟然像是责无旁贷地说："不麻烦，应该的。"

他听了心里很舒服。他想，她何时能想起本来就是他的妻子？

十四　出现奇事

卜三这几年赚了钱，也有了关系。有了钱就好拉关系，有了关系能赚更多的钱。这种关系，比铁还要硬，也就胜过亲戚关系。人穷了没有亲戚。

卜三父亲确实干了一辈子工程。卜三不爱读书，也是从十几岁就跟父亲干工程。其实卜三爹仅仅只会砌公路驳岸、河堤、修路，这些方面给卜三也积累了一些技术经验，但从没建过房子。卜三胆子大，什么事都敢搞，超越了他父亲。改革开放后，都说要致富，搞项目，要金银，抓工程。卜三就成立了一个建筑公司。

一栋两层楼的石木结构的教学楼，对卜三来说，根本没有放在眼里，这只不过是修建一栋普通的房子而已。所以在选瓦工师傅和木工师傅时，根本就不去找技术过硬的师傅，都是在亲戚熟人里找的一些名不见经传的师傅，只是马马虎虎能够应付。其中掌墨的木匠师傅就是卜三的一个伯伯，名叫卜伦；掌墨砌墙的瓦工师傅也是卜三的一个叔叔，名叫卜垒。

教学楼工程进展很快，就像春天的草一眨眼就长起来了。十一间的石墙很快就要平二楼了，这就是放二楼抬梁架木的时候了，这样才好放楼索。卜垒采取的是按砌墙面积计算工资，这样往往一不注意，就会造成做工的只求数量，不讲质量。虽然承包时也有质量要求，但由于卜三不内行，都是一些概念话，不具体。卜三本身对建房子的质量要求根本不懂，也并没亲自检查什么质量，也没有检查质量的机制。卜三是将木工包给卜伦的，将砌墙包给卜垒的。卜三只负总责，不管具体事。同时他也较忙，要拉各方面的关系，请人吃饭喝酒，寻找和承包新的工程。

这改革之初，监理机构还没有建立，只能是工程方监督施工，但一般工程方责任人也不一定内行。教学楼的监督方是教育站，教育站人手少，离得远，就落实到白马中学负责监督，具体责任人是柯校长。卜三认为两层楼房子太简单，只重进度，想早点完工了又去搞另一个工程。他别处还有新工程，也有教学楼的。他完全是相信承包木工的伯伯和承包砌墙的叔叔。他基本上没有待在这个偏远的工地。

木工也是快的。在卜垒的石墙平了二楼顶时，所有门窗和一楼顶的楼索都放上去了，二楼顶上的楼索都做好了，只等抬梁架木放好了。架木是连着抬梁的，楼索的一头要放在抬梁上。

这时架木也做好了。这架子也是很讲究技术的，技术不过硬，做的这种架子往往上面一盖瓦加重，或刮风下雨就会出问题。

这天木匠们开始升二楼顶上的抬梁架木了。这是一项最为惊险的活。

听说教学楼升架木，附近不少人都来看热闹。人们以为也像立柱架屋那样隆重有气势甚至惊险、刺激，是个激动人心的时刻和场面。

四大间教室就有四排连着抬梁的三角形架木，都整整齐齐地在场子墙边竖着，像是一艘正要起航的大船，马上就要乘风破浪驶向远方。然而这些架木并不是要远行，而是要向上升到高高的墙壁顶上横放在二楼的中间，仿佛它们是直升机就要升空。这就不是一般的重活了，凡是向上用力的活都是艰难的，而且是很危险的。

卜伦师傅指挥人们，把第一排架木先滑到墙壁脚下，然后给架木上拴好粗粗的绳子，人们再爬到墙壁上，握紧绳子向上拉起这笨重的架木。这时的乡村里还不可能有起重机，只能靠人用蚂蚁搬家的笨办法。

站在高悬的墙壁顶上本来就很悬，很险，对一般人来说，上也不敢上去，何况还要向上用力拉起绳子，将一个上千斤的三角形架木拉上墙壁顶端，再让它横跨在前后两边的墙壁上？这根本就是空中施工的悬活，又悬又险，既考验人的胆量，又考验师傅的技术、功夫！

将这笨重的架木升上天空的事马上就要开始了。观看的人们好多都张开了嘴巴，仿佛心已经提到了嗓门眼里来了，就要冲出嘴巴。

中等个子的卜伦师傅也异常紧张，那张有些黑的脸，一下子绷得紧紧的，连之前许多皱纹也好像是绷平了，那结实的身子也好像一下子拉细了许多。

卜伦挨着架木站着，手中拿着一把小斧头，大声说：“都做好准备！听我号令！我喊‘预备’，都握紧绳子准备用力，我喊‘起’，就同时都用力，向上拉。”

白马中学的柯校长也来了，很有些紧张，十分关切地说：“都注意安全！一定要站稳，因为是躬身悬在空中用力，千万小心！千万不能栽下来！”

卜伦师傅神情极度紧张而严肃地大声喊道：“预备——起！”同时用小斧头在架木上重重地锤一下，嘣的一声震响。

墙壁上的人们都一齐使出平生最大的力气，甚至连吃奶的力气都使出来了，一个个脸蛋涨得红红的，肿肿的。而架木还在地上纹丝不动，仍然稳稳地站在墙壁脚边，像是在地下生了长长的根，与大地形成了一个坚硬的整体，你分开不了它。

卜伦师傅惊恐地一怔，又用斧头敲一下架木，用平生从没使用的大嗓门不是大喊而是大吼：“预备——起！”

柯校长也在大声喊：“墙壁上的人注意安全！注意安全！安全第一！”

墙壁上的人们听到号令，手握粗粗的绳子，一齐向上用力拉着，仍然是一个个脸蛋涨得红红的，肿肿的，像一个个夕阳悬在山顶。可是，架木仍然是纹丝不动，就仿佛这架木变成了一座大山，人又怎么可能拉起来一座大山呢，这可不是拔萝卜！

有人喊道：“要命呀，休息一下！”

卜师傅沮丧地说：“休息吧。”

这时就有不少人议论起来：“是怎么回事呀？”

“是不是哪个使了魔法定住了？”

“魔高一尺，道高一丈。那这个师傅的道法呢？”

“这个师傅没得道！”

“是个水师傅……”

“那还敢干这样的险事！”

“你们不知道吗？撑死胆大的，饿死胆小的。”

柯校长走过来问卜伦师傅：“是怎么回事啊？”

卜伦师傅那张脸更黑了些，满是汗水，一下子皱纹又多了些、深了些，像一条条涌流的小溪。

卜伦师傅微低着头说：“可能是有人施了魔法……”

柯校长是相信科学的，就坚定地说：“天下哪有什么魔法，都是瞎编乱造！”

卜伦就严肃地说：“你没听说呀？魔高一尺，道高一丈，或者道高一尺，魔高一丈……世上的人，好多都是躲在阴暗角落里想方设法害人……估计，是有人与你们学校、教育站，或者与卜三有什么过节儿，有意要搞破坏……”

休息了一会儿，卜师傅声嘶力竭地吼道：“开始了！预备——起！”

墙壁上的人又一起用力。由于一时用力过猛，而又没拉动，这时一个人就从墙壁上一头栽到架木上嘣咚一声响，接着摔到地上又是啪嗒一声闷响，人就不动了。人们探伤者鼻孔，还有呼吸。

卜师傅也吓得惶恐了，马上安排两人将伤者送到长坝镇上，再乘车送去县医院。接着卜伦就用学校电话机给卜三家里打电话，可是打了几次电话，都没有人接。卜伦就只好安排一人去其他工程找卜三，马上带钱去县医院。

柯校长有些惊恐地说：“那卜师傅还有办法吗？”

卜伦师傅有些黑的脸上布满惊惶与沮丧，摇着头，低沉地说：“我实话实说，没有办法了。”

“那就这样摆着呀？”柯校长严肃地说。

“你找卜三包头吧。卜三包头是有办法的。别人是冲着卜三来的呢。卜三仗关系包到了工程，别人没有包到……”

接着柯校长就去给教育站打电话。

这时教育站的老勾正在望着窗外抽烟，有些悠然，那浓浓的烟雾与他那头花白头发相映生辉。可别小看，他是把这个站长玩出了高超艺术的，公事办得可算圆满，私事更是圆满，包括老婆转正、后人安排城里工作。

电话铃响了好一会儿，老勾才慢悠悠地拿起话筒，平静而傲然地说出两个字：“哪位？”

电话中就传出柯校长急切的声音：“白马中学教学楼出问题了……”

老勾略微皱上眉头，但长长的钩钩鼻仍然显示一种硬度，对什么也不在乎。

柯校长说完情况后，老勾眼睛倏的一下就睁成了圆大，比先前大了一倍。接着老勾就大声骂人：“他妈的！老子推荐的师傅他们不给包，要包给一些没有技术的人。这事与我没关了，我也不管，让他们教委的小甫来管吧。你在现场，清楚情况，好说一些，直接给教委小甫打电话反映！”说着生气地挂了电话。

卜伦师傅派的人在长坝镇上旅馆里找到卜三，他在睡大觉。卜三一听情况焦急了，赶紧去了县医院，向医生了解，医生说现在情况还难说，具体情况还要等检查结果。卜三交了抢救伤者的费用，这当然是要在木工承包费中扣除，他只是先垫付。他与卜伦签订的合同里有这条款。

然后卜三回到公司打电话到白马中学，找到卜伦问了情况，就说：“伯伯您还有办法没有？”

卜伦师傅声音低沉地说：“有人施了魔法，我还有什么办法？有办法先就用了。”

卜三就有些不客气地说：“什么魔法呀，没有的事！是技术问题。”

卜伦生气地说：“我当师傅的还不清楚，明明是有人施魔法把架木定住了！”

卜三说：“那你是师傅，要治魔法呀！”

卜伦说：“对魔法我没有办法。”

卜三就说：“那我就跟伯伯说明白了，我是把木工承包给你的，你就必须要给我负责！有问题你想办法处理，出了问题由你负责！”

卜伦也不示弱地说：“你包给我了，又怎么了？你是大包头，我是小包头，出了问题，县里首先要找的是你。明摆着的，今天出的问题本来就与你有关！你仗着关系承包到了工程，别人没承包到工程，别人就是冲你来施魔法专门害你的。你还不明白是吗？”

卜三有些气愤地问道：“封建迷信，胡扯！谁相信？难道人摔下来也是魔法？就是你本身的技术问题！”

卜伦也气愤地说：“我现在才修建房屋的吗？几十年了，在哪里出了问题的？很明显，这里出问题，别人就是冲着你来的，要治一治你和那些当权的。”

卜三就说：“你修建的是乡村简单的石木结构房子，直接往墙上放楼索檩子，这样的抬梁架木你干过吗？”

卜伦生气地说：“我没干过，你为什么找我当师傅？都是你的问题！”

卜三包头用手抠一下脑袋瓜，放平静些说：“我两伯侄也不扯内皮了。出了问题，一起想法解决。你说，有什么方法？我来帮忙。”

卜伦也较平静地说：“确实是别人施了魔法。我无能为力了。”

卜三说：“那怎么办呢？谁人能够制伏魔法？”

卜伦师傅抬起头，皱着一张难堪的脸，像是那脸突然换成了苦瓜皮，正经地说：“只有找陈师傅来，他是个最神的大师……”

卜三包头听了一惊：“找他——陈师傅？”

“是啊。”卜伦师傅有些严肃地说，“都知道，他在四川跟过高师，学有道法神功，把魔法有治。”

卜三不知道，卜伦是以一种假说掩盖无能，推卸责任。卜三包头一脸别扭的愁云，扭一下头，有些沮丧地说：“伯伯不知道，我们包这个工程时，他陈师傅也去参加了招标的，而且教育站长亲自推荐他陈师傅，结果他没有包到工程，我包到了。现在我又去找他来帮忙，他肯来帮忙吗？这样的事，一般人根本睬也不会睬的，只会暗暗地看我们的笑话。”

卜三包头叹着气，皱着眉头，像有满腹委屈、闷气，一时间什么也说不出。

卜三包头愣了一会儿，就去一家熟人店里买了一条好烟，放于他那黑色公文包里，接着就去教育站老勾办公室。

卜三包头将好烟递给老勾。老勾知道卜三包头是什么事来找，没有像往常一样将烟顺势塞进抽屉盒里，而是将烟往前一推，就像木匠刨刨子一样，只是没那种音乐。

卜三包头也没拐弯抹角，很直接地进入主题，小声地说："我知道勾站长和陈师傅他们两师徒关系不错，想请勾站长动个大驾，去请一下陈师傅，请他来帮我们把架木升起去，立好。"

老勾还是用那一贯的习惯，微闭双眼去凝视卜三包头，满脸闷气郁结地说："这个事，你也晓得其中过节儿，加之我也只和陈师傅徒弟雷陈林有点熟，不一定去请得动他陈师傅。因为这事本来就有过节儿嘛，他陈师傅没包到这工程，而你包到了。你另外去想办法。"说着将烟往卜三包头面前又是一推，像木匠刨刨子一样。

卜三包头带着笑意将烟拿起，转身走过办公桌另一边，伸手去拉开抽屉盒，将烟放进了抽屉盒里，关好，友好地笑着说："我们也算老朋友了，一条烟还要推推排球呀？"

老勾微闭眼皮没有再动抽屉盒。卜三包头友好地笑着说："我也了解了，陈师傅既是个大师，也是个大好人，为人厚道，不知给别人无偿帮过好多忙……"

老勾皱一下眉头，连那长长的钩钩鼻梁上都皱出几丝皱纹，暗含怨气地说："他陈师傅没包到这个工程，你包到了，你想，他能帮你吗？再说，现在人心都变了，是善良的也变得恶毒了。"

卜三包头还是带着笑意说："不，我了解了，陈师傅这个人不会变的。你就去请一下吧。我自己去的话，当然确实不妥，就像第三者找第二者一样……"

老勾还是一副含着闷气和严肃的神态说："我还是说，我去不一定请得来陈师傅。你也是个聪明人，你想嘛。"

十五　这晚有风

他和雷陈林也没把仓库的事放心上。他早已料定他们根本包不到这个工程，现在好像不是完全讲技术的时候了。现在主要是讲关系、讲利益……他觉得这事根本就是没有指望的东西，和天上的东西一样。他们就安安心心地为马师傅家修建柱架屋。

后来他才听说，粮食局基建股把这工程包给了卜四。卜四与卜三不是亲弟兄，只是一个族的，排行第四就取了这个名字。

他不知道内情。粮食局基建股在决定选标时，小乌说他陈师傅的造价过低，是不负责任，肯定会偷工减料，加上，他们没有正式资质证件，不是公司（队），而是个人，这样情况，如果将工程包给他们，那很危险……

卜四在家乡一带找了十多个木匠，鱼目混珠，会的不会的都有，像打一场突击混战。卜四想两下完成了又去搞别的工程。一个仓库不是个很简单的事嘛。

掌墨的木匠师傅也是卜四的叔伯哥哥，叫卜稂，四十多岁，是个没有学过柱架屋的师傅，只给别人建过猪牛圈，能够做家具。卜稂师傅向卜四包头表白，是做家具最过硬的师傅，并且还学有绝活。卜四听了就委任卜稂师傅为掌墨师。

卜稂师傅带领十多个木匠，风风火火地干。他们十天不到，就将十一排柱架的柱头做好了，准备第二天就拼连成一排一排的柱架，这里称为扇架。本来这也是个正常的速度，平均一根柱头一个工是可以完成的。

卜稂师傅一贯满脸红光，这与他喜欢喝酒可能有关，这下又厚厚地铺上了一层高兴的笑容。这是他卜稂师傅第一次修建柱架屋。卜稂师傅虽然没有修建过柱架屋，更没修建过仓库，但他还是向族房一个老师傅请教了一番的。只是这个被请教的老师傅实在很老了，连什么尺寸都记不清了，已是一个浑浑噩噩的老朽。卜稂师傅也是个聪明人，不管什么木工活都敢想敢做。家具做得还可以，但一般人不知内情，几乎每个榫缝都加了楔子，刷了漆就什么也看不见了，但时间一久这些楔子就退出来了，家具就松了，如是桌子就要跳摇摆舞了。

吃过早餐就开始拼连柱架。卜稂师傅指挥先把东头第一排的柱头摆好，然后抬来一穿（连接柱头的第一层楼的长枋，简称一穿）、二穿（二层楼的长枋，简称二穿）。卜稂师傅瞄了下记号，没错。

卜稂师傅就大声地说："往柱头里贯一穿！"

卜稂站那指挥着。他并没有亲自去贯。

几个木匠贯了好一会儿，发锤也打得嘣嘣嘣的一片响，可就是还没有贯进柱头的榫眼。

卜稂师傅就大声带着责怪地说："怎么半天还没贯进一个榫眼啊？"

一个木匠就说："卜稂师傅啊，不是我们没有贯，而是贯不进去，大了啊。"

卜稂师傅说："榫头是要大点嘛，这样紧一些，小了，松松垮垮的，风一吹还不倒了？用发锤使劲打！"

于是只听见一片嘣嘣嘣的震响，连周围的山都震得抖动了。正在这时，这匹长长的穿枋便被打得破成了三块，其中一块还掉在了地上，把一个师傅的脚都打痛了。同时，柱头也胀开了一条大口子！

这时卜稂师傅还在检查第二排、第三排柱头的记号。

一个亲戚就走到卜稂面前说："卜稂师傅，榫头是有蛮大呢，穿枋都被打破了，柱头也胀破了，还是没打进去。"

卜稂师傅一怔，说："这就怪了，我的墨画得准准的，怎么就贯不进去呢？不可能！"

卜师傅走过去一看，这匹穿枋真的破成三块！

卜稂师傅又说："也不要紧，三块合着往里面贯，贯眼里去了，它就再也破不开了的。一个仓库嘛，好大个事，又不住人。"

人们就还是努力地往榫眼里贯着、打着。卜稂师傅自己这下也参加贯、打。不一会儿，不仅没有贯进去，穿枋破成了四块，头上几乎打碎了。

卜稂就发脾气地说：“你们怎么在做啊，是你们把墨留多了，才大了，所以打都打不进去！”

卜稂师傅又让人把二穿枋往柱头榫眼里贯，看怎样。他看了下榫头，确实是大了，又埋怨地说：“你们怎么在做呀，榫眼和榫头都把墨留得太多了，当然打不进去！”

卜稂师傅又让木匠们贯第二排柱架，也是一样。

卜稂师傅想了下，就决定将所有穿枋、楼索、檩子的榫头削小一点，榫眼凿大一点。为了统一，他强调说：“现在开始修理：一，将全部榫眼的墨记凿完，不留一丝。二，将全部榫头墨记削完，不留一丝。”

一时间又是整天嘣嘣梆梆的响声，久久地在山塆里回荡。

这样，直到第二天下午，所有的修正工作才结束。师傅们也吸取了教训，说是修理到不留一丝墨记，那就还多修理一点，免得又大了，贯不进去。结果修理得超过墨记好远了。

第二天下午，卜稂师傅就指挥木匠们又开始拼连柱头架子。这次很顺利，人们将穿枋往柱头榫眼里轻轻一贯，呼啦一下就进去了。有人就说：“这么松啊！”

卜稂师傅也听到了议论，就说：“没事，立好后再给缝隙里加上木楔子就紧了。”

第三天上午就将所有柱架都排好了，接着开始立柱架。立柱架是修建木屋中最惊险的时刻，这时卜稂师傅心里充满一种紧张。他深知，自己没有修建柱架屋的经验，怕遇到什么不测。因此卜稂师傅特别买来火纸，在立柱架的木场边，给他的师父烧纸，求师父保佑他立屋一切顺利，圆满成功。还点燃了三炷香，规规矩矩插在土里。最后还规规矩矩地对着师父的方向磕了三个头。

立屋时卜稂师傅准备了充足的人员。不光是木匠，还请了不少帮忙工。因为立屋时天上地下都需要人。

真的很顺利。第一排柱架在人们的呼喊声中，如一排男子汉呼地就站起来了，只是榫缝发出了咯咯啦啦的叫声，像唱歌一样。人们发现这柱架由于穿枋的缝隙很大，有些扭来扭去，像要扭麻花一样。不少人看了发笑。卜稂师傅要大家将立起的柱架用杆子撑好，并由人看护，然后立第二排柱架。

第二排柱架又在人们的呼喊声中站起来了。卜稂师傅安排迅速贯进楼索连接，以便形成整体合力。又还顺利，人们松松和和，根本不用费力，楼索榫头就呼啦一下贯进去了，就像猫子钻进猫眼一样容易。

卜稂师傅在心里生气地说："这些家伙，怎么将榫头又修理得这样小了啊！真是一群毛木匠！"

他也应该明白，这确实是一群乌合之众。

到底还顺利，天刚刚黑下来，十一排柱架就全部立起来了，而且都贯进了楼索和檩子。卜稂师傅明白柱架的榫缝确实空空旷旷，就如人单单穿一件外套一样，十分宽松，摇摇晃晃。这时天已经黑了，满天的云，伸手不见五指，也不可能去给柱架榫缝里加楔子。这是细活儿，必须要白天做才行。卜稂师傅就要大家用树木将两头的柱架撑好。最后卜稂师傅也亲自去看了两头，确实每根柱头下面都有一根撑杆撑着，便放心地走了。

立屋圆满结束。卜稂师傅想到大功告成，心下高兴，就请师傅们吃个夜宵，喝点酒。大家来到茅坪街蒋家餐馆，二十多人挤了两大桌，炒了些盘子，一桌两瓶五十度的苞谷酒，吃饱喝好。大家吃得喝得非常开心，一喝不可收拾，一桌竟然喝了四瓶苞谷酒。

后来就不是喝好的问题了，都喝醉了，有的倒在桌子上，有的倒在地上，有的走着走着就倒在了街道边。

这晚的风像唱歌一样吹着。风刮得大地唱着歌，楼房唱着歌，树木唱着歌，歌声中又像是含有一种发泄什么的吼叫。这是秋风扫落叶的季节。这些风像要把山上的树叶都吹到天上去，像是要把地球吹到月亮上去。

第二天早上较为鲜亮，有点天高气爽。仙人岭上的云雾也淡薄了一些，白岩鼎更是银光闪闪。人们蔫头耷脑地向仓库工地走去，不少人身子还有些偏偏歪歪，或者歪歪扭扭，还在与酒共舞。当他们来到仓库工地不远时，人们才一惊，怎么啦，昨天高高立起的柱架怎么不见了？这么大的东西谁能偷走呢？恐怕只有神仙才有这大本事偷走！

人们眨了几下或者眯了几下眼睛，走到工地时，都惊呆了——整个柱架全部倒在了地上！所有楼索、檩子那空空旷旷的榫头全部脆断了，所有穿枋全部脆断了，大部分柱头都从眼子那摔断了。

卜稂师傅一见这场面，顿时像全身骨头都化了瘫坐到了地上，大哭起来："我的天呢……这可怎么办啊……"

很快，粮管所的新主任佘林同志也来到了现场。佘林一看现场就愣住了，那张脸仿佛变成了一个泥土模子。佘林还只听说砖砌或水泥房子有豆腐渣工程，怎么木质结构也有豆腐渣工程！佘林心下当然明白，粮管所虽然不是承包方，但是质量监督方。他是主任，是主要负责人，理所当然地有着不可推卸的责任，不禁心里惶然了。

佘林严肃而大声地叫道："卜稂师傅！"

卜稂师傅本就在彻骨的惶恐与懵懂之中，忽然听见佘主任的喊声，吓得浑身一个猛的颤抖，坐立不稳，一个四仰八叉倒在地上。卜稂师傅使了很大的劲，双手撑在地上勉强坐起来，并且要求自己要挺住。他想，我是个做工的，又不是干部，怕什么？想着便鼓起从没有过的劲头站起来，向佘林主任身边走去，不说话。来到佘林面前，看一眼，就将眼神转到现场，又转到佘主任的皮鞋上，听候佘主任怎么说。

佘林主任满脸愤怒的表情，很让人害怕。佘主任狠狠地望了卜稂师傅一眼，大声吼道："你是师傅，说，这是怎么回事？！"

卜稂师傅高抬着头，一脸惶恐，口气却刚硬地说："谁都明白呀，昨晚那么大的狂风，柱架刚刚立起，没有装修，就和人没有长肉一样，大风一吹，能不吹倒吗？"

"狡辩！把你们包头叫来！"

佘林严厉地吼着，就往办公室走去。佘林也想清楚了，粮管所只是个监督方，他安排有专人负责施工。他马上叫办公室通知这个施工员何利来他办公室。

很快办公人员来说："何利不知到哪去了。"又说，"可能上街去了。"

佘林接着就给谷满打电话，他想这事是瞒不住的，必须马上报告！于是就向谷满报告了仓库工程的事，昨晚刚刚立起来，柱架昨晚被风吹倒的情况，请领导赶快前来查看……

这时所里有一个干部听见了佘主任的电话，心里很不服，跑到街上邮电所也打了个电话。但不是打给局领导的，而是打给骆铁匠的，向骆铁匠痛心地报告了修建的仓库柱架倒塌的大事故。

骆铁匠听了，好久没有说出话来，最后忍住性子说："谢谢你对我的信任。"

这个干部说："是他们做的榫头松松垮垮的，立起来后歪歪扭扭的，像在跳摇摆舞似的，就是没有风，又能不倒吗？"

骆铁匠说："你们严密保护好现场……"

十六　痴情红楼

他刚刚进门准备坐下来，张瓦工就来了，没哼歌，一副焦急的样子，进门就向他说："陈师傅，你不给我帮忙救个急呀？"

接着张瓦工就说了一件紧急的事情：

原来张瓦工儿子和女朋友昨天回来了，他们是专门回来看看在修建木屋没有。女孩来一看，修建木屋的事还一点影子也没有，就生气地问："木屋怎么还没动工呀？那约定的正月初八结婚，住哪里呀？"

女孩确实是一副很有意见的样子。儿子更是一副生气的样子，埋怨地说："爹你怎么这点事都安排不好吗？修建房屋又不完全要你出钱！是怕我不出钱啊？"

女孩说："爹是不重视还是忘了呀？应该说这是件大事吧。"

张瓦工就哄着女孩说："姑娘你不急，陈师傅还在别处建房，工程也快了，马上就来这里修建木屋的。姑娘你不晓得，我天天在找他呀。我必须要让你住上大师修建的木屋。你看嘛，树木都准备好了……”

女孩问：“哪个陈师傅，手艺怎么样？”好像很不相信人的。

张瓦工就说：“陈师傅是川湖两省一带闻名的木工大师。我们茅坪的冯家大院、老祖庙都是他修建的，它们曾经是天下修建得最好的木楼房，漂亮极了，上了年纪的人都还记得。还有县里的大礼堂，现在都还在……”

姑娘就说：“那快点带我去看看他修建的冯家大院、老祖庙！”

张瓦工这下就为难了，哪还有大院和庙看呢——六十年代，大人们在生产队里干活去了，小孩们玩火，引燃了苞谷秆，烧了……

张瓦工只好解释说：“老祖庙失火烧毁了。冯家大院拆了建起了石木结构的新大院。也是陈师傅总负责的工程……”

姑娘不高兴地说：“我不看石木结构的房子，我要看刷红漆的木屋。”接着想什么地眨了两下眼睛，一副疑惑的眼神望着张瓦工说，“您是在故意吹嘘，而不是真有其事吧。”

张瓦工就去请了附近几个老人来家里证明了，冯家大院和老祖庙都不是假的。

女孩就说：“那陈师傅什么时候能来动工啊？我想早点看到他修建的木屋……”

……

现在张瓦工拉起他的手说：“陈师傅，姑娘来了，你看这怎么办啊？”

他将张瓦工拉向椅子边，亲热地说：“你坐下说吧。”

张瓦工还是一副焦急的样子：“你看这怎么办啊，你可不能让我儿子好好的一场喜事泡汤啊！”

他有些无奈地说：“我也知道你的事，可是马师傅家还没有完工，你叫我怎么好走嘛。马师傅先找，总不能把马师傅修建房屋的工程摆着，又去给你张师傅修建房屋吧？我们都是几个老伙计。我也很为难啊。你可以带姑娘到马师傅家看正在修建的木屋嘛。那些柱头非常漂亮呢。”

咚咚，这时有人在敲门。

这时灶屋里也在传来咚咚咚咚的响声。这是他儿媳钟月剁猪草的声音。他就觉得钟月确实是很辛苦的。还有陈艺推磨的声音，呼隆呼隆地响着。陈艺也是晚上才回来的。陈艺也在马师傅家参加修建木屋，想认真学一下修建柱架木屋的技术。

咚咚，他这时才听清，门外是有人在敲门。他起身去开了门。

这时就进来一个教师模样的人，看见他就又急又高兴地说：“哎呀可找到你陈师傅了！”

他也认出这人，是白马中学的柯校长。他们其实还沾点亲，只是有几代人了。

他就说：“柯老表好！”

这时张瓦工就真的有些坐不住了。张瓦工想，拐了，这肯定又要把陈师傅找走，去搞学校的工程，就一脸焦急的样子。

柯校长也拉着他的手说：“要找老亲戚去救一下急啊！真的是救急。”

张瓦工知道柯校长和陈师傅是老亲戚关系，两人的奶奶是亲姊妹，心里就像忽然塞进了茅草，火辣辣的，又尽量稳住自己，可是怎么稳心里也急火火的，像是茅草被点燃了！

柯校长显得焦急地望着他，将学校教学楼工程的事向他说了，并握着他的手强调说：“没办法，这回要把老亲戚辛苦一下，明天就去给我帮个忙啊。你是有办法的……”

他有很重要的话要对柯校长说，就先对张瓦工说：“张师傅你先回去吧，我首先就说的十天后就到你家，绝对不会变。马师傅家已经快立屋了，你放心。”

张瓦工本有点不想走，但听他这么一说，又觉得他们可能要说重要事情，就连忙起身走了。

他有些严肃地看着柯校长说：“老亲戚啊，这个事，可不是你我老亲戚之间的事。”

柯校长很敏感，觉得有文章，心中就涌起焦虑。

他有些郑重地看着柯校长，有些怨气地说：“这个事，你虽然是校长，但不是你私人的事。如果是你私人的事，我现在就去给你把忙帮了。我说明白点，这个事，如果瞧得起我陈师傅，你们要教委主任和基建科长两人一起来找我。并且，他们来找我，要把工钱带好。”

柯校长就问：“要带多少钱吗？”

他坚定地说：“少了一千块，我不动步。”

柯校长有些暗暗吃惊，天呢，我的工资才一月五十多，我这个老亲戚怎么也变成这样一个人了，也向钱看齐了？

柯校长还是求情地说：“老哥你能不能看在我面子上，就等于帮我一下，去救个急，让工程快点结束，我们的学生要教室上课啊。教育站可是把工程监督的责任落实到我头上的，说出了问题要拿我是问！”

他看柯校长一眼：“这学校不是你的。”

柯校长有些可怜样子地说：“可是我是校长，学校就是我的家……”

他看着柯校长笑一下：“不是你的家。你的家只能在你老婆那。”

他清楚，柯校长是一个相当负责的校长。其实真正为工程着急的就是柯校长，因为学生要教室上课。

咚咚！这时又有人在敲门。

这时灶屋里还在咚咚咚咚地响，钟月还在剁猪草，同时还轰隆隆地响，陈艺还在推磨。

咚咚，他这时才听清，门外是有人在敲门。他起身去开了门。

这时进来的是一个脸上有许多黑斑点的人，中等个子，身上穿着蓝色粗布衣服。如果仔细看会发现衣服上面有一些小眼儿，是被什么烧的。这人是谢铁匠。

谢铁匠一见他脸上的铁斑都笑得不在了，说：“哎呀可找到你陈师傅了！”

这时柯校长见又来人找陈师傅了，满脸的焦急和无可奈何更浓了，叹了一口急促的气。

他对柯校长说："你们教学楼的事，我就和你这样说定了。你去转告。你也就不要过于焦急，这事真的不是你的事。老弟你就在我这过夜吧。"

柯校长着急地说："不能过夜，我还要去教育站。"就走出了他家的大门。他也走出大门，送柯校长到院坝边的路口，亲切地说："慢慢走。"

他回到堂屋坐下，谢铁匠就着急地说："哎呀一直在找你，我女儿要出嫁，这木器嫁妆，我是怎么也要请你做的。我女儿也说，再怎么也要请舅舅做。"

谢铁匠有些急地说："现在农历七月中旬快完了，热天过后做的嫁妆不行，一到热天里就要裂缝。所以一定要请老哥抽段时间，帮我把这件大事给突击一下。"

他有些为难地说："我还在马师傅家修建房屋，张瓦工也找了多次，儿子等着新屋结婚。张师傅儿媳妇很奇怪，结婚一定要住红漆木屋。我早就答应了的。刚才又找来了，才走。"

谢铁匠满脸焦急地说："那你再怎么也要帮我抽点时间，我女儿也是你的外侄（甥），婚期已经定下了，腊月初八往婆家去。你把雷陈林、陈艺带上，三个人，也不要几天就完成了。"

也就在这时，门推开了，进来的是原来木业社的炊事员范师傅。他是高兴地笑着走进来的。见到他在家，范师傅就高兴地笑得合不拢嘴，上去紧紧地握着他的手，兴奋地说："也到底遇到了你陈师傅！"

说着范师傅那脸上的笑容都堆起好高了。其实范厨师平时也是一副笑样子，好像从无忧愁。现在还是这样。

谢铁匠就显得很是焦躁不安。他的事还没说定呢，怎么这个范厨子又来趁火打劫？

他给范厨师倒了一杯茶，亲热地说："你走了这么远，肯定饿了，我去叫钟月做饭吃。吃了你几十年的饭，总不能让你到我家来挨饿吧。”

他说着就向灶屋走，范厨师连忙站起来去抓住他的手，笑着说：“我刚才在街上吃了就来。”

他审视地看范厨师：“我不相信。”

范厨师说：“真的是才吃了。”

他说：“我们是老朋友了，你可不要客套，吃了你几十年的饭啊……”

范厨师正经地说：“我怎么会和你客套呢。快坐下我们说话吧。”

他亲热地说：“范师傅这么远来不容易呀。”他知道范厨师的家在一个老山沟里，离这里有三十多里路程，要半天走呢，加之他也是上了年纪的人。

范厨师脸上一副喜悦的神态，笑着说：“六月份我就来找过你几次，钟月也记得。”

谢铁匠也说：“我也是来过好几次，钟月也记得。”

范厨师喝了两口茶就说：“哪里嘛，我的小儿子马上结婚，想请你陈师傅做点家具。本来我们附近也有几个木匠师傅，但我只相信你做的东西，哪怕隔得远，怎么也要麻烦你去一趟，辛苦一下……”

他就问：“婚期是什么日子？”

范厨师微笑地说：“农历十月十八。我一起来找过你四趟……”

他听了十分感动，就为这么点事，就因为相信他，包括这次跑了四趟！他想，如今事又这么多，这可怎么安排啊？

谢铁匠有些坐不住的意思，又想放松一下，就说：“你这个范师傅呢，怎么和我撞车了嘛。你看，我女儿要结婚，正请陈师傅打嫁妆（家具），你儿子结婚也来找……”

范厨师笑着说：“我们都有缘啊。我现在用的菜刀、猪草刀、砍柴刀，都还是你谢师傅打的呢。铁器，我也只相信你，木器只相信他陈师傅。”

范厨师笑着对他说：“我也不客套了，今晚就在你这歇，好久不见了，很想你啊，讲讲话。明天帮你背工具。”

十七　特殊要求

这时还是下午，太阳有些红，一个人找到马师傅家。这里正在组合一排一排的柱架，准备立屋，工作进行得紧紧张张。

他远远地看了这人一眼，这是一个他不认识的人。这人个子偏高，三十几岁样子，脸上有点黑，脚上穿的皮鞋也很黑，手里提着一个公文包也是黑色的。

这人见他们正在忙着组合柱架，就没去打扰他，而是站在旁边看。这人认真看了会儿，就明白哪一位是要找的陈师傅。

这时太阳光红红的，像一把大红刷子，从西天刷过来，刷毛细细的密密的，顿时山山岭岭刷红了。这时的弯弯河就变成了一根柔柔的红带子，像是姑娘丢下的红头绳。

他要师傅们休息一会儿。他在茶钵子里舀了一碗茶水，边喝边看了几眼新屋场里排好的柱架，柱架也被太阳刷成肉红色，像一根根健壮的大腿。

这人客气地走上来，笑容满面地看着他说：“陈师傅您好！”

他看一眼这人又看一眼柱架，客气地说：“请坐。”

这人在他对面的一根楼索上坐下来。

他笑一下说：“这个板凳太粗鲁了，有点对不起客人啊。”

这人也笑着说：“这是世界上最稳当的板凳，坐着踏实啊。”

他去给这人从一个热水瓶里倒了一杯茶水，客气地递给这人，热情地说：“请喝茶。”

这人喝了两口茶，就十分尊敬地说：“我听说陈师傅回来了，我就像见到了救星，就去您家里找，家里人说您在这马师傅家修建房屋。我就找来了，打扰您了。”

这时，雷陈林和陈艺也来到他的旁边坐下，打量着这个有点来头的人。

他看这人一眼，和气地说："有什么事，你说吧。"

这人说："我姓回，家在县城边的阳坝，是弯河大桥的承包人。给您讲，好不容易才承包了这个工程。我出身农民，办事难啊。接着我就带着石匠师傅、木工师傅们来到了弯河镇……"

他想，原来是那个小回包头，招标会上见过面了，也听人说和交通局很有关系的。

小回包头掏出一包好烟，给他递上一支。他当然不会要，他是不吸烟的。又给雷陈林和陈艺各递上一支烟，他们很随便地都接了。他们两个是抽烟的。

小回包头给他俩点燃烟，接着自己点上一支烟，吸起来，吐出一股长长的烟雾，仿佛他的嘴是喷气飞机的屁股。然后就谦虚地对他说："我来找陈师傅帮个大忙。当然，红包钱辛苦钱不会少。"

小回包头接着说了大桥工程出的惊险事故……然后恳切地说："我听很多人说，搞架木，只有您陈师傅是大师，才行。我就亲自来请您了。再怎么也要请陈师傅去帮我们救个急，不然这个工程就摆起了。我们也听说了，陈师傅是个好人，乐意帮助人。"

小回包头说着就掏出一个红纸包，这当然是包的钱了，很恭敬地递给他。

他很干脆地伸手推过去了，庄重地说："我还来都没来，谁晓得我又能不能胜任呢？"

小回包头又恳求地说："陈师傅您谦虚了，都说您是川湖一带的木工大师，这么点事一定不在话下。这事我只有求您了……"

他想这也确实是个紧急事情，是关系到老百姓的出行通道，关系生命安全的一个大工程。这条河在每年涨水季节，都要冲走一两条生命。他清楚，这桥要架六十多米高的拱架。就是他，也只做过五十多米高的三道岩拱架。而且弯河河床要宽很多，是在河水里、在沙滩上施工，筑牢基脚确有难度。他明白，那个柴师傅肯定是忽视了基脚工程，上面重量增加，基础下陷而倒塌的。他们以为这只是个临时性拱架，几天把拱石铺好就完成使命了，架木就拆了。哪知功亏一篑……

小回包头见他不回话，很是焦急，赔着笑脸又说：“这事也是关系到老百姓生命安全的通道，一定要请陈师傅救个急……”

他望一眼高高天鹅岭上红红的太阳，转眼望着小回包头，严肃地说：“这事，我可以来帮这个忙，但我有个条件——”

小回包头好像忽然看到了希望，眼睛一亮，笑着说：“好的，您说吧。”

他显得庄重地说：“这个工程是交通局直接主持的一个大工程，潘股长是专门具体管工程的，是他组织招标的。所以这事要潘股长亲自来找我，我才会去。”

小回包头一下子怔住了，心中一惊，尽力稳住，急忙将脸上堆出笑容，以恳求的口气说：“陈师傅您说的是道理。但我想，这工程毕竟是我包下的，潘股长不会具体来管工程施工，也不会来的。我想，您就帮我一个忙，这也是帮弯河人民一个忙，您要多少工钱我给多少工钱。”

小回包头虽然年轻，也够精明的，尽力将工程与人民联系起来，不完全是帮他。

他有些严肃地说：“不。一定要潘股长亲自来找我才会去。就这样办，不同意，你们就去找别的师傅。现在找我的人也多，硬是忙不过来。”

小回包头听了顿时身子震动了一下，好像屁股被锥着了刺，努力镇定着。接着还想说什么，又觉得这个陈师傅真是太刁钻古怪了，甚至岂有此理。凭什么要潘股长来呢？交通局已经将这项工程承包给了我，工程就由我负责了，为什么还要潘股长来请他？这是什么意思？想着心里就冒起了火气。

这时他就肯定地说：“就这样说！”他接着就喊，“师傅们，开工了！”说着就向新屋场走去。

小回包头知道多说无益，也就垂着头蔫蔫地走了。

小回包头径直来到县城。这时天已经黑下了，像是今天的戏已经演完，闭幕了。但城里已是华灯初上，万家灯火，街道上稀稀拉拉的路灯正向行人睁大了眼睛看似的。

小回包头很快去了潘股长家，叫了一声潘哥，他不是叫的潘股长。接着就说了大桥工程发生的险情。小潘还不知道这个情况，听后大惊，脸一下子变白了！

小潘听到小回包头说，要自己亲自去找他陈师傅才帮忙，忽的一下脸上气得有些青了，大声说道："胡说！"

小潘虽然只说了这么两个字，却具有几方面的含义。

小回包头正经地说："潘哥，不是胡说。我这才体会到，这其实是个非常艰险的工程，架木有六十多米高，这架木确实不是一般师傅能够胜任的……"

小潘严厉地瞪着小回："那你早在怎么选师傅？为什么不选他陈师傅？工程股把这工程好心给了你，你怎么不认真对待？怎么要找一个水货师傅来搞这么艰险的工程？嗯？"

小回正经地说："潘哥，您要理解小弟啊。架木倒塌了，师傅受伤住院，我可是亏惨了啊，您就帮我一下……"

小潘狠狠地瞪小回一眼，仍然气愤地说："找师傅这是你的事！你去找其他的好师傅，我就不信，只有他陈师傅才能做架木！"

小回包头有些低沉地说："潘哥，给您说，我们已经找了好几个木匠师傅去了工地，他们一看那高度、宽度，都吓得直摇头，转身就走了……"

小潘喷着火焰说："我不相信！天底下这么大这么宽，就找不到师傅建造架木！你再去找。湖北找不到，再到四川去找！"

小回显得很可怜地说："潘哥，你也要为我想一下，我派人去四川找，该要花费好多缴费，请来的师傅还不一定能胜任。找陈师傅就在眼前，他的确是这川湖一带最出名的大师，清河风雨桥、这县城的大礼堂、险要的三道岩石拱大桥、三岔谷石拱大桥，都是他做的拱架。找他就能一步到位，有把握。您就出个马，帮我一下。工程就这样摆着，对你也不好哇……”

小潘沉默一下，生硬地说：“你自己去找，给他一笔钱，就行的。你去找吧！”

小回显得为难地说：“我已经到处借的是债啊，那潘哥你给我再拨一笔工程款吧。”

小潘还是一脸气愤地说：“资金可不归我管。你自己去想办法。”

小回包头也不好再多说什么，就回家了。

这小回包头的家在一个穷困的山坡上，离县城较远。他从小家里很穷，但读过初中，人很精明。改革开放后，他就跳出农门，杀向了外面的大世界，也仅仅只有一个人，其他什么也没有。因此他只能跟别人搞工程，那是下苦力，多少挣了一点小本钱。后来就在城里租了房子，自己成立了一个建筑公司，实际上是个皮包公司。但小回会拉关系。都知道他是交通局鲁力的妻侄儿，也都知道鲁力的为人，而且是老资格，因此也对小回充满信任。小潘当然也知道这个关系……

第二天不请也很快就来了，而且从不迟到。

小回包头带着一千块钱，也就是厚厚的一沓蓝版子一百元的大钞，就向他陈师傅修建房屋的那里走去。小回包头心想：现在是不管白猫黑猫，抓到钱就是好猫，谁见了钱不伸手？因此还是信心满满。

上午十点多，他就将三大间木屋顺利地立起来了。白花花的柱头像一根根银柱子站在阳光下，不，应该是像一群小伙子站在阳光里，光彩夺目，精神振奋。附近的人都来看新木屋。

下午太阳又是很红，像是蹦出来的一颗非常兴奋的心，柱头也就变得红彤彤的。太阳还没来得及靠近西边那高高的天鹅岭，新屋上的瓦片全都盖好了。那瓦是青灰色的，像玉片儿，远远望去，金柱玉瓦，真像一座仙宫。这时的马师傅笑得合不拢嘴，露着一口黑牙。这牙是因为吸叶子烟熏的。

马师傅连连感激地赞叹：“感谢陈师傅！我活了大半辈子，给别人修建了大半辈子屋，自己还没住上一天像样的房子，现在终于能住上这样的新木房，我死也闭眼了！感谢陈师傅啊，今晚要和陈师傅喝一杯！”

他笑着说：“你要感谢改革开放，请改革开放喝酒才行。”

马师傅说：“是的。可改革开放不是人，我哪去请他呀？”

说得师傅和帮忙工都笑起来。

也就在这时，那个张瓦工走来了。老远，张瓦工就赞叹：“新屋好漂亮啊！”

哪知张瓦匠后面还跟着两个人，这是他的儿子和那位姑娘。

张瓦工听说今天立屋，就想把那姑娘带来看看新屋，让她高兴高兴。再就是来请他陈师傅，帮他把工具背走，不是他又去了别处。

两个年轻人本来在后面说着话，走得很慢。但姑娘远远地看见新木屋就跳起来了，伸出双手，像要拥抱新木屋似的，嘴里说：“哇！好漂亮啊，太美了！”

姑娘来到新木屋面前，满脸兴奋，眉飞色舞。看着，就跑拢去，双手一下子紧紧抱着柱头，好像这才是她的爱人，终于相见了，要狠狠地亲一下。

张师傅就对姑娘说：“怎么样？我没说假话吧？”

姑娘转身说：“这就是那个陈师傅修建的？”

张师傅说：“当然啊！这下相信了吧。”又指着陈师傅说，“就是这位！”

姑娘有些激动地走过来，大方地握着他的手，充满激情地说：“终于见到大师了！真有缘。您这就去我家建房吧！我来帮您背工具。”

弄得他一时间不知如何是好。他只好笑着说：“马上去你们家。”

姑娘高兴地说：“给您说，我要修建《红楼梦》里面那样的木屋，要是红漆柱头、格子窗，都要刷得红亮亮的……”

他笑着对她说：“好的。完全按你的要求办。”

她紧紧握着他的手说：“谢谢大师！我终于可以住进红楼了！”

一时间都停止了干活，看着这位姑娘的表演。人们脸上都笑开花了，满脸霞光飞彩。

就在姑娘说话时谢铁匠来了。谢铁匠也知道今天立屋，就想争取先下手为强，来接他陈师傅去给女儿打嫁妆。

这时，小回包头也来到了新屋面前。小回包头一看新屋眼睛就亮了，禁不住笑了，由衷地赞叹着："真是漂亮啊。陈师傅真是大师啊！"

这时一个人开玩笑说："陈师傅，粮管所修建的仓库被风吹倒了。今晚这个坡上风也很大的，要不要用撑杆撑着呀？"

他哈哈大笑一声说："风吹倒了我赔。"

马师傅就说："那是榫头做松垮了，承不起重量，倒塌的。我们陈师傅的榫缝向来丝丝入扣，紧紧扎扎，就是天垮下来，也压不垮！"

马师傅又对他说："我这屋的装修，还是要麻烦你陈师傅啊，你大概好久能来？"

他说："现在柱头穿枋楼索都还没干好，你的板子没干好，还晒一阵吧，反正你这下又不结婚。"

马师傅笑一下，说："不结婚，你还是要保证我过年住上新屋啊。你把眼下几户的事突击一下了就快点来。"

他说："我尽力抓紧。"

这时小回包头就来到他面前，恭敬地鞠个躬，说："我给陈师傅报告一下情况。我们在那树下去单独说吧。"

他带小回包头来到老屋院坝北边一棵大樟树下。这树是专门栽了挡北风的，北风寒冷，如今有两百多年了，树冠高高的圆圆的，耸立在山坡上，像一座大山，也像一个大大的空间站。有人说这棵樟树照到了府城。这树下平平的光光的，人们都喜欢在这树下乘凉。他们各自在树下一条旧板凳上坐下来。小回包头就准备讲述心里编好的故事。

小回包头满脸恭敬地看着他说："尊敬的陈师傅，我去找了潘股长。他到地区住党校去了。我打电话给他说了这事，他非常支持。并要我代表他向陈师傅问好。要我先带钱来请陈师傅去帮忙救急，他回来后一定来看望陈师傅。"

小回包头说着就用眼睛窥视，看看周围有人没有，就掏出一沓蓝版子的一千块钱，双手递给他，十分恭敬地说："请陈师傅先收下这一千块钱的辛苦费，不是工钱，潘股长回来后，我再和他来感谢陈师傅。”

小回包头说得很诚恳很贴切，就像他做的榫缝，丝丝入扣。

他知道这时的一千块可是一笔大钱。现在大工工资是一天一元五角，除年假，他要做两年才能挣到一千块钱。但他只是淡然地笑一下，用手将钱向小回包头推过去。这让小回包头一时间很是惊诧而又尴尬，怎么这钱也不灵了？

他望小回包头严肃地说：“我昨天就说了。这个大桥是潘股长具体管理和招标的工程，你只是个做工的，潘股长不亲自来，我不会去帮这个忙的。你找其他师傅去吧。”

小回包头满以为自己编的故事能让他陈师傅就范，听他这么一说，脸色像是一下灰了，眼珠子也转不动了，过了好久才转动一下眼珠子，很无奈地说：“潘股长在地区住党校，要一个月才能回来，没法来。能不能通融一下，我请鲁局长亲自来行吗？”他竟然说出一个大人物。

这是小回包头想到的一个妙计：鲁局长是他的姑父，也一定愿意来帮忙的……

哪知他还是坚定地说：“县长来也不行，必须是你的潘哥亲自来。那就等你潘哥住完党校了再来吧。好，就这样说。我去干活了。”

他说着就站起身，向新屋场走去。

小回包头站在那愣了好一会儿，才无可奈何地垂着头，像一棵秋来的狗尾草，慢慢向山坡上走去。

十八　请求帮忙

柯校长从他家出来去了茅坪街上，在一个小餐馆吃了一碗面条，然后去旅店里住了一晚。第二天早上，柯校长就十分焦急地去了老勾办公室。就好像这真是他柯校长的教学楼，真是他柯校长的家。

老勾一见面就问：“你找到陈师傅了吗？”

柯校长说：“找到陈师傅了，但是陈师傅不像是以往的陈师傅了。陈师傅他说这教学楼是教委直接主持的项目工程，要教委尤主任和甫科长亲自去找他，他就去，并且还要带一千块钱的工钱。”

老勾听后就笑了一下，刀鼻梁上笑出几丝皱纹，像小老鼠的胡须。但老勾马上又严肃了。都知道，老勾是个老奸巨猾的人，哪怕是一个小站长，他可是玩出了高超的艺术水平，风生水起。遇事心中有数，有对策，有办法，也会处理各种关系，会调和各种矛盾，可以说把玩得风调雨顺。老勾想了一会儿，觉得这事还是不能草率，起码要把自己的责任卸开，无法追查到他老勾的丝毫纰漏。县教委必定是明确的教育站负责质量监督，现在已经出了问题，完全不理，自己将可能要承担责任的，说不过嘛。虽然教委没有同意他的推荐，他毕竟是站长。

老勾对柯校长说：“你辛苦了，先回去吧。我来联系教委。”

本来可以打电话报告，老勾经过几方面的考量，还是决定亲自去教委面陈，到时都看见他老勾亲自去教委报告了的。因此他要亲自找到尤跃和小甫当面报告情况，看看他们脸上是个什么颜色。他推荐的手艺过硬的陈师傅，教委不认账，却要包给别人做，这下好了嘛。

老勾来到教委尤跃的办公室，尤跃正坐在办公桌边看着文件。老勾就向尤跃汇报了升架木的惊险情况。准备做两步来说，暂时没说后面要主任亲自出马的话。

尤跃听了大惊，又似乎有些不太相信，就问：“有这种事？一个架木还真能着魔，升不起去？”

老勾一副严肃神态斩钉截铁地说：“绝对是真的。我老勾几时说过谎？你们去看看能不能升起去？”

尤跃其实知道老勾是一条老狐狸，老谋深算，但也非常信任老勾，知道老勾办事你找不到他一点儿问题，也不会给教委添一丝儿麻烦，你完全可以放一百二十个心。多年来，老勾说话做事、解决问题，都是处理得光光溜溜，风平浪静，像木工大师做的榫缝一样丝丝入扣，你抓不住任何蛛丝马迹。

此时尤跃心里当然相信了，不怎么怀疑。

尤跃拨了下电话，很快，小甫就来了。

尤跃又对老勾说："你把情况给小甫说一下。"

老勾又将情况对小甫说了一遍。

使老勾有点吃惊的是，小甫除了脸上神情变得一下子严峻了，并没说什么。小甫出身农村，可能从小听说过手艺界的一些神秘的事情，可能就不怀疑这魔法是假事，而且这可能是一种报复行为，不禁心下有些惶惑。

老勾看了一眼尤跃，又看了一眼小甫，战术转入第二步，用实话实说的口气说了派柯校长去请陈师傅的过程，陈师傅的回答……

尤跃和小甫听了大惊，都同时睁大了眼睛，心想：他陈师傅为什么要一千块钱？指导一下要一千块钱，含意是什么？

尤跃思考了一会儿就对小甫说："这样，你先打电话要卜三准备一千块钱，你明天去拿这一千块钱，去请一下陈师傅，就说我在省里开会，不在城里……"

第二天一早，小甫就去了茅坪。由于事先打电话通知了卜三，小甫很快就拿到了一千块钱，和柯校长一起去找他陈师傅。

小甫带着柯校长来到他家，钟月正在料理家务。小甫见到钟月异常吃惊：没想这山角落暗藏着这样一位美女！

柯校长问钟月："陈师傅在哪家做木工活？"

钟月实实在在地说："去了很远，在范家沟，离这有三十多里路程。"

小甫一听就皱了眉头：这么远啊。小甫今天是坐客车来的。局里只有一辆帆布小车，两个副主任去州教委开会带去了。这时还是八十年代初，不像多年后小车像秋天路上飘飞的落叶。

此时，小甫就要柯校长去想车的办法，钱由教委付。于是柯校长就去街上找了一辆农用车，和小甫一起坐着去了范家沟。

原来，他在马师傅家立好屋，张瓦工和那姑娘就要背走他的工具。他说：“可以背去你家。”又说，“不过，我这两天必须去一下范家沟。范师傅那大年纪，到我家来回跑了四趟，每趟来回是八十里路程。他家的婚期十月十八，急一些，我带雷陈林、陈艺去，要范师傅还找一个木匠师傅帮忙，最多只要四天就完成了，接着就到你张师傅家来。”

张瓦工和那姑娘听了，也无可奈何，不好再说什么，就把他建房的工具背去了。

柯校长和小甫乘着农用车虽然颠颠簸簸，但也顺利地来到了范家沟，在范师傅家找到了他。

柯校长笑着说：“陈师傅，你叫我们好找啊！”接着介绍小甫。

他说：“我认识小甫，去教委参加招标，是小甫主持的……”

小甫脸上不禁有些发热，此时也少了许多傲慢，但仍然暗含着几丝清高。

小甫友好地看一眼他，连忙恭敬地称呼“陈师傅”，就说：“一回生，二回熟。”

接着掏出一千块钱，仍然恭敬地递给他，并说：“陈师傅，这是给您的辛苦费，请您收下。”

他瞟了一眼递过来的这沓钱，感觉像一块染色的小木块。他急忙将钱推过去：“我说了的，要尤跃和你一起来，尤跃不来，就什么也不要说了。”

这时小甫心里就颤动了一下，像是心脏差点栽倒了，但还是坚持微笑地看着他：“尤主任到省里开会去了。我也是代表尤主任来的。都说陈师傅是个肯帮忙的大师，就请陈师傅动个步，去帮我们一下吧。以后有什么工程，我们首先包给你陈师傅。”

他平静地笑一下，眼睛望着面前的穿衣柜架子，带有几丝讥讽的口气说：“那也要通过招标才行。”又带笑地说，“我现在到处是做不完的事，也没时间、没本钱包你们的工程。”

小甫明白他在讥讽，但仍然堆出一些爽快的笑容，显得很友好地说：“给陈师傅说，您这也是帮助广大的学生呢，那些学生太可怜了……”说着还笑了两下。

柯校长也来拉起他拿着尺子的手，恳求地笑着说：“哎呀老哥，我们的亲戚也不假，我爹经常还在念你，你做的东西样子又好看，又牢固，要用几辈人呢。你做的那套大桌子板凳，几十年了，现在还是紧紧扎扎的，一点也没松动。旁边屋里老了人，用他们曾经请别人做的桌子和高板凳搁棺材，一放上去就，就叽叽嘎嘎地唱歌，摇摇晃晃地跳舞，吓死人，差点把棺材摔下地了！人们慌了，连忙扶住。接着就来我家拿你做的桌子和高板凳去搁，结果几百斤重的棺材搁上去，纹丝不动，不哼不唱，不摇不晃，都说这才叫真功夫。”

柯校长也是真诚说实话，并非完全吹捧讨好。最后又说：“你就看在我们老亲戚分上，帮我和学生们一回忙吧。”

他转过身拿起一条刨好的木枋，嘴里平静地说：“我说了的话，不会变。这工程是教委主持的，尤跃不来我不会去。”

十九　桃子如人

这晚他又早早地上床睡了。可是他怎么也睡不着，先是回想起承包大桥的事，接着又想招标教学楼的事，今天柯校长和小甫来的情况。他马上决定不去想这些烂事，还是去想点舒服的事情换换脑筋，进入梦乡吧。他就又想起他的月儿、云儿，每晚他都是在想月儿、云儿的情景里入睡的，并希望她们能够走进梦里。这时他就想到在云儿家的事——

她看着竹筐里红红的桃子，有些兴奋地笑着，脸上也笑成了一个大桃子。

她说：“你真行，摘了这么多好桃子。要是你不上那梢上去摘，那梢上的桃子都是熟过后烂了的。”

他有些欣慰地笑着说：“你那个石头不上去摘呀？”

她脸上掠过一抹平淡的笑容，说：“他还没有我会爬树，真像个石头。他连树也没上过。”

她打来一盆清水。然后从筐里拿出一个最大最红的桃子放入清水中，双手洗起来，就像在洗一个红红的小太阳。她洗得很温柔，好像是在摸洗一张红润的脸蛋，怕抹皱了。

洗好后将水甩干净，转身走两步，很友好地笑着递给他：“来，吃吧。辛苦了！”

他看她一眼，亲切地说：“你吃吧。我吃自己来洗就是。”

她执着地塞进他手里：“你怕我洗的不干净是不？”

他慌忙说：“不是。”

她说：“不是那你就快吃呀！”

他说：“我是想你吃这个大桃子……”

她说：“我也要吃的。”

他接了桃子，放入嘴里咬了一口，觉得好香好脆好甜。他认真地嚼着，一股香甜流进心里，顿时全身都又香又甜了。他不禁又想起小时候和月儿她们三姊妹一起在山坡上采摘毛桃子，没有洗过，就在衣服上几擦，便放入嘴里啃起来，咬得咯嘣咯嘣地响，也是香香的、甜甜的。那些桃子没有这些桃子大，都是野坡里的野桃子。现在给人的回忆却也是那么香，那么甜……

这时她在洗第二个桃子。也是很大的一个。她双手摩擦着洗着，还洗出了一种很好听的声音来，像轻音乐。洗好后将水甩干净，又塞进他另一只手里。

他说：“你吃呀，怎么又塞给我？”

她说：“我马上洗了吃的，你不要为我着急嘛。我是主人，你是客人。”

他一时心中一凉：我竟然由丈夫变成了客人……

她就随便拿了一个桃子洗起来。洗了几下，拿起来抖几抖，就放入嘴里咬出咯嘣的声响。她转头看他，他正看着她，她的脸就一下子红成了桃子。虽然有点年纪了，但她仍然是个美人。他不禁心里又想起和她在一起的美好时光……

他吃着桃子，心里想着和她的美好时光，也就有些忘形，不知吃了几个，仿佛这桃子就是过去的时光，越吃越有味。他还没吃完，她又洗了递给他，他也就吃，就这样吃下去，吃着过去的时光……

后来他显得不满足地笑着望她："你让我今天光吃桃子啊。我还想吃你弄的饭。"

她有些不好意思地笑着："水果就是一点水，不占肚子的，不影响你吃饭。"

他吞下一口桃子，摇下头说："不。桃子很美好，吃了就不想再吃别的……"

接下来他开始刨那七根床枋，也就是连接床面子、床脚的长枋。就又像操作一架琴，唱起好听的歌儿——呼儿啦啦——呼儿啦啦——

他想起和她结婚时做床的情景。也是做这种老式的床。在刨床面子时，她也要刨。他就让她刨。她刨得也很好，也是唱着这样优美的歌儿——呼儿啦啦——

他想我这时让她来刨刨，看她能不能想起往年的事情？听有的人讲，失去记忆的人，让她做曾经做过的事情，能够唤起她的记忆……

于是他抱着很大的希望，大着胆子对她说："哎，你来帮我刨下这条木枋吧。你肯定行的。"

她用十分惊异的眼神看着他，又有些不知所措，顿了好一会儿才不好意思地笑着说："我能行吗？"

他用十分相信她的眼神看着她，鼓励她，坚定地说："你一定行的！你试嘛。"

她还是一时间有些无所适从地看着他："可我从来没有刨过……"

他又大胆地望她笑着说："你一定行。你年轻时刨过，是你忘记了。"

她摇摇头："那不可能。我那石头又不是木匠。"

他想，一定要让她试试。一试，一进入情景，说不定会想起原来的事，记忆就会被唤醒。

他十分友好而信任地将刨子递给她："你试下嘛，替我一下吧。"

她友好地看他一眼，说："你肯定腿脚痛，休息一下吧。我来试试。"

他鼓励地说："你肯定行。"将刨子递给她。她一边望着他一边去接刨子，恰恰手碰着他的手，不好意思地笑一下。

他教她拿刨子，又说了怎样操作。

她就按照他说的弯下身子，双手紧握刨把，像青蛙游泳一般，将刨子向前推去，呼儿啦啦——就刨出呼儿啦啦——的歌声。

他站在她旁边鼓励道："行！不错！就这样刨！"

她还是不太自信地说："我刨的行不行呀？这样吧，我刨头道，你来刨二道，刨标准。"

他为了让她刨下去，就慷慨地说："行。你大胆地刨，反正还有我来刨二道。我会刨标准的，不影响做床的。"

他寄予莫大的希望看着她像青蛙游泳一般，双手向前一伸，一缩，呼儿啦啦地刨着。他希望这样触动她的记忆开关，奇迹马上发生！

他看着，就想起为自己修建新房时，她参加刨柱头的情景，不禁心里又涌起温温的东西，但接着又是酸酸的……

见他没有说话，她抬眼望他，这时就看见他双眼已是满满的泪水，闪着热热的光芒。她吃惊了，停住了刨子，站起来看着他的脸。那脸上已经拥有许多皱纹，深深地嵌在那显得瘦弱的脸皮上，就像是一刀一刀地用力划下去的。那眼睛周围更是细细的皱纹，就像一片枯皱的树叶，但那眼中却又如池塘。

她惊异地问："你怎么啦？"

他眨动一下眼睛，忽地滚出几颗大大的泪珠，如流星般坠落。他用浓浓的笑意看着她。她感觉到他的笑容如一位慈祥的父亲……

她轻柔地问道："你有什么难过的事情吗？说给我，我帮你分担吧。你是个好师傅，是个好人，我应该帮你，应该为你尽点心。你一定遇到了什么难过的事，你就告诉我吧。”

他还是一脸慈祥的笑容。他知道，他只能让她自动回想起来，而不能再告诉她实情，那样她会认为他在欺骗她，甚至认为有着不可告人的目的。那他坚持努力的大半生，就付之东流了。

他诚恳地说：“我没有什么伤心的事，没遇到什么。我这眼睛因为年纪大了，成了风泪眼，喜欢流泪水，冷风一吹就流得非常厉害。”

“可你在这堂屋里，又没有风，怎么也流泪了？我看，你这满眼的泪水不像是被风吹的。”

“我有时一高兴也就流泪水……”

“我感觉得到，那泪水是热热的，同时又是酸酸的，也不像是高兴的热泪。你肯定有极为伤心的事。你是不信任我，不想对我说。”

“不！不是的！我信任你！”

“信任我你就说老实话。看见你流泪，我心里难过。因为你是个好人。”

“你怎么知道我就是个好人？”

“我看得出来。”

他摇摇头：“一个人是不是好人，是难以看出来的。许多特坏的人，也是装扮得好好的一个人，其实有的人比恶魔还坏。这样的人我见过。”

“不，我没看错人，你是个大好人。感觉你像个慈祥的父亲。但我看得出，你确实有十分伤心的事。只是你不愿告诉我。也许是考虑我帮不了你什么忙。”

“是的，我的这个难事，就是说出来，也许你能帮到忙，也许你帮不了什么忙。”

“你妻子对你不好吗？”

他苦苦地笑一下，望着她说：“我早就没有了妻子，她一九五七年就走了。”

“是死了，还是跑了？”

他抿一下嘴，忍住悲伤地说：“那是义务修建学校。她尽义务背石头，摔下岩坡，由于惊吓，加之脑袋受伤，神经错乱，在县医院治疗时出走，就不知走到哪去了。”

“那你没有找她？”

“找了的。一直找了这多年。”

“那就一直没找到她吗？”

“找到了，她不认识我了。她由于脑袋摔伤，彻底忘记了过去的事。她失去了记忆……”

“哎呀，那真是太不幸了啊！”

“对我来说，是有些不幸，但对她来说，是幸运的。因为她没有了任何痛苦的记忆，心里很平静了，还有了新的家庭，生活得很好……”

“那你应该想法去给她说清楚，即使回想不起来了，也让她明白是怎么回事。她明白是怎么回事了，也许会跟你走的。”

他摇摇头：“不，不能让她这好好的家庭又破裂，让她和几个人一同难受；不能让她本来平静而幸福的心境，又来一次撕裂，又制造新的创伤……反正我现在一个人，也没什么负担，也算过得很好。我一个人难受，比他们几个人都难受要好。我一个人难受，其他几人都好受，我的心也就平静了，甚至高兴了……”

“你真是个大好人……”

他望她笑了一下：“算你还有眼光。”

“你来刨吧，我去准备给你弄中饭吃。”

他说：“好吧。”

他把七根床枋刨好了，又把四只床脚刨好了，她就弄得满屋香香的了。他又把床头的两块挡板刨好了，她的饭就熟了，满屋更香了。

中饭她炒了绿红相伴的青椒和腊肉，有红白相伴的腊肉炒洋芋粉粑粑，有红黄相伴的酸辣洋芋片儿，有炒南瓜片儿拌韭菜，有一盘用白糖腌的黄瓜，还有一钵番茄鸡蛋汤，还有霉豆腐、豆食等几个咸菜，摆得满满的一桌子，看上去像一个五颜六色的大花坛，斑斓多姿，香雾腾腾，叫人胃口大开，甚至口水流下三千尺。并且还有一瓶苞谷酒。也摆了两个酒杯，看样子她还要陪他喝一杯。

后来，她真的陪他喝了酒。她脸上也喝成了桃子一样的美丽，他脸上也喝成了桃子的颜色……

二十　埋下隐患

小甫感觉装了一肚子闷气。先是受了他陈师傅的揶揄。来到镇上，小甫找到卜三，要一起回教委，卜三竟然不干。卜三说："你们教委不支持，工程摆着就是，我也不着急。上面追查首先是追查教委吧，要追查我，我也有话说。"

小甫听了，觉得这话中有话。虽然心里不舒服，但也不便说什么，就独自一人回到了教委。

小甫向尤跃认真地汇报了情况，建议尤跃还是去一下。教学楼可是涉及千家万户的学生要上课，如果工程摆起，学生又没有教室上课，群众反映上去，现在又在整党，恐怕会不好。

小甫掏出红塔山牌好烟，给尤跃递上一支，并为尤跃用打火机点燃烟。接着小甫一副异常诚恳的神情望着尤跃，并观察他的心理状态。对小甫来说，有尤跃这棵大树撑着，挡风挡雨，他也不着急。因此他只是望着尤跃，不再多言多语。

尤跃吸了两口烟，微笑地对小甫说："唉，你们也应该晓得，这段时间，我好忙啊。为个入学率的事，硬是搞得我天昏地暗啊！你也是党员，还有整党的事……"

尤跃提了下整党的事，就谈入学率："我们县还有一千多适龄儿童没入学啊。地区开会，主任去挨了批评，副县长和我又去挨批评。县长上次把我和主任叫到办公室谈话，可只谈话，又不给钱解决困难，我也没有什么法。你一说困难，县长说财政更困难，先想办法让孩子们入学。全县不是有几千教师吗，而没入学的也只千多个，把老师组织起来，两个老师去抱一个孩子，抱也可以抱到学校去，保证入学。先把这个重大任务完成……”

尤跃说：“我就对县长说，是可以把孩子从家里抱去，但是，抱走了去往哪里放？没有教室，没有课桌呀……县长说，挤一下呀！我就说，哪天我带县长去看一下，一个班都挤了八十多个呀……县长说，借房子呀。我说，农村里好多学校主要就是借的教室，而借的好多教室都是危房，出问题了，谁负得了责任？”

尤跃就像是诉苦一样，一说就没个完。

尤跃大谈了一阵入学率的事，好像把卜三这个事忘记了似的。

这时小甫就严肃地插话说：“还是请尤主任动个驾，也试一下这个陈师傅是不是真的那么神。”

尤跃叹了一口气，转而严肃地说：“你去给司机说一下，去吧。也通知一下卜三。”

接着司机就发动了那辆帆布吉普车，小甫为尤跃打开副驾驶室的门。都知道，在这个县城的领导，都喜欢坐司机旁边的副驾驶座位，这是领导专位，而不喜欢坐后面。这大概因为前面敞亮些，视线好些，能看很多地方，同时别人也能一眼就看见你。

尤跃缓缓地登上车。小甫为尤跃关上车门，这才去后面打开车门进去坐下来。

车子来到茅坪街，带上卜三，就前往范家沟。范家沟就似一条小三峡，很是秀丽，像个小姑娘，三峡是大姑娘。两边有各种各样的山峰、岩壁，山坡上有着各色田块，像织出的锦。那些白白的房屋、婷婷袅袅的炊烟点缀其间，更添生动，像一个窈窕女子摇摇摆摆。而那山坡上的悬崖，便是挂着的一幅幅美丽的国画，美轮美奂，也像一个显示屏正在播放节目。这完全是一个仙境，是后来十分火爆的一个旅游景点，全国各地客人争相来旅游观赏，并且还有外国人。

这时忽然小车熄火停下了。司机启动好多次都打不响火。

尤跃并不着急，说：“就用脚走，多好看的风景啊。”

尤跃说走就走，第一个走下车来，笑着看两边重重叠叠的奇峰怪石，就像一群大孩子和小娃娃在捉迷藏，特别是那弯弯拐拐的溪水，深处绿莹莹的，像是熔化的碧玉，浅处则一漫细碎的浪花，有如千朵雪莲竞放，银光闪闪，夹杂着细碎的哗啦声，顿时令人神清气爽，忘记一切。

大家都十分高兴地看着风景。卜三却很是着急，也没有心思看风景，就说："我们快走吧。已经不远了，就在前面。"

这里离目的地不到一公里了，并且已经明明白白看得见山坡上范师傅院坝里的木工场面。

留下司机在那检查车子。真有点巧的是，这时吉普车怎么也发不响了！司机发了好久也没再发响车！司机就下车打开前面盖壳，偏着脑袋左看看，右瞄瞄，又没有哪里有异样，又看油箱，还满满的。司机觉得奇怪，是哪里坏了呢？是不是这些山路坑坑洼洼，把车哪里颠坏了呢？

尤跃一边走着一边看着风景，那神情显得怡然自得。

不久他们一行来到了范师傅家院坝里。

尤跃热情地笑着说："陈师傅好啊，师傅们好啊！"

尤跃是个善于在短时间打开局面的人，一般比较活跃。

他站起身子，面带微笑地看着尤跃一行，不说什么，等着他们发话。

小甫走上来笑着说："陈师傅好！"

接着向他指着尤跃说："这位就是教委管基建的尤主任，专程来看望陈师傅。"

他微含笑意地说："我认识。招标会上给我们讲过话。"他又有些惊异地问，"怎么，你们是走路来的？真是作风扎实啊。"

小甫就有些难堪地说："是坐车来的。车就在前面不远。"

尤跃早已转头看着他，笑着，这下接话说："我也认识陈师傅。陈师傅是当年县里几大工程的掌墨师。我今天专门来请陈师傅动大驾，去我们教学楼工地指导技术。"

说着拿出那沓蓝版子大钞，恭敬地递给他："请收下这点辛苦费。

不成敬意啊。”这是一千元现金。

他没讲什么客气，接了钱，说：“既然尤主任这么客气，我当然收下。”

这时卜三很是喜出望外，充满感激地笑着说：“感谢陈师傅！”

尤跃也大喜过望地笑着说：“那就辛苦陈师傅了！”心想，事情原来也就这么简单。

他却说：“不过，要是搞不好，我会退你们这工钱的。”

他这一句话卜三听了，又感觉像是吹来一阵寒风，浑身暗暗打了一个冷噤，一缕忧虑又袭上心头，马上就说：“陈师傅是很神的，没有问题。”

他有些正经八百地说：“不。听说是谁人施了魔法，我确实把魔是没有办法的。”

尤跃也鼓劲地说：“没问题，陈师傅绝对行！”

小甫说：“那就辛苦陈师傅了，我们走吧。”

他对雷陈林交代了一下，又说：“我去一下白马中学，很快就回来的。”这里离白马中学很近。

不久他们就来到吉普小车那里。

司机高兴地说：“原来这小车也想待这里看风景，所以先怎么发动也不理睬。看了这么一会儿风景，这下响火了。”

于是都上了车。小车呜呜呜地响着，向前奔去。十几里路程，大半个小时就到了白马中学。教育站早打了电话，工地上师傅们都已经准备好了，只等他陈师傅到来就升架木。

一见他陈师傅走来，都说：“陈师傅，架木着魔了，有人施了魔法，怎么也升不上去！”

他笑一下说：“世界上根本没有魔，都是人。我看是人无力怪锄头。”

他走到墙边看看那排架木，又看看高高的墙壁，就说：“这架木的树木又粗又湿，很重，墙壁那么高，人站在上面悬着身子往上拉，怎么好用力，怎么拉得上去？首先，做这架木是个等腰三角形，除了底边抬梁要长要粗外，上面的两腰是蹬在抬梁两头榫里的，不要这么粗壮，其他短撑木根本不要那么粗壮。”

这时人们都像一群学生围着听讲，并且都听得很认真。

他继续讲：“把架木做好后，先将架木底边抬梁，通过二楼做跳板会很容易地弄上墙顶的，将抬梁两头在墙上放好，再把楼索放好，铺上一些板子，再将剩下的架木一件件搬上去，在楼板上组合成三角形整体架木，再放好檩子一一连接，就稳固了。”

卜三着急地说：“那现在已经做好了，都是用铁板和螺丝牢牢地固定了，不好拆了。听说您有道法，您就用道法升上去吧。”

他严肃地说：“你们这都是在胡扯。世上没有道法，只有巧法。这种情况，可以用三根长长的树木组成一个三角架，再用滑轮起吊，同时上面仍然用人拉，下面用人拿枋顶，但这样很危险。现在还是把架木拆了，按我说的第一个方法，又轻松又稳妥，但确实要多一些时间……”

他指挥大家用这个办法，半天时间就让架木稳稳地立在了屋顶，场上顿时爆发一阵雷鸣般的掌声！

都欢呼着：“陈师傅真有办法！”

他大声对人们郑重地说：“不要歪想邪说，要想正经办法！解决问题是靠办法，不是什么道法。世界上没有真正的道法，不要异想天开，不要只求简单了事！”

通过立架木，他也发现了严重问题，他又是满脸严峻而忧心的神情。他发现这架木的榫缝做得太松了，这是一个安全隐患！

他满脸沉重和忧虑地走到尤跃面前，严肃地小声对尤跃说：

“我看，这些架木榫头做得太松了，有安全隐患。特别是这石墙，表面看去好看，很光滑，因为砌墙时都是把石头的面子一方朝着外面，这就证明里面相互没有连接，只求表面好看，这是个大问题。”

他又指墙壁石头让大家看，严肃地说：“你们看嘛，大多是砌的‘分家石’‘单身石’，石头与石头间很少搭头，很少头压头地连接，相互没有拉扯，石头没有连接成一个整体，而主要是靠稀泥巴连接的，如果上面一有重量，如果下雨墙土淋湿，或者受潮，泥巴变散，墙壁石头就有散开的危险，因为凝聚石头的不是水泥，是泥巴。真正质量第一，安全第一，这些墙应该重做，不然，我敢断定，一遇大的风雨，或是连阴雨，加之楼上是宿舍，几百学生的重量，肯定会出问题……”

尤跃听了一惊，马上叫来卜三和掌墨师傅卜伦、卜垒，严肃地说：“架木到底质量做得怎样？”

卜伦师傅坚定地说：“没一点问题呀！不是立起去了吗？出了问题我负责！”

尤跃又问卜垒：“这个石墙到底砌得怎样？”

卜垒师傅拍着胸脯说：“绝对没一点问题！我做了几十年的墙，没有出过问题！”

尤跃严肃地望着卜垒师傅：“我看，这墙壁都是砌的‘分家石’‘独立石’，石头与石头间很少搭头……”

卜垒师傅笑一下说：“你们尽管放心，出了问题我负责！”

尤跃严厉地说：“那我可郑重地告诉你，这是学生娃上课和住宿的房子，出问题了是要坐牢的！出现人命，你是要偿命的！”

卜垒还是坚定地说：“决不会出问题！”

二十一　特别行动

小潘拒绝出马去请陈师傅，要小回包头自己去找大师。小回包头去找了几个不错的师傅来，但一看那拱桥架木的高度，都望而生畏地走了，还倒去了一些缴费，搞得满肚子怨气。

小回包头找管财务的领导拨给了一笔工程款。此时，整个工程款已经拨付了百分之七十。小回包头在款子到位后，却将打石头的石匠师傅、搞架木的木工师傅，都撤走了，将整个人马都调到别的工程去了。

小潘没看见小回再去找他，还以为找到好师傅了，工程又顺利进行了，到底是包头。小潘就怎么也没有估计到，这个小回正在给他潘哥制造一个大麻烦，让他下不了台！

仓库倒塌的中午，粮食局局长谷满、管基建的沈礼副局长、基建股长小乌、安全股长就乘一辆帆布小车来到了茅坪区粮管所。包头卜四和木工负责人卜稂师傅也在现场。

谷满仔细看了倒塌的现场，神色凝重，暗暗充满气愤，没说一个字。现场气氛也像是死了一般。谷满来时他问了财务上，工程款已经拨付了一半，就担心这个卜四跑了。就想到，首先最为重要的一条，就是控制包头！

接着就带局里来的人和粮管所正副主任去了小会议室。都坐下后，谷满要佘林主任关紧了门。一下子气氛有些紧张了。

谷满首先就对佘林主任做出安排："给卜四安排一个房间，要他写检查。安排所里副职领导、政工员、安全员组成每班两人，轮流时刻守护，给我把人控制住。如果人跑了，首先追查你佘主任的责任！"又威严地说，"也要给卜四说清楚，他若是离开了这个粮管所，后果自负！"

佘主任立即做安排去了。室内仍然紧张而闷热。

谷满盯着小乌说道："这个事，小乌说说情况。"

小乌仍然是有些刚硬地说："这个事，我也问了卜稂师傅，主要是风大。本来柱架就刚刚立起，跟刚刚从母牛肚子里生下的小牛儿一样，虽然有四条腿，根本站不稳，哪经得起大风呢，大风一吹肯定要倒下。要说，刮风吹倒房子，这也不奇怪。这样的事也多。"

谷满半睁着眼集中目光，认真地审视一眼小乌，严厉地说："先不能说什么天灾，要在人上面、技术质量方面找问题、找原因！"

小乌的腮帮子就抖动了一下，接着嘴唇抖动了一下。

然后谷满一脸气愤地看着小乌："你是主要负责基建工程的。这个事你是直接责任人，你也知道这事故的严重性。你先写好详细的调查报告，最迟明天上午交我！”

这天夜晚很黑，世界像是放在了一个铁桶里。他正回到家里，准备洗澡。这时有人敲门。他去开门，便是一惊，是骆铁匠来了！

他兴奋地说：“哎呀是骆主任！你怎么来了的呀？”

骆铁匠看看屋里，没有其他人，小声说：“给我帮个忙。但要跑点路啊。”

他有些疑惑地说：“骆主任说要跑路，我就跟你跑路。”

骆铁匠很急地说：“那就走吧。”

很快，他和骆铁匠就上了一辆双排座货车。不一会儿就来到了骆铁匠的小木屋门前。骆铁匠安排祝梅：“准备下，我们等下来吃夜宵。”

骆铁匠和司机带他向一个地方走去。骆铁匠小声对他说：“陈师傅辛苦你了！今晚我们要做一件重要的事情。”

他说：“听从骆主任吩咐，保证完成任务。”

骆铁匠说：“今天请老朋友来，就是听你一句话，这个立起的仓库柱架为什么在夜里会倒塌？请你帮我做一下技术鉴定。我只相信你。司机同志，你就做个见证人。”这车是骆铁匠找人借来的。

他将折断的、掉出的楼索榫头又放入眼子里，明显地就有大大的缝隙，大得可以塞进一根指头！那些穿入柱头眼里的穿枋也一样，缝隙可以塞进指头。他用曲尺认真地量着眼子的尺寸、楼索榫头的尺寸、穿枋的宽窄厚薄尺寸。他边量，骆铁匠就用相机拍照，还在本子上一一做了记录。骆铁匠当然也是个内行，知道主要就是榫缝这个要害问题。

他最后说：“天就在我们头上，我决不冤枉人乱说。这是明明白白的技术责任事故——榫缝做太松了，没有风吹也会倒的……”

骆铁匠通过和他这么一勘验、拍照、鉴定，想法更坚定了。

最后，骆铁匠找到所里两个职工，对他们说：“如果有什么人要毁灭这个现场，你们一定动员大家阻止，阻止不了，就立刻给我打电话。千万要保护好现场！”

就在第二天下午上班时，小乌给局里写好了调查报告，交给了管基建的沈礼。沈礼看后随即交给了谷满。

谷满看了，又交给另几个副局长看。小乌把这事故写成的是风灾……

谷满说："明天上午专题讨论事故问题，审理小乌的调查报告。"

也就在这时，骆铁匠和粮管所的支部副书记小敖就来到了谷满的办公室。小敖简要地向谷满汇报了茅坪区粮管所仓库工程倒塌的情况，并将书面报告和照片资料一一呈上。这情况报告的落款是粮管所二十余人的签名，并盖了手印。骆铁匠的动作也可谓神速。

骆铁匠慷慨激昂地说道："我以一个老党员老军人的人格与心愿，请求立即严肃处理……"

谷满看了照片和材料，觉得证据确凿，去关紧了门，敬佩地看着骆铁匠说："你立大功了！你太内行了，你真是好样的！我要向你学习。我也误会你了，对不起啊！"

骆铁匠小声说："没事。主要是这件事你看怎么处理好，是不是叫管基建的沈礼来商量一下……"

谷满小声对骆铁匠说："不。为了不走漏风声，便于破案解决问题，暂时不让任何人知道。我们三人马上去检察院反贪局……"

检察院反贪局对于谷满和骆铁匠等三人的来访非常重视，立即认真审阅了情况报告，查看了照片资料，当即进行了研究，确定立案调查。并立即出动人员将卜四带到了反贪局，进行审讯。同时隔离审讯小乌……

通过审理，卜四就交代了仓库工程给小乌行贿八千元的好处费，之前的三个工程给小乌好处费一万五千元，还交代了给粮管所佘林主任送了两条好烟，两瓶好酒，价值六百多元。但问到是否给谷满、沈礼行贿的事，卜四坚决地说"绝对没有"。又追问卜四是不是"丢卒保车"，便于今后发展，卜四说真的没有，查出问题加倍重罚。这也因为历来工程确是基建股具体负责的，局长们确实没有具体管理工程。

为了不走漏消息，就在这个下午上班后，检察院派人前往粮食局带走了小乌。同时派人对小乌家里进行了搜查，结果搜出现金五万多元。这里面包括县局的工程和全县各区镇粮仓、房屋建设九个工程的受贿。

反贪局又派人到茅坪粮管所，对现场进行了勘察，拍照取证，还找所里所有职工进行了座谈、取证。

小乌被带到检察院后，立即对他进行了审讯。小乌也承认了受贿的事。

谷满很快召开局长办公会议，各副局长参加。谷满首先通报了案件情况。为了很好地解决问题，最后通过决议，将骆铁匠调回茅坪区粮管所任主任兼党支部书记。佘林主任就停职反省，配合处理问题。骆铁匠就又回到第二故乡茅坪镇。

二十二　诚惶诚恐

就是小回包头撤走的这天，潘股长接到茅坪区柳区长的电话。柳区长问小潘："怎么大桥工程人员全部撤走了，停工了？这是怎么回事？"

小潘听了大惊，有些忐忑地说："不可能吧。"

柳区长不高兴地说："怎么不可能？我在那里检查工作，亲自看到人员全部撤走的。工地上一个人也没有了。听说到别处搞工程去了……"

第二天一早，潘股长坐着帆布吉普去弯河大桥工地查看。工地上确实不见一个人施工，的确已经停工了。小潘的脸当时就气青了，骂了一句粗话："个狗东西！"

小潘回去就给小回包头打电话，可电话怎么打也无人接，好像家里没人了一样。最后小回媳妇接了，说小回不在城里（租的地方），在工程上。小潘感觉事情的严重性不一般，他担心鲁局长知道了，鲁局长是硬石头局长，那会毫不手软的。小潘心里顿时焦急起来，而且有些浓重的惶恐，正在整党呢。

就是第二天，县里召开了一个重要会议。各部办委、各区镇、各科、局的主要领导都参加了会议。而交通局一把手局长早就到省里住党校去了，当然就要临时主持工作的鲁力去参加会议。

在这次会上，茅坪区的柳区长在汇报工作时，当着县领导和鲁力的面说了一个重大情况："弯河大桥工程，本来已经把拱架架起来了，并铺砌了一圈拱石，哪知拱架忽然倒塌了，负责的木工师傅摔成重伤，几天没说话。然后不知交通局知不知道，整个施工人员都撤走了，已经停工了，工地上不见一个人影。据说人员都撤到别的工程上去了，把大桥工程摆起了……"

县长就严肃地追问交通局鲁力："鲁力说说看，是怎么一回事？"

鲁力也不是小气魄人，坦荡地说："我还不清楚现在情况，我散会后就亲自去调查、处理。"

县长又问鲁力："工程款拨了多少？"

鲁力谨慎地说："最近几天忙整党，还没问财务。"

柳区长代为回答："我们打听了，听说已经拨付了百分之七十。"

县长就拍了一下桌子："搞什么名堂！钱拨了，工程却摆着？"

柳区长又说："村民们说，连他们的民工都说，负责的木工师傅，是个水（货）师傅，再是基础工程马虎了，所以拱架倒塌了……"

县长又问："包头姓什么？"

柳区长又代为解说："包头姓回，据说是鲁局长的妻侄儿……"

原来柳区长来参会之前就做了仔细的调查了解，掌握了大量材料。

县长有着含意地嗯了一声，严厉地说："好啊！先不说有没有暗箱操作嫌疑，现在正整党，你鲁力自己清楚，该怎样对待。你今天散会后迅速去组织人员，明天恢复施工！"

鲁力武断地说："如查出我有一分钱的问题，我自己去坐牢！"

接着县长充满火气地强调："必须是明天恢复施工！"

鲁力回单位后，狠狠地批评了小潘一顿，并要小潘明天准时组织开工，不然马上交纪委监察查办！

接着又亲自给小回包头公司打电话，问小回在哪，他妻子回答不知道。

鲁力就没有吃下午饭，心里饱饱的、肚子饱饱的，吃不下。命令式地要小潘马上出发，去找到小回！

小潘明白，去工地无意义，找到小回才是主题。

很快，鲁力就和小潘、司机上了帆布吉普车，小车呜呜呜地吼着出发了。

鲁力和小潘跑了几个区的有关工地，才找到线索，接着在一家旅馆找到了小回包头。

鲁力上去就对小回包头狠狠的一耳光，啪的一声脆响，小回包头就倒在了地上，好一会儿才爬起来，低着头。鲁力那干过石匠的大手是很有力气的。

鲁力气得呼呼呼地喘息着，好一会儿才又吼出话来："你得到了工程款，竟然就鞋子抹油——开溜了！"猛地上去又是一耳光，啪的一声闷响，小回这次没有倒在地上，因为小潘将他抱住了，保护了一下。

鲁力愤怒地吼道："工程股把工程给了你，我本是不同意的，看到你穷得要死，可怜，就是外人也应该关照。你就这样来整老子的？老子又没得你一分钱的好处！你还有良心吗？你还是个人吗？！"说着又竖起了大大的手掌，要打小回，被小潘慌忙地拉住了。

小回包头自知理亏心亏，不知好歹，只得老老实实站着受罚，好久才说："我也是没有办法……"

鲁力气愤地说："现在县里要求马上恢复施工，不然要严查，追回所有拨款，不然就追究法律责任！我反正良心见得天，没得你一分钱，你自己也清楚，把工程搞成这样，那该坐牢的是你！"

小回听了浑身震动一下，脸上啪的一下涌起惊惶之色，就当场安排带班的工头找农用车，将民工们送回大桥工地。

接着鲁力和小潘、小回坐上那辆帆布吉普，呜呜呜地又出发了。

他们来到茅坪镇上，好不容易才打听到他陈师傅的下落，他在张瓦工家修建木屋。他们很快就找到了张瓦工家。还算顺利。

小回包头恭敬地望他笑着："陈师傅您好！"

他审视地看着小回微笑一下，算是回应。

小回问候后向他介绍小潘："这是交通局的鲁局长和潘股长，专程来看望陈师傅……"

他也有些淡然地一笑："我早就认识。"

他又审视地看一眼潘股长："这么两天，党校就住完了？"

小潘有些尴尬地说："大师您不要听小回瞎说！"

鲁力像老朋友一样热情地微笑着说："陈师傅，请您这位大师帮忙啊，解决一下弯河大桥的技术问题，把拱架架起来。这也是解决弯河人民的困难，为弯河一带的发展做贡献。"

他平静而友好地说："鲁局长亲自来找我，没说的，一定尽力。"

鲁力就看一眼小回包头。小回包头就掏出准备的一千块钱，递给他，客气地说："让您辛苦了，这点红包请收下，不好意思。"

他将钱推过去，正正经经地说："不要红包，既然鲁局长和潘股长都来了，要解决架木问题，我也答应，那就把整个拱架的工程承包给我。可以还是用你的民工，也可以不用。"他想好了，他要承包一回工程，招标不能中，现在可轮到我中标了。

鲁力非常干脆地说："行。把拱架工程承包给陈师傅。你早就应该找陈师傅来做拱架！"

小回也松了一口气，大方地说："完全行。"

他就说："那好。"

小潘诚恳地说："谢谢陈师傅！"

他又有些庄重地说："小回把你和柴师傅签订的木工承包合同给我看一下。"

小回包头就从黑色公文包里找出一份合同，递给他。

他认真看了两遍，显得赞同地说：“这合同，可以一字不改，抄一遍，换上我的名字就行。”

鲁力担心县里可能派人去工地检查，很焦急，就催促小回：“快签！签了马上开工！”

小回包头也只想快点开工，签订合同也是正理，爽快地答应了：“现在就抄写了签！”

他就安排陈艺抄写了两份。他和小回包头都检查了一遍，无改动。

他说：“后面还加一条：民工可以用原来人员。但他们原来的工资，与我陈师傅无关。我陈师傅只负责往后做工的工资。”

小回包头说：“这是当然。”

他与小回包头两人都签了字，还按上了手印，算是正式办好了承包手续。

他还郑重地大声说了一句：“如果我建的架木不行，我赔偿所有损失。”

他安排了张瓦工家建房的事，就跟鲁力、小潘、小回包头等人坐上了吉普，呜呜呜地上路了，很快就来到了弯河大桥工地。

这时民工们也乘农用车赶来了。小回包头很快将架拱架的一班民工集中到了河边，让大家和他陈师傅见了面。他也严厉地对民工们讲了要求，然后大声宣布：“开工！”

小潘一看那确实很深的河谷，联想到倒塌的事故，不禁也有些胆寒，工程确实艰险，心里又生起疑虑和担忧……那个小回包头，本来就已经是苦不堪言了，此时也是有些惶恐，深深地担心拱架再架起来，会不会又重蹈覆辙？

二十三　人是境迁

哪怕在这高兴的时刻，他躺在床上，还是没有很快睡着。他还是又想起了在云儿家，和她在一起的事。他觉得这人也真是奇了，不，真是个怪物，为什么总要去陷入那些远远的事情？接着他就想起那一天——

这天傍晚的时候他把床斗拢了，也就是合成了一个床的整体，但师傅们都说的“斗拢”。

她看着新床，脸上笑盈盈的，像是睡到新床上进入了一个甜甜的梦乡。他看她的样子，就想起他和她结婚之际，他将床做好了，她站在床前那个笑盈盈的样子，像进入了一个甜甜的梦乡……

不久天就像拉下了一块幕布，山山岭岭呼的一下都闭上了眼睛。这时她的公婆，也就是他叫的那姑妈，还没回来。

她又把晚饭做好了，走进堂屋笑盈盈地看着他，亲切地说：“准备吃饭吧。”

他说：“等一下你妈吧，回来一起吃。”

她说：“妈这时还没回来，今天就不得回来了。人上山安葬了，都悲伤，她肯定还要在那陪亲人们一晚。”

晚饭她还是弄了好几个菜，并且又陪他喝酒。她的脸喝得红润润的了，在煤油灯光的映照下，有些灿烂。晚饭的酒他们比午饭时喝得多一些。他的脸也喝得红红的，喝成了浓浓的晚霞。

他去洗了脸，洗了澡。回堂屋里就拿出自己那瓶苞谷酒，在堂屋里一把椅子上坐下来，用酒给自己的腿脚进行按摩。他这时才感到腿脚确实很痛。他就想，那膏药为什么贴上去就不疼了，但不贴了为什么又照样疼呢？他想那膏药可能是麻醉药做的吧？他首先用酒按摩他的膝盖。

这时她正在厨房里准备洗碗。她看见了他在自己按摩腿脚，就放下了手中的活儿，来到他面前，关心地说："我就知道你的腿脚肯定很疼痛。你自己怎么按摩嘛，我来给你按摩吧。"

他有些疑惑地看她一眼，笑着说："你会这个？"

她也笑着说："妈的腿脚也是经常疼痛，就经常找来不远的一个土医生给她按摩。每次我都认真地看了，其实并不复杂，我就对那土医生说：你教下我吧，免得你辛苦跑路。那土医生答应了，就教我，将酒点燃了，叫我伸手去抓酒火。我不敢抓，那土医生说：不怕，没事的，抓吧，我说没事就没事的。我就真的伸手抓那酒火，抓了一把，说也巧，真的不感觉到有火烧的疼。我将酒火抹到妈的腿脚上，在那土医生的指导下开始按摩……后来就再也没有找那个土医生了，就是我给妈按摩。晚上按摩了，这一晚就睡得好一些。一夜瞌睡睡了，第二天就好一些。如果一晚上不按摩，这晚上就莫想睡好觉，第二天就莫想做事。现在，妈的腿脚已经不怎么疼痛了，就是疼痛也很轻了。"

他用充满慈祥的笑容望着她。他觉得她还是那个曾经的云儿。就笑着说："那你就给我按摩吧。"

她微笑地说："你相信我吗？"

他用坚定的眼神望着她："我一直相信你。你开始按摩吧。"

她将酒倒一些到一个小土碗里，然后擦燃一根火柴往酒碗里一放，整个酒就燃烧起来了，燃烧得呼呼作响，一片蓝色的火苗儿冲得高高的。她伸手在碗里抓一把酒火，拿出来时已经是满手的蓝色火焰，像一个火把，往他膝盖上一抹，按摩几下，又伸手去碗里抓一把酒火，抹到他膝盖上。她连续抓了三把酒火抹到膝盖上后，就吹熄了碗里的酒火，开始为他兢兢业业地按摩……

他脸上泛起一层笑容，不时地望望她的脸，不时地望望她的手。他感到很舒服。虽然有些疼痛，但他相信今晚休息一晚了，明天一定会不怎么疼痛了的。他请过许多人按摩过他的腿脚，都确实是这样按摩的，甚至可以说，她按摩得更仔细一些，更温柔一些，更舒服一些。他就想，要是能天天由她给他按摩就好了，那他的腿脚一定就再也不会疼痛了。但他能天天都待在这里吗？

给他按摩了一阵后，她就去了灶屋里，忙着收拾，给猪子们弄吃的。

然后来到堂屋里对他说："今晚，你就不上楼睡了，你就睡我房间里，我已经收拾好了。你年纪大了，腿脚又疼痛，上楼梯不方便。我年轻些，我睡楼上去。你睡地下，去茅厕也方便一些，睡楼上，万一要解手，黑夜里看不见，下楼梯怕摔倒。"

他说："不，你睡习惯了的床铺，换了地方可能睡不好的。"

她说："我哪里都睡得好。"

他说："我也睡哪里都行。"

他去上了茅厕后就向楼上走去。她听见楼梯上走得响，就忙从灶屋走去楼梯那里，说："叫你睡我房间里，免得爬楼。走，快去！"

他说："我睡楼上。我喜欢睡楼上。"

她埋怨地说："你这人也真是固执。"

他上到楼上，就脱衣服准备睡下。这时他听见楼板响，她又上来了。他连忙将衣服合拢来，瞄一眼她，她手里提着一个尿罐。他才想起来，连尿罐又忘了拿。我这人，也没记性了。

她来到他面前不远，说："你腿脚疼痛上下楼不方便，叫你睡底下，怕你摔倒。唉，你这人怎么不服人疼啊。"

她将尿罐放在他睡的床底下，又将一盒火柴放在枕头边，嘱咐说："万一要起来解手，火柴放在这枕边的，好点亮。"

他说："好，谢谢你了。你也早点休息吧。"

她说："你好好睡，我还要去剁点猪草。早上你多睡下，莫起来早了。"

他睡在床上，听着她在灶屋里咚咚咚地剁着猪草。他觉得这声音好亲切。他就边听着这亲切的声音，边想着和她在一起的日子，后来也就睡着了。

这晚他做了两个梦，一个梦是和她在一起，还是在他修建的那个木屋里……第二个梦是他和她从外面回来，她伸手一开大门，大门便咯——喔——啦——她就说："你做的门真好，开一次门唱一次歌，太有意思了……"

接着他就醒了，就再也没睡着了。他觉得这是个不太好的梦。他觉得是不是家里有什么事，或是出了什么事，他应该早点回去。他的家毕竟还是在那个茅坡，那开满白茫茫茅草花的山坡，像无数挥动的手绢。虽然云儿在这里，但这里根本不是他的家。长安虽好，不是久留之地……

第二天早饭时，她妈才回来。因为是老人姐姐过世，她就在那陪了亲人们一夜。

这一天他就做好了床的上半部的床架子，也就是笼蚊帐的架子，一般都做得较为简单。但他给她做得较为复杂。他给架子顶上用小木杆做的穿花，就像一个花坛，十分好看。

接着，他要她去买了生漆和桐油、红颜料，把床刷得红亮亮的了。这时她一看，那脸也笑得红亮亮的，像那桃子。不禁又让他想起——她看见他做的他们结婚的床时，那笑容也是这样的……

二十四　神奇龙口

弯河镇这天是一派热闹的景象，大桥工地一片紧张繁忙。许多人听说陈师傅来做拱架，都十分好奇地跑来看热闹。实际上只能看施工。

他首先认真地踏勘了河床的地形，水下情况，做了周密的设计。然后他亲自上阵，指挥开挖基脚，将沙石挖开，利用水的冲力把沙石冲走，直到最后挖出老底。然后他指导塞砌大石头，并用小石将缝隙塞紧，直到基脚整体砌得紧紧的、牢牢的，才开始在大石上面制作架木。由于方法对，功夫硬，拱架不几天就又高高地架起来了，形成了一个巨大的拱形，像一个圆圆的黄月亮卧在河里，在洗澡。这次，拱架稳稳地立起去了，看样子牢固得很，固若金汤。

民工们都不禁向他伸出了大拇指：“陈师傅才是真正的大师！原来的柴师傅哪像您这么扎扎实实地做呀，太马虎了。”

人们纷纷议论说：“陈师傅做工程，真是当作百年大计来做的。”

“柴师傅哪里学陈师傅这么认真搞……”

有人说：“陈师傅也是做的良心工程。”

他说：“是啊，做什么事情，只要凭着良心去认真做，哪有做不好的？想投机取巧，偷工减料，哪能做好工程？”

都说：“那是。那是。”

“结果也是害人又害己……”

“柴师傅受伤很重，再干活肯定也不行了。”

他一笑说：“天下没有简单的事，做什么都要一下一下地做牢固，不偷工减料……”

“也不知小回包头首先为什么不找陈师傅。”

拱架成功架好，小回包头也高兴得两眼笑合了缝。这下也彻底认识了他陈师傅，佩服得五体投地，并说以后一定要与他合作！

有人也背地里说：“现在还说不准。谁知石头压上去会怎么样？上次就是砌了一圈石头垮的。要通车了才能算作成功。”

现在正式开始用石块在拱架上砌拱了。石块早就由十几个石匠师傅打凿好了，拖拉机正忙着往这里运送。很快，木头拱架上就铺上了一层石块。远远望去，像是镶的一圈玉石花边，像是这个黄月亮洗完了澡，穿上了一层衣服。

不几天就只剩下最后一排石块了，这叫合龙。最后这排石块是用尺子量了大小，由石匠重新修整打凿，然后放进去，由四个人举着一个笨重的大木夯，一下一下夯进去的。必须要夯紧，要夯到这一圈石块在拱架上拱起，悬空，脱离拱架，由掌墨师过目说行了才算完成。这样，拱架拆后石头才不会塌下来。如果不悬起来，让石拱蹬在两边合力拱起，到时上面通车一压，那整个石拱桥就会塌下去，后果不堪设想。

他当然也守在这个现场。他虽然是负责木工制作拱架，但这桥是人民的财产，是老百姓的事情，他必须要尽到心，尽到责任。他完全懂得这些技术，他必须要把关。

这是修建大桥最热闹的时刻，号子声一阵一阵像春雷滚过，嘣嘣嘣的夯杵声震得群山都在发抖，颠来颠去。

但不管怎么用天大的力气来夯打，他建造的这个拱架都岿然不动。

现在，只剩下中间最后一块石头，叫作“龙口石”。这一块龙口石是相当考验师傅技术的。这块石头一放进去，桥就一锤定音了，再上面就砌第二层拱石，与第一层搭缝压紧才能形成一个整体。

这天晚上合龙会餐的酒宴也早准备好了，都是小回包头亲自安排的。修建石拱桥这可是一个重要时刻。人们也都想着这顿美餐。这也是喜庆的酒宴。

可是就在这一块龙口石上出了问题!

这块石头打凿好了，放上去，不是大了打不进去，就是小了不紧。十多个石匠都打凿了，没有哪个人凿的石块成功。掌墨师亲自上阵都打凿了十余次，可是一放上去，不是大了就是小了！一时间急坏了小回包头。可小回包头也十分不服，决不相信这么一块石头还把人给难住了!

他认真地审视这个石匠掌墨师。小回就小声问他：“陈师傅您看怎么样?”

这人年纪四十多岁，显然不是老师傅，因此他对这人的技术与经验持怀疑态度。他甚至感觉这人打不好这块龙口石。但他暂时不说什么。

小回包头守在这个龙口边上，一遍一遍地强调：给我把尺寸量准确，给我看仔细。一个人看不行，几个师傅都给我看，都看了，都说准确无误。

小回包头严厉地对掌墨师强调说：“现在尺寸量准确了，那你打准确！按照尺寸打！”其实在量的尺寸上要放大一点，到底放多少，这就是诀窍和硬功了。

掌墨师将准备的几块石块看了看，从中选了一块石块，用尺子在石块上面量着。他量得很认真，很仔细。他横着量准后，在边上点个红红的墨记，又竖着量准后，在边上点上墨记，然后拉出墨线，连接两点弹成一条红红的墨线。木匠是用的黑墨，石匠是用的红墨。小回包头也凑上去认真地看，仔细地看，看是不是量准确了。他反复看了，觉得非常准确，没说什么。掌墨师量好一方，又量另一方，弹上墨线。

小回站在旁边看着，脸上露着笑容，心想这下没问题的，肯定能成功。

掌墨师开始亲自打凿这块龙口石。将墨线以外多余的部分全部打掉。于錾子声中，掌墨师很快又打凿好了，因为本是早就打好的石块，只是修理。

小回包头又拿着尺子亲自来量，看是不是符合先前量好的尺寸。小回包头反复量了多次，都是准确的，都是先前量好的龙口尺寸。

小回包头兴奋地说："这下没问题了，往里面放！夯进去了吃肉喝酒去！酒都等冷了啊！"

小回包头也认真地观察着，那脸上满是希望和胜利的神情，没有什么忧虑的表现。

人们都急切地看着，心想这次还有什么不能成功的呢？这么多人看着量准确了，没有一丝差错。咚的一声，龙口石放进去了！这一放就差不多放下底了，只剩下一点点没完全落下。随即一声号子，夯头嘣的一声，人们还没完全用力，石块就和周围平了。这很明显，太松了，没有将整体石块挤紧，没有形成整体合力，拱石没有向两边挤紧而拱起来。

他虽是木工大师，也一直都在看着，这时说："太松了！虽然是按照尺寸做，这样的龙口石，要比尺寸稍微大一点，强行打进去的才紧，整个拱石才能整体拱起、悬空，形成合力，不然，一取拱架石块就落下去了，还哪能经汽车轧呢？"

小回包头也摇摇头，说："确实松了，不行。"

小回包头就问他："陈师傅说说，要比量的尺寸大多少，才行呢？"

他有些严肃地说：“我也只熟悉木头，比如面楼板，最后一块要大几分，要强行打进去，整体才紧，才合缝。这石头的活儿我不熟悉，不敢乱说。应该说掌墨师是有数的。”

小回包头就对那位掌墨师说：“那你再打一块，比尺寸放大一点。强行夯进去。”

掌墨师脸上有些老气横秋，也不说什么，又去准备的石块里选了一块石块，开始量尺寸。然后又咔嚓咔嚓地打凿着这块石块。不久打好了。几人抬去放进龙口。

掌墨师沉声说：“夯吧。”

接着就是四人手握一个笨重的大木夯，为首的一声号子“哟——”

四人合着唱道：“哟嗬——”笨重的大木夯便被四人举上了天空，又随着一声“着啊！”，这个大木夯就从天空中猛冲下来，有若雷霆万钧地撞击到龙口石上，发出震耳欲聋的一声“嘣”！顿时整个大桥都震动了！站在桥上的人们都同时颠了一下。

接着就是这样“哟嗬——着啊！”的号子声，嘣！嘣！嘣的撞击声，震撼着大桥，震撼着山岭、河水。

谁也没想到，这嘣嘣之声响了数百下，这龙口石就是不进去，像是下面挺了一块大石一样，根本夯不进去。

小回包头就埋怨掌墨师说：“你的尺寸放太多了吧，石块太大了，怎么打得进去呀？”

于是停止夯击，又将石块撬起来，抬到一边去，进行修理。

掌墨师就又拿起錾子咔嚓咔嚓地钻起来，进行修理。他打凿得很小心，很谨慎。

修理了一阵，叫他们抬去，又放入龙口。哪知一放就松松和和放进去了，根本就不用夯了，这就明显地又小了。

这时天已经暗下来，小回包头并不泄气地说：“反正也只差一块石头了，收工吃饭去吧！”

小回包头脸上还是充满胜利感的笑容，认为拱架成功，放石头重压没有垮塌，就是大功告成。剩下一块龙口石也算不了什么，毕竟就是一块石头，不相信就打凿不好。

小回包头又热情地对他说："陈师傅，走，吃饭去！您架起的拱架牢固啊，放那么重的石头上去，又是大夯猛烈地夯撞、震动，拱架可是一动不动，稳如泰山啊。您陈师傅，真是大师！辛苦了！非常感谢啊！"

这顿有肉有酒的饭，人们还是吃得热烈而欢乐。

首先，小回包头要大家都端起酒碗，一起给陈师傅敬酒。一时间，数十人高高地举起或蓝或白或黄的酒碗，像是忽然间冲天而放的五彩花朵，每张脸也笑得像一朵朵异彩纷呈的花朵，把这隆重的时刻变成了满园春色。

小回包头激动地大声说道："感谢陈师傅的鼎力支持！我们一起敬陈师傅一碗！干！"

于是一片咕哝咕哝的响声有如春潮翻滚……

第二天又早早地开工了。小回包头安排打凿这块龙口石。因为这是最后的关键活。龙口石不到位，一切工程不能再往下进行，还有第二层拱石呢。小回包头这下不闲逛了，亲自守在这龙口边，看着师傅打凿石块。

不久，龙口石又打凿好了，几人抬去放入龙口。然后又是四人用大木夯夯撞。

他也守在这龙口边上，充满忧虑地观察着。他虽是木工，也希望大桥尽快完工，这是为人民造福。

哪知道，就是这么一块龙口石，从早上就开始夯，直夯到太阳升起老高，也没有进去！

然后又进行修理。掌墨师又咔嚓咔嚓修理了一阵。再抬去往龙口上放，哪知一放又松松和和放下了，仅仅夯了两下，龙口石就夯平了。这明显地又小了。

小了就又重新打凿一块大点的。又抬去放入龙口，四人用大木夯来夯撞。可是夯撞了半天，怎么也夯不进去。石块又打凿大了。

大了又进行修理。可是修理了再放上去，几下就夯进去了，明显地又小了。

就这样折腾到下午，一块龙口石也到底没有打凿合适，没有完成这个最后的一锤定音。

于是小回包头就问掌墨师："你也算是老师傅了，你说下，这到底是个什么问题？为什么总是凿不合适，不是大了就是小了？"

这掌墨师沉着一张脸，不说话。

小回包头走到他面前，诚恳地说："陈师傅，您是大师，您说说，这到底是怎么回事？"

他好像有所悟地说："我是木匠，不懂石头。但我想到一个人，就是章石匠。那是六七十年代，我和章师傅一起修建过好几座石拱桥，包括三道岩那么高的石拱桥，好像都顺利。我建个议，你们去把章石匠找来试一下，看怎么样？"

不少民工都说："对，章石匠是个老师傅，一定行。"

小回包头听了，有些认可，就说："掌墨师，你去找一下章师傅。"

掌墨师说："你是包头，还是你去找的好。"

小回包头说："石工的事我是包给你的，当然你去。"

旁边的人都说："还是你包头亲自去好一些。"

小回包头就去了青石坡。还好，找到了章石匠。

小回包头有些急地说了龙口石的事，并强调说："是陈师傅说的，叫我来请你……"

章师傅平静地微笑一下，慢悠悠地说："这么点小事，没问题，你说个尺寸，我帮你打一块石头，负责往龙口一放就成功。"

小回包头听了心中一喜，连连说："谢谢，谢谢！"

哪想到章师傅接着话头转了弯，笑一下说："不过，你回包头来不行，要交通局的潘股长亲自来请我，而且还要带一千元的工钱来，我才会给你打这块龙口石。"

小回包头又说了许多好话，但章师傅都一笑了之，不再理睬。和俗话说的：磨子不认錾。

小回包头又去了小潘的办公室。小回包头转达章师傅提出的两个条件：一是要潘股长亲自去请章石匠帮忙，二是要一千块钱……

这段时间正在整党。小潘不想把影响搞大搞糟，想尽快把工程完工，面对这要求，只得默认了。

小潘带着小回包头，坐着吉普车来到茅坪街，又走了十多里窄窄的山道，终于找到章石匠家。章石匠却不在家，一问，章石匠在打碑。他们又来到一座岩山脚下，就看见几间棚子，章石匠正带着一个徒弟在打碑。几十年冷落的打碑活，现在又开始兴起。石匠们又有了新生意。

小回包头望了一下，看见了章师傅，就走上去非常恭敬地说："章师傅，您好！"

章师傅脸上无一丝儿笑意，眼睛望着面前的石碑，只是斜了小回包头一眼，喉咙里淡淡地嗯了一声。

小回包头就向章师傅介绍潘股长，用手指一下说："这位是我们县交通局的潘股长，专门来看望章师傅。"

小潘连忙凑过去热情地说："章师傅你好啊！"

章石匠脸上隐现一种轻视的笑意，只斜了一眼，仍然望着石碑，淡然地说："哦，是潘股长……"

小潘也一副诚恳的神情说："我们专门来请老师傅下山，帮一下忙。"

说着掏出一个红纸包，递过去。这是一千块钱。

章石匠接了钱，还是没有笑，有些严肃地问："尺寸呢？"

小回包头就拿出一张纸，上面写着尺寸，递给章师傅。章师傅看一眼，没说什么，拿起錾子尺子就走到早已准备好的一块石头面前，用尺子在石头几方量了一下，给几方弹出一条红墨线。说也神了，基本上是差不多大小的，不需要修理多少。

章石匠拿起錾子，在石块上开始认真打凿，发出噗嚓噗嚓的响声，像特别的音乐一样。但很快这音乐就没有了，章师傅确实只简单地修理了一下，就打凿好了。

小回包头走过去对章师傅说：“章师傅，请跟我们的小车一起去大桥工地吧。”

章石匠用手轻轻地摸一下石块，拍一拍，仍然看着石块，淡淡地说：“你们弄去放吧，只要你们量的尺寸准确，我这石块保准合适。不合适我赔你们工钱。”又说一句，“龙口石，必须是用力夯进去的才有用，必须底面离开拱架八寸高以上。”

小回包头有些发怔，还是赔着笑脸说：“还是请章师傅亲自去一下吧。也给我们的工程指导指导。”

章石匠望着这石块，轻轻地在脸上隐现几丝笑容，说：“不需要我去，如果这石块有一丝儿不合适，我再去不迟。”

说着就对徒弟说：“来，帮着抬一下。”

徒弟来了，两师徒将石块几个轮翻就滚到了小车门边。章师傅去找了两块旧木板，垫于车内，木板底下又垫了两根短木棍，便于滑进车厢里面，说：“不能把车摩擦坏了。”

然后又说：“来，我们四个人一齐用力，抬到垫的木板上。”

小潘也亲自上阵。四人在章师傅的一声号子声中，嘣一声就将石块抬到了木板上，章师傅再向里面一滑，在木棍的作用下，就放好了。

接着小车就呼呼噜噜开走了。小回包头和小潘都怀着一种疑惑不安的心情，随着小车颠簸，晃来晃去，也终于来到大桥工地。

小回包头叫来几个人，将石块从车上抬下来，抬到大桥龙口。这时人们都睁大了眼球，等待下一刻的神奇出现。几人抬着龙口石，慢慢向龙口里放去。嗵的一声，龙口石放下去了，周围合合适适，只是冒出了一截，这是要用木夯夯进去的。

掌墨师说：“上四个人用夯杵夯！”

接着就是号子声“哟嗬——着啊！”响彻云霄，嘣、嘣、嘣的撞击声震撼着山岭河谷。渐渐地，原来砌好的整条弧线石块就离开了拱架，悬空起来了，而且这块龙口石与四周丝丝入扣，上面也平平整整。人们都自发地喊出一声赞叹：“真是大师啊！神功啊！”

他在旁边笑一下，有些郑重地说：“不是什么神功。这叫‘工多艺熟’，熟练生巧。做得多，研究多，就有经验，做事就神。就如‘神枪手’，是练出来的，练多了，练熟了，乱打都准，就神了。所以老师傅还是老师傅，俗话说，‘新姜没有老姜辣’。”

大功告成，小回包头非常高兴，当即找来管账的会计，规规矩矩和他算清了架木工程账目。然后一起坐摩托车来到茅坪街镇，去银行营业所给他付清了该得的工钱，还握着他的手感激地说：“谢谢陈师傅！再有工程我就请您！”

这晚上月亮昏昏的，像一团旧棉花，山山岭岭也昏暗暗的。但很多人还是来到了石拱桥上，放心地坐在拱石上说笑着，仿佛要坐坐这个大大的摇床回到童年……

二十五　远方秘密

今天的日子并不特殊，但好多人都拥到了这里。人们都非常激动，他们多年没有看到这样的景象了。

这里正在热热闹闹立屋。人们似乎还没过到瘾，一栋漂亮的木屋面对着长长的弯弯河就站起来了。这是张师傅家请他修建的新木房子。

张师傅的儿媳妇早就来了。她看了马师傅家的新木屋，看到张师傅家接着修建木屋，她就不走了。她就是要看看立屋。一时间她满脸兴奋的笑容，有如桃花盛开……

这天有些闷热。中午之后来了一个卖布的，并且是个女的。她是用扁担把布匹挑着的。她大大方方地来到木场里，用生硬的普通话说：“师傅们，买点布吧，给老婆孩子缝件新衣服。现在改革开放了，都有钱了，应该穿好一点。我们的布质量好，又便宜。”

万师傅就说："我们这农村里哪来的钱呀？城里做生意的赚了大钱，我们这些农民还只是吃饱了肚子，身上还是穷得叮当响，没有什么赚钱的门路……"

卖布女就把挑的布匹靠着柱头歇下担子。她年纪只有二十多岁样子，脸上脖子都有点黑，像南方人，样子也还漂亮。

雷陈林就问："你是哪里的人啊？"

她笑一下说："来得远哟，我是浙江的。"

师傅们听了都有些吃惊地看着她。

他打量着她，说："你不简单啊，一个女同志，不远千里挑着这么重的东西，来到这个山区。"

都说："真的太不容易了。好样的！"

她说："我们坐车来的。"

都去看她的布。都说："这个布还真不错呢。你们那里布多啊。"

她笑着说："我们那里有很多布厂。好多乡镇企业都是大工厂，专门生产布，还有生产丝织绸缎的。到处是布，没办法，只有弄到全国各地去卖。"

他去从热水瓶里倒了杯茶水，递给她，亲热地说："喝点茶吧。你也很辛苦啊。"

她笑得有些粲然地说："谢谢老师傅！不辛苦怎么能挣到钱呢。"

她笑着，笑得也和这山区的人一样淳朴、好看。

他就问："你贵姓？"

她有些甜地说："姓陈。"

"姓陈？"他有点惊喜的意思，随即脸上露出了亲切的笑容。

她说着拿出介绍信（这时还没有身份证），说："老伯您看吧。"

他拿过介绍信看。上面写的是：介绍江小波、陈梅两人到全国各地销售布匹……落款是柳河乡人民政府，还有一个大红公章。

他看着女子说："你叫陈梅？"

她笑着点头："我叫陈梅。江小波是我丈夫。他一个人一路，我一个人一路，这样分两路走卖得多些。我爸爸和妈妈都是机匠，都在厂里上班。”

雷陈林问：“什么机匠呀？”

陈梅说：“就是织布的师傅，我们那里叫机匠。我家祖祖辈辈都是织布的机匠，我也会织布，主要织丝绸。丝绸之路就是我们那里的丝绸。现在丝绸在国内不好销，主要是出口销售国外。”

他高兴地说：“哎呀那我们都是匠人啊，算一家人。”

这女子喝着茶，高兴地笑着说：“是啊，和你们是一家人啊，今天走到家里来了。”

他又问：“是不是你们家里面办的布厂？”

陈梅说：“不是，是我们乡政府办的厂，叫乡镇企业。现在改革，有的变成私人的了。”

他就想起粉条机的事，便问：“你们那里有生产粉条机的厂吗？”

陈梅说：“没有。”

他又说：“你知道温州吗？”

陈梅说：“知道。离我们不远。”

他就想起陈艺他们贷款买粉条机的事，那是在温州市。

他说：“我们村民小组在温州订了一台粉条机，已经几个月了，货一直没到。”

陈梅脸上浮现担忧的神情，望着他说：“那可要小心，我们都听说过，温州那地方，出了一些骗子，想尽各种方法骗钱、洗钱。全国各地不少人上了当。要小心那里的人。我们虽说是浙江人，我们是正正经经做买卖。你看好了货，信得过，就买。都是一分钱一分货，不虚不假。”

几个师傅都看着布，都赞赏地说：“这个布好，价钱也不算贵。”

陈梅就说：“那你们买一点嘛。我们会长期在这一带卖，让老百姓相信。”

他没有买布的想法，他在想那个粉条机的事。本来他心里就一直放心不下粉条机的事，他觉得这事总不踏实。听陈梅说了，温州有骗子骗人，他就想，会不会上当受骗了？

有几个师傅，还有几个帮忙工，都买了布。

最后，陈梅望着他说：“老师傅，您也买点布吧。”

雷陈林就对陈梅说：“你猜这个老师傅姓什么？”

陈梅眨动了两下眼睛，眼睛里一亮，很是惊喜地说：“姓陈！”

都笑了。雷陈林就问：“你怎么知道老师傅姓陈？”

陈梅笑着说：“既然你这样问，我想就一定是姓陈了。因为你们知道了我的姓。”说着又笑着望他，“老伯我没说错吧。”

他慈祥地笑着，点下头：“自家人。”

陈梅亲热地说：“那伯伯您给伯母买点布做件新衣服吧。”

他一下子脸色沉重了，但仍坚持微笑，不说什么。

陈梅望着雷陈林，雷陈林就说：“他老人家年轻时妻子就脑子受伤，走了，一直杳无音信，今年他在四川发现了她，但她已经是别人的妻子，几个孩子都二十多岁了……”

陈梅感到惊异和惋惜地说：“那她能再跟这位伯伯吗？”

雷陈林摇摇头说：“她根本不认识他了。她失忆了，原来的事全部忘记了……”

陈梅一脸的惋惜与同情，也不好怎么说，就只是望他微笑着，一会儿才说：“那可以再找一个老伴。”

他有些伤感地说：“唉，老都老了，还找什么对象嘛。”

陈梅问：“多大年纪了？”

他说：“过花甲了。”

陈梅就鼓励地说：“我看也不老，六十几岁算什么。我们那边，七十多岁的还找二三十岁的老婆呢。”

他笑一下说：“那是当大老板的，我们是普通的工匠，做工的。也不想找了，受不了折腾了。”

他就对陈艺说：“给钟月买点布做件新衣服，她一人在家，很辛苦的。”他的神态有些严肃地看着陈艺，“范师傅、马师傅结的工钱应该还在吧。”

陈艺说：“才二十几块钱，去信用社还了一点贷款。”

陈梅就说："那大哥就给你妻子表示一下吧，听大伯说，你妻子应该是很好的人，有个妻子不容易，要多多珍惜，有女人才有家。"

雷陈林说："他妻子是个美人呢。"

陈梅笑着说："那更应该珍惜，表示一下。都姓陈，自家人，我给你便宜一点。"

陈艺说："我身上没钱。下次吧。"

他就说："我来给她买一条蓝色的裤料。"

陈梅说："不买衣服料子吗，要买就买一套，成双成配。"

他就笑着看陈梅："看你这么年纪轻轻，却是很会做生意啊。我就这点钱了。随时还有事要用钱。"

陈梅笑着说："都是自家人，我才这样说的。"

他说："手头上就这点钱。等以后吧。"

陈梅说："好的。"接着就哗的一声给他撕下一块裤料布。

他付了钱，拿过布递给陈艺："回去对钟月说，是你给她买的布料。"陈艺看着手中的布，还是高兴地笑着。

这天晚上，他和陈艺都回家了。陈艺将布给了钟月，说："明天去街上做条裤子吧。这布是爹给你买的。我的钱还了贷款。下次再给你买做衣服的布。"

钟月就说："谢谢爹了。"又说，"爹您自己也应该缝套新衣服啊。"

他说："我的还能穿。"

钟月有些埋怨的口气说："还能穿，每件衣服都补好多补巴了！"

他若有所思地说："我去组长家一下。"

陈艺疑惑地说："这么晚了，去做什么啊？"

他充满忧心地说："我想问问，那个粉条机有什么信息没有。每家每户都加工了洋芋粉，都等着粉条机呢。"

陈艺说："那我去吧。"

他说："不，你们年轻人瞌睡大，睡晚了睡不好，我们没什么瞌睡，睡一觉就够了。"

他去了组长家。他问组长："那粉条机有信息了吗？"

组长说：“我写了几封信寄去了，连个回信也没有。”

他说：“我今天听浙江卖布的人说了，温州那地方，出了一些骗子，骗了全国各地好多人的钱。这个粉条机恐怕也是个骗局……”

组长听了大惊，惶然地说：“那我们肯定是中了骗局，被骗了。三个月了，是真有粉条机的，早就到了。”

他有些谨慎地说：“往后，我们还要多加小心啊。现在，到处是外地来做生意的、搞推销的。谁知道他们哪个是真正的生意人，哪个是骗子，甚至是……”

二十六　特别客人

小乌和包头卜四都被正式逮捕了，迎接他们的是依法严肃处理。

谷满调来粮食局后就对基建股有怀疑，没想到这么快就解决了问题，应该感谢骆铁匠。因此谷满建议县里提拔骆铁匠，任粮食局副局长，主管基建。县委组织部通过考察，报县委研究决定：任命骆铁匠为粮食局的局长，谷满调到政府财贸战线办公室任主任（副县级）。骆铁匠就必须进城了，他自然也不能违背县领导的好意。一时间，全粮食系统欢呼，并要求对他不受退休年龄限制，起码要搞到十年。

骆铁匠亲自去找了地区粮食局的华局长，要求茅坪粮管所的仓库继续修建，重新承包。华局长是骆铁匠的战友，当然支持。很快项目文件就下来了。

骆铁匠就给粮管所新主任覃俭打电话，要正副主任、支部的正副书记、各个组的组长、职代会代表，后天赶到基建股开会。同时要求基建股做好会议准备，包括通知愿意参加竞标的公司或建筑队。最后由所里来的人员和基建股人员一起投票决定工程承包。

第三天会议如期举行，茅坪粮管所来了十六人，加基建股五人共有二十一人出席会议，再就是各个建筑公司、建筑队的二十多人。骆铁匠和管工程的沈礼说了工程的意义和要求，并提议由大家民主表决形成决议。接着沈礼给大家发了纸，要大家投票表决。

不一会儿，大家就完成了投票表决。共二十一人参加投票，二十一人全票通过，将仓库工程承包给他——陈师傅。当公布这一结果时，当场响起了雷鸣般的掌声。

骆铁匠决心一定要为粮食战线建设一栋高质量的仓库，做个最后纪念。

骆铁匠知道他陈师傅很忙，白天不会在家，就在这个夜晚和沈礼去了他家。骆铁匠想要他早点动工。他看见已是一把手局长的骆铁匠和沈礼亲自来到他家，一时间感动得热泪盈眶。

好久他才说出话来："我就是拼了老命，也要建造一栋高质量的仓库献给粮食战线……"

在仓库动工之前，他带着雷陈林、陈艺等人给谢铁匠家突击完成了陪嫁女儿的家具。

这时柯校长又找到他，要他赶做课桌一百张。他当然要先上仓库这个大工程，课桌一般木匠能够做的。

他知道仓库的事紧急，他找了技术比较过硬的三十多个好木匠，突击修建仓库。有的木匠还是从外乡找来的，一般技术的他坚决不要，哪怕是亲友。当然是他亲自掌墨。他规定：按量按质记工。每个师傅按做的柱头、长枋、楼索验收记工，并且都在上面写上自己的名字，负责到底。检查合格记上工日，不合格重做，返工不记工时。这样，责任就实实在在落实到了每个师傅头上，并落实到了每根柱头、每匹长枋、每根楼索、每块木板上，既要完成任务，又要确保质量，通过他检查完全合格，才能拿到工钱。这也得到了骆铁匠的高度赞赏，他不仅有高超的技术，还有具体管理方法。的确，管理不是说大话，必须落实到具体事物上、具体措施上。

骆铁匠一直有个愿望，亲自参加仓库修建，练一练木工手艺。但现在他没有这个机会了。他真想把局长辞职了，跟着陈师傅去修建仓库。但骆铁匠知道，全县粮食战线要做的事情还多、还大，他要从干部职工队伍抓起，要建设一支过硬的粮食队伍，有了过硬队伍就没有攻克不了的艰巨任务……

不久，一栋崭新的仓库就巍然耸立在宽阔的平地上，任凭猛烈的狂风暴雨扫荡，都如山一般永远挺立如初。

这是第二年夏天的一个傍晚，神奇的太阳很红，把云彩变成了一个艳丽的牡丹园，把山峰粉饰成了童话城堡。

这个女子过路来到他家。她远远地就听见田里有锄头锄地的声音。她来到田边，亲热地说："大姐，辛苦了，休息一下吧。"这个女子就是陈梅。

锄地的是钟月。钟月扭头看了一下，是个挑着布匹的女子。她热情地说："到屋里坐吧。"说着就向屋里走。

陈梅亲切地说："大姐种的庄稼长得好啊。"又说，"怎么就大姐一个人种啊，你男人呢？"

钟月说："我男人在别处做木工活。"

陈梅就说："是个木匠？"

钟月说："是的。"

陈梅就想起，在刚刚立起新木屋的那里，看见的一老一少姓陈的木匠师傅，就问钟月："叫什么名字？"

钟月说："叫陈艺。"

陈梅兴奋地说："哎呀我们见过面！我也姓陈，叫陈梅，陈艺的父亲是很高超的木匠师傅，我叫的他伯伯。他们人都很好。"

两人来到院坝里。钟月指一下院坝里的椅子，亲热地说："你坐吧。"

陈梅卸下布匹担子，擦一把脸上的汗水，在椅子上坐下来。很快，钟月就去给陈梅倒了杯热水瓶里的热茶。这一带人家，那时都是将茶叶放在热水瓶里泡茶的，随时喝都是热的。这习惯当然很不科学。

接着钟月就看了一眼她挑的布，有各种花布，她觉得真漂亮，就老是往布上瞅。

钟月在心里有点佩服这个女子，一个女娃出远门搞推销，挑这么多布，确实需要胆量，勇气。

钟月脸上泛起少有的微笑，很实在地对陈梅说：“都姓陈，这时间了，你也一定饿了，就在这吃饭吧。”

陈梅本来要走，但钟月热情地将她留下了。钟月认真做了晚饭，是用苞谷面焖的洋芋，很香。菜也不少，炒了一盘腊肉和青椒、一盘洋芋粉片炒腊肉，还用她自己种的番茄打了一钵鸡蛋汤。他们很少吃鸡蛋，她都是去街上卖了的。素菜还有烧茄子、腌黄瓜等。

钟月说：“我们其实平时没做这么多菜，好多菜都是挑街上去卖了的。”

陈梅听了很感动，而且很同情她。女人都是同情女人的，惺惺相惜。一顿饭吃完，天就变成麻黑的抹布了。钟月就留陈梅在这过夜。

陈梅对这家非常放心，就在这里歇宿了。第二天早上出门，陈梅就撕下一块漂亮的花布，要送给钟月，说：“你去做件衬衣吧。”

钟月怎么也不要。陈梅强行给了钟月。陈梅对钟月很是同情，认为她那么漂亮，本是个大美人，却收藏在这山角落，穿戴这么差。

钟月又去菜园里找了很多菜，装了两篮筐，和陈梅一起，挑到街上去卖。顺便也去用这布料做件衬衣。她是去肖叶那里做的衣服。她也不知道多少肖叶几姊妹和陈艺爹的故事，那只在他们心中。她将布料放肖叶那后往回走，在街上又碰上陈梅，正在街道边卖布。今天是热场，赶场的人很多，她不下乡。旁边还有个他们一同来的中年女子，她叫梅莉，正在推销塑料盆，大大小小的、红红绿绿的，太漂亮了，卖得也不贵，洗脸盆三元钱一个，洗澡盆八元一个，不过一个匠人也要挣五天才能买回一个盆。钟月看着那些漂亮的盆，很喜欢，觉得这盆真漂亮。她很想买一个做脸盆，但舍不得卖菜的几个钱。同时家里有木质的洗脸盆，也是用漆刷的红色，只是旧了，笨重了，没这个鲜艳。她怕陈艺埋怨，就没有打算买这个盆。

陈梅了解钟月的心理，很同情，就走过去对那女子说，拿个盆，接着给了钱。随手就拿了一个粉红色的脸盆递给钟月，钟月怎么也不要，但陈梅强行塞给了她。钟月就掏出钱要给，但陈梅怎么也不要。

梅莉看陈梅好像对钟月很同情，很喜欢，就认真看钟月。她觉得钟月长得实在漂亮，却穿戴那么差，真可惜一个美人了。于是也生出同情来，就对陈梅说："既然你们是朋友了，这个盆就算我送给这位妹妹。"于是将钱又退给了陈梅。

梅莉说着又打量着钟月。接着又问钟月在哪里住，生活怎样。钟月说离这里很近的，跟这公路向下走七里路，公路里边坡上一棵大毛桃树旁边那屋就是。

不久的一天，梅莉到乡下去推销塑料盆，回来时就到了钟月家。钟月正挑着一担粪水去田里给菜施肥，穿着一件补巴连着补巴的破衣，浑身湿透了。钟月看见是梅莉，连忙回家，洗了手，给她倒茶水喝，又留她吃了饭，梅莉又送钟月一个绿色的脸盆。

梅莉十分同情钟月，为她抱不平。钟月也觉得梅莉体贴她，感到一种温暖。两人便很快成了好朋友。

于是梅莉每次路过就到钟月这里歇一下，玩一会儿，还给点小东西。钟月也经常给梅莉送些蔬菜、土特产，但梅莉总是给钟月钱，从不白要钟月的东西。钟月觉得梅莉这人真够意思。钟月每次上街卖菜也要到她卖盆的地方坐一坐。梅莉长期住在街上一家小旅店，专门在这街上卖盆卖塑料制品。丈夫在另一个乡镇卖。

过了一段时间，梅莉来对钟月说："我要回去进货，跟我出去玩一趟。上有天堂，下有苏杭。人生，不去苏杭玩玩，白活了。我们都是好朋友了，我同情你，一切费用由我出。但你不要让别人知道你出门玩去了，就说去亲戚家了，反正几天就回来。"

开始钟月一直不同意，但梅莉再三诚恳地邀她，最终还是很高兴地同意了。这晚她就给陈艺说了，要去看看外婆。第二天她又去学校给儿子陈厦说了，要去外婆家一趟，晚上回去你爹给你做饭吃。然后就带着五岁的女儿，跟着梅莉走了。

时间轻悄悄地慢慢溜去了十天，你根本感觉不到它的脚步声它就溜走了。这时钟月还没有回来。陈艺有点急了，觉得是不是病了还是出了什么问题。于是陈艺就去找她。来到钟月外婆家才知道，钟月根本没去。这下，陈艺就真的着急了！他想她到哪里去了呢？需不需要报案呢？因为这期间有好几个姑娘媳妇被拐走了。

陈艺想，钟月什么时候能够回来呀？还会不会回来呢？是不是也被别人拐走了、卖了呢？他的心里像是燃起了一堆大火，烤得他站也不是，坐也不是，走也不是！

二十七　何去何从

他的儿媳出走了，一直没个音信，对他们家是个很大的打击。同时这个家像是没有了中心一样，心都散散的了，像是忽然没有了归宿感似的，像是突然没有了家似的。家的中心是女人。没有女人的家就没有中心，没有女人的家就不是家，没有女人就没有家。有女人才有家。

别人一碰见他就问："陈师傅，怎么管不住儿媳呀？"

这些话虽是开玩笑，但对他心里还是很有刺激。

或者问："陈师傅，你儿媳怎么跑了？她是老实人啊，是不是被人贩子拐走了，卖了？你们要报案啊。"

他觉得是有些不对劲，就要陈艺去派出所报了案。

派出所问陈艺："有不有什么线索？与一些什么人有来往？有不有什么要走的迹象？"

陈艺说："我整天和父亲在别人家做木工，很多时候晚上都没有回家，就她一人在家种田做家务，也不知道她与什么人有来往，也没看出她有要走的迹象。她本来就不是那种不安分的女子，更不是奸猾狡诈的人。走的头天晚上，她也对我说了的……"

派出所的同志说："你说一下你媳妇的外貌特征。"

陈艺说："身材苗条，一头长长的黑亮亮的头发，打着两根辫子，干活时两根辫子是扎在后脑袋上的，也显得有点俏皮，像两只蜻蜓挨在一起。脸蛋是白白净净的瓜子脸，有两个迷人的小酒窝，没有一丝皱纹，大大的眼睛水汪汪的，眉毛有点黑，像画的一样好看，鼻子挺拔俏丽，可以说是眉清目秀……还有个小女孩，五岁……”

同志听了就感叹地说：“哎呀那是个美人啊。说个老实话，这样的美女到远处去，说不定还会找到一个大老板，那回来的可能性较小啊。你也不要着急，我们一定帮你认真地查寻。你也想开点。现在这样的事多。就我们区，来报案的已经有几十起，有的是媳妇不在了，有的是姑娘不在了，有的是小儿不在了，有的是牛不在了……主要都是女子，只有两起是说男人不在了，一个是出门到山西挖煤没有消息，一个是去南方了无消息。”

钟月的出走，不知怎么的，分外引人关注。他的左右邻舍、亲朋好友，都关心这件事。一时间满乡风雨，到处都在议论，陈师傅家是些好人，没想到儿媳被人拐跑了……

同时，对街上的钟潇也是个很大的打击，搞得钟潇都不敢上街买菜。都知道钟潇的女儿跟人跑了，是件很丑的事，搞得脑袋像有千斤重，再也抬不起头来。熟人一见面就关心地问，你女儿有消息吗？搞得钟潇不好回答，脸上烫烫的，就干脆不上街。

陈艺整天郁郁闷闷的，好像是想着什么重要心事，想着十分重大的问题，就是和爹也很少说话。

他儿媳钟月走了，从此，不管下多大的雨，刮多大的风，他和陈艺每天晚上都必须回家，或者必须有一个回家，回来给小陈厦做饭吃，准备第二天的饭菜，还要做些洗衣服等家务。可是白天，他们家的门整天都只能锁着，像没人一样。这可不是个事。他想这怎么办呢？他还是觉得不放心，虽然家里没有什么好东西，但总有几床旧被子，几件破衣服。这时的强盗也多起来了，许多人院坝边的杜仲树晚上都被人剥皮了，晾的苞谷棒子也被人下走了。不管白的黑的，搞到钱就行就是大佬……

钟月走后十来天，他就去了谢铁匠家，用袋子装了一只黄色的小狗，把它带回了家。这小狗全身金黄色的，非常漂亮，非常可爱。他叫它小黄。

他对它说："小黄，你就在这门口坐着看家，啊，我给弄好吃的。"

小黄就在这门口坐着看家。晚上他们回家给它饭菜吃。第二天早上出门，又给小狗放一碗饭在门口，让它白天吃。从此，白天有它看家，晚上也多了它这个小伙伴，给这木屋里带来了一些开心和乐趣。陈厦更是喜欢和小狗玩耍，小孩大多这样。

这小狗很有灵性，它能听出他的脚步声。每当他的脚步声远远地走来，它就知道是他的脚步声，就兴奋地像箭一样奔去，用两只后脚站起身子，举起两只手和他拥抱，用嘴吻他的身子，亲热得像是久别重逢的老朋友。那个激动，那个亲热劲，那份依恋，无法形容，令人动容。回到家他首先递给它一个包，这是他在别人家吃饭时捡的扔在地上的骨头。这是它喜欢吃的东西。他几乎每天都会给它带回一包骨头。他担心它难啃，就用锤子将骨头锤碎，然后放在碗里，让它吃。

每天早上出门，小狗都要送他到路口。这时他说："小黄，回去，坐门口看家，啊。我晚上又给你带骨头回来。"

小狗就止住脚步，抬起头看着他，嘴里唔唔着，摇晃着尾巴。然后就朝院坝里走去，一步一回头，有时是一步三回头，满眼充满湿润润的难舍。然后就站在院坝边看着他远去。实际上早已看不见他的人影了，但它还是站在院坝边，高抬着头，睁大眼睛向他去的方向望着。肯定是在它的脑海里看见了他，久久地望着，像一个雕塑……

陈艺去派出所报了案后，就去找到一个常年蹲在茅坪街上算命的先生。这算命先生年纪三十岁左右，光着头，脖子上挂着一串黑色的珠子，让人看见他像一个老和尚。他经常坐在一个街道老房子的板壁下，背靠板壁，板壁上挂着一个用白布写的醒目的黑字：峨眉山老佛真传，一算就灵。

陈艺向这个算命先生说了钟月的情况，请先生算一下，钟月到底去了哪方。

先生听了，半睁半闭着一双阴森的眼睛，想了一会儿，显得很郑重地说："照我算来，此人去了南方。"

陈艺忙问："大概是什么地方吗？"

先生说："这也不好算出具体位置，应该是深圳一带。"

"你看她有危险没有？"陈艺关心的是她的安危。

先生显得坦然地说："安全，没有任何危险。"

"那你看她是在干什么吗？是不是干不好的事？"

先生明白陈艺的心思，说："你放心，她是做的正宗事，是在打工。"他顿了一小会儿又说，"感觉好像是在一个建筑工地或是工厂里打工。"

"那你看，我能够去找到她吗？"

先生想了一下说："我看，只要你有决心找，是能够找到的。"

"那你看，我大概多少时间能够找到她？"

"说不具体，但明显的是，只要你决心找，一定能够找到她。心诚则灵。"

陈艺说："好，谢谢先生，好多钱？"

先生平静地说："这个，应该收两个八字的钱，因为我不仅推算了她的生辰八字命运，还花心思认真算了她的去向，在干什么事。要收两块钱。"这时算命是一人一块钱，有的是收的五角。这先生收了两块。

陈艺给了钱就想：看来，做什么都比做匠人要赚钱。一天算二十个命，就是二十元，而且有的命他说很好，必须还要加钱。而这时干木工活的工资，一个好师傅一天才一块五角钱。这先生一天，要抵上十多个木匠挣钱！看来守这木匠活确实没前途了。说不定远处打工工资更高。

陈艺郁闷地回到家，就和他商量说："爹，我想去寻找钟月。"

他听了一惊："去找钟月？这么大一个国家，毫无目标，你去哪找她？你知道她在哪？"

他心里就不禁想起自己当年寻找月儿、云儿……

陈艺说："我请算命先生算了，她去了南方，就是深圳一带，那里正搞开发……”

他是比较相信算命的，至少他相信算的百分之七十是可信的。

他马上说：“你怎么能走呢？我在四川寻找大师几十年，遇到了数十个大师，他们教了我一些手艺绝活，我还要传授给你啊，我不传给你难道还要让我带到土里去，永远失传？”

陈艺心里想，不传给我可以传给别人嘛，但没这样说出来，而是态度和蔼地说：“我去了又不是不回来？根据先生说的，说不定我一去就会找到钟月，就回来了。”

他有些语重心长地劝道：“陈艺，你不能就为一个女人而丢掉手艺这一生的大事。我可是差不多求艺、修炼、追寻了一辈子，才得来并不多的一点手艺绝活神功啊。来之不易啊，这应该是你来继承……”

陈艺想了下，有些无可奈何地说：“爹，你要理解。这走的可是我的妻子，也是在一起过了好些年的伴侣，怎么说丢就丢了呢？特别是她还带走了一个女儿，我怎么能忍心割舍呢？”

他一副严峻的面孔对着陈艺，开始沉默了，只有内心的一种深深的忧虑……

陈艺接着说：“爹，您就让我去找吧。我找到了马上就回来，还是陪着您做木工活，继续学艺……”

他深深地叹出长长的一口忧虑之气，无可奈何之气，有些严肃地说：“那你快去快回。”

就在第二天，陈艺就带着百多块钱出发了。

二十八　爷爷妈妈

他在玉米地里用双手撑着膝盖慢慢站起身子，伸一只手去捶一下腰，站直身子看西边一个山垭，他觉得那夕阳像一个远去的大师，正恋恋不舍地看着他……他就想起对老师父的承诺：去找道远……

他又锄了几下草，抬起头，这时山顶的夕阳不见了，就剩下周围的红晕，像不肯放下的思绪。

现在连木工活都干不成了，去寻找那位道远大师就更不可能了。孙子还小，才读小学三年级，只有他来照顾，又当妈又当爹，还当爷爷。整日为孙子做了早饭，又准备中饭，做了中饭又准备晚饭。孙子吃了去上学了，他要给孙子洗衣服，洗鞋子袜子。他还有更大更重要更累的活：要种田，田不能荒芜，荒芜了他就是个懒汉了，别人要笑话他：钟月一个女子也没让田地荒着……

特别还要种菜。他种了很多各种各样的菜。他要让孙子吃到丰富的蔬菜，吸收各种各样的元素、营养，长得聪明一些，将来考上重点大学，成为一个有大用的国家人才。他还要喂猪，这可是农村人的一件大事，不喂猪生活没有油水，没有主要营养，不吃肉，人整天都软软的。他要让孙子每天都吃到肉，不仅有营养，而且长得结实。

养猪也是一天到晚都要伺候。猪也要吃三顿饭，慢了，有点饿了，它就要吼叫，甚至打圈表示抗议。不管是晴天还是雨天，每天都要去田里打猪草，回来还要剁碎，还要推磨，将饲料苞谷磨成粉末。这年代农村里是还没粉碎机的。还要将饲草和着饲料一起煮。要煮，就要有柴火，还要上山砍柴……他完全代替了孙子妈妈钟月的整个劳动。他也就不可能还去干木工活。有人找他，他就推荐雷陈林或是其他师傅。他必须照顾孙子，现在这孙子是他唯一的寄托、唯一的最后希望了！

他也有一线安慰，肖叶对他们非常关爱与同情。经常挤时间来看望他们爷孙俩，还带些副食。走时，他也总要送她一些蔬菜。他每次上街，也总要给她带去一些蔬菜。杀猪了，总要送她一些肉。但肖叶决不让他吃亏，总是加倍奉还，除了给东西，给他和孙子做衣服裤子从不要钱。她常想，她们三姐妹，热热闹闹的几个家，现在也就剩下她和他了……加之他们也是青梅竹马，他俩内心里有一种相依为命的情谊。只是都已近黄昏，都有些无可奈何。

他几年爷爷爸爸妈妈当下来，孙子读初中了。他脸上有了笑容。他多想孙子马上长大啊！

夕阳远去了，他提着锄头回到院坝里，撑着膝盖在一把旧木椅上慢慢坐下。坐快了不行，关节痛，还可能摔倒。今天是星期六，他感觉快到七点钟了，就望着门口的路，孙子要回来了。不管什么年代，多大风雨，什么苦难，他总能记住每天是什么日子，阳历几月几号，阴历几月几日，并且能记住是星期几、什么时候、几点几十分（钟）。这是他自年轻在手工业合作社、在铁厂里就养成的习惯。多年来这也成为他的绝招。他像一本农历，记录着这世界的所有日子。人们不知道什么时辰、几点钟了，就问他，他都能说得准确无误，甚至能准确说出几十几分。他像一个时钟，时刻记录着这个世界的运转……都说他很神。其实不是，神是心神，心专就神。他是自少就把师父的教导刻在了心灵：学艺以及做任何事，眼到，手到，心到，神到，必成，必神……

天空疲劳得就要躺下来休息了，四处都在慢慢地闭上眼睛。这时孙子陈厦回家了。黄狗又去和陈厦亲热。

陈厦知道，回来早了，爷爷还在田里。爷爷为了照顾他，被拴在了家里，也舍不得玩的，田是他的伙伴。陈厦就在教室里复习了一会儿功课……

他看见孙子陈厦从门口走上来，非常兴奋。孙子是他身边唯一的亲人和伴了。虽然这时天快黑了，但一见到孙子他觉得一下子又亮了。其实他也是孙子身边唯一的亲人了。孙子妈妈离家出走杳无音信，爸爸一直在远处打工寻找……

陈厦还在门前坡下就大声地喊着：“爷爷！爷爷！”

他高兴地说道：“陈厦回来了！”

说着赶忙站起来向院坝边走去。陈厦也奔过来，一下子抱住了他，喊着“爷爷、爷爷”！他眼睛里就有一股热浪涌动……

接着他进屋去拿出那块烧好洗好煮好的腊肉，他要为孙子吃点肉补一下身子。孙子在中学里吃食堂，油水少，菜少，生活差。很快，他就像母亲一样，为孙子炒好了肉，蒸好了饭，还炒好了两个素菜。然后和孙子一起吃起来。黄狗也坐在桌边陪着爷孙俩。

他总是给陈厦拈肉，要陈厦多吃点。陈厦也给他拈，要爷爷多吃点，但他总是又拈给陈厦。他说："我不想吃肉。你多吃点吧，快快长大。"

陈厦就问："爷爷，爸爸去找妈妈，有信息了吗？"

他微笑地看着孙子，实实在在地说："还没有信息。"他不能对孙子撒谎。

陈厦说："爷爷您看，妈妈还会回来吗？"

他有些坚定地说："能回来的。她是看到家里困难，想出去打工挣点钱，她挣到了钱会回来的。在你考取好大学时，她就给你送钱回来了。"

陈厦充满忧虑地说："可是我听人说，我们这茅坪区走了好些女子，都走好久了，一直没有回来……"

他安慰地说："你也知道，你妈是个好人，她是会回来的。她不会忘了你的。"

陈厦说："爸爸能找到我妈妈吗？"

他并不哄孙子，实实在在地说："不一定能找到。这么大一个中国，你知道她在哪里打工吗？但要相信你妈妈，她挣到了钱是会回来的……"

"那明知没有把握的事，为什么还要寻找啊？像您，算是寻找了一辈子……"

"人不能没有目标呀，你每天往哪里走？有目标就要寻找。就是寻找不到，但你尽心了。心到神到，心怀有道，起码对得起这一生。许多事情，不需要问结果。"

"爷爷说得对，人生是要有目标。"

他安慰地说："世上无难事，就怕有心人。只要向着目标走，就有收获。这些你以后能够体会到的。"

他有些坚定地望着陈厦："你的目标就是努力读书，考取一个好大学，干出大事来。这样，你妈妈知道了会去找你的。”

陈厦说：“我会考取一个好大学的。”

他说：“还是要学建筑专业……”

孙子陈厦没有回答，对这专业好像不感兴趣。

他想引起孙子的注意和重视，同时很不安……

他显得郑重地说：“我一直想修建世界上最高的大厦，但一直没有如愿。就看你的了……”

陈厦好像想到了别处，说：“表哥钟海说，他将来要去造世界上最大的船——能保卫祖国的军舰，让那些侵略者不敢再来欺负我们。我也想……”

他记得，钟海满周岁时，他就亲手给钟海做了一个袖珍的小木船，特地给风帆上刻了四个字：扬帆远航，并将字染成了红色，非常醒目。他很为这小船得意。谁知钟海从此就喜欢上了船。因为这小船是木头的，后来玩厌了，就要爷爷钟潇打制了一个小铜船，一直玩着，没想到这船成了他的理想之航。

他又劝说了孙子一会儿，要孙子将来学建筑专业，建设世界上最高大的大厦，和表哥异曲同工，但孙子陈厦还是没有表态。

也就在这时，怎么也没有想到，雷陈林突然住进了医院！雷陈林可能是突发心脏病，幸运的是在街上，接着送进了县医院抢救……

但他成天孤守在家里，还不知道这个消息。石琳也不想去告诉他，打扰他的生活。她相信能够治好的。

二十九　她在哪里

陈艺铁了心要去找钟月。陈艺在走之前，专门去了在南方打工的人家里，了解了一些情况，就乘客车来到南方的深圳。深圳这时正值开发伊始，还很原始，还是一片建筑工地，不是城市。陈艺有许多老乡在这里打工。

陈艺下车一看，感觉一片茫然，愣愣的不知所措。陈艺想，多么令人惶恐的天地，上哪去找她呢？谁知她在哪里打工呢？这真有点像大海捞针啊。

陈艺找到了一个老乡，老乡收留了他。陈艺也向老乡说了自己的真事。老乡建议他还是边做事边打听。

陈艺在老乡的帮助下，很快找到了事做，也不是什么好事，在工地上扛水泥包子。虽然这是个苦活，但总算有事做了。这时南方还是原始资本带血的积累时期，每时每刻都在奉献血汗。每天干十二个小时以上，没有节假日，许多工程、工厂还要押上三个月的工资。陈艺还从没有干过这样的活。当一包水泥压在肩背上，压得身子弯弯的，陈艺便想起农村那犁田的弯弯犁头，想起那沉重的骆驼。这时陈艺就去想他的钟月，想她脸上是如何地漂亮，想她人是如何地好，就一下子有了力气，就看到了希望。

晚上收工吃了晚饭后，陈艺感到腰酸背痛，但没有马上躺在床上休息。这床不是什么床，是地面，在地上铺一床席子，就是床铺，倒上去就睡觉。陈艺走出去，一个一个工地走，边走边问，边走边看，看有没有他要找的钟月。不少人都笑陈艺，说你怎么连一个女人都管不住呢？有人也问，你妻子样子漂亮不？陈艺说长得漂亮。

有人就说："那漂亮，是不是被拐进了发廊哟。你还不能只是在工地找，还要去那些发廊找。"

但陈艺还是相信自己的妻子是纯正的，纯洁的，决不会去什么发廊里做那些见不得人的事。陈艺又想，钟月既然是悄悄走的，那就可能是被人拐走的，出了门，人在外身不由己，那也就可能被人操纵，就会做出不好的事。但陈艺最终还是相信钟月……

陈艺利用晚上去附近其他工地寻找，一个多月他跑遍周围十多公里地方。就这样寻找。后来陈艺又换一个新的工地，又利用晚上去周围一带寻找。陈艺在深圳一带打了一年多时间的工，基本上找遍了周围所有建筑工地，以及餐饮业，都没有找到一点儿线索。但他一直没去发廊寻找，他始终相信钟月不会变坏的。即使她去了这些地方，那也就没必要去找了。

陈艺开始怀疑那个算命先生。陈艺就又去找了一个算命先生，是个老者。请这老者算了一下，老者说的和原来那先生说的大相径庭，连方向都不同。

这老者说：“你要找的这个人去了你家的东方很远。”

陈艺就问：“那大概在哪个省呢？”

这老者就说：“其实不可能算准确在哪一个具体位置，给你说个具体位置，那也是骗你的。我算了一辈子命，不想说假话，能算出什么就说什么，不忽悠人，不蒙骗人。”

陈艺听了很感动，觉得这老者其实和自己父亲一个心境，实实在在做艺，诚诚恳恳说话，不骗人。

陈艺还是给这位老者说：“麻烦先生还帮我仔细算一下，大概在哪个省，我才好去找。”

这老者又问陈艺一些情况，然后算了一会儿，对陈艺说：“我只能算出一个大概方位，具体位置确实难以说准。她到底去了东方哪个地方，就要分析。她是个不一般的人，不会去一般的地方。她肯定是去好地方，东方哪个地方最好？这只能供参考。”

到底上哪儿去找呢？于是陈艺就想到，她本身就是美人，肯定是去最美的地方。于是决定去最美的地方找。通过了解，就去了东边的江原市。有人说，江原市是一个非常美丽的城市。

其实，他们根本没有想到，陈艺的媳妇钟月跟梅莉去的正是江原市。梅莉给她买了些衣服，整了头发，装饰了一下，连梅莉都吃惊了，钟月竟然是那样白白嫩嫩，秀丽迷人，完全像天仙一样美丽！加上她年纪还不到三十岁，一装饰只能看到十八岁，像个黄花闺女。梅莉就悄悄联系在江原市打拼的一个亲戚，办有一家较大的企业，叫华幸现代家具生产销售公司，已经是有点资产的老板了。这个老板叫韦友幸，刚刚四十岁，一个女儿虽然还小，但有保姆。他的妻子患病去世几年了，由于创业，还没有再找，别人介绍了几个本地的女子，都不漂亮，没同意。但韦老板一见到钟月就给迷住了！就要梅莉帮忙撮合，一定把媒做成，成了他有重谢。他们就带钟月一起去了杭州西湖、苏州等地游玩，然后就去韦老板家里看了，钟月的心就有想法了。她就觉得这辈子被陈艺害了，吃了那么多苦，太亏了，是应该改变一下了，在梅莉的极力撮合下，就和这个韦友幸老板结婚了。这老板为了感谢梅莉这个红媒，给了她一万元，这在当时可是很大一笔钱。相当于她卖两年盆，但对韦友幸老板来说，只是小菜一碟。

钟月就告别种田做家务的劳动了。做家务事有保姆，她的任务就是想穿什么就穿什么，想吃什么就吃什么，想到哪玩就到哪玩，她简直是高兴得不相信是真的，总以为这一切是在做梦。她也就忘记了老家的一切，忘记了丈夫陈艺，忘记了儿子陈厦。一个完全淳朴的人也就一下子变成了另一个人，也就像肖云一样，以前的一切都忘记了，失忆了一样。环境能够改变人，人也想改变环境。

但她是个有文化有想法的女子。而且她现在不叫钟月，她早已改了名字，叫金田。“金”是她父亲姓“钟”的半边，“田”是她母亲的姓，同时“金”也代表钱财，但这个“田”就不一定还代表乡土、乡情与淳朴了。

为了不让人发现真面目，钟月便配了一副眼镜，时刻戴上。她本来眼睛只是多少有点近视，可以不戴眼镜，但她配了一副眼镜。而且将耳朵下的那颗“福痣”取了，进行了一番美容。加上她的现代发型、口红、眼镜……这天差地别的变化，她想谁也认不出她是钟月，就是陈艺对面而来，也绝对不会认出她来，他绝不可能想到她是那个钟月！

很快，她要求做点事。她也是读了高中的，虽然是“文革”期间的高中，在这时的一般人中，算是高学历的，也算有文化的，因此她要求做财务工作。她也有心计，她要掌握经济大权。但不熟悉业务，就要韦友幸送她去培训，韦友幸就送她到财会培训中心学了两个月，然后就安排她在财务室工作了。不久她就成为公司财务总管。

不到一年，钟月就给韦友幸生下了一个儿子，像钟月一样，眉清目秀，聪颖灵性，简直像仙人宝宝。韦友幸高兴得都飘飘欲仙了。韦友幸原来只有一个女儿，有了儿子就有真正的继承人了！钟月当然更高兴，有了儿子，就有了未来，她就是太后。未来的老板是她儿子，她就是太上皇了……

现在，钟月已经是韦友幸的当家夫人，执掌财务大权。也是别有意味，钟月父亲钟潇一辈子敲敲打打，到头来还只能在一个小屋檐下敲敲打打，邋邋遢遢。而钟潇女儿钟月稍一挪动，就是大敲大打的现代家具生产企业老板了。这世界确实很有意思。

陈艺也来到了江原市。这确实与钟月走到一个方向来了，但江原市是很大的，管很多县，到哪里去找呢？在陈艺心里虽然也有钟月这个目标，但毫无路径。陈艺感觉一片茫然，疑惑。有路径的路好走，没有路径的路怎么走？就和他爹寻找道远大师和月儿一样。

陈艺想得很天真，江原市最美，那么钟月一定是在最美的地方，不是最美的地方，她不会去的。于是陈艺就在江原市郊一带建设工地打工，利用晚上和节假日去寻找她。

陈艺又寻找了一年，差不多找了所有施工的工地，包括餐饮业，还是不见钟月的踪影。他还是坚持不去发廊寻找，抑或在哪个发廊也没有意义。

世界上每天都在发生很多奇事、巧事。人间是充满传奇的。

这天陈艺看见一个家具生产公司扩大规模招工，工资还可以，他觉得很适合他，他本身就是做家具的好木匠，就去了。这家公司就是韦友幸的华幸公司。陈艺一表人才，还是高中毕业，还是木匠师傅，当然就进去了。不久他就成了技术骨干。这个厂通过扩大生产规模，现在已经是一家较大的现代家具生产企业，主要生产各类家具、办公桌椅柜子等。但用的不是那种真木材料，而是合成材料。也有人告诉他，这些材料用胶很多，对人体有很大伤害，怕产生病变。他没想这些，觉得工资还可以，比工地好，起码不晒太阳，就先做吧。他要多挣点钱，在江原市郊买房子，告别老家木屋，再发寻人启事，钟月就会来的。他想得很天真。

没想到妻子在这里成了企业老板，丈夫在她的企业里默默无闻地打工。真是世事难料啊。人情似纸张张薄，世事如棋局局新。待在井底与待在井上，是两块天地。

但他们是难以见面的。金田每天坐在远离车间的财务室，陈艺整天在一个车间埋头工作，财务室不是他能进去的。也许有一天，他们会相遇，但就算相遇，陈艺永远也认不出金田就是钟月，而金田就算看见陈艺，也永远不会相认。但愿这江原市也出一部《新白娘子传奇》!

坏事有时也确实会变成好事。钟月的出走，虽然给儿子陈厦带来了一段时期的忧伤与思念，但更是促进了他勤奋学习，立下大志。星期天也一个人在家认真复习功课，做作业。闷了就和黄狗玩耍一会儿。或到山路上去奔跑，可跑着跑着，陈厦就一下子爬到了高高的树上，黄狗就急得在树下直跺脚，嘴里唔唔唔地叫着，呆呆地望着树上的陈厦。每到黄昏来临时，陈厦就和黄狗去田里叫爷爷，说爷爷该休息了。他知道陈厦一定饿了，接着就收工回家，忙着为陈厦做晚饭吃。

后来陈厦上初中了，在学校寄宿，他就在白天又去给别人干木工活，晚上回家。陈厦每星期六上完课在傍晚才回家，他也就必须在星期六天黑之前赶回家，为陈厦做晚餐。就是再忙，星期天他也不去别处干木工活，而是在田里忙活，为陈厦做饭吃。他知道学校生活差，要为陈厦做点好吃的，同时陪着陈厦做功课。他心里最重要的就是孙子陈厦，心里时时牵挂着陈厦，这是他最大的安慰和希望寄托，这已经是他的一切。好像孙子成了他的奋斗目标。

孙子陈厦也在心里非常感激他——这位又当妈妈又当爸爸的爷爷。并且因为一件事情，陈厦对他更是崇拜了，觉得他是一个很神的人。其实不是这样，好多事情都有必然性。

一天星期六陈厦回家了。第二天星期天从上午就开始下大雨，很快茅草河的水就漫堤了。他对陈厦充满忧虑地说："下这么大的雨，我就担心白马中学的房子出事……"他接着说了那房子修建的情况。

陈厦说："那你应该给教育站反映呀！"

他说："岂止教育站，当时教委尤跃都在场，我认真地说了的。"

大雨一直不停，傍晚他冒雨送陈厦去了学校。他查看了学校房屋情况，觉得问题不大，但他担心白马中学的房子，心里总感觉要出什么事的。他急急地来到教育站，对老勾说了他的担心，要教育站马上给白马中学打电话，让学生们赶快撤离……老勾感激地说了一句："谢谢老师傅。"

他就站在旁边等着老勾打电话。老勾就给柯校长打了电话。

这天晚上雨一直没停，而且下得更大更急！他一夜没有睡着。他想白马中学的学生撤离了没有呢？

第二天上午仍然下着雨，他正在做早饭，陈厦就回来了。

他疑惑地问："怎么回来了？"

陈厦脸色沉重地说："白马中学房子垮塌了。学校叫我们也回家，等候通知。"

他听了一脸痛苦，像是喉咙里哽住了，什么也说不出。

陈厦又说："爷爷的感觉真是神了，如果不是爷爷及时催促教育站打电话，让学生撤离，那就惨了！"

也就在这时，白马中学柯校长赶来了，进屋就给他弯腰敬了一个礼，流着眼泪说："感谢陈师傅！是你救了我们几百学生……"接着就什么也说不出了，只一个劲地流着眼泪……

接着，小甫和工程承包人被逮捕。

三十　被迫转移

雷陈林的妻子石琳虽没文化，但是很有头脑，一双丹凤眼随时闪现着灵气。她觉得靠卖几个粑粑发不了财，一直要雷陈林将一楼整修成两间大门面，卖服装，人住楼上。将后面的两大间猪圈茅厕填土整修一番，就做灶屋和火坑屋。但雷陈林一直不答应。

雷陈林知道，这样就意味着要改行经商，见利忘艺、忘义。这可对不起师父大叔他老人家，对不起自己的祖宗，他的祖宗是木匠世家。自己也是为了学艺才离开父母亲到这里来的。为学艺，父母亲临终也没能见上一面。特别是没有生意本钱。自己上次住院治疗，病是治好了，人也恢复了，但木业社分的五千块钱全部用了，还欠了一些账。

石琳蹙着一双丹凤眼眉说："我俩结婚好几年没生小娃，那时我们多么盼望有个小娃呀。后来有了小娃，多高兴啊。现在两个小娃都长得好，读书都很好，是两个好苗子。可是，现在读大学要收费，而且很贵，就凭你干点木工活，能供两个娃娃读大学吗，不可能！你就改行，我们开个服装店吧……"

雷陈林怎么也不表态。

石琳流着泪，伤心地说："我没读过书，是个睁眼瞎。可两个小娃读书都很好，我就想，一定要让他们把书读好，考上大学，读到哪里，送到哪里，将来到外面去为国家做大事。"

雷陈林安慰她说："我跟了师父，师父也对我很好，把我当儿子看待的，我不能背叛他老人家，必须守着这手艺，陪着他做木工活。人一生，信义为大，不能丢啊。"

她说："这不是信义不信义的问题。人只要走正道就行。你挣了钱，对他好一点，多关心一点，让他吃好、穿好，就行，与你干什么有什么关系呢？"

雷陈林又为难地说："我家是木匠世家，我也不能背叛祖宗啊。"

石琳生气地说："那我问你，怎样才是对得起祖宗？你守着落后的手艺，挣不了钱，子孙不能成才，就对得起祖宗吗？子孙能成大才，能为国家做大事，祖宗就不高兴吗？"

雷陈林还是没有表态，没说同意石琳的意见，但也没说反对的意见。

不久，雷陈林的儿子陈垒考上了大学，而且是国家重点大学——中国建筑大学，地址在有名的北京市，同时女儿陈雷也考取了县重点高中。一看通知上惊人的学费、住宿费、生活费等费用，天呢，这哪是平常人家上得起的学校呢？可急坏了雷陈林夫妇！

他们四处借钱。可是别人一看他们两间破旧的木屋，家里什么也没有，两个小娃读书，不知要欠好多账。哪怕是亲友，有钱也都没借，怕他们没的还。最后找到信用社贷款，信用社也不答应，七说八说同意贷，但年底必须还清。学生上学在即，没法，先让他们上学了再说。就去信用社贷了款，勉强凑齐两兄妹的学费，都按时去上了学。可这贷款却是压得他们整天都喘不过气来。但雷陈林没让师父知道借钱的事。

虽然分田单干了，但农村除了收点粮食其他什么经济来源也没有。一般农村家庭实在无法负担两个这样的学生读书。原来虽然困难，但读书家长不愁，学校不收费，还有助学金，读大学还有生活费。

这时石琳整天在家里流着泪，饭也吃不下了，人也瘦了。好些人就劝说雷陈林，赶快改行做生意吧。你这样的地理位置，可以说是黄金地带，隔壁都做生意赚大钱了，修建新房了，你怎么眼睛就看不见？

石琳也哭着说："学生要吃饭活命……"

这天，他们的儿子陈垒又来信了，要他们想法给他寄点钱去，他好久就是每顿只吃一个馒头……

女儿陈雷也来信说，给她寄点钱去，她好久就是一顿只吃一个馒头……

雷陈林把信念了，石琳听了就十分伤心地哭着，像是死了什么重要亲人似的痛哭。雷陈林劝说了半天，她才止住哭泣。接着她又要雷陈林改行卖服装。

这次雷陈林就没有多说什么，同意了妻子的主意。

但雷陈林又说："我还是要先去给师父说一下，争取师父的理解支持。”

石琳就说：“这事，只有这样。不然两个学生就只有回家，那就要让人们耻笑，让儿女们骂你一辈子！那就是真的对不起祖宗。”

雷陈林就准备去师父他家。石琳说：“我跟你一起去。我也帮着说说，他老人家是个好人，是能够理解的。”

雷陈林同意了石琳跟着去。雷陈林就是担心师父他不会同意。雷陈林也知道，陈艺走了好久没有回来。虽然陈艺来信了，但说的是在打工，比在家里做木工活要强得多，能挣到钱。师父也想得有些通了，人，肯定是各有其道。只是师父担心他的艺传给谁呢？他就对雷陈林说：“只有靠你雷陈林了，你一定要坚持。”

雷陈林和石琳来到师父他家时，天早就黑了，像蒙上了厚厚的被子睡觉了。

他家没有动静，只有一只黄狗睡在大门口。远远地黄狗就去亲热雷陈林夫妇。

雷陈林走近一看，大门是锁着的，就知道师父他老人家还没有回来。

雷陈林等了好久他才回来。雷陈林亲热地迎上去扶着他，关切地说：“师父怎么这么晚了才回来？”

他看见是雷陈林，感到十分高兴，好像冬天里遇到了一把火，身上的血一下子热了起来。

他激动地说：“是陈林和石琳啊，让你们久等了。快进屋去坐吧。”

他说着去打开门上的锁。咯——喔——啦——门像是高兴地唱着歌儿一样开了，进门后摸到一根吊着的线，一拉，电灯亮了。

电灯一亮，心情也一下亮了。

雷陈林高兴地说：“师父把电灯搞亮了，太好了。”

他说：“大家集资买线架的，我一家就出了二百多块，要挣大半年。许多人户都是贷的款，等下年卖了猪还贷款。”

雷陈林又关心地问：“陈艺是不是找到媳妇了，两口子在那边打工，有钱挣，就不回来了哟？”

他叹口气说："我估计，陈艺还没有找到钟月……"

雷陈林安慰地说："师父您就不要忧心，不管他们回不回来，您的一切都由我们负责……"

这时石琳已是急得连脸都红红的了，偏偏雷陈林总是不提起大事。

石琳就望着他说："大叔，我们要和您商量个重要事情……"

她说着眼里已是泪水汪汪的，像是说不下去了。这让他一惊，他就说："你说吧，不管什么事，只要我能帮得到的，我怎么也要帮你们。"

石琳就抹了一把泪水，声音低沉地说："大叔，已经一个月没给陈垒寄生活费了，几天前来信说，每顿饭就吃一个馒头……还有在县城读高中的女儿陈雷也是一样，每顿就吃一个馒头……"

他说："陈林和你挣的钱呢？"

石琳抢着说："还了贷款。贷款时定的就是分月偿还，才给我们贷。"

他有些惊讶地说："怎么没找我？唉，你们也真是！"

石琳继续说着："现在硬是没有办法了。眼看只有让他们回来，不读书了。但这样我们就要受人耻笑一辈子，娃儿们也要骂我们一辈子。他们今天又来信了……"说到这里就忍不住哭起来，从衣袋里掏出两封信递给他。

他拿到电灯下，认真看了信，那脸色一下子像是变成了雪地里的石头，沉重严峻，眼眶里一下子流出了老泪。

他愣了一会儿才说出话："怎么也不能让他们回来！他们读了书，我们就有希望了……"

石琳哭着说："可是哪有钱给他们寄生活费啊……"

他这时就想到银行存的钱，木业社散伙分的五千加干工程的钱，一起存了六千块。零头去交了"三提五统"的上交款项，这是国家规定的应交款项。都说他是个有觉悟、思想好的人，每年他都是第一个头着交齐。

他进房间里去了下，出来拿着一个蓝色小布包儿，打开，将一沓拾元的钞票递给她，说：“先拿去给学生寄去。绝对不能让孩子挨饿啊，否则我们就有罪了！”

石琳用手推过去：“大叔，我们怎么也下不得心拿您的钱……同时，这不是解决问题的好办法。”

他坚决地说：“这不是你的事，这是小娃儿读书的大事！快拿去。”说着又塞进雷陈林的手里。

但石琳怎么也不答应，将钱拿了强行塞进他的手中，他不接，她就放到了桌上。

石琳严肃地说：“大叔，您听我说一下想法……”

她就向他说了开服装店的事，又说：“但我也知道，几十年来，雷陈林就跟着您，您认真教他手艺，把他当亲生后人看待，也是您的伴，是您的依靠。所以我们总是不忍心离开您，改行去做别的……”她说着就哭起来。

雷陈林就拍一下她的肩头：“你哭什么嘛。”

她颤抖的声音说：“请大叔支持我们……我也相信，他们把书读好了，我们都有希望了。也一定能够报答您的……”

他极力忍住一种什么，感到喉咙里总是哽住，像是说不出话来，但终于说出话来：“就按你们的想法办吧。先把小儿培养出来，这是最大的事。我一天也就在想着孙子呢。还有，陈林也是心脏开刀了的，身体也不能干重活了。”

“大叔……”她忽地跑过去，抱着他，伤心地哭起来，紧紧地抱住他，像是撕心裂肺地喊着，“大叔……您永远是我的恩人……”

他眼里的泪水流下来，滴到了她的肩膀上。他忽然想起那时背着她去找医生的情景。他将石琳扶到椅子上坐好。

他忍住一种痛苦，安慰地说：“石琳，别哭了，快坐好。要相信我们会渡过难关的。但你们也要答应我这件事：明天早上就把这钱给两个小娃儿分别寄去，一人五十元！”

说着又把钱塞进雷陈林手中：“就当作借总行吧！你们卖了服装，

再还嘛。怎么把事情看得那么呆板呢？”

雷陈林拿了钱，说：“谢谢师父，我明天早上就去寄。”

他又望着雷陈林说：“那你明天就抓紧整门面吧。”

“师父……”雷陈林忍了半天的泪水到底流了出来。

他又想到一个问题：卖服装的本钱怎么办？光有房子门面还不行啊。心里忧虑着。

……

第二天清早，他就背了几宗木匠工具，迈着疼痛的腿脚，去了雷陈林家。

进门他就关心地说：“陈林，我也来帮你突击一下，把门面快点整好，好早点开业。”

他估计街上银行开门了。他对雷陈林说：“我去街上一下。”

雷陈林说：“我也去给学生把钱寄去，谢谢大叔救急啊。”

他神情凝重地说：“应该的。”说着就都往外走去。

石琳说：“都快点回来吃早餐。”一共存的六千块钱都取了。这包括木业社散伙分的五千，他拿起这沓钱，感觉是拿的一块铁，是拿的他的心，他的眼泪就止不住滚了出来，滴到手中的钱上。这么多年来，许多急事，他都没有动用这个钱。他想一直存着这个纪念。可眼下，必须要救一救雷陈林，让他们做本钱，做点生意赚点钱，把孩子培养出来。这也是正道。

他回到雷陈林店里，眼睛还很是湿润，他用衣袖使劲擦干了泪水，装作没事的，不然怕雷陈林疑惑。他摸了摸脸，一时间笑容满面地走进屋里。这时雷陈林已经回来了。

他笑着对雷陈林说：“给你说个事。”

这时石琳端来两碗面条：“快吃面条吧，泡久了不好吃。”

他没去管面条，仍然笑着，从衣袋里掏出取的六千块钱，递到雷陈林手里，笑着说：“拿着，用五千做生意本钱卖服装。另外去信用社把那笔贷款还了，他们的息钱很贵呀……”

雷陈林又要说什么，他严肃地说：“你我之间，什么也不说了，快吃面条！吃了面条我们抓紧整门面，争取早点开业。”

雷陈林抹了两把眼泪，什么也说不出。石琳从厨房里走出来说：“天呢，怎么感您的恩啊……”说着就哭起来。

他严厉地说：“这是好事，哭什么呀！”

三十一　艰难一步

这个春天带着五颜六色的笑容走来了。雷陈林转行经营服装店，由于位置属于黄金地带，加上经营得好，生意也极好。雷陈林和石琳脸上也有了笑容。

由于石琳主要卖服装，雷陈林除了去进服装，一有空就看起书来。石琳不识字，也不知雷陈林看的些什么书。但她知道，看书也不是坏事，没有理睬他看书。后来她知道了，雷陈林看的是建筑方面的书。雷陈林读过几年私塾，有文化。石琳就说，你做生意就做生意，看这么些书做什么？她就想，这个雷陈林的心还是不死，还是没有放在服装生意上，还是在想他的房屋建筑，于是也产生了一些矛盾。但石琳要靠雷陈林进货，也不敢怎么他。他就仍然看着书。

几年下来服装生意赚了很多钱。不仅还了师父借给的六千块钱，还结余不少。雷陈林几年的看书学习，也是收获很多，掌握了大量建筑方面的知识。这时雷陈林便又想到了一个新的点子……也许叫回归。

这晚上雷陈林又来到他家，还给他带了几斤好鲜肉，五斤苞谷酒。这时他也在家，孙子陈厦正在做作业。

雷陈林说：“给师父说，我还是想回归本行。我想下城去承包工程，还是修建房屋。要致富，搞项目，要金银，找工程。我要把匠人们重新组织起来，带到城里去建房子……”

他带有鼓励地说：“进城包工程，是我们开始就一直努力的事情，但那时没有本钱，没有经验，没办资质，最后都算是失败了。你还有这个理想，不放弃，好样的！我坚决支持你，但我这支持也只有一句话，是个空的。”

雷陈林感激地说：“不，您的一句话，就是我的精神支撑，我就有底气了，思想就坚定了。”

但雷陈林回去商量石琳时，石琳却不支持。她认为刚刚把生意搞起来，赚了点钱，又要将赚的钱拿去搞没有把握的事，如果搞亏了，那又要从头再来，说不定还要欠一身账，人能折腾几下？她还说她不会去进货，不会算账。其实这几年她已经学会了用计算器算账。进货带她去一次也就熟悉了，今后就和田月婶一起去进货，田月精明得很。其实根本的实质是她不想他进城，怕搞亏了，还怕他在城里花搞，把她和家甩了。她是个本分人。

雷陈林就给她做了耐心细致的工作，最后说：“男人不能就卖几件服装，应该干大事，师父也同意了，师父是料事如神的人。”

她吃惊地问：“师父同意了？”

雷陈林说：“师父说坚决支持，我还会说谎？”

她默想了一会儿，一本正经地说：“那你买个摩托，晚上要回家过夜。”

雷陈林看出她的心思，就说：“干脆，你也和我一起下城，在城里租个店卖……”

她显得坚定地说：“不。我的熟人都在这一带，都相信我，做生意主要是做熟人，万一你在城里搞不好，也还有个退路。”

雷陈林思考着说：“我依你说的。”

石琳充满忧心地说：“到城里去了可不要花搞。”

雷陈林说：“你想哪里去了，我是那种人吗？这多年了，你又不是不了解。现在老都老了。”

她说：“你要是花搞了，我就给两个小儿讲，从此都不认你。”

雷陈林就向她保证。虽是这样，她知道人都是会变化的，因此她充满忧心。

雷陈林很快去了县城，他了解了一番，现在要承包工程，要有资质，必须是建筑队，或者建筑公司才能承包，个人不能承包工程。目前县城有两个国营建筑公司，一个是县建筑公司，一个是县城建公司，另外还有几个私人建筑队，还有两个四川来的建筑队。竞争已经有些激烈了。但也有一个机会，因为县建筑公司和城建公司是国营，没有私人的公司灵活，有明显的优势。

于是雷陈林回到茅坪，迅速联络了十个瓦工师傅、六个木工师傅，筹备成立建筑公司。雷陈林想，要干就干大的。然后就去了他家，给师父汇报情况和想法。

雷陈林说："这次，我想请师父出山，借助您的威望，请您为我们当这个董事长，我只当经理，具体做事……"

他有些坚定地说："搞建设，我是当然要支持你的，这是我们的老本行。但是，我不会具体参加，更不任什么董事长，因为我要带孙子，我的真正希望寄托在陈厦的身上。再者我年纪也大了，修建现代的房子，我也做不了什么事情。"

雷陈林说："我不要您做什么事，您就给我掌舵，坐镇，把关。做事有我。"

他决心已定，他的主要任务是照顾、培养孙子陈厦，这是他最大的任务和目标。其他什么事也不会做，就守护着这棵树苗。

因此他还是坚定地说："你成立公司我坚决支持，但我不能参加，也不任职。这事我要给你说明白，有什么事可以帮忙。"

雷陈林就只好说："那，在办理手续时，我请您帮我出个面，您是有威望和资格的，都相信……"

他非常干脆地说："帮忙的事，我一定尽全力。"又说，"这事，首先要争取区里领导的支持……"

两人就去了区公所，找到年轻的杜书记。杜书记知道父亲和他的关系，加上他的声望，对他还是买账的，很热情地接待了他们。

他对杜书记说："各种合作社垮了，目前整个区还没有一个建筑队，都是散兵游勇，我们想，还是应该把匠人们重新组织起来，建立一个专门从事建筑的公司。想请杜书记支持。”

杜书记比较爽快地说：“把匠人们组织起来，成立自己的建筑公司，从事建设活动，这是个好事，我们区里肯定支持。”

他就接话说：“感谢杜书记支持！我想麻烦杜书记给办公室说一下，搞一个报告形式，便于我们去县城建局办营业执照。”

杜书记就对雷陈林说：“为了去县里有关局里好办手续，我建议，这公司一定要让陈师傅任董事长。响当当的名字，别人一看，很快就会办好手续。”

雷陈林就有些愁地说：“师父就是不肯任这个职……”

他就解释说：“我在带孙子，又当爷爷，又当爸爸，又当妈妈……”

杜书记就说：“您挂个名字，对公司有多方面的好处，别人知道有您掌舵，根本不怀疑技术资质，也就容易包到工程了。我也主要是想你们把这个公司办好，并取得成效，这也是我们区的一大成果，更是全区的骄傲。”

雷陈林又说：“请师父帮个忙，把我还带一下，送一程……”

他就实在不好推辞了，也就默认了。但他强调一句话：“我不可能去参加做事，实际上就是你雷陈林负责，你就一定要搞好，不准搞坏，万一出了问题，都是你雷陈林完全负责。”

他又说一句：“再就是，我首先言过，不管你们赚多少钱，我不要一分！”

杜书记就赞赏道：“陈师傅真是高风亮节。”

杜书记就给办公室说了，办公室主任就问：“公司叫什么名字？”

雷陈林就尊敬地说：“公司这名字，一定要请师父来取。”

他想了一会儿说：“就叫‘大厦建筑公司’，怎样？”

雷陈林听了高兴地说：“这名字好啊，大气，专业，有内涵。”

他显得谦虚地说：“你不要迷信我，自己也要开动脑筋想想，一旦名字定下来了，就要管一辈子，可不是开玩笑的。”

最后和办公室一起确定了“大厦建筑公司”这个名字。办公室就拟了一个文本，盖上了区政府的公章，交给了雷陈林。

雷陈林又整理了个资料，附了匠人名单，基本情况。名单上第一个当然是师父他的名字。然后就和他乘车来到茅州县城，找到城建局局长办公室。局长姓黎。雷陈林将区政府的报告和整个资料交给局长，请他审批。

雷陈林对黎局长说："局长应该相信我们的资质。"说着指一下旁边的他，"他是我师父，名叫陈杰汉，是闻名川湖一带的大师，是修建县城标志工程大礼堂、人民医院、县委大院的掌墨师，还有著名的冯家大院就是他亲自掌墨修建的……"

接着又拿一份名单，这是其他木工师傅、瓦工师傅的资料，都是从事了多年的响当当的名师……

黎局长觉得这确实是些有资质的技术人员，当即叫了有关股室，对他和雷陈林进行了介绍，一起进行了审核，通过了。顺利办理了公司资质证件。接着又到工商部门办理了注册手续，办了营业执照。

雷陈林便成为最先组建建筑公司进城从事建设的。但他并不以为自己是什么经理，要摆什么位，而是实实在在地干活做事，而且晚上仍然坚持看书学习。这当然与他淳朴实在的性格和一贯好学的精神分不开。

雷陈林了解到，有好几个局准备修建职工宿舍和办公楼一体的综合楼，总金额各在三十万至五十万之间，资金是省厅给一部分，县里配套一部分。

但是首先建筑老板必须得拿出前期投入，购各种材料，包括各种关系的处理，最多工人的工资可以稍微等一下，待工程结算后再付，并且工程结束也要等到验收，才能最后结清账目。

雷陈林想将卖服装赚的钱作本钱，做工程投入。没想到石琳决不答应，像是要哭地说："我辛辛苦苦挣几个钱，你又拿去打水漂？"

雷陈林最后就说作借，并且付给利息。石琳还是不答应。雷陈林就去请他来帮忙做工作。石琳心想，自己的命都是他们救的，也就答应了。就通过他做证人，打了借条，借了所有存下的四万块钱。

交通局有一个三十万的工程，是一栋综合楼，半边为办公室，半边为宿舍。这时的住房还不要职工购买，是无偿分配给职工住的，属于社会主义性质。这工程有几家公司找到局长，其中就有国营的县建筑公司、城建公司，还有三个私人建筑队，一个是长坝区的，一个是茅州镇的，一个是隔壁四川的。也可以说都在争这个工程。

交通局原来的局长调到县政府任了副职。经过纪律监察联合调查，鲁力确实没有受贿问题，他做了很多工程，除弯河大桥出了点曲折，其他都没任何问题，工作兢兢业业，有着一种老工匠的精神，很有成果，就任了交通局的局长。

雷陈林找到交通局鲁力。雷陈林知道师父和章石匠没有包到大桥工程，这次他这徒弟又来承包综合楼工程，这不是自找没趣吗？雷陈林想起师父说的，鲁力其实是个正派人，那次包工程的事不怪鲁力，就大胆地去找到鲁力。雷陈林自我介绍说，县城大礼堂等标志建筑是陈师傅带他们一起修建的，又拿出资质证件给鲁力看……

鲁力马上站起来热情地握着雷陈林的手说："你是陈师傅的徒弟！陈师傅和我可是老朋友了……"

雷陈林坦荡地说："是的。我叫雷陈林，也是陈师傅的侄儿，我从解放前就跟着师父学艺，并且参加修建了县城大礼堂等重要工程……"

鲁力长叹一声说："唉，对不起你师父啊，那个大桥工程他们没有承包到，当时投票，我也没法。后来你师父却帮了我们的大忙……"

鲁局长看着雷陈林，觉得他这人诚恳朴实、正派，是极为稳当可靠的人，而且资质过硬，就慷慨地说："没说的，交通局这个综合楼工程给你和你师父了！我受处分也给了！"

然后通过局领导班子和工程股一起研究，鲁力做了介绍，并讲了陈师傅给大桥工程帮了大忙，通过集体讨论，最后都同意，将工程给了他和雷陈林的大厦建筑公司。

雷陈林就用石琳赚的钱做本钱，很快买了简单的混凝土搅拌机，去赊了材料，热热闹闹地开工了。这是一栋砖砌加圈梁、预制楼板的工程，只有四层，门窗都是木头刷漆。其实大厦建筑公司的大多数人员都是参加修建过县大礼堂等工程的师傅，修建这么一栋综合楼，确实绰绰有余。

鲁力对雷陈林说：“工程给了你们，我就要求一条：千万把工程质量搞好。工程完工后通过验收，才会给你们结账的。”

雷陈林满脸质朴的感动，异常坚定地说：“谢谢你！我负责质量一流！”

局里内部也有人对鲁力有怀疑，为什么国营的老牌子县建筑公司、城建公司没有包到工程，而是乡巴佬包到了工程？鲁力肯定受贿了。这阵子抓到钱就是老大，腐败现象也确实有了。于是就有三人联名暗里写材料反映到了检察院反贪局。

检察院反贪局领导觉得反映得确实有道理。为什么两家国营的建筑公司没有包到工程，而乡下来的人包到了工程呢？于是马上把鲁力叫去，要他待在反贪局写检查。

鲁力坦诚地说：“我是同情农民，想照顾进城的农民工匠啊。我祖祖辈辈都是农民，我本身就是石匠出身，是党培养了我，不然我还是石匠。我决不会忘本。如果查出一分钱的问题，我自己去坐牢。”

反贪局同时把雷陈林也带去了，要他交代问题。但雷陈林坚决地说：“我没有任何问题需要交代。我是凭资质包到工程的，我们公司的董事长、我的师父是闻名川鄂一带的名师，是修建县里标志工程大礼堂、人民医院、县委大院的掌墨师，我们公司大部分师傅都参加了这几个工程。他们那些公司有这样的大师吗？局里是看好我们的技术资质，同时想到我们是农民工匠，同情我们农民，要支持一下我们农民工匠，才把工程给我们的。”

审讯的人就严肃地说：“有人反映你们行贿了！坦白从宽，抗拒从严。你如果不交代，查出来就要坐牢！”

雷陈林诚实地说：“我一个刚刚进城的农民，有钱去行贿吗？你们想想吧。如果查出一分钱违法，我主动去坐牢！”

没有证据的事，就是省检察院也是无能为力的。鲁力和雷陈林在反贪局待了两天两夜，最后都回去了。但一时间风声却是很大的，满城都是。

很快，局里就给雷陈林拨付了一笔工程款：十万。雷陈林去结了部分赊购的材料款，然后去做了一件大事——花六千块钱买了一栋陈旧的木房子，准备稍微装饰一下，挂起公司的牌子。

接着雷陈林去茅坡找到他，高兴地说："请师父给我帮个大忙。"

他感到有些惊异地问："帮什么忙呀？"

雷陈林正经地说："请师父去看看我们的公司……"

当即他和雷陈林来到县城，来到买的房子面前。这是一栋破旧的老式木屋，好多年没住人了，两边屋旁厢有厕所、灶屋，前面还有一个院坝，场子还是不小。雷陈林将木屋当面一方认真刨了一层，刨不到的地方就刮去一层，用红油漆粉刷得红红亮亮的，又是那样古老朴素而厚重，一下子旧貌变新颜。这对他来说，当然是一种惊喜了。他就喜欢这样古色古香的房屋，红色其实也代表了许多人的嗜好和追求。

接着雷陈林将公司的所有人员找来，请他挂牌，举行隆重的公司挂牌仪式。他双手拿着一块白底黑字的大牌子。他脸上的笑容有些沉重。他看着眼下这块"大厦建筑公司"的牌子，不禁想起了五十年代初，给木业生产合作社挂牌子的情景，又想起几年前在这城里承包工程的事、黑老板卖假烟假酒坑害他们的事，一时间眼眶就热了，两颗大大的泪珠就滚下了苍老的脸颊……

雷陈林大声地说："请闻名川鄂的大师陈师傅为公司挂牌！"

顿时响起热烈的鞭炮声，人们都欢呼着。他郑重地拿起好像很是沉重的大牌子，缓缓爬上木梯，庄重地举起，在大门边挂上了"大厦建筑公司"这块大牌。走下木梯，他站在大门前面，久久地望着这白亮而厚重的大牌子。他看不清字，因为他的眼眶早已被泪水模糊……

他擦了下眼睛，就像擦掉天空一片云翳一样，认真地看着。他马上又感到一种寒酸，一个现代的公司牌子，挂在一个古旧的老木屋大门上，感到似乎很是别扭，就像一位老人背着一个儿童书包在大街上走着。

接着雷陈林去办第二件大事，去进攻又一个工程，也是一栋综合楼。这是一个四十万的工程，因为是一个大单位，内设机构很多，职工人数也多。

哪知还没等雷陈林去进攻这个局，这个局的局长就找上了雷陈林！真让人想不到。

这个局长姓窦，名叫窦钢，是河北人，个子高大，总是一脸威严，像个严厉的将军。基本上没有看见他笑过，而且使人感到有一种杀气，谁都害怕。所以人们也戏称他“窦老虎”。窦钢是个老资格的，十六岁就参加八路军，解放茅州县城时他已是好几年的连长，而且是有名的“钢铁连”连长。解放县城不久就是公安局局长，后来是卫生局局长，后来又是劳动局局长，现在还是一个局长——农林水局局长。这是一个大局，人员复杂，工作繁杂，好多人在这个局当局长都是挨了骂走的。县领导认为只有窦老虎去可能镇得住，因为他本身就是敢骂人的，天不怕地不怕的，而且资格老，便把他派去当了局长。他现在离六十岁也不远了。这时的职务是任到退休。窦钢哪怕只是个局长，但在全县享有很高威望，连县委政府领导，包括其他的科局长，都畏惧三分，工作比骆铁匠还铁匠。不少人也知道，他是骆铁匠的老上级，骆铁匠的排长都是他提的。

窦钢的关系也是广的，省里一个副职领导，两个厅级领导，是他在部队的上级，还有不少他的战友。窦钢因是放牛娃出身，没有文化，所以没有当上大官。也因为他性格刚直，胆大，敢顶领导，敢拒不执行领导决定，还敢骂人。上届书记县长他都在会上顶过多次，一般他都是正确的，他讲求实际，而且本身作风过硬，所以都在乎他，敬畏他。大多数人还是惧怕正道的。除了骆铁匠，再就是这个窦老虎，但相比之下，窦老虎又明显地带有一种武官的风貌，好像时刻要动杀戒的。

事情当然有因。骆铁匠局长知道了窦钢单位要修建综合大楼，就给窦钢专门打了电话：看在老战友的分上，这个工程一定要承包给大厦公司，他们是农民工匠，很不容易，但资质过硬。接着就介绍这是掌墨修建城里大礼堂等几大标志工程的陈师傅挂帅的公司……窦钢早就知道大礼堂是陈师傅掌墨修建的，当然对他们有着非常的好感，哪怕还没见面，已是敬仰三分。因此就很想去大厦公司见见这几位大师级人物。

窦钢来到雷陈林的公司，恰遇雷陈林正在公司办公室。两人互相简单寒暄、介绍一番后坐下。雷陈林给窦钢泡了一杯茶。窦钢也还平易，端着杯子就喝。这时还是玻璃杯。

窦钢就问："陈大师呢？"

雷陈林说："师父家里有事，回去了。"实际上他是在家带孙子，只在重要时刻来一下。

窦钢的脸上虽威严，但也平静，对雷陈林说："你们从乡下进入城里，能立住脚，不容易啊。我老家河北，出身农民，给地主放牛、做长工挨过不少打，后来我把地主打了，去投奔了八路军。这世界上，农民最不容易！"

雷陈林只感到这话说到他心里去了，眼眶热热的了，非常感激地说："谢谢窦局长！还要窦局长多多支持、关照！"

窦钢也随便地说："我同情农民，更同情农民企业。有什么帮得到的肯定要帮。"

雷陈林感激地说："真是太感谢您了！那就托窦局长的福了。"

窦钢就说："你们要感谢粮食局的那个铁匠局长，是他向我介绍的你们，并且要我把综合大楼工程一定要给你们，像下命令的，其实我是他的上级呢。我也早就知道修建大礼堂的陈师傅，只是没见过面。我们单位确实有一个工程，省里给的款子都到位了，县里的配套资金县长也答应了，马上可以到位。我就把这个工程交给我们的农民工匠大师来建造吧，也希望建设成当年大礼堂一样的标志工程。我不管走到哪里，或是处理什么事情，我都是照顾农民，为农民说话的。农民最苦嘛。现在我是农林水局局长，又姓'农'了，那就更要照顾农民企业了。"

几句话说得雷陈林浑身都热腾腾的了，心恨不得扑到窦钢身上去。他很少听到干部说这种话啊。

最后窦钢离开时，雷陈林把窦钢送到门口，雷陈林就要请窦钢去馆子里吃饭，窦钢马上抬手制止：“我从来不吃请。全城都知道我的性格脾气。骆铁匠是个铁脾气，我是个钢脾气。我也不抽烟，但可以喝一点酒。”

然后又说：“我看好陈师傅和你这个人，今晚上我请你到我家去吃饭。我不喜欢进馆子。六点钟，你一定去。要是能联系陈师傅也去，那就太好了。”

雷陈林答应说：“我肯定来，但师父来不了。”

窦钢说：“那我就等着。”说完就以军人的步伐走了，雷陈林看着那个背影。那背影十分高大魁梧，有点令人望而生畏。

雷陈林就认真想这今晚的赴宴。他必须要认真准备一下，他知道，这不光是去吃饭的事情，他要包到那四十万的工程，先还是要准备一个红包作为见面礼，也才好意思。他去取了两万元，用红纸包好了。他懂得，一个有情，二个要有义，人要知道好歹。如今没有这个硬东西，办事是很难的。

五点半钟，雷陈林就提着一个黑色皮包出发了。他没有买烟酒，他害怕黑老板卖假烟假酒。

窦钢住在一栋旧房子里。这是一栋六十年代的石木结构房子，只有两层。窦钢住在一楼的巷道头上。这巷道两头都没有门，只有窗户，房子中间才是宽宽的大门。窦钢只有两间小小的房子，原来是三个孩子挤在一间房里，现在有两个孩子早在省城里参加工作了，剩下一个孩子住一间，马上要结婚了，也就这一间房。这如今都是这样的，领导和职工都只有一个单间，最多十几平方米，能够放下一张床、一个小书桌，都也觉得够了。这里人们几乎家家都是在巷道里做饭，连谁家吃什么都了如指掌。做饭的时候，这里炒得叮里哐啷，那里是切菜咚咚咚，这里油烟升腾，那里香味飘荡，汇成一曲热烈的锅碗盆瓢交响乐。一条巷道便成了一条热烈而快乐的河流，载着音乐、香味奔腾向前。不在巷道做饭就只有在寝室里做饭，但那油烟闻了不好受，而且熏黑了床铺蚊帐。

在床铺的面前放着一张小桌子（只能摆下小桌子），这既是卧室，又是客厅，还是餐厅。今天窦钢夫人特地做了几个好菜，一张小桌子摆得像个小花坛，还有酒。窦钢是喝酒的，脸上透视出浓浓的红润。但不抽烟，因为年轻时三个小儿读书，虽是两口子拿工资，经济也紧张，就没有学抽烟。

饭后关紧了门，看电视，这是一个黑白电视，而且是21英寸。这时一般人还没有电视。

雷陈林就找话，笑着对窦钢说："太感谢窦局长了！像窦局长这样看重农民匠人，关心农民的领导确实不多啊。"

窦钢说："我祖祖辈辈都是农民，自己六岁就给地主放牛，是因为参加革命，才当上了这么点小官。任何当官的要是忘记了农民，都是没有良心的。说老实话，我们的江山是靠农民子弟打下的，抗日战争、解放战争、抗美援朝，死了千千万万，都是农民子弟啊。"

窦钢喝了口茶接着说："我们局里的这点工程，肯定给你了，你不怀疑。我说了的，就是受处分都执行。"

雷陈林说："太感谢窦局长了……"

雷陈林就把握机会，从皮包里拿出那个红纸包，递给窦钢，诚恳地说："窦局长对我们农民匠人这腔情感，太珍贵了。我也没什么感谢，表示一点心意，请窦局长一定收下。"

窦钢脸色马上变成一块钢板似的，严肃地说："你要搞什么感谢，这工程我就不给你了。你了解一下，这城里，我是什么人？谁不知道我？谁都怕我，因为我是老革命，是真革命，因为我清白，作风过硬。难道你想让我革命半途而废？这绝不可能！"

雷陈林就站起来给窦钢敬了一个礼。

窦钢伸手将纸包强行塞进雷陈林包里，严肃地说："我知道，你一个农民匠人刚刚进城来创业，哪来的几万块钱？都还不是借贷来的。像你这样搞，你这企业是难以维持下去的，收入小，开支大嘛……"

雷陈林还是将红包往窦钢手里塞，极为诚恳地说："感谢窦局长关照，这点小心意是完全应该的，您若不收下，我就有点无地自容了……”

窦钢亲切地说：“我要是得了你的红包，我连良心都黑了！你们农民是世界上最为可怜的人，凭我的良心，我只能给你们帮忙，扶持你们。人要讲良心、做善事。就是你们搞工程，也一定要凭良心给别人把工程搞好，不能丝毫马虎！”

窦钢严厉地拿过红包强行塞进雷陈林皮包里，接着说：“你万一要尽点心，也可以给我帮点忙，但我仍然要给工钱。我是看好你们农民出身的匠人做事踏实，扎实，而且你们还是修建县里标志工程大礼堂的师傅。”

窦钢停了一会儿又说：“我亲家在城边，也就是我姑娘的婆家。姑娘嫌房子老旧了，亲家是农民，穷，我姑娘女婿都才参加工作，建不起房，仅仅有地基。我没负担了，工资高，他们就一直要我建房，挨着他们家房子建。我一直没答应，我是无产阶级参加革命，怎么能革到最后让自己变成有产阶级了呢？但我姑娘和亲家一定要搞，我也没办法。也有缘，遇上你们这些真正的匠人。我相信你们，这个工程也就交给你雷师傅了。单位工程搞好以后，我就带你去看地点。只建两层，不需要那么高，够住就行。一切都交给你来搞，我只给你设计图纸，按建筑市价，是多少我给多少。你把质量搞好一点，就算给我帮忙了……”

雷陈林马上拍板地说：“感谢窦局长信任，这事您就交给我了，不要您操半点心，我负责给您建造得好好的，包括装潢都给您搞得漂漂亮亮，而且是一流的，保证质量，负责您满意！到时，您就只搬进去住！”

窦钢坚定地说：“谢谢你！但我不会去住，我这辈子风格不变。”

又说：“你以后有什么事，不管哪方面的，我都可以尽义务帮忙，在这个县里，都是买我的账的。”

雷陈林感激地说：“托您的福了！今生有幸，遇到您这么个贵人！我要子子孙孙都记住您的恩德……”

雷陈林有些哽咽了，好像说得有些动感情了，眼里涌满了热泪。这也让窦钢深受感动，觉得他这个人真是一腔农民情怀，诚实可信！

窦钢说："你明天下午两点半，到局里来，我们召开局长办公会，专门讨论一下工程，把它定下来。你一定叫你师父也来一下，这样有说服力。我解决问题，就是在会上面对面，透明。"

雷陈林感动地说："窦局长虽然当了官，心还是农民心，难得啊！"

雷陈林第二天早上天不亮就起床了，骑着摩托去了茅坡。雷陈林急切地对他说："师父，有好事！"

接着向他汇报了情况，就和他赶到了城里。在下午两点半，准时参加了会议。

当雷陈林介绍他是修建县城标志工程大礼堂、人民医院、县委大院的掌墨大师，公司其他师傅们都是参加修建到底的，全场领导们都肃然起敬，点头赞叹，资质过硬。因此当即定下了工程。接着拟签了合同，签字画押了。于是这个工程就被雷陈林稳拿在手了。

他感叹地说："这些老革命，真让人感动啊！"

雷陈林若有所思地说："要是他们不老就好了……"

三十二　世事难料

很快交通局的工程完工，验收为优等工程，工程款一次性结清了。这个工程，除去一切开支，包括按标准付完师傅们的工资，除去各种税费，实际利润三万。但雷陈林觉得这是一个大成果。他还是一颗农民的心，容易吃饱，因此非常高兴、满足。

结账的这天下午，太阳似乎都是笑嘻嘻的。他正在家歇气，雷陈林进门了，大声说："师父！"

雷陈林向他做了汇报。在雷陈林心里，师父是真正的董事长，而且要给他一千元。但他怎么也不要。雷陈林确是真心实意要给，一定要孝敬，拼命往他衣袋里塞。他便发火了，雷陈林没法只好作罢。

最后他鼓励雷陈林："要好好干，还是创业阶段，要艰苦奋斗，绝对要把质量搞好，要以质量求信誉、求生存。"

接着回家，向石琳做了汇报。这工程赚了三万，仿佛她是董事长，要汇报。并深情感谢她的有力支持，石琳听了也很高兴，觉得雷陈林去城里搞建筑，走对了这步棋。

但雷陈林说："对任何人不要说赚了钱，就说公司刚刚草创，非常艰难。事实上也确实这样。"

石琳点头说："那是的。我也晓得，你放心，我不是个爱吹泡（吹牛）的人。"

雷陈林又说："虽然赚了点钱，万事开头难，我们连许多机械工具都还没有。现在是建的矮屋，主要靠的人力，要建高楼，要赚大钱，就要有大投入。因此借的你四万块钱，还要等一段时间才能还给你。"

石琳哪是要他还钱呢，何况这四万块主要是靠他雷陈林的本事挣来的，她当初只能算个卖粑粑的小账。她是要加强他的责任感，紧迫感，一定要搞稳当，不亏。

因此石琳仍然不松这根弦，正经八百地说："现在可以不还，反正要算利息的。你若是给我把本钱玩掉了，那我是对你不客气的！"

其实雷陈林也理解石琳的心情。挣几个钱不容易，可以说也是血汗钱。她是给他一种紧迫感，责任感。

雷陈林回到城里以后，就去赶紧学了几天驾照。好的是年轻时给社里买木料、拉木料，跟人学过拖拉机，几天就拿了驾照本本。接着花万把块钱买了一辆农用车，既可做交通工具，回家也方便，又可以拖材料。

几个月时间风一般吹过。一切都算顺利。窦钢这个局的工程也胜利完工，验收定为优等工程，工程款一次性拨给了大厦公司。一时间大厦公司的声誉大振。

但是，他给窦钢的小工程还连头也没开。这是窦钢要求雷陈林暂时不开工的，不然别人说局里的大工程带了他窦钢的小工程。

这时雷陈林还没有承包到新工程，也就突击窦钢姑娘家的私房工程。一个小工程当然很快就结束了。窦钢又把雷陈林请到家里，没有请到新屋里。夫人做了很多好菜，把床面前的小桌子摆得满满的，像个大花坛了。这是要陪师傅了，是感谢。饭后，窦钢就要雷陈林算账，也就是按市价多少钱一个平面。这时建筑的房子，都是用石灰粉刷（环保）、木质刷漆门窗，市价是一平面一百五十元至一百六十元之间。窦钢房子的建筑面积是一百平面，两层共二百平面，按市价一百五十元一平面计算，是三万元造价。地基是姑娘家自己的，没去钱。

雷陈林就说："感谢窦局长关照与厚爱，给了我那么大个工程，特别是您的那份农民心太难得了，给了我们关照。您这么点小事就千万不要说了，不然我就无地自容了……"雷陈林喜欢说这句朴实话。

窦钢脸色一变："坚决不行，你这是要坏我的名声，让我革命半途而废！告诉你，必须规规矩矩地搞，按照市价算，而且，我们公公开开地结账，在我单位，经凭财会帮我结账。我请你，是相信你们农民工匠的本质，做事的质量。"

雷陈林就说："这事您就真的不要说了。以后许多方面，还需要您帮忙的。您要是心中真还有我们这些农民匠人，愿意关心我们，愿意为我们帮忙，那这点小事就千万不要说了。比如说，您知道哪个单位有工程，给我说个信息，或是帮忙介绍，哪止这点钱啊。"

窦钢生气地说："不行！就这星期天，你到我单位来，我找财会和公证人，和你们结账办手续！我清白一辈子，决不能让你给毁了！"

雷陈林再次感受到老革命的厉害。

没想到不久窦钢遇到麻烦了！

原来窦钢顶了县里的卞副书记几次，卞副书记是管纪检监察的，还记着这事。这回卞副书记听说窦钢建了一栋漂亮的私房，就在晚饭后骑车散心，不辞辛苦走了两公里，亲自远观了一下新房子，心想起码要三四万！就觉得这个窦老虎有大问题。他姑娘才参加工作，应该没钱存。他一个月按南下干部的待遇，原来只有七八十块工资，妻子的工资只够他们吃饭，有三个小孩读书，根本没有钱存，现在一月才一百多块工资，怎么能够修建这么漂亮的一栋房子呢？

卞副书记第二天下午一上班，就召来县纪委齐书记去他办公室。卞副书记严肃地说了窦钢的事，要纪委迅速立案调查，又强调："先不要走漏风声，严格保密，你亲自参加……"

接着，齐书记就电话检察院反贪局长，局长姓粟。齐书记是县委常委，粟局长当然马上就去了。两人在办公室秘密研究了行动方案、步骤，决定抓个大典型震慑一下现在冒出来的腐败苗头。

很快，反贪局秘密带去了雷陈林。同时也将窦钢带去了反贪局，开始对二人进行背靠背单独审讯。

审讯人严肃地询问雷陈林："你知道你的问题吗？还是先自己坦白交代，争取从宽处理吧！"

雷陈林坦然地说："我农民出身，刚刚进城做点事，还才开个头，艰苦创业，没犯什么法，也没什么问题。"

审讯人就用锐利的目光瞪着他："窦局长把局里四十万的工程给了你，没给国营的两家建筑公司，这不明摆着吗。并且大工程带小工程，你还帮窦钢建了一栋私房！问题明明白白的，你还说没有问题，那迎接你的就是从严了！"

雷陈林不慌不忙地说："恰恰窦钢还是一身正气没衰，是个没变质的老革命、真革命，有良心，有格调。他同情我们农民匠人，知道我们农民匠人进城，什么也没有。窦钢亲自到我们公司考察了技术资质，县大礼堂、人民医院、县委大院都是我们这班师傅修建的标志工程，是我师父、公司董事长掌的墨。我带着证件去到局里，整个领导查看了我们的技术资质，听了介绍，都赞赏，面对面集体定下的。有会议记录，可以查的，如有背后行贿，一百块钱我坐一年。"

审讯人大声说："所以你就帮窦钢修建了一栋私房，作为感谢，这可也是钱！这是很明白的事情了，就看你交代不，争不争取从宽处理！”

雷陈林微笑一下说：“我是做工，窦钢是按建筑市价给我结了账的，并且是在单位经凭财会人员给我们结的，有手续……”

审讯窦钢的这边也在紧张地进行。

审讯者说到私房的事后，窦钢神态凛然道：“这房是我姑娘的。但是我帮助建的。我是包给雷陈林建的，我没时间，我也相信他。完工后，我给他按建筑市价结了账的。你们不信跟我去看凭证，同时去找我们单位财会人员做调查……”

审讯人严厉地说：“就在这里给家里打电话，叫你夫人送来！”

窦钢就给夫人打了电话。不一会儿，窦钢夫人拿着一个皮夹来了。

窦钢不慌不忙地从皮夹里掏出一张凭据，有些理直气壮地递给审讯人。

审讯者认真看着凭据。这是一张领条，是雷陈林领取窦钢建房款的亲笔条子，上面有经手人——单位两名财会人员签名。金额计算为：200平面 × 造价150元平面＝30000元。另加奖金2000元，合计：32000元，大写：叁万贰千元整。注：因没让房主操一点心，一切搞得好好的只住，特给奖金二千元。

审讯人当即默然笑了一下，接着问：“你哪里来的这多钱？还是老实交代吧，认识自己问题的严重性！”

窦钢就又从皮夹里拿出一个小型笔记本。打开其中两面，很是郑重地递给审讯人。

审讯人看着笔记本上的记录。上面抬头写着：借款记录，下面是一些姓名，借款的数额，都是小写，有的是一千元，有的是一千五百元。小写合计：十五人，一万八千元。

窦钢一副忍着气愤的神态，解释说：“这是我借钱的名单。姑娘硬是要建房。我想，先借钱把房子建起来，我们两口子加三个儿女，五个人都拿工资，不要好久就把欠账还了。如果以后建，造价会高很多。”

说着又从皮夹里拿出两张复印件，这是两份省城汇来的汇款单复印件，每张都是五千元，共计一万元。

窦钢满脸气愤又坚持平静地解释说：“这是我在省城工作的两个儿子，一看名字，就知道了。我先给他们打过招呼，房子快完工时，我就要他们各借五千块寄来，他们就借了寄来了。剩下的四千块，就是我们夫妇的存款，有存折在，我们是每月一存……”

面对这些证据资料，两位审讯者暂时没作评论。其中一人出去了，去向局长汇报了情况，接着又回到了座位，向窦钢严肃地说道：“这些证据，先就放这里了，我们给你打个领条。我们查证后还给你，也就证明你这老革命的清白了。”

其中一人写好领条，两人签了名，递给了窦钢。接着就将证据放入了一个档案袋里。

面对此情况，加之老革命的威望，他们只好让窦钢先回去，同时要他把整个情况写个说明送来。

反贪局现在的任务是重点攻下雷陈林。接着两位审讯员去了雷陈林的那间小屋。

一位审讯员厉声问：“你当时结的那笔三万两千元现金，你是存了还是做了什么，老实说！”

雷陈林很直概地说：“给师傅和工人们付了工资，再就是去结了材料钱。”他到底是个农民工人，没有多想。

他们当即去问了师傅们和工人，都说给他们结了工资的。房子一完工就结了。

检察人员又去水泥厂、砖厂等单位查证，在雷陈林打领条后，并没有去结账。

这就抓住了雷陈林的把柄，说得对不到口，不老实，问题也就很明白了，只是雷陈林还不愿交代问题。

接着就将雷陈林转入预审科进行审理。这时改革开放还不久，各种法律还不是很完善，同时审理的方法也较为粗鲁。因为这是县委下副书记亲自督办的案件，而且也催促得紧急，因此在对雷陈林的审讯中也适当地动用了一些比如连续审讯等方法，但雷陈林始终说没有什么交代的，账目摆在那，你们去查就是了。连审讯员也觉得他算条汉子。

在窦钢那边，对于窦钢笔记本上所写的借钱名单，经过逐人查证，的确都有窦钢亲笔写的借据，至于省城那两笔汇款单，这是明明白白的事，也不需去省城查证了。这基本上可以说，是板上钉钉了，无可挑剔。

虽然小城中一时间传得沸沸扬扬，把窦钢说得问题吓人，老革命这回可能要坐牢，如何如何，但最终案件没有任何进展。没有立得住的任何证据。因此，雷陈林也只有释放。窦钢理当无事，就去把那位卞副书记教训了一顿，说："你应该知道我是个什么人，告诉你，我是百分之百的布尔什维克、老革命、真革命！我决不会学有些革命半途而废！我不会做一点儿有辱我名声的事情，不像其他一些人！"

卞副书记也解释："下面有反映，当然应该调查，这样也就还你一个清白了，不是很好吗？"

但社会上还是有许多议论——这都是雷陈林顽强不屈，保护了窦钢，当然也保护了他自己，不然两人都要坐牢，等等。

也因此，雷陈林的故事在茅州全县乃至州城都传开了，是一条硬汉子。塞翁失马，焉知非福，雷陈林生意又一次迎来大转机，凡有工程的单位，都愿意与雷陈林合作。一时间事业走入高峰，几年下来赚了一些钱，将茅坪街上旧房子拆了，建了一栋三层楼的新房子。

接着，公司的旧房子也拜拜了，变成了一栋六层高的新大楼，占地面积两百多平方米。但也欠了一些账。看去，这房子，这牌子，更像一个大厦公司的样子了。雷陈林将一二三楼出租给别人开了家具城，四楼是公司办公，五楼是自己和远处师傅住宿，六楼是给石琳小儿们住宿的。可是石琳却一次也没来住。

石琳是个不赶时髦的人，性格比较保守，既守旧情，也守旧事。雷陈林要石琳不干了，下城来做点家务，石琳决不同意，说她的服装店还能赚钱。雷陈林说在城里给她租一个门面卖服装，她说那就是给别人挣房租费。她现在是老店了，关系多，都相信她，赚钱是稳当当的。俗话说：住得好不用搬，睡得好不用翻。

而且她要求：雷陈林晚上必须回家过夜。这样雷陈林一般晚上必须回茅坪。除开有特别的事情，比如晚上要接待客人，陪酒，喝多了不能开车，就只好给她打电话说明。同时她也要他喝酒了不要开车，准假。这时他还是开的那辆农用车。

但世事难料，没想到后来也干得异常艰难。

三十三　水淹七军

眼下时间再也不是用脚步跑了，而是坐着火车飞奔的，根本让你看不清。真可谓十年弹指一挥间。

几天不见，世界就奇妙地日新月异了，让你不认识了，傻眼了。传统方式的解体阵痛还在进行。

原来令人们羡慕的，包揽万物的供销社也解体了。

现代各业的发展，速度比风还要快。每天甚至每年都像翻书一样，啪的一下就过去了。昨天还是木头的，今天早上就变成塑料的了；上午还是真木头的，下午就变成了假木头的了。昨天还是一栋木料房子，今天就变成了钢筋水泥楼房……就和人一样，中午还是个淳朴的姑娘在菜园里种菜，晚上就变成了一个小姐；昨天还是个朴实的人，今天早上就变成了一个骗子，白天还在扶老奶奶过马路，夜里就成了抢劫杀人犯，上午还在台上作报告，下午就被反贪局抓了……

商品更是有如春天百花盛开，千姿百态万紫千红，争相竞放铺天盖地，应有尽有无奇不有，看去异常壮观，十分令人激动，更是叫人眼花缭乱自顾不暇，无所适从甚至头晕目眩。你想买什么有什么，有如沧海横流，犹如天翻地覆，足以推翻所有历史，完全摧毁一个昨日世界。

其间许多美丽可能是表面的，名不副实。许多花草是假的，许多花草是有毒的。不管怎样老天都给了它们一个机会，和着蚊子狮子老虎一起占满天地，用美丽的微笑等待你的光临和输血甚至壮烈牺牲。

这时还如牛拉车的手工生产，还用古典方式经营的手工匠人们，面对高科技应用，自动化大生产，就如同两只脚与高速动车赛跑，已经落后千百年。特别是钢筋水泥、装潢板材、塑料、合金等制品、系列工业材料的横空出世，天上地下漫山遍野遮天蔽日，有如洪水淹没广袤大地，许多勤劳经营千百年的工匠们忽地在一天早晨起床就失业了。

木匠失业了。房子的建筑是钢筋水泥和砖砌，不再是木柱架。房子四面平平展展光光溜溜明明亮亮，比木头更坚硬更耐用，不怕风吹雨打，不怕日晒夜露，不怕火烧水淹。不像木头那样娇气，稍有潮气几天就朽，太阳一晒就变形，一把火可以烧个精光。房子的装修，一切都是现成的板材，只需要用钉子钉一下。房子吊顶、装饰，都是用木条、用钉子、用射枪砰的一下就钉上了，再用胶将塑料板、石膏板粘上去，刷上漆，美丽就赛过皇宫了。墙壁或刷漆或贴上合成的不知是什么东西的——砖块、板块、壁布、贴纸等花样，就变成金碧辉煌的高档享受。窗户都是大工厂生产的铝合金、塑料钢或者什么的现代东西。门是大工厂生产的现成的门，只需要安装工，也不是纯木头的了，是不知什么合成的东西，但它们不变形不裂口，而且坚固永久，美轮美奂，多少人趋之若鹜。

家具不再需要木匠。从远处家具厂运来的现代化制作的成品家具，一反常态，美观亮丽，备受青睐，只需要搬运工往家里送货就行。因此街道上三轮车、小货车比行人还多。人们几块钱就可以买一个塑料盆、塑料桶、塑料缸、小凳子大凳子，色彩鲜艳，异常美观，再不需要花许多倍的工钱、材料钱去请木匠来做一个又笨重又不鲜艳的木头东西。

篾匠失业了。传统方式用竹篾编织的许多东西，也被塑料或钢筋铝合金所代替。比如几块钱一把雨伞，美好地解决问题，谁还要斗笠和竹纸伞呢？几毛钱一张塑料纸往地上一铺就可晒粮食，不吸潮，谁还请篾匠花上百倍的工钱材料钱来编织晒席呢？出门都是小车，起码也是摩托、三轮车，谁还用背篓呢？凡是竹篾能做成的东西，塑料或合金都能做出来，不论色彩质量都是上乘，灿烂如花。

棕匠彻底结束历史使命。几毛钱一张塑料纸，或几块钱一件塑料雨衣往身上一披，又轻又亮，滴雨不透，解决了几千年来农民干活遮雨的问题，谁还花工钱、棕钱去请棕匠编织一床笨重的蓑衣呢？同时现在的人谁还下雨时干活呢？那风雨中劳作的情景已成为历史。有了舒适漂亮的现代床垫，谁还用粗糙难看的棕编床垫？

因此传统的木、篾、棕、金、银、铜、铁匠等古老的各路工匠纵队已是水淹七军，九佬十八匠集团军全线崩溃，有的被彻底打垮，有的全军覆灭，或者一网打尽……

也传来好消息。钟潇孙子钟海考取了国防科技大学！

作为姨爷爷的他，约了几个老匠人，一起来到茅坪小镇钟潇那木屋的屋檐下，找到正在钉鞋子的钟潇，进行祝贺，每人都准备了“大团结”（百元大钞）。

他的姨妹肖叶师傅当然也来了。这个钟海是黄霄生的，是肖叶外孙。她的脸色显得有些苍黄，还有些憔悴，但布满开心的笑容。

钟潇连忙放下锤子和鞋子，站起身来迎接客人，非常兴奋地带着客人去了祝梅酒店。包了一桌，要和大家好好高兴高兴。好多年来没有高兴了，特别是他的女儿钟月私奔了，搞得他在众人面前抬不起头来，很是狼狈不堪，满面羞色。

席间都将他推到上席，都尊重他，说陈师傅坐上席，他只得坐下。可是接着钟潇又将肖叶也推到他身旁，要她挨他坐下。

钟潇笑着说：“你们两亲家要坐在一起，亲上加亲，也让我们增加一点喜气。”

这就搞得肖叶的脸儿像才演了戏没换妆的。之前，钟潇和田月多次为他俩做媒、撮合，要亲上加亲，合成一家。但他俩没有表态。

他稳稳地坐着。那双眼睛依然黑亮如电，深邃如池，仿佛能呈现古今，仿佛能透视天地。他那脸色仍然红润，神情甚至还有些气宇轩昂和不可战胜。倒是肖叶有几分无所适从。

钟潇向大家敬了酒。他就端起酒杯，笑着对大家说："来，我们热烈祝贺钟潇、田月养了个好孙子，干杯！"接着都碰出当当当一片脆响。

接着饶篾匠端起酒杯说："水有源，树有根，我们一起祝贺肖叶养了个发财的好女儿，女儿生了个好人才，你们全家有大希望了。"都笑着给肖叶敬酒。

接着谢铁匠端起酒杯，对大家也对他说："也要祝贺陈师傅这位姨爷爷！"

他就说："你这搞偏了，怎么祝贺我呢？"

褚棕匠顺着说："不，你们是亲戚，陈师傅是个很神的大师，钟海是沾了你的神气……"

饶篾匠说："不，是陈师傅的精神影响了钟海。你们没忘记吧，那年钟海满周岁，陈师傅亲手做了只小船作为礼物送去，没有小船哪来大船梦想？"

都笑着，有的说"是的"，有的说"当然"……都一起将酒杯伸到他和肖叶的面前，大声说："祝贺姨爷爷陈师傅、祝贺外婆肖师傅！"

这就搞得肖叶有些难堪了。

他就解嘲地对肖叶说："没什么，就是喝酒。喝吧。"大家就一起把酒杯碰得山响。

接着钟潇就端起酒杯，伸到他和肖叶的面前，大声说："感谢陈师傅亲家、肖师傅亲家，但我这是一杯希望酒，希望你们两个就不要老正经了，赶快走到一起，亲上加亲，让我们喝上一杯真正的喜酒！来，都一起干杯！"

都齐声唱诵道："好——"接着就是一片当当当的爽朗声，像美女的笑声。

酒杯又是碰得山响。肖叶微黄的脸蛋上，就飘满了红霞。

其实还有故事。他做的小木船小钟海玩厌了，就要爷爷钟潇打个铜船。钟潇觉得孙子可爱，就真的给小钟海打了一个铜的小船，金灿灿的一个小船。小钟海拿着如获至宝，爱不释手，睡觉都是抱着的。后来在电视里一看见江海上的大船，就特别兴奋，就闹着要跟妈妈去进货，想看实实在在的大船。钟海妈妈也想让儿子开开眼界，就将小钟海带去了。

小钟海一看见长江里的大船就跳起来高呼：“啊，大船！大船！”

小钟海对妈妈说：“我将来一定要去造大船！”

回来小钟海就对钟潇说：“爷爷，你给我打个大铜船。”

钟潇觉得小钟海可爱，又给小钟海用铜打了一条船。小钟海不高兴地说：“小了！”硬要钟潇化了铜再打，钟潇没法又打了一只比较大的铜船。

小钟海看了还是不太高兴，撇着嘴说：“爷爷这辈子只能打小船了！我将来要去造大船，比长江上的大船还要大！”

钟潇也兴奋地说：“那好啊，既然爷爷会打造小船，有了新设备也一定能打造大船。你也给爷爷找一份造大船的工作吧，爷爷敲敲打打的质量可是万古千秋呢。”

小钟海当即大声说：“好的，我和爷爷一起造大船，造山那样大的船，到大海上去奔跑！”

钟铜也兴奋地拉着小钟海的手，笑得爽爽地说：“我就等着坐你的大船了！”

……

都喝着酒说：“钟海真不简单！”

钟潇和田月又高高举起酒杯，兴奋地给大家敬酒，大声说：“感谢大家！”

他也端起酒杯，大声说：“好，钟海也是我们大家的孙子，干杯！”

接着田月又说：“我想，陈师傅和肖叶师傅什么时候也请我们喝一顿喜酒吧。”

都说：“是啊，那叫团圆酒啊，我们都等着这杯酒！”

酒后，每人给了一张“大团结”作为祝贺，在这时来说，是特别的人情了。然后大家都说到肖叶师傅店里坐坐。酒店离肖叶缝纫店很近。

很快就到了原来的缝纫合作社。但只是个看不见的遗址，缝纫社早变成了私人的四层楼房。她买的缝纫社一间两层的旧屋子，与这排新楼房紧紧相连，就像那排新楼房的一个补丁，更像一个装废东西的纸箱挂在新楼房的墙壁上。她仍然是整天和那台缝纫机坐在一楼的窗边。现在这街镇上就剩下她肖叶一个裁缝。

这时肖叶已经没有什么衣服可做，人们穿衣服都是买现成的，价廉物美。她就做些小名堂。什么袖套、短裤、鞋垫，人们买了裤子拿她那去锁个裤脚……不过，老年人仍然喜欢请肖叶做裤子。因为卖的那些裤子都是露肚脐眼儿的，裤腰太矮，裤裆短小，是苗条年轻人穿的，老年人穿着不舒服，同时老了也不需要露肚脐眼儿了，还是喜欢请裁缝比着身子做合身的裤子，特别要遮住肚脐眼儿。

肖叶现在还是一个人。看去，她和门面都显得很是孤单。

不仅是肖叶裁缝，所有民间工匠艺人都孤单了，边缘了，失业了。呜呼！古老的传统工艺就如落叶正被时代浪涛推向边缘！

师傅们都喝着茶，沉静着一张无奈的脸，好像都没有什么话说。

这时褚师傅就笑着说：“我看，你们都不说话，怎么了？酒喝到哪儿去了？”

饶篾匠没有笑容地说：“你想说就说吧，我们好好地听着。”

褚师傅就笑着说：“那我就说个事情，大家都来推动一下。我看，陈师傅和肖叶师傅也就不要扭捏了。想一想，肖师傅三姐妹，就剩下肖师傅和陈师傅两个了，唉，就合成一家吧，互相做个伴，又来一场新的生活。你们说好不好呀？”

这下都一齐说道：“好，好，好……”

三十四　那份寄托

他给玉米根培着土。他觉得每一根玉米秆都是一根粗壮的柱头，每一片叶片都是穿过柱头的横枋，一排玉米秆，就是一排竖起的柱架……接着他脸上就笑了，就忘记了累和疼痛……

不时地也有鸟儿在他头顶飞来飞去，唱歌给他听。它们时而飞得很高，时而又飞到他身旁的漆树上为他唱歌，给他做伴，带来一份快乐。

他就这样在田里累了大半天。一块地锄完了，实在要休息一下了。他就回到家里去。但他没有坐在那纯粹休息，他拿过放板壁边的工具，又开始清洗修理起工具来。这些工具都生锈了。他先是磨，再是洗，然后是擦干净，最后给工具们打上厚厚的菜油，就像冬天人们防寒要穿上厚厚的保暖服一样。

孙子陈厦这时就来到了院坝里。陈厦是一脸笑容回来的。当陈厦看到爷爷正在给工具上打着厚厚的菜油时，就笑了，笑爷爷做饭都舍不得用油，对他的工具却是如此大方。陈厦忍住笑，并且什么也不说，倏然间一脸理解的微笑。

他好像并没感觉到孙子回来了，仍然专注地给工具上打油，接着用塑料纸包起来，并且是紧紧地包着，仿佛要让它们万古不锈。陈厦就想笑，又蒙嘴忍住了。

看到他包好了最后一把凿子，孙子才高兴地说："爷爷，我回来了！"

他就转头对孙子充满期望地说："哦，陈厦回来了，考得怎样啊？"

陈厦显得自信地说："还好吧。"

他知道每年高考重点大学录取的分数情况，他每年对这事都在关注，了解。因此他就说："能考到六百分以上吧？"

陈厦充满信心地说："肯定在六百分以上！"

他脸上哗地露出兴奋的笑容，进一步问："绝对有这把握吗？"

陈厦一副肯定的神情说："绝对有把握！"

他伸手亲切地拍拍陈厦的肩膀，心疼地说："你辛苦了！爷爷代表祖宗感谢你！"

陈厦脸上一副充满抱负的表情说："这是我应该辛苦的，是我自己的事。"

他的笑容像是年轻了二十岁，大声说："你为祖宗争了光彩啊。爷爷为了感谢你，给你搞个奖励！"

陈厦好奇地说："奖励多少钱？"

他显得神秘地说："不是钱。"

孙子好奇地猜想爷爷葫芦里卖的什么药。

他其实早就做好了思想的物质的准备。他相信孙子会考得很好，但为了达到他的愿望和目的，让孙子学建筑专业，他真还动了一番脑筋。好像是要行贿了。

他知道陈厦不愿学这个建筑专业，而向往计算机专业。孙子表哥钟海是在国防科技大学学的这个专业，陈厦非常羡慕。他有些焦急，想趁现在还没到填写志愿的时候，好好把孙子收买一下，为填写志愿打好基础。真的像行贿了。同时他也相信他的眼光，将来孙子一定会发达。因为人们永远要房子居住，这是第一位的。

他给黄狗煮了一盆饭，用手拍拍黄狗的头说："这次我要出门一个星期。这盆饭，你要每天吃点，不要一两天就吃完了！听到没有？"

黄狗笑着点点头，嘴里唔唔说着，表示记住了。

他悄悄在一个特别的地方找出他准备好的一笔钱，还有几张照片，用经常包钱的那块布包好，装在上衣袋里，塞好，将衣袋盖儿上的扣子扣好。摸一摸，踏实了，也就像他做家具榫头一样，牢实了，才放下手。

然后他对孙子有些神秘地笑着说："陈厦，走，出门去！"

陈厦兴奋而好奇地望着他，心想爷爷要去干什么名堂呢？

他收拾了下，然后他锁好大门，对孙子说："陈厦，走吧。"

他和孙子来到门口公路边，不一会儿就上了客车，一个小时他和陈厦就来到了县城。

他带着陈厦看了县城的标志性建筑：大礼堂、县医院、县府大楼。

他骄傲地对陈厦说："这些工程都是我当年负责修建的。杜书记非常信任我。我们是老朋友……"

陈厦羡慕地说："爷爷您真是太不简单了！"

接着他带陈厦来到雷陈林的大厦公司。虽然再不是那令人留念的红漆木屋，但他脸上是一种欣慰的笑容。他清楚，美丽不只一种颜色。他想让陈厦看看高高的楼房，大大的"大厦建筑公司"牌子，给予鼓舞和激励。

陈厦很是感慨地说："没想到陈林叔叔几年就干出了这么大的事业，当老板了。我要向他学习……"

他有些高兴地说："你不要小看建筑业，据我看，不要好久，这将是国家的一个重头产业、庞大产业。十多亿人口要住上新房，你说，该是好大的工程，该是要建好多房子！要发展，该是要办好多企业，要建好多厂房，还有，该是要修建好多大桥……那么从事建筑业的人，就有着不可估量的前景！"

他像是做形势报告地大讲特讲着。不久来到雷陈林的办公室。雷陈林非常高兴。

雷陈林小声对他说："我告诉师父您一个好事。现在旅游火起来了。据说，要在一个地方建设一座标志性建筑工程。而且要是木头的。若能包到，就要师父出山了。"

他还是有些谨慎地说："现代标志性建筑，建木头的不大可能。"

雷陈林说："现在也只是官方设想……"

他用充满忧心的神情看着雷陈林，语重心长地说："一定要把事情搞稳当，千万要把质量搞好，不能出一点问题……"

雷陈林点着头说："师父您放心吧。"

雷陈林又请他们去吃了饭，并留他们住一晚，但他好像很急的，一定要走，就在街头挥手再见了。

他对陈厦说："我要带你去看看几个神奇的地方！"

孙子兴奋而好奇地问："太好了！是哪里呀？"

他故意笑一笑，神秘地说："到时你就知道了。"

他们首先坐汽车去了万州，然后转火车去了成都。这是他第一次坐车去四川，以往他去四川都是用一双腿脚走路。

他和孙子首先来到都江堰。

他说："这都江堰，是石匠们修建的伟大工程，我们应该好好看看，缅怀那些古老的中国工匠……"

孙子听了敬佩地说："我们历史书上讲了的。"

他看见那宽宽的水渠、石块，觉得那流动的水像听话的年轻人一样，向前游动着美妙的身子。他伸手抚摸着那些一直牢牢站立的石头，他想，这些石头都是石匠们用錾子一锤一锤敲打出来的，多不容易啊。

陈厦赞叹着："这是石匠们修建的伟大工程，这也算是世界名牌！是世界上第一个最大的水利工程，确实很伟大，必将千古传世。"

他感叹地说："还是石匠好，你看这些石头，几千年了，还是好好地牢牢地站在这。"他叹口气，"我们木匠做的东西，都是木头的，一般几十年就朽坏了，最多也不过几百年的寿命，还要管理得好。爷爷修建的老祖庙、冯家大院，还有很多房子，都不在了……"

孙子拉着他的手说："爷爷不要难过，旧的不去，新的不来。一定要创造新的东西。"

他充满期盼地说："是啊。爷爷希望你，将来代表爷爷修建不朽的房子，用钢筋水泥建造，把它们打造得牢牢的，像万里长城一样，千秋风雨不倒，保证万古不朽，让它们永远站在那里！爷爷在天堂一定会大笑的，同时也会保佑你。"

孙子说："我争取。"

他一听孙子的思想有变化，愿意建设高楼大厦，一下子不悲伤了，激动了，抱紧孙子，鼓励说："你不愧是匠人的后代！可我已经老了，也不知道，我还能不能看到你修建的高楼大厦……"

孙子看一下他的脸，坚定地鼓舞说："看您面色神情，还是那么稳如泰山，一身浩然之气，一点也不老，爷爷一定能看到我修建的高楼大厦！”

他紧紧地抱着孙子，激动地说：“我就等着这一天，能看到你修建的世上最高大的房子！但我要严肃地告诉你：未曾学艺先习德。学艺，首先要学规矩，按规矩做。最大的规矩是：先学做人，再学手艺……主要就是要行大道……”他又说了一套。

孙子惊叹地连连点头，感觉是没有听到过的。

看了都江堰，他就把孙子带去了青城山。

他说：“这里是著名的青城山风景区，有许多神奇而壮观的建筑，都是木匠、石匠修建的，当然也有瓦匠。但主体是木匠，我们木匠也是伟大的。”

孙子听了非常高兴的样子，有一种极想观赏的迫切心情。

来到一个观里，他对孙子说：“这观里就曾有一位大师，他是个木匠，后来年纪大了，没力气也没视力做木工活了，就到了这山上修道，成了大师。这位大师还教给了我一些技术绝活，对我起了大作用，不然人们不会把我吹得那么高、那么神。”

他带孙子来到这位大师的坟前，他深深地跪在坟前，虔诚地磕头，他又想起大师那腰里系一根草绳的样子。他没想到，孙子也规规矩矩地跪下去，虔诚地磕着头……

他感慨地说：“人，要不忘根本，不忘初心，心存感念！不要气候一变，自己说过的，甚至许愿过、发誓过的都扔掉了。背叛，这是最无耻的行为！我虽然学了一些技术本领，这都是老师父和一些大师教给的。同时还有太上老君、鲁班祖师在天之灵护佑。不要以为祖宗们都死了，没有了，他们在天上看着我们呢。我们心里要有老祖宗。人，要有一种感恩之心。背叛祖宗，是大逆不道……”

看着青城山的主要观庙建筑、风景，他肃然起敬，心里充满了无限崇拜。

他对孙子说：“这里，有一些楼房都是我的大爷爷——老师父和他的师父修建的……”

他恋恋不舍地看着楼房，就像在瞻仰他的祖宗遗像……

后来，他带孙子来到那座紫徽山，来到那座不大的观庙——清月观。边走，他就对孙子简单地讲述了他和月儿（肖月）的故事……

孙子听了异常吃惊而感动，又是非常同情，一时间不知说什么好，还是忍不住感慨道："爷爷真是太丰富了，真是饱经沧桑，尝透酸甜苦辣呀。"

他说："将来你到远处工作了，我也许到这里来……"

孙子说："你到这里来做什么？"

他说："我总觉得世界上还是有一种人间之上的东西……"

孙子说："我到远处大城市工作了，就接你去。"

他摇摇头说："大城市我能习惯吗？那绝不是我去的地方。"

他们说着话，就走进了大殿，走到高高的太上老君塑像面前，缓缓地跪下，深深地叩头三下。他旁边，孙子也跟着跪下，叩头。

他对孙子陈厦说："太上老君是中华道家的祖师，是各种匠人崇奉的祖师……"

他默念着一些话语。最后说："我已经做不了什么了，太上老君保佑我孙子将来建成最高大厦……"

孙子陈厦也默念着："老祖，请保佑我为祖国建成最美大厦……"

他走近静远道长，施礼，恭敬地说："我又来打搅了。"

静远道长依然坐着，但深沉脸色里忽然有什么光亮闪动了一下，像是她身体内在透视出一道强光，深邃的目光里也划过一道闪电般的亮光，连忙奄下眼皮，微欠身子，口中说："施主辛苦！不打搅。观里没人来，就不好了。无量天尊。"

静远这时就被他这孙子吸引了。她认真地看着这个少年，心里顿时涌起热热的潮水。她惊喜，她震惊，这娃儿多像年轻的她啊！她知道，这是她妹妹云儿的孙子，所以像云儿，也就像少时的她！

静远离开座位，来到他孙子面前，仔细地看着，她心内震动着，像波涛在翻涌。她忍住激动的气息，平静地对他说："这是你的孙子？"

他微笑地说："是我孙子。高考了，我带他出来轻松一下，让他看看都江堰、青城山壮观的建筑，这可是我们中华的文明……”

她说：“是啊。”久久地看着他孙子，又问，“叫什么名字呀？”

孙子说：“我叫陈厦。”

她点着头，微笑地说：“这名字好啊。陈厦，陈就是成功的成，厦就是大厦，是一座成功的大厦！太好了。是你爷爷给取的这名字吧。”

陈厦说：“是的。”

她深情地抚摸着陈厦的肩头：“长得多清秀啊！看你样貌，将来是能飞黄腾达的。努力吧。人生，在于坚定地走正道，有目标信念，义无反顾。只要心怀有道，终能得道。”

陈厦很受感染地说：“谢谢仙师！”说着，深深地向静远一鞠躬。

静远眼内一时间有些发热……

接着她转向他，目光深邃地盯着他，说：“你有这样的好孙子，应该满足了。”

说着望着大门外，慨叹道：“其实，常人的生活是充满坎坷的，如果能超越常人的生活，放弃种种欲望，你是平静的。但世上之人，都喜欢做常人。”

她又转向他孙子，问：“你读大学了，将来想从事什么工作啊？”

陈厦脸上闪现自信的笑容，说：“我要从事建筑业，为祖国建造高楼大厦……”

她忍不住笑了，又连忙收敛笑容，说：“那以后，我请你来修建一座庙，好吗？”

陈厦肯定地笑着说：“庙以古色古香为好，您还是请爷爷来修建吧。”

她内心很感动，露出微笑地说：“你一定有好运！牢牢坚守信念，把握天地正道，就成！”

陈厦连忙虔诚向她行礼，感动地说：“谢谢仙师！”

她像是一个菩萨的神态说：“无量天尊。”

然后他问静远：“请问道长，帮我打听到了那个道远大师没有？”他曾经请她帮忙打听道远大师。

静远道长轻轻慨叹一声说："唉，贫道深居简出，没有打听到。没想到，你还在寻找这位大师。你真是信念如山啊，让人敬佩！"

他也叹口气说："这是我今生的目标和愿望，我对老师父承诺了的，决不能放弃。"

老道叹道："你其实是在修炼啊！你已经不是一个凡人。敬佩！"

他并没仔细去打量这位老道的样子。他怎么也不会想到，这个老道就是静月，也就是他的月儿——肖月。她仍然一身男道士打扮，特别是她把脸染得黑黑的……

稍会儿，他就带着孙子来到庙旁的院坝里，向静月的坟墓走去。他对着坟墓，弯身抱拳行礼。然后上去轻轻地抚摸着坟头上的野菊花，他感觉是抚摸在她的头发上。

然后他转头对孙子说："这就是我给你讲述的那个主人公月儿——法名静月的墓。虽然我多少次觉得这可能是座假坟，但我又想，既然事已至此，那就是真的了，那就当真的吧。相信她不会骗我。"因此他又看着坟墓说，"你等我吧，我会来陪你的……"

静远道长站在墙角，一手扶墙，深沉地望着他们爷孙俩，当她听到"你等我吧，我会来陪你的……"身子还是重重地震颤一下……

孙子听了脸色肃穆，忙着跪下，磕了三个头，虔诚地说："仙师安息！"

他叹口气，深沉地说："月儿，你仙国快乐。"

接着他烧了纸，燃了三炷香插在坟前。

他们都没注意，这时静远道长——也就是静月（肖月），正站在墙角望着他们，她那神情是一种永远的恬静。

三十五　天生伙伴

边走他边对孙子陈厦说："现在我们是到你的亲奶奶家去。"

孙子一时惊喜而诧异地说："奶奶家？您原来不是说奶奶死了吗？"

他说："没有死，我后来找到她了，她就在前面不远的山塆里。那地方也很美。"

孙子陈厦有些兴奋地说："那太好了！"

他说："给你说，她不一定会认识我们。"

陈厦诧异地问："那是怎么回事？"

他平静一下心情，望着远方说："说来话长啊。"

陈厦很是好奇地说："您也说说吧，我想听听。"

于是他对孙子陈厦说了他和云儿的故事……

陈厦十分惋惜地说："那真是太遗憾了，令人唏嘘啊。爷爷真是历经沧海桑田，尝遍酸甜苦辣，仍然矢志不渝……"

他叹口气说："唉，想来，又是十余年没见面了，她可能也老了……这次，我带上了你奶奶年轻时的照片，带上了你。你和她年轻时是一个样子，让她看看，看能不能恢复她的记忆，回想起原来的事情……"

他和孙子来到云儿家门口，已是傍晚。满天的霞把她家屋后的山映得红黄红黄的，像一个鲜艳的大橙子放在那。小溪里的水变成了一条金色的带子，悠悠荡荡，真是秋水共长天一色。但更像是一缕幽梦丢失在这里……

云儿正在院坝里洗衣服。旁边坐着一个小孙子，两三岁样子。她远远地就看见了他，就停止了洗衣服，站起身来，双手在一件正洗的衣服上揩掉水，又在围裙上擦擦，迎上去亲热地说："是陈师傅嘛！"

他有些兴奋地说："你还认识我！"他心里涌满希望。

她笑着说："怎么不认识嘛，那年你在我这里待了几天，给我做了一张漂亮的床。做了你就急着走了……"

她就笑着，脸蛋有些红润了，像忽然映上了一缕霞光。

他感到高兴，给她做床的事她还能记住。看一眼她，转身对孙子说："陈厦，快叫奶奶。"

孙子认真地看着这位上了年纪的妇人，亲热地叫了声："奶奶。"

云儿高兴地答应着，并感叹地说："我要有这么大一个漂亮的孙子那就好了。”又望着他说，“这是你的孙子吧。”

他亲切地笑着说：“是的。”

她高兴地欣赏着这孩子，羡慕地赞赏着：“长得真帅，真像是天上掉下来的星星啊！快到屋里坐。”

他说：“就在这院坝里坐吧，敞亮些。外面的山色也好看。”

她很快提来两把椅子，让他们爷孙俩坐下。接着就去屋里给他们泡了两杯茶，端出来放在一个凳子上，亲热地说：“你们喝茶吧。”

他微笑地看着她说：“你也坐吧。”

她在他们对面一把椅子上坐下，那个小儿也偎在她腿边，抓着她的手。

他问：“这是你孙子？”

她说：“是的，是小儿子的，两口子都在外面打工。”

“你大儿子的小儿呢？”他问。

“大儿子两口子都在江原市打工，小儿在那里读书。他爷爷在那里接送孙子上学。要过年才和他们一起回来。”

他一惊，兴奋地说：“在江原市！我儿子陈艺也在江原市，这么巧！”接着问，“你女儿呢？”

“女儿也早安家了，也在江原市打工……”

他听她讲话，觉得很正常，对小儿的年龄都能记得，他心里就涌起一片希望，觉得这次她可能会回想起一些旧事，特别是他还带来了他和她、小儿的照片，还带来了和她年轻时一个样子的孙子陈厦……他心里就总是充满希望——相信这次她见了这些东西会唤醒她心灵深处的记忆，想起他是谁……

他关心地问：“姑妈呢？”

她悲伤地说：“老人不久前过世了……”

他一惊，口里哀叹道：“天呢，去世了……”

顿时一股悲痛的潮水激荡着他的心，并向他的脑中冲去，他眼里忽地奔出酸酸的泪水，接着就变成两条小溪流淌着……多好的人啊！他知道，不是这个老人相救，云儿可能几十年前就不在世上了。应该感恩这位老人啊！

她也流着泪水，低声说："老人也算高寿，死时九十五岁了，没什么病。都说她是树上的果子，黄好了，自然落地的。死前一段时间，总在念你，说陈师傅怎么不来呀，要是来了就好，帮我做一副寿料（棺材），他做的东西牢实，也好看。我睡着一定舒坦……"

他忍住悲痛说："九十五岁，九五之尊啊，圆满。老人家是多好的一个人啊！"

云儿擦一下眼泪说："她是个大好人，因此是这一带寿最高的。都说，她是做了很多好事，才活那样高寿的。"

他擦一下眼泪说："你带我去看看她的坟吧。"

她带着他和孙子向老人的坟堆走去。这坟就在她屋旁绕着山坡横过的一个山坡上，不远，他们很快就来到了老人的坟前。

他从衣袋里掏出一个月饼，放在坟头上，亲切地说："姑妈，我知道您喜欢吃月饼，我给买了一袋，谁知您走了，不吃我的月饼了……"说着伤心地流着眼泪。

他恭恭敬敬地跪在坟前，向老人家磕了三个头，他孙子陈厦也很懂事地挨着他跪下，磕了三个头。

他难过地说："晚辈对不起啊，来晚了，没能给您做成寿材……"

他说着，两行泪水滚滚而下，悲伤地说："这次来，不知您老人家走了，香纸也没带，没法孝敬您……您在那边好好生活吧，差什么木器东西，给我托个梦，我做了（象征性的小样）给您烧来。差钱用也托个梦，我给您烧来。"

回到云儿家。云儿拉亮了电灯，他们已经用上电灯了。他和孙子洗了手。

他就对云儿说："云儿，你去帮我在附近借几宗木匠工具来。"

云儿说："借木匠工具做什么？"

他说："你去借来吧，我有用的。你就对师傅说，借几宗做家具的工具。"

云儿看他心里悲伤，也想安慰他，就说："你还是别难过，人活一百岁都是要死的，你好好保重你自己的身体，你也上年纪了。好，我这就去借。”说着走出了院坝。

她去了一个小时才回来，这时天已昏昏欲睡，快熄灯了。他看见她背着一背篓工具来到面前，累得浑身被汗水湿透。

他不禁心疼，抱歉地说：“对不起，让你辛苦了。”

她微笑着，说：“不辛苦，你也是为我家的事才借工具的。”

接着他就在堂屋里支好了木马、马凳平台，摆好了工具。然后就去猪圈楼上找了些铺楼的杉木棍儿，都是茶杯粗细的。他拿下杉木棍，用锯子锯成一尺长的截儿，抱到堂屋里。然后就用斧子砍成方形的。

她好奇地看着他，说：“你准备做什么呀？”

他一脸严肃，没看她，看手里的木头：“做好了你就清楚了。”

孙子就走过来，看着他砍的木枋，也说：“爷爷您做什么呀？”

他说：“做个好东西。”边说边充满期待地看着孙子，好像有很重要的想法，就望着孙子说，“爷爷砍，你就帮爷爷刨吧。好吗？”说着将他砍的木枋儿往马凳上放着。

孙子脸上露出了一丝疑惑，看着木头，犹豫不定地说：“我能刨得好吗？”

他慈祥地望着孙子说：“你从小就喜欢玩刨子，喜欢拿把刨子到处刨，你忘了？连刷了漆的板凳你都刨，害得我又重新刷漆。”说着就笑了。陈厦也笑了。

他说：“也不光这，我在家里做木工活时，你也帮我刨过。我表扬过你，说你刨得好，长大了又是一个好木匠。”

孙子笑着，回忆童年的美好……

他又望着孙子说：“你小时还喜欢玩锯子。经常拿把锯子这儿锯锯，那儿锯锯，给我把几道门槛都锯坏完了。本是高高的几道门槛，被你把它们锯成了大大的山垭。”

孙子也笑了，说：“是的，谁叫您修建房屋做些门槛嘛，故意给人设障碍，过去过来好不方便哟，小娃儿就总是被门槛绊了摔倒。我将来修建楼房，全部不要门槛，在屋里也像走马路一样平坦，闭着眼睛走也不会摔倒……”

他充满期望地看着孙子：“你将来就给爷爷修建一栋这样的现代房子吧，让爷爷享享孙子的福。”

孙子说：“这没问题。不过，到那时，我要拆您的旧木屋建高大的现代新楼房，您可不要怜惜，不要阻挡哟。”

他一听脸上忽地严肃了，袭上一缕惊惶：“你修建新房可以，可你不要拆我的旧木屋啊。就在旁边修建嘛，地方宽着呢。”

孙子就笑了：“您真是个老古董爷爷。”

他笑一下：“你爷爷不是老古董，是珍惜匠人的创造，是要保护匠人的劳动成果。这是一种传统文明啊。没有传统文明，哪有现代文明？传统是现代之母啊。你懂吗？”

孙子笑着：“我懂。好，我不拆您修建的木屋，我要在大城市里修建一座高楼，让你搬进大城市的洋楼里住，享享现代文明的福。”

他脸上又是忽地掠过一丝惊惶，说：“我还是想住在老家哟。”

孙子看着他说：“哪个照顾您呢？”

“我自己照顾自己。你做你的大事，只要过年回来看我一下就行了。”

“那你生病了怎么办？”

“你只要在大城市修建了高楼大厦，我就高兴了。人一高兴，就不会生病了。”

孙子笑了：“您真是个老神仙。”

他已经把刨子调整好了，递给孙子，说：“先用短刨子刨头道，再用长刨刨二道，细刨。”

又教孙子怎么操作刨子。孙子说：“好的，我也来学一回木匠。”

孙子说着将刨子用双手拿好，像拿一辆玩具车，向前一推，“呼——儿——啦——”刨子就唱起了快乐的歌儿，像电动玩具车奔跑。

他用斧子砍着，嘣、嘣、嘣，像是敲着打击乐，很有节奏感，就形成了一曲清爽的合奏：嘣、嘣、嘣，呼——儿——啦——嘣、嘣、嘣，呼——儿——啦——真是太美妙了。

他俩也真是配合得太好了，演奏得太好听了！连云儿也来到门边看着，听着，脸上绽放出从未有过的笑容。那小孩子更看得眼睛也不眨。

他就看着孙子刨着。看着，就笑了，说："真还是这样刨的。你到底是木匠家里的娃儿。真是龙生龙，凤生凤，老鼠下的儿会打洞。"

他这么一说，站在灶屋门边的云儿又笑了。

他高兴地说："我孙子刨得还真行！可惜你要去读大学，不然我们是天生的一对伙伴啊。"说得孙子和云儿都又笑了。

接下来，他用扯錾给木枋錾了眼，划了竹钉，很快就将这些木枋组合成了四块。又用刨子修整一下，然后一组合，就成了一个盒子式的东西。再将两头锯成上长下短，略微造型，并用刨子刨光。再又给两头嵌进一小块方木板挡紧，再用竹钉四周一钉，就是一个漂亮的盒子了，看去真像一个宝盒。开始都以为他是在做一个什么玩具呢，原来是做的宝盒。

云儿看了觉得十分可爱，用手抚摸着，喜悦地说："你是做的一个珠宝箱啊。"

他笑着说："我是做的一个百宝箱。"

忽然孙子大声说："我明白了，爷爷做的是一个袖珍棺材！"

他高兴地笑着，拍拍孙子肩膀："真聪明，不愧为木匠世家的后代！"

这时他就对云儿说："来，把你的煤油弄一点儿，倒在这上面，肯燃一些。"

准备好了，他就拿着这个袖珍棺材和孙子一起向老人的坟墓走去。云儿觉得好奇，也跟着去了。

这时天上的月亮快要圆了，亮亮的，像一个大灯笼为他们照着亮。他抱着袖珍棺材来到老人坟前，放好，就用打火机点燃了这个百宝箱。

他跪在地上对着坟堆说：“姑妈，您想要我做的棺材，我为您做好了，包您满意。我现在就给您送来了，您就好好享受吧。”

瞬间，这个袖珍棺材就燃烧成一团红红亮亮的火焰，像一朵盛开的莲花，火光将他们三人的脸蛋也辉映成一朵朵绽开的芙蓉……

三十六　亲情难认

从老人坟墓回来，云儿感动地对他说：“你真是一个善良的人，重情的人。你会活到一百二十岁的。”

他悲伤地说：“老人是个好人，是把我当成的亲侄儿看待的……”

他从一个背包里拿出一些点心，递给她，说：“这是我给老人买的她爱吃的月饼，你代表老人吃吧。”又递给她一包，“这是给你买的饼干，我知道你一直喜欢吃这东西……”

她非常感动地说：“你真是太厚道了，真叫我不好意思啊。”

晚饭她做了几个好菜，有腊肉，有鸡蛋。三个人吃着饭。

她非常喜欢陈厦这孩子，觉得陈厦太可爱了。不时地又看陈厦一眼，用另外一双筷子给陈厦碗里夹菜，说快吃菜，多吃点。陈厦也非常高兴，说谢谢奶奶。

她感到一种幸福，甜甜地笑着，望着陈厦，说：“陈厦多乖！要是你真是我的孙儿，那该多好啊，那不知要笑成怎样呢。”

陈厦就说：“我……就做您的孙儿吧。”差点说出我本来就是您的孙子呀！

她高兴地笑起来：“那就好啊！”

又望着他说：“陈师傅你很有福气啊……”

他淡淡地笑着说：“其实，人最好的福不是吃穿，是心里舒服……”

她对这话不是很明白。

他用筷子给她碗里拈了两片瘦肉，关心地说：“你也很辛苦的，多吃点肉吧。”

她的脸上忽然间有些红润了，也显得更加漂亮。

饭后他们三人坐在桌边讲话。云儿总是看着他的孙子陈厦，不禁感叹地对他说：“你这孙子长得真好看啊！”

他笑着看了云儿一下说：“孙儿像爸爸，爸爸像妈妈，这孙儿实际上像奶奶。可以说，和奶奶年轻时一模一样，完全是一个样子，一样漂亮。”

云儿羡慕地说：“真不错，那陈厦奶奶一定很漂亮，是个大美人。”

他觉得是时候了，就说：“是啊。”

他随即从衣袋里掏出一张照片，递给云儿：“你看嘛，这是他奶奶年轻时的照片，你看是不是和陈厦一个样子？”

云儿接过照片，认真地看着，又转头看他孙子陈厦，就大声说：“哎呀，这孙子和奶奶年轻时真是一个样子！都好漂亮啊！”又说，“那个年轻的男子，就是你吧？”

他一脸悲哀，显得沉重地说：“是我。”

她感叹地说：“你那时好帅啊！你媳妇长得好漂亮！真好看。那个小男孩是你们的儿子吧，真像他妈妈，多可爱啊。”

他坚持脸上露着笑容，说：“是我们的儿子，我给他取的名字叫陈艺。”

她认真看着照片。他多想能够唤醒她的记忆。

他忍住难过，也不想说什么，想让她自己看看，看能不能让她的记忆复活。

她羡慕地看着照片，但没有回想起一丝什么。她微笑着，感叹地说：“你媳妇真是个美人啊！”

他说：“是的。”

她感叹道：“你们一家真不错！”

他实在是忍不住，想说出实情，就看着她说：“你年轻时肯定和这照片一样，很漂亮。”

她摇摇头说：“我年轻时不知道是怎样的，听这个妈说，我从小患病，被人扔了……”

他心里无比地难过，但他不想再说什么。

她看着他，一会儿才说：“你怎么这些年没来嘛。”

他说了家庭的变故，他要带孙子的事……

她十分同情地看着陈厦说：“只要找，是能够找到的。”

他们说了一些话。她说：“你们白天走累了，早点休息吧。”接着给他们弄了热水，叫他们洗了。

她说：“都不在家，床空得多，你们爷孙俩就一个人睡一个床吧，休息得好一些。”

他说：“我跟孙子睡，孙子马上就要去读大学了，一去就是好久，想看也看不到。在家，孙子也是跟我睡的。”

她说：“你年纪也大了，晚上起来解手不方便，你们就睡一楼，睡我的房间，也睡睡你自己做的床……”

他说：“你睡习惯了的地方，还是你睡吧。我晚上喝得少，一般不会起来解手。”

他就和孙子上楼了。他们上去之后，她又给他送尿罐上去。又嘱咐说：“早上多睡一会儿……”

他感激地说：“谢谢你！你也去休息吧。”

她走后，孙子对他小声说：“爷爷，明天我去给奶奶说，说她其实是我的亲奶奶，说您一直都很思念她……”

他马上提醒孙子：“不要这样！她能自己回想起来那当然很好，我们不能一次次去说这说那，这样不好。同时，她有好好的家庭，有三个儿女，还有三个孙子了，我才你一个孙子，我从来就没想要来破坏她的家庭，更不能破坏她已经平静的心境……”

孙子有些憋闷地说：“可是多么叫人遗憾啊！”

他说：“世上遗憾的事太多了。能有你这样的好孙子，我已经是最幸福的人了。我现在最想望的事情就是——看到你成大材……”

“可是我想，她要是能知道我是她的真孙子，她该有多高兴，那该有多好，能让她回到您身边那更是多美好啊！”

他严肃地说：“千万不要想这些了！我已经想清楚了，不要破坏她的平静生活。人生，好不容易才能平静啊。快睡觉吧。”

陈厦就不再说什么了。可是他不禁又走进那些美好的回忆——她帮他建房子时的那股子劲……他在她家做嫁妆时，她晚上给他做夜宵吃，和他喝酒……

第二天早上，他听见她起床去做事了，他也就起床了。他在堂屋里支好马凳，然后开始整理那些木匠工具。

这时她从灶屋里出来，就说：“我叫你多睡会儿，你看你还是这么早就起来了。睡好没有哇？”

他显得高兴地说：“睡好了。我看你的一些盆都不行了，我来帮你做几个盆吧。”

她高兴地说：“哎呀就是差盆用，我剁猪草都是在地上垫块木板剁的，剁得到处都是，一扫半天。可怎么好意思麻烦你啊。你好多年没来了，是稀客呀，应该好好地玩一下，怎么能还要累你嘛。”

他说：“这没事的。能做点木工活，我心里高兴。”

他说：“我先给你箍个剁盆，好剁猪草，剁萝卜，剁辣椒。我给你做牢实一些，你好多用些年。”

她笑着说：“怎么，再不来了？姑妈过世了，就不来了？”

他真不知该怎么回答。但他还是说了：“来，一有时间就来的。”

她说：“是啊，老人是你姑妈，虽然不在世上了，还有她的儿子，还有我，你来，还是一样亲啊。”

他说：“是的，是一样亲，本来就亲……”

这时她挑着水桶去挑水。他放下手中的木匠工具，走过去握着她肩上的扁担，说：“我去帮你挑。”

她笑着看他，说：“不，我去挑，我还能挑。”

他说：“你是妇女，有我这男人在身边，怎么还能要你一个妇女去挑水嘛。挑水是男人的事。弄饭是你们女人的事。让我去挑吧。”

她不好意思地说：“这怎么行嘛，你是好久不来的客人，还要你去挑水。”

他笑着说：“你不是说，我们是很亲的吗？怎么又变成客人了？”

她脸蛋有些红了，笑得很深情，说：“谢谢你了！”

他说：“不用谢。亲不言谢。我们不是外人。”

他一连挑了三担水，水缸就满了。她不好意思地说：“把你辛苦了。”

他就说：“你们这水有点远，你应该叫儿子们回来买点水管，把水引到家里来，要减少好多辛苦啊。”

她说：“水井比我们这屋还低，只有从上面老山上去引，路程有点远。大儿子不想回这地方，在江原市那边买了一套房子。小儿子还是想回来，是说想把水引到家里来。并说要把这旧屋拆了，重新修建一栋新楼房。”

他一听要拆掉这旧屋，就像心里忽然被拆了一块。脸色变得痛苦，诚恳地说：“你还是给他们做下工作，这个老屋是老人们留下的纪念，千万不要拆了。拆了，老人在天堂也不会高兴的。”

她说：“到时候，我一定给他们说说。”

也就在傍晚时分，一个直径一米多的剁盆就箍好了，仿佛是一个圆圆的大月亮飞入堂屋里。

她久久地抚摸着这个新盆，只感觉白白亮亮的，像白玉做的一样，像个大月亮。她摸着，真有些爱不释手。

他又用木板做了一个小一点的盆垫，对她说：“你剁猪草时，将这个盆垫放在盆里垫着，然后在上面剁，免得把这盆底剁坏了。”

她感动地笑一下说：“你做事真想得周到啊，哪个女人要是跟你，那该是多么幸福啊。”

他心里震动一下，看着她，勉强笑着说：“我是想你多用一些时间。”

她又笑一下：“我看你这样做，是准备我用一辈子了。看来，你是再不会来了……”她好像充满一种难舍的意思。

他说：“我会来的。”

三十七　关键时刻

回到家不久的一天，他正在田里锄草。如今很少有木匠活做了，他闲不住，同时得打发孤独而沉闷的日子，就整天在田里忙活。这时他抚摸着一根玉米秆儿，感觉这就是粗粗的柱头，直直的，圆圆的……

“爷爷，我给您报告喜讯了！”是孙子陈厦回来了。

他忽的一下转过头望着陈夏，高兴地说：“喜讯？”

陈夏高兴地说：“我考了六百八十五分。”

他兴奋地说：“这个数字太好了！”又问，“那六百八十五分可以考到什么样的大学？”

陈厦笑着说：“可以上清华。但好专业比如计算机专业，不一定有把握，还有更高的分。现在学校要我们和大人商量，确定好志愿。我就回来了，我想和您商量。如果第一志愿填写清华大学计算机专业，那肯定会掉档，因这个专业填报的人多，有考七百多分的。如果填报国防科技大学计算机专业，肯定有把握。钟海表哥就读的是国防科技大学计算机专业，读大三了。”

他问：“清华大学有没有建筑专业？就是建房、架桥的这些专业？”

陈厦说：“有建筑专业的，就是土木工程系，不过内容不是研究土木建筑，是现代建筑设计和建造……”

他心里一亮，就问：“那你填写清华的建筑专业应该是有把握的。”

陈厦也老实地回答说：“这应该有把握。”

他严肃地说：“那你就选择清华的建筑专业吧。一是这是最高学府，再是你那天也答应了我的。造军舰有钟海他们就行了。现在形势发展很快，中国将会有一场建筑热潮的，会超过任何一个专业，说不定你还会成为大老板……”

陈厦脸上也笑了，充满理想地说：“爷爷，我就读清华建筑专业，肯定能录取的，将来成为一个设计大师，成为一个大老板！”

他欣慰地说：“很好啊！”

他又满脸沧桑感地望着陈厦：“眼光看远一点，建筑业将是热门。你爷爷从十五岁就学木匠，修建了很多高楼大厦，修建了不少桥梁，但这些都将消失，一切都要过去，但又是那样不甘心……”

陈厦充满信心地说：“爷爷你莫遗憾，你建的房子没有了，我将建设许多房子让你看，让你高兴！”

他叹了一口长长的悲壮气息，说：“你知道吗，一个人看见自己亲手创造的东西消失，是多么痛苦！特别是看见自己学的这门手艺也将消失，那是何等地痛苦……”

说到这痛心疾首之处，他已经是满眼泪水飞流了，他顿了好一会儿才又说出话来：“爷爷现在唯一的愿望——就是想看到你能超过爷爷，建起更高更漂亮的楼房，建起更长更高更美丽的大桥，永远地竖在那里，坚不可摧……”说着，已是满脸的泪珠。

陈厦眼睛一眨不眨地看着他的神情和泪水，一字一字听着，像是忘记了一切，心中震荡着，眼眶湿润了。

好久陈厦才说出话来：“爷爷，您放心吧。我一定实现您的愿望！”

他心里一股热浪涌起，嘴唇激烈地颤抖着，眼睛一热，滚出一颗颗大大的泪珠，顺着布满皱纹的脸颊慢慢滚下，每颗泪珠都是铁石般沉重。他也像是忘记了一切，就这样看着孙子，就像看着一个宝贝，看着一个特大希望……

他收拾了下，然后锁好大门，对孙子说：“陈厦，走吧。”又对黄狗说，“你在家守着，我们很快就回来了。”

他跟着孙子来到了县高中。他的第一件事情，就是和孙子去填写志愿。孙子填写的时候，他站在身旁一直盯着。当孙子在志愿书上填写着“清华大学建筑专业”几个字时，他心中一下子热潮涌起，眼睛潮湿了……

孙子将志愿书递给他，体贴地说：“爷爷看看吧。”

他把志愿书接在手中，用手抹了一把眼睛，又仔细地看了一遍，高兴地说："好啊，这清华大学可是名牌学府。"

孙子笑着肯定地点头说："是的。"

他也笑了："太好了！我谢谢你……"他哽咽了。

陈厦虽然这么说，心里还是有些忧心，会不会掉档？

不久陈厦接到了通知书，真的是清华大学，被录取了！

陈厦兴奋地将通知书递给他："爷爷，通知书来了！"

他接过通知书就看清了，真的是清华大学，是最高学府！哗的一下，眼泪就流下来了，但眼睛又笑成了一条缝。只见那脸上的每条皱纹里都流淌着浓烈的激动与欣喜和慰藉。

他忘记一切地抱住孙子，大声说道："我孙子真是好样的！我终于能看见孙子修建的大厦了！"

接着他就炒了一碗腊肉，要和孙子喝酒庆贺。

他端起酒杯和孙子碰出当的一声响，随即一口喝下，便认真地说道："人，是要有一种精神的，是要有一种品格的。俗话说，人往高处走，水往低处流……"

孙子听得很吃惊。他又和孙子碰一杯，当的一声响，仿佛孙子是他的知心朋友，要倾诉："我读过六年私塾，背过'四书五经'、《道德经》，比较明了一些中华之道、之德，这是我们中国匠人的一种坚定信念。"在酒力的推动下，他说得有些慷慨激昂而滔滔不绝……

陈厦听得很吃惊，他没想到爷爷有这么丰富的学识。

陈厦笑着对他说："爷爷，我看您已经得道了。"

他说："没有。我的道就是你！我的道还在你的未来……"

又说："所以才说了这么多，这可不是酒话，我还没有喝醉。胸怀有道，人就有高度，事业就有大成……"

孙子说："您太不简单了！您永远是我的老师父，我永远是您的小徒弟！我敬您一杯！"

他笑了，一口喝下酒，说："谢谢你，我满足了。我俩还喝一杯！"

结果两人都喝得醉醺醺的了，坐在桌边唱歌。他唱：

高楼高，高过大山包……

孙子跟着唱：

高楼高，高过大山包……

天渐渐地也像是喝醉了，红着一张大脸膛，山也醉了，满身红红的光焰，天上地下都成了醉汉。这时带着酒香的晚风飘飘绕绕，传送着爷孙俩的歌声：

高楼高，高过大山包，鸟儿看见了，飞来筑个巢。筑个巢，生只凤凰鸟，翅膀像云飘，屋儿飞九霄……

接着，肖叶和雷陈林、钟潇、田月一起来了，都来高兴地祝贺，他们是听街上学生说的。雷陈林是石琳打的电话，说大叔的孙子陈厦考取了大学，你要回来一下，雷陈林听了，十分高兴，当即就回来了。他们都送了大红包。

肖叶笑着说："二哥，陈厦这么争气，你的心愿可以实现了，你可以放心了。"

他笑着说："我还没看到他建的大厦呢。"

肖叶说："应该是很快的。"

他们说笑着，都没有感觉到这是一个夜晚。雷陈林提出来，第二天在祝梅酒馆去置两桌酒席，把主要的匠人们请去，好好庆祝一下。但怎么说，他也没答应。别看他像个轰轰烈烈的人，其实他对自己家的事情很低调。

他说："要庆祝，等他今后建起高高的大厦再说。"

雷陈林又对他说："陈厦去上大学了，师父这下身边没有了负担，师父就跟我下城吧。不要您做事，就是帮我在公司里坐镇。只要有师父坐在那里，我心里格外踏实，做事更有信心。”

他对雷陈林是满意的，是高兴的，他终于看到雷陈林有出息，比他强，能在县城里修建现代楼房，这是一种成功，也是他的骄傲。但是他却不愿跟雷陈林下城，更不愿进雷陈林的公司，他去公司能做什么呢？现在修建的是钢筋水泥楼房，他只会木头楼房……

因此他对雷陈林笑着说：“我年纪大了，就在家里休养生息。你们好好干吧。”

……

不几天后一个深秋的早晨，十分漂亮而隆重。天上地下都是重新装潢了的，东边天空铺满艳丽的红地毯，看样子要办大喜事！两边山坡，是一些火红的、淡红的、深红的、金黄的、淡黄的、白色的、紫色的片儿，装扮成了大花园，万紫千红，斑斓多彩，真像是插满了五颜六色的彩旗，在庆祝这金秋的丰硕与喜悦。

他留恋地看着孙子陈厦，亲切地说：“我送你到城里车站吧。”

陈厦神情复杂地看着他，充满留恋地说：“爷爷您就不要送到城里了，我不想在那个陌生的车站和您分别，看着您一个人孤零零地站在那里……你就把我送到这门口的公路边，看着我走，我既可以看到熟悉的家乡，又可以看到您……”

陈厦背起一个大背包。他送陈厦来到门口公路边，身后跟着黄狗。不久来了一辆巴士，哧一声停下，打开车门。陈厦就向车上走去，他便走到车门口，看着相依为命的孙子走进车里，顿时心里有什么东西一涌，喉咙里就被什么哽住了。这时车门哗嚓一声关紧了，也像关紧了他的喉咙。接着车子向前奔去。

孙子在车窗里向他挥手：“爷爷保重！再见！”

他也高高地挥着那有些木讷的手：“我等你好消息！”

黄狗也高抬起头望着陈厦唔唔着。车子一晃就转过了山梁，剩下空空的路，他还是那样站在路边，像一根老树桩，一动不动……

好久，他仍然站在路边，似乎不知道该往哪里走。身边跟着那只黄狗。在他的背后山坡上，是那已经旧了的木屋，在木屋后面，是五彩斑斓的山坡，像插满了彩色旗帜……

好久，他才慢慢走回家。这时他感到是那样孤独，里里外外就他一人……

他怎么也不心甘。他将黄狗寄到了石琳家，就又去了四川。他决心要去寻找那位道远大师的线索。他想，大师肯定去世了，但大师的后代和徒弟应该还在……

三十八　相逢街市

这天天空有些阴沉，像覆盖着一块厚厚的铁板。他觉得实在有些闷得慌。前些年还有手艺活儿干时，又要照顾孙子，这下孙子不需要他管了，又没活儿干了，靠边了。唉，这世界好像专与人捣鬼。

他去四川没有寻找到线索。他又回来了，他想了一个新点子，就向钟潇那里走去。

不见钟潇和铜器，只有琳琅满目的服装。他到旁边屋檐下就看到了钟潇，正在敲打，给炊壶换底。

他亲热地说：“亲家好啊！”

钟潇抬起头亲热地说：“老兄你回来了！”

说着连忙放下活儿，像是真的见到了至亲的人，十分兴奋，像是觉得天上来人了似的，有些受宠若惊。钟潇知道，虽然现在木匠退到了一边，没多少事做了，但他陈师傅在这一带的威望还没有退到一边去，还像神一样活着。

钟潇现在对他不是称呼的陈师傅，而是称呼的老兄，从钟月做了他的儿媳妇，就是这样称呼的，也不称呼亲家。这当然是对他的尊重。

他向钟潇凑近些，小声问道：“你女儿钟月给你来信了没有？”

钟潇摇摇头说：“哎呀哪有个信哟，有信来了，我还不给你说吗？唉，真是对不起老兄一家，我养出这样的姑娘，没脸见人啊。”

他安慰地说：“也不这样说，后人的腿脚长在后人身上，你不可能时时去捆着，他们要往哪里走，你也没法。像我那个儿子陈艺，出外打工这么多年了，好像不是这个地方的人了，过年都只寄钱回来，不见人。现在的后人，你当父母的管不了，他们想往哪去就要往哪去，也不要奢望他们会管你的。”

钟潇叹口长气说：“唉，也是哦。”

他有些郑重地说：“我今天来是和你商量一件重要事情。”

钟潇很感兴趣地望着他：“你说吧。”

他正经八百地说：“我准备做一些小精品挑到城里去卖……”

钟潇忙着回话说：“嗯这个点子好啊！你真会想，这个肯定能卖成好价钱呢。”

他收了笑容说：“我也不是为了卖钱发财，我心里困得慌。人总要找点事做嘛。我做了一辈子的木匠活，现在就这么种田，虽然年纪是有点老了，但我不甘心啊……”

接着他就去找了几个师傅，但只有饶篾匠答应了。他不禁又想起斗笠姑娘……他知道她在城里开的鞋城，赚了很多钱，不会再编斗笠了。据说她的孙子也考取了好大学，他觉得应该放下这颗心了。多年没去看她了，他觉得没有必要，但心里总还是没有忘记，不时地总想起她……

他仍然信心十足，回家开始认真准备起来。

他开始了一种前所未有的加工制作。黄狗也总陪在他的身边，像是也十分关心这件事情。它常常站在马凳边将头伸到他手边上，一双眼睛紧紧地盯着他的手，看他怎么操作，像是要跟着学艺的。它好像是在欣赏，而且欣赏得很认真。他便又想起陈艺小时候，也是喜欢站在木马边看着他做木工，忽的一下心里就涌起一股潮水，苦苦的……

不久，他们三人就乘着客车来到了县城。这天天空老气横秋的，但他们脸上都充满阳光。

他脸上挂着兴奋的笑容。他想，他一定不是陈奂生上城，是陈师傅进城。他仍然信心十足。他心里热烘烘的，脸上时时挂着兴奋的笑容，就如曾经为人立起一栋房屋时的那种高兴劲儿。像过什么喜事的。

他挑着满满一担木器精品。这些东西都是袖珍型，分别刷出了三种颜色：红色、黄色、本色。钟潇挑着一担金光闪闪的铜器。饶篾匠也挑着一担竹篾精品，染得红红绿绿的，显得花团锦簇，光鲜亮丽。看去，他们真是汇成了民间精品一条龙，完全是准备来大卖一场的样子。面对这些精品他会心地笑了，笑得有些得意甚至有些骄傲。

他们下车走不远，就看见了几个摆卖东西的人。有卖药的，有卖书的，有算命的。忽然他睁大了眼睛，他看见了一个和尚，肥头大耳，脸色红润，光着一个又大又圆的脑袋，头上光光的，头顶还有两排黑点儿，这是和尚的标志。下巴上胡须却长长的，有七寸多长。可能由于胖，眼睛显得并不宽大，窄窄的眼缝中目光贼亮。这和尚在人行道里边挨墙而坐，面前是一块黄色的布，看样子是白布用什么黄色的东西染了一下的。布上还有醒目的大字：峨眉山神药，布上摆着一些膏药和其他一些药品。

他们几个将担子歇在人行道边上。这时门面里卖货的人就连忙向他们大声说："哎，不把东西放在这，不要挡我的生意。"

另一家门面的主人也在叫喊："不要挡我的生意。"

钟潇就也大声说："又没挡你的门，这是人行道，是过路的，我们几个老年人走累了，只在这歇一下就走，怎么不行？"

这时那个老和尚就对他们三个人笑着说："看你们样子，腿脚都有些疼痛吧。快买膏药贴，贴上就不疼了。"

钟潇走近和尚身边说："哦，是在茅坪街上卖过膏药的大师吧？"

和尚脸上就有些难堪之色，笑着说："是卖过。"

钟潇说："还是与在茅坪街卖的一样的膏药？"

和尚眨了下眼睛说："现在的膏药是我刚回峨眉山拿的，更好些。"

这时他走到和尚面前，微笑地看着和尚，平静地说："你还认得我吧。"

和尚假装不认识，说："我见的人多了，人又都是一个样子，不记得了。"

他微笑地说："我们在四川就见过面。在牛头镇街上，我买了你四十元钱的膏药，贴上就不疼了。"

和尚连忙接话说："是啊，贴上就不疼了。"

他又严肃地说："可是，我贴了十多张，再不贴，还是和原来一样地疼。"

钟潇就严肃地说："你这不是膏药，是麻药！"

这时周围已经拥了很多人看热闹，连挨着的门面老板们也出来观看。

和尚尽量平静，笑着说："你也是师傅，可不能这样说无根无据的话。"

钟潇笑一下说："那我们一起去药检所检验一下，行不？走！"

和尚笑着说："好，那我们现在就去，我的药如果假了，我在街上倒立三天。"说着就收了摊子，挎一个大包，生硬地说，"走吧。"

钟潇就问一个人："你知道药检所在哪里？"

这人回答说："就在人民医院隔壁。过桥顺着人民大道往西走，有一公里路。"

和尚一副镇静的样子说："走吧。"

他们三个人就又挑起担子，一起向大桥走去。

过大桥后，和尚就说："你们等下，我去旅社拿个东西就来。"

钟潇就笑着说："你不要躲！我们不会带你去药检所的，我们要卖我们的东西。"

他就严肃地说："人要积德，要凭良心做事。既然是个和尚，就要讲究慈悲，行善……"

和尚满脸尴尬地双手抱拳，连作几揖，然后很快向一条小街跑去。

过桥后的这里是几条街交会的地方，有些繁华，也有些拥挤。这时好些人就把他们围住了，看他们几个的东西，像是看从没见过的稀奇一样，有人还连连赞赏着，这些东西好漂亮啊！

一个小女孩还用小手儿抓住一个小巧的花背篓，对她妈妈说：“妈妈，我喜欢这个小背篓，给我买一个！妈妈，我要这个！”

她妈就问多少钱一个。饶篾匠说：“六元一个。”

女孩妈妈就说：“太贵了。”

饶篾匠说：“你们要想一下，我做这么一点东西，要划篾，要编织，一天还要打夜工才能做起一个，还要用漆刷，工钱都不够啊，还有竹子本钱呢？是亏本买卖。”

又一个小女孩抓住一个小花篮，对爸爸说：“我要这花篮。”

她爸爸就问：“多少钱一个？”

饶篾匠说：“三元钱一个。”

这位爸爸一副不高兴的样子说：“也贵了。”

这时有一个小孩正在抓住他的小板凳玩，说：“这板凳好看，爸爸给我买一个。”

小男孩爸爸就问：“多少钱一个？”

他说：“五元。”

男孩爸爸说：“贵了。”

他说：“你要看看，还要想想，这样的小板凳比大板凳还难做一些，刷也不好刷。你看，刷得红亮亮的，多漂亮，像过去大户人家小姐用的。”

男孩爸爸说：“买个塑料小凳子才三元钱。”（其实也要五元。）

他说：“那十个塑料凳还抵不上我这一个小板凳用。我这个板凳，可以说，不得坏。塑料小凳，大人可能一坐就坏了。我这个，管你多大的人来坐，怎么也坐不坏。我家里妻子的陪嫁小板凳，几十年了，还是好好的。”

他说得那个当爸爸的人又笑了，说：“您说得也是。”

钟潇就说：“你们还不知道这老师傅是谁，他就是在这县城里修建大礼堂、人民医院、县委大楼的掌墨大师——陈师傅。是个很神的大师！”

马上就有两个老同志走过来，大声说：“真还像是那个传得很神的陈师傅呢！当年修建大礼堂，我参加了的，向上升那个架木，陈师傅可是有办法的了。”

另一个老同志说：“师傅的办法确实很神，我在场看了的。”

“是啊，当时也好惊险，可是没出现安全事故。”

一个老同志说：“你们买到陈师傅的东西，是福气啊，是最好的纪念。来，我买一个小板凳，我负责孙子喜欢！”

他感动地说：“既然这城里还有人记得我陈师傅，这小板凳我还少一点，四元钱一个。要买的买吧。”

小男孩生怕别人买完了买不到了，双手紧紧地抱住一个小板凳，要哭地说：“爸爸快买，快买！”

小男孩爸爸有些高兴地掏出一张五元的票子，递给他说：“这样大师的东西，买了真是个纪念！不能少钱了。”又看着小板凳说，“这应该值十元钱啊。现在一般老师的工资都每月四百多呢。”

男孩把小板凳紧紧地抱在胸前，像是抱着什么宝贝似的，生怕有人抢了似的。

他笑着说：“真是谢谢了！”

一个老同志说：“是陈师傅的板凳，我买一个！”说着掏出一张五元的票子，递给他，同情地说，“卖太便宜了。”

又一个老同志爽快地给五元钱买了一个小板凳，笑着拿在手里把玩，像把玩一个宝贝似的，兴奋地说：“多漂亮啊！这个可以做展品啊，我拿回去，老伴肯定喜欢的，还会奖赏我的。”

另一个老同志抚摸着小板凳，有些爱不释手，笑着说：“可惜我今天身上没带钱，二天买吧。”

他感到非常高兴，像是遇到了知音的，还问老同志家的情况。

一时间，先前看篾货的人也买了小背篓、小花篮。

也有不少人来看钟潇的小铜器。有人拿着那个小铜炊壶，说：“真漂亮。”

钟潇向人们介绍：“这个是真铜的，对人没伤害，街上卖的那些铝制品，有毒。”

有人附和着说："确实，现在那些铝制品，所谓的钢精壶，烧的水都臭熏熏的，哪有这个铜炊壶好啊。"

但人们都说贵了。钟潇说："我这是用手工一下一下敲打出来的。钱应该是次要的，环保卫生，给人健康才是主要的。身体得癌症了，再多的钱也治不好啊。就不要省这点小钱了……"

三十九　那份纪念

他们挑着东西沿着人民大道向前走着。看的人不少，买的人不多。

有一对母女，那老妈看着他的小木甑，摸着闻着，对女儿说："我们买个小甑吧，木甑蒸的饭香，好吃。"

女儿撇一下红红的嘴唇："电饭煲蒸饭才又方便又好吃。"

老妈说："木甑蒸的'蓑衣饭'（大米和玉米面混合蒸的饭）最好吃，电饭煲不好蒸蓑衣饭。"

女儿望她妈一眼："怎么不能蒸哪。上面加一格，就是甑子，一样蒸。"

女儿说着就向前走去，头也不回。老妈望一眼小木甑，留恋地缓缓离开，走了几步又回头看了一眼那些小货。

一个大概五十岁左右的老人在铜器面前停下来，用手摸着铜炊壶，笑着说："这个炊壶就是好，没毒，装什么东西不变味，不像那些铝制品、所谓的合金，对人体有毒。"

另一个年轻人说："你买钢精炊壶，有什么毒？"

老人说："都是冒牌货，你没注意，烧的水臭臭的，不知对人有多大毒害！我上次出差住的最好的宾馆，那水壶烧的水都是臭的，你说对人有不有毒？你们年轻人都是不注意细节，不去细想，只讲时髦。告诉你，时髦的不一定就好。传统的制品经过了上千年的检验，起码对人体没有什么危害。"

年轻人说：“人生几十年想那么多做什么？想多了不经老。”

老人说：“你们年轻人就是只讲时髦，一时快乐，不等老，身体就不行了，才知道锅儿是铁打的……”

老人又说：“我是学化学的。你们不知道，人是需要铜元素的。铜实际上可以改善贫血，可以预防癌症，经常使用铜杯、铜筷、铜碗、铜调羹、铜勺、铜锅、铜壶的，癌症发病率就低。”

有人就笑着问这老人：“铜有这么厉害？”

老人说：“你们不信，可以查资料看。我搞了一辈子化学，我说的都是有根有据的。”

有人笑着说：“我看你是迂夫子吧。”

老人说：“如果有理论依据的是迂夫子，那你们就是二百五。”

“我看你是在帮这个师傅做广告宣传吧。你们肯定是一伙的。”

老人说：“这几个人与我素不相识，怎么做广告？瞎扯！要讲科学。我说的都是有科学依据的。你们回去在电脑里查资料就清楚了。”

老人就看着钟潇说：“看样子，你也是个老铜匠了啊。”

钟潇微笑地说：“惭愧。你老很内行，是个智者，我应该向你学习。”

老人说：“不，我一看你这些铜器，就知道你是个老铜匠，手艺高超。”

钟潇说：“本来，我爷爷就是好铜匠，我爹也是干了一辈子铜匠活，我也差不多干了大半辈子铜匠活。可我虽然做了大半辈子铜匠，对铜的科学内涵还知道得很少，虽然是个手艺人，但对科学的东西掌握得太少。今天听你老这一番话，我受益匪浅，才觉得我们太土气了，太缺少科学知识了。”

老人赞赏地说：“不，你们这些老匠人很可贵！手工匠人是科学技术之父……”

钟潇谦虚地说：“跟老师说，我好久就没干铜匠活了，是这位（指一下他）陈师傅给我们说，做点小东西来卖一下，根本不是为了赚钱，是继续练练功，莫把手艺忘了。”

老人就转头看着他，恭敬地说：“看样子，你是个好木匠啊。”

钟潇就进一步介绍说：“他是负责修建这县城标志性大礼堂、人民医院、县委大楼的掌墨大师——陈师傅。”

老人陡的一下站正了许多，肃然起敬，赞叹地说：“哎呀真是有眼不识泰山啊。我听说过，这城里很多人都知道，有一个很神奇的陈木匠，是个有过硬本领的大师呢！敬佩！”

接着就看他做的这些小木器，看着摸着，赞赏着：“这都是精品，是艺术品啊！”

又激动地说：“来来，你们两位的东西，我都买一个，不说别的，做个纪念啊！以后，可能看不到你们这些手工匠人的东西了。”

老人就取了一把钟潇的铜炊壶，说：“我就买把炊壶。好多钱一个？”

钟潇说：“你也知道，铜是很贵的。你是我们的知音啊。给你说，我打一个铜炊壶可要两天工夫。”

老人说：“那是要。”

钟潇说：“一把铜炊壶，铜要四十元钱，工钱我只算五元钱一天，两天十元钱。合起来五十元钱。你算下是不是的嘛。”

老人说：“要说，五元钱一天，那还不是技术活的工资，技术活的工资应该要算十元以上一天。我一个月的工资就是四百多，就是十块多元钱一天。也就是说，你这个铜炊壶，要卖六十元钱，才算保本，卖七十元钱才有十元的利润。你卖的多少啊？”

钟潇有些无可奈何地笑着：“我还只卖了一个，卖的五十。”

老人说：“按技术工资算，那你倒亏了一天的工钱十元啊。太亏了。”

他在旁边插话说：“都还说他卖贵了。”

老人感叹地说：“真是亏了你们这些老匠人啊！”

老人就掏出钱来：“我给你六十，拿一个。”

周围的人们越来越多，都被他们的说话感动。

钟潇感动地说：“老师，你是个智者，值得我们学习。你是我们的知音，值得我们永远记住。这个炊壶，你买，我只收铜的本钱，四十元钱，多一分我也不要！”

周围的都吃惊了，感动了。

又一个老者说：“这些老匠人，真不简单，不说做得多辛苦，这么远挑到城里来卖，又不为赚什么钱，其实就是丢不下学的手艺，多么可贵啊。”

那老人说：“你只收四十，我怎么也不会要。我一辈子没亏过人，老了还亏一回人？我办不到。这样，你一定要收六十我就买。”

钟潇就诚恳地说：“朋友之间，是可以赠送礼物的。今天我们相遇有缘，通过相识相知，我们已经成为知音，我又怎么不能表示一点人情呢？”

那老人说：“那又是一回事。现在我俩是做买卖。”

两人推去推来，后来别人劝解，钟潇就收了五十元。老人说：“你亏了一天的工钱，我心里怎么能安啊。”

那老人又对他说：“你这个小板凳怎么卖的？”

他说：“我卖的五元。”

那老人说：“哎呀，你这只卖了点材料钱，十元的工钱呢？”

那老人拿了一个。掏出十元钱，往他那小木桶里一放，又将钟潇退的那十元钱往钟潇担子上的一个铜壶里一塞，拿着铜炊壶和小板凳就跑了。

等他和钟潇拿钱去追，那老人已经不见了影子。他和钟潇拿着钱久久地站在那里，望着前面空空的街道。

他们走回来，有人就说：“这个老师是县高中的，是全县有名的化学老师，还是政协委员。”

一时间，他和钟潇都默默的，什么也说不出。

一晃，太阳跑到西边好远了。他们也在街上走了半天，肚子实在饿了。

他说：“我们不能只顾卖东西，还是要顾一下肚子，在哪买点东西吃一下吧。”

他们就边走边找着餐馆。他说："我们商量一下，到底是吃饭还是吃面食呢？"

钟潇说："吃面食吧，便宜一些。"

他说："那一碗面条吃不饱呢。"

饶篾匠说："一碗面条吃不饱，那还加个馒头，不就吃饱了嘛。这样三元钱就解决问题。吃炒菜和饭，起码要十几元，一天要吃掉我们几天的血汗钱……"

钟潇说："这也行。"

他也说："行。"

可是走了几家餐馆，都只有面条，炒菜，饭。馒头是早上才有。

他说："那就吃饭，一天总得吃一顿饭，吃一顿主食，人才受得住。晚饭，我们就吃一碗面条，反正睡着也是压床，不需要使力。"

他们在一家餐馆坐下来。他问："老板，炒一个菜多少钱？"

一个肥胖的男老板说："炒个青椒瘦肉丝十元钱，饭一元。"

他们听了都一惊，都知道这是他们两天才能挣到的钱啊，而且现在根本没有他们的活干了。

他又问："炒个素菜呢？"

这老板说："不炒素菜。"

他又问："便宜的汤菜多少钱？"

老板说："最便宜的是鸡蛋汤，五元钱一个。"

他说："没有白菜汤吗？"

老板说："没有白菜汤。"

于是他就安排，每人炒一个菜，每人一碗饭，各结各的账。

老板说："不要汤菜呀？吃饭不喝汤，吃嗒半天蔫。"

饶篾匠说："就吃一盘炒菜，反正还要喝茶水的。"

很快就是一阵叮里哐啷嚓嚓啦啦的响，三盘青椒肉丝就炒好了。

说是肉丝，看去就是一盘青青的辣椒，不见几丝肉。他想，这肉丝是不是炒化了？这时市场卖的好瘦肉是三元钱一斤，一两也才三角钱，这应该是没有一两。

饭也上来了。他们就闷着头吃饭，也不说什么。他们都是手艺人，都讲究出门要嘴稳，不乱说。不管好坏，都不要多嘴多舌。

老板就问：“不要汤菜了？”

都说不要了。

吃完饭，三个人各自给了钱，每人十一元钱。然后都拿出一个茶杯，倒点热水喝一些，又将杯子添满，然后又挑着东西向街上走去。

不久就来到了县委会大门口，他就站住了。他想起当年修建这栋大楼的情景，也想起了杜信书记。

钟潇笑一下说：“陈师傅，你又想那些往事了？”

又转头对饶篾匠说：“饶师傅你不知道，这栋楼房是陈师傅当年主持修建的。”

饶篾匠笑着“哦”了一声，说：“那我们歇下来，好好看看吧。这里人多，说不定又要卖出几个东西。”

于是几个人就歇下担子，挨人行道外边放好。

他就望对面大楼回想着。他想起那杜书记，想起和杜书记在施老板铁厂的相遇相识的事，那时杜书记是地下党……

这时就走来一个妇女，是个干部样子，五十多岁，身子稍胖，一头黑黑亮亮的头发，脸上白白净净，她来到正在发呆的他面前，伸手摸着他担子上的小木桶，赞赏地说：“这些东西好乖呀！”

钟潇就喊：“陈师傅，别人买东西呢。”

他回过神来，忙说：“哦，你先看看吧。”

这女同志微笑的神态又变得沉静了，她说：“你这些东西做得好乖啊。”她好像又想起什么，摸摸木桶又摸摸小木甑，就说：“给老师傅说，我父亲也是个好木匠，给别人修建过许多木屋，做过许多嫁妆、家具……”

他看她，就说：“他老人家还健旺吧？”

她有些悲伤之情地说：“父母亲都过世了。”

他忽然心情沉重了，也想起自己的父母，就说：“看得出来，你是个很重情义、很有孝心的人。”

她说："木甑蒸的饭好吃。我就买最小的这个。"

他说："这个蒸不了多少饭，只能吃四个人，你可以买个大点的。"

她说："儿女们在一边，我们一般就两个人吃饭。我主要是做个纪念……"

他听了很感动，就将这个小木甑取下来递给她，亲切地说："你父亲也是木匠，这个小木甑我送给你，做个纪念……"

她说："那不行，要给钱。"

他说："你买其他的东西，就给钱。"

双方推了半天。他说："我和你父亲都是同行，你也等于是我的后人，我一定要送你这个小饭甑。"

她说："这个小木桶，还有盖子，好装粮食。我买一个。"

他说："好的，我给你取下。"

她说："多少钱一个？"

他说："五元。"

她说："您卖太便宜了！仅仅收了点材料钱。一个大工应该是十元呀。"

他说："我本来就不是为了赚钱，包括这几位师傅。都是老匠人，舍不下学的手艺，做这么些小玩意儿，展示一下，标志我们人还在，艺还在……"

她感动地说："你们真令人感动啊！看见你们就好像又看见了我父亲……"

她说着掏出两张十元的票子，折一下，趁他不注意，塞进他衣袋里，说："我要回家做饭了，再见！"拿起小甑和木桶很快地走了。

他掏出钱来看，是两张十元的，慌忙去追，边追边喊："你等一下。"可是她很快地过了马路。这时就来了几辆车，他不敢抢道，也不知她走到什么地方去了。他就久久地站在那里望着车水马龙的街道……

四十　一臂之力

这时已是傍晚。西边的天空红红的，像一摊浓浓的血，太阳正在融化……

他们挑着担子向前走着。后来他们就来到了他主持修建的大礼堂面前。前面是一个广场，有一些来往或逗留的人。

他就说："我们又坐一会儿吧。可能又有买东西的。"

都把担子歇在大礼堂前广场边。饶篾匠在自己做的小竹椅上坐下来，钟潇是坐的一个可以收拢来的折叠小凳，他坐的是小板凳。

他认真地看着那高高的大礼堂，对他们两个说："这就是我当年和师傅们一起修建的大礼堂。"

饶篾匠说："好气派啊，你真不简单。"

他说："这是仿照北京人民大会堂设计的。这前面是'工'字形的两栋四层楼房，两栋之间那排高大的圆柱子进去，是大厅，再进去，后面就是高大的礼堂，开会，放电影都在这里。礼堂那头是戏台，后面两边又是连着的三层楼房。"

他看着大礼堂，又想起那升架木的惊险一幕……

这里离县医院不远。中间隔着一条街道、两排树木，还有一绺儿农田。在这里能看见那医院半截墙壁，还能看见屋顶的灰瓦。那瓦片不是乡村中的那种小瓦片，是四四方方的机器瓦，看去非常漂亮，在阳光下闪射出玉石般的光泽。

他就又想起修建这医院时，牺牲的泥瓦匠葛师傅……

也就在这时，向他们走来一个人。这人是个中年人，穿着红色T恤衫，肩挎一个黄色的小包，手里拿着一个摄像机，远远地就给他们拍了照。

然后笑着走到他们身边，感兴趣地说："师傅们辛苦了！"

他们走了大半天了，还没人这样向他们问候说辛苦了。他们听了都有些兴奋和莫大安慰。

这人又笑着说：“我姓尚，是电视台的。你们也不要不好意思。今天，你们应该是这城里的一个好新闻！我想报道一下你们，你们没意见吧。”

他觉得有些惭愧地说：“唉，我们又没为国家做什么，都是为自己做点小手艺，对社会没什么贡献，真有些不好意思。”

饶篾匠也一副谦虚的样子说：“哎呀不好意思。我们几个老家伙做这么些土货，又没为社会做什么贡献，值不得报道啊。”

尚记者感兴趣地笑着说：“不能这样说，我一看，你们就很可贵啊。”

他说：“多谢尚记者了！”

尚记者说：“你们这些老匠人很可贵。你们代表了我们民族的一种历史文明。手工匠人是科学技术之父。没有你们这些工匠艺人，哪来中华文明？比如说，北京的天安门、故宫，天坛、颐和园、圆明园，还有都江堰、赵州桥，甚至还包括万里长城，等等，都是你们这些中国工匠的杰作。你们为灿烂的人类历史文明做出了伟大的贡献。现在，不少民间工匠艺人正在受到冲击，走向边缘，有的还将消失。国家应该要进行抢救，把许多工匠艺人的加工、创造用图片用视频记录下来。比如棕匠，现在可以说已经消亡，几角钱买张塑料纸往背上一披，又轻松，又美观，又不透雨水，谁还要花很多钱去制作一床笨重的蓑衣呢？”

钟潇说：“我们的手艺已经消失了，只是人还没死。现在什么金银铜铁锡铝钢、合金等金属制品，都是工厂机械化生产，我们这些手工敲打太落后了，也养不活人了，自然就要消失了。”

他说：“我们做这么些东西来卖，根本不能赚到什么钱，只是在离开这个世界之前，最后还展示一下，做个纪念……”

饶篾匠说：“篾匠已经消失了……”

他说：“木匠也消失了……”

尚记者忙碌地拍摄了他们的表达，说：“在农村，篾匠、木匠不可能完全消失。”

他说："在农村，好多木匠、篾匠都远去打工了，也没什么事可做了。所需要的篾器，都有塑料、金属的制品。农民用的木器，也都被塑料、金属制品代替了。比如塑料盆、塑料凳子、电饭煲等。家具都是大工厂机械化生产的，只去商店里买，比旧式家具又新鲜又好看，又不变形。"

尚记者也点着头，说："这些也是的。所以，现在要抢救你们这些老工匠艺人。来，我还为你们一个一个地拍摄一下，都挨精品担子站着。"

饶篾匠说："那就用这大礼堂做背景。这可是这位陈师傅掌墨修建的呢。"

尚记者睁大了眼睛看着他，感慨地说："那真是太伟大了！"

饶篾匠又说："还有那县府大楼、县医院，都是这位陈师傅掌墨修建的。"

尚记者满脸敬佩地说："真是太不简单了。那我等下还要去拍摄一下，一起报道。"

尚记者用大礼堂作背景为他们拍摄了合影。

他说："谢谢尚记者了！"

尚记者又问："你们三个是不是一块的？"

他说："是一块的，都是茅坪区的。"

尚记者说："这样，你们今天卖东西，明天回去，做三天准备工作，第五天早上我准时来，将你们加工制作产品的过程，摄成录像……"

他们三个听了，简直觉得是神仙在和他们说话，都笑得合不拢嘴，都说："好！好！好！谢谢尚记者！谢谢……"

尚记者就在他们旁边做着相关拍摄。

后来尚记者对他们三个老师傅说："你们今晚注意看一下我们县电视台的节目，要播出你们三位老工匠的。可能要晚一些，大概在十点钟以后。栏目名称是《街角记事》。"

他们都说："好啊，谢谢记者同志了！"

尚记者诚恳地说："应该的。我也和你们一样，也是在尽一个匠人的心。”

天渐渐黑下来，像一间房子关了门一样，但街道却是像彩虹一样灿烂起来。

钟潇要大家去他儿子家，大家都拒绝了。钟潇儿子钟铜已经在城里修建了好几层的新楼房。

他本来也想到，去雷陈林公司看看，但他知道雷陈林在搞大工程，一定很忙，还是不去打扰……

他这时感觉腿脚关节非常疼痛，说："我们还是住旅店去吧，不要打扰别人，这样我们也自由些。"

钟潇不想与大家分别，就要和大家一起去。他说你还是应该去儿子家。但钟潇确实不愿离开大家，还是和大家一起去了，边走边说："我们这些老匠人还是和老匠人在一起好。和年轻人在一起，他们嘴里不说，心里不知有多嫌弃。"

他们去找了一个小旅店，准备住下来。他们商量了，要找房间里有电视的。一问价格，普通的没电视的三人间，十元钱一夜，有电视的，要十五元钱一夜。

老板说："这是全城最便宜的了，不信你们去找。一般地方，有电视的都是二十元以上一夜，宾馆五十以上。"

他想天呢，住一夜十五元，要三天才能挣到住一夜的住宿费啊。

他便说："好的。我们先去街上吃点东西再来。中午吃的那一碗饭和一盘炒菜，早已没影儿了。"

于是他们走了出去。又挑着担子边走边找。结果，都比这家还贵。

他们每人吃了一碗面条，四元钱。然后又回到这个旅店，买了有电视的三人间，每人付了十五元。

回到住的房间，人也像是一包酸水了，浑身酸软无力，不愿动了。他们都想先睡一会儿，等身子稍微恢复一下，十点钟好起来看那个电视节目。

他这时觉得腿脚关节疼痛难忍，就找出带的半瓶白酒，开始给腿脚按摩……

饶篾匠就说："不能睡。我们都累了一天，十分地疲劳，这一睡，说不定要睡到明天早上才得醒，那我们看电视的事就错过了。"

饶篾匠就说："那还是不睡。即使我们今天什么也没有卖出，我们也划得来，我们上了一回电视。这可是跟演电影一样呢。这可是全县人民都能看到啊。就是倒给二十元钱也值，一般人哪个又能上电视？"

他也说："是不能睡，怕睡过时了，看不成今生第一回上电视，那太遗憾了。"

他又说："我们来算算账吧，看今天卖了好多钱，开支了好多钱，还剩好多钱。"

坐下来，都忍不住要算下今天的收成。他们算了一下，今晚的面条，加中午的饭菜十一元，加十五元的住宿，就去了三十元，加上车费十元，就是四十元。而饶篾匠一起才卖出四十多元钱。钟潇多一点也才卖两百多元，如不是那个化学老师，会卖得更少。但铜的成本也大，实际上亏得更多！他，也只卖出五十几元……都感觉到，这是一场亏本买卖，怎么也笑不起来。

最后他鼓励地说："我们是第一次进城卖东西，要说，今天是成功的。是第一天，还是卖了不少东西。特别是我们遇到了电视台的记者，还要把我们搬上电视，这值多少钱？我们祖祖辈辈，谁上过电视？我们那一带的老百姓，谁上过电视？我给你们说，今晚我们一上电视，等于就是广告。我们明天的生意肯定红火，带的产品可能要早早地卖完。特别是，那个尚记者，还要到我们家里去采访，把我们做手艺加工的过程，都要报道出来。到时经尚记者在电视上一报道，我们的生意肯定要走向新的红火。而且，我们也成了名人，那就有名人效应。所以说，我们今天来得好，来得值！今天赚没赚钱不重要，我们为以后打下了重要基础，我们又要走向兴旺了。"

钟潇和饶篾匠也被他说得笑了起来，仿佛已经看到红火而光明的前景。

他们终于等到十点钟，电视出来了，栏目是《街角记事》。首先是他们三人挑着精品在街边走的镜头——

都忍不住喊起来："啊，真是我们三个！"

"我们真的上电视了！"

他们就睁大眼睛盯着电视——

他们特别高兴的是，电视里介绍他们说："这是我们民族的老工匠，他们的手艺是我们中华文明的重要内容。他们应该受到尊敬。你们看这些东西，这既是小家具、小用品，更是艺术精品，既有观赏性，也很实用，而且很环保，还可以收藏，还可以赠送人……"

这时不知怎么的，他们三人的眼睛都湿湿的了，都流出了一颗颗混浊的老泪，滴到了他们粗糙的手背上。他们脸上又都是开心的笑容，丝毫没有感觉到他们流泪了。他们的视线模糊了，都用衣袖擦了擦眼睛，继续睁大眼睛看着……

他激动地一拍大腿，大声说："我们今天就是亏了也值！"

钟潇激动地站起来说："我们今天——值了！"

饶篾匠激动地拍一下床头说："这辈子，就今天值！"

电视里，他们远远地走来，在一棵树下停住，许多人围着他们，看的看，摸的摸，说的说，好热闹呢。

饶篾匠就问他："陈师傅，我们茅坪乡能看到这电视吗？"

他还没来得及回答，钟潇就说："能够看到！起码街上一带的都能看到。街周围都有有线电视。"

饶篾匠又关切地问："这时，茅坪街一带的人，不会睡吧。要是都不睡就好了，就都可以看到电视上的我们。我们就出名了。"

饶篾匠又想到一个问题，说："也不知茅坪街一带的人，会不会都看这个本地台。如果看电视剧频道，那就看不到我们了。现在的人都只喜欢看电视剧，不大关心新闻，都说新闻就是日白。"

他就说："你放心，总不会都去看电视剧的。许多人，特别是那些干部职工，都喜欢看本县的新闻。我们也属于新闻。"

这个节目完了，别的节目播放好久了，他们还久久地盯着电视。

他们模糊的视线感觉不到变换节目了……

四十一　孰赚孰亏

第二天对他们来说像是换了一块天地，感觉一切都是那么新鲜。他们早早地起了床，认真仔细地洗了脸，感觉比平时洗得要干净许多。

他们去街上每人吃了一碗面条，另加一个馒头，可以管半天了。然后他说："我们来统一一个广告词怎么样？"

钟潇感兴趣地说："还是你老兄能想问题。"

饶篾匠说："这个提议很好。还是你陈师傅先说，你书读得多一些……"

他就想了一下，然后说："我先说说，你们看怎么样吧。"于是就说道：

老师傅的老品牌，环保实用不怕摔，几辈人也用不坏，做个纪念亏本卖。

钟潇听了大声说："好！"

饶篾匠听了也说："好！"接着又说，"就怕'老品牌'这词儿，别人会不会以为都是老的——旧的，过时的，不吸引人，能不能改成'新品牌'。"

他轻轻地笑一下说："你们也看见了电视里关于酒的广告，本来是才开厂的，才生产的，硬要把它说成是造酒三千年……"

他说着，都笑了。

他又说："老字号就是价值。"

饶篾匠摸摸下巴上足有五寸长的白胡须说："这么说，我这胡须还要留长一点。”

几个人都笑。饶篾匠接着说：“我看也行，老品牌应该说比新品牌要好。酒是陈的好。先就这样，以后还可以修改嘛。”

都挑着担子向大街上走去。一边走着，一边像唱歌一样唱诵道：

老师傅的老品牌，环保实用不怕摔，几辈人也用不坏，做个纪念亏本卖。

一时间，人们都朝他们看，有的还是站住认真看的，并且都对他们笑着。

有的还议论着，甚至用手指着他们议论，说：“你们看，这就是昨晚电视里播放的那几个老师傅嘛！”

有的人说：“是啊，是那几个老师傅呢！”

“哎呀，他们真不容易！”都赞扬着。

“这么大年纪了，真有一股精神……”

接着就有人围住了他们，有的看人，有的看东西，有的摸东西，有的人学着昨晚电视里主持人的话语，赞扬地说着……

一个像是退休的老同志抚摸着一些铜器，这样摸一摸，那样敲一敲，后来拿着那对金焕焕的金童玉女铜像，认真地看着，爱不释手，真有些如获至宝似的。

钟潇恭敬地看着老人，微笑地说：“您老买一对吧，这个要买就要买一对，放在家里吉祥，送给孩子们更是纪念啊。”

老人就深情地说：“老师傅你还真说到我心里去了。给老师傅说，那时我儿女较多，比较困难，孩子们结婚，我什么也没给他们陪嫁，心里一直抱愧。现在他们什么家具都有，也不需要什么，买金子的，我也买不起。你这个也就像金子的，我想，就买这对金童玉女送给他们，表示我的一点心意，作为一个纪念。”

老人说得旁边的人都受到了感染，都赞赏地说：“您老人家想得真周到，想得多美好啊。”

钟潇就问："你买几对嘛？"

老人说："我有两个女儿，就一个女儿买一对吧。"

钟潇说："哦，买两对，那我给你优惠一点。我本来卖的是四十元钱一个，一个给你少五元吧，一起少二十元，行吗？"

老人说："你们做这个不容易。说老实话，我看，除去铜的本钱，工钱可能都没有哦。"

钟潇感动地说："老同志你说得太准了！说老实话，我们本来就不是在做生意，和昨晚电视里说的，我们是在坚守一种手艺啊。"说着，神情显得无可奈何，还有一些辛酸。

老人说："我买两对，四个，四四一百六，不要你少钱。你们都是上年纪的老匠人了，但我知道是没有养老保险的，我是退休干部，有工资，比你们强得多，你们太不容易了，你们精神可贵啊！"

老人说着就掏出两张百元大票子递给钟潇，说："找四十就行了。我本来就是买了送女儿们做纪念的，是个美好心意，而你亏了，就不美满了，我心里也就有愧了。人年纪大了，本应该当还情的还情，当还钱的还钱，要做到这一生不欠人家什么，心里坦荡，对这世界不留任何愧意，不留任何遗憾，搞个完美的结局。所以，绝不能亏欠你。"

都说："这老人真是一个好人啊！但愿您活一百岁！"

钟潇硬要给老人少二十元，老人怎么也不接受，只收下了四十元的找数。钟潇就用双层方便袋装好了，递给老人，感动地说："谢谢您老人家，祝您长寿，您慢慢走！"

老人也向他们挥手："再见！"

都久久地望着老人的背影。

这时他和饶篾匠又唱诵道：

老师傅的老品牌，环保实用不怕摔，几辈人也用不坏，做个纪念亏本卖。

饶篾匠的篾器也有不少人在观看，有的说要买一宗，支持一下这样的老匠人。同时也有不少人在看木器精品，说应该支持一下老匠人。

接着有一个老妇人，看着一个观音铜像。钟潇微笑地说：“买一个观音铜像吧，供在家里吉祥，平安，是个安慰。”

老妇人慈祥地笑着说：“我也是这么想的。我一直就想买个观音像，现在我家里只有一张观音画像。”她问钟潇，“你这个观音像怎么卖?”

钟潇诚恳地说：“给你说啊，你也能够算得到的，这么大一个铜像，光铜就很贵，我做这么一个观音像，要两整天。按技术工资算，两天起码也是二十元，这对一个好师傅来说，要吧?”

她点着头。钟潇又说：“这铜，你摸嘛，是很厚的，你可以去收购门市检验，我这规规矩矩五十元钱的铜。加工钱二十元，就是七十，可我只卖六十，你说我亏了没有嘛。”

老妇人说：“确实没格外喊价。你还优惠十元吧。”

钟潇脸上苦笑着，说：“大姐，我卖六十就已经亏了十元，你还要少啊?”

旁边一个男子说：“也是。这老匠人就如昨晚电视里说的那样，他们根本不是想赚钱，是在坚守他们的手艺，最后做个纪念，算经济账，他们是亏的。”

又一个女子说：“你这个大姐，既然是买观音，就要有菩萨心肠，就应该宽厚仁慈一些，不然，你怎么面对这个观音嘛。你是要买个观音保佑你家平安，就不要在十元钱上还磨价。他们又没赚到钱。”

这妇人笑一下说：“好，我买了。六十就六十。保佑我家发财平安，又哪只这么十元钱嘛。”

“对嘛。”不少人这样说。

这时不少人已经买好篾器。有的是爷爷给孙女儿买的花背篓，有的是奶奶给孙女儿买的花篮，有的是家庭主妇买沙撮、筲箕。他的木器精品一样，不少小孩子就看热小板凳，老太婆也看热小板凳、小桶桶、小盆盆、小饭甑。

有个老太婆还说："我年轻时就想一个小板凳，想了一辈子，今天管它多少钱也要买一个……"

这一天，他的木器精品和饶篾匠的小篾器都卖完了。虽然大多是甩价卖的，确实很亏，但有些轻松感，有些安慰。自己加工的产品能卖成钱，就是快乐，就是皆大欢喜。

钟潇的铜器也只剩下几个杯子和几对镯子、一个小茶壶。卖的现金来说，钟潇卖的最多，因为他的产品本身的质价就不同。铜的本钱就大，按算都是亏本的。而他和饶篾匠的木材、竹子基本上是自产的，没去本钱。

傍晚的太阳像个醉汉，显得满足地微笑着，像是要面对面好好看看这几位老人。暖暖的太阳光照着，老人们也安详地微笑着。其实两天下来，他们卖的东西只是换了两天的简单消费，没什么结余，算经济账是亏的。但他们仍然高兴，他们的东西还有人买，这就是成功，这就是价值。特别是他们还上了一回电视，这是他们感到最高兴的，最值得的。这可以说，是他们最大的骄傲，可以说是他们一生的荣耀和自豪，甚至子子孙孙都还会为他们骄傲自豪。

这时已经黄昏。他们慌忙跑去车站，但早就没有了回茅坪镇上的客车。他们又只得住宿一晚，又要花费十五元钱，还要饭钱。

这晚他们又来到那家旅店，他们觉得昨晚住那还好，老板也还算好的。

老板一见他们三个老匠人走进去就笑了，有些欣赏地说："你们不简单呢！你们都成名人了。我们今天中午在电视里看到了你们的。你们多不容易啊！为着守住传下来的手艺，这大年纪了这么远下城来卖东西，而且不是为了赚钱，多可贵啊。"

他就笑着说："哎呀谢谢老板关注啊！我们又来打扰你们了。"

中年男老板笑着说："欢迎你们！你们瞧得起我们这里，我很高兴。给你们三个老匠人说，我们没什么支持，今晚，我就不要你们的住宿费了，表示一下我的心意。"

钟潇激动地说："哎呀真谢谢老板了，但住宿费要给，不能让你们亏。”

饶篾匠也是感激不尽地说：“哎呀多谢老板了，你的心意领了。白住、白睡你们的铺，那我们又怎么过得去呢？当然不行。”

他既感动又诚恳地说：“谢谢老板！住宿费还是要给，让你亏了，我们就有愧了。我们老了，要离开这个世界了的人，就生怕亏欠了别人，也总怕老了还欠下别人什么，怕没机会还了。”

钟潇忙着迎合道：“那是，老了就要搞得清清楚楚，不欠别人什么，利利索索地走。”

饶篾匠也接着说：“就是，我们已经隔天远离土近了，不能还欠别人什么。怎么说也要给成本钱。”

老板说：“真的不收，我总的还是赚啊，不像你们又辛苦又亏……”

他坚定地说：“不能全免！我们一人给十元，你必须得收。”

老板感动地说：“你们真是艺高德也高啊。”

老板非常感动地看着他：“你是陈师傅吧？”

他笑着说：“是的。”

老板连忙走过来，握着他的手说：“我今天中午看了电视的介绍，您就是修建这县城最大工程的大礼堂、人民医院、县委大楼的掌墨师！本来我早也听说过，你是个高超的木工大师，没想到今日有幸相见，是我的福气啊！”

又上去和钟潇握手，和饶篾匠握手，亲热地说：“来，你们三人先在客厅就座，喝杯茶。”接着就给他们泡上了三杯茶。

老板说：“你们就在这客厅喝茶，等下看十点的电视，昨晚的《街角记事》今晚重播。这厅屋里电视机大一些，好看一些。”

他们都感动得眼眶湿润，说：“要得，多谢老板了！”

坐下来，他就又找出那半瓶白酒，开始给腿脚关节按摩……

饶篾匠对钟潇说：“明天就要回去了，今晚你还是去儿子那看看吧。现在货也卖得只剩一点点了，轻松了，可以去一下。”

钟潇就摇摇头说：“不去。和你们几个老伙计在一起，多好。”

饶篾匠说：“看看儿子儿媳妇啊。”

钟潇显得不高兴地说：“他们整天忙火火的，这时都还在卖家电，不去打扰他们的好。他们也瞧不起我这小敲小打的老头子，认为我窝囊了一辈子，没敲打出个什么名堂。他们说，我敲打一年，还不如他们经营一个小时。我也想，管他们挣好多，我反正不要他们一分钱，不巴结。你住你的大洋楼，我守我的小木屋，老婆子卖服装也能挣到钱，自己吃自己的。人就投个上色，活个尊严。所以他们过年给钱，我都没有要。”

“那你和他们断绝关系呀？”

“这也不是。我过我的日子。你觉得你行，我觉得我这样好。其实，他们之所以下城卖了家电，与我也有关的。就因我的敲敲打打，使我儿子想到了卖五金的事，接着就想到了比五金更赚钱的家电，卖家电就发了。所以说我还是他们的发源地。”

他和饶篾匠听了都点着头。接着是饶篾匠说他的日子，再是他说他的一些想法。他说他现在自由，横也是一个人，竖也是一个人，没哪个管，也不管哪个，独立自主，自由自在，优哉游哉。

他们说着话，忘记了时间。老板说：“十点快到了！”

四十二　快乐快乐

他们三人早上就回到了茅坪镇上。这时仙人岭上还是那么云雾蒙蒙，白岩鼎仍像一座天宫悬在空中。一下车，街上的人都把他们围起来了，一个个充满羡慕的眼神，直勾勾地望着他们，仿佛他们是凯旋的英雄。

都兴奋地说：“你们上电视了！我们都看到了……”

“我们茅坪的师傅不简单，上电视了！这是我们茅坪人的骄傲啊。”

没想到这时雷陈林也来了，上去抓住他的手激动地说：“师父、钟师傅、饶师傅，你们辛苦了！祝贺你们！”

钟潇高兴地说："雷经理稀客！现在可一般难得见到你了。"

雷陈林收敛了笑容说："不要叫我什么经理，真是叫得我肉麻呀。什么经理，是苦行僧！"

原来昨天晚上雷陈林看到电视里的报道，开始有点不相信自己的眼睛，认真一看，确实是师父和钟潇、饶篾匠。心想，他们这时在哪里呢？他们是回去了，还是去住旅社了？雷陈林看一下钟，这时已是十点半钟了，他想到去旅社找他们，但这时候了，他们白天累了，肯定也睡了，不便去打扰。

今天早上，雷陈林起来洗漱后就去旅社，去找他和钟潇、饶师傅。雷陈林连续找了两家旅社，都没有他们。雷陈林想，他们一定是住最小的旅社了。又找了两家小旅社，没找到，在第三家就问到了他们的消息，他们是住在这家旅社，但是很早他们就走了，回去了。雷陈林来到车站不见他们，就干脆开车回到了茅坪，本来也要回家有点事情。

雷陈林高兴地说："我为你们接风，到祝梅酒店去坐！"

他感激地说："这就免了。我们还要快点回去做准备呢，电视台的尚记者马上还要来，专门拍摄我们的绝活……"

雷陈林也高兴地说："那太好了！我虽然没干木匠活了，还是在建房，心还是一个匠人的心，心还是和你们在一起。我为你们高兴。你们是我们匠人的骄傲。怎么说，今天我要和你们一起喝一杯酒！承认我曾经和你们一起共过患难，承认我也是个匠人，还有我这个晚辈，那就不要讲客套了。走吧！"

钟潇不情愿地说："我的家就在这街上，去进什么馆子嘛。"

饶篾匠也说："我们都到自己家门上了，去吃馆子的饭做么嘛。"

他很理解雷陈林的心，就说："陈林是一片真心热情，我们也就不讲客套了。都去吧，也难得一聚啊。"

从街上走过，不管什么人碰上他们都高兴地说："你们几位上电视了，成名人了！为我们茅坪人争了光呢！"

他们一行高高兴兴来到祝梅酒店。眼下叫祝梅大酒店，早已不是那木屋了，而是木屋旁边的一栋四层新楼房。同时也不完全是吃喝，还有住宿。他们实际已是这镇上的首富、大富。骆铁匠早已退休，享受南下干部待遇。但骆铁匠不管酒店和住宿的经营，好像要保持他布尔什维克无产阶级革命本色，不参加赚钱从事资本主义活动的事，一天主要就是休息，看看报纸，看看打仗的电视剧，再就是到粮管所去转一转，看看他修建的那栋老仓库、新仓库……

雷陈林给祝梅老板讲了，让他们几位坐好了，就说："我还去请两位老师傅来，你们就坐着等一下，千万不要走了。师父，这事就由您负责了。我去叫你们的老朋友来。"

很快，雷陈林就和肖叶裁缝师傅、棕匠褚师傅来了。肖叶的脸色有些黄里透黑，还有些倦意，但仍然很美。

肖叶一见他和钟潇、饶篾匠就热情地说："我祝贺你们三位！不简单啊！"

褚师傅也高兴地说："我祝贺你们为我们匠人争了光，谢谢你们！"

肖叶来到桌边，本想在下首坐下，可褚师傅一下就将她推到了他的旁边，并一本正经地说："今天只有一个女师傅，怎么说也要坐到上席位置。你们说是不是呀？"

都回答说："是啊。这安排非常周到，合适！"

当然都也心里明白，褚师傅的意思很特别。褚师傅是有意让肖叶和他陈师傅坐在一方，给大家多点趣味。

他此时也一副无所谓的样子，他知道一扭捏，就自己把自己搞得难堪了，不如顺水推舟，看你还有什么话说。

肖叶也鼓着劲说："妇女半边天，我也就当仁不让了。"

一时间大家反倒不好笑、不好说什么了。

褚师傅就说："我们茅坪全乡，做手艺的就你肖叶一个女师傅了，是个宝贝啊。难得呀，都要好好爱护。"

钟潇却是忍不住想说点什么，就找话说："今天，肖师傅和陈师傅坐上席，那可真是天仙配啊……"

肖叶笑着说："既然我们是天仙配，那你们各位神仙可不要捣乱。"

钟潇笑着说："我们不捣乱，你们就给杯喜酒喝吧。"

褚师傅一副正经样子地说："今天这顿酒，就作为喜酒！"

饶篾匠笑着说："对，是双喜临门！"

钟潇笑着说："就是！"又望着他和肖叶说，"陈师傅肖师傅说呢？"

他说："这几个老师傅走到一起不容易，能高兴地在一起喝酒，当然是喜酒。"

肖叶也说："对，喜酒嘛，就是都欢欢喜喜喝酒。"

他又正经地说："如今我们这些老家伙，都靠边了，失业了，能够坐到一起，都很不容易了。"叹口气又说，"想那些年，这满街都是手工匠人合作社，街上随时走的都是各类师傅。"

这时，在楼上休息的骆铁匠听到他的声音，连忙走下楼来，还在餐厅门口就大声说："师傅们好！祝贺你们啊！"

一时间都说骆局长好！肖叶借此站起身，对骆铁匠说："骆局长在这和陈师傅坐。"

旁边的饶篾匠连忙挪动一下，说："骆局长在这坐。"骆铁匠就在他另一旁坐下了。反正是圆桌，人也就七个，空位还多，可以随意挪动。

都知道骆铁匠和他陈师傅是老朋友，应该坐在一起，此时也都不再说什么笑话。

骆铁匠坐下就有些兴奋地说："我已经在电视里看到了，你们三位师傅上电视了，我真替你们高兴啊！这样，今天这顿酒席，我老骆请客，为你们接风！"

雷陈林就说："我先就安排了，可有个先来后到啊。"

骆铁匠真诚地说："你雷师傅也就不要和我争了，我和大家可都是老朋友。同时，我是拿工资的，应该做贡献！我给老婆已经打招呼了的，任何人都结不了账的。"

这时一盘香喷喷的红烧肉端上来了。端盘子的姑娘笑得甜甜地说："先给你们一盘主菜，好下酒。"

雷陈林就开始倒酒，肖叶帮着摆杯子。她还是坐在他的一旁。

接着又端上来一盘青椒肉丝。雷陈林和肖叶已经给大家倒满了酒杯。

骆铁匠高高地举起酒杯，充满敬意和高兴地说：“首先，我敬各位老师傅一杯，祝贺几位老师傅上电视，从县城凯旋！我把杯子喝完，各位老师傅年纪大了，就慢点喝，一口一口地喝，多吃点菜压酒。本来我也是上年纪的人了，但这杯酒我必须一口喝下，以表示我的敬意！”

骆铁匠说着，就将一杯酒倒进了嘴里，咕嘟一声吞下了，还是那一副老军人的气概。

大家都端起酒杯深情地喝下一口。

这时又端来一盘回锅肉，紧接着又是一盘烧豆腐。

骆铁匠就催促着说：“快吃菜。多吃点肉了再喝酒，不然空肚子喝酒容易醉。大家都是老人了，不喝酒都晕晕乎乎的。”

于是大家都拈回锅肉。这时雷陈林看了下，就去拿来一个勺子，用勺子给大家碗里舀红烧肉。

边舀边说：“这些肉坨太秀气了，是供女孩子吃的吧。我们从来就是吃大坨肉，喝大碗酒。”

雷陈林一个一个人地舀着肉，说：“骆局长说了，先垫下底子，再喝酒。来，使劲吃吧。”

这时祝梅亲自端来白米饭，笑着说：“都是老人了，空腹喝酒不行，都添点饭，边吃饭边喝吧。”

接着又端来了一盘红烧茄子、酸辣土豆片。

雷陈林又说：“炒菜我就不舀了。大家自己拈了吃。”

大家也都很积极地吃着。

他也就大声说：“都也不要装秀气。也不要让人笑话：我们老了，吃都不行了，真成了废物。”

于是大家又笑着，积极地拈着菜，吃得一片吧嗞吧嗞的响。

骆铁匠就说：“能吃就能做。老了首先还是要吃。”

他们吃着，喝着。很快，都一个个喝得红光满面，像是青春焕发了。伴着笑意与惬意，一只只昏花的老眼都湿润润的……

都认真喝着酒，吃着菜，深情地说着话，一顿饭吃了一个多小时。

雷陈林去结账，祝梅笑着说：“老骆已经把关了，任何人结不了这账。等下次吧。”凡是骆铁匠的客人，骆铁匠都是亲自结账，从不占祝梅的便宜，一是一，二是二。雷陈林好说歹说也不行，雷陈林也只好作罢。

酒足饭饱了，大家都还没有离开的意思，好像还有说不完的话，好像是生离死别似的。

都给骆铁匠道了谢，说感谢骆局长的盛情款待。

酒店与肖叶的缝纫店也不远。肖叶就说：“都到我那去坐坐吧，喝点茶。”

都没反对，就一起朝她店里走去。去后，肖叶热情地去找茶叶，洗茶杯，给他们泡茶。大家都坐着，讲着话，也笑着。

都看见肖叶的裁衣案板上有许多布片儿，这都是准备做鞋垫袜垫、袖套的，都有些感叹。

这如今，匠人们已经是英雄无用武之地了，有如烈士暮年，一腔悲叹，不堪回首，独自怆然……

肖叶给每个师傅递上一杯香香的热茶，脸上充满热热的笑意，像是遇到了什么喜事似的。的确，她已经苦闷很久了。她的女儿在城里忙生意，很少回来。她一直没有再找伴，一个人生活着。有好几个媒人要给她做媒，介绍的对象是茅坪乡镇机关上的退休干部，但不知什么原因，她就是一个也不理睬。都说她是不是有些高傲，也叫人纳闷。她女儿也要她下城去，她就是一直要守在这个古老的小镇上，守在这个落伍的小屋里，做她的小缝纫活。也就有人怀疑她是不是暗里还守着什么人。反正，她在这镇上已经是一个神秘的女人。其实她有女儿给钱，完全可以不做什么事了，但她就是还开着这么一个缝纫小店。说是开的店，其实也没多少生意活儿，只是有的老人喜欢来请她缝条裤子，老人相信她缝的裤子，好穿。其余就是做点小东西了。

钟潇喝着茶，把茶喝得响响的。饶篾匠就说：“你喝茶怎么这么响亮啊？三十年没喝过茶了吧？”

钟潇笑一下说：“这茶实在是太香了，喝得使人激动啊。”

说着又故意响响地喝了一口茶，就望着肖叶的案板说：“唉，这个茅坪街上，现在就我们两亲家还守着小手艺……”

肖叶笑着说：“哪有什么手艺活啊，聋子的耳朵——是个摆设。”

钟潇就低沉地说：“你这摆设总比我那摆设要好看点嘛。”

褚棕匠就说：“你们三个下城的师傅都还乐了一回哟。但我这个棕匠，怕是这辈子不可能学你们乐那么一回了。”

他就说：“褚师傅你莫急，二天电视台的记者来了，我把记者带到你店里来，他们就是要拍手工匠人制作现场呢。你也做好准备，把你那些日杂货物收拾了，把工作台子支起来，把棕片呀，工具呀，摆到案板上，开始撬蓑衣，记者来拍现场，让你上个电视，乐一回。”

褚棕匠就兴奋了，大声说：“你说话作数？”

他显得正经八百地说：“作数！你就好好准备吧。”

雷陈林说：“我是没办法了。也对不起师父，也对不起大家。”

钟潇连忙插话说：“我看你天天都在乐，每天都赚大钱，还不乐？哪像我守在屋檐下，生活都没什么着落了。”

雷陈林说：“您也莫叫穷，钟大婶卖衣服也挣了不少钱，怎么没有生活呀。”

钟潇说：“我那地方背了，单独一家，屋子环境差了，现在生意差多了。你们这上半截都成服装街了。”

雷陈林说：“大家也不要悲观。人，有饭吃，平安就好。”

他正经八百地说：“我们这些老匠人，又没有退休工资，以后还难说有不有饭吃。”

都说：“是啊……”

他对雷陈林说：“二天电视台的记者来了，你如有时间，也来参加，我们两师徒一起展示一下。我们一起做了几十年，也不是为着上电视，做个纪念。”

雷陈林就笑了，说：“那好，我一定来。您说个时间。”

他说："时间就是后天上午。"

褚棕匠叹了口气说："唉，上了电视又怎么办？上电视了就有人来买蓑衣了？"

大家都怔住了。

他仍然笑着说："不管怎样，后天我们还是要大干一场，都把绝活拿出来，上电视！"

四十三　绝活神功

高兴地走出肖叶店里，他就去雷陈林门面看了看。然后就急急地向家里走去。

不时地这个人走拢来热情地说："哎呀陈师傅，我在电视上看到您了！您上电视了！"

不时地又有一个人走到他身边，高兴地说："陈师傅不简单啊，上电视了，我们都为您高兴啊！"

他还在离家很远的公路上，黄狗就跑去了！不知它是怎么感觉到的，真是灵性。黄狗看见他像是久别重逢，一下子两只后脚立起来，两只前爪扑向他的胸前，一定要和他来个热烈的拥抱，嘴里激动地唔唔唔着。看着老黄狗激动成这副样子，他的眼睛里一热，就有许多东西要钻出来。

他对黄狗说："走，我们回家去吧。"

黄狗就唔唔两声，摇摇尾巴，挨着他的身子向前走去。他和黄狗走着。黄狗非常高兴，在前面蹦蹦跳跳走一小段，回头看他还在后面，又跑回他的身边，蹭蹭他的腿，吻吻他的脚。接着又蹦蹦跳跳向前跑去，跑一段回头一看，他还在后面，就又跑回他身边，用嘴拉拉他的裤子……怎么也走不快？它当然不知道，他的腿脚疼痛得厉害。他用手去抚摸它的头，它就立起来，伸出双手抱住他身子，只用两只后脚在地上一扭一扭地走着，像耍猴戏的一样。

回到家里，大门是紧锁着的。黄狗首先跑去推门，推不动就望着他唔唔地说着什么。他忙着掏出钥匙，打开门，咯——喔——啦——门像是高兴地唱着歌儿一样开了。

这门从开始就一直唱着这个曲儿，咯——喔——啦——唱几十年了，不改调。记得云儿曾说过："你做的门真好，还唱这么好听的歌儿。"他说："我是专门为你做的。你一开门，它就唱歌给你听，让你高兴；你关门，它也唱歌给你听，也让你高兴……"

打开了门，里面是空空的屋。黄狗却是激动地蹿进去，嘴里发出激动的唔唔声。他一时间心里不禁涌起一片伤怀难过的潮水。黄狗像知道他心里难受，就在他的腿边蹭来蹭去，用嘴去亲吻他的身子，嘴里唔唔唔，安慰他别难过。

接着他就开始准备材料，修理工具。他想，电视台的记者要来了，而这里还没做好准备工作。

黄狗也高兴地守在他身边。像要学艺似的紧紧地盯着他的一举一动，看得非常认真，连细小的细节也不放过，不时地还点点头，嘴里唔唔几声，表示明白了。

他边做事也不时地望望黄狗，就像原来他带徒弟时提醒徒弟，这地方要注意看他怎么做的，这地方非常关键，一点也不能马虎。学艺就是要学到关键技术。黄狗这时就站起来，走到他身边，更加凝神地紧紧盯着他的手，看他手中的动作。时而翘翘嘴，点点头，像是看懂了似的。不时地还伸出前爪去碰碰，去摸摸。他脸上就充满了笑容，像曾经手艺兴旺时的笑容。

这是第二天中午，忽然黄狗唔唔地跑出去。也就在这时，雷陈林就走进了院坝里，还提着一块鲜肉。这黄狗虽然年老了，但它还非常精灵。

雷陈林进门就叫"师父"。他高兴地看着雷陈林走进门，亲切地说："你买肉做什么嘛，我还有腊肉。"

雷陈林笑着说："我想到明天记者要来，多一个盘菜……"

他看着雷陈林说："你凡事都想得周到。你公司怎么离得开？"

雷陈林一边去灶屋里把肉挂好，一边说："我安排好了的。工程上都有人负责，反正我也不亲自干活，只在关键地方认真检查、指导。我知道时间紧，您一个人忙不过来的，我也来帮您准备一下，做个纪念。这也是我的最后愿望了……"

他关心地问："你那个大工程完工了？"

雷陈林说："完工了。"

他露出欣慰的笑容："赚了不少钱吧？"

雷陈林脸上没有高兴的笑容："唉，好几家公司竞争，竞标价格低，开支大，我又必须把质量搞好，决不能偷工减料。百多万的工程只能有五万的利润。比不干要强，总能赚五万。"

这天九点多钟，电视台的尚记者就开着采访车赶到了乡政府。这时的区变为乡，下面的小乡撤了。尚记者想，应该先向乡里打个招呼，同时也是想引起乡政府重视这些匠人的手艺和生活。乡政府的领导对电视台是非常看重的。看见尚记者来了，听尚记者说明了来意，非常重视，还派了乡政府办公室一个副主任陪同尚记者一起前去，并安排尚记者回乡政府来吃饭、住宿。

尚记者一行首先就去了他家。尚记者老远就喊："陈师傅——陈师傅——"

这时他正在和雷陈林忙着。他们二人正在紧张地准备木工活。他们将堂屋里放满了要用的材料或半成品，有做小板凳、小木桶、小饭甑的，等等。同时厨房里也在忙活。

首先尚记者去了他的房间，把他做的一些还好好的老式家具进行了拍摄。这些家具都还是红光闪闪，熠熠生辉。然后分别对他和雷陈林加工小板凳、小木椅、小木桶、小饭甑、小盆盆的每个制作场景都进行了细致拍摄。

这时家里也拥满了人，都是附近赶来看稀奇的村民。他们从没有这样近距离看过电视台记者拍摄的新鲜事，连黄狗也挤在旁边看热闹，头抬得高高的，眼睛睁得大大的，也想上镜头。记者也感兴趣地将观众包括黄狗纳入了镜头，觉得更为有意义。

在灶屋里正忙着办酒席，像是整喜酒似的。他特地找来了范厨师。一是他要招待记者一行和附近乡邻，二是也想让记者拍摄一下范师傅的绝活。

尚记者笑着对他说："陈师傅，听说您是个很神的大师，能不能让我拍到您的一些神功呢？"

他有些为难地说："唉，时过境迁。其实世上没有神功，更没有神。神功是练出来的超凡功夫而已。比如说某人神枪手，那真是神功吗？这是个比喻。神功都是练出来的，工多艺熟，熟能生巧，巧了就神。一个东西，别人做的不行，你做的行，你就神。百炼，才成钢，矿石与钢，矿石没力量，钢的力量就是神奇。"

记者十分惊奇，认真地听着，拍摄着。

雷陈林笑着说："我师父主要是在修建柱架楼房上有过硬功夫，但现在没有哪里修建柱架楼房啊，英雄无用武之地。"

尚记者说："大东西可以显示神功，小东西也应该是可以显示神功。你们想想，有什么可以体现陈师傅神功的？"

雷陈林就去灶屋里拿来了一个小板凳，对尚记者说："这小板凳是师父娘子的嫁妆，已经四十多年了。它充分经历了时间和人的考验。比如小儿的玩耍、摔打——或在地上当车子拖，或当球抛，或当武器砸，或当作出气筒，给弄得已经完全没有了一点儿红色，四只角给磨得圆圆的了，但脚还一点也没有松动，而且不管是面上的榫眼还是腿上的榫眼，都还是丝丝入扣，平平整整的，没有一点儿凹陷，既没有冒出也没有退缩，更没开裂，像是天生成的——这就是奇迹，这就是神功。"

尚记者马上对这个小板凳感兴趣了，说："好，你把这小板凳拿着，给我再介绍一遍。"说着将镜头对准小板凳的方方面面，对准雷陈林的讲述拍摄特写镜头。雷陈林也就从方方面面进行介绍，并用手指示。

接着，雷陈林说：“这样拍还不足以证明神功，干脆我来表演一下，你再拍摄。尚记者你做准备吧。”

雷陈林给小板凳上拴好一根绳子，叫来一个小伙子，说：“你用力拉绳子就是。”

雷陈林说着就坐到小板凳上喊道：“快拉着跑哇！”

尚记者连忙将镜头对准他们，按下了拍摄键。小伙子拉着绳子往前跑，就仿佛这是世界上最小的一辆平板车，拉着使劲地向前奔跑，而又没有车轮，只有四只小脚女人似的脚，还要跑很快，这真是太难为它了。小板凳的小脚儿在不同地面发出呼呼呼、嚓嚓嚓、嘣嘣嘣的声音，像一种特别乐器演奏出的进行曲。

雷陈林喊着：“还跑快点！”

小伙子拉着，尽力跑快点，开始觉得很好玩儿，可跑了一圈，就累得直喘粗气。要拉动这没有轮子的车，而且上面坐着一个大男人，这的确太难了，像拉一座山。

雷陈林说：“快跑！怎么像老年人呀！快！”

小伙子拿出最后吃奶的劲，猛地拉着飞快地跑着，故意来个急转弯，啪嗒一声翻车了，雷陈林被四脚朝天地摔在地上，一时间人们发出哈哈哈哈的震天笑声。尚记者也笑得合不拢嘴，极力镇定，不然影响拍摄，就紧紧地咬着牙。

雷陈林从地上爬起来，将小板凳儿拿到手上，对尚记者说：“你仔细查看吧——把它当了一回重载车使用，这四只脚的榫头还是好好的，一点儿也没有松动，与面子依然平整光滑，像是天生成的。它可是用了差不多半个世纪。这就是神功！”

尚记者兴奋地竖起大拇指，连连赞叹：“天下第一！天下第一！这么一点小板凳，能承载一个人奔跑，真是神车了，奇迹！奇迹！真是神功！”

拍完后，尚记者又说：“还有什么东西可以证明老师傅神功的？”

雷陈林想了下就说：“有，尚记者跟我到房间里来。”

尚记者跟去了他的房间，他也去了。雷陈林指着一口衣柜说：

“尚记者可以看。这衣柜上面四角的切角榫缝，是最考验木匠技术的，你看嘛——”

雷陈林伸手指着衣柜顶上的一个角，说：“这角称为‘三角包尖’，（尚记者将镜头对准左边顶角）这是正面、侧面、顶面三方的木枋相交组合的一个角，是多少木匠难以合拢成角的。你看下，四十多年了，还一点也没有错动，三方都是平平的，角儿是紧紧的，根本不像是做的，而像是天生成的一样，几十年了仍然天衣无缝。这就是神功！”

拍完衣柜，雷陈林带尚记者来到堂屋里，指着大桌子说：“尚记者你看，这个桌面子是三块木板组合拢来的，现在四十多年了，没有缝隙，像天生成的一样。你再看，这桌面的四个脚榫，都还是平平的，像镜面一样。这就是神功。”

人们都啧啧赞叹：“真是神功啊！”

雷陈林说：“要讲木柱架屋，最体现神功的就是冯家大院。”

尚记者急忙问：“在哪里？”

雷陈林难堪地苦笑一下：“已经拆了，建了新的大院，也是师父主持修建的，就是现在的乡政府大院。”

这时他就说：“现在我们去厨房看民间厨师的绝活吧。”

范师傅说：“我没什么神功。我就给你们表演一点小动作，也就是刀功。”

只见范师傅右手拿着明晃晃的菜刀，左手里握着一个圆圆的大土豆。尚记者对好镜头，准备开始紧张的拍摄了。

只见范师傅眼睛望着众人，讲着话，右手中的菜刀往左手土豆上一放，菜刀便像鸡啄米似的啄着，也像是一个机床上的切刀快速地切着，发出轻柔的啪啪啪的声音，恰似在说悄悄话……

顿时人们眼睛睁得大大的，一个个看得呆呆的。

但就在人们还没看清楚之时，范师傅就将左手伸给人们看一下，往一个盆里一撒，那个土豆就变成了白纸一样薄的片儿。这时一双双眼睛看着盆里，似乎都不相信自己的眼睛。

有人就说：“范师傅你是在玩魔术吧，真是在手里切的吗？手里还有什么东西没有？”

范师傅将左手伸给大家看，什么也没有。

于是尚记者就说：“我放个慢镜头，你们看下就清楚了。”

大家看了慢镜头，都相信了，不是魔术，真是在手里切的土豆片儿。都觉得不敢想象。

接着就拍摄了范师傅的火功，也就是炒菜的功夫。拍摄了范师傅做好的各种美味佳肴。

然后，他摆了四张大桌子。他早做了准备，像整喜酒一样。桌上摆满山珍土味，满屋飘香，招待记者一行，还有来的乡邻。本来附近的人都要回去，但他坚决地将他们留住了。

饭后他带着尚记者来到饶篾匠家。

饶篾匠已经在院坝里摆好了道具——篾片，有宽的、窄的、粗的、细的，有青篾、黄篾。远看就像晒的一院坝面条，也给人感觉整个院坝都是用玉丝儿铺砌的。还有做好的晒席、簸箕、筲箩、小背篓、小花篮、小篮筐、小竹凳，还有更为精巧的花瓶、宝葫芦、碗儿、耳环等。像是一个展示大厅。

尚记者就将摄像机对准这满地的风景，进行整体拍摄，然后又进行一件一件的特写……

这时尚记者又说：“师傅您进行编织吧，我好拍摄一下具体操作的动作过程，看看是怎么从您手里做出这些绝活的。”

饶篾匠笑着说：“好的。”

于是饶篾匠在准备好的一条板凳上坐下来，开始编织一个精巧的小花瓶。这小花瓶已经编织了一半工程，里面塞着一玻璃瓶，这是装水的，花没有水不行。

尚记者将摄像机镜头对准饶篾匠的手里——只见那细细的篾条儿有如蛛丝，在饶篾匠细长的手指上哗啦一下跳过来，又哗啦一下跳过去，就仿佛他的手是一只大蜘蛛，那手指便是蜘蛛长长的腿脚，不停地一伸、一缩、一伸、一缩，在紧张地牵丝布阵，编织它的天罗地网……但是细看，那细长的手指更像是操琴的艺术之手，温柔地拨动一根根纤细的琴弦：“啪、啦，啪、啦……”

尚记者觉得太有意思了！一刻也不停地操作着。时而身子退一退，进行整体画面拍摄；时而进一进，将镜头对着跳动的篾条儿拍摄；时而将镜头对准饶篾匠那伸缩自如，张弛有韵，恰似拨动琴弦的手指，进行拍摄；时而将镜头对准饶篾匠苍老的脸上、专注的神色、一丝丝倾情的眼神，认真地进行特写拍摄……尚记者觉得那脸上的皱纹也是一根根柔软的篾条儿，是用一根根篾条编织的一张网。这张网似宇宙奥秘，也似一个网络，像世界一样复杂。

尚记者拍完一些细节就对饶篾匠说：“饶师傅，您也给我们表演一些绝活神功吧。”

饶篾匠皱纹满面地笑一下，说：“唉，有个什么神功啊。”

尚记者诚恳地说：“您老是有名的篾匠师傅，也就不谦虚了，我是想将你们这些师傅的绝活功夫介绍出去呢。那时你们就出名了，就有了生意，就有钱赚了。”

饶篾匠不紧不忙地说：“唉，钱多钱少无所谓，有点饭吃就行。”又坐直些，说，“那好吧，表示一下。”

饶篾匠拿来一片篾条，说：“首先，我还是划一下篾让你们看看吧。”

饶篾匠说着，就用篾刀在篾条头上轻轻一摁，刀锋就进入了篾条里。然后就用力向前滑动，只听呼一声就去了七八寸长，遇到了竹节，将刀退一下，再用力划下去，只听噗啦一声，刀就过了竹节。然后就这样，呼呼噗啦、呼呼噗啦奏着乐，一片篾条就成了两片篾条。

接着又将其中一片篾条再呼呼噗啦一划为二，再将每片又呼呼噗啦一划为二，最后，原来的那片篾条就变成了八片篾条，也就是一分为八了。那篾片就和薄纸一样了。

尚记者看着睁大了眼睛，赞叹地说：“天呢，本来就这样薄的篾条，能够划成八片，一分为八，变成了纸片，这应该说也是最为高超的技术了——神功！”

尚记者又问："还有什么绝活？"

他代替饶篾匠回答说："当然还有真正的神功。"

说着就去舀了一桶水提来。叫几个人将那床编好的晒席抬起来，牵好。

他又说："还抬高一点。"

尚记者紧张地将摄像机对准晒席，等待着神奇的事情发生。

饶篾匠说："陈师傅，可以开始了。"

这时他就用水瓢舀了水，倒在晒席上，同时对大家说："你们仔细看一下，看下面漏水了没有？"

于是就有不少人弯下身子钻进晒席底下，偏着脑袋，认真看着。

有人说："没有漏水！"

有人说："一滴水也没有漏！"

饶篾匠说："陈师傅你还多倒些水！"

他说："好的。"

说着又用瓢舀了水向晒席上倒去，晒席上的水便像一幕瀑布一样从一边飞流下去。

人们便钻到晒席底下去看，尚记者也把摄像机镜头对准下面，但怎么也找不出一滴漏水……

尚记者感叹地说："这真是神功啊！"

钻下面看的几人就退出来，刚刚退到晒席沿边，抬晒席的人将晒席上装的水偏着一倒，哗啦一下，水就向几人倾倒下去，从头淋下，顿时变成几个落汤鸡，一时间人们笑得前仰后合，有的捧着肚子直叫肚子疼。

接着饶篾匠又拿来一个筐箩，交给他，说："还是请陈师傅来检验。"

他让两个人来抬着筐箩，然后他就用瓢舀了水，往筐箩里面倒。

这时饶篾匠又从屋里提来一桶水，来到他身边，大声说道："陈师傅，帮个忙，我俩将这桶水倒进筐箩里去。"

说着两人抬起水桶，将桶里的水全部倒进了筐箩里面。现在这个篙篓里就基本上装满了水，变成了水缸，抬的人也十分吃力。

他向大家喊道："大家都来看看，这个篙篓是不是漏水了。"

接着人们都围在篙篓周围，仔细地向篙篓下面看着。尚记者也把摄像机对准篙篓，上下扫描，特写……

过了好久，篙篓下面也没有漏一滴水。

有人喊道："没有漏水！"

有人喊道："一滴水也没有漏下！"

抬篙篓的人说："我的手受不了了！"

有人还弯下身子，将手伸到篙篓下面，认真地摸着，看有没有湿的。结果都摇头，说："连沁也没有沁一点水！"

又有人去摸着，一会儿也说："真的没有沁下一点水啊！

这时那抬篙篓的人手一滑，哗啦一声，水全泼到了几个人的身上。

一时间人们笑翻了天……

接着，他带尚记者去了褚棕匠店里。

这是棕业社散伙时褚棕匠买下的一间屋，开了一个小卖部，由褚棕匠的老伴儿卖货。褚棕匠就扎一些棕扫帚，勉强混日子。此时，褚棕匠已经收好那些日杂小货，摆好了他撬蓑衣的案板和工具，还有棕片，并且将一床蓑衣撬了一多半，留下一点好拍摄制作过程。

褚棕匠好多年没有撬蓑衣了。今天，尚记者要褚棕匠撬一床蓑衣，并说这床蓑衣他买了，将来送博物馆去收藏。褚棕匠有说不出的激动，满口答应。

他就在旁边对褚棕匠说："褚师傅，今天你就要上电视了，你表演一下你的绝活让记者同志看看吧。"

褚棕匠由于多年没干撬蓑衣这活儿了，手都有些僵硬了，加上年纪大了，今天又特别激动，做起来手有些不停地抖动。只见褚棕匠手拿一根七寸长的白白亮亮的铁针，一头穿有细棕绳，就像女人补衣服一样，在棕片上飞速地穿梭起舞。这铁针就像一条小银蛇，在棕片上钻来钻去，时而进洞，时而出洞，显得十分调皮，像在与褚师傅捉迷藏似的。

褚棕匠终于撬好了这床蓑衣，拿着蓑衣说："我先来披着试一下吧。"

说着就将蓑衣在身上穿好，并且抖几抖，给人感觉像是穿的一件盔甲，更像一位古代的勇士，像个大侠。

然后对老伴说："你给我提一桶水来。"

褚师傅老伴就去了厨房，只听一阵哗哗啦啦的响声之后，她就提着一个红色的塑料桶，里面装着清清的水。

褚师傅就对他说："陈师傅，还是请你来帮个忙，辛苦一下。"

他说："好的。我听你吩咐。"

褚师傅说着就提起那桶水来到街道上，放好水桶。

他和记者等人也紧跟着褚师傅来到街道边。

周围的人们早知道电视台的记者来了，要拍摄褚师傅的绝活神功，这时周围已是上百人拥来，一会儿就把褚师傅紧紧围着了。

褚师傅将蓑衣穿在身上，躬着腰，看去就像一头大棕熊。

褚师傅对他喊道："陈师傅，你帮我用水瓢把桶里的水舀了，往蓑衣上淋吧。"

于是他舀了一瓢水，然后往褚师傅蓑衣上淋去。只见水顺着蓑衣哗哗流下。

褚师傅又喊道："陈师傅你干脆舀一满瓢水，往我蓑衣上倒！"

他又舀了一瓢水往蓑衣上哗的一声倒下去，清清的水就哗啦一下从蓑衣上飞泻而下，顿时，街道边湿了一大片……

褚师傅又大声喊道："陈师傅你干脆将桶里的水全部往蓑衣上倒下！"

他就提着半桶水，往蓑衣上哗啦一声倒下去，水便像一幕瀑布飞泻而下，在地上发出哗啦一阵轰响！

然后褚师傅脱下蓑衣，大声说："记者同志，大家都看看，我背上、身上有不有一滴水？"

不少人都围住褚师傅，把眼睛睁得大大的，像一个个显微镜一样，在褚师傅背上、身上、蓑衣反面查看是否有一滴水，是否有一丁点儿湿印。记者更是将显微镜似的镜头对准扫描。一时间什么声音也没有，都集中在寻找。

寻找了好一会儿，人们都摇着头，泄气地说："没发现一粒水！褚师傅神功啊！"

不少人惊奇地说："绝活！神功啊！"

尚记者赞赏地说："这就是神奇的绝活！"

四十四　神奇魔术

他们一行兴致勃勃地来到肖叶的缝纫店。

他笑着说："今天，肖师傅要好好给尚记者表演一下神功。"

肖叶平静地说："我一个缝衣服的女人，差不多失业了，只能做些小东西，能表演什么神功啊。"

饶篾匠说："我不信，你父亲是个有名的很神的裁缝师傅，我们都清楚，我就不相信没给你传授一点神功绝活。"

尚记者就笑着对肖叶说："肖师傅也就不谦虚了，表演一个吧。来，我把镜头对准了，开始——"

肖叶微笑着，一副不慌不忙的样子，说："我没有绝活，我只能玩一个布片儿的魔术，这个魔术许多人都看到过，电视里放过的。"

她说着从案板上一个纸盒里抓出一大把五颜六色的布片，这是她早已准备好的道具，往案板上一扔，案板就是一堆五颜六色的布片儿。她伸手将布片儿搅拌一下，这些布片都顺着她的手指站立起来，像一片片绽放的花瓣儿，红的绿的黄的白的，她继续搅拌着，每片都摇摇晃晃的，像是在跳舞，像是正在经受风吹雨打。她的手继续动着，这些花瓣儿就跳起舞来，像一个个舞女，它们时而扭动身姿，时而前仰，时而后弯，时而左弯腰，时而右弯腰，时而向左转圈儿，时而向右转圈儿，时而栽跟头，姿势优雅，变幻无穷，这完全是一场舞蹈或是杂技表演。大家看得目瞪口呆。

这时，她双手将布片儿又弄成一堆，搅拌两下，顿时这些布片儿就变成了五颜六色的圈儿，就像花环一样，顺着她的手势在案板上滚动，向前滚，向后滚。这时她的手指头又动作了一下，这些花环又一边滚动，一边互相反向穿梭起来，好看极了。这时她伸出指头顺着绕了两下，这些花环竟然互相套起来，一环套一环，一个圈儿一种颜色，然后她又伸手绕了绕，呼的一下，布片们就变成了一大朵盛开的花朵！这花朵开着各种颜色的花瓣，像一个大花坛，美妙极了！她又伸手绕了绕，这朵花又成了一个圆圆的花骨朵，她手一摸，又绽开了，她手一摸，又关闭了，手一摸，又开放了……

人们都禁不住热烈地鼓掌。并且欢呼着，而且长时间地鼓掌。屋里屋外已是围满了观众，连窗户外面也站满了人，将一双双眼睛紧贴在窗玻璃上。

她干脆又去拿着这些五颜六色的布片儿，走出门口，向着人群挥舞致意，就如各色彩虹在她手中飞舞。一时间欢声雷动！接着她手儿晃，手上什么也没有了！人们又是热烈鼓掌。

尚记者也激动地说："肖师傅的布片儿魔术，玩得太好了！这也是一种绝活。"

肖叶谦虚地笑笑说："什么绝活呀，哪那么多绝活呀，这是我学的一种魔术。相信你们在电视里也看过这魔术的，没什么的。"

尚记者说："肖师傅太谦虚了。"

接下来他带着尚记者向谢铁匠家走去，一路说笑着。

谢铁匠如今是在家里和老伴打铁，活儿确实不多。农具现在也是机械化造的，不需要铁匠来打，但有少数村民仍然喜欢谢铁匠打的农具，适合些，好用些。后人们都出门打工去了，家里就他们老两口儿，若不是他们敲敲打打的响声热闹了这里，也是极为孤独的。

尚记者要谢铁匠表演一下绝活神功。

谢铁匠说：“就打个铁，没什么绝活，更没什么神功。”

尚记者说：“其实许多绝活，就是练的一种过硬的功夫，也就是一种过硬的技术。”

谢铁匠就说：“那好吧。”又对妻子说，“快拉风箱吧。”

这时尚记者就吃惊了，这已经是一个老太婆，还能打铁呀？这本身就是神功，就是奇迹！尚记者擦了擦眼睛，认真看了看这位正拉着风箱的老太婆，连忙举起了摄影机。

这老太婆早已呼啦呼啦地拉响了风箱，就像一个人在慨叹，炉火就顿时变成一个红彤彤的大火团，像一朵盛开的大红牡丹花！也像一个正从大海里升起的太阳，但渐渐地这个太阳就开出红艳艳的花朵，变成一朵一朵的红牡丹，艳丽无比，随风飞舞、摇曳，不，是在炉子上跳舞！这个铁炉就变成了一个光彩夺目的花坛。这是均匀的小木炭片儿燃烧后被吹起来的效果，是他们事先准备好了的。

人们都惊得目瞪口呆，只知道痴痴地看着那些花朵跳舞，仿佛置身一个美景之中，你只知道欣赏，却忘了身在何处！

也就在这时，谢铁匠用铁铲子撮来一些炭末儿，示意老伴停一下风箱。老太停下拉动连杆，这时炉火不再燃烧，将铁铲里的炭末儿撒在炉火上，还是不盖炉盖。然后示意老伴轻轻拉动风箱，这时炉火里就开始飞射火星儿，像一朵朵小花朵飞舞起来了！飞满堂屋上空，边飞边舞，满堂屋都是红艳艳的小花朵。随着老太不停地拉动风箱，就不停地有火星花朵飞起，舞蹈，然后如流星划入地下。接着又有火星花朵飞起，越飞越多。接着花朵又向人们头上身上飞去！一时间人们吓得直往外面飞跑，并发出哇哇的叫声！尚记者想拍摄这动人的场面，心想也就不顾衣服了，烧了就烧了，用衣袖遮住脸继续拍摄着。

谢铁匠却哈哈地笑着，说：“你们别怕！它们是花朵，怎么会烧着人和衣服呢？不信你们可以试一下，烧坏衣服，我赔衣服，烧坏了肉，我负责医疗费！”

的确这些都是燃烧的炭末儿，燃烧得很快，消失得很快，大多眨眼就变成了灰灰。

这时谢铁匠又倒了一铲子炭末儿在炉子里，让老伴来拉风箱。顿时火星儿满屋乱飞，谢铁匠故意把衣服脱了，在漫天飞舞的火星花朵中穿来穿去，他的身上和脸上都沾满了红红的花朵，也就是火星儿。

谢铁匠嘴里还说："你们看吧，我是不是很快乐，如果真烧痛了，我还能是这样吗？你们不怕，都进来和花朵跳舞吧，咱们高兴一回！"

谢铁匠老伴就使劲拉着风箱，炉火中就飞出更多的火花，红红的，十分耀眼。整个堂屋就像一个灿烂的银河世界。

这时他也上去了，也在火花中穿行。接着褚棕匠也上去了，其他有的看热闹的人也上去了，都和红红的火花跳舞。他们身上脸上沾满了红红的花朵，简直是变成了一群采花人。

也就在这时，饶篾匠拿着一把篾织的扇子，不快不慢、摇摇晃晃地走进来，一边扇着扇子一边笑着说："今天好热啊。你们都热吧，我给你们扇扇风。"

饶篾匠就说："我这是铁扇公主的芭蕉扇，看你这些火花还能飞！"

说着饶篾匠又换一个地方，站到谢铁匠对面去，对着火炉猛地扇起来，这时火花全被扇到了谢铁匠的身上、脸上，一时间谢铁匠大概是烧痛了，就只好退到旁边去，都笑着。他老伴便迅速停止拉动。

饶篾匠又对着炉子扇，谁也没有想到，这时谢铁匠去猛地拉动风箱，一时间火焰飞射而起，喷到了饶篾匠的竹扇上、脸上，顿时扇子燃烧成一团火焰，真的变成了一把火焰扇。饶篾匠便慌忙扔了手中的火焰扇，跑到一边去。这时人们哈哈大笑。

谢铁匠就说："我还是来点硬功——打铁吧。"

谢铁匠就拿起一把短短的旧挖锄，将两块铁和一片儿钢与旧挖锄穿插连接起来，用铁钳夹了放进炉火中，然后盖好炉盖。这时谢铁匠老伴就将风箱拉得呼啦——呼啦——地山响，火花不再冲天飞舞，因为盖子遮住了，只是从旁边喷出少量火焰。

很快，那块铁和钢与旧挖锄就在燃烧中融合到一起。谢铁匠用大铁钳夹起红彤彤的铁，放于铁砧上，像是盛开的一朵花。谢铁匠老伴早已拿起大锤，向红红的铁上打去！嘣、嘣、嘣的打铁声震动了整个地皮和房子。

人们一时间大惊！都睁大了眼睛愣愣地看着这位老太婆，没想到她白发苍苍了，还有这大力气扬起大锤打铁，打得地皮都震动了。

嘣、嘣、嘣！有如雷声一般，有如地震。老太婆就这样一下一下地向红红的铁上打去。

尚记者忙碌地拍摄，额头上冒出了密集的汗珠，像布满星星的天空。

人们一点儿说话声音也没有，只有老太嘣、嘣、嘣的打铁声。

这时那块铁和钢与旧挖锄已经形成了一把长长的挖锄雏形，颜色也变成蓝色的了。谢铁匠又将这雏形放进炉火里，谢铁匠老伴又呼呼地拉动着风箱，发出呼呼呼的吼声。

很快，那块雏形又燃烧成红红的，谢铁匠用铁钳伸进炉火中，夹出红红的铁板，放于铁砧上。谢铁匠一手夹着铁，一手拿着小锤在什么地方敲一下，这是指引，老伴就挥舞大锤在那个位置重重地打下一锤，这样就发出叮、嘣、叮、嘣一轻一重的敲打声，像一种打击乐，像很有节奏感的狂舞曲。

尚记者兴奋地对准镜头拍摄着。

叮嘣叮嘣的打铁声震动得地皮抖抖的。尚记者对着这位挥舞大锤的老太婆拍着特写镜头。

谢铁匠说：“行了。”

左手拿铁钳夹着成形的锄头，右手又拿小锤咚咚咚地打在铁上，进行最后的修整工作。很快这把锄头就成了。然后放进炉火里，老伴又拉动风箱，炉火又喷喷地燃烧起来。这次是淬火。

燃烧一会儿，谢铁匠又用铁钳夹起炉火盖，看一下那锄头被烧成的颜色、光焰。看了两次，第三次一看，行了，夹起来，放入一桶冷水中，只听嗞的一声，一股青烟冒起。在冷水中放一小会儿后，就夹起来，往地上一放，咚的一声响。

谢铁匠就说：“来，你们哪个想检验我的绝活神功的，就拿到外面院坝边去，那里有一个大石头，那是检验台。你们尽管在石头上挖，使劲挖，猛挖，如果挖坏了，我赔十把的钱。石头挖坏了，也不要你们赔。使劲去挖吧！”

接着他就拿了锄头，来到院坝边的大石头那里，使劲地在石头上猛挖！尚记者也将镜头对准挖着的石头。只听砰砰砰的巨响震耳欲聋，震得院坝颤动，石头发抖，只见密集的火星四处飞溅，有如火焰上蹿下跳，那大石头上被挖下一块又一块，无可奈何地落下。

尚记者说：“停一下，将挖锄锋口对准镜头，看挖坏了没有。”

不少人看着，说：“一点也没挖坏！”

尚记者又拿过看了下，惊叹：“锋口一点儿也没坏，既没有钝，也没有缺！这真是绝活，神功！”

接着尚记者又惊异地看着老太婆，怎么这样一个老太婆还能打铁？于是对老太进行采访。

尚记者问老太：“您怎么这大年纪还能打铁？”

她笑一下回答说：“我从年轻就天天打铁，天天打，就是在天天练功，身子骨也就炼成了钢铁，久而久之这么炼，身子也就九炼成钢了，硬得像钢。所以从不生病，连咳嗽也没有过，你看，哪有钢铁生病的？”

顿时大家都一边笑一边鼓掌……

尚记者感叹：“这就是神功啊！您老真是个奇迹。”

她笑一下：“什么奇迹啊，苦命人！天天拼力气干活。七十多岁了还要打铁。”

尚记者感动地说：“其实，能天天干活，才是真正的福气。生命在于运动，运动的生命就没有年龄。”

谢铁匠说：“是呢，我父亲八十岁的一天，突然不能打铁了，说有点不合适，就在这天晚上，就去世了。当时许多人不相信他死了，说头天还在打铁，怎么会死了呢？”

老太婆说：“所以我们就坚持打铁。”

尚记者大声说：“祝你们二老天天能打铁！身子永远像钢铁一样健康！”

尚记者又问：“你们有养老金吗？”

谢铁匠说：“没有。改制时铁业社场子卖了分了，也没人指示说买养老保险的事。”

尚记者说：“现在到钟师傅店里去吧。”

接着就去了钟潇店里，拍摄了打铜器的过程，还拍了他制作的一些像古董的铜器，实际上这也是难得一见的艺术精品。

钟潇高兴地说：“这是在给我做推销广告啊！”

钟潇就要请尚记者和师傅们去祝梅餐馆。但尚记者婉拒了，说乡政府已经准备了，我也要去趁机向他们宣传宣传，引起他们对你们老艺人的重视和关心，特别是都没有一点养老钱……

四十五　穿越大街

尚记者还特别对他们说：“你们可以继续做些小精品，挑到城里去卖。人们看了我的专题片，买的人会更多，你们也会有很好的收益。”

他们听了都高兴地笑着，眼睛里闪射着好久不曾有过的光芒，仿佛真的看到了一片希望的田野，看到了一种辉煌的远景。一个个都有些摩拳擦掌，跃跃欲试了。

他们都对尚记者说：“太谢谢你了！我们一定抓住这个机会，大干一场。希望尚记者继续指导和帮助。”

尚记者坦荡而诚恳地说：“这没问题！你们太可贵了，我们应该为你们服务，宣传。”

于是他们将尚记者送上小车，难舍难分。一个个争相伸出那苍老的手，紧紧地握着尚记者的手，皱纹交错的脸上充满感激的颤动，说着感激不尽的话语……

尚记者满脸堆着笑容，像是吃饱了一顿丰富的美餐。他觉得拍摄了最为珍贵的片子。回去后他进行了认真的剪裁，编辑，配上精美的文字。

尚记者骄傲地对同事说：“这是我干记者以来拍摄的一部最有价值的片子。这不仅在县台播放，我还要送到省电视台去，送到中央电视台乡土频道去。这是珍贵的历史记忆，也以此献给中国工匠。”

师傅们一个个高兴地回去后，也都各自认真地准备着，紧张地进行着一些精品的加工。他们好像都看到了一轮红红的朝阳，正隆重地在他们面前缓缓升起……

尚记者回去五天后的一天，就给茅坪乡政府打了一个电话，要求他们通知一下工匠艺人，在什么时候县电视台将要播放拍摄的片子，题目是《遥远的纪事》，请老匠人们到时收看。

这天，他和几个老匠人又坐在了一起。连较远的谢铁匠夫妇、饶篾匠都来了。这是雷陈林家。当他们看到自己绝活神功上了电视，一个个都激动万分，热泪盈眶。看着看着，禁不住老泪纵横……

不久他们又相会了。有他、饶篾匠、钟潇，这次又增加了一个褚棕匠。褚棕匠带的全是棕扫帚，有扫地的大型的，有扫家具、灶台、炊具的小型的、袖珍型的，有的甚至像牙刷了。他们都信心百倍，脸上都挂满灿烂的期盼，像是从来没有这样高兴过，就像一个个新娘马上要出嫁一样。

他们心里想，尚记者才拍摄了他们的专题片在电视台播放了，特别是专题片里还播放了他们表演绝活的情景，一定影响很大，这下他们肯定是出大名了，因此他们一个个也神气十足。他们想，城里人都喜欢看电视，都一定看到了他们的精彩表演，城里人都一定崇拜他们。那么这次进城去卖这些手艺精品，肯定销售很好，一定能卖到好价钱，满载而归。说不定还供不应求。但供不应求也决不能涨价，除铜以外，原材料可以不算钱，只收部分工钱就行，他们本来就是为了推出手艺活，不是为着赚钱。

他们来到城里下了车。几个人挑着重重的担子，像货郎一样迈入街道，慢慢向前走。

钟潇在扁担上挂了一块铁板、一块钢板、一块铜板、一块铝板，一边走着，一边用小锤交换地敲打铁板、钢板、铜板、铝板，像是敲扁钟的简缩版一样，敲出高低起伏抑扬顿挫的各种声音，甚至还有些婉转悠扬，奏出一曲曲美妙的音乐，真是太好听了！连他也没想到，钟潇还有这一手，变成了音乐家。

在音乐声中，他忍不住唱道：

老师傅的老品牌，环保实用不怕摔，几辈人也用不坏，做个纪念亏本卖。

一时间就有许多人驻足静静欣赏，并露出高兴和赞赏的笑容。

有人甚至惊喜地说："这是电视上播放的那几位大师！"

"哎呀真的是那几位！快看！"

他们不觉得担子沉重，满脸绽放着兴奋的笑容，仿佛正走在满是希望的田野上，美景与收获就在前面。

他们来到一条热闹的大街。街上充斥着五颜六色的塑料制品，像办展销的：各种颜色的大小凳子、大盆小盆、做饭洗菜用的漏盆、沙撮、筲箕，装剩饭或食物的小饭簸；有五颜六色的塑料扫帚、铲子、刷子；有小儿们玩的塑料小花篮、小花背篓、玩具，等等，真是应有尽有，无奇不有！都是鲜艳亮丽，多姿多彩，琳琅满目，光彩耀目，又便宜，又好看。这都是塑料一条街了。既批发也零售，顾客络绎不绝。

他们挑着担子，在钟潇敲打的美妙音乐中走着，走过大桥，向最重要的人民大道走去。街道上人来人往，许多人手里都拿着五颜六色的塑料制品、合金制品，像在做广告一样。

他们的担子上不时地发出叽叽嘎嘎的响声，像一种音乐，像一声声叹息，像一种无可奈何的呼唤。他们走着，不少人看着，有的还细细地看着，暂时还没有人买。

他们挑着担子走着，钟潇仍然用小锤儿敲打着音乐。这音乐清爽极了，像电子琴一样好听，像校园钟声一样好听。音乐中，他们唱着那广告词：老师傅的老品牌……

走了好一会儿，才来到大礼堂前的广场。广场上有些空荡，有一个穿着黄色衣服的人在弯着腰扫地。忽然他们就又看到广场四周摆得花花绿绿，有不少卖各种塑料制品的小摊，包括卖小儿喜欢的塑料玩具。

这时那个扫地的人忽然站住，然后提着扫帚来到他的面前。他一惊，心想我可是刚到啊，没有丢垃圾，没有污染环境啊。

这个扫地人上来就丢掉扫帚，伸出双手去握住他的手，激动地大声说："哎哟这不是陈师傅吗！我的天，怎么见到了你的呀，几十年了！"

这时他也认真打量这个扫地人——满头花白，一张脸黑黑的，满是皱纹，就像一片枯树叶，因此他好久才认出这个人——是一起修建县医院、大礼堂、县委大楼的木匠师傅。时间久了，加之风雨沧桑，他都叫不出这人的名字了，一时间有些尴尬，只能亲热地笑着，感激地说："哎呀谢谢你还认得我！"

这扫地人说："怎么不认识你呢？县里的几个大工程，你是掌墨师，我在你手下干木工活，也学到了不少技术。想起那一幕幕神奇的场景，我都还激动得不行啊。"

扫地人又望望面前高大的建筑说："特别是修建这个大礼堂……"

他叹口长气说："唉，都是已过之事哟。"又关心地问，"怎么在这里扫地啊？"

这师傅也叹口气说："哎呀能扫个地也不容易呀！都是亲托亲、友托友，请人帮忙，好不容易才弄到这个事做哟。工资也低，一月二百五十块钱，好像我们都变成了二百五！没办法，老了，挣不到钱了，勉强挣两斤米钱……"

就在这时，他听到不远处有什么倒塌的声音。他清楚，这是医院的方向传来的。

他就说："你们就在这儿，我去医院那边看看。"

褚棕匠说：“你去检查病呀？”

他说：“不是。我想去看看医院那房子，那是我参加修建的，整个木工是我负责的。我刚才听到了不一般的响动……”他说着就急忙向医院方向走去。

走不远就是医院了。他一下子站住了，他马上听到有一种响动。他望去，就愣住了，他参加修建的那栋医院只剩下一些墙壁了！而且在另一头还倒下了几间屋的墙壁……瓦片不见了，椽桷不见了，檩子不见了，人们正在墙壁上拆下楼索。那些墙壁上有一排小孔，那就是拆除楼索留下的。他马上就有些站立不稳的感觉，像是腿里的骨头也被拆除了。

他定了定神就向那栋房子走去。很快就来到了大门边，他想还认真地看看，他知道，楼索一拆完，就要推墙了，就什么也没有了。大门里正在抬出一根根楼索。有人对他吼道：“快让开呀！”

谁也不认识他就是当年修建这栋楼房的陈师傅。

这时就有人大声对他吼道：“快走开，不要挡路！”

他就连忙站到一边去。可是还是有人在喊：“危险，你走到远处去！”

他就往屋旁走。饶篾匠和钟潇也来了。他没有力气站了，就在拆的一堆檩子上坐下来，看着那些光光的墙壁，它们仍然倔强地挺立着。

这时，人们在用长长的树干去撑墙。他知道，这是要推墙了，把墙壁推倒。紧接着，人们叫着号子，用树干推着墙壁，气氛热烈。于是这里就是一阵阵的号子声。这时他想起葛师傅，葛师傅就在这墙上出事的，死之前还一定要见见他……

只听一阵轰隆隆的震响，像是一座山崩塌下来，墙壁倒塌了，腾起漫天烟雾，遮天蔽日……顿时他像是也崩塌了，坐到檩子上，再也站不起来……

他不想多看，越看心里越疼痛。他很快离开了。

不久，天上渐渐黑下来。各种灯光亮起来，这广场被映得灿烂耀眼。这时人越来越多，大多是来散步的，随便走走的。

他们向广场四处观察了一番，四人一溜儿把东西摆到显眼的位置。钟潇仍然轻轻地敲打编钟一样的音乐，招揽生意。人们都向他们这看着，听着音乐。不少人来到他们担子前，欣赏他们的东西，就像逛公园欣赏花草一样，只是欣赏，不会买的。

他们在钟潇敲打的音乐中唱诵着他们的广告词：

老师傅的老品牌，环保实用不怕摔，几辈人也用不坏，做个纪念亏本卖。

看的人确实不少。许多人也只远远地看着，就如同看一只鸟儿飞过，有的人却是认真仔细地欣赏，甚至还有些爱不释手，但问价的人不多。就和美丽的风景一样，人们只是看，但有谁会买风景呢？因此他们没有卖出什么东西。但是那卖塑料制品的摊前总是顾客满满、人头攒动，讨价还价之声不绝于耳，更有一张张笑脸欣赏着五彩多姿的物品，手里拿着红红绿绿的东西……

后来广场上人也渐渐稀少，虽然灯光还是那样亮丽多彩。他就带着饶篾匠和钟潇去雷陈林的大厦公司，想去看看。

走进公司，雷陈林不在。副经理苏城告诉他一个不好的消息：出事了。一位工人收工后骑摩托回家，在路上由于弯道多，光线差，加之骑得快，在一个转弯处摩托一下子径直冲到了悬崖下，摔到河谷底去了。从公路到河谷有近三百米深，人车都摔得粉碎。死者家属请亲戚们将尸体抬到了公司。死者妻子和母亲跟着来到公司，哭诉着，家里有两位老人，有两个小儿，就靠他一人挣钱养活，这下没法活了……这情景也确实十分惨痛。

死者家属和亲戚们要求公司赔偿六十万。这时的六十万不是个小数目。雷陈林十分无奈，同时也十分同情这一家人。公司这时由于购置了一些机器设备，没有一分结余。面对这情况，雷陈林没讲什么价钱，立即去贷款了六十万，安抚了这家人。接着雷陈林亲自去死者家参加安葬。虽然欠了贷款，但也得到这乡下人们的赞扬，说雷陈林是个好人。

事故总算得到了平息，但雷陈林背下了一笔沉重的债务，压得真的喘不过气来。

此时他听说了这事故，一时间眼前一黑，差点失去控制。他想：欠了这么大一坨债，再该怎么办呢？

苏城很是沉重地说：“哪知灾难往往并不单行。多方原因，雷陈林心脏病患了，而且病得十分沉重，我们马上将他送进了医院。但县医院只实行了一些处理，吊上了针药，立即用救护车送往地区医院……雷陈林去医院时，安排我全权负责，工程一定要继续搞好。同时强调说，不让家里知道事故和他住院的事，免得石琳知道。她是个实在人，怕她想不开，急坏了身子，那就又是一件大事了……我只好找了一位民工去护理……”

他听了一时间只觉得眼前十分昏暗了，但他首先想到的是马上去看望雷陈林。同时他担心着公司，他强挺身子，坚定有力地对苏副经理说：“公司好不容易搞起来了，一定要继续搞好！”

苏城坚定地对他说：“谢谢陈师傅关心，我一定不负重托，尽全力继续搞好工程，让您和雷陈林满意、高兴。”

他听了有些安慰，和师傅们又挑起担子，去了那家旅店。

旅店老板看见他们几位来到店里，满面笑容地说：“师傅们辛苦了！快坐。我又在电视上看见了你们几位……”接着就给他们泡茶。

他们买住宿时，本是十五元，这老板怎么也只收十元，这令他们非常感动。

他这一夜几乎没有睡着。

第二天早上他对师傅们说了雷陈林的事，并要他们不让石琳知道。

他说：“你们坚持卖，我要去看望雷陈林，对不起，不能陪你们了。”

接着他去买了车票，坐上车回茅坪。他在茅坡家门口下了车。

他走进院坝，黄狗正睡在大门口，头向外看着。他想，它是在观察什么动静呢？可是他又疑惑：它今天为什么不亲热他呢？遇到了什么事情吗？

他喊了它一声："老黄。"他后来是给它叫的老黄。

却不见黄狗回音，它仍然睡着。他想，今天怎么黄狗睡得这么沉，也不亲热他了？他也知道，黄狗很老了，耳朵不灵敏了，腿脚也不灵便了。

他忍住腿脚疼痛，快步走到黄狗身边，慢慢放下精品木货担子，蹲下身子。他仔细地看着老黄狗，黄狗眼睛睁得大大地看着院坝。

他伸手抚摸它，说："老黄，你今天怎么不高兴啊？"

黄狗还是没有回答他。他再抚摸它身上，发现它身上已经冰凉。他不禁猛地心里一惊，用双手抱起老黄狗的头，看它眼睛。它眼睛虽然还大大地睁着，像是看着什么，但已经没有了往日的神采，他心里像是有什么一炸，他明白，老黄已经去世了……

顿时，他的眼泪就涌出来了……

他抚摸着老黄狗，说："这多年，你辛苦了……"

又说："你怎么就不给我做伴了呢？你走了，我一个人怎么办？"

他说着就流下了一把混浊的老泪，滴在老黄狗的脸上。老黄狗仍然没有动静。

接着他找出工具，找出几块木板，为老黄做了一口小棺材。他将老黄抱进这棺材里，规规矩矩地放好，留恋地认真地看了看老黄的遗容，拿来盖子，盖上，钉好。

他将这棺材抱着，向山坡上走去。他来到山坡边，在一个能够看见他家房屋的地方，挖了一个坑，抱着棺材轻轻地放到坑里去，并且让它的头对着他家，然后轻轻地用土掩埋。他好像生怕惊醒了正在熟睡的老黄，总是那样轻轻的。

好久，他才将一个小坟堆垒好。然后他给它坟前栽上两棵小青树。

他轻轻地说："老黄，你辛苦了，好好在这里休息吧……"

他抹了一把泪水，慢慢走回屋里。他很快找到了那个存折，接着在门口赶巴士去了镇上。他没有去石琳店里，他去银行取了钱就去车站等车。直到中午时分他才等到一辆开往夜州的过路客车。两个多小时后他来到夜州城，急忙坐上公交车去了夜州医院。

他焦急地来到雷陈林的病房里，这时雷陈林才做了心脏手术两天，还不能动荡。

雷陈林看见师父走来，激动地说："师父……"只叫了一声师父就哭起来。

他上去抱住雷陈林，像抱自己的孩子，没有说出话，只有泪珠簌簌地落下……

好久他才说出话："陈林，怎么的嘛……"

"师父……"这时雷陈林已经哭出了声音，"我就怕看不到师父了，差点离开了这个世界……师父怎么知道了的？"

他说了是苏城告诉他的。说着他掏出取的一万块钱，也是他仅有的一万块钱，还是包括利息才有一万块。他颤抖地递给雷陈林说："我已经知道了发生的事故，公司欠了不小的贷款。我也没什么支援你，这点钱，你拿着治病吧……"

雷陈林马上睁大了眼睛，伸手推过去，鼓着劲坚决地说："我有治病的钱，我决不能要师父的钱。您拿着。"说着又对旁边那位护理的工人说，"你快帮我把钱给师父，绝对不能收的……"

那位护理工就去拿了钱，强行揣进了他的衣袋里，并说："雷师傅说了，他肯定不会要，您快装好。"

他坚持说："我知道你差钱，怎么不要？拿着先治病！我又没什么事用钱。"于是就和那位民工推拉了半天。但那位民工还是强行塞进了他的衣袋里。

他忽然想到一个办法，就暂时没说什么了。后来，他利用去上厕所的时候，去医院收费处将钱交到了雷陈林住院的账户上……

这一晚他就坐在雷陈林的病床边，陪着雷陈林，和雷陈林讲话，安慰雷陈林。对面有空铺，他也不去睡。半夜过了，雷陈林要那位护理工强行把他抱到对面床上，让他躺下休息。

四十六　依偎远行

他弯着腰在田里锄草。他感到腰痛得厉害，站起身子，用手揉着腰，看着粗壮的玉米秆。他眼睛一亮，觉得像他做的柱头，于是伸手轻轻地抚摸着。然后抚摸嫩嫩的玉米叶片，他觉得就像房顶的瓦沟。看着，就感到自己是在建造一座绿色房子，非常兴奋……抚摸着叶片，又不禁想起叶儿——肖叶。又想起云儿。

他想了一会儿，就决定还是去肖叶那里一下，说件重要事情。这事他考虑好久了。

也就在这时，凑巧石琳骑着自行车来了，脸上充满忧伤，见到他像是见到亲人似的，但又不想说什么，只说："师父回来了！陈艺打电话来了，要您去我那接个电话，陈艺有重要事情说。"

他感激地说："耽误你的生意了。"他知道她骑车来店里就要关门。他也不想说起雷陈林的事，以免她难受。

石琳真诚地说："你不这样说，我这命都是你救的呢。黄昏时分生意少时，我也骑车出去转一转的。"

石琳就从随身小包里取出一万块钱，递给他，感激地说："这是您为陈林交的医疗费，谢谢您救急……"

他推过去，诚恳地说："这是我给他的，还什么呢？"

石琳强行地将钱往他衣袋里塞，态度坚决地说："怎么能用您的钱呢？您一生也就这点钱养老。我卖服装有钱。"

他坚决地将钱推过去，说："陈林他搞苦了，病成那样，我总得尽点心呀，不尽点心我心里怎么好受？"

石琳不听他说，十分坚决地强行将钱塞进了他的衣袋里。但他又坚决地塞进了她的小包里，并且严肃地说："你要理解我的心，我和陈林几十年了，他是我心上的肉呀，见他那样子了，我心里疼啊……”

石琳忽然想到什么，就没说什么了，就说：“那我先走了。我这车太小，是个单座，不能带人。你就找一个过路巴士吧。”说着很快就走了。

他有些兴奋，儿子来电话了！他想，陈艺是不是找到媳妇钟月了，或是有什么好事？他心里终于有了高兴的温热，就又暂时忘记了雷陈林的事。

接着他就等了个过路巴士，去了茅坪街。

到了雷陈林家，石琳就给陈艺那边车间打电话过去，不久，陈艺就接电话了。陈艺先问了他身体是不是还好。

他兴奋地说：“身体还好，就是腿子有点痛，走路吃力。”就问陈艺，“你找到钟月了？这多年了，应该找到了。”

陈艺说：“没有找到钟月。这大个中国，晓得她待在哪儿，到哪儿去找？既然走了，就不一定能找回来。我想人还是要有志气，走了就算了。这多年了，估计她早已和别人结婚生孩子了。我早就没有找了，在认真打工，整天上班，还是先挣点钱。原来说的，挣钱了回来修建新屋的，现在我也没这个想法了。现在要为陈厦考虑。因此我今天是要告诉您一个好消息，实际上是两个好消息。”

这时电话忽然不说话了。只听电话里有人叫“陈主任……”，电话里在说车间的事。原来陈艺还是车间主任了。

电话那边说了一会儿话，才对他说：“爹，告诉您好消息吧：陈厦已经考上研究生！”

他就高兴地说：“那好啊，陈厦不错！”

陈艺说：“我给陈林哥家打了几次电话，陈厦也打过几次电话，石琳说您去四川了。我还是在这江原市一家新式家具厂做事。工资也还可以。唉，把这些家具看了，我们做的东西太土气太古老了……”

他听着，不说什么。

陈艺说：“告诉您第二个好消息，陈垒已经是华原建筑集团的副总了，这可是一家较大的国营企业。陈雷也进了这个集团，做财务工作……”

他高兴地说：“这太好了……”

接完电话，石琳要做饭给他吃，他说：“不做！刚在家里吃了饭的。”

这时石琳就递给他一个存折，这是她刚才去银行为他存的那一万块钱。这是还他的。雷陈林住院，他担心差钱送去了一万。

他看了存折，就生气地说：“你们硬是不让我表示心意，硬是要我心里难受啊……”

石琳安慰他说：“您不要难受。现在的情况很好了。陈垒已经做上副总了，陈厦已经在读研究生了，马上就能有很好的工作，您应该感到高兴。”

他担忧地说：“那你一定要陈林好好注意身体，我很担心他……”说着眼眶就湿润了。

这时仙人岭上还是那么云雾蒙蒙，似是仙云萦绕。

他来到原来缝纫社的路边，他站在那想了好一会儿，最后还是走进了肖叶的店里。他要给她说一件重要事情。

肖叶还是一个人生活，守着她的小店。女儿黄霄和女婿钟铜在城里开家电商场赚钱了，早就拆了旧房，修建了一栋六层楼房，装饰现代，一二楼开的家电城，三四楼开了一个家具门市。

女儿和钟铜都说：“专门给妈妈修建了一层，有厨房、卫生间、阳台，样样俱全，妈就下城来住。在一边过也行，跟我们一起过也行……”

说过几次，但她还是拒绝了，她说：“我生活惯了的地方，不想离开。我也过不惯城市。我的家在这里……”

肖叶整天还是守在这个小店里，听着屋边河水的歌声，做一些小型的零星活儿。主要是给别人做裤子。许多人都说她缝的裤子比买的好穿，买的裤裆太短了、小了，裤腿太细了，像紧箍咒一样箍得不舒服。特别是老年人，都要她莫走了，不然他们穿裤子怎么办？

她也不完全是为了几条裤子留下来的。她习惯这里了，她的生命好像只能在这里存在。没事做的时候，她就走到屋旁看看河边的柳树，看看柳条悠闲地跳舞，像几个仙女站在这里。那长长的柳条都垂到了河水里，梳洗着她们秀美的长发。河水叮叮当当、不知疲倦地弹奏着音乐。她想，哦，这柳树是仙女，这河是琴，是她们长长的手伸到长长的琴弦上，就弹奏出了如此美妙的音乐，怕她寂寞，就专为她弹奏和歌唱……

他走进肖叶的缝纫店里，不见肖叶在缝东西，就从门外往屋旁走，就看见了她。她正静静地站在柳树下。他没有惊动她。他只觉得她的脸色苍黄中透着黑色，像有什么病的。但他觉得她不显老，仍然十分漂亮。

她感觉到来人了，转头见是他，连忙走过来，有些兴奋地看着他："二哥是稀客！屋里去坐。"

说着他们一起向屋里走去。

她拿过一把椅子放小桌边，说："二哥坐。"她脸上好像有一些羞涩。

他说："好。"慢慢走到挨墙壁的小桌边，在一把红亮的木椅子上坐下来，看她依然苗条的身材。

她去厨房里给他泡了一杯茶，端出来递给他，亲热地说："喝茶。"又说，"你在做些什么嘛。"

他将茶杯在小桌边放下，说："也没做什么。现在还能做什么？早就靠边站了，失业了。你好像还有活儿做，这很好啊。"

她说："唉，什么活儿，混日子吧。你今天怎么来了的？"

他不慌不忙地说："我，是来给你说一件重要事情的。"

她笑一下说："我知道你没有事情是从不来的。什么事呀？"

他将身子向她凑近些说："本来早就想来告诉你的，有一些考虑，就又过去了很多时间。现在，我们都老了，这件事，我想还是要告诉你。"

她多少有些惊疑地看着他："你说吧。"

他显得很郑重地说："我找到云儿了……"

她惊得忽地瞪大了眼睛看着他，显得有些不相信似的，连忙问："真的？她在哪里？"

她关切地看着他，好像她要马上去看看云儿的。也是啊，她们可是亲姐妹。

他像是故意不及时回话，将目光从门口向西边望过去，他望的那是西边，那正是云儿现在的方向。

他平静地说："在四川。"

她有些急地问："什么地方，离这有多远？"

他还是平静地说："阳县，离这有二百多里。离我老家不远了。"

她心里已经涌起一排波涛，翻滚着，感叹道："没想到二姐还在！"

她的眼眶就涌满泪花，接着就滚出两颗大大的泪珠，又显得很急地说："你带我去看看她，再远我也要去，我一定要去看看她！没想到她还在……"

他还是平静地说："可是她已经不是原来的她。"

肖叶一副十分关切的样子，忙着问："她怎么了？变了？"

他从门外收回目光，看着肖叶："她对以前的事情完全失去了记忆。也就是，她对身体恢复正常之前的事，因脑子受伤，完全都失忆了……"

肖叶显得有些焦虑地说："你没有想想办法，让她的记忆复活？"

他有些无可奈何地说："我想了很多办法。我在她家给她做桌子，做床，做盆，和她说话，可她都没有想起一点原来的事，都不认识我是谁。我又带孙子和她的照片去，让她看，引导，她一点也没有回想起来。她不相信我说的。我说过她是云儿，她说我弄错了……"

肖叶一心想去看看二姐云儿，同时也想向云儿说明真相，帮她恢复记忆。于是肖叶和他出发了，去云儿家。但她似乎没有认真思考，真相一旦被云儿接受，那又将怎样进行下面的故事？但不管怎样，她都要去看看她。

他有所考虑地说：“先坐车到县城，然后再从县城坐车到州城，再坐车去，那要多一百多公里。可以从这里直接用脚走，沿途的景色也多也很美，边走边看边玩，也是一种享受，肯定也不累……”

肖叶听后想了下，说：“不坐车绕冤枉路，干脆就从这里直接用脚走就是，边走边看风景，等于是旅游，这很好。”

他当然同意走路这个方案。这些路是他走了多少回的路，很留恋，很想还走一回，还看看那些熟悉的风景，以后不一定还有机会了。

这天吃过早餐，他和肖叶就出发了。他要她走前面。他们一路向西走着。翻过八卦岭，走下弯弯河，翻几座小山，又上大山。这是大界山，它伸到了云空。走到半山坡上，他说歇一歇吧，她说好的。两人就坐在石头上，看坡下的弯弯河。弯弯河弯弯拐拐的，像一根玉带儿，有的地方绿，像翡翠，有的地方白白亮亮，那是浪花，像碎银子。看着，令人忘记一切。爬上山顶，真是一览众山小。他说这山顶多空阔，我们坐一坐吧。两人就坐在山顶上，望东边的山山岭岭，像一层一层的绿色波浪向前推涌，望西边的山山岭岭，还是一层一层，像波浪，不知是要向前推去，还是要向他们涌来。望望天空，好像挨着天顶了，白云就在手边上，随时可以抓一片，好像自己也变成了一片白云，要往远处飘去，就觉得自己变成了仙人……

他和她边看边走，边走边玩。不像是在赶路，完全是在赏心悦目地游山玩水，完全是在进行一种什么旅游活动。如果是一对年轻人的话，还以为是在度蜜月。

第一天他们走了六十多里，走得也不算少。出奇的是他的腿脚的疼痛不是很重，他完全能够忍耐。她也没有走得脚疼腰酸。看风景不累。他们走得很愉快，很舒畅，很有味道，很难忘，很留恋，真想永远这么走下去……

这天黄昏他们来到一个小镇上。这个小镇依山傍水，一条河流呈月牙形环绕着，就像提的一个花篮。他看见镇上还有一些老木屋。虽然柱头再没有那种红光闪亮的意思，都是麻黑色，但他觉得亲切。他们找着旅店。没有找到木屋旅店，就在一栋白花花的新楼里住下。他们买了两个房间。他说我是哥，你是妹，哥一起付钱。她一笑，说这不行，谁住谁付钱，这样合理合情，很好。

他买了饭菜，说："我们分开住，吃饭还是一起吃吧。"

她说："那你就按我说的办，一起吃饭，钱各付一半。"

第二天他和她来到了长江边。这时已是下午。在他们面前展示的是一条美丽的长江，碧绿碧绿的，像是一条软软的碧玉，悠悠荡荡。接着就看见了美丽的白帝城，像一只画舫漂在江面上。

肖叶第一次看到这么宽这么深的长江，感到有些害怕，还有些茫然。

他就说："你看那对面，那是最美的一个风景点，叫白帝城。我先带你到那去看看吧。那里供奉的有三国时一些著名英雄人物的塑像。"

她说："要得。"她还没有出过远门，更没看过这样著名的风景。她觉得有些好奇。她也想起少时曾经读李白的诗：朝辞白帝彩云间，千里江陵一日还……

一只像点儿豌豆荚的小船正行驶在江面上，就像一片树叶被风吹得一飘一飘。这时从上游驶来一只大船，那船有四层楼房高，像个白纸盒在江面上漂，也是一荡一荡的。她担心这船会不会翻到水中。接着它像是把整个江水都煮开了，仿佛它是电热器。江面掀起一条条的波浪，直推得江边的水都哗啦哗啦地轰响，仿佛江水要爬到山坡上去，响得让人惶恐。再看那叶小船便一时向天上冲去，一时向江底钻去，眼看着就被浪涛吞没了，真叫人胆寒。她看得张开了嘴。

大船过去了，江水还在激动地翻腾着，像是要将所有的东西卷进江底里去。江边的波浪更是猛烈地拍打着江岸，发出惊天动地的咆哮声，似乎定要搅乱这个世界，叫人浑身袭进一股股寒气。

小船这时终于靠岸了。这是一只小型的机动船，发出突突突的响声，仍然是时而天上时而水下地起伏，像要翻筋斗似的。好久，艄公才将绳索在岸边的一个木桩上拴好。船上的路人都提心吊胆地走下小船。

艄公喊道："要过江的、上白帝城的客人，快上船啊。一人两块钱。"

他看着肖叶，轻声说："走，上船吧。"

她的脸有些白了，挨他身边站着，有些害怕地望着他，像个小姑娘似的小声说："我有点不敢坐这船……"

他笑着鼓励她："没事，我坐过多次，没事的。"

她那副表情里，还真爬满了惶恐。

他拉着她走上跳板。跳板晃动着，时而上时而下，时而左时而右，上去的人越多越晃荡，像是故意与人捣蛋。

她说："我晕……"

他一只手紧紧握住她的手，一只手去扶住她的背，边走边说："不怕，脚里踩稳。"就想起小时候她总是喜欢拉着他的手笑着、跳着的情景……

她小心地看着脚里，忽地跳板猛一晃，她慌忙用双手抱住他的手臂，像是恨不得要钻进他身子里似的。

他边走边说："不怕，没事。"

尽管他这么说，她还是心都提到喉咙里来了，而且觉得头晕目眩，满世界晃晃荡荡，怎么也站不稳了。她脸上更白了。

像是走了好久才走进船舱，她仍然紧紧地抱着他的胳膊肘，紧挨他坐下座位。她想起还是小时候这样挨在一起了的，心就跳得有点不一般……

她说："我好晕。"

他说："不怕，坐下就不晕了的。"

艄公在喊，都穿好救生衣。他帮她穿救生衣，忽然船被浪涛掀起，接着又下沉，就这样一起一伏，叫人惶恐。在船的起伏中他的手碰到了她的胸脯，他感到很不好意思，她感到一种特别的感觉，脸一红，望他羞涩地一笑。

他忙说："快自己系带子。不要怕。"

她说："有你在一起，不怕。"

这时船就开始突突突地响起来。她又用双手抱住他的胳膊肘，身子就紧紧地贴在了他身上。船开始向前驶去，一起一伏，时而像是跌下深渊，时而像飘上了天空，她的心就被掀到喉咙里来了。

她说："好晕……"

忽地船一偏，她差点喊出来了，身子一下撞向他，脸就和他的脸挨到了一起。

他安慰她："有我坐这，不怕。"

"有你坐这，我不怕，就是晕。"

"你望远处山上，就不晕了。"

"不要看船边的水，看水就晕。"

"我不看水也晕。"

"闭上眼睛。"

"主要是船晃得厉害，我闭着眼睛也晕。"

"那你把我抱紧，把眼睛闭着，靠在我身上休息，就只当是在坐车一样。不，就只当是我们小时候在河水里玩耍，没事的。"

"有你在身边，什么事也没有的，你是个很神的人……"她就想起小时候，想起那次去看他在冯家大院立屋……

他就找话说分散她的注意力。他们讲着话，船就到了白帝城下的岸边。艄公拴好绳索，他扶她走下船，走上跳板。这时跳板一晃，她本来就晕，身子一歪，就摔下去，她吓得哎呀一声，周围的人都惊住了！他本来就拉着她一只手，又慌忙伸出另一只手搂住了她，不然就有可能摔到江里去了，而且这时她已经脱掉了救生衣放船上了。好险，差点就摔下了江水里！

她感叹地说："哎呀今天不是你，我肯定就没命了！"

他说："没事的，就是摔下去了，艄公会把你救起来的，只是衣服湿了。"

上了岸，向白帝城走。她还是抱着他的胳膊肘。她觉得好晕。这是上坡路，全是石台阶。他关心地问，走路怎么样？她说我还是晕。他说那我把你手抱紧，你手肯定没力了。她说是的，我浑身都软了。他说你不怕，看着脚里的台阶，一步一步踩稳。她说好，我一步一步踩稳。哎呀，今天就是把你搞苦了。他说不苦，甜呢。这样的事，一辈子有几回嘛。

这时她的脸在下午太阳的照射下又是红红的，润润的，还是那样美丽动人。他看她一眼，心里感到热热的，好像是抱的一团火。他说还晕吗。她说还晕。她用双手紧紧地抱着他的胳膊，两人就挨得近近的。别人看来，这一定是美好的一对夫妻，或者是情人。在这陌生的地方，她好像完全不在乎旁人的眼光。事实上，过路的人们向他们投来的都是羡慕的目光。他又说，你还晕不晕？她说还晕。他说我们坐坐再走吧。她说要得，坐坐再走。他和她在石台阶上坐下来，不知是忘记了还怎么了，她还是抱着他的一只手，紧挨他的身子。

走进白帝城，一看见那些古色古香的木屋，他一下子又来了精神。他时而看看那俏丽的翘角檐，时而看看那闪亮的红漆柱头，时而看看那雕花的木格子窗户，脸上的笑容就有些滋润，也古色古香了。这时他完全忘记了手里抱着的那手那人。

她也看了塑像，看了红亮亮的屋子。但白帝城好像并没给她留下什么印象，她脑袋里像她眼前一样，都是晃动着他的身影——他身子依然是高高的，身膀依然挺得直直的，好像没有丝毫老了的意思。她想，他不是一个人，他是一个神。神是不老的。也许，他本来就不老，他是神。接着就又想起小时在一起玩耍的情景，那时她虽然还小，后来也是八九岁了，也算和他是青梅竹马，但她不知道他和她姐月儿的事，因此她总是喜欢拉住他的手，或是抱住他的手，笑着跳着。

看了白帝城，就下山，又坐船，然后就去了奉节城。他说，奉节又叫夔府，我从这里不知路过了多少次。有一年我从这里路过，江姐的丈夫彭云梧，被敌人杀害了，正把头颅挂在城门上。我当时想，如果有一种道法神功能制止，或者摧毁这些杀人恶魔，那就好了。可是，哪有治人、治恶的道法？没有的。

他和她走在奉节城的街道上。她挽着他的胳膊肘儿。他没有问她晕不晕。这时的太阳已经靠近高高的西边山垭，红红的光芒辉映着群山和江面，像是烛光世界，气氛像是在过一场隆重的喜事。那红红的山峦像是蒙着红盖头的新娘子，羞答答的。一切是那样浑然祥和，像梦境，要是世界一直这样就好了。

他说："还晕吗？"

她说："还晕……"

四十七　姐妹相逢

这个早晨和许多个早晨一样，云雾很浓重，像堆着的旧棉花。太阳总不出来，一定是被棉花包裹紧了，出不来了。沉重的云雾，低低地垂在山头，像是一口铅锅扣在四面山上。天低使人愁。

他俩吃了早餐，来到车站，不久就坐上了去阳县的客车。

他和她座位是挨着的。他说你坐窗边的位子吧，好看风景，这一路去的景色很美。她望他笑着，神情里好像忍住一种什么激动的，说那你看不到风景了。他说这趟路我看得多了，走百十回了，心里全都录像了。她摇一下他手，说你真好。他望一下她脸，说坐车不会晕吧。她有些不好意思，说昨天坐船了，今天都还在晕。他说你看山，那些山很美，看着山就不晕了。

到了阳县县城又转车，就去了云儿那个乡镇。他们坐了个短途巴士就到了云儿那个村，步行了一公里，就到了云儿的家。这时已是下午，但不知太阳到底在哪，天还是像一口铅锅盖着，或许是太阳化成了铅雾。

他和肖叶来到云儿家，门是关着的。他知道云儿肯定在田里忙活，就去屋旁田里看。他走一段路，就看见了一个蓝色的身影，正蹲在田里，旁边还有一个小孩。他想一定是在打猪草。他走到她身边，亲切地喊她：“云儿！”

云儿转头去看，站起身，高兴地说：“哦，是陈师傅！”笑着，提起篮筐，拉着孩子就向他走去。

云儿说：“你怎么来了的嘛。”又对小孩说，“快叫陈爷爷。”

小孩就叫了声“陈爷爷”。

他想，为什么要加个陈字呢，就叫爷爷多好。

很快来到院坝边，云儿就看见一个上年纪的妇女站在院坝边在看什么。他对云儿说：“你看看，谁来了？”

云儿还在怔着，肖叶快步走过去，激动地说：“云姐！”说着上去拉住云儿的手，一下子就哭起来，“天呢，没想到还能看见你……”肖叶觉得那样子真是肖云。

肖叶伤心地哭着，云儿一时间怔怔的。云儿又仔细看看这女子，就觉得很像照片的那位，心想，他上次说他的妻子是出走了的，也到底找到他的妻子。

云儿就安慰肖叶：“不要哭嘛，有缘分才见面，见面哭什么嘛。”

云儿就望着他，一副祝福的神情说：“这是你的妻子吧。多好的一对！”

肖叶用一个小手绢擦掉眼里、脸上的泪水，脸上浮现羞红，使劲摇摇头说：“不是的。”

云儿一笑：“哦是相好的？”

肖叶脸上更红润了，摇着头说：“更不是。”

云儿又是一笑，说：“那是谈好了，还没结婚。他上次来，就说他还是一个人。现在终于找了一个漂亮的伴，那真好啊。我看，你们两个真是天配的一对，一个是神仙，一个是仙女，咯咯，多好。”

肖叶正经地微笑着说：“不是，你说的差远了！”

云儿脸上就收去笑容，好像有些纳闷儿的，想了下说：“那你和他一点关系都没有，你跟着他跑些什么？”

肖叶就有些动情地说："二姐，我是专门来看你的！"

云儿有些纳闷地微笑着："看我，你凭什么来看我？"指一下他，说，"他和我家婆婆是姑侄关系，来看我们，是应该的。你既然与他不是一家，非亲非故，凭什么来看我？"

肖叶十分正经地说："我怎么不该来看你？你不知情，我知情，你忘记了，我没忘记。实话告诉你，我和你是亲姊妹！你是老二，叫肖云，我是老三，叫肖叶。你看看我吧，我是不是和你是一个样子？你和他结婚以后，有了两个孩子。那年你参加义务修建学校，背石头不幸摔到了岩坡下，脑子受伤了，出了问题，失去了记忆，然后走失了……"

云儿也正经地说："这事你就不要说了，这事他已经给我说过。但这不可能……"

肖叶说："你不相信也没有关系，反正我见到你这位亲人，我也就心满意足了。"

她说着脸上现出难过之色，眼里又涌起泪花。

云儿皱一下眉头："你也不要难过。这也不怪你，你确实走失了一个姐姐，姊妹之情，不可能割舍，我很理解你，也很同情你，特别是同情他陈师傅。但也不怪我，我确实不是你说的那个肖云。我也不能哄你们，骗你们，说是的。"

这时肖叶又说："你看看，我和你是不是一个样子？你去拿个镜子来看看吧，是不是一个样子。"

这时云儿认真观察肖叶。

他就进屋去拿了镜子来，让她们两人照镜子。

他就问云儿："你看见了吧，你们两个是不是一个样子？我看，这是百分之百的一个样子！"

云儿看了下说："世上同样貌的人多。同样貌不一定就是姐妹。不说这事了，不管怎样，到屋就是客。你们既然来了，就在这里好好玩几天。你们肯定饿了，我去给你们弄饭吃。"又说，"你们进屋里坐吧。"

云儿向屋里走去，他和肖叶跟着走进屋里。云儿让他们在堂屋里的两把椅子上坐下来。接着云儿就去泡了两杯茶来，放在一个凳子上，亲热地说："喝茶。"然后就去了灶屋里。

肖叶喝了几口茶，就起身去看云儿的房内情况。肖叶先来到云儿的灶屋里，客气地说："来给你添麻烦了。"

云儿说："哪里哪里。你上厕所就在这后面。"

肖叶说："好。"就去了厕所。

他这时知道她们要说话，也不打扰，就带着小儿到外面去转悠。这小孩是云儿女儿的小儿。他忽然想起给小孩带的一个东西，就说："我给你带了一个玩具呢。"

小孩跳一下说："快给我。"

他就进屋从包里取出这个东西，这是一把木头手枪，是用最为结实的铁椆树做的，做工非常精致。他亲切地递给小孩："这是爷爷专门给你做的。"

小孩一看，嘴儿一嘟，用手推过去，不高兴地说："木头的我不要。我要买的手枪。"

他说："拿着吧，是一样的，都是玩具枪。"

小孩说："木头的我不要，你拿着玩吧。"

他苦笑一下，放进了袋子里。

肖叶从厕所里回到灶屋里，云儿就凑过去，小声地说："你和他到底是什么关系吗？"

这时的肖叶早已大失所望，心中也少了许多激情亲情以及寄托，看到了她也就了了一个心愿。既然云儿不认她这妹妹，她也没有办法，也就不想再还争取什么。尽到了心也就行了。

听云儿这么一问，肖叶还是平静地说："是亲戚关系，我二姐是他的妻子，他是我二哥。虽然二姐走了，亲戚关系还是在。但我和他也一直没什么来往，他从不单独到我店里去。那天在街上碰见，他说他找到了云儿，我一下激动得不得了，没想到我的二姐还在，就想马上见到我的二姐，就要他带我来了。谁想到你又说不是肖云……"说着又流下眼泪来。

云儿劝慰道："你也不要难过。自己也上年纪了，好好地过日子。"又问，"你家老公还好？"

肖叶眼里又闪现着泪花，说："我老公，就是为救云儿，一起摔下岩坡，我老公垫了底，就摔死了……"

云儿听了一惊，说："是这样啊，也真不幸……"

肖叶感到憋闷至极，没想到这样说了，云儿还没想起来！

云儿说着就掏出一个手绢，为肖叶擦眼泪，又说："都过去这么久了，也不要伤心了，人都是个命。自己保护好自己吧。"

接着云儿友好地对肖叶笑着，伸手拍一下肖叶肩膀，说："既是这样，我看，你就和陈师傅合个家，互相做个伴吧，多好啊！这个陈师傅是个很正派、很仁义的人。不说别的，就说他多次来我家，大多时候都是我一人在家，他丝毫没对我说过越界的话，没有特别地亲热一下。夜里我故意给他送尿罐去他房间，他都是规规矩矩，无一丝儿不正经、不礼貌的行为。这样的人，天下哪里有？真是像神仙一样，根本没去想人世间的那些事儿。所以说，我给他称的神仙。说老实话，我太敬佩他了！要我是你，马上就嫁他了！"

她说着好像内心里充满着一种激动，甚至有一种强烈的向往。

肖叶说："我清楚，他真是得道之人，像个神仙。"

云儿心切地说："真的，你就和他组合个家庭吧。和他在一起过日子，一定是很美满的。真的，你就答应我吧，就作如是我给你们做这个媒！我是真心说的……"

肖叶镇定一下神情说："他确实是个好人，好师傅。但我看，他不一定还想组合家庭，也不一定对我有这个心思。你看，他从不到我家去，只是在有什么事时我去找他，才见到面……"

云儿理解地点下头说："那是他这人考虑事情周到。因你就一个女人，怕给你带来不好影响，让别人说你闲话，是对你负责，但心里不一定没有你……"

肖叶默然地苦笑着，像是在想着什么。

云儿说：“他真是难得的一个好人啊，如果我是你，我就要主动找他，看准了就要主动，不然就没有你的事了。这样吧，你就听我的。他的话，我再给他说。我相信，凭你的人品，他绝对会同意我说的这个事的。”

肖叶有些严肃地说：“你不给他说这个事。给你说，我女儿在城里，条件很好，一直要我去跟他们过，我准备答应。老了还是要靠儿女。”她其实是故意这样说的。

云儿说：“你错了，老是老一般，少是少一般，儿女能天天陪你吗？年轻人的生活习惯和老年人能一样吗？俗话说：‘孝心的儿女赶不上忤逆的夫妻。’你还是听我的，和他合成一家。人就是要追求一个自由，和后人在一起不自由。你仔细想想吧。像我那老公，在江原市跟后人带孙子，过年回来叫苦不了。他说心愿待在自己的狗窝，也不愿待在别人的金窝里。但他没有法，要接送孙子上学。”她握紧肖叶的手说，“你一定要想通……”

吃饭以后，四人坐在火坑屋里。小儿要看电视动画片，他们三人就说着话。

后来云儿热了水，她先叫肖叶去洗了澡，送肖叶去睡了。然后云儿又叫他去洗澡。他洗了后，云儿没有急忙送他去睡。

云儿一本正经地对他说：“陈师傅，其实我应叫你哥，表哥。我婆婆是你的姑妈呀，而且确是很亲的。我想给你说一件重要的事情。”说着很诚挚地看着他。

他说：“你说嘛。”

她说：“陈师傅，肖叶这人不错，心好，我看，你就和她合个家，互相照顾把老年生活过好吧。人老了还是要有个伴。我这些年也体会到，人最怕孤独。他爹去江原市带孙子，我一人在家，说老实话，经常像是掉了个什么东西的，脑袋里时刻都是他爹的影子，总觉他在身边，但一看身旁又是空空的，心里就酸酸的。一想，他在那么远的地方，眼泪就要流出来了。你也是个蛮好的好人，说老实话，我非常敬佩你这人，你这样的人难找。给我家做了那么多东西，工钱也硬是不要，我觉得欠你的人情，无法感谢。我也就总想你好，总想你的老年生活过得好。但我又帮不了你。你就和肖叶合个家吧。像你们这样两个好人，在一起那就是好上加好，那是好幸福的事啊！我都羡慕了。你说说，到底行不行啊？”

他觉得云儿还是那个性格。他没有马上回答云儿，只是望着她，渐渐地眼眶湿润了，但他没让泪水滚出眼眶。

云儿就拉住他的手，有些心切地说：“这事，你一定要答应我，你不答应我，我不会让你们两个走的。我们是亲戚，我家欠你的太多，我一定要为你办成这件事！”

她又摇一下他的手：“说嘛。我感觉得到，你心里对她也是很看好的。”

她又摇一下他的手：“你答应这事吧。给你说，我问肖叶了，她对你印象很好，看得出来，她对你是很爱慕的。”

他用另一只手去捂着她的手背，紧紧握着，眼里湿湿的。他顿了一会儿苦笑一下说：“给你说个老实话吧。我现在老了，没有一点固定收入，手艺也挣不到钱了，她跟了我，我没有什么保证让她生活得很好，我怕对不起她，让她吃苦，也怕别人笑话。人老了，要离开这个世界了，该还的账要还清，该还的情要还清，怎么还能又亏欠这个世界的哪个人呢？”

云儿又摇着他的手说：“她肖叶都对我答应了，你不答应，我怎么向她交代？那就伤害了她啊，她怎么好受？你想想吧！”

他有些吃惊地说：“她真的答应了这事？”

云儿有些坚定地说：“我刚才和她说了那么久，就为这事，她真的答应了，我怎么要哄你呢。这都是你们自己的事，不是我的事啊。我想到你是个好人，我必须要为你做点好事。”

第二天早饭后，云儿同他和肖叶坐在堂屋里，云儿就提出他和肖叶的事。她说得十分真诚感人，完全是一副对他俩的事恨铁不成钢的情怀。

云儿强调说：“你们其他什么也不需要想，能在一起幸福一天，就要幸福一天。”最后就逼着他俩表态，要他俩同意，并说要和他们一起前往茅州县城，亲自去给肖叶的女儿和女婿说这事。

他就想，这个云儿，忘记了过去的事，性格还是这么任性，想做的事，偏要做成功，简直有些偏执了。但又是那样可爱。

他和肖叶都为之十分感动。他和她面对着面，都露着温馨的微笑，好像心已经走到了那种境界里，但一时间又不好怎么开口。

云儿非常干脆地先问他：“你说，你到底同意不？”这简直是威逼了。

他也就说：“我同意，但这事还是要商量两边的儿女们，要他们同意才好。”

云儿又问肖叶：“你说，你同意不？”

肖叶也就说：“我同意，按二哥说的，确实要商量两边的儿女们……”

四十八　美好准备

他们一起玩了一天后，他和肖叶都说要回去。云儿没留，因为她想要送他们，她决心要把这件事办成功。云儿请了附近一户人家的妇人帮忙喂几天猪，就真的送他们了。云儿带上孙子，和他们一起坐车到了肖叶女儿黄霄的家。见面后互相介绍，都十分兴奋而又亲热、融洽。

也就是这晚上，云儿一脸真诚，对肖叶的女儿说：“黄霄，我这么远来，是为着你妈妈的事。这次，他们两位去看我，我觉得他们是很好的一对，就给他们做媒了。他们都说，这事要商量后人，要后人们都同意才行……”

黄霄笑着说：“感谢您为我家的事这么远奔波，这实在是让我们太感动了。这事很好啊，我们坚决支持。”

钟铜也非常热情地说：“本来就是几头的亲戚。这头是黄霄的姨父；那头我妹妹是姨父儿子陈艺的媳妇，虽然出走了，亲戚还在，她生的儿子陈厦永远是陈家的人。两个老人能在一起，也是我们的愿望和福气。但是，这事必须要让陈艺知道。我现在就给陈艺打个电话，征求陈艺的意见。”

黄霄说：“那是。这电话我来打吧。”

黄霄接着就拨通了陈艺那边车间办公室的电话。不一会儿，陈艺接电话了。黄霄说：“表哥好，我是黄霄，我给你说件重要的事……”接着说了老人们的这件事。

电话里陈艺非常高兴地说：“这也是我的愿望。这样，我们就是亲上加亲，就是一个大家庭了，更是一种大团圆。太好了！举行婚礼，一定通知我，我一定赶回来帮着操办！也谢谢你们了！”

一时间，大家十分高兴激动，真像一场喜气的大团圆。

黄霄高兴地笑着说：“大团圆，太好了。”又说，“虽然是两位老人合家，但还是要去民政部门办个手续，拿个结婚证书。”

云儿非常激动地说：“那是那是。”

钟铜也高兴地说：“那是。办什么事，都要合法。”

又强调说：“两位老人，我们在这新屋里早就给妈安排的有一层楼，两位老人就住这层楼，也很独立，很自由，有厨房、卫生间、阳台，客厅也大，来了我就安个大电视。生活费我们按月给，两位老人想怎么吃就怎么做了吃。如果难得做饭，就和我们一起吃，我们专门请的有做饭搞卫生的师傅。也可以自由一点，想去老家玩，就去老家。”

云儿高兴地说：“这真是太好了。我也觉得心里踏实了，我祝你们这一大家子幸福！”

第二天一早，黄霄就带着三位老人出去了，一起玩了一些地方。第三天，云儿一定要走，说猪都是请人喂的。黄霄没法，就为云儿买了车票，分别时难舍难分，望着他们上车，远去，都流下了热泪。

黄霄回到家后，就对两位老人说：“你们两位老人就早点去把结婚手续办了。然后，我为你们在这里举办一场婚礼。你们都艰苦了一辈子，怎么也要风光一回。”

他就说：“都老了，拿个手续就行了，就不要办什么喜酒了，那会让我们很难堪的。”

肖叶也说：“是的，老了还大操大办，别人也笑话……”

黄霄正经八百地说：“你们都是一些老思想。思想要开放一点，现在不是以往的时代了。这事就由我们做主了吧。你们为后人的事操了多少心啊，这次，就让我们为你们操一回心吧，说不上报答，我们心里也就踏实一些了。”

黄霄就问：“你们什么时候去办手续？”

他就说：“这样，感谢你们两个年轻人。既然你们这样重视，我们也要讲究一下。我们明天去街上请人看下日子，看哪天的日子好……”

黄霄说：“这当然很好。我办事也是喜欢看日子。给你们说一下，靠桥头那个戴眼镜的白发老者厉害一些，神一些，我每次出门进货都先找他看一下日子。这个人既懂算命测字，又通易经八卦，是个全才，说得神准，包括县里有人升官的事，他都算准了……”

第二天清早，他和肖叶吃过早餐，就来到河边那条街上，找到那个戴眼镜的白发老者。这人正靠在一张木椅上看书，面前是一个小桌子，桌子中间有一个太极图案，看去，就像是一条红色的蝌蚪和一条黄色的蝌蚪相互紧紧地缠绕在一起。

他说：“请先生帮我们看个日子。”

这老者也一副笑样，友好地问：“看个做什么事的日子？”

他笑着说：“看个办结婚手续的日子。”

老者说：“好的。”

说着就打量他们两人，有些认真地说：“把你们的生辰八字说一下嘛。”

他们俩都说了各自的生辰八字，老者在本子上记下了。

女人心细，肖叶就说："请先生帮我们看下，我们两个八字合不合？要直说。"

老者说："当然直说。"说着认真看了两人的八字，就露出笑容地说，"恭喜你们，两人的八字很合。我这就来给你们看日子。"

老者正了正身子，诚恳地看看他的面相，又看看她的面相，说："根据你们两个的八字，和对近段时间的查看，拿结婚证的好日子，你们还要耐心等待一下。"

他说："等一段时间这不要紧，只要日子好。"

她也说："是的，等一下不要紧。"

老者就说："这个日子离现在还有四十天，要在农历的冬月初六。"

他高兴地说："这很好。也不久的。"接着他就要付钱。

可这时她将他推开："我女儿说了，不准花你的钱。"又对算命先生说，"不准收他的，收我的。"

这先生就坚持收了肖叶的钱。

中午仍然在街上吃饭。黄霄在一家餐馆联系了一个包厢，特地为两位老人点了一桌菜，一家人算是吃团圆饭了，除了在造船厂工作的钟海不能参加。

一见面，黄霄就问："姨父，日子看好了吧。"

他说："看好了。是农历冬月初六，离现在还有四十天。"

黄霄说："那好啊，离元旦节很近了，那就元旦节举行婚礼，我来给你们安排。婚礼的事，要由我来为你们主办，不能依你们老年人的。你们艰苦奋斗了一辈子，应该换一种活法了。现在我们也不差钱，儿子钟海也拿高工资了，你们也就不要考虑钱的事。钱，不用不来，用了才来，没有空位它来待哪里？有舍才有得。所以，有了钱就要用。当年在茅坪，有了一点钱，我们就下城买了一栋旧屋，卖家电。后来有钱了，就修建了那栋新楼房。当时还欠了账，但一两年就还完了。"

肖叶说："希望你们发达。但我还是喜欢我那茅坪街的小屋，喜欢屋旁那河、那柳树……"

他不说什么，只是微笑地看着她。

四十九　没有想到

第三天他坚持要回家。黄霄和钟铜要两位老人多玩几天，他说：“我还有一件要事，和一个老朋友约了的……”

肖叶也说要回去。黄霄说：“妈回去做什么嘛，一起准备婚事，婚礼要在城里我的新房子里举行。”几句话说得她妈的脸都红润润的了，像是回到了大姑娘时代。黄霄也笑了。

钟铜说：“妈就在这玩，和黄霄还商量一下你们婚礼的事。”

肖叶说：“不，我要回去。有几个老年人做的裤子怕他们要穿，去拿我又不在，害得老人们跑空路。婚礼的事也还有段时间，到时我再来。主要是不要讲排场。哪怕有钱了，还是要勤俭节约，要低调一点。不然我就和他在老屋里自己办，把师傅们请来聚一聚就行。”

这天早上的天空很蓝，像是用什么现代装潢材料装饰了的，像一个大屏幕。他和肖叶都急着要走。黄霄就只好将他们送到车站，给他们买了票，送上了车，然后才回商场。

车很快就到了茅坡。他喊下车，车就停下了。他对肖叶抬一下手说，你多保重啊。我回家去了。她说，你多保重啊。他站在路边，看着车里的她，她也看着他，两双眼睛都充满浓浓的深情和留恋。这时车就呼的一下向前跑去，一晃就拐过了山塆不见了踪影。

他还站在路边，想起小时候和她们在这里玩耍的情景……好久才向家里走去。

来到院坝边，他就看见大门边坐着一个人。他马上认出了，这是他的一个老朋友——肖房瓦匠师傅。他还记得，办合作社时肖房瓦匠可是积极协助他去做匠人们的工作。

肖房师傅看见他走进院坝，就激动地迎上去，握着他的手，一张皱脸上满是笑容，都分不清哪些是皱纹哪些是笑纹，激动地说："哎呀陈师傅你可回来了！"

他说："是肖房师傅！你没烧瓦了？"

肖房师傅说："现在哪还要我烧的瓦哟，都是机器生产的瓦，要红的有红的，要黄的有黄的。我早就失业了。"

肖房师傅叹口气说："唉，我也不留恋，做瓦烧瓦是个苦活，整天就和稀泥巴打交道。"说着向他伸出手，"你看我这双手嘛，这哪还像是人的手啊，都成泥巴手了，而且是一双枯泥巴手。几年没烧瓦了，手还是像一坨泥巴，哪像你们木匠的手嘛。"

他说："都一样，我好些年没做木工活了，这双手还像一把木头。唉，工匠工匠，就是做工，做手工，当然手吃亏。"

肖房师傅说："唉，下辈子再怎么也不干这个活了。"

他笑一下说："你下辈子办个机器瓦厂嘛。"

"机器瓦厂也不办。"

"那你就发明一种高级瓦。"

肖房师傅说："难道你下辈子还干木匠这一行？"

他说："我还是干这一行，我要发明关于木工的很多东西，一切都由机器来做，电脑来控制。再就是，要在乡间修建很多小别墅，都是精制的木屋，让大城市的人们来住，来养生。说不定我就发财了。"

肖房师傅就笑着看他："还是用木头？可现在都是用钢筋水泥加砖块。"

他坚定地说："我还是用木头。木头才是最环保的，最有利于人体健康的。我要向全世界推荐这种小别墅，也就是小木屋，依然用漆把柱头板壁门窗刷得亮亮的，可以用各种颜色的漆。"

肖房师傅说："那我现在就给你说好，我一定订一栋。"

他说："行。可是我还是要你和我合作。"

"怎么合作？"

"我这木屋还是要盖你的瓦。"

肖房眉头一皱："照你这样说，我下辈子还是要烧瓦？"

他笑着：“是啊，我刚才不是说了嘛，可以发明一些技术、工艺，一切用机器进行，再不用你的手玩泥巴了，你的手只是按一下电钮……”

肖房师傅也笑一下：“那说去说来，我下辈子还是要做瓦呀！”

“对呀，我俩合作，向世界推广环保的——乡村养生木屋——小别墅，让城市人到乡下来，让中国的乡村来一次振兴，变富……”

肖房师傅说：“隔城里远，那城里人要上班怎么办？”

他说：“现在就在修建高速公路，到那时到处都是高速公路，早上起来，小车一蹬，十几分钟就又到了上班的地方。再者，主要是老年人住着养老，年轻人来度假……”

肖房师傅说：“我今天来找你，就是请你给我造小别墅的。”

他惊喜地看着肖房师傅：“真的？你也像张瓦工找了一个要住木屋的儿媳妇？”

肖房师傅正经地说道：“不是为儿媳妇，是自己住。我也年纪不小了，我想找你造一个小别墅……”

他伸手打一下肖房师傅：“老不正经，竟然把我给骗信了！”

肖房说：“这事，我一直有个愿望：死后要住上你造的小别墅，这辈子的辛苦都舒服了，从此舒服地享受你的福。”

他爽快地笑着说：“好，我一定帮你做一小别墅……”

本来就是和肖房约了的。于是他就收拾了木匠工具，和肖房师傅一起又出发了。肖房师傅家在弯弯河边的火石坡，也就是界山下来的半坡上，这里去至少有四十里远，可以坐一段路的车，还要爬近十里的上坡路。本有个毛毛公路，但没有巴士去跑这样的路。

两人来到茅坪街，他想去给肖叶说说，心想也就才分别一会儿，好像显得太缠绵啰唆，加之这时通向肖房师傅那里的巴士就要开车了，他就和肖房师傅上了车。

不一会儿，巴士呜的一声就向前跑起来。很快就转弯到了桥头，就看见了肖叶的缝纫小店。他就认真地向店里面看，就看见她正在给一个老年人量尺寸，准备缝裤子。

他们坐的车一晃而过了，他感到很不满足，肖叶并没有看见他。但走了好远，他的心还久久地停留在那里。

店里接着就又来了一个老头，手里拿着一截布料，高兴地说："哎呀肖师傅在店里，这就好。我前天就来了一趟的，你店门关着，我想肯定是下城到女儿那里去了，就回去了。天快变凉了，我想做条裤子，你做的裤好穿，买的不适合我们老人。"说着把布料递给肖叶。

肖叶接过布料放到案板上，去厨房里泡了一杯茶端出来，递给老人，热情地说："您坐，喝点热茶。"肖叶是个较为柔顺亲和的人，对人确实很好，这与云儿是两个天。

老人接过茶杯，感动地说："哎呀肖师傅就是亲热人，每回来，都待我们像亲人一样。"

肖叶和气地说："应该的。我这下来给您量尺寸吧。"

说着拿起案板上的皮尺。老人连忙站起身子，肖叶便给老人量尺寸……

这一天，就有好几人来到店里，有的是来拿裤子的，有的是来缝裤子的，有的是来买短裤、买鞋垫或袖套。

现在这街上就肖叶一人还在坚持缝纫，其他缝纫师傅当然早都改行了，做服装生意或其他生意了。做服装不如卖服装。但肖叶舍不下一些老顾客，一些老顾客也生怕她改行了，或是走了。有时没事也要来看看她，看她还在店里没有，听听缝纫机唱歌，和她说说话。因此她也不愿离开顾客。

由于走了一段时间，积压了一些活儿，她就想赶一下工。这晚她一直加工到下半夜一点钟，实在觉得很疲倦了还在坚持。可能是坐久了，腰、肋都有些疼痛了，但一看还有那么多活，这都是人们等着要穿的。快要换季节了，一晃天就变凉了。她就又坚持加工了一个小时才去洗了睡。一睡就睡得很沉，还做了个梦。她梦见和他走在一个石台阶上，她有些晕，他扶着她走，旁边过路的人都望她羡慕地笑着。后来竟然梦见和他站在一个大厅里，红红绿绿的，很喜气，她和他在举行婚礼。他望她甜甜地笑着，样子竟然还是那么年轻，是个大帅哥，像是六十年代的样子。她也望他笑着，直感到脸上热热的，好像他的脸是个熨斗，把她的脸烤烫了……

他深情地说："没想到我们终于走到了一起，又像小时候一样在一起……"

她有些不好意思地说："我一直觉得对不起你，谁知你并没有计较。你真是个好人。我们再就不分开了。"

他说："一生不分开，不，下辈子也还要在一起！"

她就紧紧地抱住了他。他抚摸着她的头发，抚摸着她的背……

他说："你头发还是这样黑，你还非常年轻。我的头发却花白了。"

她说："白色好，白色是亮色，那是你心灵的光芒把头发照亮了，像白玉一般……热天不是都喜欢穿白衬衫吗，有哪个穿黑衬衫？"

他就笑了，她也笑了，就笑醒了！

她想，为什么醒了呢？为什么不继续……

早上她还是很早就起来了，这时仙人岭还在浓浓的睡意中，白岩鼎也显得异常沉静。她煮了碗面条吃了，就又上阵了。总觉得腰有些疼痛，但她没管这些，依然坚持着。这一天，又有人来拿裤子，又有人来要缝裤子。晚上，她又干到了十二点多。这时她感到腰很痛，就决定休息，明天又工作。

这时又来了两个人，手里都拿着布，都是来请肖叶缝裤子的。肖叶又连忙给他们泡了茶，然后给他们量尺寸。她量一下，又在那人的布上写个数字，量一下写一下，非常仔细认真。

肖叶紧张地工作了半个月，她就想：他在怎么忙呢？这么久不见他上街来，是出门又去找道远大师了？还是病倒了？

这晚肖叶就决定要去看看他。天色黑下来之后，她就拿出那辆很旧了的自行车，骑着去茅坡，她想这样轻松一些，快一些。这些日子白天黑夜地忙，都坐得腰肋很疼痛了，觉得难得走路，就骑车去了。

当她来到他的院坝里时，一片黑乎乎的，像是用一块麻布把屋子包着了，没有一点儿动静。她走到大门边摸了下，是一把冷冷的铁锁，顿时她的心一凉，浑身也变成了一把冷冷的锁，锁紧了。她想，是不是有人找他做木工活去了？又想，现在就是农村也早没有什么木工活了呀？是不是又找道远大师去了？就又来到公路上，站了好一会儿，然后骑着自行车回她的小店去。

她哪里知道，他去了肖房瓦匠那里。他给肖房瓦匠做了一口棺材，附近的人都觉得他做的棺材好，他又是名师，死了能住上名师做的安乐屋，那才有福气，并以此为荣。几个人都想做，他也就一时间走不开。农村也就仅剩下这种木工活，早些还有木猪圈活，现在连猪圈也是水泥板板，就彻底把木匠赶下台了。

他想抓紧做完，好回去看看她。和她分别快二十天了，走时也没有和她打到招呼，真有些对不起她。再一想，就觉得冬月初六这天就在前面。他就想抓紧做完这里的活，偏偏做棺材的人多。都知道他的名气，都信任他。这是一个偏远的地方，人们非常重视死后长眠的小屋，这是一个要永远居住的小别墅。

直到农历十月下旬，他才做完这里的活，启程往茅坪街赶路。

他背着木匠工具从火石坡上走下来。中途他坐下来，用白酒按摩了一会儿腿脚关节，走完陡陡的山坡路，才坐上巴士。

来到茅坪下车后，他径直来到肖叶的缝纫店，却只见店门紧紧地关着。他想她是不是不舒服在睡？就试着敲了几下门，一点动静也没有。他想她去哪里了呢？他想是不是给哪个老人送裤子去了？于是他就去了石琳的服装店。

石琳明显地瘦了，脸上布满忧伤与困惑，见到他又焕发出高兴，很快为他接下背上的工具背篓，要他快坐。她给他泡了茶，就去买了鲜肉，为他做饭吃。

吃过午饭，这时已是下午两点多。他对石琳说："我去肖叶那一下，缝一条裤子，都几年没缝裤子了。天冷了，要做一条。她做的裤子好穿。"

石琳说："我这卖的有这种裤子，是西服裤，裤裆比较大，裤腿比较粗。您试一条，看行不行，行拿一条去穿就是，我也不要您的钱，就作如我的一点小孝心了。”

他不试裤子，说：“我还是去请她做一条，比着身子做好些。”

他也知道，买石琳的裤子她不会收钱，这样不好。不能白拿别人的东西。他说着就向肖叶那走去了。石琳也不再说什么，相信他也真是做裤子。老年人喜欢做的裤子。

他走到肖叶的缝纫店门口，见店门还是关着，心想，她是不是去女儿那里了？他就没有在这多逗留，他就去了骆铁匠那里，和骆铁匠玩了一会儿，然后又去肖叶店里，还是没有开门，就去石琳店里。

他就对石琳说：“把你电话用一下，我给肖师傅女儿打个电话，看她是不是去了她女儿家。是去了，我也就不等了。”

石琳也没多想，就从抽屉里拿出一个小本子，找出了钟铜家的电话号码。她用手指头啪啦啪啦拨出了电话。可是电话响了好一阵却没人接。石琳一连拨了三次，都没人接电话。

原来是这样，肖叶一连紧张工作了二十多天。她是顽强坚持的，其实身体很不适了。她想接的这些布得给别人做完。接了布，怎么也不能又给别人退布。天在变冷了，这些老年人都要穿。她知道，初六拿了结婚证，很快就是元旦了，女儿要为她和他准备一场像样的婚礼，她也得帮着忙的。因此这些活决不能拖到初六以后。

也就在二十九这天，她就实在有些坚持不住了，腰肋痛得十分厉害了，并且连着肩膀、背脊都一拉一扯地痛。她感觉到是不是身子出问题了，还是决定下城检查一下。三十这天清早起来，更加不行，她就去坐了巴士下城。到城以后就去女儿的商场。

她给女儿说：“我身体有点不舒服，我想去医院检查一下。”

黄霄一看她妈的脸色有些泛黑，就很是心急了，就马上带她妈去了医院。

去医院后，马上抽血化验，做彩超……

他又要石琳拨了几次电话，还是不通，他就回家了。

石琳又打了几次电话，也没打通电话。

第二天早上，他起来煮了面条吃了，又去了街上石琳店里。

石琳对他说："昨晚我也拨了几次电话，还是没拨通，我这下再拨一下吧。"

很快，石琳就拨了电话，这时有人接了电话，石琳说："是你们姨父找。"就将话筒递给了他。

电话那头是钟铜，亲切地说："是姨父啊！"

他说："是的，我想问一下，黄霄妈妈在你们那里没有？"

钟铜说："是在这里，我们正准备打电话请石琳帮忙找您呢。黄霄妈妈病了，在医院住院了……"

他只觉得心里被什么猛地撞了一下，他尽力稳住，说："那我马上下城来。"

石琳看他脸色不太好，就问："黄霄妈妈怎么了？"

他沉着脸说："她住院了，我马上下城去看看。"

他下城后没有去黄霄家，找了个摩的，把他径直送去了县医院。

他来到她住的病房里，就见黄霄正坐在一张病床边，脸上是一副愁苦的样子，见他进来，忙着叫"姨父"。

他走近病床一看肖叶，心里大惊，努力镇住神情。肖叶的脸色变黑了，也瘦了。他抿紧嘴唇，极力忍住心中震惊的潮水，伸出双手去握住她的一只手，像捧一个什么宝贝似的，心疼地说："才分别这么几天，你怎么的嘛……"他觉得喉咙里作哽，再也说不出话来。

她伸出另一只手抚摸着他的手背，一下一下地摸着，像是想抚摸到他心里去，早已是满眼泪花闪烁，尽量平静地说："你这段时间去哪里了嘛？"

他忍住心中的一种涌动和喉咙的哽咽，尽量平静地说："回去那天，肖房瓦匠就坐在了我院坝里，等半天了。专门去找我给他做副棺材。接着我就跟肖房瓦匠去了，邻居见我去了，都要做……"

她低沉地说："哦，我也在回去上十天后，不见你动静，心想你是不是病了，那天晚上我也去了你家，我摸了下大门，是锁着的……"

他就问："黄霄，你妈什么病吗？"

黄霄说："检查了，医生说是湿热郁结。"

黄霄说："医生说不严重，治一段时间就好了的。"

但他有些不相信黄霄的说法。他觉得，看她那脸色，突然变得这样黑，病情应该是相当严重了。

五十　良苦心愿

这晚，他对黄霄说："你昨晚肯定都没休息好，你们的身体不能垮。今晚你回去休息吧，我来照护你妈。"

黄霄看他一片深情，也就同意了，说："姨父您也要注意休息，您年纪也大了，一定要保重身体。您可以在旁边这张床上睡，这张床我们给了费用的。"接着又对母亲说，"妈千万不要急，不要多想，医生说没什么的。"然后才缓缓走出病房。

他坐在肖叶的病床边，握住肖叶的手，她也握住他的手，两双手紧紧握在一起。他又想起小时候，她总是喜欢拉着他的手笑着、跳着的情景……三姊妹，就她喜欢拉着他的手，当时她最小……

她说："我对不起你了，估计不能陪伴你了……"

他说："不这样说，你好好养病，不要想其他的。"

她说："我知道，我这病可能很严重……我真的对不起你……"

她哽咽着，像是用了很大力气忍着一种什么，眼里泪水像一串珠子连着滚出。他看着，觉得每颗泪珠都像一颗重重的石子砸到他的心上，很痛……

他尽力平静，用坚定的语气说："你要勇敢战胜病魔。俗话说：人活一口气，这气就是勇气，身上有一股天不怕地不怕的正气，就能战胜晦气。要在体内用气势压倒这病魔，病魔就占不了上风，就弱下去了。"

她听得有些感慨，好像浑身陡然增添了力量，增添了勇气。她感动地点着头，说："我懂了，谢谢你……"说着又摸着他的手背。

他又鼓励地说："实际上，人活的就是精、气、神。有了精气神，就如大河奔流，什么也挡不住！"

她高兴地微笑着："谢谢你，给了我力量！"

他也对她赞赏而坚定地点头："你是好样的！相信你一定能够战胜病魔！"

这天正是冬月初六。这时是早上，一缕红润的朝阳照着窗户，就像一个姑娘害羞的笑容。

肖叶对他说："你记得今天的日子吗？"

他微微一笑说："记得，是冬月初六。"

她说："今天应该是我俩去办结婚手续的日子，可我却是这副样子躺在这里……"她说着就伤心地流着泪水。泪水像一条粗粗的绳子。

他鼓励地说："没事，你莫考虑这些，我俩的心早就办了手续……"

她听了忽地握紧他的手，吃力地笑着说："你真是一个幽默的人。有你陪我，我的病肯定会好的。"

他显得坚定地说："真的，你一直都在我心里。我经常想起你小时候，动不动就拉着我的手笑着跳着……"

她感动地说："我也记得……你是世上最好的男人，最懂情义的大丈夫，最好的大师，也许是生不逢时……"她想着小时候在一起的情景，感觉那种青梅竹马的味道。可惜她那时什么也不懂，哪怕就是常常拉着他的手，也是一个小娃子的调皮举动，虽然其中包括着浓浓的喜欢，但那是无性别的喜欢……

他显得淡泊地说："我想，人能活过七十岁，应该是很好的事，不必怨天尤人。我已经七十多岁了……"

她说："你脸上其实还看不出七十岁，显得很年轻……"

他说："不年轻了。"

她一副庄重神情望着他，目光又透出一种神秘的东西，又好像是深思熟虑的，显得庄重地说：“我想请你，帮我办件重要事情。”

他爽快地说：“你说吧。不管多大困难，我都上！”

她眉头微皱地说：“可是要让你累力而且为难了，但这事又只能你去办。”

他很坚决地说：“你说，再艰难，我也一定能够办好，就和小时为你掐野菊花一样。你完全可以相信我！”

听他这样说，她眼前又闪现野菊花的光影，她小些，他总是处处护着她，优先她……她安慰地说：“这件事，你办好了，可能也会出现意想不到的一些情况的。”

他说：“你快说，我马上去办。”

她认真地看着他，掏出钥匙给他，郑重地说：“你去我店里，把我的缝纫机搬到这里来。”

他听了虽然有些纳闷，仍然显得轻松地笑着，说：“原来就是这么点事，这有什么难的，我马上就去搬了来。”说着就去了。

仅仅三个小时，他就背着缝纫机来到了病房里。肖叶一见他和缝纫机就笑了。

他将缝纫机放到病床边，说：“我知道，这是你的宝贝，我给你放在这一边吧。”

她一副极为庄重肃穆的神情看着缝纫机，又好像在想着遥远的事情，嘴唇微微地动着，不知是颤动还是在默默地说什么。她伸手抚摸着缝纫机，像是抚摸她孩子的脸蛋，像是在为孩子擦去悲伤的眼泪……然后闭上眼睛，好像在回忆什么，然后睁开，满眼湿润地看着他。

他有些高兴地说：“我看你这下神色好多了。”他笑着鼓励道，“你的病情好转了！”

她笑了，神情庄重地说：“我是要你办件大事。现在，就真的请你帮个忙——把这台缝纫机背去送给云儿。”

他有些惊诧不解，看着她。她郑重地说：“快去吧。这是我的最后心愿了……"

他稍微思考下说："你应该坚信，你的病会好的，好了就又可缝纫了。你不应该把缝纫机送走。"

她努力微笑一下说："我有我的想法。你莫多想，就作如送二姐做个纪念吧。旧缝纫机到处都有，我好了随便找一部就是。"

他没有多想，只想快快为她完成这件大事，接着背起缝纫机就去了车站。

第二天下午，他就来到了云儿的家。云儿正在打扫院坝。

他笑着说："云儿，我又来了。"

云儿兴奋地笑着说："是陈师傅！快坐！我来做饭给你吃。"她显得有些激动，脸上忽地有了光亮的跳动。

他平静地说："你不忙做饭，先看看这个东西——这是肖叶专门让我背来送你的。"

他将背篓上捆着缝纫机的绳子解开，抱下缝纫机放到云儿堂屋正中，取下上面包着的布，亲切地说："你看看，这是什么东西？认识吗？"

云儿一下子眼睛睁大了，紧盯着缝纫机看。

他一副深沉的神情看着她："这是肖叶的缝纫机。她专门要我将她这台用了几十年的缝纫机背来，送给你做个纪念……"

她一下子感动得眼眶涌满泪花。

他去拿来一个凳子，说："你坐下试试，操作很简单。你可以用它打鞋垫，做些小东西，缝个什么东西，很方便……"

他拉她去凳子上坐下。他将一块布在机台上铺开，要她双手拿着，将她的脚放到踏板上，将她的脚掌向下按动着，一下，二下，这时就响起一种咯咯咯的声音，像兴奋的笑声，咯咯咯。

这时她的脸上瞬时露出笑容，就像一朵花哗的一下开放了。

云儿用手将布挪动着，缝纫机也咯咯咯地笑着，咯咯咯……他引导着，她就这样操作着，咯咯咯……接着她好像就能很熟练地、很喜欢地这样操作，感觉这歌声真好听，咯咯咯……

一会儿，她停住操作，似乎一下子想起了什么，睁大眼睛回想着……

缝纫机像个姑娘咯咯咯地笑着，忽然，她对他说：“我好像原来用过缝纫机，做过裁缝！”

他惊喜得睁大了眼睛，马上就露出了兴奋的笑容，大声鼓励说：“继续缝，你好像很会裁缝呢！”

缝纫机就清爽地咯咯咯地笑着……

云儿将布挪动着，脚配合地踏着，缝纫机咯咯咯地笑着……

一会儿，她停住操作，她望他笑着说：“我好像是做过裁缝活！”她像有些激动了。

他说：“你继续缝这块布！”

她将缝纫机踩得咯咯咯地响着，像激动的笑声。

他很冷静，不想多说话，以免打断她通向遥远的回忆，通向尘封的脚步。这时他心里忽然荡起一股热浪，这是对肖叶的敬佩、崇拜，她也真是神了！想出这么一件事情……

他马上明白肖叶为什么要他送这缝纫机来，原来用心良苦啊！她怎么想到这样做？她怎么知道这样做可能会有意想不到的情况出现？她也真是神了！

那么她一定觉得自己的病很沉重，不会好了，就想到要做好这件事……他的心不一般地跳动着，也像在撕裂着……

这时他也想到一个问题：如果能将云儿带到茅坪，让她看看那山，那街，那缝纫社的房子，会不会恢复那里的记忆呢？

这时云儿还在咯咯咯地缝着那块布。她似乎对缝纫很感兴趣。

忽然她停下操作，问他：“肖叶怎么不用这缝纫机了？她下城跟黄霄他们过了？”

他还是实话实说：“肖叶病了。”

云儿急忙问道：“她病了？病情怎样？”

他没有藏住严峻神情，望着云儿，沉沉地说：“病情可能很严重，医生一定是瞒着的，嘴里说得不严重。”

云儿说：“天呢！”眼里呼的一下翻滚着泪水，“我要去看看她！”

他说：“行，我们一起去。”

晚饭后，他故意挨着缝纫机坐着，喝着茶。她也挨缝纫机坐着，和他说话。但他没有多说。他想让她静静地去回想。而且他不提起原来说过的事，怕她怀疑他，又来那一套。因此他没说什么，他主要就是坐在缝纫机旁，也回想着一些事情……

云儿却是对缝纫机十分感兴趣，踩着，咯咯咯的笑声，不停地操作着，打着一只鞋垫。打鞋垫是要费很多时间的，几乎是和种上密密麻麻的庄稼一样。

后来，云儿也总是问他和肖叶的事，办了结婚手续没有？举行了婚礼没有？他也如实地回答了她。

第三天下午，他和云儿两奶孙就来到了茅州县医院。

云儿一见肖叶就抱住她，哭起来：“你怎么这样了……在我那里都好好的呀……”云儿哭着。

肖叶安慰云儿说：“我这病是有点严重，但人活长活短都一样，死了什么都没有了。所以，活着时要好好活……”

云儿说：“谢谢你！把你的宝贝（缝纫机）都送给我了。也谢谢陈师傅，这么远给我送去缝纫机。一看见缝纫机，一操作，我就突然想起来，我原来好像做过裁缝……”

肖叶说：“你是脑子摔伤后失忆了，忘记了以前的事。你原来真是裁缝，和我在一个缝纫社做缝纫。我俩的机子就是挨着的。我确实是你妹妹，这陈师傅是你丈夫。你摔伤后，脑子出问题了，失忆了，就不知走到哪里去了……”

肖叶又说：“我病成这样，也没什么好想的，唯一就想你能恢复记忆，我们姐妹能够重新相认，认识我是你的亲妹妹……”说着就哭起来了，好一会儿又说，“同时也认识他——是你曾经的好丈夫……”

云儿说：“现在我已经模模糊糊想起来了，我是操作过缝纫机，做过裁缝的，好像还有很多人一起，有很多缝纫机在唱歌，咯咯咯，

咯咯咯，像是好多姑娘在笑着，笑得好热闹。唉，像做梦，但这个梦一时间又总是不能完全清晰……”

肖叶说：“我想你去一趟茅坡和茅坪街，还去看一下我们的缝纫社，就是我现在那间旧房子，房子的右前方是座小石拱桥，房子右边是柳树和小河。去一下吧。”说着将钥匙掏出来递给他。

云儿感动地说：“行。我现在就去。”并有些不好意思地看着他，轻轻地说，“你带我去吧。”

第二日早上，茅州城蒙着浓雾，像是棉花把这小城包裹了，如坠五里棉花中。他带着云儿上了车，向茅坡奔去。他的心像是在车子前面飞着，比车子还跑得快。

他和云儿在茅坡他家门口下车。他向河东边山坡指着，你看看那栋旧房子吧。那就是你家的房子，是你的娘家。她认真地看着那栋又老又旧的木房子。

他向云儿指着公路外边的小河，说：“这河叫茅草河。你看，它弯弯拐拐的，河水深的地方绿绿的，大部分浅浅的都是清清亮亮的，涌动着无数小浪花，就像山坡上的茅草花一样，白白的，一朵一朵……”

她凝神地望着流水，看得很仔细，好像正在努力回想……

他说：“你经常就在这个河边洗衣服……小时候我和你们三姊妹常常就在这河边玩耍……”

她努力回想着……

他说：“后来我学艺回家，你收工回家，你和我首先见面就是在这个路口。这之前，你去看过我在冯家大院立屋，那天很热闹，你去了的，是你后来亲口对我说的。”

她微笑地看着他。他说：“你不看我，现在不是那时的我了。你看看山坡上那栋木屋。那就是我们的家，是我自己修建的。修建这栋房屋，从砍树，你就到山上去给我做伴，天没亮就去了，你还和我一起刨柱头……你天天去我家帮我母亲做饭，有的师傅笑你，你一点也不在乎……”

他带她走进院坝。他上前去打开大门上的铁锁。接着推开大门，发出咯——喔——啦——唱出悠扬而婉转的曲子，真像唱歌，好听极了。

他说："还记得这声音吗？你当时说我做的门真好，还会唱歌，并且声音又清又亮。"

他让她将大门一关，咯——喔——啦——然后又一开，咯——喔——啦——

他说："你想一下这门唱歌的声音……"

她努力回想着。她孙子觉得这门好玩儿，就去推着关大门，咯——喔——啦——又打开大门，咯——喔——啦——

她又自己走上来，手握一块大门，关一下，咯——喔——啦——又开，又是咯——喔——啦——像长笛，十分温柔、清亮、悠扬、婉转，非常好听。

她又试了另一块大门，也是咯——喔——啦——

她说："真像轻轻地吹笛子。"她努力回想着，"这好听的声音，我觉得有点印象了，就像又是在梦中一样，好像是曾经做过的梦，而不是真的那种印象，有点模模糊糊，恍恍惚惚，有个小儿，喜欢在那开、关大门，咯——喔——啦——"

孙子这时好像找到了一个好玩伴，就不停地开门，关门，听那歌唱，就连续发出美妙的咯——喔——啦——

他说："你想想，当年，是不是有一个小孩也喜欢这样开关大门，觉得好玩儿？这就是我们的大儿子喜喜。"

她孙子开关着大门，听着这歌，她脑袋里忽然浮现这样一个情境：孩子开关着大门，发出这么好听的歌声……她说："你不要老是开关大门，别人听了不好。"孩子说："我要开门，它唱歌好听……"

他说："你仔细想想，开这门，看这门口的河，看对面你的娘家，再看对面的山，那山像一头狮子……"

她站在大门边，看一下对面的山，又看一下她家的那栋老房子，又看看田野，又看看田下面的小河，努力地回想着，恰恰小儿这时又关一下门，咯——喔——啦——又开一下门，咯——喔——啦——

她听到了那熟悉的歌声，像是笛声……

他这时不说什么，不打扰她，让她自己回忆……

她说："我感觉就像曾经做的一个梦，这梦境，现在又出现在我脑海里……"

她说："带我看看里面的房间、东西吧。"

他说："好。"

他先带她走进灶屋，他说："你看看吧，这是你经常做饭的地方。我一直这样保持着原貌，想让你回来能够看见……"

她仔细地看着，想着。她说："是觉得很熟悉，好像是做过的一个梦。"

他又带她走进睡房。他说："你看看，这就是当年我们结婚的房间，这衣柜、抽屉，都是你的陪嫁，也都是我在你家做的，你为我做饭吃，做夜宵……你看看这床，这就是我俩结婚的床，还是红亮亮的，看看这笔杆。这铺睡，我一直都保持着原来的样子，没有改变。后来，我去了木业社，你去了缝纫社，就很少在这屋子里住了……"

她认真地看着这床，伸手去抚摸那床架的柱子，床边像栅栏的一根根笔杆。每根笔杆都是他车的像花瓶连珠的造型，一根根，细长细长的，像竖着的一个个纤细的花瓶，宛若一个个苗条女子……

她说："我有印象了！这床……你加工笔杆时，我觉得好玩儿，老是守在你身旁看着，觉得你太神奇了，把一根根木头能够车成一个个花瓶……"

他说："是啊。你当时像个好奇的小孩子似的。这床做好了，红光闪闪的。你站这看着床。我说好看吗？你说太好看了，我就担心在这床上睡不着觉……我说睡不着，你就盯着床顶上的穿花杆一个劲看，看着看着就睡着了。你说：我不看床，我要看你。我说：看我就更睡不着了。你就笑了。伸手去抚摸床边的笔杆，说摸着真舒服。结婚那晚上，这抽屉上放着两根红红的大蜡烛，这床红红亮亮的更加好看，给人感觉是一张仙人床。你站在床边看着床，脸上笑得多灿烂，对我说：我要你抱我上床……我就真的把你抱上床了……你回想一下……”

她温暖地笑着，脸红红的了，看她样子，好像正沉浸在那美好的一幕……她忽然说：“我想起来了！”她伸手紧紧地抱住他，眼里滚着热热的泪珠……

他不动，不想打扰她的回忆、她的思绪。他不说什么。

过了一会儿，他去从一个木箱子拿出她的那些衣服，摆到床上，一下就摆了一满床。

他说：“你看看这些东西吧。”

她看着衣服。他说：“这是你当年穿的所有的衣服，我都给你好好地放在箱子里。为了防止腐蚀，我专门买了樟脑丸放在箱子里。你看看吧。这是你最喜欢的一件绿花衬衣，这是你的红花汗衫，这是你的黄花袄子，这是你的红色春装……”

她伸手拿起那件绿碎花的衬衣，双手捧着，看着……她说：“我想起来了！现在不像是梦，是真实的事情……”

孙子说：“奶奶，这是你穿的花衣服呀？”

她沉静地回想着，脸上浮现幸福的笑容。

孙子又问：“奶奶，这是不是你穿的花衣服？”

她沉静地回想着……

他还是不想打扰她，让她自己看，静静地去感觉，静静地去回想……

接着，她又猛的一下抱住了他……

五十一　故园依旧

过了一会儿，她又来到大门边站着，看对面，看小河。

他对她说：“你一定饿了，我们做饭吃吧。来，你到灶屋里来吧。”

来到灶屋里，他说：“你看，这灶都还是你原来做饭的那个灶。陈艺多次说打个新灶，我都没有答应。”

他说：“今天的饭还是我来做吧，你是客人。”

她笑一下说：“我回来了，怎么还要你做饭嘛。还是我来做饭吧。这多年没有给你做饭了……你把做饭的东西都找来，我来做。我们好好地做一顿饭吃吃，做一顿团圆饭……”

他欣喜地说：“好，那就还学往日，你在灶后做饭，我在灶前加火……”

她嫣然一笑：“好的。”

他很快找来了大米放在灶台上，找来一小块烧好了的腊肉，将砧板放在灶台上，将肉放在上面。接着找来了大蒜、辣椒、洋芋放在水池边的台上，亲切地对她说：“我去菜园里找菜来，你慢慢做。”

她却说：“我也去菜园里看看。”

云儿和他往菜园里走，云儿的孙子也在后面跟着走。正午的太阳笑容满面地看着他们，显得是那样欢悦。

他说：“你想想，当年，你来这菜园里找菜，是不是也有一个孩子跟在你身后，跑着、跳着？”

她看看菜园里青青的白菜。这时孙子来拉住她的手，她看看菜，又看看孩子，忽然她脑袋里就浮现这样的情境，但又总觉是在曾经的一个梦中，是那么远，又是那么昏沉……

他和她摘了些白菜，他带她到水沟边去淘洗，就路过一片平地，一直没有种庄稼，是一个荒坝。

他对她说：“这就是当年修建木屋时的木场，在这里加工柱头、长枋、楼索、檩子。你也常在这里做些事情……”

她努力回想着，脑袋里就涌出一些画面和声音……她望他笑着：“我想起来了，我也参加刨过柱头……”

水沟里泉水叮叮咚咚地蹦跳着，像咯咯、咯咯的笑声。她在一个小水潭边蹲下来，水潭像一块圆镜子，照见了她和孙子，孙子就蹲在水潭边，看着水里……

她忽地脑袋里浮现一个情境：她在这洗菜，她的孩子一下子栽进了水里，她慌忙伸手拉起孩子……她清晰地想起了这件事。

他们洗了菜回到家，他就又拿出那两张照片给她看。

他说："这是一九五七年春天照的……"

她激动地看着照片上的她，她觉得那真是她，又看他，又看两个孩子，两个孩子都像她，和她都是一个样子，十分漂亮……

她就问："这两个娃儿现在在哪里做事？"

他难过地说："大儿子陈喜，在三三〇电站工程完工后去读了水电大学，但后来在一个电站工程不幸牺牲……"

她悲伤地说："太可惜了呀……"眼泪忽的一下滚出眼眶。

他说："做任何事情都是有牺牲的。但这是有意义的。"

为了不让她难过，他忙将陈艺和媳妇、儿子的照片递给她。她看着，他指着小孩说："这是上次去你家的那个孙子陈厦，现在在北京读研究生。"

她有些安慰地笑着："真不错啊，不愧是你的孙子！"

他接着让她看她年轻的那相片，她笑了，觉得好同相啊……

他和她用复杂的心情一起吃了这顿有着多种味道的午餐。然后他们三人搭上巴士，就来到了茅坪街。她向北边望着，那高高的仙人岭还是蒙在云雾中，既仙气盈盈又神神秘秘，向东南看，那高高的白岩鼎还像天宫一样悬在空中……她倏地想起了，曾经多少次这样看着它们，感觉它们的神秘……

他们先来到石琳的服装店里，他关切地问她："雷陈林的情况怎么样了？"

石琳显得忧伤地说："他身体很不行了，这都是累的。当初叫他不下城，他要去，如是卖服装肯定身体不会这样……"

他安慰她说："也不能这样说。他当初下城是正确的选择，大男人应该做大事。下城不仅建立了公司，也还是赚了一些钱。人要出问题，你不出门，天天待在家里也一样会出问题。"

他带云儿去了缝纫社。他让她站在肖叶那间旧房子面前看着。他说："你看那小桥，那河水，那柳树吧。"

她看着。不一会儿，他说："这旧屋旁边原来都是和肖叶这房子一样的屋，就是缝纫社，后来解体了，人们买了场子，修建了现在这栋新楼房。你当年就在这个缝纫社做裁缝师傅，房子和肖叶这间一样，一楼缝衣服，二楼住。"

她看着，不说话。然后他掏出肖叶给的钥匙，打开了肖叶这间房子的门。

他说："这间房子是肖叶买的，现在只剩下了一个案板，缝纫机送给了你。"

她说："那我当年用的缝纫机呢？"

他说："当年缝纫机都是社里的，不是私人的。你走了，缝纫机自然就归了社里，让其他人用。"

来到楼上，这是前后两间房，中间是一扇板壁。云儿努力回想着，她脑海里浮现像梦一样的景象，她在这样的房间里住着，还有他……

他说："你当年在这里住的房子也是这样。肖叶朴素，还是当年那些家具，穿衣柜，都没有换。"

她看着这些东西，想当年自己就住在这样的房子里，现在肖叶又病成那样了，不禁泪流满面。

然后他带她去骆铁匠家。他简单地向骆铁匠说了下肖云的情况。

骆铁匠感叹地说："哎呀是肖云师傅！你终于回来了！"骆铁匠非常高兴的一副神情。

他对她说："这是当时粮管所的骆主任……"

骆铁匠说："我马上安排饭菜，喝一杯！这真是天大的缘分和喜事啊。"

她说："不。我们刚刚在老家吃了就来……"

骆铁匠说："那就还等一下吃。肖师傅今天是大稀客，肯定要庆贺一下！"

骆铁匠接着就给钟潇店里拨了电话。钟潇一接电话，骆铁匠就高兴地说："你们两个人赶快到祝梅酒店来，来了一位你们怎么也想不到的客人！马上！"

钟潇和田月就关了店门，很快来到祝梅酒店。钟潇就看着云儿高兴地说："是肖叶亲家，你好了？"

田月有些纳闷，觉得不像肖叶。肖叶在患病，他们那天去看望了的，很沉重，不可能是这个样子。

他笑着说："这不是肖叶师傅。你们猜她是谁吧。"

田月就兴奋地上去拉住云儿的手，激动地说："是肖云！这肯定是肖云！你看，这太阳穴下有颗痣……"

云儿也笑一下，说："你们觉得我真是肖云吗？"

田月笑一下，坚定不移地说："如果你不是肖云，我马上改姓！"

田月说着又马上问他："陈师傅你是怎么找到肖云的？真是千里来相会呀！"

他只是微微地笑着，不快不慢地说："我说过的，只要寻找就会有收获……"

后来，骆铁匠安排的饭菜做好了。骆铁匠亲自陪着他们吃饭，一时间场面充满激情，又是那样温馨，也就忘掉了许多往事。

骆铁匠开心地笑着说："今天是大团圆啊！陈师傅，今晚，你们就不回茅坡了，我已经为你们安排了住宿房间，你们也就随便点。"

云儿连忙说："谢谢你了！我还是想回茅坡那个木屋……"

饭后，云儿坚持一定要走。他们顺便又来到钟潇的店里。

他站在门外向云儿说："你看吧，这就是我们的亲家钟潇铜匠的店子，整个看，木屋还是当年的老样子。"

她静静地回想着，点了两下头。

他说："但是再不是他的铜匠店。"

这时田月打开了左边两间服装店的大门，就像打开了一个视频，顿时五光十色，艳丽满堂。

云儿笑着说："都成大老板了！"

他们在店里坐下来。田月就问云儿现在的家庭情况。

云儿说："两个儿子、一个女儿都在江原市打工。这个娃儿是女儿的。"

田月就说："好啊，都去了美丽的地方。听说江原市是天下最美的地方。美人都去了美丽的地方。"

田月当然怎么也不会想到，她的女儿钟月也去了那个美丽的地方。

云儿说："听说江原市是很美。小儿们都要我去看看。"

田月说："现在你可能也弄明白了，这个陈师傅是你的第一个丈夫。他可是个大好人，是个很神的木工大师。我们一直劝他再找一个对象，可他总说你还在，会回来的。一直不再找，还是一心一意地等着你，现在就还是一个人。忠贞不渝。到底感动了上帝，真的把你等回来了！"说着笑起来，但眼睛里是湿润润的。

云儿这时的眼眶也沁满泪花，感动地说："我也想起来了……"一双泪眼默默地望着他。

田月说："陈师傅始终如一地守着你的情，守着对你的爱，寻找着你这人，非常不容易啊。这晚年，你们是不是还是在一起吧……"

云儿用手绢擦着眼泪，好久才说："我真不知道，我该怎么办……"

钟潇就望着他说："我看你陈师傅，就应该主动一些。就把她接到这里来，和你一起生活，有情之人最终在一起……"

他带有苦味地笑着。

傍晚时分，西天布满浓浓的红霞，把茅坡辉映成一美丽的梦境。

他和云儿及孙子回到了茅坡木屋。他们放下行李，他说："我带你去看看你家的老屋吧，可幸的是，这老屋一直还没有拆。"

他们去了肖家老屋，老屋房主热情地接待了他们。她说我想看看我小时住的房间。没想到她竟然径直走到了那个房间。他点头笑着。他又想起来，这房间也曾是月儿住的，月儿走后，就是云儿和叶儿住。

一看见那老式的木杆杆窗户，她顿时感到心里热热的东西涌起，接着像热水一样涌向全身！一哗啦，她想起了小时的事情，想起了爹妈、妹妹……

她问他："爹妈都过世了吗？"

他说："早过世了……"

她忍不住泪水像两股热流涌出，顺着脸颊奔流而下，难过地说："我竟然没有最后见上一面……"

后来她跟他回到了他们的木屋。

她说："在这个屋子里的事，我想起来了很多，就是像梦，帮你建房，结婚，生小娃儿……"说起小娃儿，她眼眶又湿润了，不能再看到喜喜了。

晚餐骆铁匠请客吃得好，一点也不饿。他们坐着说话。一时间好像有许多话要说。渐渐地那些往事又像云片一样，纷纷地向她飘来……她的记忆终于大部分复活了。

她说："要是我们能重新回到年轻时就好了……"

他说："那我一定会好好地照护你……"

她说："我觉得我的心又回到了这里，和你在一起了……"

他说："我一直就觉得你在这个屋里，在我身边……"

她说："我对不起你……"

他说："不是你对不起我，也不是你的问题，恰恰是你有一种可贵的精神。你的事迹还写在那座学校的简介里，许多学生没有看见过你，但都记着你的名字……"

她满眼热泪涌流着……

夜很深了。他说你睡吧，你和孙子就睡结婚的那个床，去重新做个好梦吧……她说你呢？他说我睡楼上。今晚，你做主人睡这床。我做客人，睡楼上……她说不……

他清楚：她现在是有着美好家庭的人，有老公，有儿女，有孙儿，他能扯散他们吗？要是这样，那他一辈子的修炼不等于全毁了吗？一切都等于零了吗？一个人没有了德与义，那还有什么意义和价值？他不能将他的修炼半途而废，不能丢掉艺的最高境界，艺的最高境界不是艺，而是德，是道……他常常为自己而欣慰的就是，他得到了一种道……再者，他与肖叶是已经通过儿女们定下来了的婚姻关系，与办不办结婚手续没有关系。

他担忧着肖叶的病情。这晚他怎么也睡不着。第二天早上起来，他看见她的眼睛红红的。

她说："我都想起来很多很多了，要是能回到过去就好了，哪怕吃苦我也愿意……"

他说："我们都记住那些美好吧……最美的东西，都在心灵里。"

她忍不住上去抱住他，哭起来……

他说："莫哭，我们都还在，这就是幸福。你的儿子女儿都是不错的人，应该感到安慰、满足。你那石头可是我的弟弟，我在那修建木屋时，我们玩得确实亲如兄弟，姑妈也待我有如亲子……"

早饭后，他和她带着孙儿又出发了，不久他们来到了县医院的病房。

他悄悄去问医生，医生告诉他："肖叶是肝癌晚期……"

他没对云儿说这事。他给云儿买车票，送她和孙子上车，让他们回去了。

他接着就回到了病房里。自此，他就一直待在这病房里，无微不至地照顾肖叶。白天为她做这做那，晚上在她对面的床上陪伴着她。医院的人都认为他们是一对恩爱的老夫妻。

肖叶的女儿黄霄有钱，为母亲花了很多钱治疗，也是真心尽孝了。虽然没有最终保住肖叶的性命，但让她延长半年多的生命。这半年里，云儿来看过肖叶五次。

后来，肖叶的病情到了严重的时刻，他让黄霄守护她，并对肖叶说："我回去几天，有点重要的事，很快就来。"

她点点头："我知道了，你是要去为我做一副棺材。也好，死后能睡着你这大师做的安乐屋，我会很高兴的。"

他回去了，为她做了一副最好的棺材。接着又回到了病房里，陪伴着她。

不久，肖叶的病情到了最后关头。她一定要见见云儿。他又去将云儿接了来，让她们两姊妹最后见面了。

很快，病魔到底夺去了肖叶的生命。临终时她对他说：“我对不起你，要走了……”

又看看云儿，说：“你们在一起吧……”久久地望着他们俩，不肯闭上眼睛。

五十二　无可阻挡

他有他的考虑。他不去想那些痛苦的事。他又踏上了追寻之路。他还是想要寻找到那位道远大师的线索，对承诺负责到底。

他首先来到了大界山，来到那个荒凉的缓坡，来到当年的磺黄厂——现在是磺黄厂遗址了，厂早不在了。领导们认为办厂不划算，直接进口还便宜一些，也不需要养工人。造不如买。许多房屋都拆了，只剩下一栋当年的住宿楼。这里住着一些老工人。他感到很有一种沧桑感，心里有一种说不出的东西。他很快找到了弟弟杰田。

杰田和妻子还住在这里。他们下岗后先是去南方打了一阵工，把小儿养大了。现在他们又老又病了，儿女们都又去远方打工了。他们夫妇拿着最低的生活保障费，只有行政干部的五分之一，在这荒凉的世界里勉强度日。当年红火的时光只能在梦里回味。

他想起当年杰田来时的那个高兴劲，不禁叹了长长一口气，说：“唉，就像天气一样，谁能把握天气呢？最不稳定的就是天气。明明晴得很好，但过一夜又马上下雨，甚至下暴雨。世事也一样，今天让一部分人吃亏，明天让一部分讨好……”

他在这里过了一夜，三人讲了半晚上话。多年不见，兄弟间一时有着说不完的话。都回想着当年那些红火的岁月，一时间都又是那么激情满怀，满脸的皱纹都变成了笑容……

第二天早饭后，他就又出发了。杰田夫妇将他送到一个荒野的山梁，他说：“你们回去吧。”

杰田夫妇就站在山梁上，看着他远去。他走好远了，回头张望，他们还站在那个山梁上……

他向前走着。这日他来到一座大山脚下。河里的水呼呼隆隆响着，像是对他发出一种威胁的吼叫。

他感叹这辈子就是在跋山涉水。翻过一座大山，前面又是一座大山……

他翻过犀牛山，站在山垭上一看，对面是更高大的山。凭他的感觉，那高高的山就是通天山了。他打听过，通天山上有一位木工大师。

对面那山活像一座大菩萨坐在那，头挨着了天。这山又连着许多山，像一个菩萨群。它们都永远地坐在那，静静的，像在默默地祈祷。它们坐成一排长长的横岭，像是要挡住什么。那一道道山梁就是粗粗的腿和手。它们永远地抬着头在眺望远方。

时值秋色浓重，这山变成了一幅壮丽的油画。有红色的、黄色的、棕色的，还点缀着一些白色、紫色、蓝色，就像一件女人的花衣服挂在这里晾晒着，不，根本就是这些山变成了一个穿金戴银的贵夫人，坐在秋天的阳光里，想着她的心事。看去，令人陶醉、神往。

从山垭上往下走，边走边打听。一个老人有些吃惊地看着他说："你要去那个通天山上啊？"

他说："是的。"

老人说："我劝你就不要去了。"

他说："怎么的？"

"这些山好看，从形状到色彩都漂亮。但要去这山上可不是好玩的。这山上蛇十分地多，有一种蛇的头上还长着美丽的凤冠，人称鸡冠蛇，很漂亮，因此有人叫它美女蛇。这美女蛇行走时高高地仰着头，很高傲，显示它那美丽的凤冠，而且嘴里还嘘嘘地叫着，像是唱歌，以吸引人注意它的美丽！这种蛇有毒，据说也是剧毒，人被它咬了两个小时内必死无疑！"

老人关心地说："看你这人也是个好人，我劝你还是不上去的好。

那山上基本没什么人住了，人都搬到远处去了。剩下的就是一户人家，一个老头在那守着。”

他说：“那些人搬走都是因为有毒蛇吗？”

老人说：“主要不是这。那山上的人不怕蛇，他们家家户户种的有降龙草，蛇见愁，蛇根本不敢到房屋周围去。出门，人们身上也揣着这些药草，蛇闻到气味老远就溜跑了。也可以用这些药草洗澡，一样的，蛇老远闻到了就溜走了。”

他说：“您老人家有这种药草吗？”

老人说：“我们河这边山上没有蛇，也没哪个种这些药草。我劝你不要去那山上，到别处去，可以从河里绕过去，千万不要上那山上。”

他说：“我有重要事情，必须要去。”

“是去找那老头吗？”

他说：“是的。”

“那老头如果还在，应该有一百多岁了，估计早没在了。你就更不必去了。”

他说：“人生谁不死，我在追寻我要寻找的路上死了，也就尽心了，满足了。”

老人笑着摇摇头：“还是劝你不要去。”

他还是又上路了。背着工具背篓，手中拄着那杆有着铁錾的五尺。他感觉这杆五尺很有神力，它是立屋时祭过鲁班的，压煞。当然他那工具背篓里早没有了那杆像天线似的长刨把儿。他从上了年纪，腿也疼，出门一般都拄着这杆五尺。他视五尺为宝物，护身物，像孙悟空的金箍棒一样。五尺的中间，他用布编缠了很长一段，便于手握着，免得棱子搁手。

他下了河，望那通天山，可真是吓人！这河两边是绝壁，河不宽，水不小，来势有些猛。河边正如老人所说，是有一条小路，但他不想跟着河去绕，他就是要上这座山。他小心翼翼地过着河，右手紧握五尺，左手还拄着一根树棍，相当于四条腿，一步一步稳稳地向前迈着脚步，两手用力撑着树棍和五尺。到底年老了，因此过这河都显得特别吃力，几次差点摔到了水里，如不是另外两只“腿”撑着，早就摔到河里被水冲走了。

他向山上走着。已经没有了路。原来的路上都长满了茅草和树木，只有少数石板路和岩壳路，没什么树木。他将五尺在地上故意捣得响，他想这样蛇们就会惊跑的。这个办法也可能有作用，也许无济于事。上坡不远，就听见阴森的嘘嘘声，伴随着这刺骨的叫声，只听见草丛里呼呼地响着，像他修建房屋时在山林里拖树木的声音。他浑身像是被阵阵寒气穿透，他站住静听动静，静观动态。这时就有一个美丽的鸡冠蛇头，从草丛里箭一般射出来，他将五尺在地上有力地一捣，嘣的一声响。哪知这蛇不在乎，稍一迟疑就向他的腿部射来！他慌忙伸出五尺铁錾对准它，它也针锋相对，一口咬到了五尺的铁錾，嘣嘣两声，想咬碎铁錾，尽管咬不碎，它还在继续咬着，流着毒液。他想过向它喉咙里捅进去，但是他只是任它咬着，并不动，并不伤害它。

他笑着对它说：“蛇啊，我俩前世无冤，今世无仇。尽管你想伤害我，但我不伤害你，你走吧，好好去生活。现在你还没受伤，你要知道，我如果将铁錾向你喉咙里捅进去，你顿时就没命了的。你快走吧。”

蛇咬了几下铁錾，不知是觉得没味道，还是遇到了硬货它咬动不了，还是听懂了他的话，它松了口，头一摆，向一边溜去了，草丛里发出呼呼呼的一阵响，像一根树从草丛里滑过。他只觉身上寒气刺骨，好像它是在从他身上滑过。

走着，又几次遇到了大蛇。他双手紧握五尺，像端着一把钢枪，朝蛇瞄准着。蛇一看耀眼的铁錾和他的气势，都逃跑了。他终于爬到离山顶不远了。他转身向前望去，只觉是从天上往下看，山脚那河像是一条阴森的大蛇，左一绕，右一绕，慢悠悠地向远处溜去。再看前方，群山有如汹涌的波涛，也像一片刚刚犁过的大田，阳光下白茫茫的。他想，那一定是东海了。这时，他也想起他的家，也在那东边，还有云儿，也在那东边，心就拉得悠长悠长。又想起肖月——月儿，他总觉得她还活着，只是在躲着他，说不定就在哪座名山上修炼，一心要得道。

五十三　神秘老人

他终于爬上这座通天山。在上部的一个平坦的地方，他看到了一栋老木屋。屋顶上是盖的石板。他不足为奇，各样房子他见得多。许多地方，由于无钱买瓦，就盖石板，山区这样的屋不少。

他来到了屋旁。一只黄狗向他跑来，警告性地发出一声声呼叫："汪，汪——"意思你是谁？要干啥子？！

他右手握着五尺，眼睛向黄狗也警告性瞪一眼，严肃地吼道："叫些啥子！"

这时就听见屋里有人对狗吼出两个字："睡着！"狗就真的不声不响地回院坝那边去睡下了。

他疾步走过去。堂屋里有一位矍铄老人，满头长长的白发，可能这里没人理发，便绾着一个蘑菇发髻。面色红润，眉如雪峰，长长的胡须白白的，有如瀑布飞流直下。老人身旁挨一边板壁放着一个马凳（木工操作平台）。老人正在刨一块木板的边，旁边板壁边还靠着一块木板，看样子老人是在对缝（将两块木板边刨直，镶到一起，合拢无缝隙）。

他走进堂屋。没有放下背篓，就向地上跪去，虔诚地磕一个头，说："拜见大师！"由于他的腿痛，加之走疲倦了，身子歪了一下，加上背上的重量，身子就要摔到地上。

那老人见了，身手很快地将他扶住，又惊奇又感动地说："稀客啊！你太礼道了！"

他说："对不起大师，我的腿走了几天，实在是痛，让您老人家受惊了，打扰您老人家了。"接着他就要磕第二个头，被老人家扶住了。

老人说："不磕了，你的礼仪我已领了。"接着去拿下他背上的背篓，提着走到板壁跟前，轻轻放下。

他伸出双手去撑着膝盖，艰难地向上站起身子，可是他没有站起身子，相反由于用力膝盖一阵剧烈疼痛而一屁股坐到了地上，发出啪的一声。老人一时惊慌，慌忙走过去扶他站起来。但他一时间还是腿关节疼痛站立不稳，老人扶他坐到一把椅子上。

老人看他的腿脚，震惊道："哎呀你腿脚关节都这样了！"感动地说，"你这么大年纪了，怎么还要奔波嘛，腿又不好，在家休息嘛。"

他说："一辈子该做的事还没做完，怎么休息啊。您老人家多大年纪了？"

老人说："一百零五岁。"

他说："天呢，高寿啊！您老这大年纪了，都还在整理工具，还没有停止该做的事。我还只有七十多岁，怎么不该奔波啊。请问您老尊姓大名？"

老人说："姓道。"

他心中一喜，姓道，那肯定是道远大师！就有些兴奋地说："您就是道远大师吧！"

老人说："不是，我叫李道元。就是开始的意思的那个元。虽然这大年纪了，我觉得每天都是一个开始。"

他心中暗暗失望，但又为老人这句话顿时感悟、敬佩，那就是刚刚开始入道啊，高境界！便恭敬地说："我就是要找您这位大师，拜您为师，继续学艺。有几个人都叫我不要上这座山，有毒蛇，危险。但我还是来了……"

老人怔怔地看着他，审视着他，忽地去双手握住他的手，感慨地说："没想到世界上还有你这样的匠人，还有你这样的学徒，还来攀登这座大山！你贵姓？"

他说："我姓陈，是陈道兴的徒弟，也是侄孙……"

老人忽然一拍大腿，兴奋地道："天啦，你是陈道兴的侄孙！我知道这个人！只是没有见过面，那时我还年轻啊，他是老前辈。”

他关心地问：“老人家您家有些什么人？”

老人说：“我的两个儿子一个女儿都过世了，几个孙子都在一个小城里，离这有六七十里路。他们要接我去，可我住惯了这里，不想走。他们给我这安装了一部无线电话，身子如有什么不适，就给他们打电话。也给我装了一个接收信号的天锅，买了一台彩色电视机，我也经常看电视，不苦闷。原来我也在外面做木工活，如今早就没什么适合我的木工活了，我就一直待在这里守着。这座山上就剩下我了……”

他说：“您这是在做一个什么家具呀？”

老人说：“不是。我是在练习对缝。我一天吃了饭后，就将这两木板对缝。这两块板子刨完了，又换上两块。这多年来，也记不清这是第几百几十块木板了。对缝，这是木匠的基本功啊。没有这基本功，怎么做家具啊？所以，我现在不需要用眼睛看，也能把缝合得丝缝不漏，像天生的一样。”

他听了心里震惊，暗叹，天呢，学到这个程度了还在练，而且全没考虑这个技术还用不用得着，只是为着这技术本身。大师！大师！这才是真正的大师！自己比起老人家来，还差得远啊！还远没有得道！他深知，老人这么说，实际上是在给他传艺，不，是在给他传授一种艺的最高境界！他心中豁然开朗，像是照进了一道亮丽的阳光！

老人说：“除了整天练对缝的基本功，就是凿眼、锯榫、斗榫的基本功。天天凿眼，做榫头，斗拢。所以，现在我不用尺子墨签画墨，就用眼睛看着凿眼，就用眼睛看着锯榫，斗拢来，不大不小，完全能严严实实，丝丝入扣，天衣无缝，像天生的一样。”

他心里感到惭愧：“比起来，我的艺还差得远啊！”

老人又说：“学艺，并不是主要考虑这技术用不用得着，而是要把这技术学到高处，学到妙处，学到奇处，学到神处，出神入化，就是神功了。学到神功了，什么都能做，怎么都能做，做什么都不怕，怎么做都神。最高技巧是无技巧，是自然。”

他心中震撼着，像是有着无边无际的热浪在汹涌澎湃，脑袋里热热的，浑身热热的……

他感叹：“学到老人这一程度，我还要很多时间，已经七十多岁了，说不定今生也不可能达到这个程度。”

老人又想起一件事，问他：“你有治蛇的绝招吗？”

他说：“没有。”

老人大惊：“天呢，那你怎么来了的呀，这山上尽是毒蛇。那真是木匠祖师们在保佑你，不想让你这样的奇人受到伤害。那我给你一种治蛇的特效药草，你装在衣袋里，蛇远远地就跑开了。”

老人赞叹地说：“你太让我感动了！这辈子，我还没有碰见你这样好学的匠人！这大年纪了，腿都疼痛变形了，还在追寻大师学艺。你这本身就已经出神了，是个神人了！心怀有道，就是高人。”

他虔诚地说：“谢谢大师！请大师赐教。”又跪下磕头，但老人连忙挡住了他。

五十四　意想不到

他在这里待了半年。主要是学艺，每天在老人指导下练基本功，有时也帮老人种庄稼。有时也陪老人看电视。他实在不想离开这位老人，这位大师。但他还是决定要走，他还想去寻找那位道远大师。虽然道远大师肯定已经过世，但还有他的后代和徒弟，找到他们也是一样的。

老人很是留恋，就说：“那你帮我做一个东西做个纪念。”

他说：“做什么嘛，您说。”既然是纪念品，他想一定是要做小巧的东西吧。

老人却说：“我有一块石板，一直想用它做一张小桌子，这任务就由你帮我完成吧。”

老人说着站起身来，走到板壁跟前，用手摸着靠着板壁的一块石板，说：“你看嘛，这是一块打磨好的特质石板。”

他便走拢去细看，只见这石板平滑如镜，蓝幽明澈，冷光耀目，堪称宝石。

老人说：“你只是做面子下面的架子，然后把这块石面子往上面一放，就是桌子了。不过，因为脚不能与面子用榫连接，又要不摇晃，这就有点不容易，就看你的技术功夫了。”

接着老人往外走，说：“你来看看木料。”

老人来到屋旁，向他指着一些木柴，说：“你看这个做脚、做横枋怎样？”

他一看这些七弯八拐的柴棒，心里在笑，老师傅怎么要用这么一些木料呢？真是个老古怪。就说：“您这没有直溜一些的木料吗？”

老人看他一眼，说：“不需要好木料的，只要结实。这些柴不是普通的树，都是铁橿树，是天下最为结实的好木料。”

他知道铁橿树是最为结实的好木料，但做家具的料木要直溜啊，哪个用这些弯弯拐拐的柴棍来做桌子呢？真是老古怪。但他马上想到，老人是在考核他！定要用这些七弯八拐的木材做桌子，看他能不能做成器。

他显得憨厚地微笑着，很认真地说：“行。只是做了放那有些丑啊。”

老人笑一下：“不丑，牢实就行。”

他微笑地说：“好，我负责给您老人家做得牢牢实实的，一百年也不坏。”

老人就满脸笑容：“我哪还管得到一百年啊。”

他崇敬地说：“您老修炼得好，起码可以活到一百五十岁。”

老人哈哈地大笑着：“那就好。”

他没想到老人又这样说：“你也在这练了半年，今天做这个桌子我有个要求，不能用墨斗尺子，完全就用你的眼力，也就是神力，看是不是学得了真正神功。行吗？”

他明白，老人真是在考核他。他还是恭敬地说："行。"

老人又说："还有一条：所有木料，不砍，不刨，只剥皮就行。就用原木，像自然的。行吗？"

这时他已经有所理解老人的意思：自然。笑着说："好。"

他将木马搬到院坝里放好。去认真选取了一些又是七弯八拐，又特别有味、粗细合适的柴棒，搬到院坝里。然后一根一根放木马上，用锯子来锯。他先裁下一只做脚的柱子，没用尺，然后比着呼呼啦啦就裁下四只柱子摆在院坝里。按照同样做法一阵呼呼啦啦裁好八根做横枋的料，上下两圈各四根。他看着锯的这些料木，心里一道亮光一闪，豁然通彻，这些原木弯弯拐拐，又坑坑洼洼，真像雕塑一样啊，又自然，自然的就一定会好看。当然有人也不一定喜欢。但我们做手艺，做个东西，不可能让所有人都喜欢，我们只按艺本身的要求来看，是不是特别，特别就美，再加结实。

老人看着他选的料，高兴地笑了，向他伸出赞赏的大拇指，说："这些料选得好。"

他一边剥着皮，一边想，可是，这种做法太有难度了！老人是在考核他，看他的神功到底练得怎样。按常规，原木不砍成方形刨规矩后画墨，就要垂直吊墨弹中线，以中线为准画眼子，不然眼子就不在一条直线上，就是麻花形的眼子，榫也是麻花形的榫，根本就斗不拢来。斗拢来的也肯定是麻花形，或者一只脚翘在天上，一只脚戳在地下。他想，直树不用墨还好操作点，这弯弯拐拐的柴棒，不画墨，直接凿眼、做榫，这真是太难了！真的考验神功啊！

他又想起在王保长家修建房屋时，王保长考核时，那裘师傅和曹师傅不精确垂直吊墨，不用尺寸画墨，做的"井"字形框架都跷着二郎腿，闹出笑话。他想，虽然在这里跟老人学了半年，他今天会不会闹笑话呢？他从来都是准确用尺寸的。他此时领悟到，常规功夫，是按尺寸规矩，是用技巧，这是低境界；能够不依尺寸规矩，不用技巧，自然组合，才是神功，才是最高境界。

这时老人说："我上回跟孙子去县城，去一家餐馆吃饭，就看见那餐馆的大门装饰很特别。那大门完全是一些像柴筒一样树木装饰的，顶上还盖着树皮。”

老人接话说：“我站在那餐馆门口，久久地看着，真是个柴门啊，很原始，很粗放，但却很有味。而里面呢，穿着五颜六色衣服的人们喜笑颜开，谈论着，吃着，那不正如此诗所说，正是满园春色吗？为什么这个原始粗放的柴门，却没有关住外面的现代气息，而且踊跃地进去呢？这门牌它特别，特别也就是一种美。那个城里都现代，花里胡哨，而这个大门是唯一的特别色彩，人们路过便眼前一亮，也喜欢。”

他明白了，老师傅是在给他授艺，做艺要讲求特别，超越传统，与众不同。同时，最原始的也是一种美，也有市场。比如小木屋，木质别墅。真是长到老，学不了。

很快就开始凿眼子。他拿着弯弯拐拐的柴筒，用眼睛瞄一下，就确定了中线，然后开始凿眼，凿一半，翻过来，在背面再凿眼。照此，很快四只脚上的眼子就都凿好了。老师傅看了下，暗暗点头称道。同样，用眼力确定，用锯子锯好了榫头。

接下来，他将所有榫头与眼子进行了比合，看合适不，结果都合适，不需要任何修整。老人在旁边看着，默默地微笑点头。

他开始咚咚咚地斗着榫头。老人在一旁认真观看着，脸上很严肃，一声不响。这是最为关键的活，好不好斗，是不是很生硬，是不是松松垮垮，是不是别别扭扭？他不慌不忙，显得稳重而轻松，驾轻就熟，完全是举重若轻、得心应手。在一阵敲打乐中，一个桌架就做好了。

老师傅仔细查看榫缝，就睁大了眼睛，完全是丝丝入扣，有如天生成的一样，而且整体正正端端，不歪不扭。

老师傅又用手去摇晃桌架，一动不动，又拖着试了几下，牢牢实实，稳如泰山。老师傅感动地向他伸出了大拇指，赞赏道：“你的手艺已经出神入化，既能巧夺天工，又能返璞归真！嗯，行了，神功！”

老人将石板放上桌架，合合适适，就大笑了。

他退后几步来看这样子，大惊，他这时才发现，真是太特别了！这就叫：大巧若拙，大拙亦美。他觉得，这可能是世界上最特别的一张桌子。看那石板，看那桌架，太古朴了。没想到这些弯弯拐拐的腿脚、横枋，都是淡黄色的自然原木，没粉饰，却给人一种质朴的本色美，没有雕琢，胜似雕塑，给人一种自然、艺术、美丽的感觉，完全是一个上等艺术品。

老人说："你看了，怎么样？"

他说："大师神眼！感觉如神，真美啊！"

老师傅说："自然的是最美的。道法自然……"

这时老人就向他伸出大拇指："高师！辛苦你了！"

他虔诚地感激道："感谢您老给我的教导！您辛苦了。"

说着就要给老人磕头，但老人连忙制止了。

他要走了，老人做好几个菜，说："我俩好好地吃一顿饭，你这一去，今生恐怕也再难见面了……"

老人将做的菜从灶屋里端来，放到他做的这个石面桌子上。有红色加白色点儿的腌番茄撒白糖，绿色加红色碎片儿的炒南瓜和辣椒，黄色加绿色小条的炒鸡蛋和韭菜，红色酸辣椒碎片炒白色的洋芋片儿，有绿色青椒炒红色的胡萝卜片，有洁白无瑕的炒白菜梗儿，黄白绿相映的韭菜番茄鸡蛋汤，把桌子都变成了百花园，叫人看一眼浑身都香了，闻一下满心都醉了。这是一桌纯自然的菜，又是色彩丰富的菜，又是色彩搭配很美的菜。他看着，顿时感觉升华，从中得到感悟，这艺之美，没有止境啊！

老人给他倒了一杯白酒，深沉地说："对不起师傅啊，我是修道的，吃素，没什么肉食招待你这样的大师。"

他看了满桌的菜很感动，也敬佩老人的厨艺，感激地说："您老这些菜太符合我的口味了！吃素好啊。我看电视里也讲吃素好，恰恰肉吃多了不好。真正的修道，就是回归自然。"

吃着饭菜，他觉得老人确实有些神秘。老人是吃素的，证明老人是有修炼的，就问："您是修炼的什么教？"

老人说："修的道。艺之精深，须入道；人生处世，须入道；世事之兴，须入道。宇宙万物，皆有道……"

这晚，老人又教了他修建楼房的一些技术诀窍，特别是还教了怎样制作、立起高高的八方亭子的技术绝招，这让他很感兴趣，他虽然看了很多楼亭，但并不知道它们是怎样立起来的，采用什么方法最好、最绝。

他十分感激，连忙跪下向老人磕了三个头。

他想，此次寻找大师来此山上，真是没有白来一趟啊！受益太大了！

他想，学了就要用。于是他对老人讲了，想回去找工程。他辞别老人又上路了。他想去寻找修建亭子的工程。

他先是在四川寻找。一边寻找那位道远大师的线索，一边寻找修建亭子的工程。他感到兴奋，学得了新的技术绝招，他很想修建一栋多层亭子，试试学的那技术，同时也是做个最后的纪念。

他寻找了一年多时间。他没有找到这样的一个工程。他也就想，这技术，是不是过时了？他不禁有些疑惑、困惑。

他带着一腔难过的心情，又回到了他的木屋。他感到心像是被什么挤压着，十分难受，好像完全忘记了腿脚的疼痛。

他正坐在屋檐下望着对面的山发愣，忽然听到脚步声。有人在叫他："陈师傅，你可回来了！"

他马上看到了来者，这是饶篾匠，手中还拿着一提篮，做工非常扎实，精致。

他激动地说："哦，是饶师傅！快来坐！"

饶篾匠说："没时间久坐啊，马上要走！"

他惊异地说："怎么了？"

饶篾匠说："我来了十多次，都不见你。"

他说："有什么急事？"

饶篾匠说："我要走了。要去儿子那里，专门来看下你，和你辞个行。不看到你，我是不会走的。我知道，这一去到城里，恐怕今生再难见面了……”说得很是悲伤了。

他问：“你儿子在哪里？”

饶篾匠说：“就在这个县城里。”

他留恋地说：“那我们好好地玩一天再走！”

饶篾匠说：“我今天必须要赶下城，儿子好不容易找了事做，等着我去带孙子上学啊……今天见到了你，我也就了却了一个大心愿，心里舒服些了，可以走了。”

他说：“我怎么也要弄点饭菜，我俩一起吃上一顿饭了你再走。”他就想起“劝君更进一杯酒，西出阳关无故人”的诗句，不禁悲从中来。

饶篾匠说：“我都来了十多次，就是想和你一起好好玩一下，儿子天天在催，我一拖再拖，没法，我现在就走吧。我就在这门口等车，那巴士要从这里路过的。”

他有点慌地说：“你儿子住在哪里？我有空来看你。”

饶篾匠说：“也不知在哪里，城里我也不熟悉，加上现在到处在搞开发。”

饶篾匠说着紧紧地抱住他，他也紧紧地抱着饶篾匠，两人都流泪了，都说：“不知今生还能不能见面……”

饶篾匠拿起那个提篮递给他，神情凝重地说：“我给你做了这么一个长形的提篮，可以提菜，提东西，特别适合装木匠工具，比如放凿子、刨子这些长形的工具，好多木匠就是用的这样长方形提篮装工具。”

他接过提篮，觉得好沉重，感动地说：“你做得好牢实好坚固啊，这辈子还怎么用得完？是准备我用两辈子的吧！”

饶篾匠笑着说：“我是想到你装木匠工具，所以做得扎实。做个纪念吧。”

他觉得受之有愧，沉甸甸地说：“你这份情义太厚重了，可我今天又没有什么合适的东西送给你。”

饶篾匠说：“你给我的纪念还少了？我的老屋是你修建的，家里的桌子板凳等东西，都是你做的。”

他有些难受地说：“那些不能算啊，今天应该有个什么东西送你才算纪念啊。”

他忽然想起什么，高兴地说：“哦，那年没有卖完的一些东西，你来选一宗吧。”说着拉起饶篾匠的手往屋里走。

可是饶篾匠站住不走，说：“那些东西我家里都有啊，都是你做的，一样的。再说，城里……”

他有些坚决地说：“你必须要选一宗，带城里去，让它陪你。”

饶篾匠说：“那好吧，我选一宗带去，天天能看到你做的东西，也就等于我们仍然天天在一起……”

他就带饶篾匠爬上了楼梯。在楼板上放着一大堆他做的那些精品。饶篾匠就选了一个红红的小板凳，高兴地说：“谢谢你，有了你这个小板凳，我一坐上去，浑身就舒服了，感觉就像稳坐钓鱼台。”

他送饶篾匠到门口公路上，等那辆开往县城的巴士。不一会儿，巴士来了。饶篾匠挥着那苍老遒劲的手，车便缓缓停下。他望着饶篾匠上车。很快车就向前奔去。饶篾匠从车窗里向他挥手，他在公路边向饶篾匠挥手，其实都没有看清对方的手，他们的视线早已模糊……

他昨晚做了个不一般的梦。他觉得这不是梦，应该是真的。早上起来他没有多想，吃了早餐收拾好工具背篓背上，锁好大门，就向茅坪街走去。

他去了一趟银行，然后去了石琳店里，轻声说：“我又要出门了。我这一去，也不知什么时候回来，麻烦你有时骑车去我屋里看一下。”

他说着掏出钥匙递给石琳，石琳笑着答应说：“您去哪里？”

一般他是不会告诉别人的，但对于雷陈林和石琳、钟潇夫妇，是会告诉实情的。因此他说：“我去四川紫徽山清月观，治一下腿脚，找一位大师……”

石琳说：“好的。你出门要注意身体啊。”

他笑着应一声走出店，接着去和骆铁匠道了别，就来到钟潇家。

他们坐了一会儿，他握住钟潇的手，深情地说："我走了。亲家好好保重身体。"

田月知道他要去那清月观，就说："请你代我向静月师父烧张纸，上炷香。"

他也爽快地答应说："去了我一定做到。"

钟潇和田月知道劝说也无效，他要做的事，怎么也无法阻挡，何况人一老更加固执。钟潇极力忍住内心的不舍和担忧，紧握着他的手，强调地说："老兄，你年纪大了，出门一定注意安全，多保重身体……"

他说："亲家们放心，我会注意的。"说着向田月打个招呼，背上工具背篓就向车站走去。

钟潇送他到车站，他上了一辆巴士小客车，钟潇望着他满头白发，他看着钟潇满头白发，对钟潇挥着手……

他本来是不坐车的，他经常都是走小路去的。但他昨晚做了个梦，醒来直冒冷汗，他梦见在拆他修建的大礼堂！所以他今天要坐车从城里走，想还看看他修建的这个本县最大的建筑工程……

他进城后径直向大礼堂走去。远远地，他听见砰砰嘣嘣的响声和嚷叫声汇成一片。

他急急地向那走去，很快就看见人们真的在拆大礼堂，并且拆得热火朝天！他想起当年修建大礼堂时也是热火朝天，完工了，他面对大礼堂，是多么地骄傲啊。他远远地看着，几颗眼泪像石头一样重重地滚出眼眶，有如星球坠落……他再也没有力气站稳了，他就在大礼堂广场边堆的檩子上坐下来。那些声音总像密密麻麻的箭射入他的耳朵，射入他的心里。每拆下一根楼索，就好像是拆的他的一根肋骨……一时气急，甚至偏执地恨恨地在心里说道：再也不在你人间修建任何建筑了！他好像变成了一个偏执狂。

他在广场边堆放的檩子上坐了很久，任凭秋风吹着拆屋的烟尘一股股向他卷来，随意地落到他那蓝色的旧衣服和花白的头发上。

他仿佛木呆了一般，也变成了一根扔下的木头，如果不是那眼睛里在流着混浊的老泪……后来是高高墙壁倒下的巨大震响使他震惊一下，然后像是复醒了，接着有人来赶他快走，大声吼道："不要待在这里！快走！"

他感到这一生的事业辛苦包括血汗都彻底清零，一切等于了零，包括高炉风箱，什么也没有了。他真想望着苍天大声痛哭一场……

中午，他没有吃下饭，他在街上走着。考虑马上要乘车，他才在小馆子里买了一碗面条，鼓劲把它吃了。然后在街上转着，忽然他看到一个熟悉的东西。他急忙走过去，人行道一棵树下，有一担篾货吸引了他，接着一惊，他看见了挂在扁担上的一个小板凳，在太阳下闪耀着红红的光芒。一看这就是他的杰作！他走到那人前面一看，竟然是饶篾匠！

他激动万分地上去握住饶篾匠的手，惊异地问："你不是在带孙子吗，怎么在这卖篾货？"

饶篾匠说："我是在带孙子。这时孙子吃饭后去了学校，我就挑着篾货转一转。傍晚，孙子放学吃晚饭了，我也挑着篾货在街上转一转。"

他问："城里什么也没有，你怎么加工的吗？"

饶篾匠说："我到城边上去买的竹子，然后在屋里做的。很顺便的事。"

他说："有人买吗？"

饶篾匠说："有人买，但很少。我觉得这样比待在家里好些。"又热情地说，"到我家去，租的房子也还宽，就在我那过夜，我们好好玩一晚上。"

他说："我下城就买好了车票，工具都已放车上了。我以后回来了来看你。"

接着，他又坐车越过巫山南尾大界山，这是新修的一条公路。不久又跨过长江。现在这一带已经变为重庆直辖市管辖了，不再属于四川。这里也是边远山区，因此他边走还是边打听，看看有无修建木屋和亭子的工程。

后来，他来到一个地方。他记得曾在这里修建过一栋屋。他走去，这屋还在，但是早已没人居住的样子。院坝里长满了杂草、小树。屋上的瓦片也是稀稀拉拉的，大洞小眼的，有的地方连椽桷都断了，成了个大窟窿。他走进大门里，堂屋里亮亮的，因为屋顶上尽是大洞。堂屋地面长出了深深的草，还有几棵和他一样高的小树。那些柱头、板壁都是湿湿的，上面长满了绿霉，有的地方还长出了大大小小的蘑菇。他将工具背篓放下来，在大门门槛上坐下来，看着这屋。他想起那时修建这屋的热闹情境，不禁潸然泪下……

五十五　咫尺天涯

他没有找到工程。这天他兴冲冲来到云儿家。一进院坝，他大惊，觉得走错了。这里是一栋新楼房，有两层楼，窗户是铝合金的，大门是铁的，四面墙壁是水泥粉刷的，屋顶是平的，没有瓦片。

他想一定是走错地方了。这时忽然一个声音在激动地喊他："汉哥哥！"

他一时惊异，不是叫的陈师傅，是叫的汉哥哥！她曾经是这样叫他的。这时一个妇人步履蹒跚地走到他面前，他马上认出了，这是云儿！

云儿上来抓住他的手，惊喜地说："你怎么来了呀！"她的眼睛里顿时涌满泪水，接着滚出一颗颗泪珠，像断线的珍珠。

他问："你的孙子呢？"

她说："读书去了。"

"那就你一个人在家守着？"

"不，石头早回来了。那边孙子读初中了。"

"哦老弟回来了，在哪儿？"

"他在田里……"

她给他泡了一杯茶水。他接过茶杯，问：“这新屋是哪个修建的？”

她说：“是小儿子修建的。”

他说：“怎么把旧屋拆了？”

“儿子要拆，为这事，我们两个人还和儿子闹了一场。儿子说，旧屋这地方是正位子，必须得拆，新屋要修建在这正位子上才兴旺。再说，这个旧屋摆在新房边上太不美观了。”

他将茶杯放在桌上，走出大门去屋旁观察，他发现，屋旁摆着一堆旧木料，这是拆的旧屋。他问：“这些木料准备做什么？”她说：“儿子说放这慢慢做柴火煮饭。”

接着他就看见了他做的东西，是木盆，由于日晒雨淋，已经裂开大口子了，变形了。他说：“怎么把我做的木盆扔了？”

“儿子他们买了好多塑料盆，有大的有小的。说根本就不需要这些笨重难看的盆了。洗衣有洗衣机，洗澡有淋浴器，猪草不用剁，有粉碎机……先我还是把这些盆放在一个屋角落里。儿子看见了，说摆在新屋里丑死了！几下子就扔出去了。他们说新屋里不准放一点旧东西。你给我做的那张床，他们坚决地换了，桌子换成了大理石面子的。你做的东西都做了柴火……唉，你辛辛苦苦做的那些东西，都不在了，我没有保管好，对不起你……”说着就哭起来。

她伤心地说：“唯一的我还悄悄收着一个小板凳。那个小板凳，你可是忙里忙外做了半天啊。我不收在我的房间柜子里，他们多是做了柴火。他们买了许多塑料小凳子，很漂亮，有红亮亮的，有绿莹莹的，才五块钱一个。”

他劝她：“云儿，不要伤心，旧的不去，新的不来嘛。新的总是比旧的要好。”

她流着泪说：“可我觉得对不起你……你费心费力做，工钱都没要一分……那么好的东西，什么也不见了。我看见这些东西，可就如同看见了你啊……”

他说：“不难过，就是人，要去还是要去。”

她说：“我这一生，就对不起你。肖叶去世后，我是一心想留下，就在老家和你一起生活，可你不同意。硬是把我送走了……这些日子，我不知是怎么过来的……我好想你，我一直想来看你，可是走不脱，现在更不好走了，石头也回来了……”

他说：“你没让他知道我们的事吧？”

她摇摇头说：“没有，决不能让他知道，老了还产生一些隔阂，不好。”那眼泪一直在她脸上流着，像两条细细的水流。

他说：“不难过，我有时间，来看你。”又说，“走，去看看石头老弟。”他一直叫的石头。

来到一块田里。云儿老公石头正用锄头挖着。他喊着：“石头老弟！你好啊！”

石头一见他就走过来：“哎呀是汉哥哥！”

说着就去双手握住他的手，关切说：“你还在到处做木工活啊？”

他有些难堪地说：“哪还有木工活做哟。”

石头说：“那你到哪里去？”

他不想蒙混他，就实说：“我去紫徽山清月观……”

石头笑一下说：“去那里做什么？当道士啊？”

他说：“修炼也不是不可以的。我一个人，干活也不行了，好像没有哪里好去……”

石头说：“我们也都老了，见一回算一回，这次就在我家多玩几天。虽然你姑妈不在了，但我们都是一样亲。”

他编了说：“没时间玩啊，我和道长约了的，帮他们修建一个东西，看了动工的日子的，我必须赶去……”

这晚他们坐了很久，说着话，云儿许多时候都是眼泪汪汪，极力忍住一种什么。

第二天早上，云儿夫妇怎么留他也要走。他就又背着工具背篓上路了。云儿和石头将他送了很远。

石头说：“也不知再还能不能见面……”

云儿说：“是啊，不知再还能不能见面……”

他说：“能见面，我会来看你们的。”

说着向前走去。都挥着手……走好远了，都还在挥手，但谁也没有看清谁在挥手……

他仍然匆匆地走着。有时向东，有时向北，有时向西。不管怎么走，好像每条道路他都是那样地熟悉，那样亲切。他边走边打听道远大师的线索……

这天他来到他大爷爷——老师父的坟墓前。他肃敬地跪下来，磕了三个头，烧了些纸，燃了三根香签。然后继续向前走去。

他坐在地上看着天空，看着远山，他觉得这世界静静的，感觉自己是那样孤零，好像这世界上只有他一个人。他感到没有任何亲人、朋友，甚至连熟人也没有，就如一根孤零零的木头被扔在野外。

他也沿途去看了他和老师父修建的那些木屋，可这些木屋早就不在了，变成了水泥新楼房。他怀疑这人生，包括创造，最后是不是都变成零，一切只存在人的心里，存在人的灵魂里？他希望人死后有灵魂，灵魂里还记忆着生前的一切，永不消失……

他知道道远大师可能早已经去世，但道远去世了还有儿子、孙子，还有徒弟呀，能找到他们也是一样。找到了，既实现了老师父的遗嘱，他又学到了那些高艺，不管用不用得上，但他学到了，得道了，目标和心愿实现了，即或是将来，灵魂也一定很充实。

他特别想找个修建木屋、修建亭子的工程，他要用一用道元大师教的绝招。但他走遍山山水水找了许久，包括旅游开发工程，没有找到这样的工程……有的甚至笑着看他："现在哪个还建那么古老的木屋工程呢？"

一天，他终于又来到了紫徽山那座清月观。大厅里依然坐着一位老道，已经显得很是苍老了。

他将工具背篓放于墙边靠着。然后他走进大厅，在太上老君塑像面前站好，崇敬伫立，静静地看着老君神像，目不斜视。站了一会儿，他用双手撑着膝盖，慢慢跪下去，虔诚地连着磕头，一个，两个，三个。

接着他双手撑着膝盖，艰难地站起来，但不巧，由于腿脚弯曲关节剧烈疼痛，他没有站起来，身子一歪，摔向地面。就在他倒地的那一刻，一双手扶住了他，使他没有摔痛，接着扶他去一把木椅上坐下。他这时才看清楚，还是那位老道。他想，这位老道的身手真不凡啊！

他怀着感激的心情对老道说："谢谢仙道！"

老道微笑地说："不用谢。"

他诚恳地说："仙道还是这样健旺，不像我，腿脚都已经不行了……"

老道理解地说："你太辛苦了。你还在寻找那个道远大师？"

他听到道远这个名字，有些兴奋，接着转为肃静，有些低沉地说："我是一直在寻找，但我可能找不到这个道远了……"说着一副十分难过的样子。

老道安慰地说："其实，你已经尽心尽力了。人生有尽头，世事无尽头。人生，是不能如愿的……"

他说："我现在只是尽心了，还没到尽头。心之向往，走到尽头，方才尽心，坦然。人活着其实都在向尽头走去，没有哪个停止脚步，只是目标和走法不一样。"

老道吃惊地微微点下头，说："师傅言行有道，心德有道，修炼有道，你本来就已经得道了。"

他知道这是一种安慰，摇头说："不。"

这时一个中年道士给他递上一杯热茶，客气地说："施主请喝茶。"

他伸出双手接过茶杯，感激地说："谢谢了！"

中年道士说："不用谢。"

老道用敬佩的眼神看着他，平静地说："你是那位陈师傅吧？"

他一惊，老道还认识他。他说："我是来过多次的那位陈师傅。"

老道说："今天来，是路过，还是有什么事？"

他诚恳地说："是专程而来。"

老道说："来给菩萨烧纸上香？"

他说："是的，还看一位朋友。"

“哪位朋友？”

“静月。”

“可这人早已仙世。”

他深沉地说：“她去世，我没去世。人之情，不是因为人死而了。她有坟在此，也就等于她还在这里。”

听到这，静远的嘴唇抖动了两下，脸上的每条皱纹都颤抖着，眼睛忽地睁大了些，闪着润光。她心里当然明白，她就是静月——他的月儿，因此十分感动，只是忍住了心中涌起的热浪。

他说着放下茶杯，就往外走去。

静远对中年道士说：“你扶一下老师傅。”

中年道士来扶他，他说：“谢谢你，你做你的事吧，我坐了一会儿，腿脚好多了。”他说着向中年道士连连摆手，独自向外面走去。

很快，他来到屋旁那几棵松柏树下，来到静月的坟前。他站住了，肃穆静立，深情地看着静月的坟墓。这坟已不是坟，完全是一团金黄的野菊花，像一个太阳躺在这里休息。

这时静远和中年道士也来到了他的身后，两人都是一副很感动的样子，中年道士一直在保护着他。

然后他在坟前蹲下来，点燃火纸放于墓前。眨眼火纸燃成一个火球，他又一张一张地添着纸，火球越燃越大，像一个落到山垭的夕阳，红红的，艳艳的。他好像不忍心这太阳消失，就一张一张地添着纸，然后点燃三根香签，插于碑前。火球渐渐地小了，他的纸已经添加完了。他看着火球，火球如落日渐渐消失于坟墓面前，仿佛落进了坟墓里。

他怎么也不会知道，也没人告诉他，其实这墓里什么也没有，这是个假坟……

他就对着坟墓说：“静月，我来看你来了。可能，我也不久就要来给你做伴了。可是，你是得道的仙人，我是一个普通的凡人，能给你做伴吗？”

好久，他转身对静远说：“静远道长，我想请求一个事，这事很重要。”

静远老道说：“你说吧。”

他说：“我虽然从艺了一辈子，但很惭愧，我并没有得道。本想继续寻找大师，跟大师学练，但我的腿脚实在不行了，不能用脚步去寻找了，我只能用心去追寻。所以我想就在你们这里住下修炼。你们不嫌弃吧？”

只见静远身子震颤一下，一时间好像不好回答这个问题。他不会知道，这个静远老道正是静月，也就是他的月儿——肖月！她本就早已决心忘记红尘的自己和他，并且做了假坟让他死心，虽然这一切他都不知道，但她能收下他这个追求者吗？她一时间心里为难了，甚至有些惶恐了。她心中受到震撼，她深深感觉到，他现在并不是在追求她这个人，而是不忘那颗初心，要回到那颗初心，这是多么难得呀！她不禁又想起小时候在一起的情境……

他已经从衣袋里掏出一个布包，慢慢打开，是一个红色的纸墩，这不是一般的纸墩。这是他存入银行的那几笔钱，曾借给雷陈林石琳做过生意本钱，他们很快就还了，每年过年陈艺寄给他的钱也都存了，现在包括利息已经是一万多了。来之前专门去银行取了，他留下了一些零钱便于开销，将一万的整数包了。

他用有些颤抖的手将钱包递给静远道长，虔诚之至地说：“这不是钱，是我的心，我要捐给你们观里。我没别的要求，只请求两件事：一是允许我在此修炼……以后我死了，请将我埋在静月的坟旁，和她一起守护这个道观……”

老道听了他的话可以说是五内俱震，只感到一股洪流激浪猛地冲翻了她垒筑多年的大堤，睁大了眼睛望着他，一时间什么也说不出。她没想到红尘中还有这样顽固坚守初衷的人！哪有这样的老固执，这简直是神了！她眼里涌满热热的潮水，一种无法抗拒的潮水淹没了她的整个身子……她马上将眼睛望向远空，望向高空，似乎在请求老君帮她做出回答。

静远还是带有拒绝的意思说：“修炼也不需要交钱呀，没这个规矩。”

他仍然将钱伸在老道手边，继续请求留下。静远道长忽地十分紧张了，好像非常为难。她盯着他看的眼睛里又充满浓浓的怜悯。

他又郑重而坚定地向静远道长陈述了一遍。

静远道长脸色依然冷峻，沉静片刻说：“你还是留下吧。你不需要，可以给你的孙子。”

他感到好笑地笑了一下，说：“他们不需要我这点钱，这点钱对他们来说，可能就像山上的一根草，会让我很不高兴。但我给这里，我感觉是对天地大道尽了一颗崇敬的心，做了一件大事，心里会永远欣慰踏实。”

静远听了再一次受到震撼。一时间什么也说不出。

她感到他很可怜，就说：“你太让我感动了。你就在这里住下吧，我看你腿脚病痛厉害，我给你治治。相信我，一定能治好些的。”

他急忙躬身行礼，感激地说：“谢谢静远道长！”

静远有些揶揄地说：“治好了腿脚，好又去到处跑呀……”

他可能没去思考，其实，当年他如果不去一味追寻大师学艺，他们俩的亲事可能不会成为悲剧。世界上的事情，往往是鱼和熊掌不可兼得，往往缘分是在一个瞬间失之交臂。

他笑笑说：“该做的事就要去做。我还有重要事情没说。”说着又将钱推过去。

静远有些严肃地说：“修炼是不要钱的，我不能收钱。”

他又将钱递给静远，认真地说：“这钱你一定要收下，作为捐献。我还有一件重要的事——想实现最后一个愿望，想给这观里修建一个亭子，能让人上去观赏远景。地点由你决定，创造一个景点，留下一个看得见的纪念，这对我是一个莫大的安慰。我建的亭子能在这里永远存在，是我最大的幸福！”

他一直最痛苦的就是，他曾经修建的那么多楼房，包括县里的大礼堂这标志性建筑，都无踪无影了。他记得那个保留下来的千年木塔。他知道，在这里建一个亭子，哪怕是小小的亭子，也是永远不会被拆除的，永远不会在这里搞开发的，这里偏僻高远，是道教圣地。道，在中国是特别神圣的，因为它是中国自己的国教，尽管许多国人嗤之以鼻，特别还有许多人去崇拜外国的洋教……

静远听到他说的这件事，心内再次感动并欣喜无比，他说到了她的心坎上！她一直就想修建一座亭子，能给清月观增加一点景物，这里仅仅只有一栋老房子，太简陋了；同时可以登高望远，能爬上高高的亭子看天看地，那可是最大的享受！她怎么也没想到，他竟然和她想到了一起！她就是想修建一座亭子呢！她想，这真是有缘了，而且是天缘！神缘！

她努力忍住内心的欣喜，但还是较为激动地说："太好了，我俩想到了一起！我的愿望也可以实现了。你修建的亭子，可以永远安慰我的……"她竟然忘记了一贯忍住情绪的做法。

他高兴地说："那收下我的钱吧。"

她说："我们几十年为人治病的许多人都前来捐钱还愿，建亭子的钱早就绰绰有余了，都存在山下信用社呢，并且想过派道士来找你。我知道，你一生可能也就存了这点钱，你还是拿着吧。说不定也有用钱的时候。"

他说："不，钱对我不起作用了。我一直想修建一座较高的楼房，但一直没有实现，要是能给这观里修建一座亭子，表示一种心境，留下永久的纪念，是我最大的高兴！"

他将钱硬性地塞进她手里，很坚定地说："说个心里话，静月已经永远待在这里，今后我的归宿也就在这里，死后埋在她旁边。这也是我想修建亭子的其中一个重要原因，再就是亭子建在这里永远不会被拆毁。一个匠人总要留下一点古迹吧。我想过建在家乡，但说不定我今天建，明天搞开发就拆了。我再不需要用什么钱。你怎么也要收下，我们一起来修建一座亭子，让我实现一个愿望，这也是我一生的最后纪念……亭子，只有几根柱头，也比较简单……"

她说："你修建亭子，我不给你工钱，就是捐献了。再者，这里有树，有你修建，也不要多少钱。"

他固执地用力将钱塞进她的手里："不多说了！"

静远看他虔诚的样子，那颗坚固的心像是被一杯温温的蜜水润化了，她伸出颤抖的手拿着钱，心想还是代他保存吧，说道："无量天尊。"又体贴地说，"你先休息一段时间，我给你把腿脚治好了，我们一起修建亭子吧。总之，你这大师给这里修建亭子，我太高兴了，这也是终于实现了我的一个心愿。"此时她好像忘记了决心忘记的事情和坚守，竟这样直抒胸臆……

现在这清月观包括他也只有四个人。除他均为女性，都是女扮男装的道士，他毫不知道这些隐情。他向她们要了经书，重新开始学习。本来小时读私塾，《道德经》他是能够横流倒背的。但他知道，在这里念经又是一回事。除此，他还一边做自己的事——整理所学的木工技术和绝活的资料，他想记载下来。他知道，他不记载，以后就都完了，到此为止了，从此世界不知道那些木工绝活了。如果不写进书里，那就随着他一起进入坟墓了，失传了！那木工的绝活神功，随着科技发展，就要完全消失，辉煌的历史就不全了！

因此他认真地写作着，包括房屋建造装修、各种家具制作，还有制作风箱的诀窍……

闷了时，他就去观旁的山坡，但他不完全是散步。他是在看树，这山坡上长着很多高大的树木，密密麻麻像笔杆。他在树林里走着，眼睛一直盯着一棵棵的树，像是在寻找最好的树，哪棵树适合做什么。遇到一棵他满意的树，他总要伸出手，在树干上久久地抚摸着，不肯放下手的，有些爱不释手。好多树，他都摸过多少遍了，像抚摸一个个兄弟。

从来到清月观的那晚上开始，静远道长就给他精心治疗腿脚伤痛。给他按摩，用针灸，服用好药。

有时，静远看他这人确实人品高尚，心境崇高，就想将过去的隐秘全部告诉他：她就是他一直寻找的静月——肖月——月儿。这样也就了却他的心愿、遗憾……但她又一次次犹豫了，放弃了，觉得还是现在这样隐秘的好。人，其实不到目的地为好，这样他会一直在路上，向前走着，也就有一股力量推动着他的生命向前走，流水不腐。生命需要一股内在的推动力量……

有一天，静远给他腿脚做完按摩、针灸，坐下休息。

他就对静远说："道长，我有一件事，还是想对道长说说，我总觉得静月那个坟墓是假的。道士、和尚死后都没有这种安葬方式的，坟墓应该是圆形的……我总觉得，她这人好像还在。她是怕我继续追寻她，就做了这个假坟，让我死心。其实，一个人，凡是进入心灵的东西，不可能消失，也就不可能死心，而只会死心眼地去追寻，初心不改，直到生命最后。现在算来，她也是七十多岁了，但我想，她肯定还很健康，一定还在什么地方继续修炼。她是不会放弃修炼的。道长，你觉得我这些想法有不有道理吗？"

静远道长听着，心里隐隐震动着，仍是一脸庄重肃穆，想了下说："这是你的感觉，感觉不一定正确。但据我所知，这是一个事实，她确实死了。既是这样，你就应该放下这件事了，再不去想这事了，因为完全没有意义。你现在既然来入道了，就要放下原来的一切，或者说放下尘世的一切，变成一张白纸，重新建筑你的大厦，进行一场修炼。修炼就是建筑一座大厦，并且是一座没有高度的大厦，没有建成日期的大厦，而且是一座看不见的大厦，它只永远耸立在你的心中……"

五十六　心归月亭

这日阳光温柔，整个山岭像是泡在温水里。他在山坡树林里走着，一边看树，一边想着，设计他那心中所想的高高亭子。他一生最高只修建过三层高的木房子、五层高的亭子。他给这座道观的亭子设计的是九层，九是个大数字，九五之尊啊。每层七尺高，七九六十三，加楼顶，六丈八尺高，他看了下，也有这么高的树。

这时已是下午了，他好像想好了，好像有些着急，想急于开工。

这时他走进大殿，走到静远身边，欠欠身，对静远道长说：“感谢你为我治疗腿脚，现在已经好多了。你的按摩，针灸，你的药物，真有神奇的作用啊！”

静远道长说：“还要巩固啊。”

他就说：“现在腿脚也不痛了，我想商量你，这修建亭子的事，马上动工吧。”

静远看着他，想着什么说：“我就是想早日修建这个亭子呢，但你这腿脚……”

他坚决地说：“没事了，明天动工！”

他显得心急地说：“我不做事，心里憋得慌，这样下去，虽然你治好了我的腿脚，恐怕心里又生病了。心病，不好治。”

静远理解地说：“好，我马上派人下山去找师傅来，给你帮忙。”

他制止地说：“不忙。我先砍树一个人慢慢做柱头，做枋。然后你们找人立屋。”他想要自己亲自做。

静远就说：“你打算修建什么规格的亭子？”

他说：“我想修建一个八方形的亭子，这样才符合八卦寓意。八方形，漂亮一些，显示建筑工艺一些，精致一些，也才叫景点。也才配得上你这个清月观。”

静远感觉到他的心理，理解地说：“好吧，那就先辛苦你了。”

他听了有些激动，感激地说：“感谢道长！我一定建成一座世界上最漂亮的亭子，让它永远地屹立在这清月观！”

静远问：“这亭子你打算建多高？”

他说：“打算建九层，每层七尺，总高度接近七丈……”

静远说：“高了，这让你很费力的。建五层就够了，秀气点。这样，你放心，我很满意的。这山顶上不宜建得太高的。”

他听道长说这样很满意，就顺着说：“那好，就建五层吧，每层的空间提高到九尺，空间大一点。五九得四丈五，加顶层，总高度为五丈左右。”

静远很感兴趣地说：“你想给亭子叫什么名字?”

他显得很谦虚，诚恳，尊重地说：“这名字，还是你定，比较合适。你是道长。”

静远没认真想，就说：“就叫‘清月亭’，怎么样?”

他像是早就思考成熟的，马上说：“‘清月亭’，本是你们的观名，也可以。但是，在一个风景里，最好名字不重复，多一个名字，丰富一些，多一些意义……”

静远就露出了微笑，很欣赏地看着他：“那依你的意思，取个什么名字更好?”

他一直心中装有肖月这个月儿，早就考虑好的，随便地说出：“能不能在‘清月观’这名字上还多点内涵，保留一个‘月’字，叫‘月归亭’。这个‘归’字，有多种内涵。很多东西应该有所‘归’。最后还是由道长钦定。”

他之所以要用一个“归”字，是有几层含意的。但他不想对静远道长解释那么明白，暴露心机。

静远道长听了十分欣赏，脸上露出了少有的笑容，看着他，好像说到了她的心坎儿上，正合她的心意、心境、想法。这个“归”字，她太佩服了，一时间不禁肃然起敬，更是对他深深崇拜了。

静远有些激动地说：“这个名字很好啊！我很赞赏。”

他显得谦虚地说：“谢谢道长。”

静远认真地看着他，充满无限的敬意，也充满一腔怜爱。好久，有些忧心地说：“修建这么高大的亭子，你年纪也大了，我就担心你身体受不了，我还是去找几个师傅来帮忙吧……”

实际上他的腿脚并没完全恢复。但他想亲自做，同时为他们减轻开销负担，就肯定地说：“不找。你放心，现在腿脚你也治好了，身体没一点问题！只是，这立柱架的事，我一个人不行，必须要找几十个能干的人。”

静远就说：“这没问题，我负责。”

他又说："为了防止柱头腐烂，柱脚应该用桐油烧沸后油透，同时还要垫上磉礅石，这样会永久不朽。这就要请石匠打凿……"

静远道长说："这也没问题。我去安排。"

他兴奋地说："那我明天就动工了！"

第二天清晨，东边天空刚刚睁开一绺儿白眼，他就起床了。但他担心惊动他们休息，就站在窗前看着远处。其实他不知道，静云天不亮就出门了。他就这样站着，后来远远的天幕有些变红。这时静远也起来了，来到了大殿，打开了大门。

他便提着斧头走下楼，走出大门。这时静远正站在桂花树下，也就是菊花墙边，望着远空练功。

他脚步轻快地走进观旁那片树林，脸上露着欣喜的笑容。他终于能够修建楼房了，而且是很艺术的八方形亭子。这怎么不高兴不激动呢！他学的八方形亭子技术，终于可以一用了。他还从没有修建过八角亭子呢，想来，也真有些可怜了。现在终于如愿以偿！

嘣、嘣、嘣！他径直走到一棵树下。这树他早就看好了的，不需要此时目测，说时迟那时快他飞起斧头就砍起来，那斧头有如一道道闪电猛击树蔸。

嘣、嘣、嘣！整座山都被他的砍声震动了，一抖一抖的。他感到还不老，身子骨和手还是这样有力。

哗嚓一声震动着大山，大树很快就倒下了，像一个醉汉躺下了。他看着，非常高兴。

他抚摸着大树，安慰地说："你长在这里，没有人来看你的，我让你变成亭子，你会更美丽，经常会有人看你，欣赏你……"

树丛间一阵啪啪啦啦的脚步声传来。这是静远道长走来了。看去她也真的老了，每迈动一步都很吃力了。她是来看他的。她心里充满着感动、敬佩，还有崇拜！看见他砍倒的大树，看看他苍老的样子，她那多皱的眼眶彻底湿润了……她再也说不出什么，只有心里的震撼，只有心里涌荡的热潮……她知道他要修建这亭子，还有一个重要的原因，他没说出来，但她心里清楚，是因为他的月儿，因为那颗最初的心……

她给他提着一罐茶，双手将茶罐递给他，费了很大的力才说出两个字：“喝茶。”

他笑着接过茶罐，感激地说：“谢谢道长！”

他喝了一口又看着静远，关心地说：“这山坡陡，你也年老了，再就不要来了。我喝茶自己回去喝就是，也很近的。”

静远紧抿着嘴唇，只是努力地笑了笑，没说什么。

她看了他砍倒的几棵大树，她觉得他还能砍倒这么大的树，真是个奇人了。

后来她关切地对他说：“你一定要注意安全！”说完就默默地向观里走去。

他上午半天就把八根大树砍倒了。下午他开始加工柱头雏形。这树太大，是个庞然大物，像一座山，他一人根本翻不动，他就采用铁爪和杠杆的技术，进行翻动，他有的是办法，而且是巧办法。

他正用铁爪和杠杆翻动大树，静远道长又迈着蹒跚的脚步来了，同样给他端着一罐茶水。她远远地站在那里，看了他好一会儿，然后才走向他身边。

她没有要其他道士给他送茶，她坚持自己送。她觉得欠他的太多，心里愧疚，她要尽点心，补偿一下，她觉得像他这样坚守初衷的人太少了，好多大人物都是说了不算数。她心里便涌起一种浓浓的敬慕……她想过，将真相告诉他：她就是他的月儿——肖月，但她觉得已经毫无意义，还是这样咫尺天涯为好。

这个下午，他只加工出来了一根柱头雏形，这可要抵一般房屋的两根柱头！他看着这根长长的柱头，白白的，像一根擎天柱。

天已经快黑了，他还在山坡上，叮叮咚咚地片着树木。静远让静云道士去叫他回来吃晚饭。

又等了好一会儿，他才扛着斧头、手拿墨斗走进屋来。

静远心疼地看着他说：“你不要太辛苦，这事也不赶时间，你就慢慢做吧。快吃饭。”

他在桌边的板凳上坐下。这时静远亲自端菜了，他一看又吃惊了，是一钵蒸肉，是用苞谷面加辣椒蒸的，还有炒的一大碗酸辣洋芋片……

静云说：“陈师傅，您快吃肉吧。我们都是不吃肉的。这是道长今天要我下山去专门为您买的，哎呀我还忘了个东西！”

静云说着连忙起身，很快就去拿来一瓶酒、一个茶杯，说：“这也是静远道长特地要我去买的。您就尽情地喝吧。可惜这里没人陪你喝酒。”说着就给他倒了一杯酒。

他感动地说：“你们不应该这样啊，怎么把我当成客人了，我已经加入了呀！”

静远道长说：“应该的，你太辛苦了，不用客气了。”说着就给他拈了一块粉蒸肉。

这晚，静远照例为他腿脚按摩、针灸，并心疼地说：“虽然我想有座亭子，但也不是什么急事，你慢慢做就是，不必那么急忙，一定要注意身体……”

第二天天刚亮他又上坡了。仍然是加工柱头雏形。

他刚刚叮叮咚咚片着这个庞然大物，这时就走上来两个人，他就吃惊了。前面是一个年轻力壮的汉子，一眨眼就来到了他身边。

这汉子恭敬地笑着说：“陈师傅您好！”

他望着这位汉子，打量着。这人五十多岁样子，身体看上去健壮有力。

后面的人是静云，她十分尊重地说：“陈师傅，静远大师昨天派我下山去找了个师傅，来给您帮忙，说您年纪大了。这师傅今天天没亮就走，这时才赶到。这位师傅叫邓云，也是一个好木匠师傅。”

他就想：怎么又是云？云太多了吧。

汉子尊敬而谦虚地说：“我早就知道，您是大师，请您收下我这个徒弟吧。”说着就向他行礼。

他也谦逊地说：“不要这样说。我现在年纪大了，没什么用了，感谢你来帮忙。”

邓云诚恳地说：“给您老师傅说，我其实也可以姓陈，我母亲姓陈，我一个弟弟就姓陈。”

他一听高兴得满脸笑容，放下手中的斧头，上去握着邓云的手说：“感谢你啊！”接着问，“你母亲祖籍是江西义门陈的吗？”

邓云诚实地说：“是的。听说有十五代人没有分家，三千九百八十余人在一起……唐宋两朝十多个皇帝旌表……后来皇帝有疑心，派包文拯帮助分了家，各去五方……”

他高兴地说：“你还记得这些，太不简单了！你多大年纪了？”

邓云笑着说：“今年五十五了。我从十七岁就学木匠，干木工活，现在没什么木工活了，就在家种田。静云说，来和一位大师修建亭子，我高兴坏了，昨天晚上重新整理了我的工具，今早上天没亮就往这里赶路……”

他关心地问：“来有多远的路？”

邓云说：“有四十多里……”

他就转向静云说：“四十多里，来回八九十里路程啊，那你昨天一天去来，太辛苦了。”

静云说：“我昨天早上走了一个多时辰天还没亮。前晚上道长说了，要我晚饭前一定要把肉买回来……”

他听了心中十分感动，又对静云说：“太辛苦你了！再就不要下山买肉了。”

静云笑着说：“我经常都在采药，下山帮村民们治病，能走路的。这次下山还做了个事，请几个石匠打八根柱头的磉礅石。”

于是从这天起，邓云就和他一起干着。不久，他和邓云做好了柱头和横枋，只等最后的惊险活——立屋了！

这日静远道长亲自下山，和几位道士一起去请帮忙工，也就是义务工，志愿者，帮着搬运磉礅石、柱头，立起亭子。人们听说清月观立亭子，需要帮忙，都十分踊跃，都想献上一份诚心，并互相邀约，一定要为此出力。本只需要四十人就够了，结果竟然有一百多个劳动力上阵，带着所需要的绳子，下半夜就出发，并且都自带做好的饭菜，一齐赶到石场集中。他们换班抬着磉礅石，叫着号子，向紫徽山清月观进发。一时间气壮山河，声势震撼云天。可见人们对中国自己的国教——对中华大道的崇拜和信仰。

静远也一心要表示感激，专门买了大米、蔬菜、酒肉，请了几个厨师，为大家准备了丰盛饭菜，像过喜事一样。

百多人的长长队伍，叫着震天动地的号子，浩浩荡荡，像一条长龙往山上奔腾而来。

这是中午，天蓝得像是重新刷了新漆，太阳银光闪闪地照着，天地灿然生辉，清远宁静。

他脸色严峻地站在山坡上。顺在山坡上的是四排长长的柱架。八角亭是八根柱头，组成四排，每排两根大柱，有四丈五尺多高，像一架登天的梯子。要将四丈五尺多高的粗壮柱架立起去，确是一件万分惊险而壮魄无比的工程。

他手拿斧头在柱头上嘣嘣嘣重重地敲响三下，大声喊道："鲁班到此，华堂起立，大吉大昌！起——"

"起——"众人一声吼，柱架便从人们的手中举起，接着是木梯跟进撑住。

他大喊："拉绳子的用力！长梯跟进！起——"这是二丈长的木梯，一下子撑上去。

"起——拉绳子的用力！撑杆跟进！"接着是三丈长的撑杆撑上去。

他采取了一些巧办法，运用木梯、撑杆和长绳拉动的作用，加上人多，第一排高高的柱架便顺利在这山坡上竖了起来，像是撑破了蓝天！

他大声喊道："前后撑杆撑牢，稳住！"的确，虽然立起去了，但看着十分吓人，必须前后用撑杆稳住，不然倒塌下来不堪设想。

接着第二排立起去了，他大声喊着："稳住撑杆！"

这时必须要将这两排立起的柱架连接起来。按照事先安排的人员一个个从木梯上爬到高高的柱架上，用绳子起吊横枋上去连接两排柱架。而且是要一共连接五层的五根横枋。特别是在第三、四、五层上，人们攀着柱头用绳子起吊横枋，那完全是在高空作业，异常惊险，十分吓人！人们都坐在立起的柱架横枋上，用双手向上拉着绳子，下面通过撑杆顶起，共同起吊长长的横枋。起吊到榫眼处，通过撑杆稳定，再向柱头的榫眼里贯进去，并且还要用发锤敲打才能进去，否则榫缝就松了，亭子将会摇摇晃晃。这是最为艰险的时刻，许多人都屏住了呼吸。

接着立起第三排、第四排……

由于人多，加之巧妙设计，方法得当，进展都很顺利。在傍晚之前，高高的亭子顺利立起，像一座摩天高楼，耸立在巍峨的山巅，直冲云霄，沐浴着灿烂的霞光！

并且没出一点事故，没人受丁点儿伤。

这时忽然响起噼里啪啦的震响，惊天动地，原来静远还准备了爆竹，嘣嘣嘣！这冲天炮像是将天顶掀翻了，炸碎了，变成朵朵礼花，把天空变成了一个万紫千红的大花园，瑰丽无边，热热闹闹。

看去，那亭子仙气盈盈，亭顶祥云萦绕。

五十七　柳暗花明

完成月归亭工程的第二天清晨，他就又出发了。这时遥远的东边天际，微微泛起长长一线白粉粉的光雾，就像山顶一层黯然的雪。

风雨兼程他寻找了一个多月，仍然没有寻找到任何关于道远大师的线索。他有些伤感。

这天他忽然听到一个重要信息——老家业州县城要修建一座标志性塔楼，同时还计划给河两边修建水上栈道，叫作亲水走廊……原来随着人们对美景的热恋，旅游业越来越兴旺。这个县山水如画处处仙境，追求的人就更多了。这一带有世界上著名的大峡谷、大龙洞、清江画廊、地心谷、人类起源地遗迹、奇妙的碧空黄鹤峰，有海拔一千八百米的大水库有如天镜、有长岭落叶松万山红遍如彩云飘飘、有恰如盆景的业州古城……大量外地人员拥向这一带旅游、度假、避暑，这里已经成为旅游胜地、宜居宝地。县政府便决定要进一步打造仙境县城，修建标志性建筑。并且政府网站公布了这个信息，让大家对建筑类别、大小、风格、名称进行讨论……

他非常高兴，不禁吟诵起诗来：山重水复疑无路，柳暗花明又一村。他激动而急切地向业州城走去。他没想到，终于寻找到一个好机会！这标志工程应该最适合他。可怎样才能包到这个工程呢？这个工程肯定很多大公司都要来竞标……

他急忙去到邮电局，给雷陈林打通了电话，说了这个重大消息，要大厦公司马上前来竞标，并强调说："这也是你学艺深造的大好机会……"

雷陈林出院后没怎么休息，又一头扎进公司苦干实干，他像是拼尽最后的力气坚持着。副手苏城和师傅们都劝他休息，但雷陈林仍然事事带头走在前面。

雷陈林听了很兴奋，又充满忧心地说："我们一个县级公司，能够承包到这个工程吗？"

他不慌不忙地说："我给你出一个主意，你不是有陈垒这张大牌吗？赶快想法把陈垒调回来，就有办法了！"

雷陈林一贯对师父的意见都是言听计从，从不懈怠。

他又说："也有缘，这里就是我们老家的县城……"

雷陈林说："太好了！我到哪里来找您？"

他说："我的工具还在紫徽山清月观，我准备马上乘车回清月观，我们在清月观相会吧……"他说了具体路径。他想让雷陈林来看看修建的月归亭，实地给雷陈林讲讲它的结构方法……

雷陈林知道儿子很忙，从来不打扰儿子。上次住院都瞒着没让儿子知道，但现在他必须要儿子回来。于是他让公司给儿子打了个电话，说他心脏病住院开刀，必须马上回来。

陈垒研究生毕业后，由于学的是建筑专业，包括设计、建造，他出校门就找到了工作，并且是国营华原建筑集团。原来他学的这个专业赶上了中国改革开放的建设热潮，正是需要这样的人才，建造高楼大厦、桥梁、各种建筑设施，等等。他就在内心里感激他爸，当初选择这个专业是多么地有远见啊！

多年的理论与实践的磨炼，陈垒不仅已是一位很有名气的建筑设计师，更是一位建造专家了。多年的奋斗，现在他已经是华原建筑集团的副总了，并负责着一些大项目的设计和建造管理。为了事业，陈垒在三十多岁才结婚，现在小儿才五岁。他妻子名叫华静，是华原建筑集团的财务管理人员。

陈垒接了电话后，马上买了飞蛮州市的机票，当晚就赶回了雷陈林的大厦公司。

雷陈林见到儿子陈垒，一下子上去紧紧地抱住陈垒，仿佛见到了天降救兵，而并非儿子。同时流泪了。

陈垒疑惑地问，“你不是在住院吗？”

雷陈林解开衣服，露出胸部一条长长的刀痕，满含酸楚地说：“早就出院了，但身体还很不行。这次要你回来，是要商量重大事情……”

陈垒看着父亲胸部长长的刀痕，再看父亲又黑又瘦了的脸，脸上露着的好像都是骨头，眼眶忽地湿润了，理解地说：“爸你吃苦了……”

雷陈林听儿子这么一说，想起打拼的苦难经历，一时间老泪纵横……

陈垒看着父亲又黑又瘦的脸，只觉得喉咙里一时间哽哽的，被又大又硬的东西堵住了，他极力想吞下去，可是怎么也吞不下去。他掏出纸巾为爸擦去眼泪。

这时，雷陈林就告诉了师父说的事，老家业州县城要修建标志性建筑的事……

陈垒安慰地说："爸，你身体这样了，就休息养老吧。我们现在也不需要你挣钱了。"

雷陈林听了一惊，生气地说："你是回来劝我休息的吗？我还有一口气就得干！不是差不差钱的问题，人要做事，人的价值在事业上。难道你没有这种思想吗？"

雷陈林说："现在，我的公司也还可以。在县内来说，算是最好的，也有人才，有相当级别的工程师。现在我身体不行了，我就把公司交给你。我们马上去办理法人变更登记……"

陈垒听了大惊，没有想到，他一回来，父亲就要把他用无形的大绳紧紧拴住、捆住！这太突然了。

雷陈林又显得急切地说："你必须要答应我，我们马上去变更法人登记手续……"

陈垒看看父亲又黑又瘦的脸，不忍心说拒绝的话，让他难受。又转移到重要话题，说："爸，我们先还是想法承包到这个工程吧。"

雷陈林余气未消地说："不办理法人变更手续，没你这张牌子，怎么能包到工程？"

陈垒就耐心地说："爸你要听我说，我现在是一个大型建筑集团的副总，而且是国营企业，我也相当于副厅级干部，我又怎么能来登记这么个私营公司呢？我也是共产党员，共产党的宗旨是搞公有制。哪头是大，哪头是小？爸你也应该是明白的。长话短说，我先帮你承包到工程，实现老师父和你的一个心愿吧。"

第二天傍晚，他就赶到了清月观。实在有点累了，静远要他去休息一下。

他刚刚躺下，这时一个道士忽然进门对他说："外面有人找陈师傅。"

他马上明白了，便急忙向大厅走去。

他还刚刚跨入大厅门一只脚，就有一个激动的声音传进耳朵："师父！"

他一怔，忽地转眼认真一看，差点没认出是徒弟也是侄儿的雷陈林！雷陈林身体很瘦弱了，脸上都像全是骨头了，而且脸色很黑。他心里太吃惊了。

“师父！”雷陈林喊着就猛地上去抱住了他，“师父……”

接着雷陈林竟然哭起来，像是一个孤儿终于见到了亲人，就忍不住要哭一场。雷陈林似乎越哭越伤心，抱住师父不松，泪水很快将师父肩胸的衣服湿了一大片。

因此他也感动了，忍不住老泪流成两条绳子一样。他感觉雷陈林像个可怜的孩子，十七岁就一直跟着他学艺做木工，家都没有回，后来回去看父母，父母双双过世……为送陈垒读书为了大难，为办公司吃了大苦，身体也搞垮了，见到他这亲人当然一时间难以忍住内心的倾泻……

他轻轻地拍拍雷陈林的背，亲切地说：“陈林，不哭了。在最艰难的时刻你都没哭，今天怎么了？”

见此情景，心境早已远离人间的静远也被感染了，忍不住眼眶湿润了。她知道一定有很大的委屈或是伤心事，就走过来，柔和地抚摸一下雷陈林的背，充满怜悯地说：“孩子，不哭了。遇到了什么事吗？无量天尊。”其实雷陈林也年纪不小了。

雷陈林伤心地说：“我也不知道，我遇到大灾大难都没有哭的，怎么今天见到了您，就只想哭……”

他关切地问：“现在公司怎么样？”

雷陈林尽力忍住悲伤，声音颤抖地说：“公司还可以。我用高工资聘请了一位工程师，名叫诸建。这人也很不错，他原是国营建筑公司的员工，他们公司改制后，我就要他去了我们公司。没想到好不容易把儿子培养成了人才，而又不能为我所用，还要去聘请别人。我们搞的工程质量在全县都是最好的，声誉也起来了。但由于大环境影响，搞的工程资金难以到账，我欠银行的贷款又催着要还，逼得我很为难。为保证工人工资按时到位，还贷了私人的高利贷……”

他听了整个身子也像是变软了，仿佛他身子里没有了骨头，他那双有些枯皱的眼睛湿湿的，像水面上的一片落叶，接着两颗豆大的昏泪缓缓滚下，接着又是两颗，不禁身子有些摇晃……

静远连忙一手扶他，一手扶雷陈林，镇定地说：“坐下说话吧。成人不自在，自在不成人。大志必经历磨难，大成须劳其心骨。”

他带有严厉口气地说：“你给这位静远道长请安没有啊？”

雷陈林说：“我一来就向道长问安了。道长不认识我，我说我是您的徒弟。道长说陈师父的徒弟那一定不错，肯定有大成。又问我有家室没有。我说有，道长说：那就好，不要学你师父，就在寻找……”

他满意地微笑着说：“静远道长道行高深，神通广大啊。”

雷陈林说：“我知道，看样子就感觉到不凡。”

静远摇下头说：“没有的事，莫听你师父的。”

他马上问：“陈垒回来没有？”

雷陈林回答说：“陈垒回来了，已经去了业州县。陈垒急着要去了解，做些工作，叫我来接您。”

静远道长看看他们师徒俩，觉得有些沉闷，便说：“我们到外面去说说话吧。”说着就向外面走去，雷陈林拉着他的手紧随其后。

他又高兴地说：“陈林，这是个大好事啊。我们老家县城里要修建一座标志性建筑，应该是建造一座塔楼。我想要拿下这个工程，建造一个千秋成果摆在那里，做一份纪念，此生无憾。现在你儿子陈垒也回来了，一定有希望拿下这个工程。我们一起建造一座标志建筑，做个最好的纪念，对我来说，也是最后的纪念……”

他们走过观旁那些高大的松柏树，再向前，就是一座崭新的八角亭。

静远对雷陈林说：“你看，这座亭子多壮观，这是你师父前段时间修建的。这也是我多年的愿望……”

雷陈林首先是异常震惊，师父还能修建这么大的亭子。接着就很是不解，就问：“师父，你怎么要在这里修建一个亭子吗，在我们县城不行吗？在我们家乡不行吗？”

他叹口气说：“我一直想修建一座八角亭子，但没有找到这样的工程。后来我又想，修建在哪里我都不放心，怕将来搞什么开发，把它拆了。我们在县城里修建的大礼堂、医院还在吗？我们在茅坪修建的冯家大院、老祖庙，还在吗？我亲眼看到我们修建的大礼堂都被拆除，我太痛心了，我甚至决心再不在人间修建什么。所以我就想到了这个仙境，这里不会来搞开发，不会被拆除的。我没本事参加修建现在城市里的高楼大厦，我就在这里修建一座古雅的木质亭子，作为纪念……”

静远说：“建这亭子，没想到我们不谋而合了。走，我们上到亭子顶上去吧，那会让你豁然开朗。”

这亭子像是一个伟岸的岗哨，似一个高大的卫士，向上望怎么也望不到顶，好像它的顶藏在了天幕里。

他们一级一级地往亭子顶上攀登着。他边走边指着柱头、横梁，详细地给雷陈林讲解结构方法，榫头怎么做，还讲怎么立起的办法……

最后他们来到顶楼上，顿时感觉四处空阔邈远。

雷陈林忍不住地啊了一声，感叹地说：“好高呀，我觉得好像来到了天上，站在了天上的一座宝塔上。往这里一站，一切都是仙境！可以阅尽天上地下美景，看尽云卷云归。”

他谦虚地说：“是这座山本身就高，哪怕是小亭子，修建在这个高山之巅，当然也就高了，可以看得很远。”

这时已是下午。天空布满彩云，雷陈林感到彩霞包围了月归亭。雷陈林望望天，望望地，不觉得哪是天，哪是地。

雷陈林慨叹道：“这里真美啊！这里可以超越红尘，我都不想再去吃苦了……”

静远平静地说：“说这里美，其实就因为看得远。天下到处都美，就看你站在哪里去看。”

静远顿一下说：“登高就是仙境，看远就美，人就心旷神怡……”

雷陈林忽地有所悟，握住静远的手，感激地说：“大师胸眼开阔！和您名字一样，宁静致远。我明白了。”

这时雷陈林脸色淡然了许多，目光正看去了很远，转头对他说：“师父您真会选地方。”

他有些如愿以偿地笑着说：“登高望远，就美。缩在自己的小窟窿里，永远都是沉闷。给你说，师父现在已正式在这里修炼了……”

雷陈林有些惊异不解：“在这里修炼？怎么不去陈厦那里去呢？那里是一座美丽的大城市……”雷陈林皱着眉头。

静远解释说：“你师父不一般啊，这亭子建成了还没个完，还要建筑心中的高楼……”

雷陈林也赞扬地说：“我明白，师父虽然失业了，但更是有境界的大师了。原来是在修建看得见的高楼，现在是在修建看不见的高楼，这高楼更高、更美……”

静远见机便说：“你说得好。你师父的失，在低处，但他却登上了高处，定有大成，必然得道。你师父一位老人尚能如此，你呢？坐下吧，来，都坐下。看远，不一定是身子站着。看远，主要是用心去看。”

雷陈林感觉这位静远道长真的不凡，像一位大道仙师，也像一位哲人。

三人在木板凳上缓缓坐下，悠然眺望红红的远天。这时微风轻拂他们的脸，仿佛仙气抚摸，使人顿时神清思定，又有一种仙风飘逸。

雷陈林看着他坐下好像顺利自然，就关切地问：“师父，您的腿脚好些了？”

他高兴地说：“感谢这位静远大师，给我治好了，不痛了。”

雷陈林很高兴，对静远感激地说：“谢谢仙师，治好了我师父腿脚的老毛病！”说着起身给静远躬腰行了一个礼。

雷陈林又对他说：“腿脚好了，那师父又可以去寻找那个道远大师了。”

他说：“是啊，人在世上，认定的事，没完成的事，就要去做，一直做，不回头，不恍惚，直到最后。何况现在腿脚也好了……”

这时雷陈林的心境有些愉悦，接着又讲起县城修建塔楼的事。雷陈林觉得这塔楼应该他和师父一起修建，做个最后的纪念。师父是仿古建筑大师……

他听了，满脸都是沉甸甸的困惑与忧患，那眼神好像看去了很远，但他心里在回想着，他这一生所做的一切都不在了，修建的那最为骄傲的建筑，冯家大院、老祖庙、大礼堂，等等，都没有了，灰飞烟灭了，劳苦奋斗一生，最后都清零了。想着，眼泪就要流出来……但他没有退缩，还用一双病腿爬上了这个高处，最后修建了这座独特的亭子，并且相信它将永远存在……

雷陈林说："陈垒回来了，这个工程是能够承包到手的。"

他欣慰地说："陈垒不错，这可是我们的骄傲啊。"

雷陈林说："可他的心与我不在一条线上……"

他说："年轻人当然和老年人不一样，要理解。"

雷陈林还是想到正题，说："建楼房，包括仿古建筑，您是老资格，他们会认真对待的。"

顿一下雷陈林又问："您在这里跟静远大师一定学到了不少道法吧……"

他笑一下，又严肃地说："老实告诉你，天下没有什么道法。道，是用心用脚步感悟出来的东西。没有巧法可以成道。"

静远说："修道，是一种心灵和精神包括道德、境界的升华，不是异想天开……"

第二天清晨，他就和雷陈林出发了。这时天还是静静的蓝色，还是睡得很沉的样子。

他和雷陈林与静远道长辞别。因这次是去业州县城修建塔楼，是他向往的事，他倒是非常高兴的，没有什么难舍。

静远道长却显得难舍难分，充满深深的留恋和担心。静远心切地问他："你去了还回来吗？"

他坚定地说："当然回来！"

静远深沉地看着他："你去建造了塔楼就要回这里，不要又到别处去了。你不是说要在这里修炼吗？"

他肯定地说："是的。我肯定先来一下这里……"

静远诚恳地说："那我等着你……"

他也深情地点着头："好的，谢谢！"

傍晚红霞满天时分，他们就乘车来到了业州县城。这秀丽的县城，在晚霞的辉映下显得很是古色古香，很有诗意，令人怀想悠悠远远。

业州县城坐落在长椭圆形的坝子上，四周有整整齐齐的山岭，像城墙一样。这个坝子据说原来叫茅草坝，它像一个大大的红薯放在河边。这是一座小巧秀丽的城市，也是一座古老文明的小城。它也正在日新月异，外来的游客越来越多。他感到十分亲切，这可是他老家的县城，感觉就如小时候来到外婆家。他脸上露出了多日来少有的笑容。

接着雷陈林就打电话找到陈垒，陈垒已住在业州宾馆多时。

他和雷陈林来到业州宾馆。他也心切地想见到陈垒。

他们推门门就开了，好像随时准备他们来的，门都没有锁呢。

陈垒此时正在他的手提电脑上看着一些资料，都是全国各地一些塔楼或是亭台楼阁等。虽然父子各想各的还没达成统一，实际上陈垒已经进入了工作状态。

雷陈林高兴地说："陈垒，老师父来了！"

他认真地看着陈垒。陈垒已是一位精明能干的汉子，不仅样貌堂堂，而且给人一种深沉稳健而大度的感觉。

陈垒立即上去尊敬地向他敬礼："老师父！我应该叫您爷爷。你们都辛苦了！"双手握着他的手，兴奋地说，"我从小就听您的故事，我爸每次在电话里都要向我讲起您，您是个了不起的大师。您可是建造了无数高楼的大师，而且很有境界。"

他有些悲凉地笑着说："哪里，都是些古老的土货，而且现在都已经'清零'了，什么也看不见了。"

陈垒一笑："爷爷真幽默。"

他说："你们成功了就好啊。"

陈垒亲热地说："我能有今天，首先要感谢您老人家！我爸爸是您的徒弟，也是您的侄儿。没有您，我爸不可能成为匠人，不可能办起公司，我也不可能去读建筑大学，成为现在这样的人。还有，我妈都是您救活的。水有源，树有根，我们的一切都要感谢您！"

雷陈林说："当年你没有生活费，是师父给我钱，一定要我马上给你寄去……还借给我们本钱，支持我们卖服装，后又支持我进城办公司。我前次住院，他专程带着仅有的一万块钱去蛮州医院看我……"

陈垒眼眶都湿润了，感激地说："感谢老师父啊，这份情义无价啊！"

他看着陈垒，欣慰地说："你到底有出息，这就好啊！"又想起陈垒当年在学校里每顿就吃一个馒头……他不禁心中一寒，上去紧紧抱住陈垒，好久才松开，这时他已是满眼泪水。

他感慨地说："你们都是我的骄傲！我的事业清零了，你们开始了！听说了，你还是华原建筑集团的副总，也是高级工程师，成大师了！真是糟糠养贤才，珠玉买欢笑。大成大多有大苦。你爸爸也算盼到希望，苦到头了。"

陈垒高兴地说："我还要告诉爷爷好消息：陈厦已经分配到华原市建筑设计院工作了。和我在一个城里。陈厦现在也是一名建筑设计大师了。他可是毕业于清华的，是我们大家的骄傲。"

他高兴地笑着说："很好啊！你们都不错。到底是我们的后代，与建筑有缘，一定会建造很多高楼大厦！我也就放心了。可以归去了。"

他虽然年纪大了，但脑筋仍然灵活。他马上想到一个点子，有些高兴地对陈垒说："既然是这样，你马上联系陈厦，要他带好证件，并帮你带上你们公司的资质证件复印件，要他明天赶到这里来！就说爷爷想他想成病了啊。"

陈垒顿时眼睛一亮，兴奋地说："对！还是老师父想得周到！我怎么没有想到呢？"

接着，陈垒用手机打通了陈厦的电话，大声说："你爷爷想你想成病了，快和爷爷讲话！"说着将手机递给了他。

他听见电话里陈厦叫"爷爷"，忽的一下心里就热腾起来，眼睛热了，涌起满眼泪水，都不知说什么好了，但他脸上又是满脸慈祥的笑容。

他和陈厦讲了二十分钟的话，最后说："马上来这里，让我看看你，不然我真的会病的……"

他想不要浪费陈垒的电话费，就将手机交给了陈垒。

陈垒又和陈厦说了一些事情，才挂上电话。

他看桌上的手提电脑，感觉像是供的一个菩萨，人坐在电脑面前恭恭敬敬朝拜……

陈垒介绍说："现在一切都可以由电脑控制、操作。什么事都编的有程序，要做什么事，只把电脑鼠标一点，就行了。"

他有些发愣。他想这真是神奇、绝妙，简直是魔法世界了！

他忍不住说："现在的世界太奇妙了。我落后了，该老了，该归去了。"

雷陈林热诚地说："师父您没老，现在身体也很棒了，您的思想境界很高，像早晨的太阳，像夜晚的星空……"

他微笑着说："哪里。早上的太阳是陈垒。我是夕阳。"

雷陈林赞叹地说："夕阳无限好。"

他笑一下，说："可惜近黄昏。"

陈垒笑一下说："夕阳，朝阳，都是一个太阳。"

他说："是一个太阳……"

陈垒有些诧异，就问："爷爷您怎么不待在家里，总要待在远处？"

他笑一下说："我待在家里，能找到这样的工程吗？"

雷陈林笑着说："陈垒你不知道，师父一生都在寻找。他的老师父临终嘱咐，要他去找道远大师，学得高艺，他答应了老师父，所以一生都在寻找这位道远大师……"

陈垒崇拜地看着他："是的。人生就是一场追寻。您虽然是个木匠，但您的思想比高楼更高、更大、更美，您已经超越一个木匠，不仅仅是一个建筑大师，您的精神很可贵！”

雷陈林兴奋地说：“师父还在紫徽山清月观修建了一座亭子呢，名字叫月归亭，很美妙呢。”

他微笑地说：“唉，也只是一点点小亭子，不足为奇，和陈垒建造的高楼大厦相比，只是一根草啊！”

陈垒感叹道：“真是大师啊。可惜我没时间去参观月归亭。”

他谦虚地微笑着说：“过奖了，我就是一个建造房子的师傅，而且只会建造木头房子，对于现代楼房的建造还要拜你为师。”

陈垒兴奋地笑着：“哈哈，爷爷您真谦虚、幽默！”

他显得十分谦虚地说：“世上都是新人超旧人……”

陈垒也谦虚地说：“爷爷您的精神很伟大。您是一个真正的中国匠人，应该是匠神……我作为一个现代建筑人，我崇拜您，您既是我们建筑人的前辈，更是榜样，我们需要您那永不放弃的追寻精神！”

的确，他的行为已经成为他的一种习惯，他自己已经无法改变他自己……

五十八　那份向往

他回到业州县城的第二天下午，房门突然推开并进来一个人。

“爷爷！”陈厦呼喊着激动地跑上去抱住了他，“爷爷，您吃苦了……”是陈厦！一时间爷孙俩都流着热泪，什么话也说不出了。谁会想到，他们竟然在这异地相逢？

接着陈垒把他们带到一家餐馆，并特地买了酒，一定要庆祝一番，像是分别好久的一家人终于团圆了。

第二天上午，陈垒就带他和雷陈林、陈厦去了业州县政府。陈垒已经在昨天和办公室进行了预约，袁县长很高兴见到陈垒这位大人物。所以他们去后就见到了袁县长。

袁县长十分亲热地站起来和陈垒握手，和他、雷陈林、陈厦一一握手，叫他们在沙发上坐下，忙着给他们递烟，又安排办公室人员很快泡了茶。

袁县长十分欣慰地笑着说：“我十分诚挚地欢迎你们！我已经看了办公室呈送的资料，同时也在百度查阅了陈垒先生的资料。你可是当代的建筑设计大师，又是国企大领导啊。还有陈厦可是清华大学研究生毕业的建筑设计大师，是我们这大山里很难见到的大人物啊。这真是太有幸了！听说你们的老家就在这个县，这可是我们县的福气啊!”

陈垒就介绍他，说：“这位老师父名叫陈杰汉，也是一位建筑大师。他是十五岁就来这里老家跟大爷爷学艺。后来回我们县城修建了著名的冯家大院、修建了县城的标志建筑大礼堂，还有县医院、县委大楼。并且他有着神奇的风箱技术，解放后为我们县的钢铁生产做出了重大贡献，是写进了历史的。民间都广泛传颂着他的故事呢。他了解到老家业州县城要修建标志性建筑，就把我们都邀来了……”

袁县长和他紧紧握手，说：“老师傅很可贵啊。”

陈垒又指着雷陈林说：“这是我父亲，十七岁离开这里老家，跟随这位老师父学艺，也是侄儿，也参加了我们县大礼堂等几大标志工程的修建。他在县城里也办有一家公司，叫大厦建筑装潢工程公司，十多年了，吃了很多苦，遇到了很多困难，但一直不放弃，身体病了也是苦苦地坚持着……”

袁县长非常感兴趣地说：“那你们真是一个很有实力的建筑集团啊。既有老一代大师，又有新一代大师，也有实干家。”

陈垒感激地说：“今天首先要感谢袁县长在百忙中接待我们。我们想就这座塔楼的相关事宜与县长面谈一下我们的想法和建议。”陈垒先不说工程承包的事。

袁县长高兴地说：“这是县里的一件大事，今天机会真是很好啊！遇到了你们几位远道而来的大师，我可以听到真正内行的意见了。网上讨论了一段时间，我们也开会讨论研究过，但一些主要构想都还没有达成共识，而且争论很大，有的主张仿古，有的主张现代，有的主张欧式，甚至还有人主张建造一座螺丝楼……”

接着看一下笔记本，又说：“我想在这几个方面听取你们的高见。一是建造风格问题……”

陈垒大度而严谨地说：“其实这个问题，很好达成共识的。我们这里是富有民族特色的地区。我认为，很显然，应该按照我们民族传统建筑艺术风格来建造。”

陈厦也说：“当然要搞我们民族传统风格的。”

陈垒微笑地望着他，尊敬地说：“还是请老师父说说。建造民族风格的，老师父可是真正的大师，而且会操作。”

袁县长也笑着尊敬地说：“请老师傅献计献策。搞传统建筑艺术的，您这老师傅是最有发言权的，是权威了。”

他微笑地望望县长，胸有成竹地说：“我同意陈垒陈厦的意见，肯定要建造民族传统风格的，充分体现我们中华民族的古老文明。具体地说，就是建造一座塔楼式的标志工程。要以这座塔楼出名来带动业州县的知名度，提升业州县的文化品位。这塔楼应该比其他各地的塔楼更有特色，特色不一定就要非常高大，关键是与别处不一样，旅游的人就会争着来观赏。”

袁县长认真地听着他这位大师的讲话，并点了两下头，接着问：“那老师傅看，要体现什么特色呢？”

他显得胸有成竹地说：“特色就是特别，与众不同。现在，到处都是钢筋水泥建筑，假如我们能建造一个纯木的仿古建筑，而且建得古色古香，那肯定有很多人要来观赏。物以稀为贵，景以奇而美。”

袁县长欣赏地说：“对，与众不同，独树一帜，只有我们这里有，别人就必须要来……”

袁县长想了想又问：“您认为建造多高合适？”

他微笑着说：“不要太高，也不能太矮。关键是精巧、美妙。（袁县长点着头。）我看，建九层就够了，这也不矮，九是个大数。每层四米高，九层高三十六米，加上顶层（金鼎）四米，共四十米高，另外还加根金柱。外面八方形，里面也是一个八方形，即外面八根柱，里面也有相对应的八根柱子，相互连接成一个整体，这样更为稳固。整个的直径为十八米，中间八方形直径为六米。中间八方形的空间也用横梁连接，铺盖楼板，便于形成整体合力，增加稳固性，同时扩大了游玩的空间。”

袁县长很感兴趣地笑着，点着头。

他又说：“还有一点，用纯木建造，造价比钢筋水泥建造要低很多，起码低三分之一。”

袁县长赞赏地点头说：“能省钱很好啊。我们现在财政就是紧张啊，没什么钱，本来有个赚钱的水泥厂，但原来领导卖给私人了……”

县长又说：“老师傅的意见都很好。我还问一下，这塔楼取什么名字好？”

陈垒还是望着他，知道他一定想好了名字。

他其实真的早就想好了，很快就说：“我想，你们不是要修建‘亲水走廊’吗？那这楼也叫‘亲月楼’，看怎样？月亮与中国人有感情，古往今来写月亮的诗文很多，抓住这个‘月’字，适合于一般人的欣赏胃口和传统习惯，好像有东西可望、可亲。加上月亮也确实显得对我们很亲切，我们也应该对它亲近……”

县长在笔记本上做了记录，笑着，接着说：“老师傅说得有道理。‘亲月楼’新颖，现代，充满感情色彩，好啊。”说着脸上满是笑容。

陈垒也笑着说：“袁县长说得是，我也比较赞同‘亲月楼’这个名字。”

袁县长感兴趣地笑着说：“的确，‘亲月楼’很有人情味，超过了网络上提的一些名字。我看完全可以就定为‘亲月楼’。”

袁县长意犹未尽地笑着说：“太谢谢你们了！今天你们的意见很宝贵啊。我可以说，完全赞同！真的谢谢你们了！为表示感谢，我私人请你们一起共进晚餐。”

陈垒马上说：“谢谢袁县长了。饭就不吃了。我说个事，我们现在就按照今天讨论的，也是县长同意的意见，让陈厦设计师来设计、绘图，怎么样？同时，让我们来承包这个工程，我们保证建造成一流的工程。”他终于说出了承包的事。

袁县长说：“你们完全可以准备。但我不能表态说就将工程给你们，那别人会说我得了你们的好处费。这个工程要实施，还是要经过招标进行。包括各个建筑公司设计的图纸、造价，谁最优就让谁承建。你们这些方案很可贵，暂时不要泄露……”

接下来，陈厦按照爷爷的设计方案制作图纸。经过几天的紧张工作，每晚十二点前没有睡过，到底搞出了设计图纸。

他认真看了陈厦制作的图纸，非常满意，确实是他的设计方案。这是一座八方形仿古纯木塔楼，翘角飞檐，红柱黄瓦，飞彩流光，非常漂亮，名字叫亲月楼。它的外观，是中华传统亭式与塔式相结合，既像亭子，又像宝塔，它既显得落落大方，又显得精巧奇丽，古色古香。这完全是一座体现我们民族文化和建筑艺术的塔楼。样式与世界那些方块形、圆形高楼，欧式风格的都不同，它的古典味很浓。无古不成今。他想就是要建设这样一座传统塔楼，它不可能是世界第一楼，但应该是这个地区第一楼，让人们登上去感受它的伟岸、俏丽、古雅、神奇。登上顶层，可以看尽世间风云、天地美景，亲亲月儿……

但此时也仅仅是他的个人构想。在诸多人的设计中到底怎么样，还要等招标，与其他方的设计相比较，经过领导和专家组成的专门班子审议确认。

陈垒心中早考虑好了，陈厦也带来华原集团有关证件的复印件，这次要实现老师父的算是最后心愿，只有以华原集团名誉来承包工程，才有把握，然后合作建造。

此时，其他各公司都在精心准备，像一场无声的紧张备战。

招标这天异常紧张的最后一刻。县领导和专家集体从几个方面考量，也展开了热烈的论证。一是陈老师傅和陈厦设计的纯木建造独特，与众不同，造价低，减轻了财政压力。其他都是设计的钢筋水泥浇筑，工程浩大，造价高。二是这座纯木塔楼显然老师傅有着建造的技术优势，那些年轻的工程技术人员不懂木工操作，特别这又是复杂的八方形结构。三是华原集团各方面实力最强，陈垒、陈厦是硬牌子，别人比不过。因此最后确定，工程由华原集团承包建造。同时华原集团是国营企业，其他都是私营企业。人们一般还是相信国营的。

雷陈林高兴地说："谢天谢地，没想到领导和专家同意了我们的方案，采用纯木建造！"

陈垒感叹道："这要感谢老师父。主要是老师父首先就征服了县长，再就是老师父确实是一位木工大师，是个老牌子，懂得八方形纯木塔楼的建造。这，也是我们大家的骄傲。我们也要好好保护老师父。一定不能让老师父多辛苦，老师父主要就是指导……"

雷陈林谦虚地说："这也是一次学习和锻炼的大好机会，我又可以跟师父学到很多东西！"

紧接着，多位县领导亲临现场，将塔楼楼址定在业州县城河边一拐弯处。这里叫河湾，是一个很美丽的地段，且地势平稳开阔，适合建造塔楼。

很快，亲月楼工程破土动工。此时红旗招展，彩旗飘扬，一片热烈景象。

他特别强调："建造高楼，最重要的就是基脚，一定要挖到硬底，基脚一定要用钢筋水泥铸在老岩石上，这样就稳固、坚固，不管建多高也没一点问题。基脚要高出地面两米，以防洪水浸泡柱脚。"

一时间，挖土机、铲车等机械轰隆隆地工作着，从地面向下掘进。四周也站满了看热闹的人们……

在他的建议下，县里通过与各乡镇联系，很快组织了八十余名全县出类拔萃、年富力强的木匠师傅，由他指导作业。他首先和一名副县长去林场查看了树木，然后县里组织伐木工人伐木，运到工地。

很快，在一片宽敞的平地上摆满了又长又粗的树木。在他的指导下，木工们开始了加工柱头、横梁的紧张作业。工地上爆发出一片惊天动地的咚咚哐哐的响声。他统一画墨，将每根柱头、横梁都固定到人制作，写上名字，责任到底。他和雷陈林负责检查，不能有丝毫差错，否则返工没有工钱。

这也是一个热烈而壮怀激烈的大场面，一时间迎来了无数人们前来观看。每天都被游客和市民、村民等男女老少围得满满的。人们从来没有看到过这样浩大的木工场面，这是新版《天工开物》。人们像看稀奇一样，比先前的钢筋水泥浇筑场面更感兴趣。这里的响声像锣鼓，像打击乐，比机器轰鸣的噪声好听多了。

在这个钢筋水泥时代，这些木工师傅没想到今生还能从事这样宏大的木工建筑工程，一个个脸上洋溢着喜气而骄傲的笑容，都爆发出一种从没有过的干劲，决心做好工程，留下一个久远的纪念。

他看着这个工程场面，心里有说不出的高兴，他怎么也没想到还寻找到了这样的工程。他看着，想着，又想起他的老师父，以及老师父的遗嘱。虽然他总在寻找那个道远大师，但一直没有结果，很是感伤遗憾。现在他有所悟，能主持建造这个塔楼工程，应该就是一次学得高艺的机会……

不久，基础工程在陈垒与苏城的指导和督促下顺利完成。这时陈垒和陈厦由于单位事多，就暂时回去了。陈垒走时对父亲和苏城强调说："一定要好好保护老师父的安全。我过段时间又来。"

陈厦笑着对他说："爷爷，现在高兴了吧。我先回去一下，塔楼结顶时我一定来。您千万保重身体！"

他紧紧地抱住陈厦，好像要永远留住这个宝贝，那脸上已是老泪滚流。

五十九　惊心时分

这次，他并没有完全按照所参观的、大师们教他的、自己做过的古式八方形塔楼的结构方法去做。因为树木长度有限，而塔楼又建得高，一般就只有让上面的柱头骑在下面的横梁上。他觉得横梁榫头的承压力太大，这种结构实际是松散的，不稳固，不安全。因此他采用一些现代元素，上面柱脚与下面柱顶直接对接，连接处用统一制作的四尺高的铁筒（箍）紧紧地箍住。铁筒边厚两厘米，十分坚固，贯进后穿入螺丝固定。这样从下到上的柱头就变成了一整根柱头，比骑在横梁上更为稳固。并且每根柱头和横梁的榫头都进行防腐处理，这样可谓千秋永固。为了整体样式好看，他将上面略微缩小。这就给画墨工作增加复杂性。组合上，将每两层柱架分成四组，即每组四根柱头连成一体，再用起重机吊装对接。

他尽量放松地画着墨，并要雷陈林站在旁边看着，有时还给雷陈林讲述要点……

不久，木工们做好第一轮柱架，也就是一二层整个柱头和横梁，在人们的号子声中，就如睡醒的汉子一翻身就站起来了。很快贯好横梁，使整个柱架连接成了一个整体。内外十六根柱子壮汉一般昂首挺胸，一时间引来无数人的观赏、赞叹。

这时，满天红霞如锦，绚烂多彩，像有天大一面彩旗在高空飘扬，更像一个美好的梦境。

这时起重机伸出长长的手臂，提起几根横梁和无数木板，就像一个老农抱起一把柴火回家。

接着，上到空中去作业的师傅们选好了，都是身体强壮、能够悬空作业的好师傅，共十六人。这是按照十六根柱头，每根柱头一个人安排的。一个个头戴安全帽，腰系安全带，胸前挎着工具包，全副武装，用长木梯爬上二层楼顶。

他看了看他们的佩戴和神情，很是满意，但没有一丝笑容，而是一种严厉和担忧的神情。

他也戴好安全帽，腰里系好安全带，向木梯上爬去。他坚持要亲自上去指挥作业、检查质量。雷陈林拉住他的一只手，不让他上去，担忧地说："师父，您年纪大了，就不要上去。还是让我上去，我年轻些。我负责完成任务。"

师傅们也说："陈师傅不上去，年纪大了，太危险了！您就在下面指挥吧。"

他挣出被雷陈林紧紧握住的手，生气地说："不！让我去，我习惯楼上作业！"

"那是年轻的时候，现在您年纪大了，而且好多年没有高空作业过了。"雷陈林说着用双手紧紧抓住他的一只手，不让他上去。

他坚持地说："我功夫肯定还在。前不久我在清月观修建那座亭楼，金鼎都是我上去做的。"

雷陈林愁着脸说："您那是个小工程，结构也简单些，没这个复杂。让我上去，您就在下面看着，随时指导。您放心吧，我能行的，您就相信我吧！"

他反倒坚决地说："你不能上去！并不是你的技术不行，你是个病人，心脏做了手术的，还十分虚弱，怎么能上去呢？绝对不行！我的身体比你的好。不啰唆，让我上去！"

他说着就生气地挣脱了雷陈林的手，拿着他的宝贝五尺杆，向木梯上爬去。紧跟在他后面，雷陈林也爬上木梯。雷陈林本来就是要上去的，现在更有这重要任务，一定要保护好师父。

他们首先在里面八根柱子上拴好安全带，两人负责一方，先骑在横梁上铺好第一块木板作为立足之地，再一块一块向外延伸。这样就铺好了一个工作平面，便于下一步更重要的作业。

接着就有些吓人了。第一组两层八米高的柱架，由起重机提到上空，在师傅们头顶如庞然大物降下。

这时师傅们高兴地伸出双手，准备迎接这位天外来的大人物……

这时他大声喊道："位置对准，决不能错动一丝！"

他看看对位情况，向起重机上的师傅大声喊道：“向东移动七厘米！”

“向北移动六厘米！”

负责这四根柱头的师傅都用双手抱住柱头，来了一个热烈拥抱，紧紧地盯着下面的铁筒口，让它对准。

他观察好后，对着起重机上大声喊道：“对准了，轻轻放下——”

就像飞船和空间站对接一样，柱脚准准地踏进去了！

师傅们兴奋地大声喊道：“进去了，丝丝入扣！”

他拄着五尺杆，依序一根一根柱头检查，是否符合质量要求。这样就不可能系安全带。他身边是雷陈林，认真地保护着他，脸上充满着紧张、担忧和惶恐的神情，生怕他有一点儿闪失。

师傅们又用铁锤敲打柱头、铁筒，使之完全落实，与下面的柱头完全对接。这时能够看见柱头上制作好的螺丝眼了。师傅们从工具包里掏出螺丝杆，横着插进铁筒和柱头里面去，上好螺丝，拧紧。一共是上下各四根螺丝，这样上下就完全变成了一根柱头，十分稳固。

经过一阵紧张操作，四组柱架共十六根柱头都成功与下面柱头对接……他感到欣慰，但脸上没有一丝笑容。

接下来的操作就有些危险了！

按照他的安排，两边师傅双手搂起同一根横梁，然后扛在肩上，两边同时向木梯上爬去。那木梯也在不停地发抖，甚至难以招架。师傅们喘着气，抬起沉重的脚步，一步一步地迈上去，直到把横梁扛到顶部。首先拴好横梁的保护绳，系好自身安全带。他们面前就一根孤零零的柱头，外边是吓人的空间，无所依附，而且还要悬着身子操作长长的横梁与柱头连接，这样才能使几组柱架连接成整体。

左边的师傅搂着横梁对准柱头的榫眼，大声喊：“打！”右边的师傅已拴好横梁，便用木锤敲打横梁头，使之左边进入榫眼，于是嘣嘣嘣的激烈震响向空中飞去。就和雷声一样响彻太空……

这完全是悬空作业，异常艰难、危险！这也可以说，是世界上最为艰险的活儿了。稍有不慎，滑下或摔下，虽有安全带，但起码要经受巨大的惊恐、摔打，虽没摔下去，但对身体、心理也是一种巨大的伤害。

待左边横梁敲打进榫眼并冒出一个榫头后，右边师傅又将横梁对准榫眼，大声喊："打"！左边的师傅又用木锤嘣嘣嘣地敲打横梁头，让横梁榫头进入右边柱头的榫眼，然后再用木栓穿过榫眼拴紧，使横梁永远也不可能前进或是后退丝毫。

然后和顶部的操作一样，拴好自身安全带，将下部的横梁拴好保护绳，搂起、对位、锤打、进入榫眼、钉好栓子……

在久久的响声中，第二轮的三四层柱架又稳稳地立起来了，而且用横梁将几组柱架连成了整体。这时塔楼已经耸立起四层，有十六米高了。看去已经非常雄伟壮观了。那黄黄的柱架在傍晚太阳的照射下，金黄金黄的，就如竖立的一群金柱，璀璨夺目！

空中作业实在艰险。虽然都算顺利完成作业，但人们心中好像总有一道阴影笼罩着，仿佛总有一片黑云飘在眼前，飘在心空……这阴影就是恐怖，就是未知的危险……

他深深地担忧着。

雷陈林深深地担忧着。

所有师傅都深深地担忧着。

他和雷陈林脸上明显地瘦了，黑了。特别是雷陈林，那脸看上去叫人十分害怕，真的就像全是骨头……当然，每个师傅都瘦了，黑了，脸上布满憔悴……

不久，他们将五六层的柱架顺利地立起了。

接下来是吊装更高的七八层柱架……

十六位壮士般的师傅走进起重机的吊盒，看去一个个满身凌云壮志，毫无畏惧，充满天不怕地不怕的英雄气概，不亚于当年飞夺铁索桥的勇士！

楼层已经很高了。师傅们都不要他上去，雷陈林更是拉住他，不让他上去。但他总是要上去。他苦苦地解释说："我要尽到心，我要亲眼看到每个连接的操作，这也是一次学艺……这也是我最后一次干这样的大工程了，也是最后一次纪念了，我决不能缺席，请你们理解……”他说着，神情很是悲壮，有如英雄暮年出征，十分感人。

雷陈林流泪了。好多师傅都流泪了。

他不顾雷陈林的劝说，固执地说道：“我身体非常好，腿脚上下楼梯你们也看见了，没有一点问题。不信我们比试比试！”

他说着冲进起重机的吊盒里。这吊盒里已经被十六个师傅差不多挤满。就在他冲进去之时，雷陈林也冲进去了。雷陈林早已将自己的生命置之度外，在他心中，永远只有师父和工程……但师父又永远担心着他，就像他是师父心上的一块肉……

他严厉地说：“陈林，你身体不好，不要上去！”

雷陈林镇定地说：“我要和师父在一起，这是难得的学艺机会……”

这时载着师傅们的吊盒徐徐升空，就像一个飞船飞向太空。很快，吊盒降临在六层楼顶。师傅们一个个走出吊盒，分别在十六根柱头边的横梁上站好，在柱头上系紧安全带，艰难地铺着楼板……

工程进入第四轮——将组合的七八两层的四组柱架起吊升空，与第六层对接。这是在七丈多的高度上作业，异常危险。

这时第一组柱架已经升空来到了他们头顶。师傅们望着庞然大物向他们头顶降下来，毫无畏惧，伸出双手去迎接它们的到来，去拥抱它们，仿佛是一位朋友远道而来……

他细致地检查着每根柱头的对接情况……他虽然年纪大了，但他那双眼睛仍然是火眼金睛，哪怕隔着两丈多远，他都能看出一丝一毫的问题，及时做好指导，再就是高度注意师傅们的安全……

于高空作业的惊险中，上下柱头的对接，榫缝的衔接，可以说是丝丝入扣，完全是天衣无缝。可见他虽然年纪大了，但画的墨依然准确，指导做的榫眼榫头，依然是天下第一。

这时，最危险的活儿开始了——师傅们扛着横梁，沉重地爬上木梯，爬向高高的楼顶，木梯颤抖着，横梁被绳子勒出叽叽嘎嘎的呻吟……

他站在中间，巡视着四周贯入横梁的情况……

忽然，他向边上走去。他看出那张木梯好像有些晃动。而木梯外面就是广袤的空间，也是吓人的深渊！他踩着木板快步向边缘走去。

雷陈林正在协助一个师傅贯进横梁，见他拄着五尺走向边缘，一下子急了，慌忙走向他，上去扶住他，拉住他的一只手，大声说："师父，不要到边缘去！"

他充满忧心地说："那张木梯摇晃得不正常，我要去看看。放开！"

他向着危险走去。他很快看出了问题，是木梯下面的一只脚滑到了两块木板之间的缝隙里，不落实，而木梯实际上靠一只腿撑着。但这时师傅已经上到木梯顶上，正在用绳子拴那横梁。他不惊动师傅，急忙上去用双手紧紧地抱住木梯，不让木梯晃动。而他的身子已经站到了最边缘，背后就是空间，就是深渊。雷陈林急忙配合，伸出双手将下面的木板合拢，并使劲地将木梯脚挪了挪。

这时雷陈林的心像是又提起来了，悬到空中了！雷陈林清楚，稍一晃动，师父如果镇不住，就会摔下去的！

雷陈林急切地说："师父，让我来，您这都在沿上了！"

他急切地说："你快到中间去，我不怕悬，我从小就习惯了悬处。你没系安全带，不要到这沿上来！"实际上他此时的安全带也没能拴到什么地方。

雷陈林也在另一边伸手扶住木梯。这时木梯上的师傅正一手抱着横梁往榫眼里贯入。他的身子斜在了木梯上，差不多横在空中了，而且他还抱着重重的横梁，真是太危险了，看去令人心惊肉跳！

雷陈林紧张地看着这位师傅，担心地说："左手把木梯抱紧啊！"

师傅没有回答，雷陈林看着实在危险，连忙爬上木梯，将师傅的大腿连着木梯紧紧地抱住，捆在一起。

这时木梯也发出叽叽嘎嘎的叫声，仿佛在说：吃不消了！吃不消了！

终于将横梁贯进柱头的榫眼里，师傅就对右边的师傅喊："快打！"

右边柱头那木梯上的师傅就挥起一个大木锤，向长长的横梁头上打去，发出嘣、嘣、嘣的震天响声，并传去远远的云空。一时间满天空都是这嘣、嘣、嘣的震响，仿佛太空发生了激烈战斗。

这根横梁贯好后，这位师傅解掉横梁上的保护绳，在腰上系好，留做下一轮用，又解掉系在柱头上的安全带，准备向木梯下面走去。雷陈林也松开了抱着师傅腿子的双手，两步就下到木板上。

这师傅下着木梯。已经只有两步了，就在这时忽然脚下一滑，身子向一边倒去。说时迟那时快，雷陈林慌忙将师傅向里面推去，但雷陈林的脚却于惊慌中滑到沿外去了。与此同时，一直扶住木梯的他，反应敏捷，猛地冲过去拉雷陈林的衣服，但雷陈林身子已经摔下去了……这可是七丈多高，深渊一般！

顿时这楼上几个师傅看到了这一幕，发出一声惊叫："天呢……"

他软软地滑到木板上，那位师傅也是蒙了一般，但下意识伸出双手紧紧地扶着他。

他悲痛地哭起来："老天你为什么不让我去呀？陈林啊……老天啊……"

这位师傅醒过来，痛哭着："雷师傅……雷师傅，是我害了你啊……"

好几个师傅也痛哭起来："雷师傅啊……"

他马上想到，师傅们都还在操作呢！他拄着五尺站起来，那位师傅紧紧地扶住他。他向师傅们大声喊道："不要分心，注意安全！"

他担心因为出事，而师傅们分心，会出现新的事故！他顺着走过去，一根柱头一根柱头地检查着："注意安全！"这时他脸上一半是泪水，一半是汗水……

他走着，认真地检查各自的安全。他神情是那样镇定、专注……

这一轮安装很快完成了。他即刻通知起重机放下吊盒，他要到地上去看看。此时他脸上神情严峻、焦灼，脸一下变黑了，真像是铁铸的一般！

这时，雷陈林的遗体已经被人抬到木板上放着，不少人痛哭着，呼喊着："雷师傅……"

他扔下那根五尺杆，急步走到这木板面前。他的牙紧紧地咬住，眼里没有泪水流动，一切都已经凝固。他在木板上坐下来，伸手抱起雷陈林的身子，往他怀里抱着。这时四周围满了人，都流着泪，多数人还哭出了声音。他用凝固的眼睛看着雷陈林，掏出汗手巾，为雷陈林擦去脸上的血迹。他擦着鼻眼边的血，擦着嘴边的血。他控制自己没有哭，满脸像钢铁一样坚硬，根本就是钢铁的雕塑。他为雷陈林擦去血迹后，仍然抱着，仿佛是他的孩子，睡着了，他就这样抱着他一起睡一会儿。这孩子困了、累了，他要抱着休息一下……

周围的人们看着这个场面，怎么也忍不住，一时间大哭起来，像掀起的一阵涛声，撞着那彼岸般的心……

这时有几个师傅沉重地走到他们面前，有的伸手去握住雷陈林的手，那手就是一把细细的骨头，更像一把竹子的根；有的伸手去握住雷陈林的手臂，感到那手臂是一根硬硬的骨头；有的伸手去抚摸雷陈林的脸蛋，那脸蛋仍然黑黑的，像是一张黑纸包着骨头；有的抚摸雷陈林的胸脯，感知他的心跳；有的伸手抚摸雷陈林的头发，那头发已经花白，像是飘上了一层雪花，像一个冬天静静地躺在头上……

他抱了好一会儿，仿佛雷陈林确实睡着了，就将雷陈林轻轻地放在木板上，让他好好地睡一觉。

谁也没想到会出现这样的事情，而且是大厦公司的创始人雷陈林。这对公司所有人员都是一个大大的打击。但打击最大的是他！几十年来，他们既是师徒，更如父子，形影不离，相濡以沫……

这时副经理苏城从木场那边赶来，上来就抱起雷陈林痛哭起来：“伙计，你怎么就把我们甩了呀……雷师傅……你是个好人啊，上天无眼啊……你怎么就……甩下我们不管了呀，我们怎么办呀……”

他站起来，扫视一圈人们，大声说道：“都不哭了！人都是要死的，陈林尽到了心……”

接着他抬眼望了望塔楼，又望着苏城，庄重而严厉地大声说道：“苏城，不哭了，你也是很坚强的人。现在你就勇敢地担起担子，负起一切责任！是男人就要勇敢面对一切！一是立马处理陈林的后事。

先通知陈垒两兄妹马上回来。也不能瞒，赶快通知石琳下城来，这是没有办法的事。二是工程要继续，坚决把这工程建造好，胜利完成任务，做成一个标志性工程，千秋万代地站在这里，让雷陈林放心，让县领导和全县人民满意，不辜负我们是鲁班弟子的荣誉！”

第一时间通知了雷陈林的妻子石琳，但只说是受伤很重，怕她一时焦急悲痛途中出现问题。又通知了在远处工作的儿子陈垒和女儿陈雷。

很快，只有一个多小时，石琳就赶到了现场。石琳见雷陈林已经一动不动地躺在了木板上，她所见到的已经是一个不能和她说话的遗体，她睁大了眼睛，愣了，像一尊木刻，像是不相信眼前的这一切。忽地，她啊的一声，扑到雷陈林的身子上，紧紧地抱住他，仿佛久别的亲热，接着呼天抢地地痛哭起来，连他也劝不住。不一会儿她就昏过去了……

苏城急忙叫人将石琳送进医院，并请了一个女护理员照料她。

很快，苏城派人买来棺材，请了善于收殓的老把式，将雷陈林进行了认真的收殓。

大多数师傅提出，要在县电影院给雷陈林开追悼会。苏城看着他这位老师傅，不说什么。

他郑重地说：“雷陈林是牺牲在工地，是为工程付出的生命，他的心在工地。我看，就在这工地举行追悼仪式，应该最合陈林的心意。同时让我们整个工程人员感受这工程场面的悲壮，激发雄心和力量，继承雷陈林的遗志，继续把我们的事业做大做强。”

于是公司迅速在工地绷了悼念横幅，上面写着：“沉痛悼念舍己救人英雄雷陈林！”砍来苍松翠柏枝条，布置了既简陋又肃穆厚重的灵堂……请了锣鼓班子、跳丧班子，为雷陈林热热闹闹办起一场悼念活动。

第二天下午，陈垒和陈雷也赶回来了。陈垒强忍着悲天沉痛默默地流泪，陈雷哭成了一个泪人。这时他们的母亲石琳坐在灵位旁边，相比昨天身子稍微镇静些了，但一天变成了一个瘦弱之人，仿佛眼泪已经流干了，一脸滞涩的憔悴，神情懵懂，不知说什么、不知做什么的样子，完全和一个木头人一样。

他一直坐在灵位旁边。他神情肃穆，脸上的悲痛已经凝固，没一丝动静，完全是一种坚硬的悲壮，是钢铁一样的坚定和刚毅，就如钢铁铸成的雕塑……

一时间城里很多机关干部、市民都前来参加悼念活动，还有雷陈林老家的叔伯兄弟和侄子侄孙。工地周围可谓人山人海。业州县政府还送了花圈。袁县长还在追悼会上讲了话，号召人们向雷陈林学习。学习他不怕吃苦，艰辛创业，乐于奉献社会，忘我地为事业奋斗……

最后，将雷陈林的灵柩运到茅坡进行安葬，附近上千人为他送行，钟潇、饶篾匠、万木匠、杨木匠、钟老木匠等也来到现场，连城里的骆局长、窦局长、鲁局长等都赶到了现场。都深深地悲痛、惋惜，一个好师傅就这样走了……

他是最悲痛的，但他没有去，他坚守在工地，努力去想工程这个大事……

六十　远在遥远

很快，工程又悲壮地开工了。

八层楼上已经铺好木板。接下来的工程到了最后的，也是最为危险的第五轮——吊装最后第九层的柱架，与八层的柱头对接……

十六位师傅又戴着安全帽，腰系安全带，胸挎工具包，雄赳赳地进入起重机的吊盒。

他也向吊盒里走去。师傅们都劝说道：“老师傅，您就不去了……”

他坚定地说：“这是最后一层了，我怎能不去？我要一直陪伴你们到底！这也是我此生最后一次机会了……你们放心吧！我人老功夫还在，不要紧的。”

此时他身后跟着苏城。苏城知道他这老师傅的个性，怎么劝说也不起作用，相反他会生气。唯一的就是去保护好他老人家。同时，苏城也是想抓紧这机会，向老师傅学习相关技术操作，让自己走上一个高度。

他脸上现在没有悲伤，有的是钢一般的坚定与刚毅，还充满一种必胜的信心。他满脸威严，有如一个老帅出征，既慷慨，更悲壮。

起重机默默启动，吊盒中仿佛不是装着十八个人，而是别的什么沉重的东西，它上升得十分缓慢，仿佛装得从没有这样重，一时间很难升起。

整个工地人们脸上没有笑容，都是满脸悲壮和坚强。

好久吊盒才升到八层的平台上。师傅们从吊盒中走出来，小心地踩着木板，由于这些木板只是铺的临时平台，还有缝隙，还很不稳定，踩着还有些颠簸、翘动。

他拄着五尺在前面走着，苏城在旁边握着他腰间的安全带，他说：“我行，你注意自己。”

师傅们向内外沿上的柱头走去，其实这沿上的柱头加铁筒才四尺高，就如一根矮矮的木桩。其他什么也没有，只有无边的空间。如果看一眼下面，那真是令人胆战心惊！

师傅们依序向各自负责的柱头走去。他们走得很小心，木板不时地发出哐啷哐啷翘动的响声，像有一辆火车驶过……

他大声喊道：“把安全带在柱头上系好、系牢！”

都大声回答说：“系好了！”

他又大声说：“仔细检查，是不是系紧了？”

接着就是迎接最后一轮——第九层的柱架。虽然这次只是一个单层的柱架，但这已经是最高处，是最危险的时刻。

师傅们脸上都谨慎地微笑着，一副准备迎接天降大人物的样子，都忘记了先前的悲伤，也都忘记了危险，心里只有眼前的工作。而且那微笑里、眼神里还有一种胜利感，因为这是最后一层了，马上就要进入结顶了，离制作最后的金鼎已经不远了。

组合好的四根柱架从天空缓缓降下，它如一个飞船缓缓驶来，就要与这空间站对接。负责这四根柱头的师傅们一下子紧张起来，一副严阵以待、万无一失的神情，向空中伸出双手。

他向起重机上的师傅大声喊道：“向东移动六厘米！”

“向北移动五厘米！”

师傅们双手抱住缓缓停住的柱头，准备与下面柱头对接，完全是飞船与空间站对接。

他仔细检查好对位情况后，对起重机上面大声喊道：“对准了，轻轻放下——”

师傅们抱着柱头紧紧地盯着，让柱头对准铁筒轻轻插进去。

师傅们兴奋地大声喊道：“进去了，丝丝入扣！”

他依次检查着。师傅们又用铁锤敲打柱头、铁筒，使之完全落实，与下面的柱头紧紧相连，现出制作好的螺丝眼儿。师傅们从工具包里掏出螺丝杆，横着插进铁筒和柱头的眼里，上好螺丝，拧紧，让他们完全变成了一整根柱头，英雄一般永远挺立，不偏不倚。

他拄着五尺杆顺着边缘走着，一根一根柱头地检查，他身后是苏城，紧紧握着他腰间的安全带，生怕他有一点儿闪失。看那苏城的神情，比他还要紧张。而他好像就是在平地上走动一样，没有一丝紧张，更没有一丝惶恐，只有满脸铁一般的冷峻、严谨，只有满眼凝聚的锐利目光……

接着，在一秒一秒的艰难安装中，师傅们终于完成了剩下几组柱架的接引、对位、对接、安装……他都一一进行了检查，很是满意。

下面就是最危险的时刻来了——要将一根根横梁贯进柱头里去，这样才能将几组柱架连成整体。雷陈林就是在这个工序上救人出事的。

今天他采取了措施，将安全带采取了双保险，即用两根绳子，一根拴在下面柱头上，上木梯后再在上方又拴好一根绳子，操作完成后，解下了上面的绳子，仍然还有下面柱头上的绳子保护着。

他和苏城在检查时，也尽量离边缘远一点。因为他毕竟年纪很大了。师傅们也都为他提着一颗心……

……

亲月楼终于立起了第九层，高高地耸立在清清的河边。但还没有到达顶点。还有更为危险的顶层金鼎、四周飞檐这些工程！特别是飞檐，那可是飞入了空中，这都要人去制作……

尽管如此，他和苏城、师傅们都有一种胜利在望的喜悦，但心底也有深深的忧虑。最后的高度是不容易上去的，这更加艰巨、险恶！

工匠们的心像是悬到了高高的楼上！

电视台也报道了亲月楼最新进展，一时间全城一片振奋，大街小巷都在议论。前来参观欣赏的游客和本地市民都是一派欢欣鼓舞。亲月楼建到了九层！虽还没有最后圆满完工，但它的四周已是热闹非凡。人们都激动不已，好像已经进入一个辉煌的时刻……

人们更感兴趣的这是纯木塔楼。这已经让很多人震惊了。人们见惯了钢筋水泥建筑，更为这座纯木建筑兴奋、好奇。每天都有全县各地的人们来领略它的奇特风采，并有很多外地的游客参观欣赏。许多人一生都没有看见这种纯木塔楼，因此有些隆重地趋之若鹜了。连省电视台都进行了报道。

师傅们站在了最顶端、最艰险的位置，艰难地进行着施工。这时也是最紧张，最令人担忧的时刻！

看去，苏城和师傅们都是一副激动不已的神态，布满笑容。他脸上仍然像铁一样，连微微笑意也没有。细看他那眼睛深处，那每丝神情里除了坚定与刚毅，也充满无限担忧和紧张、惶惑甚至惶恐！越到最后他越怕出事。

他的心就拉得紧紧的了。他瘦了，每顿都吃不下多少饭菜。苏城要他喝牛奶，但他怎么也喝不习惯，他说只习惯喝玉米糊糊……

下面参观的人们似乎再也按捺不住了，都无比激动起来，为亲月楼拍手叫好，好像忘记了顶端正在经历最艰难、最危险的操作。

亲月楼旁边的一些树上，挂满喜气的红灯笼、红气球，都是庆祝亲月楼胜利建成，好像亲月楼已经完工了。亲月楼的第二层、四层、六层、八层、九层的四周都挂上了灯笼。夜晚那大大的红灯笼，提前把亲月楼变成了一座彩色星座，更像是耸入云空的一座天宫！

此情此景，有谁不为之激动甚至热泪盈眶呢？许多人看着看着就流出了热泪。

但他很明白，毕竟还只建成一个雏形，还有金鼎制作的艰巨任务，远没到最后的胜利！

这只是第九层的楼面，还是一个工作平台，离顶点还有一段艰辛的登高之路，楼面四周没有任何遮拦，显得异常奇险！

师傅们就要登上吊盒升空到这个高高的顶层。

苏城和师傅们都一遍遍地劝说他："老师傅，不要上顶层了，您年纪大了，太危险了……"

但他竟然说："就是死，我也要上一回顶点！"他知道，他还从没有上过这么高的顶层作业，而这还是金鼎。他只是在年轻时去过那座十层木质塔楼，这是一个学习和实践的好机会，他决不会放过，也是最后的纪念了，任何人也阻拦不住的。

苏城和师傅们都拿他没有办法，同时更是被他的精神深深地感动着，大大地鼓舞着。

他戴好安全帽、系好安全带，拄着五尺杆，满脸钢铁一般的意志，凛然无畏，更有一种最后拼搏一回，豁出去了的气概！

他和师傅们升上天空去了。吊盒在顶层上缓缓降下。他们走出吊盒，站在九层顶端。都感到完全远离了人间，来到了九霄云外，不，是乘着飞船来到太空中，正在建设一个庞大的空间站！他们脸上没有惊惶、畏惧，都充满骄傲的笑容，胜利的喜悦。亲月楼终于建到了顶层！虽然这塔楼不是世界之最，但已是他们心中之最了。

这顶层四周什么遮拦也没有，即使有安全带，可拴在什么地方呢？拴在横梁上，可横梁上就要铺楼板，怎么好操作？但他还是有办法，他要师傅们将安全带都拴在内八方形的柱头上，从里到外铺设楼板。这内八方形的柱头有两米多高，是通过它们做金鼎的。这同样是十六个师傅，共八方，每两人负责一方。他们先骑在横梁上铺一块立足之地，再慢慢向外铺开。这完全是向悬崖上延伸，向云空延伸！

一时间，锯木板的发出呜呜呜的轰响，仿佛有多架飞机在这太空中急急飞行。然后用铁钉钉着木板，发出砰砰砰的震响，仿佛是飞机们正在向什么地方开炮，砰砰砰……于是这浩渺云空完全是一场轰轰烈烈的太空大战！

功夫不负有心人。最后楼板一直铺到了外面边缘，认真钉好了这顶层的楼板。

接着就是制作金鼎了。这是险峻而神圣的工程。

金鼎中心有一根轴，是在远处加工的一根合金柱子，全部金黄色，闪闪发光。苏城和师傅们要他这老师傅亲自安装这根金柱。

他和苏城神圣地抱起这根金柱（里面是空的），放入九层上的十字横梁的榫眼里。金柱高出脊顶五米，就如一根刺向太空的金箍棒。他吊一下垂线，看金柱是否垂直。他用垂线吊了四方，都是垂直的，端端正正的。

他庄严地大声喊道："金柱立起，大吉大利！"

苏城和师傅们都跟着大声说："大吉大利！"

他又大声喊道："金柱闪亮，国泰民安！"

苏城和师傅们都跟着大声说："国泰民安！"

金柱中部像一把伞，这是保护脊檩连接处不被雨水浸湿，而让雨水通过伞面直接流到瓦片上。伞里面就是榫眼，这是八根脊檩汇聚的地方，是一个复杂的机关。

他大声说道："开始上脊檩！"

共有八根脊檩，每两个师傅负责一根。师傅们扛起一根根长长的脊檩，成伞形铺在顶层。这脊檩的头顶也做有榫头。

他大声喊道："都小心点！一个一个地来！"

他指挥首先将脊檩榫头贯进中心轴的伞形榫眼，进行衔接。八个脊檩榫头聚集在中心轴的伞形榫眼里，这是真正的结顶，更是最为关键的活儿。

他挨着金柱站着，神情严肃，亲自操作贯榫，每贯进一根脊檩榫头，就上好一颗螺丝，让它们永远固定不动，坚守岗位。

脊檩上还有榫眼。与此同时，他指挥师傅们将脊檩分别贯进内外两根柱头的榫头，这样脊檩就完全固定了。

他镇静地看看八方脊檩，他想这真是一把大伞啊，可以遮尽世间风雨！当然还有上檩子、钉椽桷、盖瓦的艰险活儿……

最后他的目光久久地凝聚在金柱上。他伸手抚摸着金柱。

他看看四周下面，感觉像是离大地很远了，而离天很近了，离月亮很近了。他感觉自己真的成神仙了，上天了，正在天上建房，正驾着高楼在大空飞行……

他不禁想起曾经为孙儿编的那首儿歌：

高楼高，高过大山包，鸟儿看见了，飞来筑个巢。筑个巢，生只凤凰鸟，翅膀像云飘，屋儿飞九霄……

他没想到，现在屋儿真的登上了九天云霄！

他想，那一定可以见到他的月儿了，月儿就在天上……他想，月儿在天上一定看见高楼了，看见他了，说不定正在向他招手，只是他这凡人看不见……

这时他看见外边那条河像是一条绿绿的丝带，在飘呀飘地飘着，他不禁又想起老家门口的那条小河，也是这样，他和月儿在河边奔跑着……

他没想到现在是在这天空里，他像是变成了一片云，在飘。接着就想起肖云……他心里豁然一亮，要是她也来看到这座塔楼，该有多好！如果肖叶在天有灵，看到这个场面，那该有多高兴啊。他想她一定看见了……

他感到远处的那些山突然变小了，变远了，像一群少年儿童向远处奔跑而去。这感觉真好，就想起静远说的话：望远就美……

他站在这金鼎的高度，手抚金柱，他感觉这里已是仙云萦绕，虹光飞射，足可观尽天上人间，感觉自己成了神仙，随着仙云飘悠。

危险的高空作业来了！

这是在脊檩上铺放横檩，横檩上再钉椽桷。师傅们用手扛着横檩放入脊檩上，两头锯齐，再用螺丝固定。一层层横檩铺好了，望去，就像一架架天梯。

接着是钉椽桷。师傅们骑在横檩上，仿佛骑着飞船在飞，脸上带着笑容，手拿椽桷，按照尺寸规则竖放于横檩上，用铁钉钉牢。一时间发出热烈的咚咚咚咚，就像是一种好听的鼓声或打击乐，仿佛天宫正在举办一场盛大的庆典。

他黑了许多的脸上是一副冷峻而严谨的神情，紧紧地盯着作业的师傅们，既注意着质量要求，又关注着他们的安全。

这是又一天的早晨，红霞将这塔楼照耀得像一座金塔，仿佛飘在云空的天宫神塔。

他和师傅们乘着吊盒从天而降，来到这个顶端，继续进行金鼎的制作。他们身披霞光，满面红润，虽身处高空，与云为伍，但都充满胜利的喜悦，充满一种几十年没有过的骄傲。他们何时来到这么高的纯木顶端制作过金鼎？只有这一次！

这时工程终于进行到最后关头，这是最为险恶、惶恐的时刻！这是一个斜面，斜面外是空间，无所依附，稍有不慎，或是脚下没有踩稳，或是脚下一滑，那后果不堪设想！这完全是在云空作业。虽然他们有安全带系在檩子上，但看去，都让人感到心被捆得紧紧的，提到了云朵上悬着。

要在最边缘制作顶端飞檐，要在檐边铺砌琉璃瓦。檐外就是茫茫云空，人毕竟不是会飘的云，需要物体依附，可沿上除了空气，什么也没有。这真是太悬了，太危险了。这真是一个大难题、大险题！

为了保证安全，他想出了一个办法——请起重机帮忙。

他和师傅们走进吊盒升入云空，然后降到檐边，悬在檐边，在吊盒上系好安全带，然后制作飞檐、浆砌檐边和飞檐上的琉璃瓦。他也站在吊盒里，严厉地指导师傅们操作。

他亲自参加飞檐的制作，让飞檐成为一个俏丽的造型，艺术的造型，让仙女们喜欢和光顾。

师傅们一手拿着金色的琉璃瓦，一手铲了水泥砂浆抹在瓦上、椽桷上，再将琉璃瓦放入椽桷上，按紧，瓦与瓦之间用水泥连接紧，让它们规规矩矩躺在这里休息，永世不得翻身。这样形成一个整体，不管多大的风吹不动，多大的雨也打不动，永远在这里闪射金色的光芒。太阳还没升起，它就已经放射光芒了，太阳落下了，它仍然站在这里发光，照亮黯然夜空。它根本就是一个永不落下的太阳，永远屹立在这里光耀人间。

这可以说是一项尖端工程，不能有丝毫的马虎。不砌紧，不凝聚牢，这飞檐上经受的风大、雨大，还不把瓦吹下去？损失瓦是小事，可是砸在人头上就是大事了！因此他要亲自指导一点一滴扎扎实实操作……

他望着高高伸着手臂的起重机，感慨地说："起重机可是帮了我们的大忙！我们要感谢创造这些设备的人！"

他也在心中感叹，没想到我还能登上这么高的楼顶进行施工，还能参与修建这么高的塔楼！这一生再苦也值了。

他站在吊盒里，手抚飞檐，看着金色琉璃瓦，想起他曾经修建的木柱房子，那真是一个天上一个地下，不能比呀！

他望着高高的金箍棒似的金柱，神情豪迈而坚定，转望四方漫空云霞，不禁感动得老泪纵横。他修建了一辈子的房屋，哪里经历过这样的时刻？就是修建月归亭也没有这种感觉，那简直不值一提了！

终于建好塔楼的金鼎，它日夜闪烁着金色的光芒，闪射着骄傲与坚定！

在这个重要时刻，陈垒和陈厦也来了，并且一同来了集团的十余人、陈厦设计室的三人，其中有领导、工程师、设计师，要来参观这座纯木塔楼。对他们来说，好像这是个从没见过的十分新鲜的事情。

他想，这挺拔的金鼎，足可顶天立地！这俏丽的飞檐，可是一只只舞蹈的手，艺术地伸向天空，对空而舞……

喜结金鼎成功，塔楼四周安装千百彩灯。华灯初上，他站在塔楼面前看着，欣赏着。他感到这塔楼完全是一座灿烂的金楼，是一个璀璨的大星座，它连接了人间与天上！

一时间四面欢腾！四周拥满了观赏的人群，有如春潮激荡。这晚是庆祝塔楼喜结金鼎。这是有意安排在晚上。整个塔楼上的彩灯亮了，动情地闪耀着，迎接四方拥来的笑脸。

为了表达心情，增添喜气，大厦公司安排放响了激烈的鞭炮和烟花。冲天的花炮响彻云霄，与好奇的星星们同舞同乐。在礼花彩光的辉映下，塔楼放射出多彩的绚丽与骄傲，给人们带来美妙的精彩时光，让人忘记一切！

天空还在飞射万朵礼花，仿佛那高高的云霄间正在向世界敲响滚滚春雷，天女们正在高高兴兴散花！礼花如一道道艳丽的闪电划破长空，汇入这滚滚春雷、道道彩光，汇成辉煌的画卷，舒展在天地间！

人们忘记了曾经的艰苦与牺牲，现在只有成功的喜悦与激动。

爆竹声中，顿时亲月楼变成了一个大大的艳丽星座，永远地立在人间。亲月楼四周的人海也轰响起热烈的欢呼声，有如阵阵雷鸣，有如大海波涛呼啸。人们都如小孩一般兴奋地笑着喊着！整个天空沸腾了！整个业州沸腾了……

哪怕还没到亲月楼整体最后完工，还有大量装修、装饰的艰巨任务，但能走动的人们都千方百计赶到亲月楼面前，挤进沸腾的人潮，一睹她的风采。但许多人好像并不是在看风景，而像是在敬拜一位伟人，敬拜一位老祖宗，敬拜一座神圣的灯塔……

他脸色严峻地说："虽然建起来了，还只是个雏形，还有更复杂的后继工程，我们的任务还很艰巨！现在还不是骄傲的时刻。"

苏城充满忧虑地说："是啊，还有更多高空作业……"

他强调说："一定要注意安全！"他又想起雷陈林，不禁眼眶湿润了。他想要是雷陈林能看到眼前这一幕，该有多好啊。但愿他的灵魂在天上能够看见，能够高兴……

他脸色肃穆地说："还要经受考验啊……"

于是师傅们高兴的笑容里又忽地袭进浓浓的忧患。

他也陷入沉思。人生也是个大工程。他几十年的追寻，到现在都没有实现那个愿望，还需要去继续。眼下这座纯木亲月楼，就是最后完工了，也还不能算是成功。它还要经受风吹雨打和严寒酷暑的考验，还要让时间来说话。要到千年之后还能坚强地耸立在这里，那才算成功……

他想确是这样，一座建筑的完工，绝不是成功，还需要久远的时间考验证明。真正的成功还在未来的路上，而现在离未来还很遥远……

好久以后，在遥远的山路上，有一位老人还在不停地向前走着……